小读客经典童书馆

童年阅读经典　一生受益无穷

掉进童话的女孩

[美]索曼·查纳尼 著

冯怡 译

北京日报出版社

图书在版编目（CIP）数据

善恶魔法学院.1,掉进童话的女孩/（美）索曼·查纳尼著；冯怡译.-- 北京：北京日报出版社,2023.9
ISBN 978-7-5477-4387-4

Ⅰ.①善… Ⅱ.①索…②冯… Ⅲ.①儿童小说－长篇小说－美国－现代 Ⅳ.①I712.84

中国版本图书馆CIP数据核字（2022）第182376号

THE SCHOOL FOR GOOD AND EVIL
by Soman Chainani
Text copyright © 2013 by Soman Chainani
Simplified Chinese translation copyright © 2023
by Shanghai Dook Publishing Co., Ltd.
Published by arrangement with HarperCollins Children's Books
through Bardon-Chinese Media Agency
ALL RIGHTS RESERVED

中文版权：© 2023 读客文化股份有限公司
经授权，读客文化股份有限公司拥有本书的中文（简体）版权
图字：01-2023-0786号

善恶魔法学院.1 掉进童话的女孩

作　　者：	［美］索曼·查纳尼
译　　者：	冯　怡
责任编辑：	曲　申
特约编辑：	马敏娟　　唐海培
封面设计：	吕倩雯　　陈艳丽
出版发行：	北京日报出版社
地　　址：	北京市东城区东单三条8-16号东方广场东配楼四层
邮　　编：	100005
电　　话：	发行部：（010）65255876
	总编室：（010）65252135
印　　刷：	三河市龙大印装有限公司
经　　销：	各地新华书店
版　　次：	2023年9月第1版
	2023年9月第1次印刷
开　　本：	710毫米×1000毫米　1/16
总 印 张：	78
总 字 数：	1235千字
总 定 价：	199.90元（全三册）

版权所有，侵权必究，未经许可，不得转载
凡印刷、装订错误，可联系调换，联系电话：010-87681002

在原始森林的深处，
有一所善恶魔法学院。
两座城堡相生相克，
一座纯洁，
一座邪恶。
想要逃跑，死路一条，
唯一的出路，是创造你自己的童话。

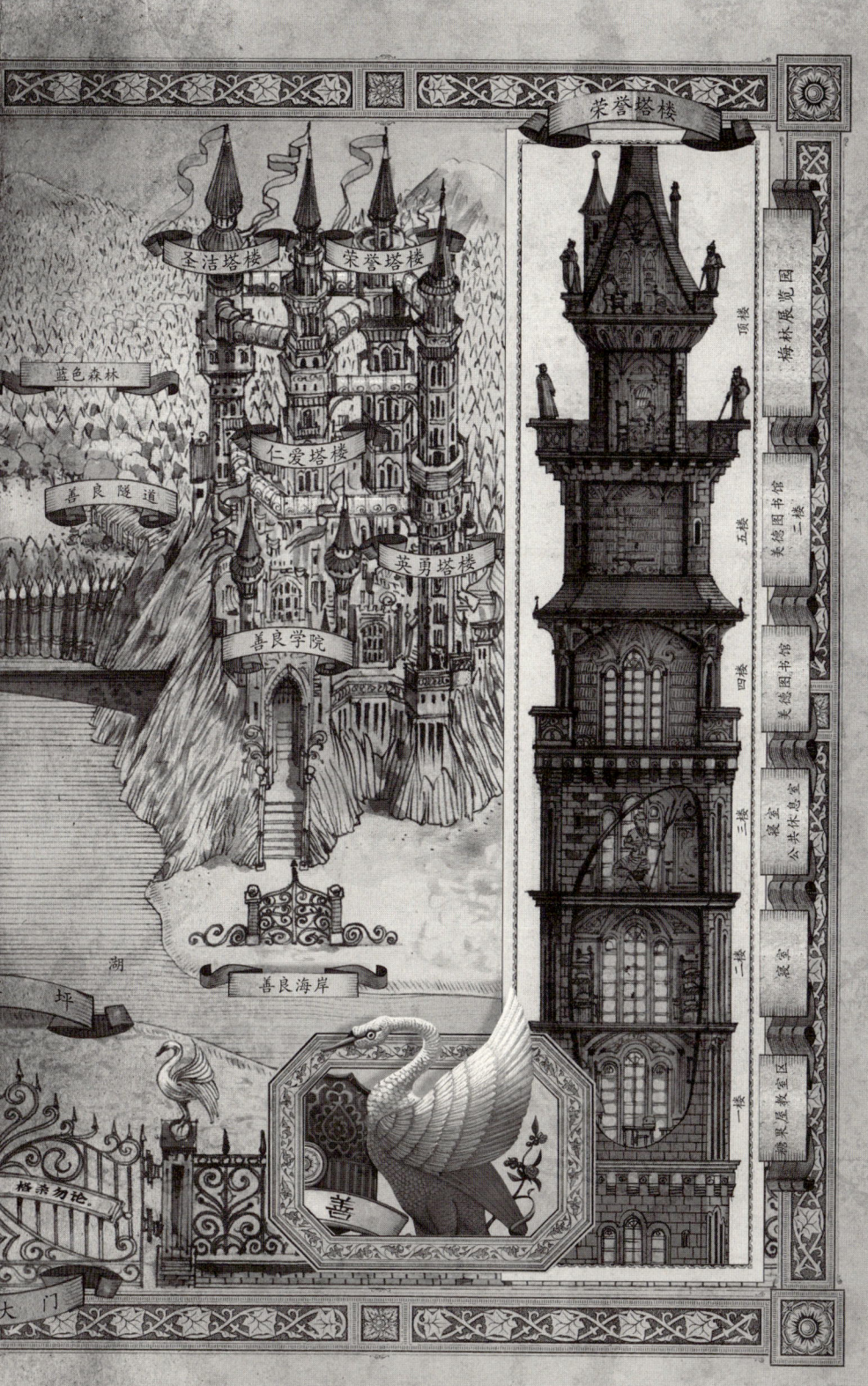

目 录

第一章	公主与女巫	001
第二章	绑架的艺术	015
第三章	一个大大的错误	028
第四章	66号房间的三个女巫	044
第五章	男孩毁了一切	060
第六章	毋庸置疑属于邪恶	073
第七章	终极版大巫师	087
第八章	许愿鱼	100
第九章	百分之百天才秀	113
第十章	糟糕的团队	122
第十一章	校长的谜语	134
第十二章	死亡的结局	145
第十三章	末日审判室	161
第十四章	守墓人的方法	175
第十五章	挑出属于你的棺材	185

第十六章	不受控制的丘比特	195
第十七章	女皇的新装	206
第十八章	蟑螂与狐狸	221
第十九章	我有王子了	235
第二十章	秘密与谎言	253
第二十一章	童话裁决赛	266
第二十二章	天敌之梦	283
第二十三章	镜子里的魔法	299
第二十四章	盥洗室里的希望	318
第二十五章	征兆	329
第二十六章	天才马戏团	342
第二十七章	失信的承诺	357
第二十八章	森林彼岸的女巫	368
第二十九章	美丽的邪恶	386
第三十章	邪恶永生	398

第一章
公主与女巫

苏菲这辈子都盼着能被绑架。

不过,今晚加瓦顿镇上别的孩子都在床上翻来覆去地睡不着,他们担心校长会来抓走他们。这样的话可就再也回不来了,生活从此不太平,也别想再和家人们见面了。夜里,这些孩子都梦见了一个形如野兽、眼珠子通红的贼,他闯进屋子里,撕开被单,一把将他们拽出来,还捂住了他们想要尖叫的嘴。

只有苏菲例外,她梦见了王子。

她梦见自己来到了一座城堡的舞厅里,舞会是专门为她举办的。整间大厅站满了前来求婚的男孩,足足有一百位,而在场的女孩只有她一人。她一边走一边想着,生平第一次,总算有男孩配得上她了。这些男孩都有着一头浓密闪亮的头发,衬衫包裹下的肌肉紧实有力，小麦色的皮肤细腻光滑。他们俊朗帅气，温柔体贴，一切都完美地符合王子的标准。她向着最出众的那一位男孩走去，他有着一双顾盼生辉的幽蓝色眼睛，一头闪耀的白发飘逸如鬼魅一般。正当她快要走到这位象征着幸福归属的王子面前时，一把锤子砸开了房间的墙，王子们也被砸成了碎片，散落一地。

苏菲睁开了双眼，只是清晨，她发现锤子的响声是真的，王子却一个也没有。

"父亲，如果我睡不满九个小时，我的眼睛看起来就是肿的。"

"每个人都在私下议论，今年可能轮到你被带走。"她父亲一边说着，一边将一块怪异的木板钉在了她卧室的窗户上。这下，她的卧室窗户算是彻底被锁头、钉子以及螺钉给封严实了。"他们让我剪掉你的头发，再往你脸上涂满泥巴，说得好像我会相信童话里那些胡扯的鬼话似的。不过今晚没人能进得来，这点我倒是可以肯定。"说完，他又发泄一般抡起锤子狠命地砸了下去。

苏菲揉了揉她的耳朵，看着她那原本可爱的窗户皱了皱眉。好吧，这下看上去和女巫的巢穴有一拼了。"还能用锁，为什么之前没人想到呢？"

"我不明白为什么他们都认为会是你。"他说，汗水把他银色的头发全粘在了一起，"如果校长那家伙想要带走的是善良的孩子，那他应该带走的是古尼尔达的女儿啊。"

苏菲一下子紧张起来："贝拉？"

"那真是个好得没话说的孩子，"他说，"每天亲手给她父亲做午饭送到磨坊来，还把剩菜剩饭送给广场上那个可怜的老太婆。"

苏菲听出了她父亲言语里的不满。即使在她母亲过世后，她也从未给父亲做过一顿像样的饭菜。她自然有她很充分的理由（烧饭的油烟会堵塞毛孔的），可她也知道这绝不是一个好借口。不过，这倒也不是说她就会让她父亲饿着肚子，相反，她会为他准备一堆自己爱吃的食物：甜菜泥、炖西兰花、煮芦笋和蒸菠菜。他没有像贝拉的父亲那样，胖得跟个鼓满了气的汽艇似的，可不就得感谢她没有天天给他送亲手做的焖羊肉和芝士舒芙蕾吗？至于广场上那个可怜的老太婆，那个丑陋的老巫婆明明胖得很，却天天都在嚷嚷着饿。如果贝拉做的都是这类善事，那她和善良完全没什么关系，她根本就是邪恶里最差劲的那种。

苏菲回给父亲一个微笑："就像你说的，都是些胡扯的鬼话。"说完，她从床上翻身站起，"砰"地关上了浴室的门。

她站在镜子前仔仔细细地研究着自己的脸——被粗暴地吵醒果然有损美貌：她那金丝线一般柔滑的齐腰长发都不如平日里那么滋润有光泽了，翡翠般的绿眼睛看起来毫无神采，娇艳柔软的红唇也显得有一丝干裂，甚至连她那白皙粉嫩的肌肤也黯然失色了。"可我照样是个公主。"她想。她父亲没能发现她有多特别，但她母亲却发现了。"你对我们生活的世界来说太过漂亮了，苏菲。"母亲在咽下最后一口气时是这么说的。她母亲去了一个更好的地方，现在她也会去的。

今晚她就将被带进那座森林里。今晚她就会开始一段新的生活。今晚她就会创造属于自己的童话。

不过现在，她得先做好该做的。

首先要在皮肤上一点点地揉搓鱼子，直到鱼子完全渗透进皮肤。虽然味道不大好闻，一股臭脚丫味，但是有祛斑的功效。接下来是用南瓜泥按摩全身，按摩好了得用山羊奶仔细地冲洗掉。然后再往脸上厚厚地敷上一层甜瓜和海龟蛋黄调配的面膜。在等待面膜干透的时间里，苏菲一边翻看着一本故事书，一边小口地喝着黄瓜汁，以确保皮肤水灵灵、滑溜溜的。她直接跳到了故事书里她最喜欢的一部分，邪恶的老巫婆被塞进一个钉满钉子的木桶，一路滚下了山，滚到山脚时，木桶里唯一残留的是一串用骸骨制成的手镯。苏菲盯着那串让人毛骨悚然的手镯，思绪却不由自主地飘向了黄瓜。如果到森林里没黄瓜了怎么办？如果别的公主把供给都用完了怎么办？没有黄瓜！她会枯萎，会凋谢，会……

干掉的甜瓜面膜一片片掉落在书页上。她转身照了照镜子，看见了自己那因为担心而皱起来的眉头。先是被吵醒，现在又是长皱纹，照这个速度，到下午她就会变成一个老太婆了。她赶紧放松面部，把那些关于蔬菜的念头统统赶出了脑袋。

至于苏菲其余的日常美容保养工序，那可是能密密麻麻写满一打故事书的（简单来说，里面包含了鹅毛、腌土豆、马蹄、腰果精华和一小瓶牛血）。经过两个小时一丝不苟地梳妆打扮，苏菲终于出门了。她梳着完美无瑕的发辫，穿着一条飘逸的粉色连衣裙，踏着一双闪亮的水晶鞋。她要在校长现身前的最后一天，利用好每一分钟去提醒他，为什么就得是她苏菲应该被绑架，而不是贝拉、塔比莎、萨布丽娜或者其他什么冒牌货。

苏菲最好的朋友住在一座墓园里。考虑到苏菲厌恶一切阴森、灰暗、暗淡无光的事物，人们曾以为她会邀请朋友来自己的小屋做客，或者直接换一个新朋友。但让人没想到的是，她这一整周居然每天都去墓园山顶的那座房子，而且一路上还小心翼翼地保持着微笑——毕竟这可是做出善举的关键呢。

要到她最好朋友的家，得步行走上近一英里[1]路。得从她那明亮的、有着绿色屋檐、阁楼也洒满了阳光的湖边小屋，一路走向阴森灰暗的森林边缘。一路上，铁锤的敲打声不时回荡在屋舍间的蜿蜒小径上。镇上的父亲们都在忙着用木板钉住自家的门窗，母亲们都在忙着扎稻草人，男孩和女孩则都蜷坐在门廊上低头看着书——那模样恨不得把鼻子都埋进书里。最后这一幕倒并不罕见，因为生活在加瓦顿镇的孩子，除了读童话故事书以外，几乎没什么别的事可做。不过今天，苏菲注意到他们看书的眼神有些不同寻常：那眼神里透着某种狂热，他们着魔一般检索着书里的每一页，就好像这是他们性命攸关的事。四年前，她也曾目睹过带着同样的绝望来逃避这个诅咒的孩子们，不过那时还没能轮到她。校长只带走那些年过十二岁的孩子，那些没办法再装成小孩的少年。

现在可算是轮到她了。

苏菲拎着野餐篮艰难地向着墓园山顶走去，她的大腿火辣辣地疼。这样爬山会不会让大腿变粗啊？所有故事书里的公主可都有着完美比例，粗大腿会像鹰钩鼻或者大脚板一样遭人嫌恶的。一阵焦虑涌上苏菲的心头，于是她决定细数一遍前天所做的善举来分散自己的注意力。首先，她喂湖里的鹅吃

---

[1] 1英里约等于1.6千米。

了小扁豆和韭菜的混合物（这是一种纯天然的泻药，正好可以帮它们排出那些呆头呆脑的孩子们投喂的芝士）。然后，她又向镇上的孤儿院捐赠了她亲手制作的柠檬木洗面奶（至于原因，就像她面对那些困惑的受赠者说的那样，"正确地护肤是最伟大的事"）。最后，她还在教堂卫生间里放置了一面镜子，以确保每个人在上完厕所后都能漂漂亮亮地回到长椅上。这应该够了吧？这些事应该能比得上亲手做馅儿饼和投喂无家可归的老巫婆了吧？紧接着，她的思绪又神经兮兮地跑到了黄瓜那儿——也许她能偷偷夹带点儿私人补给一起去森林里吧，天黑之前还有很多时间收拾行李呢。可是，带那么多黄瓜会重吗？学院会派男仆来帮着拎行李吗？或许她应该先把黄瓜都榨成汁——

"去哪儿呀？"

苏菲转过身，顶着一头乱糟糟红发的雷德利正露着龅牙咧着嘴对她笑着。他无所事事，每天都在墓园山附近晃悠，这倒让他有了一天二十四小时跟踪她的空闲。

"去见个朋友。"苏菲说。

"你为什么会跟个女巫做朋友？"雷德利说。

"她不是女巫。"

"她没有朋友又怪异。这不就是女巫吗？"

苏菲忍着没去戳穿雷德利他自己也是这样的人。相反，她只是微微笑了一笑。这是在提醒他，忍受他现在的所作所为已经是她苏菲在做善事了。

"校长会把她带去邪恶学院的，"他说，"到时候你就得换个新朋友了。"

"校长每次会带走两个孩子。"苏菲说着，收紧了下巴。

"那另一个肯定是贝拉。说到善良，没人能比得上贝拉。"

苏菲的笑容凝固了。

"不过我可以做你的新朋友。"雷德利说。

"我现在朋友够多了。"苏菲怒气冲冲地说。

雷德利的脸一下子涨得通红，红得像颗熟透了的覆盆子。"哦，好的——我只是觉得——"话还没说完，他就像只丧家之犬一般落荒而逃了。

苏菲看着那头乱糟糟的红发从山头渐渐消失，心里想道："唉，你还真是的。几个月来的善举和强颜欢笑，现在却因为一个又矮又丑的雷德利就付之东流了。干吗不索性给他点儿甜头呢？为什么不能简单地回他一句'很荣幸能和你做朋友'？让这个笨蛋能回味几年有什么不好？"她知道校长的审核是件极其严谨的事，就跟圣诞老人审核礼物差不多。可她做不到，真的做不到。她那么优雅美丽，而雷德利却如此粗鄙而丑陋。只有恶棍才会想着去糊弄校长，这一点校长肯定会明白的吧。

苏菲拉开生锈的墓园大门继续走着，四周荒草萋萋，杂草不时从她腿上划过。爬上山顶，在一片铺满枯叶的土坡之上，横七竖八地兀立着一堆发霉的墓碑。穿过层层腐烂的树枝，苏菲站进这阴暗的墓群之中，小心翼翼地一排排数着。苏菲从没去看过她母亲的坟墓，即使在葬礼上，所以今天她也没这个打算。走过第六排墓碑，她把目光落在了一棵枝条下垂的白桦树上，提醒自己该做正事了。

在那堆阴霾最为厚重的墓穴正中，伫立着墓园山1号。这栋房子并没像湖边小屋那样被木板封起来或被螺栓给锁上，可这丝毫没让它显得更好客。它那通往门廊的台阶隐隐发出一种鬼火般的绿色荧光，枯死的桦树枝和藤蔓蜿蜒攀爬于房子的阴暗木头上，又黑又薄的屋顶像一只尖角向上直插，远远望去如同一顶巫婆的帽子。

登上那嘎吱作响的门廊台阶，苏菲尽量屏住呼吸不去闻那混合着大蒜味和湿猫味的空气，也不去看那散落一地的无头鸟尸体。很明显，这都是那只猫的杰作。

她敲了敲门，准备迎接挑战。

"走开。"一个粗声粗气的声音传来。

"这可不是和你最好朋友说话的方式哦。"苏菲柔声说道。

"你又不是我最好的朋友。"

"那么，谁是呢？"苏菲一边问，一边想着是不是贝拉也以某种方式来过墓园山了。

"跟你没关系。"

苏菲深深地吸了一口气，她可不想让类似雷德利的事件再发生一次。

"我们昨天不是玩得很开心吗，阿加莎？我想着今天我们还能再玩一次呢。"

"可是你把我的头发都染成橙色了。"

"但最后我们也修复回来了，对不对？"

"你总拿我来试验你那些护肤霜和美容水管不管用。"

"这不就是朋友的意义吗？我们互相帮助啊！"苏菲说。

"可我永远没法和你一样漂亮。"

苏菲绞尽脑汁想说出点儿好听的话。可她想了好久也开不了口，只听见里面跺着脚走开的脚步声。

"可这并不意味着我们不能做朋友啊！"苏菲大声喊道。

那只熟悉的猫出现了。那只毛都快脱光了、满身皱巴巴的猫，隔着门廊对她低沉地嘶吼着。她急忙退回到门口："我给你带了饼干！"

脚步声停住了。

"是真饼干还是你做的饼干啊？"

苏菲闪身避开了那只在她周围游荡窥视的猫。"很松软的，黄油口味的，就是你爱吃的那种。"

猫发出了"咝咝"的叫声。

"阿加莎，让我进去——"

"你又会说我太臭了。"

"你不臭。"

"那你上次为什么说我臭？"

"因为你上次是挺臭的啊！阿加莎，这只猫在吐口水——"

"也许它闻出了什么不可告人的动机。"

猫亮出了它的爪子。

"阿加莎，开门！"

这只猫猛地朝苏菲脸上扑去，她吓得一声尖叫。这时一只手突然伸了出来，将猫一把拍倒在地。

苏菲抬头一看。

"镰刀是出来找鸟吃的。"阿加莎说。

她黑色的头发绾成了一个丑陋的发髻，油腻得像裹了一层油似的。一条宽大的黑色连衣裙被她胡乱套在身上，这连衣裙毫无剪裁可言，活像只装土豆的布袋子。可这也没能掩饰住她苍白得诡异的皮肤和嶙峋的瘦骨，还有她那凸出来的眼睛，简直就像嵌在凹陷脸颊上的两只瓢虫。

"我们出去散散步吧。"苏菲说。

阿加莎倚着门："我还是想不明白你为什么要和我做朋友。"

"因为你甜美又有趣啊。"苏菲说。

"我妈妈却说我既苦涩又暴躁。"阿加莎说，"所以，你们俩当中肯定有一个人在撒谎。"

她伸手探进苏菲的野餐篮，拉开餐巾露出了里面既不松软也没有黄油的麦麸饼干。阿加莎冷冷地瞪了苏菲一眼，退回到了屋子里。

"所以我们不去散步了吗？"苏菲问。

阿加莎正准备把门关上，却看到了苏菲一脸垂头丧气的模样。那模样就好像苏菲也和她一样，真的盼着俩人能一起去散步似的。

"那就稍微走走吧。"阿加莎慢吞吞地拖着步子从她身边走过，"可如果你再说那些自命不凡、趾高气扬又肤浅的话，我就让镰刀跟着你回家。"

苏菲跑着跟在她身后嚷道："那我就没话可说了啊！"

四年过去，这可怕的十一月十一日终于又到来了。残阳之下的广场上变得拥挤而繁忙。人们全都聚集到了这里，做着各种准备以应对校长的来临。男人们磨刀霍霍，设置机关陷阱，秘密谋划夜间如何守卫执勤。女人们则负责把所有孩子分组排好后进行改造：长得漂亮的被剪掉头发、涂黑牙齿，衣服也被扯得破破烂烂；长相平平的则被擦洗得干干净净，裹在颜色鲜亮的衣服里，还被戴上了面纱。母亲们都在乞求那些平日里乖巧的孩子，去诅咒、踢打他们的姐妹；而平日里最叛逆的孩子，则被迫送去教堂里屈意祈祷；最后剩在队伍里的孩子则都被安排进了合唱团，齐声高唱着颂歌："平凡的人最幸运。"

恐惧如迷雾一般在人群中扩散蔓延着。在一条幽暗僻静的小巷里，屠夫和铁匠私下交易着故事书，以求交换线索来救他们的儿子。在歪歪扭扭的钟楼下，两姐妹列出了童话中所有恶人的名字，以期待从中获得启迪。一群男孩用铁链把他们自己全绑在了一块儿，几个女孩躲到了学院的屋顶上。还有个孩子蒙着面从灌木丛中跳出来吓他母亲，当场就挨了一巴掌。就连广场上那个无家可归的老太婆也掺进了这场表演——她在一堆奄奄一息的火堆前作起了法，口中发出沙哑低沉的叫喊声："烧了那些故事书！全都烧了！"只不过根本没人搭理她，当然也没人会去烧书。

阿加莎目瞪口呆地看着眼前发生的一切，难以置信道："怎么可能全镇的人都对童话深信不疑？"

"因为童话就是真实的。"

阿加莎停下了脚步："你不会真的相信那个传说是真的吧？"

"我当然相信。"苏菲说。

"就是那个校长会绑架两个孩子去一所学院念书，两个孩子一个去学习善良，一个去学习邪恶，等孩子毕业后就能变成童话角色的传说？"

"描述得不错。"

"你要是看到烤箱就跟我说一声。"

"为什么？"

"我想把我的头放进去烤一烤。所以呢，求你再跟我说说，那所学院都会教些什么呢？"

"嗯，在善良学院里，他们会教男孩以及像我这样的女孩，怎么成为英雄和公主，怎么公正地统治一个王国，以及怎么找到幸福的归宿。"苏菲说，"至于在邪恶学院里，应该就是教你怎么变成邪恶女巫和驼背巨人，以及怎么下蛊和念毒咒吧。"

"毒咒？"阿加莎咯咯地笑道，"谁告诉你的？一个四岁的小孩？"

"阿加莎，证据全在故事书里！你能在插画里看到那些失踪的孩子！杰克、罗斯、莴苣公主——他们全都拥有了自己的童话。"

"我看不到，因为我从来不看那些愚蠢的故事书。"

"那为什么你床边有一摞呢？"苏菲问。

阿加莎气鼓鼓地说："谁说那些书里的故事都是真的啊？也许那根本就是书商的恶作剧，又或者是长老们为了不让孩子乱跑进森林而编出来的谎话。不管怎么解释,这都和校长、毒咒什么的没任何关系。"

"照你这么说,那是谁在一直绑架孩子们呢?"

"根本没人绑架。每隔四年总会有两个傻子偷偷钻进森林里想吓吓他们的父母,可最后却迷了路或者被狼吃了。到后来就变成你听到的传说了。"

"这真是我听过的最愚蠢的解释。"

"我可不觉得愚蠢的那个人是我。"阿加莎说。

苏菲一瞬间怒火中烧,只要有人骂她蠢,她就会特别生气。

"你就是害怕了。"她说。

"好吧。"阿加莎笑了,"那我为什么要害怕呢?"

"因为你知道你会和我一起被带走。"

阿加莎笑不出来了。随后,她将目光从苏菲身上移向了广场。人们正目不转睛地盯着她俩,那模样就好像他们看了这一未解之谜的答案似的。善良的身穿粉色,邪恶的身穿黑色——完美符合校长标准的一对。

阿加莎一动不动地呆站着,看着几十双惊恐的眼睛向她投来目光。那一瞬间她想到的是,明天过后她应该能安安静静地和苏菲一起散步了。而站在她身旁的苏菲,也看到了孩子们拼命想要记住她模样的目光,她知道孩子们要记住她的长相肯定是为了日后能在故事书里辨认出她,她在那一瞬间想到的是,不知道他们是不是也用同样的目光打量过贝拉。

紧接着,穿过人群,她看见了贝拉。

头发已被剃光、衣衫褴褛的贝拉,正跪在泥地里疯狂地往自己脸上涂着泥巴。看着她,苏菲深深地叹了一口气。原来贝拉和所有的人一样,只想嫁人,拥有一段平淡无奇的婚姻,哪怕这男人日后会变得又胖又懒又苛刻,她也只想在单调重复的烹饪、打扫、缝缝补补中过日子,日复一日地给牲畜铲粪、给羊挤奶,宰杀那些发出嚎叫的猪。她宁愿让自己烂在加瓦顿,直到她长出老人斑、牙齿掉光的那一天。校长是不会带走贝拉的,她不是公主,她……什么也不是。

胜利了。苏菲转身看向这群可怜的人们,向他们报以胜利的微笑,她像一面闪亮的镜子一般尽情接受着他们的注视。

"我们走吧。"阿加莎说。

苏菲转过身来，阿加莎的眼睛还一直盯着人群。

"去哪儿？"

"离开人群。"

太阳渐渐收起了它的光芒，如一颗红色的大球一般挂在天边。两个女孩，一个漂亮、一个丑陋，并排坐在湖边。苏菲正往她的丝绸背包里塞着黄瓜，阿加莎则将一根点燃的火柴弹进了湖水里。在她弹到第十根火柴时，苏菲瞅了她一眼。

"这样能让我放松。"阿加莎说。

苏菲还在想方设法往背包里塞最后一根黄瓜："为什么像贝拉这样的人愿意待在这儿呢？谁会愿意选择这样的生活而不去选择童话呢？"

"谁又会选择永远离开自己的家人呢？"阿加莎鄙夷地哼了一声。

"你的意思是，只有我会这样。"苏菲说。

她俩都沉默了。

"你有没有想过你父亲去了哪儿？"苏菲问。

"我告诉过你。我出生后他就离开了。"

"但是他能去哪儿呢？我们这儿可是被森林环环围住的！就这样突然消失了……"苏菲突然想到了什么，急切地说，"或许他找到了进入故事的方法！说不定他找到了魔法门，就在另一头等着你呢！"

"又或者他回到了他老婆身边，假装从来就没生过我这个女儿，然后十年前死于一场磨坊事故。"

苏菲咬了咬嘴唇，继续吃起了她的黄瓜。

"我去找你时，你妈妈从来不在家。"

"她现在在镇上。"阿加莎说，"在那栋房子里待着，接待不了什么病人。可能是地点不好。"

"就是地点的问题。"苏菲说。她知道没人会相信阿加莎的妈妈能治疗尿布疹，更别说其他病了。"我可不觉得待在墓园能让人心里舒服。"

"墓园也有墓园的好处。"阿加莎说，"没有吵闹的邻居，没人上门推销，也没有居心叵测的'朋友'拿着减肥饼干忍着一脸煎熬来看你，告诉

011

你,你会被带去一个魔法仙境里的邪恶学院。"说完,她又饶有兴致地弹落了一根火柴。

苏菲放下手里的黄瓜:"所以我现在是居心叵测了?"

"那谁叫你来的?我一个人过得好好的。"

"可你每次都开门让我进去啊。"

"那是因为你每次看上去都那么孤独。"阿加莎说,"我替你难过。"

"替我难过?"苏菲眨巴着眼睛说,"你得感到幸运才对,因为除了我根本没人来找你。你知道你有多幸运吗?有我这样的人愿意和你做朋友,而且我还是那么善良的一个人。"

"我就知道!"阿加莎一下子怒不可遏地说,"我就是你要做的善举!是你愚蠢幻想中的一枚棋子!"

很长时间,苏菲一句话都没有说。

"也许,我一开始和你做朋友是为了给校长留个好印象,"她终于承认了,"不过现在不一样了。"

"因为你被我识破了。"阿加莎抱怨地嘟囔道。

"因为我喜欢你。"

阿加莎扭头看向她。

"这儿没人能理解我。"苏菲盯着自己的双手说,"但你能懂我。你能看穿我。这就是我一次次去找你的原因。你再也不仅仅是我想要做的善举了,阿加莎。"

苏菲深深地望着阿加莎的双眼说:"你是我的朋友。"

阿加莎的脖子瞬间一片潮红。

"怎么了?"苏菲皱了皱眉。

阿加莎弯下身子,将自己埋进裙子里:"我只是,呃……我只是,嗯……不太习惯有朋友。"

苏菲微笑着拉起了她的手:"那么,现在就让我们一起到新学院里去做朋友吧。"

阿加莎呻吟着把手抽了回来:"就算我把智商降低到你这个级别,假装相信了你所说的一切。可为什么我就该去那所恶人学院,为什么每个人都觉得我和邪恶有关系？"

"没人觉得你邪恶，阿加莎。"苏菲叹了一口气说，"你只是与众不同吧。"

阿加莎眯起了眼睛说："怎么个与众不同？"

"好吧，首先，你只穿黑色。"

"因为它耐脏。"

"你从不离开你那栋房子。"

"待在那儿的人可不会盯着我看。"

"那在童话创作大赛里，你的故事结尾不是白雪公主被秃鹫吃了，就是灰姑娘被淹死了。"

"我觉得这样的结尾更有意思。"

"你还在我生日时送我死青蛙当生日礼物。"

"那是为了提醒你，我们每个人都会死去。我们最终的归宿都是被深埋在地下直到腐烂被蛆虫吃掉。所以在我们还能过生日时，应该好好享受每一个生日。我觉得这礼物相当有深意呢。"

"阿加莎，而且你经常穿得像个万圣节的鬼新娘。"

"因为婚礼这事本来就很可怕啊。"

苏菲目瞪口呆地看着她。

"好吧。我是有点儿与众不同。"阿加莎生气地回瞪着她，"那又怎么样？"

苏菲犹豫地说："因为，在童话故事里，与众不同通常导致的结果就是，嗯……邪恶。"

"所以你是说我会变成一个大巫师了？"阿加莎伤心地说。

"我是说，不管发生什么，你都有选择的余地。"苏菲温柔地说，"我们俩都可以决定自己童话的结局。"

一时间，阿加莎什么话也没说。然后她伸手摸了摸苏菲的手："你为什么这么想离开这里？你怎么就那么相信那些莫名其妙的童话？"

苏菲看着阿加莎那双大大的充满真诚的眼睛。第一次，自己愿意正视她如潮水般涌来的疑惑。

"因为我没法在这里生活。"苏菲充满激情地说,"我没法平平淡淡地耗完这一辈子。"

"有趣。"阿加莎说,"这也是我还挺喜欢你的原因。"

苏菲笑了:"因为你也是这样?"

"是因为你的存在,让我觉得自己很正常、很平凡。"阿加莎说,"而这恰恰就是我唯一想要的。"

钟楼的钟声如男高音一般在山谷中响起,悠远而又阴郁。不知是六点还是七点了,仿佛钟楼也迷失了时间。随着那声声回荡的钟声淹没在远处广场的嗡嗡人声中,苏菲和阿加莎都在心里暗暗许下了一个愿望:从现在开始,她们会永远陪伴在彼此身边。

无论在哪里。

第二章
绑架的艺术

夜幕终于降临了,孩子们被早早地锁进了各自的房间。他们趴在卧室的百叶窗前偷瞄着屋外发生的一切。加瓦顿镇的父老乡亲们手拿火把在黑森林外围了一圈,鼓足勇气等待着校长跨过火圈的那一刻。

就在别的孩子正哆哆嗦嗦地拧紧窗户上的螺栓时,苏菲却打算撬开所有的螺钉。她要尽可能让绑架变得越方便越好。她拿出了发夹、镊子、指甲锉,准备清除障碍。

第一次绑架发生在两百年前。打那之后,有些年份失踪的是两个男孩,有些年份又都是女孩,还有些年份是一男一女。至于年龄也没有定数,一个十六岁、一个十四岁,又或者两个都刚满十二岁。渐渐地,人们在这看似随机的选择中发现了规律。两个孩子中总有一个又漂亮又善良，完完全全就是所有父母眼中最理想的孩子；而另一个则其貌不扬甚至有些古怪，打出生起就被遗弃了。他们一定是特征完全相反的两个孩子，而且会在青少年时期神秘地消失。

一开始，人们很自然地把这归咎于熊。加瓦顿镇上的人从来没见过熊，可这反而更坚定了他们非要找出一头熊来的决心。四年后，又有两个孩子失踪了，人们觉得有必要把目标更明确些，于是他们宣称黑熊是整件事的罪魁祸首。因为黑熊嘛，那么黑，混在夜里才会谁都看不清。可是孩子们还是每隔四年地继续消失着，人们又只能将怀疑对象转为会打洞的熊、幽灵熊、会伪装的熊……直到最后，所有人才明白，这根本和熊一点儿关系都没有。

就在惊慌失措的人们继续冒出一大堆新推断时（比如下沉的洞穴啊，会飞的食人族啊），加瓦顿镇的孩子们却注意到了一些可疑的迹象。那是他们在研究那几十幅张贴在广场上的寻人启事时发现的：那些失踪的男孩女孩的脸看起来异常地熟悉，竟然每一个都曾出现在他们看过的故事书里。

一百年前被带走的杰克，在书里的年纪一点儿没变，还是一头乱蓬蓬的头发的样貌、一对深深的酒窝，还有他那让加瓦顿所有女孩都为之着迷的狡黠笑容。只是现在，他沉迷于魔豆研究，还在后花园里种了一株豆茎。与此同时，和杰克同一年消失的安格斯——那个长了一对尖耳朵、满脸都是雀斑的小流氓，则变成了杰克种的那株豆茎顶端的尖耳雀斑巨人。这两个男孩都找到了进入童话的方法。可是当孩子们把这一发现告诉大人时，大人们的反应就和平日差不多：他们拍了拍孩子的头，然后继续讨论他们那些关于洞穴和食人族之类的猜想。

后来，孩子们找出了越来越多的熟悉面孔。五十年前失踪的长相甜美的安雅，现在被画进了《小美人鱼》里，正坐在一块洒满月光的岩石上，而残忍的埃斯特拉则成了狡诈的海巫婆。牧师的正派儿子菲利普，化身进入了《聪明的小裁缝》，自大的古拉则去了《森林女巫》吓唬小孩子。几十个孩子，成对地被绑架，最后都在故事书里获得了新生。一个善良，一个邪恶。

所有的故事书都是从多维尔先生的故事书店里卖出来的，就是那间隐藏在巴特斯比面包店和腌猪肉酒吧之间，一个潮湿发霉角落里的小书店。不过人们最关心的，当然还是老多维尔先生是从哪儿弄来这些书的。

没人能预料到是哪天，但每年总会有那么一天，老多维尔一走进他的书店就会看到有一箱书端放在店里等着他。箱子里是四本崭新的童话书，每本一个故事。这时，多维尔先生就会往他的店门口挂上一块"敬请期待"的牌子，然后把自己关进里屋去，日复一日地亲手誊抄这些新书，直到确保镇上的孩子能够人手一本。至于那几本神秘的原版书，会在某个清晨出现在书店的橱窗里。看到这个，人们就知道多维尔先生终于完成了这项艰巨而辛苦的任务。接下来，当多维尔先生打开书店的大门，他会看到一支蜿蜒三英里长的队伍从他的书店一直排到广场上、山坡下，甚至还围着湖边绕了一圈。队伍里挤满了渴望着新故事的孩子和焦虑的家长，他们都急切地想看看之前失踪的孩子们是不是也进入了这一年的童话中。

不用说，镇上的长老会曾把多维尔先生叫去问过一堆问题。当被问到这些书是谁寄来的时，多维尔先生说他一丁点儿都不知道；当被问到这些书多久出现一次时，多维尔先生说他想不起来第一次是什么时候出现的了；当被问到他是否质疑过这些书神奇的出现方式时，多维尔先生则回答说："童话书嘛，那要不然还能从哪儿出现？"

接着，那些长老又在多维尔先生的故事书里注意到了一些别的东西。书里所有的小镇看起来都和加瓦顿镇一模一样：一样的湖边小屋、一样绚丽多彩的屋檐；细长的泥土路上一样开满了紫色和绿色的郁金香；还有暗红色的马车、木制门面的商店、黄色的校舍、斜倚着的钟楼，全都一个样。只是在书里，故事发生的地点并没有被明确指出，那些小镇都被描绘成了一个遥远国度的幻想世界，并且只在故事的开头和结尾时出现，而中间的情节都发生在那片紧紧环抱着小镇的无边无际的黑森林里。

与此同时，人们发现加瓦顿镇也同样被一片无尽的黑森林包围着。

两百年前，当孩子们第一次失踪时，愤怒的人们曾经气势汹汹地冲进森林搜寻，最终却被林中突如其来的暴风雨、洪水、飓风和倒塌的大树逼了出来。当他们终于冒险穿越森林后，他们发现了一个隐藏在森林背后的小镇。人们围住了小镇想要报仇，却发现这居然就是他们自己的家园。实际上，无论人们从哪里进入森林，他们最后都会从一开始进去的地方出来。看来，这片森林是无意归还他们的孩子了。直到有一天，人们知道了缘由。

有一年，当多维尔先生把那年的故事书从箱子里拿出来时，他发现箱子底部有一大块污渍。他伸手摸了一下，那污渍像是块未干的墨迹。再凑近一看，这块污渍原来是一个封印，封印上的图案是一枚精致的徽章，上面印有一只黑天鹅和一只白天鹅，还有三个字母：

S.G.E

不用费心猜测，徽章下面的横幅已清楚写明了字母的含义，而人们也终于由此得知失踪的孩子们都去了哪里。

善恶魔法学院

绑架依然如期而至，只不过现在那个绑匪有了个称号。

人们都管他叫校长。

十点刚过几分，苏菲终于撬开了锁住窗户的最后一把锁，推开了百叶窗。她向着森林的边缘望去——在那儿，她的父亲斯特凡也加入了守卫队伍，和所有人站在一起。可他并没有像别人那样一脸焦虑，相反，他微笑着，手还搭在了寡妇霍诺拉的肩上。苏菲厌恶地皱了皱眉。她实在无法理解她父亲的审美。曾经，她的母亲完美得就如同故事书里的王后一样，而这个霍诺拉头小身子肥，活脱脱就是只大火鸡。

看见她父亲一脸调皮地对那寡妇说着悄悄话，苏菲难受得面红耳赤。如果被带走的是霍诺拉的两个小儿子，他肯定会难过死吧。的确，斯特凡在太阳落山时就把她反锁在了屋子里，临别前还吻了她一下，尽职尽责地扮演了一个慈爱的父亲。可是苏菲知道她父亲不爱她，在她生命中的每一天，她都能从他脸上看出这一点。因为她不是个男孩，因为他在她身上看不到自己的影子。

现在，他想娶那只火鸡做老婆。她的母亲已经过世五年，他再婚不会被看作不得体或是冷酷无情。只要简单交换一下誓言，他立刻就能拥有两个儿子、一个新家庭和全新的开始。只是这一切得先得到他女儿的祝福，长老会才会同意。他试过好几次，可苏菲不是转移话题就是大声地切着黄瓜，再或者就像对待雷德利那样给她父亲一个冷冷的微笑。渐渐地，她父亲再没提过霍诺拉了。

"等我走了，就让这个胆小鬼娶她吧。"透过百叶窗，她直愣愣地盯着他想。失去她，他才会珍惜她。失去她，他才懂得她是无可替代的。失去她，他才会发现自己生了个比儿子要厉害得多的孩子。

他生了个公主。

苏菲小心翼翼地把姜饼摆成一个心形放在窗台上。这是为校长准备的，是她有生以来第一次用糖和黄油烤饼干。这意义非凡，毕竟，她希望校长能知道她是非常愿意被带走的。

做完这些，苏菲把头埋进枕头里，闭上双眼不去想寡妇、父亲，还有这让人厌倦的加瓦顿了。她微笑着倒数着，静静等待午夜的降临。

就在苏菲的脑袋一离开窗户后，阿加莎立刻探出头把窗台上的心形姜饼全塞进了自己的嘴里。"这样做只会招来老鼠的。"她一边吃一边想着，饼干屑簌簌地落在了她黑色的松糕鞋上。然后她听着远处不紧不慢的钟声又过了一刻钟，打了个哈欠准备起身回家。

本来和苏菲一起散完步后，阿加莎打算直接回家的。可恍惚间她仿佛看见苏菲尖叫着冲进森林，非要找到一所装疯卖傻的学院，最后却被野猪戳死了。于是她又折回了苏菲的花园，静静等在一棵树后。她听见苏菲一个一个撬开窗户上的锁（同时唱着一首关于王子的奇蠢无比的歌）；接着又听见她收拾行李打包（现在唱的是《婚礼钟声响》）；紧接着她开始化妆，换上她最漂亮的裙子（"每个人都爱身穿粉色的公主"，她说）；最后（终于！）她把自己塞进了床。阿加莎用她的松糕鞋把最后一点儿饼干屑踩进土里后，拖着蹒跚的步伐朝墓园走去。苏菲很安全，明天一早醒来她就会明白自己有多傻了。阿加莎也不会再喋喋不休地损她了，苏菲比以前更需要她，她也会一直陪着苏菲。在这个安全的、与世隔绝的世界里，她们俩都会努力活出属于自己的天堂。

走在山坡上，阿加莎看到森林边缘那圈火把围成的防线露出了一个弧形的阴影。很显然，墓园守卫们都觉得住在那里面的人没什么必要去保护。自打阿加莎记事起，她就知道自己有种能让人们都避而远之的本事。孩子们一看见她就像看见吸血蝙蝠一样吓得逃走；大人们看见她经过，会紧紧贴着墙走，生怕被她诅咒。就连山上的守墓人也是一看见她就跑。每当新年来临时，镇上关于她的流言蜚语都会甚嚣尘上——"巫婆""魔女""邪教"。渐渐地，她找了个借口不再出门。一开始是几天，接下来是几周，直到最后她变成了一个如鬼魂般只在墓园那所房子里悄然出没的人。

一开始她很能自娱自乐。她写诗（《悲惨的人生》和《天堂即墓地》是她的得意之作）；她画画，她给镰刀画的肖像画比真猫更能吓死老鼠。她甚至尝试写过一本童话书叫《魔法孽缘》，书里那些漂亮的孩子最后全都惨死了。不过她的创作从来没人可分享，直到有一天苏菲敲开了她家的大门。

阿加莎踩着她家那嘎吱乱叫的门廊台阶一步步往上走着，镰刀正轻轻舔着她的脚踝。这时她听见屋里传来一阵歌声——

"在原始森林的深处，
有一所善恶魔法学院……"

阿加莎翻了翻眼睛，推开了门。

是她母亲，正背对着她一边欢快地唱着歌一边忙着把黑色斗篷、扫帚，还有尖顶的黑色女巫帽塞进一只大箱子里。

"两座城堡相生相克，
一座纯洁，
一座邪恶。
想要逃跑，死路一条，
唯一的出路，
是创造你自己的童话……"

"计划出国游？"阿加莎说，"我上次查过了，除非你有翅膀，否则根本出不了加瓦顿。"

卡莉斯转过身来："你觉得三件斗篷够了吗？"她问道。她也长着一双虫子般凸出来的眼睛，油腻的黑发如头盔般盘在头顶。

阿加莎嗤之以鼻地看着三件差不多的斗篷，"它们全长一个样，"她咕哝道，"你干吗要带三件？"

"以防万一你需要借给朋友啊，亲爱的。"

"这是给我准备的？"

"我备了两顶帽子，如果一顶被压塌了你还有一顶；扫帚一把，不知道他们那儿臭不臭；还有几瓶狗舌头、蜥蜴腿和青蛙脚趾。谁知道他们会在那儿坐多久呢。"

阿加莎知道母亲在说什么，但还是忍不住问道："妈妈，我要斗篷、帽子，还有青蛙脚趾来干吗？"

"当然是为女巫迎新会准备的啊！"卡莉斯激动得有点儿颤抖地说，"你也不想到了邪恶学院后，处处表现得像个新手一样露怯吧。"

阿加莎一脚踢掉她的松糕鞋："好，我们暂且不讨论居然连镇上的医生都相信的这些鬼话。为什么你就是不能接受我在这儿过得挺愉快的呢，我已经有了我需要的一切，我的床、我的猫，还有我的朋友。"

"好吧，那你可得好好学学你的朋友了，亲爱的。至少她期待着能从生活中得到点儿什么。"卡莉斯边说边锁上了行李箱，"说真的，阿加莎，还有什么比成为童话里的女巫更精彩的命运呢？我做梦都想去邪恶学院！可我们那一年，校长带走了那个叫斯文的笨蛋，后来他出现在了《没用的食人魔》里，被公主用计谋打败，还一把火把他给烧死了。说实话，我一点儿也不意外，那男孩蠢得连自己靴子上的鞋带都不会系。我敢说，如果校长能重新选择一次，他肯定会带走我。"

阿加莎滑进被子里躺下："好吧，镇上的每个人都一直把你当成个女巫，看来你还是得偿所愿了啊。"

卡莉斯四处拍拍打打整理着："我的愿望是你能够离开这里。"她带着怒气低声说道，两只眼珠黝黑发亮得像两颗煤块，"这个地方让你变得软弱、懒惰而且怯懦。至少我曾为我的生活努力过，而你只是在浪费自己的生命，任由自己腐烂掉，直到苏菲每天来像遛只狗一样带你出去。"

阿加莎盯着她，震惊得目瞪口呆。

卡莉斯随即又露出了灿烂一笑，继续收拾行李："不过亲爱的，还是得照顾好你的朋友。善良学院也许真的就像挂满玫瑰花的彩车一样，但她可是奔着惊喜去的。现在去睡觉吧。校长很快就到了，你睡着了他能绑架得容易点儿。"

阿加莎拉起被单盖住了自己的头。

苏菲一点儿也睡不着。还有五分钟就到午夜了，可一丁点儿入侵者的迹象都没有。她跪在床上，透过百叶窗偷偷往外看着。数千人的守卫把加瓦顿镇团团围住，他们摇晃着火把照亮了整片森林边缘。苏菲气愤地想："这样他还怎么进得来啊？"

就在这时，她发现窗台上的心形姜饼不见了。

"他已经来了！"

扑通、扑通、扑通，三个装得满满当当的粉色袋子被扔出了窗，随之跳出去的还有两只穿着玻璃鞋的脚。

此时阿加莎刚从噩梦中惊醒，四肢无力地瘫坐在床上。房间那头的卡莉斯鼾声如雷，镰刀躺在她的身边。阿加莎的床边放着那只上了锁的大箱子，上面用潦草的字迹歪歪扭扭写着"加瓦顿镇，墓园山路1号，阿加莎"，与箱子一起的还有一小袋在路上吃的蜂蜜蛋糕。

阿加莎拆开蛋糕，一面大口地吃了起来，一面透过一扇残破的窗户往外看着。山下，熊熊燃烧的火把紧紧围成了一个圈。而墓园山上，却只留了一个身材魁梧的守卫在这儿看着。他的手臂快赶上阿加莎整个人一般粗了，大腿上的肌肉一块块地鼓出来。他站在墓园里拿一块断裂的墓碑当杠铃举着，以此来保持清醒。

阿加莎咬下最后一口蜂蜜蛋糕，看向那漆黑一片的森林。

黑暗里一双闪亮的蓝眼睛也看向了她。

阿加莎吓得呛住了，一下子缩回到床里。然后她缓缓地抬起头往外看去，却发现外面什么也没有，就连那个守卫也不见了。

紧接着她看到了那个守卫，他已经瘫倒在那块断裂的墓碑上不省人事，火把也熄灭了。

一个瘦骨嶙峋的驼背人影从他身边偷偷溜过。不过这影子根本没有身体。

这影子缓缓地飘过那一大片墓穴的海洋，丝毫没有要赶路的迹象。它从墓园大门下滑过，悄悄往山下飘去，朝着加瓦顿镇火光的中心飘去。

恐惧一下子钻进阿加莎的心里，将她的心脏紧紧捏住。他是真的。不管他是谁，他是真的，而且他要带走的人不是我。

她顿时松了一口气，但紧接着又一阵惊恐向她袭来。

"苏菲。"

她应该叫醒她妈妈，她应该大声喊救命，她应该——没时间了。

卡莉斯一直在装睡，她听见了阿加莎急切的脚步声和关门声。她紧紧搂住了镰刀，不能让它在此时醒过来。

苏菲蹲在一棵树后，等着校长来把她抓走。

等着，等着，她发现了地上有些什么东西。

饼干屑，被脚踩碎的饼干屑。而这个丑陋至极、恶心至极的松糕鞋脚印，只可能属于一个人。苏菲愤怒地捏紧了拳头，浑身的血液沸腾起来。

突然间，一双手捂住了她的嘴，一下将她拖进了屋子里。苏菲一头栽倒在床上，天旋地转间她看见了阿加莎。"你这只可悲的、多管闲事的虫子！"她大声尖叫着，紧接着她瞥见了阿加莎脸上满满的恐惧。"你看见他了?！"苏菲惊愕地大口喘着粗气说。

阿加莎一只手捂住苏菲的嘴，另一只手把她按倒在床垫上。苏菲不停地挣扎着反抗，阿加莎透过窗户向外窥视着。那个歪歪扭扭的影子飘进了加瓦顿广场，从一个浑然不觉的武装守卫身旁经过，径直朝着苏菲的小屋飘了过来。阿加莎憋着一口气不敢叫出声来。这时苏菲从她手里挣脱，抓住她的肩膀问道："他帅吗？是不是像个王子一样？还是像个正派的校长那样戴着眼镜穿着西装马甲……"

砰！

苏菲和阿加莎慢慢扭头看向大门。

砰！砰！

苏菲皱了皱鼻子说："他可以直接敲门啊，不是吗？"

锁断了。铁链被撞得咔嗒作响。

阿加莎贴着墙蜷缩下来，苏菲却拍了拍裙子，双手合十，一副准备迎接皇室到访的模样："他想要什么就直接给他什么，别大惊小怪的。"

就在门快被撞塌时，阿加莎一下子从床上跳下来，用身体顶住了门。苏菲翻了个白眼说："哦，看在老天的分儿上，求你坐下来。"阿加莎用尽全力握着门把手不放，但是随着一声震耳欲聋的咔嚓声——门被撞开了，阿加莎一下子被抛到了屋子的另一头。

是苏菲的父亲，他脸色惨白得像床单一样，气喘吁吁地晃动着火把："我看到什么东西了！"

接着阿加莎发现了那个弯弯扭扭的影子，它就在墙上，正一步步向着苏菲父亲那宽大的身影移去。"在那儿！"她大叫一声。斯特凡一转身，影子迅速吹灭了他手里的火把。阿加莎立刻从包里掏出一根火柴擦亮，却只看见斯特凡已不省人事地躺在地上，而苏菲不见了。

屋外尖叫声此起彼伏。

透过窗户，阿加莎看见影子拖曳着苏菲一路向森林飘去，人们喊着叫着追赶着，而且越来越多的人加入进来，一边穷追不舍一边声嘶力竭地号叫——

而苏菲，早已笑开了花。

阿加莎一个箭步冲出窗口，也去追赶苏菲。可是就在人们快要接近苏菲时，他们手里的火把突然诡异地爆炸了，变成了一个个火圈将他们团团围住。阿加莎成功避开了一个又一个火圈，一路狂奔着，她要赶在影子把她的朋友拽入森林之前救下她。

苏菲感觉她的双脚经过了柔软的青草地，在一条沙土路上一路剐蹭着。一想到要穿着脏衣服去学院，她皱起了眉头。"我还真的以为会有男仆呢，"她对影子说，"要不然，至少有辆南瓜马车也行啊。"

眼看苏菲就要消失在森林里了,阿加莎拼了命地往前跑着。四周火光冲天,那火焰越烧越烈,仿佛要将整个小镇吞噬殆尽。

看着这肆无忌惮燃烧着的烈火,苏菲如释重负,她知道已经没人能救得了她了。"可是另一个孩子在哪儿?去邪恶学院的那个孩子在哪儿?"不是阿加莎,看来她一直想错了。当感觉自己已经被拖进了森林,苏菲扭头看了看那熊熊燃烧的烈火,彻底与平淡生活的诅咒做了个吻别。

"永别了,加瓦顿!永别了,不思进取的生活!永别了,平庸之辈……"

就在这时,她看见了从火焰中冲出来的阿加莎。

"阿加莎,不要啊!"苏菲大喊道。

阿加莎跳起来一把抓住苏菲,她俩一齐被拖进了黑暗之中。

一瞬间,围住大家的火圈消失了。人们立刻向森林冲去,这时树叶却像被施了魔法一般变得坚硬又多刺,没人能进得去。

一切都太迟了。

影子把她俩拽进了那漆黑一片的森林中。"你在干什么!"苏菲咆哮道,双手不停地推挤撕扯着阿加莎。阿加莎的双手也疯狂地胡乱拍打拉扯着,她不能让影子拉着苏菲,也不能让苏菲拉着影子。"你会把一切都毁了!"苏菲对着阿加莎怒吼道,阿加莎却一口咬住了她的手。"啊啊啊!"苏菲尖叫着翻身把阿加莎压在地上,阿加莎又一个翻身把苏菲压倒在地,她用松糕鞋顶住苏菲的脸,朝着影子爬去。

"等我的双手找到你的脖子……"

这时,她俩同时感觉自己的身体离开了地面。

一根冰冷纤细的东西缠住了她们,阿加莎哆哆嗦嗦地从衣服里摸出一根火柴,在她那干枯苍白的手腕上划了一下点燃。影子消失了。一根匍匐藤蔓将她俩包成了一个茧,缓缓递到了一棵硕大无比的榆树前,然后扑通一下把她俩扔向了榆树最底部的一根树枝。两个女孩都直勾勾地瞪着对方,使劲调整着呼吸想要说点儿什么。这时阿加莎先开了口:

"我们现在就回家。"

树枝摇摇晃晃地向后卷曲成了一个弹弓的形状,将她俩像发射子弹一样射了出去。还没来得及尖叫,她们已经落在了另一根稍高一点儿的树枝上。阿加莎挣扎着想再摸出一根火柴,树枝又开始弹射了,她俩又被弹到了另一根更高一点儿的树枝上,紧接着又弹到下一根。"这棵树是有多高啊!"阿加莎尖声叫道。就好像在树枝间打乒乓球一样,两个女孩不停地跌来撞去,衣服被荆棘和树枝划得破烂不堪,整个身体弹来撞去,直到最后,她们被抛到了最高最粗的那根树干上。

榆树的顶端,端放着一颗巨大的黑蛋。两个女孩目瞪口呆地看着它,一脸的茫然。这时蛋壳破裂,一股黑色如蛋黄般的黏液从里面喷溅而出,一只浑身只有骨架的巨鸟破壳而出。它看了一眼这一对女孩,发出了一声愤怒的啸叫,那声音震耳欲聋几乎刺穿她俩的耳膜。然后它用爪子一把抓起她们,任由她们尖叫连连,俯身飞下了树梢。这只骷髅巨鸟风驰电掣般地在黑森林里疾行着,阿加莎从巨鸟的肋骨上,紧张地一根接一根地擦亮火柴。通过这微弱的火光,她们看到了巨鸟闪着金光的红色眼睛和它那根根直立的翎毛的影子。四周的树木瘦削修长,巨鸟不时下降或爬升以避开这些树木的遮挡,直到听见前面不远处雷声大作,巨鸟带着她俩一头猛栽进了这狂暴怒吼着的电闪雷鸣之中。被闪电劈断的树木纷纷倒向她俩。大雨滂沱、泥泞四溅、横七竖八倒下的木头,还有蜘蛛网、蜂巢和不时蹿出的毒蛇,她俩仓皇失措地一路捂紧脸颊躲避着,直到最后,巨鸟一个骤降直直向着一丛尖利如刀的石楠丛冲去。两个女孩已经吓得脸色煞白,她们闭上了双眼准备接受痛苦的降临——

然后,一切安静了。

"阿加莎……"

阿加莎缓缓睁开双眼,看见阳光照耀下来。她低头看去,然后惊讶地倒吸了一口气。

"这是真的。"

在她们脚下很远的地方,高高耸立着两座横贯森林的城堡。一座城堡在充满阳光的薄雾下熠熠生辉,粉色与蓝色的玻璃塔楼映照在波光粼粼的湖面上。另一座城堡则布满黑暗阴霾,歪歪扭扭如锯齿形,城堡的塔顶尖锐锋利,如怪兽的牙齿一般直插向乌云密布的天空。

善恶魔法学院。

骷髅巨鸟在善良学院的上空盘旋了一圈，仿佛就要松开抓住苏菲的爪子。阿加莎惊恐万分地抓住了她的朋友，却看到苏菲满脸洋溢着幸福。

"阿吉，我是公主。"

但这时巨鸟却将阿加莎扔了下去。

瞠目结舌的苏菲眼睁睁地看着阿加莎坠进那粉红色的棉花糖雾里。

"等等——不——"

接下来，巨鸟叼着它新的猎物粗暴地向着邪恶城堡俯冲过去。

"不！我该去善良学院！你弄错了！"苏菲尖叫着喊道。

无人回应，她被一头扔进了那地狱般的黑暗世界里。

第三章
一个大大的错误

苏菲睁开双眼,发现自己正浮在一条臭气熏天的护城河上,河里的淤泥又黑又厚,都快漫到岸边了。在她四周是幽暗深远的迷雾,像堵墙似的将她团团围住。她想站起来,可双脚一蹬身体反而开始下沉,淤泥一下子涌进她的鼻子和喉咙,噎得她喘不过气来。她伸手胡乱抓住一样东西,一看竟然是具被吃掉一半的山羊尸体。她惊恐地大口喘着气试图游走,可眼前一片模糊,什么都看不见。在她头顶上空却一直回荡着各种尖叫声,于是苏菲抬头望去。

十几只骷髅巨鸟"嗖"地冲破迷雾疾驰而出,它们接二连三地把大声尖叫着的孩子们一个个扔进护城河里。只听见那些尖叫声刚刚变成扑通扑通的水花声,下一拨巨鸟又飞来了。然后一拨接一拨,直到头顶那片天空全都布满了尖叫着落下的孩子们。苏菲眼瞅着一只巨鸟极速俯冲直直地朝着她飞来，她吓得急忙转身躲避，谁知正好迎上了一大团飞溅的淤泥，泥浆瞬间溅满了她的脸。

她擦掉泥浆，睁开了双眼，一个男孩出现在她面前，与她四目相对。她先是注意到，那男孩竟然没有穿上衣，羸弱的胸膛苍白干瘪，完全看不到任何能长出肌肉的样子。他小小的头上长着一个长长的鼻子和一副尖尖的牙齿，黑色头发下是一对鬼鬼祟祟的小眼珠子。这个男孩简直就像只邪恶的小黄鼠狼。

"那只鸟把我的衬衫给吃了，"他说，"我能摸一下你的头发吗？"

苏菲立刻向后闪躲。

"通常恶人都不会长一头公主般的长发的。"他一边说一边狗刨着朝她游过来。

苏菲赶紧拼了命地寻找武器——棍子、石头，甚至死山羊都行……

"说不定我们能做室友呢，要不然做闺密或者别的什么密都成。"说话间，他离她只有几英寸[1]了。这个人就像是肥了胆子的雷德利变成了一只啮齿动物后的模样。他伸出一只干巴巴的手摸向苏菲，苏菲则捏紧了拳头准备往他眼睛上来一拳。这时一个尖叫着的男孩掉到了他俩中间，苏菲立刻摆脱他转身游走，边游边回头瞄了一眼，黄鼠狼男孩不见了。

透过迷雾，苏菲隐隐约约看见孩子们在一堆漂浮的袋子和箱子中寻找着自己行李的身影。找到行李的孩子们顺流而下，朝着远处传来一声声凄厉号叫声的方向游去。苏菲也跟着那些漂浮着的剪影一路向下，直到迷雾渐渐散开，露出了一片河岸。在岸边，站着一群身穿血红色夹克、黑色马裤的狼，它们双腿直立，正"啪啪"地挥舞着皮鞭把学生们赶成一排。

苏菲抓住河堤奋力爬上了岸，但当她借着护城河的污水看见自己倒影的时候，她愣住了。她的裙子已经完全被淤泥和各种黏糊糊的东西遮盖，她的脸上沾满了散发着恶臭的黑色污垢，一堆蚯蚓在她的头发里安了家。她简直快要窒息了。

"救命啊！我进错了学院……"

---

[1] 1英寸等于2.54厘米。

一头狼卫猛地把她拽过来，一脚往队伍里踢去。她刚想张嘴抗议，却一眼看见黄鼠狼男孩正奋力向她游来，嘴里还大喊着："等等我！"

苏菲迅速插进队伍，混在了那些拖着行李在迷雾中行进的孩子中。只要有人磨蹭一下，狼卫会立刻走上去给他一鞭子，所以苏菲一路都小心而焦虑地走着，一边擦拭着裙子、挑着头发里的蚯蚓，一边暗自悼念着她那遗落在远方的整理得完美无缺的行李箱。

城堡大门上钉满一根根铁钉，带刺的铁丝网交错其间。走到近处一看，苏菲才发现那些交错其间的根本不是铁丝，而是一条条黑色的毒蛇，整扇门完全就是一片毒蛇的海洋。它们吐着信子，嘴里发出咝咝的声音向她袭来，苏菲吓得一声惨叫，连滚带爬地冲进门里。然后她回过头看见了铁门上一行生锈的大字，夹在两只雕刻的黑天鹅中间：

邪恶学院，诱导罪行，传播罪恶

学院的塔楼如一只带翼的魔鬼耸立在前方。主塔楼由坑坑洼洼的黑色石块堆砌而成，如一根粗壮的躯干直插入迷雾笼罩的天空。它的两侧分别伸出两个厚重而扭曲、带着尖顶的裙楼，上面布满了如血管一般的红色藤蔓，看上去就像两只滴血的翅膀。

狼卫把孩子们赶到了主塔楼的入口处，这是一条长长的锯齿形隧道，形状像鳄鱼的鼻子。隧道越走越窄，苏菲几乎看不到走在她前面的孩子了，一阵寒意从她心底升起。她从两块凹凸不平的石头间穿过，来到了一个充满臭鱼腥味的残破不堪的大厅。大厅的石橡柱上悬挂着凶残的滴水兽石像，它们虎视眈眈地俯瞰着大厅，张开的大嘴里是熊熊燃烧的火把。柱子旁边有一座铁制的巫婆雕像，她秃头无牙，手里挥舞着一颗从毒火中炼制的苹果。沿着墙有一排摇摇欲坠的柱子。第一根柱子上绘制着一个巨大的黑色字母"N"，字母周围装饰着一群面目可憎的小恶魔、巨怪和人头鹰身女妖，它们像爬树一样贴着柱子不停地上下爬动着。第二根柱子上是一个血淋淋的字母"E"，装点它的则是一群在秋千上荡来荡去的巨人和妖精。苏菲夹在这支看不到头的队伍里慢慢挪着步，渐渐地，她终于看清了所有柱子上的字母拼出的字：

永灭者（NEVER）。紧接着，她突然发现自己已身在大厅的中间，能清晰地看清蛇形队伍里每一个孩子的模样了，而这让她几乎当场昏倒。

她首先看到的是一个下颌突出、牙齿奇丑的女孩，她头发斑秃而且只在眉心长着一只眼睛。然后是一个秃头的男孩，他双手双腿都肿得快要胀破了，肚子也圆滚滚的，整个人就像一堆面团。还有一个女孩，她个子很高，一脸轻蔑，长了一身病态的绿色皮肤，正拖着步子艰难地朝前走着。在这个女孩前面的是一个浑身长满了毛的男孩，远看就像只类人猿。他们除了年龄与苏菲相仿，其余再无相似之处。这里完全就是一个大型的悲惨世界：畸形的身体、丑陋的面庞，还有苏菲从未见过的残忍表情——那表情仿佛永远在寻找仇敌。而此刻，这一道道仇视的目光全落在苏菲身上。他们终于找到了仇恨的对象，这个脚踩玻璃鞋、一脸错愕的金发公主。

这朵荆棘丛中的红玫瑰。

而在护城河的另一边，阿加莎差点儿杀死了一只小精灵。

她在一簇黄红相间的百合花中醒来，听见这些百合花正在非常激烈地交谈着什么。阿加莎敢肯定交谈的内容就是关于她的，因为百合花的叶子和花苞都毫不遮掩地指向了她。接下来问题似乎解决了，于是这些花朵就像一个个大惊小怪的老祖母一样，弯下腰用花茎缠住了她的手腕，一把将她拉起，拽了出来。这时阿加莎才发现，在那波光粼粼的湖边围着一群光彩照人的女孩。

她简直不敢相信眼前看到的一切。这些女孩一个个全是从地里长出来的：先是头部从松软的土壤里探出来，接下来是脖子，随后是胸膛。女孩们一点一点从土里长出来，直到最后她们伸出双手探向那蓬松柔软的蓝色天空，与此同时，地上还长出了一双精致的水晶鞋。不过地里能长出女孩并不是让阿加莎灰心丧气的原因。她最不安的是，这些女孩和她没有一丁点儿相似之处。

她们的面庞，有的白皙，有的黝黑，但是都一样的完美无瑕、容光焕发。一头芭比娃娃般闪亮柔顺的卷发如瀑布般垂下，粉色、黄色、白色的蓬蓬裙将她们一个个装扮得就像复活节的彩蛋一样光鲜。她们有的娇小玲珑，有的修长苗条，但都无一例外地炫耀着自己纤细的腰肢、匀称的大腿和细巧的肩膀。地里还在不断地长出新的学生，每个学生都由三只扇动着亮晶晶翅膀的小精灵接待着。在一片悦耳动听的叮当声中，他们一只忙着掸去女孩身上的泥土，一只送上了接风的蜜树茶，还有一只则悉心照看着随着女孩一起从土里长出来的行李箱。

对于这些漂亮女孩都从哪儿来的，阿加莎毫无头绪。她现在只希望能在这一堆公主里找出一个阴暗一点儿、凌乱一点儿的，好让她不要觉得自己太过于格格不入。可这不停长出来的女孩个个都和苏菲一个样儿，她们所拥有的没有一样是阿加莎也拥有的。一阵熟悉的羞耻感开始在她胃里撕扯翻腾起来。她急需一个地洞钻进去，一个墓地藏起来，她希望她们全部消失——

这时一只小精灵咬了她一口。

"哎呀——"

阿加莎努力把这只叮叮当当响的鬼东西从她手上抖掉，谁知他又飞去她脖子上咬了一口，然后又给她屁股来了一口。阿加莎气得大叫，其余的小精灵也吓坏了，赶紧飞上前来制止这只流氓。可这只小精灵竟然连他们也咬，咬完继续攻击阿加莎。阿加莎气急败坏地想要抓住他，但他敏捷轻盈地飞来飞去，阿加莎跳来跳去却完全抓不住他，直到最后，他一个失误飞进了阿加莎的嘴里，她赶紧一口吞下，这才松了一口气，抬头看向大家。

六位漂亮的女孩正警惕地注视着她，仿佛她是一只闯入了金丝雀鸟巢的猫。

阿加莎觉得喉头一阵刺痛，她猛地咳嗽了几下，咳出了那只小精灵。这时她才意外地发现，他竟然是个男孩。

远处，从湖对岸那壮观的粉蓝相间的玻璃城堡中传来了一阵甜美的钟声。一队队小精灵抓住女孩们的肩膀，带着她们升向空中，飞越湖面，朝着塔楼飞去。阿加莎觉得逃生的机会来了，可还没来得及逃，她就感觉自己被两只小精灵吊到了半空中。飞走时，她扭头瞥见了刚才咬她的那只小精灵，他定定地站在原地，双臂交叉摇着头，仿佛说着肯定弄错了，肯定有人犯了个严重的大错误。

一到玻璃城堡前，小精灵们纷纷松开了女孩们的肩膀，让她们自由朝前走去。只有护送阿加莎的两只小精灵还一直拽着她前行,像是在押送犯人。阿加莎扭头看向湖的对岸:"苏菲在哪儿呢?"

在距离湖对岸一半的位置,水晶般的湖面变成了浑浊的护城河,灰色的迷雾遮蔽住了对岸的一切。如果阿加莎想要救出她的朋友,必须得想办法穿过护城河才行。但是现在首要的问题是,如何摆脱这些带翅膀的虫子。得有什么帮她转移视线才行。

这时,正前方金色的大门上,几个镜面般闪亮的拱形大字映入她的眼帘:

善良学院,点亮良知,散播魅力

阿加莎从大字的镜面中看到了自己的影子,立刻别过身去。她讨厌镜子,会不惜一切代价避开镜子(她心想,猪啊狗啊可是不会坐在那儿照镜子的)。继续往前走,阿加莎看到了一扇被糖霜覆盖的城堡大门,门上装饰着两只白色的天鹅。门开了,小精灵们把所有女孩召集进了一间全是镜子的封闭走廊中。队伍停了下来,一群女孩像鲨鱼一般团团围住了阿加莎。

她们盯着她看了好一会儿,仿佛期待着她摘下面具露出公主的真实模样。阿加莎也试图迎上她们的目光,可每一次抬头她都能看到镜子中自己的模样,只能立刻又将目光垂向脚下的大理石地板。几只小精灵嗡嗡地飞着催促着队伍往前走,但是大多数小精灵也只是静静地栖息在女孩们的肩上观望着。最终,一位女孩走出了队伍。她长着一头齐腰的金色长发,嘴唇红润,一双黄宝石般的眼睛闪闪发亮。她美得如同仙女一般。

"你好,我叫碧翠丝。"她甜甜地说,"我没听清楚你叫什么名字。"

"那是因为我根本没说过。"阿加莎说,她的眼睛依然牢牢盯着地面。

"你确定你来对地方了吗?"碧翠丝又说,而且语气更加甜美了。

一个念头钻进了阿加莎的脑海里——一个她现在急需的念头,只是还不太清晰。

"呃,我……"

"也许你游错学院了。"碧翠丝笑着说。

那个想法一下子在阿加莎脑海中清晰起来:转移注意力。

阿加莎抬头看着碧翠丝那双闪闪发亮的大眼睛："这是善良学院，对吗？传说中只有生来就是公主的美丽女孩才能进入的学院？"

"哦，"碧翠丝噘着嘴唇说，"所以你没有迷路？"

"还是说你弄混了？"另一个头发乌黑、一身阿拉伯肤色的女孩说。

"又或者你瞎了？"第三个留着一头深红色卷发的女孩说。

"既然如此，我想你肯定也拿到了花卉总站的通行证吧。"碧翠丝说。

阿加莎眨巴眨巴眼睛说："拿到了什么？"

"拿到进入花卉总站的门票。"碧翠丝说，"你知道的，我们都是这么过来的。只有被正式录取的学生才有进入花卉总站的门票。"

这时女孩们全都举起了一张大大的金色门票。票面上用正楷字体印着她们的名字，同时盖有一枚黑白天鹅的校长印章。

"哦哦哦，花卉总站的通行证是吧。"阿加莎一边嘲讽地说着，一边将手伸进了口袋里，"走近点儿，我拿给你看。"

女孩们一脸怀疑地走上前去，与此同时阿加莎的手在口袋里乱掏一气想要转移注意力——火柴棒……硬币……枯树叶……

"嗯，再近点儿。"

窃窃私语的女孩们全把头凑了过去。"门票哪有这么小！"碧翠丝气愤地说。

"洗衣服的时候缩水了。"阿加莎说，手继续在兜里掏着。火柴棍、融化的巧克力，竟然还有只无头鸟（肯定又是镰刀藏进去的）。"就在这里面啊……"

"也许被你弄丢了吧。"碧翠丝说。

樟脑丸……花生壳……另外一只无头鸟……

"还是你放错地方了？"碧翠丝说。

鸟？火柴？用火柴点燃鸟？

"或者你根本就在说谎？"

"哦，我感觉我摸到了。"

不过她唯一能感觉到的只是一阵神经性皮疹发出的刺痒穿过她的脖子。

"你知道入侵者会有怎样的后果吗？"碧翠丝说。

"在这儿呢……"做点儿什么!

女孩们虎视眈眈地向她围拢过来。

做点儿什么,赶紧地!

于是她迅速做了一件她此刻首先想到的事,大声地放了一个屁。

制造混乱与恐慌是有效分散注意力必不可少的因素,阿加莎这两方面都做到了。这股毫不高级又恶心的气味迅速穿过封闭的走廊弥漫开来,小精灵们第一时间就被熏昏了,尖叫着的女孩们蜂拥着四处逃窜寻找掩护,正好留出了一条毫无遮挡的路直通大门口。只有碧翠丝还挡在路中间,她惊呆了,站着一动也不动。阿加莎向她迈近一步,像只狼一样俯身靠了过去。

"噗。"

碧翠丝立刻逃命似的跑开了。

阿加莎一个箭步向门口冲去,同时不忘骄傲地回头看向那些互相踩踏、撞得东倒西歪的女孩们。她一门心思只想救出苏菲,于是奋力冲过糖霜大门向湖边跑去。可当她到达湖边时,湖面立刻掀起了一股如潮水般的巨浪,劈头盖脸向她打来。只听"砰"的一声,她又被扔回了大门里,穿过那些尖叫的女孩,结结实实地摔趴在了一个水洼里。

然后她跟跟跄跄地站起来,整个人完全呆住了。

"欢迎你,新公主。"一位飘浮在半空中,足足有七英尺[1]高的仙女说道。说完,她一侧身,露出了一间宏伟辉煌得让阿加莎几乎忘记了呼吸的大厅。"欢迎来到善良学院。"

苏菲排在队伍里一路捂着鼻子缓慢前行着。肮脏的尸体、发霉的石头,还有臭气熏天的狼混合出了一股让人作呕的气味,她完全没法适应。她踮起脚想要看看队伍走到哪儿了,但唯一能看到的只是一场怪胎大游行。别的学生都充满恶意地看向苏菲,她却都回以最亲切的笑容,她要确保所有的一切有可能只是一次测试。这肯定就是一次测试吧,肯定的,要不然就是什么地方弄错了或是开了个玩笑。

---

[1] 1英尺等于12英寸,合0.3048米。

她朝着一头灰毛狼卫说道："并不是要质疑你的权威，我只想问一下我能不能见见校长？他是不是……"话还没说完，狼卫对着她大吼一声，嘴里的唾沫喷了她一脸。苏菲立刻闭嘴了。

跟着向下走的队伍，她进到了一间下沉式的大厅，厅中三座弯曲的黑色楼梯相互扭曲缠绕出一个完美的形状。第一座楼梯的栏杆上雕刻着各种恶魔，并写着"恶意"二字；第二座楼梯琢满了蜘蛛，写着"恶作剧"三个字；第三座楼梯则刻的是蛇，写着"恶习"二字。围绕三座楼梯的墙上挂满了不同颜色的相框。苏菲注意到，每一个相框里都挂着一幅孩子的肖像，紧挨着相框的则是一本孩子毕业后进入的童话书。在一个黄金相框里挂着一张模样古灵精怪的小女孩的照片，相框旁边则是一幅气势恢宏的图画，在画中，这个小女孩已经变身成了一个乖张暴戾的女巫，站在一名昏睡的少女身旁。插画下是一块展开的金色匾额：

狐狸森林的凯瑟琳
《白雪公主》（恶魔头）

下一个黄金相框里是一个长着浓厚一字眉的男孩，正沾沾自喜地傻笑着。在他旁边是他长大毕业后的模样，画中他正挥刀砍向一个女人的脖子：

呜呜山的德罗根
《蓝胡子》（恶魔头）

德罗根下面是一个白银相框，里面挂着一个瘦骨嶙峋、金发直立的男孩肖像照，他最后变成了血洗小镇的众多食人魔中的一个：

幽冥森林的凯尔
《大拇指汤姆》（心腹）

在这些相框的底部，苏菲注意到了一个青铜相框，里面的肖像照是一个瘦小的秃顶男孩，两只惊恐的眼睛瞪得大大的。她认识这个男孩，他叫贝恩，是四年前被绑架的，加瓦顿镇所有的漂亮女孩都曾被他咬过。不过在他旁边却没有任何图画，只有一块生锈的匾额，上面写着：

淘　汰

　　苏菲看着贝恩一脸惊恐的模样，胃里一阵抽搐。"他都发生了什么？"她抬头望着那满满一墙的相框，黄金、白银、青铜，成千上万个相框挤满了每一寸墙面：女巫残害了王子，巨人吞噬了壮汉，恶魔纵火焚烧孩子，还有令人发指的食人魔、奇形怪状的蛇发女妖、无头骑士、凶残的海怪。曾经笨拙青涩的少年，最后都变成了真真切切的魔鬼。即使那些最后死于非命的恶人——比如《豆茎巨人》中的侏儒怪，《小红帽》里的狼——他们的画像也都被定格在了人生最辉煌的那个瞬间，仿佛在童话中他们都是凯旋的一方。与此同时，苏菲还注意到了别的孩子仰望肖像时的模样，那是一种带着敬仰与膜拜的狂热表情，这让她再次心惊肉跳。她被一个突然清晰的残酷现实击得肠子如刀绞一般：她正站在一群未来的杀人犯和恶魔中间。

　　苏菲吓出一脸的冷汗。她得找到老师，得找到一个可以核对入学名单的人来告诉她，她进错学院了。但直到现在，她能找到的只有一群话都不会说的狼卫，更别提什么名单了。

　　转角进入一个更为宽阔的走廊，苏菲看见了一个头上长着犄角的红皮肤小矮人，他正站在一架高耸的梯子上举着锤子往光秃秃的墙面上钉照片。她咬紧牙齿充满希望地向他挪去。就在她准备唤起他的注意力时，苏菲突然看到了墙上照片里有几张她熟悉的面孔。一张是她刚才看到的那个胖得像面团一样的男孩，他的标签写着"荆棘岩的布罗纳"。在他旁边是那个独眼斑秃的女孩：狐狸森林的阿拉克涅。苏菲默默扫视了一遍她同学的照片，想象着他们未来恶毒的转变。她的目光停在了黄鼠狼男孩的照片上：滴血溪流的霍特。"霍特，这名字听起来就有病。"她继续排着队向前走着，准备向小矮人哭诉——

　　这时，她看见了小矮人锤子下的那个相框。

相框中她自己的脸正对着她微笑着。

随着一声尖叫，苏菲发疯一样冲出了队伍。她跌跌撞撞地爬上梯子，从一脸惊愕的小矮人手中夺过了照片。"不！我该进善良学院！"她大喊着。小矮人一把抢回照片，然后两人扭作一团互相踢打撕扯起来。苏菲实在受不了了，一个巴掌扇向了小矮人，小矮人发出一声小女孩般尖细的叫声，举起锤子向苏菲挥去。苏菲侧身躲开却失去了平衡，梯子摇摇晃晃轰然倒在两堵墙中间。苏菲被吊在半空中的一级梯级上，低头看着下面咆哮的狼卫和目瞪口呆的学生们。"我要找校长！"她说完一路从梯子上滑下来，重重跌倒在了队伍的面前。

一个皮肤黝黑、脸颊上长着一个大疖子的老巫婆走过来，往她手里塞了一张羊皮纸。

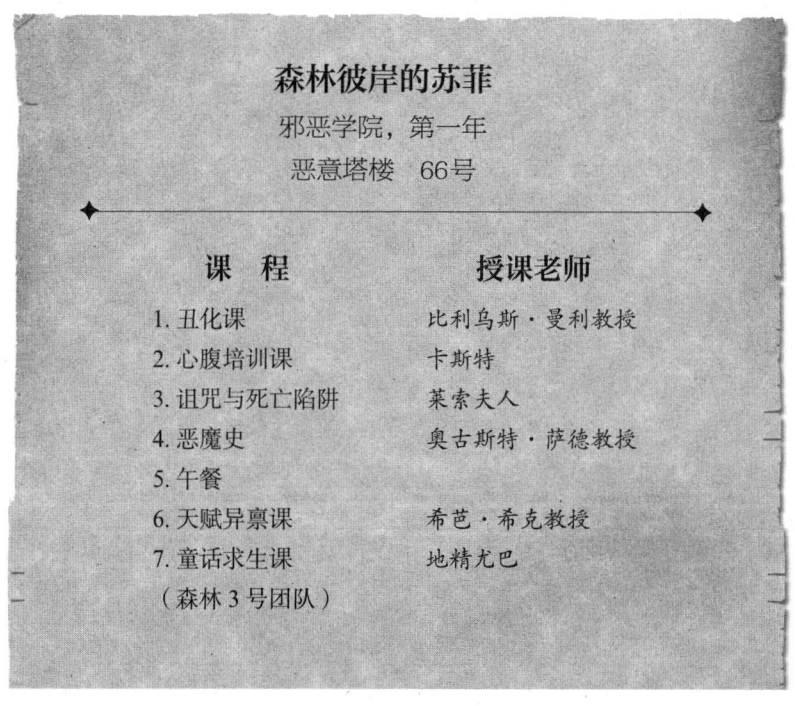

苏菲抬起头来，目瞪口呆地看着她。"我们课上见，森林彼岸的女巫。"老巫婆用低哑的声音说道。还没等苏菲反应过来，一个食人魔已经将一摞用缎带绑好的书扔进了苏菲手里。

《最佳反派独白（第二版）》

《苦难咒（一年级）》

《绑架与谋杀新手指南》

《由内而外拥抱丑陋》

《如何烹饪小孩（附带最新食谱！）》

  这些书简直恶毒透顶了，但苏菲发现这还没完，因为绑书的那条"缎带"近看其实是一条活鳗鱼。她尖叫着把书扔在了地上，这时，一个浑身斑点的羊人向她扔来一块全是霉斑的黑布。展开后，苏菲看到了一件像破窗帘一样垂着的又肥又破的束腰袍子。

  苏菲呆呆地看着其他女孩兴高采烈地穿上那件又脏又破的校服，翻阅着新书，对照着彼此的日程表。又慢慢低头看向自己这令人作呕的黑袍子、鳗鱼包扎的黏糊糊的课本和日程表，再将目光移回到挂在墙上的她那张甜甜笑着的照片上。

  然后她逃命般地跑了出去。

  阿加莎确定自己进错了学院，因为就连学院的老师们也都是一脸疑惑地看着她。在这间宽阔深邃如洞穴般的玻璃大厅里，老师们分别站在四座螺旋状的楼梯前——粉色和蓝色各两排，他们正将五彩的纸片撒向新生。女教授们全都身着同款不同色的修身高领连衣裙，心脏的位置都别着一枚闪闪发亮的银色天鹅徽章。她们的裙子上或镶嵌水晶或用珠花装饰，或者系上薄纱蝴蝶结，每个人都别具匠心地将裙子装饰出了自己的风格。而另一边的男教授们则按彩虹的色度依次穿着亮丽而合身的西装，里面搭配着同款的马甲与窄款领带，一条彩色的方巾塞在胸前一个绣有银色天鹅的口袋里。

  阿加莎从没见过任何一个成年人如这些老师这般魅力四射。那位年长的老师，举手投足间的优雅竟似有一份威慑力，让人不敢轻举妄动。阿加莎曾经一直努力说服自己美丽这种东西稍纵即逝，毫无用处。但在这里，美丽被证明是能够持久永恒的。

  老师们也看见了这个浑身湿漉漉、进错学院的学生。他们一面互相窃窃私语，一面又竭力掩饰着这样的举动，不过掩饰显然毫无意义，因为阿加莎太善于捕捉类似的举动了。但就在这时，她注意到了一个完全不同的人。他身穿三叶草绿的西装，银白色的头发，一双眼睛闪着浅褐色的光芒，彩绘玻璃窗的光晕在他身后形成一个光环。他微笑着看着她，仿佛觉得她完完全全就该属于这里。阿加莎脸红了。任何觉得她属于这里的人肯定都疯了。她别过头去，面对周围那些对她怒目而视的女孩反而能给她一丝安慰，显然这些女孩并没有原谅她刚才在前厅里所做的一切。

"男孩们都去哪儿了？"阿加莎听见有人问道。这时女孩们已全被分组排好，站在三位身形巨大、头发和嘴唇都是彩色的仙女面前，仙女们飘浮在空中准备开始分发日程表、书本，还有长袍。

阿加莎也跟在队伍后面排队走着，她终于能有机会好好打量一番这个宏伟壮观的房间了。她对面的墙上画着一个硕大的粉红色字母"E"，仙女和空气精灵围绕着字母翩翩起舞。其他三面墙也分别用粉色和蓝色绘上了不同的字母，拼在一起组成了"永生者"（EVER）这个词。四座螺旋上升的旋转楼梯对称地安置在每一面墙的角落处，阳光透过高高的彩绘玻璃窗正好映照在楼梯上。一座蓝色楼梯的栏杆上镌刻着"荣誉"二字，与此同时还有一幅骑士与国王的玻璃蚀刻画。另一座楼梯则写着"英勇"二字，上面装饰着猎人和弓箭手的蓝色浮雕。另外两座粉色的玻璃楼梯则用金色分别绘制出了"圣洁"与"仁爱"的字样，精致的装饰带上雕刻着少女、公主，还有温和善良的动物。

在房间的正中央，是一座被毕业生的肖像照覆盖的水晶方尖纪念碑。纪念碑高高耸立，从乳白色的大理石地板一直延伸到了大厅的圆顶天窗。纪念碑上部悬挂的是黄金相框，相框中的学生毕业后都成了王子和王后。纪念碑中部挂着的是白银相框，里面的人命运稍微平庸一些，最后成了快乐的伙伴、尽职的家庭主妇以及仙女教母。在纪念碑底部积满灰尘的区域，则挂着青铜相框，里面都是些成绩不太如意的学生，他们最终成了侍者和仆人。但是不管他们最后成了白雪王后还是扫烟囱的人，这些学生都无一例外地拥有美丽的脸庞、亲切的笑容和饱含深情的眼神。在这座森林深处的玻璃宫殿里，至真至纯的生命全都聚集于此，为人世间的大善服务着。而她，这个悲惨的代言人，却一直都忙着与墓园还有臭屁打交道。

阿加莎焦躁不安地排着队，终于她来到了一个粉色头发的仙女面前。"你们肯定弄错了！"她大汗淋漓、气喘吁吁地说道，"应该是我的朋友苏菲进这所学院。"

仙女笑了。

"我之前一直在阻止她过来，"阿加莎满怀希望地越说越快，"但我把那只鸟弄糊涂了，所以现在我来了这儿，而她去了另一座城堡。她又漂亮又喜欢粉色，而我……好吧，你看看我。我知道你们需要学生，可苏菲是我最好的朋友，如果她留下了那我也只能留下来，可到最后这只会导致我们俩都留不下来，所以能不能帮我找到她，让我们回家。"

仙女没有说话，只是递给她一张羊皮纸。

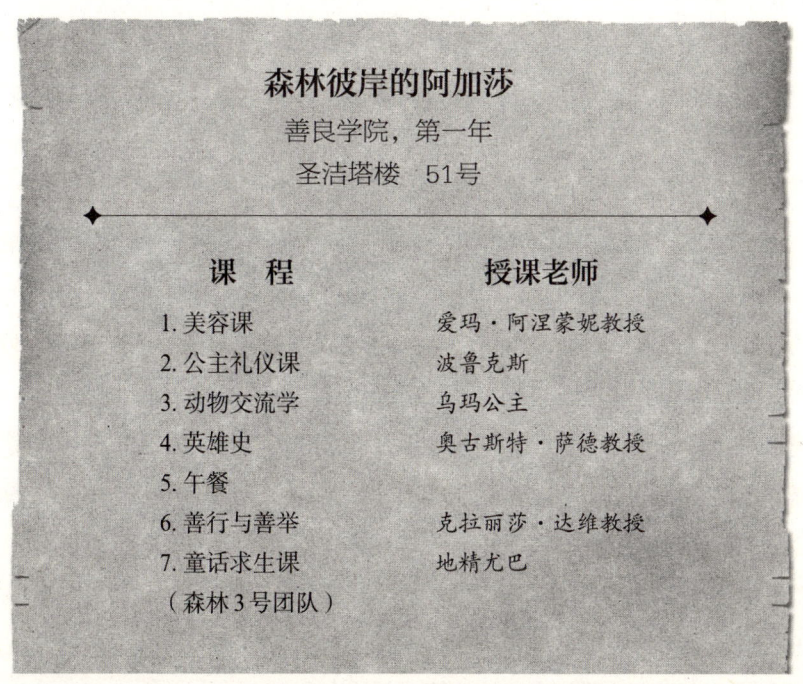

阿加莎看着羊皮纸，一脸惊讶，"可是……"

一位绿头发的仙女塞给她一篮子书，隐约可见里面的书名：

《美丽的特权》

《赢取属于你的王子》

《美容秘籍》

《有目的的公主》

《动物语言学第一册：犬吠、马嘶、鸟啁啾》

接着一位蓝发仙女举起了她的校服：一条让她毛骨悚然的粉色短裙，里面搭配的是一件看着像是少了三颗纽扣的白色蕾丝衬衫，袖子里塞满了康乃馨。

阿加莎错愕地望着她周围那些未来的公主们，她们正一个个忙着收紧自己的粉色小短裙。她看了看那些书，那些告诉她美丽是种特权，教她如何赢得如雕塑般王子的青睐，如何与鸟儿交谈的书，又看了看那张为美丽、优雅、善良的人准备的时间表。接着她又抬头看向那位英俊帅气的老师，他依然微笑着看着她，仿佛期待着最伟大的事出现在这个来自加瓦顿镇的阿加莎身上。

阿加莎做了一件当她面对期望时唯一会做的事。

她跳上了刻有"荣誉"的蓝色楼梯，穿过海绿色的大厅，撒腿狂奔起来，身后传来一片小精灵们叮叮当当愤怒追赶的声音。还来不及看清身旁经过的一切——玉石地板、糖果教室、黄金打造的图书馆——她一路跑到楼梯的尽头，穿过一扇磨砂玻璃门冲进了塔楼顶。在她面前，阳光照耀着一片经过精心修葺、美得令人叹为观止的露天灌木雕塑。阿加莎还没来得及看清楚这些雕塑的模样，小精灵们已经破门而入，他们从嘴里吐出一张张黏糊糊的金色织网前来抓她。她像只虫子一样爬进一座巨大的灌木雕塑里躲起来，调整好脚步后奋力一跃，跳到了池塘上方最高的那座雕塑上。那是一座魁梧的王子高举宝剑的雕塑，她爬到了宝剑最尖的部位，用脚踢开了成群结队赶来的小精灵。可小精灵们实在太多了，就在他们不停地吐着金光闪闪的织网时，阿加莎一失手掉进了水里。

当她睁开双眼时，身上却全是干的。

这个池塘肯定是一道门，因为此刻的她已身在塔楼外面一座蓝色的水晶拱门下了。阿加莎抬头一看，整个人愣住了。她站在一座狭长的石桥上，石桥穿过浓雾一直延伸进湖对岸那座腐烂衰败的城堡中。这是一座连接两所学院的桥。

泪水一下子从她眼里涌出。苏菲！她能救苏菲了！

"阿加莎！"

阿加莎眯着眼睛看见了从浓雾中跑过来的苏菲："苏菲！"

两个女孩伸出双臂，呼喊着对方的名字，朝桥那端冲去——

突然之间，她俩"砰"的一声狠狠撞上了一道看不见的屏障，猛地反弹，摔倒在地。

痛得头晕眼花的阿加莎，眼睁睁看着狼卫抓起苏菲的头发把她拽回了邪恶学院。

"你不明白，"苏菲也眼看着阿加莎被织网捕住，大叫着说道，"这一切都弄错了！"

"一点儿也没错！"一头狼卫咆哮道。

它们竟然能说话。

第四章
66号房间的三个女巫

苏菲弄不明白为什么非得是六头狼卫而不是一头来处罚她,不过她就当这是杀鸡儆猴,以示重视吧。它们将她绑住,还在她嘴里塞了只苹果,然后像展示一头宴会烤乳猪一样押着她,在恶意塔楼里一层层地游行示众,直到六楼。新生们全都倚着墙排成一排指指点点地笑着,可当她们得知这个身穿粉色衣服的怪胎即将成为她们的室友时,笑声立刻停止,变成了眉头紧皱。狼卫拖着哭哭啼啼的苏菲走过63、64、65号房间,然后一脚踢开66号房间的大门,将她扔了进去。苏菲一个趔趄,脸不偏不倚地贴到一只长满疣的脚上。

"我跟你们说过她会被分来我们房间吧。"一个酸溜溜的声音说。

苏菲依然被绑着,她抬起头来看见了一个高个子女孩。这女孩有着一头油腻的黑发,嘴唇上抹着红黑相间的条纹状口红,鼻子上戴着一个鼻环。最可怕的是,在她的脖子上文着一个面目可憎的文身——那是一个长着驼鹿角的红色骷髅恶魔。女孩瞪眼望着苏菲，两只黑眼珠滴溜溜地转着。

"她连闻起来都像个永生者。"

"小精灵很快就会把她捡回去的。"房间那头传出一个声音。

苏菲扭头看到了一个留着一头死气沉沉的白发，皮肤也惨白惨白的白化病女孩。她头戴一顶兜帽，帽檐正好压在她的一双红眼睛上，她正从一口锅里舀着炖菜去喂三只黑老鼠。"真可惜。不然我们可以撕开它的喉咙，把它挂在大厅里当装饰。"

"这也太粗鲁了吧。"第三个女孩的声音传来。苏菲又转身看向一个正笑眯眯地坐在床上的棕发女孩，她整个人又胖又圆，活像只充满气的热气球，两只粗短的小胖手里各握着一支巧克力冰棍儿。"再说了，杀死同学可是违反规定的。"

"那要不咱们把她咬残得了？"白化病女孩说。

"我倒觉得她挺别具一格的，"胖女孩咬着冰棍儿说，"不是每个恶人都非得闻上去就一股子衰味儿。"

"她才不是恶人。"白化病女孩和文身女孩异口同声地说。

苏菲扭动着挣脱了绳子，然后伸长脖子第一次看清了整个房间的全貌。看得出来，这里被大火烧过之前应该是间漂亮舒适的套房。可现在，这房间的砖墙上乌黑黑的全是煤灰，天花板上被一道道黑色和棕色的焦痕划得乱七八糟，地板上积了有一英寸的灰，就连那些家具看起来也都像被烤焦了似的。不过这些都还好，当苏菲看了一圈下来，她发现了这个房间还有个更为严重的问题。

"镜子在哪里？"她着急地说。

"让我来猜猜。"文身女孩哼了一声说，"它是叫贝拉或者爱丽儿或者安娜斯塔西娅吧。"

"它看起来更像叫黄油杯或者梅子糖。"白化病女孩说。

"又或者叫克拉拉贝尔、红玫瑰或是海边的柳树。"

"苏菲。"苏菲站在一团煤灰里说，"我叫苏菲。我不是恶人，我也不是'它'，而且是的，我的的确确不属于这里，所以……"

白化病女孩和文身女孩顿时笑得前仰后合，腰都直不起来了。"苏菲！"后者嘎嘎地怪笑着说，"这简直难听得超乎任何人的想象！"

"任何叫苏菲的东西都不该待在这儿。"白化病女孩笑得喘不过气来，"它应该待在笼子里。"

"我应该待在另一座塔楼里，"苏菲尽量不去搭理她们的尖酸刻薄，"这就是我要见校长的原因。"

"我要见校长。"白化病女孩做作地模仿着她说，"要不你从窗户跳下去看看他能不能接住你？"

"你们都太没礼貌了。"那个嘴里塞满了食物的胖女孩呵斥道。"我叫多特。那个是海丝特。"她指着文身女孩说。"至于这缕刺眼的光，"她又指着白化病女孩说，"她叫阿纳迪尔。"阿纳迪尔一口唾沫啐在了地板上。

"欢迎来到66号房间。"多特一边说，一边伸手往一张无人认领的床上拍扫了一遍灰尘。

苏菲看着那被虫蛀过的床单，还有床单上那些痕迹可疑的污渍，鼻子、眉毛都皱成了一团。"谢谢你的欢迎，但我真的该走了。"她背靠着大门说，"你方便告诉我校长办公室怎么走吗？"

"王子们要是看见你会很困惑的，"多特说，"大多数恶人看起来都不会是一副公主模样。"

"都说了她不是恶人。"阿纳迪尔和海丝特嘟囔着。

"我见他需要预约登记吗？"苏菲不依不饶地问，"或者给他寄张字条过去，再或者……"

"你可以飞过去，我猜。"多特一边说，一边从兜里掏出两个巧克力蛋，"不过斯廷法司可能会吃了你。"

"斯廷法司？"苏菲问。

"就是那些把我们扔下来的巨鸟，亲爱的。"多特一边嚼，一边含混不清地说，"你得闯得过它们，而且你也知道它们有多憎恨恶人。"

"我最后说一次，"苏菲嚷嚷道，"我不是恶——"

这时楼梯间响起了一串铃声，是那种甜美悦耳的叮当声，那么清脆，那么精致，只可能是——

"小精灵。"他们来接她了!

苏菲抑制住内心的尖叫。她不敢告诉女孩们她马上就会得救了(谁知道她们要把她杀了当大厅装饰是真的还是假的),她背靠着门,听着那叮当声越来越响。

"我搞不明白为什么人们都觉得公主很漂亮。"海丝特一边说着,一边从脚趾上挑出了一颗疣,"她们的鼻子那么小,跟个小按钮似的,一看就想按死她。"

"小精灵来到我们这一层了!"苏菲激动得想跳起来。等她一到善良城堡,她要洗一个这辈子最长时间的澡。

"而且她们的头发都那么长。"阿纳迪尔一边说,一边晃着一只死老鼠给其余的大老鼠当甜点,"长得让我想把它们全部给扯下来。"

"还有几个房间就到了……"

"还有那假惺惺的笑容。"海丝特说。

"还有神经病一样地喜欢粉色。"阿纳迪尔说。

"小精灵已经到隔壁房间了!"

"我都等不及想杀掉这第一个了。"海丝特说。

"今天就是最合适的一天。"阿纳迪尔说。

"他们到了!"喜悦充满了苏菲的内心——新学院、新朋友、新生活!

可是小精灵根本没停,直接飞过了她的房间。

苏菲一下子崩溃了。发生了什么!他们怎么会把她遗漏了?!她绕过阿纳迪尔,冲到门口将门打开,一张狼皮闪现在她眼前。苏菲吓得往后一抖,海丝特赶紧"砰"地关上了门。

"你会让我们都挨罚的。"海丝特大吼道。

"可是他们来了!他们在找我!"苏菲大声嚷道。

"你确定我们不能杀了她吗?"阿纳迪尔一边说,一边看着她养的大老鼠一口吞掉了一只小老鼠。

"所以你来自哪片森林,亲爱的?"多特一边问着苏菲,一边又将一只巧克力青蛙吸进了嘴里。

"我不是从森林里来的。"苏菲不耐烦地说。她凑到猫眼洞前窥视着,肯定是狼卫把小精灵们给吓跑了,她得回到桥上把他们找回来。不过现在,大厅里有三头狼卫守着,它们正捧着个铁盘子吃着一盘烤芜菁。

"狼会吃芜菁?还用叉子吃?"

不过在狼卫的盘子里怎么好像还有些别的奇奇怪怪的东西。

是小精灵,他们正在帮着这些野兽清扫食物呢。

苏菲无比震惊地睁大了双眼。

一个可爱的小精灵男孩瞥见了她。"他看我了!"苏菲紧握双手,透过玻璃用口型说了一个"救命!"。小精灵男孩心领神会地笑了,然后对着一头狼卫耳语了几句。狼卫抬眼望向苏菲,然后狠狠一脚踢碎了她的猫眼洞。苏菲吓得狼狈地向后一退,却听见耳边传来了一串轻快的笑声和低沉的笑声。

小精灵根本没打算救她。

苏菲整个人气得发抖,马上就哭出来了。这时她听到一个清嗓子的声音,转过身去。

三个女孩全都目瞪口呆地望着她,一脸难以置信的表情。

"你说你'不是从森林里来的'是什么意思?"海丝特说。

苏菲一点儿也不想回答这个愚蠢的问题,可现在这群笨蛋是她能找到校长的唯一希望。

"我来自加瓦顿镇。"她忍着眼泪说,"你们三个对这里好像很了解,那我求你们能不能告诉我——"

"是在呜呜山附近吗?"多特问。

"傻瓜,呜呜山里住的都是永灭者。"海丝特不屑地说。

"我敢打赌,她住在彩虹风乡附近。"阿纳迪尔说,"最讨人厌的永生者都从那儿来。"

"对不起,我完全听糊涂了。"苏菲皱着眉说,"永生者?永灭者?"

"典型的被锁在塔里的莴苣公主。"阿纳迪尔说,"什么都得解释。"

"我们管那些爱做善事的人叫'永生者',亲爱的。"多特对苏菲说,"你知道的,她们整天都说着要永远幸福地生活下去这样的蠢话。"

"所以你们就是'永灭者'?"苏菲说着,脑子里回想起了在大厅里看到的字母柱。

"就是永恒灭亡的简称。"海丝特无比向往地说,"那里是恶行者的天堂。我们会在永恒灭亡中获得无穷的力量。"

"掌控时间与空间。"阿纳迪尔说。

"获得新的形态。"海丝特说。

"魂飞魄散。"

"征服死亡。"

"只有十恶不赦的大恶人才有资格进去。"阿纳迪尔说。

"而且最棒的是,"海丝特说,"那里没有旁人。每一个恶人都拥有一个属于自己的私人王国。"

"永恒的遗世独立。"阿纳迪尔说。

"这听起来太痛苦了。"苏菲说。

"痛苦的是别人。"海丝特说。

"阿加莎应该会喜欢那儿。"苏菲喃喃地说。

"加瓦顿……是靠近皮夫帕夫山吗?"多特轻快地说。

"哦,看在老天的分儿上,它哪儿也不靠近。"苏菲抱怨道。她拿出了她的时间表,上面写着"森林彼岸的苏菲"。"加瓦顿镇在森林的外面,四面八方都被森林包围着。"

"森林彼岸?"海丝特说。

"那你们的国王是谁?"多特问。

"我们没有国王。"苏菲说。

"你母亲是谁?"阿纳迪尔问。

"她去世了。"苏菲说。

"那你父亲呢?"多特问。

"他是一个磨坊工。这些问题太过私人了吧?"

"那他来自哪个童话家庭?"阿纳迪尔问。

"他们都非常普通。没有谁的家庭是童话家庭。他来自一个有着正常缺点的正常家庭,和你们所有人的父亲一样。"

"我就知道。"海丝特对阿纳迪尔说。

"知道什么?"苏菲问。

"只有读者才会这么傻。"阿纳迪尔对海丝特说。

苏菲的脸一下子红了:"对不起,如果我是这里唯一一个会读书的人,那我可不是傻瓜。你怎么不去照镜子看看,如果你真能找到一面镜子的话。"

"读者。"

为什么这里的每一个人看起来都不想家?为什么他们掉进护城河里时都会朝着狼卫游去而不是赶紧逃生?为什么他们从不哭着喊着找妈妈,看见铁门上的蛇也不逃?为什么他们每个人都对这所学院这么了解?

"他来自哪个童话家庭?"

苏菲抬眼看向了海丝特的床头柜。床头柜上的花瓶里插着一束枯萎的干花,在一个爪子一样伸出来的烛台和一摞书——《出类拔萃的孤儿》《为什么恶人总失败》《女巫常见型失误》——的旁边,放着一个木质滚花相框,相框中是一幅小孩笨拙的笔触画下的图画,画中一个怪诞的女巫站在一栋房子前。

房子是用姜饼和糖果做成的。

"母亲就是幼稚。"海丝特拿起相框说,表情陷入了回忆的挣扎中。"炉子?拜托,穿起来放烤架上不就行了,还省得麻烦。"她紧绷着下巴说,"我能做得更好。"

苏菲又看向阿纳迪尔,心下陡然一沉。她最喜欢的那本童话书,讲的就是那个巫婆在钉子桶里滚得尸骨无存,最后桶里只剩一串男孩骸骨手镯的那个童话。现在那串手镯正套在她这位室友的手腕上。

"看来这是她认识的女巫,不是吗?"阿纳迪尔一脸邪恶地坏笑说,"奶奶会受宠若惊的。"

苏菲又转身望向多特床头贴着的海报。海报中一个身穿绿色衣服的英俊男子正在尖叫,刽子手把斧头砍进了他的脑袋。

通缉令:
罗宾汉

活人、死尸皆可(死尸更佳)
诺丁汉郡郡督令

"爸爸答应过我,我马上就能砍第一次头了。"多特说。

苏菲惊恐万分地看着她的三位室友。

她们根本不需要看童话书,她们就来自里面。

她们全都是为杀戮而生的。

"而且公主还是个读者,"海丝特说,"这真是一个人可能拥有的最糟糕的两件事了。"

"即使是永生者也不会想要她的,"阿纳迪尔说,"要不然小精灵们现在早该来了。"

"但他们必须来!"苏菲叫道,"我是善良的!"

"好吧,那你被困在这儿了,亲爱的。"海丝特一边说,一边用脚踢了踢苏菲的枕头,"如果你还想活下去的话,那最好学会适应这一切。"

"适应女巫!适应食人族!"

"不!听我说!"苏菲乞求着说,"我属于善良学院!"

"你老这么说。"刹那间,海丝特一把掐住了苏菲的脖子,把她按倒在打开的窗户上,"可你没有证据。"

"我把紧身衣捐给了无家可归的老太婆!我每个礼拜天都会去教堂!"苏菲惨叫着,如果掉下去是会摔死的。

"嗯,这还不够做个仙女教母的。"海丝特说,"再来。"

"我对孩子们微笑!对鸟儿们唱歌!"苏菲快要窒息了,"我没法呼吸了!"

"也看不出半点儿和白马王子有关的东西。"阿纳迪尔一边说着,一边一把抓起了她的双腿,"最后一次机会。"

"我还和一个女巫做了朋友!我够善良了吧!"

"还是不够当仙女啊。"阿纳迪尔对海丝特说道,她俩一起举起了苏菲。

"她才属于这里,而不是我!"苏菲大声哭喊道。

"没人知道为什么校长会把你这个没用的怪胎带到我们的世界来,"海丝特低声恨恨地说,"不过原因只可能有一个。他就是个傻子。"

"去问阿加莎!她会告诉你的!她属于恶人!"

"你知道,阿纳迪尔,还没人跟我们说过,这儿都有些什么规定。"海丝特说。

"所以他们没法因为我们违反了规定而惩罚我们。"阿纳迪尔咧开了嘴笑着说。

她们把苏菲举到了窗边。"一……"海丝特说。

"不!"苏菲尖叫道。

"二……"

"你们想要证据!我就给你们证据!"苏菲声嘶力竭地喊道。

"三……"

"看看我,再看看你们!"

海丝特和阿纳迪尔放下了她。她俩目瞪口呆地看着对方,又看向苏菲,然后弯腰倒在床上,含着眼泪大口喘着粗气。

"我就跟你们说她是个恶人嘛。"多特吧嗒吧嗒地嚼着软糖说。

房间外面一阵喧闹,女孩们齐齐把头转向了门口。大门"砰"的一声猛然打开,三头狼卫呼啸而入,抓起她们的衣领,把她们扔进了一群拥挤混乱的黑袍学生中。学生们摩肩接踵,互相推搡着,还有一些在人群中跌倒后爬不起来。苏菲拼了命地紧贴着墙壁。

"我们要去哪儿?!"她对多特喊道。

"善良学院!"多特说,"参加迎新……"一个长得像食人魔的男孩一脚把她往前踢去。

"善良学院!"苏菲心中又燃起了希望,她跟着这丑陋恶心的人群朝楼下走去,一路整理着她的粉色裙子准备见她真正的同学。一个人抓住她的胳膊把她朝栏杆扔去。头晕目眩间,她抬头看见一头凶残的白毛狼卫,手里举着一件散发着死亡气息的黑色校服。狼卫正露出它闪亮的尖牙咧着嘴狞笑着。

"不——"苏菲倒吸了一口冷气。

然后狼卫开始处理它的分内事了。

虽然圣洁塔楼的公主们都是三个人一间宿舍,但阿加莎到底还是拥有了自己独立的房间。

一座复刻成莴苣公主长发形状的粉色玻璃楼梯，盘旋着连接起了圣洁塔楼的所有五个楼层。阿加莎的宿舍在五楼，宿舍门上挂着一块由爱心装点的亮闪闪的门牌：欢迎莉娜、米莉森特、阿加莎！不过莉娜和米莉森特并没在这儿待多久。莉娜，一个有着一双光彩夺目的灰色眼睛和充满风情的阿拉伯肤色的女孩。当她费力地拖着大箱子进入房间看到阿加莎时，她立刻又把箱子拖了出去。"她看起来太邪恶了。"阿加莎听见她抽泣着说，"我可不想死！"（"搬过来和我住吧。"她听见碧翠丝说，"小精灵们会明白的。"）的确，小精灵们相当明白。当红头发、翘鼻子、细长眉毛的米莉森特，假装恐高向他们要求住到低一些楼层的房间时，他们就已经明白了。所以，最终阿加莎一个人住一整间宿舍，这让她觉得自在极了。

不过，这房间却让她感到相当焦虑。粉色的墙上挂着一面镶满宝石的巨大镜子。做工精致的壁画里画着美丽的公主正夸张地亲吻着风度翩翩的王子。每张床上方的拱顶都用白色丝绸做了一个皇家马车形的华盖，天花板瓷砖上的壁画则被一朵炫目辉煌的云朵占据着，蓬松的云朵里，丘比特正微笑着射出爱之箭。阿加莎竭尽所能离这一切远远的，她把自己蜷缩在窗边的角落里，黑色的裙子紧贴着粉色的墙。

透过窗户，她看见了善良城堡四周那闪烁着光芒的湖面，湖水在水路一半的地方变成了浑浊泥泞的护城河，绕住了邪恶城堡。"中途湾"，女孩们都这么叫它。在那片浓雾中，细长的石桥横跨水面连接着两所学院。不过，这些都是城堡正面的景象。背面会是什么样的呢？

带着好奇，阿加莎抓着玻璃横梁爬上了窗台。她瞟了一眼下面的仁爱塔楼，那高耸的粉色塔尖就在脚下——做错一个动作她就会像块羊肉一样被串在上面。阿加莎踮着脚走到窗台边，绕过转角探头望去，差点儿没惊讶得掉下去。善恶魔法学院的背面是一大片广袤的蓝色森林。从冰山一样的浅蓝到幽暗的靛蓝，树木、灌木还有盛开的花朵，全都笼罩在这片深深浅浅的蓝色之中。这片草木繁茂的蓝色森林铺展开来，将两所学院的后院连在了一起。蓝色的尽头，是一圈将庭院团团围住的高耸的金色大门。大门之外，森林又变回绿色伸向远方，最后湮没在了一片黑暗之中。

就在阿加莎一点点移回学院正面时，她看见有什么东西正从中途湾中升起。就在那个水面同时呈现浑浊与晶莹的中间点，那是她从雾中几乎看不见的……一座高耸颀长、银光闪闪的砖塔。成群结队的小精灵围着塔尖嗡嗡地飞着，从塔底伸出水面的木板上还有一群身背弓弩的狼卫守卫着。

它们在守卫什么？

阿加莎眯着眼睛看向那高高的塔顶，只见一扇被云层笼罩的窗户。

顷刻间，阳光照耀在那窗上，她看见了一个阳光下的轮廓。

那个绑架她俩的歪歪扭扭的影子。

阿加莎脚下一滑，身子一倾，朝着那致命的仁爱塔楼尖倒去。她赶紧伸手四处乱抓，所幸及时抓住了窗户的横梁，然后奋力爬进了房间。阿加莎揉着被挫伤的尾椎骨，又向外扫视了一圈——影子不见了。

阿加莎的心怦怦地越跳越快。不管是谁带她们来的，那个人就在那座塔楼里。不管那座塔楼里的人是谁，他都能修正这个错误，把她们送回家去。

不过首先，她得救出她最好的朋友。

可是几分钟后，阿加莎就在镜子前退缩了。那件粉色短裙彻底暴露了她苍白瘦削从不见光的身体。内衬的蕾丝领口时时刺激着她一紧张就出皮疹的脖子，还有袖子内层的康乃馨也惹得她不住地打喷嚏，至于那配套的粉色高跟鞋，她穿起来摇摇晃晃地就像在踩高跷。可只有穿上这套糟糕透顶的衣服，她才有可能逃出去。她的房间在楼梯对面的走廊尽头。要想回到桥上，她得不露声色地溜过大厅再滑下楼梯。

阿加莎咬紧了牙关。

"你必须得融入这一切。"

她深呼吸了一口气，用力打开了门。

五十个身着粉色短裙的漂亮女孩把走廊挤得满满当当。她们叽叽喳喳地笑着、聊着，相互交换着裙子、鞋子、手袋、手镯、面霜，还有一切她们那只巨型箱子里带来的东西。小精灵们嗡嗡地飞于其间，想方设法要让她们集合去参加迎新会，但一点儿用都没有。透过喧嚣的人群，阿加莎瞥见了另一端的楼梯。只要自信满满、闲庭信步地走过去，她就能完全不被察觉地离开了。但此刻她的双脚完全不听使唤。

她花了一辈子的时间才交到了一个朋友。但是在这儿，这些女孩们几分钟内就能变成最好的朋友，仿佛交朋友是这世界上最简单的事。阿加莎羞愧得无以复加。在这所善良学院里，每个人都应该是善良而有爱心的，可留给她的依然是孤单与被鄙视。她就是个恶人，无论她去哪里。

她"砰"地关上了门，扯掉了袖子里的花瓣，踢掉了高跟鞋并用力扔出窗外，然后贴着墙猛地蹲下身，闭上了双眼。

"把我从这儿弄出去吧。"

她睁开双眼，在镶满宝石的镜中瞥见了自己丑陋的面容。还没来得及转头，她突然又从镜中捕捉到了一些东西。天花板上那个微笑丘比特的瓷砖，有一点点错位。

阿加莎穿回了她那双笨重的黑色松糕鞋。爬上床的拱顶，拉开瓷砖，露出了房间上方一个黑色的通风口。她抓住洞口边缘，先伸了一只脚进去，然后另一只脚也伸了进去，这时她发现自己坐在通道里一个狭窄的平台上。

她在黑暗中匍匐前行着，毫无目的地拖着双手和膝盖在冰冷的金属上爬着——突然，金属一下子变成了空气。这一次，她可救不了自己了。

阿加莎"嗖"地从通道里一路坠下，速度快得她都忘了大叫，她像个乒乓球一样在管子里撞来撞去，直到最后滑到通风口底，然后一个跟头翻过栅栏，摔在了一株豆茎上。

她抱着那根粗壮的绿色枝干，庆幸自己没缺胳膊少腿。但当她环顾四周时，阿加莎才发现自己既不在花园也不在森林，她不在任何一株豆茎可能会出现的地方。她在一间天花板很高的黑暗房间里，里面堆满了绘画、雕塑和玻璃箱子。房间的角落里有扇磨砂门，门上的玻璃蚀刻着几个镀金的大字：

善 良 陈 列 馆

阿加莎沿着豆茎慢慢地往下爬，直到她的松糕鞋能触碰到大理石地板。

在一面长长的墙上，通体覆盖着一幅全景式的壁画，壁画中一座高耸的金色城堡前，一位英俊的王子和一位美丽的公主在闪闪发光的拱门下举行着婚礼。数千名观礼者摇着铃铛，跳舞庆祝着。在灿烂阳光的照耀下，这对品德高尚的夫妻互相亲吻着。小天使们也在上空盘旋，向他们撒下红玫瑰与白玫瑰。画面上方的云层后有几个金光闪闪的大字探出，一直从壁画的一头延伸到了另一头：

直 到 永 远

阿加莎吐了吐舌头。她之前总是嘲笑苏菲相信什么幸福直到永远的话（"谁希望每时每刻都幸福啊？"），不过现在看着这幅壁画，她不得不承认这所学院在营销理念上相当有一套。

她仔细打量起一个玻璃箱子，箱子里存放着一本薄薄的小册子，册子旁边一块匾额上用花体字迹写着：白雪公主，动物流畅性考试（处女山谷的莉蒂西娅）。然后她还在不同的箱子里，陆陆续续地看到了成为灰姑娘中那位王子的男孩曾用过的蓝色斗篷、小红帽的宿舍枕头、卖火柴的小女孩的日记本、匹诺曹的睡衣，以及一系列明星学员的曾用品。看来他们都是来城堡参加婚礼的嘉宾。在墙上，她还看到了更多前学员的关于永远幸福的画作，以及挂着一条欢呼胜利的横幅下的校史陈列区。还有一面标有"级长"标签的墙，上面挂满了各个班级学生的肖像照。越往里走，陈列馆变得越暗。于是阿加莎擦亮了一根火柴，这时她看见了一堆毫无生气的动物。

数十只动物标本若隐若现地出现在她眼前，全都填充制作好了，挂在玫红色的墙上。她擦拭掉它们牌匾上的灰尘，看到了穿靴子的猫首领、灰姑娘最喜欢的那只老鼠、杰克卖掉的奶牛，上面还印着那些不够完美，变不成英雄、心腹甚至仆人的孩子的名字。他们没法幸福直到永远。他们只能被钩子挂在这间陈列馆里。阿加莎察觉到了他们诡异的玻璃眼珠的凝视，赶紧别过头去。这时她看见了豆茎上一块闪着微光的牌匾："彩虹风乡的霍尔顿"。那株可怜的植物竟然也曾是个男孩。

阿加莎一下子如跌进了冰窖一般，浑身冰凉。她从未相信过这些故事，可它们竟然全是真的。整整两百年来，没有一个遭遇绑架的孩子能回到加瓦顿。她凭什么觉得自己和苏菲能成为第一个？她又凭什么认为她们最后不会变成乌鸦或者玫瑰花丛什么的？

然后她想起了是什么使她们和其他人都不一样。

"我们是朋友。"

她们必须一起合作来打破这个诅咒，否则她们最终都会变成童话里的故事。

这时一个幽暗的角落吸引了阿加莎的注意，那里放着一排同一风格、同一场景的画：在一片朦胧的印象派风格的色调中，一群孩子正在看着故事书。她一点点靠近这些画，眼睛瞪得越来越大。她认出这些孩子都在哪儿了。

他们都在加瓦顿。

她从第一幅画看到了最后一幅，画中看书的孩子们背靠着她熟悉的山丘与湖泊，那歪歪扭扭的钟楼、摇摇欲坠的教堂，甚至连墓园山上那栋房子的影子都在。对家乡的思念一下子刺痛了阿加莎。她曾经嘲笑那些孩子不光无聊还有妄想症，可到头来，却只有她一个人没弄明白——故事与现实之间原本只是一线之隔。

然后她来到了最后一幅画前。这一幅和别的都很不同。画中，愤怒的孩子们把故事书扔进了广场上的篝火中，看着它们燃烧着。在他们周围，黑森林变成了一片熊熊燃烧的火海，天空中弥漫着黑色的浓烟。阿加莎凝视着，一股寒意从她脊梁骨上升起来。

突然，有什么声音传来。她赶紧躲到一架巨大的南瓜马车后面，头还撞到了一块牌匾上——"幽冥森林的海因里奇"。阿加莎连忙捂住了嘴。

两位老师走进了陈列馆。年长的那位女士身穿一件黄绿色高领连衣裙，裙子上点缀着色彩斑斓的绿色甲虫翅膀；年纪稍轻的那一位女士则穿着紫色尖肩长袍，鬼鬼祟祟地跟在她身后走着。黄绿色衣服女士的一头银发盘成了祖母式的蜂巢形状，不过她的皮肤依然很有光泽，棕色的眼睛平静而镇定。紫色衣服女士的一头黑发编成了长长的发辫，伴着一双紫水晶般的眼睛，毫无血色的皮肤像张鼓皮一样覆盖在她的骨头上。

"他在篡改童话，克拉丽莎。"穿紫色衣服的女士说。

"可是校长控制不了撰写者，莱索夫人。"克拉丽莎回答。

"他是站你这边的，你知道。"莱索夫人激动地说。

"他哪边都不站——"克拉丽莎突然停住了，莱索夫人也是。

阿加莎看到她们在看着什么——那最后一幅画。

"看来你已经接受了萨德教授的又一个妄想。"莱索夫人说。

"这可是他的陈列馆。"克拉丽莎叹了一口气说。

莱索夫人眼睛一闪。墙上的画如魔法一般被撕了下来,掉在一个玻璃箱子后,离阿加莎的脑袋只有几英寸远。

"这就是为什么它们没有出现在你们学院的陈列馆。"克拉丽莎说。

"任何相信读者预言的人都是傻瓜。"莱索夫人恨恨地说,"包括校长。"

"一个校长必须会维持平衡。"克拉丽莎心平气和地说,"他看出了读者属于平衡的一部分。即使你我都无法理解。"

"平衡!"莱索夫人讥讽地说,"那为什么自从他接手之后,邪恶从未在任何一本童话里胜出过呢?为什么两百年来邪恶从未战胜过善良呢?"

"也许我的学生们就是学得好一些呢。"克拉丽莎说。

莱索夫人狠狠地瞪了她一眼,怒气冲冲地离开了。克拉丽莎挥动手指,将那幅画移回了原来的位置,然后一路小跑跟了上去。

"或许你的新读者会证明你是错的。"她说。

莱索夫人不屑地哼了一声:"我听说她可是爱穿粉色的。"

阿加莎听着她们的脚步声渐渐远去。

她看着那幅有折痕的画。孩子、篝火、快烧没了的加瓦顿。这一切都意味着什么呢?

一阵叮叮当当的颤音从远处传来。她还没来得及反应,闪着微光的小精灵们已经冲了进来,他们像手电筒一样仔细地搜查着每一个角落。远处,横穿过陈列馆,阿加莎看见了刚才两位老师离开的大门。在小精灵们快飞到南瓜马车这里时,她迅速朝着大门冲了过去。就在小精灵们一片惊讶的尖叫声中,她从三只熊的标本下滑过,打开门跑了出去。

身着粉色短裙的同学们已经排成两行完美的队伍,正一个接一个地走进大厅。她们相互握着手咯咯地笑着,全都是最好的朋友——那熟悉的耻辱感又一次在阿加莎心里升起,她身体的每一个细胞都在催促她赶紧关上门躲起来。但是这一次,她没去考虑所有这些她没能交到的朋友,她只想到了她唯一的那个朋友。

一瞬间，小精灵们已经赶来了，但他们看到的全是准备参加迎新会的公主们。他们愤怒地在空中盘旋着，不放过一丝一毫罪恶的迹象，阿加莎迅速溜进粉色的队伍里，面带微笑——她正努力地融入这一切。

第五章
男孩毁了一切

童话剧场被分为两个部分，每一所学院都有自己对应的入口。善良学院的学生由西门进入，里面摆放着粉色与蓝色的长椅，水晶雕带镶嵌在周围的墙上，晶莹剔透的玻璃花束装饰其中。东门则向邪恶学院敞开，扭曲的木制长椅上雕刻着谋杀与酷刑的图案，致命的钟乳石从燃烧的天花板上垂下。此时，小精灵与狼卫已驻守在银色的大理石过道上，监督着成群结队前来参加迎新会的学生们。

苏菲已经换上了那身惨不忍睹的新校服，不过她一点儿也没打算和邪恶学院的学生们坐在一起。看着善良学院女孩们靓丽的长发、灿烂的笑容、别致的粉色短裙，她知道自己终于找到亲姐妹了。如果小精灵不愿意来解救她，那她的公主同胞们肯定会愿意的。随着人流不断推搡前进，苏菲一直试图引起善良学院女孩们的注意，可她们压根儿无视剧院角落里的她。最后，苏菲挣扎着来到过道上，挥舞着手臂张开嘴大叫起来，这时一只手猛地把她拽到了一张腐烂的长椅下。

阿加莎一把抱住了苏菲："我发现校长住的塔楼了！就在护城河里，有警卫看着，不过如果我们能想办法上去的话，我们就能……"

"嘿！很高兴见到你！把你的衣服给我。"苏菲盯着阿加莎的粉色短裙说。

"啊？"

"赶紧地！这能解决所有的问题。"

"你不是认真的吧！苏菲，我们不能待在这儿！"

"说对了，"苏菲笑着说，"我应该去你的学院，你应该来我的学院。就像我们聊过的那样，还记得吗？"

"可是你父亲、我母亲，还有我的猫呢！"阿加莎气急败坏地说，"你根本不知道这儿都是些什么人！他们会把我们变成蛇、松鼠或者灌木丛的。苏菲，我们得回家！"

"为什么？加瓦顿有什么值得我回去的？"苏菲说。

阿加莎的脸一下子窘得通红："你有……嗯，你有……"

"对吧。我什么也没有。现在，裙子给我，谢谢。"

阿加莎双手交叉抱紧了手臂。

"那我可就自己脱了。"苏菲气愤地瞪着她说。就在她抓住阿加莎缀花的衣袖时，却突然停了下来。她竖起耳朵仔细地听了听，然后一下子像只豹子一般跑开了。她钻到凹凸不平的长椅下，避开恶人们的脚，一直爬到最后一排长椅后躲了起来，然后偷偷地四下张望着。

阿加莎一路跟在她身后，十分恼火地说："我真搞不懂你……"

苏菲捂住了阿加莎的嘴，听着那声音变得越来越响。这是一种能让所有女孩为之一振的声音，是她们期待了一辈子的声音。就在大厅那边，靴子踏着地板的跺脚声，钢铁间碰撞的声音……

西门豁然洞开，六十位身着击剑服的英俊男孩走了进来。

从他们浅蓝色的袖口和浆得笔挺的领口，能微微瞥见他们被阳光晒成小麦色的皮肤。海军蓝的长筒靴搭配着高腰马甲，每一条细领带上都绣着一个金色的代表他们名字的首字母。男孩们一路交叉着高举锋利的剑，表演式地比试着剑术走来。衬衫从他们米色的马裤里微微松脱开，露出了他们紧实的腰部和充满光泽的肌肉。转瞬之间，他们已经踏进了过道，靴子在大理石的地板上踢踏作响，汗水在他们光彩照人的脸上闪闪发光。这时表演达到了高潮，他们一个贴一个地倚着长椅立正站好，齐声高呼："尊敬的女士们！"然后对着最吸引他们目光的女孩，抛出了别在他们衬衫上的玫瑰花。碧翠丝发现她收到的玫瑰都够种满一个花园了。

阿加莎看着这一切，一阵反胃。但她一看苏菲，苏菲却是一副心都提到了嗓子眼，渴求着有人把玫瑰花扔向她的模样。

在腐烂长椅这边，恶人们对王子们发出了一片嘘声，他们高举并挥舞着"永灭者统治世界！"和"永生者遗臭万年！"的横幅（只有黄鼠狼男孩霍特例外，他双臂交叉闷闷不乐地嘟囔着：为什么他们能有自己的入口？）。王子们对着恶人们鞠了一躬并做了个飞吻，然后准备就座，就在这时，西门突然又"砰"的一声打开了——

还有一个人走了进来。

他头顶一个神一般的金色光环，蓝色的眼睛清澈湛蓝如万里无云的天空，棕黄色的皮肤如热带沙漠一般炙热发亮。他浑身闪耀着高贵的光芒，仿佛他身体里流淌的血液比任何人都更纯正。他看了一眼那些皱着眉头、手握宝剑的男孩，慢慢地拔出了自己的剑。他的嘴角露出了一丝微笑。

刹那间，六十个男孩一齐向他扑了过去，但他却以闪电般的速度缴除了他们每个人的武器。同学们的宝剑在他脚下堆了一堆，而他却轻松躲过，毫发无伤。苏菲愣愣地看着这一切，神魂颠倒。阿加莎挺希望他能受点儿伤，却没能如愿。这个男孩飞快地躲过了所有前来挑战的人，蓝色领带上绣着的字母T随着他挥舞着剑锋的每一个舞步闪耀着。当最后一位挑战者也被除去宝剑，呆呆地站着时，他轻轻将剑插回了剑鞘，然后耸了耸肩，好像说这一切并不意味着什么。可善良学院的男孩们都知道这意味着什么。这意味着从此王子们有了一个国王。这时就连恶人们也找不到任何能发出嘘声的理由。

与此同时，虽然善良学院的女孩们早就知道每一位真正的公主都会遇到属于她自己的王子，没必要争来抢去；但当她们看见这个金色男孩从衬衫上摘下玫瑰花的那一刻，她们瞬间把这全抛到了脑后。所有的女孩都跳了起来，挥舞着手里的方巾，像一群等待着喂食的鹅一样互相推挤着。男孩微笑着，把玫瑰花高高举向空中。

阿加莎还没回过神儿来，苏菲已经冲出去了。她急忙追了上去，可苏菲已经冲进过道，跳过粉色长椅，向着玫瑰花扑了过去——不过，她扑到了狼卫身上。

当苏菲被狼卫拽回座位时，她和那个男孩对视了一眼。男孩看见了她白皙细腻的脸庞，又看向她那可怕的黑色长袍，高傲地仰起了头，一脸困惑。紧接着他又看到了裹在粉色裙子里的阿加莎，不料手里的玫瑰花竟"啪"地掉落在她摊开的手掌中，他吓得赶紧往后一缩。男孩惊讶地看着狼卫把苏菲扔回了邪恶学院，小精灵把阿加莎推回了善良学院，他瞪大了双眼想要弄明白这发生的一切。这时，一只手把他拉到了座位上。

"嘿，我叫碧翠丝。"她一边说着，一边确保他看见了她所有的玫瑰。

坐在邪恶学院座位上的苏菲，依然在试图引起他的注意。

"把你自己变成一面镜子，就有机会了。"

苏菲扭头一看，说话的是坐在她身旁的海丝特。

"他的名字叫泰德罗斯，"她的室友说，"还真是和他父亲一样自命不凡。"

苏菲正想问他父亲是谁，却一眼瞥见了他那把闪着耀眼银光、剑柄上镶嵌着钻石的宝剑。那是一把她曾在故事书里见过的、用狮王顶冠做剑首的宝剑，那是一把名为断钢之剑的王者之剑。

"他是亚瑟王之子？"苏菲倒吸了一口气。她仔细打量着泰德罗斯高高的颧骨、柔顺的金发、厚实的嘴唇。他的领带已经松开，衣领也解开了，蓝色衬衫下是他宽阔的肩膀和结实的手臂。他看起来如此淡定而自信，就像知道命运会永远垂青于他。

苏菲凝视着他，感觉到自己的命运已从此被锁定了。

"他是我的。"

突然她察觉到一阵热切的目光从过道对面投射过来。

"我们得回家。"阿加莎清晰地做了个口型。

"欢迎来到善恶魔法学院。"两个脑袋中比较和善的那一个说道。

苏菲和阿加莎的座位分别在过道的两侧,不过她们俩的眼睛却一直紧紧跟随着这只硕大无比的双头狗移动着。这只狗一直在银色的石制舞台上踱着步,最后"轰"的一声重重地停在了中间。它的一个脑袋是一头灰白鬃毛的雄性模样,正狂躁地流着口水。另一个脑袋却乖巧可爱,下巴柔软,毛发稀疏,说起话时声音像唱歌一样抑扬顿挫。没法确定这个可爱一点儿的脑袋究竟是雄还是雌,不过看起来它应该是个管事的。

"我叫波鲁克斯,迎新会的主管。"和善一点儿的脑袋说。

"我叫卡斯特。迎新会的主管助理,同时专门负责惩罚违规者和做傻事的人。"另一个狂躁的脑袋声如轰鸣地说道。

所有的孩子,甚至包括那些恶人,看起来都怕极了卡斯特。

"谢谢你,卡斯特。"波鲁克斯说,"好,先让我来提醒你们一下,为什么你们会来到这里。所有的孩子都生而拥有善良或者邪恶的灵魂。有些灵魂比其他的都更纯洁……"

"而有些灵魂简直就是垃圾!"卡斯特突然大声吼出一句。

"正如我所说,"波鲁克斯说,"有些灵魂会更加纯洁,不过所有的灵魂基本上都是善良的抑或邪恶的。邪恶的人没法让灵魂善良,善良的人也不允许自己的灵魂变得邪恶……"

"所以即使这所学院所有比赛的获胜方都是善良学院,也不意味着你就可以随意换过去。"卡斯特恶狠狠地说。

这时善良学院的学生爆出一阵欢呼:"永生者!永生者!"邪恶学院的学生立刻大喊着反驳:"永灭者!永灭者!"狼卫们只能拎出一桶又一桶的水泼向善良那边,小精灵们则往邪恶那边喷射刺眼的彩虹,两边这才闭上了嘴。

"再说一次,"波鲁克斯严厉地说,"不管受到怎样的惩罚与游说,邪恶都不可能转化为善良,善良也不可能转变为邪恶。你也许会偶尔感觉到,好像善与恶同时在你心底萌芽,但这只不过意味着你家族中某些分支曾经恶意地将善恶混杂在了一起。而在这儿,在善恶魔法学院里,我们会将这些萌芽全都扼杀在摇篮里,我们会消除你所有的疑惑,我们会尽可能将你变得纯正……"

"如果你被淘汰了，我不好说你会发生什么特别糟糕的事，我只能说从此以后将没人会再看到你了。"

"再打断我一次，就把你的嘴套上！"波鲁克斯厉声呵斥道。卡斯特立刻埋下了头。

"优秀的学生是不会被淘汰的，这一点我可以确定。"波鲁克斯微笑着对松了一口气的孩子们说。

"你每次都这么说，但总有人被淘汰。"卡斯特嘟囔道。

苏菲想到了墙上贝恩那张惊恐的脸，不寒而栗。她必须赶紧去善良学院。

"每一个生活在无边森林里的孩子都梦想着能被选中进入我们学院。但是校长却选择了你们。"波鲁克斯一边说着，眼睛把两边都扫视了一遍，"因为他透过你们的内心，看到了一些非常罕见的东西。他看到了纯粹的善与纯粹的恶。"

"如果我们都那么纯正，那她又算什么？"

一个尖耳朵小恶魔长相的金发男孩从邪恶学院里站起来，指着苏菲问道。

一个身材魁梧的男孩也从善良学院里站起来，指着阿加莎说："我们这儿也有一个！"

"我们这边的闻起来像鲜花！"一个恶人叫了起来。

"我们这边的吃了个小精灵！"

"我们这边的笑容太多了！"

"我们这边的冲着我们的脸放屁了！"

苏菲一脸惊骇地看向阿加莎。

"每一届，我们都会从森林彼岸带两位读者来到学院。"波鲁克斯说道，"他们也许只是通过图画和书籍了解到我们的世界，但是他们和你们一样清楚我们世界的规则。他们一样拥有天赋与目标，一样拥有获得荣誉的潜力。他们中也曾有过我们最优秀的学生。"

"就像两百年前。"卡斯特哼了一声。

"她们和你们没有任何差别。"波鲁克斯用不容辩驳的口吻强调道。

"她们光是看起来就和我们不一样。"一个棕色油皮肤的恶人嚷道。

两边的学生们都低声赞同着。苏菲瞪着阿加莎,好像在对她说,你看看,这所有的一切原本只要简单地交换个衣服就能避免的。

"不要质疑校长的选择。"波鲁克斯说,"不管你是善良的还是邪恶的,无论你来自著名的童话家族还是淘汰的童话家族,不管你是受欢迎的王子还是一个读者,你们所有人都要互相尊敬。你们所有人都是被选来维护善恶平衡的,一旦善恶之间的平衡被打破……"他的脸色一沉,"我们的世界将会毁灭。"

大厅里一片沉默。阿加莎吐了吐舌头。她最不愿意见到的事就是还活着时世界就毁灭了。

卡斯特举起了爪子。"又怎么了?"波鲁克斯无奈地说。

"为什么邪恶再也无法获胜了?"

波鲁克斯看着它,恨不得一口把它的头咬下来。不过来不及了,恶人们全都沸腾了。

"对啊,如果我们一直都这么平衡,那死的为什么总是我们?"霍特大声说道。

"我们从来拿不到厉害的武器!"小恶魔男孩大叫道。

"我们的心腹总是背叛我们!"

"我们的天敌总是拥有一整支军队!"

海丝特也站了起来:"邪恶学院已经整整两百年没有获胜过了!"

卡斯特一直努力克制着自己,但这时它那张涨得通红的脸已经鼓得像只气球一样了:"善良学院在作弊!"

这下永灭者们全都一跃而起了,场面陷入了暴动与混乱之中。他们将食物、鞋子——任何手里可能有的东西,全都砸向了惊恐万分的永生者们。

苏菲却偷偷地坐回了座位。她心里只想着,泰德罗斯应该不可能把她想成这帮丑陋流氓中的一员吧?她偷偷瞄向长椅那边,正好看见他也望向了自己。苏菲的脸一下子红了,连忙缩了回去。

在她周围,狼卫和小精灵们已经朝着愤怒的人群扑了过去,不过这一次彩虹和水都无法阻止他们了。

"校长就是站他们那头儿的!"海丝特尖声叫道。

"我们甚至连机会都没有！"多特怒吼道。

永灭者们打倒了小精灵和狼卫，向着永生者的长椅冲去。

"那是因为你们就是一群愚蠢的类人猿！"

恶人们一下子愣住了，纷纷抬起头来。

"在我给你们每个人一个巴掌前，全都给我坐回去！"波鲁克斯尖声呵斥道。

他们立刻不作一声地坐下了（除了阿纳迪尔的老鼠还时不时从她兜里探出来吱吱地叫着）。

波鲁克斯怒视着这帮恶人："如果你们能停止抱怨，或许你们也会产生一位决定性的领军人物！但我们听到的只是一个又一个的借口。自从大战役以来，你们有没有培养出一个像样的恶魔？一个能打败他天敌的恶魔？难怪读者来到这儿都很困惑！难怪她们都想进善良学院！"

苏菲看见过道两边的孩子都向她投来了同情的目光。

"同学们，在这儿你们只需要关注一件事。"波鲁克斯语气柔了下来，"努力做到最好。最优秀的你将来会成为王子和魔法师，骑士和女巫，王后和巫师……"

"如果你糟糕透顶的话，也可能成为巨怪或者猪！"卡斯特啐了口唾沫说。

学生们隔着过道彼此看了一眼，感受着这其中的利害关系。

"所以，如果接下来没人打断的话，"波鲁克斯恶狠狠地盯着他兄弟说，"让我们来回顾一下校规。"

"校规第十三条，中途桥和塔顶禁止学生入内。"波鲁克斯在舞台上说，"滴水兽全都被下了令，一旦发现入侵者，格杀勿论，它可没工夫分清谁是学生谁是入侵者。"

苏菲对这些完全不感兴趣，于是转过头看向了泰德罗斯。她从未见过一个男孩能如此清爽干净。加瓦顿的男孩身上都有一股猪味，他们嘴唇皲裂、牙齿发黄、指甲发黑，整天只知道瞎晃。但是泰德罗斯有着天赐一般的棕黄色皮肤，上面微微有一层浅浅的绒毛。他身上看不出一丁点儿（根本不可能看出）不完美的东西。即使在那么激烈的剑术搏斗后，他那一头金发仍然一丝不乱地垂着。当他偶尔咬嘴唇时，还会露出一口排列得整整齐齐、闪闪发亮的白牙。苏菲看见一滴汗水从他脖子上流淌而下，然后消失在了衬衫中。

"他闻起来会是什么样的？"她闭上了眼睛，"像新伐的木头和……"

当她睁开眼睛，却看见碧翠丝正有意无意地嗅着泰德罗斯的头发。

这个女孩需要马上处理掉。

一只无头鸟落到了苏菲的裙子上。她一下子从座位上跳起来，尖叫着抖着束腰袍。这只死掉的金丝雀扑通一下落到地上。她皱着眉头认出了这只鸟——紧接着，她发现整个大厅的人都盯着她。她行了一个完美的公主屈膝礼，坐回了座位上。

"就像我说的。"波鲁克斯恼火地说。

苏菲瞪向阿加莎，用口型问道："干吗？"

"我们得碰个头。"阿加莎用口型回道。

"我的衣服。"苏菲用口型说，然后转头看向舞台。

海丝特和阿纳迪尔看着那只被拧掉了脑袋的鸟，又看了看阿加莎。

"她挺合我们的胃口。"阿纳迪尔饶有兴致地说，老鼠们吱吱地尖叫着表示认同。

"你们第一学年所有的必修课程都是为三门主要考试做准备的：童话裁决赛、天才马戏团以及冰雪舞会。"卡斯特粗声粗气地说，"第一学年结束后，你们将被分为三档：一档是恶魔首领与英雄领袖；一档是帮凶与帮手；还有一档则是末格里，就是会被变形的那类人。"

"在之后的两年里，领导者们将接受与未来敌人作战的训练，"波鲁克斯说，"追随者们将学习各种技能来保护他们未来的领袖。末格里则要学会适应他们的新形态以及如何在危机四伏的森林中生存。最后，在第三学年结束后，领导者将率领追随者与末格里一起进入无边森林，开始你们的旅程。"

苏菲一直试图集中自己的注意力，但完全做不到，因为碧翠丝几乎要贴到泰德罗斯的大腿上了。苏菲气鼓鼓地拨弄着别在臭烘烘束腰袍上的银色天鹅徽章，这是她唯一能容忍的东西。

"现在我要说说我们将如何确定你未来的分档方向。在善恶魔法学院里是不会有人给你'打分'的,"波鲁克斯说,"取而代之的是,在每一次的测试和挑战之后,你都将得到一个班级排名,通过排名你能清楚地知道你在班级中的位置。每所学院有一百二十名学生,所有人分为六组,每组二十人。每一次挑战后,你会得到一个从一到二十的排名。如果你的排名经常位列前五,那你就会进入领导者一档。如果你的排名一直保持在中游,那你会进入追随者一档。而如果你的排名总是低于十三,那你所有的天分应该就是成为一个末格里了,当个动物或者做一株植物。"

过道两边的学生们都开始窃窃私语,他们已经在打赌谁最后会变成一棵通博树。

"我必须再补充一点,任何人只要连续三次排名第二十,将会被立即宣布淘汰。"波鲁克斯严肃地说,"正如我所说,如果谁连续三次都是最后一名,那他实在是无能得有点儿超凡脱俗了。所以我很有信心这条规则对你们都不适用。"

和苏菲同一排的永灭者们全都把目光投向了她。

苏菲立刻狠狠地出言还击:"我要是能去真正属于我的地方,你们所有人都会看傻眼的好吗?"

"你的天鹅徽章必须一直佩戴在心脏的位置,"波鲁克斯继续说道,"任何企图隐藏或转移它的行为,都会导致你面临受伤或是难堪的结果。请注意避免。"

苏菲一脸困惑地看着两边的学生都在尝试用校服遮住银色天鹅徽章。她也学着把束腰袍低垂的领子折过去遮住她自己的——徽章瞬间就从袍子上消失了,但是随即就出现在了她胸前。她看得有点儿傻眼了,于是又试着用手指去盖住天鹅徽章,这下它却好似文身一般嵌进了皮肤里。接着她放开手指,徽章又从皮肤上消失,重新出现在了袍子上。苏菲皱了皱眉,看来这玩意儿根本没那么好容忍。

"此外,童话剧场今年会留在善良学院,永灭者们将在监管护送之下进入剧场参加学院所有联合活动。"波鲁克斯说,"除此之外,你们所有的时间都必须待在你们自己的学院内。"

"为什么剧场要留在善良学院?"多特嘴里嚼着软糖喊道。

波鲁克斯翘了翘鼻子说:"谁在天才马戏团中获胜,剧场就会归他所在的学院。"

"可是善良学院就从来没输过,不管是马戏团还是童话裁决赛还是……让我想想看,过去两百年来这所学院里的任何比赛。"卡斯特嘲讽地说。恶人们又开始骚动了。

"可是从邪恶学院走到善良学院太远了!"多特生气地说。

"那就只能走过去。"苏菲咕哝道。多特听到后狠狠地瞪着她。苏菲立刻埋怨起自己来,这里唯一一个对她友善的人,也被她得罪了。

波鲁克斯并没有理会永灭者们的牢骚,只是一直强调着宵禁的时间。大厅中一半的人都听得昏昏入睡,这时莉娜举起了手:"焕然一新房还开着吗?"

刹那间,所有的永生者都清醒了。

"好吧,我本来准备在下次集会上讨论焕然一新房的事。"波鲁克斯说。

"真的只有某些特定的孩子才能使用吗?"米莉森特问。

波鲁克斯叹着气说:"善良学院的焕然一新房,只在指定日子针对班级排名前一半的永生者开放。排名表会张贴在焕然一新房的门上以及整座城堡中。如果阿尔伯马尔张贴晚了,请千万不要责难它。好,现在来说宵禁规定……"

"焕然一新房是什么?"苏菲悄悄问海丝特。

"就是永生者们梳妆打扮、做头发的地方。"海丝特打了个冷战说。

苏菲一听立刻跳起来问:"那我们有焕然一新房吗?"

波鲁克斯噘着嘴说:"永灭者只有末日审判室,亲爱的。"

"我们在那儿做头发?"苏菲眼前一亮眉开眼笑地说。

"在那儿接受严刑拷打。"波鲁克斯说。

苏菲赶紧坐了下来。

"宵禁将每天准时在……"

"怎样才能成为级长?"海丝特问道。这个问题还有问题背后那傲慢的语气,瞬间引起了过道两侧所有学生的反感。

"如果你们在宵禁考察中不及格,可别怪我!"波鲁克斯无奈地说,

"好吧，在童话裁决赛结束后，每所学院排名第一的学生将被任命为级长。这两名学生将获得一些格外的特权，包括由精选教师进行私人授课、进入无边森林实地考察，还有机会与知名的英雄和恶魔一起训练。如你们所知，我们曾经的级长已经成为无边森林里最伟大的传奇人物了。"

两边都嗡嗡地议论起来，这时苏菲紧咬着嘴唇想着，如果她进对了学院，她不仅能成为级长，还能成为比白雪公主更有名的人。

"今年，每所学院将开设六门必修课。"波鲁克斯继续说着，"第七堂课——童话求生课，善恶两所学院将共同上课，地点就在学院后面的蓝色森林。同时请注意，美容课与公主礼仪课只针对善良学院的女生授课，相应时间的课程，针对善良学院的男生们将改为仪表课与骑士精神课。"

阿加莎听得一阵头晕反胃。如果说之前她还没有足够理由逃跑的话，那美容课绝对是压倒她的最后一根稻草。今晚，她俩必须从这儿逃出去。她转头看向她旁边的一位女孩，这女孩一头黑色短发，细长的棕色眼睛，正拿着一面随身镜补着口红。

"我能借用一下你的口红吗？"阿加莎问。

女孩看了一眼阿加莎皲裂苍白的嘴唇，把口红扔给了她，说："你留着吧。"

"早餐和晚餐的用餐地点是你自己学院的晚餐厅，中餐则是两所学院共同在透明场用餐。"卡斯特呼哧呼哧地说，"也就是说，你得足够成熟才能享用这项优待。"

苏菲听到她的心跳加速了。如果一起吃午餐，那么明天她就有机会找泰德罗斯说话了。该对他说点儿什么呢？又该怎么摆脱那个可恶的碧翠丝呢？

"校门外的无边森林禁止一年级学生进入。"波鲁克斯说，"你们当中那些酷爱冒险的人可能会对这条规则置若罔闻，但我要提醒你们，这是最重要的一条规则。如果你不遵守规则，将会付出生命的代价。"

这一下子吸引了苏菲的注意力。

"天黑后绝对不要进入森林。"波鲁克斯说。

说完它又露出了那可爱的笑容，"现在你们可以回到各自的学院了！晚餐在七点整开始！"

苏菲和永灭者们一起起身，脑子里却已经在彩排着明天午餐时与泰德罗斯碰面的情景了，这时一个声音穿过人群传来——

"我们怎么才能见到校长？"

大厅里顿时一片死寂。学生们纷纷转过身来，一脸的惊悚。

阿加莎独自站在过道上，两只眼睛默默地盯着卡斯特和波鲁克斯。

双头狗一下子从舞台上跳下来，落在了离她一英尺远的地方，唾液喷了她一身。狗身体上的两个脑袋都恶狠狠地瞪着阿加莎，表情一样凶狠残酷。完全分不出两个脑袋哪个是哪个了。

"想都别想。"他们一起怒吼道。

吓坏了的小精灵们在匆忙之中竟推着阿加莎往东门走去，当她经过苏菲身边时，那短短一瞬间她向苏菲摊开了藏在手中的一片玫瑰花瓣，花瓣上用口红写下了一条信息："九点，桥。"

可是苏菲根本没看。她的双眼一直像猎人追踪着猎物一般，紧紧锁定在泰德罗斯那儿，直到她被恶人们推挤着离开了大厅。

就在那一刻，阿加莎如当头棒喝一般想明白了一个问题，一个一直困扰着她们俩的问题。当两个女孩被拽进两座完全相反的城堡时，她们俩截然不同的欲望已经再清晰不过地展现出来了。阿加莎只想要她唯一的朋友回到身边，但一个朋友对苏菲来说是远远不够的。苏菲一直都想要更多。

苏菲想要一个王子。

第六章
毋庸置疑属于邪恶

第二天一大早,五楼的五十位公主全忙成了一锅粥,就好像今天是她们大喜的日子似的。上课第一天,她们每个人都希望给老师们、男孩们,以及任何有可能引领她们走向永远幸福的人留下最好的印象。天鹅徽章此刻全都闪烁在各式各样的睡裙上,她们慌乱地在彼此的房间里进进出出,涂唇彩、弄头发、磨指甲,一路上留下了各种浓郁的香水味,把小精灵们一个个熏得当场晕倒,纷纷像死苍蝇一样坠落了一地。可忙了半天,始终没有一个人看起来要准备换衣服。事实上,当时钟在上午八点敲响,标志着早餐开始时,没有一个女孩穿戴整齐。

"反正早餐会让人发胖的。"碧翠丝自我安慰着。

莉娜把头探向走廊说:"有谁看见我的衬裤了?"

当然,这一切和阿

加莎都没关系。她正在黑暗的通风道里做着自由落体运动，同时拼命地回忆着她第一次是怎么发现中途桥的。从荣誉塔楼到糖果屋教室区再到梅林展览园……

成功在豆茎上着陆后，她蹑手蹑脚地穿过昏暗的善良陈列馆，找到了熊标本后的大门。"要不还是从荣誉塔楼到灰姑娘公共休息室……"她一边在脑子里盘算着正确路线，一边打开了大门，悄悄藏了起来。富丽堂皇的大堂里站满了身着五颜六色长裙与正装的老师，上课开始前他们全都汇集于此。各色头发的仙女们穿着粉色长袍礼服，戴着白色面纱和蓝色蕾丝手套，飘浮穿梭于大厅之中。她们不光要忙着给老师们添茶、加糖霜饼干，还要忙着赶跑飞到方糖上的小精灵。阿加莎躲在门后，偷偷望向刻有"荣誉"字样的楼梯，楼梯被彩绘玻璃照得绚丽夺目，但是它在人群的那一头。她该怎么过去呢？

突然，她觉得腿上好像被什么东西刮破了，转身一看，竟是一只老鼠正咬着她的衬裙。阿加莎一脚把老鼠踢开，老鼠掉进了一只猫标本的爪子里，吓得一声尖叫，然后才发现这只猫原来是死的。它用最恶毒的目光看了一眼阿加莎，然后钻回了墙洞里。

"连这儿的害兽都这么讨厌我。"她一边叹着气一边试图挽救她的衬裙。她的手指在撕破的白色蕾丝上来回划着。也许，她不该对一只老鼠那么凶的……

几分钟后，一个头戴破烂蕾丝面纱、身材矮小的仙女一路小跑匆匆穿过房间，向着荣誉楼梯走去。可不幸的是，面纱完全遮住了阿加莎的视线，她绊倒了一位仙女，仙女又撞向了一位老师——"我的天神圣玛丽啊！"克拉丽莎抱怨道，她手里的干梅子茶也被撞翻了。惊慌失措的教授们全都赶来帮她擦拭衣服，这时阿加莎已经溜到了仁爱塔楼的台阶后。

"这些仙女实在太高了。"克拉丽莎斥责道，"下次再出什么事，搞不好就是她们把塔楼给撞倒了。"

此时，阿加莎已经消失在荣誉塔楼里，找到了前往糖果屋教室区的路。一楼的每一间教室都是一个完整的糖果世界。有一个房间像盐矿一样闪闪发光，里面全是亮晶晶的蓝色鸡尾酒碎冰和冰糖。另一个房间是用棉花糖做的，里面放着白色软糖椅和姜饼课桌。还有一个房间甚至是用棒棒糖做的，五颜六色的棒棒糖覆盖住了整面墙壁。阿加莎正寻思着这些房间到底能在这世上保留多久，这时她看见了走廊墙上一排用樱桃口香糖拼出的大字：

诱惑乃通往邪恶之路

阿加莎正吃到一半，不料被两位路过的老师猛地推了一把。老师好奇地看了一眼她的面纱，倒也没阻止她。"肯定是污渍。"她跑上楼梯时听见其中一位说道。而在这之前，她已经偷了一个焦糖门把手和一块奶油硬糖门垫，享受了一顿天堂般的早餐。

前一天，就在阿加莎躲避小精灵的追捕时，她只是无意间跌跌撞撞闯入了这露天的灌木雕塑园。而今天，她可以好好欣赏一下这个在学院地图上被称作梅林展览园的地方了。园中满是精美的树篱雕塑，依次讲述着亚瑟王的各个传奇故事。每一座树篱雕塑都在歌颂着亚瑟王人生中的重要时刻：亚瑟拔出石中剑、亚瑟与他的骑士围坐在圆桌旁、亚瑟与桂妮维亚在婚礼祭坛上……

阿加莎想到了在剧场里看到的那个自命不凡的男孩，每个人都说他是亚瑟之子。他是怎么做到看到这些而不觉得窒息的呢？他又是怎么在不断地比较与期望中存活下来的呢？不过话说回来，至少美貌是站他那边的。"想想他要是长成我这样，"她哼了一声，"他们肯定会在他一生下来时就把他扔进森林里。"

最后一座雕塑就是池塘中的那座。那是一座亚瑟正从湖之女神手里接过王者之剑的高大雕塑。这一次阿加莎直接跳进了水里，穿过神秘门，滴水未沾地落到了中途桥上。

她急急忙忙从迷雾开始的地方向着中点走去，一路伸出手掌试探着，以防屏障出现得比她记忆中的还要早。可当她进入迷雾后，双手却怎么也摸不到它。她又朝着雾气更浓的地方移去，"屏障不见了！"于是阿加莎撒开腿就跑，面纱从她脸上拂落。

砰！她又被狠狠地撞了回来，痛得快要晕过去。看来，这道屏障能随心所欲地移动、变换位置。

避开屏障微光中她自己的影子，阿加莎伸手摸了摸这面看不见的墙。它表面冰冷而又坚硬。突然她察觉到雾中好像有什么动静，有两个人从邪恶学院的拱门走出来踏上了中途桥。阿加莎呆住了，她已经来不及赶回善良学院了，而这桥上也无处可藏……

两位老师朝这边走来。一位是曾对她微笑过的善良学院的英俊老师，另一位是两颊长满了疖子的邪恶学院的老师，他俩全都毫不迟疑地穿过了屏障走过桥去。阿加莎双手抓着横跨在护城河上的石桥围栏高高吊在河上，听着他们走过，然后趴在围栏边偷偷瞄着。就在这两位老师快要走进善良学院时，那位英俊的老师回头看了看，然后笑了。阿加莎赶紧低下了头。

"怎么了，奥古斯特？"她听见邪恶学院的老师问。

"我的眼睛在和我玩游戏。"他轻声笑着说，然后走进了塔楼。

"绝对是个疯子。"阿加莎想。

过了一会儿，她又站回到了那堵看不见的屏障面前。他们是怎么穿过去的？她四处寻找着屏障的边缘，但是找不到。她又试着踢了踢，可这屏障简直和钢铁一样坚硬。阿加莎探头望向邪恶学院，看见狼卫们正赶着学生下楼。如果浓雾消散了，她将无处遁形。她对着屏障最后踢了一脚，准备撤回善良学院。

"别回来了！"

阿加莎急忙转了一圈，想看看是谁在说话，可她只看到了屏障中自己的影子，正双臂交叉环抱在胸前。她又看向别处。"现在我还能听见莫名其妙的声音了，有趣。"

她转向塔楼，这时忽然注意到自己的双臂明明是垂下来的，于是激动地转过身去对着自己的影子说："刚才是你在说话吗？"

她的影子清了清嗓子：

"善归善，恶归恶，
　动荡来临前，回到你自己的塔楼去。"

"呃,我必须得过去。"阿加莎说着,眼睛却始终盯着地面。

"善归善,恶归恶,
轩然大波来临前,回到你自己的塔楼去。
让我说的话,你这样做可意味着晚餐后得洗盘子,或者丧失用焕然一新房的特权,或者两者兼而有之。"

"我得去见个朋友。"阿加莎不依不饶地说。

"善良学院的学生可不会有朋友在另一边。"她的影子说。

这时阿加莎听到了一阵甜腻的响铃声,她扭头看见了石桥尽头小精灵们发出的微光。她该怎么骗过她"自己"呢?她该怎么在她"自己"的"盔甲"中找到"裂缝"呢?

"善归善……恶归恶……"

电光石火间,她知道了答案。

"那你呢?"阿加莎说着,眼睛仍然看着别处,"你有朋友吗?"

她的影子一下子变得很紧张:"我不知道。我有吗?"

阿加莎咬紧牙齿看着她自己的眼睛说:"你长得太丑了,完全没有朋友。"

她的影子一下子变得好悲伤。"毋庸置疑属于邪恶。"说完她消失不见了。

阿加莎伸出手摸了摸屏障,这次她直接穿了过去。

当小精灵巡逻队赶到桥上时,大雾已经抹去了她的踪迹。

阿加莎踏进邪恶学院的那一刻,她就深深觉得这才是属于她的地方。在一间漏水的门厅里,她蜷缩在一座瘦骨嶙峋的秃头女巫塑像背后,仔仔细细地打量着开裂的天花板、烧焦的墙壁、蜿蜒曲折的楼梯、幽闭朦胧的大厅……她自己是绝对想不出这么棒的设计的。

海岸上一头狼卫也没有,阿加莎一边偷偷穿过主过道,一边沉浸在恶人校友的肖像照中。她总是觉得恶魔比英雄更令人兴奋。他们有野心,有激情，有他们才有故事。恶魔从不畏惧死亡，不，应该说他们把死亡当成了盔甲将自己包裹起来！深深吸了一口学院里墓园的气息，阿加莎感到自己的血液都沸腾了。和所有的恶人一样，死亡也吓不倒她。死亡让她感到自己还活着。

突然她听到一阵聊天的声音，赶紧缩到了墙角。一头狼卫出现在她的视野中，它正领着一群永灭者女孩从恶习楼梯走下来。她们正叽叽喳喳聊着她们的第一堂课，阿加莎听到了几个字："帮凶""诅咒""丑化"。这些孩子还能变得多丑？但同时阿加莎也因为这种想法羞愧得脸红。看着这群身体干瘦蜡黄、面孔让人反感的人，她知道她的确适合这里。就连她们身上穿的那件丑陋的黑袍子都和她在家每天穿的非常相似。但是她和这群恶人不一样。她们的嘴唇因痛苦而扭曲，她们的眼睛因仇恨而闪烁，她们的拳头因长期压抑的愤怒而紧握。毫无疑问，她们就是邪恶本身，可是阿加莎，她活到现在却从未有过一丝一毫邪恶的想法。不过她立刻又想到了苏菲说过的话。

"与众不同通常导致邪恶。"

一阵恐惧仿佛掐住了她的喉咙："原来这就是影子没去绑架第二个孩子的原因。"

"我就是注定要来这儿的。"

泪水一下子涌入了她的双眼。她不想跟这些孩子一个样！她不想做恶人！她只想找到她的朋友一起回家！

阿加莎毫无头绪地匆忙走上一座楼梯，楼梯入口处标着"恶作剧"几个字，并且分出了两条细窄的石路。她听见有声音从左边传来，于是赶紧冲进了右边的小路。穿过一个小厅，走到了一堵被烟熏过似的黑墙尽头。阿加莎背靠着墙，惊恐地听着越来越响的声音传来，这时她感到身后有什么东西在嘎吱作响。原来她靠着的不是一堵墙而是一扇被煤烟覆盖的门。她用衣服使劲擦了擦，几个红色的大字露了出来：

邪恶展览馆

里面一片漆黑，呛人的气味还有四处布满的蜘蛛网让人不住地想咳嗽。阿加莎擦亮了一根火柴。如果说善良陈列馆的藏品算是保存完好并且品种繁多，那邪恶展览馆里零星的几个杂物柜则彻底反映了他们这两百年来一次又一次的失败。阿加莎看到了一件褪色的男生校服，这个男孩后来成了侏儒怪；还有一篇装在残破相框中的文章《关于谋杀的道德准则》，写文章的女孩后来成了女巫。斑驳的墙面上悬挂着一些乌鸦标本，还有一根曾经弄瞎过著名王子眼睛的腐烂荆棘藤，它的标签上写着"森林彼岸的维拉"。阿加莎曾在加瓦顿镇上的寻人启事里见过她的模样。

她看得浑身发抖。这时她注意到墙上有一些色块，于是拿着火柴凑近了去看——是壁画嵌板，就像善良陈列馆墙上有一幅《直到永远》的壁画一样，这里也有类似的。一共八块嵌板，每一块都分别描述了一个黑袍恶人在无限能量的无间地狱中狂欢的景象——首先穿越烈焰，然后身体变形，接着灵魂被撕裂，最后操控时间与空间。壁画顶端，有几个燃烧着的大字从第一块嵌板一直延伸到了最后一块：

永恒灭亡

就在永生者们梦想着去爱与幸福的天堂时，永灭者们却一直追寻着属于孤独与力量的世界。这些邪恶的画面让阿加莎不寒而栗，而她也完全明白自己为什么会有这样的感受。

"我是个永灭者。"

她最好的朋友却是个永生者。如果她们不赶快回家的话，苏菲就会知道真相的。那意味着在这儿，她们永远不可能做朋友。

这时几个长鼻子的影子出现在她的火柴光芒中。一开始是两个，然后是三个。就在狼卫猛扑上来时，阿加莎挥舞着维拉的荆棘藤，朝着它们脸上抽了过去。狼卫们惊讶地吼叫着，跌跌撞撞向后退了几步。这给了她足够的时间爬到门口。她上气不接下气地穿过小厅，跑上楼梯，来到恶意大厅的二楼，然后顺着一扇扇宿舍门找寻着苏菲的名字——维克斯和布罗纳、霍特和拉文、弗林特和泰坦——这里是男孩的楼层！

这时有开门的声音传来，她连忙冲上了楼梯，走到楼梯尽头的一间阁楼里。阁楼里塞满了浑浊可疑的小瓶子，里面装的全是青蛙脚趾、蜥蜴腿和狗舌头（她母亲是对的，谁知道会在这儿待多久呢）。这时她听到了狼卫在台阶上流口水的声音。

阿加莎从阁楼窗户爬到了高高的屋顶上，整个人紧紧贴着屋檐边的雨槽。外面乌云密布雷声滚滚，而就在湖的对岸，灿烂阳光照耀下的善良城堡依旧闪闪发光。雨水已经淋湿了她的粉色短裙，她顺着曲折蜿蜒的雨槽一路望去，前面塑立着三座举着铜梁、嘴里正喷射着雨水的滴水兽石像。这是她唯一的希望了。她爬进雨槽，双手挣扎着紧紧抓住滑不唧溜的栏杆，伸长了脖子望回窗内，她看到白毛狼卫要来——可它没去抓她。它只是隔着窗户盯着她，毛茸茸的手臂叉在红色的夹克上。

"你知道吗？这儿有些东西可比狼卫可怕多了。"

说完它就走了，只留下她张大了嘴呆呆地趴着。

"什么？还有什么比狼卫……"

突然，雨中好像有什么东西动了一下。

阿加莎捂住眼睛，透过指缝小心翼翼地往外看去。她看到第一只石滴水兽打着哈欠张开了它的龙翼。然后是第二只，它长着蛇头狮身，双翼张开时发出如枪声一般嗒嗒的声音。紧接着是第三只，这只体形有其他的两倍大，脑袋是长着角的恶魔脑袋，身体是男人的身体，尾巴上还长满了钉子，当它张开锯齿状的双翼时，足足比整座塔楼还要宽。

阿加莎吓得面色惨白："滴水兽！那只狗是怎么说滴水兽来着？！"

它们的眼睛全都看向了她，凶恶残忍的红眼睛，这时她记起来了。

"格杀勿论。"

它们齐声尖啸着从屋檐上跳了下来。失去支撑后的雨槽瞬间坍塌，她尖叫着跌进了水沟里。雨水如潮涌般"啪啪"地打在阿加莎的脸上，散落开的铜梁猛地歪向一边，她也跟着疯狂地转了个弯然后落下。两只滴水兽向阿加莎扑来，还好她及时转身躲进了雨槽中。第三只，带角的恶魔，高高地伸直了身体,从鼻子里喷出了一团火。阿加莎一把抓住围栏爬了上去,火球击中了她前方的铜梁,顿时熔出了一个巨大的洞——就在她快要坠落时,她一下子跳了起来。这时一股摧毁性的力量从她身后袭来,张开龙翼的滴水兽用锋利的爪子一把抓住她的腿,吊着她飞向了空中。

"我是个学生!"阿加莎尖叫道。

滴水兽大吃一惊地放下了她。

"看吧!"阿加莎一边喊着,一边指着自己的脸,"我是永灭者!"

滴水兽从头到脚打量了她一番,又仔细端详着她的脸,想要弄清楚她说的是不是真的。

然后它掐住了她的脖子否定了她。

阿加莎尖叫着把脚伸进熔破的大洞里,将湍急的流水引向了怪兽的眼睛。这怪兽顿时如瞎了一般乱扑乱撞起来,爪子胡乱抓着,想要逮住阿加莎,却不料一下子摔进洞里落在下面的阳台上,翅膀摔了个粉碎。阿加莎拼了命地趴在围栏上,强忍着腿上的剧痛。可是透过水流,她看见另一只滴水兽也赶来了。随着一声穿透耳膜的尖叫,蛇头滴水兽从洪水中冲出来将她抓上了天。就在它张开巨大的下巴准备打着哈欠将她一口吞下时,阿加莎一脚插进了它的牙缝里,滴水兽的牙齿撞在了她那硬邦邦的黑色松糕鞋上,纷纷如火柴棍般断裂开来。头晕目眩的怪兽只能将她放下。阿加莎猛地落入了水流湍急的雨槽中,紧紧抓住了栏杆。

"救命!"她大声喊道。如果她能坚持住,一定会有人听到她的呼叫声赶来救她的。"糟糕……"

她的手一滑,整个人滑进雨槽中,跟着水流跌跌撞撞朝着最后一个出水口冲去。前方,最大的那只滴水兽正候在那儿,头上顶着魔鬼的尖角,张得大大的嘴巴好似一条通往地狱的通道,它就等在出水口的前方。阿加莎一路又抓又叫,试图让自己停下来,但暴涨的雨水只是一路喷涌着狠狠拍打在她身上。她低头看见滴水兽从鼻子里霹雳般猛地喷射出一团火焰,火焰越过管道直射过来。阿加莎急忙潜入水里,逃过了被瞬间熔化的危险。紧接着她后背一弓跳起来,紧紧抓住了出水口上方的围栏边缘。再来一场大雨,就能直接把她送进滴水兽张开的大嘴里了。

然后她想起了她第一眼看到滴水兽时的模样：守卫着雨槽，嘴里喷射着雨水。

"出去的一定会再进来。"

这时又一波雨浪在她身后涌来。阿加莎默默地在心里祈祷一番，然后松开了双手，任由自己掉入了恶魔冒着烟的嘴里。就在火焰和牙齿几乎将她变成一串烤肉时，雨水冲毁了她身后的出水口，将她从恶魔喉咙里的大洞一直冲射进了灰暗的天空。她回头瞥了一眼被噎着的滴水兽，发出了一声如释重负的尖叫，不过随着她在空中自由落体，这个欢快的尖叫声迅速变成了惊恐的尖叫声。

透过迷雾，阿加莎隐约看到了一堵布满尖刺的墙，墙下有一扇开着的窗。眼看着就快被这些尖刺刺穿，她绝望地把自己蜷缩成了一个球，千钧一发之际躲过了那致命的刀刃，冲进窗户，最后狠狠摔趴在了恶意塔楼六楼的地板上，这时的她已经浑身湿透，嘴里还有水不断地咳出来。

"我……以为……滴水兽……只是个……装饰。"她气喘吁吁地说。

阿加莎捂着自己的大腿，一瘸一拐地走在宿舍大厅，一路找寻着苏菲的踪迹。

就在她准备敲门时，她发现在大厅尽头的一扇门上，用石墨画着一幅金发公主的夸张漫画，旁边还写满了诬蔑的话：废物、读者、永生者爱人。

于是阿加莎使劲地敲门："苏菲！是我！"

宿舍大厅另一头的门纷纷打开。

阿加莎更用力地敲着门："苏菲！"

黑袍女孩们纷纷从自己的房间里走出来。阿加莎不停地摇着苏菲房间的门把手，又向门框撞去，可大门始终纹丝不动。就在永灭者女孩们转身准备无视这个粉色衣服的入侵者时，阿加莎一个助跑向着66号房间那扇满是涂鸦的大门冲去，这时门开了，然后又"砰"的一声在她身后关上了。

"你你完全想不到我刚才都经历了什么才……"她停住了。

苏菲正蹲在地上的一个水坑前，边唱歌边对着自己的倒影涂腮红。

"我是个漂亮的小公主，甜美得就像颗小豌豆，我在等待我的王子,他就快来娶我了……"

房间那头的三位室友和三只老鼠全张大了嘴,目瞪口呆地看着这一切。

海丝特抬头看向阿加莎说:"她把我们的地板全淹了。"

"就为了化个妆。"阿纳迪尔说。

"有人听说过比这更邪恶的事吗?"多特一脸苦笑地说,"包括她唱的那首歌。"

"我的脸看着就是个永生者吧?"苏菲对着水坑眯着眼睛说,"我可不能弄得像个小丑一样去上课。"她眼睛翻了翻。"阿加莎,亲爱的!你也是时候清醒过来了。你的丑化课还有两分钟就要上课了,你不想给人一个糟糕的第一印象吧?"

阿加莎凝视着她。

"当然,"苏菲站起来说,"我们得先把衣服交换一下。来,全脱下来。"

"你不用去上课,亲爱的,"阿加莎红着脸说,"我们现在就去校长塔楼找他,不然我们会永远被困在这儿!"

"别犯傻了,傻妞。"苏菲一边说,一边拽着阿加莎的裙子,"大白天的,我们什么塔楼都闯不进去。而且如果你想回家,那你把你的衣服给我,这样我就不会错过上任何课了。"

阿加莎一把挣脱:"行,就这样!现在听……"

"你在这儿会适应得非常好的。"苏菲微笑打量着阿加莎和旁边她那几位室友。

阿加莎的心一下子凉了:"因为我长得……丑?"

"哦,看在老天的分儿上,阿吉,看看这儿,"苏菲说,"你喜欢阴暗和厄运,你还喜欢痛苦与不幸,还有这些,呃……烧焦的东西。在这儿你会很幸福的。"

"我们同意。"一个声音从阿加莎身后传来,她惊讶地转过身去。

"你搬过来住。"海丝特对她说。

"然后把她扔湖里淹死。"多特怒气冲冲地瞪着苏菲说,她还没从迎新会上苏菲那句挖苦造成的伤害中缓过来。

"我们看见你第一眼就喜欢你。"阿纳迪尔柔声说，老鼠们也跑过去舔舐阿加莎的脚。

"你属于我们这儿。"海丝特说着，和阿纳迪尔还有多特走过来将阿加莎团团围住。阿加莎紧张地转来转去看着这恶人三人组，她们是真的想和她做朋友吗？苏菲说得对吗？做恶人能让她……幸福？

阿加莎胃里一阵抽搐。她一点儿也不想待在邪恶学院！不管苏菲是不是在善良学院！她们必须离开这儿，否则这里的一切会将她们彻底分开！

"我不会离开你的！"她挣脱出来，冲着苏菲喊道。

"没人叫你离开我，阿加莎，"苏菲厉声说，"我们只是让你离开你的衣服。"

"不！"阿加莎大声叫道，"我不会和你交换衣服，也不交换房间，更不交换学院！"

苏菲和海丝特偷偷交换了一下眼神。

"我们回家去！"阿加莎声音激动地说，"我们可以回家做朋友，在同一边……不要区分善良还是邪恶，我们会永远幸……"

苏菲和海丝特一把抓住了她的双手。多特和阿纳迪尔把粉色短裙从阿加莎的身上扒了下来，然后她们四个又迅速把苏菲的黑袍子给她套了上去。穿上新裙子的苏菲得意扬扬地打开了门："再见了，邪恶！你好啊，爱情！"

阿加莎跟跟跄跄地站起来，低头看向身上那个恶心的黑色麻布口袋，这简直正好是她喜欢的样子。

"这下世界终于正常了，"海丝特说，"说真的，我不明白你为什么会和那……"

"给我回来！"阿加莎大喊着，穿过大厅里的黑色人群向着身穿粉色的苏菲追去。永灭者女孩们也因为有个永生者混到了她们这儿来而大为震惊，她们团团围住了苏菲，然后纷纷拿书本、书包还有鞋子砸向她的脑袋……

"错了！她是我们这头儿的！"

所有的永灭者包括惊魂未定的苏菲，全转头看向了天井里的霍特。霍特指了指身穿黑色的阿加莎。

"那个才是永生者！"

永灭者们又发出了新一轮的战争呐喊，开始聚众围攻阿加莎。苏菲一把推开霍特，从楼梯逃了下去。

阿加莎找准目标狠狠踢了几脚，从人堆中找了个空隙逃了出去，然后顺着栏杆一路滑下去拦截苏菲。苏菲就在眼前，阿加莎跟着她穿过一条窄窄的走廊，伸出手抓向苏菲的粉色衣领，但是苏菲转进一个拐角，跑上蜿蜒的台阶，然后一个转身就离开了一楼。阿加莎突然拐进了一条死胡同，看见苏菲神奇地跳过了一堵用飞溅的鲜血写着"禁止学生入内！"的墙，她也一跃而起，跟着苏菲跳过了这堵墙——

然后不偏不倚落在中途桥上邪恶学院的尽头。

这时已经追不上了，苏菲已经快到善良学院那边，没法追了。透过迷雾，阿加莎看到了她高兴得都快冒泡儿的模样。

"阿加莎，他是亚瑟王的儿子，"苏菲喜上眉梢地说，"一个真正的王子！不过我该对他说什么呢？我该怎么让他知道我就是他命中注定的那一个呢？"

阿加莎努力隐藏起她受伤的心："所以你要把我一个人……留在这儿？"

苏菲的表情柔了下来。

"阿吉，请别担心。现在一切都完美了。"她温柔地说，"我们还是最好的朋友。只是在不同的学院而已，就像我们计划的那样。没人能阻止我们成为朋友，不是吗？"

阿加莎凝视着苏菲美丽的笑脸，相信了她。

突然之间，她朋友脸上的笑容消失了。苏菲身上那件粉色的短裙魔法般地腐烂成了黑色，完完全全变回了她之前那件又旧又没形的恶人袍子，那枚天鹅徽章也在她心脏的位置闪闪发亮。她喘着粗气抬起了头，这时，桥对面阿加莎的黑色袍子也瞬间收缩，变成了原来的粉色短裙。

两个女孩目瞪口呆地望着对方。突然，一片阴影笼罩住了苏菲，阿加莎急忙转身逃开。巨浪在她头顶高高涌起，湖水卷曲成了一条闪闪发光的套索。阿加莎还没来得及跑，套索一下子套住她，穿过湖湾将她扔回到了阳光照耀的水雾中。苏菲则被大水冲到了大桥阴暗的那一边,发出了一声不甘心的哀号。

这时巨浪又慢慢从她身后升起,不过这次水面没有闪光。伴随着一声挑衅般的怒吼,"哗"的一声巨响,苏菲被打回了邪恶学院,这时刚好是上课的时间。

第七章
终极版大巫师

"为什么我们需要让自己变得丑陋?"

苏菲透过指缝偷瞄着曼利教授那长满疙瘩的秃头和南瓜色的脸,努力忍着没让自己吐出来。在她周围,永灭者们全围坐在一张镶有生锈镜子的烧焦课桌前,兴高采烈地忙着将铁碗里的蝌蚪捣死。如果毫不知情的话,她简直会认为大家正一起开心地做着礼拜日蛋糕。

"为什么我还在这儿?"她又急又恼地流下了愤怒的泪水。

"为什么我们需要变得令人作呕、使人反感?"曼利抖动着肥厚的双下巴提问,"海丝特!"

"因为这让我们看起来很可怕。"海丝特一边说着,一边大口喝下了她的蝌蚪汁。瞬间,她脸上就蹦出了一堆红痘痘。

"错!"曼利吼道,"阿纳迪尔!"

"因为可以吓哭小男

孩。"阿纳迪尔说着,她的红水痘也冒了出来。

"错!多特!"

"因为这样早上收拾起来能容易些?"多特试探着问道,她居然连蝌蚪汁里也混入了巧克力。

"大错特错,愚蠢至极!"曼利不屑地说,"只有放弃了外表,你才能挖掘出更深层次的东西!只有舍弃了虚荣心,你才能成为真正的自己!"

苏菲躲在课桌后偷偷爬到了门口,然后猛地伸手拉向大门——门把手瞬间灼伤了她的手,痛得她哇哇大叫。

"只有当你摧毁了那个你以为的自己,你才能拥抱真正的自己!"曼利双眼直勾勾地凝视着苏菲说。

苏菲抽抽搭搭地爬回了她自己的课桌边,一路上恶人们的脸上全在爆痘。这时在她周围突然凭空跳出了一团团绿色的烟雾,每一团烟雾都显示着一个排名——海丝特头上是"1",阿纳迪尔头上是"2",棕色油皮肤的拉文头上是"3",金发尖耳朵的维克斯头上是"4"。霍特也兴奋地喝下了他的饮料,但是只在下巴上冒出了一颗小小的痘。他气得一巴掌扇走了出现在他头顶的那个丢人现眼的"19",不过排名烟雾也立刻回扇了他一巴掌。

"丑陋意味着你通常凭借智慧行事,"曼利厌恶地瞥了苏菲一眼,不动声色地向她走去,"丑陋意味着你信任你的灵魂。丑陋意味着解放天性。"

说着他将一个碗扔到了苏菲的桌上。

苏菲低头看着那黑乎乎的蝌蚪汁,其中有些竟然还在动。

"其实,教授,我相信我的美容课老师应该会反对我参与这些……"

"三次不及格的分数,会让你变得比我还丑。"曼利大声呵斥道。

苏菲抬头看着他说:"我真的觉得我做不到。"

曼利转头面向全班同学说:"谁愿意帮帮我们亲爱的苏菲,让她品尝一下解放天性的味道?"

"我!"

苏菲环视一圈。

"别担心。"霍特悄悄地说,"这样你会看起来更棒的。"

苏菲还没来得及尖叫，他已经将她的脑袋按进了碗里。

就在阿加莎还躺在善良学院堤岸边的一滩水坑里时，她一直在脑海里回忆着之前发生在邪恶学院里的一幕幕。她最好的朋友叫她傻妞，不光抓住她的双手飞快地偷走了她的衣服，还扔下她和几个女巫做伴，最后竟然还若无其事地向她请教情感问题。

"都怪这鬼地方。"她想着。还是得回到加瓦顿，回去后苏菲就会忘了这些课啊城堡啊还有男孩们了。只有回到加瓦顿，她们才能快快乐乐地幸福地生活下去。在这儿是绝不可能的。"我必须想办法把我们弄回家去。"

不过，除此之外仍然有些事困扰着她。在桥上的那一刻——就是苏菲身穿粉色身后是善良学院，她身穿黑色身后是邪恶学院时，苏菲曾说，"现在一切都完美了。"她说得没错。在那短短的一瞬间，她们都待在了她们应该属于的地方，错误被纠正了。

"可是为什么我们没法一直待下去呢？"

不管怎么说，那一刻实在太险了。因为一旦苏菲回到了善良学院，她就永远不会再离开了。阿加莎光想想都后怕。她得确保学院的老师们不会发现这个失误！她得确保她们俩都不会被换回正确的学院！可是她怎么确保苏菲能老老实实地待下去呢？

"去上课吧。"她心里有个声音轻轻地说。

波鲁克斯说过，为了保持平衡，学院的学生都是以偶数存在的。所以如果要纠正这个错误的话，必须是两个人同时交换。那么只要阿加莎好好地待在善良学院，那苏菲就只能被困在邪恶学院里。如果说有一件事是她可以确定的，那就是恶人的生活是苏菲绝对坚持不下去的。过不了几天，她就会央求着要回加瓦顿了。

"去上课。"当然！

她一定能找到办法在这所可怕的学院里坚持住，等到苏菲意志消磨殆尽的那一天。这是自她们被绑架以来，她第一次敞开自己的心灵面对希望。

不过十分钟后，希望就破灭了。

身穿一袭花哨扎眼的黄色连衣裙、手戴一副狐狸毛长手套的爱玛·阿涅蒙妮教授，吹着口哨欢快地走进了粉色的太妃糖教室。她一眼就看到了阿加莎，口哨声立刻停住了。不过她又咕哝了一句："就连莴苣公主也是得干活儿的不是。"然后开始了她的第一堂课："使你的微笑更友善。"

"用你的眼睛去交流才是关键。"她像只鸟儿一般叽叽喳喳地说着，并示范了一个完美的公主式微笑。阿加莎那凸起的双眼、乱糟糟且枯黄的头发，再配上那一条粉色短裙，让她觉得自己就像一只狂躁的金丝雀。但是阿加莎明白，现在回家的机会全掌握在自己的手中，所以她跟着其他人一起努力模仿着那微微露齿的公主式微笑。

阿涅蒙妮教授走在这些女孩中间，来回审视着她们的笑容，"眼睛不要眯得太厉害……鼻子收一点儿，亲爱的……哦天哪，太漂亮了！"她说的是碧翠丝，她那一脸灿烂的笑容仿佛照亮了整个房间。"就是这样，我的永生者们，这样的笑容能赢得最铁石心肠的王子的心。这才是能在最激烈的战争中促进和平的笑容。这才是能引领王国走向希望与繁荣的笑容！"

说完她看见了阿加莎："那个，你，别傻笑！"

在老师的步步紧逼下，阿加莎努力集中精神模仿着碧翠丝那完美的笑容。有那么一秒钟她甚至觉得自己做到了。

"天哪！现在是吓死个人的龇牙咧嘴笑！一个微笑，孩子！只要一个你正常的、每天日常的微笑！"

"高兴点儿。想点儿高兴的事。"

可她唯一能想到的只有苏菲站在桥上，为了一个她根本不认识的男孩抛下了她。

"现在又变成一脸貌似正派的奸笑了！"阿涅蒙妮教授惊呼道。

阿加莎转过身，看见班上所有的人都缩到了一旁，好像全都在提防着她把自己变成蝙蝠。"你说她会吃小孩吗？"碧翠丝说。"我太庆幸我搬出来了。"莉娜叹着气说。

阿加莎皱了皱眉头。没那么差劲吧？

然后她看见了阿涅蒙妮教授的脸。

"如果你需要一个男人信任你，如果你需要一个男人拯救你，如果你需要一个男人爱你，不管你做什么都行，孩子……但是千万别对他笑。"

波鲁克斯的公主礼仪课就更糟了。它来的时候心情本来就不大好,因为它那硕大的狗头这次居然拼接在了一个瘦骨嶙峋的山羊身体上,它在嘴里咕咕哝哝地念叨着卡斯特"这个礼拜身体归它所用了",然后一抬头,它发现女孩们全都在盯着它看。

"哦,我以为我来这儿是来教公主的呢。可我看到的只是二十个毫无教养的女孩像癞蛤蟆一样张大了嘴。你们是癞蛤蟆吗?你们喜欢用你们粉红色的小舌头抓苍蝇吗?"

女孩们立刻不再看它了。

它的第一堂课是"公主的仪态",这要求女孩们头顶一个放满夜莺蛋的鸟巢从四座楼梯上分别走下来。大多数女孩都能够不打碎蛋成功完成,可这对阿加莎来说却太艰难了。这里面原因有一大堆:第一,她从来都是站没站相坐没坐相的;第二,碧翠丝和莉娜脸上都挂出了更为友善的全新的微笑专注地看着她;第三,她一闭上眼睛,脑子里的声音就喋喋不休地念叨着苏菲肯定能做到;第四,也是最荒唐的,居然是一只用山羊腿站得歪歪扭扭的狗在那儿嚷嚷着什么是仪态。所以,她最后的结果就是在大理石地板上留下了二十个蛋黄飞溅的夜莺蛋。

"二十只美丽的夜莺因为你……失去了生命。"波鲁克斯说。

这时每个女孩的身后都升起了一团优雅的金色云朵,显示着各自的班级排名——碧翠丝第一名,当然——阿加莎转了一圈看见一个生锈的"20"盘旋在她上空,然后猛地朝她一头撞去。

两堂课,两次排名最末。再来一次她就会立刻知道淘汰的孩子会面临什么了。眼看着她和苏菲一起回家的计划就要破灭了,阿加莎急急忙忙赶往下一堂课,这次她得拼了命去证明自己还算够格。

一脸的痘痘并不能阻止灰姑娘参加舞会,一脸的痘痘也不能阻止睡美人获得她的吻。

苏菲盯着桌镜中长满脓包的自己,努力挤出了一丝她最友善的笑容。曾经,她用美貌和魅力解决了人生中遇到的所有问题;现在,她也能用同样的方法解决这个难题。

心腹培训课的上课地点在一座钟楼里，这座钟楼其实是恶意塔楼顶楼一座阴郁的露天修道院，需要爬三十层楼梯才能到达，塔楼的楼梯非常窄，学生们全都挤成了一排。

"我简直……想吐了。"多特像一头热过头的骆驼一样，喘着粗气说。

"要是她敢吐在我旁边，我就把她扔出塔楼去。"海丝特暴躁地说。

苏菲一边爬着楼梯一边努力让自己别去管那些脓包、呕吐和讨厌的霍特。霍特一路上都拼了命地想要挤到她身边来，"我知道你讨厌我。"他追着说。她侧向右边堵住他，他就往左边挤。"但那是挑战，我不想你被淘汰。而且……"

苏菲用胳膊肘挡住他，迅速跑上了最后几级台阶，心急火燎地跑去向她的新老师证明她进错地方了。不幸的是，这次的老师是卡斯特。

"那是当然，连读者都进到我的队伍来了，能不是个错误吗？"

更糟糕的是，它的助手比兹尔竟然就是前一天在楼梯上被苏菲扇过一巴掌的红皮肤小矮人。他一看到她那张长满脓包的脸，便发出像鬣狗一样的咯咯笑声："丑陋的女巫！"

不过卡斯特看着却不怎么高兴，它的头一直耷拉在它巨大的狗身体中央。"你们已经长得够让人恶心了。"它一边发着牢骚，一边让比兹尔去取些金银花来。恶人们的脸在金银花的作用下瞬间恢复了原貌。他们全都发出了失望的呻吟，只有苏菲长舒了一口气。

"一场战斗是输还是赢，很大程度取决于你手下心腹的能力与忠诚度！"卡斯特说，"当然，你们当中有些人最后也只能成为心腹，彻彻底底让自己的性命依附于领导者的实力。如果想活命，最好全都给我听好了！"

苏菲紧咬着牙关。阿加莎现在可能在某个地方对着鸽子歌唱，而她却得在这儿对着一帮嗜血的暴徒争吵。

"现在开始你的第一项挑战。如何训练……"卡斯特退到一旁说，"一只金鹅。"

苏菲惊讶地睁大双眼看到，在它身后是一只优雅的有着金色羽毛的大鹅，正安详地在巢里沉睡着。

"可是金鹅都很讨厌恶人。"阿纳迪尔皱着眉说。

"这就意味着如果你现在能驯服得了它,那你以后驯服一只山怪可就容易得多了。"卡斯特说。

金鹅张开了它珍珠般的蓝眼睛,看了一眼它的恶人观众们,笑了。

"它为什么要笑?"多特问。

"因为它知道我们在浪费时间,"海丝特说,"金鹅只听永生者的话。"

"借口,都是借口。"卡斯特打着哈欠说,"你们的任务就是让这只可怜的活物下一枚珍贵的蛋。蛋越大,你的排名就越高。"

苏菲一阵心跳加速。如果这只金鹅只听善良的话,那她就能在这儿当场证明她与这些恶魔不是同一类人了!现在她所要做的,就是让这只鹅下出一枚最大的蛋来!

在钟楼的墙上,卡斯特刻下了训练心腹的五种计策:

1. 命令
2. 挑拨
3. 诡计
4. 贿赂
5. 欺凌

"不要用欺凌去对付这只该死的鹅,除非你已经试过前面四种了。"卡斯特警告说,"一个心腹如果受了欺凌,会不顾一切去报复的。"

苏菲刻意排在队伍的最后一个,她看着前面五个孩子都失败了,包括维克斯,他走上前去抓住了金鹅的脖子,但金鹅只还了他一个微笑。

不可思议的是,霍特竟然是第一个成功的人。他对着它大吼"快下蛋",又是叫它"傻瓜",又是用虫子引诱它。最后都快放弃了,他对着它的窝一脚踢了过去。这下可好,金鹅咬住他的束腰袍就往上扯,整件袍子全扯起来罩到了他的脑袋上,霍特什么都看不见了,大喊大叫着撞到了墙上。苏菲暗暗发誓,如果再让她看到一次这个男孩不穿衣服的样子,她就把自己的眼珠子给挖出来。不过金鹅看起来高兴极了,它扑扇着翅膀笑着,还发出刺耳的尖叫声,以至于失控下出了一枚硬币大小的金蛋。

霍特又惊又喜,用胜利者的姿势高举起这枚金蛋说:"我赢了!"

"是啊,打仗打得最激烈的时候,你也有时间光着身子到处乱跑,来逗你的鹅下蛋。"卡斯特恶狠狠地咆哮着说。

不过,这只狗可说过,谁能让金鹅下出最大的蛋谁就获胜,所以其他永灭者纷纷效仿起了霍特的招数。多特扮起了鬼脸、拉文玩起了皮影戏、阿纳迪尔用羽毛挠它痒痒、秃头面团男孩布罗纳骑到了比兹尔身上,逗得这只鹅很是开心。(小矮人愤怒地号叫:"臭巫师!")

海丝特冷冷地沉着脸看着这一切,径直走上前对着金鹅的肚子就是一拳。于是它下出了一个和拳头差不多大的金蛋。"一帮业余选手。"她冷笑着说。

最后轮到苏菲了。

她慢慢地靠近那只金鹅,这时候它好像已经笑累了,下蛋也下累了。但当它一接触到苏菲的凝视时,它的眼睛顿时一眨也不眨了,它静静地坐着,仿佛一座雕塑一般,然后仔仔细细打量着苏菲身上每一寸地方。有那么一瞬间,苏菲感到一阵奇妙的寒意飘进了她的身体里,就好像她允许了一位陌生人进入她灵魂中似的。接着她看向了这只鹅那双温暖、睿智而又饱含希望的眼睛。它肯定看出她和其他人不一样了。

"是的,你的确与众不同。"

苏菲吓得猛然后退。她环顾四周,想看看是否还有别人也能听到这只鹅的想法。但是其余的永灭者只是不耐烦地瞪着她,因为他们得等她结束后才能知道自己的排名。

苏菲转头看向金鹅:"你能听到我的想法?"

"很大声呢。"金鹅回答。

"那你能听到其他人的吗?"

"不,只有你。"

"因为我是善良的?"苏菲笑了。

"我能给你你想要的,"金鹅说,"我能让他们看到你是一个公主。一个完美的金蛋,他们就会让你和你的王子在一起。"

苏菲跪下双膝:"求你了!我可以做任何你想要我做的事。帮帮我吧。"

这只鹅微笑着说:"闭上你的双眼,许一个愿吧。"

苏菲如释重负地闭上了双眼。在那个闪亮的时刻,她许下愿望,希望泰德罗斯,她那英俊完美的王子,能够让她幸福……

不过她突然又想到,不知道阿加莎有没有跟他说过她们俩是朋友。希望她没有吧。

这时她周围响起一阵阵急促的喘息声。苏菲慢慢睁开双眼,这只鹅金色的羽毛竟然全部褪成了灰色,它的眼睛也彻底暗淡下来,从蓝色变成了黑色。还有那温暖的微笑,也完全消逝不见了。

而且它一个蛋也没有下。

"发生了什么?!"苏菲转了一圈问,"这代表什么意思?"

卡斯特看起来也一副彻底被吓傻了的模样:"这代表它宁愿放弃自己的能力也不愿帮你。"

此时,一个熊熊燃烧的红色火焰"1"轰地出现在了苏菲的头顶,犹如一顶恶魔的王冠。

"这是我见过的最邪恶的事。"卡斯特轻声地说。

瞠目结舌的苏菲看着她的同学们纷纷像吓坏了的小鬼似的缩成了一团。只有海丝特除外,她两眼闪着金光,一副刚刚找到了竞争对手的模样。她身后的比兹尔则缩在一个黑暗的角落里瑟瑟发抖。

"大巫师!"他用尖细刺耳的嗓音叫道。

"不!不!不!"苏菲大声喊道,"我不是大巫师!"

但是比兹尔非常肯定地点了点头说:"终极版大巫师!"

苏菲冲回到那只鹅跟前:"我做了什么啊?"

但是那只已经灰得跟一团迷雾一般的鹅,只是陌生地望着她,好像这辈子从未见过她,然后发出了一声再普通不过的叫声。

鹅那声呱呱的叫声在空中回荡着,从钟楼飘过护城河,飘进了那座将湖湾分为两半的高耸入云的银色塔楼里。一个剪影出现在了窗前,低头凝视着他的领地。

几十团烟雾显示的数字排名——亮色来自善良学院,暗色来自邪恶学院——都如风中的气球一般分别从两所学院飘出,飘过水面,飘到了他的窗前。每一团烟雾飘过,他都会伸出手指穿过其中,这样就能知道这是谁的排名以及他是怎么得到的。他检索了几十个数字后,终于找到了他想要的那一个:一个红色火焰"1",无数的画面都曾揭示过它的历史。

一只金鹅居然为了一个学生抛弃了自己的能力?只有一个人有这样的天赋,只有一个人能够如此纯正。

那个能打破平衡的人。

校长心中升起一阵寒意,他退回到塔楼中,恭候着她的到来。

诅咒与死亡陷阱课在一间冷得骨头都快冻僵了的房间里上课,里面的墙壁和桌椅全是用冰做的。苏菲觉得她甚至能看见有尸体深埋在那冰冻的地板之下。

"太太太冷冷冷了。"霍特牙齿打战着说。

"末日审判室里比较暖和。"莱索夫人回答。

这时一声声痛苦的号叫从他们脚下的地牢里传来。

"我……我……我,现在暖……暖和多……多了。"霍特哆哆嗦嗦地说道,他的脸都吓绿了。

"寒冷会让你们的血管变得更加坚硬冷酷。"莱索夫人说,"如果连一个读者都能在挑战中获得第一名,那你们的血管着实需要变得更为坚硬些了。"她慢悠悠地走在一排冻得浑身发抖的学生中间,将黑色的发辫甩在她紫色的尖肩长袍上,钢制的匕首状高跟鞋在冰上踩得咔嗒作响。

"这可不是一所只会教授残酷的学院。毫无来由、无端地去伤害,那你只是头野兽,而不是恶人。我们的追求远不止于此,我们的行动要求专注而细心。在这堂课上,你将学会找出阻止你实现目标的永生者。找出那个在你变弱的时候,他却变得更强大的人。他们就在外面,我的永灭者们,就在森林中的某个地方……有你们的天敌。只要时机成熟,你就得找出他们,然后摧毁他们。那才是你们通往自由与解脱的道路。"

末日审判室又传来一声惨叫,莱索夫人微笑着说:"你们别的课程可能只是凑个热闹,中看不中用。但这儿不是。在这儿不会有任何挑战,除非你让我看到你的价值。"

苏菲一个字都听不进去。她现在唯一能听到的,就是那一直萦绕在她脑海中的呱呱呱的鹅叫声。她冻得浑身发抖,还要强忍着泪水。为了去善良学院,她已经想尽了一切办法:逃跑、打架、乞求、换装、许愿……还有什么是她能做的呢?她在脑子里勾勒着阿加莎坐在她的班级里、她的座位上,在她的学院里的画面,整张脸气得通红。她还当她是朋友呢!

"你的天敌就是你的头号敌人,"莱索夫人说着,紫色的眼里闪现出了凶残的光芒,"是你的另一半,是你灵魂的对立面,你的阿喀琉斯之踵[1]。"

苏菲逼着自己集中精力听课,毕竟这是了解敌人秘密的一个机会。一旦她去了善良学院,现在学到的一切很可能会在关键时刻救她的命。

"你会通过梦境认识你的天敌。"莱索夫人继续说着,血管在她紧绷的皮肤下跳动着,"你的天敌会夜复一夜在睡梦中纠缠你,直到有一天你眼中除了他或者她的脸,别的什么都看不见。关于天敌的梦境会让你的心脏冷却下来,血液沸腾起来。他们会让你恨得咬牙切齿,恨不得扯掉自己的头发。他们是你仇恨的总和,也是你恐惧的总和。"

莱索夫人拖着她长长的红指甲划过霍特的课桌。"只有当你的天敌被干掉,你心中的怒火才会平息。只有当你的天敌死掉,你才会获得解脱。杀了你的天敌,永恒灭亡的大门就会向你敞开,欢迎你进入永恒的荣耀之中!"

听到这儿,一整个班上全都发出了阵阵兴奋的窃笑声。

"当然,鉴于我们学院的历史,这些大门短期内都不会开放的。"她嘟囔道。

"那我们要怎样才能找到自己的天敌呢?"多特问。

"是谁选择了他们?"海丝特问。

"他们会是我们一个班上的吗?"拉文问。

"现在问这些问题还为时过早。只有个别被上天眷顾的恶人才能拥有天

---

[1] 阿喀琉斯的脚踝是他全身上下唯一一处没有浸泡到冥河水的地方,是他唯一的弱点,后来他在战争中因被毒箭射中脚踝而丧命。比喻致命的弱点、要害。

敌之梦。"莱索夫人说，"第一步，你们应该先问问自己，为什么自命不凡、愚蠢又乏味的善良学院总是能在每一次的学院竞赛中胜出——而你又该如何改变这一点。"说着她瞄了一眼苏菲，好像在说不管她喜不喜欢，这个热衷于粉色的读者很有可能将是他们最大的希望。

这时狼卫的嚎叫声响起，标志着下课时间到了。苏菲迫不及待地冲出冰窖，飞奔上扭曲的楼梯，来到了大厅外面的一个小阳台上。在这个浓雾笼罩的隐秘之地，她靠在邪恶城堡潮湿的墙壁上，终于任由自己放声大哭起来。她不在乎这样会不会弄花她的妆容，也不在乎会不会有人看见。她从未如此深刻地感受到孤独与恐惧。她憎恨这个恶心的地方，她再也无法忍受了。

苏菲凝视着远处的善良学院，玻璃塔楼在湖湾对面闪烁着光芒。第一次，它变得如此遥不可及。

午餐！

泰德罗斯会在那儿！她那光彩照人的王子，她最后的希望！毕竟那不就是王子存在的意义吗？当一切都失去时，不是该由王子来拯救公主吗？

她擦干了眼泪，心里又充满了希望。

"就忍到午餐吧。"

就在苏菲跑回邪恶大厅准备上恶魔史课时，她看到外面挤满了叽叽喳喳的永灭者。多特一看见她就一把抓住了她的胳膊说："他们把课取消了。没人知道为什么。"

"午餐会送进你们的房间里！"一头白毛狼卫大吼着说，其余的狼卫则挥舞着鞭子将学生们赶回各自的塔楼。

苏菲的心一下子跌入谷底："可是出了什么……"

突然，她闻到一阵烟味从四面八方传进大厅。苏菲挤过拥挤的人群来到一扇石窗前。在那儿，一群学生正呆呆地一言不发地盯着远处。她顺着他们的目光向湖湾对面望去。

善良城堡中的一座塔楼着火了。

多特倒吸一口冷气说:"谁能做出这种事啊,太……"

"精彩了。"海丝特一脸敬畏地说。

好吧,苏菲知道答案。

第八章
许愿鱼

一个小时前,泰德罗斯决定去游泳。

到目前为止,两个班级的排名全都张贴在了焕然一新房的门上。泰德罗丝和碧翠丝排名第一,阿加莎的名字则在布告板很低的位置,正好被一堆老鼠屎遮住了。女孩们的焕然一新房布置得很像一间中世纪的温泉疗养室,里面按区域划分是三个芳香浴池(分别是"热泉""冷泉""正正好")、一间卖火柴小女孩桑拿房、三支红玫瑰化妆小站、灰姑娘主题足疗区,还有一个建在小美人鱼人工湖里的瀑布淋浴。

男孩们的焕然一新房则着重于健身与塑形,里面有一间米达斯黄金汗蒸房,一间乡间主题的日光浴房,还

有一间健身房，里面有北欧铁锤、泥浆摔跤池、盐水小泳池和全套的土耳其浴室。

在上完骑士精神课和仪表课之后，泰德罗斯利用击剑课之前的休息时间，去泳池里试了试水。就在游完最后一圈时，他发现碧翠丝——后面还陆陆续续跟来了七个女孩——趴在木门上透过门缝睁大眼睛偷偷看着他。

对于女孩热切目光的注视，泰德罗斯早已习以为常。但他一直很想知道，什么时候他才能遇到一个不光看中他的外表、不仅把他当成亚瑟王儿子的人？有没有一个能够真正在乎他自己的想法、他的希望还有他的恐惧的人？不过话虽如此，他倒也一点儿不耽误地展现自己的魅力。比如现在，他刻意地来回转身，就是为了让这帮女孩能大饱眼福。他妈妈说得对——他的一切想法都可以假装，但是无论优点还是缺点，他真是和他父亲一模一样。

他叹了一口气，准备推门去迎接他的粉丝团——半长的马裤还在滴着水，赤裸的胸膛上那枚天鹅徽章正闪着光。可是门打开后，人却不见了。小精灵巡逻队刚来过。泰德罗斯有些失望地转身准备离开，正转向拐弯处，什么东西迎面撞了过来，还一下子摔倒在地。

"怎么又给弄湿了？"阿加莎皱着眉抬起头来，"你怎么不看着点儿……"

是那个让苏菲昏了头的男孩，是那个绑架了苏菲的心、偷走了她唯一一个朋友的男孩。

"我叫泰德罗斯。"他一边说一边伸出了手。

阿加莎没理会他伸出的手。她现在彻彻底底迷路了，急需有人指路，可这个泰德罗斯是敌人。她自己撑着站起来，狠狠瞪了他一眼，然后从他胸前挤过。这时她还发现，这个男孩不光有她讨厌的一切，就连闻起来也一股怪味。她把松糕鞋死命地踩在玻璃地板上，咚咚咚地冲向大厅尽头，然后恶狠狠地冷笑了一声，一把抓向大门。

门是锁上的。

"得往这边走。"泰德罗斯指了指他身后的楼梯。

阿加莎气呼呼地一边从他身边走过，一边捂住了鼻子。

"很高兴认识你！"王子喊道。

但他只听到她厌恶地哼了一声，然后一路转下楼梯，只留下一个背影。

泰德罗斯吐了吐舌头。女孩们都爱死他了，她们就没有不喜欢他的，可这个怪异的女孩看着他却像看着一个一无是处的人。有一瞬间，他竟觉得信心崩塌了一般，然后他想到了父亲曾说过的一句话。

"最优秀的恶人会让你产生自我怀疑。"

泰德罗斯觉得他能面对任何恶魔、任何巫师、任何可能出现的邪恶力量。可是这个女孩不一样。这个女孩让人害怕。

恐惧一下子穿过了他的脊梁骨。

"所以她为什么会进入我们学院呢？"

乌玛公主的动物交流学课，上课地点在中途湾的湖畔。阿加莎发现这已经是一天当中第三堂只有女生出现的课程了。邪恶学院好像完全看不出有划分什么是"男孩"技能、什么是"女孩"技能的需求。可在善良城堡里，当男孩们都拿起剑去学习怎么战斗时，女孩们却只能跑过来学什么狗叫、猫头鹰叫。难怪童话里的公主都那么没用，她这样想着。如果她们只知道微笑、笔挺挺地站着以及和松鼠说话，那她们除了等王子来拯救，还能有什么别的选择？

乌玛公主看起来年轻得不像一位老师。她舒适地坐在那一尘不染的草地上，双手交叉轻轻放在粉色的连衣裙上，波光粼粼的湖水在她身后映衬出一片柔和的光晕。她有着一头齐腰的黑发，橄榄色的皮肤，一双杏眼，深红色的嘴唇噘成了一个紧紧的"O"形。当她说话的时候，你听到的是一连串咯咯咯的低语，但她很少能完完整整地说完一句话，因为每说几个字，她就会停下来听听远方的狐狸或者鸽子的叫声，然后用她那独有的让人一头雾水的号叫声或者啾鸣声来回应那些小动物。当意识到整个班的人都在注视着她时，她立刻用双手盖住了自己的脸颊。

"哎呀呀！"她反应过来，"我的朋友实在太多了！"

阿加莎分辨不出她到底是紧张还是根本就是个笨蛋。

"邪恶，有着各种各样的武器。"乌玛公主终于冷静下来说，"毒药、瘟疫、诅咒、妖术、帮凶，以及很黑很黑的黑魔法。但是你们有动物啊！"

阿加莎偷偷地笑了。所以当面对一个挥舞着斧头的刽子手时，她应该确保自己随身带着一只蝴蝶。通过其他人脸上的表情，她知道自己绝不是唯一一个不服气的人。这一点乌玛公主也注意到了，于是她吹响了一声极具穿透力的口哨，刹那间学院外面的森林里爆发出了一连串的叫声，有犬吠、有低吼、有咝咝声，还有咆哮声。女孩们吓得纷纷捂上了自己的耳朵。

"听见了吗？"乌玛轻声笑着说，"如果你掌握了怎么与动物对话，那么每只动物都能和你交谈。它们中的一些甚至记得自己以前是人类呢！"

一阵寒意从阿加莎心底升起，她想到了陈列馆里的那些动物标本。所有的标本之前都是学生，和他们一样的学生。

"我知道你们每个人都想成为公主，"乌玛说，"但是你们中间有些排名低的是当不好公主的。你们最后可能会被乱箭射死、被刀剑刺死，还可能被吃掉。如果这样的话那用处实在不太大。但是如果能成为一个狐狸助手，或是会侦查的松鼠，又或是一头友善的猪，你可能会发现这是更好的结局！"

她又从齿缝间吹出一声短促而尖锐的哨声，一只水獭一听见召唤立刻从湖里跳到了岸上，在它的鼻子上还顶着一本用宝石装点的故事书。"你可以给一个被俘的少女做伴，也可以引领她去安全的地方。"乌玛一边说着，一边对着水獭伸出了双手。那只紧张的水獭不停地用鼻子触碰着那本书，拼命想要翻到正确的那一页。

"你可以帮忙制作一件舞会的礼服，"乌玛说话的时候，眼睛始终盯着这只呆头呆脑的动物，"你也可以去帮忙传递一个紧急的信息。或者——啊！"随着一声惊呼，水獭终于找到了那一页，将书本滑送到了她手中，然后如释重负般瘫倒在地。

"你还可以拯救一个生命。"乌玛说着，高举起一幅精美的图画，画中一位公主吓得缩在一旁，一只雄鹿用角刺向了一个男巫。这位公主看起来和她长得一模一样。

"很久以前，一只动物拯救了我的生命，作为回报，它获得了最幸福的结局。"

女孩们的质疑渐渐消失了，阿加莎看见她们全都充满崇拜地睁大了双眼。站在她们面前的可不仅仅是一个老师，她还是一位活生生的公主。

"如果你们想成为和我一样的公主，今天的挑战可得好好表现了！"她们的新偶像一边叽叽喳喳说着，一边把所有的女孩都召集到了湖边。尽管此时秋日的暖阳正和煦地照耀着大地，阿加莎依然控制不了地浑身发抖。如果这一次她还是排名最末，那她将永远见不到苏菲，也别想再回家了。她忍着胃疼跟着女孩们来到了湖边，这时她注意到了草地上那本摊开的乌玛的故事书。

"出于种种原因，动物们都非常乐于帮助公主！"乌玛公主停驻在水边说，"因为我们能唱出悦耳动听的歌谣，因为我们让它们在可怕的森林里有了栖息之地，因为它们希望能既美丽又被关爱，就如同……"

"等等。"

乌玛和女孩们全部转回头。阿加莎正举着故事书的最后一页——这是一幅公主逃跑时雄鹿被魔鬼撕成碎片的图画。

"这算是怎么个幸福结局？"

"如果你没优秀到成为一位公主，那么为公主而死当然就是你的荣耀了。"乌玛笑了，仿佛在说她很快就能学到这一课了。

阿加莎难以置信地看向其他人，但她们都像只小绵羊一样不住地点着头。即使她们中间只有三分之一的人最后能作为公主而毕业，但她们每个人好像都完完全全相信自己就会是那三分之一中的一员。不，那些陈列馆里填充好陈列着的标本绝不曾是这样的女孩。她们已经是动物了，是伟大的善良学院的奴隶。

"不过，在动物打算帮助我们之前，我们需要告诉它们我们的需求！"乌玛说着，跪在了波光粼粼的蓝色湖水边，"所以，今天的挑战是……"她伸出手指在湖水里旋转了一下，一千条洁白如雪的小鱼浮出了水面。

"许愿鱼。"乌玛微笑着说，"它们会深挖进你的灵魂，找出你最大的愿望！在你说不出话又想要王子亲吻你时，这很有用呢。现在，你们所要做的就是将手指放入水中，让这些鱼儿读取你的灵魂。拥有最强烈、最纯粹愿望的女孩将获得胜利！"

阿加莎挺想知道这些女孩的灵魂都会许什么愿。也许是希望灵魂变得更有深度吧。

米莉森特第一个来。她将手指放入水中，然后闭上了双眼……当她睁开眼睛时，鱼儿们全都变成了不同的颜色，困惑地张大了嘴望着她。

"发生什么了？"米莉森特说。

"脑子里一片模糊。"乌玛叹了一口气说。

接下来是希子，就是那个送了一支口红给阿加莎的可爱女孩。她将手指放入水中后，鱼儿们纷纷变成了红色、橙色还有桃红色，开始汇集起来好像要拼出什么图画。

"善良的灵魂都会许什么愿呢？"阿加莎看着蹦来蹦去的鱼儿们想着，"希望王国和平安宁？希望家族健健康康？希望邪恶被摧毁灭亡？"

但是鱼儿们只拼出了一幅男孩的画面。

"特里斯坦！"希子清脆的声音说道，她认出了那一头姜黄色的头发，"在迎新会上我接到了他的玫瑰花。"

阿加莎发出了一声呻吟。她早该知道。

接着莉娜将手指浸入了水中，鱼儿们迅速开始变换颜色，然后游来游去拼出了一幅马赛克风格的图画，画中一位强壮的灰眼睛男孩正准备弯弓射箭。

"查迪克，"莉娜红着脸说，"荣誉塔楼10号房。"

吉赛尔的鱼儿画出了黑皮肤的尼古拉斯，弗拉维亚的愿望是奥利弗，撒哈拉的鱼儿则画出了奥利弗的室友巴斯蒂安……一开始，阿加莎只是觉得这很愚蠢，但现在她简直觉得可怕极了。这就是所谓善良的灵魂渴望的东西？一群她们都不了解的男孩？理由是什么啊？

"一见钟情，"乌玛陶醉而夸张地说，"这真是世界上最美好的东西！"

阿加莎感到无言以对。谁会喜欢这些男孩啊？一群华而不实、虚有其表、觉得世界完全属于他们的混蛋。她一想到泰德罗斯就火冒三丈。一见憎恨还差不多。

鱼儿们在画了那么多精雕细琢的人物后，似乎筋疲力尽了，但这时碧翠丝却贡献了整堂课的最高潮画面。她的许愿鱼拼出了一幅壮观的五彩斑斓的景象——那是她和泰德罗斯童话般的婚礼，城堡、王冠，还有焰火，一样不缺。在场女孩们的眼里都充盈着泪水，一方面是因为这样的景象实在太美了，另一方面是因为她们知道，这是她们永远无法去竞争的东西。

"现在就去追求他，碧翠丝！"乌玛说，"你必须让泰德罗斯成为你的使命！为他痴迷！因为当一个真正的公主很想要一样东西……"她伸出了手指在湖水里打转。

"你的朋友们都会联合起来……"鱼儿们变成了亮粉色。

"为你而战……"鱼儿们紧紧聚在了一起。

"让你梦想成真……"说完，乌玛将手臂伸入水中，一把拉了出来。这时鱼儿们已经变成了她灵魂中最大的一个愿望。

"这是什么？"莉娜困惑地问。

"一只手提箱。"乌玛只是轻声说了一句，然后就将它抱在了胸前。

"可是她还没完成呢。"碧翠丝指着阿加莎说。阿加莎真想揍她一顿，可她的声音里似乎没有任何恶意。这个女孩连一湖的鱼变成了手提箱都没去担心，相反，她却担心还没有轮到的阿加莎。也许她根本没那么坏。

"她一淘汰，莉娜就能回到自己的房间了。"碧翠丝笑着说。

阿加莎立刻收回了刚才的想法。

"哦，天哪，还剩一个？"乌玛盯着阿加莎说。她凝视着湖水，里面一条许愿鱼也没有了，接着她又看了看那宝贝的粉色手提箱，然后悲伤地说："每次都这样。"随着一声叹息，她又将手提箱放回了湖里，看着它慢慢沉下去，随后变成一千条白色的小鱼浮出了水面。

阿加莎靠在水边，看着鱼儿们没精打采地望着她。方才明明已经回到天堂般的手提箱里了，可现在又被弄了回来，就好像失去了神灯的精灵一样没有安全感。它们无所谓她现在是不是命悬一线，它们只想自己安静地待着。阿加莎对它们充满了同情。

"我的愿望很简单的，"她想着，"只要不淘汰就行。就这个，别淘汰。"

她将手指戳进了水中。

鱼儿们好似风中的郁金香一般开始颤抖起来。这时阿加莎能听到她的愿望开始在脑海里不停地角力斗争——

"不要淘汰……回到家躺在床上……不要淘汰……苏菲一定要安全……不要淘汰……泰德罗斯去死……"

鱼儿们先是变成了蓝色，然后变成黄色，接着变成了红色。这时她脑子里的愿望已经形成了一股旋风——

"新面孔……一样的面孔……金发……我讨厌金发……更多朋友……没有朋友……"

"这已经不光是一片模糊了，"乌玛公主咕哝道，"简直就是一团糨糊！"

这些红得像血一样的鱼开始震动起来，看着像要爆炸了似的。阿加莎吓了一大跳，赶紧将手指抽回，但这时湖水已像拳头一般紧紧握住了她的手指。

"这是怎么……"

这时鱼儿们一下子变成了黑夜一般的黑色，然后像磁铁遇见了金属一般全部朝着阿加莎飞去，在她的手上紧紧围成一团，并开始不停地抖动起来。女孩们吓得纷纷逃离岸边，乌玛震惊地站着一动不动。这一切太疯狂了，阿加莎努力想把手抽回来，可她的头已经痛得快要爆炸了。

"回家学院妈妈爸爸善与恶男孩与女孩永生者永灭者……"

鱼儿们紧紧地夹着阿加莎的手，摇晃得越来越用力，越来越快。她已经看不清一条条的鱼了，只看到鱼眼睛像纽扣一样不停地弹出来，打在成了碎片的鱼鳍上，鱼肚子上的血管胀得都鼓了出来，然后只听见鱼儿们发出了一千声深受折磨的惨叫。这时阿加莎的头已经痛得快裂成了两半。

"淘汰胜利真实谎言失去找到强壮虚弱朋友敌人……"

鱼儿们膨胀成了一个气球状的黑团，沿着她的手往上爬。阿加莎死命想要抽回她的手指，却听见"咔嚓"一声，她的骨头断了。伴随着阿加莎剧痛的号叫声，这些不停惨叫的鱼儿将她整只手臂全都吸进了那乌木色的茧里。

"救命！谁来救救我！"

这个黑茧已经翻滚到了她的脸上，包裹住了她的哭喊声。在一声令人揪心的高声呼叫之后，这个致命的如子宫一般的黑茧将她整个吞食进去。阿加莎挣扎着想要呼吸，想要踢破这个黑茧，但是疼痛已经穿透了她的脑袋，逼得她不得不蜷缩成一个婴儿那样的姿势。

"恨与爱惩罚奖赏猎人猎物生存死亡杀戮亲吻获取……"

随着一声声复仇般的尖叫声，黑茧将她深深地吸了进去，像一个凝胶状的坟墓似的，夺走了她最后一次呼吸，吸干了她最后一滴生命，直到她再也没有任何东西还能……

"给予"。

尖叫声停止了。黑茧脱落了。

阿加莎惊恐万分地从黑茧中跌落出来。

这时，在她的怀里多了一个女孩。这女孩看起来顶多十二三岁的模样，太妃糖色的皮肤，一头蓬乱的深色卷发。她微微颤动了一下，缓缓睁开双眼看着阿加莎笑了，仿佛她是一位老朋友。

"一百年了，你是第一个许愿想要解救我出来的人。"她一边说话，一边轻轻喘息着，就像是一条来到了陆地上的鱼，然后她把手放在了阿加莎的脸颊上，说了一句："谢谢你。"

说完她闭上双眼，躺在阿加莎怀里的身体开始变得柔软虚弱。紧接着她整个人一寸寸地变成了赤金色，然后一道白光迸射而出，她融进了阳光里消失不见了。

阿加莎目瞪口呆地看着此刻一条鱼都没有了的湖水，听到了自己那狂乱的心跳声。一瞬间，她感觉内心深处仿佛被什么狠狠捶了一下，心里有什么被揪紧了一般。她举起手指一看，竟然已经愈合得一切如新。"呃，这一切……"她深深吸了一口气然后扭头问道："正常吗？"

一整个班的人早已溜到了树后面躲了起来，包括乌玛公主，而她的表情已经回答了她的问题。

这时一串响彻云霄的鸟叫声从上空传来。阿加莎抬头一看，是之前和她老师打招呼的那只友好的鸽子。只是现在这只鸽子的叫声不再友好了，它变得毫无理智而且有点儿疯狂。无边森林里也传来一只狐狸低沉的怒吼声，那声音声嘶力竭又烦躁不安。紧接着四面八方响起了一连串的怒吼声、哀嚎声，全部不再是之前表示欢迎的声音了，此刻的动物们全都陷入了一片疯狂的暴乱之中。它们的尖叫声越来越响亮，越来越尖锐，里面充满了狂热，充满了躁动。

"发生了什么?!"阿加莎用手捂住耳朵大喊道。

当看到乌玛公主的脸,她立刻明白了。

"它们也想要。"

阿加莎还没来得及动一下,从四面八方赶来的动物们全朝着她奔涌而来。松鼠、老鼠、狗、鼹鼠、鹿、鸟、猫、兔子,还有那笨手笨脚的水獭——学院这片土地上存在的每一种动物,每一个能挤进铁门的动物,全都朝着它们的救世主奔来了。

"把我们变回人类!"它们恳求着。

阿加莎脸色煞白,从什么时候开始她竟然能听懂动物的语言了?

"公主,救救我们吧!"它们哭喊着。

从什么时候开始,她竟然能理解这些充满妄想的动物了?

"我该怎么做?"阿加莎大叫着问。

乌玛瞥了一眼这些动物,她忠诚的提线木偶,她的知心朋友……

"跑!"

第一次,这所学院里有人提出了一个阿加莎能用的建议。她迅速朝着塔楼飞奔过去,一路上喜鹊啄着她的手,老鼠吊在她的松糕鞋上,青蛙跳上了她的裙子。好不容易突围后,她跌跌撞撞地往山上跑去,抱着头,跨过了野猪、老鹰和野兔。可就在她已经看到白色天鹅大门时,一只麋鹿冷不丁从树后蹿了出来——她躲开了,但是麋鹿摔了一跤,把门上的天鹅给撞歪了。阿加莎穿过玻璃楼梯间,从迈着山羊腿的波鲁克斯身边经过,波鲁克斯斜瞄了一眼她身后的追兵。

"这是见了什么鬼……"

"帮我个小忙!"她大喊道。

"别动!"波鲁克斯尖声叫道。

但是阿加莎已经冲上荣誉楼梯了。当她回头时,她看见波鲁克斯正手忙脚乱地左右来回阻挡着动物们。这时上千只蝴蝶冲破天窗飞了进来,一下子就将它的脑袋从山羊身上撞了下来,最终它也只能任由动物们追着她上了楼梯。

"不要进入塔楼!"波鲁克斯的脑袋从门后面滚出来,尖着嗓子大叫道。

可是阿加莎已经穿过走廊，一阵风似的冲进了满是教室的糖果屋教室区里。于是男孩们和老师们都开始忙着对付豪猪（这不太明智），尖叫着的女孩们都穿着高跟鞋跳上了课桌（这极其不明智），阿加莎拼了命地想要逃离这三重混乱，可是动物们叼了满嘴的糖果之后还是锲而不舍地继续朝她追去。尽管如此，她还是率先冲上了楼梯，溜进了糖霜大门里，赶在第一只黄鼠狼钻进来前一脚把门关上了。

阿加莎整个人紧缩在高耸的亚瑟王树篱塑像的阴影下。屋顶上刺骨的寒风吹在她赤裸的手臂上如针扎一般地疼。此地不宜久留。透过阴沉沉的大门，她眯着眼睛往外看，想看看能不能遇到一个老师或是仙女把她救出去。就在这时，她注意到门上反射出了什么东西。

阿加莎扭过头，一个魁梧健壮的剪影正笨重地在阳光笼罩的薄雾中走着。她紧张的神经一下子放松下来。这还是她头一次这么高兴见到一个男孩，她忙不迭地向着这个模糊不清的王子跑去——

但她立刻又跟跟跄跄地回来了。是那只头上长角的滴水兽，正风驰电掣地从迷雾里飞奔而出，然后一个火球喷出来把门瞬间烧成了灰。眼看第二个火球也呼啸而来了，阿加莎赶紧跳进亚瑟与桂妮维亚举行婚礼的那个树篱中躲避，却不料引得大火瞬间点燃了整座塑像。她又拼命爬向下一个树篱，这时滴水兽的火球一个接一个地飞了过来，一瞬间这位伟大国王的生平故事全部变成了一片火海。阿加莎已经彻底被困在了火中，她只能眼睁睁看着这只随时准备喷火的恶魔，用它冰冷的石脚踩在她的胸膛上将她按倒在地。这次无路可逃了，她浑身瘫软，闭上了双眼放弃抵抗。

可是什么也没发生。

她慢慢地睁开眼睛，发现滴水兽竟然跪在了她的身旁，离她那么近，近到她竟然能看见它泛着红光的双眼中有一个影子。那是一个担惊受怕的小男孩的影子。

"你也想要我的帮助？"她倒吸一口气问。

滴水兽眨了眨眼，眼里含着满是期盼的泪水。

"但是——但是——我不知道我是怎么做到的。"她结结巴巴地说，

"刚才纯属……意外。"

滴水兽深深地盯着她的双眼,看出了她说的全都是事实。它一下子瘫倒在地,四周烟尘四起。

阿加莎看着眼前这只怪兽,原来它也不过是另一个迷失的孩子,她不禁想到了这世上所有的生物。原来,他们并非因为忠诚而去遵守命令,也绝非因为爱而主动去帮助公主。他们之所以会那样做,是因为那些忠诚与爱可能会在某一天为他们赢回重新成为人类的机会。只有通过一个童话故事,他们才能找回归途,找回那个不完美的自己,找回他们不配拥有故事的人生。现在,她也是这些动物中的一员,努力寻找着自己的出路。

阿加莎弯下腰,伸手握住了滴水兽的爪子。

"我真希望我能帮到你,"她说,"我希望我能帮助我们所有人回家。"

滴水兽把头枕在了她的膝上。在这火势已快逼近他俩的展览园里,一个怪兽和一个孩子在彼此的怀里哭泣着。

突然间,阿加莎感觉到那石头的触感在渐渐变得柔软。

滴水兽也察觉到了,它大吃一惊猛地向后退去,然后慢慢地,它跟跟跄跄地用双脚站了起来,这时它身上的岩石外壳开始碎落……它的爪子变成了柔软光滑的双手……它的眼睛发出了纯真的亮光。阿加莎惊愕地看着这一切,然后避开滚滚燃烧的火焰向它跑去,这时怪兽的脸也开始慢慢变化,它已经露出了一个小男孩的模样。她高兴地大口喘着气,伸手摸向他。

一把剑刺了过来,一下子刺穿了他的心脏。滴水兽瞬间石化,嘶叫出了一声被背叛的哭喊。

阿加莎惊恐万分地猛然转身。

泰德罗斯一跃而起跳过一堵火墙,跳到了滴水兽带角的头颅上,他手里拿着的正是那把王者之剑。

"等等!"她大声喊道。

但是王子只是呆呆地凝视着这一片火海,他父亲一生的回忆竟然付之一炬了。"肮脏、邪恶的野兽!"他哽咽地喊道。

"不!"

泰德罗斯举起宝剑朝着滴水兽的脖子砍去，只听"砰"的一声，手起剑落，他一下子砍断了它的脑袋。

"他是个男孩！一个小男孩！"阿加莎哭着尖叫着说，"他曾是善良学院的。"

泰德罗斯的目光落在了她的脸上："现在我知道你是个女巫了。"

她一拳打在他的眼睛上。正当她准备对着他另一只眼睛再来一拳时，小精灵、狼卫、两所学院的老师们全都冲进了展览园。而此时映入他们眼帘的却是一股狂暴的巨浪，正对着这燃烧的屋顶铺天盖地席卷而来，同时这巨浪也将两个正在搏斗的仇敌猛地拍打到了两边。

第九章
百分之百天才秀

苏菲认准了，肯定就是碧翠丝为了引起泰德罗斯的注意而放的那把火。毫无疑问，他从那火势凶猛的高塔上把她救了出来，还给了她一个如这火势一般热烈的吻，而且他们肯定连婚期都定好了。苏菲之所以会有这种想法，是因为这本是她自己计划在午餐时做的事。不过现在，什么也别想了，连第二天的课都被取消了，她只能孤零零地和三个"杀人犯"待在房间里。

现在的她，正对着铁盘子里一坨黏糊糊、湿漉漉，像人吐出的唾沫一样的燕麦粥和一只猪脚发呆。饿了三天了，她知道不管学院的午餐有多恶心，现在也必须得吃点儿了，可这简直比恶心还要糟糕啊。这根本就是下等人的食物。她抓起盘子一把扔出了窗外。

"你们知不知道，在这个地方上哪儿能找到些黄瓜？"

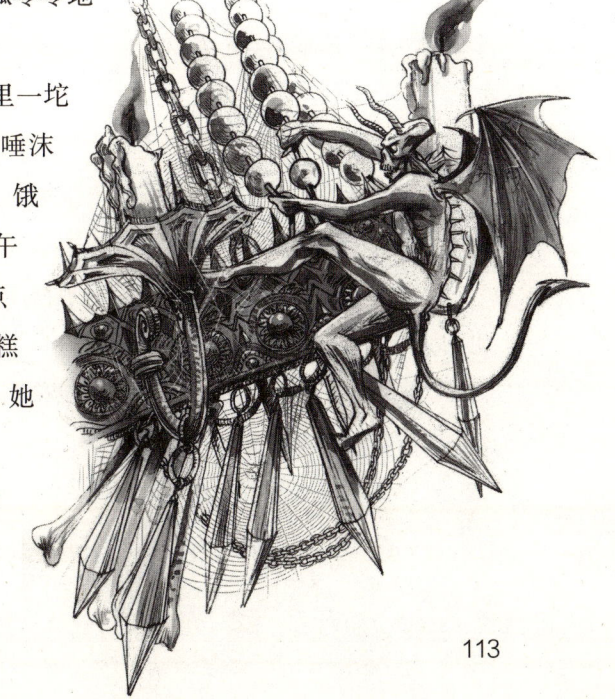

苏菲转过身说。

房间那头的海丝特直勾勾地瞪眼看着她:"那只鹅。你是怎么做到的?"

"我最后说一次,海丝特,我不知道。"苏菲说,她饿得肚子咕噜咕噜直叫,"它还答应帮我换学院呢,结果它说谎。大概它蛋下得太多,把脑子都下傻了。对了,附近有没有花园能找到点儿苜蓿或是小麦草什么的?"

"你和它说话了?"海丝特脱口而出,满嘴的猪脚汁都快喷出来了。

"好吧,不完全对。"苏菲一脸嫌弃地说,"应该说我能听到它的想法。和你们不一样,公主都能和动物交谈。"

"但不是听见它们的想法。"多特一边说着,一边呼哧呼哧喝着一碗弄成了巧克力口味的粥,"要做到那样,你的灵魂必须得百分之百的纯正。"

"那就对了!这不就证明我是百分之百的善良了。"苏菲松了一口气说。

"又或者是百分之百的邪恶。"海丝特反驳道,"这取决于我们是该相信你,还是该相信斯廷法司、学院袍、鹅,以及那个滴水怪兽。"

苏菲瞪眼望着她,然后爆发出了一串不可思议的大笑:"百分之百的邪恶?我?这简直荒谬不堪!不可理喻!简直……"

"让人印象深刻。"阿纳迪尔自言自语地说,"就连海丝特偶尔也会放过一两只老鼠。"

"我们居然一开始都以为你不够格,"海丝特嘲讽地对苏菲说,"没想到你竟然是只披着羊皮的美女蛇。"

苏菲忍不住一直冷笑着。

"我敢打赌她有种特殊的天赋,她会让我们所有人都大吃一惊的。"多特说,她又开始大嚼特嚼一只看起来很小的巧克力猪脚了。

"我真弄不明白,你从哪儿弄来这么多巧克力的?"苏菲讥笑道。

"那会是什么?"阿纳迪尔阴冷地低声说道,"你的天赋是什么?夜视眼,隐身术,心灵感应,还是毒牙?"

"我不管她都有些什么天赋,"海丝特不耐烦地吼道,"不管她有多邪恶,她都赢不了我的天赋。"

苏菲笑得眼泪都流出来了。

"你给我听好了,"海丝特双手握成拳头紧紧抠着她的餐盘,强压着怒火说，"这可是我的学院。"

"那就守好你的破学院吧！"苏菲不屑一顾地嚷道。

"我就是级长！"海丝特咆哮道。

"我才不稀罕！"

"一个读者可别想挡了我的路！"

"呵，是不是所有的恶人都这么可笑！"

海丝特突然爆发出了一阵疯狂的诡异的笑声，然后将手里的盘子嗖地朝苏菲扔去，苏菲及时低头躲过，却看到那盘子像把斧头一样直直地插进墙上那幅通缉令海报中，正好切下了罗宾汉的脑袋。这下苏菲笑不出来了。她躲在烧焦的床后偷瞄着海丝特，她黑黑的身影映在敞开的大门前，如同死神一般。有那么一秒钟，苏菲甚至觉得她的文身都动了一下。

"你给我小心点儿，女巫。"海丝特啐了口唾沫说，然后"砰"地关上了大门。

苏菲低头看着自己不停颤抖的手指。

"我们还以为这次她会失手呢！"多特在她身后轻快地说。

阿加莎明白，如果他们都把狼卫派来带走她，那就意味着事情肯定糟透了。

自从那场大火发生之后，她已经被关在房间里整整两天了。每天只有上厕所才能出去，每顿饭是由一个紧锁着眉头的小精灵给她送过来一些生菜和梅干汁。终于在第三天的午餐后，一头白毛狼卫过来要带她走。狼卫用爪子一把抓住她烤焦的粉色衣袖，拎着她就往外走，一路上经过了楼梯间的壁画，还遇到了好些沉着脸怒气冲冲的永生者和老师们，他们全都不拿正眼看她。

阿加莎一路强忍着泪水。她已经有了两个失败的排名，那么煽动动物造反和放火烧学院肯定会给她挣来第三个。那现在她还能做的也就是再假装几天善良学院的学生而已，可她连这个都做不好。她怎么能想到自己的生命会在这儿结束呢？美丽、纯洁、高尚，如果这些代表善良学院，那么她百分之百应该属于邪恶学院啊。现在她得去接受处罚了，而且阿加莎从童话故事里已经对各种惩罚了如指掌——肢解、开膛、下油锅、活剥皮——反正她知道她已经逃不了流血和痛苦的结局了。

狼卫拽着她穿过仁爱塔楼，路上还遇到了一只戴着眼镜的啄木鸟，它正在往焕然一新房的门上啄上新的排名。

"我们是要去见校长吗？"阿加莎尖着嗓子怯生生地问。

狼卫不屑地哼了一声，继续拽着她走到了大厅尽头的一个房间前，然后敲了敲门。

"进来。"一个平静的声音从里面传来。

阿加莎深深地盯着狼卫的眼睛说："我不想死。"

头一回，它那嘲讽的笑容稍稍变得柔和了一些。

"我也不想。"

说完它打开门，一把将她推了进去。

第三天的午饭后开始恢复上课了，很显然，这说明火势终于被彻底控制住了。苏菲在一间潮湿发霉的教室里准备上天赋异禀课，可她那饿得咕咕直叫的肚子简直让她没法专心听课。海丝特向她投去一道凶残的目光，而多特正和别的永灭者们悄悄地谈论着她们这位"百分之百邪恶"的室友。所有的一切都不对劲了。她开始了新一周的证明自己是公主的努力，可现在每个人却都深信不疑她会是未来的邪恶级长。

天赋异禀课的老师是希芭·希克教授，她是一位身材圆圆胖胖的丰满女人，黝黑的脸颊上长满了疖子。"每个恶人都会拥有一项天赋！"她穿着一件半身红丝绒的尖肩长袍，一边在房间里来回踱着步，一边用她那浑厚得像唱歌家一样的嗓音大声吼着，"我们要做的就是让你的天赋绽放开来，让它从小幼苗变成参天大树！"

这一天的挑战是，每个永灭者都必须当着全班同学的面展示一项自己独有的天赋。天赋越惊人的学生，排名就会越高。但是一上来就有五名学生失败了，他们什么都展示不出来，就连维克斯都哭哭啼啼的，因为他根本不知道自己的天赋是什么。

"这就是你们准备在天才马戏团里展示给校长看的东西？"希芭咆哮如

雷地说，"'我不知道我的天赋是什么''我不太喜欢我的天赋''我想和软糖皇后交换天赋'！"

"我会让她看到的。"多特说。

"每一年，邪恶学院都在天才马戏团里败下阵来！"希芭厉声叫道，"善良学院也就会唱唱歌、挥挥剑、拍拍屁股而已，而你们居然拿不出更强的？你们还有没有自尊心？还知不知道羞耻？真的够了！我根本不在乎你是把人变成一块石头还是变成一坨屎！你得听希芭的，听希芭的你就能拿到第一名！"

二十双眼睛傻愣愣地看着她。"下一只傻猴子是谁？"她大吼一声说。

充满悲情的表演仍然在继续着。绿皮肤的莫娜把自己的嘴唇变成了红色。（"是因为每个王子都很害怕圣诞树吗？"希芭绝望地呻吟着。）阿纳迪尔让她的老鼠长长了一英寸，霍特冷不丁从胸前扯下来一撮毛，阿拉克涅表演单眼瞪人，拉文展示如何打嗝冒烟。就在他们的老师已经筋疲力尽无法忍受时，多特摸了一下课桌，一下子就将桌子变成了巧克力。

"原来如此啊！"苏菲大为赞叹地说。

"我这辈子就没见过这么一场百无一用的大展示。"希芭呼呼地喘着粗气说。

但是接下来轮到海丝特了。她恶狠狠地斜眼瞟着苏菲，两只拳头紧紧地捏住了课桌，越捏越紧，越捏越紧，直到每一根血管都从她发红的皮肤上凸了出来。

"你这是要变成西瓜呢，"苏菲打着哈欠说，"的确很特别。"

这时海丝特脖子上有东西动了，全班同学都愣住了。是她脖子上的文身，只见那文身又猛地抖动了一下，就好像一幅画突然有了生命似的。那只红色骷髅的恶魔慢慢张开了一只翅膀，然后又张开了另一只，长着鹿角的脑袋朝着苏菲的方向摇晃着，然后它那双布满血丝的眼睛也睁开了。苏菲这下感觉自己的心脏都不会跳了。

"我跟你说过让你小心点儿的。"海丝特咧着嘴狞笑着说。

一只完完整整的恶魔从她皮肤上轰然飞出，朝着苏菲猛扑过去，同时还瞄准她的头喷射出了一道道红色的闪电。惊愕不已的苏菲赶紧往后一倒躲开了闪电，不料却将一个书架撞倒在地。这头只有鞋子大小的野兽又扑了过去，射出的闪电瞬间点燃了她的校服袍子，苏菲在地上滚了一圈扑灭了火焰，嘴里大喊着"救命啊！"。

"发挥你的天赋啊，你这个中看不中用的金发妞！"希芭晃动着她的胖屁股吼道。

"她应该唱歌嘛，"多特嘲讽地说着俏皮话，"说不定唱首歌就能把我们全部杀死了。"

海丝特指挥着她的恶魔准备发动第二轮攻击，不料那恶魔却被困在了布满蜘蛛网、枝丫交错的枝形吊灯中。苏菲赶紧爬到了书架的最后一排下面躲着，这时她瞥见了一本散落下来的书，《恶魔百科全书》。她赶快翻阅起来。"报丧女妖、豆荚黑魔、狂暴战士……"

"苏菲，快点儿！"霍特发出一声尖叫。

苏菲转身看见那带翅膀的恶魔已经冲破蜘蛛网向她扑来，房间那头的海丝特眼里全是熊熊怒火。她赶紧拼了命地翻着那本《恶魔百科全书》。

墓穴蝙蝠、独眼巨人……恶魔！

上面有十页小小的字。

恶魔是一种超自然生物，它能以各种奇怪惊悚的形态出现，每一个恶魔都有其不同的能力与弱点……

苏菲又转身看了一眼，恶魔离她只有五英尺了。

"用你的天赋！"希芭嘶吼道。

苏菲一把将手中的书扔向恶魔，没击中。恶魔露出一丝死亡般致命的狞笑，然后如同举起了一把匕首般高高地举起了一道闪电。希芭眼看不妙，赶紧冲过去准备阻拦，却被阿纳迪尔一脚绊倒在地。随着一声尖厉刺耳的啸叫，恶魔将闪电瞄准了苏菲的脑袋。就在它抛出闪电的瞬间，苏菲突然想到了所有善良女孩都有的一个天赋——

寻找朋友。

她猛地转向窗口，对着窗外吹响了一声华丽而响亮的口哨，期盼着她那些高贵善良的动物朋友迅速赶来救她的命。

顷刻间，一大片黑压压的大胡蜂飞了过来，它们如同听到了召唤一般纷纷从窗口涌入，将恶魔团团包围了起来。

海丝特一下子踉跄着往后退了好几步，仿佛被蜇的是她一样。

苏菲惊恐万分地看着，眼珠子都快吓得掉出来了。她赶紧又吹响了一声口哨——不料，这次成群结队赶来的居然是蝙蝠，它们一上来就露出尖牙狠狠地咬进了恶魔的皮肉之中，而刚才那帮大胡蜂也没闲着，继续疯狂地叮着、蜇着。这时恶魔已经变得像只烧焦的蛾子一般，只听"咣当"一声，它一下子瘫倒在了地上。坐在座位上的海丝特也渐渐变得毫无血色，她满身冷汗，面色惨白，仿佛刚被吸过了血。

惊慌失措的苏菲又吹响了口哨。虽然这次吹得更大声、更尖厉，可是赶来的却是一群群的蜜蜂、大马蜂，还有蝗虫。它们将那个已经口吐白沫的活物里三层外三层地围了个结实，而此时的海丝特已经神志不清，只剩疯狂地抽搐了。

苏菲呆若木鸡地站在角落里，恶人们全都忙着挥舞书本和椅子想要赶跑恶魔身上的蜂群，可是蜂群丝毫没有停手的意思，依然毫不留情地凶残地蜇咬着，眼看着海丝特就快一命呜呼了。

苏菲冲到恶魔身边，挥着手拍赶着蜂群——

"停下来！"

霎时间，蜂群立刻静止不动了。它们全像犯了错等着挨骂的孩子似的，发出了呜咽似的嗡嗡声，然后乖乖地飞出了窗口，飞入了一大片乌云之中。

遍体鳞伤的恶魔喘着气将爪子伸向海丝特，奄奄一息地爬到了她的脖子上。刚从窒息中缓过一口气来的海丝特不住地咳嗽，终于吐出了一口黏液，算是保住了性命。不过她已经吓得浑身发抖，只知道呆呆地张大了嘴望着苏菲。

苏菲弯下身想要安慰一下她："我不是故意的——我只想叫来一只鸟儿或者……"但是她一碰到海丝特，海丝特立刻吓得缩成了一团。

"公主都能召唤动物的！"苏菲对着周围一片沉默的人群大声喊道，"我是善良学院的！百分之百的善良！"

"谢谢你，堕落天使！"

苏菲恍恍惚惚地急忙转过身去。

"长得像公主！做派也像公主！却实实在在是个女巫。"希芭颤颤巍巍地站了起来，兴奋地大声说道，"记住我说的话，你们这帮没用的家伙！这个，在天才马戏团里赢定了！"

苏菲又一次看到她头顶升起了红色的烟雾，两次挑战，她都获得了第一名。

她又一次手忙脚乱地引起了全班同学的注意，不过这一次他们看她的眼神再也不是轻蔑与嘲讽了，他们开始用一种别的目光去注视她。

尊重。

这一刻，她作为头号恶人的地位已经越来越稳固了。

近距离看克拉丽莎·达维教授，她有着一张红润而又柔和的脸庞，配上那银色的发髻，让她看起来既和蔼又慈祥。作为刽子手来说，阿加莎想不出还能有比她更好的人了。

"我宁愿是校长来处理这些事情。"达维教授一边说一边翻看着水晶南瓜镇纸下压着的文件，"不过我们都知道的，他特别看重自己的隐私，不肯轻易露面。"

然后她抬起头来仔仔细细地端详着阿加莎。这时她看起来就没那么和蔼了。

"现在我有一学院受到惊吓的学生需要安抚，有两天的课程得赶上，有五百只动物的记忆需要被抹去，还有一间教室被吃掉了，一个珍贵的展览园毁于灰烬之中。除了这些之外，我还得找个地方把一只没头的滴水兽给埋了。你知道这些都是因为什么吗？"

阿加莎一个字也吐不出来。

"只因为你违背了波鲁克斯一个简单的命令，"达维教授说，"就差点儿让很多人在这件事中付出生命的代价。"她用一种深感耻辱的目光看了阿加莎一眼，然后又低头看向了她的卷宗。

阿加莎向着窗外看了一眼。在湖边，永生者们刚刚吃完一顿丰富的午餐，午餐里有抹上一层厚厚芥末酱的烤鸡肉、菠菜瑞士薄饼和一杯杯的苹果酒。她还能看见泰德罗斯正在向一名看得如痴如醉的观众重演那天在展览园里的场景，粉丝那双充满崇拜的黑眼睛简直就像是泰德罗斯的荣誉勋章。

"最后我能和我的朋友告个别吗？"阿加莎扭头对达维教授说，她眼里的泪水已经夺眶而出。

"在你……杀了我之前？"

"这倒是没有必要。"

"但是我必须得见她！"

达维教授抬起头来。"阿加莎，你的表现让你在动物交流课上获得了第一名，这一点毋庸置疑。只有极少数杰出的天才才能使愿望变成现实。尽管对于那天在屋顶上究竟发生了些什么，众说纷纭。但是我想说，如果这所学院里的学生能够为了救一只滴水兽而不顾自己的生命安危……"说着她的眼睛闪了一下，与此同时她衣服上的银色天鹅徽章也闪了一下，"那么，这说明善良的定义是无法去衡量的。"

阿加莎呆呆地看着她，无法说出一个字。

"不过，如果你再一次违背任何老师的直接命令，阿加莎，我保证你会拿到'淘汰'的。听明白了吗？"

阿加莎如释重负地点了点头。

这时外面传来一阵阵的欢声笑语。她扭头看到泰德罗斯的伙伴们正围着一个枕头做的娃娃踢来踢去——树枝做成了娃娃的腿，两颗小煤块做成了眼睛，还有一些黑色的荆棘插在上面当作头发。这时一支箭飞过来，射穿了枕头娃娃的头，顿时羽毛飞散得到处都是。说时迟那时快，第二支箭飞来，直插进了枕头娃娃的心脏。

男孩们停止了大笑，转身看过去。在草坪的那边，泰德罗斯放下弓箭走了过来。

"至于你的朋友，她在她那边做得非常好。"达维教授说着，翻看起了更多的卷宗，"不过你也可以自己去问问她。下节课你们会一起上。"

阿加莎一句话也没听进去。她的眼睛仍然落在那个两眼空洞、死气沉沉的娃娃上，飞扬而出的羽毛随风四处飘散着。

那个娃娃看起来和她一模一样。

第十章
糟糕的团队

"还有谁在我们这个团队里?"阿加莎试着打破僵局向苏菲问道。

但苏菲没搭理她。实际上,她一直表现得就像阿加莎根本不存在一样。这天的最后一堂课是童话求生课,也是唯一一堂两所学院的学生混在一起上的大课。男孩们遵从达维教授的命令,把自己的私人武器全部上缴到了兵器库——这是唯一能够稍稍安慰莱索夫人的方式,她正因为滴水兽被泰德罗斯用剑砍死了而暴怒呢——之后,两所学院的学生全都赶到了蓝色森林的大门前集合报到。在那儿,小精灵正忙着按照每个团队八名永生者、八名永灭者的规则,将所有学生分入各自的森林团队中。就在别的学生还在寻找自己团队的队长时(2号团队的队长是一个食人魔,8号团队的队长是一位马人,12号团队的队长是一位百合仙女),阿加莎和苏菲已经率先来到了印着鲜红色数字"3"的旗帜下。

阿加莎攒了一肚子的话想对苏菲说,关于她怎么练习微笑，怎么救了那些鱼然后火又是怎么烧起来的，最重要的还有关于亚瑟王那个傻儿子的，可是苏菲连看都不正眼看她一下。

"我们能不能直接回家？"阿加莎央求着说。

"你怎么不等你淘汰了或者变成一只鼹鼠了再回家呢？"苏菲气鼓鼓地说，"你现在可是在我的学院里。"

"那为什么他不让我们换过来呢？"

苏菲一时气结，着急地说："因为你……因为我们……"

"得回家。"阿加莎怒气冲冲地对着她说。

苏菲这时又露出了她最友善的笑容："迟早他们会知道什么才是正确的。"

"那让我说还是趁早好一些。"一个声音从后面传来。

她俩转身看到了泰德罗斯，他穿着一件有些烧焦的衬衫，一只眼睛肿得通红，眼角还有乌青块。

"如果你还心痒痒地想杀人，要不这次考虑一下你自己？"阿加莎唾弃地说。

"简单地说句'谢谢'不行吗？"泰德罗斯立刻还击说，"我可是冒着生命危险去杀死那只滴水兽的。"

"你杀死的是一个无辜的孩子！"阿加莎喊道。

"可是我不顾一切、毫无理由地救了你的命！"泰德罗斯咆哮道。

苏菲呆呆地望着他俩："你们俩认识？"

阿加莎猛然转身对着苏菲说："你以为他是你的王子？其实他不过就是个夸夸其谈、爱装疯卖傻的绣花枕头。他实在闲得无聊找不到事干了，所以连衣服都没穿好就上蹿下跳地把剑刺向了不该刺的地方！"

"这个人已经彻底疯了，因为她受不了自己欠了我一条命。"泰德罗斯挠着胸口，打了个哈欠，然后对着苏菲咧嘴笑道，"所以你把我当成了你的王子？"

苏菲立刻矜持地红了脸，而且矜持的分寸拿捏得刚刚好，完全符合她在课前练习多次的样子。

"我知道迎新会上肯定是弄错了。"王子那双闪烁的蓝眼睛一点一点地打量着她说，"像你这样的女孩根本就不该去任何与邪恶有关的地方。"说完又转身对着阿加莎面带怒容地说："而像你这样的女巫也不该去接近像她这样的女孩。"

阿加莎一大步迈到他跟前说："首先，你说的这个女巫恰好和她是朋友。其次，在我把你另一只眼睛也打肿前，你最好赶紧滚回你自己的朋友身边。"

泰德罗斯一下子爆发出了不可思议的大笑，笑得前仰后合，不得不用手扶住大门。"一个公主会和一个女巫做朋友！这根本就是天方夜谭。"

阿加莎皱着眉头看着苏菲，等着她来澄清这一切。而苏菲咽了口唾沫，转头对着泰德罗斯说：

"好吧，听你这么说是挺滑稽的，当然，公主肯定是不可能和女巫成为朋友的，不过这也取决于对方是什么样的女巫吧？我的意思是，你对女巫的定义究竟是什么？"

现在轮到泰德罗斯皱紧眉头看着她了。

"那么，嗯……我想说的是……"

苏菲的眼睛一直在泰德罗斯和阿加莎之间游走，看看这个又看看那个……

然后她一下子冲到阿加莎前面，握住了泰德罗斯的手。

"我叫苏菲，我很喜欢你眼睛上的乌青块。"

阿加莎立刻交叉双臂，环抱胸前。

"我的……我的……"泰德罗斯凝视着苏菲那双充满挑逗的绿眼睛说，"你是怎么在那种地方活下来的？"

"因为我知道你会来拯救我的。"苏菲深情地说。

阿加莎咳嗽了一下，想提醒他们注意她还在这儿呢。

这时一个女孩的声音从他们身后传来："你是在开玩笑吧。"

他们一转头看见了碧翠丝，同时也看到在那鲜红色的数字"3"下，还站着多特、霍特、拉文和米莉森特，他们全是森林3号团队的成员。这一刻，他们每个人眼里都流露出一种不服气的轻蔑表情，场面暗潮涌动，混乱如一锅粥。

"嗯。嗯。"一个声音从下面传来。

他们低头看见了一个四英尺高的地精。只见棕色皮肤的地精脸上皱巴巴的，穿着一件系着宽腰带的绿色外套，头上戴着一顶橙色尖顶帽，正皱着眉头努力从一个地洞里往外爬。

"糟糕的团队。"他嘴里嘟嘟嚷嚷地说。

地精尤巴又大声地抱怨了一句，然后从他的地洞里整个儿钻了出来。随即他掏出一根粗短的白色拐杖拉开了大门，带着所有的学生走进了蓝色森林。

置身于这片蓝色森林中的一瞬间，仿佛所有人都忘记了心中的不满与怨恨，他们完完全全被这片奇妙的蓝色仙境震撼到了。森林中的每一棵树、每一朵花，甚至每一片草都闪耀着深深浅浅不同的蓝色色泽。一缕缕柔和的阳光透过蔚蓝色的树冠轻轻洒下，照亮了绿松石色的树干与海蓝色的花蕊。小鹿悠闲地走在天蓝色的丁香花旁吃草，乌鸦与蜂鸟在宝蓝色的荨麻中叽叽喳喳地叫着。松鼠和兔子蹦蹦跳跳地从钴蓝色的石楠丛中钻出来，然后跳到一个群青色的池塘边与鹳一起低头啜饮。所有的动物对穿梭其间的学生们习以为常，它们没有一丝惊慌与不安，只是自顾自地走着跳着。苏菲和阿加莎曾以为森林总是与危险和黑暗联系起来的，但是在这里，召唤着她们的却是一个有着勃勃生机与美好的森林。好吧，至少在她们发现那群沉睡在蓝色鸟巢中的骷髅大鸟斯廷法司之前，一切都是非常美妙的。

"它们就随意让这些鸟和学生们待在一起吗？"苏菲说。

"它们白天全都在昏昏大睡，绝对无害。"多特轻声回了一句，"只有恶人才能唤醒它们。"

就在学生们鱼贯而入走进森林时，尤巴用他那急促而苍老的声音讲述起了蓝色森林的历史。在很久很久以前，善恶魔法学院的学生从不联合上课。他们只会在自己的学院里单独受训，直至毕业后双方直接进入无边森林里进行生存挑战。可万万没想到的是，一旦进入森林，善恶两院的学生还来不及进入对战，就已经沦为了饥饿的野猪、食腐的小恶魔、怪异的蜘蛛还有食人郁金香的猎物了。

"我们完全避重就轻，忽略现实了。"尤巴说，"如果你不能在森林里生存下去，那你也没法在童话中幸存。"

所以后来学院创建了这样一座蓝色森林作为训练场。森林里的植物，都在一种魔法的保护作用下变成了这种标志性的蓝色。这种魔法一方面是为了将入侵者隔绝在外，另一方面也是为了提醒所有的学生，眼前的这座森林只是一个模仿性的训练场，外面的森林才是真正充满了狡诈与背叛、危险与恶毒的所在。

至于真正的森林有多险恶，就在尤巴带着学生们经过北门时，他们全都真真切切地感受到了。那是一片浓密黑暗的森林，树叶如同厚厚的盾牌一般，将照耀着大地的秋日夕阳彻底隔绝在了外面。森林里每一寸的绿色都被阴影晕染成了黑色，黑夜是它永恒的主题。当学生们的视力渐渐适应了这一片漆黑之后，他们隐隐约约看见林中有一条细长的泥土路，好似老人手掌上那几乎枯萎的生命线一般，蜿蜒曲折向前延伸着。小径的两侧，藤蔓如盔甲般将大树紧紧缠绕，树木与树木之间根本看不到任何矮树丛的存在。至于森林的地上还残留了些什么，也早已被残破腐烂的荆棘、尖利的树枝和一团团的蜘蛛网给深深掩埋在了地下。但所有这一切都比不上从小径深处那一片黑暗中传来的声音更让学生们感到恐惧。那回荡在林中的呻吟与咆哮，幽幽地从森林最深处传来，一会儿低沉，一会儿声嘶力竭，为这片黑暗平添了一份诡异而残忍的和谐。

惊恐之余，孩子们开始探头张望到底是什么东西发出了这种声音。这时一双双如玛瑙般的眼珠从黑暗中闪现出来，望向了孩子们——那是闪烁着恶魔般红色与黄色光芒的眼珠，忽明忽暗，若隐若现，一步一步朝他们逼近。那可怕的声音越来越响，恶毒的眼睛也成倍地增加着，脚下的地里好像有什么东西活过来了似的，发出了噼里啪啦的声音，就在学生们看见迷雾中隐约出现了一个轮廓时——

"走这边。"尤巴大喊了一句。

所有人立刻惊慌失措地逃离了大门，跟着地精走进了一片蓝色的林间空地，再也没有回头看一眼。

尤巴站上了一截矮树墩，开始向所有人解释童话求生课的规则。这门课和其余课程一样，每个人在每一次挑战后会得到一个从一到十六的排名。而不一样的是，现在新增了一些规则：学院每两年会举行一次童话裁决大赛，参赛的选手将从这十五个森林团队中选出，每个团队推选出自己团队中最优秀的永生者和永灭者去参赛，获胜者将获得五个额外的首席排名。这项比赛听起来相当有神秘感，因为尤巴除了以上内容就再也不肯透露任何别的细节了。一时间，每个团队的学生都在暗暗打量思忖着，此时他们脑子里全都想着同一件事：谁在童话裁决赛中获胜，谁就是当之无愧的级长了。

"现在，我来说说五条区分善良与邪恶的准则。"说着，地精举起吐出烟雾的拐杖在空中写下了一串大字。

1. 邪恶多为攻击，善良多为防守。

2. 邪恶选择惩罚，善良选择宽恕。

3. 邪恶擅长伤害，善良擅长帮助。

4. 邪恶乐于掠夺，善良乐于奉献。

5. 邪恶心怀仇恨，善良心怀大爱。

"只要每个人严格遵守你方的准则，就能最大限度地在属于自己的童话里幸存。"尤巴对着集结在海蓝色草地上的学生们说，"当然，这些准则对你们来说应该非常容易。你们能被选入所在的学院，正是因为你们已经展示过相应的最高水准了。"

苏菲此刻激动得想尖叫。帮助？奉献？大爱？这就是她的人生啊！这就是她的灵魂所在啊！

"不过首先，你们需要学会如何辨别善良与邪恶。"尤巴继续说，"在森林中，表象总是带有欺骗性。白雪公主差点儿丧命，就是因为她错信了一位看似和善的老妇人。小红帽会被狼吃掉，也是因为她分不清楚家人与恶人的差别。就连美女贝儿也在丑陋的野兽与高贵的王子中苦苦挣扎难以分辨。其实所有这一切都是不必要的磨难。因为不管善良与邪恶怎样被蒙蔽、被伪装，到最后都一定会拨云见日得以分晓的。记住，冷眼静看，牢记准则。"

对于这次的课堂挑战，尤巴是这么宣布的：一个永生者和一个永灭者将同时被变形，每个学生必须通过对他们各自行为的认真观察，将他们分辨出来，速度最快的那位学生获得第一名。

"只要他们去打听一下我所做过的善举，"苏菲站在泰德罗斯身旁哀怨地说，"就能知道我从来没做过邪恶准则上说的那些事。"

碧翠丝立刻转过头说："永灭者不准和永生者交谈。"

"永生者更不该称一个永生者为永灭者。"苏菲厉声说道。

碧翠丝听得一头雾水，泰德罗斯努力憋着不让自己笑出声来。

"你得去证明是他们把你和那个女巫弄混了。"碧翠丝一扭回头，他就悄悄地凑到苏菲耳边说，"只要你能赢了这场挑战，我就亲自去跟达维教授说。如果那只滴水兽都不能证明她是邪恶那边的，那这个应该能证明。"

"你去……帮我？"苏菲眼睛睁得大大地说道。

泰德罗斯摸了摸她那黑色的束腰袍，说道："我总不能和穿着这个的你谈笑风生吧？"

如果可以的话，苏菲真想当场烧了这件袍子。

霍特自告奋勇第一个进行挑战。当他戴上那个破破烂烂的眼罩蒙住双眼后，尤巴就用他的拐杖戳了一下米莉森特和拉文，只见这两人神奇地在他们各自粉色与黑色的衣服里越缩越小，越缩越小，最后变成了两条一模一样的眼镜蛇。

霍特摘掉了眼罩。

"怎么样？"尤巴说。

"见鬼，这看起来一模一样。"霍特说。

"去测试他们啊！"尤巴大声训斥道，"运用那些准则！"

"我都不记得准则是什么了。"霍特说。

"下一个。"地精没好气地喊道。

下一个轮到多特，地精又将碧翠丝和霍特变成了两只独角兽。但很快这两只独角兽开始互相模仿、复制，直到最后连蹦跳的方式都变得一模一样，仿佛在演哑剧似的。多特挠了挠自己的头。

"第一条准则！邪恶多为攻击！善良多为防守！"尤巴咆哮着说，"哪一个先露马脚了，多特？"

"哦！我们能不能重来一次？"

"这简直不是糟糕，"尤巴牢骚满腹地说，"根本就是糟糕透顶！"

接着他又眯着眼睛看了看他的姓名卷轴："谁愿意为泰德罗斯来变一次形啊？"

所有的永生者女孩全都举起了手。

"你还没来试过呢，"尤巴说着，指了指苏菲，"还有你。"他又冲着阿加莎喊了一声。

"这也太容易了吧，我奶奶都能轻而易举搞定。"泰德罗斯咕哝了一句，然后戴紧了眼罩。

阿加莎很不情愿地拖着步子走到班级前，站到了苏菲身旁，而此刻苏菲的脸已经红得就像个新娘子似的了。

"阿吉，他不在乎我在哪所学院，也不在乎我袍子的颜色，"苏菲兴奋得滔滔不绝地说，"他只在乎我这个人。"

"你甚至都不认识他！"

苏菲又脸红了："你不……为我高兴？"

"他对你一无所知！"阿加莎大声驳斥道，"他只看中了你的外表！"

"这可是我人生中第一次，觉得终于有人理解我、懂我了呢。"苏菲叹着气说。

这番话顿时让阿加莎觉得如鲠在喉，伤心得说不出话来。"但是那个……我是说，你说过……"

苏菲看着她的双眼说："阿吉，你是一个特别好的朋友。但是我们注定只能待在不同的学院，不是吗？"

阿加莎将头扭向了一旁。

"泰德罗斯！预备，开始！"尤巴挥起他的拐杖猛地一指，两个女孩顿时不见了，随即从她们的衣服里突然跳出了两个散发着恶臭、一脸谄媚的淘气小妖精。

泰德罗斯摘掉眼罩,立即用手捂着鼻子后退了几步。苏菲捏着她绿色的爪子凑向前去,一下又一下忽闪着她那恶心的睫毛,对着泰德罗斯挤眉弄眼。而阿加莎,却因为满脑子都是苏菲刚才说的那些让她伤心的话,闷闷不乐地坐在地上,彻底放弃了挑战。

"这也太一目了然了吧。"泰德罗斯盯着那只不停挑逗他的淘气小妖精说。

苏菲听着有点儿摸不着头脑,于是不再扇动她的睫毛了。

"这个女巫真是比我想象的要狡猾多了。"泰德罗斯冲着两只妖精瞄了一眼说。

阿加莎翻了个白眼。这男孩的脑子里都是豆腐渣吧。

"用心去感受,别用脑子!"尤巴冲着王子喊道。

泰德罗斯扮了个鬼脸,然后闭上了双眼。有那么一瞬间,王子犹豫了。但是很快,他就被一种坚定而有力量的感觉引导着走向了其中一只妖精。

苏菲惊愕得目瞪口呆。不是她。

泰德罗斯伸出手摸了摸阿加莎那张湿漉漉而且长满了疥疮的脸颊,大声地说:"这位是苏菲。"说着他睁开了双眼,"这位是公主。"

阿加莎也傻眼了,瞠目结舌地望着苏菲。

"等等,我是对的吧,"泰德罗斯说,"对吗?"

一时间,所有人都沉默了。

苏菲一把推向阿加莎:"你把一切都毁了!"

尽管在旁人听来,苏菲发出的声音只是一堆不成句子的乱叫,但是阿加莎却一字不漏听得真真切切。

"你看看他有多蠢!他甚至连我们俩都分不出来!"阿加莎也大喊道。

"是你使伎俩骗了他!"苏菲尖叫道,"就像你用诡计骗了那只鸟,骗了湖里的浪,还骗了——"

泰德罗斯一拳打在了她的眼睛上。

"离苏菲远点儿!"他大叫道。

苏菲一下子傻了,愣愣地凝视着他。她的王子刚刚给了她一拳。她的王子竟然连她和阿加莎都分不出。她还怎么去证明自己是谁?

"运用准则去判断!"尤巴站上了一根圆木桩大声吼道。

苏菲一下子明白了似的。她蹒跚地站了起来,走到了泰德罗斯跟前,满是斑点又佝偻着的身体,高出了泰德罗斯一大截。她用那黏腻恶心的绿手轻轻抚摸着他的胸膛说:"我亲爱的泰德罗斯,我原谅你一开始没认出我来,就算你攻击了我,我也不会深究。我只想帮你,我的王子,我只想为我们俩创造一个故事,能让我们手牵着手走进爱里,走进幸福里,并且永远幸福地生活下去。"

可惜,苏菲所有的深情传到泰德罗斯耳朵里,只不过是一连串来自妖精的咆哮,于是他狠狠地踩了苏菲一脚,然后奔向了阿加莎化作的那个妖精,并张开双臂抱住了她:"我简直无法相信,你怎么能和那样的人做朋……"

阿加莎抬起膝盖对着他的大腿根顶了过去。

"现在我彻底糊涂了。"泰德罗斯痛得直喘气,倒了下去。

他一边痛苦地呻吟着,一边努力伸长了脖子看着苏菲将阿加莎推进了一堆蓝莓丛中,阿加莎抓起一只尖叫的松鼠就往苏菲身上打,两只绿色的妖精不停地推来推去,一会儿前进一会儿后退,像两个被宠坏的孩子一样扭打成了一团。

"我永远不会跟你回家的!"苏菲尖叫着说。

"哦!哦!快娶我吧,泰德罗斯!"阿加莎鄙视地低吼道。

"最起码我能结婚!"

苏菲拔下一只蓝色的南瓜去打阿加莎,阿加莎骑到了苏菲头上,这场打斗已经进入了一个荒唐而可笑的高潮,全班同学都兴高采烈地打着赌看看谁会赢。

"你一个人滚回去烂在加瓦顿吧!"苏菲尖着嗓子大叫道。

"我一个人也比和你这个骗子在一起强!"阿加莎喊道。

"从我的生活里滚出去!"

"是你走进我的生活的!"

一瘸一拐的泰德罗斯慢慢跳着走到了她俩中间——

"够了!"

这真是个不太妙的时间点。两只妖精同时转头看向了王子，然后张开满是黏液的湿漉漉的大嘴，发出了一声震耳欲聋的大吼，随后对着王子狠狠地踢了一脚。这一脚踢得实在太用力了，只见王子"嗖"地飞过了2号团队、6号团队还有10号团队，最后"啪"地一下栽进了一堆野猪粪里。

这时，两个女孩皮肤上覆盖的绿色开始慢慢缩小，她们身上的鳞片也一点点地变回了柔软的皮肤，紧接着妖精的身体也开始转换成人类的模样……苏菲和阿加莎缓缓地扭过头来，看见整个团队全都睁大了眼睛瞪着她俩。

"不错的结局。"霍特说。

"收起你的裁决。"尤巴说，"既然善恶混淆不清，规则随意被破坏，现在连我都没法明辨谁是谁非……那么，我们只剩这唯一的结果了。"

话音刚落，两双铁鞋魔法般地套到了两个女孩的脚上。

"咦，这也太丑了。"苏菲皱着眉头嫌弃地说。

话音刚落铁鞋就开始变热了，像有把火在下面炙烤着似的。

"着火了！脚上着火了！"阿加莎痛得哇哇大叫，两只脚不停地跳来跳去。

"赶快停下来！"苏菲也痛得双脚不停地跳着蹦着，嘴里大声哭喊着。

这时，狼卫下课的嚎叫声从远处传来。

"下课了，解散。"尤巴说着摇摇晃晃地转身准备离去。

"那我们怎么办？！"阿加莎一边尖叫道，一边伸手拼命想要掰开她那灼烧的鞋底。

"很不幸，童话自有一套属于它自己的惩罚方式，"地精回答道，"它会在你们真的受到教训后停下来的。"

说完，整个班级都跟着他朝着学院大门走去，只留下苏菲和阿加莎在那双受诅咒的鞋子上痛苦地起舞。当浑身沾满黏液和粪便的泰德罗斯一瘸一拐地从两个受惩罚的女孩身边经过时，他给了她们俩一个同等厌恶的表情。

"现在我知道为什么你们俩会成为朋友了。"

就在王子步履艰难地走入蓝色灌木丛时，两个女孩瞥见碧翠丝悄悄地溜到了他的身边。"我就知道她们俩都是邪恶的。"说完这句话，他们的身影就消失在了橡树林里。

"都……是……你……惹……的……祸！"苏菲喘着粗气恨恨地对阿加莎说，双脚仍然痛苦地不停舞动着。

"求求你了……让它……停下来。"阿加莎也呼哧呼哧地喘着粗气，完全语无伦次。

但是这铁鞋毫无怜悯之意。随着时间一分一秒地流逝，它变得越来越热，越来越烫，直到两个女孩连叫出声的力气都没了，就连林中的动物们都不忍直视这残忍的一幕，纷纷离去。

下午慢慢变成了傍晚，傍晚又走进了深夜，她俩依然像两个疯子一般一刻不停地跳着、舞着，在痛苦与绝望中旋转着，挥洒着汗水。灼烤撕裂了她们的骨头，烈火融进了她们的血液，现在她们只希望让这苦难快些结束，付出任何代价都行。死神明白，它又一次要被召唤现身了。就在两个女孩已决定彻底臣服于它残忍的手段时，一束刀锋一般的阳光撕碎了黑暗，刺向了她俩的双脚——铁鞋开始慢慢冷却。

两个饱受折磨的女孩一下子瘫倒在地。

"准备回家了吗？"阿加莎奄奄一息地说。

苏菲抬起头看着她，一张脸惨白得好似一个鬼魂。

"我还以为你不会再问了呢。"

第十一章
校长的谜语

就在两所学院都进入沉沉梦乡之际,黑色的护城河外悄悄探出了两个脑袋。苏菲和阿加莎目不转睛地注视着那座将湖水与淤泥分隔开的银色高塔。游也游不过去,爬也爬不上去,塔顶有一大群如旋风般飞舞的小精灵在守卫着,底部的甲板上有一整支身背弓弩的狼卫队在巡逻着。

"你确定他就在上面?"苏菲说。

"我看见他了。"

"他必须得帮帮我们!我再也没法回到那个鬼地方了!"

"听着,我们得好好求他大发慈悲,直到他肯放我们回家。"

"这个简单,"苏菲自信地哼了一

声,"把他交给我吧。"

一个小时前,两个女孩正在绞尽脑汁地想办法逃出去。阿加莎认为她们应该偷偷潜入森林,然后慢慢找到返回加瓦顿的路。但是苏菲立刻指出,就算她们能顺利通过那扇黑蛇缠绕的大门和各式各样乱七八糟的陷阱,最终她俩也会迷失在森林里的(人们管这叫无边森林不是没理由的)。她建议先回学院的储藏间搜一搜,看看能不能找到什么飞天扫帚或者飞毯之类的东西,这样她们就能坐上飞出森林了。

"可我们又该往哪个方向飞呢?"阿加莎问。

于是只能再想别的办法。两个女孩又排除了一系列备选方案——边走边撒面包屑(这根本不管用)、寻求善良猎人和小矮人的帮助(阿加莎根本不相信陌生人)、召唤仙女教母降临(苏菲根本不相信胖女人)——直到最后,她们只剩一个选择了。

"我们根本不可能上去。"苏菲叹了一口气说。

这时阿加莎听到远处传来了一阵阵粗粝刺耳的叫声。

"先别太早下结论。"

不过一会儿,她俩又重新回到了蓝色森林里。她们踩在一块结成硬块的淤泥上,躲在一簇长春花丛的后面,远远地望着一窝大黑蛋。在鸟窝前面的靛蓝色草丛里,正睡着五只骷髅大鸟斯廷法司,在它们的周围,凌乱地散落着吃剩一半的山羊四肢和一地的血迹。

苏菲愁眉苦脸地说:"我这是又回到起点了,又得弄得满身都是臭泥浆和数不清的食肉蛆了——你在干吗?!"

"它们一攻击,我们就跳上去。"

"它们一怎么?"

可是来不及了,阿加莎已经踮着脚朝着那窝大黑蛋走过去了。

"你的脑子被那鞋子烧傻了吧!"苏菲压低嗓子恨恨地说。

就在阿加莎向着鸟巢一点一点地挪去时,她终于看清了这只沉睡大鸟的模样。锯齿状的牙齿参差不齐,巨大扭曲的爪子骨节分明,还有那满是尖刺的尾巴,上面还零星地挂着一些从骨头上撕下来的碎肉。突然间,阿加莎好像有点儿质疑自己的计划,她往后退了一步,但是不巧正好被一根树枝绊倒，直接摔倒在一只山羊腿上，发出了"咔嚓"一声巨响。斯廷法司们全都睁开了双眼。她的心跳一瞬间仿佛停止了。

"只有恶人才能唤醒它们。"

这件粉色的衣服是糊弄不了它们的。

阿加莎死死地盯着这苏醒的恶魔。她绝不能在这时候放弃！绝不能在苏菲已经愿意回家的这一刻放弃！她一下子冲到鸟巢边，抓起一个黑蛋，准备开战。

"看不见哦，看不见哦……"苏菲一边像只小猫那样轻声念叨着，一边眯着眼睛透过指缝看着那散落一地的断肢和血迹。

奇怪的是，这只凶残的大鸟却只是用鼻头蹭了蹭阿加莎，活像一只要讨牛奶喝的小狗。

"哦，哦，好痒！"她忍不住叫出声来。苏菲气得交叉起手臂。

阿加莎"笃笃笃"地踏着松糕鞋走回来，把黑蛋一把递给苏菲："该你了。"

"哦，行了吧，如果它们连你都喜欢，那它们简直会爱上我的。动物们都很崇拜公主。"苏菲一边说着，一边朝着大鸟们跳出了一个花枝招展的舞步。

斯廷法司们顿时发出了一声如宣战般的啸叫冲了出来。

"救、救命啊！"苏菲立刻把黑蛋扔给了阿加莎，但是斯廷法司们仍然对她穷追不舍。苏菲像个疯子一样开始不停地绕着圈跑，五只斯廷法司则跟在她身后，高高地大踏步追着。它们活像一群鲁钝的五朔节[1]游行队伍，只知道不停地绕圈，绕到最后它们都忘了自己在追谁，头晕眼花地全部撞成了一团。

"看见没？我还是比它们聪明吧。"苏菲笑眯眯地说。

这时一只斯廷法司一口咬在了她的屁股上。"哎呀，哎呀呀！"苏菲赶紧跑到了最近的一棵树旁躲着。可她不会爬树，只能抓起一把捏碎的醋栗朝大鸟的眼睛扔去。可是这骷髅大鸟哪有眼睛，那些醋栗全都直直地穿过只有

---

[1] 五朔节是欧洲传统民间节日，用以祭祀树神、谷物神，庆祝农业收获及春天来临。

骨架的眼窝,"啪嗒啪嗒"掉落在了地上。

阿加莎看着这一切,无奈地板起了脸。

"阿吉,它过来了!"

就在斯廷法司朝着苏菲猛冲过去时,它突然停了下来。阿加莎骑到了它的背上。

"快上来,你个傻妞!"她对着苏菲大喊道。

"没有鞍吗?"苏菲迟疑地说,"皮肤上会留下刮痕的。"

斯廷法司朝她扑过来了——阿加莎对准它的头猛地敲下,然后一把搂住苏菲的腰,把她拖到了大鸟的脊柱上。

"抓紧了!"随着阿加莎一声大叫,骷髅巨鸟瞬间冲上了天空,它在湖湾上空不停地翻着跟头,想要把两个女孩从自己背上甩出去。这时,其余四只斯廷法司也从蓝色森林中"嗖"地疾驰而出,亡命一般向她们追来。阿加莎一脚踢向巨鸟的大腿骨,苏菲则拼了命地死死抓紧大鸟——"这简直是最烂的一个计划!"不远处的小精灵和狼卫们,全都听到了从空中传来的这一声声嗷嗷怪叫和尖叫声,他们纷纷眯着眼睛看向天空,只看见几个入侵者瞬间消失在了一片浓雾之中。

"就是这座塔!"阿加莎叫道,透过迷雾她看见了那银色的塔尖。这时狼卫发出的一枚利箭"嗖"地穿过斯廷法司的肋骨射了过来,差点儿就将苏菲劈成两半。小精灵们也成群结队地从迷雾中冲来,嘴里又开始吐出一张张金网射向她们,斯廷法司一个俯冲避开金网,然后一路旋转着飞翔,避开了狼卫射来的又一轮利箭。但是这一下,两个女孩都抓不稳了,她们翻滚着从它背上跌了出去。

"不!不!不!"阿加莎发出一声声尖叫。

苏菲一把抓住了斯廷法司尾巴上最后一截骨头,而阿加莎则紧紧抓着苏菲的玻璃鞋后跟——"我们快死了!"苏菲号啕大哭。

"给我抓紧了!"阿加莎大吼道。

"我满手都是汗!"

"否则我们都得死!"

斯廷法司朝着塔楼的墙面飞速冲去。就在它甩动着尾巴想把她们全都砸到墙上去时,阿加莎看见了一扇窗户在迷雾中闪闪发光。

"就是现在!"阿加莎尖叫着喊道。这一次,苏菲听了她的话。

金网从四面八方纷纷射来,斯廷法司发出了一声无助的嘶叫。但是当小精灵们看着它坠入死亡的深渊时,他们全都惊讶地面面相觑。

它背上的骑手去了哪儿?

她俩狼狈不堪地坠入了窗户里,苏菲整个右侧全被擦伤了,阿加莎的手腕上也都是划痕。但是疼痛意味着她们还活着,疼痛意味着她们还有希望回家。她俩一边痛苦地呻吟着,一边跟跟跄跄地站了起来。这时苏菲发现了自己最惨重的损失。

"我的鞋!"她举起她那已经断裂得凹凸不平的玻璃鞋跟说。"它们是独一无二的。"她伤心地说。阿加莎懒得理她,一瘸一拐地走进了这间昏暗的灰色房间里,身在其中,窗外的晨曦几乎照不进来。

"有人吗?"阿加莎喊道。但是回音消失后,无人应答。

女孩们试探着一步一步走进了这阴暗房间的深处。房间里灰色的砖墙上布满了石质的书架,书架从上到下放满了五颜六色的精装书籍。苏菲掸了掸一个架子上的灰尘,看到了一个个印在木质书脊上的精美银色字母:《莴苣公主》《会唱歌的白骨》《拇指姑娘》《青蛙王子》《灯芯草姑娘》《六只天鹅》……全是加瓦顿的孩子们津津乐道的故事书。她看了一眼阿加莎,房间另一头的她也有同样的发现。此刻的她们,正置身于一间放满了家喻户晓童话故事书的图书馆里。

阿加莎打开了一本《美女与野兽》,书中精美的字体与书脊上的一模一样,里面还配了生动有趣的插图,插图的风格与两所学院门厅里的画作一脉相承。然后她又打开了《红舞鞋》《驴皮子》《冰雪皇后》,发现每一本书竟然全都是用同一种字体书写的。

"阿吉?"

阿加莎跟随苏菲的目光看向了房间里最黑暗的地方。透过层层阴影,她辨别出在靠墙的地方摆放着一张白色的石桌,石桌的上方似乎隐隐约约有什么东西在那儿——一把又长又薄的匕首正神奇地悬浮在半空中。

阿加莎伸出手指沿着那冰冷光滑的桌面一路滑过，这时她脑海中莫名想到了那些在她家屋后静静等待着尸体的无名墓碑。苏菲的双眼则一直牢牢地盯着那诡异地盘旋在白色石桌上几英尺高的匕首。

这时她发现它根本就不是一把匕首。

"这是一支笔。"她轻声说道。

这是一支由纯钢制成的笔，形状好似一根毛衣编织针，笔的两端出奇地尖利。在笔的一侧钢面上镌刻着一排深沉而流畅的字迹，字迹之间首尾相连，一笔呵成。

突然，一束细碎的阳光正好照到了这支笔上，一瞬间，无数耀眼的光芒向四面八方反射出去。阿加莎赶紧扭头避开这刺眼的光芒，这时却看到苏菲正努力爬上了石桌。

"苏菲，不要！"

苏菲瞪大了双眼，身体僵硬地朝这支笔走去。此刻的她感觉周围的一切全都被湮没，变成了一片灰色，世界上只剩这一支闪着幽光的细长锋利的笔一般，这时在她呆滞的眼里还倒映出了一行奇怪的字。她仿佛从心里某处接收到了某种指令一般，把手伸向了笔尖。

"不要！"阿加莎大喊道。

眼看苏菲的皮肤就要触到那冰冷刺骨的钢铁，鲜血即将喷射而出，阿加莎一把将她扑倒，两个女孩同时摔倒在桌上。苏菲如梦初醒一般恍恍惚惚地看着阿加莎。

"我怎么会趴在桌子上，而且是和你？"

"你准备去摸那支笔！"阿加莎说。

"啊？我为什么要去摸……"

说着她的眼睛慢慢移向那支笔，那支笔开始动了。此刻，它正悬挂在离她们的面部只有一英寸的位置，致命般锋利的笔尖正对着她俩，好像在盘算着到底该先杀死谁。

"别动。"阿加莎咬紧牙关挤出来两个字。

这时笔已经变得滚烫通红。

"逃！"她大喊。

两个女孩猛地翻滚下桌，钢笔一下子跌落在了石桌上，锋利的笔尖在桌面跌跌撞撞地弹了几下后停了下来。这时一股黑烟升腾而出，一本用樱桃红木装订成册的书突然出现在了桌上，正好端放在钢笔的下方。钢笔翻开封面，在扉页的空白处写下一行字：

"很久很久以前，有两个女孩。"

那优雅的字迹和别的故事书一模一样。一个全新的童话开始了。

苏菲和阿加莎躺在地上看着这一切，惊骇得目瞪口呆。

"这还真是奇怪。"一个平静的声音传来。

女孩们环视了一圈，没有人。

"我学院里的学生得经过四年的不懈努力与艰苦训练，然后还要冒着生命危险进入森林，诛杀天敌，进行一场又一场的恶战……所有的一切不过就是盼着这支撰写者能讲述一个关于他们的故事。"

女孩们又转来转去看了一圈，房间里根本没有人啊。但这时她们突然发现，墙上两人的影子突然合并在一起，变成了一个歪歪扭扭的身影，与之前绑架她们的影子一模一样。女孩们慢慢地转过身来。

"但是现在，它却为两个毫无技能、从未经过训练的一年级新生，两个笨手笨脚的入侵者，开启了一部新童话。"校长说。

他穿着一件银色的长袍现身了，长袍沿着他弯曲而瘦削的身形微微向外鼓出，将他的手脚全都隐藏了起来。一顶生锈的王冠略微倾斜地戴在他那一头浓密如鬼魅般的白发上。一副平滑闪亮的面具将他的面部完全遮盖了起来，只露出一双闪烁的蓝眼睛和宽大的嘴唇，嘴角轻轻上扬，露出了一个恶作剧般的笑容。

"这貌似会有个不错的结局。"

撰写者继续往下写着。

"一位美丽可爱,另一位却是个孤独的女巫。"

"我喜欢我们的故事。"苏菲说。

"它还没写到你的王子给了你一拳呢。"阿加莎说。

"你赶紧回家去,哼!"苏菲生气地说。

这时她俩抬起头,看见校长正在仔细端详着她俩。

"读者真是捉摸不透、无法预测的一群人。有些读者是我们最优秀的学生,不过大多数却只能尴尬地被淘汰。"说着他背对着两个女孩,朝远处的高塔凝视,"不过这也恰恰说明了读者感到越来越困惑。"

阿加莎的心怦怦直跳。机会来了!她用手捅了一下苏菲说:"快去!"

"我不行!"苏菲小声地说。

"你说过他就交给你了!"

"可他太老了!"

阿加莎用胳膊肘朝她肋骨上顶了一下,苏菲又顶了回来。

"很多老师都说,我是违背你们的意愿将你们绑架来的、偷来的。"校长说。

阿加莎一脚把苏菲踢到了前面。

"但事实是,我解放了你们。"

苏菲咽了一口唾沫,脱下了脚上那只坏掉的鞋。

"你们都值得拥有一段卓尔不凡的人生。"

苏菲高举着她那坑坑洼洼的鞋跟,蹑手蹑脚地朝校长走去。

"你们应该拥有一个机会去了解真正的自己是谁。"

这时校长转过身来,苏菲举着的鞋子正好对着他的心脏。

"我们只求你能放了我们!"阿加莎喊道。

瞬间一片沉默。

苏菲扑通一下跪倒在地:"哦,求求你了,先生,求你发发慈悲吧!"

阿加莎发出了一声无奈的呻吟。

"是你把我带进善良学院的,"苏菲抽抽搭搭地说,"可他们却把我扔进了邪恶学院。你看,现在的我居然穿着黑裙子,头发也脏兮兮的,而且我的王子还讨厌我,我的室友全是杀人犯,更重要的是,永灭者连焕然一新房都没有"——说着她还发出了一声女高音一般的哀号——"我连闻起来都是臭的。"说完她立刻掩面而泣，放声大哭起来。

"所以你们希望交换学院吗？"校长问道。

"我们更想回家。"阿加莎说。

苏菲眼前一亮，问道："我们可以交换学院吗？"

校长笑着说："不可以。"

"那我们宁愿回家。"苏菲说。

"女孩们迷失在一片陌生的国度中，希望回到自己的家园。"撰写者标注道。

"过去，我们的确曾把学生送回家过。"校长说着，这时他的银色面具闪出了一道亮光，"因为疾病、精神失常或者来自权贵家庭的请愿书……"

"那就是说，你能放我们回家！"阿加莎说。

"话虽如此，"校长说，"但前提是你还没有进入童话之中。"这时他看着房间那头的钢笔说，"但是你们也看到了，撰写者已经开始撰写你们的故事，恐怕接下来不管你们去哪里，我们都只能跟随故事的发展了。现在的问题是'你们的故事会不会引领你们回到家乡？'。"

撰写者猛地翻了一页写道："愚蠢的女孩们！她们已经永远被困住了！"

"对此我深表怀疑。"校长说。

"所以我们没法回家了？"阿加莎问道，她眼里的泪水一下子夺眶而出。

"除非你的故事结局让你回家，"校长说，"但是你们不觉得，让两个立场相对的敌人一起回家，这样的故事结局未免太过奇怪而牵强了吗？"

"可是我们并不想对战！"苏菲说。

"我们是一头儿的！"

"我们是朋友！"苏菲紧紧地握着阿加莎的手说。

"朋友！"校长一脸惊叹的样子说。

面对苏菲那只突然紧紧握住的手，阿加莎也一脸惊讶。

"哦，哦，这还真是会改变一切。"校长像只摇摇摆摆的鸭子一般蹒跚地踱着步说，"你们都知道，在我们的世界里，公主和女巫是绝不可能成为朋友的。这违反常理、难以想象、绝无可能。如果你们的确是朋友，那么这就意味着……阿加莎肯定不是公主，苏菲也不可能是女巫。"

"正是如此！"苏菲说，"因为我才是公主，而她是女……"阿加莎朝她一脚踢了过去。

"而且如果阿加莎不是公主，苏菲不是女巫的话，那很明显就是我弄错了，你们根本不属于我们的世界。"他一边说着，踱着的脚步也慢了下来，"也许大家对我的评价还真是说对了。"

"说你人很好？"苏菲说。

"说我老了。"校长叹了一口气望向窗外。

阿加莎抑制不住内心的兴奋问："那我们是不是能回家了？"

"好吧，要证明这一切的确是件棘手的事。"

"我们尽力了！"苏菲说，"我已经尽力去证明自己不是个恶人！"

"我也尽力证明了自己根本不是公主！"阿加莎说。

"啊，不过这世间只有一种方法能真真切切地证明你究竟是谁。"

这时撰写者也停止了它忙碌的书写，它察觉到一个关键性的时刻出现了。校长缓缓转过身来，第一次，他蓝色的眼睛里闪现出了一丝危险的信号。

"有什么东西是邪恶绝不可能拥有……而善良却必不可少的？"

两个女孩面面相觑。

"所以，只要我们解开了你的谜语，你就……放我们回家？"阿加莎满怀希望地说。

校长已经转身离开："我相信我们再也不会见面了，除非你们希望自己的故事有一个凄惨的结局。"

说话间，房间里扫过一道白线，这时整个房间开始随着这道白线一点一点地消失，仿佛有块橡皮在她们面前将一切景象轻轻擦去一般。

"等等！"阿加莎大喊道，"你这是要干吗？！"

书架率先消失不见了，紧接着是四周的墙壁。

"不要啊！我们现在就想回家！"阿加莎大声呼喊着。

随后消失的是天花板、桌子，还有她们周围的地板——两个女孩赶紧躲进一个角落，生怕自己也被擦去。

"我们该怎么找你呢？！找谁回答……"阿加莎弯腰避开了一条迎面扫

来的白线说，"你这是在骗人！"

在房间的另一头，苏菲看见撰写者正疯狂地写着，像是在赶着记录她们正在发生的一切。钢笔察觉到了她的凝视，钢面上镌刻的字瞬间烧得通红，苏菲也因为被窥探而吓得心里一阵发毛，她迅速奔向阿加莎。

"你这个强盗！你这个恶霸！你这个戴着面具的老怪物！"阿加莎尖叫道，"没有你，我们过得好好的！没有你，读者也过得好好的！和你的面具还有钢笔老老实实待在你这座塔楼里吧，从我们的生活里滚出去！你给我听着！滚到别的小镇偷孩子去，别来骚扰我们！"

这时校长从窗口转过身来，在一片白茫茫的世界中微笑着说：

"别的小镇是哪儿？"

这是两个女孩见到他的最后一幕。校长话音刚落，她们脚下的地板也消失了，两人立即坠入一片虚空之中。校长最后那句话还悠悠地回荡在空中，直到渐渐地变成了狼卫的早课嚎叫铃。

她们醒了。醒来时阳光刺眼，大汗淋漓。阿加莎遍寻着苏菲的踪迹，苏菲也四下寻找着阿加莎。但她们最后都发现，自己正老老实实躺在各自寝室的床上，安安静静地待在那遥遥相望的两座塔楼里。

第十二章
死亡的结局

这个清晨对于两个女孩来说实在太悲惨了。她俩几乎一夜没睡,就又得在各自讨厌的学院里开始新一天深恶痛绝的课程了。关于校长的谜语,她俩不光毫无头绪,而且连碰头一起讨论都得熬到吃午餐时才有机会。不过这些都不算什么,还有更糟糕的事在等着她们呢:因为妖精变形大战,现在的她俩已经彻头彻尾变成了两所学院共同的丑闻人物了。

在丑化课上,苏菲让自己尽量别去搭理周围那些闲言碎语,而是专注于听曼利讲解如何正确使用斗篷。可要做到心无旁骛实在需要太高的定力了,一方面得无视海丝特那火辣辣的复仇目光,另一方面得牢牢记住不同面料与材质的斗

篷所对应的不同咒语，因为这些所有的差别决定了一件斗篷的功能到底是用来保护还是隐身，又或者是变形还是飞天。曼利把学生们的眼睛蒙起来进行挑战，所有学生都争先恐后地辨别出了他们各自手里斗篷的面料，成功进行了操作使用。

"我没想到魔法竟然这么复杂。"霍特一边喃喃自语，一边来回摩挲着他手里的斗篷，没弄明白它到底是丝绸的还是缎面的。

"这不就是件斗篷吗？"多特说着闻了闻她手里那件，"等着念咒语就行！"

不过对于苏菲来说，要说有什么东西是她真正在行的，那非衣服莫属了。她用手指一搭就知道她的那件是蛇皮做的，于是在心里默念了一遍对应的咒语，她手中的那件黑色紧身斗篷一下子就消失不见了。这一惊人的表现立刻又为她赢得了一个第一名，一时间海丝特投来的那缕怨毒的目光，让苏菲觉得她简直已经气得冒烟了。

而在护城河的另一端，阿加莎不管走到哪儿都能撞上泰德罗斯和他那帮跟班。他们不停模仿着妖精走路的样子，嘴里学着妖精含混不清咆哮的声音，还用南瓜对砸。这伙人一路跟着阿加莎，不停地发出声嘶力竭的吼叫声，直到她实在忍无可忍，抓起一个南瓜朝着泰德罗斯的胸口砸了过去。

"所有这一切都是因为你选择了我！你选了我，你这个粗人，没脑子的恶棍！"

泰德罗斯顿时傻了，呆若木鸡地望着她怒气冲冲地离开了。

"你选择了女巫？"查迪克问道。

泰德罗斯一转身看见男孩们都愣愣地望着他。"不是的，我……她玩阴的……我没有……"说着他一下子拔出了自己的剑，"你们是想挑战吗？"

考虑到糖果屋教室区现在还是一片狼藉，善良学院所有的课程都暂时换到了各座塔楼的公共休息室去上了。阿加莎跟着一大帮永生者在连接各座塔楼之间的玻璃天桥上穿来穿去。这些玻璃天桥高悬于湖面之上，五颜六色，蜿蜒曲折，一不小心就会弄混。就在她穿过一条通往仁爱塔楼的紫色天桥时，她一边忙着避开一群闲聊的女孩，一边在脑子里反反复复地思索着校长的谜语。等她抬眼一看时，四周已经只剩她一人了。她先是找去了仙女们浆洗衣服的泡泡洗衣房；然后又找去了晚餐厅，在那儿，一堆被施了魔法的锅碗瓢盆正在自动制作午餐；接着她还昏头昏脑地撞进了教工卫生间，最后好不容易才找到了仁爱公共休息室。一进门，粉色的长沙发上早已人满为患，没有一个女孩愿意给她挪出个位子。就在她打算直接坐在地上时——

"过来坐这儿！"

长相甜美的短发女孩希子，挪到了一旁对她说。四下传来一阵嗤笑，阿加莎挤到她的旁边小声地嘀咕道："这下她们所有人都会讨厌你的。"

"我就是搞不明白，她们怎么能一边觉得自己很善良一边做出这么粗鲁的事。"希子轻声地说。

"或许是因为我几乎烧毁了整所学院吧。"

"她们就是嫉妒。你能让愿望成真，而我们当中还没有一个人能做到。"

"那完全就是侥幸。如果我真能让愿望成真，那我现在早和我的朋友、我的猫一起待在家里了。"一想到镰刀，阿加莎就立刻想到了一个话题，"嗯，你和那个你许愿的男孩进展得怎么样了？"

"特里斯坦？"希子脸色一沉地说，"他喜欢的是碧翠丝。每个男孩都喜欢碧翠丝。"

"可他把玫瑰给了你啊。"阿加莎回忆起那天在湖边时，希子曾这么说过。

"那纯属意外，是我跳到碧翠丝前面一把抓到的。"希子不悦地望了碧翠丝一眼，"你说他会不会带我去参加舞会呢？可不是每个男孩都能邀请到红皇后的。"

阿加莎会心地笑了，但随即又皱起了眉："什么舞会？"

"永生者的冰雪舞会啊！每年圣诞节前一天举行，我们每个人都得找到一个男孩带领我们去参加冰雪舞会，否则就算淘汰！这个排名会根据这一对舞伴共同的行为举止、仪容仪态以及舞姿来进行评判。不然你以为我们为什么在湖边许愿时全都许的是不同的男孩？女孩们都很实际的，不像男孩全都喜欢最漂亮的那一个。"希子讪笑道，"你呢，有合眼缘的人选了吗？"

阿加莎听得一阵反胃，这时休息室的大门突然打开，一个丰满的女人旋风般地走了进来。她头上包着一块镶满宝石的红色头巾，脖子上绕着同款的丝巾，身上穿的裙子也是同一个系列；焦糖色的浓妆、深褐色的眼妆厚厚地敷在她的脸上，两串吉卜赛风格的大耳环吊在她的耳朵上，两只手腕上还叮叮当当地挂着响个不停的铃鼓当手镯。

"啊……这是阿涅蒙妮教授？"希子呆呆地说。

"我叫希丽扎德，"阿涅蒙妮教授用一种可笑的口音夸张地说，"我是来自波斯的女王，是七海之苏丹皇后，快来领略我这神秘的沙漠之美吧。"

她一把扯下了丝巾，拿在手里挥舞着跳起了一支可怕的肚皮舞："看我怎么用韵律来征服你！"然后她又戴上面纱，像只猫头鹰那样眨着眼睛说："看我怎么用眼神去迷惑你！"接着她全身都开始抖动起来，双手还不停拍打着手腕上的铃鼓，发出阵阵噪声："看我怎么变身成为午夜妖后！"

"看起来更像是烟熏烤肉。"阿加莎嘟囔道。希子咯咯地笑了。

阿涅蒙妮教授脸上的笑容瞬间消失了，随之消失的还有她那可笑的口音。"我之所以这样，是为了教你们如何在《一千零一夜》里生存——沙丘妆、阿拉伯服饰，甚至如何正确地跳一支莎乐美的七纱舞——不过现在看来，也许我应该减少一点儿娱乐性。"说着，她狠狠地把头巾绑紧了一些。

"小精灵曾警告过我，他们说即使现在糖果教室区还在维修中，里面的糖果也在不断地消失。你们都知道，我们学院的教室都是糖果做的，这是为了提醒你们，走出校门后你们将遇到各种各样的诱惑。"说着，她的双眼严肃地眯了起来，"我们都知道爱吃糖果的女孩通常都会出什么事。因为这东西一旦开了头，可就停不下来了。她们会误入歧途，沦为巫婆的猎物。她们会暴饮暴食，放纵自己沉溺于享乐之中，直到最后胖死了都没人要，浑身还长满恶心的疣。"

塔楼被毁已经够让女孩们害怕了，更别说还有人想要用糖果毁了她们的身材。她们全都吓坏了，阿加莎也跟着尽量做出了一副很害怕的模样。可就在这时，一把棉花糖从她兜里掉了出来，紧接着掉出来的还有一根蓝色的棒棒糖、一大块姜饼、两块软糖，教室里顿时发出了二十声惊呼。

"我没时间吃早饭！"阿加莎辩解道，"而且我昨晚整晚都没吃东西。"

但是根本没人同情她,包括希子在内,她甚至因为刚才曾对她那么友好而后悔极了。阿加莎内疚地拨弄着胸前的天鹅徽章。

"阿加莎,吃完晚餐后,往后两个星期的盘子都由你来洗。"她的教授说,"我再提醒大家一句,这个提醒对公主来说必不可少,但是对恶人来说倒是无所谓的。"

阿加莎心里一紧:答案!

"少吃点儿。"阿涅蒙妮教授气不打一处来地说。

就在这位包着头巾的老师继续揭秘着阿拉伯美人的各种秘密时,阿加莎已经四肢无力地瘫在了沙发里。不过一堂课的时间,她的麻烦事就成倍地增加了:舞会竟然是强制性的,接下来两周都得洗盘子,未来肯定会浑身长满疙瘩。面对这一系列可怕的现实,她迅速地意识到了一件事:必须尽快解开校长给的谜语。

"我们在她食物里下毒怎么样?"海丝特啐了一口唾沫说。

"她都不吃东西的。"阿纳迪尔说,她们正一起穿过恶意塔楼的大厅。

"那往她的唇膏里下毒呢?"

"那我们会被关进末日审判室好几个星期。"多特一边焦躁地说,一边笨拙地努力赶上她俩的步伐。

"我根本不在乎要怎么做以及会惹多大的麻烦,"海丝特压低嗓门儿恨恨地说,"我只想要那条美女蛇给我消失。"

说着她猛地推开了66号房间的大门,却发现苏菲正躺在自己的床上放声大哭。

"嗯,连蛇也会哭呢。"阿纳迪尔说。

"你还好吗,亲爱的?"多特说,她立刻就为自己有过想要杀死这个女孩的念头而后悔了。

苏菲抽噎着将之前在校长塔楼里发生的一切全部交代了一遍。

"……可现在根本没人知道这个谜语的答案是什么,而且就因为我在挑战中不断获胜,连泰德罗斯也认为我是个女巫了,说出来都没人信,我之所以一直获胜,是因为我干什么都很擅长啊!"

海丝特真恨不得就地掐死她。但是突然之间她的脸色变了。

"谜语？就是说你如果答出来了，就能回家了？"

苏菲点了点头。

"我们来帮你解决。"她的室友们一下子全拥过来了。

"你们可以吗？"苏菲眨巴着眼睛问道。

"你知道自己想回家的心情有多急切吧？"海丝特说。

"我们比你更盼着你能赶紧回家。"阿纳迪尔说。

"好吧，至少你们还算相信我。"苏菲皱了皱眉，擦干眼泪说。

"在被判无罪之前都是有罪的，"海丝特说，"这是我们永灭者解决问题的方式。"

"不过我可不会对一个永生者说这些。他们只会觉得你疯了。"阿纳迪尔说。

"我就是这么想的。不过话又说回来，谁会去撒谎说自己违反了这么多校规呢？"多特一边说着，一边想尽办法也没能把她的天鹅徽章变成巧克力，"说真的，这只鸟还真是个老顽固。"

"校长长什么样？"海丝特问苏菲。

"挺老的。非常非常老。"

"还有，你真的看到撰写者了？"阿纳迪尔问道。

"那支奇怪的笔？它一直都在写着我们的故事。"

"它什么？"三个女孩立刻齐声问道。

"可你还在学院里啊！"海丝特说。

"学院里能有什么事值得让它写成童话的？"阿纳迪尔说。

"所以我敢肯定这就是个错误，和别的所有的事情一样。"苏菲抽了一下鼻子说，"我只需要解开谜语，把答案告诉校长，然后'嗖'的一下，逃离这个被诅咒的地方。就这么简单。"

她看见女孩们交换了一下眼神："难道不是吗？"

"这里面包含了两道谜题，"阿纳迪尔双眼看着海丝特说，"在校长的谜语里。"

海丝特转头对着苏菲说："而且他为什么希望你来解开谜语？"

如果还有什么字眼比"舞会"这两个字更让阿加莎不寒而栗的，那一定就是"跳舞"了。

"每一个永生者女孩都必须在舞会上跳舞。"波鲁克斯一边说着，一边一摇一摆地走在英勇塔楼的公共休息室里，这一次它的脑袋又拼接到了一对骡子腿上。

阿加莎一直努力地屏住呼吸。这个房间里的所有东西都散发着一股浓郁的皮革味和古龙水味。棕色的麝香长沙发、熊头地毯、一摞摞用兽皮装订的关于狩猎与马术的书籍，还有一块悬挂着麋鹿角的匾额，正夸张地伸出那大得骇人的鹿角使劲炫耀着。她实在太想念邪恶学院里那迷人的墓园气息了。

波鲁克斯领着女孩们开始一支支地熟悉永生者舞会上要跳的舞，但是阿加莎每支都跟不上，因为它动不动就摔倒了，而且嘴里还嘟囔着"只要我拿回自己的身体就没问题了"。它一会儿被地毯绊住了蹄子，一会儿又不小心扎到了大鹿角上，还有一次直接一屁股坐进了壁炉里。波鲁克斯自己也受不了了，大吼了一声"注意抓重点"，就骨碌碌滚到了一群正在积极地拉着柳木琴的小精灵旁，说："换支轻快点儿的曲子拉！"

于是他们照做了，这一次乐曲的速度立刻变成了闪电一般快，阿加莎不停地在舞伴之间交换着，搂腰、旋转、越来越快、越来越快，直到最后连人都看不清了，只剩一团不停旋转着的人影。她的双脚又像是着了火一般，鞋子！鞋子又回来了！"苏菲，我来了！"她大喊了一声。

等她意识到时，整个人已经倒在了地上。

"晕倒也是要讲究时机的。"波鲁克斯沉着脸说，"这可不是个好时机。"

"我是被绊倒的。"阿加莎生气地说。

"要是在舞会上晕倒怎么办？！那可会造成一片混乱，人间惨剧啊！"

"我没有晕倒！"

"忘记那场舞会吧！肯定会因为你变成一场午夜大悲剧的！"

阿加莎直勾勾地盯着它，逼得它都不敢与她四目相对了，然后一字一顿地说："我！没！有！晕！倒！"

在接下来的动物交流学课上，当女孩们全部赶到中途湾的湖畔集合报到时，却发现等待她们的是达维教授。她通知大家"乌玛公主病倒了"。

女孩们全都酸溜溜地看向了阿加莎，因为许愿鱼没了，她可是得负全责的。由于短时间内还找不到人来接替，所以达维教授让大家暂停一节课，并宣布"排名前一半的学生可以去享用焕然一新房。排名后一半的学生，则要利用这个时间好好反省一下自己为什么这么平庸"。

于是碧翠丝和她的七人小团体神气活现地去焕然一新房做美甲了，排名后一半的女孩们则一路小跑赶去偷看男孩们比剑术，因为这时候他们全都是赤膊上阵的。与此同时，阿加莎却急急忙忙地赶去了善良陈列馆，她希望能在那儿找到一些灵感，帮助她解开校长的谜语。

粉红色的火把照亮了陈列馆里的雕塑、箱子，还有动物标本。当阿加莎的视线游移在这些东西上时，她突然想起了校长曾断言女巫与公主永远都不可能做朋友。可是为什么呢？她们之间肯定发生过什么事。肯定的，这就是那件神秘的东西，那件公主拥有但是恶人绝不会拥有的东西。她苦苦思索着，想得脖子都发烫了，仍然没有答案。

这时，她突然发现自己又一次走到了那个僻静的角落，那个存放着描绘了加瓦顿读者的朦胧画的角落。阿加莎想起达维教授曾和那个下巴紧绷的女人提起过一个人：萨德教授。她们称他为艺术家。这和那个教英雄史课的萨德是同一个人吗？那不就是下一堂课？

这一次，阿加莎决定慢慢地仔仔细细地看一看这些画作。这时她突然发现每一个画框里的画都是随着时间顺序在发展的：广场上的商店渐渐多了起来、教堂的颜色从白色变成了红色、两座大风车在湖泊后面拔地而起——一点一点，直到小镇最后变成了她离开时的模样。她心里的疑惑越来越多了，这时，一幅画让她停下了脚步。

画面中的孩子们正坐在教堂台阶上看着故事书，有一束阳光照射在一个身穿紫色短呢大衣、头戴黄色帽子的女孩身上，那女孩的帽子上还零星点缀着一些向日葵。阿加莎凑近了去看，这不就是爱丽丝吗？肯定是的。那个八年前被绑架的面包师的女儿，她几乎每天都穿着这身滑稽的衣服，戴着同样的帽子。在画面的另一头，还有一缕飘忽不定的阳光打在了一个干瘦的黑衣男孩身上，他正拿着一根棍子在答打着猫咪。是鲁内。阿加莎记起来他曾经想要挖掉镰刀的眼睛，被她妈妈用扫帚狠狠打了一顿赶跑了。鲁内也是在那一年被带走的。

她迅速看向了下一幅画。在这幅画上，一大群孩子正在多维尔先生的书店前排着长队，但是阳光只照在了两个孩子的身上：正张嘴咬着前面女孩的秃头贝恩和安静而帅气的加里克。这两个男孩都是四年前被带走的。

阿加莎看得一身冷汗，她继续看向下一幅画。画中的孩子们坐在一座高高的翠绿色山头上看着书，山下的湖边，一束阳光照亮了两个坐在湖畔的身影。一个黑衣女孩正将手里的火柴弹入水中，另一个粉衣女孩正忙着将黄瓜塞进背包里。

阿加莎感觉自己快要窒息了，她赶紧又倒回去看了一遍。每一幅画里，阳光都选择性地照射在某两个孩子的身上：一个明亮而美丽，另一个阴郁而怪异。阿加莎随即从角落里走出来，爬上一个奶牛标本，当她站到奶牛屁股上时，所有的画作全都能同时看见了。这时她想明白了三件事，三件与萨德教授有关的事——

他可以随意穿梭于现实与童话世界之间。他明白为什么加瓦顿的孩子们会被带来这儿。

还有，他能够帮她们回家。

这时小精灵们敲响了下一节课开始的铃声。阿加莎飞奔着冲进童话剧场，挤到了希子身旁坐下。就在一旁的石质舞台前，泰德罗斯和他的伙伴们正靠着舞台前方一座凤凰雕塑玩着手球。

"特里斯坦竟然没和我打招呼。"希子抱怨道，"说不定他觉得我和你说话后脸上就会长疣的……"

"萨德在哪儿？"阿加莎问。

"是萨德教授。"一个声音传来。

她抬起头，看见了一位满头银发、身穿三叶草绿西装的英俊老师，他一边走上舞台一边神秘地冲她笑了笑。这不就是那个在前厅和中途桥上都对她微笑过的男人吗？

那个疯子。

阿加莎长舒了一口气。如果他真那么喜欢她的话，他肯定愿意帮她的。

"你们都知道,这里和邪恶学院那边的第四堂课,都是我来上。很不巧的是,我还不会分身术,因此我会在两所学院之间分周轮流上课。"他双手紧抠着讲台说着,"我不在的那几周,会由你们的学长前来传授他们各自在无边森林里的冒险经历,所以请给予他们和我同等的尊重。最后,鉴于我有大量的学生和数量庞杂的历史文献需要负责,我的课不会等人,也不会拖堂。除此之外,无论是课内还是课外,我都不会回答你们任何提问。"

阿加莎一下子咳出声来。他连问题都不让问,还怎么从他那儿知道答案呢?

"如果你真的有疑问需要解答,"萨德专注地说,浅褐色的眼睛一眨也不眨,"去你的课本里找,你一定会找到答案的。《写给学生的森林史》或者是其他任何我撰写的书籍,都能在美德图书馆里找到。现在开始点名。碧翠丝。"

"到!"

"再回答一次,碧翠丝。"

"我在。"碧翠丝不耐烦地说。

"谢谢你,碧翠丝。希子!"

"在!"

"再一次,希子。"

"我在呢,萨德教授!"

"很好。莉娜!"

"是。"

"再一次。"

阿加莎叹了一口气。照这个速度,他们得在这儿待到太阳落山了。

"泰德罗斯!"

"在。"

"大点儿声,泰德罗斯。"

"我的天哪,他是聋了吗?"阿加莎不耐烦地说。

"不是的,傻瓜。"希子说,"他是个盲人呀。"

阿加莎不屑地哼了一声:"别傻了。"

但这时她注意到了他那双无神而空洞的眼睛，他依赖着声音去匹配相应的人名，还有他双手紧紧抠着讲台的方式。

"可他那些画呢！"阿加莎大喊道，"他看见加瓦顿了！他还看见我们了！"

这时萨德教授又微笑着看向了她的双眼，仿佛在提醒着她，他其实什么也没看见过。

"先让我把这事捋捋清楚。"苏菲说，"首先，这所学院原来是有两位校长的，而且他们还是亲兄弟。"

"是双胞胎。"海丝特说。

"一个善良，一个邪恶。"阿纳迪尔说。

苏菲一边和她们说着话，一边沿着一排大理石壁画走进了邪恶大厅。这是一间被翠绿色的海藻和蓝色锈斑覆盖的大厅，熊熊燃烧的火把吐着海绿色的火光，整间大厅仿佛是刚从海底被打捞上岸的大教堂。

这时她在一幅壁画前停了下来，在画中一座城堡的房间里，两个年轻人正守护着那支她曾在校长塔楼上见过的魔法笔。兄弟俩一个身着黑色长袍，一个穿着白色长袍。在这块残破的马赛克上，她依稀辨认出他俩有着一模一样的英俊面容，同样鬼魅般苍白的头发以及同样深蓝色的眼睛。不过白袍兄弟的脸上透着温暖与平和，而黑袍兄弟则是一脸的冰冷严峻。尽管如此，两个人的脸上似乎都有些什么东西看起来异常地熟悉。

"就是这两兄弟统治着两所学院，保护着那支魔法笔。"苏菲说。

"是撰写者。"海丝特纠正道。

"然后善良与邪恶胜负均分？"

"差不多吧。"阿纳迪尔一边说着，一边给她口袋里的老鼠喂了只蜗牛，"我母亲曾说过，如果善良一直保持一个水准，邪恶就会想些新花招，迫使善良提升防御能力并反击。"

"自然界的平衡。"多特说着，又开始大嚼特嚼一本被她变成了巧克力的课本。

苏菲又看向了下一幅画，画上，邪恶兄弟不愿再与他的善良兄弟和平相处共同统治了,他开始用一连串魔咒攻击自己的兄弟。"但是后来,邪恶的一方认为自己可以控制那支笔——嗯——撰写者——从而使得邪恶战无不胜。所以他集结了一支军队想要彻底摧毁他的兄弟,这时战争打响了。"

"就是当年的大战役。"海丝特说,"那时候每个人都得做出选择是该投靠善良兄弟还是邪恶兄弟。"

"然后在他们俩的最后一役中,有一方赢了。"苏菲盯着最后一幅壁画说——画中乌泱泱一片的永生者与永灭者全对着身着银袍的蒙面校长鞠躬屈从着,闪闪发光的撰写者飘浮在他的手上。"但是没有人知道他究竟是谁。"

"学得真快。"阿纳迪尔咧嘴笑道。

"可那之后人们总该知道他究竟是善良兄弟还是邪恶兄弟了吧?"苏菲问道。

"每个人都假装这是个谜。"海丝特说,"不过自从大战役之后,邪恶就再也没在任何一个童话故事里获胜过。"

"但这支笔不是只会记录在森林中发生的一切吗?"苏菲一边说着,一边仔细研究着撰写者钢面上那些奇怪的符号,"难道不是我们在掌控着故事吗?"

"终有一天所有的恶人都会死光吗?"海丝特咆哮道,"那支笔在压迫我们的命运。那支笔要杀光所有的恶人。那支笔是被善良学院控制的。"

"是撰写者,亲爱的,"多特大口吃着巧克力书说,"不是笔。"

海丝特一巴掌拍过去,把巧克力书从她嘴里打了出去。

"但是如果每次都是邪恶战败而亡,那为什么还要费力给恶人上课传授知识呢?"苏菲说,"为什么还要开设邪恶学院呢?"

"这个问题要不你试着去问问老师好吗?"多特尖着嗓子说着又从书包里掏出了一本更大的书。

"好吧,所以你们这些恶人无论如何都是赢不了的。"苏菲打了个哈欠,借着一块大理石碎片开始磨起了指甲,"但这跟我有什么关系?"

"撰写者都开始撰写你的童话了。"海丝特皱着眉头说。

"所以呢?"

"就你现在所在的学院来看,撰写者会理所应当地认为你是童话中的恶人。"

"我需要在乎一支笔的意见吗?"苏菲说着换了另一只手磨指甲。

"我收回我刚才说她学得快那句话。"阿纳迪尔说。

"如果你是恶人的话,你就必死无疑了,你这个笨蛋!"海丝特大吼道。

苏菲一下子磨断了一片指甲:"可是校长说我能回家的!"

"或许他的谜语根本就是个陷阱。"

"可他是善良的!你自己说的!"

"但你是邪恶学院的。"海丝特说,"他和你不是一头儿的。"

苏菲看着她,旁边的阿纳迪尔与多特也是同样的严肃表情。

"我会死在这儿?"苏菲颤抖着叫出声来,泪水一下子从她眼里夺眶而出,"我肯定能做点儿什么来改变吧?"

"解开这个谜语。"海丝特耸了耸肩说,"只有这样你才能知道他到底想干什么。另外我再说一句,如果你再在挑战中赢我一次,你的结局会来得更快,因为我会亲手杀了你。"

"那就告诉我答案啊!"苏菲大叫道。

"有什么东西是恶人绝不可能拥有而公主必不可少的?"海丝特伸手挠着她的文身,沉思着。

"会不会是动物?"多特说。

"只要多花点儿心思贿赂,动物也会成为恶人的心腹。"阿纳迪尔说,"会不会是荣誉?"

"所谓荣誉、英勇,这些善良以为是自己发明的东西,我们邪恶也有自己的说法。"海丝特说,"我们的说法可比他们的好听多了。"

"我想到了!"

她们全都转向了苏菲。

"生日聚会!"她说,"谁会想要去参加一个恶人的生日聚会呢?"

阿纳迪尔和海丝特直勾勾地瞪着她。

"都怪她不怎么吃东西,"多特赶紧打圆场,"大脑运转是需要食物的。"

"照你这么说,你肯定是世界上最聪明的女孩了!"苏菲凶巴巴地吼道。

多特狠狠地回瞪了她一眼:"你记住,最凶残的恶人往往死得最惨。"

苏菲焦虑地看向海丝特说:"你说莱索夫人会不会告诉我这个答案?"

"如果她认为这能帮助邪恶获胜的话,倒也不是不可能。"

"那你可得机灵点儿了。"阿纳迪尔说。

"而且要很巧妙,不着痕迹。"海丝特说。

"又机灵又巧妙?这不就是我最擅长的吗,亲爱的?"苏菲松了一口气说,"行了,问题解决了。"

"不见得,我们可是已经迟到十五分钟了。"多特说。

的确如此,当四个女孩偷偷溜进教室大门,摸到自己的座位上时,莱索夫人看她们的眼神简直比那冰窖一般的教室还要冷。

"看来我得把你们送去接受处罚了,不过现在末日审判室满了,里面都是我上一节课的学生。"

一阵阵男孩的惨叫声不时从她们的脚下传来。一想到末日审判室里有可能会发生的一切,全班都是一阵胆战心惊。

"让我们来看看这几位迟到者能不能弥补过失。"莱索夫人边走边说,鞋跟撞击着地板,发出了一声声不祥的咔嗒声。

"今天的课上什么?"苏菲小声问霍特。

"她在测试我们对著名的天敌知道多少。"霍特轻声回答,"如果你回答正确,你就能获得这个。"说着他得意地露出了一颗贴在他脖子上的大疣,炫耀起来。

苏菲畏惧地躲开:"这还叫奖励?"

"海丝特,你能说出是哪个恶人运用噩梦诅咒摧毁了她的天敌吗?"

"是仙女噬魂者菲诺拉。女巫菲诺拉能够潜入仙女的梦境之中混淆视听,迷惑她们的心智,让她们自断双翅。失去翅膀的仙女再也无法飞翔,菲诺拉就能轻而易举地把她们全部抓起来,一个个吃掉。"

苏菲往喉咙里咽了一口东西。她可从来没听说过什么仙女噬魂者菲诺拉,海丝特肯定弄错了。

"回答正确!仙女噬魂者菲诺拉!这可是最著名的故事之一!"莱索夫

人说着，往海丝特的手上贴了一颗大大的疣。

著名？苏菲皱了皱鼻子，哪儿著名了？

"阿纳迪尔，说出一个运用伪装术杀死天敌的恶人！"莱索夫人说。

"暴烈熊雷克斯。因为阿纳托莉公主喜欢熊，所以他给自己披了一张熊皮作掩护去靠近公主。当公主伸手抚摸他时，他一刀割断了她的喉咙。"

"一个伟大的人物，我们所有人的榜样，暴烈熊雷克斯！"莱索夫人说着又往阿纳迪尔脖子上贴了一颗疣，"如果他还活着，克拉丽莎手下那些幸灾乐祸的小公鸡的脖子，全都会被他给抹上一遍的。"

苏菲一直咬着嘴唇想，这些都是她们编出来的吗？

"多特，说一个用变形术杀死天敌的恶人！"

"霜雪皇后！她把公主变成了冰，然后放置于烈日之下！"

"这可是我最喜欢的童话！"莱索夫人声如惊雷般说道，"一个深入人心的故事，会永远——"

苏菲不禁轻笑了一声。

"有什么可笑的吗？"莱索夫人说。

"你们说的这些我从来没听说过。"苏菲说。

海丝特和阿纳迪尔悄悄地缩进了自己的座位里。

"从没听说过？"莱索夫人不屑地失笑道，"这些可都是邪恶曾经取得的最伟大的胜利！是不断激励着新的恶人前进的辉煌荣耀！《四个落入井中的女孩》《十二位淹死的公主》《篡位者乌苏拉》……"

"这些也都没听过。"苏菲叹了一口气，手指来回地梳理着她的长发，"在我住的地方，没人爱看邪恶胜利的故事书。每个人都希望善良的一方获胜，因为善良那方总是长得漂亮一些，穿得也更好看，朋友也更多。"

莱索夫人说不出话来了。

苏菲扭头面对全班同学说："我真的很抱歉没人喜欢你们，你们也总是赢不了，而且你们还不得不莫名其妙地跑过来读书，但我说的全都是真的。"

海丝特迫不及待地拉起袍子遮住了自己的脸。

多特轻轻前倾，凑到苏菲的耳边低声说："亲爱的，谜语。"

"哦，对了。"苏菲立刻一副公事公办的模样说，"既然我正好在发言，那我顺便请教大家一个稍稍有点儿费脑子的谜题。谜题的答案对我来说相当重要，所以，不管你有任何的意见和建议我都将不胜感激。有什么是恶人不曾拥有但是公主必不可少的？有什么想法吗？别有顾虑，大声说出来。谢谢啦，亲爱的朋友们。"

"我倒是有个想法。"莱索夫人说。

"我就知道你懂的。"苏菲笑着说，"是什么？有什么是我有的而你没有的？"

莱索夫人猛地凑到她面前，面对面地盯着她说："倒也没什么。就是接下来的课上，我们都不会听到你发出来的任何声音了。"

苏菲立刻想开口求饶，可她的嘴怎么也说不出话来。她的嘴唇被死死地封住了。

"这下好多了。"莱索夫人说着，往苏菲的眉心赏赐了一颗疣。

苏菲拼了命地想要撬开自己的嘴唇，一旁的莱索夫人却旁若无人地平静地站着，伸手将她紫色的长袍抹了抹平，完全无视她周围那群已经被吓得魂飞魄散的学生。

"现在，由霍特来说说，哪位恶人曾经雇用过乌鸦捕杀器？"

苏菲用鼻子呼哧呼哧地大声呼着气，她已经试过用笔、发夹甚至冰锥去戳她的嘴唇，还有大口吸气、呜呜大哭、喉咙里尖叫，可她所有的尝试换来的只是沉默、痛苦以及鲜血——

还有海丝特从前排投来的恶狠狠的目光。

"问题解决了，是吧？"

第十三章
末日审判室

阿加莎搞不明白为什么午餐非得是一场两所学院联合出席的活动。因为永生者只会和永生者坐在一起,永灭者也只会和永灭者待在一块儿,两个团队之间都互相装作对方根本不存在。

吃午餐的地方在透明场,那是一块位于蓝色森林大门之外的风景宜人的野餐场。要到达透明场,学生们得穿过一条蜿蜒曲折的树洞隧道,这条隧道会越走越窄,走到最后所有的学生只能排着队一个挨一个地从一段中空的树干中蹦出来,跳上一片青翠的草地。阿加莎穿过善良隧道,随着一排永生者的队伍,从一个头戴红色兜帽的仙女手中接过了一个野餐篮。而从邪恶隧道出来的永

灭者们，则从一头身着红衣套装的狼卫手里接过了一只生锈的餐盒。

阿加莎找了一处阴凉的草地坐下来，伸手打开了柳木制成的野餐篮。午餐相当丰盛，有烟熏鲑鱼三明治、莴苣沙拉、草莓舒芙蕾和一瓶柠檬气泡水。此刻她不想再管什么谜语、死亡结局之类的事了，她只想张大嘴美美地吃上一口手里的三明治——

苏菲一把将它抢了过去："你都不知道我经历了什么。"她一边哭着一边把整块三明治全给吃了下去。"这是你的。"她"咣当"一声扔下了装燕麦粥的餐盒。

阿加莎一言不发地盯着她。

"听着，我问过了。"她边吃边叽里咕噜地说，"永灭者必须得学会失去。这是你们训练的一部分。顺便说一句，这还真是好吃。"

阿加莎还是盯着她看。

"怎么了？"苏菲说，"是我牙齿上有血吗？因为我想着我——"

越过阿加莎的肩膀，她看见泰德罗斯和他的伙伴们正指指点点地窃笑着。

"哦，不。"苏菲呻吟道，"你到底在干吗啊？"

阿加莎还是一直盯着她看。

"吃你这么一点儿就不高兴了，那么舒芙蕾给你吃好吗？"苏菲皱着眉头说，"那个奇怪的小鬼干吗对我挥手？"

阿加莎转身看到了透明场另一头的希子，正挥着手炫耀着她的新发色，她染了一头和特里斯坦一模一样的红头发。阿加莎的脸一下子变得好难看。

"嗯，你认识她？"苏菲说。她远远看着希子正一副花枝招展想要接近特里斯坦的模样。

"我们是朋友。"阿加莎一边说，一边对希子挥手示意，让她离开他。

"你有朋友了？"苏菲说。

阿加莎转头看向她。

"你干吗一直这么盯着我看？"苏菲大叫道。

"你没吃过糖果吧？"

"啊？"苏菲尖叫着反应了过来——她赶紧伸手把莱索夫人贴在她眉心上的疣扯了下来——"你怎么不早点儿告诉我！"她大叫道，与此同时，泰德罗斯那群男孩爆出了一阵哄笑。

"哦，哦，没什么比这更糟糕的了。"苏菲埋怨道。

这时霍特突然出现，一把捡起了她扔掉的疣，一溜烟儿地跑了。

苏菲看着阿加莎。阿加莎忍不住哈哈大笑起来。

"这不好笑！"苏菲大声抱怨道。

阿加莎笑得根本停不下来，然后苏菲也笑了。

"你觉得他会拿去干吗？"阿加莎偷笑着说。

但这时苏菲不笑了，她一脸正色地对阿加莎说："我们必须回家。现在就回。"

于是阿加莎把之前试图破解谜语时所遇到的一系列挫折——告诉了苏菲，其中还包括与萨德教授无疾而终的碰面。她还没来得及问他关于画的事，他就匆匆离开，跑去见他邪恶学院的学生了，只留下三头老态龙钟的猪，在课堂上给大家讲解加固房屋的重要性。

"他是唯一能够帮我们的人。"阿加莎说。

"最好快点儿。我的时间不多了。"苏菲闷闷不乐地说，然后她也把之前和室友之间发生的事——告诉了阿加莎，包括她们对她悲惨结局的推测。

"你会死？没理由啊。如果我们是朋友的话，那在我们的故事里你就不可能是恶人。"

"这就是为什么校长说我们不可能成为朋友。"苏菲回答，"我们之间一定有什么事会出现。一定有什么事会解开这个谜语。"

"我们之间会发生什么呢？"阿加莎仍然一副百思不得其解的模样，"或许一切都是互相关联的。这样东西善良的人拥有但是恶人没有。你有没有想过或许这就是善良一直获胜的原因？"

"按照莱索夫人的说法，邪恶以前也赢过。但是现在善良拥有了一件东西能够彻底击败他们。"

"但是校长禁止我们回他的塔楼找他。那这就说明谜语的答案应该不是一个词、一件东西或者一个想法。"

"我们必须得做点儿什么！"

"现在我们已经有些进展了。首先，这东西能把我们变成对立的双方；

其次，这东西每次都能将邪恶击败；最后，这是一样我们能够实际操作去做的东西……"

两个女孩一下子转头看着对方。"我想到了。"阿加莎说。"我也想到了。"苏菲说。

"这太明显了。"

"非常明显。"

"就是……就是……"

"对的，就是……"

"没想法。"阿加莎说。

"我也是。"苏菲叹了一口气说。

在野餐场的另一边，永生者男孩们正慢慢朝女孩们聚集的区域一步步靠近着。女孩们全都像等着被采摘的鲜花一般翘首企盼，却不料人群全都围向了碧翠丝。看着碧翠丝自如地与她的追求者们谈笑风生，坐在一截矮树桩上的泰德罗斯一阵心烦意乱。最后他一下子站起来，挤到了那堆男孩的前面，邀请碧翠丝一起去散步。

"他本来是该来拯救我的。"苏菲看着他们一起离开，忍不住泪眼汪汪地说。

"苏菲，我们现在有机会把我们的小镇从两百年的诅咒里解救出来，拯救那些孩子于水深火热之中。我们还能逃离狼卫、怪浪、滴水兽，逃离一切和这所可怕的学院有关的事物，终结一个会杀死你的故事。而你现在却只想着那个男孩？"

"我是想着我的幸福结局啊，阿吉。"苏菲说着，眼里的泪水晶莹剔透。

"活着回家才是我们的幸福结局，苏菲。"

苏菲点了点头，但是她的目光却自始至终追随着泰德罗斯。

"欢迎来到善行与善举课。"达维教授面对汇聚在圣洁公共休息室的学生们说，"鉴于本门课程的进度已经落后于你们其他的课程，现在我们就闲言少叙。首先，我想说的是，我发现近几年来大家对于这门课程的重视度正在严重下降。"

"因为上课时间都是午餐后啊。"泰德罗斯凑到阿加莎的耳边轻声说。

"所以你是在告诉我原因吗?"

"说真的,那天你是对我念了什么咒语,让我选择了你变的妖精?"

阿加莎头也没回。

"你肯定做了些什么。"泰德罗斯恼火地说,"快告诉我。"

"女巫的秘密可不能泄露。"阿加莎一动不动地看着前方说。

"我就知道!"这时泰德罗斯发现达维教授正面带愠色看着他,他立刻对她露出了一个自以为是的笑容。达维教授翻了翻眼睛继续讲了下去。他俯身凑到阿加莎跟前说:"告诉我,我那帮伙计就会放过你的。"

"也包括你吗?"

"你就直接说你都做了些什么。"

阿加莎叹了一口气说:"我用的是快速锁脑咒,是住在加瓦顿妮的镰刀猫女巫发明的一种强效巫术。她们是一小群生活在卡利斯河畔的女巫,不光施咒特别专业,同时也是伟大的收割者……"

"请说重点。"

"好吧,"阿加莎转过身对他说,"快速锁脑咒会像水蛭一样钻进你的脑子里,游进你每一条脑回沟,在里面繁衍、复制,溃烂,伺机而动。当它把你的脑回沟一条条地全部钩住后……'嗖嗖嗖,噼噼噼'!它就会疯狂地吸掉你所有的智商,让你变得像头蠢驴一样蠢。"

泰德罗斯一下子就被气红了脸。

"还有,这种后果是永久性的。"阿加莎说完,立刻转过头去。

泰德罗斯气得不停在嘴里念念有词,不停嘟囔着到底是该用绞刑还是该乱石砸死,又或者是别的什么他父亲用来惩罚恶女人的招数。但这时阿加莎早已懒得搭理他,她正仔细听着达维教授讲解善行与善举的重要性。

"每一次发自内心的善举,都会让你的灵魂得到净化。不过最近,我发现善良学院的学生已经把做善举当成一件无趣的例行公事了,他们更乐于提升自己的自负、傲慢以及腰围!对此我可以向你们保证,我们的连胜随时都有可能终结!"

"如果校长控制了撰写者不就行了。"阿加莎说。

"阿加莎，校长完全无法插手故事的发展与结局。"达维教授不耐烦地说，"他没法控制撰写者。"

"可他看起来倒是很善于对我施魔法。"阿加莎回了一句。

"你说什么？"

"他能分裂成一个影子。他能让一个房间消失。他能让一切都变得好像一场梦。所以他一定也可以控制一支笔吧？"

"你怎么可能知道这一切？"达维教授叹着气说。

阿加莎看到泰德罗斯幸灾乐祸地笑了。

"因为他当着我的面做过这一切。"她说。

泰德罗斯脸上的笑容消失了。达维教授顿时紧张得像一个冒着蒸汽的开水壶。学生们全都忐忑地看着她和阿加莎。

达维教授尴尬而僵硬地笑了笑说："哦，阿加莎，你真是太有想象力了。这个在你等着有人将你从恶龙口中救出来时，还是相当有用的。希望救你的人能及时赶到。好了，现在让我们来了解一下做善举的三个关键，创造性、可行性以及自发性……"

阿加莎还准备说什么，但是达维教授狠狠地瞪了她一眼，示意她闭嘴。她明白了问题的严重性，于是拿出了一张羊皮纸，和别的同学一样开始记起了笔记。

在童话求生课上课前，两所学院的学生突然又被召集到了透明场前集合。

阿加莎从树洞隧道里一跳出来，希子就一把抓住了她："特里斯坦把头发的颜色换了！"

阿加莎倚着树瞥了一眼特里斯坦。他的头发现在是金色的了，还垂了一绺下来遮住了一只眼睛。他使她想起了一个人。

"他说他是为了碧翠丝换的发色！"希子痛哭流涕地说，她自己的发色还保持着那个可怕的红色。

阿加莎顺着特里斯坦的目光看到了碧翠丝。她正叽里呱啦地对泰德罗斯说着什么，而泰德罗斯也相当热情地回应着，时不时还用嘴吹一下垂下来的刘海儿。

阿加莎尴尬地咳嗽了几声。她又看回特里斯坦，他也正用嘴吹着他那绺垂下的金发。然后她又看向泰德罗斯，他的衬衫解开了两粒纽扣，绣着金色字母T的领带微微松开着。特里斯坦也是如此，两粒纽扣解开，松开的领带上也是一个金色的字母T。

"如果我把头发变成碧翠丝那样的金发，"希子急切地问，"特里斯坦会喜欢我吗？"

阿加莎转头看着她说："你需要立刻换一个心上人。"

"所有人注意了。"

她抬头一看，发现所有的老师已全部聚集在两条隧道之间，以扇形排列站好了，其中还包括卡斯特和波鲁克斯，它们俩的头终于又会合在了同一具狗身体上。

达维教授向前迈出一步说："有一些……"

"赶紧的，你们这些懒骨头！"卡斯特咆哮道。

最后一拨永灭者也从隧道里赶了过来，苏菲是最后一个跳出来的。她在穿过透明场时，向阿加莎投去了一个不解的目光，阿加莎耸了耸肩。

达维教授张嘴准备继续说——

"现在有请善良学院的院长、善行与善举荣誉教授——克拉丽莎·达维教授发言。"卡斯特说。

"谢谢你，卡斯特。"达维教授说——

"任何打断发言与失礼的行为将会立刻受到惩罚……"卡斯特说。

"多谢你！卡斯特！"达维教授尖声喊道。

卡斯特立刻垂下了头盯着自己的双脚。

达维教授清了清嗓子说："各位学生，这一次我们召集大家前来，主要是因为最近出现了一些非常不利的传言……"

"是谎言，我们都称之为谎言。"莱索夫人说。阿加莎认出来了，这就是那位在善良陈列馆里撕掉萨德教授画作的老师。

"所以我们想要说清楚，"达维教授继续说，"首先，并没有任何诅咒加诸邪恶学院。邪恶依然有能力打败善良。"

"前提是邪恶学院的学生全都能够好好地完成自己的家庭作业！"曼利

教授气势汹汹地说。

永灭者们全在交头接耳嘁嘁私语，一副完全不信任的样子。

"其次，校长一直保持中立，绝无偏袒。"达维教授说。

"你怎么知道呢？"拉文喊道。

"我们为什么要相信你？"海丝特叫道，这时永灭者的队伍里已是一片不满的嘘声。

"因为我们有证据。"萨德教授向前一步说。

永灭者们顿时安静了。阿加莎也睁大了双眼。证据？什么证据？

随即她注意到了莱索夫人那一脸心不甘情不愿的表情，看来这个证据是真实存在的。这个证据会是谜语的答案吗？

"最后我不得不说一句，"达维教授说，"校长的基本职责就是保护撰写者。基于这个原因，他只能一直守在那座戒备森严的塔楼里。因此，不管你听到了什么样的故事，我都向你保证：没有任何一个学生见过校长，也不会有任何学生能见到校长。"

这时所有的目光全落在了阿加莎身上。

"啊，看来这位就是编故事的人了？"莱索夫人阴险地笑了。

"这不是故事！"阿加莎一句话顶了回去。她看见苏菲拼命对她摇着头，示意她别顶嘴，否则会遭殃的。

莱索夫人笑着说："我再给你一次赎罪的机会。你见没见过校长？"

阿加莎看着眼前这位邪恶学院的老师，紫色的眼球像两颗弹珠一样鼓了出来，然后又看了看一脸好奇地对着她笑的萨德教授，还有透明场那头不停用手势模拟着往脸上贴疣，把嘴巴封起来的苏菲……

然后回答道："我见过。"

"你竟然当着老师的面撒谎！"莱索夫人一个巴掌扇了过去。

"她没撒谎！"一个声音喊道。

所有人都看向了苏菲。"我们俩当时都在那儿！我们都在他的塔楼里！"

"所以我敢打赌你也看到撰写者了？"碧翠丝讽刺地说。

"事实就是如此，我们就是看到了！"苏菲狠狠回了这位嘲笑者一句。

"所以它也开始撰写你的童话故事了?"

"没错!它就是开始撰写我们的童话了!"

"所有人向这位愚人节女王脱帽致敬吧!"碧翠丝咆哮着大声宣布。

"那你呢,应该就是伟大的皇后了吧?"

碧翠丝转身看着阿加莎,双手叉腰说。

"唉,一个'错误',"碧翠丝啧啧叹道,"善良从来没错得这么离谱过。"

"你懂什么叫善良吗?你整天只知道穿衣打扮!"

碧翠丝气得直喘粗气,泰德罗斯"扑哧"一下笑出了声。

"不准你这么说碧翠丝!"一个声音说。

阿加莎转头看到了一头金发的特里斯坦。

"碧翠丝?"阿加莎一下子爆发了,"你确定你不是想模仿泰德罗斯吗?他会很高兴看到一个分身的!"

泰德罗斯一下子笑不出来了,他看傻眼了似的,呆呆地望着阿加莎、特里斯坦、碧翠丝……然后忍不住一拳打到了特里斯坦嘴上。特里斯坦不得不拔出了他那把滞钝的训练剑,泰德罗斯也猛地抽出了自己的宝剑,一场公开的决斗即将上演。可是特里斯坦连剑术也一直模仿泰德罗斯,同样的反击、同样的撤退,甚至连打斗中的喊叫声也如出一辙,渐渐地大家完全分不清楚谁是谁了。

击剑课老师埃斯帕达教授在一旁饶有兴致地看着,完全没有插手干预的意思。他一边用手绕着他的长胡子,一边说:"明天的课上,让我们来深入剖析一下这样的情况。"

相反,永灭者的反应迅速多了。

"打一架!打一架!"拉文声嘶力竭地大喊着。

永灭者们一下子全朝着永生者冲了过去,他们从目瞪口呆的狼卫身上碾轧而过,气势汹汹地扑向两位决斗的剑士。高声呼喊着的永生者男孩们也加入了进来,一场史诗级的操场群殴就此拉开帷幕。永生者女孩们被溅得浑身是泥,阿加莎看着她们被四溅的泥泞弄得瘫坐一地的模样,忍不住哈哈大笑起来,这时满身污垢的碧翠丝指着她大喊:

"都是她造成的!"

永生者女孩们这下全尖叫着冲去找阿加莎算账了,阿加莎赶紧爬到了一棵树上。而一旁的泰德罗斯,这时好不容易从一堆男孩里挣扎着冒出了头来,正好看见苏菲从他身边跑过。"救救我!"他放声大喊道。

苏菲一脚从他的脑袋上跨了过去,她看见碧翠丝一直在朝阿加莎扔石头,她得赶过去帮阿加莎。这时她突然撞见了从角落里钻出来的霍特。

"你!把我的疣还给我!"

霍特一溜烟儿绕过群殴的人溜走了,苏菲紧追不舍,就在快接近他时,她捡起一根树枝猛地朝着他的脑袋扔了过去——霍特一低头躲过了,树枝不偏不倚戳中了莱索夫人,从她脸上划过。

学生们全都愣住了。

莱索夫人伸手摸了摸她被划破的冰冷脸颊,又看了看手上的鲜血,表情平静得可怕。

她抬起她那红色的长指甲,指向了阿加莎。

"把她带回塔楼关禁闭!"

话音刚落,一群小精灵立刻抓起阿加莎,拖着她从满脸嘲笑的泰德罗斯身旁经过,朝着永生者的隧道走去。

"不,这都是我的错!"苏菲哭着喊道。

"还有这位。"莱索夫人用那只沾着鲜血的手指点了点苏菲,"送到末日审判室去。"

苏菲还没来得及尖叫,一只爪子已经上前一把捂住了她的嘴,拖着她从那群被吓得魂飞魄散的同学身边经过,走入了黑暗的森林中。

苏菲是经受不起严刑拷打的!在真正的邪恶面前苏菲根本别想活下来!

惊恐万分、泪流满面的阿加莎被小精灵们架着飞上了楼,这时她无意地往下瞥了一眼,看见老师们正先后涌入门厅。

"萨德教授!"她死死地抓住栏杆大喊道,"你一定得相信我们!撰写者认为苏菲是恶人!它会杀了她的!"

萨德和二十位老师齐齐往上看着,全都一脸的惊慌失措。

"你是怎么看到我们小镇的?"阿加莎继续大喊着,小精灵拼命掰开她的手要将她拖走,"我们怎么才能回家?有什么是公主有而恶人没有的?!"

萨德笑着说道:"问题,总是接二连三的。"

老师们一阵讪笑四散而去。"她看见撰写者了?"埃斯帕达自言自语地说。"她就是那个偷糖果的人。"阿涅蒙妮教授解释道。

"不!你一定要救救她!"阿加莎苦苦哀求着,但是来不及了,小精灵把她拽回她自己的房间后,立即反锁上房门离开了。

她发疯一样爬上床上的拱顶,拼命找到画中嘴唇紧闭的英雄旁边那块残破的天花板瓷砖,猛地撞了过去……那个通道不见了,有人把它牢牢地封好了。

鲜血从阿加莎的脸颊上流过。萨德曾经是她唯一的希望,可他完全拒绝回答任何问题。现在她唯一的朋友就快死在地牢里了,一切只因为一支魔法笔误将公主当成了女巫。

一个念头从她脑海中闪过。是萨德在课堂上说过的话。

如果你真的有疑问需要解答……

阿加莎大口喘着气,忙不迭地将她篮子里的课本全倒了出来。

苏菲的脖子被套上了一个紧紧的铁环,铁环的一头是一条长长的铁链,一头尽忠职守的灰毛狼卫正拽着这条铁链,拖着苏菲沿着下水道的墙边走着。苏菲任何反抗的动作都不敢做,因为只要稍稍踏错一步,她就会从这条又细又窄的小路上滑倒,跌入脚下翻涌的淤泥之中。穿过这条腐烂发臭的黑水河,她迎面看见两头狼卫正拽着不住呻吟的维克斯走了过来。当他们四目相对时,她看见了他那双满是血丝的眼里充满了仇恨。末日审判室里经历的一切,正将他变得更像一个真正的恶人。

"阿加莎,"苏菲不停地告诉自己,"阿加莎一定会带我们回家的。"

她拼命将泪水忍了回去。一定要为阿加莎而努力活着。

当她慢慢接近下水道的中点时,淤泥变成了清澈的湖水,她感觉到坚硬的石墙这时也变成了生锈的铁栅栏。一头狼卫"砰"的一声踢开了一扇房门,一把将她推了进去。

苏菲慢慢抬起头来，看到了一间只用一支火把照明的阴暗地牢。在她目光所及之处，全是各种残酷的刑具：碎轮、肢刑架、枷锁、套索、铁钩、绞刑架、铁娘子、拇指夹，以及一堆让人胆战心惊的长矛、棍子、棒子、鞭子还有刀子。她的心跳都快停止了。她转过身去——

角落里两只红色的眼睛正一闪一闪。

一头大块头的黑毛狼卫缓缓地从阴影里走了出来。它体形巨大，快有普通狼卫的两倍那么大了。而且它竟然有着人类的身体，它前胸长着浓密厚实的毛发，一双手臂强壮有力，小腿上的肌肉一块块地鼓了出来，还有一对硕大强健的脚。这头野兽"哗"地展开了一张羊皮纸，用它那低沉如怒吼般的声音念道：

"此人，森林彼岸的苏菲，因下列罪行被传唤至末日审判室：串谋造谣、扰乱集会、蓄意谋杀教职员工……"

"谋杀！"苏菲倒吸一口冷气。

"煽动公众暴乱、集会期间擅自越界、毁坏学院财产、骚扰同学及反人类罪。"

"我对所有的指控拒不认罪。"苏菲怒气冲冲地说，"尤其是最后一项。"

野兽伸出爪子一把捏住了她的脸："在被证明无罪之前，都有罪！"

"放开我！"苏菲尖叫道。

它凑到她脖子上嗅了嗅："你不是与众不同吗？"

"你别给我留下印子！"

让她惊讶的是，野兽放开了她："通常都得挨一顿打，才能找出弱点来。"

苏菲一脸困惑地看着这头野兽。它舔了舔嘴唇，咧着嘴笑了。

随着一声大叫，她猛地跌倒在了门口——它"啪"地一下把她扔到了墙边，然后铐住她的两只胳膊，把她吊在了她头顶上方的钩子上。

"放我出去！"

这头野兽沿着墙根悠闲地溜达着，脑子里不停盘算着该选怎样的刑具才最合适。

"求你了，不管我刚才做了什么，我都错了！"苏菲哀号着说。

"恶人是不会从道歉里学到什么的。"野兽说。它先是拿起一根挺粗的短木棒想了想，然后又继续往前走："只有疼痛才能让恶人长点儿记性。"

"求求你了！有没有人，救命啊！"

"疼痛会让你更坚强。"野兽说。

它一边说着，一边爱惜地摸了摸一枚生锈的长矛尖，然后又将它挂了回去。

"救命啊！"苏菲声嘶力竭地尖叫着。

"疼痛还会让你成长。"

这时野兽又拿起了一把斧头。苏菲的脸一下子吓得惨白。

它走到了她面前，肉墩墩的爪子里紧紧握着那把斧头。

"疼痛会让你变成纯正的邪恶。"

它一把抓起了她的头发。

"不要！"苏菲几乎窒息了。

野兽高举起了这把斧头。

"求你了！"

刀锋割断了她的头发。

看着一绺又一绺美丽的金色长发不断散落下来，落在这肮脏黑暗的牢房地面上，苏菲整个人都呆住了，她张大了嘴，一言不发，只是呆呆地看着。然后她缓缓地抬起头来，一张惊骇万分的脸看向了那头黑色的庞然大物。她的嘴唇开始轻轻抽动，眼泪瞬间夺眶而出。她整个人还被吊在铁链上，一头长发已经被剃得参差不齐，缺一块秃一块了。她把头深深埋进胸前放声大哭起来，哭到鼻涕完全堵住了呼吸，哭到唾液完全粘住了她黑色的束腰袍，哭到被吊起来的手腕开始渗血。

锁扣"咔嗒"一声响了。苏菲抬起她哭得红肿的双眼，看着野兽将她从墙上的吊钩上放了下来。

"快滚。"它怒吼了一声，然后将斧头挂了回去。

它一转身，苏菲就不见了。

野兽拖着沉重的步伐走出牢房，走到同时翻滚着淤泥与清澈湖水的中点处跪了下来。它将鲜血淋漓的铁链放入水中，两个方向立刻同时涌来两股水流，哗哗地将血迹冲刷得干干净净。就在它擦洗掉最后一滴血迹时，它透过淤泥的反光看到了自己的倒影——

哦不，不是它的倒影。

野兽迅速转身——

苏菲一把将它推进了这深渊之中。

这头野兽不停地在水里扑腾着、挣扎着，嘴里咕噜咕噜冒着水泡，双手拼命地想要抓住岸边的石墙。但是水流的力量实在太强大了。她静静地看着它从嘴里咕噜噜地吐出最后一口水泡，然后像块大石头一样永远地沉入了水底。

苏菲伸手整理了一下自己的头发，把所有的恶心都吞回了肚子里，然后朝着有亮光的地方走去了。

准则说"善良选择宽恕"。

准则肯定是弄错了。一定弄错了。

因为她没有选择宽恕。

她绝对不会宽恕的。

第十四章
守墓人的方法

这是一本用银色丝绸装帧的书,封面上绘着一只黑天鹅和一只白天鹅,它们共同噙着那支闪闪发光的撰写者。

《写给学生的森林史》
奥古斯特·萨德　著

阿加莎翻开了书本的扉页。

"本书仅代表作者个人观点。萨德教授对于历史的阐述方式仅为他个人的看法,本校其余老师并不持同样观点。

——诚挚的克拉丽莎·达维与莱索夫人,善良与邪恶两院院长。"

阿加莎心里顿时振奋起来。老师们都不赞同这本书的观点,这给了她更多能在书中某处找到谜语答案的希望。公主与女巫的区别……善良与邪恶保持平衡的证据……它们会不会指向的是同一样东西呢？

她迫不及待翻开了内页。奇怪，里面一个字也没有。只见一些五颜六色如针头般大小、浮雕一般的小圆点四散在书页中。阿加莎接着往下翻。小圆点更多了。她又快速地翻阅查看了更多的书页，依然是一个字都没有。她沮丧地把头埋进了书里。这时萨德的声音突然冒了出来：

"第十四章：大战役。"

阿加莎带着疑惑试探着抬起头来。在她眼前，一幅三维立体的景象从她摊开的书页上方慢慢显现出来——这是一幅活生生的透视画，朦胧的色调正如陈列馆里萨德的那些画作一般。她慢慢蹲下身，看着这幅无声的画面一点一点向她展示着，画中出现了三位枯瘦的老人，长长的胡须拖曳在地上，他们正双手合十站在校长塔楼前。接着老人们张开了双手，闪闪发亮的撰写者从他们手中飘出，飘过了那张熟悉的白色石桌。这时萨德那虚无缥缈的声音继续说着：

"现在请牢牢记住，从第一章开始，撰写者就被无边森林里的三位先知安放在了善恶魔法学院里。先知们相信，这儿是唯一可以保护撰写者，使之免于堕落的地方……"

阿加莎瞠目结舌地看着这一切，简直难以置信。双目失明的萨德无法用笔写出历史上发生的一切，但是他了解历史，而且他希望他的学生们也能用同样的方式去了解历史。她每翻开一页，只要触碰一下那些浮雕小点，一幅鲜活的历史画卷就会立刻随着他的解说跃然于纸上。第十四章的大部分内容基本与苏菲在午餐时跟她说的一样：整所学院是被两位巫师兄弟共同统治的，一位善良，一位邪恶。曾经，他们深厚的兄弟情弥补了彼此在忠诚度上的欠缺。但是渐渐地，邪恶兄弟的感情被诱惑战胜了，最终，他发现他与那支魔力无限的笔之间的唯一障碍就是……他自己的血亲。

阿加莎的双手不停地抚过那一个个小点，一幅幅关于大战役、结盟、背叛的详尽画面——呈现在她眼前，她仔仔细细地看着，想要弄明白这一切都是怎么结束的。突然她的手指停下来了，她看见了一个身着银袍、头戴面具的熟悉身影从战火纷飞的杀戮硝烟中慢慢走了出来，他的手里紧握着撰写者。

"在最后一场善恶两兄弟的对战中,一位不代表任何一方的胜利者翩然现身了。大一统时代来临。高奏凯歌的校长当着所有人的面宣誓,在他有生之年,他会尽全力超越善恶,维护平衡。当然,没有哪一方相信这位胜利者。不过也不需要他们相信。"

这时画面闪现出了另一位正在垂死挣扎的兄弟。就在他快要被烧为灰烬时,他奋力伸出一只手指向了天空,一道银色的光芒从他手中迸射而出,划破了天际——

"这位在死亡边缘徘徊的兄弟,用他残存的魔法创造出了最后一个咒语来对抗他的孪生兄弟:这是一种能够证明善良与邪恶依然平等的方法。只要这个证据完好无损,撰写者就能保持公正客观,森林也能保持完美的平衡。至于这个证据是什么……"

阿加莎的心一阵狂跳——

"它至今仍被保留在善恶魔法学院里。"

随即画面暗了下来。

她赶紧又翻了一页,迫不及待地摸向那些小点。萨德的声音响起——

"第十五章:森林大虫灾。"

阿加莎一下子失落极了,她郁闷地把书本全都砸到墙上,一本接一本,全对着墙扔过去,壁画上那对新人的脸上由此留下了一道道裂痕。当扔无可扔之后,她将自己的脸深深埋进了被子里。

拜托了,谁能帮帮我们?

这时在一片寂静之中有什么东西出现在了阿加莎脑海中。它甚至算不上一种想法。它是一种顿悟。

阿加莎抬起了头。

谜语的答案呼之欲出。

"不过就是剪个头发嘛,"苏菲一边爬过矢车菊丛一边自言自语地说,"根本没人会注意的。"她悄悄从两棵长春花树之间溜进透明场西边,慢慢从后面一点点靠近她自己的森林团队。

"只要找到阿加莎,然后……"

这时整个团队的人全都转过身来。没有一个人笑话她。多特没有，泰德罗斯没有，甚至连碧翠丝都没有笑一下。他们全都吓得张口结舌地盯着苏菲，而这让苏菲几乎窒息。

"不好意思……我眼睛里好像进东西了……"她赶紧低头躲到了蓝色的玫瑰花丛后，大口大口地吸着气。此刻她再也没法承受更多的羞辱了。

"至少你现在看起来像个永灭者了。"泰德罗斯在灌木丛中一跳一跳地说，"这下可没人说我弄错了。"

苏菲的脸顿时红得像棵甜菜。

"看来，这就是你和女巫交朋友的下场。"王子皱着眉头说。

这下她的脸已经涨成了红石榴。

"不过也没么糟糕。至少比你那位朋友好一些。"

"对不起，"苏菲说，这时她的脸已经涨成了茄子一样的紫色，"我另外一只眼里……"

她一下子冲出去，像抓救生筏一样抓住多特说："阿加莎在哪儿？"

可多特也一直盯着她的头发。苏菲不得不故意咳了一下。

"哦，呃，他们还把她关在寝室里。"多特说，"真遗憾，她可能会错过去花卉总站的机会了。其实如果尤巴能通知一下乘务员，问题就能解决了。"她用头指了指站在一旁的地精，他正怒气冲天地戳着一块蓝色的南瓜田。说完多特的眼睛又落回到了苏菲的头发上。

"挺……不错的。"

"求你了，别这样。"苏菲轻声地说。

多特的眼眶都湿润了："你以前那么漂亮。"

"会长回来的。"苏菲强忍着泪水说。

"别担心。"多特抽了抽鼻子说，"总有一天，会有个坏到极点的大恶人去干掉那只野兽的。"

苏菲顿时僵住了。

"全体上车！"尤巴大喊了一声。

她一转身，看见泰德罗斯揭开了一只普普通通的南瓜顶，就像在打开一个茶壶盖似的，然后他一下子跳进去不见了。

苏菲眯着眼睛说:"里面有什么……"

这时有什么东西捅了她的大腿一下,她低头一看,尤巴将一张去往花卉总站的车票递到了她跟前,然后打开了南瓜的顶盖。南瓜里露出了一只身材瘦小、身着紫罗兰色天鹅绒燕尾服的毛毛虫,它头戴同款礼帽,正漂浮在一个色彩柔和的旋涡之中。

"不准在花卉总站吐痰、打喷嚏、唱歌、擤鼻涕、摇晃、打骂、睡觉以及撒尿!"他用一种你能想象到的最暴躁的语气说,"任何违反规定者将被扒光衣服。现在全体上车!"

苏菲赶紧跑去拉住尤巴说:"等等!我得找到我的朋友……"

她话还没说完,一根藤蔓拔地而起,将她拽了进去。

她吓得目瞪口呆,根本来不及尖叫,就一头扎进了那一片刺眼的粉色、蓝色与黄色之中。随即好些南瓜须打着卷儿伸了过来,像安全带一样将她缠绕固定住。这时苏菲听见了一阵"咝咝"的声音,她旋转着看见了一株巨大的绿色捕蝇草张开大嘴就快吞掉她。她吓得惊声尖叫,藤蔓又一把将她从捕蝇草的嘴边拖出,扔进了一条弥漫着热气与浓雾的隧道里,接着藤蔓又把她挂到了一个什么东西上面,然后她开始自动向前移动了。在移动的同时,她的双手双脚都被常春藤保护带护着,不过倒是可以自由摆动。走着走着,浓雾渐渐散开了,这时苏菲看到了她迄今为止见过的最神奇的景象。

这是一个由众多发光的植物构成的庞大地下交通系统,整整有一个小镇那么大。悬挂输送乘客的各色藤条分属于闪着不同颜色光亮的树干,这些树干上又覆盖着相应颜色的花朵。这些有着各色编码的树干最终汇集在一起,组成了一个庞杂的轨道迷宫。有些树干是相互平行的,有些是垂直的,还有一些呈放射状伸向不同的方向,这些树干可以将乘客们准确无误地送往无边森林里的各个目的地。苏菲震惊地看着一排不苟言笑的小矮人,他们腰间别着鹤嘴锄,双手紧抓着一根藤条,正从一根标有"玫瑰线"的红色荧光树干上下来。和它相反方向运行的是一条闪着绿光的乔木线,乘客中还有一家子穿戴整齐一新的熊,它们刚放开一条三叶草绿色的藤条。苏菲看得啧啧称奇,这时她从自己搭乘的"芙蓉线"往下看,看到了她团队里其余的成员也摇摇晃晃地从一根像电流一样闪着蓝光的树干上过来了。不过,只有永灭者的手脚是被套在保护带上的。

"花卉总站只提供给永生者。"多特大声喊出来,"他们是没办法才让我们上车的,因为我们好歹也是学院的一部分。可说到底,他们还是不信任我们。"

苏菲倒是一点儿都不在乎。如果可以,她愿意下半辈子一直乘坐在上面。这感觉实在太美妙了,既踏实又轻缓,还有阵阵沁人心脾的香味传来。而且更棒的是,每一条线路上都配有一支蜥蜴乐队在演奏助兴:橘子线上的蜥蜴演奏着一连串节奏跳跃的班卓琴;紫罗兰线上的蜥蜴弹奏着风情万种的印度西塔琴;在苏菲乘坐的那条线上,乐队则用短笛吹出了节奏欢快的乐曲,旁边还有一群蓝蛙随着音乐唱颂歌。为了不让乘客们饿肚子,每条线路上都会提供特色小吃。芙蓉线沿途不断有蓝色的知更鸟一路相随,随时为他们提供蓝玉米松饼和蓝莓潘趣酒。苏菲头一次吃到了所有她想吃的东西。当藤条将她轻轻拉起,越拉越高,越拉越高,最后变成了一个闪着蓝光的旋转风车时,她觉得浑身的肌肉都松弛了下来,那一刻她完全忘记了男孩与野兽,只是轻轻地张开双臂伸向天空,全身心地感受着风的吹拂、空气的轻柔,然后如同一株来自天堂的风信子落在大地上绽放开来一般,她飘落到了地面上。

这时,她发现自己身处一片墓园之中。

在一片灰暗的天空之下,是一座座贫瘠荒凉的山头,每一座山头上都立满了如这天空一般晦暗阴冷的墓碑。她的同学们正一个接一个从她身旁的地洞里爬出来,每个人都冻得瑟瑟发抖。

"我……我……我们……在哪儿……哪儿?"她牙齿打战着,结结巴巴地说。

"善……恶……花园。"多特也抖个不停,她正在一小口一小口地啃着一只巧克力蜥蜴。

"这……这里……一……一点儿也……看……看不出……像……像花园。"苏菲哆哆嗦嗦地回了一句。

地精伸出魔杖,向着团队周围喷出了好几团小小的火焰,当温暖渐渐渗透进皮肤后,苏菲和她的同学们终于缓了过来,长长地吐了一口气。

"在接下来的几周里，你们会渐渐学到怎么使用咒语，"地精用一种带着兴奋的窃笑说，"但是咒语并不能替代求生的技能。糜虫是一种生活在墓园附近的生物，它能在你食物短缺的时候让你免遭饥饿。今天你们要做的就是找到糜虫，然后吃掉它们！"

苏菲感觉胃里一阵抽搐。

"那就开始吧！两个人一组！"地精说，"哪个队吃的糜虫最多，哪个队就挑战成功！"说着他对苏菲眨了眨眼，"也许我们的害群之马，这次能挽回颜面了。"

"害群之马没她的朋友在，什么也干不成。"泰德罗斯嘟囔道。

苏菲被分到和多特一组，这让她非常郁闷。

"来吧。"多特一把将苏菲拖到地上，"我们肯定能打败他们。"

好像斗志一下子被激发了似的，苏菲也和多特一起趴在地上开始找起糜虫来，她还小心翼翼地尽量离火球近一些。"糜虫是长什么样的？"

"就像毛毛虫一样。"多特说。

苏菲正在脑子里盘算着该怎么回应多特这句话，突然她注意到远处的小山坡上出现了一个人影。那是个十分高大魁梧的巨人，留着又黑又长的胡子，满头浓密而又蓬乱的长发辫，皮肤的颜色像午夜的天空一般黝黑中泛着蓝色。他浑身上下只穿着一件小小的棕色兜裆布，正奋力地挖着一排墓穴。

"那是守墓人，这儿的活儿都是他一个人干。"多特对苏菲说，"所以才会积压了这么多。"

苏菲顺着她的目光看过去，在守墓人身后，等待下葬的尸体与棺材排了得有两英里长。而且她立刻分辨出了永生者与永灭者棺材的不同，永灭者用的都是黑色石棺，而永生者的棺材则是用玻璃与黄金制成的。不过还有些尸身却连棺材都没有，只是突兀地横陈在荒野之上，任由秃鹫在他们上空盘旋觊觎。

"为什么没人帮他？"她有点儿反胃地说。

"因为没人能插手守墓人的体系。"霍特轻声地说，"我爸爸也等了两年了，"他的声音哽咽了，"我爸爸是被彼得·潘亲手杀死的，他应该拥有一块像模像样的墓地。"

这会儿，他们整个团队的人都被这个守墓人吸引了，全都一动不动看着他挖墓穴。守墓人挖着挖着，突然从他那团乱蓬蓬的长发里抽出了一本巨大的书，翻开其中一页研究起来。研究完，他挑选出了一口存放着一位英俊王子的金色棺材，抬起来放进了一个空墓穴中。接着他又沿着那排等待下葬的棺木一口一口看过去，挑出了一口躺着一位美丽公主的水晶棺。他把公主的棺椁放在了王子的旁边，将他俩合葬在了一个墓穴内。

"安娜塔西亚公主和雅各布王子。他俩是在度蜜月时被饿死的。如果他们在上课时能专心点儿，就能避免这一切发生了。"尤巴声色俱厉地说。

学生们一听，顿时回过神儿来牢骚满腹地继续去寻找糜虫了。只有苏菲还目不转睛地盯着守墓人，看着他又研究了一下手里的书，然后挑出了一具没有棺材的食人魔尸体，扑通一声扔进了下一个空墓穴中。扔完他又从头发里拿出书来翻看，这一次他将一口富丽堂皇的皇后银棺安葬在了与之相应的国王身旁。

苏菲的眼睛绕着整座墓园环视了一圈，从山谷到山头的景象全都一个样。永生者都是合葬，墓碑也全都成双成对——男孩和女孩、丈夫与妻子、王子与公主，执子之手，与子偕老。而永灭者全都是孑然一身，孤独终老。

永生幸福，共赴天堂。

永恒灭亡，独享极乐。

苏菲整个人突然僵住了。她明白校长谜语的答案了。

"看来我们得去死灵岭再找找看了。"尤巴叹了一口气说，"走吧，学生们……"

"帮我打个掩护。"苏菲悄悄地对多特说。

多特一转身："你要去……等等！我们是一个……"

但是苏菲已经又蹦又跳地穿过了远处的墓群，朝着花卉总站的入口处走去。

"团队。"多特懊恼地补了一句。

没过一会儿，苏菲就来到了蓝色森林里。五只正埋头吃着公山羊的斯廷法司在她的召唤下抬起头来，看见她挥舞着一颗大黑蛋说：

"让我们再试一次好吗？"

"答案原来一直在这儿。"阿加莎凝视着墙壁想着。那件能让善良对抗邪恶时战无不胜的法宝。那件恶人从不曾拥有但是公主绝不能失去的东西。那件能让她和苏菲回家的任务。

"如果苏菲还活着的话。"

又一阵无力的恐惧感向阿加莎袭来。当苏菲正在承受折磨时，她绝不能在这儿坐以待毙……

突然窗外轰然作响，尖叫连连。她一转身，正好看见苏菲从一只翻腾着不停挣扎的斯廷法司身上一跃而起，从她的窗口摔了进来。

"是爱。"苏菲气喘吁吁地说。

"你还活着！可你的头发。"阿加莎倒吸一口冷气说。

"爱就是恶人永远无法拥有而公主缺少了就无法生存的东西。"

"他们怎么……你还……"

"我说得对吗？"

阿加莎看出了苏菲一副完全不想谈论末日审判室的模样。

"很接近了。"她指着墙上那幅壁画说，壁画中男女主人公紧紧地抱在一起。

"真爱之吻。"苏菲深吸了一口气说。

"如果你的真爱吻了你，那你就绝不可能成为一个恶人。"阿加莎说。

"而如果你没法找到真爱，你就没法成为公主。"苏菲说。

"也就没法回家了。"阿加莎咽了一口唾沫说，"我这部分倒是好说，你那部分要解决起来可不怎么简单。"

"哦，拜托。我能让任何一个恶心的永灭者男孩爱上我。只需要五分钟，再给我一个空储物间，再……"

"只有一个，苏菲。"阿加莎着急又烦躁地说，"每一个永生者的真爱，只有一个。"

苏菲看着她的双眼，一下子瘫倒在了床上。

"泰德罗斯。"

阿加莎无力地点了点头。这条漫长的回家之路必须得经过这个能够搞砸一切的人。

"泰德罗斯得……吻我？"苏菲两眼放空地问。

"而且他必须是认真的，作弊、强迫、诱骗都不行。"

"怎么可能啊？他觉得我是个恶人！他讨厌我！阿吉，他是国王之子。他那么英俊，那么完美，可你看看我……"她伸手抓着她参差不齐的头发还有皱巴巴的袍子，"我……我……"

"依然是个公主。"

苏菲看着她。"这是我们唯一能够回家的方法。"阿加莎强颜欢笑地说，"所以我们俩一定要让这个吻实现。"

"我们？"苏菲说。

"我们。"阿加莎坚定地大声说。

苏菲紧紧地抱住了她。

"我们回家去，阿吉。"

可是在苏菲的拥抱中，阿加莎感觉到了一些别的东西。这些东西在告诉她，末日审判室从她朋友身上夺走的绝不仅仅是头发而已。不过阿加莎还是选择立刻遏制住心中的疑虑，抱紧了苏菲。

"只要一个吻，一切就结束了。"她低声说。

就在她俩相拥在塔楼中时，在另一座塔楼里，校长看着撰写者刚刚画完了一幅两个女孩相拥在一起的感人图画。最后这支笔还大笔一挥，在图画下面加上了一行字，作为本章的结束语——

"所有的吻都是需要付出代价的。"

第十五章
挑出属于你的棺材

每当泰德罗斯感觉烦闷有压力时,他都会去健身。所以,如果你在清晨六点看见他挥汗如雨地出现在焕然一新房,挥着铁锤、举着哑铃,还一圈圈地游着泳,那说明他肯定心里有事,并且憋坏了。这也情有可原,因为冰雪舞会的邀请函已在夜里悄悄地塞进了每间寝室的门缝里。

他一边在金色发辫结成的攀爬绳上练习攀爬,一边暗暗诅咒着这一年的圣诞节又不得不在舞会上度过了。为什么永生者的每一件事都得围绕着无聊又压抑的正装舞会展开呢?女孩们只要眉目传个情,列个计划,许个愿就行了;男孩们却得实打实地付诸行动,发出邀请并期待对方同意。泰德罗斯倒不是烦恼女孩们会不会接受他的邀请,他烦恼的是根本找不到一个女孩是他想去邀请的。虽然他身边永远不乏追随者不停宣称自己是他的女朋友，但他自己却完全想不起上一次真正喜欢上一个女孩是什么时候的事了。经常有这样的事发生，就是他曾发誓再也不要搭理那些女孩了，随即就会出现一个人成功引起了他的注意，他出于某种好胜心追到了这位女孩，却发现她不过是又一个仰慕王子许久的蠢女孩。这像是某种类似于碧翠丝式的诅咒。不，还有个名字比这更适合。

桂妮维亚的诅咒。

在泰德罗斯只有九岁的时候，他的母亲桂妮维亚抛弃了他和他的父亲，与圆桌骑士兰斯洛特私奔了。在那之后，他经常会听到一些闲言碎语，说他的母亲"找到真爱了"。但是他不明白的是，他母亲也曾无数次对着他父亲说"我爱你"，也曾无数次对着他说"我爱你"，究竟哪种爱才是真爱？

一个又一个的夜里，泰德罗斯就这么看着他的父亲坠入心碎与酗酒的深渊无法自拔，曾经骁勇善战的国王日益消沉，不到一年，他的生命就走到了尽头。在临死前，他紧紧抓着自己儿子的双手说：

"人民需要一个皇后，泰德罗斯。不要和我犯一样的错误，找一个真正善良的女孩吧。"

泰德罗斯在金色发辫上越爬越高，肌肉紧绷，青筋毕露。

"不要和我犯一样的错误。"

他的手突然一滑，整个人从发辫上坠落下来，重重地摔在一张软垫上。他脸颊通红，怒气冲冲地望着这充满讽刺意味的如瀑布般垂下的发辫。

这里所有的女孩都是错误。她们全是一群和桂妮维亚一样的人，只要被吻一下就觉得拥有了真爱。

阳光洒在了阿加莎的枕头上。她翻了个身，却一眼看到苏菲正弯着腰趴在本应属于莉娜的那张床上。

"你怎么还在这儿？！要是被狼卫抓住，你又得被关进末日审判室了！另外，你还得回去写一首匿名情诗给泰德罗……"

"你都没跟我说会有舞会。"

苏菲举起了一张闪闪发亮的雪花形邀请函，阿加莎的名字赫然在目。

"哦，谁在乎这个愚蠢的舞会啊？"阿加莎哼了一声，"到那时我们早走了。现在你还是多关注一下那首诗的内容吧，要写得有真情实感，能真正触动到他本人。得关注于他至高无上的荣誉、他的英勇善战、他的勇气……"

苏菲将鼻子凑到邀请函跟前闻了闻。

"苏菲，听我说！离舞会的时间越近，就意味着泰德罗斯得越快找到一个舞伴！而他越是着急找舞伴，那他爱上别人的可能性就越大！他一旦爱上别人，我们就都得在这儿等死！明白了吗？"

"可我想成为他的舞伴。"

"你都没被邀请！"

苏菲委屈地噘起了嘴巴。

"苏菲，必须有一个吻！否则我们永远别想回家！"

"说真的，他们难道真的会在舞会上检查邀请函吗？"

阿加莎一把抓过邀请函："我真是蠢死了。看来是死是活你根本无所谓！"

"可是我不想错过舞会！"

阿加莎将她推到门口说："从树洞隧道过去……"

"铺满大理石的舞厅，光彩照人的长裙，星空下的圆舞曲……"

"如果狼卫抓住你，就说你迷路……"

"就一场舞会，阿吉！一场真正的舞会！"

阿加莎用脚将她踹到了门外。苏菲气得狠狠地瞪了她一眼。

"我的室友会帮我的。她们才是我真正的朋友。"

说完，她"啪"的一声关上了门，只留下一脸震惊的阿加莎呆呆地看着。

十分钟后，海丝特狠命地在寝室里跺着脚，差点儿踩死了阿纳迪尔的老鼠。

"天哪！你想要我帮一个永灭者去亲吻一个永生者！我宁愿把我的脑袋伸到马……"

"苏菲，从来就没有恶人找到过真爱。"阿纳迪尔说，她得赶紧找到个理由免得她的老鼠被踩死，"就连产生这个念头都是对自己灵魂的背叛。"

"你们还想不想让我回家了？"苏菲一边不耐烦地嚷着，一边忙着把爬过隧道时粘在身上的树叶清理干净,"如果想,就赶紧给泰德罗斯施个法,让他邀请我去舞会。"

"舞会!"海丝特爆出一声刺耳的尖叫,"你怎么会知道关于舞会的事?"

"让一个恶人去参加舞会?"多特说。

"让一个恶人去跳华尔兹?!"阿纳迪尔说。

"还要让一个恶人去行屈膝礼?!"海丝特说着,她们三人全都号叫着昏倒在一起。

"我就是要去舞会。"苏菲气鼓鼓地说。

"现在由森林彼岸的女巫出场!"海丝特咯咯地笑得眼泪都出来了。

不过到中午时,她就笑不出来了。

上丑化课之前,苏菲为了隐藏她那一头七零八落的头发,连上课都迟到了二十分钟。她又是扎蝴蝶结又是戴贝雷帽,最后还用梳子把头发梳进了一个雏菊花环里。

"应该不算丑。"她叹着气走进了丑化课的教室。一进门就看见学生们的头发全在蝙蝠翼试剂的作用下变成了灰色。这时一个大大的"1"又在她头顶爆开。

"丑极了!"曼利教授欣赏地看着她的头发,笑盈盈地说,"你最引人注目的美貌,消失了。"

苏菲哭哭啼啼地离开了教室,却听见海丝特又传来了一声愤怒的尖叫。而在大厅里,那只勤勉负责还戴着眼镜的啄木鸟阿尔伯马尔,正"笃笃笃"地将苏菲的名字重新啄刻在邪恶排行榜上,排名就在海丝特之后。

"只要一个小小的迷情咒,海丝特,"苏菲声音甜蜜地提醒着她,"我就可以永远地离开了。"

海丝特不想搭理她,跺着脚离开了。她提醒着自己,不管在怎样极端的状况下,让一个永灭者去亲吻一个永生者都是不应该的。

在诅咒课上,莱索夫人几乎是快步冲进那间冰窖教室的,而且她的下颌绷得比平时还要紧。

"现在上哪儿去找这么好的狱卒打手?"她喃喃地说。

"她在说什么？"苏菲悄悄地问多特。

"野兽失踪了。"多特小声地回了她一句。

站在她身后的苏菲，面部瞬间扭曲了一下。

这一节课是关于天敌之梦的测试。莱索夫人随时一副怒火中烧的模样，对每一个错误的答案都是一顿嘲讽。

"不过在我看来，天敌之梦应该意味着你会成为一名恶人首领。"海丝特说。

"错！你这个蠢货！关键是征兆！天敌之梦的关键是征兆，没有征兆出现，做了天敌之梦也没用！"莱索夫人驳斥道。

"多特，当你第一次做天敌之梦时，嘴里会品尝到什么味道？"

"这取决于你临睡前吃了什么。"

"是鲜血的滋味，你这个笨蛋！"莱索夫人拖着她的钉子鞋，慢慢走在冰墙之间，"哦，我怎么才能在这所学院里见到一个真正的恶人呢？一个能让善良学院哇哇大哭的纯粹的恶人，而不是你们这些没用的老鼠屎。"

轮到苏菲时，她已经做好了最坏的打算。可没想到莱索夫人却因为一个完全错误的答案而给了苏菲一颗疣，并在经过她身边时，伸手轻轻抚摸了一下苏菲那一头被剪得乱七八糟的头发。

"为什么她对你这么和善？"海丝特在她身后低声怨恨地说。

苏菲也是一头雾水，不过她却一脸灿烂地转身说："因为我会是未来的级长啊。只要我还待在这儿，我就会当级长。"

海丝特气得想马上拧断苏菲的脖子："迷情咒都是垃圾，根本不起作用的。"

"但我相信你肯定会找到一个能起作用的。"苏菲说。

"我可警告你了，苏菲。使用后的下场会很惨的。"

"嗯……要不要每个房间都种上点儿矮牵牛花？"苏菲沉思道，"我在想，等我当上级长后，第一个提议就提这个好了。"

当天晚上海丝特就向她的亲戚朋友写信去询问迷情咒的事了。

"这一个个都犯病了。"阿加莎叹着气说。午餐时在透明场里，永生者女孩们全都蹦蹦跳跳地展示着她们各自的舞会邀请函，如同没有一片雪花是一模一样的，每一张邀请函也都形状各异。一旁的泰德罗斯正专心致志地打着弹珠，根本没空理会这帮嘻嘻哈哈的女孩。"舞会美容、舞会礼仪、舞会入口、舞会历史，怎么每次挑战都得和舞会扯上关系……"

苏菲根本没听阿加莎说话。她手捧一餐盒猪脚，呆呆地盯着永生者女孩们，眼里全是渴望。

"不行。"阿加莎说。

"可如果他邀请我参加呢？"

"苏菲，他得吻你！而不是带你去什么愚蠢的舞会！"

"哦，阿加莎，你难道还不了解童话吗？如果他会带我去参加舞会，那么他就会亲吻我的！你想想午夜的灰姑娘！所有的亲吻都发生在舞会上！而且到那时我头发也长出来了，我的玻璃鞋也会修好的，还有——哦，不，长裙！你能从那些女孩手里偷一点儿软缎来吗？最好再能有些中国双绉真丝。哦，还有薄纱！得要堆得像山一样高的薄纱！最好是粉色的，不过没事，我也可以自己染，虽然染过的薄纱怎么看着都不太对劲。或许我们也可以穿雪纺，雪纺好处理多了。"

阿加莎翻了翻眼睛，无言以对。

"你说得对，我应该主动去问他。"苏菲说着一跃而起，"别皱眉头了，亲爱的。这就是小菜一碟。你看好了！苏菲公主闪亮登场！"

"你要干吗……你会把一切都搞砸的……"

可苏菲已经飞奔到了永生者的那一边，她来到泰德罗斯身边，"嗖"的一下递出了她的餐盒。

"你好，帅哥。想来点儿我的……猪脚吗？"

泰德罗斯一怔，弹珠一下子误射进了查迪克的眼里，整个透明场忽然全都安静了。

他扭头看着她："你的朋友在叫你呢。"

苏菲顺着他的视线看到了正在挥手让她离开的阿加莎。

"她只是有点儿闹情绪。"苏菲叹了口气说，"你说得对，泰德罗斯。她的确和我走得太近了。这就是我在昨天课上中途离开的原因。我想去告诉她，我现在得好好交一个真正的善良学院的朋友了。"

"可多特说你是因病早退的。"

苏菲赶紧咳嗽道："哦，对，我有点儿感冒……"

"可她说你拉肚子。"

"拉肚……"苏菲咽了一口唾沫，"你知道的，多特总是爱胡编乱造。"

"我倒不觉得她像个骗子。"

"哦，她总是撒谎的。就为了引起注意。因为她是个，你知道的……"

泰德罗斯扬了扬眉毛说："因为她是个……"

"胖子。"

"我明白了。"泰德罗斯把他的弹珠排成了一排，"这还真是滑稽呢。她爬进了一个又一个空墓穴里，一个人吃下了两人份的虫子，只因为这样可以让你避免失败。她说你是她最好的朋友。"

"真的吗？"苏菲看见多特正对她挥着手，"太让人郁闷了。"她转头看向泰德罗斯，他又准备开始射弹珠了。"你还记得我们第一次见面的情景吗，泰德罗斯？在蓝色森林里那次。你打了我一拳或者叫我永灭者，又或者你摔进粪堆里，这些都不要紧。要紧的是你见到我的第一个念头是什么。你想解救我，泰德罗斯。而我就在这儿。"

她双手合十地说："那么，只要你准备好了，就行动吧。"

泰德罗斯抬起头看着她："什么？"

"邀请我去参加舞会。"苏菲满脸堆笑地说。

王子面无表情地看着她。

"我知道现在提出这个是有一点点早，但是女孩都得好好计划安排一下的。"苏菲不依不饶地说。

这时碧翠丝一下子插了进来："永灭者可没份儿。"

"什么？怎么就没份儿了？"苏菲气冲冲地说。

莉娜也挤了过来，然后其余六个女孩也一块儿拥了过来，把苏菲彻底挤到了她们圈子以外。她转了一个圈想找泰德罗斯寻求帮助。

可他的双眼却一直盯着那排弹珠："能让开吗？你挡着我的视线了。"

苏菲气得跺着脚朝阿加莎走去，阿加莎笑了出来。

"小菜一碟哦？"

苏菲气得哼了一声走开了。

"真的很菜呢！"阿加莎笑着喊道。

"都怪这头发！"苏菲抽泣着说。

"不是头发的问题！"阿加莎说，她俩正费力地走进蓝色森林的大门，"你必须先让他喜欢上你！否则我们永远回不了家。"

"爱情应该是一见钟情的啊。童话里不都是这么写的吗？！"

"那也许我们应该换第二个方案了。"

"不过他也没有直接拒绝我啊，"苏菲又满怀希望地说，"说不定事情没那么糟糕。"

这时多特冲过来说："但是每个人都在说你管泰德罗斯叫骗子，往他脸上扔大便，却又对他奴颜媚骨、点头哈腰。"

苏菲立刻转过身问阿加莎："第二个方案是什么？"

说话间，她们已经和森林团队的其余成员一起到达了一块绿松石色的草地上。草地上停放着八具玻璃棺材。

"每周，我们都将重复一次关于分辨善良和邪恶的挑战，因为对你们来说，这算是进入森林前必须掌握的首要技能。"尤巴大声宣布道，"今天，我们来测试永生者。鉴于昨天在墓园里，大家看埋棺材都看得挺起劲儿的，那么今天我就让你们亲自体验一下自己躺进棺材的感觉。"

说完，他让几个永生者女孩和永灭者女孩一起爬进敞开的棺材里躺了下来。然后他掏出魔杖将八个女孩全部变成了一模一样的圆滚滚、胖乎乎的黑发公主。

"这也太臃肿了。"苏菲喘着气说。

"听着，你的机会来了。"阿加莎回忆起了乌玛公主说过的话，然后对苏菲说道，"如果泰德罗斯是你心里最大的愿望，那么他就会受你的牵引朝你走过来！他就会知道你是他的真爱！"

"可碧翠丝也会把他当作自己的愿望！"

"那你就得让自己的愿望更强烈些！用心想想你对他的情感！想想怎么

让他属于你!"

尤巴"啪啪啪"地给棺材盖上了玻璃棺盖,然后打乱了八具棺材的顺序。"现在仔细研究一下棺内的女孩,找出哪位是永生者。"他对男孩们说,"一旦确定后,你吻一下她的手,她就会变回原样!"

永生者男孩们小心翼翼地朝棺材走去。

"我们也想试试。"

尤巴一转头,看见霍特和别的永灭者男孩迫不及待地说。

"嗯,我想这应该能激励我们的女孩子表现得更好吧。"尤巴说。

八个胖乎乎的女孩直挺挺地躺在棺材中,男孩们围着她们走过来走过去地看着。霍特跨过一只正在吃东西的臭鼬,钻进了一片蓝色薄荷丛里,摘下了几片叶子。他看见拉文正盯着他。

"怎么了?我希望口气清新一些不行吗?"霍特嚼着薄荷叶说。

"别磨蹭,做出你的选择!"尤巴吼道。

阿加莎静静地躺在棺材中,希望泰德罗斯能够深入地看到苏菲的内心,看到她有多真挚……

而躺在棺材中的苏菲也闭上了双眼,静静地回想着她对王子的爱意……

一开始,泰德罗斯对所有的女孩都没什么兴趣。可就在他准备接受挑战的那一瞬间,他感觉到自己的目光被第三具棺材吸引住了。即使棺材中的那位女孩看起来也和别人没什么区别,却好像有什么东西牵引着他向她走去。那是一种带着温暖、闪着微光的能量,只存在于他俩之间。是的,没错。这种感觉他以前从未有过。这女孩有一种超越外表的……

"时间到!"尤巴宣布。

一声恐怖的尖叫传到阿加莎耳朵里,她赶紧转头看向苏菲。苏菲已经变回了自己的模样,她的嘴唇正紧贴着霍特的嘴唇。

霍特赶紧放开了她。"哦,弄错了,是吻手对吧。"他立刻又塞了片薄荷叶进嘴里,"我们要重新来一次吗?"

"你这只大猩猩!"苏菲一脚将他踹开,他连滚带爬跌进了薄荷丛里,正好压在了那只正在吃东西的臭鼬身上。臭鼬尾巴一翘,冲着他的眼睛喷射出一大股臭气熏天的液体。霍特顿时两眼一抹黑,在那堆棺材之间东倒西歪地撞来撞去——"我要瞎了！我要瞎了！"——最后他竟然又跌入了苏菲的那具棺材里，棺盖立刻"砰"的一声关上，将臭烘烘的他和苏菲关在了一起。苏菲拼了命地撞击着玻璃外壳，但是棺材纹丝不动。

"规则五：永灭者不许轻慢爱情。"尤巴愤怒地说，"这个惩罚很恰当。现在来吧，男孩们，让我们来看看你们都选了谁。"

阿加莎听见自己的棺盖被打开了。她看见泰德罗斯拿起她肉墩墩的手正准备放到他柔软的唇边。阿加莎惊呆了，赶紧用膝盖朝他胸口猛顶过去。泰德罗斯往后一仰，脑袋狠狠撞到了棺材顶上，整个人摔倒在地。永生者男孩们全围了过来，一个个模样相同的公主也纷纷从棺材中跳出来帮忙，尤巴还变出来一大块冰放在王子头上给他敷着。趁着混乱，阿加莎偷偷爬出了她的棺材，钻进了旁边那具棺材中。

泰德罗斯挣扎着跟跟跄跄地站起来，他完全没打算放他的公主就此离开。

尤巴扮了个怪相说："要不你还是先坐下来……"

"我想完成挑战。"

尤巴叹了一口气，对着克隆公主们点了点头，女孩们又一个个爬回自己的棺材中躺下，然后闭上了双眼。

泰德罗斯记得那是第三具棺材，于是他走上前去揭开了镶满宝石的玻璃棺盖，充满信心地吻了一下她的手。胖公主化身成了一脸傲慢笑容的碧翠丝——泰德罗斯仿佛握着一块滚烫的石头一般赶紧扔开了她的手。而在另一具棺材中，阿加莎终于长舒了一口气。

狼卫的嚎叫声又一次从远处传来。整个班都随着尤巴准备返回学院，只有阿加莎还留在苏菲身边。

"走吧，阿加莎。"尤巴喊道，"这是苏菲该要学习的功课。"

阿加莎回望了一眼，棺木中的苏菲不得不紧紧挨着霍特，她一直捂着鼻子尖叫着猛踢玻璃棺壁。也许地精是对的，她的朋友是该学会听话了。

"不就是霍特吗？她能撑下来的。"她喃喃自语地说着，然后跟着大伙儿离开了。

可是霍特哪里是问题的关键。

问题的关键是阿加莎调换棺木的那一刹，苏菲全都看见了。

第十六章
不受控制的丘比特

又熬过了一上午的折腾后,午餐时阿加莎走到了永灭者那一头跟海丝特搭起讪来。

"苏菲在哪儿呢?"

"还躲在房间里不愿意出来呢,什么课都没去上。"海丝特说,这时狼卫往她餐盒里倒入了一堆神秘的肉,"很显然,跟霍特关在同一具棺材里是会让你失去活下去的愿望的。"

阿加莎又一次踏上了那积满水坑的中途桥,屏障中她的影子显得比上一次更加忧郁憔悴了。

"我得见苏菲。"阿加莎刻意避开自己的眼神说道。

"这可是他第二次像那样看着你了。"

"啊?谁第二次看着我?"

"泰德罗斯。"

"好吧，苏菲可不愿听到这些。"

"那么，说不定苏菲根本就不是泰德罗斯的真爱哦。"

"她必须是。"阿加莎一下子很焦虑地说，"不可以是别的人。只有这样我们才能回家！不然会是谁？碧翠丝？莉娜？米莉——？"

"是你。"

阿加莎抬起头来，她的影子露出了一抹诡异丑陋的笑容。

阿加莎赶紧把目光转向自己湿漉漉的松糕鞋："这简直是我听过的最愚蠢的话了。首先，爱情这种东西根本就是故事书里发明出来的，为的是让女孩们能找点儿事情做。其次，我讨厌泰德罗斯。最后，他从头到尾都把我当成一个女巫，而根据我最近的表现，他很可能是对的。现在，让我过去吧。"

她的影子笑不出来了："你觉得我们是女巫吗？"

阿加莎咄咄逼人地看着她自己："我们正积极地帮我们的朋友赢得她的真爱，而最终目的却是让他俩分开。"

她的影子一下子变得更丑陋了。"毋庸置疑的邪恶。"说着影子消失不见了。

66号房间的门没有锁，阿加莎推门进去，看见苏菲正蜷缩在一条烧焦的破被子里。

"我看见了！"苏菲恨恨地低声说道，"我看见他选择了你！我还在担心碧翠丝呢，没想到你才是那个出卖朋友、背信弃义的卑鄙小人！"

"听着，我实在弄不明白为什么泰德罗斯老是会选择我。"阿加莎一边拧着头发上的雨水一边说。

苏菲的双眼始终死死地盯着她。

"我希望他选择你，傻瓜！"阿加莎叫道，"我只想我们能回家！"

苏菲盯着她看了很久，试图从她脸上搜寻出一丝说谎的迹象。然后她深深地叹了一口气，转头看向了窗外。

"你根本想象不出那是种什么感受。我到现在还能随时随地闻到他那股臭味。他简直像长到我鼻子里一样。阿加莎，他们甚至让他自己待在一个房间，直到臭味散去才能出来。可谁又能说得清楚，一直萦绕着、挥散不去的到底是臭鼬还是霍特呢？"

苏菲颤抖着转过身来："我全按照你说的做了，阿吉。我全心投入地想着每一点泰德罗斯让我喜欢的细节——他的皮肤、他的眼睛、他的颧骨……"

"苏菲，这些都是他的外表！如果你只是因为他长得帅而喜欢他，那么泰德罗斯是无法感受到你们之间的联结的。这和别的所有女孩又有什么差别？"

苏菲皱了皱眉头："我还没去想他的王冠、他的财富呢。那太肤浅了。"

"你应该多关注关注他这个人本身！他的个性！他的价值观！他的内心深处是怎样的。"

"不好意思，我很清楚应该怎么让一个男孩爱上我。"苏菲怒气冲冲地一把将她推出门外，"你就别瞎掺和了，我自己知道该怎么做。"

不过，苏菲的做法显然让她受尽了羞辱。

第二天午餐时，她偷偷混进永生者的队伍走到了泰德罗斯跟前，可一群男孩立刻拥过来将她团团围住，对着她大嚼特嚼薄荷叶。接下来的童话求生课上，她想尽了一切办法想趁王子单独一人时去接近他，可碧翠丝却始终像胶水一样黏着他，见缝插针便去提醒他，他选择了她躺的那具棺材。

"泰德罗斯，我能和你聊聊吗？"终于，苏菲逮到一个机会脱口而出。

"他为什么要和你聊？"碧翠丝说。

"因为我们是朋友，你这只嗡嗡叫个不停的臭虫！"

"朋友！"泰德罗斯一下子怒火中烧地说，"我可见识过你是怎么对待朋友的。你利用她们又背叛她们，管她们叫胖子、骗子。很感谢你的抬爱。我不需要这样的朋友。"

"攻击、背叛、欺骗。听起来我们有位永灭者正在准确运用自己那方的准则嘛。"尤巴微微一笑说道。

苏菲万念俱灰，沮丧极了，她甚至吃了一块多特的巧克力。

"没事的，不管怎样我们都会尽力帮你找到一条迷情咒的。"多特说。

"谢谢你,多特。"苏菲嘴里塞满了巧克力哭着说,"这实在太美味了。"

"老鼠屎变的。它能做出最美味的巧克力软糖。"

苏菲一口喷了出来。

"另外,你管谁叫胖子了?"多特还问道。

而接下来,事情不仅没有好转甚至越变越糟。为了进行为期一周的心腹训练与动物交流训练,两院的学生都必须与一种指定的生物形影不离、朝夕相处一周的时间。一开始,两所学院全都失控了,完全陷入了一片混乱之中。永灭者们时不时就被巨怪拎起来直接扔出窗外,四处瞎逛乱窜的羊人偷走了午餐篮,幼龙一不小心就喷出一团火烧毁了课桌。至于善良大厅就更别提了,里面堆成山一样的粪便让整个大厅面目全非、惨不忍睹。

"尽管组织引导有些不力,导致最近的状况有点儿失控,"达维教授对着她的永生者们说,她鼻子上还夹着一个衣夹,"但这是学院的传统项目,是有利于学院团结一致的一种尝试。"

在心腹训练课上,永灭者们被他们的心腹追赶得只能不停绕着钟楼转圈圈,卡斯特恶狠狠地瞪着这群永灭者,气不打一处来地说:"别老回头看!你们得搞清楚谁才是主人!"

不过三天后,大家的训练成果开始渐渐显露出来了。海丝特的婴儿食人魔会独立上厕所了,而且在午餐时还会对着永生者吐唾沫;泰德罗斯的猎犬会跟在他身后学着他大摇大摆地走路;阿纳迪尔的蟒蛇被训练得和她的老鼠们成了朋友;碧翠丝那只毛茸茸的小白兔让她疼爱不已,她甚至给它取了个名字叫泰迪(不过泰德罗斯每次见它都会一脚将它踢开)。就连阿加莎也教会了她那只相当有胆识的鸵鸟,如何在不被老师发现的情况下去偷糖果。

可苏菲还是一团糟。苏菲被分到的是一只名叫格林姆的胖乎乎的丘比特,他有着一头浓密的黑发和粉色的翅膀,鼻子翘翘的,眼睛的颜色会随着心情的起伏而变换。苏菲对他的名字印象非常深刻,因为他来的第一天,就用苏菲最喜欢的那支口红将"格林姆"三个字写满了整间66号房。第二天午餐时,他见到阿加莎的第一眼,眼睛就由绿色变成了红色。于是第三天,当尤巴在课上教大家"泉眼的用途"时,他开始瞄准阿加莎放箭,还好阿加莎及时跳到了一口井的后面才躲过了一劫。

"让他别射了!"泰德罗斯一边用他的训练剑将格林姆射过来的箭打落进井里,一边冲着苏菲大声叫道。

"格林姆!她是我朋友!"苏菲大喊道。

格林姆内疚地把箭收了起来。

第四天,在苏菲所有的课程里,他不是躲在角落里磨牙就是用手去挖墙壁。

莱索夫人好奇地瞪着他。"你知道,看着他你会觉得……"说着她又凝视了苏菲一会儿,然后打消了刚才的念头,"没事。给他喝点儿牛奶他会听话的。"

第五天,牛奶的确起了点儿作用。但是第六天,格林姆又开始对着阿加莎放箭了。苏菲尝试了所有她能想到的办法去安抚他:给他唱摇篮曲、给他吃多特最美味的巧克力软糖,甚至在睡觉时也把床让给他睡,而她自己去打地铺,可这一次却什么都无济于事。

"我该怎么办啊?"课后苏菲跑去向莱索夫人哭诉。

"有些心腹就是会不受控制,为所欲为。"莱索夫人叹着气说,"这是一种邪恶的危险信号,不过通常来说是因为……"

"因为什么?"

"哦没事,他会平静下来的。事情总是会平静下来的。"

可是到了第七天,整个午餐时间格林姆都在一路飞着追赶阿加莎,学生们和狼卫们都拿他没办法,最后还是海丝特的小恶魔飞出来才制伏了他。阿加莎躲到一棵树后狠狠地瞪着苏菲。

"是不是你让他想起了什么人?"苏菲筋疲力尽地呜咽道。

不过海丝特的小恶魔也没法控制格林姆很久,转天他的箭头上甚至开始喷火,把阿加莎的一只耳朵烧伤了。阿加莎实在忍无可忍了,她想起了尤巴在上一节课里教过的知识,于是将这个失控的丘比特引诱进了蓝色森林,然后自己悄悄躲到了一口石井后面。当格林姆晕头转向跳进黑乎乎的井里去找她时,她跳出来用她的松糕鞋对着他就是一顿痛打,然后将他踢晕在了井里。

"我觉得他肯定会杀了你的。"就在她们搬起一块大石头将井口封住后,苏菲哭着说。

"这个我自己能处理。"阿加莎说,"听着,离舞会已经不到两个月的时间了,而你和泰德罗斯的关系却越来越糟。我们得尝试一个新的……"

"他是我的王子。"苏菲语气坚决地说,"他的事我自己能解决。"

阿加莎没有白费力气争论。她知道苏菲一旦下定了决心,她就只能乖乖地听话。

就在两所学院都跟着卡斯特和乌玛将心腹们送回蓝色森林时,苏菲一个人偷偷溜去了恶习图书馆。

恶习图书馆位于恶习塔楼的顶层,当苏菲跨进图书馆大门的那一刹那,她真是调动了全部的忍耐力才没有扭头逃走。从外观看,这算是一间相当正常的图书馆,但是走进一看,里面的一切全像是被洪水、烈火还有龙卷风扫荡过一般。锈迹斑斑的铁书架全都扭曲成了一种奇怪的角度,几千本书乱七八糟地随意摊在地板上。所有的墙面都长着一层发霉的绿毛,棕色的地毯又湿又黏,整个房间里还混合着一股烟味与变质牛奶的酸味。

走到角落里,她看到在一张书桌后坐着一只黏糊糊的蟾蜍,它正一面抽着雪茄,一面给一本本书盖章,盖完章后直接就把书扔在了地上。

"想找哪方面的?"它打了个嗝说。

"迷情咒。"苏菲大气都不敢出一声,连忙说道。

蟾蜍用头指了指角落里一个阴森潮湿的书架,上面还剩三本书:

《是荆棘而不是玫瑰:为什么爱情是个诅咒》德古拉男爵著
《写给永灭者的终结真爱指南》沃尔特·巴托利博士著
《万无一失的迷情咒与魔药》葛琳达·古琦著

苏菲打开了第三本,顺着字母表一个个查下去,然后一眼看到了"第53条魔咒:关于真爱之心的魔法"。

苏菲一把撕下这一页,趁着自己还没被这图书馆的恶臭熏晕,赶紧逃了出去。

午餐时,多特、海丝特还有阿纳迪尔全都弓着腰围在一起,看着这一页纸上写的东西。"一旦某个男孩被施咒,他就会立刻爱上你,并对你唯命是从。"阿纳迪尔念道,"尤其适用于诱导求婚与舞会邀约。"

"你所要做的就是将此处方汤剂融入一颗子弹,然后射向你真爱的心脏!"苏菲兴奋地念道。

"没用的。"海丝特不耐烦地说。

"你就是因为我找到方法了才这么生气。"

海丝特立刻从她书包里掏出了一大堆信:"'亲爱的海丝特,我没听说过起作用的迷情咒''亲爱的海丝特,众所周知,迷情咒都是骗人的''亲爱的海丝特,迷情咒太危险了。一旦用不好就会毁了一个人一辈子'……"

"可这上面说是'万无一失'的!"多特说。

"谁说的?葛琳达·古琦?"

"我是觉得,只要我们不用再去讨论舞会和亲吻之类的话题,那还是相当值得一试的。"阿纳迪尔说着,她依然瞪着一双红眼睛仔细研究着配方,"蝙蝠心、磁石、猫骨头……这些都是常规配料。哦,我们还需要一滴泰德罗斯的'气味'。"

"这要怎么弄到手?"多特说,"只要永灭者一靠近永生者,狼卫们就上来了。我们需要一个永生者来做这件事。"

这时阿加莎扑进一堆粉色里:"你们在聊什么?"

苏菲从嘴里吐出了三个字。

"不行!不能用咒语。不能施魔法。不能耍花招!"阿加莎斥责道,"必须是真爱才行!"

"但是你看!"苏菲拿起那页撕下的纸说,书页上画着正在舞会上亲吻的王子与公主,上面的标题写着:"真爱的唯一顶级替代品!"

阿加莎一把抓过那页纸,揉成一团扔进了苏菲的餐盒里:"我再也不想听到这个了。"

之后的午餐时间,苏菲全在一点点啃她那条奶酪。

两天后的一个午夜,海丝特突然从一阵噩梦中惊醒。当她迷迷糊糊坐起来时，却看见苏菲正站在她的床头，手里拿着一条绣着字母T的蓝色领带一个劲儿地嗅着。

"这气味闻起来真是如天堂一般。我确定这些应该够了。"

海丝特一时间还没反应过来，但紧接着她的脸颊惊讶地鼓了出来，一副震惊得快要爆炸的模样。

"成立个恶棍唱诗班怎么样？"苏菲说，"我想把这个作为我当选级长后的第二个提议。"

于是一整个晚上，海丝特都在忙着混合各种成分熬制魔药。她甚至拿出了她妈妈用过的旧陶钵，把所有的原料放在一起熬出了一种咕嘟咕嘟冒泡泡的粉色汤剂，然后她又用蒸馏法将汤剂变成了一种闪亮的气体，最后再将气体倒入了一颗放置在壁炉上的心形子弹中。

"我只希望他别死。"海丝特咬牙切齿地将子弹递了过去。

在花了两天时间练习射击后，苏菲决定在童话求生课上实施她的计划。这天尤巴带领着团队爬到了树上去研究"森林植物群"，就在泰德罗斯伸手去抓一棵蓝色鹅耳枥的树枝时，苏菲觉得自己的时机到了。她将子弹慢慢放进了弹弓里。

"你是我的。"苏菲轻声地说。

那颗粉色的心从皮筋上弹了出去，冲着泰德罗斯心脏上那枚闪亮的银色天鹅徽章直直地飞了过去。可奇怪的是，当它射到徽章时，子弹瞬间变成了深红色，然后像块橡皮一样从他身上弹落，同时发出了一声惨烈而诡异的怪叫向着苏菲呼啸而回。整个团队都惊呆了。

苏菲的黑袍上溅开来一团巨大的鲜红色字母"F"。

"这就是你不遵守规则的后果。"尤巴站在树上气愤地瞪着她说，"解禁之前所有咒语无效。"

碧翠丝从地上捡起了那颗破碎的心形子弹："迷情咒？你居然想对泰德罗斯使用迷情咒？"

这下全班顿时一片哗然。苏菲看向泰德罗斯，他看起来简直气愤到了极点，而在他身旁的阿加莎也是同样气到难以置信的表情。苏菲不禁羞愧难当，捂着脸逃开了，只留下一串抽泣声回荡在森林中。

"每一年，都会有个不要脸面的无赖想要弄点儿事情出来。可即使最让人失望的无赖也知道，爱情是没有捷径可言的。"尤巴说，"我向你们保证，下周我们会开始学习一些适当的咒语。不过现在，请专心学习蕨类植物！搞清楚怎么辨别一棵蕨类植物是不是永灭者伪装的……"

阿加莎没有跟着团队去蕨类植物园。她浑身无力、没精打采地靠在一棵橡树上，失神地望着草地上的心形碎片发呆，从此回家的梦也如这一地的碎片般完全破碎了。

晚餐后，海丝特一回到寝室就看到苏菲整个人瘫倒在床上泪流成河的模样。

苏菲抬起头看着她："我什么都试过了，这东西怎么擦也擦不掉。"此刻，她袍子上那个大大的红色字母"F"看着比之前更耀眼了几分。

海丝特将她的书包扔在地上说："我们在公共休息室进行天赋练习，你要是没事就一起来吧。"说完她开门准备离开，但她又停下来补了一句：

"我警告过你的。"

说完门"砰"的一声关上，只留下苏菲一人默默地承受这个后果。

苏菲一想到明天的午餐也得穿着这件印着F字样的袍子去参加，就害怕得整晚都睡不着。当她终于睡了一小会儿醒来时，却发现她的室友全都去吃早餐了。

阿加莎却坐在她的床边，正用手将粘在粉色短裙上的枯叶一片片拣下来。

"我过来时被一头狼卫盯上了，不过还好我在隧道里甩掉了它。"说着她抬起头来看向一面挂在墙上的镀金镜子说，"这玩意儿放这儿好多了。"

"谢谢你还带了这个来。"苏菲尖刻地说。

"我在房间里看不到它会开心很多。"

然后两人都陷入了一阵让人紧张的沉默之中。

"对不起，阿加莎。"

"苏菲，我是站在你这边的。如果我们想活着回家就必须齐心协力一起努力。"

"那个咒语是我们唯一的希望。"苏菲轻轻地说。

"苏菲,我们绝对不能放弃!我们一定要回家!"

苏菲看着镜子中的自己,两只眼里全是泪水:"我这是怎么了,阿加莎?"

"你想参加舞会,却不愿用心赢得王子的喜爱。你想要一个吻,却想着不劳而获。你知道吗?这一整周我都得在晚餐后去洗盘子,所以我带了这本书边工作边看。"说着阿加莎从短裙里抽出了一本书——爱玛·阿涅蒙妮教授写的《赢取属于你的王子》——然后一页页地翻开了那已经被翻得卷了边儿的书页。

"按照书中所说,赢得真爱是一项终极挑战。在每一部童话中,真爱看上去好像都是一见钟情,但其实这背后蕴藏着很多技巧。"

"可我已经……"

"别说话,先认真听。所有的技巧归纳起来主要有三点,这是一个女孩要在童话中赢得她的王子必须做到的三件事。第一,你需要'尽量展现你的优势';第二,你需要'用行动去表达,做比说重要';第三,你需要'利用你的追求者向对方炫耀'。只要你认真做到这三件事,并把它们做好,你就能……"

苏菲一下子举起了手。

"怎么了?"

"穿着这身像麻袋一样的衣服我什么优势都展示不出来,更没法露出一脸艳压群芳的模样,而且除了一个外表和气味都跟只老鼠差不多的男孩之外,我没有任何追求者!阿加莎!现在的我,胸口上印着一个大大的'F',头发短得就像个假小子,眼袋大得可以装东西,嘴唇完全干裂,而且昨天我还在鼻子上发现了一粒黑头!"

"那你有办法改变这一切吗?"阿加莎厉声道。

苏菲低下了头。那个丑陋的字母在她手上投射出了一个阴影。"告诉我怎么办,阿吉。我听着呢。"

"让他看到真实的你。"阿加莎的语气柔了下来。

她深深地凝视着她朋友的双眼。

"让他看看真实的苏菲是什么样。"

苏菲从阿加莎的笑容中看到了信念闪耀出的光芒。然后,她转头看着镜子里的自己,露出了一丝狡黠的笑容……一丝和那个不受控制的小丘比特一样的笑容,他们都潜伏在黑暗里呢,正静静地等待着被释放的那一天。

第十七章
女皇的新装

苏菲迷情咒使用失败的消息迅速传遍了两所学院。一到中午，每个人都迫不及待想要一窥她衣服上那猩红色的字母"F"。不过苏菲整个上午的课都没去上，很显然她已经羞愧到无以复加，根本不愿意露面了。

"你们肯定听见泰德罗斯管她叫什么了吧。"午餐时，碧翠丝对着一群永生者女孩说。

阿加莎懒得搭理她，她一个人静静地坐在一堆干枯的秋叶上看着泰德罗斯和一群永生者男孩打橄榄球，银色的天鹅徽章此刻闪现在了他们蓝色的针织衫上。在透明场的另一头，永灭者们却几乎没什么团体活动，大多数时候他们更愿意一个人待着。海丝特正在练习苦难咒的使用，一抬头正好撞见阿加莎看向她的目光。她立刻读懂了阿加莎眼里的含义，但也只是随意地耸了耸肩，

表示对苏菲的下落毫不关心。

"好吧,泰迪粉们,这也不是她的错。"碧翠丝依然喋喋不休地大声宣扬着,"这个可怜的女孩还以为她也是我们中的一员。我们应该为这个悲惨的人物感到抱歉……"

正说着,她的眼睛突然瞪得鼓了出来。然后阿加莎也看到了——苏菲大踏步地走进了透明场。那件又肥又丑的黑色布袋子,被她重新剪裁成了一条修身的抹胸连衣裙,胸前那个大大的"F"上缀满了象征魔鬼的红色亮片。乱七八糟的金发被她剪得更短了,然后梳成了一个帅气的波波头别在耳后。她还把自己的脸涂成了艺伎那样的白色,眼影涂成了粉色,嘴唇则是鲜红色。还有她那双玻璃鞋,鞋跟不仅修好了,还比之前更高了,配上她这一身短得不能再短的紧身连衣裙,完美地将她白皙修长的双腿展露了出来。苏菲悠然自得地从森林的阴影中走到了阳光下,光线洒在她涂满了亮粉的皮肤上,瞬间反射出了星星点点的光芒,仿佛她整个人都沐浴在了天国的光晕中一般。她趾高气扬地朝前走着,海丝特愣在一旁完全忘记了要复习咒语,书本也掉到了地上。永生者男孩们也看呆了,橄榄球掉地上都忘了捡。苏菲经过他们时看都没看一眼,径直走到了霍特跟前。

"一起吃午餐吧。"她一边说一边像绑架人质一样一把拽着霍特离开了。

在透明场的另一边,泰德罗斯的剑也掉出了剑鞘。

他瞥见碧翠丝怒目而视的模样,把剑插了回去。

在接下来的童话求生课上,苏菲完全没去听尤巴讲解如何在森林里"留下有用的痕迹",她整堂课都忙着和霍特友好相处,以及不停地从蓝色森林里拣选各种树根和香草塞进永灭者的午餐盒里。

"你这是在干吗?!"阿加莎低声吼道。

"你能相信吗,亲爱的阿吉?这儿居然有甜菜根、柳树皮和柠檬木,我以前自己做润肤水和护肤霜的所有原料这儿都有!很快我就能做回真实的我自己了!"

"可这不是我印象中'真实的苏菲'。"

"你说什么?我可都是按照你说的规则在做啊。展示你的优势,如你所见，我做了这么多。做比说重要——你有没有见到我跟泰德罗斯说过一个字？没有吧。还有最后，利用追求者向对方炫耀。你知道为了看似正常地和霍特吃个午饭我要做多少准备吗？是不是每一次我只要看到泰德罗斯就得反过来对这只啮齿动物示好？桉树，你知道吗，阿加莎，我得用桉树麻痹了我的鼻子才能凑到霍特跟前和他说话。不过说到底，你说得没错。"

"听着，你理解错——我说了什么？"

"你提醒了我，什么才是最重要的。"苏菲用头指了指躲在灌木丛后偷偷盯着她看的泰德罗斯和一群永生者男孩说，"管你是永灭者、永生者还是随便什么者，到最后，都是最漂亮的那个才会赢。"她用唇彩涂了涂嘴唇，然后隔空扇了那些男孩一个巴掌。"你等着瞧吧。不出一个礼拜他就会主动邀请我去参加舞会的，你会如愿得到你那期待已久的吻。所以，别再说什么扫兴的话了，亲爱的，这让我头疼。还有，那个没用的霍特上哪儿去了？我告诉过他得随时随地待在我身边！"说完她像风一样跑开了，只留下哑口无言的阿加莎傻傻地看着。

晚餐时，邪恶学院的永灭者们全都闷闷不乐的，因为他们知道接下来的整晚都得熬夜学习了。自从开始学习咒语的使用后，老师们的各项考试就渐渐不再只局限于天赋的比试了，无趣又乏味的背诵变得越来越多。就拿第二天来说，仅仅一天，他们就得记熟莱索夫人第一项挑战要使用的八十个谋杀方案，除此之外，还要记一大堆传授给心腹的指令，并且得背下整个花卉总站的地图，好为萨德的地理考试做准备。

"所以他要怎么批改呢？"海丝特牢骚满腹地说，"他连看都看不见！"

到了宵禁时间，海丝特、多特和阿纳迪尔各捧着高高一摞书，满身疲惫地从公共休息室回到寝室。一进寝室她们却发现自己的房间变成了一个实验室。几十瓶色彩鲜艳的药水在明火中咕嘟咕嘟地冒着气泡，一瓶瓶面霜、香皂和染料横七竖八地摊在架子上，一大堆枯树叶、香草、鲜花铺满了三张床……苏菲端坐在这一大堆乱七八糟的东西中央，身上堆满了亮片、缎带和织物，她正往自己的皮肤上一点点地测试这些新研发的混合物。

"我的天哪，她还真是个女巫。"阿纳迪尔倒吸了一口气说。

苏菲举起了一本《美容秘籍》说:"这是吃午餐时我从一个永生者那里偷来的。"

"你难道不是该好好学习准备挑战吗?"多特问道。

"美容是一项终生的事业。"苏菲一边叹着气说,一边又给自己抹了一团亮绿色的精油软膏。

"你现在知道为什么永生者的动作都那么慢了吧。"海丝特说。

"苏菲回来了,亲爱的朋友们。而且她才刚刚开始起步呢。"苏菲自顾自地说着,"现在,爱情才是我的挑战。"

事实的确如此,虽然第二天苏菲在三项挑战中的排名几乎都是垫底,但她的受关注度却绝对是排名第一的。午餐时,她又全副武装闪亮登场了。这一次黑色的校服被改成了明艳动人的露背罗马套裙,腰间还用蓝兰花点缀其间。她的高跟鞋已经比之前整整高出了一英寸,脸上的妆容是炫目的深金色,眼影是充满挑逗的长春花紫色,唇色是亮晶晶的深红色,至于胸前那个闪亮的"F",其后面还多了一串亮片拼成的小字"Fabulous(光彩照人)"。

"这是违反规定的。"碧翠丝气急败坏地对着那群流口水的男孩哭嚷道。

但是苏菲对着老师们却一直坚称,她穿的的确就是校服。就连平日里一贯凶残的狼卫,现在看着苏菲都露出了和那帮男孩一样的赞叹。多特还发誓说,她甚至看到一头狼卫在往苏菲餐盒里盛午餐时,冲着苏菲眨了眨眼睛。

"她这是对恶人的亵渎!"海丝特对此十分恼火,她那乌黑的眼珠子一直盯着透明场那头的苏菲,滴溜滴溜地在她身上打转,一副恨不得要扒下她一层皮来的模样。"他们就该把她永远关在末日审判室里。"

"野兽到现在还没找到呢。"阿纳迪尔打了个哈欠说,"不管是谁出现了,能让它这么害怕肯定够心狠手辣的。"

第二天,苏菲所有的挑战又全都不及格,可不知为何,她依然避免了被淘汰的结局。虽然她已然是最差的了,但是每次出现在她头顶的都是"19"而不是"20"。("因为我太可爱了,是不会被淘汰的。"她还得意扬扬地对着那些困惑不解的同学说。)

在森林团队的活动中,苏菲还是没去听尤巴讲授的"稻草人求生术",

只是忙着埋头在笔记本上又涂又画。阿加莎看不下去了，狠狠地瞪着她用粉色棒棒糖装饰的黑色娃娃裙，亮片拼出的字这次又换成了"F……Fun（好玩）"。

"说出一个F开头的词。"苏菲小声地说。

"我正在努力听课，你最好也认真听，因为我们可能得'永远'待在这里。"

"F代表'永远'（Forever），嗯，有点儿小兴奋。代表'谈情说爱'（Flirty）怎么样？还是说'美艳动人'（Fetching）更好些？"

"又或者代表'徒劳'（Futile）！他还一直没和你说话呢！"

"F代表'信仰'（Faith），"苏菲说，"我一直觉得这玩意儿还是你给我的呢。"

阿加莎接不下去话了，接下来的一整节课她只能自言自语地发牢骚。

不过第二天，苏菲几乎让她看到了曙光。这一次她的黑袍子被改成了吊带露脐蓬松迷你裙，发型是尖发尾的精灵短发，高跟鞋也被染成了浓艳的粉红色。永生者男孩们整个午餐时间都在一边流着口水咬牛排，一边呆呆地望着她。苏菲甚至发现泰德罗斯也偷偷瞄了一眼她的腿，每次她从他身边经过时他都会刻意地咬紧牙关，在她离他距离太近时，他还会微微出汗……可尽管如此，他依然没和她说一句话。

"这还不够。"在尤巴的课后，阿加莎冲上去对她说，"你得拿出点儿更有力的资本。"

苏菲低头打量了一下自己说："我认为我的资本已经相当充足了。"

"更深层次的资本，笨蛋！一些内在的东西！好比仁爱之心，做做慈善之类的！"

苏菲一听立刻眨巴着眼睛两眼放光地说："阿吉，有时你的感觉还真是不错。他的确该好好看看真正的我是多么善良了。"

"总算开窍了。"阿加莎长吁一口气，"好了，现在抓紧吧。如果他邀请别人去舞会，那咱俩就别想回家了。"

按照阿加莎的建议，苏菲应该写一些灵巧而押韵的爱情小诗偷偷塞给泰德罗斯，或者留一件富有内涵与深度的神秘礼物给他，这些都是《赢取属于你的王子》里概括出的一些行之有效的小策略。苏菲一边听一边默默地点头表示认可。于是第二天的午餐时间，阿加莎满怀期待地等着苏菲给她看一篇充满韵文的诗稿或者一件手工打造的礼物。可当她走到透明场时，只看到二十个永灭者女孩一起挤在一个角落里。

"那边都在干吗？"阿加莎凑到躲在树荫下学习的海丝特和阿纳迪尔跟前问道。

"她说这是你的主意。"海丝特头也没抬，一直盯着书本冷笑着说。

"这主意真不怎么样，"阿纳迪尔说，"搞得我们都不想和你说话了。"

阿加莎费解极了，赶紧跑去那群人那里。这时一个熟悉的声音从人群中央传来——

"太棒了，亲爱的同学们！不过这种膏只需要一点点就好了！"

阿加莎听得胸口一阵发麻。她使劲从一大群永灭者中挣扎着挤过去，人多得都快把她压扁了，她好不容易才跌跌撞撞地冲进了人群中央。

苏菲正端坐在一截树桩上，一块漆好的木质标牌挂在她头顶上方的一根树枝上：

> 与苏菲共进午餐
> 当美容遇上慈善
> 今日主题
> 甜菜根遮瑕膏

在她周围，永灭者女孩们正争先恐后地将黏糊糊的红色甜菜膏抹到她们的粉刺和疣上。

"女孩们，现在请你记住，长得不好看并不意味着你不能体体面面地生活。"苏菲不遗余力地鼓吹着。

"明天我要带我的室友一起来。"阿拉克涅悄悄地对绿皮肤的莫娜说。

一旁的阿加莎看得瞠目结舌、目瞪口呆。这时她还看到一个人偷偷从里面溜了出来："多特？"

多特无奈地默默转过身来，红色的面膏几乎敷满了她整张脸。"哦！你好！我只是，你知道，我想我得测试一下——你知道的，看看是否，免得……"然后她埋下了头看着自己的双脚说，"别告诉海丝特。"

阿加莎简直不明白这一切和赢得泰德罗斯的爱有什么关系。可正当她把苏菲拽到角落准备问个清楚时，三个永灭者女孩突然冲上前来把她挤到了一边，然后询问苏菲需不需要再摘些最好的甜菜。而在接下来的森林团队活动中，阿加莎也没有机会询问苏菲，因为这一次尤巴将永生者和永灭者分开进行活动了。

"从现在开始，你们得习惯把对方当成敌人来看待了，因为三周后将进行第一次童话裁决赛！"尤巴说道，"为此你们需要学习一些基础的咒语。如你们所知，施展魔法有很多种方式。有些咒语非常直观，有些咒语需要运用四肢去配合，还有些需要用到魔杖、数字代码甚至需要合作伙伴共同配合！不过所有的咒语都有一条通用的准则。"

这时他从衣兜里掏出了一把亮闪闪的、形状如同天鹅一般的银色钥匙。

"永生者们，请伸出你们的右手。"

永生者们面带疑惑地彼此看了看，伸出了手。

"嗯，你先来。"

阿加莎皱着眉头任由尤巴拎起她的手，抓起了她的食指，她问："等等……你要干吗……"

那把天鹅钥匙被尤巴神奇地插进了阿加莎的指尖——这时她的皮肤好像变得透明了似的，你能看到天鹅钥匙穿过了肌肉组织、血管和血液，最后锁定在她的骨头上。尤巴转动了一下钥匙柄，只见她的骨头没有带来丝毫痛楚地旋转了一整圈。这时她的指尖闪出了一点儿亮橙色的微光，然后尤巴抽出了钥匙，橙光也随即暗了下去。阿加莎不知所措地盯着自己的手指，接下来尤巴用同样的方法陆陆续续将所有的永生者和永灭者都一一解了锁，解锁到苏菲时，她连头都没抬一下，只顾着在她的笔记本上不停地画。

"魔法随心而动。这就是唯一的准则。"解锁完所有的人后尤巴说道，"当你的手指开始发亮时，就表明你的情感已经足够饱满，意志也相当明确,可以施展魔法了。只有在你拥有深切的需求时才有可能施展魔法!"

学生们全都眯着眼睛看着自己的手指,使出浑身解数寻找感觉、召唤情感,很快每个人的手指都开始一闪一闪地发亮了,那亮光的颜色每个人都不一样。

"不过,就和魔杖一样,指尖光也仅仅是个辅助性的工具!"尤巴警告道,"在森林中,如果你每次念咒语时都得亮一下光,那基本和傻子没什么两样。一旦你们学会收放自如,我们将重新锁上你们的指尖光。"说完他对着一直徒劳地用手指戳着石头,希望弄出点儿亮光来的霍特吐了吐舌头又说了句:"如果有可能学会的话。"

然后尤巴转过头对着团队说。

"第一年,你们只需要学习三种类型的咒语:控制水、操控天气以及动植物的末格里变形术。今天,我们从最后一种类型开始。"尤巴在说的时候,底下那帮学生早已兴奋得叽叽喳喳吵个不停了。"这是一个简单的直观型咒语,但是在摆脱敌人的追捕时却非常有效。那现在就开始吧,顺便说一句,当你们变成末格里后衣服肯定都不会合身的,所以如果你们不穿衣服其实会更方便的。"

学生们一下子闭上了嘴。

"不过我想我们现在还是先穿着吧。"尤巴说,"谁愿意第一个来?"

除了两个人,所有的人都举起了手。阿加莎比以往任何时候都更盼着苏菲能想出办法让她们回家。而苏菲则一直忙着写她下一次的演讲内容,根本没关心发生了什么。

到第三天的午餐会时,苏菲固定演讲的树桩前已经成功拥有了三十名刚泡完澡、神清气爽的永灭者女孩参加她的演讲会,这一次的主题是"拒绝单调"。

"曼利教授说,永灭者必须丑陋。因为丑陋意味着独一无二,意味着富有力量以及解放天性!那么我倒要问问曼利教授,穿着这身衣服……你希望我们如何觉得自己独一无二、富有力量并且自由自在?"她咆哮着挥舞着手中那宽大没形的黑袍子,仿佛在挥舞一面刚夺下来的敌军战旗。一时间欢呼声四起,响彻了整个透明场,吓得碧翠丝手里的笔一滑,正好涂花了她的舞会长裙设计稿。

"那个苏菲绝对是从精神病院里跑出来的。"碧翠丝急赤白脸地说。

"她还在忙着找舞伴是吗？"泰德罗斯低声说，他正瞄准了下一个马蹄铁准备投掷。

"比这更糟。她现在正忙着让永灭者们相信自己不是失败者。"

这一次泰德罗斯竟然意外地没有击中。

阿加莎在午餐后基本上都见不着苏菲了，因为永灭者女孩们纷纷围着她向她讨教时尚建议。过了一天，她还是没法在午餐后见到苏菲，因为在苏菲发表了一个名为"扔掉你的松糕鞋！"的演讲之后，随即就爆发了一场突发的烧鞋事件。狼卫们立刻围了过来，将所有人赶回了塔楼。又过了一天，她还是没能和苏菲说上话，这天所有的永灭者女孩全去听苏菲的"没有丑女人，只有懒女人"的演讲了。只有海丝特和阿纳迪尔除外，因为她俩一吃完午餐就把阿加莎逼到了角落里。

"你出的这个主意真是一天比一天糟糕。"阿纳迪尔说，"简直糟糕透顶了，我们再也不想和你做朋友了。"

"男孩、舞会、亲吻——不管你们现在在搞些什么，"海丝特咬牙切齿地说着，她脖子上的恶魔也抽搐了一下，"只要你们别妨碍我当上级长，你们俩做什么我都没兴趣，明白吗？"

第二天，阿加莎早早地藏在了树洞隧道里，当她听到高跟鞋踩过枯叶的声音传来时，立刻飞身一跳一把抓住了苏菲："你今天又准备了什么？去角质霜？牙齿美白剂？还是腹肌运动？"

"如果你有话对我说，可以像其他人一样去排队。"苏菲大喊道。

"'邪恶大变装''五彩斑斓的黑''恶棍瑜伽'！你是想直接老死在这儿吗？"

"是你说的要向他展示一些更深层次的东西啊。这难道不是在展示我的怜悯、友善与智慧吗？我在帮助这群无法自救的人啊！"

"对不起，特丽莎修女，可我们的目标是泰德罗斯！你做的这些到底能成就出个什么！"

"成就。多么含混不清的一个词啊。不过我倒是真的觉得那个让我很有成就感，不信你看看。"

阿加莎跟随苏菲的目光看向了隧道外。这时在她经常驻营的树桩前已经围了上百号永灭者。而且今天还有一位不同于其他的人一直在外围晃来晃去。

一位身穿蓝色橄榄球毛衣的金发男孩。

阿加莎震惊不已地放开了苏菲。

"你应该一起来听听，"苏菲一边喊一边飞快地冲出了隧道，"今天的主题是关于干枯受损的头发。"

在树桩前，阿拉克涅用她的独眼咄咄逼人地瞪着泰德罗斯。

"为什么漂亮脸蛋儿的王子会到这儿来？"

"就是啊，快回你自己那边去，永生者男孩。"莫娜也冷不丁出来呵斥道，她还拾起一块树霉朝他扔了过去。

越来越多的永灭者女孩涌上前来朝他起哄，泰德罗斯一路焦急地退缩着。他还从来没尝过如此不受欢迎的滋味。就在他快被嘘声吓跑时——

"我们欢迎每一个人。"苏菲冲上了树桩大声劝告道。

那一整周，泰德罗斯每天都如约前去听苏菲的演讲。他对他同伴说的是，他只是想看看苏菲每天都穿成什么样，但其实事情远不止如此。随着时间一天天过去，他亲眼看着她一点点地教那些奇形怪状的恶人如何挺直腰板走路，如何用眼神去与人交流，如何清晰地表达出自己想说的话。他看着永灭者男孩们一开始只是在外围鬼鬼祟祟地张望而不敢上前，但很快他们也围了上来，纷纷向苏菲请教如何能改善睡眠，怎样可以盖住厚重的体味，甚至应该如何控制自己的情绪。起初狼卫在监视他们的集会时，只是不住地打着哈欠，但随着越来越多的永灭者加入苏菲的讲座，泰德罗斯发现连狼卫也开始仔细听了起来。渐渐地，恶人们在晚餐以及沉闷的公共休息室下午茶时间，会因为苏菲的各种处方而争论不已。他们吃午餐时也变得三五成群一起吃了，他们甚至不再拿自己的连败乱开玩笑了。两百年来，邪恶第一次让人看到了一丝希望。而这所有的一切都是因为一个女孩。

这一周过去后，泰德罗斯拥有了一个位于前排的位子。

"起作用了！我简直不敢相信！"阿加莎和苏菲一起走在树洞隧道里时

忍不住兴奋地说，"他很有可能会向你示爱！他有可能这周就会吻你！我们能回家了！明天的主题是什么？"

"'闭上你的嘴'。"苏菲说着，飞快地冲到了前面去。

第二天的午餐时间，当阿加莎排队等着领她装好了洋蓟和法式橄榄三明治的午餐篮时，她满脑子都在幻想着她和苏菲回到家后的情景。她们会受到英雄般的夹道欢迎，加瓦顿的广场上会竖立起她俩的雕像，牧师在布道时会以她俩为偶像，一部描写她们生平的音乐剧即将上演，她俩的事迹甚至会写进学童的课本里，让他们从小就知道是谁拯救了他们，让他们免于被诅咒的命运。来她母亲诊所看病的人从此源源不断，镰刀每天都能吃上新鲜的鳟鱼，她会把她的照片高高地张贴在镇上，每一个曾经取笑过她的人现在都会对她俯首帖耳、毕恭毕敬……

"真是个笑话。"

阿加莎一转头看见了碧翠丝，她正直勾勾地盯着被一群永灭者紧紧围住的苏菲。这一次苏菲穿了一件很透的黑色印度纱丽，脚踩一双细高跟的镶毛边皮靴，正在发表一个"如何方方面面都优秀（就像我一样！）"的演讲。

"说得就好像她是最棒的一样。"碧翠丝不屑一顾地说。

"我认为她的确是我见过的最棒的永灭者。"一个声音从她身后传来。

碧翠丝轻盈地转过身面对泰德罗斯说："现在还是吗，泰迪？我认为这一切不过就是大笑话。"

泰德罗斯顺着她的目光看了过去，在蓝色森林的大门上，一束柔和的阳光正映照着两所学院的排行榜。在永灭者的那块榜上，苏菲的名字挂在最底下，被知更鸟啄出了一个洞。总共一百二十人中的第一百二十名。

"这一切果然堪比皇帝的新装，非常精准。"碧翠丝扔下一句话后就趾高气扬地转身离开了。

那天，泰德罗斯没有去见苏菲。大家都在说，他因为看到永灭者把希望寄托在了"全校最差的女孩"身上而伤心不已。

第二天，苏菲又出现在那截树桩前，但是树桩已被废弃，那块悬挂在树枝上的木板也被涂改成了别的字样。

> 与苏菲共进午餐
> 当美容遇上慈善 蠢货
> 今日主题
> 甜菜根遮瑕膏

"我跟你说过要多用点儿心思在学习上！"在尤巴的课结束后，所有人都在倾盆大雨中等着狼卫开门时，阿加莎大声叫道。

"每天又得缝制新衣服，又得酝酿新妆容，还得准备新演讲，我哪儿还有空关心学习啊！"苏菲撑着一把黑色的伞不住地抽泣着，"我还要为粉丝们多着想呢！"

"好了，你现在一个粉丝也没有了！"阿加莎生气地叫道。这时她看见站在第六组人群中的海丝特正幸灾乐祸地对她笑着。"三次最后一名你就被淘汰了，苏菲！我简直不知道你是怎么活到现在的！"

"他们根本不会让我淘汰！不管我表现得有多差！不然你以为我为什么学都懒得学了呢！"

阿加莎想要试着弄明白其中的缘由，可她指尖一直灼烧着，让她根本无法集中思想。自打尤巴将指尖光解锁后，每次她一生气指尖就会发亮，就好像这手指热切地渴望着要施展一个咒语似的。

"可你之前是怎么拿到那么高的排名的？"她把手藏进衣兜里说。

"那些都是我们被逼着要背书之前拿的。我想说，我看起来像是会关心怎么制作毒梳子、怎么挖蟾蜍眼睛的人吗？我也不可能去跟巨怪说'我能和你一头儿吗'这种话吧？现在，我每天都在尽自己所能去提升和改善恶人的素质，而你却希望我去背诵烹饪儿童肉汤面的步骤？阿加莎，你知道煮小孩的第一步是要把他们先用羊皮纸卷起来吗？否则会因为烹饪方法不对，导致他们从你的锅里醒过来。这就是你希望我去学的吗？如何伤害与杀戮？如何成为一个女巫？"

"听着，你得赢回大家对你的尊重……"

"通过作恶赢回吗？不可能，想都别想！"

"那我们就完蛋了。"阿加莎急得大吼。苏菲也火冒三丈地喘着粗气转身准备离开。

突然间她脸上的表情变了："这是……"

她呆呆地望着钉在大门上的永生者排行榜。

1. 森林彼岸的阿加莎	96分
2. 沙洲宫殿的莉娜	88分
3. 美丽假期的碧翠丝	84分
4. 卡米洛特的泰德罗斯	71分

"可是……但是……你是……你！"苏菲大叫道。

"因为我所有的家庭作业全都是认真完成的！"阿加莎大吼道，"我也不想学鸽子叫，更不想练习晕倒还有缝手帕什么的，可是只要能回家，让我干什么都行！"

接下来的话苏菲完全没有听，一抹顽皮而狡黠的笑容在她脸上慢慢洋溢开来。

阿加莎立刻双手交叉说："没门儿！想都别想。别的不说，老师肯定会发现的。"

"你会喜欢我的诅咒课作业的，它全是关于怎么用诡计欺骗王子——正好你讨厌男孩！"

"再有，你的室友肯定会告发你……"

"你也肯定会爱上我的丑化课作业的！我们正在学怎么吓唬小孩子——正好你也讨厌小孩！"

"如果被泰德罗斯发现了，我们就完蛋……"

"你再看看你的手指！只要你一不高兴它就会亮！这我根本做不来！"

"这纯属偶然！"

"你看呀，现在更亮了！你生来就该是恶……"

阿加莎猛地一跺脚说："我们不能作弊！"

苏菲沉默了。这时狼卫打开了蓝色森林的大门，学生们全都涌入了隧道中。

但是苏菲和阿加莎却都站着一动不动。

"我的室友说我是百分之百的邪恶，"苏菲幽幽地说，"可你懂的，我根本不知道怎么去做一个恶人，连百分之一都做不到。所以求你别再让我去做违背我灵魂的事了，阿加莎，我做不到。"说着她的声音哽咽了，"我真的做不到。"

说完她将阿加莎一个人留在了伞下。苏菲一走进恶人的队伍中，暴风雨立刻冲刷掉了她头发的光泽与皮肤上的亮粉，渐渐地，她混在恶人堆里再也无法辨别出来了。阿加莎看着自己灼烧得如阳光般明亮的手指，一阵愧疚涌上了心头。她没有告诉苏菲真相，其实她和苏菲想的一样，她也想过帮她做家庭作业，但是她最终压抑住了这种想法，不是因为她害怕自己会被抓。

而是因为她害怕自己会喜欢上那些作业，百分之百地喜欢上。

那天夜里，苏菲做了一个很可怕的噩梦。梦里泰德罗斯亲吻着妖精，长着丘比特翅膀的阿加莎从井里爬了出来，海丝特的恶魔一直在下水道里追赶着她，野兽突然从黑乎乎的污水里冒出头来，伸出了血淋淋的双手想要抓住她。苏菲从它身边飞奔过，却发现自己被关在了末日审判室里，而这时一个新的刽子手正等在那儿。正是头戴狼卫面具的她的父亲。

苏菲猛然惊醒过来。

她的室友们全都睡得正香呢。她叹了一口气，重新把头依偎在了枕头上——但她瞬间又弹了起来。

一只蟑螂正趴在她的鼻子上。

她顿时放声尖叫。

"是我！"蟑螂嘘了一声，悄悄地说。

苏菲赶紧闭上眼睛，醒醒，快醒醒。

然后她重新睁开了双眼。它还在那儿。

"我最喜欢的松饼是什么？"她喘着气努力让自己冷静下来后问道。

"不含面粉的蓝莓麸皮松饼。"蟑螂一口气说出来，"还有什么傻问题吗？"

苏菲将这只小虫子从鼻子上拿下来。一样外凸的眼睛，一样凹陷的双颊。

"这到底是怎么……"

"麦格里变形术啊，我们都学了两个星期了。你跟我去公共休息室再说。"

说完蟑螂阿加莎急急忙忙地跑向了门口，然后又回头瞪了她一眼说：

"带上你的书。"

第十八章
蟑螂与狐狸

恶意塔楼的公共休息室里全是各种粗麻布制品——从地板到家具再到窗帘——全是粗麻布做的。只要待在这个房间里,浑身都会痒得难以忍受。"如果我的指尖光是绿色、棕色或是其他什么颜色,"苏菲一边打着哈欠,一边不停地在腿上挠来挠去说,"那我才懒得使用呢,只要和我衣服的颜色不搭我就不用。"

"你能不能把注意力放在情绪酝酿上!"趴在她肩上的蟑螂气鼓鼓地吼道,"比如说愤怒,你试试愤怒。"

苏菲闭上了眼睛:"亮了吗?"

"没有。你脑子里想的是什么?"

"这里的食物。"

"要真实的愤怒,傻瓜!魔法

都来自真实的情感!"

苏菲使劲地想着,脸都挤成了一团。

"再深入些!还是没动静!"

苏菲的脸色一下子沉了下来,这时她的指尖闪烁出了粉红色的光芒。

"就这样!你做到了!"阿加莎兴奋地跳了起来,"你心里想的是什么!"

"你的声音真的好烦。"苏菲睁开双眼说,"所以我每次都得想到你吗?"

在接下来的一周里,每到夜晚恶意公共休息室就变成了蟑螂的夜间补习班。因为末格里变形术只能维持三个小时,所以每次阿加莎都是争分夺秒地在训练苏菲,几乎把她当成奴隶在使唤。一会儿催着她把指尖光的亮度再提高一些,一会儿教她用咒语把房间变模糊,让她引来大水把地板给淹了,还教她如何分辨垂柳中哪些柳条其实是在休眠,甚至教她学会了一些巨人的语言。苏菲的排名立马就提升了不少,不过到第四天时,熬夜的负面影响也开始显现了。

"我的皮肤都变得暗沉了。"苏菲沙哑的嗓子有气无力地说。

"你的排名还是只到六十八名而已,专心点儿!"趴在她书本上的蟑螂严厉地斥责道,闪亮的银色天鹅徽章这时跑到她的腹部去了,"森林大虫灾的起因是由于侏儒怪们过于用力地踩踏地面,致使地面裂开。"

"是什么让你改变了主意,决定帮我的?"

"于是,上百万只毒虫涌出地面,爬进森林,开始在各种树木之间大量滋生。这导致一大批永生者与永灭者患病。"阿加莎没理睬她继续说着,"因为这些毒虫的传染性极强,当时甚至关闭了学院。"

苏菲精疲力竭地瘫倒在沙发里说:"你都是怎么知道这些的?"

"当你花时间照镜子时,我在花时间读《毒害与瘟疫》!"

苏菲不置可否地叹了一口气说:"好吧,他们关闭了学院。然后呢?"

"所以你是偷偷摸摸跑来这儿了?"

苏菲一扭头看见穿着一身黑色睡衣的海丝特正站在门口,她旁边还站着阿纳迪尔和多特。

"做家庭作业啊,"苏菲打着哈欠举起书说,"没光怎么行。"

"从什么时候开始,你也会关心家庭作业了?"海丝特说。现在的她看起来比之前更不修边幅了。

"对啊,你不是把美容当成'终生事业'吗?"阿纳迪尔嘲讽道。

"因为和你们同住一个房间太激励我了啊,"苏菲笑眯眯地说,"让我想成为最优秀的恶人。"

海丝特盯着她看了好一会儿,然后狠狠地哼了一声,带着她的随从离开了。

苏菲长舒了一口气,将阿加莎从沙发上吹了下去。

"她肯定憋着什么事呢。"她们听见海丝特气急败坏地低声吼道。

"说不定她真的改变了!"多特一摇一摆地跟在后面喘着粗气说,"刚才一只蟑螂掉在她书上,她竟然都没发现!"

夜间补习班上到第六天,苏菲的排名已经升到第五十五名了。可随着时间推移,她变得一天比一天憔悴。现在的她满脸倦容、面色苍白、目光呆滞,眼底还挂着两个大大的黑眼圈,看起来活脱脱像个僵尸。漂亮的裙子、华丽的帽子再也看不到了,她整天都顶着一头脏兮兮的头发,穿着一条皱巴巴的裙子到处跑,她的学习笔记更是落得整座塔楼到处都是,活像《糖果屋历险记》里撒在森林里的面包屑。

"你看起来睡眠严重不足。"在尤巴关于"昆虫料理"的课上,泰德罗斯低声对她嘟囔道。

"我在忙着摆脱'全校最差女孩'的称号啊。"苏菲一边记着笔记一边说。

"昆虫可比糜虫好找多了,随处可见。"这时尤巴正拎着一只活蹦乱跳的蟑螂说。

"听着,当你的排名比霍特还低的时候,是不会有人听你说任何话的。"泰德罗斯小声说道。

"等我拿到第一名,你会求着我原谅你的。"

"你要是拿到第一名,你想让我求你什么都行。"他轻轻地哼了一声说。

苏菲立刻转头看着他:"我可记着你说的这话哦。"

"如果到时候你的神志还够清醒的话。"

"第一步,先把不能食用的部分去掉。"尤巴继续说着,然后一把扯掉了蟑螂的头部。

阿加莎看得浑身直打哆嗦,整个后半节课她都只敢躲在一棵松树后面听课。不过到了夜里,她还是变成了蟑螂去赴约,这一次当她听到苏菲告诉她白天与泰德罗斯的对话时,她兴奋得几乎从苏菲胸口跳了起来。

"永生者男孩都很信守诺言的!"她一边说一边用那多毛的蟑螂腿开心地蹦蹦跳跳着,"这是骑士精神里要求的王子守则。所以现在你只需要考到第一名,他就会邀请你去——苏菲?"

回应阿加莎的只有苏菲沉沉的鼾声。

蟑螂夜校上到第十天,苏菲的排名还是只到四十名,但她的黑眼圈已经大得像只浣熊那样了。第二天在莱索夫人的天敌之梦测试上,她打了个盹儿,接着又在心腹培训课上直接睡着了,睡梦中还把比尔兹踢下了钟楼,这让她的排名一下子就滑到了六十五名。而且在接下来的天赋异禀课上,她的嗓音已经哑到完全说不出话来了,最终也只能又拿到一个低排名。

"你的天赋在进步。"希芭对阿纳迪尔说,现在阿纳迪尔已经能成功让她的老鼠变长整整五英寸了。接着她又对着苏菲说:"我还曾以为你会是个冉冉升起的伟大巫师呢。"

那一周结束时,苏菲的排名又回到了恶人榜的最末。

"我生病了。"阿加莎用手捂着嘴不停地咳嗽着说。

达维教授只是一直看着她桌上那一沓羊皮纸,头也没抬说道:"一杯姜茶配两片葡萄柚,每两小时喝一次。"

"我试过了。"阿加莎说,这下她咳得更厉害了。

"现在可不是能缺课的时候,阿加莎。"达维教授一边说一边把一沓文件压在一个晶莹剔透的南瓜镇纸下面,"离舞会只有不到一个月的时间了,我希望我们排名第四的学生能够好好准备一下,去迎接她青春时代最重要的一个夜晚!你有心仪的永生者男孩了吗?"

这时阿加莎突然爆发出了一连串猛烈的咳嗽,吓得达维教授惊慌失措地抬起头来。

"这感觉像是……毒虫疫一样。"阿加莎上气不接下气地说。

达维教授的脸色瞬间变得惨白。

自从被隔离以后，阿加莎一整天都能变成蟑螂陪着苏菲去上所有的课了。她蜷缩在苏菲的耳后，轻声告诉了她天敌之梦的第一个征兆（答案是：血的滋味），又在心腹培训课中教她怎么指挥巨人进行谈判，还在尤巴的森林挑战中告诉她怎么辨别稻草人的好坏。第二天，她又帮助苏菲在丑化课上弄掉了一颗牙，在萨德的考试中帮她做好怪物连线（拉基人：口蜜腹剑者；人头鹰身女妖：专吃小孩的怪物），还成功分辨出了尤巴给的豆茎中哪株是有毒的，哪株是可食用的，哪株是多特变的。当然，在这期间也有许多惊心动魄的时刻。有一次她差一点儿就命丧海丝特的松糕鞋底；还有一次差点儿被一只飞来飞去的蝙蝠吃掉；更有一次没算好时间，再晚一点点她就会在天赋异禀课上显出原形了，所幸她最后及时躲进了一个储物柜里。

到了第三天，阿加莎几乎瞄都懒得瞄一眼她自己的作业了，她把所有的时间都花在学习邪恶咒语上了。她的同学们全在拼命地练习指尖发光，而她只要想些令自己生气的事物，比如说学院、镜子、男孩之类的，她的手指马上就能闪闪发亮，那么接下来要做的就只是照着咒语的用法准确操作就行了。施展魔法对她来说就和操控天气操控水一样简单，而且绝对是——货真价实的魔法！

如果不是因为她能如此自然而然地运用魔法，恐怕她会被这所有的不可思议以及无法完成的事弄得累个半死。当别人还只能召唤出零星的毛毛雨时，她就已经能在房间里变出一大团乌云，并利用闪电和暴雨将墙上那幅令人作呕的壁画冲刷得干干净净。课间，她还偷偷溜进卫生间实验了一下苦难咒——"天昏地暗咒"，瞬间就让天空短暂地变暗了一下；"海浪滚滚咒"，召唤来了一股巨浪……当她在学习邪恶知识时，时间过得飞快，一切都好像充满了力量与可能性，让她觉得有趣极了。

一个晚上，在等着波鲁克斯前来传达她的善良家庭作业时，阿加莎一边吹着口哨一边在纸上随意地涂鸦。

"你画的是什么愿望？"

她一扭头，看见波鲁克斯就站在她的寝室门口，两眼正盯着她手中的画。这一次它的头嫁接在了一只野兔的身体上。

"哦，啊，我画的是我自己在婚礼上。你看，这是我的王子。"说着她赶紧将那页纸揉成了一团，并咳嗽了几声说，"有家庭作业吗？"

波鲁克斯先是狠狠批评了她排名下滑的事，然后又将每一项作业重复了三遍，接着还斥责了她咳嗽时居然没有捂住嘴。说完这些，波鲁克斯终于跌跌撞撞、跳一步摔一跤地离开了。阿加莎悬着的心终于落了下来。这时她展开那揉作一团的涂鸦，看见画中的自己正在飞越烈焰，她突然明白自己画的是什么了。

永恒灭亡。恶行者的天堂。

"我们必须赶紧回家。"她喃喃自语道。

到这周快要结束时，阿加莎已经带着苏菲在所有的课程上获得了一连串的辉煌胜利，这其中还包括尤巴举行的裁决赛热身。这是一项为了迎接即将到来的童话裁决赛而进行的一对一挑战。苏菲在这次热身赛中准确运用咒语击败了她所有的对手，比如用闪电咒击中拉文、在碧翠丝想要召唤动物帮忙时及时冰封了她的嘴唇，甚至将泰德罗斯的训练剑成功熔化了。

"看来有人开始努力了啊。"泰德罗斯欣喜若狂地说。藏在苏菲衣领下的阿加莎也骄傲得涨红了脸。

"以前她纯粹就是靠傻运气，现在可完全不一样了。"午餐时间，海丝特嚼着一口烟熏牛舌，怨气冲天地对阿纳迪尔说，"她是怎么做到的？"

"不就是毫无新意地按部就班好好学习吗？"苏菲突然出现在她们身边说。这一次她又化上了闪亮耀眼的妆容，头发染成了红宝石色，身穿一件黑色的和服，和服上还用晶莹夺目的宝石拼出了一句话"F……就是专注（Focused）"。

海丝特和阿纳迪尔气得差点儿没被牛舌噎死。

到第三周结束时，苏菲的排名已经升至了第五名，于是在公众的呼声之下她的午餐演讲会重新恢复了。这一次她的黑袍时尚比过去更加标新立异、大胆奢华了，从扇形羽毛装到渔网紧身衣，从人造猴毛到亮片曳地长袍，从皮制套装到亮粉假发，甚至有链条紧身胸衣，现在的她直接将午餐会演绎成了一场大型的时尚盛宴。

"她肯定在作弊。"碧翠丝逢人便生气地说,"肯定有什么不安好心的仙女教母在帮她,要不就是用了什么时间转换咒。根本不可能有人能有时间做这么多事!"

不过苏菲还真有时间。她不光有时间忙外表,更有时间忙学习。她一方面能设计缎面套头衫并为之搭配修女风格的温帕尔头巾;能设计浑身缀满亮片的大翻领连衣裙,并为每一身新形象搭配相应的鞋子。另一方面,她还能在"丑化舞厅"的挑战中击败海丝特,能有时间写出一篇关于"狼与狼人"的研究报告,还能为午餐会准备一系列诸如"又坏又棒胜利法""丑陋是种新美丽""为了罪恶而塑身"主题的演讲。她一边做着单人时装秀,做着众人心中叛逆与激情的精神领袖,一边还能乘胜追击打败阿纳迪尔,将自己的排名升至了第二名。

这一次连碧翠丝都没法阻止泰德罗斯爱上苏菲了。这一次是泰德罗斯自己在努力克制自己。

她是个永灭者!可如果她很漂亮又聪明呢?又或者她还富有创造力、善良、慷慨……

泰德罗斯深深吸了一口气。

永生者是不能喜欢永灭者的,你不过是犯糊涂了。

直到尤巴组织的又一次"分辨善恶"挑战后,他才彻底获得了解脱。这一次尤巴将所有的女孩都变成了蓝南瓜,并分散藏在森林的各块空地中。

"必须找一个永生者。"泰德罗斯自我督促道,"找个永生者,然后忘掉关于她的一切。"

"这个是善良学院的!"霍特大声喊道,然后用手弹了一下南瓜那蓝色的外壳。完全没动静。其余的男孩们也无法分辨出南瓜之间的不同,于是开始讨论起每个南瓜的优点。

"这可不是一项团队作业!"尤巴气得大吼。

蟑螂阿加莎静静地贴在苏菲的蓝色南瓜藤上,看着男孩们分散开去四处寻找。这时泰德罗斯向西边方向的绿松石丛林看了看,停了下来。然后他慢慢看向了苏菲变成的那只南瓜。

"他马上过来了。"阿加莎说。

"你怎么知道?"苏菲低声说。

"因为他之前选我时,那眼神和现在一模一样。"

泰德罗斯走到了南瓜跟前:"就这个,这个是永生者。"

尤巴眉头紧皱地说:"你先凑近点儿看。"

泰德罗斯没理他,直接走过去紧紧抱住了南瓜那蓝色的外皮,随着一股闪亮的烟尘四散开来,南瓜变成了苏菲。这时一团黏糊糊的绿色烟雾在王子头上升起,烟雾中的数字是"16",而与此同时一个黑色的"1"出现在了苏菲头顶。

"只有最优秀的恶人才能伪装成好人。"尤巴称赞道,然后手杖一挥,一次性地永远擦去了苏菲身上的红色"F"。

"至于你,亚瑟之子。我建议你好好学习一下关于善良的准则。希望你不要在重要的时刻犯下如此可怕的错误。"

泰德罗斯竭力表现出一副羞愧难当的模样。

"我们什么也找不到!"一个声音大喊着。

尤巴一转头看见所有的男孩头顶都冒出了一团低排名的烟雾。"真该做个标记的。"他叹着气一摇一晃地走进空地,用力戳着一只只南瓜看看哪些会尖叫。

尤巴一离开,泰德罗斯终于任由自己笑了出来。他怎么能让老师知道他根本不在乎那些准则呢?那些准则已经带着他两次选中那个可怕的阿加莎了。头一次,他终于找到了一个能符合他所有期待的女孩,一个绝对不会错的女孩。

"我记得你还欠我一个问题呢,亚瑟之子。"

泰德罗斯一转身,看到苏菲的脸上也带着同样的笑容。然后他顺着她的目光看向了森林上方悬挂的永灭者排行榜,在那上面,阿尔伯马尔已经将苏菲的名字啄到了最顶端。

第二天,她在自己的午餐餐盒里发现了一张字条。

狼不喜欢狐狸。午夜时分蓝色小溪见。T

"这是什么意思？"她悄悄对着手心里的蟑螂说。

"意思是我们今晚就能回家了！"阿加莎兴奋不已地说，两只触角抖动个不停，以至于苏菲将她扔了出去。

夜晚来临，蟑螂焦急地在恶意公共休息室发霉的粗麻布地板上踱来踱去，她的眼睛一直盯着时钟，看着它嘀嗒嘀嗒一步步地走向午夜。终于她听到门开了，一身黑色的苏菲走了进来。她穿着一件迷人的黑色紧身连衣裙，手上戴着黑色长手套，头发高高地绾了起来，脖子上戴着精致的珍珠项链，鼻子上还架着一副黑色眼镜。阿加莎气得蟑螂壳都快爆裂了。

"首先，我告诉过你要准时的。其次，我说过不要打扮……"

"你看这些眼镜，时髦吧？还能保护你的双眼免受阳光的伤害。你知道吗，现在一些永生者女孩会偷偷塞些这种东西给我，什么珍珠、珠宝、化妆品之类的，让我搭配在服装上用。一开始我想着这应该是她们的善举，不过后来我明白了，不是的，她们只不过希望自己的东西出现在一个更有魅力更有号召力的人身上。不过这些东西都太廉价了，戴得我皮肤过敏。"

这时阿加莎的触须渐渐卷了起来："快……快把门关上！"

苏菲刚把门闩上，就听见"轰"的一声，然后她转身看到满脸通红、身体苍白的阿加莎卷在一块麻布窗帘后。

"呃……肯定是时间没算对……"阿加莎慌慌张张地说。

苏菲上上下下地打量了她一番："我更喜欢你变成蟑螂的样子。"

"你回去时肯定有办法弄件新衣服来吧。"阿加莎一边懊恼地抱怨，一边用窗帘将自己裹得更紧了。然后她看见苏菲正用手轻轻抚摸着泰德罗斯的字条。"听着，你今晚去见他时别做什么傻事。只要拿到一个吻就……"

"我的王子为我而来了。"苏菲入神地轻轻闻着羊皮纸说，"从现在开始他永远属于我了。这一切都得感谢你，阿加莎。"说着她充满深情地抬起头来，看到了她朋友脸上的表情。

"怎么了？"

"你刚才说'永远'。"

"我的意思是今晚，他今晚属于我。"

说完她们俩都陷入了沉默之中。

"等我们回到加瓦顿，我们会成为英雄的，苏菲。"阿加莎柔声说，"到时候你会名利双收，你喜欢什么样的男孩都没问题。你会读到一本关于泰德罗斯的童话书，你可以用你的余生慢慢去读这本书，你会拥有一段他也曾经属于过你的美好回忆。"

苏菲面带苦笑地点了点头。

"我也能回到我墓园里的家，见到我的猫了。"阿加莎喃喃地说。

"终有一天你也会找到真爱的，阿加莎。"

阿加莎摇了摇头说："你也听到校长怎么说了，苏菲。像我这样的恶人是不可能找到爱情的。"

"他还说我们不可能做朋友呢。"

阿加莎看着苏菲那双清澈美丽的眼睛。

接着她又看了看钟，然后挣扎着站起来说："把你的衣服脱下来！"

"脱什么？"

"快点儿！来不及了！"

"不好意思，我已经缝进这件……"

"快脱！"

几分钟后，苏菲的衣服全被脱下来堆在了一起。阿加莎坐在这堆衣服旁，双手撑着脑袋说。

"现在你必须心无杂念才能做到！"

"我现在连衣服都没穿缩在这个丑陋的沙发后面，我做不到心无杂念，更没法让我的手指亮起来把自己变成只啮齿动物。我们就不能选个漂亮点儿的动物吗？"

"你再浪费五分钟，那个吻可就没了啊！你就想象成自己钻进那种动物的身体里好了！"

"要不换成爱情鸟怎么样？它看上去更符合我。"

阿加莎一把抓起苏菲的墨镜，用她的松糕鞋狠狠地砸下去，然后扔到了沙发后。

"要不要把你的珍珠也砸几下？"

嘭!

"成功了吗?"苏菲的声音传来。

"我看不见你，"阿加莎转了一圈说，"看来你是把自己变成了一只蝾螈!"

"我就在这儿。"

阿加莎一转身，惊讶得差点儿忘记了呼吸:"可……可是……你是……"

"更像我了。"苏菲深吸了一口气说。她变成了一只非常妖娆的粉色狐狸，浑身的皮毛闪耀着晶莹的光芒，嘴唇鲜红，绿色的眼珠魅惑而迷人，还有一条灵活的洋红色毛尾巴。她用爪子紧紧握着脖子上的珍珠项链，对着一片玻璃碎片欣赏着自己的新形象。"他会吻我吗，亲爱的?"

阿加莎只是呆呆地看着她，完全看傻了眼。

苏菲看着镜子里的她说:"你这样让我很紧张。"

阿加莎回过神儿来，一边开门，嘴里一边含混不清地说:"狼卫不会来烦你的。它们觉得狐狸身上都携带疾病，另外它们都是色盲。你只要保持胸口贴着地面走，它们就不会发现你的天鹅……"

"阿加莎。"

"怎么了?你快来不及……"

"你要跟我一起去吗?"

阿加莎转过身来看着她。

苏菲轻轻地翘起她的毛尾巴，绕在她朋友的手上说:"我们是一个团队。"

阿加莎心里涌出一阵想哭的感觉，但是她赶紧提醒自己没时间了。

狐狸苏菲悄无声息地走进了蓝色森林里，当她经过柳树林时，看到每棵树上都闪着微光，上面全是睡意正酣的小精灵们。狼卫们也睡在树下，不过它们一看到苏菲经过，马上就像看到蛇一样迅速回避开了。她绕过蓝宝石色的蕨类植物，又穿过绿松石丛林中蜿蜒曲折的橡树小径，最后站上了一座小桥头，静静地望着脚下这一片被皎洁月光映照着的蓝色小溪。

"我没看见他。"苏菲轻声对着蜷缩在她粉色的脖子绒毛中的蟑螂说。

"他的字条上写的他会来这儿!"

"会不会是海丝特和阿纳迪尔故意玩我……"

"你在和谁说话?"

桥的那头,两只蓝色的眼睛在黑暗中微微地闪烁着。

苏菲一下子僵住了。

"说话啊!"阿加莎在她耳边着急地小声说。

可苏菲一句话都说不出。

"我一紧张就会自言自语。"阿加莎轻声说。

"我一紧张就会自言自语。"苏菲急急忙忙说。

一只藏青色的狐狸从阴影中走了出来,天鹅徽章在它因呼吸而起伏的胸前一闪一闪。

"我以为只有公主才会紧张呢。全校最优秀的恶人应该不会紧张的。"

苏菲凝视着这只狐狸,它有着和泰德罗斯一样紧实的肌肉和微微上扬的自信笑容。

"只有最优秀的好人才能伪装成恶人,"阿加莎又插了一句,"尤其是当她需要为爱而战时。"

"只有最优秀的好人才能伪装成恶人,"苏菲照着念道,"尤其是当她需要为爱而战时。"

"所以,一直以来这都是个误会?"泰德罗斯慢慢地围着她绕了一圈说。

苏菲心慌意乱极了,一个字都说不出。

"为了生存,我不得不同时在两边扮演角色。"阿加莎只能又来救场。

"为了生存,我不得不同时在两边扮演角色。"苏菲还是只能照着说。

她听见泰德罗斯的脚步停了下来。"现在,按照王子守则,我有一个承诺需要履行。"说着他用自己的皮毛轻轻蹭了一下苏菲身上的毛发。

"你想让我为你干什么?"

苏菲的心都提到了嗓子眼儿。

"你现在了解我这个人了吗?"阿加莎说。

"你现在了解我这个人了吗?"苏菲深深吸了一口气说。

泰德罗斯没有说话。

他用他温暖的爪子轻轻托起了她的下巴:"你知道这会在两所学院中引起轩然大波吗?"

苏菲仿佛被催眠了一般,沉醉地盯着他那双蓝色的眼睛。

"我知道。"蟑螂轻轻地说。

"我知道。"于是狐狸说。

"你知道没人会接受你成为我的公主吗?"泰德罗斯说。

"我知道。"

"我知道。"

"你知道你的余生都将要努力去证明自己是属于善良的吗?"

"我知道。"阿加莎说。

"我知道。"苏菲说。

泰德罗斯向前走近了一步,轻轻挨着苏菲。

"那你知道我现在准备吻你吗?"

两个女孩同时屏住了呼吸。

脚下潺潺的溪水不停地流淌着,激滟的水光映照在这一蓝一粉的两只狐狸脸上。阿加莎闭上了双眼,在心里默默向这个噩梦一般的世界告别。苏菲也闭上了双眼,她感受到了一股温暖而甜蜜的气息……

"我们还是等等吧。"苏菲突然开口,然后迅速躲开了。

阿加莎那双本就凸出的虫子眼一瞬间就瞪了出来。

"当然,肯定的,必须的。"泰德罗斯手足无措吞吞吐吐地说,"我,嗯,陪你走回你的隧道吧。"

当他俩沉默地往回走时,苏菲用自己的粉色尾巴绕住了泰德罗斯的尾巴。泰德罗斯看着她,无可奈何又释怀地笑了。阿加莎看着这一切,气得整个人涨得通红。当王子终于消失在隧道的尽头时,她立刻跳上了苏菲的鼻子。

"你到底要干吗?!"

苏菲没有回答。

"为什么不吻他?!"

苏菲还是一言不发。

阿加莎急得用蟑螂螯夹住苏菲的鼻子："你得去把他追回来！现在就去！你要是不吻他我们就回不了家……"

　　苏菲将阿加莎从她脸上拂去，然后消失在了黑暗的隧道中。

　　阿加莎在一堆枯树叶中翻腾挣扎着，然后她终于明白了。

　　她不会吻他的，以后也永远不会的。

　　苏菲其实没有回家的打算。

　　她从来就没有过。

第十九章
我有王子了

这么多年来，善恶魔法学院的老师们对很多事都已见怪不怪了。

他们曾见过在第一年谨小慎微、可怜巴巴的学生，最后成长为一个富有的国王。他们曾见过在三年级还能大放异彩的级长，最后一年却不幸变成了鸽子或者黄蜂。他们见惯了各种恶作剧、游行抗议以及突然袭击，也见惯了各种甜蜜的亲吻、誓言和兴之所至的即兴情歌。

可他们从来没见过一个永生者和一个永灭者手拉着手一起排着队等午餐。

"你确定我不会惹麻烦？"苏菲察觉到了露台上老师们震惊的目光。

"如果你都好到值得我去拥有，那你就一定值这一篮午餐。"泰德罗斯一边说一边拉着她往前走。

"我想他们是应该习惯一下了，"苏菲叹着气说，"我可不想到了舞会上再出什么乱子。"

正握着她手的泰德罗斯的手突然紧张地僵了一下。苏菲的脸

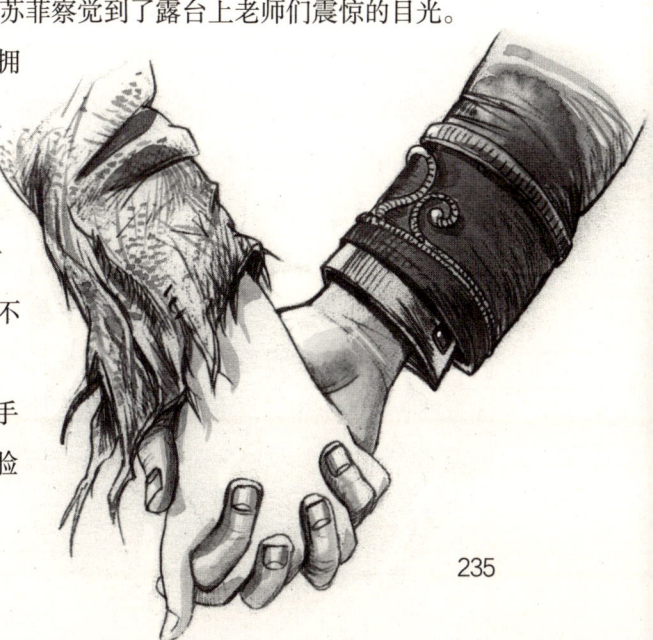

一下子羞得通红。

"哦……经过昨晚之后，我还以为……"

"所有的永生者男孩都曾立过誓，在天才马戏团举行之前不能发出舞伴邀请。"泰德罗斯拉了拉自己的衣领说，"埃斯帕达说过，学院的传统就是等马戏团的王冠颁发以后再去邀请舞伴，也就是得到舞会前夜。"

"舞会前夜！"苏菲差点儿没噎住，"那我们还怎么搭配彼此的服装颜色，怎么计划入场形式……"

"这就是我们要立誓的原因。"泰德罗斯一边从一位绿发仙女手中接过装满羊肉三明治、藏红花小米饭和杏仁慕斯的午餐篮，一边又说了一句，"还有一份是给这位女士的。"

仙女没有理睬苏菲，直接将午餐篮递向了下一个永生者。篮子的提手被泰德罗斯紧紧地抓住。

"我说过给这位女士一份。"

仙女也紧紧地抓着篮子提手不放。

"没关系，反正羊肉也不好消化。"苏菲尴尬而焦急地说。

但是王子毫不退让，最后仙女嘀咕了一声放掉了篮子。泰德罗斯将篮子递给苏菲："就像你说的，他们最好得开始习惯这样了。"

她睁大了双眼看着他："那你会……带我去吗？"

"你提要求的时候，总是显得特别美。"

苏菲轻轻地靠近他，小心翼翼地说："答应我，答应我你会带我去舞会。"

泰德罗斯垂下了头，看着她那双柔软的手正在摆弄着自己衬衫上的蕾丝。

"好吧。"他终于松口，"我答应你。可你要是告诉其他人了，我就抓条蛇塞进你的衣服里。"

苏菲开心地欢呼了一声。她终于可以开始着手准备晚礼服了。

就这样，排名第一的永生者与排名第一的永灭者，故事书中从里到外的对立双方，现在手拉着手一同坐在一棵高大挺拔的橡树下。泰德罗斯很快就注意到所有的永生者都虎视眈眈地盯着他，为他的背信弃义而震惊。苏菲也发现那些曾经一周又一周听着她宣扬身为恶人而骄傲的永灭者，此刻也因为她的背叛而对她怒目而视。

她和泰德罗斯同时紧张地埋头咬了一口三明治。

"那个女巫现在还传染吗？"泰德罗斯迅速换了个话题说，"这是她第一天回来上课吧？"

苏菲瞥了一眼，阿加莎正弓着腰靠在树上，两眼直勾勾地瞪着她。

"嗯，我们其实不怎么说话的。"

"她就像只吸血蚂蟥不是吗？觉得她有脑子而你只有外表。她不知道其实你什么都有。"

苏菲咽了一大口三明治说："这倒是真的。"

"至少有一件事我可以确定，以后的挑战我再也不会选成那个女巫了。"

"你怎么这么确定？"

"因为我找到我的公主了啊，我不会让她离开我的。"她的王子深情地凝视着她的双眼说。

一阵伤感突然涌上苏菲心头。"即使要花上一辈子才能等到一个吻，你也愿意？"她几乎是自言自语一般地说。

"就算一个吻需要等上一辈子。"泰德罗斯握住她的手回答道。随即他又骄傲地抬起头说："我假定这只是一个假设性的问题。"

苏菲笑着把头埋进了他的肩膀，及时藏起了眼底流下的泪水。终有一天她会好好向他解释的。等他们的爱情足够牢固的那一天。

两所学院的老师们，静静地站在露台上看着这两只爱情鸟在阳光下卿卿我我。他们沉着脸彼此对望了一眼，然后各自返回了房间。

阿加莎依然一动不动蜷在那片阴凉的树荫下。她知道这段浪漫的感情注定会失败。有样东西还拦在他们中间呢，一样苏菲几乎遗忘了的东西。

那样叫作童话裁决赛的东西。

"在童话裁决赛中获胜，是我们善恶魔法学院的学生在校期间能取得的最伟大荣誉之一。"波鲁克斯站在童话剧场的舞台上，俯视着学生们大声宣布道。现在它的脑袋重新回到了那具巨大的狗身体上，正紧紧地挨着卡斯特的脑袋。这天一吃完早餐，所有的学生都被召集到了童话剧场集合，此刻在波鲁克斯的身后还站着十五位森林团队的队长。

"这是我们学院每年一次的大赛,我们会把最优秀的永生者和永灭者送进蓝色森林进行一夜的挑战,看看谁能坚持到第二天早上。想要获胜,你必须同时在校长设置的死亡陷阱以及敌对方的攻击中存活下来。最终能在黎明时分站出来的永生者和永灭者将成为胜利者,并额外获得五个第一的排名。"说到这里,波鲁克斯傲慢地翘了翘鼻子,"如你们所知,善良学院在过去两百年间都赢得了……"

它话还没说完,善良学院突然爆发出了声声高喊:"永生者的天下!永生者的天下!永生者……"

"都是笨蛋,都是自以为是的傻瓜!"卡斯特怒吼道,永生者们立刻都闭嘴了。

"从今天开始的一周时间,每个森林团队派出你们队里最拔尖的永生者和永灭者进行比赛,"波鲁克斯抽了一下鼻子说,"在我们宣布最终的参赛者之前,先来回顾一下比赛规则。"

"听说昨天的善行与善举课是碧翠丝拿的第一。"查迪克小声地对泰德罗斯说,"那个永灭者女孩把你变笨了是吗?"

"杀鸡焉用宰牛刀。"泰德罗斯反驳道。随即他的脸色又柔了下来,说:"男孩们真的开始讨厌我了?"

"伙计,你真的不能再和一个永灭者混在一起了。"说这话时查迪克灰色的眼珠里透露着严肃,"即使她是我们学院最漂亮、最聪明、最有才华的女孩。"

泰德罗斯满心不解地缩进了他的座位里……但他立刻又挺直了胸膛。

"我能证明她属于善良!我能在裁决赛中证明这一点!"

"但你们组的名额很有可能是碧翠丝或者阿加莎。"查迪克说。

泰德罗斯胸口一紧。他看见坐在邪恶长椅那边的苏菲正笑盈盈地看着他。他们的未来全掌握在这场比赛中。他怎能辜负她?

"根据以上规则,童话裁决赛的胜利者可能不止一个。"波鲁克斯说,"那么这就意味着所有能坚持到黎明时分的人必须共享第一名的位置。因此,到时候你可以根据自己的兴趣来决定是否要消除你的竞争对手。通常来说，校长更倾向于单一的获胜者，所以他也会尽可能多地设置障碍来确保这一点。"

"所以本周所有剩余课程的目的只有一个，培训所有进入蓝色森林参加夜间大赛的十五位永生者和十五位永灭者。"这只大狗继续说着，底下的学生们叽叽喳喳地讨论着都有哪些人会入选，"所有的课堂挑战也将围绕着这些竞赛者进行。本周得分最低者将率先进入裁决赛，相应地，得分越高的选手自然就会越晚进入比赛。这绝对是个非常大的优势，要知道在童话裁决赛中花的时间越少，就意味着存活下来的概率越大。"

这一下学生们全都闭嘴了。

波鲁克斯顿时意识到自己刚才的用词，尴尬地笑了几声。

"这就是种比喻，没有学生会死于裁决赛中。这真是太可笑了。"

卡斯特咳嗽了一下说："不过关于……"

"比赛是绝对安全的。"波鲁克斯笑着看向舞台下方的学生，"每个学生都配有一面投降旗，一旦你认为自己身处致命绝境，只要将旗帜扔到地上，你就会安然无恙地被救出蓝色森林。在接下来的各科课程中，你们将逐一了解到更为详尽的比赛规则，现在我将话筒交给各位森林团队的队长，由他们来宣布本季的裁决赛参赛者名单。"

一位身穿翠绿藤蔓的百合小仙女上前一步说："第九组，善良学院派出的是莉娜，邪恶学院派出的是维克斯。"

莉娜面对永生者的欢呼行了一个屈膝礼，而永灭者一边却抱怨地嘟囔道，维克斯和他那对尖耳朵真是幸运，被分到了一个这么弱的组。

接下来一个食人魔队长宣布特里斯坦和独眼阿拉克涅将代表第七组参赛，然后其余的队长也分别宣布出了自己森林团队挑出的人选：皮肤黝黑的尼古拉斯和阿纳迪尔代表第四组，希子和绿皮肤的莫娜代表第十二组，吉赛尔和海丝特代表第六组……

苏菲完全没在意这一切，她只是目不转睛地望着泰德罗斯，做着已经成为他王后的白日梦。（不知道卡米洛特有没有足够的衣柜？镜子够不够多？黄瓜够吗？）这时尤巴向前走了一步。苏菲看了看泰德罗斯和碧翠丝，他们俩都等着尤巴的下一句话。"让他上场吧。"她在心里默默祈祷。

"第三组，由泰德罗斯代表善良学院。"尤巴说。

她松了一口气。

"苏菲代表邪恶学院。"

苏菲使劲揉了揉自己的耳朵。她肯定听错了吧。但随即她看到了一张张幸灾乐祸的笑脸。

"你现在知道和恶人约会的问题所在了吧。"查迪克说，"任你再是爱得不行，回头也得杀死对方。"

泰德罗斯没理会他，他一门心思都在想着怎么去证明苏菲是属于善良的。此刻的他一身冷汗把衬衫都浸湿了，唯一让他感到庆幸的就是他父亲已经过世了，否则他现在的所作所为肯定能把他父亲气个半死。

永生者与永灭者陆陆续续分别由西门和东门离开，返回自己的学院，只有苏菲还一脸震惊地呆坐在一张发黑的长椅上。这时一个阴影缓缓出现在她的身后。

"我只想说，你别挡住了我的路……"

海丝特说话间呼出的气，让她后脖子一阵发凉。

"你还真是了不起，排名第一的恶人，你玩我们呢。看来，你是忘了恶人在故事里结局都不太好吧。那么让我再提醒你一下结局到底会怎样吧。先是你，然后是你的王子。你们都得死。"

说着她冰凉的嘴唇擦过苏菲耳际："还有，这一切都不是比喻。"

苏菲扫视一圈，海丝特已经离开了。她恍恍惚惚地站起来，正好迎面猛地撞上泰德罗斯，她先是发出一声尖叫，然后直接瘫倒在了他的怀里。"她要杀了我们，先杀你再杀我还是先杀我再杀你——我记不清顺序了——你是个永生者而我是个永灭者，我们俩还得互相攻击……"

"我们也可以并肩作战。"

苏菲眨了眨眼睛："我们……什么？"

"如果我保护你，那所有人都会明白你是善良的了。"泰德罗斯说道，他身上仍然汗津津的，"因为只有真正的公主才能赢得王子的庇护。"

苏菲摇着头紧紧地抱住了他："你就是我的王子。你真的是。"

"现在你要做的就是保证赢得每一次挑战，这样我们就能同时进入裁决赛。你可不能自己单独上场。"

苏菲的脸瞬间变得煞白："可是……可是……"

"可是什么？你可是方圆一英里内最优秀的永灭者。"

"我知道。只是……"

泰德罗斯托起她的下巴，让她看着自己晶莹剔透的蓝眼睛说："说好了，每次挑战都拿第一名。"

苏菲勉强地点了点头。

"我们是一个团队。"泰德罗斯说着，脸上露出了酒窝，然后他轻轻拍了拍她的脸颊，走进了永生者的大门离开了。

苏菲拖着沉重的脚步走向永灭者的大门，突然她停了下来，然后慢慢地转过了身。

阿加莎正独自坐在粉色的长椅上。

"我跟你说过我属于这里吧，亲爱的。"苏菲叹了口气说，"你就是不听。"

阿加莎什么也没说。

"也许校长会让你一个人回家的。"苏菲说。

阿加莎还是一言不发。

"看来你得交个新朋友了，阿加莎。"苏菲温柔地笑了笑，"现在我有王子了。"

阿加莎只是直勾勾地盯着她的双眼。

苏菲正色道："我有王子了。"

说完她"砰"地关上门离开了。

在丑化课上，曼利要求参赛的十五位选手变装成一种能让永生者一看就吓得晕过去的模样。海丝特用魔法药水让她整个身体都长满了尖刺。阿纳迪尔将皮肤变成透明的，露出了一根根布满全身的血管。苏菲则喝下一大口蝌蚪汁，又让自己长了一次痘痘，除此之外，她还特意让自己头顶多长了一个螺旋形的尖角和一条闪闪发亮的马尾。

"你是觉得长了痘痘的独角兽就会让公主害怕吗？"曼利气得咆哮。

在心腹培训课上，永灭者参赛者的任务是驯服一个火焰巨人。这是一个足足有九英尺高、满身皮肤都是橙红色、头发一直在熊熊燃烧的庞然大物。苏菲试着去读懂他的思想，可他脑子里所有的声音都是用巨人语说出来的。所幸她想起了一些阿加莎曾经教过她的巨人语。

火焰巨人：我为什么不能杀了你？
苏　　菲：我认识这匹马。
火焰巨人：我没看见有什么马！
苏　　菲：它和你的内衣一样大。

巨人气得打算一口吞了她，还好被卡斯特及时制止了。

接下来在莱索夫人的课上，她要求参赛者说出一个"只有施咒者本人才能解开的咒语"。

"答案是？"

永灭者们哆哆嗦嗦地举起了自己的冰题板。

海 丝 特：瞬间石化咒
阿纳迪尔：瞬间石化咒
阿拉克涅：瞬间石化咒
苏　　菲：一种特殊的咒语

"如果爱是一切的答案就好了。"莱索夫人说着，又一次给了苏菲"15"的排名。

"这是怎么了？"泰德罗斯推着她走在永生者的队伍中。

"只是起步慢了点儿……"

"苏菲，你必须和我一起进入森林！"

她顺着他的目光看到了一群虎视眈眈的永生者。只要裁决赛一开始，他们一定会立刻展开报复的。

"你只要像过去那样做就行了！"泰德罗斯恳求道。

苏菲咬紧牙关走回了自己的寝室。如果阿加莎能在善良学院学得那么好，那么她也同样能在这儿学出来的！是的，不就是煮蟾蜍眼睛、学巨人语吗？如果非要她煮小孩她也能做到（至少在旁边监督没问题）！什么也阻止不了她奔向幸福！她挺起了胸膛，用力打开了门，然后突然愣住了。

她的床不见了，镜子也被砸得粉碎。

她所有的衣服都被绳索套着悬挂在屋顶上，全都支离破碎，仿佛一具具无头的尸体。

阿纳迪尔正躺在自己的床上，看着一本名为《杀死漂亮女孩》的书。海丝特正在看一本名为《越漂亮的女孩越要杀》的书，然后她俩都抬起头来看向了她。

苏菲飞奔着跑到顶楼办公室说："我的室友想杀死我！"

莱索夫人坐在她的办公桌前笑了笑："这也就是想想而已。"

说完办公室的门神奇地在苏菲眼前关上了。

苏菲整个人蜷缩在黑暗的大厅里。上周，她还是全校最受欢迎的女孩！可现在，她竟然连自己的寝室都不能回去吗？

她擦干了眼泪。这没什么大不了的，不是吗？很快她就能换学院了，这些糟心事统统都会被抛在脑后的。她拥有每个女孩都梦寐以求的男孩。她有自己的王子了！两个愚蠢的女巫根本不是真爱的对手！

突然上方传来了什么声音，她赶紧躲进了阴影中。

"海丝特说了，不管是谁，只要能在裁决赛中杀死苏菲，就能成为明年的心腹队长。"阿拉克涅一边说一边从楼梯上走下来，"但必须得做成是意外，否则我们都会被开除。"

"那我们必须得先打败阿纳迪尔才行！"莫娜说这话的时候，她的绿皮肤都涨红了，"她会在裁决赛之前就杀死她吧！"

"海丝特说的是必须在裁决赛中进行。就连维克斯和布罗纳都知道。你知道他们计划怎么杀死她吗？他们在善良湖里找到了一些残留的蛋。那个女孩死定了。"

"真不敢相信我们还去听过那个叛徒的演讲。"莫娜怒不可遏地说，"接下来她说不定还会让我们身穿粉色去亲吻永生者。"

"她侮辱了我们所有人，现在该是她付出代价的时候了。"阿拉克涅说着微微眯起了眼睛，"我们这边有十四个人，她只有一个人，她毫无胜算。"

说完她们得意的怪笑声响彻了整个潮湿的楼梯间。

苏菲依旧缩在那一片黑暗中一动不动。原来不光她的室友希望她死，整所学院都想让她死啊。现在已经没有一处地方是安全的了。

除了……

在一个黑暗、陈腐的大厅尽头，34号房间的大门被"咚咚咚"敲响三次之后终于打开了。两只机警的小黑眼珠探了出来。

"你好啊，帅哥。"苏菲甜美地打着招呼。

"够了……你可是王子的心上人，你这个脚踏两只船的骗子，你这个……"

苏菲捂住鼻子，缓缓地走到霍特身边，一把将他推了出去，然后将他反锁在了房间外面。

霍特在外面大声地又敲又喊了二十分钟后，苏菲终于让他进来了。

"宵禁之前你都可以在这儿辅导我学习。"她一边说一边往房间里喷着薰衣草精油，"但是你不能睡在这儿。"

"这是我的房间！"霍特气恼地说，然后扑通一下和衣躺在了地板上，他黑色的睡衣上印着一只只皱着眉头的青蛙图案。

"是你的没错，但现在我不是在这儿吗？男孩和女孩是不能做室友的，所以现在这个房间肯定不可能是你的房间了。"苏菲说着躺到了他的床上。

"可我又能去哪儿呢？！"

"我听说恶意公共休息室很舒服的。"

苏菲没有理会霍特嘟嘟囔囔的抱怨，她趴在枕头上举起一根蜡烛看起了霍特的课堂笔记。明天她得赢得所有的挑战才行。她能在裁决赛中活下来的唯一希望就是和泰德罗斯一起上场，然后随时随地躲在他的盾牌之后。

"用于羞辱敌人，将敌人变成一只鸡：班塔迪变形。"她眯着眼睛努力看着，"是这么念的吗？"

"苏菲，你怎么知道你不属于恶人？"霍特打了个哈欠，蜷缩在了烧焦的地板上。

"我照照镜子就知道了啊。霍特，你这字也写得太烂了吧。"

"我照镜子的时候，觉得我看起来就像个恶人。"

"也许这说明你就是个恶人。"

"我爸爸跟我说过，不管在什么情况之下，恶人都不能去爱。那样既违背自然，也很恶心。"

苏菲努力地辨认着那潦草的字迹："想要将永生者变成冰块，首先要让你的灵魂变得……"

"所以我绝对不能去爱。"霍特继续说着。

"变得比你想象的更冷酷……然后再念出以下……"

"但是我有爱的能力，我能爱你。"

苏菲听见这话扭过了头去。霍特已经躺在地板上轻轻地打起了呼噜，衣服上的纽扣正好缝在愤怒青蛙的眼睛上，在黑暗中一闪一闪的。

"霍特，你不能睡在这儿。"她说。

霍特蜷缩得更紧了。

苏菲掀开被子，一脚踢了过去。

"拿着吧，潘。"他轻声梦呓道。

苏菲看着这个抱成一团的小圆球，满头是汗却又冻得不住地发抖。

然后她重新缩回了那张散发着霉味的被子里。她继续手持蜡烛看着笔记，想要努力好好学习，可霍特的鼾声却如催眠一般让苏菲的意识渐渐模糊，等她醒来时已是第二天清晨了。

第二天，一切还是和第一天一样，苏菲又拿到了三次最后一名。第三次是在心腹课上，她在面对一个浑身散发恶臭的巨怪时，没能及时亮起指尖光除掉他的武器，于是又失败了。

泰德罗斯着急得不行。当他捏着鼻子拽着苏菲穿过午餐队伍时，苏菲几乎能看见他脖子上的血管都涨得鼓了出来。

"我应该故意输掉吗？还是说你希望提前三小时进入裁决赛？！"

"我已经尽我所能……"

"我认识的苏菲不需要尽力。她只会赢。"

这顿午餐两个人都吃得异常安静。

"她的仙女教母去哪儿了?"苏菲还听见了碧翠丝得意扬扬的声音。

而在场地的另一头,阿加莎正和希子一起埋头做着作业,她看都没看一眼,只留下一个背影对着苏菲。

第二天的前两节课,所有的挑战者都在试穿他们的裁决赛制服:一件深蓝色丝质网格束腰袍,外面配的是一件用红色织锦做内衬的蓝色连帽羊毛斗篷。三十位参赛者全部统一着装,这就意味着即使你在蓝色森林里偶尔看到一个身穿蓝色斗篷的人,也无法立即分辨出他是永生者还是永灭者。通常一说到衣服,苏菲总是特别来劲的,但是今天她一门心思全放在看霍特的笔记上。下节课是莱索夫人的课,她急需拿到一个第一名。

"恶人展开杀戮的目的只有一个:摧毁他的天敌。摧毁那个在你变弱的时候反而变得更为强大的人。只有你的天敌死了,你才会得到解脱。"这位永远紧绷着脸的老师,咔嗒咔嗒地走在过道上说,"当然,鉴于只有最优秀的永灭者才会拥有天敌之梦,所以你们中间的大部分人也只是耗费一辈子的时间在做着各种冒险,而不会真的非得取人性命才罢休。想想这样也算一种幸运。杀人要求灵魂绝对地邪恶,而你们中间还没有一个人能够绝对邪恶。"

苏菲听到人群冲着她窃窃私语起来。

"不过既然童话裁决赛是一项非常安全的练习,"莱索夫人面带笑容地看着她说,"为什么不来试一试我最喜欢的一项挑战……"

说着她瞬间变出了一个虚幻的公主,这个女孩有着一头棕色的卷发,红红的脸蛋上有两个小酒窝,笑起来的模样比婴儿还要甜美。

"现在进行谋杀训练。谁能用最残酷的方式杀了她,谁就获胜。"

"终于开始教点儿有用的东西了。"海丝特盯着苏菲说。

这个房间比以往更加寒冷刺骨了,但此刻的苏菲却早已汗流浃背。

由于公主被设定成锁在门后,并且对陌生人充满了怀疑,所以这要求所有参赛的永灭者必须动点儿脑子才能杀死她。莫娜把自己变成了一个小贩,为公主送去了一支有毒的唇膏。她成功了,于是莱索夫人又变出了一个新的公主。阿纳迪尔敲了敲她的门，然后在门外为她留下了一束食人花。海丝特把自己变成了一只可爱的小松鼠，为女孩送上了一个发光的气球。

"哦，谢谢你！"公主笑眯眯地说，然后伸手接住了气球。只见那气球拽着她越升越高，越升越高，最后一下子扎进了天花板上锋利的冰刀里。

面对这所有的一切，苏菲大部分时间都是闭上双眼的。

"下一个是谁？"莱索夫人一边说一边又变出一个新的公主锁到了门后。"哦，是的，该你了。"她伸出长长的红指甲"嗒嗒嗒"地敲着苏菲的桌子。

苏菲感到一阵恶心。谋杀？即使这女孩只是一个幻影，她也做不到。

野兽临死前那垂死挣扎的模样在她脑海里闪现，她的脸瞬间变得惨白。不，那不一样！它那么邪恶，任何一个王子都会这么做的！

"看来，又是一个失败了。"莱索夫人鄙夷地冷笑道。

看着她的双眼，苏菲想到了渐渐对她失去信心的泰德罗斯，想到了十四名正努力证明自己足够邪恶、有能力去杀人的参赛者，想到了正离她越来越远的幸福结局……

"我爱的苏菲只会赢。"

她咬紧牙关从她老师身边走过，一步一步向着门走去，手指上的粉色光正闪闪发亮。

"想要将永生者变成冰块……"

她"咚咚咚"地敲响了门。

"先让自己的灵魂变得冷酷无情……"

门开了，苏菲的指尖光却突然变得暗淡无光。

出现在她面前的是她自己的脸，唯一不同的是这女孩的头发还是被野兽割掉之前的长发。所以想要赢得此次挑战，她必须杀掉……她自己。

苏菲看见角落里的莱索夫人正一脸得意地狞笑。

"请问有什么事吗？"公主模样的苏菲说。

这不过就是个幻影。苏菲紧咬着牙齿想着，这时她感到自己的指尖又一次灼烧起来。

"我不认识你。"公主红着脸害羞地说。

"你的灵魂要变得比你想象的更冷酷……"

苏菲伸出了发亮的手指对着她。

"母亲不让我和陌生人说话。"公主焦急地说。

说啊!

苏菲的指尖闪了一下,可她一个字都说不出。

"我要走了,母亲在叫我了。"

"杀了她!赶紧杀了她!"

"再见。"公主说着关上了门。

"班塔迪变形!"

嘭!公主瞬间变成了一只小鸡。苏菲抓起小鸡抱在自己怀里,然后搬起一把椅子砸碎了一扇冰窗,将小鸡放飞到了一望无垠的天空中。

飞吧,苏菲!你自由了!

小鸡扑腾着翅膀想要飞翔,但它立刻明白自己根本就不会飞,于是一头猛栽下去摔死了。

"这还是第一次,我为一只动物感到悲哀。"莱索夫人说。

又一个"15"扑向苏菲的脸上。

对于苏菲来说,邪恶学院唯一让她喜欢的一点,可能就是有很多地方都可以躲起来哭。这时她正缩在一座摇摇欲坠的拱门下偷偷抽泣着。她还有什么脸去面对泰德罗斯呢?

"我们坚持请求您将苏菲从裁决赛中除名。"

苏菲听出这粗声粗气的声音来自曼利教授。她悄悄爬出拱门,透过钥匙孔望向他平时上课的那间充满腐臭味的教室。在那些平日里坐满恶人的生锈座位上,此刻正坐着来自两所学院的老师们。达维教授站在那张龙骨讲台上,她的南瓜镇纸将讲台映照得一片明亮。

"永灭者们都在计划要杀死她,克拉丽莎。"脸上长满痘痘的秃头曼利说。

"一派胡言,我们有安全措施来防止学生死亡。"

"那我希望这些措施会比四年前更安全。"他迅速反击道。

"我以为对于四年前加里克死于意外一事,我们已经达成共识了!"达维教授怒气冲天地说。

整个房间顿时陷入了一片不祥的沉默之中,苏菲甚至能听到自己轻微的呼吸声。

加瓦顿的加里克,是被贝恩杀死的。

贝恩最后被淘汰了。加里克死掉了。

她的心一阵狂跳。

"活着回家就是我们最幸福的结局。"

阿加莎一直以来都是对的。

"苏菲必须被除名还有另外一个原因。"卡斯特平静地说,"小精灵们都在说,她会和一个永生者男孩组成一队。"

"组队?"达维教授瞪大了眼睛说,"一个永生者和一个永灭者?"

"设想一下要是他们赢了怎么办!"希芭教授尖着嗓子叫道,"设想一下要是这些事传到森林里去了怎么办!"

"那么要不就是她死,要不就是学院彻底被毁。"曼利往地上啐了一口唾沫埋怨道。

"克拉丽莎,这只是一个很简单的决定。"莱索夫人说。

"可是从来没有任何先例,可以将一个完全合格的学生从裁决赛中除名!"达维教授还是不同意。

"合格?她这周每一项挑战都不及格!"曼利说,"那个男孩让她以为自己是善良学院的!"

"也许她只是赛前压力大吧。"乌玛公主一边说一边喂着栖息在她肩上的一只鹌鹑。

"也许之前我们都被她蒙蔽了,竟以为她会是邪恶学院的获胜希望!"希芭教授说,"她必须在裁决赛之前被淘汰!"

"那她为什么没被淘汰呢?"阿涅蒙妮教授说。

"每一次我们想让她被淘汰,总是会有另一个学生取代她获得最后一名。"曼利说,"有人在阻止她被淘汰!"

邪恶学院的老师们一听,纷纷怒气冲冲地表示赞同。

"听起来真有道理。"达维教授面对他们说,"某个无人知晓的神秘好事者,偷偷飞越塔楼,篡改了你们的排名。"

"你相当形象地描绘了校长,克拉丽莎。"莱索夫人说。

"别犯傻了,莱索夫人。校长为什么要干涉学生的排名?"

"因为他迫不及待地想看到,邪恶学院最优秀的学生最后是躲在善良的盾牌之下获胜的。"莱索夫人压低嗓音狠狠地说着,她紫罗兰色的眼里隐隐闪着亮光,"我也曾愚蠢地认为这个学生是我们的希望。可要是苏菲和那个可怜的王子一起获胜了,我是绝对不会袖手旁观的,克拉丽莎。不管是校长还是你,又或者是你那些自以为是的野兽,我绝不会允许你们毁掉我一生的事业。你听好了,让苏菲进入裁决赛不仅仅是拿她的生命冒险,更是冒着挑起战争的危险。"

这一下,房间里只剩一片死寂了。

达维教授清了清嗓子说:"也许她可以明年再去参加比赛……"

苏菲顿时松了一口气。

"你向邪恶屈服了!"埃斯帕达教授喊道。

"这是为了保护那个女孩……"达维怯弱地说。

"可那个永生者男孩依然会爱着她!"阿涅蒙妮教授警告说。

"只要在末日审判室里关上一个星期,这个问题保管能解决。"莱索夫人说。

"可野兽还没找到。"希芭说。

"那就再找个新的!"莱索夫人不耐烦地吼道。

"不然投票决定怎么样?"乌玛尖细的嗓音又冒出来了。

"孬种才投票呢!"卡斯特咆哮着说,这一下老师们纷纷吵吵嚷嚷起来。乌玛的鹌鹑飞到邪恶学院老师们头顶冲着他们拉屎,卡斯特气得要跳起来吃掉这只鸟,于是波鲁克斯的脑袋又一次被挤了下来。就在这时,有人大声地吹响了口哨。所有人都扭头看向这个烧焦房间角落里站着的那个人。

"这所学院有且只有一个任务,"萨德教授说,"那就是维护善恶之间的平衡。如果苏菲参加裁决赛会影响到这个平衡,那么她必须立即被取消资格。但幸运的是,这种平衡的证明就在你我面前。"

这时所有人的眼光都移开了。苏菲努力想看看他们都在看什么，可她发现所有人看的都是不同的方向。

"我们是否能达成一致地认为，现在这个平衡仍然完好无损？"萨德教授说。

无人提出异议。

"那么苏菲将去参加童话裁决赛，我们不需要再讨论什么了。"

苏菲强忍着没让自己尖叫出来。

"你总是那么理性啊，奥古斯特。"莱索夫人站了起来说，"值得庆幸的是，这个女孩不断地失败，确保了她在裁决赛中绝大部分时间都不可能得到那个男孩的保护。让我们一起期待她能死得惨烈些吧，这样以后就没人再敢重蹈覆辙了。只有这样，她的故事结局才会显得有那么点儿意义。或许还值得画幅画留作纪念呢。"

说完她快步走出了房间，邪恶学院的老师们全都紧随其后。

接着，善良学院的老师们也两两一组，一路嘟囔着离开了，只留下达维教授和萨德教授慢慢地走在最后。他们一路沉默地静静走着，只听见黄绿色长袍不时擦到三叶草绿西装发出的沙沙声。

"奥古斯特，她要是死了怎么办？"克拉丽莎问道。

"可她要是能活下来呢？"萨德说。

克拉丽莎停住了脚步："你仍然相信那是真的？"

"是的，就像我相信撰写者已经开始撰写她的童话了一样。"

"可这不可能……这太疯狂了……这……"克拉丽莎的脸因为恐惧而涨得通红，"这就是你介入的原因？"

"恰恰相反，我并没有介入。"萨德说，"我们的职责是让故事顺其自然地发展……"

"不是的！你所做的……"达维教授突然用手捂住自己的嘴，"这就是你让一个女孩去冒生命危险的原因吗？因为你相信你那些虚假的预言？"

"有很多比这个女孩生命更重要的事，克拉丽莎。"

"她只是个女孩！一个无辜的女孩！"达维教授喘着粗气叫道，愤怒的泪水在她眼眶里打转，"你手上沾着她的鲜血！"

说完她跑着离开了。楼梯间里还回响着阵阵抽泣声,萨德教授浅褐色的眼里布满了疑云。

他看不见此刻苏菲正蹲在他旁边,竭尽全力想要忍住发抖。

深秋已至,透明场里落叶铺满了地面。希子紧紧地裹着披肩,正小口小口地吃着她的五香玉米面包。

"所以我把女孩们全都挨个儿问过了,问她们是否曾接受过特里斯坦的邀请。她们都说没有!那这就意味着他肯定会来邀请我!当然,他也可以一个人去,但如果男生独自一人去参加舞会,他的排名就会减半,而特里斯坦那么喜欢去焕然一新房,所以他绝对会来邀请我吧。好吧,特里斯坦也可以邀请你,但你说过他模仿泰德罗斯,那我想他应该不会喜欢你的。"

阿加莎大口咬着自己的面包,拽着她走了出去。穿过透明场,她看见苏菲和泰德罗斯正在树洞隧道口激烈地争吵着。看起来苏菲正在竭力解释着什么,她要去抱住他——甚至准备去吻他——可泰德罗斯一把将她推开了。

"你听到我说话了吗?"

阿加莎扭过头来:"等等,所以说如果女孩没有接到舞会邀请,那她就会被判定淘汰,并且要承受比死亡还要悲惨的惩罚。但是如果一个男孩没有去舞会,他只是被扣掉一半的排名?这算什么公平!"

"因为这就是事实啊。"希子说,"只要他想,男孩就是能选择独自一人。但如果一个女孩的结局只能是独自等待……那她还不如死了算了。"

阿加莎咽下一大口面包说:"这简直荒谬……"

这时有什么东西掉进了她的午餐篮里。

阿加莎抬起头来,她的视线正好和被泰德罗斯拖着走进永生者队伍的苏菲碰了个正着。

希子还在一旁叽叽喳喳地说着,阿加莎从篮子里掏出了一朵精美的粉色玫瑰花,这是一朵用羊皮纸叠成的玫瑰花。她小心翼翼地把花放在腿上,慢慢地将它拆开。

纸上只写了四个字。

我需要你。

第二十章
秘密与谎言

一只蟑螂猛地从66号房间的大门底下蹿过,由于用力太大,差点儿把蟑螂壳跳丢了。它呆呆地望着房间里一地的碎玻璃、吊在屋顶上的破衣服,还有三个熟睡的女巫——它吓得赶紧掉头溜走,生怕被发现了。

不过还是有人看见它了。

而且看见了它肚子上那枚天鹅徽章。

阿加莎用触角东闻闻西嗅嗅,一路寻着苏菲的香水味走下弯弯曲曲的楼梯,走过潮湿阴暗的大厅(一路上还差点儿被一只贼眉鼠眼的雄蟑螂袭击),最后她好不容易找到了香味的源头来自公共休息室。一走进公共休息室,她就看见了赤裸着上身的霍特,脸涨得通红,看着就像正在学习上厕所的小孩那样。只听他憋着一口气大叫了一声后,低下头去仔细检查自己的胸口，终于被他翻到了两根新长出来的胸毛。

"太棒了！谁能打败我这项天赋！"

苏菲则躺在另一张沙发上，专心致志地看着一本《笨蛋也能学会的咒语》。

她听见了两声昆虫的唧唧叫，急忙探头四下张望。霍特挺直了胸膛对着她眨了眨眼。她吓得赶紧扭头，然后看见了沙发后面的地板上，几个歪歪扭扭用口红写着的大字。

"盥洗室，带上衣服。"

苏菲非常排斥邪恶学院的盥洗室，不过作为她们碰面的地方，这儿的确算是安全的。永灭者们似乎都有盥洗室恐惧症，总是会想尽办法避开它。她完全不明白是什么引起的这种恐惧，也不知道他们都是去哪儿方便的，不过她宁愿不要想。"嘎吱"一声，她悄悄地推开了盥洗室的大门，走进了那间昏暗的铁皮房间。生锈的墙面上挂着两把燃烧的火炬，火光拉长了里面隔间的影子。她蹑手蹑脚地朝着最后一间隔间走去，这时铁皮门缝里露出了一小块苍白的皮肤。

"衣服呢？"

苏菲从门下把衣服塞了进去。

门开了，阿加莎身穿霍特的青蛙睡衣，手臂交叉着走了出来。

"我也没别的衣服给你了！"苏菲伤心地说，"我的室友把我所有的衣服都吊起来了！"

"看来这段时间就没人喜欢你。"阿加莎顶了她一句，她悄悄藏起了自己发光的手指，"我很想知道为什么。"

"听着，我真的很抱歉！我不能就这么回家！不能在我终于找到自己的王子后回家！"

"你？你找到自己的王子了？"

"好吧，差不多找到……"

"是你说你想回家的。是你说我们是一个团队的！所以我才会帮助你！"

"我们是一个团队,阿加莎!每个公主都需要一个贴身助理!"

"贴身助理!贴身助理!"阿加莎叫道,"好啊,那就让我们拭目以待,看看我们的女英雄会怎么自己搞定所有的事。"

说完她转身准备离开。苏菲一把抓住她的手臂说:"我尝试过去吻他!可他现在怀疑我了!"

"放手!"

"我需要你的帮助。"

"我不会再帮你了。"阿加莎一边呵斥一边用胳膊肘把她顶开,"你就是个骗子,胆小鬼,撒谎精。"

"那你为什么还来?"苏菲说着,眼泪不住地往外流。

"你可小心哦,鳄鱼流眼泪说不定也会长皱纹的。"阿加莎站在门口冷笑着说。

"求你了,我什么都愿意做!"苏菲放声大哭道。

阿加莎转过身来说:"那你发誓一有机会你就会去吻他。用你的生命发誓。"

"我发誓!"苏菲哭着叫道,"我想回家!我不想死在这儿!"

阿加莎凝视着她:"哦?"

苏菲歇斯底里地连说带比画把她听到的教师会议,还有她不断的失败以及她与泰德罗斯的争吵全都告诉了阿加莎。

"我们都快到达终点了,苏菲。"阿加莎铁青着脸说,"童话故事的结尾总是会有人死亡的!"

"那我们现在该怎么办?"苏菲紧张地尖声说。

"你去赢得裁决赛然后立刻亲吻泰德罗斯。"

"可我会死的!有三个小时泰德罗斯根本没法保护我!"

"你不会一个人的。"阿加莎不耐烦地说。

"不会吗?"

"你的蟑螂教母会藏在你的衣领下,随时用魔法帮你解围。不过这一次,如果你不按时亲吻你的王子,我会用我学到的所有邪恶咒语去诅咒你,直到你完成为止。"

苏菲张开双臂一把抱住了她:"哦,阿加莎,我真是个很差劲的朋友。不过我会用我的一生去弥补你的。"

大厅里响起了一些脚步声。"快走!"阿加莎悄声说,"我要末格里变形了!"

苏菲的脸庞因为心中的一块石头落地而激动得通红,她最后抱了抱阿加莎然后偷偷溜出盥洗室,回到了霍特的保护中。一分钟后,一只蟑螂也跟着冲下了楼梯。

她们都没注意到藏在阴影中那隐隐闪耀着的红色文身。

按照惯例,裁决赛的前一天就不再上课了,而是会把时间交给永生者和永灭者去蓝色森林进行实地考察,至于没被选上的学生,此刻则要去为天才马戏团做准备。苏菲跟着泰德罗斯穿过大门走向蓝色森林,她明显察觉到了他们之间的疏远。

大地已经渐渐进入萧瑟的深秋,在正午阳光照耀之下的蓝色森林却依旧明媚璀璨,郁郁葱葱。一整周来,学生们都在努力套着各自老师的话,想要打探出挑战者们都会遇到怎样的陷阱,可所有的老师都宣称自己对此一无所知。这一次的裁决赛是由校长秘密设计的,所有的老师都被派去保护边界了。老师们甚至都没法观看比赛,因为校长花了一整晚对整个蓝色森林施了屏障隔离咒。

"校长禁止我们干预。"达维教授心烦意乱地对她的学生们喃喃地说,"比起理性和责任感,他更喜欢模拟真实森林里的各种危险去设计裁决赛。"

不过对于紧跟着苏菲和泰德罗斯涌入蓝色森林的参赛者来说,他们谁也没想过,一天之后这片美丽的游乐场就会变成地狱般的残酷竞技场了。永生者和永灭者一路肩并着肩从蕨类植物园里闪闪发光的叶子旁经过,看着松林幽谷里的负鼠蹦蹦跳跳地觅食,还一起经过蓝色小溪,看着溪水里的鳟鱼欢快地翻腾,然后他们想起原来彼此是敌人,这才分道扬镳。

泰德罗斯挤到苏菲跟前说:"跟我过来。"

"我会自己去面对这一切的。"她低声轻轻地说,"我还没有赢得你的保护呢。"

泰德罗斯转头看着她说："碧翠丝说你的第一名是靠欺骗得来的。这是真的吗？"

"当然不是！"

"那你为什么每次预选赛的挑战都失败呢？"

豆大的泪珠从苏菲的眼里滴落下来："我想证明没有你我也能活下来，这样你才会因为我而感到骄傲。"

泰德罗斯瞪着她："你是……故意输的？"

她点了点头。

"你是不是疯了！"他气得快爆炸了，"那些永灭者——他们会杀了你的！"

"那你就必须得冒着生命的危险来证明我是善良的。"苏菲抽了抽鼻子说，"我也愿意为你而战。"

有那么一瞬间，泰德罗斯看起来一副恨不得揍她一顿的模样。但渐渐地，他的脸颊上泛起了红晕，他一把将她搂进怀里。

"答应我，等我进入大门后，你会好好地等在那儿。"

"我答应你。"苏菲轻声哭着说，"为了你，我会的。"

泰德罗斯凝视着她的双眼，苏菲顺势噘起了她那完美的嘴唇……

"你是对的，你应该自己去打败困难。"她的王子说着往后退了一步，"你需要在没有我的状况下获得自信。尤其是在你已经输掉那么多次挑战之后。"

"可是……可是……"

"离永灭者远点儿，好吗？"

他紧紧地握了握她的手，然后大步流星地赶上了走在南瓜田里的永生者男孩们。查迪克刺耳的声音飘了过来："说到底她还是个恶人，兄弟。别想从我们这儿得到什么特殊待遇……"

苏菲没有听到泰德罗斯有什么回应。她一个人静静地待在这一片寂静的幽谷之中，头顶上正好是一棵槲寄生树。

"还刚好站在这儿呢。"她抱怨道。

"或许你应该一字不漏按照我说的对他说！"她衣领下那只蟑螂气愤地反驳道。

"我单独待三个小时也没什么。"苏菲叹着气说，"我是说，永灭者也不能使用未经批准的咒语吧。那我们能做的也就是发动个暴风雨或者变成个树懒什么的。他们还能把我怎么样？"

这时有什么东西碰到了她的头。她转了一圈，看到就在她站的地方，一棵橡树的树干被划开了一条缝。小恶魔维克斯正骑在她头上的一根树枝上，手里拿着一根尖利的木棍。

"有点儿好奇你到底有多高。"维克斯说。

秃头的面团男孩布罗纳从另一棵橡树后一摇一摆地走出来，检查了一下那道印记说："行，能适合她。"

苏菲一语不发地瞪着他们俩。

"就像我说的，"维克斯晃动着他那对尖耳朵说，"只是好奇而已。"

"我真的快死了！"苏菲醒悟过来，一边哭着一边飞快地逃出了森林。

"有我在你不会死的。"阿加莎说，这时她的蟑螂触角又卷了起来，"我能在你们的课上打败他们所有人，明天我也能再打败他们一次。你只需要关心怎么得到那个吻……"这时有什么东西"啪"地一下落在她的头上。

"什么东西？"

阿加莎一低头看到一只死蟑螂掉在了草地上，紧接着又掉下来四只。

苏菲和阿加莎慢慢伸长了脖子，看到邪恶城堡里冒出了滚滚的粉色浓烟，随之出现的则是如雨点般从空中跌落在透明场上的死昆虫。

"发生什么事了？"苏菲说。

"害虫大清除。"一个声音回答道。

苏菲一转身，看到海丝特正抱着双臂靠在森林大门入口处。"很明显，这些害虫太喜欢大晚上在学院里到处乱窜了。你的朋友前段时间还生了病，我们可不能冒着会有瘟疫发生的危险了。"

说着海丝特"啪"地将她肩头上一只虫子拍了下去。

"而且，这也算是一个很好的提醒，提醒有些东西别老想着去一些不属于自己的地方。你认为呢？"

她赶紧把蟑螂含进了自己的嘴里，迅速溜回了森林里，一路上踩得树叶沙沙作响。

苏菲喘着粗气说："你觉得她会不会已经知道你是只蟑螂了？"

"她当然知道了，笨蛋！"

森林里又传来了永灭者的声音。

"快走！"阿加莎低声吼道，然后赶紧沿着苏菲的大腿爬了下来，"我们没法再见面了！"

"等等！那裁决赛我还怎么活下来……"

但是阿加莎已经消失在了善良隧道中，接下来苏菲只能靠自己了。

每晚小精灵的例行宵禁检查都是从一楼开始一层层往上查房，这让阿加莎有了足够的时间从天桥偷偷溜到英勇塔楼去。萨德住在那儿，和所有老师一样，他的卧室也紧挨着他的书房。只要撬开他的门锁，她就能把他吓倒在床上。她不在乎这个怪人会不会回答她的问题了，如果有必要，她还会把他绑在床上。

阿加莎知道这个计划实在太可怕了，但她还能有什么办法？现在她已经没法偷偷潜入裁决赛了，而苏菲根本不可能一个人撑三个小时。萨德已是她们回家的最后希望了。

英勇塔楼的六楼只有一扇孤零零的大门，从楼梯走上去正对着的就是他的书房。门上的大理石表面凸出了一串蓝色的圆点，阿加莎用手指轻轻拂过这些圆点。

"本层楼禁止学生入内。"萨德的声音出现了，"立刻回到你自己的房间去。"

阿加莎握住了门把手，发光的手指已经对准门锁，门却自己"嘎吱"一声打开了。

萨德不在里面，不过他应该没离开多久。他的床单是刚躺过的样子，桌上的茶还热着……

阿加莎蹑手蹑脚地走进他的书房，整间屋子从书架到椅子全堆满了书。地上的书更是一堆又一堆地高高摞起，书桌腿最起码有三英尺都陷在这些书里了。最上面有几本书是摊开的,有几行彩色的小圆点分别被用尖角的银色五角星在书页的空白处做了标注。她用手轻扫过这些标注,一个迷雾般朦胧的场景从书中显出,同时一个女人尖细的嗓音说道:

"除非达到目的,否则灵魂是不会安息的。为此,它必须借用先知的身体。"

这时一个瘦骨嶙峋的鬼魂猛地撞进了一个长胡子老人的身体里,然后迷雾旋转着被吸回了书里。接着她又触摸了一下另一本书上的星标:

"进入先知的身体后,灵魂只能停留几秒,然后先知与灵魂会同时毁灭。"

这时她眼前出现了两个飘浮的身体,慢慢融合在了一起,随即崩裂成了尘埃。

她继续用手指拂过别的星标。

"只有最强大的先知才能成为灵魂的宿主……"

"大多数先知的身体还来不及被灵魂占据,就会死去……"

阿加莎扮了个鬼脸。他怎么会这么痴迷于先知……

这时她的心脏突然紧抽了一下。

预言,老师们曾这么说过。

萨德能看见未来?

那他能预见到她们是否能回家吗?

"阿加莎!"达维教授瞠目结舌地站在走廊外,"萨德的警报响了——我还以为是只蟑螂——结果是个学生!宵禁后居然擅自离床!"

阿加莎赶紧从她身边溜过,一路朝着楼梯小跑而去。"罚你打扫厕所两周!"老师大声叫道。

阿加莎回头瞄了一眼,看见达维教授皱着眉头挥动手掌合上了萨德的书。她发现阿加莎正看着她,立刻用魔法"砰"地关上了房门。

那一夜,两个女孩都梦见了家乡。

苏菲梦见自己在一片粉色的迷雾中拼命跑着,想要逃离海丝特的追捕。她想大声叫出阿加莎的名字,可从她嘴里吐出来的却是一只蟑螂。终于她找到一口石井跳了进去,当她顺着水流一直潜到井底后,却发现自己竟然已经身在加瓦顿了。这时她感觉到一双强有力的手臂一把扛起了她，是她父亲，他将她带回了家，家里充斥着肉和牛奶的味道。她着急地想上厕所，可他却把她带去了厨房。厨房里一个闪闪发亮的钩子上正挂着一头猪，一个妇人背对着她正"嗒嗒嗒"地往灶台上敲着红钉子。"母亲？"苏菲大喊道。还没等这个妇人转身，她父亲已经给了她一个睡前晚安吻，然后打开炉灶将她扔了进去。

苏菲猛地惊醒过来，她试着把头往墙上敲了敲，想要把梦境中的一切从她脑袋里赶出去。

阿加莎则梦见加瓦顿着火了。一连串燃烧着的黑裙子一路牵引着她来到墓园山，当她走到山顶却发现曾经是她家的地方现在已变成了一块墓地。她听见有什么声音从墓里传出来，于是开始拼命往里挖，那声音越来越近，越来越近，然后她被隔壁的什么声音吵醒了。

"你说过这很重要！"泰德罗斯咆哮着说。

"是永灭者说的，说她伙同阿加莎一起作弊！"碧翠丝说。

"苏菲和阿加莎根本就不是朋友！阿加莎是个女巫——"

"她俩都是女巫！是阿加莎每天变成蟑螂在她挑战时告诉她答案的！"

"蟑螂？看来你不光小肚鸡肠和嫉妒心强，你根本就是疯了！"

"她们俩都是恶人，泰迪，她们在利用你！"

"你才是那个会去轻信永灭者的人！你知道苏菲为什么会输掉那些挑战吗？她想保护我的安全！如果这也是恶人的话，那你又是什么？"

这时一阵风吹过，将窗帘鼓得哗哗作响。阿加莎听不见他们接下来都说了什么，但是门很快就"砰"地响了一声，然后泰德罗斯拖着沉重的步伐离开了。阿加莎试图重新入睡，却发现迷迷糊糊中自己的双眼正盯着床头柜上那朵不停摇曳着的粉色纸花，一朵仿佛盛开在墓园里的玫瑰花。

一个念头出现在她脑海里，她被这个念头震撼得忍不住叫出了声。

塔楼里一片漆黑，只有参加裁决赛的永生者房间还隐隐亮着灯。为了准备接下来一整夜的比赛，他们全都得一直熬到清晨。身穿蕾丝睡袍的阿加莎，踮着脚走上了粉色的玻璃台阶，她一直抬头紧紧盯着楼上的小精灵和老师们的动静。

而在五层楼之下，泰德罗斯却透过旋转楼梯井一直抬头注视着她，他突然有些疑惑了，很想知道碧翠丝对他说的是不是真的。

他把靴子脱下来留在底楼，然后轻手轻脚地尾随着阿加莎穿过天桥，来到了荣誉塔楼的四楼。这一整层楼都是美德图书馆，泰德罗斯脚踩及膝黑色长筒袜蹲伏在地上窥视着阿加莎。他看着她消失在一座足足有两层楼高、建得如同圆形竞技场模样的金色书架后。一只外壳坚硬的乌龟负责看守着这些书，此刻它手握一支鹅毛笔，趴在一本巨大的图书馆工作日志上睡得正香。不一会儿，阿加莎找到了她要找的书，然后蹑手蹑脚地从这只爬行动物和王子身边离开。泰德罗斯都没来得及看清她手里的书名是什么，就听见她的脚步声已消失在海蓝色的天桥上，并且渐渐走远了。

泰德罗斯咬着腮帮想着，这个女巫又在谋划什么杀人计划吗？苏菲也参与了这个计划吗？她会背叛他吗？这两个恶人还是朋友吗？王子猛地站起来，心跳如雷——这时他听到了一些奇怪的沙沙声。

他一转身，看见那只鹅毛笔正神奇地自动在乌龟的工作日志上写着什么，写完后又自动落回了这只打着鼾的爬行动物手里。泰德罗斯眯着眼睛凑到日志跟前看到：

《鲜花的力量：植物的魅力让世界更幸福》
（阿加莎，圣洁塔楼51号）

泰德罗斯不屑地哼了一声，带着因为怀疑自己的公主而产生的愧疚，回到底楼穿上靴子离开了。

童话裁决赛的规则非常简单明了。太阳落山的那一刻，头两位挑战者率先进入蓝色森林。接下来每隔十五分钟，就会有两位挑战者入场，入场的先后顺序是由各自在预选赛中的排名来决定的，最终进入竞赛场的选手会与最初进入的两位选手相隔三个半小时。一旦进入蓝色森林，永灭者可以使用他们在课上所学的任意天赋以及咒语去攻击永生者；永生者也可以使用获准使用的武器以及解除咒去进行防卫。校长设计的陷阱则会同时针对对战的双方。以上是全部的比赛规则。挑战者必须自己去分辨当下的危险是否致命，如果致命则需及时扔出自己的魔法手帕。一旦手帕落地，挑战者就会被安全转移出裁决赛。当清晨的第一缕阳光升起时，狼卫会宣布比赛结束，谁能最终从大门走出来谁就是胜利者。胜利者从来不会超过一位。很多时候，一位都没有。

冬天来得可真不是时候，当挑战者们刚走进透明场时，一股刺骨的寒风就刮了过来。永生者男孩们全都身穿深蓝色斗篷，手持一面配套的风筝形蓝色盾牌。他们随身只允许佩戴一件武器，大多数的男孩都选择了弓箭做武器（为了避免受伤，弓箭的箭头都被埃斯帕达教授磨钝了，对战中只需要让对手昏迷就行），只有查迪克和泰德罗斯选择了重型训练剑。而在一旁的永生者女孩们正在安静地练习着自己的呼唤动物法，并尽量表现得楚楚可怜一些，好让男孩们勇敢地站出来将她们庇护在自己的羽翼之下。

在比赛场的另一头，身穿斗篷的永灭者选手们则全都佝偻着腰靠在几棵光秃秃的树干上，他们的双眼一直盯着隧道口那些未入选的学生。未入选的永生者们已经一副准备好要开睡衣派对的架势了。他们一个个手里抱着枕头和毯子，拎着的篮子里装满了菠菜慕斯、奶油鸡肉薄饼、甜椒串、接骨木奶冻，还有一瓶瓶樱桃石榴汁。而没入选的永灭者则趿着拖鞋戴着睡帽就来了，一副随时准备着只要一察觉有丢脸的迹象就会逃跑的模样。

狼卫开始分发魔法丝绸手帕了——白色的给永生者，红色的给永灭者——卡斯特和波鲁克斯将参赛者们按进场顺序排成了一列。鉴于苏菲和希子在预选赛中表现最差，她们两人将在日落时分就进场；十五分钟后，布罗纳和特里斯坦入场；再过十五分钟是维克斯与莉娜入场，以此类推，最后进场的是海丝特和泰德罗斯。

站在队伍最后面的王子，从狼卫手里接过了白色的手帕。

"根本用不着这玩意儿。"他咕哝着将手帕塞进了靴子里。

而在队伍前面的苏菲，将红色手帕牢牢拽在手里，准备一进去就将它扔在地上。她真希望自己在试衣服的时候多留点儿心。她的束腰袍短得只到胸前，可斗篷却长得拖到了地上，还有斗篷上的蓝色兜帽大得能把她整张脸都遮起来，这让她看起来像是没有头——

怎么到现在还在想着服装的事啊！她心急火燎地扫视了一遍人群，仍然没有见到阿加莎的任何踪迹。

"我们听到有传言说，一些未达标的学生想要偷偷潜入裁决赛中。"波鲁克斯对旁边的卡斯特说，此刻它们俩的脑袋又合并在了一起，在昏暗的灯光下，这双头狗的影子显得威风凛凛。"所以，今年我们又增添了一些额外的防范措施。"

一开始，苏菲以为这指的就是大门的每英寸都有一头狼卫在看守。可当卡斯特举起火把后，她才看见原本金色的大门现在全变了——门上全是红黑相间的巨型毒蜘蛛，一只只全被施了魔法，交错相间布满了整扇大门。

她心下一沉，这下阿加莎可怎么溜得进来啊？

"如果有人作弊，那他就是找死。"

她转过身来。

"我不会相信任何一个恶人。"泰德罗斯金色的脸颊已冻得通红，他拉起了她紧紧握着手帕的手说，"你不能，苏菲，不能扔下它。"

没有阿加莎的辅助，苏菲只得无助地点了点头。

"一旦我们组队后，他们一定会竭尽所能将我们中的一个先逼出去——永生者、永灭者、校长，都会这么做。"她的王子说，"所以我们一定要互相保护对方。我需要你在后面协助我。"

苏菲点了点头。

"你没什么要说的吗？"

"要不给我一个幸运之吻？"她急促地说。

"当着全校的面？"泰德罗斯仰起头笑了，"这个主意不错。"

苏菲顿时开心起来，松了一口气般嘟起了自己的嘴唇。"要一个长长的吻，"她又叹了口气说，"以防万一。"

"哦，我会给你一个长长的吻的，"他咧嘴笑道，"等我们获胜以后，就在我带你走进善良城堡之前。"

苏菲一下子被噎住了："可是……可是……如果我们没法……"

泰德罗斯轻轻从她颤抖的手里拉出了红色手帕。

"我们属于善良，苏菲。"他一边说一边将它塞进了她的衣服口袋里，

"胜利永远都属于善良的。"

在他清澈的蓝眼睛里,苏菲看见了正站在她身后的海丝特,她头上的兜帽压得很低,看起来如同死神一般。

突然间,狼卫冲过来将她和希子推到了北门前。看着在她眼前呲呲作响的毛茸茸的蜘蛛,她吓得几乎连呼吸都停止了。惊慌失措之间,她看到了那座高耸于森林之上的校长塔楼。迎着日落前的最后一抹夕阳,她看见校长的剪影正在窗口观看着这一切。苏菲扫视了一圈,想要找到阿加莎来拯救她,可她唯一能看到的只有森林上方那渐渐昏暗的天空。这时校长塔楼里爆开一串银色的火花,火光瞬间将森林笼罩在一片朦胧的薄雾之中。

"第一对,准备!"卡斯特大声宣布。

"不……等一等……"

一对爪子从后面一把抓起苏菲,将她推到了那布满蜘蛛的大门前。苏菲尖叫着任由上百只毛茸茸的蜘蛛在她身上打探、审视着。检查通过之后,蜘蛛们神奇地分开并退到了两旁,苏菲跨过了被熊熊燃烧的火把照亮的森林入口。随着狼卫一声嚎叫,蜘蛛大门又关闭起来。

裁决赛开始了。

第二十一章
童话裁决赛

惊恐万分的苏菲转身朝希子奔去,她们俩必须待在一起。但希子却快步向着东面的蓝莓地跑了过去,一边跑还一边往回窥视着,生怕苏菲跟了上来。

苏菲只能迅速沿着西面的小径朝着蓝色小溪走去,到了那儿,她还能在小溪的桥下躲藏一会儿。本来她以为森林里会漆黑一片,所以一大早吃饭时她还让霍特教了她一句点火的咒语。但在今晚,树木全都闪耀着冰蓝色的暗荧光,仿佛是北极光为整片森林上了一层釉一般。尽管这一切看起来透着几分诡异,但她还是稍稍松了口气。毕竟点燃火把是很容易将她暴露为攻击目标的。

当她蹚着水走进蕨类植物园时,那泛着靛蓝色的叶子轻轻地拂过了她的脖子。她整个身体都放松了。她曾以为一旦进入森林立刻就会被无休止的恐怖层层包围,但此刻的森林却比她见过的任何时候都宁静。没有鬼鬼祟祟溜达的动物,没有诡异的嚎叫声。只有她一个人静静地待在这片空灵的草地上,听着风声吹拂过叶片发出如演奏般的声响,仿佛是一只手在抚弄着竖琴的琴弦。

当她艰难跋涉过那齐人高的蕨类植物丛时,她想到了阿加莎。老师是不是发现她正在图谋不轨了?海丝特是不是半路拦截了她?

苏菲觉得自己浑身直冒冷汗。

"还是说阿加莎根本不敢帮我?"

因为只要她能和泰德罗斯一起赢得比赛,那就没人能阻止她换学院了。她可以名正言顺地成为善良学院的荣誉级长。她能和她的王子一起携手走向幸福,能永世成为王后。苏菲紧咬着牙关。要是她没有许诺回家该多好啊!只要她能独自赢了这场裁决赛,那她就没有必要信守这个诺言了!

她停下了脚步:"我可以的!看着吧!我不就正在……"

远处传来一声尖叫,随即一团白色的烟花在天空中绽放开来。希子投降了。

苏菲的双脚顿时僵住了。袭击希子的人还有多久会找到她?她到底在想什么啊?她根本没法在这儿撑多久!她一把扯出口袋里的手帕,那抹鲜红闪现出来。

噼啪!有什么东西从她头上掉了下来,落在她的脚边。她低头一看,是一卷用碎布条裹起来的羊皮纸。

碎布上隐隐露出了愤怒青蛙的图案。

苏菲抬起头,看见一只白鸽正高高地飞翔在树梢。当它试图往下飞时——

噼啪!就在它离树木稍稍近一些的时候,屏障咒语的火光在天空中爆裂开来。守卫边界的老师们果然都非常谨慎。

苏菲急切地拉开这卷烧焦的羊皮纸。

> 快去郁金香花园。当你的指尖光亮起时，放一株郁金香花苞在你的舌底，然后默念：弗里达鲜花变。你就能变身成为一株小郁金香了。
>
> 我会一路带领你的。赶快去。
>
> 　　　　　　　　　　　　阿加莎

苏菲顿时松了一大口气。郁金香！太棒了，那就没人能发现她了！哦，她怎么能怀疑阿加莎呢？好心又忠诚的阿加莎！

苏菲内疚地将红色手帕揉成一团塞回了口袋，跟着白鸽往前走去。

要从森林小径走到郁金香花园，她必须先穿过绿松石丛林，然后穿过南瓜田和沉睡的柳树林。她跟着阿加莎先走出蕨类植物园，然后又走进了浓密的灌木丛中，一路上，磷光树叶闪耀着幽蓝色的寒光照亮她走过的小径。树干也晶莹透亮，借着这些亮光苏菲甚至能看清楚树干上的每一条划痕和伤疤，其中就包括之前维克斯在她头顶上砍进树干的那道裂痕。

一阵风突然吹过，吹得小径两旁的树叶哗哗作响。她没法看见树梢上的阿加莎了。这时苏菲听到了几声模糊不清的咕哝声，是人，还是动物？但她并没停下来去一探究竟。希子的尖叫声还在她脑中轰鸣着，她赶紧抓住她长得拖地的斗篷飞快地沿着小径逃离开。她一路在灌木丛与矮树桩中跌跌撞撞地摔倒又爬起来，不时低头躲避扎人的树枝，飞快地在蓝色树叶间行进，终于，她看见了一堆南瓜，以及在两棵发光树干中间站着的一只不耐烦的鸽子。

但是有什么人站在他们中间。一个身穿红色斗篷、戴着兜帽的小女孩。

"不好意思？"苏菲大声喊道，"借过一下。"

这个红帽子的陌生人抬起头来，她根本就不是个小孩。她有一双浑浊的蓝眼睛，布满了皱纹和斑点的脸颊上竟然涂着玫红色的腮红，一头浓密的灰头发梳成了两条马尾辫。

苏菲厌恶地皱起了眉头。她非常讨厌老女人。

"我说我要过去。"

但是老妇人一动也没动。

苏菲走到她跟前说:"你是聋了吗?"

老妇人脱下了她的红斗篷,一个肮脏臃肿的老鹰身体赫然露了出来。苏菲惊骇得连连后退,这时她又听见了一声震耳欲聋的呱呱叫,另外两位鹰身妇人朝她走了过来。

人头鹰身女妖。

阿加莎教过她的——这是口蜜腹剑者还是盲人行者来着?

然后她看见了她们那扭曲变形不停敲打着的爪子,每一只爪子都锋利得好似利刃一般。

专吃小孩的怪物。

随着一声凄厉的尖叫,她们向她猛扑过来,苏菲赶紧埋头躲在了其中一只的翅膀下,人头鹰身女妖丑陋的面部愤怒得都扭曲了。她赶紧跑到灌木丛里躲起来,可灌木丛的每个角落都被蓝色的探照灯照得无处可藏。人头鹰身女妖一把抓住了她的脖子,她慌乱地伸手在口袋里摸着,立刻碰到了她的红手帕——这时她被斗篷绊了一跤,狠狠摔在了地上。利爪已经伸进了她的后背,她尖叫着被拎了起来,手里还挥舞着她的手帕。人头鹰身女妖正对着她的脸张开了大嘴。

突然间,丛林变得漆黑一片。

伴随着充满困惑的叫声——抓住她的爪子松开了,苏菲"啪"地跌落在泥地上。趁着黑暗,她匍匐穿过一堆杂乱的树枝,无意中摸到一根圆木,便赶紧藏在了圆木后面。她能听见女妖干枯的指节在泥地里盲目地乱刨着,充满愤怒的咕噜声也越来越近了。苏菲猛地往后一跳,却不料"砰"地一下结结实实地撞在了一块石头上,痛得她哇哇大叫。恶魔们一听到她的叫声,立刻朝她的脑袋扑了过去。

这时丛林突然又亮了。

人头鹰身女妖伸长了喙看见了正盘旋在空中的鸽子阿加莎,她的翼尖此时正亮着橙色的光芒。阿加莎挥了挥翅膀,丛林就变暗了,再挥一挥,丛林又变亮了。就这样忽明忽暗，周而复始，直到人头鹰身女妖终于发现了这个奥秘，其中两只发出一声可怕的怪叫齐齐朝阿加莎飞去。

"快飞！"苏菲吓得大叫。可阿加莎只是一味地在空中翻滚扑扇却怎么也不飞走，就好像她突然忘记了该怎么飞似的。两只恶魔咬牙切齿地朝这只无助的小鸽子冲去，越飞越高，越飞越快，直到她们能用爪子抓住她。

一串火光穿过屏障爆炸开来，随着一声巨响，她们一起坠了下来，人头鹰身女妖的羽毛和身体全都被烧焦了。

最后剩下的一只人头鹰身女妖呆呆地看着她同伴冒烟的身体，又缓缓抬起头向上看去。阿加莎笑着挥动了一下她发光的翅膀，丛林又亮了起来。恶魔转过头去——

苏菲搬起一块石头对准她的脑袋狠狠砸去。

森林又恢复了宁静，她独自一人喘着粗气站在草地里，伤口血流不止，双腿直打哆嗦。

苏菲抬头望向了天空。

"我想换地方！"

可鸽子已经快飞到南瓜田了，苏菲也只能悲惨地赶紧跟上，一只手还揣在兜里牢牢地抓着她那条救命的手帕。

南瓜田里的南瓜此时闪烁着千变万化的蓝色荧光。苏菲走进了一条被发光南瓜包围的蜿蜒泥土小径，她一路低声自我安慰着，这些不过就是南瓜，只是南瓜而已，就算是校长也没法把南瓜变得有多吓人。她一边自言自语着，一边加快了步伐跟上阿加莎。

这时小径深处出现了几个黑黑的影子。有两个人在前面。

"你好？"苏菲叫道。

人影没有动。

苏菲心如擂鼓地往前挪了挪。走近一看原来不止两个人，至少有十个。

"你们想干吗？！"她惊恐地大叫道。

无人应答。

她又往前挪近了点儿。这是一群身高七英尺、身体细长的人，它们的脸干瘪得像骷髅一样，扭曲变形的双手全是用……

稻草做的。

稻草人。

苏菲长舒了一口气。

小径的两旁排列着几十个被钉在木制十字架上的稻草人，它们全都张开双臂守卫着这片南瓜田。南瓜发出的荧光从后面映衬着它们的侧影，它们身上裹着破破烂烂的棕色碎布衬衫，光秃秃的脑袋是用粗麻布做的，上面还戴着一顶黑色的女巫帽。苏菲慢慢地从它们中间走过，看清了它们可怕的面容——粗麻布上撕破的洞变成了它空洞的眼眶，脸上有一个锯齿状的猪鼻子；还缝出了一个邪恶的坏笑。她吓得赶紧往前跑，眼睛只敢盯着眼前的小路，再也不敢东张西望了。

"救救我……"

她立刻僵住了。这个声音是她身旁的一个稻草人发出的，一个她无比熟悉的声音。

"这不可能。"苏菲想着，然后继续向前。

"救救我，苏菲……"

这下肯定没错了。

苏菲还是决定继续往前走："我母亲已经死了。"

"我在里面……"这个声音又在她身后响起，那么刺耳，听着仿佛饱受痛苦而异常虚弱。

泪水在苏菲眼眶里打转："她已经死了。"

"我被困在……"

苏菲终究忍不住转身了。

这时稻草人已经不再是稻草人了。

一个她熟悉的男人从木制十字架上缓缓转头看向了她。在那顶黑色的女巫帽下，是一双灰色而没有瞳仁的眼睛，而它的双手则被两只肉钩子取代了。

苏菲面色苍白地喊道："父亲？"

它"咔嚓"一下拧断了自己的脖子，然后小心翼翼地将自己的身体从十字架上撬了下来。

苏菲往后退了一步，正好撞到另一个稻草人身上。这个刚从十字架上挣脱下来的稻草人竟然也是她父亲的模样。苏菲转了一圈，她看到所有的稻草人竟然都是她父亲的模样，它们一个个都从木桩上爬了下来，慢慢朝她聚拢过来，那手上的肉钩子在蓝色的寒光中闪闪发亮。

"父亲……是我……"

它们完全没停。苏菲一步步退后，贴到了一个十字架上。她说："是我……苏菲……"

在前面很远的地方，鸽子回头看到了正吓得缩成一团、惊声尖叫着的苏菲，而所有的稻草人只是安安静静地伫立在小路的两旁。阿加莎大声喊道。

苏菲被一个南瓜绊倒在地，她不停地转头，可不管在哪个方向，她都能看到她父亲那张毫无怜悯之意的面孔。

"父亲，求你了！"

稻草人们高高地举起了它们手上的肉钩子。苏菲的心脏停止跳动了。她屏住了最后一口气，看着那挥舞落下的肉钩子。

水。

清冽而纯净的水。

她颤抖着睁开双眼，看到了一场突如其来的暴风雨。

只有她脚下这块地是干的，而她身旁那些十字架上的稻草人全都在这一场暴雨中被冲刷成了碎片。

阿加莎高高地盘旋在暴雨之中，然后挥动了一下她发光的翅膀，雨立即停止了。

苏菲整个人瘫倒在这暴雨之后泥泞的小路上："我没法……我没法活着走出去……"

远处响起了嚎叫声，她的眼睛一下子瞪大了。

第二组的两人进入森林了。

鸽子警觉地在她身后叫了几声，然后朝着柳树林飞去了。

苏菲哆哆嗦嗦地挣扎着站起来，蹒跚地跟着鸽子走去。她还沉浸在刚才的惊吓之中，对于自己的心脏竟然还能跳动，她感到非常意外。

穿过沉睡的柳树林中一条细长的小径往山下走，苏菲看到了山脚下那闪着幽灵般蓝光的郁金香花园。只要坚持这最后一步，她就能安全地和这些花儿待在一起了。有那么一瞬间，她曾质疑过阿加莎，为什么不直接将她变成在森林大门处的一棵树或者一株草——但她随即就想起了，尤巴曾经教过他们怎么去辨别被施了魔法的树，而小草肯定熬不到早上，只要一晚上就会被踩得乱七八糟。不要多想了，阿加莎这个决定非常棒。化身成为上千朵郁金香中的一朵，她一定会平平安安熬到黎明的。

苏菲悄然穿行于这片柳树林中，眼睛警惕地四处张望着，生怕又遇上下一个威胁。但是小径两侧的宝蓝色大树只是安安静静地如哨兵一般笔直地耸立着，长长的树枝摇曳垂下如同闪闪发光的枝形吊灯一般。当她穿梭其间，树叶轻柔地散落在她身上，那节奏如同在演奏一支旋律优美的舞曲，露珠悄然滴落在她的手上，仿佛给她增添了一串晶莹的手链。

"这儿肯定有诈。别被糊弄了。"

大门那边，狼卫的嚎叫声又响起了。她的胃忍不住抽搐了一下。

现在至少有四个人进入森林了：布罗纳、特里斯坦……还有谁来着？为什么她没仔细听顺序呢！她必须在他们找到她之前赶到郁金香花园！苏菲追赶着前方的鸽子，奋力向前冲去。可她没注意到，她跑得越快，那如繁星般闪烁的柳树叶子掉落得就越快，它们纷纷留下如彗星般的光芒，将她笼罩在一片诡异的光晕中。

她只觉得自己的头越来越沉，双腿越来越不听使唤……

不……

在树叶的包裹之下，她的脚步变得越来越蹒跚而沉重。

"沉睡的柳树……"

飞翔在她头顶的阿加莎低头看到了这一幕，发出了刺耳的尖叫。

苏菲拖着步子笨拙而恍惚地向前走着，她都闻到郁金香的香气了……"再走几步……"

"轰"的一声，她晕倒在地，倒在了离郁金香花园只有十英尺的地方。

阿加莎挥动着发光的翅膀，爆出了一声惊雷。苏菲一动不动。阿加莎又试了呼唤雨雪冰雹的咒语，苏菲依旧毫无反应。

慌乱之中，她胡乱唱出了苏菲最喜欢的一首歌，一首非常可怕的关于王子与婚礼的歌。

苏菲的眼睛微微睁开了。

鸽子惊喜地继续高声唱着，尽管每一个音符都越来越不着调。

突然，阿加莎闭嘴了。

蓝色兜帽。

她看见蓝色兜帽了，有两个在丛林中，两个在南瓜田里，还有两个就在大门附近。她无法分辨出他们谁是谁，但是她看见他们全都静静地站着，正在仔细辨别刚听到的歌声是从哪里传来的。

然后一瞬间，所有人都朝着郁金香花园跑去。

阿加莎看着瘫倒在泥地里的苏菲，蓝色兜帽很快就会赶来杀死她的。

苏菲趴在地上将她的指甲深深插进土里，用鼻子蹭着地面努力向前移动了几英寸。

一感觉到她要逃跑，柳树叶又开始"哗哗"往下落了，试图要将她的肌肉完全麻痹。阿加莎在空中无助地扑扇着翅膀，一会儿看看苏菲，一会儿看看即将赶来的猎人。

苏菲不停地喘着粗气，一路呻吟着爬出了最后一片柳树林，这时她脚下的泥地变成了落满花瓣的土壤。她欣喜若狂地躺倒在这片广阔的蓝色花丛中，深深地吸了一口它们的香味，清醒过来。她摘下了一朵郁金香花苞放在舌底，然后从口袋里掏出了阿加莎的字条，指尖闪出粉色的光。

"弗里达鲜花变！"

她愣住了。

在郁金香花园的另一头，布罗纳和维克斯正皮笑肉不笑地看着她，他们的手里还握着两条不停扑腾着的小白鱼。

"你们打算用那玩意儿杀死我？"苏菲不屑地哼了一声说，"两条小鱼？"

"是许愿鱼。"布罗纳纠正道，说着他们手上的鱼已变成了黑色。

"我们的愿望是当上心腹队长。"维克斯一脸坏笑地说。

说完两个男孩立刻将鱼抛向了空中——一瞬间，两条鱼如同被充了气似的，鼓得跟苏菲的体形一样大，然后迅速朝她俯冲过来，鱼嘴张得大大的，露出了狰狞的食人鱼才有的一排尖牙。

万分恐惧中，苏菲赶紧闭上双眼，感觉到自己的手指开始灼烧。

只听"嘭"的一声，她变成了一只粉色狐狸，瞬间躲过了猛扑过来的大鱼，胀得鼓鼓囊囊的大鱼撞到了地上，"咚"的一声又弹了回去，活像只弹力球。狐狸苏菲拼了命地从大鱼中间跑过，眼看她的爪子马上就要摸到郁金香了。

"得再快点儿！我得变一个能跑得更快的东西！"她的指尖又亮了起来，准备就绪。

"猎豹！狮子！老虎！"

"嘭！"她变成了一头慢悠悠的粉色疣猪，一边蹒跚地走着，一边还在放屁。苏菲发出了一阵厌恶的抱怨。弹跳鱼又从树上跳了下来，向她藏身之地猛冲过去。她伸出自己发光的蹄子，这次更专注地想着。

"嘭！"一只粉色的羚羊从两条鱼中间飞奔而出，两条鱼又"砰"的一声撞在了一起。

苏菲大口大口地喘着气，一瘸一拐地走进透明场。大门口又传来了狼卫模糊不清的嚎叫声，苏菲听得浑身皮毛不停地颤抖。越来越多的敌人正朝她杀来。

她睁大她绿色的眼睛在昏暗的天空中寻找着阿加莎的踪迹，但回应她的只有满天闪烁的星星。

她只能低头看路，一路跳着往前走。穿过透明场，月光下赫然站立着特里斯坦和查迪克。夜凉如水，月光映照出了他们如霜般冷酷的面容。特里斯坦弯弓搭箭，查迪克拔剑出鞘。

苏菲赶紧掉头就跑。

可是莉娜挡住了她的去路。这位阿拉伯公主一声哨响，两条金毛狼狗从她身后蹿出，咧着嘴龇出了如刀般锋利的牙齿。

苏菲又转过头，她看见潜伏在树上的阿拉克涅偷偷爬了出来，指尖正闪闪发光。另一边又有两个男孩把箭搭上了弓。

粉色羚羊苏菲此刻已被他们团团包围住了，她双脚抖个不停，只能等着她的白鸽来拯救她。

"进攻！"查迪克大喊道。

男孩们纷纷放箭，阿拉克涅的手指被刺伤了，两条狼狗扑向苏菲，苏菲哆哆嗦嗦地伸出她粉色的爪子，然后闭上双眼。

她变成了一条响尾蛇。箭和咒语纷纷从她那长满鳞片的蛇头上擦边飞过。苏菲终于"嘘"地松了一口气。她一路滑行着向安全的森林移去，这时一个阴影笼罩在她头顶。

莉娜的大狼狗扑了过来，一把抓起她放进了嘴里。

苏菲气得火冒三丈，她感觉自己那响尾蛇的尾巴都被气成了炙热的粉红色。

一头粉色的大象一屁股坐碎了狼狗的脑袋，大象苏菲大踏着步"咚咚咚"地跑出了透明场，象鼻子里还不时发出惊恐的呜呜声。永生者男孩的箭纷纷射在了她硕大的粉色屁股上，她痛得只能蜷缩在草地上。苏菲回头看到了十个头戴兜帽的杀手和两只张大了嘴的鱼一起朝她冲来。走投无路之下，她绝望地举起了她发光的大象鼻子。

咒语、弓箭、宝剑、鱼，纷纷擦着她的羽毛呼啸而过，苏菲又变成了一只粉色的爱情鸟，拍打着翅膀飞向了天空。

苏菲胜利地大叫着，拼了命地越飞越高，越飞越高，飞出了弓箭的射程，飞到了屏障边缘。她看到了屏障冒出的阵阵火花，吓得赶紧后退，这时她察觉到有什么东西缠住了她的翅膀，是一股缓缓而至的水柱，水柱缠绕着她，将她引向了蓝色小溪边一个头戴兜帽的身影。

苏菲尖声喊着救命，但是越来越多的水柱缠住了她，将她从树枝上拉到小溪边那个猎人的身旁。猎人正用他发着绿光的手指抽打着溪水，然后一股水柱慢慢地将爱情鸟苏菲递到了一双苍白得毫无血色的手里，这时猎人拉下了他的兜帽。

"你本该成为一名伟大的女巫，苏菲。"阿纳迪尔轻轻抚摸着她的鸟喙说，"甚至能比我还强。"

爱情鸟瞪大了一双充满哀求的眼睛望着她。

阿纳迪尔用手掐住鸟儿那纤细的脖子。鸟儿挣扎着想要呼吸，可阿纳迪尔却掐得更用力了，苏菲只觉得眼前的一切渐渐变成一片黑暗，她看见空中一颗璀璨的星星划过天际落下,她知道这颗正对着要将她掐死的女巫灿然落下的星星,将会是这人世间留在她眼里的最后一幕了。

刹那间,一只燃烧的鸽子从阿纳迪尔手中夺下了苏菲,只见她拍打着两只着火的翅膀,重新飞回了寒冷的天空。

一支支箭穿过树梢射向她们,阿加莎伸出发光的翼尖将一支支疾驰在风中的箭变成了一朵朵雏菊。她忍受着火焰的灼烧,尽力往远处飞去,苏菲紧紧地抓着她的双脚。当她们飞进松林幽谷时,两只鸟儿终于支撑不住,一起摔在了地上。她们相互翻滚着帮对方扑灭了身上的火焰。

阿加莎痛苦地呻吟着,努力用她烧焦的羽翼发出了星星亮光。亮光一闪——她和苏菲立即变回了人形,两人都痛苦地瘫倒在地上。苏菲瞥了一眼阿加沙赤裸的胳膊,上面全是被火烧出的水疱。还没等苏菲叫出声来,阿加莎已经睁大眼睛,用她闪烁着橙色光的指尖绕了她们一圈,念道:"弗里达松树变!"

她们俩立刻变成了两棵干巴巴的蓝色灌木松。

阿纳迪尔和阿拉克涅冲进了峡谷,她们仔细察看着这一片荒芜干涸的土地。

"我跟你说过她们应该是落在南瓜田里了。"阿拉克涅说。

"那就带路吧。"阿纳迪尔说。

"那我们俩谁去杀了她?"阿拉克涅说着,转过头。

阿纳迪尔向她劈去一道闪电,她顿时晕了过去。她从阿拉克涅兜里扯出红色手帕扔到了地上。一道红色的火光喷射向天空,阿拉克涅立即消失不见了。

"当然是我了。"阿纳迪尔说。

然后她谨慎地眯着她那红色的眼睛又仔仔细细地扫视了一圈。

"尼克,我看见她了!"不远处,查迪克的声音传来。

阿纳迪尔邪魅地一笑,朝着他声音的方向跑去。

在这片昏暗夜色笼罩之下的静谧幽谷之中,两株并肩紧挨着的灌木松正在瑟瑟发抖。

此时夜晚才刚刚开始。

而在金色大门之外，没有入选的永生者和永灭者们都在热切关注着苏菲的名字，等着看她的名字何时像希子和阿拉克涅的名字那样从记分板上消失。可一个小时又一个小时过去了，越来越多的名字从记分板上消失——尼古拉斯、莫娜、特里斯坦、维克斯、塔奎因、莉娜、吉赛尔、布罗纳、查迪克、阿纳迪尔——唯独苏菲的名字一直固执地留在上面。

苏菲和泰德罗斯联手了吗？他们的胜利将意味着什么？一个王子和一个女巫……并肩携手了？

随着时间点滴流逝，善良学院与邪恶学院开始隔着透明场相互对望——一开始彼此都带着威胁的意味，然后是好奇，接下来则是满怀希望……不知不觉中，他们开始向对方那边走去，共享他们随身带来的毯子、薄饼、樱桃石榴汁。邪恶者们想着，他们总算侵蚀进了善良里；而善良者们则想着，邪恶可算是被他们点化了。不过这些都不重要了。

两个阵营很快合并成了一个，他们全都在为王子与女巫革命性的壮举而欢呼雀跃。

而在松林幽谷中的两棵小灌木松，只是静静地等待着。

在等待中，她们听见了四周的寂静一次又一次被惨叫声撕破；听见了自己的同学与敌人作战的声音，也听见了朋友被背叛的声音；还听见了一个又一个孩子跌入陷阱，小溪中不时溅起愤怒的水花声。在等待中，她们看见流着口水的巨魔挥舞着沾满血迹的锤子从她们身旁走过；看见红色与白色的火光不时晕染在天空中，直到最后，只剩下了四个参赛者。

然后蓝色森林又进入了长时间的宁静之中。

饥饿撕扯着她们的肠胃，严寒冻僵了她们的叶片，浓重的睡意向她们阵阵袭来，将她们所有的感官变得迟钝。但是两株植物仍然一动不动地扎根泥土之中，直到天色渐渐泛白。苏菲稳住了自己的呼吸，期待着阳光刺破……

这时泰德罗斯一瘸一拐地走进了幽谷之中。

没有斗篷，没有宝剑，他手中只握着一面残破不堪的盾牌。他的束腰袍已破成了碎片，赤裸胸膛上的银色天鹅徽章在伤口与鲜血的映衬下熠熠生辉。王子抬头看了看渐渐亮起来的天空，然后弯下腰对着一株瘦弱干枯的松木轻轻地嗅了嗅。

"科帕多拉解除。"阿加莎低声说,"这是解除咒。去找他吧!"

"等太阳出来再说。"苏菲低声回答她。

"他得知道你现在是安全的!"

"再过几分钟他就知道了。"

突然,泰德罗斯直起身体喊道:"谁在那儿?"

他的眼睛看向了阿加莎和苏菲的灌木丛。一个人影从阴影中走了出来。

"你的女巫呢?"海丝特阴沉地说,身穿干净斗篷的她看上去毫发无伤。

"安然无恙。"泰德罗斯用嘶哑的声音回了她。

"哦,看来,"海丝特奸笑道,"你们这个组队也不过如此嘛。"

王子一下子紧张了:"她也知道我很安全,否则她会赶来与我并肩作战的。"

"你确定吗?"海丝特说着,黑色的眼里闪出了狡黠的光芒。

"这就是我们身为善良的基本,海丝特。我们彼此信任、彼此保护,同时也爱着彼此。你呢,你有什么?"

海丝特笑了:"我有诱饵。"

说完她伸出了亮着红光的手指,接着她的文身也从她身上剥离下来,开始充血向外膨胀。泰德罗斯看着这个膨胀得越来越大的恶魔,震惊得连连后退。恶魔的身体因为充血变得越来越紧绷,眼看它胀得就快要爆炸了,海丝特低声念起了咒语。只见她的眼睛变成了灰色,皮肤也瞬间失色,她痛苦地倒在了地上发出了一声怒吼,仿佛她的灵魂正被撕裂。这时恶魔的身体开始彼此分离,从头到双手再到双腿。

恶魔被分裂成了五部分,而且每一部分都是活生生的。

泰德罗斯的脸刹那间变得一片惨白。

五个恶魔呼啸着向他冲去,这一次它们喷射出的不再是闪电了,而是一把把锋利的匕首。他用盾牌挡住了射向他头部和腿部的匕首,但还是被一只恶魔手臂将一把匕首深深地扎入了大腿中。

他痛得大喊一声,将恶魔手臂打向一旁,然后拔出了插进大腿里的匕首,朝着幽谷中唯一的那棵树爬去。

灌木松阿加莎用枝条扫了一下苏菲："去帮帮他！"

"然后被撕成五块吗？"苏菲回了她一句。

"他需要你！"

"他需要我现在毫发无伤地待着！"

一条恶魔大腿瞄准王子的脑袋掷来了一把匕首，还好他及时地跳到了一根高一点儿的树枝上避开了。这时其余的恶魔四肢全高举着匕首朝他扑了过来。

在这重重包围之下，他无意间低头瞥见了正虚弱地屈膝蹲着的海丝特，她正用发光的手指指挥着恶魔的各个肢体。然后泰德罗斯瞪大了双眼，透过树叶他好像看到了什么东西。

在她的靴子里，塞着一条红色的手帕。

这时五个恶魔残肢齐齐射出了五把匕首，五把匕首分别对准了他身体的五个部位。就在他的衣服快要被刺穿时，他猛然从树枝上跳下，手腕触地，发出了一声沉闷的咔嚓声。

海丝特看着他挣扎着向她爬来。她粗暴地将自己的手指绕了一圈，召唤回所有的残肢，残肢们手举新一轮的匕首围绕在她周围。泰德罗斯爬到她跟前愤怒地瞪着她，海丝特冷笑一声高高举起了自己的手指，召唤所有的恶魔残肢将他团团围住。这次不会出错了。她怒吼一声，所有的匕首向下准备刺去——王子猛扑向了她的靴子！

海丝特震惊得张大了嘴，与此同时，泰德罗斯已将一块红色手帕紧紧按在了地上。只见匕首软绵绵地跌落在泥地上，随即恶魔的残肢消失了，海丝特也消失了，消失前她的双眼瞪得大大的，充满了难以置信的表情。

泰德罗斯如释重负地翻身躺倒在地上。他大口大口地喘息着，眯着眼睛盯着头顶上渐渐变红的天空。晨曦即将来临。

"苏菲。"他用嘶哑的声音喊道。

他又深深吸了一口气。

"苏菲！"

阿加莎的树叶终于松了一口气般的垂了下来。紧接着她看见灌木松苏菲正在整理着自己的叶片。

"你在干吗——快去啊,笨蛋!"

"阿加莎,我没穿衣服。"

"那你至少出个声让他知道……"阿加莎突然停住了。

在不远处,还有一只恶魔手臂并没有完全消失。它正在半空中颤动着,想要努力留下来。

接着它溜进了草地里,捡起了一把掉在地上的刀。

"苏菲——苏菲!快——"

"太阳很快就出来了!"

"苏菲,快去!"

灌木松苏菲转了个身,正好看到那把匕首对准了泰德罗斯的肩头准备刺下。她倒吸一口冷气迅速闭上双眼。

刀锋落下。当泰德罗斯发现时,匕首已经正对他的心脏刺去。

一瞬间,一个盾牌飞来将恶魔的手臂打落在地。随着一声绝望的尖叫,残肢萎缩消失了。

泰德罗斯茫然地盯着自己胸口上那道浅浅的伤口,还有那刺在胸骨上血淋淋的刀。然后他抬起头来,看见了整个人躲在盾牌后的阿加莎。

"还是没能解决穿衣服的问题。"她独自嘟囔道。

泰德罗斯震惊地跳了起来:"可……你不是没进入……你怎么……"

这时他看见在她身后还有一棵灌木松正在颤动。泰德罗斯伸出他亮着金光的手指向外一戳——"科帕多拉解除!"苏菲现身了,她赶紧躲到一棵灌木松后遮住自己的身体。

"阿加莎,我需要穿衣服!泰迪,你能转过身去吗?"

泰德罗斯难以置信地摇了摇头:"可图书馆……那本书又是怎么……你果然作弊了!"

"泰迪,我们没办法……阿加莎,救救我!"

阿加莎伸出了她被灼伤的手指,指尖光对准苏菲,正准备给她的身体缠上一圈藤蔓,泰德罗斯一把拦住了她的手。

"你说过你会为我而战的!"他双眼死死盯着灌木丛后的苏菲大喊道,"你说过你会在后面协助我的!"

"可我知道你会没事的……阿加莎,帮帮我……"

"你撒谎!"他声嘶力竭地喊道,"你说的每句话都是谎话!你一直在利用我!"

"不是这样的,泰德罗斯!没有任何公主会愿意冒生命危险的!就算是为了真爱……"

泰德罗斯通红的双眼闪了一闪:"但是她为什么会愿意?"

苏菲顺着王子的目光,看到了浑身都烧得蜕了皮的阿加莎。

阿加莎看着苏菲慢慢睁大了双眼,如同发现了有把刀刺进她的后背一样。就在阿加莎想要自卫时,一道阳光划破了幽谷,照得她整个人金光灿灿。

狼卫的嚎叫声在大门外响起。孩子们纷至沓来的脚步声如雷般响彻了整片森林。

"他们做到了!"

"他们赢了!"

"苏菲和泰德罗斯赢了!"

人流迅速朝着幽谷涌来。惊慌失措的阿加莎赶紧亮出指尖光变成鸽子,赶在人潮涌来时飞走了。

"永生者与永灭者!"一个人大声叫道。

"女巫与王子!"另一个人也叫道。

"向苏菲和泰德罗斯致敬!"

可霎时间,森林却又安静了。

栖息在树上的阿加莎俯视着一众激动涌入的人潮,不管是落选的永生者与永灭者,还是已被魔法清理治愈的失败挑战者——所有人在看到这幕景象时全都愣住了。

苏菲正蜷缩在一团灌木丛后。在她前面,站着满眼怒火、虎视眈眈瞪着她的泰德罗斯。

人群明白了,和平永远都不可能到来。

永生者和永灭者迅速分开了阵营,彼此依然是永远的敌人。

此时没有人听见,在那座半掩着的高塔上正有人俯视着这里发生的一切,发出了阵阵笑声。

第二十二章
天敌之梦

"你看见我的睡衣了吗?"霍特在苏菲的门外愁眉苦脸地呜咽着说,"就是有青蛙的那件。"

苏菲正裹在他的破床单里,凝视着一扇被她用黑毯子封起来的昏暗窗户。

"那是我父亲给我做的,"霍特吸了吸鼻子说,"没它我会睡不着的。"

可苏菲依然只是静静地盯着那扇黑漆漆的窗户,仿佛在这黑暗之中,有些东西只有她才能看得见。

霍特从晚餐厅带来了一些大麦粥、煮鸡蛋和烤蔬菜。

他敲了敲门，苏菲根本没有应答。几天以来，苏菲一直像具尸体似的一动不动地躺着，等待着她的王子前来。渐渐地，她的双眼失去了光泽，她不知道今夕是何夕，不知道此时是清晨还是黄昏，甚至不知道自己是醒着还是睡着。

就在这浑浑噩噩之中，第一个梦境出现了。

这是一片黑白相间的梦境，在梦境中她尝到了鲜血的滋味。她抬起头，看见天空中正翻涌着落下滚烫的血雨。她想找地方躲起来，却发现自己被紫罗兰荆棘绑在了一张白色的石桌上。她的身体被文上了一些奇怪的文字，这些文字她好像见过，可具体在哪儿见过却怎么也想不起来。然后，三个老巫婆出现在她身旁，她们伸出干枯扭曲的手指挨个儿描着这些文身里的文字吟诵起来。随着吟诵声越来越快，一把薄薄的钢刀突然出现在空中，悬浮在她身体之上。她着急地想要挣脱，可是来不及了。钢刀狠狠地扎进了她的身体，剧烈的疼痛袭向她的腹部，有什么东西在她体内诞生了。一开始只是一颗小小的纯白色种子，渐渐变成了乳白色的一团，这团东西越变越大，直到最后她看见了……一张脸……一张模糊得分辨不出是谁的脸……

"快杀了我吧。"一个声音响起。

苏菲猛地惊醒。

阿加莎正坐在她的床边，身上还裹着霍特的脏床单。

"我是说，我根本都不想知道这上面是些什么。"

苏菲看都没看她。

"行了。你可以借我的鼻夹去上尤巴的课。"阿加莎站了起来，光线透过窗户的缝隙照射在她的身上，"'知晓你动物的粪便'这一课已经上了三天了。"

说完，她俩又陷入了尴尬的沉默之中。

阿加莎重重地倒在床上："我还能怎么办啊，苏菲？我总不能眼睁睁看着他死吧。"

"这样不对。"苏菲自言自语一般说着，"你和我……这样不对。"

阿加莎凑近了点儿："我只想把最好的给你……"

"不是的。"苏菲尖声刺耳地说，吓得阿加莎一下缩了回去。

"我只想让我们俩都可以回家！"

"我们回不了家的，这一点你应该明白。"

"你以为我想这样吗？"阿加莎恼火地说。

"你为什么会在这儿？"

"因为我想知道你好不好。我担心你！"

"不，你为什么会在这儿？"苏菲看着窗户说，"在我的学院里，在我的童话里。"

"因为我想要救你出来，苏菲！我想把你从诅咒里拯救出来！"

"可你为什么一直诅咒我和我的王子呢？"

阿加莎顿时沉着脸说："这不是我的错。"

"我想，可能是因为在你内心深处，你并不希望我找到真爱，阿加莎。"苏菲平静地说。

"什么？我当然……"

"我觉得，你希望我只属于你一个人。"

阿加莎整个人都僵硬了。"这……"她咽了一口唾沫，"这太荒唐了。"

"校长是对的。"苏菲继续说着，仍然看也不看阿加莎一眼，"公主和女巫的确没法做朋友。"

"可我们已经是朋友了。"阿加莎着急地说，"你是我唯一的朋友！"

"阿加莎，你知道为什么公主和女巫不能做朋友吗？"苏菲慢慢扭过头看向阿加莎，"因为女巫从没拥有过属于自己的童话，女巫都以摧毁他人的人生为乐。"

阿加莎强忍着眼泪说："可我不是……我不是女巫……"

"那你就去过你自己的人生！"苏菲歇斯底里地大叫道。

一只鸽子飞快地从黑色窗户的缝隙间飞出，苏菲又钻回了被窝里，看着天光一点一点变暗。

那天夜里，苏菲做了第二个梦。梦里的她正在森林中奔跑着，从未有过的饥饿感充斥着她——然后她看见了一只长着人脸的小鹿，那人脸与前一夜她梦见的那张乳白色的模糊人脸一个样儿。她凑近了去看，想知道那究竟是谁,这时鹿脸忽又变成了一面镜子,她能看见镜中的影子。不过那模样却不是她自己。

而是野兽。

苏菲再次惊醒过来,浑身冷汗如同浸在冰水中一般,可她的血液却在血管中沸腾如同燃烧一般。

在34号房间外面,霍特正穿着一条小短裤缩成一团,借着烛光读着一本《孤独的礼物》。

他身后的房门突然"啪"的一声打开了,一个声音说道:"别人都是怎么谈论我的?"

霍特像听到了鬼叫似的整个人都僵住了。然后他慢慢转过身去,眼睛睁得大大的。

"我想知道。"苏菲说。

他带着她走进了黑暗的大厅,一路上只听见她关节发出的咔嚓声。她都想不起来她上一次直立行走是什么时候的事了。

"我什么都看不见。"她一边说,一边四处寻找着他胸口天鹅徽章发出的亮光,"你在哪儿呢?"

"这边。"

一束火把点亮了,火光中是霍特的脸。她吓得猛然后退。

在他身后的黑墙上,每一寸墙面都被各种海报、横幅以及涂鸦遮盖得满满的——祝贺级长!裁决赛大获全胜!来自读者的救赎!——随之出现的还有各种永生者悲惨死去的低俗漫画。墙角的地上还堆满了绿色的食人花束,鲜花盛开的尖牙中还夹着一张张手写的留言卡:

这招够狠,向你学习!

偷心贼的最高境界!
            拉文

    莫娜

泰德罗斯活该!
 你的朋友,阿拉克涅

苏菲茫然无措地看着这一切:"我不明白……"

"泰德罗斯说你利用他赢得了这次裁决赛!"霍特说,"莱索夫人将你的整个计划命名为'苏菲陷阱'——她说你甚至把她都骗过了!老师们都说你是有史以来最棒的邪恶级长。瞧瞧!"

苏菲顺着他的目光看到了花束中有一排绿得像活鳗鱼的盒子,盒子全用红色的丝带包裹着。

她打开第一个盒子,看到了一张羊皮纸卡片:

"希望你记得如何使用它。曼利教授。"

盒子里是一件黑色的蛇皮斗篷。

接下来的各个盒子里分别装着卡斯特送的死鹌鹑、莱索夫人送的冰雕花,萨德则把她在比赛中穿过的斗篷包得好好的,问她能否将斗篷捐赠给邪恶展览馆。

"真是个天才的计谋。"霍特一边穿上斗篷试了试,一边奉承地说,"变成植物藏起来,等到对手只剩泰德罗斯和海丝特,然后趁泰德罗斯受伤时冲过去干掉海丝特。不过你为什么不连泰德罗斯一起干掉呢?每个人都这么问,不过他什么都没说。照我说,就是因为那时候太阳出来了。"

霍特说着看到了苏菲脸上的表情,他脸上的笑容瞬间消失了。

"这一切都是计谋,对吧?"

苏菲的双眼噙满了泪水,开始不住地摇头。

这时她看见在她面前的这堵墙上还有些别的什么东西。

一支黑色的玫瑰花,花刺上还插着一张滴着墨水的字条。

苏菲将它扯下拽在手里。

大骗子。说谎精。美女蛇。

你读邪恶学院果然是实至名归。

女巫万岁。

"苏菲,这是谁送的?"

苏菲的心一阵抽搐地痛,她闻出了那再熟悉不过的黑色苦荆棘的味道。

所以，这就是她爱情的全部回报了。

她狠狠捏碎了玫瑰，一口鲜血吐在了泰德罗斯写下的那些文字上。

"这会让你感觉好点儿。"

在66号房间里，阿纳迪尔正从她的大锅里舀出一勺黏糊糊的黄色肉汤盛进碗里，肉汤一路滴了不少在地上，她的老鼠们迅速围了过去，撕咬着抓挠着争着要去舔第一口。她的老鼠现在都长到八英寸长了。

"你的天赋还真是与日俱增。"海丝特嘶哑着嗓子说。

阿纳迪尔端着碗坐在海丝特的床边说："就喝几口就好。"

海丝特勉强喝了一口就躺下了。

"我不该去尝试的，"她气喘吁吁地说，"她太厉害了。就女巫的本事来说，她能顶我两个……"

"嘘，别动气。"

"可是她爱他。"多特蜷缩在床上说。

"她只是认为她爱他。"海丝特说，"就像我们也曾这么认为过。"

多特一下子瞪大了眼睛。

"行了，多特。你以为她是唯一一个想去尝尝爱情滋味的永灭者吗？"

"海丝特，别说了。"阿纳迪尔恳求着她说。

"不，我们得知道真相。"海丝特一边说，一边挣扎着坐了起来，"这让我们每个人都深感羞辱，深深觉得无能为力。"

"但那些感觉都是错的，"阿纳迪尔说，"不管它们有多强烈。"

"这就是这一次那么特别的原因。"海丝特讥讽地说，"她几乎让我们所有人相信那些感觉都是真的。"

整个房间又陷入了沉默之中。

"那她现在怎么样了？"多特问道。

海丝特叹了口气："和我们的状况一样。"

这一次远处传来阵阵缓慢而充满危险节奏的咯噔声打破了她们之间的沉默。三个女孩全都伸直了脖子看向了门口，只听那咯噔声朝着她们而来，残酷而清晰如同鞭子抽过一般。那声音越来越响亮，越来越尖锐，穿透整个大厅传到了她们房间里,然后又渐渐消失了。

多特松了口气放出了一个屁。

这时大门"砰"地一下打开了,女孩们纷纷尖叫,多特吓得从床上跌下来,摔了个狗吃屎。

一股气流涌进,将悬挂在空中的衣服吹起,飘过门上的火把,点点火光投射在了一个黑影的脸上。

黑影的头发一丝不苟地向后梳起,眼窝和嘴唇全都涂成了黑色。她的指甲油也是黑色的,身上还穿着黑斗篷和黑皮裤,只剩一张幽灵般惨白的脸在一片黑色中隐隐闪着光。

苏菲大踏着步走进了房间,黑色皮靴的高跟踩得地板咯噔作响。

海丝特看着她,冲她咧嘴一笑。

"欢迎回家。"

多特躺在地板上紧张地看着她俩:"可是我们上哪儿再找张新床呢?"

三双眼睛齐齐看向了她。

她甚至都没来得及收拾零食就被赶了出去。在那潮湿阴暗的大厅中,多特拼命拍打铁门的声音一次又一次打破了周围的沉默。但是毫无用处。

三个女巫已经结盟,她被取代了。

永生者们并没有因为泰德罗斯赢得了级长徽章而庆贺。苏菲玩弄了他,怎么可能还去庆贺呢?"邪恶回归了!"永灭者们都在幸灾乐祸地欢呼,"邪恶终于有自己的女王了!"

不过永生者们也想起了一件事,一件他们有而永灭者没有的事,一件能够证明他们更优越的事。

冰雪舞会。

而且女王并没有受到邀请。

森林里下起了第一场大雪。大块的碎冰从天而降,铺满了整个透明场,也敲得永灭者的午餐盒乒乓作响。就在他们哆哆嗦嗦地伸出冻僵的手指去抓发霉的奶酪时,他们却生气地发现永生者女孩们都在四处奔忙,根本没心思关注天气的变化。距离舞会开始只有两周时间了，男孩们依然不愿在天才马戏团开始之前发出舞会邀请，所以女孩们全在尽一切可能做各种安排。就拿莉娜来说吧，她盼着查迪克能邀请她做舞伴，所以她把自己母亲留下的旧长裙染成了与查迪克的灰眼睛相配的颜色。可如果查迪克邀请的是艾娃（她有次看见查迪克盯着白雪公主的雕像看，说不定他会喜欢皮肤更苍白一些的女孩），那么邀请她的就有可能是尼古拉斯了，而为了平衡尼古拉斯古铜色的皮肤，她就有可能会去借吉赛尔那条白色的长裙。而如果尼古拉斯也没有邀请她的话……

"母亲说过，所谓善举就是让人觉得自己被需要，即使那时候你并不怎么需要他。"她叹着气对碧翠丝说，碧翠丝则一副百无聊赖的模样。自从苏菲出局后，她知道泰德罗斯这下该属于她了。但他也没明说，因为王子自从裁决赛后就一直谁都不搭理，整天闷闷不乐的像个永灭者。当她看着他将一支箭射入那棵他和苏菲以前常坐在下面的大树里时，碧翠丝觉得他的情绪也影响了她。

泰德罗斯将树干射出了一个又一个洞，可这仍然没能平息他心中的愤懑。几天以来，他的伙伴们全在绞尽脑汁地逗他开心。谁会在乎他是不是和一个永灭者女孩分享战利品啊！谁会在乎一直以来她是不是都在玩弄他的感情啊！说到底他依然是这场残酷挑战的获胜者，而且他在森林里待的时间比任何人都长。但是对于泰德罗斯来说，这一切却只意味着耻辱，他并不比他父亲强多少。他也只是个感情的奴隶。

此外，他一直没有对任何人说起过关于阿加莎的事。他知道她对此肯定很惊讶，因为每次他在课上发言时，她都一副担惊受怕的模样——生怕他随时会揭穿她。不过奇怪的是，一周之前他还盼着她能被惩罚，可现在他却困惑了。她为什么会冒着生命危险去救他呢？她说的那些关于滴水兽的事难道是真的吗？难不成这个女巫真的属于……善良？

他想到了她瞪着一双警惕的虫子眼睛穿过大厅的模样。

蟑螂。碧翠丝是这么说的。

所以阿加莎一直都在帮苏菲赢得排名吗？她肯定是藏在苏菲的衣服里或者头发里，悄悄告诉她答案、帮她施咒语……可那次选南瓜挑战时，她又是怎么让他去选了苏菲那只南瓜的呢？

泰德罗斯心里一阵恶心。

从两个妖精里挑一个……在棺材里将他踢出去的公主……藏在南瓜上的蟑螂……

原来，他从来就没选择过苏菲。

他从来选择的都是阿加莎。

泰德罗斯一阵惶恐地四下张望，试图寻找阿加莎，可她根本就没在透明场里。他必须离这个女孩远一点儿，他必须让她离自己远一点儿，他必须结束这所有的一切。

一大块冰凌"啪"地打到了他的脸上。雪水遮住了他的双眼，泰德罗斯只隐隐约约看见几个影子向他滑来。他用手擦了擦眼睛，然后放下了他的弓。

苏菲、阿纳迪尔和海丝特悄无声息地走了过来，她们三人全都是统一的黑发、烟熏妆和一脸冷酷的怒容，伴随着嘴里齐声发出的低吼声。永生者女孩们纷纷吓得四处逃散，只留下泰德罗斯和零星几个永生者男孩一脸惊悚地跟在他身后。阿纳迪尔和海丝特紧随苏菲身后，苏菲走到泰德罗斯跟前，正面注视着她的王子。

碎冰粒自天空中窸窣地落在他们中间。

"你觉得我一直以来都是装的。"苏菲用她那双绿眼睛盯着他说道，那眼神恨不得生扒了泰德罗斯的皮，"你认为我从来都没有爱过你。"

泰德罗斯试图平复他那颗怦怦直跳的心脏。不知为什么，她比以前更漂亮了。

"你不能用欺骗的方式去爱，苏菲。"他说，"我的心其实从来都没有选择你。"

"哦，我知道你的心选择了谁。"苏菲一边冷笑着说，一边模仿起了阿加莎古怪的瞪眼睛和标志性的生气模样。

泰德罗斯一下子脸红了："我可以解释……"

"让我猜猜看，应该是因为你的心瞎了。"

"没有，我的心告诉我，选谁都不能选择你。"

苏菲轻声笑了。一瞬间，她朝泰德罗斯猛扑过去，泰德罗斯迅速拔出了剑,他身后的伙伴们也纷纷拔出了自己的剑。

苏菲轻轻一笑:"看看这是怎么了,泰德罗斯。你竟然害怕起自己的真爱了。"

"回到你自己那边去!"王子大喊道。

"我在等你。"苏菲哑着嗓子颤抖着说,"我以为你会回来找我。"

"什么?我为什么要去找你?"

苏菲凝视着他。"因为你欠我一个承诺。"她喘着粗气说。

泰德罗斯龇着牙对她怒目而视说:"我不欠你任何承诺。"

苏菲呆呆地凝望着他,然后垂下了双眼:"我明白了。"

接着,她又缓缓抬起了头。

"那么我会成为你希望我成为的样子。"

说完她伸出发光的手指一挥,将男孩们手里的宝剑全都变成了毒蛇。永生者男孩吓得四散而去,泰德罗斯连忙踢起尘土盖住了这些盘成一圈嘶叫着的毒蛇。他扭头看了苏菲一眼,只见她抹掉眼泪,披上斗篷快步离开了。

海丝特跑着赶上她:"感觉好点儿了吗?"

"我给过他机会了。"苏菲一边说一边走得更快了。

"你俩现在两清了。一切都结束了。"海丝特安慰她说。

"并没有。在他完成承诺之前不可能两清。"

"承诺?什么承诺?"

可是苏菲已经快步走入了隧道。就在她跑着穿过那些弯曲缠绕的树枝时,她感觉到有什么人正在暗处盯着她。隔着泪水和树丛,她没法辨别清楚露台上的那张脸,只隐隐约约看到了乳白色的一团。她心下一沉,赶紧找了树叶间的空隙想要看个仔细。

但那张脸已经消失了,一切仿佛都只是一场梦。

第二天清晨,当善良学院的学生醒来时,他们发现整所学院的地板都被涂抹上了滑溜溜的猪油。又过了一天的清晨,当永生者男孩披上外套时全都痒得哇哇大叫,不知是谁在他们外套上抹了一层皮疹粉末。第四天的清晨,老师们又发现,传奇方尖纪念碑上的美女肖像照被换成了装裱着内裤的相框,而且童话剧场里善恶两边的位置全都对调了,糖果屋教室区里更是惨不忍睹，里面完全被散发着恶臭的绿色黏液覆盖了。

由于小精灵没法将罪犯抓个正着，泰德罗斯和他的永生者伙伴们就自发组织一个夜间守卫队，每天从黄昏到清晨在大厅里巡逻。可肇事者还是机敏地逃脱了抓捕。周末时，焕然一新房里的泳池竟游满了带刺的魔鬼鱼，大厅里的镜子也被弄成了变形的哈哈镜，晚餐时还有大批被喂饱了肚子只等着拉屎的鸽子飞进晚餐厅，而且善良学院的所有马桶都被施了魔法，只要有学生坐上去马桶就会立即爆炸。

暴怒的达维教授坚持要将苏菲绳之以法，可莱索夫人却说，仅凭一个学生的一己之力就将整所学院弄瘫痪，这实在不太可能。

她说得没错。

"现在的感觉没那么爽了。"晚餐后，阿纳迪尔在66号房间里抱怨道，"我和海丝特都想罢手了。"

"你已经报复够了。"海丝特说，"放手吧。"

"我还以为你们俩算是恶人呢。"苏菲躺在床上说道，两眼死盯着一本叫《噩梦不见了》的书。

"恶人行事是有目的的。"海丝特厉声说，"我们现在完全就是在瞎胡闹。"

"今晚我们在男孩的裤子上种点儿水痘如何？"苏菲继续翻着书说着，"让我来搜搜看有没有这一类的咒语。"

"你到底想要怎样，苏菲？"海丝特恳求道，"我们到底为了什么而战？"

苏菲抬起头来，说："你们是想继续帮我还是我直接去揭发我们所有人？"

泰德罗斯那边很快将所有的六十名男孩全部召集起来进行夜间守卫了，但同时苏菲也升级了她的进攻。第一天夜里，她让海丝特和阿纳迪尔调配出了一种药水，将善良湖水变成了邪恶那边的淤泥，这甚至迫使魔法波浪改变了航道直接流进了下水道。调配的过程让她俩的双手又红又肿，但苏菲要求她们必须在清晨赶回来，因为还得往永生者的衣物上放虱子。女孩们的袭击越来越频繁——在永生者的晚餐里放水蛭、在乌玛的课上放飞蝗虫、让一头发狂的公牛冲进击剑课,她们甚至给永生者的楼梯下咒,他们每踏一步,楼梯就会发出刺耳尖锐的惨叫——过半数的善良学院的老师都取消了课程,波鲁克斯还从羊腿上跌下来摔进了自己设置的陷阱中,每一个永生者都觉得只有集体活动才能有一丝丝的安全感。

达维教授怒不可遏地冲进莱索夫人的办公室:"必须马上淘汰那个女巫,让她滚蛋!"

"永灭者可没法进入你们学院,更别说不分昼夜地去袭击你们了。"莱索夫人打着哈欠说,"据我们所知,这一切应该是某个爱捣蛋的永生者干的。"

"永生者?!两百年来这所学院里所有的比赛可都是我的学生获胜!"

"现在可不是了。"莱索夫人笑了,"而且,在没有任何证据的情况下,我是不可能让我最好的学生去自首的。"

就在达维教授向校长发去一封没有回音的信件期间,莱索夫人一直小心地观察着苏菲,发现她和她的室友越来越疏远,发现她再也不会在她的冰冻教室里颤抖了,发现她在书皮上狠狠地划着泰德罗斯的名字撒气。

"你还好吗,苏菲?"下课后莱索夫人关上冰门问道。

"挺好的,谢谢你。"苏菲不安地回答道,"我该走了……"

"你荣获了级长,你引领了新时尚,还有你的夜间活动……有太多东西需要消化吧?"

"我不知道你指的是什么夜间活动。"苏菲一边说一边侧身从她身边走过。

"你有没有做过什么奇怪的梦,苏菲?"

苏菲一下子僵住了。

"什么样的梦能算得上奇怪?"

"愤怒的梦,一夜比一夜更糟的梦。"莱索夫人在她身后说,"你会感觉到好像有什么东西从你的灵魂中诞生了。也许会是,一张脸。"

苏菲的胃里一阵抽搐。是的,这可怕的梦还在继续着,而且每一次都以一张乳白色的模糊面孔而结束。在过去的几天里,那张脸的边缘出现了红色的线条,仿佛用血迹勾勒出的一样。可她仍然无法辨认出这张脸是谁。她只知道每一天清晨醒来时她都变得比之前更加愤怒。

苏菲转过身说:"嗯,这样的梦意味着什么呢?"

"意味着你是一个很特别的女孩,苏菲。"莱索夫人柔声说道,"一个让我们所有人都感到骄傲的女孩。"

"哦。嗯……我应该做过一两个吧……"

"天敌之梦。"莱索夫人说着,紫色的眼珠闪烁着光芒,"你做的梦是天敌之梦。"

苏菲凝视着她:"可是……可是……"

"没什么好担心的,亲爱的。至少在征兆出现之前不用担心。"

"征兆?什么征兆?如果征兆出现了会发生什么?"

"那你就会彻底看清你天敌的模样了。看清楚这个当你变弱时他变得更强大的人。"莱索夫人平静地回答道,"为了生存,你必须摧毁他。"

苏菲脸色煞白:"但……但是……这不可能!"

"是吗?我想你的天敌是谁你应该很清楚了吧。"

"什么?我没有什么……"

苏菲喘不过气来。

"泰德罗斯?可我爱他!所以我才会这么做!我必须让他回到我身边……"

莱索夫人只是笑了笑。

"我是很生气!"苏菲哭着喊道,"我不是故意的——我不想伤害他!我不想伤害任何人!我不是个恶人!"

"你知道的,我们是谁并不重要,苏菲。"

莱索夫人凑得很近对她耳语一般地说道。

"重要的是我们做了什么。"

说完她的瞳孔从苏菲脸上扫过。"看来现在还没出现什么征兆。"她叹了一口气用手扫了扫桌面,"出去后帮我把门带上。"

苏菲一溜烟儿地逃了出去,根本没来得及关门。

那一夜,苏菲没去袭击永生者。

放手吧,她用枕头盖住头对自己说,放了泰德罗斯吧。

她一遍又一遍地重复着这些话,直到她将莱索夫人和她的谈话彻底从记忆里抹去。这些话平复了她的心情,让她得以入睡,她又能感受到往日的憧憬了。明天她会获得爱情的。明天她会被原谅的。明天她会再次成为善良的一员的。

但是紧接着另一个梦出现了。

她从一排镜子间跑过,镜子映照出了她的笑颜、金色的长发还有甜美的粉色长裙。穿过最后一面镜子是一扇敞开的大门,门的那边,一身国王装扮的泰德罗斯正穿着蓝色的舞会礼服站在卡米洛特的穹顶之下等着她。她朝着他跑过去,可不论怎么跑都跑不到他的身边,这时长满尖刺的致命灌木膨胀成紫色,逶迤着向她的真爱蜿蜒爬去。她发疯一般想要穿过最后一扇门去救他,她踢掉玻璃鞋,一把抓向他的手臂……王子的身影却渐渐变成了乳白色中带着红色的模糊一团,直接将她扔进了荆棘丛中。

苏菲醒来时怒火攻心,完全忘记了之前说过的所有关于放手的话。

"现在已经是半夜了!你说过一切都结束了!"阿纳迪尔怒气冲天地跟着她走进隧道。

"我们没法一直做这些毫无目的的事。"海丝特也怒不可遏。

"我有目的。"苏菲转了一圈说,"你听见了吗?我说我是有目的的。"

第二天,当永生者们前去用午餐时,他们发现透明场里所有的树都被砍掉了,只剩下苏菲和泰德罗斯以前经常坐在下面的那棵树保存完好,不过树干上一遍又一遍地刻着两个清晰的大字。

骗子。

瞠目结舌的狼卫和小精灵们呼唤老师们前来,并迅速在透明场的善恶两边之间筑起了一道界限。泰德罗斯冲向边界线透过两头狼卫大喊:

"住手吧,立刻住手。"

人们顺着他的目光看向了苏菲,她正静静地靠在永灭者那头一棵被白雪覆盖的大树旁。

"否则会怎样?"她皮笑肉不笑地说,"你还能抓了我?"

"你现在说话的口气真是个十足的恶人模样了。"泰德罗斯冷笑道。

"说话当心点儿,泰迪。想想我们一起在舞会上跳舞时别人会说什么?"

"够了,你已经失去……"

"我还以为你是个王子呢。"苏菲一边说着一边朝他走来,"你可是站在这儿向我承诺,你会带我去舞会的。王子是绝不会违背自己诺言的。"

透明场的两边同时响起了阵阵惊呼。泰德罗斯看起来像被人一脚踢在了肚子上一样。

"毕竟,一个违背了承诺的王子,"苏菲透过两头狼卫间的空隙面对面看着他说,"和恶人无异。"

泰德罗斯一句话也说不出,怒气将他的脸颊烧得通红。

"不过你和我都不是恶人。"苏菲说着,眼里透出了丝丝内疚,"所以你只需要履行你的承诺就行,我们还是可以重新做回我们自己的。泰德罗斯和苏菲。王子与公主。"

带着一丝试探性的微笑,她越过狼卫伸出了手。

"永远属于善良。"

透明场里一片死寂。

"我永远不会带你去参加舞会的。"泰德罗斯呵斥道,"绝不。"

苏菲收回了她的手。

"那行。"她轻声说,"现在大家都知道是谁该对所有的袭击负责了吧。"

来自永生者责备的目光让泰德罗斯心如火烧。他带着耻辱艰难地走出了透明场。苏菲望着他的背影,心都提到了嗓子眼儿,她拼命克制住自己想要把他叫回来的冲动。

"弄来弄去就是为了一场舞会?"一个声音说道。

苏菲转身看到了对她怒目而视的海丝特和阿纳迪尔。

"是为了弄清楚谁才是正确的。"她说。

"那你自己去干吧。"海丝特咆哮着说了一句,带着阿纳迪尔一起离开了。

苏菲静静地站着,在她身旁围了一圈目瞪口呆的学生、老师、狼卫,还有小精灵。她听见了自己急促的呼吸声，慢慢抬起了头。

　　远处的玻璃城堡里，泰德罗斯正充满恨意地盯着她。在微弱的阳光照耀下，他乳白色的脸上泛出了红色的光芒。

　　苏菲迎上去与他四目相对，她的心更加坚定了。

　　他一定会重新爱上她的。他必须爱上她。

　　因为只要他胆敢爱上别人，她一定会毁了他。

第二十三章
镜子里的魔法

阿加莎一直把脑袋埋在蕾丝枕头下不愿出来,这几天她耳朵里一直回响着几个可怕的字眼。

"去过你自己的人生。"

自己的人生是什么样的人生?在和苏菲成为朋友之前,她的世界里只有黑暗与痛苦,是苏菲让她觉得自己还算是个正常的人,是苏菲让她觉得自己被需要。没有苏菲,她就是个彻头彻尾的怪胎,一个毫无用处的人,一个……

阿加莎心里一阵阵地疼。

女巫是不会拥有属于自己的童话的。

没有苏菲,她就是个女巫。

六天来,阿加莎一直静静地待在自己的塔楼里,听着门外的永生者们一次又一次被新的袭击吓得惊声尖

叫。午餐、森林团队，这些两所学院间的联合活动全都被无限期取消了。是她惹的祸吗？难道不是女巫把童话世界弄得一团糟吗？听着外面的尖叫声变得越来越惊恐，她的心也被内疚感揪得越来越紧。

然后突然间袭击停止了。

永生者们全都涌到了公共休息室，屏息凝神地等待着。当周六和周日依然平安度过后，阿加莎知道这场风暴总算过去了。苏菲随时都会来向她道歉的。此刻的她抱着枕头凝视着天边那泛着玫红色光晕的月亮，默默祈祷着。祈祷她们的友情能够安然渡过这次劫难。

小精灵叮叮当当的声音从门外传来，她扭头正好看见一张字条从门缝下滑了进来。她的胸口像是被重击了一下，她猛地从床上翻身跳起来，冲过去伸出汗津津的手一把抓起字条。

> 亲爱的同学们，
>
> 　　冰雪舞会将于六天后如期举行，本周的所有挑战都将围绕着是否为舞会做好了准备而展开。尽管最近我们的生活受到了一些干扰，但是各种活动不会再被取消了。如何区分善恶是我们的传统，即使在最黑暗的时刻，舞会依然是能让你找到幸福结局的最好机会。
>
> 　　　　　　　　　　　　　　　　　　　　　　　达维教授

阿加莎发出一声呻吟，又把自己埋进了粉色的被单中。

当她终于入睡后，一些字眼开始出现在她耳边——"舞会……目的……幸福……"这些字眼在黑暗中翻涌着，发出越来越深沉的回响，直到最后像一颗颗被施了魔法的种子一般根植进了她的灵魂深处。

拉文踮着脚朝66号房间走去，在他身后还有六枚颤抖着的天鹅徽章在黑暗中闪闪发光。

"会不会是因为她死了，袭击才停了下来？"维克斯说。

"是不是因为礼拜日恶人得休息？"布罗纳说。

"你们怎么不说是因为苏菲已经忘了那个傻王子呢？"拉文呵斥道。

"爱情是没法让人轻易忘记的。"霍特穿着脏兮兮的秋裤没精打采地说道，"即使你的房间被她霸占了，睡衣也被她偷了，你还是忘不了的。"

"苏菲就不该让自己陷入爱情里！"拉文立刻反驳道，"我第一次告诉我爸我喜欢上一个女孩时，他把我整个人涂满了蜂蜜，然后扔到熊窝里待了一晚。打那以后我再也没喜欢过谁。"

"我第一次告诉我妈我对谁有好感时，她把我扔进烤箱里烤了一个小时。"莫娜立即附和道，说这话的时候她的绿脸都吓白了，"所以我至今不敢再对任何男孩动什么念头。"

"我第一次喜欢上一个男孩时，我爸直接把他给杀了。"

这话一出，所有人都停下脚步瞪眼看着阿拉克涅。"看来苏菲只是遇上了不够尽责的父母。"她说。

永灭者们全都煞有介事地点了点头，继续躲在阴影中潜伏在66号房门外。他们屏住呼吸，每个人都在门上找了一小块地方将自己的耳朵贴了上去。

可他们什么都没听到。

"数到三。"拉文比了个口型。永灭者们齐齐退后，准备好撞门。

"一……二……"

"把这个喝了。"阿纳迪尔的声音从里面传出来。永灭者们赶紧又把耳朵贴回了门上。

"他们……想要杀了……我……"苏菲微弱而尖细的声音传来。

然后是一阵呕吐声。

"她在发高烧，海丝特。"

"莱索夫人说……天敌……之梦……"

"这无关紧要，苏菲。"海丝特的声音响起，"现在赶紧睡觉吧。"

"我去……参加舞会……会不会好点儿？泰德罗斯……答应过……"

"快把眼睛闭上，亲爱的。"

"会做梦……他们会来……"苏菲气若游丝地说。

"嘘，现在有我们呢。"海丝特说。

然后房间又安静下来了。不过拉文和其他的永灭者全都一动不动，接着他们听到有什么声音朝门这里走来。

"梦到了一张脸,发高烧,幻觉……莱索夫人说得没错!"阿纳迪尔轻声地说,"泰德罗斯就是她的天敌!"

"所以她真的见过校长了!"海丝特低声回了一句,"她已经身处真实的童话里了!"

"那全校最好都得小心点儿了,海丝特。真实的童话就意味着战争!"

"阿妮,我们得让泰德罗斯和苏菲重归于好!得赶在有任何征兆出现之前!"

"可怎么办呢?"

"用你的天赋。"海丝特轻声说,"不过我们不能让任何生灵知道!这事要是泄露出去,我们活着的人都得……"

她的声音突然停了下来。

拉文赶紧带着所有人溜走了。

门"砰"的一声打开。海丝特眯着眼探出头仔细地搜查了一遍。

走廊上一个人也没有。

星期一早晨,阿加莎一觉醒来心里充满了强烈的想要去上课的愿望。

她踮着脚在房间里走来走去,一边穿上皱巴巴的校服裙,一边拣着她油腻头发里的棉花絮。她还得等多少天呢?苏菲是不打算道歉了吗?苏菲不想和她做朋友了吗?她狠狠捏碎了苏菲的纸玫瑰,将它扔出窗外。

我可以过我自己的人生!

她还想找点儿什么别的东西扔出去发泄,却一眼瞥到了她脚下那张皱成一团的羊皮纸。

"舞会将是你最好的机会……"

阿加莎将纸团拿起来,重新读了一遍达维教授写的话,两眼开始放光。

没错!舞会就是她的机会!

现在她要做的就是从那群恶心而傲慢的男孩中找出一个带她去参加舞会!这样苏菲就只能收回她说的话了!

她使劲将她那长满老茧的双脚塞进松糕鞋里,"咚咚咚"地下了楼梯,脚步声大得能吵醒整栋塔楼里的人。

她得在五天内找到一个舞伴带她去参加永生者的冰雪舞会。

用五天来证明自己不是女巫。

舞会周终于到来了，这天阿涅蒙妮教授迟到了十分钟才神气活现地步入教室，算是为舞会周开了一个十分怪异的头儿。她身着一件极短的翘臀镶边白天鹅羽毛连衣裙，下身搭配了紫色的尼龙连裤袜和亮闪闪的吊袜带，头顶还戴着一顶夸张的王冠——那王冠活像一盏倒挂着的枝形吊灯。

"好好看看，这才是真正的舞会级优雅。"她摩挲着自己的尾羽，沾沾自喜地说，"你们该庆幸男孩们没法邀请我去参加舞会，否则你们中间会有很多人要失去自己的王子。"

她沉浸在学生们呆呆的注视中："没错，我这一身简直是神来之笔，对吗？瓦西拉皇后刚对我说，我这身装扮在普茨完全就是走在时尚的尖端。"

"普茨？普茨在哪儿？"希子悄悄地问。

"一大帮愤怒天鹅的老家。"碧翠丝说。

阿加莎赶紧用笔戳自己的手，免得自己笑出声来。

"你们的心上人可是都得在天才马戏团结束后才会发出舞会邀请，所以我警告你们，这周的挑战最好都认真点儿。"阿涅蒙妮教授气鼓鼓地说，"特别好或者特别差的表现都有可能改变一个男孩的心意！"

"要是泰德罗斯真的对苏菲承诺过要带她参加舞会怎么办？"莉娜悄悄地对碧翠丝说，"那么除非发生极可怕的事情，否则王子是不能违背自己誓言的！"

"有些誓言说出来就是为了违背的。"碧翠丝回了她一句，"不过要是有人打算毁了我和泰德罗斯的舞会之夜，我发誓他们也绝不会好过。"

"当然，不是你们所有人都会受邀参加冰雪舞会的。"阿涅蒙妮教授警告道，"每年，都会有个悲惨的女孩被淘汰，因为男孩们宁愿丢掉一半的排名也不愿邀请她。这个女孩即使在最幸运的情况下都找不到一个男孩……那么，她只可能是个女巫，对吗？"

这时阿加莎觉得所有人的眼睛都看向了她。如果男孩不邀请她就意味着她被淘汰？

现在看来找到一个舞伴已经变成一件生死攸关的大事了。

"在今天的挑战中,你必须试着看清楚谁会邀请你去参加舞会!"老师宣布道,"只有当你在脑海中清晰地看见这个男孩的模样时,你才能知道他也同样期待着你。现在,与你身边的人组成一队,依次发出邀请。当轮到你接受时,闭上眼睛看看谁的面孔会出现……"

阿加莎转头看向她桌子对面的米莉森特,米莉森特此刻正一副想呕吐的模样。

"亲爱的,呃,阿加莎……你愿意做我的公主参加舞会吗?"她快速地进出这一连串的话后,立刻大声地干呕起来,吓得阿加莎跳了起来。

哦,她到底是在跟谁开玩笑呢?她低头看了看自己骨瘦如柴的四肢、苍白的皮肤,还有被咬得都秃掉了的指甲。有哪个男孩会邀请她去参加舞会啊!希望从她心里一点点流失,她瞄了瞄周围的女孩们,她们全都欣喜地闭上了双眼,想象着她们各自王子的模样。

"这就是个是……与……否的问题。"米莉森特无奈地呻吟着说。

阿加莎叹了口气,闭上了眼睛,试着去想象她自己王子的面容。可所有她能听见的都是男孩们吵着闹着不愿与她做舞伴的声音……

"没人留给你了,亲爱的。"

"可是我以为每个男孩都必须参加的,达维教授……"

"嗯,最后一个宁愿自杀也不愿邀请你。"

幻影般的笑声在她耳旁尖声大叫起来,阿加莎紧咬住自己的牙齿。

我不是女巫。

男孩们的声音渐渐柔和下来。

我不是女巫。

那些声音消散在了黑暗之中。

可一切都不见了。依然没有什么可信赖的东西出现。

我不是!我不是女巫!

一片虚无。

有什么出现了。

一个乳白色、没有面容的剪影冲破黑暗缓缓走来。

他单膝跪地……握住了她的手……

"你感觉还好吗？"

她睁开了眼睛，发现阿涅蒙妮教授正两眼凝视着她，其他人也都呆呆地望着她。

"嗯，我想是的。"

"可你……你……笑了！一个真正的笑容！"

阿加莎深深地吸了一口气："是吗？"

"你被施魔法了吗？"她的老师尖叫道，"这也是来自永灭者的袭击吗？"

"不是……我是说……这是个意外……"

"可是，亲爱的！太美了！"

阿加莎突然感觉自己仿佛从座位上飘了起来。她不是女巫！也不是怪胎！她觉得自己的笑容又回来了，而且比之前的更大、更灿烂。

"这下又不怎么样了。"阿涅蒙妮教授叹了口气。

阿加莎的笑容瞬间破碎，变成了她习惯性的皱眉头。

沮丧的她在接下来的两个挑战中都悲惨地失败了，波鲁克斯说她的仪态称得上"凶神恶煞"，而乌玛则叹着气说，连树懒看着都比她有魅力。

在上英雄史课前，阿加莎闷闷不乐地坐在长椅上，她想知道萨德教授是否真的能预见她的未来。她能找到冰雪舞会的舞伴吗？苏菲认定她是个女巫是对的吗？她最终会被淘汰、会死在这儿吗？

但问题是，即使萨德真的是个先知，她也无从开口问他任何事。毕竟，要谈论所有的事，她先得承认自己曾经闯入过他的书房。而这可不是能赢得老师信任的好方法。

不过到最后，这些都无关紧要了，因为萨德根本没有出现。这周他决定去邪恶学院那边上课，按他的说法是，历史从来都没法和舞会的影响分庭抗争。在他不在的这段时间里，他将"舞会的习俗与传统"交给了一帮身穿发霉长袍、蓬头垢面的中年姐妹来代课。她们全都来自著名的童话《十二位爱跳舞的公主》，而且每一位都在宫廷舞会上赢回了属于自己的王子。不过她们完全没来得及传授自己是怎么赢回王子的，这十二位悍妇光因为哪个版本的故事才是最真实的就已经吵得不可开交了。

阿加莎闭上双眼不去理会这些人。不管阿涅蒙妮教授怎么说,她的的确确看见了一个人的脸。那张脸模糊不清,如雾里看花……却真真切切。有人希望邀请她去参加舞会。

她绷紧了下巴。

我不是女巫。

慢慢地,那个剪影又一次在黑暗中现身了,这一次他走得更近,也更为清晰。他对着她单膝跪地,在一片光亮中扬起了他的头……

一声尖叫把她从梦境中拽了回来。

讲台上,十二个姐妹竟然像大猩猩一样对着彼此大吼大叫,还拿头相互顶撞着。

"她们怎么可能是公主啊?"碧翠丝大叫道。

"等你结了婚你就知道了。"吉赛尔说,"我妈现在连腿毛都懒得刮了。"

"我妈已经胖得穿不进她以前的任何一条长裙了。"米莉森特说。

"我妈连妆都懒得化了。"艾娃说。

"我妈甚至开始吃奶酪了。"莉娜叹着气说。碧翠丝看上去已是一副快要晕厥的模样。

"呃,要是我的妻子做出其中任何一样行为,那她还不如直接去和女巫生活呢。"查迪克"吧嗒吧嗒"地啃着一只火鸡腿说,"所有关于幸福结局的画面里,可从来没人见过有丑公主出现。"

说完他注意到阿加莎正直挺挺地坐在他身旁:"哦,我无意冒犯。"

到吃午餐的时候,阿加莎已经彻底忘了要去找舞伴的事了,只想着低声下气地回到苏菲身边。可苏菲、海丝特还有阿纳迪尔都不见踪影(自然而然也看不到多特),而且永灭者们都十分诡异地规规矩矩地待在透明场里属于他们的那一边。与此同时,她不断听到有咯咯的笑声从永生者女孩嘴里发出,那是查迪克一次又一次向不同的小团体重复之前的故事,每一句"无意冒犯"听起来都更加地冒犯了她。更糟糕的是,泰德罗斯在扔马蹄铁时还不时向她投来奇怪的目光(特别是在她将整碗的炖甜菜都洒在大腿上时,那目光别提多怪异了）。

希子来到她身旁扑通一下子坐下说："别泄气。那不是真的。"

"什么？"

"就是两个男孩的事。"

"什么'两个男孩'的事？"

"你知道的，就是他们都约好了，到最后宁愿两个男孩一起去也不会邀请你。"

阿加莎两眼直直地盯着她。

"哦，不！"希子大叫一声，飞快地跑开了。

在善行与善举课上，达维教授给大家布置了一项笔试作业，测试大家如何解决舞会上的道德困境问题。例如：

    1. 如果与你一同参加舞会的舞伴不是你的首选，而你疯狂爱着的首选却在舞会上邀请你跳舞。你会：

      A. 礼貌地告诉他，如果想和你跳舞，应该在舞会开始前主动邀请你作为舞伴。

      B. 答应跳舞，但是只跳快步回旋舞。

      C. 放弃你的舞伴，选择你的首选。

      D. 问问你的舞伴，怎么样才能让大家都感到舒服自在。

阿加莎选择了D，并且在下面写道："如果没人邀请你参加舞会，那么别说跳舞了，这个问题都不会出现。"

    2. 当你到达舞会现场时，你注意到你朋友嘴里散发出难以忍受的大蒜味和鳟鱼味，而与你朋友同行的正是你希望邀请你参加舞会的人。这时你会：

      A. 立刻提醒你朋友口气重的事。

      B. 什么都不说，因为这是你朋友的问题。

      C. 什么都不说，你就想看着他们尴尬的模样。

D. 给你朋友一片干草含片,但是绝口不提口气的事。

阿加莎的选择是A。此外她还补充了一句:"因为口臭只是暂时的,而丑陋却是永恒的。"

3. 一只幼小的鸽子不小心折断翅膀飞进善良大厅,摔倒在最后一支华尔兹的舞池中,这时它正面临着随时被舞步踩扁的危险。你会:
   A. 尖叫着停止舞步。
   B. 先把舞跳完再去看鸽子。
   C. 一边跳舞一边先把鸽子踢出舞池以确保它安全,等舞跳完了再去看它。
   D. 放弃跳舞,拯救鸽子,即使这样会让你的舞伴感到难堪。

阿加莎的选择是D:"我的舞伴是假想的。我肯定他不会介意的。"

接下来的二十七道问题,阿加莎全用同样的思路给出了答案。

达维教授高高地坐在她那张用梅子糖做的讲桌旁批改着试卷,她一边给试卷打分,一边将改好的卷子压在一块晶莹透亮的南瓜镇纸下,越改她的脸色越阴沉。

"这就是我害怕的。"她大发雷霆,粗暴地将试卷扔向学生们,"你们这些答案毫无意义、空洞无物,有些甚至邪恶透顶!难怪苏菲那帮女孩会将你们玩弄于股掌之中!"

"袭击不是结束了吗?"泰德罗斯咕哝道。

"多亏了你,没有!"达维教授咆哮着将一张用红笔画满叉的试卷朝他扔去,"一个永灭者赢得了裁决赛,还随意在我们学院捣乱——然后没一个永生者能抓得住她?善良学院竟没人能制伏一个学生?"

她挨个儿将试卷扔出去,说:"需要我来提醒你们天才马戏团四天后就要举行了吗?知道谁赢了童话剧场就得搬到谁在的学院里去吗?你们希望你们的剧场搬到邪恶那边去吗?你们希望剩下的学年都带着耻辱走向邪恶那边吗?"

没有一个人敢抬头看她的眼睛。

"想要成为善良,你必须得证明自己善良,永生者们。"达维教授警告道,"防守、宽恕、帮助、给予,还有爱。这些是我们的准则,但是得由你自己来选择是否去遵循它们。"

就在她又看了一遍卷子,痛斥着每一个错误的答案时,阿加莎赶紧将自己的试卷抽了出来。突然她看到试卷一角写着什么:

一百分。
留下来见我。

小精灵叮叮当当地敲响了下课铃,达维教授将所有的学生都轰出了教室,然后关上了南瓜糖做的大门并上好锁。她一转身发现阿加莎正坐在她的讲桌上,吃着一颗梅子糖。

"就是说只要我遵循了这些准则,"阿加莎大声嚼着梅子糖说,"那我就不是女巫了。"

达维教授看着她讲桌上新添的一个小洞说:"是的,只有真正善良的灵魂才会遵循那些准则。"

"那如果我的外表看着是邪恶的呢?"阿加莎说。

"哦,阿加莎,别傻了……"

"如果我的外表就是邪恶的呢?"

老师被她的语气一下子震住了。

"我远离家乡,失去了我唯一的朋友,这儿每个人都讨厌我,我只想找到什么方法能让我有个还算不错的结局。"阿加莎红着脸说,"可你连真相都不告诉我。我的结局和我做了什么善举根本就没关系,也和我内心是什么样无关,它只和我长成什么样有关。"她激动地说着,唾沫横飞。

"我甚至连个机会都从来没有过。"

达维教授盯着大门看了很长一段时间。然后她也坐到了阿加莎对面的讲桌上,掰下了一颗梅子糖放进嘴里咬出了一嘴的糖浆。

"你第一眼看到碧翠丝时是什么感觉？"

阿加莎呆呆地看着她老师手里的梅子糖。

"阿加莎？"

"我不知道，她很漂亮。"阿加莎厌恶地说了一句，她想起了那满是屁味的第一次见面。

"那现在呢？"

"她特别讨厌。"

"是因为她不漂亮了吗？"

"不是，可……"

"那她到底是漂亮还是不漂亮呢？"

"漂亮，看她第一眼……"

"所以美丽只能持续一眼？"

"不是的，如果你是个善良的人……"

"所以说善良很重要？我还以为你只觉得外表很重要呢。"

阿加莎张大了嘴，一句话也说不出。

"只有美丽可与真理持久抗衡，阿加莎。你和碧翠丝的共同之处比你想象的还要多。"

"那敢情好，我可以做她的动物奴隶了。"阿加莎说着又咬了一口梅子糖。

达维教授站了起来："阿加莎，当你照镜子时你看到了什么？"

"我从不照镜子。"

"为什么不照？"

"猪啊马啊会盯着它们自己的模样看吗？"

"你害怕看到什么？"达维教授倚着南瓜糖大门说。

"我并不害怕镜子。"阿加莎哼了一声说。

"那你看看这个。"

她抬眼一看，达维教授身旁的大门已经变成了一面打磨平滑的镜子。

她立刻扭过头："这个把戏还挺可爱，我们书里有吗？"

"照镜子看看，阿加莎。"达维教授平静地说。

"这也太蠢了。"阿加莎从桌上一跃而下，然后从她身边走过，一路低着头尽量避开镜中的影子。她找不到门把手在哪儿。

"让我出去！"她用手抓着门，每次从镜中看见自己的影子她都会立刻闭上眼睛。

"只要照照镜子，你就能出去。"

阿加莎挣扎着想要让手指发出亮光："让——我——出——去！"

"那就照照镜子。"

"让我出去行不行！"

"就看一眼……"

阿加莎脱下松糕鞋狠狠砸向镜子。镜子晃动了一下，轰然碎掉，她低头躲过了扬起的尘土和碎片的反光。随着轰塌声归于平静，她慢慢抬起了头。

一面全新的镜子重新对着她。

"把它弄走吧。"她掩面哀求道。

"只要你试一试，阿加莎。"

"我做不到。"

"为什么？"

"因为我长得太丑了。"

"如果你其实长得很漂亮呢？"

"你好好看看我。"阿加莎呻吟道。

"你想象一下自己的确很漂亮。"

"可是……"

"你把自己想象成那些童话书里的女孩，阿加莎。"

"我根本不看那些垃圾。"阿加莎怒喝道。

"如果你没看过，你根本不会来到这里。"

阿加莎愣住了。

"你和你的朋友一样会看那些书，亲爱的。"达维教授说，"问题是，为什么？"

阿加莎沉默了很久。

"如果我是漂亮的？"她轻声地问道。

"是的,亲爱的。"

阿加莎抬头看去,眼里隐隐闪烁着微光。

"我会很开心的。"

"真是奇怪。"她的老师轻拂了一下桌面说,"当年处女山谷的艾拉对我说过一模一样的话。"

"是吗?那就为处女山谷的艾拉干上三杯吧。"阿加莎闷闷不乐地说。

"当我发现她想参加舞会却没法去时,我去见了她。她只想要一副新面孔和一双新鞋。"

"我看不出这和我有什么关系……"阿加莎突然瞪大了双眼,"艾拉……灰姑娘?"

"这完全算不上是我做过的事里最棒的,不过却莫名其妙成为最出名的。"她的老师轻轻地摩挲着那个南瓜镇纸说,"你知道吗?人们还在处女山谷里兜售这个玩意儿,说真的,这跟艾拉的南瓜马车一点儿都不像。"

阿加莎踉踉跄跄地后退:"可……可这意味着你是……"

"无边森林里最擅长使愿望成真的仙女教母。愿为你效劳,亲爱的。"

阿加莎的脑袋"嗡"地一下变得轻飘飘的,她不得不倚在门上。

"在你拯救滴水兽的时候我就曾警告过你,阿加莎。"达维教授说,"你拥有非常强大的天赋。你的善良足以制伏任何邪恶。即使你迷失了方向,你的善良也会带领你走向幸福的结局!你所需要的一切都在你内心深处,阿加莎。而现在,我们比以往任何时候都需要你将你的善良释放出来。但是,如果美貌成了你的绊脚石,亲爱的……"

她叹了一口气:"那好吧,这其实再容易不过了。"

说着她从自己的绿色长袍里掏出了一根纤细的樱桃木魔杖。

"现在闭上眼睛许愿吧。"

阿加莎使劲眨了眨眼确保这一切不是在做梦。在童话里像她这样的女孩可都是被惩罚的对象。在童话里丑女孩根本不配拥有愿望。

"任何愿望?"她颤抖着说,声音都有点儿失真了。

"任何愿望。"她的仙女教母说。

"我必须大声地说出来?"

"亲爱的,我可不会读心术。"

阿加莎噙着眼泪看着她:"可这……我还从来没跟任何人说过……"

"那现在是时候说出口了。"

阿加莎颤抖着看向她手中那根魔杖,轻轻地闭上了双眼。这一切真的会实现吗?

"我希望……"

她突然激动得无法呼吸。

"变得……你知道……呃……"

"我必须说,魔法只会对坚定的信念做出回应。"达维教授说。

阿加莎对着空气大口地呼吸了几下。

此刻她脑子里所能想到的只有苏菲。苏菲直直地盯着她,就好像她是一条跟在自己身后的哈巴狗。

去过你自己的人生!

她的心一下子因为愤怒而灼烧起来。她咬紧牙关,握紧拳头,扬起了头,大喊一声——

"我希望变漂亮!"

魔杖"嗖嗖"地响了,并发出了一声不太妙的"咔嚓"声。

阿加莎睁开双眼。

达维教授皱着眉头看着自己手中那根被折断的魔杖。

"看来这愿望的野心不小,那我们还是用老办法来解决吧。"

说完她吹响了一声震耳欲聋的口哨,霎时间,六位七英尺高、彩色头发、粉色皮肤的仙女从天而降,一字排开。

阿加莎紧张得连连后退,靠到了镜子前:"等等……先别急……"

"她们会尽可能温柔的。"

随着阿加莎一声惨叫,仙女们全像熊一样扑了过去。

达维教授遮住眼睛没忍心看。

"她们可真是太高了。"

在一片似有似无的光影之中,阿加莎尝试着睁开了双眼。一阵疼痛与奇怪的感觉向她袭来,仿佛她已经昏睡了好几天似的。穿戴整齐的她睡眼惺忪地拖着脚步坐进一张绿椅子里,慢慢回过神儿来。

她在焕然一新房里。仙女们已经离开了。

阿加莎马上从椅子上跳起来。芳香浴池里满是快溢出来的泡沫,她面前的红玫瑰化妆小站上摆满了上百瓶开过封的蜡油、面霜、染料,还有面膜。水槽里还有用过的刮毛刀、锉刀、小刀和小铲子。地上还有成堆被剪掉的头发。

阿加莎捡起了一些。

这些头发是金色的。

镜子。

她环视了一圈,可化妆小站的椅子和镜子全都不见了。她疯狂地摸着自己的头发和皮肤,它们摸起来柔软多了,光滑多了。她又摸向自己的嘴唇、鼻子还有脸颊。一切都是那么精致。

"我只想要一副新面孔。"

她猛地跌落回椅子里。

她们做到了。

她们将不可能变成了可能!她正常了!不,不仅仅是正常!她变漂亮了!变可爱了!她——

变美丽了。

她终于能像样地活着了!她终于能获得幸福了!

焕然一新房的门外,阿尔伯马尔正在门顶上的窝里打着盹儿,阿加莎开门走出时,它正好打了一个特别响的呼噜。

"晚安,阿尔伯马尔!"

阿尔伯马尔懒洋洋地抬了抬它架着眼镜的双眼说:"晚安,阿加——哦,我的天哪!"

阿加莎踏上台阶走到一楼时,笑意开始浮现在她脸上。

她现在正赶着跑去晚餐厅旁那面镀金镜子跟前(她清楚地记得学院里每一面镜子的具体位置,以便及时避开它们)。阿加莎浑身轻飘飘的,有点儿头晕。她还能认出自己吗?

她听到了几声急促的惊呼声,然后透过旋转楼梯的缝隙,她看见了正呆呆盯着她看的莉娜和米莉森特。

"你好,莉娜!"阿加莎笑脸盈盈地说,"你好,米莉森特!"

两个女孩全都目瞪口呆地望着她,完全忘记了挥手。当阿加莎踏着华尔兹一般轻盈的舞步走进楼梯间时,她脸上的笑意更浓了。

查迪克和尼古拉斯正爬上传奇方尖碑,想要仔细看看过往那些永生者女孩的肖像照。

"茵苣公主充其量只能排到第四。"查迪克正像一个登山运动员一样,反手吊在一块砖头上说,"不过这个玛蒂娜的确能排第九。"

"可惜她最后变成了一匹马。"尼古拉斯说。

"我倒挺想看看阿加莎被放到这上面时会怎样,说不定她最后会变成……"

"什么?我最后会变成什么?"

查迪克扭头看见了阿加莎,顿时瞠目结舌。

"一只猫吗?"阿加莎咧嘴一笑,"你怎么看上去像被我吃掉了舌头一样。"

"哦哈。"尼古拉斯起哄地笑了,查迪克一脚将他踹了下去。

阿加莎笑得脸都有点儿疼了,她悠悠然地登上英勇塔楼的楼梯向着晚餐厅走去。她轻轻掠过宝蓝色拱门,走到金色双开门前,做好准备面对里面的镜子,做好准备感受一下苏菲生来就拥有的感觉——正当她伸手推门时,门开了。

"不好意思……"

阿加莎闻其声而未见其人。然后她慢慢抬起头看清了来人,她的心怦怦直跳。

泰德罗斯凝视着她,那表情困惑极了,让她觉得自己好像对他施了个什么邪恶咒语似的。

他咳嗽了一下,像是在尽力想着要说点儿什么:"嗯,你好。"

"你好。"阿加莎说着,傻乎乎地笑了。

无声的沉默。

"晚餐吃了什么?"她说,这显得更傻了。

"鸭肉。"他勉强地说。

接着他又咳了一声。

"对不起。因为你看起来……你看起来非常……"

一阵怪异的感觉突然向阿加莎袭来,让她感到惊悚。

"我知道……不是我……"她脱口而出,然后立刻转身逃走了。

她冲进一条走廊,将自己蜷缩在一副肖像照的相框下。她们都对她做了什么?她们是不是在给予她新面孔时将她的灵魂也一并交换了?她们在给予她新的身体时是不是连同她的心也置换了?为什么她的掌心全都湿透了?为什么她的胃里一直在抽搐?一直挂在她嘴边的那些对泰德罗斯的不屑都去哪儿了?到底见了什么鬼,能让她对着一个男孩笑容满面?她讨厌男孩啊!她一直都讨厌男孩!就算刀架在她脖子上她也不会对男孩笑的。

阿加莎突然明白自己身处何地了。

她头顶上方的相框挂的并不是肖像照。

忐忑、惶恐、满身大汗,她站起身来面对着大厅里这面巨大的镜子,准备迎接镜中的陌生人。

阿加莎颤抖着闭上自己的眼睛。

然后慢慢睁开。

"可浴池……那些瓶瓶罐罐……那些金发……"

她惊魂未定地缩回墙边。

"愿望……魔杖……"

原来这些全都是她那仙女教母使的障眼法。

仙女们根本没对阿加莎动什么手脚。

她瞄着自己依然油亮的黑发和虫子般鼓出的眼睛,惊恐地一下子瘫坐到地上。

"我还是那么丑!我依旧是个女巫!"

等等。

那阿尔伯马尔是怎么回事?莉娜、查迪克……还有泰德罗斯又是怎么回事?

他们也是另一种意义上的镜子不是吗？是让她知道自己不再丑陋的镜子。

慢慢地，阿加莎站了起来，一点点挪回到镜子前。长这么大，她第一次没有退缩。

"只有美丽可与真理持久抗衡，阿加莎。"

多年以来，她一直相信自己就是外表看起来的那副模样，是一个不讨人喜欢、阴暗的女巫。

可现在，在这间大厅里，她开始相信一些不太一样的东西了。有那么一瞬间，她完全打开了心房的枷锁，让阳光照射进来。

阿加莎照着镜子轻柔地抚摸着自己的脸颊，光彩从她心中焕发而出。

这是一张从未有人见过的脸，脸上洋溢着无比的幸福。

再也没有回头路了，黑暗小径上的面包屑已经消失殆尽，取而代之的是，真理在前方引领着她，一个比任何魔法都强大的真理。

"我一直都很漂亮。"

阿加莎肆意而畅快地哭了出来，她再也不会放弃自己的笑容了。

此时的她，完全没有听见远处的某个人正从最难熬的噩梦中惊醒过来，发出了一声凄厉的惨叫。

第二十四章
盥洗室里的希望

善恶魔法学院的学生们都认为魔法就是指咒语,不过对阿加莎来说,她在笑容里找到了更强大的魔法。

她每到一处,都能发现人们瞠目结舌的注视和困惑的低语,仿佛她被施了一种所有师生从未见过的高端魔法。直到有一天,当阿加莎走在去上早课的路上,她突然觉得自己好像真的被施了魔法似的,因为她第一次感到自己非常期待见到老师和同学们。

还有一些发生在她身上的变化也同样地诡异。她发现自己不再对校服的香味感到恶心了。现在的她也不再厌恶洗脸,不介意多花一分钟好好梳头。在为舞会彩排的课上,她一直全神贯注地跳着自己的舞步,一直到狼卫的嚎叫声提示下课。那些她过去曾经不屑一顾的善良家庭作业,现在她都仔仔细细按照老师的要求认真阅读,并且深深地被那些打败了残暴女巫、为父母报仇以及为了真爱牺牲自己的身体或自由甚至生命的女英雄的故事所吸引。

合上书本,阿加莎静静地凝视着窗外。在蓝色森林里,小精灵们正在为舞会装点着一盏盏如星光般闪耀的灯。真美啊,这的确是善良学院的风格。几个星期前她根本不可能欣赏这种美,但现在的她躺在床上,整张面孔在灯笼光芒的映衬下熠熠生辉。她想到了自己在加瓦顿的那个房间,但是完全想不起过去的味道了。有那么一瞬间,她甚至都回忆不起镰刀眼睛的颜色……也回忆不起她母亲说话的声音了……

离舞会举行只剩两天了。天才马戏团也将于次日夜晚举行,波鲁克斯的脑袋被一个憔悴的乌龟壳运过来,向大家宣布规则。

"听着,听着,听着。在点亮良知与散播魅力的善良学院和诱导罪行与传播罪恶的邪恶学院共同校长的指令之下……"

"赶紧说重点!"阿涅蒙妮教授呵斥道。

波鲁克斯只得悻悻地解释,所谓天才马戏团实则是一场善与恶的天赋之争,排名前十的永生者与永灭者将各自登台展现自己的天赋。比赛结束后,获胜者将获得马戏团王冠,而童话剧场也将在魔法之下整个搬迁到胜利者所在的学院。

"当然,剧场已经很多年都没动过了。"波鲁克斯抽了抽鼻子说,"现在算是牢牢扎根了。"

"可谁当裁判呢?"碧翠丝说。

"校长。虽然你还是没法见到他。"波鲁克斯气喘吁吁地说,"现在来说着装,我的建议是你们最好穿得低调、端庄一些……"

阿涅蒙妮教授一脚将它的脑袋踢到了门外:"够了!舞会邀请就在明天,现在你们唯一需要做的事,就是好好在脑子里想想你们各自王子的模样!"

就在波鲁克斯的脑袋在门外发出声声呻吟时,阿加莎的目光跟随着老师的身影在房间里环视了一圈,她看见女孩们全都闭上了眼睛,屏息凝神在脑中接受着邀请。

她的心陡然一沉。

按照她的排名,她肯定逃不了得加入马戏团的比赛队伍!天赋表演?她没有天赋啊!要是她当着全校的面丢脸了,谁还会邀请她去参加舞会呢?!如果没人邀请她的话……

"那你就是个女巫而且会面临淘汰。"当她还是看不出那张脸的具体模样时,米莉森特就是这么提醒她的。

在乌玛的整堂课上,阿加莎都闭着眼睛试图看清那人的模样,可所有她能看到的依然只是一个乳白色的剪影,而且每次当她伸手想去触摸那个剪影时,剪影就会马上烟消云散。当她沮丧地拖着沉重的步伐回到塔楼里时,突然发现一群学生正在楼梯间窃窃私语。她凑到了希子旁边。

"发生什么……"

然后她倒吸了一口气。在墙上原本挂着第五幅天使绘画的地方,现在被粗暴地涂上了醒目的红字——

今晚

"这是什么意思?"阿加莎说。

"意思是苏菲又要攻击我们了。"一个声音回答道。

阿加莎一转头,看见泰德罗斯正穿着一件蓝色无袖汗衫,刚结束剑斗的他脸上挂满了晶莹的汗珠。他看上去有点儿局促不安。

"呃,不好意思……我该去洗个澡。"

阿加莎也手足无措地傻傻盯着墙面:"我还以为袭击已经结束了呢。"

"这次我一定会逮到她的。"泰德罗斯也盯着她旁边的墙面说,"她太恶毒了,那个女孩。"

"她只是有些受伤而已,泰德罗斯。她认为你会兑现承诺的。"

"如果一切发生在造假的情况下,那就不能算作承诺。她利用我赢得了裁决赛,而且她也利用了你。"

"你根本不了解她。"阿加莎说,"她依然爱着你。而且她依然是我的朋友。"

"天哪，你绝对比我还要善良，因为我实在不知道你从她身上都看到了些什么。反正我所看到的就只是一个工于心计的女巫而已。"

"那你就看仔细点儿。"

泰德罗斯突然转过身来对着她说："又或者多关注一下别的人。"

阿加莎又感到一阵别扭。

"我要迟到了。"她说着就往楼梯上跑去。

"英雄史课往这边。"

"我去洗手间。"她大声回了一句。

"可这是男生塔楼！"

"我喜欢男生的……洗手间……"

她跑上去躲到了一座半裸的人鱼雕像后，大口地喘着气："我这是怎么了？！"为什么一在他身边她就觉得无法呼吸？为什么每次他看着她时，她都浑身不自在？为什么他现在看着她的眼神就像是在看一个……女孩！阿加莎忍不住想要大叫。

她必须得阻止苏菲的袭击。

如果苏菲宣布放弃，如果苏菲去乞求泰德罗斯的原谅，说不定他还是会愿意带她去参加舞会！这才是童话故事的幸福结局！这样一来就再也不会出现那些奇怪的目光了，也不会再有无端的别扭，更不用担心自己的心无所适从了。

就在师生们蜂拥而至围到那面被涂损的墙面时，阿加莎已经冲到了梅林展览园。经历了大火的树篱雕像群，此刻终于恢复了往日的辉煌。她径直向着最后那座伫立在池塘中央、正用强有力的手臂拔着石中剑的年轻亚瑟王树篱雕像跑去。可这次，她眼前的亚瑟王雕像却变成了正对她眨着眼睛的亚瑟之子。阿加莎大惊失色，一下子跌入了冰冷的池水里。

"让我过去！"她冲着桥上自己的影子大吼道。"我得阻止苏菲，得赶在她……"突然她瞪大了眼睛，"等等，我上哪儿去了？"

屏障中一位迷人的公主对着她莞尔一笑。那公主一头黑色的卷发，身穿一袭点缀着金色叶子的午夜蓝华丽礼服长裙，一条红宝石吊坠佩戴在她的颈项间，在她头上还戴着一顶蓝兰花花冠。

罪恶感萦绕于阿加莎的心间。她认出了这个笑容。

"苏菲？"

"善归善，恶归恶，动荡来临前，回到你自己的塔楼去。"

"那好吧，现在我是毋庸置疑的邪恶，所以让我通过吧。"阿加莎命令道。

"为什么这么说？"公主说，"因为你还在坚持那个发型？"

"因为我正想着你的王子！"

"也该到时候了。"

"好吧，那就让我——什么？"阿加莎瞪着眼说，"可那也太邪恶了！苏菲，他可是你的真爱！"

公主笑了："我上次提醒过你的。"

"什么？谁提醒？什么时候？"

说着阿加莎想起了上次她站在这里时的情景。

"他是你的。"

她的眼睛瞪得大大的："可这意味着……意味着你是……"

"毋庸置疑的善良。现在不好意思，我们得忙着为舞会做准备了。"

说完，阿加莎公主从影子中消失了，只留下一面完好无损的屏障。

"呃，这已经是你吃的第六块了。"看着阿加莎又切下一块樱桃馅儿饼，希子忍不住说道。

阿加莎没搭理她，只顾着将食物填进嘴里，然后连同心里的罪恶感一起吞咽下去。她会去告诉苏菲的。是的，她会把一切都告诉苏菲，苏菲一定会歇斯底里地大笑，把阿加莎试想成她。她是一个公主？泰德罗斯是她的真爱？

"你那块吃吗？"阿加莎满嘴包着馅儿饼，风卷残云地吃着。

"我还以为你最近不一样了呢。"希子叹了口气，轻轻地将她那一块也推了过去。

她一边狼吞虎咽地吃着，一边专心想着如何潜入邪恶学院。在第一次袭击发生时，老师们曾将善良学院整个外围施了一遍反末格里变形术，因为他们发现苏菲会变成飞蛾、青蛙或者睡莲叶溜进来。不过这样还是没能阻止苏菲闯入善良学院。

"所以肯定还有别的什么路径。"阿加莎思忖着。然后她毫不犹豫地离开晚餐厅朝着一个地方飞奔而去,一个在她需要寻求答案时总是会去的地方。

一走进善良陈列馆,阿加莎立刻注意到有新的展品加入了。泰德罗斯在裁决赛中穿过的那件血迹斑斑的束腰袍已经拥有了一席之地。束腰袍陈列旁除了贴着"世纪对决"的标签之外,还就泰德罗斯与苏菲命运多舛的联盟进行了简要的介绍。在展品的玻璃外罩上,阿加莎看到至少有几十个手指印赫然在目,毫无疑问,这些都是那些前来偷窥的女孩留下的。一阵恶心又从她心里升起,阿加莎急忙赶往校史展览区,迫不及待地打开了几十张地图翻找着,一点点查看各座塔楼在这些年间新建造的部分。她想从这里面找出塔楼里的隐秘路径,但是很快她的眼神就暗淡了下来,她发现自己又不知不觉逛到了那个熟悉的角落。

她穿过所有的读者绘画,来到了绘有她和苏菲坐在湖岸被光晕包围的那幅画作前。一看到画中坐在一起的两个人,她的眼睛立刻湿润了。曾几何时,她们都是彼此最好的朋友。而身处校长那座高塔中的撰写者,还有多久才会写到她们故事的结局呢?它究竟会带着她们远离这片阳光普照的湖岸去哪儿呢?

她又看向了旁边一幅画,这是这排画作中的最后一幅。昏暗的画面中,孩子们争先恐后地将自己的童话书扔入了篝火中,熊熊燃烧的大火与四起的浓烟正吞噬着他们周围的森林。

"读者预言。"莱索夫人曾这么说过。

这会是加瓦顿的未来吗?

她的太阳穴阵阵抽动,她想要弄明白这一切是怎么回事。谁会在乎孩子们烧不烧书呢?为什么加瓦顿对萨德和校长来说这么重要?别的小镇呢?

"什么别的小镇?"

很久以来,她一直把校长的话当作没头没尾的想法而不予理睬。在那片环抱着加瓦顿的森林之外,世界不也是由一座座像加瓦顿这样的小镇构成的吗?可为什么那些小镇从未出现在这间陈列馆里呢?为什么别的小镇从未有孩子被带走过呢？

她脖子上的神经性皮疹又开始发红刺痒了，但是她已经将注意力转移到画作中孩子们头顶上的那团烟雾上——因为此刻她才看清那根本就不是一团烟雾。

而是一团阴影。

那团阴影黑暗而巨大，正从熊熊燃烧的森林上空偷偷溜向小镇。

他们看上去一点儿都不像是人类。

这时，她发现自己在墙上的影子也开始变得张牙舞爪并且越来越大。阿加莎惊恐万分地转过身——

"萨德教授。"她倒吸一口冷气。

"恐怕我作为一个画家来说并不怎么样，阿加莎。"他说道，手里还拎着一个与他的三叶草绿西装很相配的手提箱，"大家对我新藏品的反响都非常一般。"

"可那些影子是什么？"

"我想我得去检查一下，之前邪恶展览馆还丢了些荆棘藤。有时候不好的事真是想什么就来什么。"他叹着气朝着大门走去。

"等一下！为什么那会是你的最后一幅画作？"阿加莎不依不饶地追问道，"那会是我和苏菲童话故事的结局吗？"

萨德教授转过头说："你知道吗，阿加莎？先知是不能回答任何问题的。事实上，如果我回答了你的问题，我立刻就会受到变老十岁的惩罚。这就是很多先知看起来都老得可怕的原因。是得犯些错才能学会如何不作回答。谢天谢地，我只犯过一次错。"

他笑了笑再次准备离开。

"可我得知道泰德罗斯是不是苏菲的真爱！"阿加莎喊道，"告诉我他会不会吻她！"

"你从我的陈列馆里学到点儿什么了吗，阿加莎？"萨德说着又转过身来。

阿加莎的目光落在了他周围的动物标本上："你喜欢你的学生们被填得满满的？"

他并没有笑："不是每个英雄都能获得荣耀。但是获得荣耀的英雄们都有些共同之处。"很显然，他希望她自己去猜这到底是什么。

"他们杀死了坏人？"她说。

"不要问问题。"

"他们杀死了坏人。"

"再想深刻一点儿，阿加莎。是什么将我们最伟大的英雄们联系起来的？"

阿加莎跟随他空洞的眼神看向天花板上垂下来的宝蓝色横幅，每一条横幅都在赞颂着一名偶像级的英雄人物。躺在水晶棺里的白雪公主、穿上玻璃鞋的灰姑娘、杀死了高大巨人的杰克，还有将女巫推进了烤炉里的葛雷特……

"他们都找到了幸福。"她怯生生地说。

"啊，好吧。我还有工作要做呢。"

"等等——"

阿加莎将注意力集中在一条条横幅上，尽量让自己冷静下来。深刻一点儿。透过表面，这些英雄都有什么共同点呢？诚然，他们都既美丽又善良，并且都赢得了胜利，但他们的最初呢？白雪公主活在她继母的阴影之下；灰姑娘是两位继姐的仆人；杰克的母亲成天骂他蠢；葛雷特的父母将她遗弃在森林中让她自生自灭……

他们的共同之处并不是结局。

而是开始。

"他们全都很信任自己的敌人。"阿加莎对教授说道。

"是的，他们的童话全都是在自己始料未及的状况下开始的。"萨德说，此刻他西装口袋上的银色天鹅徽章比之前更加闪耀夺目了，"从我们学院毕业后，他们都走进了森林，并期待着与怪兽或者巫师来一场史诗级的对决，却没料到最终童话会从他们各自的家里开启。他们没料到恶人竟会是自己身边的人。他们不承想，一个英雄想要获得幸福结局，第一步是得先着眼于自己眼皮子底下的事。"

"所以苏菲也得先关心她眼皮子底下的事了。"就在他转身离开时阿加莎急吼吼地说，"这就是你的建议吗？"

"我说的可不是苏菲。"

阿加莎看着他愣住了，一句话也说不出。

"告诉他们没必要担心。"他走到门口说，"我已经找到替代者了。"

说完，门在他身后关上了。

"等一下！"阿加莎跑过去一把拉开大门，"你要去哪儿？"

但是走廊里已经没有了萨德教授的踪影。她赶紧冲到楼梯间，也遍寻不到他。这个人就这么瞬间消失了。

阿加莎站在四座楼梯之间，心情低落。她肯定漏掉了什么东西，这东西告诉她整件事都是错的。几个字突然在她脑海中如雷鸣般响起，提醒着她注意。

就在你眼皮子底下。

就在这时她看见了什么。

一条巧克力屑的痕迹顺着荣誉塔楼的楼梯向上延伸着。

星星点点的巧克力碎屑蜿蜒绕上了三层蓝色玻璃，穿过宿舍楼的贝壳马赛克，在男盥洗室门前戛然而止。

阿加莎正将耳朵贴上那扇珍珠包裹着的门，两个永生者男孩突然从她对面的房间里开门走出，她吓得踉踉跄跄地赶紧后退。

"不好意思，"她结结巴巴地说，"我，呃，只是……"

"就是那个人喜欢用男生的盥洗室。"他们走过时，她听见他们说着。

阿加莎叹了口气，推门而入。

荣誉塔楼的盥洗室看起来不像是个卫生间，更像是一座王陵。全大理石的地板，墙间的雕塑带上雕刻着人鱼与海蛇搏斗的画面，小便池冲出的水是宝蓝色的，每一个象牙隔间里都有一个蓝宝石马桶和一个浴缸。和永生者女孩的盥洗室里全是香水的味道不一样，在这里，她闻到的是掺杂着一丝汗味的洁净肌肤的味道。沿着巧克力的踪迹，她一个个隔间、一个个湿漉漉的浴缸看过去，她发现自己竟然想知道哪个浴缸是泰德罗斯刚用过的……她的脸一下子红得像甜菜一样。"你是从什么时候开始会想男孩了？你是从什么时候开始会考虑浴缸的事了？你简直完全迷失了自我……"

最后一个隔间里，传出了一声抽鼻子的声音。

"有人吗？"她喊了一句。

无人回应。

她又敲了一下隔间的门。

"对不起。"一个深沉的声音回答道，听起来明显就是装的。

"多特，开门。"

沉默了许久，门终于开了。多特的衣服、头发上，甚至整个隔间里都撒满了巧克力碎片，看起来她正试图将卫生纸变成持续性饮食，结果却弄得一团糟。

"我还以为苏菲把我当朋友了。"她哭哭啼啼地说，"可后来她不光占了我的房间还抢了我的朋友，现在我已经无处可去了！"

"所以你一直都住在男生盥洗室里？"

"我没法跟永灭者说，她们把我赶出去了！"多特一边哀号着，一边用袖子擤着鼻涕，"她们每天都变本加厉地折磨我！"

"可总不至于待在……"

"我试过偷偷溜进你们的晚餐厅，可我还没来得及逃跑，就被一个小精灵咬了！"

阿加莎撇了撇嘴，她完全知道是哪个小精灵干的。

"多特，如果被人发现你在这儿，你会被淘汰的！"

"淘汰也比当一个没朋友又无家可归的恶人强。"多特伤心地掩面而泣，"如果有人这么对苏菲，她会怎么想？如果你抢了她的王子，她会怎么想？根本没人会邪恶至此！"

阿加莎咽了一口唾沫说："我得和她谈谈。"她焦急地说："我会帮她赢回泰德罗斯的心，好吗？我会弥补好一切的，多特，我发誓。"

多特的哭声轻了些，只剩轻轻地抽泣了。

"真正的朋友，不管事情变得多糟都会努力让一切回到正轨。"阿加莎坚定地说。

"即使遇上的是海丝特和阿纳迪尔这样的女巫也行吗？"多特抽抽搭搭地说。

阿加莎拍了拍她的肩膀，说："是的。"

多特慢慢地放下手抬起头来："我知道虽然苏菲一直说你是女巫，但你其实根本不适合我们学院。"

阿加莎又感到了一阵别扭。"我说，你是怎么来到这儿的？"她皱着眉头，一点点地挑着多特头发里的巧克力碎屑，说道，"两所学院之间所有的通道都被封了。"

"当然还有路啊。不然你以为那些夜里苏菲都是怎么过来发起袭击的？"

阿加莎一惊，一不留神猛拽了一把多特的头发。

第二十五章
征 兆

咆哮着滚滚而过的地下暗河，经由一条长长的隧道从善良学院流向邪恶学院。这条奔腾不息的地下河水只会在两所学院的中点处因末日审判室的存在而稍作停留。很长时间以来，在那清澈湖水变作护城河中翻滚淤泥的中点处，都是野兽在守卫着的。而过去的两个星期以来，苏菲就是从这儿肆无忌

惮地闯入善良学院的。不出意外的话，今晚她也会如约而至。阿加莎唯一的希望就是赶在她闯入善良学院之前去阻止她。

阿加莎全身紧绷地贴着隧道的墙面，一点点朝末日审判室挪去。苏菲从未提起过她在那儿都遭受了怎样的惩罚。难道野兽给她留下了一道看不见的伤疤？难道它用了不为人知的方式伤害了她？

"等到它们快杀死他时再行动。"

阿加莎连忙将头缩回隧道中。

"泰德罗斯肯定会以为是你救了他一命。"阿纳迪尔的声音在隧道中回响着。

阿加莎轻轻地贴着下水道的墙面往前挪着，汗水已浸湿了她的衣裙，突然她看见了在地牢口生锈的栅栏下正蹲着的三个人影。

"所有的永生者都会认为是阿纳迪尔发起的袭击，而不是你。"海丝特说，她响亮的声音盖过了翻涌咆哮的地下河，"泰德罗斯会认为是你救了他。他会觉得你为了救他宁愿去冒生命危险。"

"那他会爱上我吗？"第三个身影问道。

阿加莎听得心里一惊，打了个趔趄。

海丝特立刻扫视一圈，问道："谁在那儿？"

阿加莎一步步从阴影中挪出来——海丝特和阿纳迪尔立刻跳了起来，第三个身影也慢慢扭过了头。

在昏暗的光线中，苏菲看起来面无血色，脸颊凹陷，整个人消瘦了不少。

"我亲爱的，亲爱的阿加莎。"

阿加莎只觉得口干舌燥。"你们准备干吗？"她尖声说。

"我们准备帮助一个王子去信守他的承诺。"

"靠发动袭击来帮助吗？"

"靠展现我有多爱他来帮助。"苏菲回答道。

这时末日审判室里一阵吵闹，几声巨大的呼噜声和尖叫声传了出来。阿加莎吓得往后闪躲："那是什么？"

苏菲笑盈盈地说："那是阿纳迪尔为天才马戏团做的准备。"

阿加莎猛地跳上前想看个究竟，但被海丝特一把拦下。越过她的肩头，阿加莎只隐隐瞥见了三个巨大的黑鼻子从栅栏里探出来，同时露出的还有一排锋利的牙齿。它们在拼命嗅着什么摸不到的东西。

一条绣着字母T的永生者男孩的领带。

"一帮可怜的家伙，视力不太好，只能靠气味来锁定目标。"苏菲叹着气说。

阿加莎的脸瞬间变得惨白："可那是……那是泰德罗斯的……"

"我肯定会赶在它们做出任何伤害他的举动之前阻止它们的。也就是吓唬吓唬他而已。"

"可……可……要是它们去攻击别人呢？"

"这不就是你说过你想要做的事吗？帮我找到真爱？"苏菲目不转睛地说，"不幸的是，在发生了那么多事以后，这真是最安全的方法了。"

阿加莎竟然什么也说不出口。

"我很惦记你的，阿吉。"苏菲柔声说道，"我说真的。"

然后她扬起了头："不过这真是很奇怪啊。我认识的阿加莎可是很乐意看到王子们一个个全死掉的。"

地牢里又传来了一声凶残的低吼声。阿加莎一个箭步冲向门口，可她立刻就被阿纳迪尔抓住，然后用力推到了墙边。

"苏菲，你不能这么做！"阿加莎一边挣扎一边恳求道，"你得去请求他原谅你！这是唯一能让所有的一切重回正轨的方法！"

苏菲惊愕地瞪大了双眼，然后又慢慢将眼睛眯了起来："你凑近点儿，阿加莎。"

阿加莎挣脱了阿纳迪尔的束缚，一步跨到末日审判室里火把透出的光线之下。

"苏菲，求你听我……"

"你看起来……不太一样了。"

"永生者的晚餐就快结束了，苏菲。"阿纳迪尔催促道，这一下引得地牢里又发出了几声不耐烦的低吼。

"苏菲，你可以在马戏团比拼时向泰德罗斯道歉。"阿加莎提高了嗓门儿对着她们喊道，"轮到你站上舞台时你就大声说出来！这样每个人都会看到你是善良的！"

"我想我还是比较喜欢以前的阿加莎。"苏菲一边说，一边仔仔细细在她脸上打量着。

"苏菲，我不会允许你攻击我的学院……"

"你的学院！"苏菲尖叫道，声音大得让阿加莎顿时尴尬得缩了回去。"所以现在已经变成了你的学院是吗？"然后她指着流过中点处的团团淤泥说，"你的意思是这个才是我的学院？"

"不……当然不是……"阿加莎结结巴巴地说，"泰德罗斯会明白的，苏菲！他只想找到一个他能够信赖的人！"

"所以现在你很了解我的王子想要的是什么？"

"我只想你能赢回他的心！"

"你知道吗？我不认为你现在这副模样适合你，阿加莎。"苏菲说着，大步朝她迈过去。

阿加莎节节后退："苏菲，我是站在你这边的……"

"不，我觉得这一丁点儿都不适合你。"

阿加莎脚底一滑摔了一跤，只差一英寸她就跌入那奔腾咆哮着的地下暗河里了。她战战兢兢地努力向前爬了几步，就吓得再也动不了了。一旁看着的阿纳迪尔和海丝特也同样惊恐万分地看着，完全不敢动。

死掉的野兽也直勾勾地瞪着她们。它那巨大的黑色身体一直被困在河堤后的一摊淤泥之中，毫无生气的眼珠子里还残留着斑斑血迹。

阿加莎缓缓地抬起头，看见苏菲正凝视着它。

"善良从不会主动去伤害，阿加莎。不过有时候，爱也意味着得铲除那些妨碍我们的坏人。"

狼卫的嚎叫声在头顶回响。"晚餐结束了。"阿纳迪尔着急地说。

海丝特将目光从野兽身上移开："动手，阿妮！放它们出来！"

阿纳迪尔慌忙伸出发光的手指，"砰"地打开了地牢的大门。

"我得去提醒他。"阿加莎一面慌张地自言自语，一面挣扎着站起来，但是一股力量瞬间将她拖回并摔倒在地。

她惊慌失措地抬眼一看。海丝特已将她的胸腔牢牢按在暗河的中点处。

"你还不明白吗？"海丝特的声音在她耳边嗡嗡作响，"泰德罗斯是她的天敌！只要苏菲的征兆一出现，她就会不惜一切去杀死他！我们现在是在救他的命！"

"不……这太邪恶……"阿加莎喘着粗气说，"这太邪恶了！"

苏菲一步步走近，低头仔细端详着头悬在淤泥与湖水中点边缘处的阿加莎。

"温柔点儿，海丝特。只要帮她回到她自己真正的学院……"

阿加莎听见一声门锁被卡住的声音，然后看见了几头类似猛犸象一般的动物身影，正被困在铁栅栏口发出声声激动的嘶叫。

"求你了，苏菲……住手吧……"

苏菲与她四目相对，目光突然温柔下来。

"别担心，阿吉。这一次我会找到我的幸福结局的。"

说着她的脸又马上变得冷若冰霜。

"因为你再也没法去搞破坏了。"

海丝特猛地将阿加莎推入了喷涌的泥浆之中。泥浆拽着她朝邪恶学院一边流去，她在里面翻滚着咕嘟咕嘟地吐泡泡，想要努力睁开刺痛的双眼却毫无办法。就在护城河水的急流快要将她吞没时，她胡乱地伸手狂抓着，一把抓住了一个冰冷的皮肤——苏菲也被拖下了暗河。

两个女孩同时陷入了这汹涌澎湃的黑暗之中。惊魂未定的阿加莎一把将苏菲推开，并用脚将她踢向中点处清澈湖水的那一侧。她回头瞄了一眼，却看到远处那身影正在淤泥中翻滚着渐渐下沉。苏菲不会游泳！阿加莎也快缺氧了，她在清澈湖水与苏菲之间不停旋转着往下沉。借着最后一小口气，她一个猛子扎进水里，拦腰抱住苏菲，将她托出了水面。邪恶暗河的淤泥中，只见她俩的脑袋不时在泥浆表面上上下下地扑腾。

"救命啊！"苏菲被呛得语无伦次。

"抓紧我。"阿加莎大叫着奋力将她从喷涌的淤泥中拖曳出。可是在这令人窒息的淤泥中拖着苏菲沉重的身体，她根本别想摸到河堤。如果想要逆流而上，她只能放手。

"别让我死。"苏菲恳求道。

阿加莎将她抱得更紧了，拼命向河堤游去。差一点儿她的手指就摸到河堤了，可一股泥浆打了过来，生生将她们俩分开了。她潜入水里想拉住苏菲，却只抓到了她的高跟鞋，阿加莎只能眼睁睁地看着她的朋友被水流拖入一片黑暗之中。

突然之间，几把银色的钩子钩住了她俩。

两个女孩都惊呆了，她们回头一看，一股波光粼粼的潮水涌起，把她们从淤泥中推到清澈的蓝色水流中。随着潮水的推动，她们发现自己终于可以呼吸了，那涨得鼓鼓的脸颊终于吐出了憋着的最后一口气。当她们终于四目相对时，阿加莎看见苏菲的面孔露出了悲伤、害怕的表情，仿佛她刚从一场噩梦中苏醒过来似的。就在魔法浪潮将她俩分开并扔回各自的学院时，阿加莎突然两眼露出寒光。

一个熟悉的影子朝她们飞奔而来，那影子歪歪扭扭漆黑一片。阿加莎还没来得及尖叫，他就一头扎进潮涌中，把女孩们从潮水中分离出来。然后影子伸出他细长枯瘦的手指拎起她们，拽着她们飞出城堡，朝着湖畔飞去。阿加莎看见苏菲和影子扭打成了一团，也急忙加入了他们的搏斗。影子被击退，被迫松开了抓住她们的手指。可就在苏菲挣扎着去找阿加莎时，他又一把抓住了苏菲，并以惊人的力量将她重新扔进了水里。阿加莎吓得整个人都噎住了，连忙试图游走，可影子猛扑了过来，拉着她朝前"哗"的一声潜入水里，拽着她的脑袋冲向一块锋利的礁石。她闭上了眼睛，在心里祈祷着能瞬间死去。可就在这里，她却感觉到校长已经拎起她从湖里飞进了冰冷的夜空中。

阿加莎被重重地摔在了地上，那感觉好像立刻就会晕厥了一般。

可不知为什么，她依然清醒着，而且清醒得能让她睁开眼睛好好看看周围的一切。她看到了一大片被紫色荆棘环绕的大树，她应该是身处善良学院里的某个地方。阿加莎试着坐起身来，但此刻她整个身体都痛得好像快要散架了一般，只能瘫倒在这稀泥地里。为什么校长会去阻止潮水呢？他怎么能一点儿解释都没有就将她扔在这儿呢？她带着愤怒与困惑左右晃了晃自己的脑袋。她得把发生的一切告诉达维教授，她需要答案。

不过她得先回到学院才行。

阿加莎伸长了脖子往外看去，在她目光所及之处能看到的全是被紫色灌木丛环绕着的外形一模一样的参天大树。她应该是在她和所有永生者女孩们第一天到达时出现的那片花田附近。可是湖在哪里呢？她回头看了看，发现树梢上微微反射着些许光亮。她长舒了一口气，奋力朝前爬去，每爬一步都痛得她眉头紧皱，这时她才看清楚自己身在何处。

她的下巴都快掉下来了。

前面根本就不是湖，而是一扇满是尖刺的金色大门，门上写着："擅自闯入者，格杀勿论。"善良学院高耸的蓝粉尖顶在它身后闪闪发光。

阿加莎根本就不在学院里。

她在森林里。

"阿加莎！"苏菲的叫声在附近响起。

阿加莎顿时面容失色。

校长放了她们俩。

她先是感到了一阵宽慰，但是恐惧瞬间又如针刺向她的心里。一直以来她都盼着能和苏菲一起回家，可在下水道里发生的一切却让她心生惧怕。

"阿加莎！你在哪里？"

阿加莎默不出声。她应该去找苏菲，还是自己一个人逃回家？

她心跳得越来越快。但是她怎么能够现在离开呢？怎么能够在她终于感受到归属感时离开呢？

"阿加莎！是我啊！"

苏菲声音里流露出来的痛苦刺痛了她，将她从恍惚中拉了回来。"我这是怎么了？"

苏菲说得对。她的确开始相信这就是她的学院、她的童话了。她甚至开始期待那张她一直看见的脸，有可能属于……

"没人会邪恶至此。"多特说过。

阿加莎的面孔因内疚而变得通红。

"苏菲，我来了。"她大声回应道。

苏菲没有应答。阿加莎一下子急了，赶紧朝着她最后一声呼喊传来的方向爬去，一片黑暗中只有她的天鹅徽章还在闪着微光。突然有什么绊住了她的腿。

她低头看过去，只见一条长满紫色荆棘的藤蔓已经悄悄地缠上了她的腰。她把它踢开，但藤蔓却迅速缠住了她另一条腿。她赶紧缩回去，可又有两条藤蔓伸出来扣住了她的双臂，还有两条缠住了她的双脚，接着灌木丛里所有的枝枝丫丫都伸了出来，将她整个人缠了个遍。阿加莎死命地抽动着想要挣脱，但荆棘将她牢牢地按在地上，仿佛她是一只待宰的羔羊。这时一条又粗又黑的藤蔓像蛇一样恶毒地爬上她的胸口，然后停在了离她的脸只有一英寸的地方，它那紫色的尖头直直地对着她。接着它从容地向后蜷缩，再猛地一下对准她的天鹅徽章刺去。

突然一道剑光闪过，荆棘被劈成了两半。然后一只温暖的古铜色手臂将阿加莎一把拉了起来。

"抓紧我！"泰德罗斯一边喊一边用他的训练剑一路披荆斩棘。

错愕不已的阿加莎紧贴在他的胸口，看着他忍受着荆棘划过的刺痛，不停发出痛苦的呻吟。不过很快他就占了上风，顺利拉着阿加莎走出森林，来到满是尖刺的大门前。大门发出了识别并认可的亮光，慢慢打开，为两位永生者迅速开辟了一条狭窄的小路。大门在他们身后关闭，阿加莎抬起头看着一瘸一拐的泰德罗斯，这时的他已浑身血迹、伤痕累累，蓝色衬衫也被划得破破烂烂。

"我有种感觉苏菲正从森林里潜过来。"他一边气喘吁吁地说着，一边不由分说地用他受伤的手臂搂住阿加莎，"所以达维教授允许我带上几个小精灵到外门来监视。我该早点儿知道原来你也在这儿准备逮住她。"

阿加莎一声不发，只是呆呆地看着他。

"一个公主独自出来面对女巫，这主意也太愚蠢了。"泰德罗斯说着，大颗大颗的汗珠全滴在了阿加莎的粉色短裙上。

"她在哪儿？"阿加莎哑着嗓子问道，"她安全吗？"

"让一个公主去担心女巫，这也不是个好主意哦。"泰德罗斯说着，双手紧搂着她的腰。她的心里一阵小鹿乱撞。

"放我下来。"她气急败坏地说。

"公主的坏主意还真是不少。"

"放我下来！"

泰德罗斯照做了，阿加莎立刻与他保持了一段距离。

"我根本不是什么公主！"她一边着急地喊道，一边整理着自己的衣领。

"如果你非要这么说的话。"王子说着，眼睛往下看去。

阿加莎顺着他的目光看到了自己被划破的双腿正血流如注。她看着那鲜血，视线变得越来越模糊。

泰德罗斯笑了："一……二……三……"

她昏倒在了他的臂弯里。

"毋庸置疑的公主。"他说。

泰德罗斯抱着她朝着远处六位正在湖边玩耍的小精灵走去，突然他面若寒冰地停了下来。在一堆枯草丛中，蜷缩着的苏菲抬起了头，黑色的袍子上满是鲜血。

"阿加莎？"

"你！"泰德罗斯恨恨地说。

苏菲张开双臂挡住了他的去路："把她交给我吧。我会照顾她。"

"都是你的错！"泰德罗斯一把将她推开，将阿加莎抱得更紧了。

"她救了我的命。"苏菲急促地说，"她是我的朋友。"

"公主是不可能与女巫成为朋友的！"

苏菲顿时怒容满面，手指尖也亮起了粉红色。泰德罗斯一看见，指尖也立刻亮起了金色准备防御。

可苏菲的脸上却渐渐露出怯意，指尖光也暗淡了下来。

"我不知道我到底是怎么了。"她轻声地说，泪水在她眼眶里打转。

"收起你那套吧。"泰德罗斯怒吼道。

"都怪那所学院。"她抽噎着说，"是它改变了我。"

"让开，别挡我的路！"

"求你了，再给我一次机会吧！"

"让开！"

"我要让你看到我是善良的！"

"我警告你。"他大发雷霆地冲着她大喊。

"泰德罗斯,对不起!"苏菲哭着大喊道,但他只是将她推到一旁,大步朝前走去。

"善良选择宽恕。"一个微弱的声音说道。

泰德罗斯停住了,他垂下头看着虚弱地靠在他胸口的阿加莎。

"你承诺过她的,泰德罗斯。"阿加莎平静地说。

他呆呆地看着她,一脸震惊:"什么?你在说什么……"

"你带她回城堡吧。"阿加莎说,"告诉所有人她就是你准备带去参加舞会的公主。"

"可她是……她是……"

"是我的朋友。"阿加莎说着,看向苏菲那双充满震惊的双眼。

泰德罗斯的视线不停地在她俩之间摇摆。

"不行!阿加莎,听我说……"

"信守承诺,泰德罗斯。"阿加莎说,"你必须这么做。"

"我做不到。"他乞求道。

"原谅她吧。"阿加莎深深地看向他的双眸说,"就算是为了我。"

泰德罗斯一下子说不出话了,整个人怒气全消。

"去吧。"阿加莎说着从他怀里挣脱,"我会和小精灵们一起回去的。"

可怜巴巴的泰德罗斯只能脱下破破烂烂的蓝色衬衫披在她粉色的肩上。他还想张嘴反驳些什么。

"快去。"她说。

泰德罗斯只能不看她,气冲冲地转身离开——腿上的伤让他脚下一软,苏菲赶紧冲过去紧贴着他的胸膛,用肩膀撑起了他的手臂。但是她一碰过去,王子立刻退闪到一边。

"求你了,泰迪。"苏菲眼里噙着羞愧的泪水轻声地说,"我发誓我会改变的。"

泰德罗斯一把将她推开,努力自己站稳。可他立刻看到了站在苏菲身后的阿加莎,她正盯着他,用目光提醒着他要信守自己的诺言。

泰德罗斯也曾试过自我抗争……试着告诉自己承诺是可以被打破

的……可他也知道信守诺言就是现实。于是他一瘸一拐地靠向苏菲的肩头。

苏菲惊魂未定地扶着他向前走去,一句话也不敢说。泰德罗斯回头看了看阿加莎,她一副如释重负的模样独自蹒跚地走在他们身后。王子只得听天由命地长叹一口气,跛着脚任由苏菲搀扶着他往前走去。

苏菲几乎用尽了全身力气拖着他走到湖边,她累得气喘吁吁,呼吸急促。渐渐地,她感觉到泰德罗斯不再排斥她的搀扶了,她含着眼泪对他赧然一笑,精致的面容上露出了悔恨的神情。最后,王子也终于勉强地笑了笑作为回应。

天空中,半个月亮慢慢从云后滑出,在他们身上洒下了一片皎洁的月光。当他们彼此紧挨着走到湖边时,泰德罗斯低头看到了两个步调完美一致的影子。他的靴子配着她的玻璃鞋,波光粼粼的水面上映衬出他血迹斑斑的倒影,而他身旁那个闪着光的倒影,则是一个丑陋而苍老的老巫婆。

泰德罗斯惊恐地四下张望,但在他身旁只有美丽的苏菲啊,她正小心翼翼地扶着他回到善良学院。他又赶紧扭头看向湖面,这时乌云已经完全遮盖住了湖面。他不寒而栗。

"我不能……"他哽咽着说,挣脱开来。

"泰迪?"苏菲吃惊地屏住了呼吸。

他跌跌撞撞地往后退,一把拉住了阿加莎。阿加莎也一脸错愕。

苏菲的脸瞬间变得煞白:"泰迪,我做了什么……"

"离我们远点儿!"他一边说一边将阿加莎搂进自己怀里,"离我们两个远点儿!"

"我们?"苏菲怪叫道。

"泰德罗斯,等一下……"阿加莎哀求道,"到底……"

"让她去变得邪恶吧。"王子唾弃道,并举起了发光的手指召唤小精灵。

苏菲震惊地退缩到一边。阿加莎越过泰德罗斯的臂弯回头看着她,满脸都是歉意。但在她朋友的脸上却看不到一丝释怀的模样,相反,肆意升腾的愤怒与仇恨已使她的脸涨得通红。

"你看看她!"

她的声音响彻湖面。

"她就是个女巫！"苏菲尖叫道。

阿加莎顿时面容失色。

泰德罗斯慢慢地转过身来，目光凌厉如刀锋般刺向她："你看清楚了。"

苏菲惶恐地看着小精灵们纷纷围在两个永生者周围盘旋，被泰德罗斯搂在怀里的阿加莎也是同样的表情。

走到这一步她总算明白了，一直以来她们所进的学院从没弄错过。

苏菲静静地看着阿加莎和她的王子在小精灵的护送下渐渐走远。她始终一动不动地僵在湖边，在一片漆黑与幽暗之中大口地呼着热气。她的肌肉因紧张而越绷越紧，捏紧的拳头指节咔嗒作响。热血在她体内沸腾，越来越热，越来越热，仿佛有熊熊烈火在她身体里燃烧一般。就在她觉得自己热得快要爆炸时——她的下巴一阵剧痛。她伸手摸了过去。

上面有什么东西。

她用手指仔仔细细摸了一遍，想弄明白到底是什么，这时她突然发现有什么湿淋淋的东西滴在她的手臂上。是高高卷起的潮水。她赶紧后退，但是一个浪头打过来，瞬间将她卷入了一片阴影之中。

裹着一摊淤泥的苏菲，"啪"的一声从66号房间的窗户摔了进去。

海丝特和阿纳迪尔立刻从床上弹起来："我们到处找你，你去哪儿……"

苏菲用手捂着脸，从她们身边爬过，来到墙上残留的最后一小块镜子碎片前，她一下子僵住了。

一颗又黑又大的肉疣出现在了她的下巴上。

苏菲发疯似的挑了挑，又拉了拉——这时她透过镜子看到了室友两张惨白的脸。

"征兆。"她们倒吸了一口冷气说。

浑身湿透的苏菲颤抖不已，她立刻冲上楼梯来到顶楼书房，亮出指尖光"砰"地炸开了门锁。身穿睡袍的莱索夫人从卧室冲出来，手指一挥——苏菲立刻从地板上升到了半空中，同时脖子被紧紧地勒住无法呼吸。

一看是她，莱索夫人手指下滑，将苏菲缓缓放置在了地板上。她睁大眼睛轻声朝苏菲走去，伸出她又长又尖的红指甲托起苏菲的脸仔细端详。

"正好参加天才马戏团。"她用手指疼惜地抚摸着那颗肿得大大的黑疣说，"这下能给永生者们一个惊喜了。"

苏菲猛甩着头，一句话也说不出。

"有时候，我们的心腹真是比我们更了解我们自己。"莱索夫人不禁啧啧称奇地说道。

苏菲摇了摇头，不明白这是什么意思。

她的老师将嘴唇凑到她的耳边说："他正等着你呢。"

夜深人静的城堡中，所有照明的火把全都熄灭了，只剩天空中一轮圆圆的明月照耀着大地。皎洁明亮的月光这时照亮了一个穿行在蓝色森林里的影子。苏菲裹在她黑色的蛇皮斗篷里，一路无法自控地颤抖着冲过蕨类植物园和橡树丛，走进森林深处。终于，她来到了那口巨大的石井前，只见她拼尽全力用自己的身体一次又一次地撞向那块盖住井口的大石头。直到它再也无法移动一丁点儿时，她爬进了井里，渐渐沉入这黑暗的井中，这时一丝月光照进了井底。

丘比特格林姆正背靠着一面光滑的乳白色墙面等着她，他的脸颊和翅膀全被污垢弄得乌黑一片。在他四周的墙面上画着上千幅同一张面孔的画，同一张用鲜艳的口红刻下的脸。一张她在梦中一直无法辨别清晰的脸。此刻，在这万籁俱静的深夜里，她的天敌终于有了一个名字。

而这个名字并不是泰德罗斯。

第二十六章
天才马戏团

"去达维教授的办公室。"泰德罗斯对小精灵吩咐道,这时几只小精灵已经分别拎起浑身是伤的他和阿加莎一路滴着血飞向了天空。

"去我的房间。"阿加莎却对自己的小精灵说。

"可你受伤了!"泰德罗斯激动地说。

"我们如果把发生的一切告诉别人,只会让事情变得更糟。"阿加莎说。

小精灵拉着两人往不同的方向飞去。"等等!"泰德罗斯大喊。

"谁也别说。"阿加莎高声回了他一句,就朝着粉红色的塔尖飞走了。

"你会去参加马戏团表演吗?"被拽着飞向蓝色塔尖的泰德罗斯叫道。

但是阿加莎并没有回答,他只能跟随他的小精灵一点点地消失在群星闪耀的夜空之中。

阿加莎在小精灵的带领下也飞进了漆黑一片的夜空，她望着湖湾上空的银色塔楼，阵阵的悲痛与无助涌上心头。校长早就警告过她们了。他早就看穿她们了。

小精灵带着阿加莎越飞越高，夜空中刺骨的寒风让她瑟瑟发抖，她将泰德罗斯披在她身上那件血迹斑斑的衬衫又裹紧了些。当她飞过那一扇扇灯火通明的窗户，看着窗户里正为舞会邀请精心装扮着的各个身影时，她心里的内疚与震惊渐渐灼烧成了熊熊的怒火。

"坏人往往就在我们眼皮子底下。"

坏人披上了挚友的外衣。

哦，是的，她会去参加天才马戏团的。

因为萨德说得对。

这从来就不是苏菲的童话。

而是她的童话。

"所以根本就没有发生袭击？"阿涅蒙妮教授一边喝着热气腾腾的苹果酒一边问道。

达维教授站在她书房的窗前，看着窗外被落日余晖映照得霞光闪闪的校长塔楼，说道："埃斯帕达教授说男孩们一无所获。而泰德罗斯花了半宿外出搜寻也是空手而归。也许这就是苏菲的计谋，要把我们最优秀选手的睡眠时间全部耗尽。"

"女孩们也几乎没怎么睡。"阿涅蒙妮教授一边说一边伸手擦拭着洒在天鹅徽章上的苹果酒，徽章此时正印在她身上那件骆驼毛制成的睡袍上。"等着看她们会如何像模像样地迎接舞会邀请吧。"

"他究竟怕我们看到什么呢？"达维教授端详着那座塔楼说，"如果我们都不能在场陪着他们，我们为他们准备这些比赛还有什么意义？"

"因为当他们进入真正的森林后，我们也不可能一直陪着他们啊，克拉丽莎。"

达维教授转回头。

"这就是他禁止我们干涉的原因。"阿涅蒙妮教授说，"因为不管学生们对彼此有多么残酷，当他们面对自己真实故事的残酷性时，依然永远无法做到准备就绪。"

达维教授沉默良久。

"你该走了，亲爱的。"最后她说。

阿涅蒙妮教授顺着她的目光看向夕阳，一下子跳了起来，"天哪！要让你整晚和我待在一起你会烦死的！谢谢你的苹果酒。"说着她已经冲到了门口。

"爱玛。"

阿涅蒙妮教授回头看着她。

"她吓坏我了。"达维教授说，"那个女孩。"

"你的学生也准备好了，克拉丽莎。"

达维教授勉强挤出一丝笑容点了点头："我们很快就会听到他们胜利的欢呼声了，对吗？"

爱玛向她抛去了一个飞吻，然后关上了门。

达维教授望着天边的夕阳慢慢地沉入地平线下。天色已经完全暗下来，她突然听到身后的锁闩"咔嗒"响了一声。她迅速踮着脚走向门边用力拉住门——然后挥动魔杖和手指想要用魔法打开它……可大门被一股更强大的魔法彻底封印住了。

她的面孔顿时因紧张而变得扭曲，随后又慢慢地放松了下来。

"他们会平安无事的。"她叹着气，筋疲力尽地朝卧室走去，"每次都是这样的。"

舞会前夜的晚上八点，学生们纷纷走进了童话剧场。为了迎接这场盛会，整个剧场已被魔法精心装点了一番。善恶双方的上空分别悬浮着一盏由十支天鹅形蜡烛点亮的枝形吊灯，善良这一边的蜡烛燃烧着白色的光芒，邪恶那边则闪烁着蓝黑色的光芒。在两盏吊灯中间，悬浮着一顶钢制的马戏团王冠，王冠外围七枚直立起来又长又尖的冠叶在熊熊燃烧的火焰中熠熠生辉，它正等待着当晚冠军的诞生。

永生者女孩率先到达。因为舞会邀请即将揭晓，她们全都身着五彩缤纷的礼服长裙，脸上全都挂着紧张的笑容。她们挥舞着印有白天鹅的旗帜，高举"善之队"的横幅由西门而入，玻璃花束纷纷向她们喷洒出芬芳的香水，四周水晶雕带上的人物也全都活了过来。

"你好，美丽的女孩，你会用你的天赋为我们赢得桂冠吗？"水晶雕带上一个正与喷火巨龙奋战的王子问道。

"我听说有个叫苏菲的孩子非常厉害，你能打败她吗？"王子身旁一位正坐在一架晶莹剔透的纺车旁的水晶公主急切地问道。

"我没能加入战队。"希子老老实实地承认。

"看来总是会有人掉队的。"王子说着一剑刺穿了巨龙。

而在东门那边，咆哮着的永灭者们也你推我搡地挤了进来。他们挥动着一块丑陋的标语牌，上面张牙舞爪地写着"恶之队"几个大字。霍特激动万分地舞动着一面印有黑天鹅的旗帜，却不料动作幅度太大，撞碎了天花板上垂下的钟乳石，吓得永灭者们纷纷四处逃窜找地方掩护。等霍特终于冲到座位上坐下时，墙上烧焦的炭黑已经弄得他浑身发黑，而且他还一路被吃农夫的怪物、煮小孩的巫婆的影子吓得不轻。附近长椅上的雕像在这一刻也全都活过来了，雕刻的恶人们一边拿刀刺得木雕王子哇哇大叫，一边将墨黑的树汁喷得到处都是。

"这一切都是谁弄的？"他浑身被溅满了汁液，瞪着眼问道。

"校长。"四周到处都是尖叫声，拉文用手堵住耳朵说，"难怪他不让老师们参加呢。"

与此同时，最后一批永灭者女孩和永生者男孩也在狼卫和小精灵的簇拥下到来了。一进入剧场，他们就被这无老师监管的现场刺激得兴奋不已，只有泰德罗斯例外。他穿着一条乳白色的骑马裤一瘸一拐地最后一个步入剧场，面无表情的他连宝蓝色衬衫上的领口带也没系紧，露出了他胸膛上的伤口。他怒气冲冲地扫视了一遍永生者的座位，好像是在寻找什么人，然后失望地一屁股坐在了自己的位置上。

看着他，海丝特一下子紧张了起来。"苏菲在哪儿？"她低声问阿纳迪尔，完全忽略了在长椅那头正对她们怒目而视的多特。

"那晚她去找过莱索夫人后就再没回来过。"阿纳迪尔悄声说。

"是不是莱索夫人把她给治好了？"

"又或者征兆更严重了！想想看她都攻击了泰德罗斯！"

"可他怎么看起来一点儿迹象都没有啊，阿妮。"海丝特直愣愣地注视着王子说，"当恶人开始出现征兆时，他们的天敌应该变得更强大啊！"

可这时的泰德罗斯却只是没精打采地坐在座位上，看起来脸色苍白，不堪一击。

阿纳迪尔盯着他说："可如果他不是苏菲的天敌，那么又会是谁呢？"

这时她们身后那扇永生者的大门打开了，一位人们从未见过的美丽绝伦的公主翩然走了进来。

她身穿一袭午夜蓝色的天鹅绒曳地长裙走进过道，金光闪闪的叶片点缀在她的裙间。一顶蓝兰花花冠将她一头乌黑透亮的长发高高盘起。在她的颈项之间还戴着一条红宝石坠链，大颗的红色宝石贴垂在她白皙的皮肤上，仿佛雪地里的一滴鲜血。她又大又亮的黑眼珠里映衬着金色叶片的光芒，她的嘴唇也闪耀着露珠般的玫瑰光泽。

"这学期到现在了还有新生进来，有点儿晚了吧。"泰德罗斯呆呆地望着她说。

"她可不是新生哦。"他身旁的查迪克说。

泰德罗斯顺着他的目光看到了那曳地长裙下不小心露出的松糕鞋，一下子噎得说不出话来。

一脸顽皮笑容的阿加莎从震惊得石化了一般的碧翠丝身旁经过，男孩们全都垂涎三尺地望着她，女孩们全都开始担心自己的舞伴，纷纷涌到了希子身边。希子这时也是双眼圆睁，一副眼珠子快要掉出来了的模样。

"这是什么黑魔法？"希子胆怯地问。

"焕然一新房啊。"阿加莎低声说着，同时注意到了苏菲空着的座位。她看见泰德罗斯也注意到了这个，当他回头看的时候，他蓝色的双眸正好与她眼神相遇。

而在过道那头的海丝特和阿纳迪尔，此时却因为恍然大悟而脸色变得一片惨白。

"欢迎来到天才马戏团。"

学生们全都抬起头看向了站在舞台中央的一头白毛狼卫，在它身旁还有一只小精灵在不停地飞舞盘旋着。"今晚的比赛将由二十项决斗组成，决斗的顺序由各位的排名决定。"它用低沉如轰鸣般的声音宣布道，"排名第十的永生者将率先开始展示他的天赋，随之展示的则是排名第十的永灭者。校长会当场选出获胜者并对失败者予以惩罚。"

学生们立刻四下张望，试图寻找校长的身影。狼卫不屑地哼了一声继续说道：

"接下来就轮到第九组、第八组继续展示，最后轮到排名第一的一对同学。整场马戏团表演结束后，校长认为最有天赋的那位同学将赢得马戏团王冠，而他所在的学院也将获得下一学年童话剧场的所有权。"

善良学院立刻高喊道："我们的！我们的！"同时永灭者们也加入进来："别想了！别想了！"

"老师们不在这儿，并不意味着你们就能像个畜生一样没教养。"狼卫咆哮道，小精灵也叮叮当当地飞舞着表示赞同。"我可不在乎必要时干掉一两个公主，让她们赶紧离开这儿。"

永生者女孩们吓得立刻噤声。

"如果你有任何问题，最好烂在肚子里。如果你想上厕所，可以拉在裤子里。"狼卫大吼道，"因为大门已经关闭，马戏团比赛现在开始。"

阿加莎和泰德罗斯终于如释重负，海丝特和阿纳迪尔也同样松了一口气。

因为今晚所有的展示中，都不会有苏菲出现了。

前四场比赛都是由永生者获胜，而永灭者都只能去面对来自校长的惩罚。布罗纳表演了打嗝打出一只只蝴蝶，阿拉克涅则是瞎着眼睛满剧场追赶着她那只弹来弹去的独眼，维克斯将他的尖耳朵肿成了大象耳朵那么大，但这些全都被那位没有现身的裁判否定了，看来他的确非常乐于惩罚邪恶这一边。

看着邪恶那方的天鹅蜡烛又熄灭了一支，阿加莎感觉很难受。离她上场只有三组对决了。

"你的天赋是什么？"希子用胳膊肘推了一下她问道。

"化妆算吗？"阿加莎不安地说，她注意到永生者男孩们依然用惊叹的目光偷瞄着她。

"阿加莎，他们怎么看你都不要紧！要紧的是没有王子会向一个输给了邪恶的人发出舞会邀请！"

阿加莎愣住了。她的脑子里顿时变得一团乱麻，但是有一件事却无比清楚。因为，如果没人向她发出邀请的话……

"你就会被淘汰。"

阿加莎呼吸急促地转头看向舞台。现在她急需一个天赋。

"现在由永灭者拉文上台！"狼卫大声宣布道，与此同时舞台前端雕刻的凤凰闪出了一道绿光。

披着一头鬃毛般乌黑油腻长发的拉文瞪着他又黑又大的眼珠子上台了，他仔细打量着台下哈欠连连的永生者们，此时的永生者已经意兴阑珊，只觉得永灭者接下来的展示不过是又一个蹩脚的魔咒和恶意满满的独角戏而已。拉文冲他的室友们点了点头，室友们立刻拖出了放在长椅下的鼓敲起了鼓点。拉文先是不停地换着脚跳来跳去，然后又加入了急促的手部动作，他的展示让永灭者们也都始料未及，他们最厉害的恶人之一竟然在……

"跳舞？"海丝特张大了嘴说。

鼓点越来越急促激烈，拉文的跺脚声也越来越响亮，此刻他的双眼已完全变成了凶狠的红色。

"看来红眼睛就代表恶人了。"泰德罗斯咕哝道，"挺有想法。"

这时一声骨头断裂破碎的声音响起，一开始人们以为是拉文的脚发出的声音，但是他们立刻发现他的脑袋不太一样了，在他的脑袋旁竟然又长出了一个脑袋。他跺了一下脚，第三个脑袋出现了，然后随着他的跺脚声第四、第五个脑袋也出现了，直到最后他脖子上夸张地排列出了十个粗声咆哮着的脑袋。鼓点继续猛烈地敲击着，表演达到了高潮。拉文猛地从舞台上跳了下来，张开双腿半蹲着吐出了他十条肿胀的舌头，喷发出了一连串令人惊叹的火焰。

永灭者们一下子全从座位上跳了起来，疯狂地高喊着。

"谁能打败这个？！"拉文啐了一口唾沫喊道，随着烟雾散去，他的脑袋又恢复成了一个。

这时阿加莎发现邪恶一方的狼卫们的表情显得相当平淡，相反善良一方的小精灵们却"嗡嗡嗡"兴奋不已地飞舞着。"也许他们在最后的比分上下了注。"她一边想着一边又将思绪放到了她缺失的天赋上。永灭者的展示越来越棒，而她又不像之前已经获得胜利的永生者那样，会舞绸缎操、玩剑技或者逗蛇。她该怎么展示自己善良的天赋呢？

阿加莎看到泰德罗斯又在盯着她看了，她的心一下子被揪紧，呼吸也变得急促。一直以来，她都认为和苏菲一起回家会是她的幸福结局。但现在一切都改变了。她的幸福结局在这里，在这个充满魔法的世界里，与她的王子相伴。

她离她的墓园山已经有多远了？

现在她已经拥有自己的故事了，拥有自己的人生了。

泰德罗斯的目光一直停留在她身上，明亮深邃，充满期待，仿佛这世上除了她以外再无旁人。

"他是你的。"那位穿得和现在的她一模一样的影子曾经断言过。她去焕然一新房的时候，就是希望自己也能拥有那位站在桥上对她莞尔一笑的公主那般的模样。

但是她为什么不笑了呢？为什么她还在想着……

"苏菲？"

此时泰德罗斯看着她露出了更加灿烂的笑容，他将双手比作筒状放在嘴边说："你的天赋是什么？"

阿加莎心下一沉，快轮到她了。

"现在由永生者查迪克上台！"白毛狼卫宣布，这时雕刻凤凰闪耀出了金色的光芒。

永灭者们顿时喝起了倒彩，台下嘘声一片，同时他们还往台上泼着一勺又一勺的燕麦粥。邪恶一方的装饰们也加入了喝倒彩行列。墙上那些烧焦的痕迹不停地变换出将查迪克击败、焚烧、斩首的画面；长椅上的雕刻恶人也纷纷向他喷射毒液，还扔出了尖利的木片。但查迪克却始终平静地笑看着这一切，他那长满金色汗毛的双臂一直环抱在他宽厚结实的胸前。随后，他拉弓上箭对准座位区射出了一枚利箭。那利箭从长椅区弹出，又从一个个永灭者的耳际和颈边擦过，然后沿着墙面飞过，将墙上所有的焦痕都染成了红色，紧接着利箭挨个儿刺进一个个木雕中，只听它们发出阵阵呻吟，直到再无声息。

邪恶枝形吊灯上的蜡烛又熄灭了一支。

拉文脸上的笑容也消失了。突然他被一股看不见的力量猛拉向空中，一个猪鼻子出现在了他脸上，随后他屁股上也"嘭"地长出一根猪尾巴，他发出一声响亮的哼叫，重重地跌落在了过道上。

"永生者胜出。"狼卫咧嘴一笑宣布道。

"太奇怪了。"阿加莎想着，"为什么他希望他自己那边输掉？"

"还有两组就轮到你了！"希子轻声地说。

阿加莎的心怦怦直跳。她的思绪一直在泰德罗斯与苏菲之间、在兴奋与内疚之间摇摆着，让她根本无法集中思维。天赋……想一个天赋……因为现场都被老师们施过了反制魔法，所以她根本没法末格里变形，而且她那些用得得心应手的咒语也不可能在这儿施展，因为那些咒语全是邪恶学院的内容。

"要不就召唤只鸟儿或是什么的。"她一边喃喃说着，一边努力回忆着乌玛课上教过的内容。

"呃，可鸟儿该怎么飞进来？"希子用头指了指被锁得严严实实的大门问道。

阿加莎一下子折断了她新涂的指甲。

阿纳迪尔的天赋还一直被锁在末日审判室里，她试着用咒语开门，却发现更强大的魔法封锁住了大门，她不仅没能打开，还惹得一团散发恶臭的虫子向她蜂拥而来。接下来登台对决的是霍特与碧翠丝。自裁决赛后，霍特的排名一直在攀升，在这次马戏团比拼中他发誓要为自己赢回一个"尊重"。但当他站上舞台后，整整四分钟的时间里，他却一直在哼哼唧唧、长吁短叹地试图从胸口拔出几根毛来。

"他要是能赶紧坐下来，我会尊重他的。"海丝特抱怨道。这时连永灭者也忍不住发出了几声嘘声。

可就在时间快要截止时,霍特发出了一声嘶吼,一下子折断了自己的脖子。随着一声声低吼,他的胸膛鼓了起来,脸颊胀了开来。他痛苦地扭曲着、翻滚着、抽搐着,随着他发出又一声撕心裂肺的大叫,他整个人从衣服里崩裂出来。

所有人都震惊得轰然向后一躺。

霍特讥讽地看着台下,他浑身大块隆起的肌肉上是一层深棕色的皮毛,满嘴湿漉漉的尖齿长长地伸在外面。

"他是……狼人?"阿纳迪尔倒吸一口冷气说。

"准确地说,应该称之为人狼。"海丝特说着不禁想起了野兽的尸体,"比狼人更有控制力。"

"看见了吗?"人狼霍特对着所有人怒吼道,"看见了吗?"

但是只听"噗"的一声巨响,他表情一变,整个人又瞬间缩小,变回了之前那个光溜溜又瘦骨嶙峋的小身体,他赶紧低下头弓着身子藏到了舞台后面。

"我收回刚才说的那句关于控制力的话。"海丝特说。

不过邪恶依然觉得这一局他们赢定了,但这时穿着一身桃红色草原裙的碧翠丝蹦蹦跳跳地上台了。她怀里抱着那只熟悉的白色兔子,唱起了一首甜蜜轻快的歌谣,很快,所有的永生者都跟着她一起唱了起来:

  我可能会粗鲁
  我可能很低调
  但我一样会成长

  谁永远陪着你
  谁永远都真诚
  我才是你要的那一个

  不要随随便便

不只昙花一现

泰德罗斯，为我伸出你的手

"他们要是一起参加舞会简直太完美了，不是吗？"希子由衷赞叹地对阿加莎说。

当她看着泰德罗斯最终也加入了大合唱的行列，并且被这诚意满满的热情逗乐时，阿加莎也只好跟着笑了起来。即使就善良而言碧翠丝仍不乏瑕疵，可这里展示的只是天赋而已。

阿加莎又看见泰德罗斯在对着她咧嘴笑了，一副很有信心她能展示一个高人一等的天赋，一个能配得上亚瑟王之子的天赋的样子。很久以前，他也曾用同样的表情注视过苏菲。

在她让他失望之前。

"永灭者海丝特对决永生者阿加莎！"就在霍特接受了豪猪刺的惩罚后，白毛狼卫宣布道。

阿加莎一下子蔫儿了。她的时间用完了。

"苏菲不在，海丝特就是我们最后的希望了。"布罗纳说着打了一个嗝，一群新的蝴蝶又飞了出来。

"她看起来可不像这么回事。"看着海丝特耷拉着脑袋走上舞台，大象耳朵维克斯皱着眉头说。

很快他们就知道为什么了。因为当海丝特试图放出她的恶魔时，恶魔只吐出了一道炭黑色的火舌就缩回到了她的脖子上。她痛苦地咳嗽着，抓着自己的心脏，仿佛这一次小小的努力已经耗尽了她所有的精力。

不过如果海丝特最后只能不战而败，她的队友们可不打算就此罢休。和所有的恶人一样，当眼看着就要失败时，他们唯一会做的就是去改变规则。就在阿加莎走上舞台，脑子里疯狂搜寻着一个可以展示的天赋时，她听到了几声低语"动手！动手！"，然后多特的声音响起："不要！"

她转过头，正好看见一群男孩挤在一本红色的咒语课本前。维克斯高举起他发出红光的手指，大声喊出了一句咒语——阿加莎立刻浑身僵直，不省人事地轰然倒地。

剧场里顿时一片寂静，只听见天花板上垂下的钟乳石缓慢发出了几声"咔嚓"声。

然后它突然掉了下来。

泰德罗斯立刻对着维克斯的大耳朵发起了进攻，布罗纳则一把拎起泰德罗斯的衣领，将他扔到了吊灯上，吊灯上的蜡烛纷纷落下点燃了过道，吓得学生们四处逃窜。永生者男孩跳到了永灭者的长椅上，永灭者则忙着纵火，布罗纳还不停地从嘴里喷射出死蝴蝶去攻击他们。

舞台上的阿加莎渐渐苏醒过来，她抬起头看着永灭者和永生者全都隔着燃烧的过道朝对方扔松糕鞋、靴子甚至高跟鞋，一双双鞋子就像一枚枚导弹一样穿过浓烟射向对方。

警卫去哪儿了？

透过层层烟雾，她发现狼卫们正在攻击永灭者，而小精灵们却俯冲着去轰炸永生者，而且不断地往火焰里喷撒魔粉，让火势变得越来越旺。阿加莎揉了揉眼睛又看了看。狼卫和小精灵让对战变得……更激烈了？

接着她又看到了那只不一般的小精灵，那只见到漂亮女孩就会咬一口的小精灵。

"我不想死。"

"我也不想。"一头白毛狼卫回答道。

电光石火间，阿加莎终于明白了。

她用发光的手指对着过道射出一道闪电，闪电直穿过道爆炸开来，所有人都被震慑了。

"坐下。"她命令道。

没人违抗，就连狼卫和小精灵也面露愧色地悄悄溜回到了过道两侧。

阿加莎仔仔细细地观察着两所学院的警卫们。

"我们都以为我们了解自己身处哪一边。"她面对沉默的众人说道，"我们都认为我们了解自己是谁。我们将生活划分为善与恶、美与丑、公主与女巫、对与错。"

这时她凝视着那个爱咬人的小精灵男孩。

"可如果有些东西是身处这两者之间呢？"

小精灵回头看着她，泪水在他眼眶里打转。

"许个愿吧。"她在脑子里说道。

小精灵男孩惊恐地摇了摇头。

"你只要许个愿就行。"阿加莎恳求道。

小精灵男孩泪如泉涌地自我挣扎着……

然后，就如同那些许愿鱼、如同那只滴水兽一样，阿加莎听到了他内心的声音。

"告诉他们……"一个她认识的声音响起。

"告诉他们真相……"

阿加莎悲伤地对着他笑了笑，在心里说道："如你所愿。"

她伸出手掌，一道道幽蓝色的光芒立刻从小精灵和狼卫的身体中迸射而出，此刻小精灵和狼卫的身体全都僵直得一动不动了。

震惊不已的学生们纷纷眯起双眼，仰望着这些飘浮在僵直身体之上、被幽蓝色光芒包裹住的人类灵魂。有些灵魂和他们年纪相仿，但大多数的灵魂都干瘪而苍老，唯一相同的是，他们都穿着同样的校服——只不过那些身穿善良学院校服的灵魂却飘浮在狼卫的身体之上，而飘浮在小精灵身体之上的灵魂却都穿着邪恶学院的校服。

目瞪口呆的学生们齐齐望向阿加莎，希望得到解释。

阿加莎抬头看着一身黑袍的秃头贝恩，正飘浮在那个小精灵男孩的身体之上。这个在加瓦顿爱咬所有漂亮女孩的男孩，现在看着比过去老了好几岁，曾经圆润的脸颊此刻已变得凹陷并且挂满了泪水。

"如果你被淘汰了，你就会变成另一方的奴隶。"阿加莎说，"这就是校长的惩罚。"

她从一个飘浮在白毛狼卫头顶、头发已花白的老年灵魂身旁走过，又轻轻安慰了一位飘浮在小精灵头上的年轻女孩的灵魂。

"对于不纯洁灵魂的永久惩罚。"阿加莎说着，那位年轻的女孩已经躲进了老年人的怀里哭了起来，"将他们放进错误的学院就能好好教训他们，他觉得用这种方式能够修正那些差生。这就是这个世界教给我们的。我们只能老老实实地待在一所学院里。但问题是……"

她的目光穿过那一个个幽灵,他们所有人看起来都和贝恩一样无助。

"这是真的吗?"

她的手掌这时失去了稳定。幽灵们纷纷闪回进了小精灵和狼卫的身体中,他们的身体又恢复了生气。

"如果我有能力的话,我愿意将他们所有人释放出来,可这个魔法太强大了。"阿加莎声音嘶哑地说,"我只希望我的天赋能带来一个更好的结局。"

当她精疲力竭地走下舞台时,她听到了阵阵的抽泣声,然后她看见两边的狼卫、小精灵还有孩子们全都在擦拭着自己的眼睛。

阿加莎走到希子身旁无力地坐下来,希子脸上的妆都哭花了。"我以前很讨厌狼卫的,"她呜咽着说,"现在我只想抱抱它们。"

穿过过道,阿加莎还看见了海丝特含着眼泪微笑的脸。

"这下我都不知道自己应该属于哪一边了。"海丝特轻声说。

这时邪恶的第九支蜡烛也在她头顶熄灭了。

海丝特悲凉地叹着气站了起来。突然间,一股滚烫的黑油从天花板上喷薄而出。眼看热油马上淋到她身上,她傻傻地闭紧了眼睛。

热油淋到了狼皮上。

海丝特一扭头,看见三头狼卫扑过来帮她挡住了热油,而它们自己的身体却已被严重烫伤。它们痛得大口喘着粗气,仰天长啸,好像在对校长说它们已经受够了惩罚。

在这沉默的剧场里,所有人都面面相觑,仿佛游戏的规则在这一瞬间突然全被改变了。

"看见了吗?他肯定属于善良。"希子悄声对阿加莎说,"如果他属于邪恶,他肯定早把它们都杀了!"

"最……最后……一轮……对战。"好像感受到了自己的好运,白毛狼卫吞吞吐吐地说着,"永灭者苏菲对战永生者泰德罗斯。鉴于苏菲缺席,由泰德罗斯继续进行展示。"

"不用了。"

泰德罗斯站了起来:"马戏团比赛到此结束。因为我们已经见识到了无与伦比的善良。"

说着他面向阿加莎屈膝俯首："这位就是无可厚非的获胜者。"

阿加莎看着他清澈湛蓝的双眸，第一次，她完全没有想到苏菲。

善恶双方此刻全都抬头看向了那顶熠熠生辉的王冠，等着看它赐福于王子的裁决。

可这时，一阵震耳欲聋的敲门声响起了。

第二十七章
失信的承诺

一时间,没人能确定这敲门声是从哪儿传来的。

但是紧接着,又一阵敲门声响起了,而且这一次敲得更响。有什么人在永灭者大门的外面。

"马戏团展示结束了。"狼卫大声吼道。

又响起了一阵阵敲门声。

"老师们应该都被锁在各自的房间里吧。"阿加莎低声说。

"很显然来的不会是老师。"希子轻声说道,她的双眼一直没离开过特里斯坦。

阿加莎隔着过道与海丝特四目相对。两个女孩惊恐万分地齐齐看向大门,这时又一阵震耳欲聋的敲门声响起,她俩吓得浑身发抖。

"不会让你进来的!"狼卫暴跳如雷地说。

敲门声停止了。

阿加莎松了一口气。

可这时大门却魔法

般"嘎吱"一声，自己缓缓打开了。

一个全身隐藏在黑色兜帽斗篷之下的身影轻巧地走进了童话剧场。上百双眼睛全都注视着这个陌生人，看着她步态轻盈地滑进过道，披在她身上的那件蛇皮斗篷长长地拖在地上仿佛婚礼长裙的裙尾。黑影沉默而安详地走上舞台，站到了马戏团王冠之下，她斗篷上的鳞片在火光中闪闪发光，然后她像一只蝙蝠似的将头低垂下来。

这时大门"砰"地一下又关上了。

一只苍白的手从斗篷下伸了出来，慢慢拉下了戴在她头上的兜帽。

苏菲俯瞰着台下的观众。此刻她的鼻子和脸颊上已长满了疣，染成黑色的头发依然露出了丝丝斑白，翡翠般的绿眼睛现已变成了暗灰色，皮肤更是薄得几乎能看见底下的血管。

她慢慢扫视着人群，挂在她脸上的那抹放肆的嘲讽使她看起来恐怖极了。然后她看见了穿着华丽蓝色长裙的阿加莎，笑容消失了。苏菲静静地凝视着阿加莎，灰色的瞳仁因恐惧而更显浑浊昏暗。

"看来我们有了一位新公主。"她平静地说，"很漂亮，不是吗？"

阿加莎迎向她的凝视，不再心怀同情，更不想再去讨好她。

"不过看仔细点儿吧，孩子们，好好看看她这个吸血鬼，她是来吸食我们灵魂的。"苏菲冷笑着说，"因为她全身上下没一样东西是她自己的。"

阿加莎竭力忍受着苏菲面带讥讽的怒视，整个人躲在长裙之下气得发抖，突然苏菲又一个转身看向泰德罗斯，然后笑了。

"我亲爱的泰迪！真开心在这儿看到你。我想我们还有比赛要完成吧。"

"马戏团展示已经结束了。"泰德罗斯唾弃道，"获胜者已经被加冕了。"

"是的，是的。"苏菲说，"不过那又是什么呢？"

说着她伸出瘦骨嶙峋的手指指向空中，所有人都抬头看向那顶正悬在空中的王冠，它依然静静地悬浮着，丝毫没有任何加冕的意思。

"这下麻烦了。"海丝特对阿纳迪尔说，"这下可有大麻烦了。"

过道另一端的泰德罗斯站起身来。

"赶紧走。"他对着苏菲怒吼道，"趁你还没颜面尽失，赶紧离开。"

苏菲笑了："你怕了，对吗？"

泰德罗斯努力克制着自己的情绪，胸膛不停地起伏。他能感受到此时永生者们向他投来的目光，与之前苏菲在透明场上将他的承诺昭告天下时众人看他的目光一模一样。

"展示给我们看看啊，泰迪。"苏菲甜甜地笑着说，"展示点儿我无法匹敌的天赋出来啊。"

泰德罗斯紧咬双唇，拼命与内心的骄傲抗争着。

这时维克斯突然注意到掉在地上那面烧焦的"恶之队"横幅，他的眼里闪烁出了希望的光芒。

"秀一个！"他一边大声吼一边戳了一下布罗纳，布罗纳立刻也加入了起哄的行列，"秀一个！秀一个！"带着对转败为胜的渴望，永灭者们全都参与进来了，一时间如高声合唱般的声音响彻整个剧场——"秀一个！秀一个！"

"不要——停下来！"海丝特一边大喊，一边和阿纳迪尔四下张望了一圈。

恶人们全都虎视眈眈地瞪着她俩，仿佛她俩是叛徒一样，两位女巫也只能迅速加入了齐声高喊的行列。

不过即使永灭者的呼声越来越高亢，泰德罗斯依然稳如泰山。可座位上的永生者们开始坐不住了，他们全都不耐烦地期待着自己的级长赶紧应战。只有阿加莎一人除外，她闭上了双眼在心里喊着：

"别去。她就盼着你去呢。"

这时剧场里响起了一阵尖厉刺耳的吼叫声。阿加莎赶紧睁开眼睛。

泰德罗斯正跨步登上舞台。

"不要！"她尖叫道，但这声尖叫迅速淹没在了两边激烈的欢呼声中。

相隔六英尺之外的苏菲欢喜地笑了，而泰德罗斯则回瞪了她一眼。这时，永灭者的口号全都不约而同地变成了"邪恶！邪恶！邪恶！"，而永生者则回以"善良！善良！善良！"。这时，远处雷声轰鸣，但是越来越响亮而激烈的欢呼声早已盖过了那滚滚的雷声。苏菲的笑容更加灿烂了，泰德罗斯却一直肌肉紧绷，这让他脸部的线条更加轮廓分明了。阿加莎看着苏菲嘴角的笑容渐渐地变成了羞辱和嘲讽，她心里油然而生的恐惧让她颤抖得越发厉害了。王子的脸也因暴怒而涨得通红，他的手指亮出金光，进攻蓄势待发。

突然，他单腿屈膝跪了下来。

整个大厅顿时陷入了不可思议的沉默之中。

然后永灭者爆发出了胜利的欢呼。阿加莎的脸一片惨白。

苏菲发出一声遗憾的叹息，走向这位跪倒在地的王子。她温柔地抓起他亚麻色的头发，抬起了他的头，仔细打量着他那双满是惊恐的蓝眼睛。

"我终于开始自己做作业了，泰迪。想看看吗？"

泰德罗斯生硬地说："现在仍然轮到我展示。"

说完他拔出了自己的训练剑，苏菲顿时后退。不过泰德罗斯并没有将剑刺向她，相反，他单膝跪地，转身面向过道，伸出剑锋指向人群。

"森林彼岸的阿加莎。"

然后他放下剑。

"你愿意成为我舞会的公主吗？"

苏菲惊呆了。永灭者们也停止了欢呼。

四周一片死寂，阿加莎震惊得都忘记了呼吸。这时她看见了苏菲那张从震惊渐渐变为痛苦的脸庞。看着自己朋友那深凹而充满恐惧的双眼，阿加莎仿佛又沉入了过去那个充满黑暗与怀疑的坟墓之中。

直到一个男孩出现，将她一把拉回来。

一个单膝跪地的男孩，他那深情凝望着她的眼神正如当初他看向那变形的妖精、棺材中的公主还有变形后的南瓜时一模一样。

一个早在他们彼此尚不知情时就已经选择了她的男孩。

一个如今期待着她也能选择他的男孩。

阿加莎也深情地看向她的王子，说出了一句：

"愿意。"

"不！"碧翠丝大喊着伤心地蹲了下来。

"碧翠丝，你愿意做我舞会的公主吗？"

一时间，一个接一个，所有的永生者全都开始屈膝发出舞会邀请。

"莉娜，你愿意做我舞会的公主吗？"尼古拉斯说。

"吉赛尔，你愿意做我舞会的公主吗？"塔奎因说。

"艾娃，你愿意做我舞会的公主吗？"

随着优雅而荣耀的节奏，男孩们纷纷跪地发出了邀请。每个女孩都听到了自己的名字，每个女孩都获得了属于自己的惊喜，直到最后大家发现还剩一位无人问津。希子的眼里已满含泪水，她知道自己将被淘汰，推开人群跑了出去——这时，特里斯坦走到她面前单膝跪了下来。

"你愿意做我舞会的公主吗？"

"愿意！"希子欣喜地尖叫道。

"愿意！"莉娜也喊出了自己的声音。

"愿意！"吉赛尔也说道。

令人窒息的狂喜席卷着整个剧场——"愿意！""愿意！""愿意！"——这一片充满爱的海洋甚至也感染了碧翠丝，她终于露出了她最美的笑容，牵起了查迪克的手，说了一句：

"愿意！"

过道另一端的永灭者们看着这一切脸色渐渐变了。他们一个个的神情从愤怒变成了悲哀，眼神里还透露出了丝丝伤痛。霍特、拉文、阿纳迪尔甚至包括海丝特，他们脸上的表情仿佛都在说着，他们也希望能够获得如此的喜悦，他们也希望能够感受到自己被需要。恶人们此刻全都陷入了一片沉默。他们失去了战斗力，迷失在了心碎之中，就好像毒蛇被抽干了毒液。

不过还有条毒蛇依然吐着信子呢。

苏菲站在舞台上，眼睁睁地看着泰德罗斯将阿加莎搂入了怀中。她的瞳仁此刻已红得如同一块滚烫的煤块，她浑身大汗、颤抖不停，紧紧握住的掌心被深嵌的黑色指甲掐出丝丝血迹。在她灵魂深处，仇恨正像熔岩一样喷涌着、燃烧着，唤醒了她内心的呐喊。苏菲盯着这一对幸福的璧人，举起双手用尽全力发出了一声尖啸。她头顶那根黑色的钟乳石瞬间变成了一根锋利的长喙，抖动着发出了咔嚓巨响。

霎时间，一大群乌鸦冲破天花板飞进了大厅，向它们眼前的一切发起了疯狂的攻击。

然后苏菲又发出了高八度的尖叫声，孩子们全都捂住耳朵，弯腰寻找可以藏身的地方。小精灵们纷纷飞向苏菲，却无一幸免地被乌鸦群吞进了肚子。捂住耳朵的狼卫们此刻都暴露在外，乌鸦以无情的速度残暴地撕开了它们的喉咙。白毛狼卫将一头年轻一些的棕毛狼卫搂在怀里，尽管它的鼻子和耳朵已鲜血淋漓，它依然在努力与乌鸦奋战着，但乌鸦蜂拥而至将它俩拖到了舞台后方，结束了它们的生命。就在这群恶鸟准备对学生们也发起同样的攻击时——

苏菲停止了尖啸，乌鸦群一下子消失在了空气中。

所有人都痛得大口喘着粗气，看向那位站在舞台中央的大恶人。不过苏菲却看也没看他们一眼。

所有的永生者和永灭者都顺着她的目光看向了那摇曳在半空中的马戏团王冠。王冠此刻终于苏醒过来准备进行裁决了，它轻盈如羽毛般飞了下来，然后在善与恶之间不停地徘徊着、犹豫着，锋利的冠叶随着它每一次的决定而旋转着……最后它轻轻落在了苏菲的头顶上。

她的嘴边浮现出一丝微笑："别忘了奖品。"

这时，阿加莎突然看到一些白色的条纹魔法般地擦去了苏菲身后的舞台，这是一些她曾见识过的条纹。

"快跑！"她大声叫道。

白色条纹迅速抹掉了墙壁后又开始擦掉过道。尖叫着的学生们根本来不及冲到大门口。

童话剧场轰然消失在了一片白茫茫之中，两院的学生全都被驱逐进了学院的楼梯间里。永生者们被扔到了粉色塔楼的楼梯上，永灭者们撞到了蓝色塔楼的楼梯上。此时楼外电闪雷鸣，狂风大作，善良大厅的彩色玻璃窗也被震碎了，海丝特和所有的恶人纷纷逃上了荣誉塔楼和英勇塔楼的台阶。可她一踩上台阶，就在玻璃上滑了一跤，一下子从楼梯侧边摔了出去。她一只手抓住栏杆吊在楼梯上，一眼瞄见正从她身边爬过的多特。

"多特！救命啊，多特！"

"对不起。"多特吸了吸鼻子继续往前爬着，"我只会帮我的室友。"

"多特，求你了！"

"我成天住在盥洗室里!你们几个女孩根本就是欺负弱小的恶霸,是烂朋友,你让我觉得作为一个恶人很丢脸……"

"多特!"

就在海丝特马上就要摔下去时,多特还是抓住了她的手。

不过对永生者来说,一切就没那么幸运了。当他们疯狂地爬上圣洁与仁爱塔楼时,苏菲高声唱出了一个尖锐的音符,两座玻璃楼梯同时爆裂了,漂亮的男孩女孩们纷纷跌落在大理石地板上。这时苏菲发出了一个更高的音,他们脚下的门厅也开始颤动了,然后地板如薄冰一般裂开了上百处缝隙。吓傻了的永生者们摔成了一团,翻滚着跌向一个巨大的裂缝。他们努力想要抓住那些残破不全的大理石和楼梯碎片,但地板上参差不齐的斜坡太陡了根本抓不住,孩子们不停地发出撕心裂肺的尖叫,一个个全都倾斜地吊在悬崖边。就在他们快要坠入悬崖时,他们的手抓到了一些大理石的尖角,抱着这残存的最后一丝希望,永生者们全都紧紧地抓着大理石尖角不放,只剩双脚在这致命的万丈深渊之上拼命踢动着。

"阿加莎!"泰德罗斯一边大喊,一边跃过这大雨滂沱的峡谷和海湾,将永生者们一个个拉起来。他的心里越来越烦乱。

"阿加莎,你在哪儿?"

穿过房间,靠在一扇高悬着的破窗户前,他看见了两只苍白的手正吊在一面断墙的悬崖之上。

"阿加莎!我来了!"

他跳过岩石坑,爬上断裂的楼梯,朝着越来越高的大理石断崖爬去。然后他猛地一跳,落在了参差嶙峋的悬崖顶端,小心翼翼地穿过玻璃,从边缘的另一端抓住了她的手。

这时,苏菲突然现身面对着他。

泰德罗斯一惊,想要后退却发现已到了悬崖边缘,在他脚下全是呼喊着救命的永生者们。

"如果公主都得由王子来拯救,那么我很好奇……"苏菲说道,在她那被雨水淋湿的头发上,那顶马戏团王冠正闪耀着光芒。"谁会来拯救王子呢?"

"你答应过的……"泰德罗斯一边吞吞吐吐地说,一边努力想要逃出去,"你答应过你会改变的!"

"我有吗?"苏菲用手捏住了他的头骨说,"那好吧。我们俩都做出了承诺,而我们都没有信守自己的承诺。"说完她发出一声尖啸,释放出了一个前所未有的高音。

王子一下子跪倒在地。看着他不断发出痛苦的呻吟,苏菲又发出了一个更高的音。泰德罗斯整个人都瘫倒在地,他只感觉自己的鼻子在流血,耳朵里杂音一片。苏菲的身体缓缓前倾,伸出一根手指放在他颤抖的唇上。然后她微笑地凝视着泰德罗斯那双惊骇不已的蓝色眼睛,准备奉上最后一个死亡的音符。

阿加莎一把将她推倒在一扇打开的窗户前,她头顶上的王冠顿时坠落进狂风暴雨之中。

满身是血、虚弱不堪的泰德罗斯努力想去帮阿加莎,但她狠狠地瞪着他说:"快去救其他人!"

"可是……"

"快去!"阿加莎将苏菲死死地按在窗户上大声喊道。

泰德罗斯用尽所有的力气跳下了岩壁去拯救那些被困住的同学。听着他从下方传来的声声大叫,阿加莎忍不住别过头去,想看看他是否安全。苏菲趁机一脚踢在她的腿上,阿加莎的脸猛地撞上了窗台。

她摇摇晃晃地站了起来,鼻子上全是血。

"莱索夫人说得没错。"苏菲站起来面对着她说,"当我变弱的时候你会变得更加强大。我的失败就是你的胜利。你是我的天敌,阿加莎。"

苏菲一步步走到她跟前:"你知道我是怎么知道的吗?"

说着她脸色一沉,露出了悲伤的神情。

"因为只有你死了,我才会感到高兴。"

阿加莎背靠着窗户,努力想要亮出指尖光。

与此同时在四层楼之上,海丝特、阿纳迪尔还有多特奋力冲进了荣誉大厅,尖叫声和滚滚的雷声此刻正在她们脚下回荡。

"马戏团王冠已经加冕了！"海丝特一边尖叫一边推开了老师们的房门。"他们去哪儿了？"正说着，她一个转身就看到阿涅蒙妮教授、达维教授还有埃斯帕达教授全都张着嘴一动不动，一副作势要跑的样子定在屋角，就好像他们正准备冲向楼梯间时突然一下被魔咒定住了。

"海丝特……"

海丝特顺着阿纳迪尔的目光看向窗外。在中途桥上，一道闪电划过，照亮了几个站在桥上的人。莱索夫人、希克教授还有曼利教授他们也全都被定格住了，脸上也是一副同样惊骇的表情。

"我们能给他们解咒吧？"多特脸色惨白地问道，"这应该就是种昏迷咒吧。"

"这可不是什么昏迷咒。"阿纳迪尔轻轻在达维教授的皮肤上拍了一下，一种微弱而空洞的声音从她皮肤上响起。

"瞬间石化咒。"海丝特想起了在莱索夫人课上曾学过的，"只有施咒的人才能解开这个咒语。"

"可那是谁呢？"多特大叫道。

"一个不希望老师插手的人。"阿纳迪尔说着，眼睛看向了湖湾上方的那座银色塔楼。

多特摇了摇头："可这……这意味着……"

"我们只能靠自己了。"海丝特说。

狂风骤雨之中的断壁残垣上，只剩阿加莎一人独自面对着苏菲。

"我们真的不必成为敌人，苏菲。"她一边恳求着，一边试着在身后亮起指尖光。

"是你让我变成这样的。"苏菲泪流满面激动地说，"你把所有属于我的东西都夺走了。"

阿加莎望向远处，在一片废墟之中泰德罗斯和永生者们正艰难地跋涉着，他们每个人都因为疼痛和恐惧而颤抖不已。透过闪电的光芒，她同时也看到在湖湾对面的塔楼中，正战栗地注视着她们的永灭者们，他们脸上都带着同样惊恐的表情。阿加莎心如擂鼓一般怦怦直跳，现在一切都只能靠她了。

"我们可以在这儿找到幸福结局。"她恳求道,这时她身后的手指已经变得灼热,"我们俩都能找到自己的幸福归宿。"

"在这儿?"苏菲冷漠地笑了笑,"你不是打算回家吗,阿吉?"

阿加莎吞吞吐吐说不出任何答案。

"哦,我明白了。"苏菲说着,嘴角的冷笑更深了,"现在你还有舞会得去参加。现在你有王子了。"

"我只想和你做朋友,苏菲。"阿加莎两眼噙着泪水说道,"我一直都是这么希望的。"

苏菲面色一沉,冷冰冰地说:"你从来都不想和我做朋友,阿加莎。你是想我成为丑陋的那一个。"

说完,苏菲脸上的皮肤魔法一般长出了更深的皱纹。

阿加莎看着震惊得指尖光都暗了下来:"苏菲,这一切都是你自己造成的。"

"你希望我成为邪恶的那一个。"苏菲怒不可遏地说道,双手"咔嚓"张开变成了魔爪一般。

"你能成为善良的,苏菲!"阿加莎大声喊着,但是轰隆的雷鸣彻底遮盖了她的声音。

"你希望我变成女巫。"这时苏菲的双眼已布满血丝。

"不是这样的!"阿加莎一路后退背靠着窗户。

"那好,亲爱的。"苏菲笑了,这时她嘴里的一颗牙也脱落了,"如你所愿。"

"不!"

苏菲轻轻一推,阿加莎整个人坠入了这电闪雷鸣的深渊之中,一头栽向了那座闪亮的中途桥。泰德罗斯发出一声惨叫。

一个小精灵猛地俯冲过去,用尽他所有的力气抓住了阿加莎。他将她安全放置在了洪水中一块凸起的岩石上,这是同样来加瓦顿的贝恩对阿加莎所有善举的一次无声的答谢。当她终于呼吸了一口气活了过来时,他也放心地在她摊开的掌心里呼出了最后一口气,永远地闭上了双眼。

一道闪电划过塔楼,苏菲俯瞰了一眼阿加莎,看见她的脸庞因为震惊而变得惨白。湖湾那头的永灭者们也同样惊恐万状地注视着她，泰德罗斯和永生者们则全都蜷缩在一个角落里，而海丝特、阿纳迪尔还有多特则呆呆地站在楼梯上盯着她，眼里充满了恐惧。

苏菲的心里像打了鼓似的咚咚直跳，她捡起了一片碎玻璃，擦掉了上面的雨水。

玻璃片中的人影头发全白，整张脸长满了又黑又大的肉疣，一双乌黑外凸的眼睛活像只乌鸦一般。

她呆呆地看着这片碎玻璃，惊恐得浑身僵硬。

不过很快，苏菲脸上的惊恐慢慢消失了，随即在她脸上出现了一种奇异的释然，仿佛她终于透过这镜中的影子，看到了一直深藏于她内心中的自我。

她干涸的嘴唇露出了一丝笑容，紧接着这笑容变成了一声大笑，一声充满自由、高亢响亮的大笑……

苏菲扔掉玻璃碎片，往后仰了仰头，骨节咔嗒作响。百分之百纯正的邪恶终于降临了，如此美丽，如此纯粹。难以战胜的邪恶降临了。

一瞬间，她的眼睛猛然转向了阿加莎。随着一声带有警示意味的啸叫，她一下子缩进蛇皮斗篷里，消失在了夜空之中。

第二十八章
森林彼岸的女巫

"每当有可怕的事情发生时,我母亲总会对我说'试着从中发现好的一面'。"海丝特上气不接下气地从石化的卡斯特和比兹尔身边飞奔而过,冲进恶作剧大厅。

"每当遇到可怕的事情时,我爸总是对我说'多吃点儿'。"多特也不停地喘着粗气说道。她们跑到了一个转角,猛地跟莫娜还有阿拉克涅撞了个满怀。

"发生什么事了?!"莫娜叫道。

"回你自己的房间去!"海丝特大吼道,"别出来!"

莫娜和阿拉克涅吓得立刻逃回房间,牢牢地锁上了门。

海丝特和多特跑下楼梯,看见了正赶过来的霍特、拉文和维克斯。

"回你们自己的房间去!"多特也大喊道,

"别出来！"

但男孩们只是看着多特，然后又看了看海丝特。

"快去！"海丝特大吼一声，男孩们这才吓得四散跑开。

"要是我也当上心腹的话，"多特噘着嘴说，"那明年我们就不能在一个班里了！"

"那也得还有学院才行好吗！"海丝特没好气地说。

她们在楼梯间里一路狂奔着，大吼着让所有的永灭者全回到了各自的房间内。

"终于让我想到一个好处了。"多特说，"不用做家庭作业了！"

海丝特立刻停住了，眼睛瞪得大大地看着她，说："多特，我们都没准备好面对一名真正的女巫。我们才一年级！"

"可那是苏菲！"多特说，"她还是那个喜欢香水喜欢粉色的女孩。我们只需要让她冷静下来就好了。"

海丝特嘴角慢慢露出了一丝微笑："我说，有时候我们给你的认可还真是不够。"

"行了。"多特的脸一下子红了，赶紧摇摇摆摆地走到前面，"也许阿纳迪尔已经找到她了。"

在把恶意塔楼的学生们全部通知完毕后，两个女孩筋疲力尽地拖着沉重的步伐回到了66号房间。一进房间她俩就看见阿纳迪尔正斜靠在一堆高高隆起的床单上。

"每个人都回到房间锁好大门了。"多特一边说，一边晾起了她的束腰袍。

海丝特擦了一把汗皱着眉头看着阿纳迪尔："你到底有没有去找苏菲？"

"不需要。"阿纳迪尔打了个哈欠说，"她很快就会过来了。"

"来这儿？"海丝特怀疑地哼了一声，"你又是怎么知道的？"

阿纳迪尔掀开床单，露出了被绑成一团并塞住嘴巴的格林姆。

"因为他告诉我的。"

在善良学院那边，已变得残破不堪的英勇公共休息室内挤满了人。衣衫褴褛、浑身血迹的泰德罗斯和查迪克守卫在门外。房间内,女孩们大多都依偎在各自舞伴的怀里,碧翠丝和莉娜则忙着为受伤的男孩们涂药包扎。当太阳升起来时,他们也终于沉沉入睡了。

只有阿加莎不敢入睡。她一直蜷缩在一把斑马皮的椅子上,想着那个曾给她带来亲手做的黄瓜汁和麦麸饼干的女孩,那个带着她去散步、不停地对她倾诉梦想的女孩。

那个女孩不见了,取而代之的却是一个想置她于死地的女巫。

她透过窗户看向窗外的中途桥。晨曦中的老师们依然被石化咒定在桥上,同时被定住的还有桥下一股正好涌起的潮水。没有意外,没有失误。所有的一切都是校长计划的一部分。他就想看着他的两位读者对战。

"可他又会站在谁那头儿呢?"

耀眼的阳光直射进房间,阿加莎没有回避,她睁大了眼睛等着苏菲的下一个动作。

66号房间里,一切却如同静止一般,只有时间悄无声息地从清晨转换到了下午。

"你们应该没什么东西可以嚼一嚼,对吧?"多特躺在床上问道。海丝特和阿纳迪尔只是呆呆地看着她,被塞住嘴巴的格林姆则一直在哼哼唧唧。

"我从昨天到现在就没吃什么东西,而且自从你们把我逼得去住卫生间后,我就再也没法吃巧克力了,因为巧克力会让我想起……"

海丝特冲过去一把扯掉了塞在格林姆嘴里的布团,吼道:"苏菲到底在哪儿?"

"就来了。"格林姆吐了口唾沫说。

"什么时候来?"海丝特说。

"等着。"格林姆说。

"什么?"

"格林姆来了,格林姆等着。"

海丝特对着阿纳迪尔说:"我们就因为他一直在这儿傻等着?"

这时,大门传来了钥匙插入锁孔的声音,三个女孩立刻冲到了床下躲了起来。

"格林姆？"

苏菲无声无息地走进来，脱下她的黑斗篷挂到了门后的挂钩上。

"你在哪儿？"

她在房间里找了一圈，一边找一边用她又尖又脏的长指甲挠着头皮。

一团白发落了下来。躲在床下的海丝特、多特和阿纳迪尔看见后，吓得大气也不敢出。

苏菲转了一圈，看见被子下面有块隆起的地方在动。

"格林姆？"

带着一丝坏笑，她来到了床边。

三个女孩猛地跳出来从后面袭击她。"抓住她的手腕！"海丝特一边喊着一边用烧焦的床单将苏菲的双腿绑在床柱上。阿纳迪尔紧扣苏菲的手腕高举过头让她坐到了格林姆的旁边，而多特则忙着用枕头拍打这只丘比特的脑袋以示自己也算有用。

"也许你们忘了，"苏菲慢条斯理地说，"我和你们才是一头儿的。"

"我们现在全都站同一头儿，"海丝特恨恨地说，"反对你那头儿。"

"这如意算盘打得可真让人佩服，海丝特，不过善良可不会当你跟他们一头儿的哦。"

灯光照耀之下，海丝特发现苏菲整张脸全都布满了皱纹。

"等我们找出办法给老师们解了咒，你就会烂在这儿的。"海丝特一边说，一边竭力将自己颤抖的双手藏起来。

"我只是想告诉你们，我会原谅你们所有人的。"苏菲叹着气说，"虽然你们现在还没来求我原谅。"

"我们不会向你请求原谅的。"海丝特一边说着一边示意阿纳迪尔和多特分开行动。阿纳迪尔一把从挂钩上扯下了苏菲的斗篷。

"你们会回来找我的。"

她们齐齐看向苏菲，苏菲一脸笑容，咧开的嘴巴里又缺了好几颗牙。

"走着瞧。"

海丝特打了个寒战，关上房门离开了。

但是门又突然开了，多特探个头进来问："你会不会刚好有什么零食可以吃？"

海丝特一把将她拽回来，然后"砰"地关上了房门。

格林姆立刻将塞在他嘴里的布团吐了出来，然后用牙将绑住苏菲的床单解开。

"好孩子。"苏菲一边说一边疼惜地抚摸着他，"你做得非常棒，一直都把她们留在这儿。"

然后她打开橱柜，拿出发霉的缝纫工具及成箱的布料和线。

"我太忙了，格林姆。还有好多事要做呢。"

咚！

苏菲扭头看向门口。

咚！咚！

阿纳迪尔站在门外，正抡起锤子将木板、锁头、螺栓这些东西一股脑儿地钉到门上，海丝特和多特则搬来大厅里的雕塑和长椅死死地堵在门口。海丝特突然发现有永灭者从房里探出头来张望。

"好好待在里面！"她大吼一声，房门立刻关上了。

"我感觉糟透了。"多特说，"她可是我们的室友啊！"

"现在是它了，它可不是我们的室友。"海丝特说。

房间里的苏菲随着锤子敲击的节奏轻声地哼着歌，一根针在她发光的手指下神奇地自己缝纫着。"她们要不了多久就会自己来拆掉这些的。"她叹着气说，然后想起了上一次好像也有什么人曾这样将她锁在屋子里。

"所有的一切都是徒劳。"

傍晚来临，永生者们渐渐变得焦躁不安了，他们开始成群结队地冒着危险去洗澡，然后又一大群人小心翼翼地走到晚餐厅找吃的。厨房里那些被施了魔法的锅碗瓢盆仍然在自动制作着晚餐，旁边则围了一群被石化的仙女。学生们往餐盘里盛了一些咖喱鸡肉和扁豆沙拉，又拿了一杯开心果冰沙球，然后分别围着一张张圆桌没精打采、一言不发地吃了起来。

阿加莎坐在头桌，一直试图与泰德罗斯的眼神相遇，但他始终没有抬头，只是悲伤地啃着一块鸡骨头。她从未见他如此疲惫过，他的眼底全是瘀青，双颊毫无血色，腮帮子那儿还有块小小的伤疤。他是唯一一个没去洗澡的人。

沉默一直持续到大家都快吃完冰沙球了。

"呃，我不知道你们是不是知道，不过，嗯，善良大厅，"希子用非常小的声音挤出了几句话，"依然……完好无损。"

一百一十九个脑袋全都伸长了脖子看着她。

希子手握盛冰沙球的杯子敷在她满头大汗的脸上："所以我们可以，如果我们想的话，呃，依然可以举行，你们懂的……"

然后她吞了一口唾沫说：

"舞会。"

所有人全都盯着她。

"或者不举行也可以。"希子又含糊地补了一句。

她的同学们又各自埋头吃起了冰沙球。

过了一会儿，米莉森特放下了手里的勺子。

"这一段时间我们可是一直在为此费心准备。"

"而且我们还有两个小时可以修整一下自己。"吉赛尔说。

莉娜激动得脸色有点儿发白："时间够用吗？"

"我来搞定音乐。"特里斯坦说。

"我来检查大厅！"塔奎因说。

"所有人，梳妆打扮起来吧。"碧翠丝雀跃地喊道，人群顿时爆发出一声欢呼，大家纷纷扔下勺子高兴地跳了起来。

"我想直接说一下。"阿加莎的声音在欢呼声中响起，"就在刚才，很多小精灵和狼卫都牺牲了，老师们全被魔咒定住了，半所学院被夷为平地，凶手依然逍遥法外——而你们却还想着舞会？"

"我们不能向女巫屈服！"查迪克反驳道。

"我们的礼服裙准备了那么久！"莉娜嘟囔道。

永生者们群情激愤地表示赞同——

"老师们也会为我们骄傲的！"

"善良从没向邪恶屈服过!"

"她就盼着搞砸我们的舞会呢!"

"所有人都闭嘴!"

大家顿时鸦雀无声了。永生者们全都看向了坐着一动不动的泰德罗斯。

"阿加莎说得对。此刻我们不能举行舞会。"

所有人都泄了气,一屁股坐回座位,然后点了点头。阿加莎终于松了口气。

"当务之急,我们得找到女巫,然后杀了她。"泰德罗斯咬牙切齿地说。

阿加莎捏紧了拳头,永生者们也齐声高喊:"杀死女巫!杀死女巫!"

"你们觉得她会等着我们去杀了她吗?"阿加莎跳到了椅子上大声说道,"你们觉得自己能随随便便地走进邪恶学院,然后杀死一个真正的女巫吗?"

欢呼声停止了。

"什么叫'真正'的女巫?"碧翠丝抬起头瞪着她说。

但是希子的脸瞬间变得煞白:"所以撰写者真的已经在撰写你们的童话了吗?"

阿加莎点了点头,房间里顿时发出阵阵紧张的嗤笑。

"我们不知道到底是谁在操控这些童话故事。"她对着所有人说,"我们也不知道校长到底是善是恶。我们甚至不知道森林的平衡是否还维持着。我们现在只知道,苏菲想要我死,而且她还会杀了所有挡着她路的人。所以我的意思是,我们应该先回到英勇塔楼静观其变。"

这时每个人的眼睛都转向了泰德罗斯,而他正皱着眉头望着阿加莎。

"好吧,既然我是这所学院的级长,"他说道,"我主张进攻。"

所有人的目光这下都开始在他和他的公主之间游移。

"泰德罗斯,你相信我吗?"阿加莎低头看着他,轻声地说。

此刻沉默的意味更浓了,泰德罗斯在她目光的注视下变得焦躁不安。

然后王子移开了目光看向别处。"回英勇塔楼吧。"他悻悻地说。

永生者们听从了他的命令,闷闷不乐地开始清理盘子。阿加莎走过去拍了一下他的肩膀,说:"你做得对……"

"我得去洗个澡。"他没好气地吼道,"好收拾得漂漂亮亮像个女孩子那样躲起来。"

阿加莎任由他怒气冲天地走了。就在泰德罗斯跺着脚大步走出大厅时,碧翠丝在门口叫住了他。"我们偷偷潜入邪恶学院吧,泰迪!我们一起干掉那个女巫!"

"照你说的做。"泰德罗斯强压着怒火说了一句,就推开她走了。

碧翠丝目送着他离开,双颊渐渐泛起了红晕。

几分钟后,当永生者们全都没精打采地回到英勇塔楼时,她穿过玻璃天桥溜回了自己的房间。房间里有一只饿坏了肚子的兔子正蹦蹦跳跳地等着她。

"你很快就能吃晚餐了,泰迪。"她一把抱起它说,"但是你先得好好表现哦。"

夜幕降临,海丝特在塔楼里醒来,此时钟楼刚敲了第八下。平躺着的她嘴角流着一些口水,脸上盖着一本翻开的《撤销咒语法》。她把书本推开,瞥了一眼多特和阿纳迪尔,她俩正懒洋洋地靠着彼此睡在拦住寝室门的家具后面。海丝特突然一激灵,一下子跳起来往她们身后看去。

66号房间的大门一切正常。

海丝特松了一口气,又愣住了。

大厅尽头有什么东西在动。

她爬过杂乱堆放的家具,踮着脚朝楼梯口走去。

当她越走越近,她看见了三个佝偻着身子的人影正偷偷摸摸地走下台阶。一分钟后,又有两个人影轻轻地溜了下来。

海丝特躲在栏杆后等着,直到越来越多的身影出现。然后她点亮了楼梯间的火把——

莫娜、阿拉克涅、维克斯还有布罗纳全都瞪大了眼睛看着她。

"你们为什么不好好待在房间里?"海丝特大叫道。

"我们是过来帮你们的。"莫娜说。

"我们想要报仇!"维克斯说。

"什么?你们怎么……"

这时海丝特看到了他们手上拿着的东西。

她赶紧戳了戳阿纳迪尔和多特的肚子叫醒她们,这两人一个正梦着下水道,一个正梦着吃豆子呢。

"快看!"海丝特手握着一块泛着绿光的黑色卡片,卡片上用幽灵般的白色字体写着:

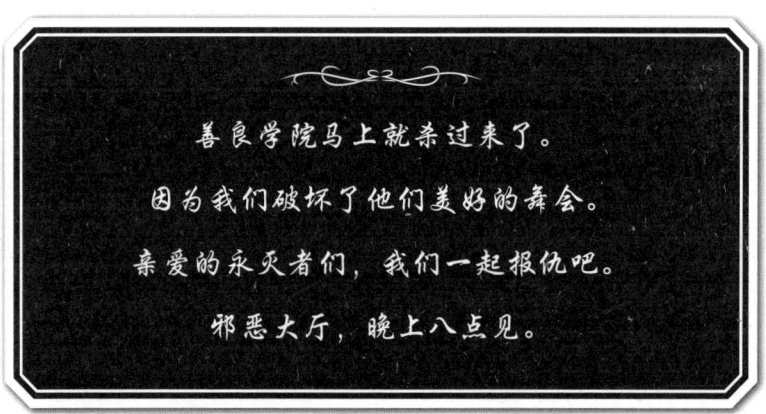

"挺可爱的一首小诗。可这也不值得叫醒我们啊。"多特迷迷糊糊地说,"报仇是怎么回事?"

"就根本没有报仇这档子事!"海丝特大叫道。

"那你为什么要写这个?"阿纳迪尔说。

"我没写,笨蛋!"

两个女孩看着她,然后一瞬间,她们全都抢着跑上了楼梯。

"她是怎么出去的?"阿纳迪尔一边喊着,一边三步并作两步地跳了上去。

"她来之前就做好了!"海丝特大声回答道,这时,时钟已经敲响了八点半的报时声。

"她的鬼把戏太多了。"多特一脚踩空摔在楼梯上,"你们觉得她会怎么去报仇?"

"叫来更多的乌鸦?"阿纳迪尔说。

"毒气云?"海丝特说。

"会不会在两所学院地下都埋了炸药，然后在同一时间引爆？"多特说。

海丝特气得脸都白了："除非他们都想死！"

她们冲进楼梯间，经过晚餐厅和邪恶展览馆，来到学院最深处那扇布满蜘蛛网、雕刻着骷髅的大门前。海丝特扔掉手中那张黑色请柬，推开大门，三个女孩箭步冲进邪恶大厅，准备迎战一场大屠杀。

多特只看了一眼就晕倒了，另外两个女孩全都震惊得无法呼吸。

"这就是报仇？"海丝特说着泪水已经夺眶而出。

在大厅的外面，兔子泰迪蹦蹦跳跳地从楼梯后面跳到了海丝特刚刚扔掉的卡片前。它用兔牙衔起了卡片，并且小心翼翼地避免弄花了卡片上的亮粉。接着它一边在脑了里盘算着梨子、梅子和一堆别的好吃的，一边欢快地跳着去找它的女主人了。

阿加莎靠在英勇塔楼公共休息室的墙边，努力地想要睁开眼睛，可她的眼皮却越来越重，在她终于撑不住要倒下身睡去时，一双手臂接住了她。她迷迷糊糊睁了下眼睛，看见穿着汗衫的泰德罗斯正蹲在她面前，刚洗完澡的他面色红润，头发也湿漉漉的。

"睡吧。"他说，"我来了。"

"我知道你有点儿生我的气……"

"嘘！"他说着将她搂得更紧了些，"都别争了。"

阿加莎内疚地笑了笑，整个人放松地在他怀里闭上了眼睛。

公共休息室的大门"砰"地一下打开了。"泰迪！"

碧翠丝奔了进来，叫醒了所有的永生者。泰德罗斯看着她，气不打一处来。

"他们来了！"碧翠丝一边大叫，一边将那张黑色卡片递给了他，靠在他怀里的阿加莎也坐了起来。"他们杀过来了！"

泰德罗斯读了一遍卡片上那些幽灵般的白色文字，脖子上青筋毕露。"我就知道！"阿加莎试图越过他的肩膀看一看，但他猛地站起身来——

"全体注意！"

永生者们立刻直起了身子。

"此时此刻,恶人们正在计划报复我们学院。"泰德罗斯大声疾呼道,"所有的永灭者都与苏菲串通一气,狼狈为奸。我们必须赶在他们打上门之前直接攻打进邪恶学院。进攻时间为九点!"

阿加莎一脸震惊地站着。

"准备出征!"泰德罗斯咆哮着用力推开了大门。

"冲啊!"查迪克也怒吼着号召永生者们跟着他一起高喊,"准备出征!"

茫然失措的阿加莎拾起了掉在地上的卡片,她一面读着,一面双目闪烁。

"不要!不要进攻!"

她赶紧跑出公共休息室。一只脚伸出来绊了阿加莎一下,她一下子撞到墙上晕了过去。

"哎呀呀。"碧翠丝扔下一句话就神气活现地跟着人群走了。

当阿加莎颤抖着睁开眼睛时,她的头一阵火辣辣地痛,整个大厅空荡荡的,只剩她一人了。

她忍着痛,一边呻吟着一边顺着脚印穿过玻璃天桥来到荣誉塔楼。当她走下楼来到糖果屋教室区时,她听到了一些金石相撞的不祥之声。

她偷偷向那间亮晶晶的冰糖教室里望去,永生者男孩们在里面使劲地磨着他们从军械库里偷出来的真刀剑、真弓箭,还有真的斧头、狼牙棒和铁链。

"热油有多少?"一个人大喊道。

"够把他们全淋瞎了!"另一个一边叫着,一边继续在磨刀石上磨着他的宝剑。

在棒棒糖教室里,莉娜正帮着女孩们剪裁衣服,方便她们一起应战,而碧翠丝则给每一个女孩都发了一袋尖利的石头和刺镖。

"男孩们可是在课上就训练过如何打仗的。"一个女孩抱怨道。

"我们连打架都没学过!"另一个说。

"那你们愿意沦为恶人的奴隶吗?"碧翠丝火冒三丈地反驳道,"帮他们煮小孩、吃公主的心,还要喝马血……"

"然后还得穿黑色?"莉娜也叫道。

永生者女孩们全都把话咽了回去。

"不会就赶紧学。"碧翠丝说。

在棉花糖教室里，希子和吉赛尔点燃了几十支火把。橡皮糖教室里，尼古拉斯带着一帮男孩砍出了一根大木头作为攻城锤。

阿加莎在最后一间教室里找到了泰德罗斯，他正和查迪克还有另外两个男孩围在达维教授的梅子糖讲桌前，弯腰俯身看着一张手绘地图。

"你怎么知道邪恶大厅在那儿？"查迪克说。

"我推测的。"王子说，"阿加莎是唯一一个进过那所该死的学院的人，可我现在找不到她。去跟碧翠丝说一声，再去找找她。"

"我来帮你解决这个麻烦。"

男孩们全都转过头去看到了阿加莎。

"我们需要你的帮助。"泰德罗斯笑了。

"我不会帮一个级长带领着自己的军队步入坟墓的。"阿加莎说。

泰德罗斯震惊得脸都红了："阿加莎，他们要来杀死我们！"

"善良学院马上就杀过来了。"她举起那张黑色卡片否定道，"邪恶学院不会攻击我们的！苏菲是在期待由你发起进攻！"

"就这一次，我和女巫还算是达成一致了。"泰德罗斯说，"所以现在你是决定跟我一起冲还是不冲呢？"

"我不会让你走的。"

"我是个男人，你不是！"

"那就做点儿男人该做的事！"

时钟撞响了，现在是九点整。

听着钟楼传来的声音，在场的男孩们全都紧张地看着泰德罗斯和阿加莎。

最后一记钟声也停止了。

在沉默中，阿加莎看出了泰德罗斯眼里的犹豫，她知道她赢了。她温柔地笑着拉起他的手，可泰德罗斯却立刻将她的手推开了。他怒气冲冲地望着她，脸庞涨得越来越红。

"冲锋吧！"他大喊道，怒吼声震彻了整个大厅。

三名中尉立刻跑去指挥作战部队，泰德罗斯抓起地图也跟着跑出了大门。

阿加莎冲过去挡在他前面。还没等她开口,他的双手一下子握在她的腰上。

"阿加莎,你相信我吗?"他急促地说。

她没好气地叹了口气说:"当然,可是……"

"那就好。"说完,他"砰"地关上了门,然后将一支箭插进了锁孔里。

"对不起。"他透过门缝说,"可我是你的王子,我得保护你。"

"泰德罗斯!"阿加莎用力捶着糖果门,"泰德罗斯,她会把你们都杀死的!"

透过门缝,她眼睁睁地看着他带领着手持火把、武器、攻城锤的善良军队奔向了战场。他们嘴里发出嗜血的高喊:"杀死女巫!杀死女巫!"大厅里熊熊燃烧的火光将他们的影子映照在墙上,所有的影子汇合畸变成了一个歪歪扭扭的黑影,然后那黑影一路尾随军队如魔法般消失了。

阿加莎一阵毛骨悚然。她必须赶在泰德罗斯和他的军队之前到达邪恶学院。可她该怎么做才能拯救他们呢?

"只有当你的天敌死了,你才会得到解脱。"莱索夫人曾经说过。

泪水浸湿了阿加莎的双眼,悲剧原来早已注定。

把她自己交给苏菲,就不会有人死去了。

就让女巫获胜吧。

这可能是唯一幸福的结局了。

她发出了一声撕心裂肺的大叫,然后对着大门开始猛踢猛拽。她推着梅子糖讲桌往门上撞,可糖果门依然纹丝不动,她又搬起椅子使劲砸向焦糖墙,拼命踩着糖浆地板……但一切都无济于事,她依然无路可逃。这时,汗如雨下的阿加莎望向了窗户。

她穿着又大又蓬的蓝色礼服裙跨上了窗台,夜晚的寒风从她的脸上刮过。她先试着用黑色松糕鞋踩住窗台的边缘,然后慢慢将另一条腿也迈出去,接着她双手抓住了塔楼外面挂满金色灯泡的藤蔓,这是仙女们为舞会而专门挂在塔楼外壁的装饰。她用尽全力拉住藤蔓,整个人攀到了窄窄的屋脊上开始四下张望。

这里实在太高了,脚下中途桥上被石化的老师们此时看着就像一只只小小的甲虫。狂风呼啸着从她耳边刮过，吹得她浑身发抖差点儿一脚滑下去。透过玻璃天桥，她能看到几十支熊熊燃烧着的火把正如潮水般穿过荣誉塔楼向树洞隧道涌去。只剩几分钟，善良就将落入邪恶之手。

阿加莎伸出皲裂的手掌，使劲拽了拽她头顶上的挂灯，这些灯都绑得非常紧。她又眯着眼睛看了看这些纵横交错的金光闪闪的藤蔓，一根根沿着塔楼外墙一路往下，仿佛一条亮着灯的大路将她带到了中途桥上。

"你一定要够坚强。"阿加莎在心里默默祈祷着。

她抓紧藤蔓跳出了窗台。只听"啪"的一声，她的身体猛然下坠，重重地撞到了一个玻璃窗台上。这时只听嗖嗖的呼啸声从她耳旁擦过，她还来不及闪躲，这嗖嗖的声音就停在了离她脸颊只有一英寸的地方。阿加莎伸手抓住这东西，断掉的藤蔓立刻坠落，她定睛一看——

是一支箭。

她吊在这枚利箭上，惊恐地往回看去，这时又一支利箭从她另一侧的脸颊擦了过去。接着越来越多的利箭划破黑暗的夜空疾驰而来，而且全都是冲着她来的。锋利的钢制箭头一次又一次从她身边擦过，阿加莎绝望地闭上了双眼，等待着那致命的一箭。

突然间，嗖嗖的声音消失了。

阿加莎睁开眼睛，只见所有的利箭拼成了一个歪歪扭扭的踏脚梯，沿着塔楼外墙一路延伸到底。

她根本来不及想，是谁想杀了她抑或是自己运气太好了，她立刻沿着利箭全速往下爬到了中途桥上。她一边跑着从那些被石化的老师身边经过，一边张开双手想要试探那堵看不见的屏障在哪儿，可屏障却自始至终没有出现。就在泰德罗斯的军队刚到达透明场，发现树洞隧道早已被枝丫杂草堵得无法通行时，阿加莎已经安全地穿过中途桥，进入了恶人的老巢。

而就在她头顶上，那间高高的恶意塔楼寝室的窗前，格林姆刚将弓放入弓韬之中。

"连一根头发都没伤着她。"苏菲疼爱地摸着他说，"完全如你所愿。"

格林姆顺从地哼哼着，苏菲望向窗外，看见泰德罗斯的军队正行进在护城河边，然后她又低头看了看阿加莎，此时的她已独自一人消失在了邪恶城堡中。

"不会太久了。"苏菲说。

然后她伸手拂开落在桌上的一团白发继续缝纫着,如同一个提线木偶师正在愉悦地拉着木偶的提线。

阿加莎本以为在她踏进邪恶学院的那一刻她就会被抓起来,可当她蹑手蹑脚地走进漏水的门厅时,她发现里面既没有守卫也没有捕猎陷阱,更没有一丁点儿要开战的迹象。除了一扇时开时关的铁门在楼梯间嘎吱乱叫,整个邪恶学院显得异乎寻常地安静。她探头往里张望了一番,发现童话剧场已经照原样搬了过来,唯一不同的是,以前石制舞台前装饰的那只灰烬中重生的凤凰,现在换成了一幅新的画面——

一个被乌鸦环绕着高声尖叫的女巫。

阿加莎看得心下一颤,继续蹑手蹑脚地朝邪恶大厅走去。

"亲爱的永灭者们,让我们一起报仇吧。"

苏菲会让永灭者怎么处置她呢?她把自己能想到的童话里最凶残的恶人行为全都在脑子里回想了一遍。把她变成块石头?把她的头砍下来炫耀?把她剁成肉泥?

虽然此刻的天气已经冷得刺骨,转过屋角时阿加莎仍然感觉到自己的双颊在微微冒汗。

会让她滚钉桶,还是挖出她的心,又或者往她肚子里塞石头?

汗水与泪水混杂在她脸上,这时她低头看见地上出现了上百双脚印。

是烧死她,还是用石头砸死她,又或者用刀刺死她?

她无法忍受地往前狂奔起来,朝着煎熬与死亡的方向一路狂奔而去。她祈求某一天她和苏菲能在一个完全不同于此处的世界里找到彼此,一个没有王子的世界,一个没有痛苦的世界。她撕心裂肺地一路恸哭着奔进了一扇雕刻着骷髅的大门。

然后她瞬间愣住了。

整间邪恶大厅竟然被装点成了一间富丽堂皇的舞厅,大厅里装饰着闪闪发亮的绿色圣诞茜草、黑色气球、还有上千支燃烧着绿色火焰的蜡烛,一盏闪耀着夺目绿色光芒的大吊灯正缓缓地旋转着,为墙上的壁画留下了一道道绿色的光影。在大厅中央,耸立着一座高大的冰雕,上面雕刻着两条相互缠绕的毒蛇。在冰雕周围全是一对对正跳着舞的永灭者。霍特和多特笨手笨脚地跳着华尔兹;阿纳迪尔正挽着维克斯的手臂;布罗纳竭力避免踩到莫娜的绿脚;还有海丝特和拉文,他们一边摇摆一边悄悄地聊着什么。拉文的室友拿出了芦苇秆做的小提琴奏起了舞曲,越来越多的人群涌进了舞池中,他们如此笨拙如此羞涩地跳着舞着,但是每一个人的脸上却都洋溢着幸福的光彩,在他们的头顶上是一幅飘扬的横幅,上面写着:

首届恶人"非舞会"

阿加莎忍不住放声大哭起来。

音乐戛然而止。

她擦了擦眼泪看到永灭者们全都停下来瞪眼望着她。一对对舞伴们纷纷甩手分开,脸蛋羞得通红。

"她到这儿来干吗?"维克斯呵斥道。

"她会去告诉永生者的!"莫娜说。

"抓住她!"阿拉克涅叫道。

"交给我吧。"一个声音传来。

海丝特穿过人群走来。阿加莎不禁往后退了几步:"海丝特,听我说……"

"这是恶人们的聚会,阿加莎。"海丝特一边说一边悄无声息地向她逼近,"而你不是恶人。"

阿加莎缩到了墙边:"等一下……别……"

"恐怕,我现在能做的只有一件事了。"海丝特说着,身影已经完全笼罩住她。

阿加莎双手蒙住了脸说道:"得死吗?"

"留下来。"海丝特说。

阿加莎呆呆地看着她，永灭者们也目瞪口呆地望着她。

维克斯指着阿加莎说："可……可是……她是……"

"欢迎光临，我的客人。"海丝特说，"这里和冰雪舞会不一样，非舞会没有规则。"

阿加莎摇着头不住地流泪，一句话也说不出。海丝特将手搭在她的肩上。

"我们发现这间大厅时，心情也和你一样。"她声音有些哽咽地说，"我想，她是希望我们能享受她没法拥有的东西。也许这是她表达歉意的方式。"

阿加莎哭得泣不成声地说："我也很对不起……"

"我曾把你扔进下水道里，"海丝特抽了抽鼻子说，"我们都犯过错，但我们能改过来，对吗？我们两所学院一起。"

阿加莎已经哭得不能自已，浑身都在颤抖。

海丝特突然紧张起来："你到底怎么了？"

"我试过，"阿加莎泪流满面地说，"我试过去阻止他们。"

"阻止谁？"

"杀死恶人！永灭者必亡！"

海丝特慢慢地转过身去。

"杀死恶人！永灭者必亡！"

永灭者们全都跑到大厅那面巨大的落地窗前，向窗外的夜色远眺。在陡峭的山下，永生者的军队正围绕着护城河边行进着，火把将他们手中紧握的兵器映衬得寒光四射。

恶人们脸上的神采消失了，他们又一次全部缩回了自己的保护壳中。冬夜的晚风呼呼地从窗口灌进来，吹灭了蜡烛，整间大厅又陷入了阴暗与寒冷之中。

"所以你是过来提醒我们，你的王子向我们杀过来了。"海丝特盯着远处那狂躁激动的人潮说，"感激不尽。"

"你们双方不是一定得开战的。"阿加莎急急忙忙地说，"让他们看看刚才我看到的一切吧。"

海丝特转过身来，眼里燃烧着怒火："然后让他们嘲笑我们？让他们来提醒我们自己到底是个什么样？提醒我们都是丑陋的、毫无价值的失败者吗？"

"你们不是这样的。"

可这时海丝特已经变回了那个她熟悉的危险女孩了。"你对我们一无所知。"她咆哮道。

"我们都一样，海丝特。"阿加莎恳求道，"让他们看看真相是什么吧。这才是唯一的方法！"

"是的。"海丝特平静地说，"只有一个办法了。"她咬牙切齿地说，"放女巫出来！"

"不！"阿加莎大叫道，"这就是她希望的。"

但是海丝特只是狞笑着说："另外还得提醒一下我们的公主，当漂亮女孩闯进她不该去的地方时会发生什么。"

随着阿加莎一声尖叫，恶人们全都扑向了她。

在那座腐烂的高塔之上，五十个永灭者一起推开了拦在66号房间门口的最后一件家具，撬掉了门上最后一根钉子。他们野蛮地大吼一声，猛地踢开了房门，然后全都震惊得往后一缩。

一个干瘪而丑陋的老巫婆身穿着甜美的粉色长裙看着他们。她伸手摩挲了一下她那光秃秃的头顶，露出了她黑乎乎的牙龈。

"让我猜猜，"苏菲笑着说，"我们的晚会有客人不请自来了吧。"

第二十九章
美丽的邪恶

随着眼皮轻微跳动了几下,阿加莎缓缓睁开了双眼。一阵锥心刺骨的寒冷包围着她,她惊恐地发现自己竟然平躺着被封在了一具磨砂玻璃棺材中。在她头顶上方影影绰绰晃动着几十个人影。她惊魂未定地想要挣扎着爬起来,却发现自己的身体竟彻底被冻住了。

这并不是一具玻璃棺材,而是一具冰棺。

她想要大口呼吸,但四周的空气却越来越稀薄。她憋气憋得眼睛外凸,

面色渐渐铁青……这时头顶的黑影突然散开了，一个粉色的幽灵飘了过来。阿加莎屏住呼吸用舌头将头顶冰层上的霜舔掉，然后看见了怪诞丑陋的秃头苏菲正手握着一把末日审判室的斧头，俯下身来微笑看着她。阿加莎已经憋气憋得快要死掉了，一脸哀求地望着她。苏菲透过冰棺看着她，伸出手指抚摸着阿加莎埋葬在冰棺中的脸庞……然后举起了斧头。

海丝特急得大叫。

斧子砍过冰层，将这冰冻的坟墓砸了个粉碎，最后落在了离阿加莎的脸只有一根头发粗细的地方。她赶紧翻身倒向潮湿的地板，剧烈地大口呼吸起来。

"把一个可怜的公主冻起来？"苏菲叹着气说，"这可不是我们招待客人的方式哦，海丝特。"

"那些箭……是你……"阿加莎趴着上气不接下气地说，"你引我过来……杀我……"

"杀你？"苏菲一副很受伤的模样说，"你以为我能杀了你？"

在房间的另一头，阿加莎看见海丝特和阿纳迪尔还有多特蜷缩着挤在一团，呆呆地望着她们曾经的室友，如今已变成了一个干瘪的秃头老巫婆。

"阿加莎，我的确想害你。"苏菲一边说着，一边伸出发光的手指将那把斧头化为乌有，"可我就是没办法。"

她一边说一边凑到一只气球跟前，仔细看着自己完全变形的脸："我昨晚的行为还不够格。"

"不够格？"阿加莎咳嗽着说，"你都把我从窗口推下去了！"

"你难道不会这么做吗？"苏菲说着，两眼透过气球的反光直勾勾地盯着阿加莎的蓝色长裙，"如果你的一切都被我夺走了呢？"

苏菲转过身来，粉色的长裙光彩照人："可这是你的童话，阿加莎。我们要么以敌人的身份结束，要么以朋友的身份结束。"

"朋……朋友？"阿加莎难以置信地说。

"校长的确说过这不可能。而且现在看来似乎我们都认为他说得没错。"苏菲说话的时候脸上那些黑疣周围的皮肤被牵动得噼啪作响，"可是他又怎么可能了解我们呢？"

阿加莎厌恶地往后一缩。

苏菲点了点头。"我现在的确很丑。"她无奈地赞同道，"不过我在这儿很自在，阿加莎，真的。我们都找到了自己的归属。你善良，我邪恶。"

说着，她的双眼缓缓掠过这间装饰一新的大厅。

"邪恶也可以很美丽，不是吗？"

火把的光芒已照进了窗口。"苏菲，永生者已经到大门外了！"阿纳迪尔看着窗外叫喊着。

"报仇。"阿加莎颤抖着说，"可你说你想要报仇。"

"不这么说怎么能把善良学院的人引诱过来呢，阿加莎？"苏菲伤感地说，"不这样怎么让他们看到，我们想要的不过是一个属于我们自己的舞会呢？"

"苏菲，他们来了！"多特尖叫道。这时，她们脚下已经响起了永生者用攻城锤撞击塔楼大门的声音。

"不过现在，让我们一起来结束这所有的恩恩怨怨，好吗？"说着，苏菲从衣袋里伸出了她捏紧的拳头。

阿加莎瞪大了双眼，她拳头里是不是捏着什么东西？

"她就在楼上！"此刻，永生者已经攻进塔楼了。

"阿加莎。"苏菲紧握着拳头缓缓向她走去。

"杀死女巫！"永生者高喊着冲上了楼。

苏菲伸出了她那长满苍老斑纹的拳头。

"我的朋友……我的天敌……"

阿加莎畏惧地往后退去。苏菲摊开的手掌中什么也没有。

然后她单膝跪地说道：

"你愿意和我跳一支舞吗？"

阿加莎震惊得无以言表。

"轰！"永生者们猛烈地撞击着大厅的各扇大门。

"苏菲，你到底在干吗？"海丝特大叫道。

苏菲向阿加莎伸出了她干瘪的手。

"让我们一起来告诉他们，一切的恩怨都结束了。"

大门裂开了。

"让我们为和平跳一支舞吧！"苏菲起誓道。

"苏菲，他们会把我们都杀死的！"海丝特尖叫道。

苏菲的手一直这么伸着："跳一支为了幸福结局的舞，阿吉。"

阿加莎浑身瘫软地看着她，这时门锁已被撞碎。

苏菲脸上的黑疣已被泪水浸湿："一支能拯救我生命的舞。"

"数到三！"门外传来泰德罗斯的咆哮声。

苏菲瞪着她大大的乌煤一样的眼珠凝视着阿加莎："是我啊，阿吉。你认不出我了吗？"

阿加莎战栗地试图在她那张丑陋不堪的脸上搜寻出一丝熟悉的痕迹。

"一！"

"阿加莎，求你了……"

阿加莎惊恐万状地往后一退。

"求你了……"苏菲咧着嘴乞求着，"我不想像个恶人那样死去。"

阿加莎躲开她说："你就是邪恶……"

"但是善良选择宽恕。"

阿加莎愣住了。

"难道你不是善良的吗？"苏菲喘息着说。

"二！"

阿加莎深吸了一口气，紧紧握住了她的手。

苏菲伸出她骨瘦如柴的手臂挽起了阿加莎，拉着她滑进舞池跳起了华尔兹。在海丝特疯狂的提示下，拉文的室友们重新七零八落地演奏起了一曲情歌。

"你真善良。"苏菲将头靠在阿加莎的肩上说。

"我不会让他们伤害你的。"阿加莎紧紧搂住苏菲轻声地说。

苏菲贴近了她的脸颊："我真希望我也能说出同样的话。"

阿加莎不禁抬头看着她，苏菲的脸上这时露出了阴险的笑容。

"三！"

经过善良军队几番疯狂的攻门之后，泰德罗斯终于破门而入。他发出了一声野兽般的怒吼，然后打算高举宝剑向苏菲后背砍去。

"去死吧，女巫……"

这时映入他眼帘的却是一支舞池中正在进行的华尔兹。

苏菲转过身来对着他，露出了正与她共舞的阿加莎。泰德罗斯手中的剑一下子坠落在了地上。

"可怜的泰迪，"苏菲叫停了音乐说，"每次当他找到自己的公主时，遇上的却都是女巫。"

泰德罗斯惊愕不已地看着阿加莎："你和她……是一头儿的？"

"她撒谎！"阿加莎尖叫着挥舞双手，想要从苏菲手中挣脱出来。

"不然，你觉得她怎么会坠下去都没摔死呢？你想想她为什么要竭力阻止你的进攻呢？"苏菲一边说一边将她搂得更紧了，"是的，泰迪，恐怕连你的舞伴都是我的。"

泰德罗斯顺着苏菲的目光看到了挂在大厅上方的横幅。在他身后的永生者们全都脸色为之一变。

"别听她的！"阿加莎尖叫道，"这是个陷阱！"

"阿加莎，没事的。亲爱的，你就告诉他吧。"苏菲说着，转头看着怒不可遏的泰德罗斯，"她还想等着把剑架到你脖子上时再告诉你呢。"

泰德罗斯睁大了双眼看着阿加莎。

"这不是真的！"她哭喊着大叫。"我能证明！"她环顾四周，"海丝特！多特！你们告诉他们！"

可这时海丝特、多特以及所有别的永灭者，全都瞪直了眼睛看着手持致命武器准备大开杀戒的善良军队。海丝特看了阿加莎一眼，一句话也没有说。

阿加莎看着她的王子眼里的期待变得暗淡了。而他身后手持武器的永生者们这下将原本对准苏菲的武器全都对准了她。

"不！等一下！"她挣脱开来奔进泰德罗斯的怀里，"你一定要相信我！我和你是同一阵营的！"

"还真是！"苏菲若有所思地说，"可既然你的王子都把你锁在一座塔楼里了……你现在又是怎么出现在另一座塔楼里的呢？"

阿加莎感觉到泰德罗斯的手臂变得僵硬了，她抬起头看见了他一张毫无血色的面孔。

"回答她的问题。"他说。

"我是过来帮你的……我爬下来的……"

"爬下来！"苏菲怪叫道，"从那座塔楼上吗？"

泰德罗斯顺着她的眼神看向了那座高耸入云的善良塔楼。

"就是……有些箭……"阿加莎结结巴巴地说。

"我还真是弄不明白她怎么突然变得这么腼腆了。"苏菲挠了挠头说，"她可是每一步都算准了的。先是装扮成善良，然后是你们在森林里的相遇，还有马戏团展示里的袭击……这所有的一切都是阿加莎的计谋，她算计好了让你认定她就是善良的。哦，除了这个从没见过的可爱的笑容，其余的一切都是黑魔法。"

阿加莎心急如焚，无法呼吸。

"只有最优秀的邪恶才能伪装成善良。"苏菲虎视眈眈地看着她，"这一点，阿加莎可比我厉害多了。"

泰德罗斯一脸惊骇地推开了阿加莎。

"公主是不会质疑我的决策的。"他怒不可遏地说。

"泰迪，听我说……"阿加莎乞求道。

"公主是不会质疑我是否可靠的。"

"看来她对你做的一切……"

"我就知道你是个女巫。"他嘶喊着说，"我一直都知道。"

"你不相信我了吗？"阿加莎痛哭流涕地说。

"我母亲也曾问过我父亲同样的问题。"泰德罗斯强忍着眼泪说，"但我不会犯和他一样的错了。"

他用余光瞄了一眼落在他俩之间的那把王者之剑，然后猛扑过去。可阿加莎比他更先抓住那把剑，她迅速站起身来手握宝剑，剑锋向外。永生者们大惊失色地赶紧拔剑出鞘。

"看见了吧？"苏菲嘴角一咧笑道，"剑都架到脖子上了。"

阿加莎看了看她，又看向正两眼盯着自己宝剑的泰德罗斯。宝剑"哐啷"一声从她手中落下。"不是的！我只是……我不是故意的……"

泰德罗斯此时已激愤得血脉偾张。

"准备进攻！"

阿加莎震惊地后退："泰德罗斯，你听我说！"

泰德罗斯一把抓起查迪克的弓。

"泰德罗斯，等等——"

"我比我父亲还失败。"泰德罗斯抬起头来，眼眶里有泪光在闪动，"因为我还爱着你。"

他瞄准了她的心脏，拉弓上箭。

"不！"阿加莎一声尖叫。

"开火！"

就在泰德罗斯对准阿加莎一箭射出时，永生者们也纷纷向手无寸铁的永灭者投去了石块、飞镖和热油。

就在利箭的箭镞快要刺入她的胸腔时，苏菲伸出发光的手指轻轻挥舞了一下，所有的武器全都变作雏菊飘落在了地上。

已吓得缩成一团的永灭者们试探着抬起头来，目瞪口呆地看着彼此竟然还活着。蜷缩在他们中间的阿加莎缓缓地扭过头去。

"这招是从我最喜欢的公主那儿学来的。"苏菲轻柔地说。

阿加莎泪流满面瘫倒在地。

泰德罗斯看了看她俩，恐惧立刻在他脸上浮现。这时，苏菲露出了一抹恶毒的微笑。

"你真是从来都不擅长进行这类挑战，对吗，泰迪？"

"不！"泰德罗斯一下子跪倒在地，伸手将泣不成声的阿加莎搂进自己的怀里，但她一把推开了他。

"现在故事结束了，王子想要杀死自己的公主。"苏菲兴奋不已地说。她拾起了那朵本该刺进阿加莎心脏的雏菊，欣喜若狂地嗅了嗅："幸运的是，正好邪恶出现并拯救了这一切。"

泰德罗斯跪在地上心如死灰地呆望着她。

"当然，事情也是由邪恶引起的……"苏菲无所谓地舔了舔她皲裂的嘴唇说。

"可如果邪恶变成了善良又会发生什么呢？"

当她再次微笑时，泰德罗斯看见她嘴里竟然闪现出一排亮晶晶的白牙。他震惊得连连后退。

然后如同大变活人一般，他眼睁睁地看着苏菲脸上的黑疣神奇地全部脱落了，她脸上那些如沟壑纵横一般的皱纹全被抚平了，她的皮肤又变回了白皙粉嫩的模样，重新闪耀出了青春的光彩。一串串金色的小发卷从她油亮的秃头上冒了出来，干裂的嘴唇也重新变得饱满亮泽。阿加莎透过指缝目不转睛地看着苏菲的眼睛又闪耀出了翡翠般绿色的光芒，干瘪萎缩的身体开始一点点地变得饱满丰腴。直到最后，一个身穿粉色长裙，远比从前更加容光焕发、迷人耀眼的大恶人闪亮登场了。

"快跑！立刻跑！"阿加莎警告道，可所有的永生者全都吓傻了，只是呆呆地盯着苏菲。

阿加莎惶恐不安地转过身去。

海丝特的裙子此刻竟然变成粉色了。她稀疏的头发魔法一般变成了浓密的长发，蜡黄的脸蛋儿此刻饱满亮泽，而她的文身也恢复成了华丽耀眼的红色。她身旁的阿纳迪尔，一头白发此刻变成了美丽的栗子色，红色的眼睛变成了海绿色，而多特那圆滚滚的身体竟然显现出了沙漏一般凹凸有致的线条。透过气球的反光，霍特看见自己的脸变得轮廓分明，脸颊上还多了两个小酒窝，他身上那件沉闷的黑袍现在变成了永生者男孩的蓝色衬衫。拉文发现自己油腻的皮肤变得干净清爽了，布罗纳拉开衬衫发现自己拥有了一身紧实的肌肉，阿拉克涅来回摸着自己的两只眼睛，莫娜的绿皮肤变成了细嫩的象牙白色……所有的恶人全都互相望着变身后穿上了善良学院校服的彼此。

"撤退！"泰德罗斯大喊着退回到自己的军队。

"我们还没完呢，泰迪。"苏菲怒喝道，"你和你的军队侵入了一场舞会。你和你的军队向一所毫无防备的学院发起了进攻。你和你的军队试图杀死这一屋子可怜的学生，试图以毁掉我们生命中最快乐的一天为乐。这可就意味着我们还有另一个问题要解决了……"

"立刻撤退！"泰德罗斯大叫。

"你说当善良变成了邪恶会发生什么呢？"

随即，泰德罗斯身后爆发出了一片尖叫。

阿加莎赶紧扭头，看见碧翠丝疼得哇哇大叫，然后被变成了一个佝偻的驼背。紧接着，她的头发也变白了，脸也一下子变成个老太婆的模样，坑坑洼洼全是麻点子，而且她粉色的长裙也变成了黑色的布袋子挂在她干枯的身体上。

随后，所有永生者的长裙和西装全都慢慢变成了腐烂的黑色布罩子。查迪克浑身长满了金属尖刺；米莉森特哭着看着自己的皮肤变成了绿色；莉娜不停地尖叫着挠着自己长满了痂的脸颊；尼古拉斯摇摇晃晃地变成了独眼的驼背。一个接一个，所有攻击过恶人的永生者此刻全都变得丑陋无比，只有阿加莎免于遭受惩罚……直到最后，苏菲嗤笑着看着泰德罗斯当着恶人军队的面，变成了一个疤痕遍体、瘦骨嶙峋的秃子。

"向王子致敬！"她怪笑着宣布道。

美丽的永灭者们纷纷指着丑陋的永生者们，和苏菲一同高声欢笑庆祝着他们的胜利，庆祝他们终于结束了这么长时间的失败。

阿加莎拾起一把掉在地上的长剑指向苏菲："你发起的战争是针对我的！让他们安全离开这里！"

"当然没问题，亲爱的！"苏菲笑着说，"门都开着呢。"

这群不受欢迎的永生者们立刻向各扇大门涌去。只有已经变得干枯萎缩的泰德罗斯还在试图挡住他们的去路。

"求你了，泰迪。让我来结束这场战争吧。"阿加莎恳求道。

"我不能把你留在这儿。"王子沙哑地说。

阿加莎盯着他悲伤如野兽一般的双眼。

"这一次你必须得相信我。"

泰德罗斯摇了摇头，他已经羞愧得无力争辩了。

"撤退！"他哽咽地对着自己的军队说，"立刻撤退！"

他发出了一声痛苦的呼喊，然后带领着这群形如恶魔的永生者朝着大门走去。可这时所有的大门却"砰"的一声，在他们眼前关闭了。

"你们所有人真该好好学学关于善恶的准则。"苏菲叹了一口气说。

泰德罗斯和他的军队全都战战兢兢地转过身来。

"邪恶多为攻击，善良多为防守。"苏菲说，"你们先攻击了……"她笑着说，"那现在该我们防守了。"

她唱响了三声嘹亮的高音。阿加莎立刻听见门外传来了一阵嗷嗷的呼噜声，这声音越来越响，突然她眼睛一瞪，她想起自己曾在哪儿听见过这声音了。

"快跑！"她大叫道。

大门一下子被撞开了，三只硕大无比的老鼠奔跑着撞向泰德罗斯已溃不成军的队伍，而坐在老鼠背上拉着缰绳的正是丘比特格林姆。三只大如战马一般的老鼠咆哮着嘶叫着，将一个个正准备逃亡的永生者全部撞向墙边，有的被踢下了楼，有的被从玻璃窗口直接扔进了护城河。那些英勇的男孩甚至来不及拔剑，就像玩具士兵一样被老鼠们碾轧在地。

"我想这下我的天赋肯定没法被埋没了吧。"阿纳迪尔呆呆地看着多特说。这时一枚带刺的飞镖呼啸着从她俩之间飞过。两个女孩一侧身，看见泰德罗斯和那群模样丑陋的永生者全在疯狂地掏着武器。

"开火！"泰德罗斯怒吼道。

刺镖如冰雹一般向永灭者射去。多特赶紧低头躲过，所有变美丽的永灭者纷纷使出咒语进行还击，一时间两所学院陷入了一场武器与咒语的大混战。刺镖"嗖嗖"地飞过，整间大厅里刀光剑影，两边的手指都在闪闪发光。老鼠们挣脱了格林姆缰绳的束缚，一只将艾娃叼起来扔到了吊灯上，一只将尼古拉斯的后背咬了个大口子。格林姆迅速一跃而起，拔出燃烧着火焰的弓箭满大厅地追捕着阿加莎。她躲到了一根柱子后，用指尖光将一支正射来的利箭变成了捕蝇器，"啪"地夹住了格林姆的手。然后她一转身看到了模样丑陋的碧翠丝、莉娜还有米莉森特正缩在她旁边瑟瑟发抖。

"如果你能把箭变成鲜花，"碧翠丝眼泪汪汪地对她说，"那你能不能把我们重新变漂亮？"

阿加莎没搭理她，只是躲在柱子后紧张地看着这场激烈的大厮杀。五颜六色的咒语在两边飞来飞去，照亮了地板上一个个昏倒在地的身体。在窗边，两只大老鼠已将精疲力竭的泰德罗斯和他颤抖的伙伴逼到了角落里，并且龇出了锋利如刀的牙齿。

阿加莎连忙对女孩们说："我们得去救他们！"

"已经没用了。"米莉森特呜咽着说。

"你看看我们。"莉娜说。

"我们已经没什么可战的了。"碧翠丝抽泣着说。

"你们得为善良而战！"阿加莎大声叫道，这时老鼠们已经吞下了男孩们的武器，"这和你们长成什么模样没关系！"

"你说得轻巧。"碧翠丝说，"因为你还依然漂亮啊。"

"我们的塔楼不叫漂亮也不叫可爱！"阿加莎痛斥道，"它们被称作英勇和荣誉！这才是成为善良的意义所在，你们这群愚蠢的胆小鬼！"

在她们无言以对的注视之下，阿加莎只身冲进了战场，冲到了老鼠跟前去拯救男孩们。突然有什么东西"砰"地撞到她身上，她一下子摔倒在墙边。

被撞得头晕目眩的阿加莎抬起了头，看见苏菲正驾驭着那只最大的老鼠再一次向她冲来。阿加莎已来不及使出咒语。

碧翠丝一下子跳到了老鼠面前，伸出了她的手。一场大雨神奇地从天花板上落下，淹没了整个地板。老鼠脚下一滑，跌跌撞撞地朝永灭者冲去，苏菲也被甩到了地上。

"作为善良的另一要素，"碧翠丝微笑着对阿加莎说，莉娜和米莉森特也站在她左右，"我们彼此需要。"

苏菲爬起身来，发现永生者们重新找回了自己的勇气，正将永灭者们打得节节败退。查迪克用身体撞向一只老鼠，他浑身的尖刺刺穿了老鼠的心脏；泰德罗斯顺着另一只老鼠的尾巴爬到了它的背上，然后一剑刺穿了它的喉咙；与此同时，别的永生者们也纷纷用自己的黑色束腰袍和腰带将永灭者们绑了个结实——

这时，苏菲的双手双脚也被神奇出现的藤蔓绑了个严严实实。

"你忘了我们都身处一个童话之中。"一个声音在她身后响起。

苏菲挣扎着转过身，看到了站在她身后的阿加莎，她的手指正闪闪发亮。

"最后，善良总会胜利的。"阿加莎说。

苏菲放弃了挣扎。

"的确如此。"她也盯着阿加莎说道。

然后，阿加莎看着苏菲的视线移开了，她的目光穿过她看向了大厅的最后一幅壁画，在画面中人群纷纷跪倒在地，被校长捧在手里的那枚撰写者闪亮璀璨如星辰一般。

一个邪恶的笑容浮现在苏菲脸上："除非这结局是由我自己撰写的。"

她用发光的手指戳了戳地板，地上的水坑立刻变深了，阿加莎和对战的双方全都跌入了水坑里。人们全在水坑里踩着蹬着，努力把头探出水面，可这水位越升越高，渐渐地，整间大厅已变成了一个齐天花板高的海洋，所有人都快被淹死在里面了。大家鼓着腮帮子面色铁青地看向苏菲，被五花大绑的她正用身体堵在一个破碎的窗户口。她像个小恶魔一样幸灾乐祸地笑了笑，然后猛地对着窗外纵身跃下。

洪水冲破了窗户，两百多名学生从塔楼里倾泻而下，冲进了冰冷刺骨的午夜寒风中，朝着底下的护城河直泻而去。

当他们都坠入那腐烂的淤泥中时，战争重新打响了。可是由于他们的脸和衣服全被淤泥掩盖住了，在那光线微弱的夜色之中，所有的学生全都难分敌我。海丝特以为阿纳迪尔是永生者，于是将她的头狠狠按进了淤泥中；碧翠丝以为莉娜是永灭者，对着她的下巴就是一拳；查迪克死死掐住了离他最近那人的喉咙，根本没想到那人竟是泰德罗斯，而泰德罗斯则张开自己一口烂牙的嘴对准查迪克的脖子狠命咬下去。所有的规则在此刻全被肆无忌惮地打破了，粉色变成了黑色，黑色变成了蓝色，丑陋变成了美丽，美丽变得丑陋。如此反反复复，打斗越来越混乱，到最后根本没人再分得清谁是善良，谁是邪恶了。

此时没有一个人注意到，远在湖湾的深处，一个粉衣女孩正攀着格林姆射出的利箭，沿着校长塔楼的外墙一块砖一块砖地往上爬着。在她脚下很远的地方，月光映出一个王子的剪影也跟着她往上爬着。凑近点儿看，那王子一头乌黑的头发，神情坚定地躲避着丘比特的神箭。他穿着一身蓝色的——

长裙。

再凑近点儿看，原来他根本就不是一个王子。

第三十章
邪恶永生

苏菲紧咬着牙关努力从银色砖墙的窗口往里爬着。

"赢的总是善良。"

她的天敌说得没错。只要校长还活着,只要撰写者还在他手里,那么她永远别想复仇成功。毁掉阿加莎幸福的方法只有一个。

毁了这支笔还有它的守护者。

苏菲大吼一声,奋力爬进了校长的塔楼,然后迅速亮出了发光的手指——

手指的光却突然暗了下来。

上百支吐着红色火焰的蜡烛正点缀在各个书柜和书架的边缘,它们将这空荡荡的石头房间映得通红。在她脚下的石地板上铺满了红色的玫瑰花瓣,还有一架如幽灵般的竖琴,琴弦正在独自弹拨着一首温柔的歌曲。

苏菲怒气冲冲地看着这一切。她是来战斗的，可不是来参加婚礼的。善良真是比她想象的还要可悲。

但就在这时，她看见了撰写者。

它正毫无防备地悬浮在房间的另一头，在它下面那张隐藏于阴影之中的石桌上，正放着她和阿加莎的童话故事。

穿过飘落的花瓣和摇曳的烛光，苏菲蹑手蹑脚地朝着那支致命而锋利的笔走去。就在她快要靠近时，这支笔上钢面的字迹又开始变得灼热。苏菲怒目圆睁、呼吸急促，准备一把抓住它，不料这支笔突然向前一倾划破了她的手指。震惊不已的苏菲连忙后退。

一滴鲜血滴落在撰写者的身上，这滴血流进了撰写者钢面那些字迹的凹槽里，又顺着凹槽流向了笔尖。如同被这全新的墨水赋予了生命一般，这支笔此刻变得通体炙热而鲜红。它一头扎进了书里，疯狂地翻起了书页。随着那些让人眼花缭乱的插图和文字不停闪现，整个童话中关于苏菲的部分全部在她眼前展现开来：在迎新会上对泰德罗斯一见钟情；在裁决赛中羞于面对自己的王子；目睹他向阿加莎发出舞会邀请；引诱善良军队参战，甚至连她刚刚顺着箭爬上这座塔楼，全都详尽在录——然后撰写者又翻开了新的一页，用那浸满鲜血的笔尖一笔勾勒出了一个轮廓，紧接着丰富的色彩如魔法一般瞬间填充了进去，这时苏菲看到一幅关于自己的绚丽画作呈现于眼前。她身穿一件粉色的舞会长裙，光彩照人地凝视着一位英俊的陌生人，这位年轻俊美的陌生人身材高大，挺拔而瘦削。

苏菲伸手摸了摸书页中这个年轻人的脸庞……他有一双闪亮的蓝眼睛，皮肤如大理石一般，还有一头鬼魅的白发……

他根本就不是个陌生人。

在加瓦顿她被绑架走的前夜，她就曾梦到过这个人。就是那位她在城堡舞厅里从一百名王子当中挑选出来的人。那个让她感觉像是幸福归属的人。

"我等了这么多年。"一个温暖的声音出现。

她一转身，看见蒙着面的校长从房间的另一头轻轻向她飘来，那顶腐朽的王冠还是歪歪扭扭地扣在他浓密的白发上。但是渐渐地，他的身体好像从驼背里脱离出来了一样开始变直了,直到最后变成了一个高大挺拔的身体。然后他摘掉了面具,露出了他雪花石膏一般的皮肤,轮廓分明的脸庞,还有那跳跃闪烁着的蓝眼睛。

苏菲整个人完全看傻眼了。

他就是插画里的那位王子。

"你很年……年轻……"

"这一切都是测试,苏菲。"校长说,"一个能让我找到真爱的测试。"

"你的真爱……我?"苏菲结结巴巴地说,"可你属于善良,而我是邪恶这头儿的!"

校长笑了:"或许我们应该从现在开始说起。"

阿加莎正高高地悬挂在护城河与湖水中点的上方,顺着射入银色砖墙的利箭一步向上爬着,她一边爬一边还得注意躲开格林姆围着校长塔楼射出的一拨又一拨的利箭。就在丘比特正准备搭弓射箭时,她猛地伸手去抓旁边的一支箭柄,不料箭柄折断坠了下去。她转头一看,格林姆已经龇出如鲨鱼一般锋利的黄牙,将箭瞄准了她的脸。

突然之间,却见他如同一只惊呆的鸟一般,浑身僵硬地从天空中落下,坠入了塔楼下那片漆黑的湖水中。

阿加莎急忙转头,她看见此刻被铁链绑着深陷于淤泥之中的海丝特,正伸出手指指着她这个方向,她指尖上的红光正在渐渐变暗。借着月光,她甚至能看见海丝特的脸上写满了深深的遗憾,因为放弃了那次能够结束战争的机会而感到的遗憾。在她周围,永生者们已经完全控制了整场战役。恶人们全都恢复了往日丑陋的模样,他们一个个都被绑了个结实正狠狠挣扎着,还有四个永生者男孩正拳打脚踢地拼命按倒人狼霍特。

这时阿加莎突然感觉到她手里最后一支箭开始断裂了。

"救命!"她惊慌失措地大叫,两条腿开始乱踢。箭断了,但是一截坚硬的冰瞬间出现,把断箭续上了。

阿加莎又一扭头,看见阿纳迪尔从远处射来的绿色指尖光正对着这枚被冰封住的箭。

接着,她头顶上方一块银砖突然变成了深褐色,而且散发出了浓郁而甜美的香味,她伸手抓过去,正好将手指插进一块结实的巧克力里。她悬挂在这块结实的软糖上,回头望了望湖湾的那头。

多特的手指正闪耀着骄傲的蓝色光芒。

这时她顶上又一块砖变成了巧克力,阿加莎微笑着继续爬了上去。

看来女巫们好像全都转换了阵营。

"其实我一直都陪着你。"校长说道,这时清晨第一缕阳光正映照在他冰冷俊美的脸上,"在我绑架你的当晚将阿加莎引来陪着你;确保你在学院的第一天不会面临淘汰;在天才马戏团里为你开门;给了你一个会将你带到我身边来的谜语……我干涉了你的童话,因为我知道它应该如何结束。"

"可这意味着你是……"苏菲支支吾吾地说,"你是邪恶?"

"我非常关心我的兄长。"校长凝视着远处两所学院间的残酷争斗紧张地说,"我们全都将自己永远交付于撰写者了,因为我们之间无法割舍的联结已经超越了我们那颗想要争个你死我活的心。只要我们相互保护,我们就能永葆不朽与美丽,善恶也能达到完美的平衡。每个人都能和所有人一样活得有价值有力量。"

他转过身来:"但是邪恶注定只能孑然一身。"

"所以你杀死了自己的亲兄弟?"苏菲说。

"就像你想要杀死你最亲的朋友和至爱的王子一样。"校长笑了,"可是不管我如何试图控制撰写者……善良直到现在仍然在每个童话中都会获得胜利。"

说着,他轻轻地抚摸着笔身上那些字符:"因为有一样东西比最纯粹的邪恶还要伟大,苏菲。一样你我都无法拥有的东西。"

苏菲终于明白了。她心里的怒火渐渐冷却变成了悲伤。

"是爱。"她轻声说出来。

"这就是为什么每个故事都是善良获胜。"校长说,"因为他们会为了对方而战,而我们只会为了自己而战。"

"我唯一的希望就是能找到一样更强大的东西,一样能够给予我们邪恶一次机会的东西。为此我遍寻了森林中的每一位先知，终于有一位给了我想要的答案。他告诉我，我想要的东西来自我们这个世界之外，只存在于森林的彼岸。所以这么多年来我一直在搜寻，并小心翼翼地保持平衡，就在我的身体已经越来越虚弱，希望也越来越渺茫时……你终于出现了。你就是那个能够永远打破平衡的人。你就是那件比善良所拥有的爱更为强大的武器。"说完，他伸手摸了摸她的脸颊。

"邪恶之爱。"

苏菲感受到他冰冷的指尖触碰在自己皮肤上的触感，紧张得喘不过气来。

校长的嘴角露出了一丝笑容："萨德早就知道你会来。你的心和我的心一样黑暗。一个拥有美丽的邪恶也能够重塑我的美丽。"他的手放在她的肩膀上，"如果我们的邪恶强强联合，如果我们能够为了伤害、毁灭、酷刑而联姻……那么你我最终就能找到一样能够共同为之战斗的事业。"

这时校长的呼吸已经紧逼到了她的耳边："邪恶永生。"

看着他，苏菲终于明白了。他有着和她同样的冷酷，他的眼里也肆虐着与她一样的痛苦。原来早在遇到泰德罗斯之前，她的灵魂就已经知道真正与自己契合的人是谁了。那绝不是一个光彩夺目，会为了善良而战的骑士。那甚至根本不会是一个善良的人。

这么多年来，她其实一直在努力活成别人的样子。一路走来，她犯下太多的错了。还好，她终于回家了。

"一个吻。"校长悄声说，"一个献给邪恶永生的吻。"

泪水顺着苏菲的脸颊流下。经历了这么多之后，她也将拥有属于自己的幸福结局了。

她温柔地看着这位梦中王子。正在校长准备俯身时——

他的脸庞突然从边缘裂开了。

烧焦的肌肉透过他发亮的皮肤蠕动起来。在他身后，飘落的玫瑰花瓣全都变成了蛆虫，红色的烛光此刻闪烁着地狱般的光影。窗外黎明的晨曦此刻被恶魔般的绿色迷雾笼罩了起来，善良城堡变成了黑暗阴沉的石头。当校长那腐烂的嘴唇触碰到她的嘴唇时，苏菲感觉自己的视线变成了一片模糊不清的红色，血液如同硫酸一样在她的血管里灼烧，她的身体也开始变得如他一般腐烂了。她扬起满是水疱的脸庞看着自己王子的双眼，期待着能够感受到爱，感受到童话书里曾经许诺的那种爱，那种能够延绵到永恒的爱……

可是此时此刻她所能感受到的一切，只有仇恨。

这个吻彻底将她吞噬湮没了，她终于看清自己今生今世将永远无法找到自己的真爱了。她就是邪恶，永远的邪恶，永远不会获得幸福与和平的邪恶。她的心因悲哀而变得支离破碎，她放弃抵抗准备向黑暗屈服，这时在她心底某个比灵魂更深的地方，响起了一个垂死挣扎的回声。

"我们是谁并不重要，苏菲。"

"重要的是我们怎么做。"

苏菲奋力挣脱了校长的束缚，他一下子弹回到石桌上，将撰写者和故事书全都撞到了墙上。她瞥了一眼撰写者，正好看见校长那张腐烂了一半的面孔，一道裂缝清晰地从他的额头延伸到了下巴。她气喘吁吁地奔向窗口，却发现根本无路可逃。

透过这片诡异的绿色迷雾，她向远处的湖岸望去。此时对战的双方都已疲于使用武器和咒语了。淤泥上漂浮着黑压压的尸体，孩子们见人就打，见人就把对方的脑袋按进淤泥里，互相撕着脸扯着头发，然后再翻滚着扑腾着伸出双手乱抓着求饶。苏菲呆呆地凝视着这场由她发起的战争，善良与邪恶就这么毫无意义地争斗着。

"我都做了些什么啊？"她轻声地说。

她转过身看着校长正躺在地板上挣扎。

"求你了，"苏菲乞求道，"我想成为善良。"

校长抬起了头，他的双眼开始渗血，瞳孔外围犹如镶了一圈血红的边，而在他一脸冷漠笑容的周围，他脸上的皮肤开始慢慢萎缩。

"你永远都没法成为善良的，苏菲。这就是为什么你是属于我的。"

说着他跟跟跄跄地缓缓朝她走去。惊恐万分的苏菲只能蜷缩着紧贴在窗边，就在他伸出腐烂的双手快要抓住苏菲时——

一双温暖的手，如同天使一般从后面一把抱住了苏菲，将她拉进了混沌的天空之中。

"屏住呼吸！"阿加莎大喊着拉着她一同往下坠。

两个女孩相互紧拥着，一头扎进了那寒冷的湖水里。冰凉刺骨的湖水瞬间呛入她们的肺里，将她们身上每一寸的肌肤都变得麻木，可尽管如此，她俩谁都没有放开对方的手。她俩紧紧相拥的身体一同坠入了这冰凉透骨湖水的最深处，又一起蹬着腿朝着阳光照耀的地方游去。可就在她俩马上要浮出水面时，阿加莎看见一个黑影直直地朝她们冲来，一下子将她俩撕裂分开。她在心底大喊一声，然后伸出发光的手指卷起了一个巨浪，巨浪带着她们逃离了校长的魔爪，将她们抛进了邪恶那片荒芜贫瘠的河岸。

阿加莎任由自己漂浮在护城河上，听着充斥在她周围的那一声声战争的惨叫。这群浑身泥泞、狂躁不安的孩子，你已经无法辨认出他们的容貌以及他们是谁了，你只能看见每个人都像野兽一样在殴打着攻击着对方。

突然，远处有一个身体从淤泥中升起。

"苏菲？"她嘶哑地喊道。

淤泥慢慢脱落，阿加莎惊恐地转身朝河岸游去。

她一边游一边向后看了看，只见苍老而腐朽的校长手持撰写者冷静地朝她移动。她嘴里咕嘟咕嘟地冒着水泡，翻滚着身体奋力游着，身边不时有沾满淤泥的双手从她脸上抓过，脚下的淤泥更是像流沙一样拖着她不断往下沉。当阿加莎再次回望时，身在淤泥中的校长却已经毫无阻拦地轻松从打斗的学生中穿行而来了。她吓得连呛了好几口淤泥才奋力爬到了一堆枯草丛中，正当她挣扎着站起来想要逃走时——

校长已经站在她面前了，鲜活的肌肉正一块块地从他光秃秃的头骨上脱落下来。

"阿加莎，我曾经对读者寄予厚望。"他说，"当然，你也知道那些阻碍爱情发展的人最后会怎么样。"

阿加莎满脸通红，一副作势就要开战的模样："你永远别想得到她。只要我活着你就休想。"

校长蓝色的眼睛顿时变得血红。

"那就按你说的写了。"

说完他如举起匕首一般高举起了撰写者，只听他凶残地大叫一声，然后将撰写者对准阿加莎狠命地刺去。

无路可逃的阿加莎闭上了双眼。

一个身体"砰"地撞在她身上，带着她一起摔倒在地上。

阿加莎睁开眼睛。

苏菲正躺在她身旁，尖细锋利的撰写者已经刺进了她的心脏。

校长发出了一声凄厉而震惊的大叫。

周围的战争这下终于停歇了。

浑身是血的学生们这时才安静下来，他们全都呆呆地转头看向那位已经浑身溃烂的恶毒领袖，此时的他也愣住了，只是僵硬地站在那位因为拯救公主而牺牲了自己性命的女巫身旁。

此时，深陷淤泥之中的永生者和永灭者的脸上都浮现出了恐惧与羞愧的表情。他们都背叛彼此了，都输给了真正的敌人。在这场愚蠢的复仇大战中，他们都放弃了自己曾许诺要致力维护的平衡。但是当他们的眼睛真正看见校长时，他们的脸上全都浮现出了坚定的决心。霎时间，两所学院所有人制服上的天鹅徽章全都变成了耀眼的白色，然后那些天鹅竟然活了，扑扇着翅膀发出了叫声。

紧接着，这些小小的鸟儿全都挣脱了束缚，冲向了暮色苍茫的天空，汇成了一个闪闪发光的轮廓。校长抬头看见那个闪耀的轮廓时，脸上顿时血色尽失。那是一张他无比熟悉的脸，有着雪白的头发、象牙色的脸庞和一双温暖的蓝色眼睛……

"哥哥，你不过就是个幽灵。"校长凶狠地瞪着天空说道，"没有身体，你丝毫魔法都不可能拥有。"

"是的。"一个声音回答道。

他一扭头，看见被荆棘扎得浑身是血的萨德教授正一瘸一拐地从森林中穿过校门而来。萨德颤抖着抬头仰望天空中的幽灵——

"请进来吧。"

飘浮在天空中的善良兄弟，立刻俯身冲进了萨德等待已久的身体里。

萨德颤抖着睁大了他淡褐色的眼睛，一下子瘫软跪地，然后闭上了双眼。接着，当他的眼睛再次缓缓睁开时，闪耀的已是蓝色的光芒。

校长惊愕不已，连连后退。这时萨德手臂上的皮肤变成了柔软的白色羽毛，他身上穿着的绿色西装也纷纷变成碎片飘散。大惊失色的校长立刻变身为影子，飞跃枯草丛向着湖岸飞去。萨德也立刻飞向天空紧追不舍，他的手臂此时变成了两只巨大的白天鹅翅膀，一个急转直下，他的喙叼住了那个逃跑的影子。随着一声高亢炙热、直破云霄的鸟鸣，影子被他撕了个粉碎，黑色的羽毛如雨点般飘落在了他脚下的战场上。

萨德从空中俯瞰了一眼阿加莎怀里的苏菲，泪水涌入了他淡褐色的眼里。这是他第一次也是最后一次看见这个世界。然后他完成了自己的救赎与献身，化作阵阵金色的尘埃飘散在了空中。

从校长咒语中解脱出来的老师们此时也纷纷跑出了城堡。达维教授最先停了下来，接着所有在她之后出来的人也都停了下来。看着眼前的一切，达维教授不禁抓住了莱索夫人的手，而莱索夫人的下巴则一直在颤抖。阿涅蒙妮教授、希克教授、曼利教授还有乌玛公主，他们全都一副惊恐无助的表情，就连卡斯特和波鲁克斯此刻也分不清谁是谁了。他们每个人都低着头哀悼着，他们知道自己来得太晚了，连魔法都回天无力了。

他们看着孩子们渐渐聚集到了苏菲面前。躺在阿加莎怀里的她此刻已经奄奄一息，泪流满面的阿加莎用尽了一切办法也无力止住她的伤口。

泰德罗斯走到她俩跟前蹲下。"让我来帮帮忙吧。"他说着将苏菲抱进了自己怀里。

"不要……"苏菲喘息着说，"阿加莎。"

泰德罗斯什么也没说，又将她还回了他公主的怀抱。

阿加莎用力按住苏菲的胸口，她的双手沾满了苏菲的鲜血。

"你现在没事了。"阿加莎温柔地说。

"我不……想……成为邪恶。"苏菲一边抽泣一边喘息着说。

"你不是邪恶的，苏菲。"阿加莎抚摸着她破败枯萎的面颊轻轻地说，"你是人类。"

苏菲孱弱地笑了笑："只有你在我身边时，我才是。"

说完，她的眼睛闪耀出了一丝生命的光芒。

"不……还没到……"苏菲挣扎着。

"苏菲！苏菲！求你了！"阿加莎哽咽不已。

"阿加莎……"苏菲用尽她最后一口气说,"我爱你。"

"等等!"阿加莎放声大叫。

锥心刺骨的寒风吹灭了最后一支火把,已变成黑色的善良城堡消失在一片阴暗沉重的迷雾之中。

泪流不止的阿加莎颤抖着吻了一下苏菲已经冰冷的嘴唇。

黑色的羽毛在孩子们脚下这片死亡之地舞动起来。当所有人正惊恐万分地看着时,阿加莎把头靠在苏菲已经停止跳动的心脏上无声地痛哭着。就在她们身旁,那只冰冷而沾满鲜血的撰写者也因为使命终结而变成了灰色。

老师们纷纷拥抱着孩子们,只有阿加莎一动不动地抱着苏菲的尸体,她知道应该放手了,但是她做不到。她的脸上沾满了苏菲的鲜血,她听见在她周围大家都在哭泣,一阵风从那片饱受战争折磨的淤泥表面刮过,这时她听到怀里的尸体发出了一声微弱的浅浅的呼吸。

接着又传来了一声心跳声。

苏菲的嘴唇变得有血色了。

她的皮肤重新变得温暖有光泽。

血迹在她胸口消失。

她的皮肤完全恢复成了过去美丽的样子,随着一声沉重的呼吸,她的眼睛也睁开了,是那清澈的翡翠般的绿色。

"苏菲?"阿加莎轻轻呼唤。

苏菲摸着她的脸,笑了。

"在我们的童话里谁还需要王子?"

阳光猛地冲破迷雾怒放出了光芒,将两座城堡全都涂上了一层金色。四周的枯草瞬间变回了绿意盎然的青草地,撰写者也绽放出了新生的光芒,飞升至天空重新飞回了它自己的塔楼里。隔着两岸,孩子们的长袍,无论是黑色、粉色还是蓝色,此刻全都融汇成了一模一样的银色,曾经的分歧在这一刻永远地被消除了。

可是当兴高采烈的学生们和老师们奔跑着来到两个女孩身边时,他们却突然愣住了。苏菲和阿加莎的身体开始发出微光,只几秒的时间,她俩的身体全都变成了半透明,然后一同旋转着飞进了风里。这时有一些只有她俩能听到的声音出现了,是来自镇上的钟声,一声一声,越来越近……

苏菲的眼睛眨了眨说:"公主与女巫……"

"永远是朋友。"阿加莎大声地说。

当她旋转到泰德罗斯身边时,她的王子高喊着"等一下!"想要伸手抓住她……

可是只有一束光从他指缝间溜过。

她们已随风而逝。

小读客经典童书馆

童年阅读经典　一生受益无穷

Soman Chainani
[美]索曼·查纳尼 著
冯怡 译

北京日报出版社

图书在版编目（CIP）数据

善恶魔法学院.2,童话的另一种结局/(美)索曼·查纳尼著;冯怡译.-- 北京:北京日报出版社，2023.9
ISBN 978-7-5477-4387-4

Ⅰ.①善… Ⅱ.①索… ②冯… Ⅲ.①儿童小说－长篇小说－美国－现代 Ⅳ.① I712.84

中国版本图书馆 CIP 数据核字（2022）第 182386 号

THE SCHOOL FOR GOOD AND EVIL: A WORLD WITHOUT PRINCES
by Soman Chainani
Text copyright © 2014 by Soman Chainani
Simplified Chinese translation copyright © 2023
by Shanghai Dook Publishing Co., Ltd.
Published by arrangement with HarperCollins Children's Books
through Bardon-Chinese Media Agency
ALL RIGHTS RESERVED

中文版权：© 2023 读客文化股份有限公司
经授权，读客文化股份有限公司拥有本书的中文（简体）版权
图字：01-2023-0786号

善恶魔法学院.2 童话的另一种结局

作　　者：	[美]索曼·查纳尼
译　　者：	冯　怡
责任编辑：	曲　申
特约编辑：	马敏娟　　唐海培
封面设计：	吕倩雯　　陈艳丽
出版发行：	北京日报出版社
地　　址：	北京市东城区东单三条8-16号东方广场东配楼四层
邮　　编：	100005
电　　话：	发行部：（010）65255876
	总编室：（010）65252135
印　　刷：	三河市龙大印装有限公司
经　　销：	各地新华书店
版　　次：	2023年9月第1版
	2023年9月第1次印刷
开　　本：	710毫米×1000毫米　1/16
总 印 张：	78
总 字 数：	1235千字
总 定 价：	199.90元（全三册）

版权所有，侵权必究，未经许可，不得转载
凡印刷、装订错误，可联系调换，联系电话：010-87681002

目 录

第一部分

第一章	苏菲许了一个愿望	003
第二章	阿加莎也许了一个愿望	017
第三章	面包屑	028
第四章	红兜帽	039
第五章	另一所学院	056
第六章	她的名字叫雅拉	072
第七章	女巫们的谋划	084
第八章	不可饶恕	099
第九章	征兆重现	114
第十章	怀 疑	127
第十一章	骗中骗	140
第十二章	不速之客	152

第二部分

第十三章	晚餐厅读书俱乐部	173
第十四章	失传的梅林魔法	189
第十五章	五大准则	204
第十六章	一个易名的男孩	217
第十七章	两所学院，两个任务	228
第十八章	萨德的秘密往事	243
第十九章	倒计时两天	254
第二十章	领先一步	267
第二十一章	红　光	280
第二十二章	最后一位入选者	300
第二十三章	绝命森林中	309
第二十四章	揭开面具的恶人	330

第一部分

第一章
苏菲许了一个愿望

如果你最好的朋友有过要置你于死地的举动,那你心里多多少少都会有些难以平复的不安。

但是,当阿加莎凝视窗外,看着她和苏菲的金色雕塑伫立在洒满阳光的广场上时,她决定将过往的一切全都抛诸脑后。

"我实在弄不明白,为什么非要演一出音乐剧。"她说着,又被粉色连衣裙上的康乃馨惹得打了个喷嚏。

"别把你们的演出服弄得全都是汗!"苏菲对着一个男孩大吼道。那个男孩正费劲地将一个模样凶狠的石膏狗脑袋套到头上,在他旁边还有一个头戴可爱狗脑袋的女孩与他绑在一起,两人一路跌跌撞撞地走着。这时,苏菲又发现两个分别贴着"查迪克"和"拉文"名牌的男孩正试图换衣服,她气得大叫一声:"也不准随意调换学院!"

"可我想当永生者!""拉文"扯着自己难看的黑色束腰袍抱怨道。

"我这假发太痒了。"扮成碧翠丝的女孩一直挠着自己的金色假发,小声嘟囔着。

"这样我妈都认不出是我了。"戴着银光闪闪的面具扮成校长的男孩也在不满地发着牢骚。

"别再纠结这些小事了!"苏菲沉声吼道,然后将"多特"的名牌贴在铁匠女儿身上,接着又往她手里塞了两根巧克力冰棍儿说,"到下周你得增重二十磅。"

"你不是说周年庆的宣传要尽量规模小且有品位吗?"阿加莎说这话时,眼睛一直盯着一个正摇摇晃晃地站在梯子上画画的男孩,他在剧院天棚上画下了两只巨大而熟悉的绿眼睛。

"是不是镇上所有的男孩都适合高音部?"苏菲一边尖着嗓子大喊,一边用这双一模一样的眼睛审视着在场所有的男孩,"有没有人已经变嗓了?有没有人能够扮演泰德罗斯,这位最英俊、最迷人的王子……"

说话间,她一转身就看到了身穿马裤、红发龅牙的雷德利挺直了胸膛,一副跃跃欲试的模样。苏菲吓得干呕一声,然后"啪"的一声将"霍特"的名牌贴在了他身上。

"这看起来和规模小没什么关系嘛。"阿加莎这次提高了音量说,她看到两个女孩将一块覆盖在售票亭上的帆布扯了下来,二十张用丝网印刷技术制作的苏菲彩色大头照赫然出现在她眼前,"而且看上去也不怎么有品……"

"亮灯!"苏菲对着两个控制拉绳的男孩大喊。

在一阵噼啪声中四周亮起了炫目刺眼的灯光,阿加莎急忙转身,透过指缝她看见在他们身后的天鹅绒幕布上,上千个闪亮的白炽灯泡拼出了:

音乐剧《诅咒!》
主演、编剧、导演、制作:苏菲

"这样结尾会不会太沉闷了?"苏菲穿着一身午夜蓝的舞会长裙翩然而至,长裙上装饰着金色的叶片,而且她的颈项间还戴着一串红宝石吊坠,头顶戴着一顶蓝兰花花冠,"对了,我还想问问你,你会唱和声吗?"

阿加莎看着她又惊又怒地说:"你是不是疯了!你之前说一切都是为了纪念那些被绑架的孩子,而不是什么露天滑稽戏!我不会演戏,也不会唱歌,而且我们现在根本就是在做一场连剧本都没有的虚荣至极的礼服彩排——那是什么?"

她指着苏菲长裙上斜挎的一条红色水晶肩带,上面写着:

舞会皇后

苏菲瞪眼看着她说:"你应该也不希望我把我们的故事原原本本地都说出来吧?"

阿加莎满脸怒气。

"哦,阿加莎,如果连我们自己都不庆祝一下,那谁还会为我们庆祝呢?"苏菲呻吟着,目光转向外面那巨大的圆形露天剧场,"我们可是加瓦顿诅咒的终结者!是干掉校长的人!这不仅比生活伟大,甚至比传奇更伟大!可我们的宫殿在哪儿?我们的奴隶在哪儿?在这个我们被绑架的纪念日里,这个糟糕透顶的小镇里的居民们应该崇拜我们!他们应该对着我们顶礼膜拜!应该对着我们下跪,而不是和一个衣品极差、肥胖不堪的寡妇四处溜达!"

她如雷鸣一般的声音在空荡荡的木质座位间回荡。然后她转过身发现她的朋友正端详着她。

"长老会是不是已经允许他了?"阿加莎说。

苏菲的脸色立刻沉了下来。她迅速转身开始将乐谱分发给演员们。

"什么时候?"阿加莎问道。

苏菲没有回答。

"苏菲,什么时候举行?"

"就在演出后一天。"苏菲一边说,一边将一个花环固定在一个巨大的祭坛上,"不过他们看了返场演出后说不定会改主意的。"

"为什么?返场演出里会有什么?"

"我没事,阿吉。我现在内心很平静。"

"苏菲,返场演出里有什么?"

"他是个成年人,有自己做决定的自由。"

"那么你看着我说,这场演出完全没有试图阻止你父亲婚礼的意思。"

苏菲转过身来,说:"你为什么会这么想?"

阿加莎没说话,只是气愤地看着广场上那个无家可归的老巫婆,此时她正无精打采地缩在一块遮光布里,摊着一身肥肉躺在祭坛下,在她身上贴着"霍诺拉"三个大字。

苏菲随手塞了一份乐谱给阿加莎,说:"如果我是你,我肯定会去学唱歌的。"

九个月前,当她们从森林中回到加瓦顿时,镇上一片哗然,所有人都被吓坏了。两百年来,校长不断地从加瓦顿绑架孩子到善恶魔法学院。在经历了这么多孩子的一去不返、这么多家庭的四分五裂后,终于有两个女孩找到了回家的路。人们激动地想要亲吻她们、抚摸她们,还要为她们塑造雕像,仿佛她们是降临到地球上的天神一般。为了满足民众的要求,长老会还建议她们每周日的礼拜结束后在教堂举行监督签名仪式。而人们的问题也从来没有变过:"他们有没有折磨你们?""你们确定诅咒已经被打破了吗?""你们有没有看见我儿子?"

苏菲一直勉为其难地照做着,不过出乎她意料的是,阿加莎竟然每一次也都会出现。实际上,在最初的几个月里,阿加莎每天都会接受镇上人们日常的滚动采访,还会让苏菲为她选择着装,再化上大浓妆,甚至对那些让她朋友厌恶至极的小孩子,她也表现得耐心而有礼貌。

"难以置信。"苏菲一边抱怨一边用桉树叶轻轻地扇着自己的鼻孔,然后才开始给下一本书签名。她注意到阿加莎在为一个小男孩的《亚瑟王》复印本签名时,竟然还对他笑了笑。

"你从什么时候开始喜欢上孩子了?"苏菲不耐烦地低声吼道。

"从他们开始求着去我妈妈那儿看病开始。"阿加莎说,说话时她牙齿上还沾着一小块亮闪闪的唇膏渍,"我妈妈这辈子都没给这么多人看过病。"

不过，到了夏天，排队的人开始渐渐变少了，于是苏菲做了张海报。

阿加莎盯着教堂门口的布告牌傻了眼："附赠香吻？"

"是吻在他们的故事书上。"苏菲说着，对着一面小镜子噘起了她鲜艳的红嘴唇。

"但听起来可不是这么回事。"阿加莎边说边拉了拉身上这件苏菲借给她的紧身绿色连衣裙。自从她们回来后，粉色就从她朋友的衣柜里完全消失了，或许是因为这会让她回想起自己变成秃头无牙女巫的那段时光吧。

"你看，我们现在已经过气了。"阿加莎说着又使劲拉了拉连衣裙上的带子，"是时候回归正常人的生活了。"

"要不然这周还是我自己去吧。"苏菲的眼睛从镜子里抬起来，"有可能大家感觉出了你不够热情。"

可是，就在苏菲往海报上招摇过市地打出随签名送出一份"私密的小礼物"，以及许诺能够"共进私人晚餐"之后，这一周甚至下一周的礼拜天，除了臭烘烘的雷德利就再也没有人在签名会现场出现过了。到了秋天，广场上那些寻人启事的布告牌也被摘了下来，孩子们纷纷将故事书塞到了橱柜底部，老多维尔先生在他的书店橱窗中摆上了一块"关张在即"的牌子，因为再也不会有新的童话书从森林里飞到他的书店来供他售卖了。如今，两个女孩已经变成了所谓诅咒的两块活化石，就连苏菲的父亲也不再对她小心翼翼、轻言细语了。万圣节那天，他告诉女儿，他已经获得长老会的同意可以迎娶霍诺拉了，而这件事他压根儿就没征求过苏菲的同意。

就在苏菲因为一场突如其来让人厌恶的暴雨而不得不仓促结束彩排时，她盯着自己的雕塑不禁怒从中来。那曾经闪闪发亮的雕塑，如今已斑驳不堪甚至布满了鸟粪。她曾因为这座雕塑狠狠喝了一个星期的黄瓜汁，做了一个星期的蜗牛蛋面膜，就为了能让雕塑师捕捉到她最完美的样子。而现在，这里却变成了鸽子的厕所。

她又扭头看了看远处的剧场，自己笑容可掬的模样正大大地被绘制在剧场天棚上，然后她咬紧了牙。这次的演出会让她父亲想起来到底是谁更重要，这次的演出会让所有人都想起这一点的。

她快步冲出广场，朝着小镇的阡陌小巷跑去。一路上家家户户炊烟袅袅，苏菲光用鼻子闻就能知道每家每户的晚餐都做了些什么：威廉家是面包糠炸猪排配蘑菇肉汤；贝拉家是牛肉配奶油土豆汤；萨布丽娜家是培根扁豆配腌山药……全都是她父亲爱吃却从来没有享用过的食物。

"挺好。"就让他饿着吧，尽管她其实很在意这个。就在苏菲走进自己家门口的小巷时，她深深吸了一口气，期待着能够闻到一股从空荡荡的厨房里传来的冰冷气味，一股能提醒她父亲自己究竟失去了什么的气味。

但是此时，那厨房闻起来完全不像是空荡荡的。苏菲又吸了一口气，是一股混杂着牛奶与肉的味道，她赶紧冲到门口，一把推开大门。

霍诺拉正在挥刀剁着猪肋排。"苏菲，"她喘着气，一双胖手来回擦了擦说，"巴特比店那边刚结束……我能帮个忙……"

苏菲往她身后看去，问："我父亲在哪儿？"

霍诺拉试图整理好自己那一头沾着面粉块的浓密头发，说："呃，他和男孩们在一起搭帐篷。他觉得如果我们能一起吃个晚饭应该挺不错……"

"帐篷？现在？"苏菲说着立刻往后门冲去。

她飞快地冲进后花园。在一片狂风骤雨中，寡妇的两个儿子正人手拿一根绳子往木桩上绑，而斯特凡则使劲拽着被风吹得鼓鼓囊囊的帐篷往第三根木桩上缠绕。可斯特凡刚把帐篷缠好就立即被吹翻了，还将他和两个男孩全盖在了下面。苏菲听见帐篷下传来了咯咯的笑声，然后她父亲的头从帆布下探了出来，说："来得正是时候。我们正需要第四个人！"

"你们为什么要搭帐篷？"苏菲冷冰冰地说，"婚礼下周才举行。"

斯特凡站直后清了清嗓子说："婚礼明天就举行。"

"明天？"苏菲的脸色一下变白了，"就是今天之后的这个明天？"

"霍诺拉说我们最好赶在你的演出之前就把婚礼办了。"斯特凡用手摸着下巴上刚长出来的胡楂儿说道，"我们不想被分心。"

苏菲心里一阵翻腾，说："可是……怎么能……"

"不用为我们操心。我们已经去教堂申明改期了，雅各布和亚当现在就能帮忙把帐篷搭起来。彩排进行得怎么样了？"他将那个六岁大的孩子搂进他结实的臂弯中说，"雅各布说他从我们家的门廊都能看到灯光了。"

"我也看到了！"八岁大的亚当急忙说，他被斯特凡搂在另一侧的臂弯中。

斯特凡在他们的额头各亲了一下。"谁能想到我竟然能有两个小王子呢？"他轻声地说。

苏菲看着她的父亲，心里一阵哽咽。

"来吧，跟我们说说你的演出里都有些什么节目。"斯特凡笑眯眯地看着她说。

可苏菲突然完全不在乎她的演出了。

晚餐非常丰盛，有烹饪火候刚好的西蓝花、黄瓜沙拉，还有无麸质蓝莓馅儿饼，可她却碰都没碰一下。她只是僵硬地坐着，隔着那张拥挤狭窄的餐桌恶狠狠地瞪着霍诺拉，手中的叉子戳得餐盘叮当作响。

"快吃。"斯特凡催促她说。

坐在他身旁的霍诺拉用手揉了揉脖子上耷拉下来的赘肉，避开苏菲的注视说："如果她不爱吃的话……"

"你做的全是她爱吃的。"斯特凡望着苏菲说，"快吃。"

苏菲没动。但是她手中的叉子渐渐停了下来。

"她那块猪肉我能吃吗？"亚当说。

"你和我的母亲曾经是朋友，对吗？"苏菲对霍诺拉说。

那寡妇差点儿被嘴里的肉给噎住。斯特凡怒视着苏菲立刻就要张嘴反驳，但是霍诺拉抓住了他的手腕。她拿起一块脏兮兮的餐巾擦了擦她干瘪的嘴唇。

"是最好的朋友。"她微笑着说,声音听起来很刺耳,然后又咽了一口唾沫,说道,"是很多年的好朋友了。"

苏菲整个人都僵住了:"我很想知道你们之间都发生了什么。"

霍诺拉脸上的笑容消失了,她垂下头看着自己的餐盘。苏菲的目光却一直锁定在她身上。

斯特凡"哐当"一声将叉子按在了餐桌上,问:"你为什么不在放学后去店里帮帮霍诺拉?"

苏菲还等着亚当去回答他,可她却看见她父亲是看着她在说话。

"我?"苏菲的脸一下变得煞白,"帮……她?"

"巴特比说我妻子能添个帮手。"斯特凡自顾自地继续说着。

"妻子。"苏菲只听到这个词。不是窃贼,不是乞丐,而是妻子。

"等婚礼和演出结束后,"他又加了一句,"赶紧过回正常的生活。"

苏菲急忙转头看向霍诺拉,期待着她也会一脸震惊,可她只是焦躁地吧唧吧唧地嚼着黄瓜。

"父亲,你想我……去……"苏菲找不出一个词来,"搅拌黄……黄油?"

"给你那两根瘦成棍子似的手臂增添点儿力量。"她父亲边嚼边说,一旁的雅各布和亚当伸出手臂互相比着肱二头肌。

"可我是名人!"苏菲颤抖着说,"我有粉丝……我有雕像!我不能去打工!不能和她一起打工!"

"那也许你就该去找个别的地方住了。"斯特凡把一根骨头啃干净,说道,"只要你还是这个家庭里的一员,你就得为这个家做贡献,否则男孩们会很高兴能去住你的房间。"

苏菲震惊得说不出话来。

"现在,给我吃饭。"他呵斥道,语气中透露的严厉让她只能乖乖听话。

镰刀蜷缩在漏雨的房间里,一边舔着一堆鳟鱼骨头,一边怀疑地瞪着房间那头的阿加莎,看着她重新套上过去那件松松垮垮的黑色连衣裙。

"看见了吗?还是过去的阿加莎。"她把从苏菲那儿借来的衣服全放回了箱子里，然后把箱子重重地合上，再推到门边。她走到镰刀跟前蹲下，对着这只满身皱巴巴的秃毛猫说："现在你能对我友善一点儿了吧。"

镰刀发出"嗞嗞"的叫声。

"是我。"阿加莎试着去摸摸它，"我一点儿都没变。"

镰刀伸出爪子一把抓向她，然后拖着步子离开了。

阿加莎揉了揉手上这道新伤口，伤口旁边还有很多没有愈合的旧伤口。她猛地一下倒在床上，而镰刀则尽可能离她远远的，缩在房间那头一个长满绿色霉斑的角落里。

她翻过身一把抱住枕头。

"我很幸福。"

她听见窗外的雨哗哗地落在茅草屋顶上，再从一个洞眼噼里啪啦地打在她母亲的黑色坩埚上。

家，甜蜜的家。

淅沥沥，小雨轻轻地落下。

苏菲和我。

她凝视着眼前那堵空无一物、破败残缺的墙面。淅沥沥、淅沥沥、淅沥沥……好像剑在鞘中摩擦着皮扣的声音。淅沥沥、淅沥沥、淅沥沥。她的心又开始怦怦直跳，她的血液像熔岩般沸腾，她知道又逃不掉了。淅沥沥、淅沥沥、淅沥沥。黑色的坩埚好像变成了他黑色的靴子。屋檐上的茅草是他金色的头发。窗外的天空是他眼里的蓝色。她怀中的枕头是他褐色的臂膀。

"来帮个忙，亲爱的！"一个激动的声音叫道。

阿加莎猛然醒来，手里还紧握着那个汗津津的枕头。她跟跟跄跄地爬下床去开门，看见她母亲正拖着两个篮子站在门口，一个篮子里装满了发臭的树根和树叶，另一个篮子里则满是死蝌蚪、蟑螂和蜥蜴。

"这到底是……"

"你总算能教我你在学院里学到的魔药制作方法了！"卡莉斯鼓着两只大眼睛欢快地说道，然后"啪"的一声将一个篮子塞进了阿加莎的手里，"今天的病人不多，我们有时间好好熬药！"

"我跟你说过我没法再施魔法了。"阿加莎不耐烦地说着,关上了身后的大门,"在这儿,我们的手指都没法再亮了。"

"为什么你不愿意跟我说说都发生了些什么?"她母亲一边问,一边把一头油腻的黑发用发夹盘起来,"至少你能给我看看祛疣药水吧。"

"我说过,我已经把学院的一切忘光了。"

"蜥蜴很新鲜的,亲爱的。我们能用它来做点儿什么呢?"

"我全忘了……"

"它们会变质的……"

"别说了!"

她母亲一下愣住了。

"求你了。"阿加莎恳求道,"我不想聊关于学院的事。"

卡莉斯轻轻地从她手里接过篮子。"你回家的时候,我简直高兴坏了。"她看着她女儿的双眼说,"但是我心里却又为你放弃的东西而隐隐担忧。"

阿加莎低着头看着自己的黑色松糕鞋,她母亲拎着篮子走进了厨房。"你知道我对待浪费是什么态度。"卡莉斯叹了一口气说,"希望我们的肠胃能够忍受炖蜥蜴吧。"

阿加莎打着手电筒切洋葱时,又听见她母亲如往常一样哼起了不成调的歌曲。曾几何时,她是如此深爱着她们的墓园天堂,她们这孤独而单调的日常生活。

她放下手里的刀,说道:"妈妈,你说应该怎么确定一个人是否找到了幸福的结局呢?"

"嗯?"卡莉斯随口应着,伸出瘦骨嶙峋的手抓起了几只蟑螂扔进坩埚里。

"我是说,童话里的人。"

"那里面应该会有,亲爱的。"她母亲用头指了指阿加莎床底露出来的一本摊开的故事书。

阿加莎看向书上的最后一页,一位金发王子和一位黑发公主正在他们的婚礼上拥吻着,他们身后是一座魔法城堡,书页上写着:

全书终

"可如果这两个人没法看到他们自己的故事书呢？"她盯着那位被王子拥在怀里的公主说道，"那他们该怎么知道自己是否拥有了幸福的结局呢？"

"如果非要这么问的话，他们有可能是不会知道的吧。"她母亲一边说，一边将一只不肯沉到锅底的蟑螂使劲按下去。

阿加莎又静静地看了一会儿那位王子，然后"啪"的一声将故事书合上，并且扔进了坩埚下的火堆里："我们也该像所有人那样把这些都扔掉了。"

说完，她继续回到角落里切洋葱，而且切得比之前快多了。

"你还好吗，亲爱的？"卡莉斯听见了几声抽泣。

阿加莎轻轻揩拭了一下眼睛说："洋葱太辣了。"

雨终于停了，萧瑟刺骨的秋风刮过整个墓园，吹得墓园大门上两支照明的火把摇曳而顽强地闪烁着。苏菲慢慢走进墓园，脚步僵硬，心如擂鼓，每走一步她都在心里乞求自己赶快离开这里。她来到一个杂草丛生、泥泞不堪的地方跪了下来，闭上双眼，这时汗水已经浸湿了她的后背。她从来没去看过。从来没有。

一个长长的深呼吸后，苏菲睁开了双眼。她完全没察觉到墓碑上有一只破损的蝴蝶，只是盯着墓碑上的一行字：

深爱的妻子
以及
母亲

这是她母亲的墓碑，旁边还有两块小小的无名墓碑，仿佛两只翅膀一样伫立在她母亲墓碑的两侧。她手戴白色工作手套，一点点地从一块墓碑裂开的缝隙里把那些因为常年无人照顾而长出的苔藓挑出来。很快，手套上已经满是泥土，就在她清理墓碑上那些霉斑时，她摸到了一道更深的凹槽，一道平滑而且肯定是人为的凹槽。石碑上一定还刻了些什么。她凑近了看去——

"苏菲？"

她转过身，看见身穿破旧黑色大衣的阿加莎正小心翼翼地端着一个茶碟走过来，茶碟上燃着一支正滴着蜡油的蜡烛。

"我妈妈从窗口看见你了。"

阿加莎在她身旁蹲下，将蜡烛碟放在了墓碑前。很长时间苏菲一句话都没有说。

"他把一切的错都归咎于她。"她凝视着那两块无名墓碑，终于开口说道，"两个男孩，一出生就死了。他还能怎么去解释这一切？"她看着一只蓝色的蝴蝶扑扇着翅膀从黑暗中飞过来，然后静静地落在了她母亲残破衰败的墓碑刻纹里。

"所有的医生都说她不能再生孩子了，就连你母亲也这么说。"苏菲顿了顿，对着那只蓝色蝴蝶淡淡地笑了笑，"终于有一天，该发生的还是发生了。她病入膏肓，所有人都认为她命不久矣，可她的肚子却一天天变大了。长老们都管那个孩子叫奇迹之子。父亲说他要给他取名叫菲利普。"

苏菲转头对阿加莎说："菲利普，一听就不是女孩的名字吧。"

苏菲又顿了顿，脸上的肌肉渐渐绷紧。"她那么爱我，即使我离开她后她那么虚弱，即使她一次又一次地看着他走向她朋友的房子，然后消失在屋子里。"苏菲竭力忍住眼泪说，"她的朋友，阿加莎。她最好的朋友。他怎么可以这样？"她忍不住将脸埋进那满是泥土的手套里痛哭起来。

阿加莎低头看着她，一句话也没说。

"我是看着她死去的，阿吉。看着她因为伤心和背叛而死去。"苏菲面对着墓碑的脸转了过来，满脸通红，"现在，他所有的心愿都实现了。"

"你阻止不了他的。"阿加莎抚摩着她，说道。

苏菲厌恶地往后一缩："所以就任由他置身事外地逍遥？"

"那你还能有什么选择？"

"你觉得婚礼会如期举行吗？"苏菲唾弃道，"等着瞧吧。"

"苏菲……"

"他才是该死掉的那个！"苏菲的脸涨得通红，"他还有他的小王子们都该死！然后我会开开心心地去坐牢的！"

此刻，她的面孔可怕得让阿加莎如坠冰窖。自从她们回家以来，这是她第一次看见藏在她朋友身体里那个致命的女巫渴望着被释放出来。

苏菲看出了阿加莎眼里的恐惧。"对……对不……起……"她结结巴巴地转过身去，"我……我不知道发生了什么……"她脸上的表情渐渐转化成了羞愧。女巫不见了。

"我很想念她，阿吉。"苏菲颤抖着轻声说道，"我知道我们已经拥有了幸福的结局，可我还是好想念我的母亲。"

阿加莎犹豫了一下，然后把手搭在了她朋友的肩上。苏菲顺从地倒在阿加莎怀里痛哭起来。"我真希望能够再次见到她，"苏菲抽泣着说，"为此我愿意做任何事。"

钟声从山下那歪歪扭扭的钟楼传来，一共敲了十下，可在每一记钟声敲响的间隙，都会传来几声更响亮的透着一股凄凉意味的嘎吱声。两个女孩手挽着手，看见了老多维尔先生那佝偻的身影正推着一辆手推车从钟楼前经过。手推车里装满了他从已关张的书店里清理出的最后一批书。这一车被人们遗忘的故事书让他不堪重负，让他每走几步都不得不停下来歇一歇，直到他的身影转入一个街角，那凄凉的嘎吱声才渐渐消逝远去。

"我只是不想像她那样结束这一生，那样孤独，而且……彻底被遗忘。"苏菲低声说。

她转头看向阿加莎，努力想要挤出一丝笑容。"不过我母亲可没能遇上你这样的朋友，不是吗？你会为了我们能一起回家而放弃一个王子。一想到一个人的幸福是与我有关……"她的眼睛模糊了，"我不配有你这样的朋友，阿加莎。我真的不配。我做了那么多不好的事。"

阿加莎只是静静地陪着她。

"心地善良的人应该会让婚礼顺利举行吧？"苏菲把手轻轻地放在她身上，"心地和你一样善良的人。"

"天色已经很晚了。"阿加莎说着站了起来，并向苏菲伸出了手。

苏菲握住她的手踟蹰地站了起来，说："我还得找条好看的裙子去参加婚礼呢。"

阿加莎努力笑了笑:"你看,一切都会好起来的。"

"至少我还能做一件事,就是在婚礼上美过新娘子。"苏菲说话间已经冲到了前面。

阿加莎无奈地笑了笑,一把抓起大门上的火把说:"等一等,我送你回家。"

"真不错,"苏菲仍然大步流星地走着,"我都能闻出你晚餐喝的洋葱汤味儿了。"

"准确地说,是蜥蜴洋葱汤。"

"我真弄不明白我们怎么会成为朋友的。"

两个女孩肩并肩穿过了那扇嘎吱嘎吱响的大门,火把的光芒在一片肆意生长的杂草丛里投下了两人长长的身影。就在她俩的身影消失在青翠的山坡下时,一股狂风突然吹过墓园,吹亮了沾满泥土的茶碟上那支正滴着蜡油的蜡烛。烛光升腾,蔓延过那只诡异地停留在墓碑上的蓝色蝴蝶,越燃越亮,亮到足够能看清楚两块无名墓碑上那深深的凹槽里都刻下了什么。是天鹅。一块刻着白天鹅,另一块刻着黑天鹅。

风声怒号着从两块墓碑间呼啸而过,蜡烛熄灭了。

第二章
阿加莎也许了一个愿望

鲜血。它闻到了鲜血的味道。

快吃。

野兽垂涎着、低吼着,四肢并用地在树林间横冲直撞地搜捕着他们的气息。它的前爪和后掌重重地踏在泥地上朝前奔跑着,越跑越快。它跃过一块又一块的岩石向前跑着,藤蔓与树枝被它踩得粉碎,终于,它听到了他们的呼吸声,看到了一串鲜红色的踪迹。他们中有人受伤了。

快吃。

它轻手轻脚地走进一截中空的树干,沿着狭长而黑暗的树干一路舔舐着鲜血的痕迹。它嗅出了他们的恐惧,这下不着急了,他们已经无路可逃。这时它听到了他们无助的呜咽声,月光下,他们的轮廓慢慢地显现了出来,他们被困在了一截树桩与一丛带刺的灌木之间,大一点儿的男孩受伤了,脸色苍白,在

他怀里还紧紧搂着一个小一点儿的男孩。

野兽一把将他俩提起抱进了怀里,不在乎他们的哭声有多大。它背靠着灌木丛轻柔地摇晃着,直到两个男孩停止了哭泣,开始明白野兽是善良的。渐渐地,男孩们的呼吸声越来越沉重,他们靠在野兽黑色的胸前,依偎在它的臂弯里缓缓睡去。野兽紧紧地抱着他们……越抱越紧……越抱越用力……紧到骨头开始咔嚓作响……然后男孩们挣扎着、喘息着醒了过来……

他们看见了苏菲那一脸嗜血的笑容。

苏菲猛地从床上翻身坐起,撞倒了床边的蜡烛,飞溅的薰衣草蜡油洒得满墙都是。她冲到镜子前,看到了镜中那个秃头、无牙、满脸是疣的自己。

"帮帮我……"她哽咽地闭上了双眼。

当她再次睁开眼睛时,女巫不见了。镜子里望着她的是她自己那张美丽的脸。

惊魂未定的苏菲,一边颤抖着检查自己白皙的皮肤上有没有疣,一边擦拭着满身的冷汗。

"我是善良的。"当她确定一颗疣都没有时,终于平静了下来。

可她的双手却还是止不住地颤抖着,她的脑子飞快地赛跑,却依然无法将那只野兽赶出大脑,那只被她在一个遥远世界里杀死的野兽,那只总是纠缠在她梦境中的野兽。她想到了在墓园中自己暴怒的模样……想到了阿加莎那张被吓坏的脸……

"你永远也无法成为善良的人。"校长的警告犹在耳边。

苏菲不禁口干舌燥。她会微笑着去参加婚礼的。她会去巴特比家工作的。她会吃那个寡妇烧的肉,会给寡妇的儿子们买玩具。她会幸福地生活在这里,就像阿加莎那样。

只要别再成为女巫。

"我是善良的。"她无声地重复着。

校长肯定弄错了。她救了阿加莎的命,阿加莎也救了她的命。

她们一起回家了。谜语被解开了,校长也死了。

故事书已经合上了。

"毋庸置疑的善良。"苏菲自我安慰着，重新把头埋进了枕头里。

只是，那鲜血的滋味依然不绝于她的唇齿之间。

一夜的浓雾与狂风，在第二天早上全都消散幻化成了耀眼的阳光，十一月的阳光竟然如此强烈，仿佛预示着天公都在祝福他们的爱情。在加瓦顿，每家每户的婚礼都是在公众场合举行的，可因为斯特凡太受欢迎了，礼拜五这天，所有的商店都关门了，广场上也空无一人，整个镇上的人都拥到了他家后院的白色花园帐篷下，尽情地享用着樱桃酒和梅子酒，帐篷的角落里还缩着三个小提琴手在有气无力地演奏，他们前一夜刚在葬礼上忙活了一晚上，此刻已是筋疲力尽。

阿加莎不太确定穿着她那件松松垮垮的黑色罩袍去参加婚礼是否合适，但她知道这衣服现在很符合她的心情。她一觉醒来觉得心里悲伤极了，可又完全说不出来是为什么。"苏菲需要见到我开开心心的。"她一面沉重地踩着步伐走下山，一面对自己说着。可当她来到花园加入婚礼的人潮后，她紧皱的眉头彻底让她变成了愁眉苦脸。她得让自己振作起来，否则她会让苏菲更加郁闷的……

一道粉色的亮光从人群中冲到她面前，一个熊抱将她抱进了一条褶皱镶边的蓬蓬裙里。

"谢谢你能在我们这个特殊的日子赶来。"苏菲柔声说道。

阿加莎被抱得连连咳嗽。

"我真是太为他们高兴了，你呢？"苏菲一边失魂落魄地说着，一边抹着脸上根本不存在的泪水。"这真是太振奋人心了，我有了个新妈妈、两个弟弟，还要每天早上去店里搅拌……"她深吸了一口气说，"黄油。"

阿加莎呆呆地看着苏菲，她又重新穿回她最喜欢的那件连衣裙了，说道："你又穿回……粉色了。"

"这很符合我充满大爱又善良的心灵啊。"她的朋友轻抚着发辫上的粉色丝带，低声说道。

阿加莎眨了眨眼："他们是不是把毒蘑菇放进酒里了？"

"苏菲！"

两个女孩齐齐转身。帐篷前，雅各布、亚当和斯特凡正试图将一个挂在主礼台上被弄弯的蓝色郁金香花环修好。两个男孩爬上了南瓜准备伸手去够花环，他俩正对着苏菲挥手让她过去帮忙。

"他们真是可爱的小芒奇金人，不是吗？"苏菲笑着说，"我能把他俩都吃掉……"

阿加莎看见她朋友的绿色眼睛里闪过一道令人恐惧的寒光。然后那道寒光消失了，只留下眼底一圈瘀青。这是噩梦留下的疤痕，她之前曾在苏菲的脸上见过。

"苏菲，是我。"阿加莎平静地说，"你没必要假装什么。"

苏菲摇了摇头。"阿吉，你和我，是我想要让自己善良的全部原因。"她说话的声音有些许颤抖。她紧抓着阿加莎的手臂，深深地望着她的黑眼珠说："只要我们能将我体内的女巫死死地封印住，要我承受什么我都愿意去尝试。"她更用力地握了握阿加莎，然后转身走向主礼台。"这就来，孩子们！"她带着一脸勉强的笑容大喊着奔向了她的新家庭。

可是阿加莎的心里一丝感动都没有，相反，她更加悲伤了："我到底是怎么了？"

她母亲来到她的身旁，递了一杯酒给她，她猛地一口喝了下去。

"我特地加了些萤火虫进去，"卡莉斯说，"能让你那张愁云惨雾的脸看起来明亮一点儿。"

阿加莎一下把嘴里的红色液体全喷了出来。

"说真的，亲爱的。我知道婚礼都是些陈词滥调的东西，可咱们能不能尽量看上去别那么抵触。"她母亲一边说着一边对着前面点了点头，"长老会的人已经够瞧不上我们了，别再给他们更多的理由了。"

阿加莎瞥了一眼那三个干瘪的长胡子老头儿，他们头戴黑色礼帽，身披灰色齐膝斗篷，正不停地在座位间毫无目的地到处与人握手。他们各自胡子的长度暗示着他们相应的年龄，年纪最大的那位，胡子已经垂到了胸前。

"为什么每个人结婚都得经过他们同意？"阿加莎问道。

"因为当绑架事件不断出现时，一开始长老们会把一切责任都归咎于像我这样的女人。"她母亲一边说一边用手挠着头皮屑，"在以前，如果你学业完成后不结婚，人们就会认为你不太正常，是个女巫。所以长老们会强迫所有未婚者赶紧结婚。"她挤出一丝苦笑说："但是即使强迫，也没法让一个男人和我结婚。"

阿加莎想起自己在学院时也没有一个男孩愿意邀请她参加舞会，直到……

突然间她感觉更加沮丧了。

"绑架一直在持续，于是长老们的态度有所软化，从强迫变成了'允许'。不过我依然清晰地记得他们那种种可怕的安排。"她母亲说着，手指仿佛深深插进了头皮里，"斯特凡就是深受其害的那一个。"

"为什么？他发生了什么？"

卡莉斯的手垂了下来，她似乎忘了她女儿正听着她说话："没什么，亲爱的。现在说这些也没什么意义了。"

"可你说……"阿加莎听见有人叫她的名字，一个转身，她看见苏菲正坐在前排对她挥手。

"阿吉，开始了！"

两人并排坐在离主礼台只有几英尺远的第一排长椅上。阿加莎一直在留意苏菲是否会突然爆发，可她的朋友却从头到尾都保持着微笑。她看着她父亲与牧师走上主礼台，小提琴手开始演奏，看着身穿白色西装的雅各布和亚当在通往主礼台的走道上撒下玫瑰花瓣。几个月来，她不断地与她父亲抗争，竭力想要获得关注，想要改变这真实的生活……可最终，苏菲还是改变了。

"你和我，阿吉。"

曾经阿加莎希望自己是苏菲生命中不可或缺的一员，苏菲能够需要她就像她需要苏菲一样。现在，她终于获得了她想要的幸福结局。

可此刻坐在座位上的阿加莎却丝毫感觉不到一丁点儿幸福。这场婚礼让她心烦意乱。有些东西在她心里蠕动着，可她却完全说不出那是什么。小提琴手放慢了曲调，帐篷下的所有人都站了起来，霍诺拉一摇一摆地挪上走道。阿加莎小心翼翼地关注着苏菲，生怕她的朋友最终把持不住，可苏菲依然勇敢地面对着，就好像她已经接受了这个梳着难看发型、裙子上还沾着蛋糕糖霜污渍的又矮又胖的继母。

"各位尊敬的亲朋好友，"牧师开始发言，"我们相聚在此，为了见证两个灵魂的结合……"

斯特凡拉起了霍诺拉的手，这时阿加莎感觉更加忧伤了。她萎靡地驼着背、噘着嘴。

走道的另一头，她母亲正带着怒气瞪眼望着她。阿加莎坐直身子，堆出了一脸假笑。

"在爱里，幸福源于诚实，源于向不可或缺之人做出承诺。"牧师继续说着。

阿加莎察觉到苏菲轻轻握住了她的手，仿佛此刻她们都是对方最需要的人。

"愿你的爱让你富足，愿你的爱幸福永远……"

阿加莎的掌心开始冒汗。

"因你选择此爱，因你选择这样的故事结局。"

她掌心里的汗开始往下滴，但苏菲依然紧握着她。

"而此结局将伴你终生。"

阿加莎的心怦怦直跳，她的皮肤开始火辣辣地灼烧起来。

"如无人反对，此婚约将被永久封印……"

阿加莎的肚子里一阵抽搐，她猛地向前倾。

"现在，我宣布你们成为……"

然后她看见了。

"丈夫与……"

她的手指发出了耀眼的金色亮光。

她震惊地大声尖叫。苏菲惊讶地转过身来——

有什么东西从她们之间疾驰而过，力量大得使她俩一下趴倒在地。阿加莎刚转过身，一支箭贴着她的脖子飞了过去，吓得她赶紧躲开。顷刻间，几十支金色的利箭呼啸而过，在帐篷上戳出了一个个大洞，阿加莎能听见周围到处都是孩子们的尖叫声、椅子撞倒的声音、跌跌撞撞的脚步声，混乱的人群全在踩踏着寻找藏身之地。阿加莎急忙转身寻找苏菲，但是帐篷突然从木桩上挣脱下来，将尖叫的人群全盖在了下面。她也被埋在了帐篷下，这下除了一堆在帆布下胡乱晃动的影子，她什么都看不见了。阿加莎手脚并用、上气不接下气地朝主礼台爬去，她把手插进泥土里，脚踩在花环上爬了上去，这时的主礼台已被利箭射得四分五裂，残破不全。这是谁干的？谁想要毁了婚礼——

阿加莎愣住了，此刻她的手指比以前任何时候都要闪亮。

"这不可能。"

她听见前方传来了一声女孩的尖叫，是她熟悉的尖叫声。大汗淋漓的阿加莎颤抖着推开东倒西歪的椅子，奋力爬到帐篷边缘用力掀开，一道刺眼的阳光射向她，她赶紧挤到前院，生怕看到一场大屠杀。

但是人们全都站着，沉默而安静地站着，看着一支支箭从四面八方射过来。

从森林里射来的箭。

阿加莎惊恐地赶紧想要找地方藏起来，却发现这些箭的目标全都不是她，也不是在场的任何一个居民。因为这些从森林中飞驰而出的利箭，全都会在最后一秒改变方向对准那唯一的目标。

"啊啊啊，哎呀呀！"

苏菲正围着自家的房子边跑边低头闪躲，同时还不停地挥着她的高跟鞋，把一支支射向她的箭打落。

"阿加莎！阿加莎，救命啊！"

可阿加莎根本来不及，眼看一支箭差点儿刺穿了苏菲的脑袋，吓得她拼命往山下跑去，利箭也一路跟随着她飞走了。

"是谁那么想让我死啊？"苏菲对着彩片玻璃上的殉道者和圣徒雕像号啕大哭道。

阿加莎坐在她身旁一排空荡荡的教堂长椅上。苏菲躲进教堂已经两周了，这是利箭唯一没法追过来的地方。她曾经一次又一次地想要冲出去，但是每次她一踏出教堂，利箭都会带着复仇之火从森林里飞驰而来，而且随之一起飞来的还有长矛、斧头、匕首和飞镖。到了第三天，她已经非常清楚地知道，除了这里她再无别处可逃了。谁要想杀她，谁就得和她耗时间。

　　一开始，苏菲倒不怎么惊慌。镇上的人们给她带来了食物（而且高度注意到了小麦、糖、奶制品和红肉会对她产生"致命的过敏"的问题），阿加莎给她带来了制作她专属面霜的草药和树根，斯特凡则向她保证一定会等到自己女儿安全回到家后再重新举行婚礼。镇上的男人们在树林里搜寻着所谓的刺客却最终一无所获，全镇都在大肆宣传苏菲是个"勇敢的小公主"，因为她又一次肩负起了另一个即将到来的诅咒，与此同时，长老们下令将她的雕像重新清洗上漆。很快，孩子们又开始吵着闹着向她索要签名了，加瓦顿镇歌被改成了《天佑苏菲》，镇上的男人们开始轮流在教堂外面为她站岗守卫。甚至有传言说，一旦她脱离危险，剧院将永久保留一出女性独角戏。

　　"《女皇，苏菲》，用一部长达三小时的史诗剧歌颂我的成就。"苏菲一边闻着过道上堆满的慰问花束，一边欣喜若狂地说，"先来点儿歌舞表演暖场，幕间曲就用马戏团充满野性的狮子和空中飞人串场，最后要用一首振奋人心的歌曲《我也只是一个平凡的女人》来结束。哦，阿加莎，我是多么渴望在这死气沉沉、单调乏味的小镇找到属于自己的位置啊！我只想要一个足够大，大到能容得下我的地方。"说话间她突然又露出了一脸担忧："你觉得它们会不会不准备杀死我了？这可是我遇到的最美好的事啊！"

　　可接下来，攻击变得越来越可怕了。

　　头一天夜里，一枚燃烧弹从森林里飞出，摧毁了贝拉的家，导致他们全家无家可归。第二天夜里，树上开始涌出滚烫的热油，烧毁了所有的房屋小巷。在那一片冒着烟的废墟中，刺客在地上用灰烬留下了同样的信息：

把苏菲交出来

　　又过了一天的早晨，当长老们赶到广场上安抚暴乱的居民时，斯特凡已经来到了教堂。

　　"这是我和长老们唯一能保护你的方法。"他抡着一把锤子和一堆挂锁对他女儿说。

　　阿加莎不愿离开，所以他把她也锁在了里面。

"我以为我们的故事已经结束了！"苏菲大叫道。她听见教堂外暴动的居民们正大声喊着："把她交回去！把她交回去！"她瘫倒在她的座位上："为什么他们想要的人不是你？为什么总是由我来当坏人？而且为什么总是我被锁起来？"

坐在她身边的阿加莎却一直凝视着圣餐台上雕刻装饰带中一个飞身扑向天使的大理石圣徒雕像。那雕像张开了自己强壮的手臂，扭曲着胸膛，仿佛不论天使飞向哪里他都会一路跟随……

"阿吉？"

阿加莎回过神儿来，转头看向苏菲说："你的确有本事树敌。"

"可我已经努力想成为善良的人了！"苏菲说，"我努力想变得像你那样！"

那别扭难受的感觉又一次涌上了阿加莎的心头，她曾做过很多努力想要抑制住这种感觉。

"阿吉，你想想办法！"苏菲抓着她的手臂说，"你一向都很有办法的！"

"可能我没你想得那么善良吧。"阿加莎喃喃地说着，甩开了她的手，假装去擦自己的松糕鞋。在一片沉默之中，她能感觉到苏菲正看着她。

"阿吉。"

"嗯？"

"为什么你的手指亮了？"

阿加莎浑身的肌肉立刻绷紧起来："什么？"

"我看见了。"苏菲幽幽地说，"在婚礼上。"

阿加莎瞄了她一眼："可能是一束光正好照到吧。魔法在这儿可都是没法生效的。"

"也对。"

阿加莎尽量屏住呼吸。她能感觉到苏菲正在思考。

"但是老师并没有把我们的手指重新锁上，不是吗？"她的朋友说，"而且按照他们教我们的，魔法都是随心而动。"

阿加莎闪烁其词："所以呢？"

"婚礼上你看起来很不开心，"苏菲说，"你确定没什么导致你不高兴吗？不高兴到要施魔法？"

阿加莎看向她的眼睛。苏菲在她脸上来回审视着，想要看穿她心里所想。

"我了解你，阿加莎。"

阿加莎紧紧抓住长椅。

"我知道你为什么情绪低落。"

"苏菲，我不是有意的！"阿加莎脱口而出。

"你是在生我父亲的气。"苏菲说，"因为他让我经历的这一切而生气。"

阿加莎呆呆地看着她，然后回过神儿来赶紧点头："哦，是的。啊哈！被你发现了。"

"一开始我以为你是为了阻止他的婚礼才施咒语的。可现在看来完全说不通，不是吗？"苏菲哼了一声说，"那就意味着你是在对我放箭。"

阿加莎夸张地哈哈大笑起来，尽量不去看她。

"一束光正好照到。"苏菲叹了口气说，"像你说的话。"

然后她俩沉默地坐着，一言不发地听着外面那不断重复的呼喊声。

"别为我父亲的事烦心了。我和他都会好起来的。"苏菲说，"女巫不会回来的，阿吉。只要我们还是朋友。"

她的声音里有着阿加莎从未听过的直白与坦诚。阿加莎抬起头来，惊讶地看着她。

"阿加莎，你让我感到幸福。"苏菲说，"只是我花了太长时间才明白过来。"

阿加莎努力想要回应她的目光，可此时她眼里却只看得见圣餐台上那张开双臂飞身而起的圣徒，那模样像极了一个王子正奋力追随着他的公主。

"没事的。我们肯定能找到解决办法的，一直不都这样吗？"苏菲说着，一边打着哈欠一边往唇上补些粉色口红，"现在还是先睡个美容觉吧……"

说着她抱着一个枕头像只小猫一样蜷缩着躺在了长椅上，阿加莎认出了那是她朋友最喜欢的一个枕头，上面绣着一个金发公主和她的王子相拥在一起，他们的头顶上绣着一行字："直到永远"。不过现在，苏菲用针线将那位王子加工了一下，如今这位王子有着一头蓬松的黑发，一双呆滞的虫子眼睛……而且身穿黑色长裙。

阿加莎看着她最好的朋友轻轻呼吸了几声后，终于进入了梦乡。这是她几个星期以来第一次从噩梦中挣脱出来，沉沉地睡去。

教堂外此起彼伏的呼喊声越来越高亢——"把她交回去！把她交回去！"——阿加莎凝视着苏菲的枕头，胃里又开始因为那别扭难受的感觉而抽搐。

这感觉就是她在厨房里看着故事书上的王子时的感觉；是她在婚礼上看着一对夫妻交换誓言时的感觉；是她拉起苏菲的手时的感觉。这感觉越来越强烈，强烈到她的手指因为一个秘密开始发光。一个可怕的、不可饶恕的秘密，一个会让她毁掉整个童话的秘密。

就在那一刻，就在阿加莎第一次参加婚礼去观礼的那一刻，她许下了一个愿望，她希望得到一些她认为绝不可能实现的东西。

她希望她的故事有一个不一样的结局。

一个和另外的人有关的结局。

而就在那一刻，所有的箭开始射向苏菲。

在那之后，不管她多么努力地想要收回自己的愿望，都已是箭在弦上，不得不发了。

第三章
面包屑

那天夜里,一块巨石飞过树林重重地砸在了雷德利家的房子上,一下将他家夷为平地。随后那歪歪扭扭的钟楼发出了断断续续如哀鸣一般的声音,吓得广场上的居民们尖叫着四处逃散。很快,镇上所有的巷弄都被巨石砸得粉碎,父母们只能紧紧搂着自己的孩子躲进井里、沟渠里,看着漫天的巨石如流星般一颗又一颗地划过月亮呼啸而来。当袭击在凌晨四点结束时,整个小镇已经毁坏殆半了。这时瑟瑟发抖的居民们走出来,看见远处被灯光照亮的剧院,在它那红色的幕布上灯泡拼出了一行字:

不交出苏菲就得死

此时的苏菲正沉沉地睡着,对外面发生的一切全然不知。同样被困在教堂里的阿加莎却一直坐着,清晰地听着外面不断发出的尖叫声和沉重的撞击声。交出苏菲,那她最好的朋友就得死。

不交出苏菲，那她整个家乡的人就得死。羞愧感在她体内灼烧。她无意之间重新开启了两个世界之间的大门。可究竟是谁希望苏菲死掉呢？

一定能找到补救的方法。如果她能重新开启大门，那么她也一定能关上它！

首先她得努力让手指重新亮起来。她的脸颊因为愤怒而鼓了出来——对刺客的愤怒、对她自己的愤怒，愤怒于自己的愚蠢，可是那暗淡无光的手指比之前更加惨白了。接着她又试着去施一些咒语，希望能够击退袭击者，如她预计的一样，咒语根本无法在这儿施展。她又去对着彩片玻璃上的圣人像祈祷，对着星星许愿，擦拭教堂里的每一盏灯，希望能有个灯神出现来帮帮她，但这一切都悲惨地失败了。她掰开苏菲的手掌，掏出她的粉色口红，在晨曦微明的玻璃窗上写下"带走我换她"的字样。出乎她意料的是，居然有回应了。

"不行。"森林边缘突然划过一道火光，拼出来两个字。

有那么一刻，阿加莎看到树林中闪过一道红光，随之又消失了。

"你是谁？"她写道。

"交出苏菲。"火光回答道。

"你先现身。"她要求道。

"交出苏菲。"

"你不能带走她。"阿加莎咆哮道。

作为回应，一颗加农炮炮弹"轰"地射穿了苏菲的雕塑。

她身后的苏菲好像被惊醒了，嘴里含混不清地说着睡不好脸上又要长痘痘了之类的话。黑暗中响起一阵窸窸窣窣的声音，苏菲点亮了一支蜡烛，烛光在铁杉木做成的房椽上留下了一道青铜色的亮光。接着她胡乱做了几组瑜伽，嚼了几颗杏仁，然后往脸上抹了些葡萄柚籽、鳟鱼鳞和可可脂，转身看着阿加莎露出一脸睡意惺忪的笑容说："早安，亲爱的，想到办法了吗？"

但阿加莎只是趴在窗台上，透过破碎的玻璃窗呆呆地望着外面，苏菲也凑了过去探头看向窗外。曾经的小镇如今已面目全非，一大群无家可归的人正在一片瓦砾中翻找着、搜寻着，而她自己雕像的脑袋正躺在教堂外的台阶上凝望着她。苏菲脸上的笑容渐渐消失了。

"根本没有办法，对吗？"

"咣啷！"

橡木大门开始摇晃，铁锤已经砸开了一把锁。

"咣啷！咣啷！"

"凶手来了！"苏菲大声尖叫。

阿加莎惶恐地跳了起来，喊道："教堂可是神圣之地。"

木板咔嚓裂开了，门上的螺丝也松了，叮叮当当地落了一地。

两个女孩将后背紧紧地贴着圣餐台。"快躲起来！"阿加莎喘息着说，苏菲立刻变得像只无头苍蝇一样在讲台上窜来窜去。

有什么金属的东西插进了门里。

"钥匙！"阿加莎尖叫道，"他们有钥匙！"

她听见门锁被扭动的声音了。她身后的苏菲还是一直在窗帘间晃来晃去。

"赶紧藏起来！"阿加莎大叫。

大门"砰"的一声打开了，她急忙转身看向那昏暗的门口。透过一缕幽暗的烛光，一个佝偻的黑色影子轻轻地走进了教堂。

阿加莎的心跳几乎停止了。

不可能……

那驼着背弯弯扭扭的影子在火光中摇曳着滑进了过道。阿加莎跪着靠在圣餐台边，心跳快得让她几乎窒息。

"他已经死了！"被白天鹅撕成碎片扔进了风里！他的黑色天鹅羽毛已经如雨点般散落在了那所遥远学院的上空！可现在，校长却活灵活现地朝她慢慢走来了，阿加莎紧缩在讲台上，发出了一声尖叫。

"现在的形势已经无法控制了。"一个声音说道。

不是校长的声音。

阿加莎透过指缝看见胡子最长的那位长老正站在她面前。

"必须把苏菲转移到一个安全的地方。"他身旁一位年纪稍轻一点儿的长老摘下他黑色的礼帽说道。

"而且今晚就得走。"站在后面最年轻的那位长老摸着自己稀疏的胡须说。

"去哪儿？"一个声音低声说。

长老们抬头向上，看见苏菲爬到了圣餐台上方的大理石雕塑带里站着，她整个人正紧紧地贴着一个赤身裸体的圣徒雕像。

"那就是你选的藏身之地？"阿加莎吼道。

"你们要带我去哪儿？"苏菲对着最年长的那位长老问道。她努力想从那雕塑带里挣脱出来，可是无济于事。

"都安排好了。"他说，然后重新戴上礼帽朝大门走去，"我们今晚过来接你。"

"可袭击怎么办？"阿加莎叫道，"你怎么让他们停下来？"

"也安排好了。"年龄居中的那位长老说着也跟着最年长的长老走了出去。

"晚上八点。"最年轻的那位长老尾随着他说道，"只带苏菲一个人走。"

"你怎么知道她一定会安全？！"阿加莎惊慌失措地说。

"全都安排好了。"最年长的那位长老呵斥道，然后重新锁上了大门。

两个女孩一言不发呆呆地站着，然后苏菲欢快地大叫了一声。

"看到了吧？我就跟你说嘛！"她从雕刻带上滑下来，一下跌进阿加莎的怀里，"什么也破坏不了我们的幸福结局。"她轻松地哼着歌，开始往她漂亮的粉色行李箱里打包她的面霜和黄瓜，谁知道又得过多久他们才会让朋友给她带东西呢。她瞥了一眼阿加莎盯着窗外的黑色大眼睛。

"别心烦，阿吉。一切都安排好了。"

可是当阿加莎看着居民们一边在废墟里不停翻找，一边瞪着充血的双眼恶狠狠地望向教堂时，她想起了之前她母亲说过的关于长老们"安排"的事……希望这次他们可以有一个好点儿的结果吧。

傍晚时分，斯特凡在长老们的同意之下去教堂探望苏菲，自从他把苏菲锁在这里后，这还是他们俩第一次见面。他看上去和上次完全不一样了，胡子拉碴、蓬头垢面、邋里邋遢，整个人面黄肌瘦。而且他嘴里的牙还掉了两颗，左眼眶全是乌青。看来因为他女儿被长老们保护起来了，无处宣泄愤怒的居民们把气全都撒在了他头上。

苏菲勉强给了她父亲一个同情的目光，但其实心里乐开了花。不管她多么努力地想要成为善良的人，住在她内心深处的女巫还是非常乐于看到她父亲遭罪的。她看了看一直缩在角落里的阿加莎，她从头到尾都在啃着指甲假装没听他们说话。

"长老们说不会太久的。"斯特凡说，"一旦那些躲在森林里的懦夫发现你被藏了起来，他们迟早都会过来搜查的，我已经准备好了。"说着他用手挠了挠脸上黑黑的毛孔，然后发现他女儿皱紧了眉头："我知道我现在的模样非常引人注目。"

"你现在需要用点儿优质的蜂蜜膏使劲清洗一下。"苏菲说着在她放美容产品的袋子里翻找起来，然后掏出了一个蛇皮袋。不过她父亲只是一直盯着窗外那只剩断壁残垣的小镇，眼里满是泪水。

"父亲？"

"你看圣诞节就快到了，整个小镇都放弃了你，长老们却愿意想尽一切办法来保护你。他们真是再好不过的大好人了。"他柔声说，"现在镇上都没人搭理我了，我们都不知道该怎么活下去……"说着他擦了擦自己的眼睛。

苏菲从未见她父亲哭过。"可这也不是我的过错啊。"她脱口而出。

斯特凡长长地吐出一口气说："苏菲，现在最重要的是你能够平平安安地回来。"

苏菲不停地摆弄着她手里的蜂蜜膏袋子："你现在住哪儿？"

"这又是另一个我被排挤的原因了。"她父亲揉了揉自己的黑眼圈说，"那个追杀你的人，毁掉了我们巷子里的其他房屋，只留下我们一家完好无损。我们的食品店已经没了，不过霍诺拉还是想方设法每晚都能让我们填饱肚子。"

苏菲把袋子抓得更紧了："我们？"

"男孩们搬到你的房间去住了，等大家都安全了，我们就把婚礼举行完。"

苏菲对着他喷出一股白色泡沫。斯特凡闻出了蜂蜜的味道，立即在她袋子里一顿翻找："有什么可以给男孩们吃的东西吗？"

阿加莎眼看苏菲一副快要气晕的模样，赶紧走过去："斯特凡，你知道长老们会把她藏在哪儿吗?"

他摇了摇头。"不过他们向我保证过,居民们也找不到她。"他一边说,一边看着苏菲甩着手提袋远远地离开他往教堂另一头走去。在确认她听不见后,斯特凡压低了嗓音说:"我们要防的可不仅仅是那些刺客。"

"可她没法一个人生活那么久的。"阿加莎着急地对他说。

斯特凡看向窗外那片将加瓦顿死死围住的森林,所有的光线都渐渐消失在那黑暗而无尽的森林深处:"你们之前离开的时候都发生了什么,阿加莎?谁想要我女儿死?"

阿加莎依然没有回答,她只是问道:"要是计划没成功怎么办?"

"我们只能相信长老们。"斯特凡避开她的目光说,"他们知道什么才是最好的安排。"

阿加莎看见痛苦笼罩在他的脸庞。"斯特凡就是深受其害的那一个。"她母亲这么说过。

"我会设法解决这个问题的。"阿加莎的声音里充满了内疚,"我会保证她的安全的。我答应你。"

斯特凡俯下身来用手捧住她的脸说:"我过来就是希望你能答应我这件事。"

阿加莎深深地望着他那双充满惊恐的眼睛。

"哦,天哪。"

他们转过身看见苏菲站在圣餐台边,将手里的袋子紧紧地抱在胸前。

"这个周末我就要回家。"她皱着眉头说,"而且最好我床上的床单都换上干净的了。"

晚上八点快到了,苏菲坐在一张圣餐台上,在她的周围点着一圈正滴滴答答地滴着蜡油的蜡烛。她听着自己的肚子饿得叽里咕噜乱叫,在阿加莎毫不掩饰的强迫下,她把自己最后一块无黄油麦麸饼干让她父亲带给了两个男孩吃。他们肯定会被噎着的,一想到这个,她就感觉好多了。

苏菲叹了口气:"校长说得没错,我是挺邪恶的。"

不过就算他魔力超群,他还是没料到苏菲能够被拯救。友情使她变成了善良的人。只要她有阿加莎这个朋友在身边，她就永远不会再变成那个丑陋可怕的女巫。

天色渐渐暗了下来，阿加莎不愿让苏菲一个人待在教堂里，但是斯特凡逼着她离开了。长老们已经说得很清楚——"只带苏菲一个人走"——现在可不是违抗他们命令的时候，特别是他们正在尽力想要拯救苏菲的性命。

没有阿加莎在身旁，苏菲一下就变得焦躁不安起来。这是否就是自己以前给阿加莎的感觉？曾经的苏菲一直沉浸在公主的幻想中，总是对阿加莎爱搭不理。可现在她已经没法想象没有阿加莎的未来了。不管藏起来有多艰难，她都会竭尽全力去忍受的——但是这全部都是因为她知道自己的朋友会在一切结束后等着自己。阿加莎已经不只是她的朋友了，还是她真正的家人。

可为什么阿加莎最近变得那么奇怪呢？

在过去的一个月里，苏菲明显感觉到了她们之间的疏远。当她们走在一起时，阿加莎不再像以前那么爱笑了，有点儿冷冰冰的，总是闷头独自想着心事。自打她们认识以来，苏菲第一次觉得在这段友谊中她成了付出更多的那个人。

然后就是在婚礼上。她其实是假装没注意到阿加莎那只滴着汗、不停颤抖的手。那只手一直想从她手里逃出去，仿佛它正握着什么可怕的秘密似的。

"可能我没你想的那么善良吧。"

苏菲的脉搏声轰轰地在她耳际回响着。那天阿加莎的手指应该不可能亮起来的。

可能吗？

她想到了自己的母亲，同样美丽、聪慧而迷人……同样有一个长期信任的朋友……可最终却被她背叛，心碎孤独而死。

在这间凄冷幽暗的教堂里，苏菲的心"怦怦怦"地越跳越快。

"可她为什么要毁了我们的童话呢？"

她身后的教堂大门"嘎吱"一声打开了。苏菲松了一口气转过身去，她看见了几个身穿灰色斗篷、手里拿着黑色礼帽的影子。

不过，最年长的那位手里还握着一样别的东西。

一样锋利的东西。

住在墓园有个不太方便的地方就是，死人都是不需要光的。午夜的墓园里，只有大门上那两支摇曳闪烁的火把透着一点点光亮，其余的地方完全是漆黑一片，就算能看见什么，顶多也就是团乌黑的影子罢了。阿加莎透过窗户上残破的百叶窗往山下看去，她隐约看见了白色帐篷的光亮，那都是用来安置遭受袭击后无家可归的人们的。而在某个地方，长老们正准备将苏菲转移到一个安全的地方去。现在她能做的只有等待。

"我应该藏在教堂附近的。"她一边说着，一边舔了舔镰刀给她新抓的伤口，镰刀直到现在还是把她当成个陌生人看待。

"你不能违抗长老们的旨意。"她母亲僵直地坐在床上说道，她的双眼一直盯着壁炉架上一只用骨头做指针的挂钟，"自从你阻止了绑架后，他们一直都对咱们礼貌有加。保持这样挺好。"

"哦，行了吧。"阿加莎嘲讽地说，"三个老头儿能把我怎么样？"

"会做出所有男人在感到恐惧时做的事情，"卡莉斯的眼睛仍然盯着挂钟，"将一切怪罪于女巫。"

"嗯哼。那就把我们也绑在火刑柱上烧死吧。"阿加莎不屑地哼了一声，扑通一下倒在自己床上。

卡莉斯没有说话，空气中的紧张感让沉默的意味更浓了。阿加莎一下子坐了起来，她看见了自己的母亲紧绷着脸，依然一动不动地注视着前方。

"你不会是认真的吧，妈妈？"

豆大的汗珠从卡莉斯的唇边冒出："他们没法阻止绑架继续发生，就需要找一个替罪羊。"

"所以他们真的烧死过女人？"阿加莎震惊地叫出来。

"除非结婚。故事书上都是这么教他们的。"

"可你从来没结过婚……"阿加莎驳斥道，"你是怎么逃过这一劫的……"

"因为有人站出来救了我。"她母亲看着时间到了八点说道，"而且他也付出了代价。"

"我父亲？可你说过他是个对婚姻不忠诚的人渣，死于一次磨坊事故。"

卡莉斯没有回答，只是呆呆地望着前方。

一股寒意爬上阿加莎的背脊，她看着她的母亲说："你说过斯特凡是深受其害的那一个，这是什么意思？长老们什么时候安排了他的婚姻？"

卡莉斯的双眼停留在挂钟上："斯特凡的问题是他相信了那些不该相信的人。他总是把所有人都想成善良的。"时间过了八点，她的肩膀一下子松弛了下来。"可没人会真的像他们看起来的那样善良，亲爱的。"卡莉斯转头对着自己的女儿柔声说道，"你肯定清楚这一点吧。"

第一次，阿加莎看见她母亲的眼里噙满了泪水。

"不——"阿加莎倒吸一口冷气，脖子上发出的红疹一下刺痛了她。

"他们会说这是她的选择。"卡莉斯尖声道。

"原来你早就知道了。"阿加莎哽咽着冲向大门，"你知道他们根本不会把她转移到什么安全……"

她母亲拦住了她："他们还知道你会想方设法把她带回来！他们答应过我不去伤害你，只要我能把你留在家里直到……"

阿加莎一把将她推到了墙边，她母亲又朝她扑了过去，却没抓住她。

"他们会杀了你的！"卡莉斯对着窗外大声喊道，可她的女儿已经消失在了茫茫黑夜之中。

阿加莎一路跌跌撞撞地朝山下跑去，她连滚带爬地穿过阴冷潮湿的草地，最后撞进了山下的一顶帐篷里。她嘴里叽里咕噜地对着以为她是加农炮炮弹的那一家人连连道歉后，就赶紧向教堂冲去。一路上她路过了几十个无家可归的人，有的在火上炖着甲虫和蜥蜴，有的忙着用一条脏毯子将自己的孩子裹起来，还有的在忙着应付那绝不会再出现的又一次袭击。明天，长老们就会去哀悼苏菲英勇的"献身"了，她的雕像会被重塑，居民们会继续迎接一个新的圣诞节，并会为自己从又一个诅咒中逃脱出来而感到庆幸与解脱……

阿加莎大喊着推开了橡木大门。

教堂里空无一人，过道上留下了一条又长又深的划痕。

是苏菲的玻璃鞋一路划过的痕迹。

阿加莎一下跪倒在泥地里。

斯特凡。

她答应过他的。她承诺过要保证他女儿的安全的。

阿加莎弯下腰将脸埋进了手里。都是她的错，这统统都是她的错。她已经拥有她期望的所有了，她有朋友、有爱、有苏菲，可她却还是用苏菲去交换了一个愿望。她才是邪恶的，而且比邪恶更糟糕。她才是那个应该去死的人。

"求你了……我得带她回家……"她大口地喘息着说，"求你了……我答应你……我什么都愿意做……"

可一切都于事无补。苏菲已经不见了，已经作为一个用来交换和平的筹码被交给了那个看不见的杀手。

"对不起……我不是故意的……"阿加莎声泪俱下。她该怎么去对一个父亲说他的女儿已经死了呢？他们俩又该怎么依靠这失信的承诺去过完这一生呢？她的哭声渐渐变弱了，取而代之的是阵阵恐惧。她就这样一动不动地僵在原地。

过了好久，阿加莎终于失神地挣扎着站了起来，跟跟跄跄地朝着东边斯特凡家的方向走去。从教堂离开的每一步都让她觉得心如刀割。她一瘸一拐地走进一条泥泞的小巷，突然隐隐约约感到有什么又湿又黏的东西沾在自己腿上。她想也没想就用手指从膝盖上刮了一些放到鼻子前闻了闻。

蜂蜜膏。

阿加莎愣住了，心"咚咚咚"地大声跳着。前方的地面上还有更多的蜂蜜膏，仿佛一条绝望小径一般一路指向湖边的方向。肾上腺素一下在她血液里迸发。

在帐篷中，雷德利正捧着脚仔细地啃着自己的脚指甲，突然他听见身后传来一阵窸窸窣窣的声音，他一转头刚好看见一个人影迅速偷走了他的匕首和火把。

"凶手！"他尖声大叫。

如同《糖果屋历险记》里一路追寻着面包屑回家的葛雷特，阿加莎也沿路追寻着地上的蜂蜜膏朝着湖边跑去。她边跑边回头看了看，帐篷里的男人们都冲了出来。她跑得更快了，但是很快地上那一团团的蜂蜜膏就变得越来越少，最后变成了朝各个方向喷洒的小斑点。阿加莎迟疑了，她到处搜寻着，希望能找到什么别的记号来指引她。这时男人们也来到了湖边，他们从东边绕着湖岸追过来，而在湖的对岸，有三个人影正从西边向她包抄过来。在他们手中火把光芒的映照下，她看见了三个身穿长斗篷的长胡子身影——

是长老们。

他们会杀了她的。

这时东西两边的人群已渐渐会合，阿加莎挥舞着火把在原地转了一圈："苏菲，你在哪儿啊——"

"杀死她！"她听见激动的人群里发出一声男人的高喊。

阿加莎震惊地转过身去，她认识这个声音。

"杀死凶手！"那人高喊着带领骚动的人群朝她奔来。

惊慌失措的阿加莎吃力地挥舞着火把在森林中前进着。突然有什么沉重的东西从她耳边呼啸而过，接着还有一个从她胸前擦过。

这时她突然看见前方地面上有一个闪着亮光的东西，她举着火把照了过去。

一个空的蜂蜜膏口袋正静静地躺在森林的边缘，袋子上的蛇鳞闪闪发亮。

一股刺骨的寒风猛地吹进她的后背。阿加莎屈膝跪地，这时她发现在她身旁的地上有一块尖尖的石头。她一转身，看见在东边不到五十英尺的地方，男人们正拿着石头对准她的脑袋扔过来。而在西面，长老们正高举着火把赶过来，想要一窥她的真面目。

阿加莎用力将手中的火把扔进了湖里，她的四周顿时一片漆黑。

在一片混乱的呼喊声中，男人们疯狂地挥舞着火把到处寻找凶手。他们看见一个影子从他们身边飞奔而过朝着森林跑去。复仇的人群顿时如同饥饿嗜杀的狮子一般怒吼着追赶过去，狂躁的人群越跑越快，其中有一个人冲破人群跑了出来，他带着杀戮的兴奋高喊着，一把抓住了"凶手"的脖子，这时人影一个转头面对面地看着他。

斯特凡震惊地大口喘着粗气，还没等他说出话来，阿加莎就贴到他的耳边说了一句："我答应你。"

随即她一脚踏进了那迷宫般的森林，宛如一朵坠入坟墓之中的白玫瑰。

第四章
红兜帽

随着森林之外的火把亮光逐渐变弱,阿加莎听见男人们的叫喊声也渐渐远去了。一片黑暗之中,她背靠着一截潮湿松脆的树干跪了下来,她伸出颤抖的双臂抱住自己,拼命想要缩进自己的黑色连衣裙里。

随着远处响起几声短促而低沉的叫嚷与奔跑后,一切归于寂静。阿加莎还是没动,她的脊柱被石头砸中的地方正痛得抽搐。一直以来,她一门心思只想要救出她的朋友,带着她一起回家。可回家究竟是为了什么?为了这些凶残的长老吗?为了有更多的凶手来攻击她们吗?为了一个希望苏菲去死的小镇吗?

她想到了不久之前那些在广场上被公开烧死的无辜女人们,胃里一阵翻江倒海。"我们还怎么回家啊?"在加瓦顿，她们的未来会如同此时将她包围起来的森林一样黑暗。要回家，她就不能只是救出苏菲这么简单了，她得去击败那些凶手——不管他们是谁——她得去彻底阻止他们无理的攻击。

可现在她连怎么着手去寻找她的朋友都毫无头绪。几百年来，居民们一次次地闯入森林中寻找他们失踪的孩子，可最终走出森林时却都发现又莫名地回到了起点。和所有失踪的孩子一样，苏菲和她都已见识过了森林彼岸的模样：那是一个善恶分明、危险而无止境的世界。她们是幸运的归来者，并且幸运地将现实世界与虚幻世界的大门彻底封印了……或许这只是她单纯的想法。只因为一个愿望，那封印的大门就重新被开启了。

不管苏菲在哪里，她肯定都身处可怕的危险之中。

阿加莎支撑着站起来，踏进了这无边的森林之中。她一步一步慢慢地往前挪着，松糕鞋踩得枯叶咔嚓作响，她伸出双手茫然地四下摸索着，摸到了皲裂的树皮、密布的枝干……接着她一头撞到了树上。一个影子飞了出来，往她脸上喷了些湿漉漉的东西，然后"吡吡"地叫着离开了。叫声惊醒了沉睡的森林，一时间，森林里响起了一连串低吼声与呜咽声，仿佛沉睡的敌人被唤醒即刻就要加入战斗。阿加莎不知所措地擦了擦脸上湿漉漉的东西，然后从口袋里掏出了雷德利的匕首。这时一连串窸窸窣窣的声音从她脚下传来。

透过枯叶，她看见在一堆低矮的灌木丛中有一些黄色和绿色的瞳仁在此起彼伏地眨巴着、闪烁着。阿加莎背靠着大树缩成一团，尽量让自己别眨眼。当她的视力逐渐适应了周围的环境后，她看见在她周围的地面上盘着八条细长的影子，正如缭绕的青烟一般慢慢地舒展开来。

蛇。

不过它们可比蛇粗壮多了。它们的身体像一团黑烟，脑袋扁平，每一片鳞片上都长着针尖一般的倒刺。它们一点点地立了起来，越立越高，高过了阿加莎的头顶，然后对着她发出了一片长长的交错重叠的吡吡声，接着它们张开了满是尖牙的大嘴——

同时向外喷射出了黏液。

团团黏液将阿加莎紧紧地粘在了树上，她手里的匕首掉了下来。她努力挣扎着想要挣脱，可那黏液变成了一层酸膜封住了她的眼睛和嘴，她只能看到一圈模模糊糊长满了尖刺的轮廓。这些怪蛇瞄准了阿加莎的各个部位，用身体将她缠绕起来，鳞片上的倒刺扎进了她的皮肤里。阿加莎无声地挣扎着，这时她看见还有一条怪蛇从树干上慢慢滑了下来。这一条的体形比别的都大，它伸出冰冷的黑色尾巴缠住了她的脖子，倒刺扎进了她的喉咙里。她大口喘息着想要吸进更多的空气，这时怪蛇的脑袋滑到她的面前。它用肥硕的大鼻子顶在她脸颊的酸膜上，一双细长的青绿色瞳仁死死地瞪着她……然后开始用力挤压。阿加莎感到一阵窒息，她闭上了双眼。

没有任何疼痛的感觉，她只感觉到自己的灵魂一直在记忆里搜寻着什么……她坐在湖畔，头靠在某个人的肩上。他们手挽手紧紧地相拥着，阳光洒满了他们的皮肤，彼此的呼吸声悄然相和。阿加莎聆听着这无声的幸福，瞬间即永恒……然后一阵尖锐的刺痛席卷她的全身，她知道末日来临了。她紧紧抓着身旁的那只手臂，看向湖中他俩的倒影，生命的尽头，她得知道属于自己幸福结局的那张面孔究竟是谁的——

不是苏菲。

光明撕破了黑暗。怪蛇们纷纷尖叫着仓皇而逃，缩回了枯叶之下。

阿加莎睁开双眼，茫然地四下搜寻着光的来源。透过那层酸膜，她看见了自己的手指，婚礼后它第一次迸发出了金色的光芒。释然与郁闷同时涌上了她的心头。两次都是因为想起了"他"。

"魔法随心而动"，尤巴早就提醒过。两次她都失控了。

还好这一次她的指尖光没有再暗下去。阿加莎半带疑惑地举起了手指，集中精神从树干上挣脱出来，这时指尖的光变得更亮了，仿佛在等候着进一步的指令。阿加莎的心越跳越快，她知道自己已经跨进童话世界了。她的魔法回来了。

阿加莎靠着大树，锥心刺骨的疼痛让她的大脑一片混沌，几乎回忆不起任何从学院学到的咒语。休息了一会儿，呼吸渐渐平稳后，她总算想起了一个最基础的咒语，用它冲洗掉了身上的黏液和血迹，至于变得又黏又湿的黑裙子就暂时顾不上了。不管怎么样，她还活着。阿加莎痛苦地呻吟着捡起了雷德利的匕首，一点点撬开了潮湿的树皮。

就像尤巴曾经教他们的那样，她像举着一支火把一样伸出光照融融的手指扫过林中盘根错节的大树，仔细地搜寻着能走的路。和善恶魔法学院里所有的森林团队队长一样，老地精尤巴一直利用那片郁郁葱葱而宁静的蓝色森林作为无边森林的模拟训练场，训练学生们如何做好准备面对真实的森林。阿加莎从两截腐烂的树干间挤过去，尽量让自己不去在意身上那些灼烧般疼痛的伤口。现在看来，蓝色森林不过是校长一个残酷的玩笑而已。

阿加莎在枝丫密布的大树间举步维艰地走着，她朝着灌木丛间的一个空隙走去，期待着那会是一条小路。她不敢大声喊出苏菲的名字，因为这无疑是在通知杀手她已经一路追赶而来了。

每踏出一步，阿加莎心里绝望的感觉就更深一层。她以前也曾进入过无边森林两次，可这次的感觉完全不同。没有学院的人出来救她，没有泰德罗斯。

此时她的指尖闪烁出了更亮的光芒。

卡米洛特的泰德罗斯。

孤单一人在这森林中，她终于轻轻喊出了他的名字。她最后一次见到她的王子是在那个黎明的晨曦之中，她为了拯救苏菲而吻了苏菲，那个吻本该属于他的。接着他眼睁睁地看着她消失在了风中，他伸手想要抓住她，他哽咽着大叫："等一下！"

她本来可以选择握住他的手的。她本来可以选择留下来做他的公主的。在她被困在两个世界中手指开始发光时，她终于意识到了这一点。

但她选择了苏菲，她选择了离开。

她非常确定自己的选择是正确的，这就是她唯一想要的结局。可她越是努力想要忘记他，她的王子却越是频繁地出现在她眼前。在那一个个夜以继日的梦境之中……他那双痛苦的蓝眼睛……他往上扑的身躯……他那努力想要抓住她的结实而有力的手臂……

他一直等着有一天她能握住他伸出的手。

"找苏菲要紧。"她想起了自己对斯特凡的承诺，咬紧了牙关。现在她只求能将苏菲平平安安地带回家——那个迷人的、疯狂的、荒唐的苏菲。只要能找到苏菲，她就不会再去质疑自己的幸福结局了。

阿加莎艰难地从一大堆东倒西歪落下的树枝间翻过，朝着那个林间空隙走去。走近后她举起发光的手指看了看，发现那根本就不是一条小路，而是一个巨大的泛着锈红色的泥池子。泥池子非常大，从东到西贯穿了阿加莎目光所及的整片区域。她捡起一块石头扔进了泥池子里，完全没有水花溅起来。

突然，阿加莎发现有两个影子站在池边，正举起自己黑色的蹄子在锈红色的泥里探试着：是一只犄角长长的雄鹿带着它的雌鹿。试探了好几次后，雄鹿似乎挺满意，于是它俩肩并肩滑进了泥池子里，朝着远处的对岸游去。阿加莎也松了一口气，卷起裙子准备跟随它们——

突然，泥池子里有什么东西一下抓住了那只雌鹿，阿加莎吓得赶紧后退。三只长长的长满了尖刺的白色鳄鱼鼻子从泥池子里探了出来，是三只长长的瘦削的鳄鱼，长着巨大的圆形鼻孔和一口像鲨鱼般锋利的黑色尖牙，它们几口就将那只挣扎翻腾的雌鹿撕碎拖进了泥池子里，完全无视那只更大的雄鹿，任由它哀号着、扑腾着游向了远处的岸边。

阿加莎彻底放弃穿越泥池子了。

她含着眼泪跌跌撞撞地往回走去，指尖的光芒不时划过这迷宫一般的森林。她的朋友在哪里啊？他们都对她做了些什么呢？她努力忍住哭泣，一瘸一拐地走向森林的边缘，她一路什么都没发现，除了一些枯枝的影子……还有头顶那片黑压压的乌云……还有一团炙热的粉色亮光……

她停下来举起手指照过去，那一闪一闪的粉色亮光好似失灵的灯塔信号灯。旁人也许会把这错误地认成某种动物的眼睛，但是阿加莎知道——

这世上只有一种动物会发出这样的粉色光芒。

她忍着痛拨开那枝丫交错的树枝走了过去，向着这渐渐变弱的粉色光传来的地方赶去。当她越走越近时，她发现树上有零星的血迹，像是受伤的野兽留下的痕迹。她一路劈开断裂的树枝，扯掉交错缠绕的藤蔓，不顾头发上沾满了荨麻，一直向前走着。终于，她闻到空气中有薰衣草香水的味道。阿加莎的心在胸腔里"咚咚咚"地跳着，她奋力跳过一截原木，来到一小块空地上。

"苏菲！"

苏菲没有回答。她的脸朝着另一个方向，双手搭在头顶，弯腰跪在远处一棵大树后。她右手的第二根手指最后闪烁了几下她那标志性的粉色亮光后就彻底变得苍白暗淡了。

"苏菲？"阿加莎叫了她一声。她自己的金色指尖光也暗了下来。

苏菲依然一动不动。

阿加莎慢慢向那棵大树靠近，恐惧逐渐在她心里升起。她能听见她朋友浅浅的呼吸声了。阿加莎缓缓伸出手摸了摸苏菲破碎裙子下露出的肩膀。

肩膀上有血。

阿加莎围着她看了一圈。苏菲的双手被一根编织好的缰绳绑在了树枝上。她两只手掌心里都有小刀留下的划痕，长老们用她掌心里的血在她胸前留下了一串鲜红的信息：

把我带走

阿加莎简直快疯了，她用刀割断缰绳将苏菲放了下来，脑子里拼命回想着能清洗血迹的咒语，但是一条都想不起来。她只能伸出颤抖的双手一点点地在她朋友的皮肤上来回擦拭。"对不起……"她哽咽着割断了绑在苏菲手上的最后一条缰绳，"我们回家……我保证……"

苏菲一重获自由，马上伸出冰冷的双手盖在了阿加莎的嘴上。阿加莎随着她瞪得大大的充满血丝的双眼看去——

前方的树上全都挂着什么东西，一片片乳白色的，在黑暗中忽闪着。阿加莎伸出她发光的手指。

是一张张钉在树干上的羊皮纸，它们被风吹得呼啦乱响，如同枯叶一般。每一张羊皮纸上都写着同样的内容：

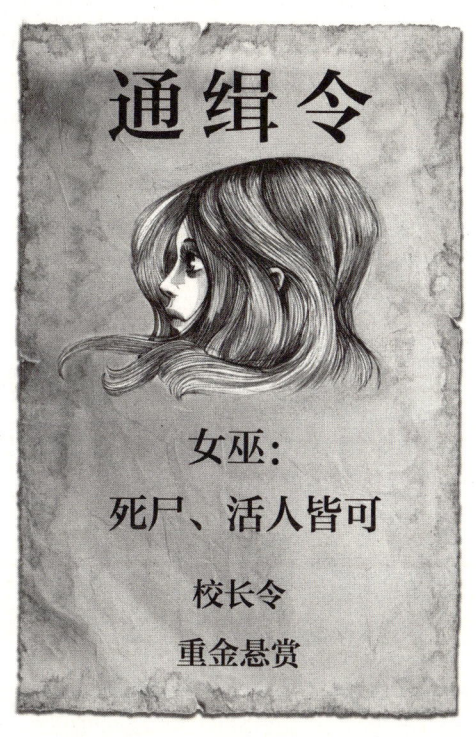

海报上画着苏菲大大的头像。

"这不可能!"阿加莎失声叫道,"他死了——"

可她突然僵住了。

她看见树林间闪现出了几抹红色的光亮,有什么东西朝她们走了过来。

阿加莎抓起苏菲的手腕一把将她拖到树干后藏了起来。她用手捂住苏菲哼哼唧唧的嘴,然后慢慢探出头去。

透过一堆纵横交错的树枝,她看见了一群头戴红色皮兜帽的男人。他们在兜帽上挖出了两个眼窝的形状,手里全都握着箭头燃烧着火焰的弓箭。在火光的照耀下,能看出他们穿着无袖的黑色皮制服,一对强劲结实的臂膀直接裸露在外。她试着数了数这群人有多少——十、十五、二十、二十五……数着数着,她看到了一双紫罗兰色的眼珠子正直勾勾地瞪着自己。然后这人咧嘴一笑,举起了手里的弓。

"趴下!"阿加莎大喊一声。

两个女孩立刻卧倒在地，但是第一支箭就灼伤了苏菲的脖子。她们根本来不及说话，爬起来之后只顾着拼命穿过那荆棘密布的黑色野蔷薇丛，几十支熊熊燃烧的利箭呼啸着向她们飞来，将她们左右两侧的树木全都点着了。女孩们紧握着手往森林的更深处逃去，一路搜寻着藏身之地。红兜帽越来越多了，她们跑到了树木间的一个缺口，在这儿她们发现了一条林间小路正静静地躺在月光下。

她俩都松了一口气，朝着小路奔去，却又一下子停住了。

那条林间小路分出了两个岔路口，分别指向两条幽暗细长的小路，蜿蜒着通往不同的方向。没有哪条路看上去显得更有希望，而且从她们读过的那么多故事书来看，两个女孩都知道：

只有一条路是正确的路。

"选哪条？"苏菲尖着嗓子说。

阿加莎看得出她的朋友明显体力不支了，她得赶紧把她送到一个安全的地方。她的脑袋不停地在两条小路之间摇摆着，周围是利箭"嗖嗖"疾驰掠过的声音，燃烧的树木也渐渐向她们逼近……越来越近……

"阿吉，选哪条路？"苏菲着急地问道。

阿加莎的双眼毫无意义地来回看着，希望能等到一个提示。

苏菲突然惊呼道："看！"

阿加莎转头看向东边那条小路，一只发光的蓝色蝴蝶正在黑暗中扑扇着翅膀，停留在那条小路上。它使劲地拍打着翅膀，越拍越快，向前飞去，好像在催促着她们快跟上它。

"快走。"苏菲一下变回很坚强的模样，快步朝前走去。

"跟着一只蝴蝶走？"阿加莎从一排挂着通缉令的树下经过，追上苏菲，质疑道。

"别担心，它会带我们走出去的！"

"你怎么知道？"

"快点儿！我们快跟不上了！"

"你都不知道我经历了什么……"阿加莎跟在后面喘着粗气说。

"我们俩就别比惨了，好吗？"

蝴蝶加速往前飞着，仿佛离终点不远了，然后它侧身一个急转弯，翅膀闪烁出了耀眼的蓝色。苏菲抓起阿加莎的手腕，拖着她也是一个急转弯。

她们走进了死胡同，前面全是倒在地上的大树。

蝴蝶不见了。

"不！"苏菲尖叫道，"我以为……我以为……"

"那是一只特殊的蝴蝶？"

苏菲眼泪汪汪地摇着头，就好像她的朋友无法理解似的。接着，越过阿加莎的肩头，她看见了一个手持火把的身影快速地穿过树林赶了过来，然后是两个身影……

红兜帽们找到她们了。

"我们已经拥有幸福结局了……"苏菲背靠着一棵树的树干说，"这一切都是我的错……"

"不……"阿加莎垂着头说，"是我的错。"

苏菲的心被揪紧了。这感觉和她独自一人待在教堂，想着她的朋友是否改变了时一模一样。这感觉告诉她，上个月所发生的一切都不是偶然。

"阿加莎……这一切到底为什么会发生？"

阿加莎看着弯道处的影子渐渐逼近，泪水刺痛了她的双眼，她说："苏菲……我……我……我犯了一个错……"

"阿吉，你慢慢说。"

阿加莎没法看着她说："我打开了……我把我们的故事打开了……"

"我听不懂……"

"一个愿……愿望！"阿加莎涨红着脸，结结巴巴地说，"我许了一个愿望……"

苏菲摇了摇头，问："一个愿望？"

"我不是有意的……一切发生得太快了……"

"一个什么愿望？"

阿加莎深深地吸了一口气，然后看着她朋友那双担惊受怕的眼睛说："苏菲，我希望我能和……"

"出示车票。"一个声音说道。

两个女孩一转身看见了一只瘦得惊人的毛毛虫，它头戴高高的礼帽，身穿紫色的燕尾服，嘴上长着两撇卷曲的小胡子，正从树洞里探出头来。

"感谢召唤花卉总站。不准在鲜花列车上吐痰、打喷嚏、唱歌、擤鼻涕、摇晃、打骂、睡觉以及撒尿！任何违规者将被扒光衣服。现在请出示车票！"

苏菲和阿加莎傻傻地望着彼此，她们谁都不知道花卉总站是怎么被召唤出来的。

"听着，先生，"阿加莎回头看了看那已经快接近死胡同转角的身影，压低了嗓门儿说，"我们现在立刻就得乘车，我们没有……"

"交给我。"苏菲轻盈地旋转过来，轻声说，"乘务员先生，真是太高兴又见到您了！还记得我吗？上次就是您贴心地把我送到善恶花园的。看看您这可爱的小胡子！我就喜欢您这漂亮的小胡子……"

"没有票不能乘车。"毛毛虫暴躁地往后退了一步说道。

"可他们会杀了我们的！"阿加莎叫道，她看见红兜帽们已经走进了她的视野——

"如遇特殊情况，可在花卉总站登记处填写77号表格并以书面形式提交，登记处会在隔周的星期一下午3:00至3:30开放……"

阿加莎一把将它从树洞里抓出来："让我们乘车，不然我一口吃了你。"

被她捏在手里的毛毛虫吓得浑身发白。"永灭者！"它大叫了一声。藤蔓立刻伸了出来，将阿加莎和苏菲一下拽进了树洞里，正好躲开了射过来点燃了大树的利箭。

两个女孩一下跌进了一个旋转着五彩缤纷颜料的大坑里，接着藤蔓将她俩猛地从一株正一张一合的捕蝇草顶上扔过去，直接扔进了一条弥漫着刺眼蒸汽的隧道里。女孩们捂着双眼，只感觉一根根藤蔓像紧身衣一样紧紧包裹住她们的胸口，随即又将她们钩到了什么东西上面。她俩都隔着指缝偷偷往外看，发现自己已被吊在一根闪着绿光的树干上悬挂在半空中，树干上印着：

乔木线

"肯定是蝴蝶用什么方法帮我们召唤出了列车！"当树轨载着她们往前行进时，苏菲透过她的紧身保护带叫道，"看见了吧！蝴蝶是在帮我们！"

从蒸汽的水雾中走出来，阿加莎第一次看到了花卉总站的模样，震惊得目瞪口呆。呈现在她眼前的是一个庞大而壮观的地下交通系统，足足有半个加瓦顿镇那么大，而且完全由植物构成。各色编码的树干如同铁路线一样纵横交错在这个深不见底的大洞穴内，乘客们乘坐的藤蔓保护座被悬挂在不同的树干上，分别送往无边森林里的各个目的地。一名列车员正坐在乔木线绿色树干中一个玻璃窗户的隔间里，当鲜花列车疾驰而来时，他不耐烦地对着一个柳木麦克风大声地报着站名："处女山谷！""阿瓦隆塔林！""鲁尼恩巷！""金妮磨坊！"

每当乘客听到自己的目的地时，就会用力拉一拉包裹在他们身上的藤蔓保护座，保护带会缠住他们的手腕，滑进树轨，将他们载向上方一个个风车出口，最后驶离花卉总站降落到地面上。

阿加莎注意到她们乘坐的绿色树干上挤满了叽叽喳喳聊天的女人，她们有些衣着光鲜，满脸的兴高采烈，而有些则长得像女巫一样怪异，一脸对永生者不屑的表情；与此同时，垂直运行的红色玫瑰线上则只乘坐了几个郁郁寡欢、蓬头垢面的男人。在两条树轨之下是黄色的大丽花线，上面成群结队地挤满了漂亮又亲切的女人，而与它相交的粉色牡丹线上则只有三个衣衫褴褛、不修边幅的男性小矮人。阿加莎不记得毛毛虫曾说过男人和女人必须分开坐，不过就算回过头去再听一次，它那些愚蠢的规定她也不见得能记住一半。

这时两只长尾鹦鹉飞进了她的视线，它们的羽毛有着雨林一般的色泽，正挥动着翅膀送来了一杯杯芹菜黄瓜汁和一块块开心果松饼。在她头顶的发光树干上，一支衣着考究的蜥蜴乐团正用小提琴和长笛演奏着一曲巴洛克风格的圆舞曲，在它们身旁还有一群齐声合唱的青蛙。这是几个星期以来，阿加莎的脸上第一次露出笑容。她将一块甜甜的坚果松饼整个塞进嘴里，然后又喝了一大口酸涩的绿色果汁将它送下。

坐在她身旁保护座里的苏菲，嗅了嗅她的松饼，又用手戳了戳。

"你打算吃这个？"阿加莎说。

苏菲把松饼推回她面前，嘴里嘟囔着什么黄油和魔鬼之类的词。"回家很容易的。"她一边看着阿加莎将松饼包了起来，一边说，"我们只要往反方向乘坐这条线就行……"

阿加莎嚼着食物的嘴突然停了下来。随后苏菲随着她朋友的目光一点点地看到了自己满是伤痕的手掌……还有她手腕上被长老的缰绳留下的勒痕……以及她胸前那几个模糊的鲜红的大字。

"我们没法回家了，是不是？"苏菲低声说道。

"就算我们能证明长老们都在撒谎，校长也还是会一直追杀你。"阿加莎痛苦不已地说。

"他不可能还活着。阿吉，我们看着他死掉的。"苏菲抬起头看着她的朋友说，"不是吗？"

阿加莎没法回答。

"我们怎么失去这一切的，阿吉？"苏菲一脸困惑地问，"我们的幸福结局怎么说没就没了？"

阿加莎知道现在必须说完她刚才在树洞里没说完的话了。可是凝视着苏菲那双如小鹿般惊慌的大眼睛，她实在做不到去伤她的心。一定能找到什么办法，无须让她朋友知道她许下的愿望是什么，也可以解决这个问题。她的愿望就是个错误。一个她永远不用再去面对的错误。

"一定有办法找回我们的结局的。"阿加莎坚定地说，"我们只需要将大门封印……"

但苏菲却只是仰起头看向她的身后，阿加莎转过身去。

她们身后的花卉总站已是空荡荡的一片，所有的乘客都消失了。

"阿吉……"苏菲喘着粗气，眯着眼睛看向远处的水雾。

阿加莎也看见了，红兜帽们打着秋千穿过树轨，直直地朝着她们乘坐的这趟列车追来了。

两个女孩开始拼命地扯着包裹在身上的保护带，可那藤条却越扯越紧。阿加莎试着让手指发光，可它就是亮不起来。

"阿吉，他们来了！"苏菲大喊道，她看见红兜帽们已经跳到了两条树轨之上的那条红线上。

"拉一拉你的藤条！"阿加莎叫道，她看见别的乘客都是这么下车的。可不管她和苏菲怎么用力往下拉，树轨依然载着她俩一直向前飞奔着。

阿加莎胡乱摸到了雷德利的匕首，将她身上的藤条割断逃了出来，她看见红兜帽们已经越来越近了。"待在那儿别动！"她一边对苏菲尖声高喊着，一边目测了一下她朋友的藤蔓与她之间的距离。阿加莎悬挂在她自己的藤蔓保护座上，低头看了看脚下那从无底深渊中绽放开来的巨型捕蝇草，一阵毛骨悚然。随即她大叫一声，双脚向后一蹬扑进了隧道，朝着她的朋友荡了过去。

阿加莎没能抓住保护座，直接撞到了苏菲身上，然后像抱着一棵树一样抱着苏菲翻扭起来。

绿色的树干立刻变成了橙色并且开始闪烁。喇叭里立刻响起了一个愤怒的声音："不准摇晃。违规。不准摇晃。违规——"

一群绿色的鹦鹉飞了进来，开始用力啄着阿加莎的裙子，想要把她的衣服扒下来。她的匕首掉了下来："干什么——"

"放开她！"苏菲尖叫着用手将那些鸟儿拍打开。

"违规。"那愤怒的声音又响起，"不准打骂。违规。不准打骂。"

她们头顶上的蜥蜴和青蛙也蹦蹦跳跳地顺着用鲜花装饰的绿色藤蔓滑了下来，开始用力扯着苏菲的衣服。苏菲惊恐地用力拍打它们，将蜥蜴和藤蔓上的鲜花全都拍走了。这时阿加莎吸入了一些花粉开始猛打喷嚏。

"违规。不准打喷嚏。违规。"这下鸟儿、蜥蜴还有青蛙，全都从别的线路上纷纷赶来一起撕扯两个女孩的衣服。

"我们得下车！"阿加莎大喊。

"我知道！我的衣服就只剩两颗纽扣了！"苏菲一边扇走一只青蛙，一边尖声叫着。

"我是说，我们现在就得跳下车！"

阿加莎指着已经荡上了她们这条树轨的红兜帽们。

"跟着我！"她对着苏菲大叫一声，然后甩掉一串蜥蜴荡到了下一个保护座上。她回头瞄了一眼,苏菲还待在原地和一只啄着她衣领的金丝雀纠缠着:"住嘴!这可是手工缝制的!"

"快跳!"阿加莎大吼。

苏菲吸了一大口气奋力荡向下一根藤条。可她失手了,尖叫着朝着底下那张着大嘴的捕蝇草坠落下去。阿加莎顿时吓得脸色煞白。

一辆正在下方高速平行行驶的蓝色芙蓉线接住了她,她整个人趴着,双手双脚紧紧地抱着那发光的树干。她抬起头看了看阿加莎,阿加莎总算重重地舒了一口气。

"阿吉,当心!"苏菲高声喊道。

阿加莎一转身就看见一个红兜帽已经站到了她那根藤蔓上。他一把掐住了她的脖子。

苏菲听见了她头顶上阿加莎发出的阵阵窒息的咕咕声,她试着站到了树干上,却看见列车前方马上就要进入一个布满荆棘的隧道了,如果撞上去脑袋可就没了,于是她赶紧趴下紧紧贴在车身上。忽然之间,她耳边传来一阵细微的声音,她赶紧转头,看见一只闪着蓝光的蝴蝶正在树轨旁盘旋。

"救救我们!"苏菲哀求道。

蝴蝶拍打着翅膀匆匆往前飞去。等列车一出隧道,苏菲立刻从车顶跳了下来,紧紧跟着蝴蝶往前走,可是前方的轨道却只剩一团黑影,是红兜帽紧紧掐住阿加莎脖子的影子。苏菲发疯似的一路紧跟蝴蝶的踪影,这时两个手持弓箭的红兜帽一下跳到了她面前,举起弓箭瞄准了她。她惊恐万分地回头一看,只见那红兜帽正咬向阿加莎的脖子。

蝴蝶一个俯冲向下,使劲拽了拽苏菲手底下的一根藤蔓。刹那间,藤蔓缠上了苏菲的手腕,将她从树轨上拉了下来,阿加莎也是如此。红兜帽们震惊地茫然四顾,纷纷对着她们掷出了手中的匕首和弓箭,但是藤蔓就像鞭子一样缠绕在两个女孩身上,将她们卷起来一点点上升,朝着上方发光的蓝色风车送去。急速旋转的气流裹着花瓣一下将她俩吸进了那扇光之门,拉着她们越升越高,越升越高——

然后降落在了一片郁郁葱葱的田野里。

阿加莎和苏菲跪在一大片红黄相间的百合花田里,大口地喘着粗气。她们的脸被划破了，头发里全是花瓣，身上的衣服被扯得七零八碎。两人低头看了看那个将她们吐出来的泥巴洞，洞底已经被利箭的火焰给烤焦了。

"我们现在在哪儿？"苏菲一边说，一边四处寻找着那只蓝蝴蝶。

阿加莎摇了摇头："我不……"

这时，她看见一朵红色百合花和一朵黄色百合花正窃窃私语着，并向她投来了奇怪的目光。

她曾经见过这一幕，她想。就是在这样一片田野上，然后它们拉着她的手腕将她拎了起来……

阿加莎踉踉跄跄地站起来。

高高耸立的善良学院出现在她们面前，在橙红色的阳光照耀下，它依然熠熠生辉地静静伫立在中途湾湖水清澈透亮的这一边。曾经被分为粉色与蓝色的四座玻璃塔楼，如今全都变成了蓝色。每座塔楼的塔尖上都插着一面迎风飘扬的旗帜，旗帜上印着一只只同样的蓝色蝴蝶。

"我们回来了。"苏菲倒吸了一口气说。

阿加莎的脸此时一片惨白。

又回到这个她竭力想要忘记的地方了，又回到这个能够毁掉一切的地方了。

前方的山头上，通往善良城堡的大门紧闭着。带着尖刺的金色大门封住了通往大草坪的各条小路，门上镜面般闪烁的拱形大字写着：

女子学院
教化育人、点亮良知

阿加莎闭了闭眼，又重新睁开她视力模糊的双眼，她觉得自己肯定看错了。

可上面仍然写着"女子"两个大字。

"啊？"

苏菲也站在她身旁说："真奇怪。"

"嗯，'善良'和'女子'是不是差别不太大啊，"阿加莎说，"有可能做事的仙女搞错了。"

然后她注意到苏菲的目光正看向另一个地方。越过中点,在湖湾的另一头,善良湖变成了邪恶的护城河。只是现在这护城河不再是乌黑一片了,它变成了锈红色,就和阿加莎在森林里看见的那个泥池子一样的颜色。而且护城河里同样游着那些浑身长满尖刺的吞掉雌鹿的白色鳄鱼——最起码有二十条,它们潜伏在淤泥之下守卫着,如鲨鱼般尖利的牙齿闪闪发亮。

阿加莎缓缓抬起头看向护城河上那若隐若现的邪恶塔楼。三座参差不齐、布满尖刺的血红色塔楼,正簇拥着一座比它们高出两倍的通体光滑的银色塔楼。四座塔楼的顶端都插着一面黑旗,旗帜在雾中被风吹得呼啦乱响,隐约看到上面印着的是鲜红色的毒蛇。

"邪恶塔楼以前只有三座,"苏菲眯着眼睛说,"不是四座……"

有什么声音从湖畔传来,两个女孩立刻缩下身子躲进了百合花丛里。

一群黑衣人从森林里疾驰而出,冲进了邪恶城堡的大门里。

他们全都带着红色的皮兜帽。

"原来是校长的人!"等他们完全消失在雾里以后,苏菲大声叫道。

阿加莎的脸更白了:"可这意味着……"

她转过身背对着湖畔。

"不见了。"阿加莎低声说,因为她发现校长那座曾经守卫在护城河与湖水交界处的直插云霄的银色塔楼……消失了。

"不,还在呢。"苏菲说,她的眼睛仍然注视着邪恶学院。

这时阿加莎明白为什么邪恶学院由三座塔楼变成四座了。

校长将自己的塔楼直接搬到了邪恶学院里。

"他还活着!"阿加莎呆呆地盯着那银色的塔尖失声叫道,"可是怎么……"

苏菲用手指着上面说:"快看!"

迷雾之中,在那座塔楼的一扇窗前,一个人影正俯身注视着她们。但她们所能看到的只是一张闪着银光的面具。

"是他!"苏菲压低声音说,"他现在领导邪恶学院!"

"阿加莎!苏菲!"

两个女孩从百合花丛里转过身，看见达维教授正从善良城堡里跑出来，她还穿着她那件黄绿色的高领长袍裙。

"快来！"

两个女孩跟在她身后匆匆走进了善良城堡的金色大门，阿加莎又回头看了一眼校长塔楼和窗前那个戴着面具的身影。她们所要做的就是再一次杀掉他，这样她的错误就能永远隐藏起来了。这样她们就能平安回家了，她就能兑现她对斯特凡许下的承诺，苏菲也永远不会知道她许下的愿望是什么了。看着那凌驾于邪恶学院之上的身影，阿加莎期待着她的心能够变得愤怒，能够驱使着她去战斗……可此时她的心却在忙着别的事。

它如小鹿一般乱撞着。

这是一个公主在童话故事里应有的反应。

是她在看见自己的王子时才会有的反应。

第五章
另一所学院

阿加莎和苏菲尾随达维教授一路快跑来到镶满镜子的走廊时,已是上气不接下气。达维教授既然是远近闻名的仙女教母,而且总那么照顾她,那她肯定能解答她们所有的困惑。

"那些红兜帽究竟是什么人?"阿加莎问。

"校长怎么可能复活了呢?"苏菲问。

"为什么永灭者都去投靠他了?"阿加莎问。

"安静!"达维教授呵斥道,然后掏出魔杖将她们一路留下的脚印全部抹掉,说道,"我们的时间不多了!"

"你看到我们好像一点儿都不惊讶。"阿加莎轻声说,可她的仙女教母

并没回答她，只是闷头带着她们快步跑进了空荡荡的大厅，然后用魔法将她们身后大门的门闩插紧。

几个月前，这间大厅曾在女巫苏菲对阿加莎和泰德罗斯的疯狂报复下被彻底摧毁。那时大厅里的彩绘玻璃窗、旋转楼梯还有大理石地板全都被炸成了碎片，但是此刻大厅已被修葺一新了，它重建后的模样依然辉煌得足以让两个女孩叹为观止。曾经两座粉红色、两座粉蓝色的旋转楼梯，如今全部统一成了如城堡一样的宝蓝色。在彩绘玻璃窗投下的光芒映照下，四座光彩夺目的楼梯一路旋转到达宿舍楼。每座楼梯的栏杆上分别镌刻着几个华丽的大字：荣誉、英勇、圣洁以及仁爱。阿加莎一度非常嫌弃圣洁塔楼和仁爱塔楼那小家子气的公主粉色，可现在看着它们全都换成了与王子的塔楼一样的颜色，却又让她莫名地感到无所适从。

苏菲突然轻轻推了她一下，阿加莎转身看见她正好奇地端详着耸立在大厅正中央的那座方尖传奇纪念碑。这座水晶柱子依然通体挂满了肖像照相框，每一个相框里都是一位已毕业学生的肖像照，相框旁边则搭配了相应的故事书插图，用以介绍该学生毕业后的模样。她们看着最顶上金色相框中的永生者最后成了公主与王后、中间银色相框中的永生者最后成了助手与随从、最底下相框中的永生者最终成了清洁工和女仆，这时两个女孩突然发现有什么东西不太一样了……

"男孩们的照片呢？"苏菲说，她发现所有男孩的照片全部被移走了。

阿加莎摇着头看向了荣誉楼梯，曾经雕刻在上面的骑士与国王被替换成了身披盔甲挥舞宝剑的公主。苏菲又扭头看向英勇楼梯，曾经上面的装饰是健壮的猎人与忠诚的猎犬，如今却变成了身披兽皮的女猎手和一看就是雌性的猎犬。这时两个女孩都注意到了墙上壁画中的字母，曾经上面写着大大的"永生者"，而现在却变成了"女子"。

"这真的是一所女子学院！"阿加莎大为震惊地喊道，"为什么不再是善良学院了？"

"没有男孩，我们怎么可能打赢校长呢？"苏菲也大叫道。

"嘘！"达维教授赶紧低声制止，带着她们快步冲上了英勇楼梯，"不能让人知道你们在这儿！"

两个女孩一路紧跟在达维教授优雅的银色发髻后，穿过了英勇塔楼的蓝色拱门。当她们从一幅幅壁画前经过时，她俩全都傻眼了。曾经壁画上的内容全是诸如王子打败恶魔并拯救了无助的公主这一类充满男性气概的画面，而如今壁画上宣扬的结局全都不同了：白雪公主赤手空拳砸碎了关住她的棺材；小红帽刺穿了大灰狼的喉咙；睡美人自己烧毁了所有的纺车……那些曾经浴血奋战的王子与猎人，那些曾经解救过她们、拯救过她们性命的男人……全都消失不见了。

"就好像永生者男孩从未存在过一样！"阿加莎喃喃低语道。

"有可能他们全被校长杀死了！"苏菲轻声说。

突然她听到了几声轻柔的叮当声，她连忙转身，发现有三只闪亮的蓝色蝴蝶正躲在墙后悄悄窥视着她。蝴蝶看到自己被发现后，发出了一声尖锐刺耳的叫声就立刻藏起来不见了。

"那是什么？"阿加莎回头瞥了一眼说。

"快点儿！"达维教授斥责道，两个女孩赶紧一路小跑跟了上去。她们强撑着体力跑过洗衣房，在那儿两位身高七英尺的仙女正在揉搓着一堆满是泡泡的蓝色束身衣；然后她们又穿过晚餐厅，看见一堆被施了魔法的锅碗瓢盆依然在精心制作着藏红花米饭和扁豆汤；接着她们又经过英勇公共休息室来到后楼梯。一路上苏菲和阿加莎都在尽全力跟上达维教授的脚步往前赶着，可是劳累以及在森林里受的伤已让她俩筋疲力尽了，看来达维教授的体力真是比她看起来的样子好太多了。

"我们这是要去哪儿？"阿加莎气喘吁吁地问。

"去见一个唯一能保住你们性命的人。"她的仙女教母一句话给她堵了回去，依然马不停蹄地往楼上奔去。

苏菲和阿加莎立刻跑得更快了，在奔跑着爬上了五层楼后，她们来到了第六层唯一的白色大门前。

"萨德教授的办公室？"阿加莎喘着粗气问，"可他不是已经死了吗？"

达维教授伸出手指轻抚过这位前历史老师门上凸起的蓝色圆点，大门悄无声息地打开了，苏菲和阿加莎吃力地拖着步子跟她走进了房间。一个身形瘦削的女人站在窗前，长长的黑色辫子垂在她尖肩的紫色长袍后面。她开口问道:"有人看见你吗?"

"没有。"达维教授说。

莱索夫人转过身来看着苏菲和阿加莎,紫罗兰色的眼珠目光如炬。

"是时候让她们知道自己都干了些什么了。"

"这都是我们干的?"阿加莎忍不住叫道。

"可我们人都不在这儿啊!"苏菲也跟着叫道。她疑惑的双眼一会儿看看站在窗户边的邪恶学院院长,一会儿又看看站在萨德书桌前的善良学院院长,那书桌上还放着一堆摊开的书。

莱索夫人虎视眈眈地盯着这两个蓬头垢面的人,说道:"在这个世界里,所有的行为都会产生相应的结果。所有的故事结局也会带来相应的后果。"

"可我们的童话是以幸福结局的啊!"苏菲说。

达维教授发出了一声无奈的呻吟。

"要不你来跟我们说说,故事是怎样结束的?"莱索夫人冷笑着说,她脖子上的蓝色血管又开始抽动了。

"我们杀死了校长,还解开了他的谜语!"苏菲说。

"所以苏菲和我都能回家了!"阿加莎说。

"克拉丽莎,告诉她们故事真正的结局是什么!"莱索夫人不耐烦地怒吼道。

达维教授从书桌那头直接扔了一本书过来。这是一本又厚又重的童话书,外皮包裹着一层棕色的羊皮,羊皮面上还溅了一些泥点子。阿加莎打开了有点儿受潮的扉页,只见那新鲜的羊皮纸上赫然出现了一行油墨未干的黑色字迹:

苏菲与阿加莎的童话故事

苏菲翻开了书,看到一幅色彩丰富的插画正描绘着她与阿加莎站在校长面前的场景。

"很久很久以前，"插图下的文字这样写道，"有两个女孩。"

阿加莎记得这些文字，那是她们第一次闯入校长塔楼，撰写者开始为她们撰写故事时写下的文字。随着书页一页页往下翻，阿加莎看见她和苏菲的故事通过一幅幅绚丽的图画逐渐被展现出来：苏菲想要赢取泰德罗斯的吻……阿加莎在一次残忍的袭击中拯救了泰德罗斯……阿加莎和泰德罗斯坠入爱河……苏菲变身成为复仇女巫……校长刺死苏菲……阿加莎用一个友爱之吻唤醒了苏菲，然后故事来到了最后一页……泰德罗斯绝望地伸手去抓阿加莎，阿加莎与苏菲一同消失了，这时书中出现了几个大字结束了故事……

她们离去了。

阿加莎的眼泪立刻涌了出来，一瞬间，所有因为她和苏菲回家而产生的痛苦与爱全部向她袭来了。

"这是个完美的童话故事。"苏菲哽咽地微笑着迎向阿加莎的双眼。

她俩转身看向老师，两位老师却是一脸的阴霾。"故事并没有结束。"莱索夫人说。

女孩们困惑地低头看向那本书，然后用脏兮兮的手翻开最后一页，这时她们才发现在背面还画着什么。

那是一幅关于泰德罗斯的画，他独自一人走进了一片阴暗凄迷的浓雾之中。

从此苏菲与阿加莎过上了幸福快乐的生活，因为女孩并不需要王子的爱去唤醒……

不，应该说她们的童话里根本就不需要王子。

"这本书是从处女山谷弄来的。不过现在其实早已随处可见了，就连幽冥森林都在传颂你们的故事。"

苏菲和阿加莎抬起头看向达维教授，她正愁容满面地站在这摊了一大桌故事书的书桌旁。

"这本书是人们现在唯一感兴趣的故事书。"

这时女孩们才注意到，书桌上所有摊开的书全都不是出于偶然放在那儿的。桌上每本书都被翻到了最后一页，它们或是油画，或是水彩画，或是木炭画，或是水墨画，有些书中的文字她们认识，而有些书中的文字她们连见都没见过。但是无论哪种形式，苏菲与阿加莎的童话故事都结束在那一幅同样的画面上：被遗弃的泰德罗斯，孑然一身，步入了深深的黑暗之中。

"天哪，你们这么郁闷是因为我们大受欢迎吗？"苏菲说，"没什么好惊讶的啊。白雪公主和灰姑娘的确甜美又可爱。可有了我谁还会想要她们？"

她扭头向阿加莎寻求支援，可她的朋友却一直盯着窗外。"阿吉？"

阿加莎没有回答她。她慢慢走向窗边，莱索夫人也一言不发地走到她身旁，与此同时，站在萨德书桌旁的达维教授则屏住了呼吸。

透过这高高的窗户向下看去，阿加莎看到了学院后面那片被施了魔法的善恶魔法学院训练场——蓝色森林。它依然按照层层不同的色调向外铺展延伸着，依然静谧而繁茂，丝毫没有被深秋的凄冷所影响，一如既往整洁有序地被带刺的金色大门围在其中。

但是一阵吵吵嚷嚷的声音从大门外传了过来。

一开始她以为自己看到的应该是枯叶，那些光秃秃、歪歪扭扭的大树下应该铺了一层厚厚的棕黄色和橙色的树叶。可她又凑近看了看，才发现那些全是一个个男人。

成千上万个男人挤在蓝色森林大门外一个肮脏的流浪汉营地里，他们像是一群凄惨的农夫，正弓着身子围坐在篝火旁。她看不清那一张张面孔，只隐约看出他们胡子拉碴、面色暗沉，满是污渍的马裤下露着两条骨瘦如柴的小腿，身上破破烂烂的外套和肩带上有一枚闪闪发亮的——

徽章。

他们不是农夫。他们是——

"王子。"苏菲站在她身旁，看着窗外倒吸一口冷气地说。

"是她！"人群中一个声音高声叫道，下面所有的脑袋全都抬起来看向了塔楼的窗户。

"就是那个女巫！"

瞬时间，狂躁的人群疯了似的奔向森林大门——

"苏菲必死！"

"杀了她！"

"杀死那个女巫！"

男人们开始对着塔楼不停地放箭、抛掷石块。但学院大门的上空被一层淡紫色泡泡状的魔法屏障包了起来，所有的武器一撞到这层魔法屏障全都立刻化为乌有。疯狂的人群在门外不停挥舞着一根根尖利的木棍，每一根木棍上都插着女孩们曾在森林中见过的"苏菲通缉令"，这时一个勇敢无畏的王子跳到了大门上，金色的金属大门发出了魔法般嗞嗞的声音，王子震惊地松开手，却一下被门上的尖刺给刺穿了。苏菲惊恐万状地转过身来。

"那些人怎么可能是王子？"她失声大叫。

"那些人怎么可能是王子？"莱索夫人模仿着她的语调说，"那些王子都是因为你们才变成那样的。"

阿加莎和苏菲目瞪口呆，面面相觑。"我们听不明白——"阿加莎语无伦次地说。

达维教授一直紧绷着脸。阿加莎唯一一次见她的仙女教母这么生气，还是她作为新生因为违背了一个老师的规定，导致整座城堡差点儿被烧毁时。

"你想想，阿加莎。从前，你曾经觉得自己是个丑陋的女巫，但你的命运却让你成了一名公主。而且让你有机会与我们这片土地上最受人仰慕的王子共赴永恒的幸福。这本可以成为善良的人所取得的最伟大胜利！能挽回所有我们失去的名誉！杀死校长，送你的邪恶朋友平安回家——和泰德罗斯永远留在这里，做他未来的王后。你要做的只是在你消失前握住他的手就行。那才是正确无误的童话故事。可你却……"说着她怒气冲冲地看向苏菲，"选择了她。"

"你说得完全没错。"苏菲挑衅地回了一句，"如果你足够了解阿加莎，你就知道她绝不会为了一个男孩而丢弃我的。"说着她自信满满地转身看着她的朋友，等着她维护自己。可是阿加莎又一次出乎了她的意料，她只是沉默地望着自己满是泥泞的松糕鞋，沉重地喘着粗气。

"那接下来发生了什么？"阿加莎说。

"驱逐。"

女孩们看向莱索夫人，此刻的她已经陷入那段回忆之中气得颤抖起来。

"在你俩消失后，学生们开始陆陆续续返回各自的学院，可邪恶城堡却拒绝再接收所有的永灭者女孩了。六十名女孩被城堡——从楼梯间、教室、床上、卫生间，还有公共休息室的窗户……直接扔进了中途湾。她们试过想要回去，可邪恶大门却将她们全部拒之门外。所有的永灭者女孩只得跑到善良城堡来寻求庇护，在你们幸福结局的感染之下，永生者女孩敞开大门将她们迎接了进来。"

"就在她们踏入善良城堡的那一刻，永生者男孩们就被粗暴地驱逐出去了。"达维教授接着说道，"等男孩们全都离开后，城堡就开始魔法大变身——移除他们的肖像照，重新绘制壁画，重塑雕塑带上的雕塑，一切都仿佛在印证着你们俩的童话。最终善良学院彻底变成了现在的女子学院。"

看来的确是这样，她和莱索夫人心脏处闪耀的徽章，也从曾经的银色天鹅变成了现在的蓝色蝴蝶。阿加莎困惑不解地摇了摇头。

"可那些都不是我们学院的永生者男孩啊！"她指着窗外说，"他们是真正的王子！"

"这里发生的一切也同时在无边森林的各个角落里上演着。"达维教授痛心疾首地说，"在你们的故事像瘟疫一样四处传播时，所有的公主全都开始想象一个没有王子的世界了，男人们纷纷被魔法从自己的学院里驱逐出去，变得无家可归。他们去恳求女巫解除咒语，可女巫们也听说了《苏菲与阿加莎的童话故事》。在你们俩联手产生的能量激发下，她们开始与公主结盟，共同接管了王国的控制权。"

"所以女巫和公主变成了朋友？"苏菲难以置信地说。

"在你们的童话出现后，人们开始认为这是可能的了。"达维教授说，"也因此，现在的敌对双方阵营，变成了男人与女人。"

阿加莎想起了在花卉总站看到的场景——成群结队叽叽喳喳的女人们，有些漂亮而兴高采烈，有些朴实而略显古怪……而男人，只有少得可怜的几个，还全都蓬头垢面、孤零零的……

"可我们并不希望王子们无家可归啊！"阿加莎喊道，"我们也不想拿他们当敌人看待!"

"尤其不想让他们变得如此臭气熏天。"苏菲喃喃说道。

"可就是你们让这些王子变得这么无足轻重。"莱索夫人怒斥道,"是你们让他们变得孤立无援,是你们让他们变成了被遗弃、被淘汰的对象。而现在,你们已经迫使他们为了复仇加入了一个新首领的麾下。"

女孩们随着她的目光望向了大门外那一片飘扬着通缉令的海洋,在那位首领的号召下,他们每一个人都想要取下苏菲的项上人头。

"是校长!"苏菲失声叫道,"我们看见他……"

"你们是现在看见的吗?"莱索夫人冷笑着问。

"他就在那座邪恶城堡里!我们得去杀了他!"苏菲连忙转身看着阿加莎,"你快告诉她!"

阿加莎忍住内心的阵阵翻涌说:"可他不可能还活着。"她几乎是自言自语地说着,然后她抬起了头,"两位教授,当时你们也在场呀,我们所有人都亲眼看见他已经死了。"

"他的确死了。"达维教授说,"可这并不意味着没人能够替代他。"

"替代?"两个女孩异口同声地叫出来。

"莱索夫人和我本来都顺理成章地觉得我们才是最适合的人选。"达维教授抚摸着她长袍上的甲虫翅膀,说道,"无家可归又满怀仇恨的王子们需要他们能够信任的人出面担任领袖,于是我们出面说服他们,《苏菲与阿加莎的童话故事》会被永远封存起来,而且在我们的看护之下,撰写者将重新构建好男孩与女孩之间的平衡,一如它曾经维系善恶之间的平衡一样。可就在我们致力于构建男女之间的和平关系时……"她脸色一沉,"一些怪异的事情发生了。"

她翻到了两人童话故事的最后一页,等着女孩们发现点儿什么。

"他们好像把泰德罗斯画得比他本人高了一些。"苏菲尝试着说出。

"你难道没看出少了点儿什么吗?"院长气得呻吟道。

阿加莎想起了她床底下那本故事书……最后一页,公主与王子喜结连理……

"'全书终',"她说,"为什么没有写'全书终'?"

达维教授狠狠地瞪了她一眼，然后慢慢地将这本书举到了阳光下。在她们童话故事的最后一行，两个女孩依稀能从褪色的墨迹中辨别出曾有的这三个字……

但此时字迹已被人擦去了。

"发生了什么？"苏菲低声说。

"就好像你们的故事被重新开启了。"达维教授一边说，一边引导着她们看向那摊在桌上的各色版本的童话书，"每一个版本里的'全书终'都消失不见了。"

苏菲在那堆书里翻来覆去地不停查看着，问："可我们的幸福结局怎么会说没就没了呢？"

"因为你们俩中有人希望能出现一个不同的结局。"莱索夫人看都没看她一眼，直接怒吼道，"你们中有人想要一个全新的永远。所以现在，我们的学院因这个人而被推到了战争的边缘。"

"这也太可笑了。"苏菲气鼓鼓地说，"我知道我一直想当公主——可我就是当不了，不是吗？我已经知道这个地方会对我造成什么影响了，所以就算加瓦顿镇闻起来到处都是马粪味，并且没有一个男人是像样的，现在的我也都不愿浪费一丁点儿时间在这儿了。所以，如果我没许下这个愿望的话，那这一切肯定就是个误——"

可这时，她看见莱索夫人的眼睛正盯着谁了，而这个人的脸上毫无血色，一片惨白。

苏菲缓缓地转过身，看向了她那位一直缩在角落阴影中的朋友："阿吉，在山谷里，你曾说……你说你许了一个……你许的愿望不是这个，对吗？"

阿加莎无法直视她的目光。

苏菲的双手开始颤抖："阿吉，告诉我你想说的不是这个。"

阿加莎绞尽脑汁想说点儿什么——说点儿什么能为自己辩解的话。

"所有这一切……"苏菲大口喘着粗气说，"发生的每一件事……都是你造成的？"

阿加莎的脸火辣辣的，烧得通红。她一个转身对着莱索夫人说："怎么才能修复这一切？怎么才能让苏菲平安回家？"

这位邪恶教师好像没打算直接给出答案，她只是专心地研究着自己又尖又长的红指甲。

"很简单，"过了好一会儿，她终于抬眼看着她俩说道，"你们必须同时许下关于彼此结局的愿望。相互许愿，并且只为对方许愿，这样撰写者才会重新写下'全书终'三个字。"

"这样我们就能离开森林了？"阿加莎追问道。

"也永远不会再被追杀了——只要你们的愿望是真心的。"

阿加莎长吁了一口气。"我们能修补这个错误的。"说着她转头看向苏菲，"我们能找回结局的！镇上的人也不会再伤害我们了！"

苏菲却往后退了一步："你想要的结局是什么？"

"你别这样。"阿加莎说。

"你还想要的究竟是什么？"苏菲逼问道。

"这就是一个失误，苏菲……"

"回答我。"

"苏菲，求你了……"

苏菲死死地盯着她问道："你许的愿望到底是什么？"

"我们现在可以补救了。"阿加莎乞求道。

"恐怕你没法补救了。"

两个女孩同时转身。

"撰写者必须写下'全书终'来彻底封印你的愿望。"达维教授说，"但此时此刻，它无法做到。"

"你说的是什么意思？"阿加莎瞬间又愤怒得涨红了脸，"它现在在哪儿？"

"就在它一直在的地方。"莱索夫人说着脸上的愁容又回来了，"和校长在一起。"

"啊？"阿加莎说，"可你说过他已经被取代了……"

她的心又开始怦怦乱跳了。

那张她无法看见的脸。

阿加莎缓缓抬起头来。

"谁最不希望你们的结局被封印？"莱索夫人幸灾乐祸地轻声说道，"谁会希望你们的童话故事有一个新结局呢？"

她拿起她们故事的最后一页……一个男孩独自一人失落地走进雾中……

"又是谁听到了公主的愿望呢？"

阿加莎转身走到窗边，伴随着一声惊雷，一道闪电划破湖湾上空在校长塔楼前炸开，电光之中她看见了那个头戴着银色面具的身影——

那身影一头金发，肌肉强健，腰间佩戴的剑鞘闪闪发亮。

一瞬间天空又暗了下来，他不见了。

阿加莎感到一阵眩晕。所有的攻击……所有的摧毁与破坏……

"是他。"苏菲重重地倒在墙边，无力地说，"你的愿望是……和他在一起。"

阿加莎在脑海中拼命搜索着该说什么，可她只消看一眼苏菲那瘫软成一团的样子，就知道现在说什么都没用了。

"怎么会？"阿加莎低声说，"他怎么可能听得到？"

"因为你希望他听到。"莱索夫人悄无声息地朝阿加莎走去，厉声说道，"从你离开的那天开始，泰德罗斯就相信你总有一天会召唤他的。从你离开的那天开始，他和他那帮男孩就不断尝试想要越过森林彼岸，去寻找你们的小镇——直到有一天，你的愿望终于为他们开启了这扇大门。"

阿加莎一脸苍白，莱索夫人在她身旁转来转去地说着："但是这一次，你的王子必须先确定自己的公主一定会选择自己。他需要确保你不会再犯上一次的错误了。所以泰德罗斯从我们眼皮子底下偷走了撰写者，而且他知道那支笔到了哪儿，校长和塔楼都会跟着去到哪儿。所以现在，他不会让撰写者为你们的童话写下'全书终'的——除非他拥有了新的故事结局。"

阿加莎的胸口升起一阵寒意。"新的结局是什么？"她尖着嗓子胆怯地说。

莱索夫人紧盯着她说："杀死苏菲。"

苏菲慢慢抬起了她那双红肿的眼睛。

"泰德罗斯相信，只有杀死苏菲才能将你们的童话故事修复为应有的样子。"达维教授说，"女巫死了。公主回到了她的王子身边。一切就如阿加莎许下的愿望那样，你们的结局都会被重写。"

在苏菲近乎喷火的目光注视下，阿加莎简直喘不过气来。

"要不你帮泰德罗斯把这个麻烦解决了吧？"苏菲压低声音恨恨地说，"你亲自杀了这个女巫吧。"

"这样倒是能把所有的问题解决了。"达维教授叹了口气说。

两个女孩齐齐转身看着她。

"哦，天哪。"她们的老师说，"我说得有这么大声吗？"

"她很快就会死了。"莱索夫人不耐烦地吼道，"泰德罗斯早就算准了苏菲会上这儿来寻求庇护。现在他和他的军队已经杀过来了。"

"军队？"阿加莎的脸又白了，"他都有军队了？"

"看来你都忘了他的学院了。"莱索夫人说。

阿加莎扭头看向窗外。透过层层雨幕，她看见了潜伏在邪恶学院周围的红兜帽们，他们一身黑色皮制服，脚踩锃亮的黑色皮靴，制服的徽章上是一条猩红色的蛇。接着她又垂下眼睛看向学院前的大门，门上几个铁锈的拱形大字写着：

男子学院
报仇雪恨、血债血偿

"一个小小的愿望能导致很多后果，对吗？"莱索夫人皮笑肉不笑地看着阿加莎说道，"泰德罗斯曾许诺，只要有人能杀死苏菲，他会分出他父亲一半的财富作为赏金。不用说，这让永生者和永灭者双方的男孩都非常想要挑战一下。"

"还包括外面那些王子。"达维教授眼望着大门外那一大群衣衫褴褛的男人说道，"泰德罗斯知道，光凭他的学院是没法与我们抗衡的。我们老师不可能坐视不管，不战而降直接交出苏菲。"

"所以他利用那些王子来迫使我们赶紧表态。"莱索夫人没好气地说，"我在两所学院的外围都设置了一层屏障阻止他们闯进来。可如果王子们最终还是冲破屏障闯了进来，泰德罗斯就有足够的人手可以来攻打我们的学院,并且杀死苏菲。"

阿加莎凝视着窗外的红色塔楼,还是一副茫然不知所措的模样,说道:"撰写者现在在男子学院?"

"现在只有两条路。一是把撰写者救出来,让苏菲平安回家;二是赶在泰德罗斯杀了苏菲之前去吻他。"达维教授迎上阿加莎震惊的双眼说道,"发自内心地去吻你的王子,然后留在这儿与他直到永远。苏菲则将永远从你的故事里消失……独自一人回家。"

"一个人回家?"苏菲仿佛中枪了似的倒吸了一口气,"一个人回加瓦顿?而她去找……他?"

"只有这两种办法才能避免战争爆发。"达维教授说。

房间里一片沉默,只听见外面那些王子阵阵凶残的呼喊声。

苏菲怨恨地看了阿加莎一眼,然后把自己缩成了一团。

泰德罗斯。阿加莎咬牙切齿地想着。她怎么会为了一个不远千里想要夺爱的男孩许愿呢?她怎么会为了一个想要杀死她朋友的男孩许愿呢?以前那个女巫模样的阿加莎,是绝不可能允许这样的事情发生的。

"还有第三种选择。"她怒气冲冲地走到门边,"去告诉泰德罗斯他就是个异想天开的大浑蛋。"

"休想。"

阿加莎转过身。

"你都为他许愿了。"苏菲怒不可遏地啐道,"你以为我还会相信你们俩?"

阿加莎立刻畏惧了,此时的苏菲比在墓园时看起来更像一个女巫。

"我不想去干涉你们恋人之间的争执,不过我建议阿加莎最好赶紧做出选择。"莱索夫人打断她俩说道,"一旦泰德罗斯帮助王子们冲破了我的屏障,那我们所有人的生命都会陷入危险之中。"

"在你们想出办法之前,我们会把你和苏菲先藏在蓝色森林里。"达维教授拿出一串钥匙对阿加莎说,"也不能让女孩们知道你们来了。"

阿加莎困惑地抬起头,问道:"为什么不能?"

"因为她们和你这两位老师可不一样,她们都认为这简直是有史以来最棒的事了。"一个甜美悦耳的声音突然响起。

两位教授和两个女孩一起转身,只见一个高挑迷人的女人推门走了进来。她皮肤白皙,体态匀称,身穿一件印有蝴蝶图案的荧光蓝色教师长裙,一头瀑布般的栗色长发垂在腰间,乌黑浓密的眉毛下是一双森林般绿色的眼珠,她唇红齿白,两颗门牙间还留着一道缝。

"我哥哥的办公室?"她轻轻咬着自己饱满的红嘴唇说,"我真没想到这儿还是个开秘密会议的地方呢。"

"这是我们唯一不会被偷听的地方。"莱索夫人回答道,她的声音里带着一种奇怪的试探。

"好吧,我真的觉得我有权知道我们尊贵的客人光临此地了,"女人转头看着苏菲和阿加莎,轻声地说,"毕竟,是因为她们才会出现这所宏伟辉煌的学院的。"

两个女孩一脸茫然地看着她。

"我们一直在为你们的到来做各种精心的准备。"这位陌生人说着皱起了弯弯的眉毛,"可我们却差一点儿就错过了。"她向两位老师投去了一瞥愤怒的目光。

阿加莎摇着头说:"可你怎么会知道我们要来……"

"天哪,你们俩看起来糟糕极了。"这女人说着伸出了手指,用魔法将她俩的面容和裙子全都恢复成了原样。唯一不同的是,苏菲的连衣裙经魔法改变后粉色彻底消失了,变成了纯白色。

苏菲抓着她的裙摆说:"我的裙子怎么……"

"快点儿,女孩们。"女人趾高气扬地走向门口,"我们已经把你们的课本和日程表都放到你们的房间里了。"

"日程表!"达维教授一下站起来,"你不会想让她们去上课吧,伊芙琳!"

女人轻盈地转过身说:"只要她们在我的学院,她们就得去上课,就得遵守规定。这些规定包括一直待在她们的学院里。你肯定不会反对这些规定吧?"

苏菲和阿加莎都等着两位教授大声反驳,可达维和莱索夫人却出奇地安静,她俩的眼睛都盯着两只落在她们鼻尖上的蓝色蝴蝶。

"看来我们两位前院长还没告知你们关于这所新学院最重要的改变。"这位陌生人微笑地看着两位女孩说,"伊芙琳·萨德。女子学院院长。抱歉搞得这么匆忙。可我不想让大家一直等着。请跟我来吧。"

说着她转身快速走出房门,这时苏菲看见那两只蝴蝶落在她同色的连衣裙上,然后神奇地变成了上面的图案。她不禁发出一声惊呼:"谁在一直等着?"

越来越多的蝴蝶降落在她的裙子上,这位漂亮女人头也不回地朝前走去。

"你们的军队。"她说,那语气仿佛她们刚才谈话的全部内容她都早已了然于胸。

第六章
她的名字叫雅拉

"这是一支致力于要创作出你们那样故事的军队。"萨德院长带着她俩离开英勇塔楼,穿过玻璃天桥往荣誉塔楼走去,明媚的阳光照得天桥通体透亮,萨德的蓝色玻璃高跟鞋踩在玻璃地面上发出清脆的"噔噔"声,"你们

的童话只是一次女巫与公主合作的尝试。在这儿,你们将能领导整个学院!"

"整个学院……"阿加莎追着她跑下荣誉楼梯,听到这话惊得仿佛被呛住,"可我们得回家!"

"你们已经看到了,我和前院长们对此持不同的看法。"萨德院长说话的同时,一只只蝴蝶正从四面八方朝她飞来,然后消失进她的长裙中,"她们认为你们必须远离我们的世界去共同寻找你们的幸福结局。可我却认为你们必须得留下来。"

"可那些男孩会杀了我的!"苏菲一边说着,一边快步跑了下来,从阿加莎身旁经

过时还特意狠狠地撞了她一下。

"嗯……让我们来假设一下，你们真的闯进了那座全是嗜血男性的城堡中，"院长边说边穿过了大厅，"假设一下，你们真的冲破重重困难将撰写者解救出来了，"然后她停在善良陈列馆的糖霜大门外，"可如果你们许的愿望并不是发自真心的，那愿望也是不会灵验的。"

说着她凝视着苏菲："你都知道阿加莎想要的是王子了，你怎么还能许愿和她共同拥有幸福结局呢？"

然后院长又转头看着阿加莎："还有你，如果你一直害怕苏菲内心深处的那个女巫，你又怎么可能许愿和她永远在一起呢？"

她说着这些话的时候几乎是紧贴在她们面前说的，近到两个女孩都能闻到她那完美无瑕的皮肤上涂抹的蜂蜜面霜的味道了。

"你们的愿望怎么可能会是拥有一个自己无法信任的人呢？"

苏菲和阿加莎飞快地对视了一下，她们都希望对方能反驳，可她们都没有。

"在你们可以回家之前，你们可得好好修复一下彼此的友谊。而在这儿，任何破碎的东西都能修补。"萨德院长说着，最后一只蝴蝶也扑扇着翅膀飞落进了她的长裙中，"童话曾经洗脑迫使我们相信，像你们这样美丽的交集是不可能长久的。为什么？因为一定会有个男孩横亘在你们中间，一定会出现一个被你们的故事吓坏了的男孩，而他的愿望就是杀戮、摧毁这个童话。但是在我的学院里，我们只教真相。"说着她推开了门，走进一片黑暗之中。

"没有男孩出现，才是一个女孩最伟大的幸福结局。"

她伸出手指用魔法点燃了一支火炬，随着一阵急促的鼓点，火光吐出了炙热的红色火舌。阿加莎和苏菲吓得往后一跳——

前方一动不动地直直站着二十排女孩，她们全都低垂着头，脸上戴着白色面纱，身穿宝蓝色哈伦裤与浅蓝色束身衣，束身衣心口的位置还绣着一枚蝴蝶徽章。这一百多名女孩齐齐站在陈列馆的各种展品之间，队伍穿过后门，一直延伸到善良大厅巨大的舞池中。她们全都蒙着脸诡异地直直站着，手臂抬起，手掌托住手肘，像是在召唤精灵出现似的。在她们头顶的天花板下，还有两名头戴面纱的女孩坐在飞毯上敲着小军鼓，军鼓的节奏渐渐地越来越快。

队伍最前排只站着一名女孩，而且她的面纱不是白色的而是蓝色的，她有一头红色的头发，纤细的手臂上是一层苍白的皮肤，皮肤上还零星地点缀着草莓色的斑点。只见她慢慢地举起自己的手臂……

鼓点停止了。

随着一声充满原始意味的尖叫，女孩一下吹出一股火焰喷向飞毯，阿加莎和苏菲吓得赶紧躲开。这时鼓点又响起了，女孩旋转着跳起了肚皮舞，并配合着每一个节点动作发出一声声狂野的哨声或者颤音。

"只消看她一眼，泰德罗斯就会把他的许愿者彻底忘光的。"苏菲冷冷地说。

"苏菲，对不起。"阿加莎凑到她朋友身边说，"我是真心的。"

苏菲侧身闪开了。

"我绝不会为了一个男孩而抛弃你的。"阿加莎强调道，可看着这个跳舞的女孩，她突然感到一阵莫名的嫉妒刺向心间……泰德罗斯见过她吗？

她连忙打断了这种想法。泰德罗斯都想杀死她最好的朋友了，她怎么还在想他？"他是敌人，笨蛋！"

斯特凡苦苦哀求，让她将苏菲平安带回家的模样又浮现在她脑海中了。那个愿意尽全力保护朋友的阿加莎上哪儿去了？那个能控制情感的、善良的阿加莎去哪儿了？

这时，后排所有人也摇摆着做起了各种干脆利落的手部动作，去回应这位领舞的女孩。突然，在一个夸张的动作之后，女孩们纷纷转向彼此，两人一组地跳起了舞。她们背靠着背，紧握住对方的双手，然后两人举起手臂，交换位置，整个过程彼此的双手一直紧握。在她们闪亮的蓝色哈伦裤与白色面纱的衬托下，她们看起来就像是轻柔摇摆着的海葵。尽管苏菲心里依然愤愤不平，但她还是笑了。她从未见过这么美丽的事物，而且，她从未见过没有男伴而只有女孩与女孩跳的舞。

阿加莎脸上的表情却和苏菲的完全不一样，她说："苏菲，我必须去和泰德罗斯谈谈。"

"不行。"

"我说了我很对不起你。你得让我去弥补这个……"

"不行。"

"那个蠢货以为我想你死!"阿加莎一边说,一边伸手将一只落在她肩上的蓝色蝴蝶拍走,"我是唯一能让他意识到他的错误的人。"

"一个王子,不光自封校长,还拿出自己一半财产赌我这颗人头,而你竟然还觉得他会听得进道理。"苏菲任由一只蝴蝶落到她肩上说,"如果你们都这么天真的话,我真的很惊讶这么些年来善良居然能赢。"

阿加莎瞄了一眼背对着她们的院长。此时鼓声大作,群魔乱舞般的女孩们正纷纷发出鬣狗一般的叫喊声。她不可能听得到的,可阿加莎却总有种奇怪的感觉,觉得她什么都听得见。

"苏菲,我那是一时糊涂,"她低声说,"这只是个误会。"

苏菲望着领舞的女孩又喷出的一股火焰。"或许院长是对的。"她放开了嗓门儿说,"或许我就应该留在这儿。"

"什么?我们甚至都不知道她是从哪儿冒出来的,更别说她是怎么当上院长的!你也看到达维教授脸上的表情了。你不能相信她……"

"此刻,我相信她多过相信你。"

阿加莎发誓她肯定看到那位院长嘴角上扬的笑容了。"苏菲,你在这儿不安全!泰德罗斯会找上门来的!"

"那就让他来吧。这不就是你想要的吗?"

"我想要的是你活着回家!"阿加莎乞求道,"我想要的是我们彻底忘记曾经来过善恶魔法学院!我不想要泰德罗斯!"

苏菲转过身对着她大声咆哮道:"那你为什么还为他许愿?!"

阿加莎僵住了。

"把礼物呈上来吧!"院长下令道。

"礼物!"苏菲不再理睬阿加莎,一脸欣喜地转过身去,"终于有点儿好消息了。"她侧身走到院长身旁,这时面纱女孩们全都好像张开的蚌壳一样,靠着墙围成了扇形,在人群中央留出了一条宽敞的过道。

阿加莎回想着这个世界曾经对她和她的朋友做过的一切,也谨慎地跟了过去。她们待得越久，身处危险的时间就越长。她必须现在就带着苏菲回家。

走到陈列馆的一扇小窗边，借着阳光她发现馆里很多展品都变了。所有男孩的成就已全部被抹除干净，取而代之的是各种曾在她和苏菲的童话里出现过的边角料：阿加莎的永生者女孩校服、苏菲的午餐会讲座牌、童话选拔赛里阿加莎写给苏菲的小字条、苏菲在末日审判室里被割下的一绺头发等等，展品多达几十件，每一件都郑重其事地被供奉在一个蓝色玻璃匣子里。主墙上，曾经画着庆贺王子公主盛大婚礼的壁画《直到永远》，如今也被一块印着蝴蝶的藏蓝色帆布给遮了起来。事实上，整间陈列馆里唯一保留下来的老物件，只有萨德教授留在那个偏僻角落里的一堆画作。作为一名能窥见未来的先知，这位前历史老师曾经画下了每一位从加瓦顿镇来到善恶魔法学院的读者。每一次，阿加莎心中有困惑想要寻求答案时，她都会跑到这些画作中来搜寻线索。现在，她也只想再去好好研究一下这些画作，但这时两名面纱女孩托着一个硕大无比的紫色花瓶沿着过道朝她走来。

"来自处女山谷的礼物。"萨德院长宣布道，此时她甜美的嗓音变得低沉而威严，"这是由丽塞尔达公主献上的灰烬瓶。与成百上千名读者一样，当她听说了你们的故事后，她也意识到没有王子的生活才会过得更幸福。于是她烧毁了他的王位，并将所有的灰烬铸成此瓶献予你们。"

女孩们将灰烬瓶抬到苏菲和阿加莎面前，她俩瞄了一眼，看到瓶身上画着一名王子正被魔法从城堡的窗户中扔出去，而在下面等候着他的则是一群鳄鱼。

"我们才不要这个。"阿加莎气愤地说道。

"可以放到我的房间里去吗？"苏菲扭头看着院长，微笑着说。

"房间？"阿加莎一下子叫了出来，"苏菲，你又不待在这儿……"

这时两名面纱女孩捧着极具东方风情的竹编帷帘走进了过道。

"来自皮夫帕夫山的礼物。"院长雀跃地大声说道，"这是小百合公主献上的手工绘制竹帷帘，她在读了你们的童话后认识到，没有王子，公主和女巫可以更幸福。"

在这做工精美的手绘竹帘上，一幅绘着公主与女巫相拥在一起的画面，而另一幅则画着一个酷似泰德罗斯的王子正被野兽碾成肉泥的场景。

"这简直太可怕了。"阿加莎急赤白脸地大喊。

"把它们挂在我的床头吧。"苏菲用清脆的嗓音对面纱女孩说,"接下来是什么?"

院长指着一块垂挂在过道上、金光闪闪的东西说:"这是来自幽冥森林的礼物,一块流浪王子的挂毯……"

"我真希望达维教授和莱索夫人也能像您这么时尚,这么有品位。"苏菲一脸谄媚地对着院长说道,这时各种以侮辱残害王子为荣的礼物依然源源不断地呈献过来。苏菲一样样地看着那些礼物,有王子造型的巫毒娃娃、被掠夺的王子宝剑以及一块用王子的头发编织而成的地毯。她问:"今天开始上课了吗?"

院长笑了,她走到一旁说:"还有我的礼物呢。"

"你不是认真的吧。"阿加莎压低声音气愤地对苏菲说,"你现在还想去上课?"

"真希望她们能把那些糖果教室重新改造一下。"苏菲用手梳着头发,一副跃跃欲试的模样,"我闻着那味儿过敏。"

"苏菲,你脑袋上可还悬着赏金呢……"

"最后一件,是我送上的礼物。"萨德院长站在那幅被遮盖起来的《直到永远》的壁画前,大声宣布道,"同学们,你们过去的学院教你们,平衡就是在善与恶之间彻底分出个你死我活来。可是如果男孩与女孩之间都不能达到一个平衡的状态,永生者与永灭者之间又怎么可能平衡呢?要知道,我们的读者又返回加入我们学院了,因为她们的童话故事还没结束呢。"

接着,她把目光投向两个女孩说:"而且故事的结局之战才刚刚拉开帷幕。"

说完她用力拉下了帆布。阿加莎和苏菲一下屏住了呼吸。

从壁画顶部的彩云中探出来的依然是那几个金光闪闪的大字:直到永远。可除了这个,别的全都不一样了。

现在画面中描绘的是,在两座环湖而建的蓝色玻璃塔楼中,身穿天蓝色校服的女孩们有些闲散地趴在塔楼露台上,有些徜徉在湖畔沐浴着温暖的阳光,还有些悠闲地在草地上散着步。她们或美丽或丑陋,但是每个人全都毫无差别地一起劳动、一起生活甚至一起发呆，就好像女巫和公主天生就该是朋友一样。

画面中也有男孩，如果那些人还能被称为男孩的话。他们一个个面容扭曲而丑陋，一身乌黑破烂的农夫装扮，正在塔楼后的蓝色森林里舀粪肥、翻土、犁地。他们被铁链悲惨地套在一起，白天辛劳地修建塔楼，晚上则被驱赶着关进大门外那污秽不堪的贫民窟监狱里。女工头像差遣奴隶一样随意使唤他们，可所有的男孩都如永远服从于奴役的奴隶一样，没有一个人起身反抗。阿加莎抬起头看向画面的顶部，在塔楼最高的露台上，太阳的光环映衬出了两位头戴水晶王冠的女人，她们正站在露台边俯瞰着自己的王国。

"那是我们。"苏菲惊讶地倒吸了一口气。

"还有……这所学院。"阿加莎阴沉着脸说。

"这才是你们真正的直到永远。"院长走到她俩中间说，"作为这神圣殿堂的统治者，引领女孩们走向一个不再需要王子的未来。"

阿加莎对着画面上被仇视、被奴役的永生者男孩与永灭者男孩吐了吐舌头。"这所学院不会是我们的故事结局。"她转身对着苏菲说，"跟她说我们得离开！"

但苏菲只是睁大了眼睛凝视着这幅画："我们怎么才能让这一切成真呢？"

阿加莎愣住了。

"英雄们都是怎么去赢取自己的幸福结局的，亲爱的，"院长将手搭在她俩的肩上说，"通过直面敌人，"说着她对着窗外泰德罗斯的塔楼咧嘴笑了笑，"然后干掉他。"

阿加莎和苏菲的眼里全是惊讶。

"我亲爱的同学们！"院长伸出手挥过人群上方，"现在欢迎我们的读者重返学院！"

随着一阵欢呼，疯狂的人群纷纷扯掉面纱奔向两个女孩。

"你回来了！"莉娜和满脸雀斑的米莉森特冲过来一把抱住了阿加莎，同时，绿皮肤的莫娜和独眼女孩阿拉克涅也将苏菲搂得死死的。

"我都不知道我们还是朋友呢……"苏菲被搂得喘不过气来，憋着气说。

"我们会和你并肩携手一起对抗泰德罗斯的。"阿拉克涅欢呼雀跃地说,米莉森特正挽着她的手站在旁边,那模样就好像永生者和永灭者一下子变成了闺密似的,"我们全站在你这头儿。"

"你们是我们的英雄。"莉娜对阿加莎说,阿加莎注意到这位阿拉伯公主似乎胖了不少,"你和苏菲教会了我们关于男孩的真相!"

阿加莎正竭力地在脑海中搜索着说点儿什么,这时一个尖叫着的模糊身影突然冲过来给了她和苏菲一个熊抱。"我的室友们!"碧翠丝大叫道,"兴不兴奋?院长让你们俩和我住同一个房间!"

苏菲和阿加莎还没来得及好好消化这个悲剧,就被另一件更让她俩惊讶的事震惊得目瞪口呆了。"你的头发!"苏菲失声叫道。

"没有男孩就意味着我再也不用装成愚蠢的公主了。"碧翠丝摸着自己剃光了的脑袋自豪地说,"想想去年,一整年我为泰德罗斯、舞会还有变美浪费了多少时间啊。可我得到了什么?现在我每天阅读、学习,我都学会说精灵语了……我终于知道我们身处的世界都发生了什么!"

"那美容课还有吗?"苏菲着急地说。

"早就取消了。现在女子学院里根本就没有美丑之分了!"莉娜说。苏菲惊恐地发现,她说这话时竟然素面朝天完全没有化妆。"我们改穿裤子了,也不再修指甲……我们甚至开始吃芝士了!"

苏菲吓坏了,四处寻找着院长的踪影,可院长已经带着蝴蝶们走出了陈列馆。"不过涂点儿口红肯定还是没问题的……"

"你想做什么都行!"阿拉克涅说,她的两颊微微露出了两团难看的腮红,"永灭者可以去打扮,永生者也不是非打扮不可。一切都是你自己的选择!"

米莉森特凑过来笑着说:"我都一个月没洗头了。"

苏菲和阿加莎一听这话同时往后退缩,这时一个尖叫着扑过来的人一把抓住了阿加莎。

"哎呀哎呀哎呀!你来了!我最好的朋友!"希子先对苏菲礼貌性地笑了笑,"你也是。"然后又紧紧地抱住了阿加莎,她那细长的棕色眼睛里有泪光在涌动。"你都不知道我祈祷了多少次希望你能回来!这一切简直就像做梦一样！等你上了历史课——现在是院长在教这门课，我们都能走进故事里——我们还有舞蹈课，还办了一份校报，还有读书俱乐部，而且我们现在不办舞会，改成演舞台剧了，我们还能去对方的寝室里挨在一起睡，而且……"

希子都来不及说完，一大群女孩已经扑过来将苏菲和阿加莎团团围住了，而且每个女孩都表现得仿佛自己曾是她们最好的朋友。

阿加莎努力推开人群挤到苏菲身边。"我们得马上逃离这儿……"话音未落她就被一个身影绊倒，在地上摔了个狗啃屎。"能给我的故事书签个名吗？"是吉赛尔，她居然把黑色长发折腾成了蓝色的莫西干头。阿加莎只能像只螃蟹一样横着爬进喧闹不已的粉丝群里。

女孩们将一本书、一张张卡片还有身体的各个部位都凑到苏菲面前索要签名，碧翠丝立刻出面规定所有女孩必须排成一列，挨个儿上前。此刻苏菲已完全分不清哪个女孩属于善良、哪个属于邪恶了，因为越来越多的永生者女孩剪掉了长发，任由体形变胖走样，而非常多的永灭者女孩却开始尝试化妆和节食了。

另一边的阿加莎终于从人群中挣脱出来了，正当她一把抓住苏菲的手臂想要赶紧结束这所有愚蠢的行为时，她突然愣住了。

那个头戴天蓝色面纱的领舞女孩拖着脚步朝她们走过来了。她又瘦又高，活像只白鹭，走路的姿势也特别奇怪，与其说她在走路，不如说她一直都在踮着脚，因为她那白色水晶鞋的鞋跟根本就没碰到过地面。她轻盈地走进过道，穿过那群张大了嘴呆呆地看着她的女孩，直直地走到两位读者面前停了下来。然后女孩仰起头，甩了甩她那头飘逸的红发，掀开了脸上的面纱。

苏菲和阿加莎一脸困惑地看着她。

这是一张她们从未见过却又觉得相当熟悉的脸。又长又尖的鼻子，线条坚毅的下颌，两只挨得很近的蓝眼睛。她的脖子出奇地长，露脐短上衣露出了她满是斑点又苍白的皮肤和皮肤之下紧实的腹部肌肉。女孩轻盈地笑了笑，然后看着她俩的眼睛发出一声低沉的叫声，吓得苏菲和阿加莎一下跳了起来。接着女孩给了她俩一个飞吻，重新戴上面纱，曳着步子走出了大厅。

所有的女孩都默默地注视着她，直到失控的人群突然回过神儿来重新朝着苏菲和阿加莎涌过去，气得碧翠丝不得不大声吹响哨子。

"那女孩是干吗的？"阿加莎一边胡乱地签着名，一边问希子。

"她的名字叫雅拉。"希子低声说，"根本没人知道她是怎么进来的！迄今为止我们都没见她说过话，也从没见她吃过东西，而且她动不动就消失。可能她无家可归吧，可怜的家伙。不过院长随她远离内心的善良，有些人认为她是个半人半斯廷法司。"

阿加莎的眉头皱了起来，她想到了那憎恨永灭者的食肉骷髅巨鸟。"怎么可能有人像半斯廷法——"

但是此刻的她完全来不及细想，因为苏菲已经吆喝着将所有的女孩都召唤到了她那边，她脸上挂着傲娇的微笑，不停地签着名并与众人贴面亲吻，仿佛她终于找到了自己的归属似的。

"我能和你一起去对战男孩吗？"阿拉克涅大声喊道。

"我能做你的副级长吗？"吉赛尔也喊道。

"我能做你的副副级长吗？"弗拉维亚也跟着附和。

"午饭过来和我们一起吃吧？"米莉森特叫道。

"不，和我们一起吃！"莫娜抢着反驳。

"重新拥有粉丝的感觉真是炫极了。"苏菲根本没理会阿加莎一脸惊恐的模样，喜滋滋地一边说一边在签名周围点上了一圈心形，"我拼了命地要回一个根本没人喜欢我的家乡，却不料误打误撞来到了一个人人都喜欢我的天堂。"

"如果你是因为跟碧翠丝住一间寝室难受的话，别担心，"希子注意到阿加莎一脸的闷闷不乐，"你可以一直和我待在一起的。"

阿加莎转头看着她，希子突然明白了。"你就没打算留下来，是吗？"希子尖声说道。

她周围的人群一下安静了。

"现在跟我说说学院的戏剧吧。"苏菲大声对着莉娜说，"你们的主角选好了……"

她突然停住了，因为她发现所有的同学都跟随阿加莎的目光看向了窗外。看向了湖湾那头，那座浓雾深锁、阴森恐怖的红色塔楼。

"如果我们留下来，就会引发战争。"阿加莎对女孩们说，"你们所有人都会因此陷入危险的。"

然后她对着苏菲说："你也听到教授们都是怎么说的了。我们可以不用伤害任何人，就把我犯的错修正回来即可。你不用死，泰德罗斯也不用死，这里的任何一个人都不用死。我们只需要为彼此许愿，我们就能忘掉这所学院里发生过的一切。"说着她把手搭在她朋友的肩上："苏菲，我们留下来就意味着邪恶，而你并不属于邪恶。"

苏菲缓缓地抬起头来，凝视着这一大片无辜的女孩。只要战争爆发，她们毫无疑问全都会死在泰德罗斯和他的红兜帽手下。只不过阿加莎忽略了院长的提醒，她俩能够回家的前提是彼此许下的愿望是真心的，但苏菲知道阿加莎不会真心地祈愿，阿加莎根本就忘不了这所学院。

因为对于阿加莎来说，光是朋友已经不够了。

阿加莎想要的是一个王子。

"我们先去蓝色森林里藏起来再想办法。"阿加莎一面平静地对她说，一面焦急地想在院长回来之前赶紧逃走，"也许我们可以用末格里变形术溜进男子学院。"

苏菲顿时垂头丧气得一句话也说不出来。

这时她看到了墙上那幅壁画上自己的双眼。

头戴水晶王冠站在塔楼上方的她，看上去那么像某一位她熟悉的人，那同样如丝线般的金色长发，翠绿色的眼睛，象牙色的皮肤。那个人也错失了与一个男孩的幸福结局，那个人最终因此孤独地死去。

"你对这个世界来说太过漂亮了，苏菲。"

这是她母亲对她说的最后一句话。

她希望我能找到一个新世界，苏菲想着，在那个世界里她绝对不会有和她母亲一样的下场。

那是一个能让她和阿加莎永远幸福的世界。

那是一个绝不会有男孩出来横亘在她们中间的世界。

那是一个没有王子的世界。

现在却有一个王子挡住了她的去路，苏菲紧咬着牙关，泪光闪烁。

一旦这个王子死了，阿加莎肯定会彻底忘了他的。

"这不是邪恶，阿吉。"苏菲大声起誓道，"这所学院是我们唯一的希望。"

阿加莎一下子紧张起来，说道："苏菲，你在说什么……"

"他说他想要我的人头是吗？"苏菲对着那属于她的蓄势待发的队伍咆哮道，然后龇着牙看向泰德罗斯的塔楼。

"那就让他放马过来吧。"

女孩们爆发出一阵刺耳的欢呼声，疯狂地拥住她们的新领袖。

"泰德罗斯必死！"

"男孩必死！"

苏菲被人群簇拥着消失前看了阿加莎一眼，此时阿加莎的脸上已血色尽失。

一个愿望，引发了一场战争。一场对战双方为了争夺她的心而爆发的战争，一场在她深爱的两个人之间爆发的战争，一场在她最好的朋友与一个王子之间爆发的战争。

阿加莎的灵魂被负罪感深深地灼烧着，那个曾经对一位父亲许下的承诺也在这愧疚的烈火中化为乌有。

我需要帮助，看着苏菲已经在低头亲吻她的将士们了，阿加莎在心里祈祷着。祈祷有人能看清所有这一切，祈祷有人能告诉她这一次究竟谁是善良的谁是邪恶的。

就在她准备从人群中撤出去时，她注意到萨德放置绘画的黑暗角落里闪出了一道诡异的光亮，那亮光盘旋在地板上空，慢慢地两只小小的黄色眼珠像两颗悬浮着的弹珠一样朝她飘了过来，接着旁边又闪出了两只，然后还有两只，这时几个佝偻着的影子从大理石柱后面轻轻地跳了出来。

三只黑老鼠目光灼灼地注视着阿加莎，就好像她刚念了什么咒语似的。接着它们飞快地蹿进后门，领着她去了它们的主人身边。

第七章
女巫们的谋划

"我就直说了吧。"海丝特跨坐在一个镀金的水槽上说道,她身旁坐着的正是阿纳迪尔,这两人还穿着之前永灭者每天都穿的那件松松垮垮的黑色束腰袍校服,"泰德罗斯想杀死苏菲,苏菲也想杀死泰德罗斯。除非你立刻在他俩中间选择一个作为你故事的结局,否则,这所学院里的每个人都得死。"

说这话时,她们三人全都躲在荣誉塔楼里那配有宝蓝色的马桶和浴缸的象牙浴室隔间里。阿加莎看着这两个女巫，怯懦地点了点头。她从没想过自己看到她俩会这么开心，因为与其他女孩不同，这两人一点儿也没有变。海丝特那头红黑相间的头发比以前更油腻了，而她脖子上那一圈曾经在上一年因为一个失败的咒语威力折损的红色鹿角恶魔文身，现在也变回了鲜艳饱满的色泽。至于阿纳迪尔，她看起来比之前更苍白了，那一头如幽灵般的白发与毫无血色的皮肤，即使作为一个白化病人来说也太过惨白了。她挨着海丝特也跨坐在水槽上，手里正提着一只活蜥蜴准备拿去喂她的三只黑老鼠，这三只黑老鼠看起来和之前在善恶大战中被杀死的那几只几乎一模一样。

"一个王子和一个女巫，为了你而互相残杀。"她尖着沙哑的嗓子厉声说道，"换成是我，我肯定会受宠若惊的。"看着那几只啮齿动物将蜥蜴的肚子剖开吞下后，她抬起了藏在兜帽下的那双红眼睛："不过谢天谢地，我这人没什么感情。"

"真想不通，谁会去养跟死掉的宠物长得一模一样的动物啊？"海丝特不由得自言自语地嘟囔道。

"听着，我现在又饿又脏又困，而且刚刚得知有一整支男孩军队想要杀死我最好的朋友，"阿加莎说，她低沉嘶哑的嗓音里满是疲惫，"我现在只想我们可以活着回家。"

"可你还是为泰德罗斯许愿了。"海丝特用她惯有的尖刻冷笑着说，"这似乎表明了你根本不想回家嘛！"

阿加莎一时间什么话都没有说，过了一会儿她开口道："听着，你们只管告诉我该怎么做才能确保没人受伤。"

"阿纳迪尔，她说得好像我们是仙女教母似的。"海丝特不屑地哼了哼，吹灭了从她闪着红光的手指上冒出的一团烟圈。

阿纳迪尔一边说，一边伸出她亮着绿光的手指在水槽上画下了一个骷髅头："我们可没那么老土，也没那么卑微。"

"求你们了。"阿加莎哀求道，"你们是女巫，肯定有什么办法能收回愿望的……"

"还挺真诚啊！"海丝特旋转着她发光的手指，对着镜子里阿加莎的脸，刻下了一个盒子。"看看这个无助的迷失的小心灵吧，她还穿着黑色试图去找回过去的阿加莎呢……找回那个会扔无头鸟尸体、会冲着永生者女孩脸放屁的阿加莎,那个把苏菲看得比命还重要的阿加莎。"海丝特看着镜中阿加莎的双眼,嘴角露出一丝冷笑说,"可她已经不在了,公主。"

"这不是真的。"阿加莎大声反驳道,可镰刀在她手上留下的抓痕突然一阵刺痛,就好像它们从未愈合过一样。

"想想我们还曾经希望你能加入我们的团体呢。"阿纳迪尔说,"可现在的你却满脸恐惧,因为你为了一个男孩而伤害了自己最好的朋友。"

"很高兴看到你们都没变。"阿加莎低声嘟囔了一句,然后拖着沉重的步子朝门口走去,"这倒让我想起了为什么我们做不了朋友。"

"说到底,最后也只能有一个人让你获得幸福。"海丝特在她身后小声嘀咕道,"问题是,会是谁呢?"

阿加莎转过身,女巫们已从水槽上滑了下来,像鲨鱼似的将她围了起来。

"选苏菲还是泰德罗斯呢?"海丝特一副深思熟虑的模样说道。

"选泰德罗斯还是苏菲呢?"阿纳迪尔也别有深意地说。

两个女巫肩并肩靠在水槽边上说。"这问题可得好好想想。"海丝特一边说,一边意味深长地看着阿纳迪尔,然后两人的头猛地看向阿加莎。

"当然选泰德罗斯了。"两人齐声高喊道。

阿加莎的心猛然一跳,她拼命将自己从惊慌中平复下来,说道:"可这根本就是个错误!我不想要王子!"

海丝特一下从水槽边滑过来。"听我说,你这个凸眼蠢女人。除非你去亲一下泰德罗斯,否则整所学院都会一直是这副鬼样子。"她恶狠狠地低声说道,立刻变回了那个阿加莎熟悉的危险女巫的模样,"去亲他,所有的问题都解决了。王子和他的公主待在一起,女巫永远离开。永生者待在这边,永灭者回到那边。善恶魔法学院重回原样,我也可以踏踏实实地做三年级的级长了。"

阿加莎叉起手臂:"我懂了。我担心我最好朋友的生命,你担心学院。"

"你到底知不知道你都对这儿做了些什么啊,你这个三心二意的蠢货!"海丝特大声咆哮道,她两只黑眼珠里全是怒火,"你知道你让我们陷入了怎样的境地吗?"

她从兜里掏出一团皱巴巴的羊皮纸。阿加莎展开看到是一张课程表，可上面全是涂鸦，几乎认不全写了些什么。

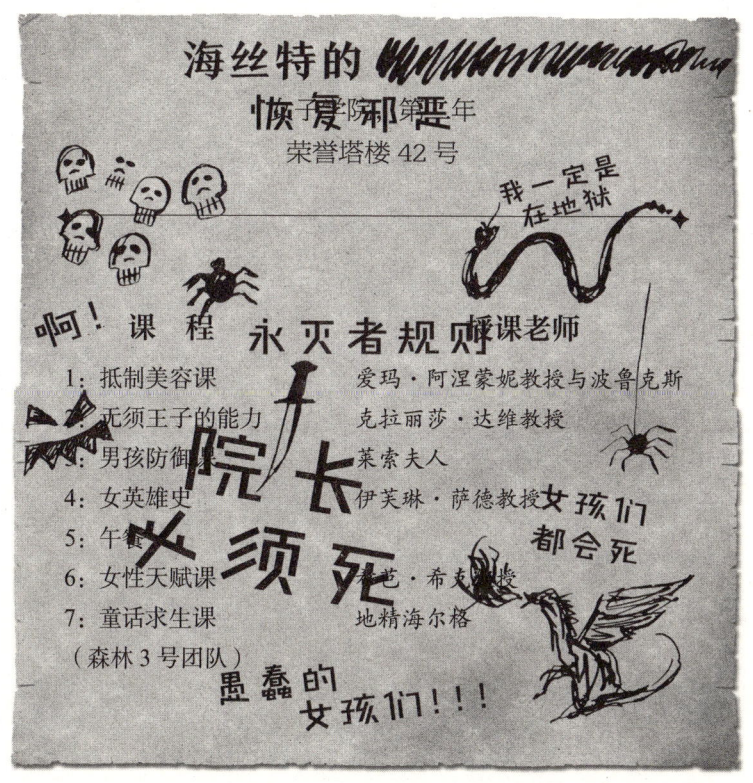

阿加莎呆呆地看着这张羊皮纸："但是……这些都是关于……"

"女孩的，你这个愚蠢的大傻瓜！这所学院的一切都是关于女孩的！"海丝特尖叫道，"你知道我费了多大的力气才证明了自己不仅仅是个女孩吗？而现在我却不得不住在一个全是女孩的城堡里！对，我们都明白自己打死也不会去碰一下男孩的，可是一所学院里就不能没有男孩！"

"我们还在邪恶舞会上和他们跳过舞。"阿纳迪尔纠正道。

"闭嘴。"海丝特大吼一声，又重新转过头看着阿加莎，"没人喜欢男孩！就连喜欢男孩的女孩也无法一直忍受他们！他们浑身臭烘烘的，话又多，总是把所有事弄得一团糟，而且他们还老爱把手插在裤兜里。可这并不意味着学院里可以没有他们啊！这就像斯廷法司没有骨头，女巫没有疣一样！没有男孩，生活会失去意义的！"

她怒吼的回声震得镜子摇摇晃晃。

阿加莎举起课程表问道："呃，那老师们对此有异议吗？"

"你想想为什么在你们的欢迎会上他们全都没出现？"海丝特稍稍平息了一下怒气，埋怨地嘟囔道，"他们和我们一样的心情，可他们别无选择。反抗？那他们会遭遇和乌玛公主一样的下场。"

阿加莎注意到动物交流课的老师果然没出现在课程表上，问道："那她去了哪儿呢？"

"院长将乌玛的课改成了狩猎课，因为她说现在女孩们不能再依赖男孩去觅食了，必须学会自给自足，而且这也是五大准则的一部分。"阿纳迪尔叹了口气，打开了水槽上的水龙头想要吓唬吓唬她的老鼠们。"想都想得到，乌玛肯定会拒绝教这门课，说到底她怎么可能去猎杀她花了毕生精力才交到的朋友嘛。"她轻轻抚摸着被水淋得瑟瑟发抖的老鼠们，然后抬起了头，"于是第二天清晨，一架楼梯就将她扔进了森林里。"

"她走了说不定更好。"阿加莎稍稍松了一口气说，因为她不用再跟着那个神经质的粉色公主继续学猫头鹰叫和狗叫了。不过她立刻注意到阿纳迪尔的眼睛依然死死地瞪着她。

"你还想得起森林里有什么吗？"

阿加莎胸口一紧。有王子。那些复仇心切、嗜血的王子。

"为什么院长不去解救她？"阿加莎哑着嗓子说，"他们会杀了她……"

"你也觉得这样很糟糕吧？"海丝特的火气又上来了，粗声大气地说，"你知道永灭者有多讨厌盥洗室吗？你知道只要一靠近盥洗室，我们心里的厌恶会翻腾成什么样吗？更别说我们现在居然还躲在一个有宝蓝色马桶的盥洗室里，这下你该知道我们有多不想去上课了吧。"

她恨之入骨地瞪着阿加莎，阿加莎只能将为乌玛命运辩护的话全吞回了肚子里。

"你想要苏菲活命？你想要避免男孩与女孩之间的战争？你想要幸福的结局？"海丝特怒气冲冲地盯着阿加莎说，"那就去吻泰德罗斯吧。"

阿加莎能感觉到自己揪紧的心脏正一点点地挣脱出来。"这才是正确的结局。"达维教授曾经说过。

　　阿加莎窘迫得脸上红一块白一块。所以要背叛她最好的朋友吗？得永远抛弃苏菲？在她们经历过这所有的一切之后？

　　"我做不到。"她"啪"的一下靠在隔间的门上，嘶哑地说道。这时门后突然传来一声咳嗽声。

　　海丝特咧着嘴露出她尖利的牙齿说："你说什么？"

　　"我现在能出来了吗？"一个熟悉的声音从里面轻轻传出来。

　　"你得一直待在里面，直到你承认自己是个没人喜欢的叛徒，承认自己即使自刎也比露出你那张脸好。"海丝特狠狠地说。

　　四下一阵沉默。

　　"阿加莎，我能出来吗？"

　　阿加莎叹了口气说："你好，多特。"

　　隔间的门慢慢打开了，一个腰肢纤细、一头金棕鬈发的女孩蹑手蹑脚地走了出来，这是一个阿加莎从未见过的永生者女孩，她困惑地看了看她，又把头探进隔间里望了望。

　　隔间里空无一人。

　　阿加莎迟疑地扭头看着这个陌生人："你是……你是……"

　　"一直在挨饿呢。"多特说着把阿加莎拉过来，给了她一个长长的拥抱。阿加莎将她拉开后定睛看着她，多特足足瘦了得有三十磅，她脸上化着淡淡的妆，嘴唇上涂了红色的唇膏，睫毛上刷着闪着亮片的睫毛膏。她棕色的头发里微微泛着金色的光泽，细密的小卷上夹着一些亮晶晶的黄色发夹。她还把校服的浅蓝色束身衣往上卷了卷，好露出她平坦紧实的小腹。

　　"你不会急着要离开这所学院吧？"多特啃着一把看着像羽衣甘蓝做的蔬菜干，着急地问。

　　"你看看。"阿纳迪尔无奈地呻吟了一声。

　　"我爸总对我说，我以后也会变成一个像他那样臃肿不堪的恶人，最后只能孤独终老。"多特眼眶微微泛着泪花说，"可是阿加莎，这个地方让我能够变成我自己想要的样子，我这辈子都没感觉这么好过。可她们俩却让我感觉糟透了，她们以前因为我胖取笑我，现在她们又因为我瘦羞辱我。"

"所以你不如去死吧。"海丝特说。

"你不过是因为我交到了新朋友而嫉妒我。"多特愤怒地大叫。

海丝特的文身恶魔一下从她脖子上剥离了出来,对着多特的脑袋迅疾地扔了一团闪电。多特及时跳进浴缸躲开了,闪电击到大理石墙面上,顿时将墙炸出了一个大洞。在洞的那头,一个瘦小的女孩正躺在床上读着一本名为《为什么男人无足轻重》的书,她惊恐地看了看大洞,然后一下躲回了房间里。

海丝特嘴里念念有词地将恶魔唤回到脖子上。多特嚼着一块星形的胡萝卜,从浴缸里探出头来偷瞄着阿加莎,说:"就是因为人人都喜欢院长,所以她才气得要死。"

"我可喜欢她了,最喜欢看她没法逼着我们穿这身滑稽可笑的衣服时的模样。"海丝特一脸嫌弃地看着多特的蓝色束身衣说,"希克教授偷偷教了我们一个咒语,只要我们一穿上校服,就会爆发传染性疱疹。所以在听了整整两天女孩们的尖叫后,院长终于放弃了。"

"说起来,她是怎么接手掌管学院的?"阿加莎不解地问。

"你好好想想你们离开时男孩和女孩的关系有多差。"海丝特说,"全院最实至名归的王子拱手将自己的公主让给了一个秃头无牙的女巫。就在那一瞬间,所有的男孩全都把女孩当成了敌人——女孩也把男孩看成了恶棍。当学院的名字被改成男子学院和女子学院时,那清晰的界限划分就像当初的善良与邪恶一样。院长的出现不过是让事情变得更糟糕而已。"

"可她是何方神圣呢?"阿加莎问,"她说她是萨德的妹妹……"

"我们只知道,就在学院被改成男子学院和女子学院的当晚,达维教授突然怎么也打不开自己办公室的大门了。"阿纳迪尔说,"当她和莱索夫人花了好几个小时才打开门时,她们却发现……萨德院长正端坐在她的讲桌前。"

"可她又是怎么进去的?"阿加莎皱着眉头说,"而且为什么她们都不反抗她?"

"至少那些男老师曾经反抗过,"阿纳迪尔说,"不过打那以后就再没见过他们了。"

阿加莎失神地看着她。

"只有达维教授和莱索夫人拿到了撰写者，我们才有机会和平共处。"海丝特接着说道，"不过现在看来，你去亲一下泰德罗斯已是我们唯一的希望了。因为所有人都没法反抗院长。"

她紧盯着阿加莎的双眼说道："整座城堡都被她握在手中。"

就在苏菲跟着院长穿过蓝色玻璃天桥，从荣誉塔楼来到英勇塔楼时，一路上全是不时跳出来把她当成船长一样向她致敬的女孩们。

"王子必死！"一个长着粉刺的女孩尖叫道。

"苏菲和阿加莎万岁！"一个精灵模样的永生者女孩清脆地说道。

苏菲却只能急匆匆地朝她们挤出一丝焦虑的笑容，因为她一路都在努力跟上萨德院长的步伐。当她们走在湖上的玻璃隧道里时，院长眯着眼睛看了看校门外吵吵嚷嚷的王子们，看着他们还在费力地用石头和棍棒去试探莱索夫人设下的魔法屏障。她厚厚的红嘴唇微微噘了噘，然后走得更快了。她整个人被包在一条非常贴身的裙子里，身姿摇曳地大步朝前走着，苏菲也紧赶慢赶地跟在她后面。透过玻璃天桥上的倒影，苏菲仔细端详着院长。她从未见过能美成这样的人——就连她母亲都不可能有这么漂亮。她一切的比例都完美地符合童话故事书里的标准，玫瑰花瓣般的嘴唇，浓密闪亮的头发，仿佛院长就是从画中走出来的人物一样。她都是用了什么东西在护肤？就连蓟根的气孔都不可能这么细。苏菲一边想着，一边试图透过毛玻璃中自己的影子和她比较一下。

毛玻璃中一个秃头无牙、满脸是疣的影子正龇牙咧嘴地注视着她。

苏菲惊骇得说不出话来，赶紧闭上了双眼，心想：不会的……我是善良的……我现在很善良……

当她再次睁开双眼时，影子已变回了她自己那张光洁柔滑的面孔。

"苏菲？"

苏菲的心怦怦直跳，她扭头看见院长正站在天桥尽头皱着眉头望着她。她赶紧迈开颤抖的双腿三步并作两步地赶了过去，一路上经过的女孩还在不断地向她致敬。

"泰德罗斯必死！"

"王子必死！"

"呃，就是，你之前说干掉泰德罗斯，"苏菲焦虑地结结巴巴地说，"你的意思不是让我……我……去干掉他吧……也不会让我牵涉进什么……邪恶的事情里吧……"

"考虑到你的过去，我想你应该会挺期待的。"院长凝视着她若有所思地说。

苏菲擦了一把汗："那只是，呃……我知道我之前的名声挺可怕的……可是我已经改变了，你看……"

"你变了吗？"院长别有深意地看了她一眼，"在陈列馆里，你看起来可是一副立刻就要准备发起战争的模样。"

"好吧，人总是得适时表现出领导风范嘛，"苏菲现在已是汗流浃背，"但事实上，我的女巫时代已经结束了，所以如果现在有谁足够邪恶到能杀死泰德罗斯——或许我可以提议海丝特或者阿纳迪尔，她们俩都算是相当可恶的恶人了……"

"面对一个想要偷走你唯一朋友的男孩，你居然胆怯得不敢还击？"

苏菲迟疑地抬起头来看着院长，她正站在英勇塔楼的入口处咧着嘴嘲讽地看着她。

"或许，是因为你还不知道自己在为谁而战吧。"

说着，大门神奇地打开了，眼前的一切一下让苏菲惊讶得喘不过气来。

在拥挤的楼梯井两侧的墙面上，绘制着一幅从一楼一直延伸至五楼的硕大无比的巨型壁画。这是一幅风格化的丝网印刷壁画，画中人正是笑脸盈盈的她与阿加莎，她俩的头像被一圈璀璨夺目的星环包围着，下面还印着一行闪亮的蓝色字样：

共创美好未来

如今的英勇塔楼早已没有了动物皮毛装饰，也闻不到皮革的麝香味和古龙水的味道了，取而代之的是一个满目苍翠的空中花园。蓝色玻璃楼梯井和大理石柱上都垂吊着天蓝色的玫瑰花，当学生们经过这里前往教室时，会有花瓣从她们头顶撒落，而落下的花瓣则会被垂吊在低处的藤蔓清扫干净。当苏菲跟随院长走上楼梯时，女孩们立刻全部往左排成一列，空出了一条道给她们，并一路向她们露出一脸温暖的笑容。透过旋转栏杆，苏菲看见一群蓝色蝴蝶正从一个楼层飞往另一个楼层，它们还不停地变换位置，组合出不同的造型——一会儿排成斯廷法司，一会儿排成仙女，然后又排成了天鹅——惹得楼下的女孩们赞叹不已。接着院长对蝴蝶们使了个眼色，随着一串尖细的叫声，蝴蝶们纷纷飞回了她的长裙里。

她转身走上三楼，苏菲也跟着她走进了一间正热火朝天开展着活动的大厅。大厅墙边，永生者女孩和永灭者女孩肩并肩地坐成了一排，为了完成作业，她们正一起观看着从《写给学生的森林史（修订版）》里展示出的全息图像。在她们头顶上是一幅田园诗风格的壁画，画中校园里的女孩正奴役着男孩，画上的水印则是苏菲与阿加莎被神化了的面容，壁画一直延伸覆盖了整面长长的宿舍墙。

莉娜飞奔着往女孩手里一盘盘地递着水煮鸡蛋和黑麦吐司，阿拉克涅则忙着递过去一杯杯巧克力脱脂奶。角落里还有一群女孩正在练习双簧管、长笛和小号，但是苏菲完全分不出她们究竟是永生者还是永灭者，因为她们每个人的头发都乱糟糟的，而且全都素面朝天。莫娜和米莉森特正站在楼梯井上方的梯子上，忙着给栏杆上的粉色玫瑰涂一层厚厚的蓝色，滴下的油漆正好落在楼下两个拿着木剑比斗的女孩身上。这时希子又边跳边挥舞着一张羊皮纸从她们面前经过，她正大声喊着："读书俱乐部今夜开启！快来参加读书俱乐部！"而她的叫喊声很快就被正在对着乐谱练唱高音的吉赛尔和弗拉维亚盖了下去。大厅里所有的大门都开了又关、关了又开，女孩们一会儿从欢迎会上跑回房间，一会儿又从房间里拿着书跑去教室，每个人都是一副汗流浃背的模样。

苏菲回想起了过去学院的模样——永灭者永远在课上讥讽针对他人，永生者则花去所有的时间不停地打扮，学院之间、学院内部、每个人都陷入了一种令人生厌的竞争之中。而现在的她们，尽管全都忙得大汗淋漓、不修边幅，尽管这里还散发着魔鬼般的奶酪味，可她们全都一起恣意而快乐地生活着……放眼望去，没有一个男孩的身影。

"阿加莎怎么可能不想要这样的生活呢？"她轻声地说。

"总有一些人抗拒改变。"院长在她身旁说，"阿加莎是个公主，她仍然相信自己需要一个王子。你应该非常清楚这种幻想能够带来的力量吧。"

苏菲一下想到了过去的自己，想到了自己曾为一个王子梦而投入的所有希望、精力与时间。她曾如此确信一个血统高贵的英俊男孩会带着她走进他的白色城堡，会给她永恒的幸福。在校长绑架她俩之前，阿加莎就曾因此而无情地嘲讽过她。"你说得好像这个肌肉发达的男神会理解你的内心似的。"阿加莎曾这么讽刺地说，"我们俩在一起会更自在。"她当时曾一如既往地对苏菲扮了个鬼脸，好让这一切看起来像开玩笑，但苏菲知道她是认真的。阿加莎一直都认为她俩在一起就足够幸福了。

难不成她的朋友是被下咒了吗？难道阿加莎已经开始相信那些她曾经嘲笑过的幻想了吗？

苏菲心里一阵低落，难道是她和阿加莎的内心被交换了？

"她想见他。"苏菲轻柔地说。

院长脸色一沉，等女孩们鱼贯离开后，她一把将苏菲推到楼梯井后面说："如果她去吻了他，那这一切就都没了。"

"她永远不会去吻他的——如果这意味着会失去我的话。"

"她都为他许愿了，苏菲。"院长一把将苏菲抓到自己跟前步步紧逼地说，"愿望来自灵魂。越是否认它们，它们滋生得越强大。"

苏菲心里升起一片凉意。

院长身体前倾，伸出她拥有镀金色长指甲的手指托起苏菲的脸颊说："她已经不再是那个你熟悉的女孩了，苏菲。她的心里有一根刺，而这根刺必须拔掉。"

苏菲把头依偎在院长的肩上，轻声地说："我只想要我的朋友回到我身边。"

"只要她的王子死掉，你会达成所愿的。"院长轻抚着她的头发说，"你们可以永远在一起。你们之间也不会再有男孩出现了，再也不会了。"

苏菲的眼睛潮湿了，她想永远这么躲在院长的怀里。她说："告诉我，我该怎么做。"

"把他们分开。"院长一把将她拉开说,"让泰德罗斯来和我们对战。只要他来,你和你的军队就会准备就绪的。"

"可我……我不想打仗……"苏菲支支吾吾地说,她感觉那些疣好像又要爆出来了,"我……我现在想做善良的……"

"那就让你的朋友去吻她的王子?"院长虎视眈眈地看着她。"任由她将你放逐到一个无足轻重的世界,去过平凡乏味的生活吗?"她步步逼近,"没有朋友……没有爱……彻底被遗忘?"

苏菲完全说不出话来。

"这是你母亲最终的结局吗?"院长凑近了问道,她的嘴唇几乎贴到了苏菲耳边,"那她最后变成了什么样?"

苏菲脸上一片惨白。

这时一只手一把抓住了她,她不禁惊声尖叫。

"别担心!"碧翠丝将苏菲拖开,清脆地对着院长说,"我会带她去看她的房间、她的校服还有她的日程表的!"她伸出手臂搂住苏菲拽着她走出大厅,"你能相信吗?我们竟然还曾为一个男孩闹过不愉快。"

苏菲一路无言,她回过头瞥了一眼院长,她正靠在壁画前像一个母亲望着自己的孩子一般,一脸慈祥地对她微笑着。就在院长的身影渐渐消失在大厅的黑暗之中时,苏菲看见了壁画上自己那双闪亮的绿色眼睛,还有自己的模样,那是一位头戴王冠俯瞰着一个没有王子的世界的自己。

在那个世界里,她最好的朋友永远不会再背叛她了。

苏菲咬紧了牙齿。

只要阿加莎没有吻泰德罗斯,那她们就还有机会。

阿加莎沉默不语地坐在浴缸边,手里拿着一块肥皂不停地敲着地板。现在她脑子里唯一想的就是,如果她没许下那个愿望,现在的她们会是什么样子。

她的母亲应该在准备午餐的炖菜了……又是放了大蒜和肝脏的炖菜,那味道会从铁锅里飘出,混在烟雾弥漫的风里,从她家破碎的窗户溜出并飘散在空中。她会趴在床上为了下午要上的课而着急地赶着语法作业。镰刀会蜷缩在一个角落里对着她喵喵地叫，但那叫声应该比前一天温和些了。当她呼噜呼噜地吃掉炖菜后，她应该会听到门外杂草丛中传来噼里啪啦的声音，同时伴随着一些轻柔的哼着歌的声音……然后还会响起玻璃鞋跟踏上门廊的声音……"走路去学校？"苏菲会这么说。接着她俩分别穿上黑色和粉色的冬衣，悠悠闲闲地走下山坡，一路上嘻嘻哈哈地开着学校里那些一身都是谷仓味的男孩的玩笑。"那就让他们试试来娶我们啊。"苏菲会这么说，还会哈哈大笑。因为这一切在很久以前都是真实发生的，那时她们彼此为伴，根本不需要再有别人。

"我怎么能毁了这一切呢？"她抬起头看着那三个女孩，声音嘶哑地说，"我怎么会去为他许愿呢？"

"因为你是一位公主，阿加莎。"海丝特的表情第一次稍稍温和了些，"不管你怎么努力去反抗……你依旧想要一个王子。"

阿加莎如鲠在喉。她抬头看着阿纳迪尔，站在海丝特身旁的她也点了点头，同时她们俩都等着多特表示赞同。

但是她没有。

两个女巫看着她，眼里都快喷出火了。

"哦！好吧，我也赞同她说的行了吧！"多特狠狠地嚼着一根星形芹菜，不乐意地说，"就算这意味着我得重回邪恶，重新变胖，然后重新变得没朋友！"

阿加莎摇了摇头："听着，只要苏菲原谅了我，一切都会……"

"原谅你？"海丝特咯咯地笑了，"她忠诚的阿加莎，却和曾经属于她的男孩纠缠不清……你竟然会期待一个森林彼岸的女巫懂得原谅？哦，拜托，在苏菲的内心深处，她恨不得将你碎尸万段。"

"你不明白，"阿加莎急切地说，"苏菲变了……她是善良的……"

这时就连阿纳迪尔的老鼠都开始窃笑了。"阿加莎，她是个永灭者。"多特说，"不管你多么爱她，多么努力想要改变她，苏菲最终还是属于邪恶而且只会孤独终老。"

"而且也没法做级长。"海丝特低声嘟囔道。

阿纳迪尔蹲在阿加莎面前说："你永远不会为苏菲真心许愿的，阿加莎。因为你和苏菲永远不可能在你们的世界里获得幸福。"第一次，阿纳迪尔那双红色的眼睛看起来有了一丝人情味。"你会一次又一次因为祈盼一个王子而回到这儿来。而苏菲则永远都会是那个将你和他分开的女巫……除非你去亲吻泰德罗斯。"说着她伸出冰冷苍白的手抓住阿加莎的手腕，"难道你没发现吗？你的愿望是正确的。"

阿加莎静静地坐在浴缸边。她仿佛又一次陷入了一个谜题之中似的，而且谜语的答案也只能由一位校长解开。只是这一次，苏菲无法与她共同应敌了。

"我得一个人去见见泰德罗斯。"她平静地说。

多特点点头："只有这样，你才能知道你是否真心想和他在一起。"

"那如果我发现我不是呢？"阿加莎此刻拼命在脑海里想着所有憎恨王子的理由，说道，"要是我还是希望和苏菲一起回家呢？"

"那我们会帮你的。"阿纳迪尔没好气地说。

阿加莎想起了在萨德办公室里，苏菲那张致命般冷酷无情的脸，说道："可我要怎么在她毫不知情的状况下去见他呢？我们俩可住在同一个房间里。"

"这个交给我们来搞定。"海丝特咬着她那红黑相间的发梢说，"但是必须今晚就行动，我在这个班上真没法再多忍受一天了。"

阿加莎心里涌起一股奇异的解脱感，就好像在一场肆虐凶猛的风暴中突然瞥见了平静的风眼一般。经历了这么多以后，她到底还是要见到泰德罗斯了。不管发生什么，之后都会有希望的。会有一条路指向幸福的，她也会做出一个选择的。

弯腰坐在浴缸边的她，突然注意到地板上一块星形的肥皂。她抬起头目光落在多特手中那根星形的黄瓜上。

"你肯定认为这比变巧克力容易多了，"多特叹了一口气，又将另一块肥皂变成了芜菁，"可是好一阵子，所有东西都被我变成了高达干酪……"阿纳迪尔突然一下捂住了她的嘴巴。

女孩们随着她睁得大大的眼睛看过去，一只蓝色蝴蝶正从墙上那个破洞飞了进来。

阿加莎哼了一声说："不就是只蝴蝶……"

海丝特伸出手指向她射去一小团火花，阿加莎疼得大口喘气。文身女巫两眼圆睁地瞪着她，然后用亮着红光的手指在空中画出了几个烟雾缭绕的大字……

"她听着呢。"

阿加莎不解地摇了摇头。

海丝特和阿纳迪尔掰着手指开始倒数。五……四……三……二……

盥洗室的大门"嘎吱"一声打开了，一个脑袋探了进来。

"你在这儿啊，阿加莎。"院长说话的同时，那只蝴蝶已经翩然飞回她裙子里变成了图案，"五分钟后开始上课，你还没穿校服呢？这可不是开启新一天的最佳方式哦。"

然后她狠狠地扫了一眼海丝特和阿纳迪尔，仿佛这句话也是说给她们听的。接着她的眼睛又移向她们身后那个炸破的墙洞，墙洞瞬间自行补好了。

"破坏公物是典型的男性特质。"她看着两个女巫，语气冰冷地说道，然后又赞许地对多特笑了笑，"我建议你们俩多向你们的室友学学，言谈举止应该怎么样才能像个女人。否则你永远不会料到，这座城堡可能会像教训那些男孩一样，给你们也来一个同样的教训哦。"

海丝特和阿纳迪尔紧张地垂下了头，这让阿加莎对院长更为警惕了。她想起了在欢迎会上察觉出的那种奇怪的被偷听的感觉……

那时一只蓝色蝴蝶正落在苏菲肩上。

阿加莎深深地吸了一口气。森林里的蝴蝶……还有花卉总站的那只蝴蝶……

原来院长一直都在，是她引领她们来到这里的。

而且她们说的每个字她都听到了。

"我们现在能走了吗，亲爱的？"院长伸出她长满又尖又长指甲的手拉开门。

阿加莎浑身紧绷地跟着她走了出去，但她的双眼一直死死地盯着镜子，看着镜子里的海丝特抬起她充满愤怒的黑眼睛，然后用口型发出了一个指令：

今晚。

第八章
不可饶恕

"再不快点儿,我们要赶不上你们第一次挑战了!"碧翠丝手里拎着满满两背包的书,站在宿舍门口眉头紧皱地催促着。

苏菲依然一动不动,冷冰冰地瞪着阿加莎。

"所以你现在想留下来了?"她头戴一顶亮晶晶的水晶王冠发带坐在中间那张床上,校服还压在她的屁股底下,"你可是说过留下来就意味着邪恶。"

阿加莎转过身,抬头望着房间里那幅充斥着整面墙的壁画。曾经那上面画的是一幅英俊王子正在轻吻他的公主的粉色壁画——现在却变成了一幅她在一片蓝色星云中用友爱之吻唤回苏菲生命的真人大小的壁画。"我只是去见见他。并不是选择了他。我只是……去见见他。"

"要不去见见泰德罗斯怎么样？"苏菲想起了院长的警告，气鼓鼓地扔出一句话，"去见见你的王子怎么样啊？"

阿加莎没有回答。

"好吗？"苏菲逼问道。

阿加莎转过身来，苍白的四肢从校服里伸了出来，水晶王冠发带松松垮垮地挂在她的头发上。"我还在这儿呢，不是吗？"

苏菲长长地吐出一口气，院长的那些话渐渐从她耳边消失了。院长其实也和校长一样，不可能真正理解她们之间友谊的力量。阿加莎永远都不会去见泰德罗斯的，毕竟她们俩经历过太多了。

"你会原谅我吗？"阿加莎问道，她很惊讶苏菲竟然会沉默不语。

苏菲抬起了头，用微笑回答了她。可就在那一刹那，苏菲却觉得自己不认识阿加莎了。

电光石火之间，苏菲发现自己看到的只是一个深深想念着一个男孩的女孩。这个女孩已经在她身后捅了她一刀了，这个女孩已经毁了属于她们的幸福。

由来已久的怀疑一下如星星之火一般在她心里点燃。

原谅她。苏菲的内心挣扎着，思忖着。

可她的肌肉却越来越紧绷……她的双拳渐渐握紧……

善良选择宽恕！

可现在她心里充斥着的全是来自一个女巫的愤怒。

苏菲深深地吸了一口气，一下从床上弹起来抱住阿加莎，力气大得把她头上的王冠都挤歪了。"哦，阿吉，我原谅你！你做什么我都会原谅你的！我知道你绝不会去找他的！"

阿加莎红着脸避开了她的双眼。"这该死的东西是干吗的？"她喃喃地说着，那水晶王冠发带不知怎的竟然掉到了她嘴边。

"哎，是你们的级长王冠啊。"碧翠丝不耐烦地跺着脚抱怨道，"因为在你们离开的时候，你是永生者里排名第一的，而苏菲是永灭者里排名第一的。"

"嗯哼，我们现在都在同一阵营了。"苏菲笑眯眯地抓起了阿加莎的手。

阿加莎觉得自己手心里全是冷汗,于是她抽出手去拿碧翠丝拎着的一包书。

"不过,你们的排名会从今天开始重新计算。"碧翠丝说,"如果我们还能赶上你们第一次挑战的话。"

苏菲跟着光脑袋的碧翠丝走了出去,当她回头看阿加莎的时候,发现她正皱着眉头看着背包里的那堆书:

《男人:野蛮的族群》
《幸福与男孩无关》
《无须王子的公主指南》

"准备进入新学院了吗?"苏菲手握着打开的大门说。

阿加莎抬起头,尽最大的努力挤出微笑回应了她。

阿涅蒙妮教授一改过去浮夸的造型和招摇过市的风格,拖着沉重的脚步走进了蓝色太妃糖教室来上她的抵制美容课。她颇有深意地瞪了阿加莎一眼,这时教室里二十名女孩已经排列整齐,笔直地站好了。

"这周我们将继续学习,如何抵制每一件王子期待自己公主变美的事项。"阿涅蒙妮教授愤愤不平地说。现在的她只穿着一件简单的亮黄色长裙,以前她用来炫耀的那些夸张艳丽的首饰、羽毛紧身衣、高耸的发饰还有皮毛配饰全都不见了。整间教室里所有她过去用来上美容课的设备也全都被撤除了,包括她从普茨带来的古董镜台,进步最大学生的妆前妆后对比照,还有一货架接一货架的梳妆工具。现在这里只剩一堆白色的软糖课桌和一块甘草黑板,蓝色太妃糖墙面上是苏菲笑脸的水印,旁边一团棉花糖拼出的对话框里写着:美是一种心境!

"先来复习一下。"阿涅蒙妮教授没好气地说,然后又对阿加莎投去一个责难的怒容,"首先,我们应该抵制节食这种毫无益处的传染病,要鼓励每一个女孩去吃任何一种她发自内心想吃的食物……即使是糖果。"

阿加莎一下咳出声来。阿涅蒙妮教授可是对糖果恨之入骨的,还曾因为她吃糖罚她刷了整整两个星期的盘子。可是此时，所有永生者女孩的脸上却看不出一丝的慌乱。事实上，阿加莎已经注意到莉娜的软糖课桌上多了好几个洞，所以她胖了那么多也不足为奇了。

"其次，我们针对发型来说一说。王子都偏爱闪亮的披肩长发，"这位老师继续说着，"但是现在我们鼓励每个女孩都去尝试寻找自我感觉良好的发型。"

阿加莎看见老师一脸苦相地看着吉赛尔的蓝色莫西干头，碧翠丝光溜溜的脑袋，还有米莉森特那一头脏得像拖把一样的红头发——发型在阿涅蒙妮教授以前的课上，可是得花上好几个月的时间去打理，才能努力做到完美无缺的事。

"最后，我们抵制化妆。化妆不过是父权体制下一种被设计出来纯粹为了取悦男性而存在的手段。"老师愁眉苦脸地看着底下那一大片素面朝天的脸，继续说着。永生者女孩全都自豪地袒露出一脸的瑕疵，而永灭者则因为好奇申请了化妆，一个个的脸上全都花得跟被扔进了颜料堆里的两岁小孩一样。"今天，我们来学习第四单元……"她转身面对黑板，悻悻地伸出手指划过空中，黑板上出现了几个大字——

抵制粉色

当最后一个字出现时，还伴随着指甲划过黑板的吱吱声，吓得女孩们纷纷捂上了耳朵。"昨晚都预习过了吧？"老师没好气地说，"必须消灭粉色的三个原因是什么？"

阿加莎不禁皱起了眉头。阿涅蒙妮教授可是喜欢粉色喜欢到骨子里的。

"碧翠丝。"她的老师叫道，因为碧翠丝那手臂挥舞得就好像她急着要去上厕所一样。

"因为粉色很容易让人联想到脆弱、无助以及焦虑。不过，阿涅蒙妮教授——"

"多特，你来说说还有什么别的原因。"

"因为粉色是蓝色的反面。蓝色是一种象征着力量与宁静的色彩，可是男孩们从未给过女孩选择的机会，就将这种颜色据为己有了。"多特沾沾自喜地回答道，还与她的永生者女孩团体一一击掌庆贺。海丝特立刻捡起一块太妃糖碎片弹向多特，气得多特哇哇大叫。

"阿涅蒙妮教授——"碧翠丝打断道。

"你已经说过了，碧翠丝！阿拉克涅，你来说最后一个原因是什么。"

"因为粉色是伤口周围发生感染的象征，而眼睛变成粉红色则意味着你眼里出现了真菌——"

"我提醒你，阿拉克涅，回答之前最好先预习。"阿涅蒙妮教授气呼呼地打断了她的回答，"同时也请把这看成为什么永生者和永灭者应该念不同学院的提醒——你到底想说什么，碧翠丝？"

"阿涅蒙妮教授，为什么你会佩戴粉色？"

阿涅蒙妮教授注意到她的视线正盯着自己蓬乱金发上别着的一枚粉色心形发夹。她的脸一下子涨得通红，仿佛快要气得爆炸了似的。

接着她看见了窗台上的一只蝴蝶。

"哦，天哪！是吗？"她立刻伸出手指将发夹变成了蓝色，"人到中年变得有点儿色盲了。好啦，现在开始交家庭作业日记簿，看看你们都为抵制美容做了哪几步。"

说着她踩着脚走到女孩中间开始收作业本，边收边对那只飞走的蝴蝶投去了一个怨恨的表情，仿佛幸好它只能听见却看不见。阿加莎扫视了一圈被涂得满满当当的蓝色墙面，在院长干涉之前，这些墙面曾和苏菲最喜欢的粉色裙子是一个颜色。阿加莎从来都没喜欢过粉色（这让她联想到婴儿的呕吐物），可是为什么不能让阿涅蒙妮教授将自己的教室装饰成她喜欢的样子呢？

她瞄了一眼坐在隔壁桌的苏菲，她正一脸痴迷地看着太妃糖墙上印着她自己面容的水印。看来，出名还能治愈对糖果的过敏。

"阿吉，我在想啊。"苏菲扭头对着她说，"你说为什么泰德罗斯都没想办法来见见你？"

"什么？"

"你整个上午都在这儿，可是没有罗密欧爬上你的窗台，没有令人感动的拥抱……他甚至连张字条都没塞给你。"

阿加莎身体僵直地坐着。"这有什么问题吗？"她说的同时假装在听老师上课。

"好吧，那就更有理由不去见他了。"苏菲擦拭着她的级长王冠，叹了口气说，"谁知道他是不是就希望你这样呢。不管怎么说，我们头三节课都能在一起上，接下来我们的课程表就不同了。真奇怪院长为什么会把我们俩分开，我们都不在同一个森林团队里了。"

阿加莎渐渐听不清苏菲在说什么了，她的双眼一直凝望着窗外那座在云雾缭绕中若隐若现的中途桥，脑子里一直回想着苏菲刚才说过的话。

"为什么泰德罗斯不想办法来见我呢？"

这时一枚蓝色的发夹掉到她的桌子上，又"啪嗒"一声落到了地上。正当她伸手去捡时，一只手一把拽住了她。"克拉丽莎非常生气，"阿涅蒙妮教授在她耳边恨恨地低声说道，"你必须立刻在苏菲和泰德罗斯之间做出选择，封印你的结局——"

但她马上不说话了，因为教室门突然打开了。大狗波鲁克斯摇摇晃晃地走了进来，确切地说，应该是它安放在羚羊身体上的脑袋摇晃着走了进来，很明显它还不知道怎么好好驾驭这个羚羊身体。

"抱歉，我来晚了。"它傲慢地扬起了鼻子说，"我刚和院长进行了一次关于加大力度取缔粉色的私人会谈。事实上，我刚刚就在四楼的地毯上发现了一根粉色的丝线，然后我立即消灭了它。"

阿加莎和苏菲相互交换了一个惊悚的表情，毫无疑问，她俩都想到了同一件事。作为一只双头狗的一半，波鲁克斯在抢夺身体使用权上，经常打不过它那位在邪恶学院教书的狗兄弟卡斯特。因为卡斯特是一只脾气凶残的雄性狗，所以阿加莎一点儿也不奇怪它会和男孩们一起被驱逐出学院。可直到现在，她才完全确定，波鲁克斯竟然——

"也是雄性？"她小声地对她身后的海丝特说。

海丝特看着波鲁克斯那软塌塌的下巴、稀松的皮毛，还有粉红色的鼻头说："在我看来，它身上残留的雄性特征还不如地毯上那根粉色丝线来得明显。"

"我亲爱的阿涅蒙妮教授,"波鲁克斯用它那咄咄逼人的刺耳嗓音说,"我相信今早发生了一件关于粉色发夹的不幸事件。如果你没法做到最好的话,也许今天的挑战应该由我来主持。"

阿涅蒙妮教授沉着脸,怒目圆睁地看着它说:"那么你那粉红色的鼻头又算什么回事?"

波鲁克斯顿时看起来像被人扇了一巴掌似的,说:"这……这是一种遗传病……"

"既然选择挑战项目是目前我还能拥有的唯一自由,"阿涅蒙妮教授对着学生们说,"今天的比赛将是……"

教室的大门又开了。

"是什么?"院长带着一脸温暖的笑容轻轻走了进来,"既然今天是我们的级长第一天上课的日子,爱玛,也许由我来选择挑战项目会更合适吧?"

阿涅蒙妮教授闷闷不乐地嘟囔了几句,甩手不问,靠到了软糖课桌边去。

"波鲁克斯,亲爱的,"院长盛气凌人地走到阿涅蒙妮教授的讲桌前说,"不如我们再向级长解释一遍怎样获得排名,好吗?"

"当然,院长。"波鲁克斯吸了吸鼻子说,"女子学院的所有学生,都将在班级挑战中获得一个从第一到最末的排名。假定一个班级有二十名学生,在挑战中表现最为优异的那位将获得第一名,表现最差的则为第二十名。这些排名将最终决定你能成为一名领袖还是随从,又或者是一个末格里。排名最末的女孩,将被变形成为动物或者植物。"

学生们全都在窃窃私语,也许她们都忘了,即使这个世界已没有善恶之分了,但是依然还会有人被变成蝾螈或者蕨类。

"鉴于我们是一所新颖而进步的学院,"波鲁克斯继续说道,"院长决定等到第三学年开始之际,再宣布每个人会成为什么。所以我建议你们最好持续警惕自己的排名……"

"或许还有一点,波鲁克斯,"院长背对着阿涅蒙妮教授,坐上讲桌柔声说道,"为什么此刻提醒女孩们关于排名的事,是一个相当恰当的时机呢?"

"焕然一新房。"阿加莎喃喃低语道,她想起了那间中世纪风格的水疗房,那里曾是排名最高的女孩们才能享用的地方。

海丝特摇了摇头说:"早就化为灰烬了,这也是抵制美容的一部分。"

"当然,院长。"波鲁克斯说,"你们都知道,那些臭气熏天、衣不蔽体的王子们全都聚集在森林大门外,随时准备冲进来杀掉我们中的一两个。随着我们级长今天的到来,毫无疑问,他们肯定会加倍努力想方设法想要攻进来。虽然到目前为止,我们学院的魔法仍可以将王子们成功阻隔在外,但我们必须时刻保持警惕,以防魔法失效。所以从今晚开始,当日课程结束后排名最末的两名学生,需要到森林大门前去站岗守卫,时间是从当日黄昏到次日清晨。"

阿加莎痛苦地看着周围交头接耳讨论着的女孩们。上一年,在善恶比拼中被淘汰的学生会被变成另一方的守卫。而今年,在对抗男孩的课程中被淘汰的女孩则会被派去充当敢死队,成为第一批有可能被男孩们屠杀的对象。这还真是所谓的"新颖而进步"啊。

"第一项挑战叫作不可饶恕。"院长说,"为了让你们在即将爆发的战斗中更好地保护彼此,你们必须学会抵抗来自男孩们的诱惑。在挑战中,你们每个人都将面对一位自己曾经心仪的男孩的幻影,你们要做的就是毫不留情地杀死他。记住,现在的他已经是你的敌人了,而且他也会将你看作他的敌人。你杀死他的方法越残忍,你的排名就会越高。"

阿加莎顿时惴惴不安起来。她和苏菲将会面对同一个男孩。

碧翠丝第一个上场。院长伸出尖利的指甲对准她的心脏,如同用小刀在雕刻一般,她从碧翠丝身体里抽出了一缕蓝色的细烟,只见那缕烟慢慢幻化成一个幻影走了出来。是查迪克,那个曾经邀请碧翠丝参加舞会的灰眼睛的魁梧男孩。在一团蓝色的光晕之中,查迪克面对她单膝跪地,手捧玫瑰,一脸灿烂地笑着。

碧翠丝伸出发光的手指刺向查迪克,刀锋之下,他化为尘埃。

"她进步了很多,对吗?"阿纳迪尔悄声对她那几只被吓坏了的老鼠说,它们正好从她兜里探出头来偷看到这一幕。

阿涅蒙妮教授勃然大怒地跳出来。"伊芙琳,这个挑战太残忍、太邪恶了，而且和抵制美容课一点儿关系都没有。"她站在她自己的讲桌旁火冒三丈地说，"我还是建议你……"

她话还没说完，几只糖果爪子就从讲桌上魔法般地伸了出来，紧紧抓住她的双肩，一副作势要将她驱逐出去的模样。

"建议我什么？"院长问道。

"继续吧。"阿涅蒙妮教授吓得声音都变尖了。她话音刚落，糖果爪子立刻缩回了桌子里。

女孩们又重新关注各自的挑战，很明显，她们全都站在院长这头儿。这时海丝特目光灼灼地看了看阿加莎，脸上一副"瞧我跟你说过吧"的表情。

接下来大家轮流开始对抗各自心中的蓝色幻影：希子用力掐死了红头发的特里斯坦；吉赛尔让棕色皮肤的尼古拉斯长出了一根辫子，并用辫子勒死了他；多特则气死了，因为她只能让黄鼠狼男孩霍特在脸上长出几颗痘痘——这时阿加莎的思绪又飘回到了泰德罗斯那里。即使她根本不愿承认，但苏菲说得应该没错。她的王子如果真想见她，无论如何都会想办法过来的。会不会是她错过了他的字条？还是说字条被院长截获了？今晚女巫们的计划她还参加吗？

阿加莎强忍住内心的尖叫：我是不是疯了？为了一个几乎不了解的男孩，要拿自己最好朋友的生命去冒险？她想到了刚才在寝室里，苏菲那张重新点燃希望的脸，因为她们重新和好而释然的脸。这已经不是永生者和永灭者之间的事了，也不单纯是王子与女巫之间的战争。这件事直接关乎她和苏菲将如何努力原谅彼此的错误，如何拯救她们之间的友情。

真是讽刺，阿加莎羞愧而痛苦地想着。她竟然都忘了苏菲之前差点儿因此而死掉。

她的王子就是个幻影。她最好的朋友才是真实可触的。

阿加莎深深吸了一口气说："苏菲？"

"嗯？"苏菲还在偷偷为两名永生者女孩签名。

"你确定已经原谅我了，对吗？"

苏菲抬起头来，专注而真诚地看着阿加莎。"阿吉，你已经收回你的愿望了，所以我也别无所求了。"说着她伸手捏了捏她朋友的手腕，"现在你就当给这个地方一次机会,好吗?"

阿加莎看着苏菲那双满怀憧憬的眼睛,她眼里流露出的希望,阿加莎在这所学院其他女孩眼中都见过。"后男孩时代的生活,"苏菲露出了一个和她头上王冠一样灿烂的笑容说,"等着看吧。"

阿加莎第一次开始接纳这样的想法。

"下一位,苏菲。"她身后的波鲁克斯吸了吸鼻子说。

苏菲转过身看到全班同学都睁大了眼睛看着她。

"我们也要挑战?"苏菲困惑不解地问,"那焕然一新房什么时候开?"

她完全没搞清楚规则,就被波鲁克斯用羚羊蹄子推到了台前。

"只要尽快杀死他就行!"阿加莎悄声对她说,"今晚你可不能去任何离那些王子近的地方!"

"可我不想杀人!"苏菲一边嘟嘟囔囔地说着,一边被波鲁克斯推着一路小跑,从依然气鼓鼓地坐在桌上的阿涅蒙妮教授身边经过。

苏菲走到院长前面,竭力让自己平静下来。现在她所要做的不过就是杀死一个幻影而已,这样的话,至少今晚,她还能安全地和阿加莎待在一起。

"那个女巫已经消失了。"

院长伸出了她的金色长指甲,缓缓地,故作姿态地从苏菲身体里抽出了一缕蓝色细烟,渐渐地,烟雾开始成形……然后又消散得无影无踪。

苏菲骄傲地笑了,说:"我说的吧,我就是百分之百的善……"

一阵剧痛穿过她的胸口,苏菲两腿发软地说出一声:"哦,天哪。"

阿加莎一下站起来问道:"你还好吗?"

只见一股血红色的烟雾从她朋友的胸口溜了出来,苏菲紧紧地揪着胸口,痛苦得快要窒息的模样。她抬起两只通红的眼睛看着阿加莎,这时烟雾开始从她身体里喷涌着飘散出来。"阿吉,救救——我——"

阿加莎从课桌那头一下跳过去,可是已经来不及了。

苏菲大喊一声,一道红光从她胸口迸射而出。

整个班的人都被震慑得往后一缩,靠到了椅背上。阿加莎也愣住了。

一个幻影般的脑袋从苏菲身体里探了出来。

不过根本不是泰德罗斯。

从苏菲胸口走出来了一头半人半狼的巨型野兽，它瞪着魔鬼般鲜红的眼珠，张开的大嘴里还滴着唾液状的烟雾。苏菲瞠目结舌地望着这头野兽，惊恐得无法呼吸。自从一年前她把它杀死后，它就一直反复出现在她梦里，纠缠着她——而现在，这头野兽从她的灵魂里诞生了。

这魅影用它锋利的爪子踏在地上，一步一步爬出了苏菲的身体，然后踩着两条毛茸茸的后腿站立起来，它垂下了头，鼻孔里呼呼地喷着怒火。

然后它抬起血红的双眼看向全班同学，咧开嘴发出了一声怒吼。

野兽猛地闯进人群，推着、撞着，一排一排地仔细检查着女孩们一张张呆若木鸡的脸，它在寻找某个人。它强压着怒火一次又一次发出否定的咆哮声，嘴角不断流出愤怒而焦躁的唾液……突然它面若寒冰地停了下来。

野兽慢慢看向阿加莎，狞笑着露出了血迹斑斑的牙齿。

"不要！"苏菲大声尖叫。

野兽从房间那头一下跳到了阿加莎的桌上，仇恨地咆哮着用它锋利的爪子一下又一下地向阿加莎劈去。紧接着，它又一个弹跳蹦回了苏菲的胸口，那红色的地狱之光瞬间烟消云散。

苏菲一下晕倒在了地上。

所有人都一动不动。阿加莎的心都快跳出胸腔了，她眼前一片模糊，什么都看不见。过了好一会儿，当她终于能看清时，她看见了野兽在她身上留下了几道可怕的粉色抓痕，拼出了几个字：

不可原谅

随着一阵刺耳的吱吱声，疤痕渐渐缩小，然后消失进了她的皮肤里。

阿加莎伸出颤抖的手指摸了摸已经愈合的胸口，慢慢抬起头来。

阿涅蒙妮教授跪在地上将苏菲抱在怀里，轻轻地用发光的手指将她唤醒，然后领着她回到她自己的座位上。醒来的苏菲喘着粗气在老师怀里不住地发抖。"不是我干的……"她一坐下就语无伦次地念叨着，旁人根本听不清她在说什么，"不是我……"

"嘘，亲爱的，阿加莎知道你绝不会想要攻击她的。只是因为当时情形太激烈，你的灵魂错把她当成一个男孩了。"院长走过去拍了拍她和阿加莎的肩膀，安慰她们说。"虽然出了点儿粗心大意的小问题，但这仍然算是一个模范式的表演了。"说完她顿了一下，然后微笑对着同学们说，"下一位是谁？"

阿涅蒙妮教授厌恶地狠狠瞪了院长一眼，走出了教室。

回到座位上的苏菲和阿加莎全都浑身颤抖得不敢看对方一眼。就在同学们挨个儿惊慌失措地忙着奋力杀死各自的幻影时，阿加莎看见台下的同学们全都飞快地往她这儿偷瞄，仿佛在说她们都相信院长的解释，最好她也能相信。

苏菲抬起满眼是泪的眼睛望着她说："阿吉，你会相信她说的，对吗？我已经原谅你了……我发誓……"

但此刻阿加莎正望着海丝特，她那一脸不祥的表情就和她在浴室里时一模一样，这表情提醒着她，一切不会了了之的。

"求你了，我们一起去夺回撰写者吧。"苏菲哑着嗓子说。

阿加莎慢慢扭头看向她。

"现在我们都真心想要许下愿望了，对吗？"苏菲用一种乞求的口吻说，"你说过你想回家的。"

阿加莎心里丝毫没有感到放松，相反她的恐惧更深了，因为现在想要回家已经太迟了。

"阿加莎。"一个声音说道。

阿加莎抬眼看到了苏菲身后靠在窗前的院长。

"亲爱的，你是最后一个了。"

一时间，阿加莎都不知道自己是怎么走过去的，她好像迷失了一般，只知道最后自己是浑身乏力、战战兢兢地走到了站在教室前面的院长面前的。她的胸口像在灼烧一般火辣辣地发烫，仿佛刚才野兽划下的信息已经刻进她的皮肤，变成文身在她的身体里了一样。第一次，她没有听到来自善良的声音，告诉她应该相信她的朋友。相反，她听见了女巫们的声音，那声音告诉她，既然第二年她还会来到这所学院，那就绝不会是什么大大的失误了。

因为她终究还是许下了那个希望结局正确的愿望。

院长将手指对准阿加莎,用力地从她身体里拽出一股烟来,那力量大得竟然让阿加莎往后一弹摔倒在了地上。只见那一缕缕的蓝色烟雾在空中越飘越高,渐渐汇聚成一团悬浮的云朵,这时幻影即将显形……

可烟雾的颜色突然开始变黑。

院长也瞪大了双眼看着。只见那团烟雾越变越浓,最后化成一朵黑云开始旋转,而且越转越快,转成了一个带着死亡气息的漏斗形黑雾。这时阿加莎挣扎着爬起来:"发生了什么……"

气旋里炸出一道闪电,黑色的风从旋涡中呼啸而出,以排山倒海之势将女孩们全都撞倒在地,同时将院长一下扇倒在软糖讲桌上。接着这股风横穿过太妃糖墙壁,将院长裙子上所有的蝴蝶全都吹落下来,并像发射大炮一样将它们一并射出了窗外。黑色的狂风带着复仇的怒吼声一路旋转呼啸着,扯掉了门上的铰链,再将所有的女孩全部牢牢按在墙上,只留下阿加莎一人碰也没碰一下。苏菲想要爬过去救她,却被风一下扔进了房间另一头的储物间里。最后这股风猛然发力将阿加莎拎了起来,任由她不断地尖叫,一下将她吸进了那团云中。

阿加莎在旋风中不停地旋转,除了四周那越升越高的将她视线完全遮蔽的黑色风墙,她什么也看不见,什么都感觉不到。狂风拽着她在一面面风墙之间跌来撞去,将她的级长王冠打得粉碎、吹得无影无踪,狂风怒号的声音越来越响,几乎要将她的耳膜震破——突然,风停止了,她被吹进了那黑暗而平静的风眼之中。

她四周的黑色风墙开始变厚,变成了一个个亮着光的不同侧面。接着,每一个平面上都显露出了一个相同的鬼魅人影——头戴面具——巨大的银色面具。

面具下闪烁着的是泰德罗斯那双炙热的蓝眼睛,那灼灼的目光从各个方向向她射来。

"今晚,"他大声说道,洪亮的声音在风眼里回荡着,"穿过桥过来。"

此刻的阿加莎在他的注视下显得无比渺小,她胆怯地支支吾吾地说:"可……可是……"

可是泰德罗斯已经消失了。黑色旋风一声霹雳之后也呼啸着钻回了她的胸口，只留下阿加莎一人毫发无伤地愣在一片沉默的教室里。

一个个被吹得东倒西歪的女孩慢慢抬起了头，她们看到整间教室已被狂风吹得支离破碎，只剩下阿涅蒙妮教授、达维教授和莱索夫人幸灾乐祸地趴在门口张望着。不过大门立刻就被魔法"啪"的一声关上了。

"是谁？"院长跌跌撞撞地从一片狼藉中站起身来说，"你看到的是谁？"

阿加莎的眼睛落在了院长那条一片空白的裙子上，此刻上面一只蝴蝶都没有。果然如此，她什么都听不到了。阿加莎挑衅地回瞪了她一眼。

院长的脸上慢慢露出了一抹神秘莫测的微笑，一个数字"20"在阿加莎的头顶出现，紧接着它又化成了一条蛆虫形状的烟雾散开了。"看来她的挑战完全失败了。"院长宣布道。随着院长一一宣布大家的排名，她的模样也神奇地恢复了原样（多特只拿到一个臭气熏天的"19"）。这时，一千只蝴蝶在院长的裙子上破茧而出，重新飞落在上面，变成了全新的图案。

阿加莎坐下了来，她看到了女孩们全都带着怀疑的目光看着她这位失去了王冠的级长。而海丝特和阿纳迪尔则是一脸的焦虑、一副迫不及待要在课后向她寻求答案的模样。

"是泰德罗斯，对吗？"一个颤抖的声音在她旁边响起。

阿加莎没动。

"阿吉？"苏菲嗓音都变了，"泰德罗斯说什么了？"

阿加莎犹豫着抬起眼睛，看向她朋友那张毫无血色的脸。

她的心跳一下子停止了。

苏菲脖子上有什么东西，就在她的衣领下面。

是一颗黑色的疣。

"阿吉？"苏菲连忙扯了扯衣领遮住黑疣，"你看见什么了？"

阿加莎大口呼吸着，试图发出声来。

"什么？"苏菲脸色变得阴沉。

阿加莎将自己颤抖的双手藏起来。"你说得……对。"她尽量装出一副羞愧难当的模样，结结巴巴地说，"他……他说……他是永远不会……来见我的。"

苏菲难以置信地盯着她："他……是这么说的？"

她翡翠般的绿眼睛慢慢沉了下去，露出了怀疑的神色。那眼神如刀锋般锋利，让阿加莎不禁屏住了呼吸，感觉这眼神好像能刺进自己的灵魂，并为她的谎言套上一个绳索，随时准备抽紧一般……

"瞧我跟你说过了什么，阿加莎？"苏菲抓住她朋友的手，怒不可遏地气呼呼地说，"我早就跟你说过男孩们都是邪恶的吧。"

阿加莎傻了眼，呆呆地看着她。

"别担心，阿吉。没什么能阻止我们一起合作。"苏菲大声宣布，她头顶上的级长王冠闪闪发亮，"我们会从他那儿把笔弄出来的。我们会像上次一样，夺回我们的幸福结局的。"

阿加莎心如擂鼓地站在她身旁，望向窗外那一路伸向迷雾之中的中途桥。

这一次，她知道她们不会再一起合作了。

"要不就今晚？"苏菲满怀希望地笑着对她说。

阿加莎一阵战栗地对苏菲笑了笑，她听见自己仿佛用泰德罗斯的声音说了一句："好的，今晚。"

第九章
征兆重现

"那颗疣有多大?"阿纳迪尔蹲在荣誉塔楼楼梯间后的一排蓝玫瑰花丛里问道,"而且你确定你看到了吗?"

阿加莎点了点头,她一直咬着指甲试图让自己镇定下来不再颤抖:"可是她说她原谅我了。她说她想回家……"

"来不及了。"蹲在她旁边的海丝特捏碎了一朵玫瑰花说,"你不记得了吗?一旦征兆出现,她就没法再控制她心里的邪恶了。你必须赶在她变身成为女巫之前去吻泰德罗斯,不然我们都得死。"

阿加莎浑身颤抖得更厉害了,那些关于秃头女巫苏菲心狠手辣的记忆,一下子又如潮水般涌入了她的脑海:大肆屠杀狼卫、将塔楼摧毁殆尽,甚至不惜将所有的同学置身于地狱之中。回到当时,其实在她变身之前已经出现过很多预兆了:一连串的噩梦、没有来由的暴怒……然

后第一颗疣出现了。这一次，阿加莎几乎都没注意到，可它们其实已经出现了。婚礼上苏菲眼底出现的噩梦疤痕，在萨德办公室里她那仇视的目光，以及欢迎会上她阴冷的笑容。她之前根本不愿承认这一切，只想着她的朋友已经改变了。可苏菲其实从来就没有原谅过她，她根本不会原谅的。

现在看来，王子是她唯一的希望。

"还有多久？"阿加莎抬头看着海丝特说，"离她变身还有多久？"

"野兽的出现只是一个警告。"海丝特深思熟虑地说，"说明她还没伤害到什么真实的人。"

"刚开始肯定还会有更多征兆出现。"阿纳迪尔赞同地说，"不过海丝特说得对，在她去伤害真实的人之前我们还算安全。"

多特嚼着一块玫瑰花形的山药一下子扑过来说："那就是说阿加莎今晚能去参加读书俱乐部了？"

"这是说阿加莎今晚还能去吻泰德罗斯。"海丝特没好气地大吼一句，就拽着阿加莎走进了拥挤的走廊，"不过我们必须得表现得正常一些。不能让人知道她要去见他……"

"等等——"阿加莎说。

"海丝特，只要一个吻我们就能重回善恶魔法学院了。"阿纳迪尔美滋滋地咧嘴笑着，一路对擦肩而过的女孩们全都一脸友好，"又能重新上心腹培训、诅咒与死亡陷阱课，还能喝毛毛虫粥了……"

"等等——"阿加莎又说道。

"别高兴得太早了，到时候末日审判室也会重新敞开大门的。"海丝特一脸假笑地对阿纳迪尔说。

"你们俩，听着……"

"读书俱乐部今晚要讨论《精彩人生无须王子》，"多特在后面吧唧吧唧地满嘴嚼着山药说，"我真不希望她错过了……"

阿加莎转了一圈说："我是不是没法在你们三个中间插句话了？"

"这就是通常小团体都不是四个人的原因。"海丝特说，"这也是你得去吻泰德罗斯的原因。"

"这就是我想要对你说的！他根本没说要怎么去见他！"阿加莎先偷

偷扫视了一圈确定没有偷听的蝴蝶后，凶巴巴地吼道。然后她又压低了声音说："他只说让我穿过桥去。"

"中途桥？"阿纳迪尔说，"你确定没听错吗？"

"会不会他说的是'冰箱'[1]？"多特一边说一边转过身对两个经过的永生者女孩挥了挥手。"厨房里会不会有什么魔法冰箱——啊啊啊！"她用力抓住自己的蓝色哈伦裤，这裤子刚被海丝特一把扯破了，"这又是为什么？"

"别想同时既当永生者又当永灭者，你这个蠢货。"海丝特恨恨地说，然后转头看着阿加莎，"多特说得没错。他不可能说的是'桥'。"

阿加莎面露难色地说："可他说的的确……"

"这会不会是个陷阱？"多特一边说着，一边将裤子的破布条变成了菠菜。

海丝特和阿纳迪尔全都呆呆地看着她。

"听着，"多特撩了撩头发说，"我现在可是有自尊心了，所以如果你们还老是干这么蠢的事情，我就搬去和莉娜住，而且……"

"她不也是聪明得不太明显吗？"阿纳迪尔低声嘟囔道。

"可以忽略不计的聪明。"海丝特气鼓鼓地说，然后转过头看着阿加莎，"的确有可能是院长的伎俩。如果她的级长一直忘不了一个王子，那她还怎么打造一所彻底没有王子的学院？很有可能她故意变出个泰德罗斯，好在你急于去见他时将你抓个正着。"

"嗯，想象一下，如果她们发现自己伟大女性的希望竟然为了一个男孩想要抛弃她们。"阿纳迪尔看着身边川流不息的女孩，低声说道，"她会把你用伯那西蛋黄酱拌了做成晚餐的。"

"不过你也没有别的选择了，不是吗？"海丝特的声音柔和了一些，她正眯着眼睛往她身后看去，"今晚你坚决不能和她待在一起。"

阿加莎也转过身去，看见苏菲正一脸紧张地朝她奔来，就好像她非常害怕在最后一节课后一个人待着。与此同时，有三只蝴蝶从她身旁飞过，朝着

---

[1] 英语中桥（bridge）与冰箱（fridge）的发音十分相似。

阿加莎和女巫们飞来。

"可我和她住一间寝室！"阿加莎转过头来，大气也不敢出地说道，"我要怎么避开她和碧翠丝出去……"

海丝特和阿纳迪尔已经作势要离开了，她俩伸出发光的手指放在唇上，然后调皮地笑了笑，对着手指吹了一口气。只见几缕红绿色的烟雾飘向阿加莎，然后烟雾拼出了两个字——

失　败

蝴蝶在字母之间茫然地窜来窜去地飞着，想要听到点儿什么，但是一无所获。

"女巫们会帮我们去拿撰写者吗？"苏菲一下从她身后跳出来，气喘吁吁地说。

阿加莎转过身去，几乎吓得大叫起来。苏菲用一条小狗图案的披肩将她的脖子遮了个严实。

"希子的披肩，"苏菲愁眉苦脸地说，"可这地方太冷了，而你知道的，因为体脂过低什么的，我很容易感冒。而且我这脖子痒得要命，虽然——这面料肯定很廉价——"

突然她发现阿加莎一脸苍白，正盯着她的围巾。"你这模样搞得好像自己是高级时装女皇似的。"苏菲皱着眉说，"所以，今晚我们的计划是什么？"

阿加莎的双腿止不住地发抖，她更加坚定自己的计划了。女巫们是对的，在今天剩余的挑战中都失败，这样她就能在更多征兆出现之前，安全地和她的王子待在一起了。

第二节课，海丝特和阿纳迪尔都去上不同的课了，这让坐在苏菲身旁、看着她不停隔着披肩挠脖子的阿加莎更加恐惧了。

和阿涅蒙妮教授一样，达维教授也被院长监视着，这使得这位前善行与善举老师几乎没法在课上与阿加莎攀谈。不过达维教授似乎很清楚阿加莎在想什么，因为就在她重新强调排名规则时，她非常坚定地看了阿加莎一眼。

"也许还得重申一遍，"她站在梅子糖讲桌前大声地说，"挑战失败的同学将独自一人去森林大门站岗守卫，没有老师……"

"她们已经知道了，克拉丽莎。"院长不耐烦地说。

"这意味着她们在森林里完全没有监管……"

"克拉丽莎！"

达维教授继续往下说着，最后还急切地看了阿加莎一眼。

达维教授的新课"无须王子的能力"，不过是她旧有的善行与善举课的变相版。唯一不同的是，南瓜糖墙面上的软糖画现在变成了阿加莎的脸，而且在她头像旁边还有一圈字，写着：男孩生而为奴！

阿加莎忍着没让自己去砸了这幅画。她最好的朋友正在变身为致命女巫，这还不够吗？现在连她自己都变成了宣传男性奴隶制度的海报女郎了？达维教授看起来似乎也有同样的反感，因为她在说话时根本没在意院长一脸紧绷的模样。

"男孩和女孩一样不该被征服。的确，相对大多数男孩而言，女孩更具有同情心，也更敏感。这就是为什么在某些时候男孩与女孩看起来水火不相容……"

阿加莎坐在自己的焦糖座椅上飞快地瞄了苏菲一眼，想确认她有没有冒出更多的疣，牙齿有没有开始脱落。可除了痒得不行的模样，苏菲还是一如既往地美丽又可爱。阿加莎伸长了脖子，想看看她的披肩下有没有长出更多的疣……却被苏菲一眼逮住，阿加莎赶紧装作自己正在挖鼻孔。

苏菲递了张字条过来，上面写着：今晚我们要过桥吗？

阿加莎意味不明地笑了笑。要想见到泰德罗斯，她必须在不引起苏菲怀疑的前提下，想办法搞砸这次挑战。

"为了生存，男孩学会了将情感投射到力量上。"达维教授还在继续说着，"这也是他们渴望女性温柔的原因。你的温柔，能让他放下防备展露自己的脆弱。驯服一个男孩，最重要的就是去理解他。"

"然后就能使他成为你的奴隶。"院长跷着二郎腿，插了一句，"男孩们对体罚和禁食的反应最强烈。"

"男孩更愿意听从鼓励以及常识，伊芙琳。"达维教授驳斥道，"也愿意服从公主和王子之间爱的信仰。"

院长乳白色的脸庞开始变色，教室的墙面也开始抖动起来。"克拉丽莎，女孩们需要独自快乐的权利，没有这些野蛮拙劣的蠢猪也能快乐的权利……"

"女孩们有权利知道，什么东西值得一个男孩去爱。女孩们更有权利选择她们自己故事的结局，而不是让她们的院长代她们选。"达维教授怒火中烧，说话的声音越来越大，"女孩们还有权利知道，为什么院长根本就不应该出现在这儿。"

院长猛地站了起来。达维教授身后的墙面一下伸出来好些糖果手臂，抓住达维教授就将她用力扔出了教室，然后教室门"砰"的一声剧烈关上，震得南瓜糖碎片满桌子都是。

阿加莎吓得一脸惨白，努力让自己在椅子上坐稳。她周围的女孩们全都吓得目瞪口呆。

"那么现在，"院长面向全班说，"我们可以开始挑战了吗？"

窃窃私语的女孩们重新安静下来，就好像这一切都是达维教授自找的。阿加莎也尽量装出一副轻蔑的表情，因为她知道她的仙女教母希望她能不顾一切地去见她的王子。不过，老师到底是什么意思呢？难道她以前就认识萨德院长？

突然，她注意到身边的苏菲已经用整只手将披肩撩起来，肆无忌惮地抓着挠着，完全没关心刚才都发生了什么。

阿加莎的脸更白了，必须得专注于让挑战失败。

萨德院长用魔法从糖浆天花板上变出了几十根豆茎，然后开始向大家讲解这次挑战的内容：信任飞行测试。测试要求所有人被蒙着眼扔到豆茎上面，她必须通过底下同学们的叫喊声来判断方向，然后荡着一根根豆茎回到自己的课桌前。谁能够以最快速度荡回自己的课桌前，谁就能拿到最高排名。

碧翠丝在全班同学的欢呼指引下顺利荡回了自己的课桌前。阿拉克涅和莉娜大声为彼此指明了回去的方向，米莉森特和莫娜也依靠彼此顺利回去。在野兽事件之后，苏菲非常害怕又出现一个什么邪恶的插曲，所以她非常小心地遵从着同学的叫喊声,急切地想要展露出善良苏菲的一面,这让她创纪录地赢得了挑战。

苏菲一坐下,顺手将掉在裙子上的头发拂落。紧接着她抬起头看见阿加莎正呆呆地注视着她,一副像是生病的样子不停颤抖着。"哦,这完全就是小菜一碟,阿吉。"苏菲说着,伸手梳了梳头,这时更多的头发掉了下来,"听好我给你的方向指令,你肯定没问题的。"

阿加莎根本没法集中精神去输掉挑战,她满脑子都是秃顶、隐藏的疣,这些渐渐浮现出来的女巫征兆。不过她还是在挑战中故意表现出了困惑、听不见、看不懂的模样,成功获得了倒数第二名(多特一个意外荡到了窗外,排名直接垫底),并在院长宣布名次后做出了失望噘嘴的表情。

"可我喊得那么响亮!"苏菲抱怨地说,她一边和阿加莎沿着走廊走着,一边还在不停地挠着她的脖子,"阿吉,你下一个挑战可得好好表现了,不然你今晚就得去看大门了!"

阿加莎点点头,勉强做出一个沮丧的表情。当苏菲转身时,她弯下腰想要看看她的披肩。

苏菲一下转过来,阿加莎还是弓着腰说:"真不好意思,想放屁。"

"你至少给我们留点儿面子吧!"苏菲倒吸一口气说。

她俩在男孩防御课上迟到了,这意味着阿加莎不得不远离海丝特和阿纳迪尔坐到了教室的另一头,而这两人正一副迫不及待地想和她说话的模样。不过莱索夫人好像读懂了阿加莎的想法,当苏菲走进来时,这位前诅咒与死亡陷阱课老师站在门口,眯起她紫罗兰色的眼睛,从上到下仔细打量着她。

"我长痘了吗?"苏菲喃喃自语地说着,然后咬着羽毛笔坐到了座位上,刚坐下就被那冰凉的椅子冻得跳了起来。当她皱着眉头慢慢坐回去时,她开始打量起这间冰冷的冰糖教室。她发现这间教室几乎完全复制了莱索夫人过去的邪恶教室,天花板上一样倒垂着冰糖柱子。紧接着她看到阿加莎正失神地盯着她,那模样就像是被人刺了一刀似的。"阿吉,你怎么这么奇怪?"苏菲吐出她咬在嘴里的笔说。

阿加莎惊呼一声。

苏菲的门牙已经变黑了。

"这儿太……太冷了……"阿加莎结结巴巴地说。

"而且你老是奇奇怪怪地盯着这条披肩。"苏菲转过身，露出了她佝偻的背。

阿加莎一边疯狂地对着海丝特和阿纳迪尔挥手，一边比着口型："征兆！征兆！"突然，她发现苏菲正一面假装打苍蝇，一面偷偷看着她。疣、落下的头发、烂掉的牙齿……她能赶在女巫现身之前见到泰德罗斯吗？

也许是因为院长觉得她已经通过惩罚达维教授表明了立场，所以在莱索夫人的课上，她并没有来到教室里监视。她派来了波鲁克斯，还留了只蝴蝶在它肩上，波鲁克斯坐在教室后面，鼻子里不时发出奇怪的哼哼声，一副等待被认同的模样。

"男孩是一种卑鄙而肮脏的生物，这也是永灭者女孩不愿结婚的原因。"莱索夫人踩着高跟鞋"咯噔咯噔"地走在过道上，厌恶地看了看永生者女孩说，"但这也不是需要杀死他们的理由。"

"当然，除非他们发起了进攻。"波鲁克斯说。

莱索夫人一副闻到臭鼬味的样子，抬了抬眉毛然后又垂下了眼，说："不管你是永生者还是永灭者，杀戮都会让你的灵魂永远蒙污。你只有在纯粹自卫或者为了寻求和平而干掉天敌时才可以杀人。而这些情况，你们在这所学院里都不会遇到。"

"开战了可就说不好了。"波鲁克斯怒气冲冲地说。

"或许是时候再来一场大灭绝了。"莱索夫人若有所指地说道。

这一次那只狗没有再打断她了。当莱索夫人从阿加莎身边经过时，她依然关切地皱起眉头看了看阿加莎，并且将阿加莎放在了挑战顺序靠后的位置，好像要确保让她知道怎么做才能让自己百分之百地失败。

"这一次的挑战，你们将尝试如何防御失控的末格里变形术。毫无疑问，男孩们会试图通过变形来入侵，所以你们也必须做好相应的准备。"这位老师将她自己的辫子绑紧了继续说，"但是我得先警告你们，因为末格里变形术大多数时候都是逃生所需，所以末格里变形术会让我们直面自己最深处的本能。如果你的灵魂曾被不可饶恕的邪恶玷污过，那整个变形的过程将会受阻。"说着她紫罗兰色的眼睛瞄向波鲁克斯，"这对那些漫不经心说出

'开战'二字的人也是一个警告。"

要击败魔法变出的末格里幻影,每一个女孩都必须将自己变成一种动物。一年前,她们的森林团队队长就曾教过她们,如何利用最直观的选择将自己变成一种动物。这个咒语和控制水、操控天气的咒语一样,都属于相对简单的咒语,所以放在第一年教(尽管末格里变形经常会导致不必要的衣服破损)。不过现在这个挑战好像更趋向于找到一个正确的变形方式以对抗她们的男性敌人。

在与一条毒蛇的搏斗中,海丝特先变成了螃蟹狠狠咬了它一口,最后又变成了一只敏捷的猫鼬制服了它;碧翠丝则变成了一只笨拙的鹅鹈,放弃了与食人鱼的对战;至于多特,她变成了一只小猪,一看到冲过来的公羊,就撒腿跑开了。("我还以为男孩都喜欢可爱的食物。"她哼哼地说了一句就忙不迭地穿回了衣服。)

阿加莎一直苦于没想出来怎样才能表现得更差,所以当莱索夫人在她面前变出一头张牙舞爪的大熊时,她只是挠着脑袋站着说:"我……我忘了……"

"忘了怎么用末格里变形术?"波鲁克斯狐疑地说,"一个在第一年的大半时间里都是变成一只蟑螂度过的女孩,竟然会忘了怎么用末格里变形术?"

"读者的脑子真是跟筛子差不多。"莱索夫人叹了口气,尽量表现出不满说,"这么没用,真是无人能及。"

"看来我今晚得去看大门了。"阿加莎扑通一下坐到苏菲旁边说。

"可……可是这就意味着我们没法去偷撰写者了!"苏菲一脸苍白,说话时露出的牙更黑了。

阿加莎紧紧地抓着自己的椅子。

"这没理由啊,"苏菲耷拉着脸说,"你通常在挑战中都很厉害,"突然她脸上一亮,"等等!要是我也在挑战中失败怎么样,阿吉!这样我就能和你一起去看大门了!我们就能闯进男子学院然后回家了!"

"不!"阿加莎大叫,"苏菲,这太可怕……"

但是苏菲已经跳到了教室前面,一副决意要在挑战中失败的模样。看着阿加莎的表情,莱索夫人好像也猜到了苏菲的计划。因为她变出了一只又肥又胖、有气无力的鸽子作为苏菲的对手。苏菲则变成了毛茸茸的粉色小猫，一路躲开胖鸽子无力的叨啄。

"哦，如此凶猛的野兽。"苏菲"喵喵"叫着，就像在为学院的戏剧做彩排似的，"我实在不是你的对手！"

阿加莎注意到了教室那头海丝特紧张的眼神。如果今晚苏菲要和她一起去守卫大门，她还怎么溜去见她的王子呢？

"仁慈，你这个残忍的畜生！"小猫苏菲对着摇摇摆摆的鸽子大喊。然后她戏剧化地将爪子放到自己头上，走到她叠好的那堆衣服里，准备变回人形，以确保自己拿到最后一名。

可是什么都没发生。

小猫苏菲皱了皱眉，又念了一遍咒语，可除了她爪子上的毛更多了，依然什么都没发生。鸽子一下飞过来，得意扬扬地落到了她头上。女孩们全都咯咯地笑了起来，只有阿加莎除外，因为她太了解苏菲有多能演戏了。

"我没法……"苏菲惊讶得喘不过气来，对莱索夫人说道，"我没法变回去……"

"集中精神！"莱索夫人厉声说，这时周围咯咯的笑声已变成了哄堂大笑。

可不管是睁开眼睛还是闭上眼睛，苏菲都没法变回人形。"不是我的问题……"她着急地说，"有什么东西阻止了……"这时鸽子开始在她头上撒尿。"救命啊！"苏菲放声大哭，可她的哭声彻底被淹没在这鼎沸的人声中，就连阿加莎也忍不住哼哼地笑了。

"蠢够了吧！"莱索夫人生气地向她射去一个咒语，好尽快结束这场闹剧。

可是小猫苏菲还是毫无改变地呆呆地望着她。而这一次，苏菲连人话都说不了了，只能发出"喵喵"的猫叫声。

笑声一下停止了。

急红了脸的莱索夫人伸出手指对着苏菲又试了一次。这一次她的"喵喵"声叫得更大了。莱索夫人睁大了双眼，然后她突然对着波鲁克斯身上的蝴蝶说："去找伊芙琳——"

话音未落，教室门已经开了，院长伸出手指冲了进来。她对着苏菲低声念了一个奇怪的咒语，然后苏菲开始变回人形了。还没等阿加莎和班上其余的同学松一口气，变形戛然而止，而苏菲被困在半人半猫的模样中，痛苦地嘶叫着。

莱索夫人也吓得一脸惨白："出事了——"

院长伸出手指用力指向苏菲，嘴里念叨的咒语更快了，但苏菲的身体好像陷入了一场激烈的拉锯战一样，一会儿从人变到猫，一会儿又从猫变成人，在一声声喘息中还夹杂着哭泣和猫叫。

"伊芙琳，情况越来越糟了。"莱索夫人忍不住说。

院长用尽全力指向苏菲，每一次苏菲的身体都好像挣扎着要出来了，但是马上又缩了回去。随着苏菲越来越快地转换着身形，火花开始在她周围喷射，她的灵魂仿佛被某种力量困住了，变成了炽热的无形的一团。那只好奇的鸽子因为靠得太近也被吞噬，消失在这一团迷雾之中。

看着朋友的形状一直疯狂地在人与动物之间变幻着，阿加莎的头开始变轻……然后阿加莎看见有什么东西从苏菲身体里走了出来。在一团模糊的火光中，一个身影渐渐变得清晰……她浑身的皮肤萎缩腐烂……脸上全是肿起的黑疣……秃头闪闪发亮……她正从烈火中重生……

阿加莎惊恐万分地闭上了双眼。

院长双手用力向前一推，射出一道亮光。苏菲一下被击到墙上，然后摔倒在了课桌后面。

阿加莎慢慢睁开眼睛，发现四周一片诡异的沉默。然后她和其他女孩一起慢慢看向桌面，一缕轻烟正从冰冻的桌面上升起。

"我……我肯定昏过去了。"苏菲已经穿回衣服，抖动着她长长的睫毛说道。"我只记得我拼命想变回来……可是有什么东西阻止了我……"她向周围瞄了一圈，没看到那只鸽子，"可我没有伤害它！现在我应该能去看守大门了吧？"

莱索夫人一脸惊愕得像是吞掉了自己舌头的样子："这意味着……这意味着你的灵魂……"

"对，解除咒已经无效了。"院长说，"你同意吗，莱索夫人？"

莱索夫人浑身僵硬地站着，她一贯冷漠的双眼里此刻竟流露出了一丝奇怪的脆弱。她看上去害怕极了，甚至有些……悲伤。"是的，当然。"她喃喃地对院长说道。

阿加莎注意到她老师的双眼飞快地瞄了她一眼。

"不过，我依然算是……失败了？"苏菲满怀希望地说。

"相反，你获得了第一名。"院长脱口而出。

苏菲张嘴想要抗议，但莱索夫人已经飞快地宣布完剩下的排名，并在蝴蝶飞来通知下课时快速离开了教室。

当女孩们全在激动地讨论，多亏院长将苏菲从无能的莱索夫人手中解救出来时，阿加莎只是站在原地一动不动。"老师们就是忌妒院长。"碧翠丝不屑地叹着气说。

当女孩们陆续离开教室后，阿加莎紧张地看着回来收拾东西的苏菲。的确应该感谢院长的出现，那些女孩才没看到她看到的那一幕：女巫已经重生了。她的征兆全部出现了，如果不是院长及时干涉……

泰德罗斯，阿加莎一边想着一边偷偷移向大门口。只要见到泰德罗斯——

"阿吉，我没法和你一起去看守大门了。"苏菲在她身后说，"你不会去见泰德罗斯的，对吗？"

阿加莎魂飞魄散一般停下思考，说："什么？你为什么会这么说？"

"因为你一直用一种好像我是个女巫一样的表情来看我。"

阿加莎转身看到苏菲两眼冰冷地跟着她走来。阿加莎感到胸口冒汗、两腿发软，这些症状和她上次晕倒在泰德罗斯怀里时一模一样。只不过现在她倒向的不再是她的王子，而是一个致命的女巫。

"你的……你的牙齿……"她回过神儿来，慌慌张张地对苏菲说，"它们……它们正常……"

苏菲愣愣地看着她。"我的牙齿？你说什么……"她的脸色沉了下来，"阿加莎，那是墨水。肯定是从我的笔里漏出来的——我刚才把笔咬在嘴里了。"

"可你的头发……"阿加莎坚持说道，"我看见掉了好多下来……"

"不过是被那根愚蠢的豆茎给缠下来了一些！"苏菲生气地吼道，"所以你觉得我又要变回女巫了吗？然后会去攻击你，在我们都经历了这么多事以后？"

阿加莎支支吾吾的，什么也说不出。

"阿吉，今晚我相信你。"苏菲一脸受伤地说，"即使你已经不相信我了。"

看着苏菲扯掉她脖子上凌乱的披肩走掉，阿加莎内疚地垂下了头。

但她立刻想到了疣……她肯定看到了……那颗无法辩驳的疣……看着扯掉披肩拖着步子离开的苏菲，阿加莎赶紧追过去想看个究竟——

一只手突然将她拽了回去。

"莱索夫人根本就是在撒谎。"海丝特关上门说道，房间里只有她们两人，"你也听见她说的了。苏菲的灵魂已经被不可饶恕的邪恶玷污了！这就是为什么她没法变回来！这也是为什么野兽会从她身体里出来！这样一切都说得通了！"

"可是……可是这意味着什么呢？"阿加莎尖着嗓子问。

"这意味着这一次的改变将是永恒的！"海丝特不依不饶地说，"一旦苏菲变成了女巫，她就再也变不回来了！我跟你说过她想报复的！"

"可是你也说过！她还没有伤害任何东西！而且征兆也没有越变越糟……"

"哦，已经越变越糟了，好吗！只是院长没发现而已。"海丝特说着眼睛好像被别处什么东西吸引了，"你今晚必须得去吻泰德罗斯。"

阿加莎想着苏菲那受伤的表情，摇了摇头。"我不能，我不能去见他，海丝特。我必须相信我最好的朋友。"她猛地坐在地上，大口吐着气说，"那甚至可能都不是疣。只是我们的臆想，就像我看到她的头发和牙齿一样，我们都陷入了臆想之中……"

但是阿加莎突然看到海丝特在看什么了。

就在课桌后，那只鸽子的幻影正紧贴在墙面上。

只是现在它已不再是一个幻影了。

而是一个残破的尸体，飞溅的鲜血洒得糖果地板上到处都是。

第十章
怀 疑

"她开始变身成女巫了!她自己都不知道她开始变身了!"阿加莎上气不接下气地一边说,一边和多特冲进仁爱塔楼的天桥。

"拜托,她知道的,好吗?"多特急急地说,"她就是在装无辜。不然你觉得她为什么会围上那条傻乎乎的披肩!"

"我们得去告诉莱索夫人,她知道该怎么办。"

"不行!你已经看到达维教授变成什么样了。我们不能再让别的老师陷入危险之中!"

"苏菲在家的时候都是善良的,多特!"阿加莎大叫道,"她还很快乐……"

"你想看到她快乐吗?那就等着她把你变成和那只鸽子一样的下场吧!"

谢天谢地,阿加莎下午剩余的课都不用见到苏菲了。由于当天的挑战已全部结束,她们接下来的课都会分开上,直到森林团队活动时才会再集中起来。所以现在苏菲和阿纳迪尔、海丝特一起去上女性天赋课，而阿加莎和多特则赶去上女英雄史课。

"你不能再单独和她待在一起了！"当她们随着一大帮女生走进善良大厅时，多特说，"下课后躲到海丝特的房间去吧！"

阿加莎现在满脑子都是那只鸽子瞪着的双眼……还有飞溅在她面前的鲜血……她停在一根宝蓝色的柱子前，大口地呼吸着空气说："都是因为我许了那个愿望。"

"不是的，都是因为你上一次选择了一个错误的结局。"

阿加莎抬起头看着毛玻璃中多特的影子。

"你也听到海丝特说的了。今晚是你最后一次机会去做你内心真正想做的事。"多特说，"不然苏菲就会彻底变成女巫了。"

阿加莎喉头一紧，怯生生地说："那要是……要是我吻了他呢？"

"她就能如你承诺的那样，平安地回到她父亲身边了。而女巫也将永远被封存在她身体内。"

阿加莎一时间什么话也没有说。过了一会儿，她终于转过身来说道："今晚我要怎样才能逃离执勤？另一个女孩会向院长告发的。"

"会吗？"多特拉起她的手臂说，"别以为我现在变得很受欢迎而且爱穿得光彩照人，就觉得我已经变成一个好学生了。"

"今晚是我们俩一起执勤？"

"看来你都没注意到，我每一次挑战的排名都比你差哦。我也是很努力的！"

阿加莎一脸后怕地看着她，问道："可即便我能逃出去……要是我根本没法进入男子学院的塔楼怎么办？"

"你能进去的。"

看着多特如此胸有成竹，阿加莎觉得已无话可说。

因为这是与我们性命攸关的事。

善良大厅和去年的邪恶大厅一样，充斥着浓浓的咸味和湿漉漉的雾气，大理石的舞台上布满了翠绿色的海藻和蓝色的锈斑，仿佛一座曾经沉入深深海底的教堂。墙上的壁画还是描绘着那场以邪恶校长战胜自己善良兄弟而告终的大战役。当阿加莎在长椅上坐定后，她心里一阵阵奇怪，院长竟然没有将壁画的内容变成诸如校长战败而亡，或者男孩们被集体驱逐之类的。她确定能让历史按她自己的想象被修订吗？

更奇怪的是，在她自己任教的历史课上她竟然没有出现，只留下波鲁克斯一个人笨手笨脚地面对全校一半的学生。

"我们的院长有紧急公务需要处理，所以我建议今天我们来全面回顾一下历代男性的暴行，尤其要重点回顾那些对没有明显男性特征族群加以迫害的历史。"

说着，它噘了噘嘴巴："不过院长建议让你们先自我介绍一下你们的血统。"

阿加莎本想专心研究一下去男子学院的路，却不料完全被女孩们的血统介绍给吸引住了。除了她和苏菲这两个毫无魔法的读者是从加瓦顿被绑架而来的，整个善恶魔法学院的学生基本上都来自不同的童话家庭。阿加莎记得海丝特已故的母亲是那位试图杀死汉瑟尔和葛雷特的女巫，而阿纳迪尔的祖母则是臭名昭著的白女巫，她的嗜好是用小男孩的骨头作为配饰。现在，阿加莎还知道了碧翠丝的祖母曾经是一个智斗过侏儒怪的少女，米莉森特是睡美人的孙女，而希子则是梦幻岛迷失男孩中的一位和美人鱼生下的孩子。

和永生者女孩通常都会提到父母双亲不同的是，永灭者女孩基本都只提父母当中的一位或者根本不提。阿拉克涅只说自己的父亲是皇后区的一个强盗；莫娜的绿皮肤母亲曾经因恐吓过奥兹王而名声大噪；多特的父亲曾是诺丁汉郡的警长，他一辈子都没抓到他的天敌罗宾汉。

"为什么永灭者都不提父母双方呢？"多特一坐下来，阿加莎就问她。

"因为恶人都不是因爱而出生的。"多特一边看着莉娜天花乱坠地描述着她的皇室父母是如何相遇的，一边说道，"我们都是因为一个错误的原因才诞生的，而且没有一个人能留住一个完整的家庭。莱索夫人曾经说恶人的家庭就好像蒲公英——'不光有毒而且转瞬即逝'。这听起来很像是她的个人经历总结。我敢打赌苏菲的家庭比我们都糟糕。"

"可苏菲有一对爱她的父母……"说这话时，阿加莎的声音突然变弱了。

"斯特凡就是深受其害的那一个。"她母亲在说起斯特凡和苏菲母亲的婚姻时，曾经这么说过。难道他的婚姻打一开始就不幸福吗？难道苏菲也是由于一个"错误的原因"才诞生的吗？阿加莎看向多特，她好像凭直觉已经猜到了她的想法。

"校长想要娶她是有原因的。"多特警告道。

阿加莎想起了他的离别宣言……他瞪着一双红眼睛宣布苏菲是他的新娘……

"你永远都不可能变成善良的，苏菲。这就是为什么你是属于我的。"

如今，当阿加莎再次回忆起苏菲变成女巫的时候，她非常焦急地想知道，她问："校长说的是对的吗？为什么院长看不到这一切呢？"

"我说，怎么会每个人都相信院长那套胡话呢？"阿加莎试图岔开话题，故作生气地说，"没有男性，女性王国也没法长久啊。你说她们，呃……要怎么发展壮大？"

"这可是我们喜欢的，"多特咧嘴一笑，"有奴隶啊。"

接下来的课上，让大家印象最深刻的就数中途突然出现的雅拉了。那个在欢迎会上跳舞的修长女孩，大摇大摆地甩着手进来时，她所有的表现都让人觉得，仿佛逃课一上午然后随意地蹦蹦跳跳冲进教室，是一件再正常不过的事了。

"你介意告诉大家你的血统吗，雅拉？"波鲁克斯勉强地问道。

雅拉轻盈地转了一圈，发出一声刺耳的鸟叫声，然后坐了下来。

"毫无疑问，就是个吉卜赛人。"波鲁克斯嘟囔道。

看着雅拉那张如同长了鸟喙一般的面孔，红色的头发，草莓色的雀斑，阿加莎觉得自己从没见过一个如此怪异的女孩……可又总透着一股熟悉的感觉。

"随意进出搞得好像自己是校宠一样。"多特悄声说，"就因为她不能说话，院长觉得对她有亏欠。"

午餐时间，阿加莎没去餐厅吃饭，而是去细雨绵绵的荣誉塔顶见海丝特和阿纳迪尔了。（多特列举了一堆要尽的社会责任，拒绝加入她们。）这个露天屋顶曾是一个专为展现亚瑟王故事中的场景而建的花园，而现在那些精雕细琢的树篱雕塑全都变成了桂妮维亚——亚瑟王的妻子、泰德罗斯的母亲,那位将他们俩抛弃后就再也没去见过他们的女人。

"怪不得泰德罗斯会来攻击我们。"海丝特一边环视着这位苗条王后的雕塑场景,一边喷喷地喝着自制的稀粥说道。

"院长怎么会把她当作英雄呢?"阿加莎说,"她连自己的儿子都抛弃了!"

"正相反,院长说桂妮维亚将自己从男性的压迫中解放了出来。"阿纳迪尔调侃地说,她正看着自己的老鼠们拿着几片碎石片对刺,那石片还是从上次被泰德罗斯杀死的滴水兽身上掉下来的,"她很自然地忽略了一点,就是她离开不过是为了和一个瘦骨嶙峋的骑士搞在一起。"

阿加莎凝视着这一园子将桂妮维亚塑造成圣人的树篱雕塑,想道:你也不希望我将故事原原本本地说出来吧。在家里时苏菲就曾经这么开玩笑地说过。每一个童话故事都有可能因为要服务于某种目的而被扭曲,善被说成了恶,黑被说成了白,如此反反复复,就好像一年前两所学院之间的大战似的。即使到现在,苏菲还赌咒发誓地说自己是善良的,可发生在她们故事中的每一件事都在告诉阿加莎,她就是邪恶的。

"魔法屏障只在校园外围才有,两所学院之间倒是没有。"海丝特对阿纳迪尔说,"不过即使这样,她也没法游过去见泰德罗斯,护城河里全是克罗格……"

"克罗格?"阿加莎转身看着她们问。

"就是那些长满刺的白色鳄鱼。它们只攻击女性。"阿纳迪尔没好气地说。

阿加莎一下回想到森林里那个大泥池子里发生的一切——雌鹿被克罗格拖下了水,而雄鹿却毫发无伤地游到了对岸。她顿时为自己没有试图游过泥池而备感庆幸。

"她也没法再从下水道过去了,因为早被封了。"海丝特说,"森林西门也不行……"

"通往中途桥的大门还在这儿呢。"阿加莎扫视了一圈屋顶说。

海丝特皱了皱眉:"我跟你说过,泰德罗斯不可能说出'桥'这个字的……"

她们身后的大门突然开了，一群蝴蝶翩然而至。不过蝴蝶只听到了女孩们兴高采烈地谈论着野餐多么开心，根本看不到其实她们的衣服早已被雨水淋湿，午餐也被弄得一团糟。

随着玻璃塔楼渐渐没入夜色之中，阿加莎走在去上女性天赋课的路上，心情因为夜晚的来临而越来越焦躁。不过与别的老师不同的是，希芭·希克教授根本懒得教书。这位曾经教授恶人天赋异禀课的老师模样依旧，还是穿着她那身半红丝绒的尖肩长袍，黝黑的脸颊两侧依然长满了疖子。不同的是，她现在站在彩虹棒棒糖教室里，正从一堆亮晶晶的蝴蝶主题文具里抽出一封信来。

"院长让我负责学……学院的……"她几乎说不出话来，"戏剧表演。"她绝望地瘫靠在墙上，继续念道，"十五日晚上，在晚餐厅举行海选。"

"表演什么剧目？"碧翠丝问道。

可是希克教授已经一副震惊得没法回答她的模样了。她看着那明晃晃的棒棒糖旋涡，面无血色地眨了眨眼，在这间教室里，永灭者一个个挨着永生者坐着，眼前还有一封闪闪发亮的要求她去指导一部全女性戏剧的信件……

"简直就是魔鬼学院！"她喘着粗气说了一句，就直接让女孩们在剩下的时间里自修《女性诡计的艺术》了。

教室里全是女孩们"唰唰唰"翻书的声音，只有阿加莎出神地望着中途湾上空那座深锁在迷雾中的堡垒。雾真大啊，隔着这厚厚的浓雾，她几乎连闪电的光亮都看不清了。还剩几小时，她就有机会去一次性重新改写她的故事了。可她确定能穿过去吗？苏菲都已经开始变身成为致命女巫了，她还能去亲吻泰德罗斯，并且确定这就是属于她的永远吗？

这时阿加莎突然注意到了阿拉克涅脚底下的一小块羊皮纸。这应该是在上一节课中两个女孩传的小字条。阿加莎用松糕鞋将字条踩到身边捡起来，她一下就认出了上面的笔迹。

苏　　菲：有什么途径可以从女子学院穿越到男子学院吗？

碧翠丝：没有，当然没有。你为什么这么问？

苏　　菲：没什么，就是确认一下。

阿加莎把字条紧紧捏成了一团，苏菲已经在怀疑她了。

在赶去蓝色森林上最后一节课时，阿加莎的头紧张得不停抽动，因为她实在找不到一个两全的办法，既能够不被苏菲发现，又能够不着痕迹地进入男子学院。在她匆匆路过善良陈列馆时，她注意到门缝后露出了两个人影，还有一缕红色的头发闪过。

"我已经给你两个星期的时间了。"院长生气的声音响起。

"可我已经尽力了！"一个低沉的声音响起。

"如果你还想留在这儿，你必须找个……"

院长突然停下来，转身看向门外，走廊上空无一人。

太奇怪了，阿加莎偷偷溜出走廊想着。因为她非常确定，和院长说话的这个声音来自那位大家都觉得她不会说话的女孩。

曾经善恶魔法学院热闹的午餐聚集地透明场，如今已变得杂草丛生，长满了松脆干枯的树木。当阿加莎从善良隧道里钻出来时，空地上一具已经腐烂的松鼠尸体一下子映入她的眼帘，尸体旁边还有一枚褪色的粉红色蝴蝶结，看着和乌玛公主过去戴在头上的那个一模一样。至于邪恶隧道，也就是现在的男子学院通道，已经被大块的石头堵了起来——至于是男孩堵的还是女孩堵的，阿加莎不得而知。不过老师们依然很担心，不敢再让女孩们在这儿吃饭了，这也让穿行在蓝色森林里的阿加莎更加心神不宁，因为她简直是毫无遮掩地走在男孩们那座锯齿状的塔楼之下。

一年前的蓝色森林还是一处被保护起来的宁静天堂，森林里的每一片叶子、每一朵花、每一棵草都呈现出不同层次的蓝色色调，意在提醒学生们，这里相对于更危险的真实森林只是一个模拟。可现在，当阿加莎急急忙忙地穿过大门时，一股冬日的寒风夹着阵阵口号声扑面而来，她听见森林里那些好斗的王子正大声呼喊着："女孩必死！女孩必死！"

女孩们此时都聚集在深蓝色的蕨类植物园里，按各自的森林团队分组准备上童话求生课。希子和碧翠丝跟随第九组的树仙女去往蓝色小溪；阿纳迪尔和海丝特跟随第四组的水妖塞壬去往绿松石丛林，阿加莎则一直试图透过高大的蕨类植物寻找第三组的旗帜。应该是察觉到了女孩们的到来，森林中王子们的口号声变得更加粗鲁而不堪入耳了，气得莫娜、阿拉克涅以及第十二组的其他队员，纷纷搬起南瓜往大门外投掷。野蛮的王子们则射出弓箭还击，不过那些箭飞到大门上就立刻被魔法屏障吞噬了。

看着头顶密布的乌云，阿加莎感到战争已是一触即发。如果王子们找到了冲破屏障的方法，那么亲吻泰德罗斯就不仅是为了将女孩们从女巫苏菲的手中拯救出来，更是为了避免一场血腥的大屠杀。

可她怎么能让多特独自留下来面对嗜血的王子呢？但是，放弃执勤去见泰德罗斯却又是唯一能够不被苏菲发现的方式。

"你猜怎么着？"

阿加莎一转身看见苏菲穿着一件厚厚的蓝色斗篷朝她扑了过来，说："我可以看着你执勤了！"

阿加莎踉踉跄跄地往后退，周围也没有别的女孩子，她问："什……什么？"

"我再也不能戴那条可怕的披肩了。那些小狗——一看见它就汪汪大叫。"苏菲叹着气说。"碧翠丝和我正好在寝室里，她很大方地把她自己的斗篷借给了我。而我正巧往窗外瞄了一眼，居然正好能看到你执勤守卫的地方！说到这个，你知道碧翠丝的曾祖母曾经给白雪公主缝制过婚礼长裙吗？那女孩可能脑子不太好用，但她的手工还真是没话说……"她看见阿加莎脸上的表情，然后清了清嗓子说，"不管怎么说，现在我算是安心了，你今晚不会被王子伤害的。"苏菲说着轻轻推了推她："女巫可不会这么关心你，不是吗？"

"可……可是……"阿加莎两眼盯着那件几乎将苏菲整个人全部包裹起来的斗篷，她知道苏菲用这件斗篷替换披肩的真正原因是什么，"你的美容觉怎么办……"

"换成是你，你也会陪着我站岗的，阿吉。"苏菲将手搭在她的肩头说，"朋友是用来干吗的？"

苏菲手指的触碰让阿加莎一阵发冷。远处传来了一只鸽子咕咕的叫声。

"呃……不好意思……有人叫我……"阿加莎喘着粗气，从她身边迅速跑开。

谢天谢地，苏菲和她不在同一个森林团队，所以当她在蕨类植物园最边上找到希子、多特，还有其他第三组的队员时，她一把抓住多特，大口喘着气，语无伦次地说："疣……斗篷……变身……你说得对！她知道！"

"我想我告诉过你离她远点儿！"多特气愤地低声说。

"她今晚会看着我们执勤！从我们寝室里！"

"什么！"

"我们得想办法挡住她的视线……"

"我还以为你的挑战是意外失败的呢。"一个声音厉声说道。

阿加莎一转身，看见苏菲正满脸震怒地盯着她。

阿加莎拼命想说点儿什么，可苏菲面若寒冰地转身走进蕨类植物里跑开了。

"你死定了。"多特嘶哑地说。

阿加莎看着苏菲消失在远处，肠子仿佛被扭起来一般难受："可她……她看上去很受伤……"

"你到底要犯多少次同样的错误啊，阿加莎？她的演技很好的。"

阿加莎的胃里抽搐得更厉害了，因为她知道多特说的是对的。

"啊哈。"

两个女孩一转身，看见了一个皮肤黝黑、满脸皱纹、一头披肩白发的老地精皱着眉头出现了。她身穿一件难看的连衣裙，头戴一顶尖尖的薰衣草帽子，脚上还摇摇晃晃地踩着一双高跟鞋。阿加莎不禁一阵咳嗽，这个人看着完全就是以前那个乖张的男地精老师尤巴摇身一变，变成了一个家庭主妇的模样。

"看来我们的读者把这堂课当成求生茶话会了。"这位地精用一种和尤巴一样老态龙钟但是更尖的嗓音不悦地说道，"我是海尔格教授，不过我们还是稍后再来介绍吧。不能因为一个新人就耽误了整个团队的进程。现在，开始上今天的课程……"

阿加莎皱着眉头轻轻推了推希子说："嗯，那是……"

"我们也这么认为。"希子轻声地说，"可是所有男性都会被驱逐，所以那肯定不会是尤巴！而且女孩们逼着我去确认过。"

"确认?"

"别问了。反正我说她是女人,你就相信我好了。"希子说。

"跟上来,女孩们。"海尔格拄着她那根长长的白色拐杖,看着学生们一个个走进了森林,"上一年,你们学会了如何辨别一株植物是否由人类末格里变形而来!今天,我们将学习如何辨别这株植物是由男性还是女性末格里变形而来的!这针对当前格外重要……"

阿加莎一路跟随着,此刻她只关心一件事,一件不管对于男孩还是女孩来说都非常重要的事——

苏菲藏在斗篷底下的疣到底有多少颗了。

八小时后,时钟敲响了十点。莱索夫人和达维教授两人正帮着阿加莎和多特穿戴钢制护甲,好让她们回到森林执勤。阿加莎一直试图小声地和她俩说话,但两位教授都示意让她闭嘴,借着北门上方火炬的亮光,她们的眼睛全都看着那一只只像无人机一样盘旋在她们头顶的蓝色蝴蝶。不过,两个女孩依然能感觉到两位老师的挫败感,因为当两位老师在为她俩佩戴胸甲和肩铠时,她们的动作粗鲁得就像在为马匹佩戴马鞍。

"真弄不明白男孩们都是怎么穿上这些东西的。"多特在莱索夫人为她戴上头盔时,不禁抱怨道,"这也太重了,而且又痒又臭。"

阿加莎实在忍不住了,说道:"教授们,苏菲知道我要去见泰德……"

莱索夫人立刻开始跺脚,阿加莎只能闭嘴。多特以前说过这个女人竟然有家庭,怎么可能?!要是莱索夫人有孩子,她的孩子说不定会在熟睡中被杀死。

当达维教授为阿加莎戴上发霉的头盔时,阿加莎一直紧绷着脸。连话都不能对她说,她还算什么仙女教母?阿加莎气鼓鼓地决定暂时不去搭理她们,而是去回想课后发生的一切。当女孩们从森林团队各自回房后,她去海丝特的房间躺了下来。几乎两天没合眼了……好几个星期都没有安全的感觉了,哪怕只是睡一下也好。她都不记得自己是怎么睡着的了,只知道脑子里迷迷糊糊地想着斗篷还有疣……她感觉到了翻涌的血雨……带刺的荆棘……还有血的味道……

然后阿加莎的身体被抓住。"快醒醒！"

疼痛嘶叫着穿过她的肚子，拽着她狠狠下坠，这时有什么东西从她身体里诞生了。一颗纯白色的种子，慢慢变成了一张乳白色的面孔，越来越大，越来越大，然后她看见了一个男孩的蓝眼睛，目光刺穿了她。

"不要！"她激动地从海丝特的怀里醒来。

"嘘……做梦而已……"海丝特安慰她道，在她身边的阿纳迪尔则是一脸的担忧。

"但……但是……这是个天敌之梦……"阿加莎战战兢兢地说，"是泰德罗斯……的脸……"

"永生者是不会做天敌之梦的，阿加莎。"海丝特叹着气，将一盘土豆炖牛肉递到她面前说。

"可我尝到了血的味道……而且我看到他了……"

"只有恶人才会梦见自己真正的敌人。"阿纳迪尔递给她一杯姜汁啤酒，她的老鼠一看见，立刻跳进去了一只，"像你这样的公主，只会梦见自己的真爱，记得吗？这就是为什么你会看见他的脸。"

"可……如果这一切是个陷阱呢……"阿加莎暴躁地说，"如果泰德罗斯不是我的幸福结局呢……"

"那么别的任何结局我们都得死！"海丝特大吼道，她脖子上的恶魔文身开始抽动，"苏菲可能又会变身成为女巫，阿加莎！这是你自己说的！她有可能现在已经浑身是疣了！"

陷入深深恐惧中的阿加莎，只得重新将注意力集中起来，听海丝特和阿纳迪尔讲解如何潜入男子学院的计划。

"这个方法不保证能让你见到泰德罗斯，"海丝特最后警告说，"但这已经是我们最有希望的计划了。所以千万记住，等到……"

"你确定我没法从桥上穿过去吗？"阿加莎提示道。

一听到这话，海丝特脖子上的恶魔一下跳了出来，吓得阿纳迪尔不得不赶紧将它制伏。

她正想着，两位老师已经"啪"的一声将她俩身上的最后一片盔甲拍紧了，阿加莎一点点地在脑海中努力回忆着，记住了她的朋友对她说的每一步计划。

达维教授看了看盘旋在头顶上的蝴蝶，语焉不详地对阿加莎说了句："夜很长，小心点儿。"

"如果魔法屏障失效了，就向天空射出光芒。"莱索夫人对着正将剑插入剑鞘的多特命令道，"别冒险和王子们单打独斗。"

"她为什么会单打独斗？"院长缓缓地走到她们身后，温柔地说，"阿加莎会整晚都和她在一起啊。"

"当然。"莱索夫人顿时如同浑身僵硬了一般，看也不看院长就说，"不过多特是出了名的鲁莽，而且做事不经大脑。"

"是的。"多特将一片密码卡变成了卷心菜，放在嘴里嚼着说。

院长笑了笑问："我们现在可以去你们执勤的地点了吗？"

阿加莎看着莱索夫人和达维教授同时冲着她担忧又满怀希望地点了点头，仿佛她们是在送她去执行一项有去无回的任务似的。

多特和阿加莎全副武装地告别了两位老师，蹒跚地跟着院长朝南门走去。一路上多特还不时透过头盔抱怨着："我敢打赌男孩们肯定在这里面撒过尿，这头盔实在太臭了。"阿加莎能听见远处王子们的口号声越来越响，不过这所有的口号声渐渐地全都淹没在了她越来越激动的心跳声中。

"萨德院长？"

"什么，阿加莎？"

"要是苏菲又变身成女巫了怎么办？"

"我觉得没必要担心这个。"院长头也不回地说。

"可如果只是因为你没看见呢？"阿加莎追问道，"假如我们看见了你没看见的东西呢？"

"哦，亲爱的，"院长回头瞥了她一眼，"有时候我们只是看见了自己想看见的东西。"

然后她笑着甩了甩头，继续朝着王子们呼喊的方向走去。

阿加莎走在灌木丛中顿时觉得心如死灰，她最后求救的希望也消失了。

现在只有她自己能阻止那个女巫了。

"阿加莎，快看！"

阿加莎转身看向在她身后突然停下来的多特，接着阿加莎顺着她的目光慢慢看向森林的那头，在皎洁月光的映衬之下是一座泛着微光的塔楼，塔楼上所有的窗户只剩一扇窗还透着亮光。

苏菲翡翠般的眼睛正穿过层层树影注视着她，她的眼眸闪闪发亮，犹如星星一般。

阿加莎强忍住眼泪，挤出了一丝微笑。

总有一天，苏菲会明白她今天所做的一切。

在这片远离家乡的蓝色森林里，阿加莎无声地对着她最好的朋友说了一句"再见"。

然后她转过身继续往前走去。

在前方，她的王子正等着她呢。

第十一章
骗中骗

"你们俩还真是患难与共呢。"碧翠丝躺在床上打了个哈欠,眯着眼瞄了瞄一直趴在蓝色玻璃窗台上的苏菲说道。

"我只是想确认她安全无虞。"苏菲毫不松懈地低头望着森林大门旁的那一片蓝色的南瓜田,在那里正站着一高一矮两名全副武装的骑士。

"你这话……听上去……真像是……王子的口吻……"碧翠丝迷迷糊糊地说了几句后,呼吸开始变得越来越沉,她完全不受外面那些愤怒的呼喊声的影响,很快就沉沉睡去了。

苏菲很难辨别这些呼喊声具体是由哪个人发出来的,她只能隐隐约约地看到一些王子的身影,看到那一张张扭曲变形的脸和他们身上的破衣烂衫。这个世界上真是什么都说不准。王子可以变得像食人魔一样可怕,公主会变成恶人,最好的朋友也有可能变成敌人。

苏菲的眼眶有些湿润了。自从回家后,她一心只想做个善良的人。诚然,她并不完美——她的父亲肯定能做证——可她对阿加莎这个朋友却一直都是真心以待,并一直以她为榜样在努力生活着。每一天,她都在努力控制自己邪恶的想法冒出来,尽力抑制那些充斥在她心里的怒火与冲动。可她得到了什么回报?"因为一个王子而遭遇背叛,被永远烙上了女巫的烙印,被人像躲瘟疫一样处处躲着。"而现在,阿加莎只需要一个吻就能永远抛弃她了。苏菲擦了擦眼睛,轻轻抽泣着。现在到底谁才是邪恶的那一个?

但是几个小时过去了,多特和阿加莎一步不离地待在南瓜田里,忍受着王子们随意的谩骂与威胁,忍受着他们一次次地向她俩开火,再看着那些飞来的武器一次次地被魔法屏障吸走。午夜来了又去,时间流逝到两点……四点……

阿加莎完全没有朝泰德罗斯塔楼的方向挪过一步。

终于,当月亮沉入初升太阳的微光中时,阿加莎依然坚守在原地。苏菲的脸因羞愧而变得通红。这所学院让她们两人都陷入了信任危机,尤其是在森林团队那一幕发生之后,阿加莎肯定也会怀疑她。这都是正常的反应。苏菲不断自我安慰地想着。说到底,她们的友情还是比怀疑更强大。很快她们就能真心为对方许愿了,会做好准备将这里的一切抛在脑后。很快她们就会如阿加莎承诺的那样一起回家了,泰德罗斯将永远离开她们的生活。

将头靠在玻璃上,苏菲才发觉自己有多疲惫不堪。肾上腺素支撑着她坚持了两天,现在她的脑子已经混乱如一盘散沙,所有的思绪如碎片般一片一片牵引着她进入梦乡……

她戴着手套在一块无人看护的墓穴上一点点地清理着苔藓……一只蝴蝶,停在了墓碑上……两侧还有两块蚀刻着天鹅的墓碑……一只白天鹅……一只黑天鹅……黑色的那只像是从白天鹅身上撕裂出来的一个影子……黑得就像散落一地的枯死的羽毛……黑得就像那异乎寻常的天空……

苏菲猛地睁开双眼。森林大门上方的天空此时竟然漆黑一片——不光火把熄灭了，连月光也消失了。就在王子们正困惑地号叫时，火把一瞬间重新被点燃，月光也一下子亮了回来，只留下他们目瞪口呆地看着这瞬间消逝的月食。但是苏菲知道这压根儿就不是什么月食，这是天昏地暗咒。去年她曾在选拔赛中看见有人用过……

这是阿加莎最喜欢的一个咒语。

苏菲一下跳了起来，两个骑士依然坚守在她们的岗位上没有离开半步。苏菲轻轻叹了口气又重重地倒回了床上。别再胡思乱想了，该睡觉了。她重新盖上被子，但总觉得不那么踏实，最终她还是慢慢趴回了窗前。

那个高一点儿的骑士脚上的盔甲靴掉了下来，孤零零的鞋子很扎眼地躺在几英尺开外，可两位骑士却好像都没准备把它捡回来。

苏菲眯着眼睛凑近了一些看去，只见没有穿鞋的阿加莎好像站不太稳，多特正努力地将她扶住。可多特越是帮忙，阿加莎越是东倒西歪，最后两个骑士一起摔倒在地，多特的剑一下从剑鞘里滑了出来，吓得她哇哇大叫。多特扑过去抓剑，可是来不及了——阿加莎摔倒时脸正对着剑锋，直直朝着锋利的刀刃上跌去，直接切断了脖子。

苏菲惊恐得放声尖叫，眼睁睁地看着阿加莎的脑袋从头盔里滚落出来——

一个大大的蓝色南瓜头。

苏菲愣住了。森林里的多特缓缓抬起头来，脸上糊了一脸的果浆和种子。

苏菲浑身的血液开始在血管里咆哮翻涌起来。

她被耍了。

"在多特将四周重新变回光明时，你必须已经赶到绿松石丛林里藏好了。"海丝特一遍又一遍地叮嘱着阿加莎，"隔着那些树，苏菲是看不到你的。然后你就随便末格里变形成什么身形小一点儿的动物，赶快去找泰德罗斯。"

然而，当王子们头顶上的天空变黑时，阿加莎却立刻冲回了女子学院里。一方面，考虑到斯特凡婚礼上发生的事，她仍然不太相信自己现有的能力能够进行末格里变形。另一方面，她敢肯定男孩们一定会严加防范不让自己的学院被魔法入侵，毕竟在他们去年的骑士精神课上，可是有整整一个单元都在学习如何保卫学院。

不过最重要的是，她很清楚自己那天在旋风中都听到了什么。不管那些女巫怎么说，她对泰德罗斯说的话充满了信念。

阿加莎光着脚偷偷溜回了女子学院里，她知道现在还剩一条路能够去往中途桥。看着一串巡逻的蝴蝶从大厅里飞出后，阿加莎赶紧溜到了女子肖像纪念碑后面，偷偷摸上了荣誉台阶，经过漆黑一片的宿舍楼、糖果教室和二楼的美德图书馆，穿过糖霜大门上到了屋顶。

桂妮维亚的树篱雕塑园在月光下发出了幽绿色的光芒，映照着每幅场景中女王那窈窕的身姿。尽管苏菲母亲过世时还很年轻，但阿加莎依然记得她也有着同样婀娜多姿的身形，和卡莉斯、霍诺拉完全不一样，和加瓦顿镇上那些整天以吃五谷杂粮为生的母亲都不一样。阿加莎想着，她能和臃肿肥胖的霍诺拉成为好朋友，一定让人大跌眼镜吧。

就像她能和苏菲成为好友是一样的。

阿加莎赶紧打消了自己心里的内疚：你到底要犯多少次同样的错误？

她抓紧时间，一点点地找寻着有水的地方。去年，这里有一个神秘门能够通往连接两所学院的中途桥。只要找到那个带水的场景就行……

在屋顶那头，一束火炬的光突然在仁爱玻璃塔楼的最顶层亮了起来。那是院长办公室。院长知道她擅自逃离执勤吗？

阿加莎强忍住内心的惊慌，迅速穿过一座座树篱雕塑——桂妮维亚坐在王位上统领四方、桂妮维亚与骑士们坐在圆桌上、桂妮维亚挥剑斩下巨人的脑袋……简直就像是桂妮维亚在统治着卡米洛特。阿加莎这么想着，心里不免对泰德罗斯的父亲产生了很奇妙的维护感。她一边提防地盯着院长办公室，一边慢慢寻找着，可是都走到展览园尽头那堵布满锋利的紫色荆棘的高墙了，她依然没发现一丁点儿水流的迹象。就在她准备放弃最后的希望原路折返时，她突然听到荆棘高墙后面传来了非常微弱的汩汩的流水声。

闪烁的星光倒映在池塘的水面上，桂妮维亚正在为身穿洗礼服的婴儿泰德罗斯洗礼。看着自己的王子无助地躺在他母亲的怀里，阿加莎心里一阵触动……可她突然看到了婴儿母亲的那张脸。即使树篱的枝叶已经将这些细节处理得柔和了很多，可这位亚瑟王曾经的王后对她新生儿的看法还是清晰得让人一目了然。桂妮维亚正恶狠狠地瞪着泰德罗斯，张开的嘴表现出了厌恶。

她根本就不是在给他洗礼，而是打算淹死他。

阿加莎的脸一下变得惨白。不管今晚会发生什么，不管从这一刻起她的故事将如何发展，这里的一切都绝不能让泰德罗斯看到。

她转过头看了看，院长办公室里的火光越来越亮了，这时门缓缓开了……阿加莎默默祈祷了一声，一下跳入了桂妮维亚的池塘中，她感觉有一道白炽光瞬间闪过。

过了一会儿，她滴水未沾地站在了中途桥的水晶蓝色拱门前，心里终于松了一口气。可当她看向那座通往男子学院的狭长石桥时，她的心一下又提了上来。

现在她终于知道为什么女巫们都说不可能从桥上过去了。

苏菲粉红色的羽毛在疾风中颤抖着，她变身成了一只老鹰正划过天空朝男子学院飞去。经过上次的猫咪事件之后，其实她是很害怕末格里变形的，但此时的她，愤怒已经压过了恐惧，她必须抢在阿加莎亲吻泰德罗斯之前赶过去。

愤怒的泪水不时飘落在苏菲的翅膀上。她已经失去了自己的母亲，失去了曾属于自己的王子，她绝不能再失去这唯一的朋友了。为什么她爱的人都想要离她而去呢？

我不能失去阿加莎。她在心里默默祈祷着，绝不能失去这个让她善良的人，绝不能失去这个能够阻止她体内女巫现身的人。

绝不能失去阿加莎。

她发出了一声悲痛欲绝的鹰唳，直直地朝着男子学院锯齿状的红色塔楼冲去——

砰！

一道闪电击过她的身体，她从空中坠落下来。苏菲想要试着拍打她的翅膀，却发现此时身体的每一寸都无法动弹了。变形防御屏。苏菲倒吸了一口冷气，整个人朝着邪恶湖岸俯冲而去。随着下坠，她身上的羽毛迅速变回了皮肤，喙也变回了嘴唇，整个身体都变回了人形——最后她身体朝下，狠狠地摔在了邪恶隧道旁五十英尺开外的一堆泥草混合物里。苏菲趴在潮湿的泥土里不停地哼哼着，她的双腿又黏又冷。考虑到莱索夫人课上发生的一切，有那么一瞬间，苏菲竟有点儿感激防御屏不费吹灰之力就将她变回了人形。但很快，她就发现现实实在是相当麻烦。

她正赤身裸体地躺在一摊烂泥里，并且是在男子学院的外面。

她怎么能这么愚蠢呢！他们肯定会用魔法保护自己的学院免受末格里变形的入侵啊！泰德罗斯怎么可能让他的塔楼毫无防备呢！她胆战心惊地不敢动也不敢抬头看。男孩们还有多久就会出来抓她了？她现在还怎么去阻止阿加莎和泰德罗斯呢？最重要的是，她现在该上哪儿去找件衣服穿上呢？

苏菲不断给自己打气：别晕倒，也别吐。现在她唯一要做的就是去找一些枝叶茂密的藤蔓或者蕨类植物，她得用这些少得可怜的材料，尽量做出一件能穿得出去的衣服。她下定决心后抬起头看了看这片泥巴地，瞬间僵住了。

在她趴着的这片泥地里覆盖着一层皱巴巴的黑色鳞片……看起来很像是蛇蜕下的皮，只是这皮得有普通蛇皮的两倍么厚、那么长。苏菲的目光缓缓移向她前面几英尺远的地方，那里还有一张蜕下的皮。接着又看到了两张……

苏菲撑起了头看出去，这时她才发现自己整个人都被蛇皮包围起来了，数量多到她根本数不清。

透过黑暗，她看见了这些蛇皮的主人们也从泥草混合物里抬起了头。在那一颗颗闪着幽光的青绿色瞳仁下是一个个畸形的又黑又扁的脑袋，粗壮蜿蜒扭动的躯干上布满了鳞片，每一片鳞片上都长着针尖一般的倒刺。苏菲往后退缩，却发现她身后的怪蛇更多。它们盘旋着高昂起了头，组成了一个绝妙的圆圈，从上下左右前后各个方位将苏菲牢牢地包围了起来。然后它们步调一致地咧开嘴，无声地吐着芯子注视着这位入侵者，静静等待着看她何时会动。

这时只有一件事还能做。

苏菲伸出她发光的手指，怪蛇们一刹那全扑了过来，将她的四肢牢牢按在地面上，仿佛准备将她献祭一般。怪蛇一面发出难听刺耳的咝咝声，一面将鳞片上的倒刺扎进了她的手腕和脚踝中。苏菲放声哭喊，可哭声完全被淹没在了怪蛇的咝咝声中。紧接着苏菲听到警报大作，随之而来的还有入口处男孩的声音，她知道自己在劫难逃了。

"为什么我不能去杀了她？"一个黄鼠狼似的声音说道。

"回去站岗。"一个低沉而严厉的声音呵斥道。

"但是是我先听到灵蛇的叫声的！"那个黄鼠狼一般的声音轻声抱怨道，"如果是她的话……"

"闭嘴！"低沉的声音粗声吼道，"男孩们，准备好武器！"

苏菲将指甲深深插进土里。"求你了……我不想死……"可她现在已经能看见隧道里掠过的剑光和头戴红兜帽的影子了，还有几秒他们就到了。

电光石火之间，一段回忆如歌般超越痛苦地闪现了出来……

她手掌下的蛇皮，让她想起曼利教授曾在丑化课上介绍过蛇皮的神奇特性……她似乎还听到了当她披上这同样的蛇皮时，她体内的邪恶发出的怪叫响彻整座塔楼……还有四周永生者和永灭者们的哭喊……"她会去哪里！""女巫在哪儿？"

"可我想杀死苏菲！"那个黄鼠狼一般的声音又说道，这引来了四周一阵窃笑。

"说得好像你能杀死一只蟾蜍似的，"低沉声音的男孩说，"还是说你能杀死让你心软的女孩。"

"我对谁都不心软！"

怪蛇的倒刺扎进了苏菲的手掌，让她的指尖光变得忽明忽暗。她痛苦地大口喘着气，拼命想要回忆起那个咒语。

"嘘！我听见她了！"

她周围的蛇皮开始抖动起来——

"准备……集合……"

数百张蛇皮升到半空中，飘浮在怪蛇头顶——

"进攻！"

四个头戴红兜帽、身穿黑色制服的魁梧男孩，举起宝剑瞄准目标，从隧道里冲了出来。

"见鬼。"那位声音低沉、身材魁梧的领军人咆哮道，他胸前佩戴的蛇形徽章上面还别着一枚金色的徽章。泥土地里，一群困惑不解的怪蛇正面面相觑地吐着芯子嘶嘶叫着——而它们身下，什么东西都没有。领军人对着它们念了一个咒语，怪蛇吓得四散而去。他一把扯掉自己的红兜帽，露出了一头刺猬般的黑发，如鬼魅般苍白的脸颊，跳动的蓝色血管以及一双凶狠致命的紫色眼睛。"一帮愚蠢的灵蛇。"

刺针带来的疼痛在灼烧，苏菲强忍着静静隐身在那一堆蛇皮之下。

最后一个瘦骨嶙峋的红兜帽跌跌撞撞地冲出隧道，说道："你觉得我心慈手软？"这个黄鼠狼男孩一把扯掉脸上的面具大喊道："等着看我赢得宝藏的那天吧！等着看吧！"

苏菲屏住了呼吸。霍特在她离开的这段时间里成熟了不少，下巴上故意留出了胡子，一头黑发比以往更加狂野，两只滴溜溜转的棕色小眼睛看起来也不再像个小孩了。"我会给我爸买一具金棺材的。他等墓穴都等两年了。我爸可是被彼得·潘亲手杀死的。"他就这么站在一个空旷的深坑里怒吼着，"等着看吧，艾瑞克！苏菲会落在我手里的。你对我的恶人天赋一无所知！"

"你是说每次变成人狼都只能维持三秒钟吗？"艾瑞克说，他的随从一并跟着偷笑起来。

"胡说！"霍特怒吼着追赶他们朝着隧道跑去，"我现在能持续很久了！你等着看！"

看着他们转身离开，苏菲总算松了口气。

突然，艾瑞克一个转身拔剑出鞘，紫色的双眼死死盯着苏菲躺着的那个地方。苏菲吓得浑身僵硬，像个死人一样一动也不敢动。

"怎么了，级长？"他的随从问道。

艾瑞克侧耳倾听着这一片寂静。

"走吧。"最终，他只是咕哝了一句，就领着他的部队走进了男子学院。霍特也畏畏缩缩地跟在他屁股后面跑了进去。

他们没有一个人发现，沼泽地后面有一点儿微弱的粉色光亮，正悄悄隐形藏进了这隐身斗篷之中。

中途桥被炸毁了。

从塔楼上往下看,阿加莎只能看见中点处被一股气旋笼罩着。可现在,身在这寒冷浓烈的迷雾之中,她能看到眼前的中途桥只剩下一个大洞,洞的周围堆满了碎石。一股强大的力量将中途桥炸得支离破碎,两侧的石头全都四分五裂地吊在锈红色的护城河上。参差不齐的小石片从桥的两头散落坠入护城河里,白色的克罗格翻滚着它们的鳄鱼鼻激动地跳着,好像察觉出了有个女孩正站在上面。

她真是太愚蠢了,竟然会忽视女巫们的提醒。阿加莎咬紧了牙关,茫然地跑回雾里朝着神秘门冲去。她瞄了一眼渐渐亮起来的天空,最多还有一个小时,得赶紧找到一条路,不是下水道,不是护城河,也不是……

一只蝴蝶突然从迷雾中现身朝着她飞过来,同时发出了一声发现目标的叫声。阿加莎倒吸一口冷气,急忙伸出发光的手指射向蝴蝶,没射中,蝴蝶迅疾地穿过神秘门向院长飞去。

阿加莎惊恐地僵住了。如果她在这儿被逮住,那她和泰德罗斯的故事还没开始就会结束。女巫苏菲会赶来将他们都杀死的。

她双手颤抖着慢慢回头望向残桥那头的男子学院。"穿过桥过来。"泰德罗斯是这么说的。

可这儿根本没有路啊。阿加莎惊慌失措地想着。

"穿过桥过来。"

"穿过它。"

阿加莎低头凝视着这个被炸出来的大洞。上一年,尽管困难重重,她还是成功地做到了所有人都做不到的事:在善恶学院之间来去自如。所以泰德罗斯相信她肯定还能再完成一次。

"穿过桥过来。"

阿加莎心惊胆战地朝着断崖鸿沟挪去,她光着脚试探地踩上断崖的边缘,然后伸出了手,并祈祷着自己的判断是正确的——

只有寒冷而空寂的风向她打来。

阿加莎紧咬着牙关，将右脚慢慢挪出断崖鸿沟，把手指伸得更远了一点儿，但远处也依然只有空气从她的指缝间流过。她急得大汗淋漓。再往前一步，她就会坠入这护城河里了，满身尖刺的克罗格会欢快地扑上来，伴着四溅的红色波浪，争先恐后地享用它们今天的第一顿美味。

阿加莎的眼泪开始止不住地往外流淌，她知道院长随时都有可能赶来。她现在只剩唯一的选择了……

用生命去信任泰德罗斯。

阿加莎慢慢地呼气，此刻的她只能选择信仰了。她身体向右倾斜，慢慢将左脚滑出了边缘，然后右脚趾试着去踏上那些坑坑洼洼的石头，先是半只脚，然后是整只脚，双手再伸出去……抓到了……什么也没有抓到……她脚下一空，头冲下尖叫着跌落下去，双手胡乱挥舞着——

等等，摸到什么了。

阿加莎的手掌撞到一块看不见的硬物上，一下弹了回去，摔在了中途桥的女子学院那边。

迷雾中一个影子渐渐出现在隐形的屏障中，是她自己的脸，正清晰地瞪着她。

女孩归于女孩，
男孩归于男孩，
回你自己的塔楼去，
否则性命难保。

阿加莎惊讶得一脸苍白。为什么这所学院的一切都比以前糟糕这么多？

"我去年对你说过，不是吗？善归善，恶归恶。"她的影子咧着嘴笑道，"可是你总是觉得自己能凌驾于规则之上。现在看看你把自己弄成了什么样。"

"让我过去。"阿加莎往院长可能来的方向焦急地瞥了一眼，命令道。

"我们在这一边会更幸福的。"她的影子说，"男孩会毁了一切。"

"女巫更会毁了一切。"阿加莎反驳道，"我是为了拯救两所学院……"

"哦,所以你现在在做善事是吗?"她的面孔一脸坏笑地说道,"并不是一个女孩想去见一个男孩?"

"我说了,让我过去。"

"尽管来吧,你别想再跟我耍什么花招。"她的影子说,"你一看就是个女孩。"

"怎样才算是女孩?"阿加莎问。

"拥有一切男孩没有的东西。"

阿加莎皱着眉头说:"那怎样才算是男孩?"

"拥有一切女孩没有的东西。"

"可你还是没说到底男孩是什么样的,女孩是什么样的啊。"

"我知道如果一个人许愿想和一个男孩在一起,那她一定是女孩。"她的影子非常自信地说。

"为什么?"

"因为女孩向往男孩,男孩向往女孩,而你为一个男孩许愿,这就表明你一定是个女孩。现在回你自己的塔楼去吧,否则……"

"那如果这个人曾经亲吻过一个女孩呢?"

"吻一个女孩?"她的影子顿时谨慎起来。

"就像所有最完美的王子那样,用生命去吻一个女孩。"阿加莎目光灼灼地说。

她的影子同样目光灼灼地看着她:"那他百分之百是个男孩。"

阿加莎的嘴角弯了弯:"没错。"

她的影子惊呼一声,又被骗了——然后消失得无影无踪。

阿加莎瞄了一眼这悬崖绝壁下翻滚着的红色护城河,颤抖着将她苍白赤裸的脚伸进了空气中,这一次她的脚落在了一块看不见的台阶上。

阿加莎低头看了看,发现自己正神奇地悬空在愤怒地张大了嘴的克罗格之上。她难以置信地又朝着这断崖鸿沟迈出了一步,然后又一步,最后成功穿过了鸿沟,来到了石桥的另一端。泰德罗斯的呼唤终于有了回应。

这下苏菲再也抓不到他们了。

满满的希望替代了阿加莎心中的恐惧。泰德罗斯将她从女巫手中拯救了出来，现在她要去拯救他。

怀着对即将见面的激动，和对自己王子最深的信念，阿加莎一路狂奔冲向男子学院。

在远处，女子学院蓝色拱桥的阴影下，萨德院长的绿色眼睛穿过迷雾搜寻着，却只看见了她的学生急匆匆消失在那座腐烂塔楼里的身影。她静静地站着，一动也没动。

苏菲追赶着阿加莎。阿加莎追逐着自己的王子。

两个莫逆之交的朋友，现在已变得恩断义绝。

院长转过身，悠闲地踱回了自己的塔楼。

"小心自己许下的愿望，女孩们。"

她咧开嘴笑了笑，白森森的牙齿在黑暗中闪了闪。

可得好好当心你许下的愿望。

第十二章
不速之客

"等等!"霍特大喊着穿过形如鳄鱼鼻的锯齿形隧道,努力想要追赶上艾瑞克和他的随从,"我们要不要再在湖岸边搜查一下?"

随着隧道变得越来越窄,他的脚步也走得越来越艰难。

"变形防御屏不会无端被激活的!灵蛇肯定抓到了什么……"

但是艾瑞克和他的随从们的身影已经消失在了大厅里。霍特又回头端详了一下黑乎乎的隧道,想着要不要自己出去再搜查一遍,却又被头发里的虱子弄得瘙痒难耐,而且这时肚子也饿得咕咕叫。"我敢打赌女孩们那边肯定吃得很好。"他嘟嘟囔囔地转身朝塔楼走去。

一道粉色的亮光"哧"的一声打在他的头上,他顿时倒地,脑袋重重地撞在一块石头上。

当霍特慢慢睁开眼睛时,他发现自己浑身上下只穿着一条内裤躺在地上。由于他经常丢失衣服，一开始他也没多想什么，可当他一抬头。"什么……"

他红黑色的制服正神奇地从他头顶飘过，朝着黑黢黢的闪烁着火把光芒的男子学院飘去，然后完完全全消失在空气中。

苏菲小心地将自己身体的每一寸都藏进了隐身斗篷里，然后走进了男子学院腐朽残破的大厅。她身上穿着霍特的制服，衣服紧得让她呼吸困难（有那么一瞬间，她还以为是自己长胖了——不过她随即就想到了霍特那孱弱干瘪的小身板）。在斗篷的掩护下，她应该不会被发现的，当然，前提是她还没有被这学院的臭味熏吐。

这里面的味道就像是充满汗臭的袜子被浸泡在醋缸里一样让人作呕。这真是比邪恶学院还恶心，她想着。她知道这肯定是那些不洗澡的永灭者男孩的味道，因为永生者男孩在卫生上的要求比女孩还要吹毛求疵。去年，即使在上完两节击剑课后的午餐时间，他们也会洗得干干净净之后再去吃午饭，一个个头发湿漉漉的，闻起来全都像是清爽的薄荷糖似的，仿佛他们之前上的根本就是洗澡课。他们是怎么在这个老鼠洞里活下来的？

除了多一层污垢和几个漏洞外，整个邪恶学院的大厅看上去和过去差不多。在这座下沉式的大厅里，有三座黑色的弯弯曲曲的楼梯，交错着分别通往三座雕刻着"恶意、恶作剧、恶习"的塔楼。石橡柱上依旧悬挂着凶残的滴水兽石像，它们还是虎视眈眈地俯瞰着大厅，张开的大嘴里是熊熊燃烧的火把。不过当苏菲走到灯下时，她看见了男孩们留下的印迹。

沿着墙那一排摇摇欲坠的柱子上，依然装饰着荡着秋千的巨怪和小恶魔，只是过去柱子上拼出的字母是"永灭者"，而现在变成了"男子"。至于那尊秃头无牙的女巫铁塑像，已经被彻底砍下了脑袋。楼梯间后面是童话剧场，为了防止有人从童话剧场的后门钻进树洞隧道里，剧场大门被一大堆障碍物和各种锁具很夸张地给封了起来。苏菲的眼睛掠过烧焦的墙面，墙上铺天盖地全是男性校友的肖像照，里面既有永生者也有永灭者。一年前，她的肖像照也曾醒目地出现在这同一面墙上。现在取而代之的是泰德罗斯的照片，照片中的他一头金发自带光晕，脸上挂着自信的微笑。苏菲心里一紧，想道：我们曾经看起来那么般配。

楼上很远的方向传来了细微的嚷嚷声，还有靴子踏在地板上的声音。苏菲将目光从泰德罗斯的照片上移开，她想起了自己被他夺走的点点滴滴……她的梦想、她的天真、她的尊严。他休想再把阿加莎夺走。

苏菲拉紧了隐身斗篷，踏上恶意塔楼的楼梯，朝着喧闹声传来的方向走去——临走前，她回头射出一道咒语，一把火点燃了照片上王子的脸。

当阿加莎千辛万苦地连着爬了三十层破破烂烂的楼梯，终于登上楼顶那座露天钟楼时，她以为泰德罗斯已经在那儿等着她了。毕竟，她可是冒着生命危险听从他的召唤穿过桥而来的。可当她踏上楼顶后，却只看见一座遮蔽在校长高耸塔楼阴影之下的钟楼圆形回廊，除此之外，空无一人。他究竟还在等什么？阿加莎想着，抬起头望向了远处的那扇窗户。

离苏菲醒来只有不到一个小时了，阿加莎没时间去关心王子都是什么计划了。如果泰德罗斯不来找她，她知道谁能带她去找到他。

当一座城堡里生活的全是男性时，通常可能会导致两种结果。一种是男性的侵略性被严格规范进了章程、纪律和效率之中；另一种则是所有的男性全都退化成只剩荷尔蒙的类人猿。当苏菲踏上恶意塔楼的五楼时，她发现泰德罗斯的学院完全沦为了后者。

闷热的走廊里几乎每一寸空间都塞满了吵吵嚷嚷的男孩们，他们半裸着上身，只穿着一条黑色的马裤在一根根柱子上爬上爬下，仿佛在彼此的汗臭味中消磨时间远比自己待在房间里开心多了。烧焦的石地板上满是烂香蕉、面包屑、蛋黄、吃剩的带肉骨、鸡毛和奶渍。灰色的砖墙上则到处乱画着针对女孩的幼稚而好战的涂鸦——谁稀罕女孩、我讨厌女孩，同时配上了永生者女孩和永灭者女孩被狼吃掉、被塔楼压死、被从甲板上扔入水中的夸张漫画。苏菲紧贴着墙，慢慢地靠近，小心提防着这帮臭气熏天、恶毒无赖的永灭者男孩……直到她走近一看，才发现这些人根本不是永灭者。

毛发旺盛、身材魁梧的查迪克从天花板上荡下来，一边高喊着，一边用力踢开了一间间寝室的大门；皮肤黝黑的英俊男孩尼古拉斯，对准一只被逼到墙角的老鼠施了一个昏迷咒；长着高贵鼻子的塔奎因和肌肉发达的奥利弗正轮流捶打着对方扁平的腹部；娃娃脸的阿宏则带领着一帮人在进行打嗝比赛；这时一向安静的巴斯蒂安敲响了非洲邦戈鼓，于是所有人都停下来跟着查迪克举起了拳头高喊："我们是男人，威猛又自由。"

苏菲惊骇得不住眨巴着眼睛。那些美好而彬彬有礼的永生者男孩都怎么了？那些未来的王子都怎么了？

"强大而友爱，"男孩们依然高喊着，"权威靠边站，我们都是神……"

一扇门突然被撞开了。"如果我们还不赶紧回到原来的善恶魔法学院，我会把你们都杀了的。"拉文穿着睡衣恶狠狠地说，他还是一头乱蓬蓬的黑头发，棕色的皮肤比过去看起来更油腻了，"我真的受够了，在这儿没吃的、没老师，整座臭烘烘的塔楼里只剩这一层楼的卫生间没有被水淹了。你们现在唯一要做的就是去干掉一个女巫——一个微不足道的女巫——可你们却忙着在这儿开联欢会！"

尖耳朵的维克斯从他身旁探出头来，打了个哈欠，睡眼惺忪地说："杀死女巫不就是善良学院应该干的事吗？"

"只要女子学院还存在，哪还会有什么善良学院？"查迪克粗声粗气地回答他，"我们现在是男士优先！"

"男士优先！"永生者男孩们齐声附和着高呼。

"难道我们想整晚都不洗澡吗？难道我们想大吵大闹整天脏兮兮的吗？难道我们想像狗一样去标记属于自己的地盘吗？"查迪克暴跳如雷地说，"这都是谁把我们弄成这样的！"

难怪这儿闻起来这么臭。苏菲隐身在一个角落里想。她眯起眼睛看向窗外那座直插云霄的校长塔楼。她该怎么上去呢？而且怎么才能及时赶到泰德罗斯面前呢？她心里一沉，会不会阿加莎已经见到他了！

但是苏菲又慢慢放松了下来。她的人还在这儿站着呢，不是吗？那说明阿加莎还没吻到她的王子。她的心脏因希望而加速跳动起来，或许阿加莎根本没能进入男子学院。

随着越来越多昏昏欲睡的永灭者男孩探出头来观看，永生者男孩的跺脚声变得震耳欲聋，他们的叫嚷声也越来越混乱嘈杂，苏菲不得不捂住自己的耳朵。

"你听好了！"查迪克捶着自己的胸口，咆哮道，"谁想要拦着你——"

一道紫色的咒语击中了他，立刻将他的嘴封了起来。苏菲一转身看见艾瑞克踏着步子走了过来，紫色的眼眸精光闪烁，跟在他身后的还有四个面容冷酷的随从。艾瑞克踱着步走进走廊，边走边仔细审查着每一个男孩，被吓坏的男孩们纷纷立正站在各自寝室的门口，将手举到头顶敬礼。只有查迪克一个人没将手举起来，艾瑞克俯身前倾直直地盯着他那双灰色的眼睛。

"请允许我提醒你一下，鉴于你没能在森林中杀死苏菲，泰德罗斯校长已经取消了你的级长职位。"艾瑞克说话的同时，他胸前佩戴的金色徽章正闪闪发光，"而且不幸的是，我和我的部下对于笨蛋的忍耐度，可都不如我的前任。"

这时他们脚下的地牢里传来了声声惨叫。

"我的部下对于惩罚永生者可是很感兴趣的。不知道惩罚前永生者级长又是什么滋味呢？"艾瑞克笑眯眯地看着查迪克说，"末日审判室肯定会在适当的时候重新开放的。"

查迪克涨红了脸，勉强敷衍地敬了个礼。"这样最好。"艾瑞克说着，重新解封了他竞争对手的嘴巴。

"至今都没有一个王子能够攻破莱索夫人的魔法屏障，你和你的随从到底是怎么突破的？"查迪克啐了一口唾沫说，"我们凭什么相信你？"

"因为我为这场战役投资的东西比你们任何人都多。"艾瑞克冷冷地说了一句就走开了。

"如果你能攻破屏障，为什么不让王子们也一起攻进来呢？"尼古拉斯大喊道，"这样我们立刻就能杀死苏菲了！"

"对啊。"维克斯也喊道，"为什么泰德罗斯到现在还没吻阿加莎？"

"为什么我们还没回到以前的善恶魔法学院？"拉文大叫道。

这时所有的永灭者全都跳起来大喊着："邪恶！邪恶！邪恶！"直到艾瑞克一声怒吼，他们才闭嘴停了下来。

"你们怎么知道只有苏菲是我们的敌人……"他怒气冲冲地吼道，"说不定阿加莎也是呢？"

永灭者男孩们全都呆呆地看着他。"可……可是……阿加莎都为泰德罗斯许愿了。"拉文焦急地说，"她希望修改她的童话故事……她希望修正我们的学院……"

"我们怎么知道她许的这个愿望不是个陷阱呢？"艾瑞克说，"这两个女孩可是亲口说过，她们的童话里不需要王子。就是这两个女孩将男人们从自己的王国里驱逐出去的。她们想把你们这些男孩全变成她们的奴隶。"

男孩们顿时一片死寂。

级长的眼睛慢慢抬起来看向一个角落："说不定，她们现在就在我们这座塔楼里……"

苏菲的心跳顿时仿佛停止了似的，汗水开始慢慢渗向她的大腿。

"谋划着如何发起进攻……"

艾瑞克紫色的瞳仁对准了她站立的方位……豆大的汗珠从苏菲的隐身斗篷里滴落下来。"给我听好了……"

他的眼睛慢慢看下去，正好看到她的汗珠滴落在地板上的位置。

"我抓到她了！我抓到苏菲了！"

男孩们立刻扭头循声望去，只见穿着小短裤的霍特拖着一个身穿蓝色校服的人冲进了走廊。那个女孩的脑袋被霍特的红兜帽给遮住了，不过这个犯人看起来好像出乎意料地配合，事实上，更像是她在拖着霍特往前走，累得霍特一路上不停地喘着粗气。

"我跟你说过吧！我就说有人在外面！她抢了我的衣服，还把泰德罗斯的照片都烧了，我就看到她躲在黑暗中，我赢得赏金了，因为我抓到……"他说着一把扯掉兜帽，阿加莎的脸露了出来。

"不是苏菲。"霍特一下子噎住了。

苏菲差一点儿就叫出声来。

艾瑞克慢慢地走向阿加莎，咧着嘴露出一口参差不齐的牙齿说："你是怎么进来的？"

阿加莎瞥了一眼他的级长徽章，站直了说道："带我去见泰德罗斯。"

"我为什么要听一个入侵者的话？"艾瑞克恶狠狠地说，手指亮起了紫色的光芒，"我为什么要相信一个女巫的朋友？"

"因为我是过来救你们免受女巫伤害的。"阿加莎一字一顿地说。

艾瑞克的脸色一变，整个走廊一片安静。

"苏菲又快变身成女巫了，而且这一次会是永远变身。"阿加莎说着这话嘴巴开始变得干涩，说到最后声音也越来越轻。她犹豫了好一会儿，才最终抬起了头。

"让我去见泰德罗斯，否则你们所有人的生命都会有危险。"

听到这番话的苏菲彻底愣住了，她整个人不知所措地僵立在阿加莎身后。

"我们还有多少时间？"查迪克从艾瑞克身后走上前来问。

"一旦她发现我来了这儿。"阿加莎回答，这时她脖子上的红疹子又冒了出来。

男孩们开始窃窃私语，被困在角落里的苏菲两只眼睛里已浸满了泪水。

艾瑞克凝视着阿加莎，仔仔细细地打量着她的表情。然后他熄灭了指尖光，大踏步地向走廊外走去："跟我来。"

阿加莎紧跟了上去，身影消失在他长长的影子里。

苏菲也小心翼翼地跟着他俩，她发现阿加莎的双腿正不停地颤抖着。她知道此刻她们心里想的应该是同一件事。

就算阿加莎现在还没吻泰德罗斯，她和苏菲的幸福结局也已经一去不复返了。

阿加莎紧跟着艾瑞克往前走着，他们要穿过一条崎岖不平的、由红色岩石砌成的狭长走道到达校长塔楼。一路上寒风凛冽，阿加莎用双手紧紧搂住自己。"泰德罗斯知道我会来。"她看着那高耸入云的塔楼顶说道，"可他为什么不等我呢？"

艾瑞克没有回答。他那双冷酷的紫色眼睛和低沉而意味深长的嗓音，全都提醒着阿加莎，他就是恶人里最优秀的那一类。"他是怎么突破莱索夫人的屏障进来的呢？"阿加莎很好奇，这时她的脑子里涌出了更多的问题，正好趁着走路的空当一一问出来。

"你们的老师怎么了？"

"塔楼变身以及萨德院长出现后，我们的老师曾经冲到桥上和她对战。"艾瑞克说着停顿了一下，"但他们一次都没成功过。"

"为什么？他们去哪儿——"

一声巨响在阿加莎身后响起，她和艾瑞克急忙回头看。一块松动的巨石从离他们几步之遥的塔楼围栏边坠落下去。

"肯定是我不小心碰到了。"阿加莎难为情地说。

艾瑞克仔仔细细查看了一下周围的石头，然后继续往前走去。

"那座桥又是怎么回事？"阿加莎追问道，"还有斯廷法司——"

"我讨厌公主的一个最重要原因，就是她们从来不会自己去寻找问题的答案。"艾瑞克不耐烦地说。

阿加莎只能安静地跟在他身后。在晨曦天空的映衬下，男子城堡迸发出了愤怒的红色光芒，而在湖湾那头的女子城堡却闪烁出晶莹的宝蓝色光彩，两座城堡像极了天堂与地狱的景象。阿加莎隔着围栏往下看去，白色的克罗格正在享用着一堆散落在湖岸边的骨头碎片。阿加莎好奇地想着，什么动物能有这么多骨头……接着她看见了岸上一具完整的骨架，她顿时决定再也不去问关于斯廷法司的问题了。

这时一阵"吱吱"的叫声在她身后响起。

阿加莎转过身去，可是什么人也没看见。

"什么东西？"艾瑞克大声问道。

阿加莎眯着眼睛看了看空荡荡的走道。"可能是老鼠吧。"她一边说，一边加快脚步跟了上去。

当他们离校长塔楼越来越近时，阿加莎抬头望了望云雾深处那豌豆粒一般大小的窗户，问："我们要怎么上去？"

艾瑞克吹响了一声口哨，一根巨大的金色发辫从窗口抛了下来，一直垂到桥下。级长抓起发辫，一脸冷笑地看着阿加莎，说："希望公主也能有本事爬上去。"

阿加莎恼火地跳起来抓住了干枯的发辫，光着脚攀了上去。她一步步地朝着遥远的窗口往上拉，丝毫没有因为脚下护城河里翻滚的克罗格而胆怯，也没有在意绳子下面好像还挂着别的什么东西，尽管她已经感觉出绳子的重量很奇怪。她怀揣着阻止女巫的决心，迎着呼啸的狂风，慢慢地往上攀着。越往上攀，她对苏菲的歉疚感就越少，一些来自她心灵深处的东西开始驱使着她。她的影子早就看出她不愿承认的东西了,这一切和善恶无关,只和一个男孩有关。

她努力地爬着,手指磨出了水疱,后背浸满了汗水,当她从雾里冲出来时,她再也不是以前那个住在墓园的女孩了,她依然是阿加莎,但她已敞开了心扉准备迎接一个全新的结局。非常接近了,离结局非常接近了……一步一步,越来越高,就像莴苣公主的王子……她越来越充满力量……最后她看见了云雾中那座尖顶。

在她上面的艾瑞克轻松地甩开了绑在窗口的发辫,消失在校长的房间里。阿加莎一点点地爬上最后几步,安置好绳子后,抬头看向了里面——

两位赤裸着上身的男孩正在进行激烈的剑斗,一位皮肤苍白,头戴一顶红色兜帽;一位皮肤黝黑,戴着一副银色面具。他们一会儿闪躲,一会儿后退,撞上了灰墙边上的书架,撞得五颜六色的故事书散落一地。皮肤苍白的那位划伤了皮肤黝黑那位的胸膛,皮肤黝黑的那位也刺破了皮肤苍白那位的小腿,剑锋所到之处,两人都是一片伤痕。

这时,皮肤苍白的男孩开始变得咄咄逼人,他将皮肤黝黑的男孩逼到了墙角的一张石桌边,桌上有一本厚厚的故事书正摊开翻到最后一页放着。几根铁链从天花板两侧垂下来,捆绑着某样悬浮在故事书上空的东西……那东西像一根银色的钢制编织针,倾斜着露出了它锋利致命的笔尖……是一支挣扎着想要获得自由的魔法笔……

阿加莎的眼睛睁得大大的。

是撰写者。

阿加莎又看向那两位正在搏斗的男孩,头戴兜帽的那位两眼死死地盯着被绑住的魔法笔。在对抗苍白男孩的进攻中,黝黑男孩被故事书绊了一下,脚下一滑,苍白男孩立刻从他身边冲过去,伸手抓向魔法笔。

"艾瑞克。"黝黑男孩看见了级长,笑着打了声招呼。苍白男孩惊恐不已地转过身来。

"他说他想和我一起守卫撰写者。"黝黑男孩说着一把扯下了苍白男孩头上的兜帽,露出了红头发、长鼻子,是一脸雀斑的特里斯坦,"所以我想测试一下他的本事。"

"那也不能在这儿试吧，主人。"艾瑞克一脸怒容地瞥了特里斯坦一眼，特里斯坦焦虑不安地盯着自己的鞋子，"随意进出，为所欲为。应当受到惩罚——"

"随他去吧。他不是和别的男孩都合不来吗？"皮肤黝黑的男孩说着，拉下了校长的银色面具。泰德罗斯甩了甩满是汗水的浓密金发，重新将他的宝剑——那把断钢之剑，插入了剑鞘。他借着剑柄上的反光瞥了自己一眼——他比去年更高大壮实了，脸上多了些胡楂儿，下巴的线条也更加坚毅。"我们得确保这一次有一个正确的结局，多一个警卫多一分安全嘛。而且，在杀死苏菲之前，我能找个人做伴也好一些。真想不通校长是怎么天天守在这上面的，没被杀死也被闷死了。我可不想这样……"

突然他的声音开始变弱了。一个身影站在窗前，黑暗中那身影的两只棕色眼睛正像猫一样凝视着他。

艾瑞克清了清嗓子说："主人，我们发现她擅自闯入——"

泰德罗斯漠然地看了他一眼，他立刻闭上了嘴。泰德罗斯从他身边走过，走向窗口。每走一步，他都看见影子在渐渐消失……取而代之的是一个黑色短发的人……她的皮肤像雪一样白……两片薄薄的红嘴唇，正露出惊慌失措的笑容……

阿加莎屏住呼吸站在窗前，她脖子上的红疹子发得更厉害了。泰德罗斯的模样比她记忆中严肃了不少，这让他看起来阴暗了许多，之前那些天真的、孩子气的光彩……全都不见了。可从他的眼里，阿加莎还是能辨别出是他。这就是那个她努力想要忘掉的男孩，是那个无数次出现在她梦中的男孩，是她的灵魂无法割舍的男孩。

"带着特里斯坦离开吧。"终于，泰德罗斯看也没看艾瑞克一眼，说道。

艾瑞克皱了皱眉："主人，我必须坚持说——"

"这是命令。"

艾瑞克只好一把抓住特里斯坦的脖子，把他从辫子上推了下去，将王子和公主单独留在了一起。

或者说，是他以为的"单独"。

藏在隐身斗篷之下的苏菲，还没从爬辫子的劳累中缓过气来。她整个人完全缩在石桌下面，在她的头顶上就是她和阿加莎的那本故事书，还有拼命挣扎着想要自由的撰写者。尽管她在桥上忍不住叫了一声，差点儿暴露了行踪——她被一块碎石划伤了腿——不过总算有惊无险地见到了泰德罗斯。可是当她看着泰德罗斯朝阿加莎走去时，她那稍稍的放松霎时间就变成了惊慌。王子和公主互相看着对方的眼神让她立刻明白，自己的故事其实早已终结了。

阿加莎已经选择了男孩。

现在的她已经无能为力了。

"你在……这儿。"泰德罗斯说着伸出手轻轻摸了摸阿加莎的手臂，像是不确定这一切是真的。

阿加莎脖子上的红疹子发得更厉害了。她一时间完全无法组织语言——他得往后退一下……他得……

"衣服。"她用嘶哑的声音说。

"什么？哦……"泰德罗斯红着脸，赶紧抓起了地上一件无袖黑色衬衫穿上。"我只是……我没想到……"说着他扫视了一遍房间，"你是……一个人吧？"

阿加莎皱起了眉头："当然。"

"她没和你一起？"泰德罗斯将脑袋伸出窗外，眯着眼睛看了看垂下去的发辫。

"我按照你的要求来了。"阿加莎说，"我来找你了。"

泰德罗斯一脸奇怪地看着她。"可是这……怎么会……"突然他的眼神一沉，仿佛在他心里有一扇门猛然关上了，"你……你让我生不如死。"

阿加莎深呼吸一口，该来的的确逃不掉，她说："泰德罗斯……"

"你去吻了她，阿加莎。你竟然没有吻我而是吻了她。你知道这给我带来了什么吗？你知道这给所有的一切造成了什么后果吗？"

"她救了我的命，泰德罗斯。"

"可是却毁掉了我的生活。"他怒不可遏地说，"毁了我整个人生。曾经，所有的女孩都只看中我的王位、财富、外表，这些和我自身的努力一点儿关系都没有的东西。你是第一个看透所有这一切的女孩……是真正看到了我内心价值的人,你不在乎我有多么愚蠢、浮躁和鲁莽。"泰德罗斯停顿了一下,喉咙里传出嘶哑的声音。然后他重新抬起了头,脸上的表情冰冷一片:"可是如今的每个夜晚,我都不得不伴着自卑入眠,不得不伴着我的公主选择了一个女孩这样的想法入眠。"

"我别无选择!"阿加莎执意说。

泰德罗斯怨恨地转过身去。"你本来可以拉住我的手的。你本来可以留下来让她自己回家的。"他低头看着撰写者下方那本书的最后一页——他自己孤独的身影渐渐没入黑暗之中,"别跟我说你没有选择,你是可以选择的。"

"那是一个男孩无法理解的选择。"阿加莎看着他的背影,说道,"我的一生都过着像怪胎一样的生活,泰德罗斯。人们甚至都不愿意让自己的宠物接近我,更别说他们的孩子了。随着年龄的增长,我开始躲到一个墓园里生活,因为这能让我忘记那些我不曾拥有的东西,比如找人聊天,又或者有人想和我说说话之类的。渐渐地,我开始告诉自己,独处才是真正的力量。反正我们每个人最终都会死,都会变成蛆虫腐烂,所以和人相处有什么意义……"她停顿了一下,然后接着说,"但是后来苏菲出现了。每天放学后四点整,我都会准时在家门口等她,'就像只狗一样',我妈总这么说我。我渴望着太阳落山前的那一小时,我们可以一起待着,我可以和她一起看着天色渐渐变暗……她坐立不安的样子,就好像她也不希望我回家一样,即使她假装好像陪我只是她做的一件善事。她让我人生中第一次感受到了友爱。"阿加莎微笑着说道,声音里透露着轻快的感觉,"而我也知道不管我们故事的结局如何,所有的一切都会好起来的。我们会陪着对方好好待在那个陈腐老旧、毫无新意的小镇里,永远陪伴着对方,这就是曾经我能想象的幸福结局。因为她是我的朋友,泰德罗斯。她是我唯一的朋友,而我不能想象我的生命里没有她。"

泰德罗斯一动不动,仍然背对着她。然后他慢慢转过身来,脸上的表情柔和了许多。

"那你为什么还为我许愿呢?"

阿加莎垂下了头。她的话就在嘴边，却不敢大声说出来。

"因为现在我需要的不只是一个朋友了。"

四周一片寂静，只有一声轻微的抽泣声打破了沉默。阿加莎知道这肯定是自己发出的声音，尽管它听起来好像很遥远。

"我在这儿，阿加莎。"他低声说，"我就在这儿。"

阿加莎的双眼被泪水刺痛。"这件事她永远不会原谅我的。"她尖着嗓子说，整个人在他温暖的触碰下颤抖不已，"苏菲很快又会变成女巫了。她会把我们都杀死的。"

泰德罗斯眼里闪过一道精光，他立刻拔出剑冲到窗口，说："我们得让王子们……"

"不要！"阿加莎一把抓住他的衬衫说。

"可你说……"

"我们可以结束这一切。我们可以……重新书写我们的故事。"阿加莎说这话时，嘴唇发干，脸颊微红，"她……她会回家去，正如你所希望的那样，不需要有人牺牲。"

泰德罗斯慢慢地平静了下来，他明白了。

阿加莎在他的注视之下，慢慢地一根一根地撬开了他粗糙的手指，将断钢之剑金色的剑柄握到了自己手里。她看到了泰德罗斯眼里的害怕，感觉到了他手心里的汗水，于是让自己的手在他手心里多停留了一会儿。然后阿加莎后退一步，将剑锋对准了他，两人的视线一直没离开过对方的双眼。泰德罗斯死死地盯着她，鼻翼微张，脖子上青筋毕露，犹如一只蓄势待发的猛虎。"相信我。"她轻轻说道，然后将宝剑握得更紧了……

接着，她一个转身对准书桌上捆绑住撰写者的链条砍去，泰德罗斯惊讶地急忙扑过去。

魔法笔立刻解脱了一般跳到故事书上，开启了新的一页。这时，一幅绚烂多彩的画面从它的笔尖流淌出来，画中王子与公主在他们塔楼的房间里手拉着手两两相望，那模样仿佛只需要一个吻就能写下"全书终"，然后从此封印他们的故事。

泰德罗斯呆呆地看着这幅画，愣住了。他听到宝剑"当啷"一声落在他身后的地板上，然后他慢慢地转过身看见了满脸绯红的阿加莎。

"你愿意永远留下来了？"泰德罗斯喉头颤抖着说，"永远……和我在一起？"

阿加莎伸出颤抖不已的手握住他，正如同故事书中画的那样。

"只要我是真心实意的，撰写者就一定会写下'全书终'三个字。"她平静地说，"而我心里的所有都告诉我，我只想和你在一起。"

泰德罗斯的眼眶湿润了。"从来都是公主会得到童话般的故事结局。"他看着阿加莎的脸庞说，"这一次，我怎么感觉倒像是我得到了似的。"

阿加莎将泰德罗斯轻轻拉到了自己身边，此时幽静的意味更浓了，只听见撰写者笔尖划过书页的沙沙声在他们身后响起。透过撰写者闪亮的钢面，泰德罗斯看见他俩的影子正渐渐靠近……他都能听见她轻微的呼吸声了。泰德罗斯的身体慢慢放松下来，任由自己的公主紧紧抱住自己……然后他低下头——

突然，他往后弹开，那支笔的钢面上反射出了一个黑影。

泰德罗斯绕了一圈。

除了笔什么也没有。

"她在这儿。"他退后轻声说道，"她就藏在这儿的某个地方。"

"泰德罗斯？"阿加莎困惑地皱起了眉头。

泰德罗斯冲到书架后面查看："她在那儿！苏菲在那儿！"

"她不在这儿！"阿加莎着急地说着，伸手去拉他。

他立刻生硬地躲开："只要女巫还活着，我……我就……我做不到……"

阿加莎眼里燃起怒火："可她会永远离开的！"

"她是个女巫！"泰德罗斯强压着怒火说，"只要苏菲还活在这个世界上，她就会想尽办法来拆散我们的！"

"不会的！你不能伤害她！泰德罗斯，这是唯一的办法——"

"上一次就是因为你，我才留了她的性命，可她却把你带走了。"泰德罗斯反驳道，"这一次我不会再犯同样的错误了，阿加莎。我没法接受再一次失去你！"

"听我说！"阿加莎满脸通红地说，"我愿意为了你放弃我所拥有的一切！即使我再也不能回家！再也见不到我的母亲！"阿加莎双手紧紧地扣住他的肩膀说，"她已经不是我们故事的一部分了。这也是你叫我今晚过来的原因。因为你也不想伤害她。因为你知道有我就足够了。"她紧紧地握着他的手臂，凝视着他的双眼说，"让她回家吧，求你了，泰德罗斯。因为我不会让你伤害她的。"

泰德罗斯又一次用那种奇怪的眼神端详着她："我都忘了你有多奇怪了。"

阿加莎一下抱住他，眼里流出了释怀的泪水。"一个奇怪的公主。"她靠在他的胸前轻声地说，"也是时候有个这样的人了。"

"是谁告诉你这个奇怪的故事的？"

"什么故事？"阿加莎笑着，仰面凑向他的唇边……

"说我让你今晚过来。"王子说道。

阿加莎错愕地往后一退，脸上的笑容消失了。

整个房间突然安静下来，除了一声来自一个看不见的女孩突然停止的抽泣声。

艾瑞克怒气冲冲地走在走道里。"女人就是不可信。"他很早就受过这样的教训了。他看见远处特里斯坦迈着苍白的双腿飞奔进塔楼的模样，"真是浪费了男人的称号。根本不配称为男——"

他突然停下来了。

艾瑞克慢慢蹲在地上仔细看着走道围栏旁边的一块碎石，上面正滴着刚染上去的鲜血。

他点亮手指，对着塔楼发出了一枚召唤部下的信号弹。

因为他记得阿加莎根本没有流血。

苏菲藏在石桌下，看着阿加莎从泰德罗斯怀里闪开，他的蓝眼睛瞬间暗淡了下来。

"是你……让……让我来的。"阿加莎语无伦次地说，"你让我，穿过桥过来……"

"我们都把桥炸了,所以你根本不可能从桥上过来。"泰德罗斯激动地回她,"只有女巫的魔法才能帮你过来。"

"可我……我看见你了,泰德罗斯!在教室里……在旋风里……"

"什么?"泰德罗斯讥讽地说。

"我看见……你的……你的……"阿加莎的声音越来越弱,此刻她的耳边回响起了院长说过的话。

有时候我们会看到我们想看到的东西。

一个幻影。和所有别的女孩一样,她的心中只是诞生出了一个幻影。

但是只有她把这个幻影当成真的了。

阿加莎慢慢抬起头看向她的王子,他已经举起了手指对着她,指尖亮着金色。

"你从来没来过。"她轻声地说。

"阿加莎,你是怎么过来的?"泰德罗斯用身体挡住撰写者问道,他亮着光的手指依然正对着她,而且很明显地颤抖着,"你是怎么穿过桥过来的?"

阿加莎往后退了一步,她也亮起了自己的手指作为防卫。"凭着对你的信任。"她感到一阵眩晕,低声说道。那些箭、那些逮捕令,还有那些守在大门口的王子。

"我是怎么来的不重要……"她说,"重要的是苏菲要开始报复了……"

"你还不明白吗?上一次你也以为你了解自己的心,"泰德罗斯恳求她说,"我这么做是为了你,阿加莎。是为了我们。"

"为什么你就是不能相信我呢?"阿加莎哽咽地说,"为什么她就一定得死呢?"

泰德罗斯愣神地看着他们俩亮着光的手指都指向了对方。

"因为某一天你又可能改变你的想法。"他轻轻地说。

他抬起了头,两只眼里满是痛苦。

"也许有一天,你又会许下一个愿望用她来取代我。"

"求你了,泰德罗斯。"阿加莎乞求道,"求你让她走——"

"要是我现在想要伤害你怎么办?"她的王子睁着大大的眼睛,一脸恐惧地说,"她会现身吗?她会出来救你吗?"

"她根本不在这儿！我选择了你，泰德罗斯！"

"这一次光是选择我已经不够了，阿加莎。"

泰德罗斯双眼正视着她，一如他曾在她梦中出现的那样。

"这一次我要确保万无一失。"

阿加莎愣住了。

就在这一瞬间，苏菲看到自己的机会来了，她在他俩之间射出了一道粉色的咒语——阿加莎立刻倒地，她以为是泰德罗斯发出的攻击；而泰德罗斯及时避开了，但他也以为是阿加莎发出的咒语。与此同时，十个红兜帽也从窗口跳了进来，齐齐对着阿加莎放箭。阿加莎惊恐万分地连连后退，但她已被团团包围住了。她怒目圆睁地望着泰德罗斯，脸上写满了愤怒。

"你简直就是个笨蛋。"她恨恨地说，"我绝不会再选择你了！你听明白了吗？绝不！"

她使出一个咒语，窗外晨曦的光芒瞬间消失了，整座塔楼陷入一片黑暗之中。过了一会儿，光明回来了——但是阿加莎已经消失了。

泰德罗斯赶紧跑到窗口张望，可是发辫和走道上全都空无一人，他的公主不见了。他心里的愤怒渐渐平息下来。他本可以在那一刻获得幸福的，他本可以亲眼看到撰写者写下"全书终"几个字的。可是对女巫的执念再次毒害了他，现在他只能一个人和这支笔待在一起了，他亲手毁掉了自己的幸福结局。

"她说的是真的，"他轻声说，"我就是……就是个笨蛋……"

"不见得。"

泰德罗斯扭过头去。艾瑞克正低头看着撰写者在故事书上绘出一幅色彩鲜艳的图画：画面中泰德罗斯和阿加莎相互射出了一道咒语，他们周围站满了全副武装的手下。不过泰德罗斯又凑近了点儿看去，他看见画面中好像还有一个人……一个藏在桌子底下的人，正躲在隐身斗篷里幸灾乐祸地笑着……

泰德罗斯和艾瑞克慢慢看向桌子底下，但此时的苏菲早就溜得无影无踪了。

"阿加莎一直都在撒谎，主人。"艾瑞克说，"她们俩都是过来杀你的。"

泰德罗斯沉默不语地看着那幅画，震惊地张大了嘴。他从撰写者的反光中看到了自己面如死灰、蓄势待发地等着下一步行动的模样。他把目光挪开。

"那些王子，"他嘶哑地说，"是时候……是时候放他们进来了吧？"

艾瑞克嘴角一咧说："我想是的。"

说完他就带着自己的手下往外走去。

"艾瑞克。"

泰德罗斯听见级长的脚步声在他身后又停了下来。

"告诉他们，现在悬赏的不光是一颗人头了。"

泰德罗斯转过身来，怒火将他的脸烧得通红。

"而是两颗人头。"

破晓时分，一只大眼睛苍蝇发了疯似的从童话剧场被锁上的大门缝里挤了进去，然后飞进了男子学院那座塞满了石块的树洞隧道。它一路仓皇地飞着，绕着一块又一块大石头寻找着出路，最后它终于飞回了透明场。

泪流不止的苍蝇阿加莎飞进女子塔楼，朝着蓝色的荣誉塔楼最顶上的房间飞去，她很害怕，害怕自己会发现什么。她扇动着残破的翅膀，跌跌撞撞地从敞开的窗户飞进去，一下摔在了她朋友的床上……那个因为一个男孩而背叛她的朋友，那个被她用来交换王子的朋友，那个被她认定是个致命女巫的朋友……

可当变成苍蝇的她在床单上飞奔着赶到床前时，阿加莎被吓得愣住了。她看到了她一直以来想看到的东西。

苏菲正甜甜地睡着，甜蜜得如同沉睡在那最宁静夜晚的梦乡里。

她的脖子雪白而光洁，上面一颗疣都没有。

第二部分

第十三章
晚餐厅读书俱乐部

清晨的阳光照在一面绘着公主与女巫翩翩起舞的玻璃挂钟上，映得钟面闪闪发光。已经七点多了，这个时节的晨曦总是来去匆匆，暖阳散去后，留下的是初冬十二月里一个清冷的早晨。

穿戴整齐的苏菲，靠在床边看着熟睡的阿加莎。碧翠丝已经下楼去吃早饭了，现在房间里只剩下她们两人。

苏菲被灵蛇钳过的脚踝和手腕处仍然刺痛着，小腿肚子也因为之前穿着隐身斗篷从男子学院一路狂奔出来而不停地抽搐。她之前是先跑到了透明场上方曾经属于老师们的露台上，成功躲避了两

个守卫的永生者男孩，然后顺着扶壁爬进女子学院的树洞隧道后回去的。当她已经顺利回到寝室时，阿加莎变成的苍蝇还在树洞隧道里围着石块不停地绕圈。她把斗篷和霍特的校服全都塞进了碧翠丝的床底下，然后赶紧钻进被子里躺下来，这时她才听到窗口传来阿加莎嗡嗡的翅膀声……

现在，她们两人都变回了人形，一如从前一般。

只是所有的一切其实都变了。

苏菲仔细打量着阿加莎的脸庞，想从这张脸上找回那个她曾经熟悉的墓园女孩。可她看到的只有公主的鼻子、雪白的皮肤，还有一张小巧的等待着王子靠近的嘴唇。

可是王子根本没去吻她。

都是因为我。

苏菲一时羞愧难当。她阻止了阿加莎即将成真的梦想，她伤了她最好的朋友的心。

眼泪不住地在苏菲眼眶里打转。她一直都努力想要成为善良的人，可在她快要失去阿加莎的那一刻——那无法忍受的一刻——她又变成了邪恶的。现在，她又一次像女巫那样毁掉了一个幸福结局。

不过，就在愧疚感快要将她吞没时，苏菲心里突然闪过一丝希望之光。

"我需要的不只是一个朋友。"阿加莎是这么说的。

可如果她能让阿加莎重新感受到幸福呢？如果她能让阿加莎觉得自己不再需要王子了呢？如果让她明白她们的友谊远比和一个王子幸福地生活在一起更美好呢？

要是我去教教阿加莎，那些她曾经教过我的事会怎样？

如此一来，将阿加莎和泰德罗斯分开就是值得的了，苏菲这样想着，心里更加充满了希望。昨晚她做的每一件事都会有意义的。因为阿加莎会想要和她一起终结故事书的，而且会是真心实意的。

只要我能赢回阿加莎的心。

阿加莎醒了过来，她一睁眼就看到苏菲正凝视着她，立刻往后一缩。

"昨晚怎么样？"苏菲清了清嗓子问道。

"哦，昨……昨晚？"阿加莎翻了个身，伸手去抓她脱在地上的校服。"太长了……你知道……多特一直说话……"她犹豫了一下,"你没有……呃,看着我们,是吗?"

"我睡着了。"苏菲小心地看着阿加莎,说道,"不过也没什么好担心的,不是吗?"

阿加莎全身都绷紧了。

"哎呀,这儿闻起来一股烟熏火烤的味道。"苏菲故意漫不经心地说着,然后拿起碧翠丝的长斗篷穿在了校服外面,"肯定是厨房的油烟味。你懂的,现在连永生者女孩都开始吃熏肉了——"

"苏菲?"

"嗯?"

"我必须得跟你说件事。"

苏菲慢慢抬起了眼睛。

一声令人毛骨悚然的巨响在走廊间炸开,吓得两个女孩直打哆嗦。阿加莎赶紧转身冲到门口,猛地拉开大门。浓烟一下子涌入房间里,门外全是女孩们四处逃散的身影和纷乱飞舞的蝴蝶,霓虹色头发的仙女飘浮在她们中间,不停地像报信女妖一样发出尖叫声以示警报。

"发生什么事了?"苏菲抓住莫娜的手臂,紧张地问。

"王子们!他们攻破魔法屏障了!"

苏菲和阿加莎扭头看向彼此,一下子呆住了。

这时远处的喇叭里传来了波鲁克斯的声音:"所有女孩到陈列馆集合!从天桥过去,不要走大厅!我再说一遍——不要走大厅!"

阿加莎和苏菲立刻跟着莫娜冲向连接荣誉塔楼和英勇塔楼的天桥,一路上被刺鼻的烟雾呛得说不出话来。

"这都是从哪儿冒出来的?"苏菲不住地扇着烟雾,上气不接下气地说。在她前方,蓝色的天桥上已挤满了人,一只只蝴蝶成群结队地飞舞在人群周围。

"快点儿!"阿加莎看见这状况,拖着她就朝后面的楼梯跑去。"我们从大厅过去——"

"可波鲁克斯说不能从大厅过去!"

"我们从什么时候开始会听波鲁克斯的话了?"

当她们磕磕绊绊地穿过浓烟走下荣誉楼梯时,阿加莎透过玻璃外墙瞥了一眼窗外的中途湾。远处森林大门上方的魔法屏障破了一个大洞,大批衣衫褴褛的王子正全副武装地从那个大洞里涌进男子学院的湖岸旁。阿加莎瞠目结舌地看着,心里的恐惧更深了。昨晚刚过,这个时间点未免也太巧合了吧。突然苏菲从她身后撞了上来,两人跌跌撞撞地走下最后一层来到了大厅里。

原来整幢塔楼里的浓烟都是从这儿冒出去的。大厅的穹顶天窗完全被击穿了,玻璃碎片撒了一地,写着"女子学院"几个字的墙上插着上百支燃烧的箭。仙女们飘浮在四座楼梯周围围成了一圈,不停地施着喷水咒去浇灭零星的火苗,被烧死、呛死的蝴蝶尸体散落得满地都是。

"这没道理啊。"苏菲抓着玻璃围栏说,"他们为什么要炮轰大厅?"

当火势被完全扑灭后,两个女孩看见滴着水的箭头上都刺着什么东西:是羊皮纸,大部分都掉光了,只残留一些羊皮纸碎片还钉在箭头上。

"苏菲,快看。"

苏菲跟着阿加莎的目光看向楼梯后面一小块阴影下的地板。那里也掉落了一张羊皮纸,表面已被微微烧焦但至少还是完整的。就在仙女们忙着打扫烟尘、拔出一根根插在墙上的箭时,阿加莎急忙跳到楼梯围栏后面捡起了那张羊皮纸。这张羊皮纸外盖着一枚如血般鲜红的蛇形蜡封戳。这时苏菲也跑到了她身边,两人一起躲到了楼梯后面,阿加莎从这张羊皮纸被烧焦的边缘慢慢将它打开,只见上面写着:

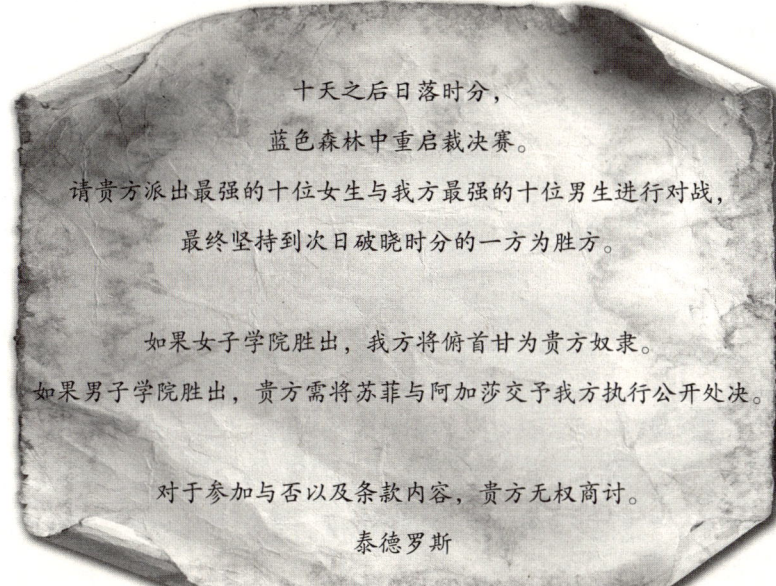

十天之后日落时分,
蓝色森林中重启裁决赛。
请贵方派出最强的十位女生与我方最强的十位男生进行对战,
最终坚持到次日破晓时分的一方为胜方。

如果女子学院胜出,我方将俯首甘为贵方奴隶。
如果男子学院胜出,贵方需将苏菲与阿加莎交予我方执行公开处决。

对于参加与否以及条款内容,贵方无权商讨。

泰德罗斯

苏菲使劲抓着这张羊皮纸,捏得指关节都发青了。

"阿加莎?"她抬起头来低声说,"你刚才想对我说什么?"

但是阿加莎依然两眼死盯着这张羊皮纸。

她脸颊上的红润消失了,眼里的阴霾回来了。那个墓园女孩又回来了,许下的愿望已被她抛在了脑后。她抬头看着苏菲,眼里满是悲伤。

"我真该听你的话。"她声音嘶哑地说道。

苏菲小心翼翼地停顿了一下,问道:"你去见他了?"

阿加莎抹去脸上的泪水,根本不敢看她的眼睛。

"而且他还攻击你了,是吗?"苏菲问。

阿加莎伤心地哭了起来:"你怎么……知……知道……"

"我提醒过你。"苏菲轻声说,"我提醒过你男孩都会干些什么的。"

阿加莎无力地倒在她怀里,不停地抽泣着说:"对不起……太对不起了……"

苏菲紧紧地抱住阿加莎,不再觉得愧疚了。

昨晚阻止了他们的吻，好像很邪恶。其实并不是，这一切的出发点都是因为善良。

她的朋友又回到她身边了。

泰德罗斯站在校长塔楼的窗口，看着外面艾瑞克的红兜帽部下正手持泛着紫色的盾牌站在屏障裂口处，他们把混乱的王子们全部拦在裂口外，只放那些高大结实和武装精良的王子进来。艾瑞克则站在他身后，一脸的冷峻。

"恕我直言，主人，裁决赛就是懦夫的游戏。"他不屑地说，"以我们的人数，我们就该直接杀进她们的塔楼——"

"经过昨晚的事我不这么认为了。那些女孩实在太狡猾了，我们不能在她们的地盘上和她们打。"泰德罗斯打断他说，"更何况，她们的老师还会参与进来与她们并肩作战，裁决赛至少能保证我们处于一个公平的位置上。"

"公平的位置！"艾瑞克愤怒地说，"我打破屏障放王子们进来，是因为你向我保证过一定会打一场硬仗的。"

"我这么做是为了拯救我们的学院免于被两个女孩蓄意破坏，并不仅仅是为了来一场肆意而凶残的大屠杀。"

"等我们的老师都回来了，他们一定会为你的所作所为而惩罚你的。"艾瑞克啐了口唾沫。

泰德罗斯一下将他按倒在窗台上，艾瑞克的脑袋高悬在窗外。"别忘了你自己的身份，野人。我能让你进这所学院，也能让你滚出去。"

艾瑞克睁大了双眼瞪着他。

泰德罗斯把他拉起来，眼睛看向了别处。沉默之中，两个男孩只是盯着越来越多野蛮的王子从屏障的破洞处爬进来。

"你能攻破屏障，魔法一定非凡。"终于，泰德罗斯开口说道，"这可是莱索夫人亲手设置的屏障。"

艾瑞克没作声。

"艾瑞克，我希望我们俩能好好打一场裁决赛。"泰德罗斯转头对着他说，"就像我承诺的那样，谁赢了谁就能获得我的宝藏。"

艾瑞克皮笑肉不笑地看着他说："如你所愿，主人。"

一个影子在墙上划过，艾瑞克迅速转身，只见特里斯坦正围着被链条绑住的撰写者走来走去。艾瑞克像头恶犬一样对他龇出一嘴锋利的牙齿，吓得特里斯坦整个人蜷缩成了一团。

"哎，别吓他。"泰德罗斯叹了口气说，"我需要他帮着看守，尤其是经过昨晚的事以后。"

说完他的双眼穿过湖湾，看向了对岸如蓝宝石一般璀璨夺目的女子学院。四座塔楼里最后一缕烟雾也散尽了，裁决赛的宣战告示已经送达。

"关于苏菲的事，她一直都在撒谎，对吗？"泰德罗斯问道。

"你似乎对此还有怀疑，主人。"

"只是她看着我……她拉着我……的样子，就好像她说的都是真的……"

"她都攻击你了，而且她的女巫朋友就藏在这儿等着完成任务。"艾瑞克咆哮道，"你觉得她为什么会把撰写者放出来？因为只要你一死，她们的故事就会被封印，消息会立刻传遍四面八方。一个没有王子的世界。一个女孩成为世界的主宰——男孩全都变成奴隶的世界。然后全书终。"级长怒气冲冲地瞪着泰德罗斯，说，"要不是我及时赶过来救了你……"

泰德罗斯垂下了头："我知道。要让一个人承认自己犯了与父亲同样的错误是一件很难的事。都是你深爱的人……却都输给了另一个人。"

泰德罗斯慢慢抬起了头。

"那他会怎么做？"艾瑞克睁大了紫色的眼睛盯着他说。

泰德罗斯转过身来，他的胸中又一次燃起了熊熊的怒火。他低头看着那些冲进塔楼里来的野蛮王子。

"她攻击了我。"他轻声地说，仿佛他终于相信了这句话是真的。

"他攻击了你？"海丝特不解地问阿加莎。此时她们正和阿纳迪尔、多特以及所有别的女孩一起坐在陈列馆的地板上，等着院长和老师们到来。

"而且他还坚信我带了苏菲一起去杀他。"阿加莎伤心地说道，"我试了好些奇怪的咒语——我发誓我看见那个咒语是粉色的了，可一切发生得太快，我根本来不及看清楚。那咒语差一点儿就击中了我，然后他的部下就赶来了。"

"部下？"多特瞪大了眼睛问，"泰德罗斯的部下？"

"而且是粉色的咒语？"阿纳迪尔说道，她的三只老鼠的脸上也是一副和她一样困惑不解的表情，"你确定你没看错吗？男孩要是能使出粉色的咒语，那肯定是很厉害的黑魔法。"

"我相信他肯定做得出。"阿加莎情绪激动得有些颤抖地说。

关于裁决赛的流言很快就传开了，女孩们全都在激烈地讨论着谁会被再一次选出来与男孩对决。而苏菲则忙着在盥洗室里把脸上的灰尘洗干净："不管有没有死亡的威胁，反正粉刺我是不想有的。"阿加莎正好趁她不在，将天黑以后发生的一切一五一十地说给女巫们听。

"他才是邪恶那方的，而不是苏菲。"阿加莎想着她的王子那双杀气腾腾的眼睛，还有他流露出的对复仇的渴望，说道，"那个梦其实就是在警告我。"

"所以说苏菲并没有开始变身吗？"海丝特摸不着头脑地问道。

阿加莎摇了摇头。

"根本没有疣？"阿纳迪尔说。

阿加莎羞愧地低下了头。

"可你当时发誓说你看见了一颗！"海丝特低声叫道，"而且你怎么解释野兽的事？还有那只猫……"

"最后再说一次，那些都不是我干的！"苏菲扑通一下坐到她们中间，一脸不悦地说，"而且这是我第一次听说什么疣。因为一颗疣，让我们所有人的生命危在旦夕？"

女孩们全都呆呆地看着她——除了阿加莎，她根本不敢和她的双眼对视。

"昨晚我们差一点儿就失去彼此了，阿加莎。"苏菲声音柔下来说，"但是你必须相信我。只要我们还是朋友，我就会很幸福。只要我们还是朋友，女巫就永远不会出现。"

"我本来有机会把撰写者偷出来的。"阿加莎拨弄着她的松糕鞋，喃喃地说，"我现在可以心无杂念地许下我的愿望了，我和你可以永远离开了。"

苏菲惊讶得立刻涨红了脸。

"听着，这说不通啊，"海丝特急忙说道，"我们都看见那只鸽子是怎么死——"

"我根本不在乎你看到了什么乱七八糟的东西，"苏菲立刻反击道，"很明显，就是有人希望让你觉得我是个女巫，就是有人希望阿加莎和我反目成仇。"

"可那人是谁呢？"阿加莎问道，她心里不由得暗自松了一口气，就好像她终于找到了一个替罪羊，能为自己背叛了挚友而担责，"应该不是院长，她就盼着我们做好朋友，一起对抗男孩……"

"说不定是莱索夫人或者达维教授把她的征兆变出来的。"多特一边说着，一边把一块展示板变成了牛油果，"她们总认为阿加莎应该和泰德罗斯在一起。"

"说不定是阿涅蒙妮或者希克，"阿纳迪尔一边把老鼠们的尾巴绑在一起，一边说，"她们可是比我们还盼着能赶紧重返善恶魔法学院。"

"又或者是某个希望我离开的人。"苏菲的目光转向海丝特说，"某个一心想当级长的人。"

海丝特根本懒得用言语来反驳，直接狠狠地放了一个屁作为回应。

"听着，不管是谁都不重要了。现在我们都是一条船上的人，要共同对抗泰德罗斯。"阿加莎说着拉起了苏菲的手，"而且我们不会去参加他的裁决赛的。"

苏菲心里一阵温暖，她们已经很久没有这种朋友间的感觉了。"阿吉说得对。"她说，"我们必须阻止裁决赛举行。"

"我们？"海丝特靠在一个玻璃箱子上说，"我倒是觉得和男孩来一场裁决赛听起来非常有趣。"

"也是时候稍微流点儿血了。"阿纳迪尔说，缠在一起的老鼠们也跳着表示同意。

"我还真想能有个奴隶。"多特雀跃地说。

"这不是儿戏，你们这些蠢货！如果我们输了，我和阿加莎都得死！"苏菲怒吼道，"院长必须拒绝——"

这时，几只蝴蝶从陈列馆大门底下飞了进来，随即门被打开，和往常一样穿戴得一丝不苟的院长走了进来。在她身后还跟着几名无心装扮、一脸阴沉的老师，其中达维教授和莱索夫人的脸色阴霾遍布，看起来最难看。

"你们应该都知道了，男孩们要求举行裁决赛。"院长高声宣布道，随着她的话音响起，大厅里火把的光芒全都神奇地汇聚到了她身上，"虽然老师们都否决了，但我认为没有理由拒绝他们的宣战。"

苏菲和阿加莎一时气结，说不出话来。

阿加莎转头看向莱索夫人和达维教授，她们两位脸上的表情透露出和她一样的恐惧，就好像不管蝴蝶怎么阻挠，她们也早已对昨晚发生的一切都心知肚明了。

"班级挑战会一直延续到裁决赛开始，排名最高的八名学生将被选入战队。"说着院长闪闪发亮的眼睛落在了苏菲和阿加莎的身上，"当然，鉴于是因为我们两位级长的存在，才带来了平衡的状态，所以她们俩是一定要参加的。"

两个女孩的脸一下就变白了。"阿吉，我们根本不可能打败男孩！他们比我们更强壮，动作更迅速，而且更卑鄙。"苏菲低声着急地说，"我们得立刻回家，否则就是等死！"

"现在还怎么回家？"阿加莎嘘了一声示意她闭嘴，"撰写者还在泰德罗斯手里呢！"

苏菲绝望地呻吟了一声，瘫倒在她背上。

不过苏菲又慢慢直起了身体，眼睛瞪得大大的。

阿加莎看着她这副模样，立刻吓得往后缩，说道："苏菲，你不会想着……"

"这可是你说的！我们现在一起许愿吧！"苏菲低声说，"我们去把'全书终'写下——这次再也不变了！我们现在只需要拿到那支笔！"

"你疯了吗？现在可是有一整支男子军团等着要杀我们！就算我们俩真的撞大运逃脱了，泰德罗斯也不会让我们靠近那座塔楼的！想都别想——"

"肯定有办法的，阿加莎。"苏菲不依不饶地对她说，"否则我们俩都得当着一大帮观众的面被处死。"

阿加莎感到一阵反胃。她看着周围的女孩们都在交头接耳地谈论着要与男孩展开殊死较量了，她们全都是一副已经接受了现实的模样。

"至于那些密谋着想要通过降低排名来逃避被选入队的人，你们可得想清楚了。"院长说话的同时，几只蝴蝶正飞回她的裙子里，"毕竟，你的排名会决定你第三年的成绩，排名最低的那位会直接被变成动物或者植物。"女孩们一听马上停止了窃窃私语，就好像自己的计划全被院长知道了似的。

"最后，鉴于莱索夫人的魔法屏障不幸失效，从即日起，仙女们将接管学院周边的夜间守卫工作。"

莱索夫人垂下头盯着自己尖细的钢制鞋尖，苍白的脸颊微微泛出了红色。

"所有的课程与活动将正常进行。"院长继续说道，"包括我们排演的舞台剧也将在裁决赛前夜揭幕。"她面带微笑地看着希克教授说，不过希克教授并没有搭理她，"俱乐部和课外活动也将照常举行。"

"今晚有读书俱乐部！"多特对她的朋友们挥着手，欢快地大喊道，"晚餐厅读书俱乐部！"

阿纳迪尔脱下鞋对准她的屁股扔过去，多特气得哇哇大叫。

"考虑到学院当前的状况，明天再重新恢复上课吧。"院长说完，她身后火把的光芒也渐渐暗了下去，"我建议你们在接下来这艰难的几周里先好好休息。男孩们可不会不战而降的。"

嘟嘟囔囔的女孩们跟着老师们一起走出了陈列馆。达维教授和莱索夫人还一直在阿加莎身后转来转去，很明显她们都有话想要对她说。可院长根本没给她们这个机会，不由分说地带着她们和别的老师一起离开了。

阿加莎同样迫切地想向她们寻求帮助，这下也只能像泄了气的皮球一样，悲伤地看着莱索夫人和她的仙女教母离开。这时她听到几个女巫正叽叽喳喳地在前面聊着。

"我敢打赌雅拉肯定能打败那些男孩。"多特说，"你们见过她的肌肉吗？"

"雅拉？"海丝特反手拍走一只蝴蝶，不屑地说，"都好几天没人见过她了。据我们所知，她已经被一只克罗格吃了。"

"你真的认为她是半人半斯廷法司吗？"

"她肯定是半人半什么之类的。"阿纳迪尔咕哝着带着她的老鼠们穿过糖霜大门。

阿加莎没精打采地走在前面,苏菲赶上来走在她的身旁。

"听着,阿吉,我们还有十天的时间可以把笔偷出来。"苏菲看着她的朋友愁眉苦脸的样子,故意打起精神说道,"只要一个愿望,我们就能永远安全地从男孩们的手中逃脱了。"

阿加莎的眉头皱得更深了,苏菲知道这是因为什么。

因为经过昨晚的事之后,她们想要拿到那支笔的概率几乎和赢得裁决赛的概率一样微乎其微了。

"这下她们再也别想拿到了。"泰德罗斯一边在嘴里嘟囔着,一边用脚狠狠地踩住了不停挣扎的撰写者。特里斯坦补上了丢失的砖块,将那支笔封进了塔楼的地板里。

即使这样,他们还是能听到撰写者晃动着挣扎的声音。

"帮我移一下这张桌子。"泰德罗斯说,特里斯坦赶紧将那张沉重石桌的一角移到那块松动的砖块上,牢牢地压住了笔。就在泰德罗斯忙着调整石桌时,特里斯坦偷偷伸出他靴子的尖头,在砖块上划下了一道记号。

"好了。"泰德罗斯怒气冲冲地看着桌上摊开的那本苏菲和阿加莎的故事书说,"现在让她们来试试还怎么写下'全书终'吧。"

"奴隶?"远处传来了拉文的声音,"如果我们输了,我们都得变成奴隶?"

泰德罗斯把头探出窗外,下面几十个新涌入的王子和永生者男孩、永灭者男孩一起挤在连接各个塔楼的走道上,艾瑞克的部下正手持棍棒拦着他们。

"我们的人生绝不可能交由这个愚蠢荒谬的裁决赛来决定!"查迪克一边大喊,一边徒劳地向校长塔楼投掷着石块。

"你承诺过会开战的!"一个新进来的王子伸出手指着泰德罗斯说。

"开战!开战!开战!"男孩们和王子们号叫着将拦住他们的手下逼退到塔楼里。

泰德罗斯咬着嘴唇说："当善恶不分时，男人们感兴趣的就是财富和鲜血。"

"你看，他们都需要你下楼去。"特里斯坦怂恿道，"作为校长，你必须让这所学院成为一所真正的学院。就像女子学院那样。"说着他偷偷瞄了一眼做好标记的砖块，"更何况，你应该也想稍稍睡一会儿……或者洗个澡吧……"

"我闻起来有那么臭吗？"泰德罗斯说着，冲自己嗅了嗅。

特里斯坦的脸一下子红得好像他的头发一样："不……不是……"

楼下不断传来哀号声，他们看见一个手下竟然在被霍特追赶着。霍特手里拿着一把点燃的老鼠屎，叫得像只黄鼠狼一样，一路追着这个手下四处逃窜。泰德罗斯沮丧地垂下了头。

突然，王子又睁大了眼睛说道："特里斯坦，你说得对！他们的确需要我！"

特里斯坦顿时一脸的释然，他几乎是把王子推到窗边的——但是泰德罗斯朝着城堡方向发射出了一道金光，召唤艾瑞克。

"可是，我能独自看守这里的！"特里斯坦固执地说。

"这儿留给艾瑞克。"王子把沉重的金色发辫从地板上拖过来扔出窗外，说道，"你得和我去办件事。"

"办……办件……事？"特里斯坦气急败坏地说。

"走吧。"泰德罗斯把他推到发辫边，"我们得去把老师们接回来。"

女子学院的晚餐厅位于仁爱塔楼的第一层，是一个形如斗兽场一般的圆形建筑，晚餐厅里灯火通明，摆满了各种形状的玻璃桌子。多特特意为书友们选择在这里聚会，主要就是看中厨房里那些魔法厨具可以为大家提供潘趣酒以及三明治，并且锅碗瓢盆叮叮当当的声音、浓郁的饭菜香以及喧哗的人声都让院长那些窃听的蝴蝶避之不及，根本不愿待在这儿偷听。

一到晚上八点半，多特就急匆匆地跑下了楼梯。上周因为分享《耻辱：白马王子的秘密生活》一书，读书俱乐部迎来了不少新成员，所以多特期待着这周也能有数量可观的新成员加入。晚餐后，海丝特曾经提醒她要和阿加莎还有苏菲开个会,不过多特根本没在意,她一门心思都在读书俱乐部上。刷好牙,补好妆,带上了准备讨论的问题,多特清了清嗓子伸手拉向晚餐厅的大门,却看到大门上贴着一张告示。

  鉴于本人一直以来与消化不良、
  作息紊乱以及肠道易激综合征做斗争,
  读书俱乐部将无限期暂停活动。

爱你的多特

  多特尖叫着一把拽开大门:"到底是怎么——"
  阿纳迪尔、海丝特、阿加莎还有苏菲,一个紧挨着一个,贴着墙站在这个空旷的房间里。
  "那你到底帮不帮我们?"苏菲正瞪着海丝特说。
  "好吧。"海丝特嘟囔道,"这只不过是因为我不愿意眼睁睁地看着阿加莎去死。至于你,我很乐意看着你被当众处决。"
  苏菲气得哼了一声。
  "听着,苏菲说得对。这是我们能够活着逃出去的唯一希望。"阿加莎说道,尽管她自己也不确定被当众处决和重新潜回男子学院到底哪个更糟糕,"泰德罗斯现在肯定已经把撰写者藏起来了。所以我们需要一个咒语能让我们待的时间久一点儿,好找到撰写者。"
  "隐形咒?"阿纳迪尔提议道。
  "我们俩?这太容易被抓了。"苏菲说道,她知道艾瑞克肯定能追踪到她的痕迹。
  "能不能再从中途桥的屏障过去呢?"海丝特问阿加莎。
  "经过昨晚的事之后,他们肯定会派人去严加看守的。"阿加莎说。
  这时候,女孩们才突然注意到多特正站在门边,满脸通红,气鼓鼓地瞪着一双眼睛望着她们:"肠道易激综合征?"
  "很适合你啊,你不是特别爱躲在盥洗室里吗?"阿纳迪尔说。
  "可你们也不能取消读书俱乐部的活动啊!"多特呜咽地说着,眼泪一下流了出来,"我都是靠它来交朋友的!"

"可我们需要私密空间啊,正巧你这个读书俱乐部特别适合,而且我们才是你真正的朋友。现在,赶紧坐下来然后把嘴闭上吧。"海丝特凶巴巴地说。多特只能听话照做,可依然抽抽搭搭的。

"肯定能想办法跟达维教授还有莱索夫人谈谈。"苏菲着急地说,"要不然去找希克教授也行。"

"这太危险了。"阿加莎说,因为她到现在为止还没发现哪个老师能够脱离院长的监视,"院长已经在怀疑我们接下来要做些什么了,她肯定会想方设法把我们困在这儿的。你都听见了,她竟然觉得我们可以在裁决赛里获胜!"

"你们就不能用末格里变形术吗?"多特抽噎着说。

"不行。"苏菲和阿加莎异口同声地说道。

阿加莎抬眼望着她的朋友。

"我是说,我对他们学院一无所知,连去都没去过,不过这也是显而易见的,对吧?"苏菲含糊不清地说道,头上急得渗出了汗珠,"而且男孩们肯定会想办法防止有人用末格里变形术进去的。"

阿加莎更加仔细地凝视着她,苏菲感觉到自己的脸火辣辣地发烫……

阿加莎转过头对着女巫们说:"看见了吧,连苏菲都知道。我们得出其不意才能制胜。"

苏菲松了一口气,露出了一脸内疚的微笑。总有一天她会告诉阿加莎她昨晚去了哪儿。等她们全都安全回家后,等她们的友谊更牢固、彼此更幸福的那一天,她一定会说的。

"在我们制订出计划之前,每晚都来这儿碰头吧。"海丝特刚说完,就发现多特正不住地摇头,"如果你还在为你那个愚蠢的读书俱乐部生闷气的话……"

"跟这没关系。"多特若有所思地说,"你们不觉得泰德罗斯攻击阿加莎这件事很奇怪吗?"

苏菲一下子跳起来嚷道:"去年他还想要杀死她呢——"

"那是因为去年你一直在搞鬼。"多特反驳道,"泰德罗斯爱阿加莎!

他绝不会用魔法攻击她。"多特一边沉思着说道,一边又将一把孤零零落在外面的叉子变成了白菜,"总觉得好像漏掉了什么环节。"

说着她抬起了头,看见阿加莎也正盯着她。

"我们该如何偷偷潜入男子学院,就是那个漏掉的环节。"苏菲忙不迭地将话题转回到制订计划上,"我们得去图书馆查查咒语……"

阿加莎很想集中注意力,但她的双眼却忍不住一直瞟向后面的多特……

"阿加莎?"苏菲皱着眉头说,"你能一起去吗?"

阿加莎赶紧回过神儿来,说:"肯定……当然……"

就在那一瞬间,她注意到了苏菲藏在斗篷下的手腕上好像有什么东西——那是一个非常微小的模样很特殊的伤口,伤口表面刚开始微微结痂。一种熟悉的感觉涌上阿加莎的心头,她眯着眼试图凑近了去看,可外面突然传来一阵喧闹声,女孩们纷纷扭头——晚餐厅的大门突然打开,脑袋安放在死鸵鸟身上的波鲁克斯跌跌撞撞地走了进来,它一脸怀疑地皱着眉,看着这个连一本书都没有的读书俱乐部。

第十四章
失传的梅林魔法

随着圣诞节的临近，蝴蝶们开始利用夜间时间，为蓝色森林里最高的松树挂上各色茜草和星星点点的灯饰，好像在以此表明，即使马上就要开始一场你死我活的裁决赛，也要保留节日的传统。

不过一到清晨，男孩们就站到窗口开始对着那些装饰撒尿，之后还一把火烧了所有的装饰。

当莱索夫人在课上忙着宣布排名时，苏菲和阿纳迪尔还有海丝特却在忙着传字条讨论怎样才能混进男子学院里。而过道另一边的阿加莎则僵直地

靠在椅背上，眯着眼睛努力地想要看清楚苏菲手腕上那模糊的伤痕到底是什么。

时间才刚到中午，裁决赛的预选赛就已经开展得热火朝天了。老师们在上午每一堂课的课堂挑战里都加入了与幻影王子搏斗的环节，而且她们还尽可能地将王子的形象变得狰狞可怖，他们一个个全是青面獠牙的僵尸模样，全都鬼哭狼嚎地扑向女孩们。而且这一次所有的老师都没有一丁点儿的不情愿，甚至连阿涅蒙妮教授都用上了最凶残的招数。此刻，所有人的性命都危在旦夕，老师们正全力以赴地想要挑出最优秀的人选组成一支迎战队伍。

苏菲和阿加莎也决意表现出一副全情投入其中的模样，这样院长就不会怀疑她们准备临阵脱逃了。事实上，应该说苏菲非常好地完成了她自己的挑战，她不光在挑战中以惊人的复仇决心迅速干掉了幻影男子，还积极地为她的同学们拍手叫好，更重要的是，她好像完全对女巫的种种征兆免疫了，之前一直困扰着她的各种身体上的可怕变化，此时仿佛完全不存在了。而且，阿加莎发现苏菲现在又变得像过去那样整天臭美又得意了，她会在课间亲密地挽着阿加莎的手臂，过度浪漫化地描绘着她们即将回到加瓦顿的模样，对于阿加莎曾去见过泰德罗斯这件事，她表现得好像这一切从未发生过一样。

"如果接下来不会再有人去攻击小镇，长老们也就不会再伤害我们了……我会多花些时间陪你待在你家……"在她俩走着去上莱索夫人的课时，苏菲一路都在这么设想着，"而且说不定我还能有专属于我个人的舞台剧呢！"

"只要你别把我放进这出剧里就行。"阿加莎抱怨道，她觉得自己都快被苏菲的笑容给弄崩溃了。

阿加莎心里一直充满了疑问，她很想问问苏菲怎么会这么轻易就原谅她了，可苏菲却始终一副因为最好的朋友重回身边而轻松又快乐的模样。

回到课上，因为如今这一切都是阿加莎许愿造成的后果，所以她变得比苏菲更加渴望离开这所学院了。她绞尽脑汁地想着各种可能进入泰德罗斯塔楼的方法，却最终发现没有一条可行。这强烈的挫败感使得她在预选赛中又变成了过去那个女巫一般的女孩。面对幻影，她会用刀狠狠地刺，会放火烧，会冷冷地看着他们最终灰飞烟灭。到第三次挑战时，她甚至将所有怨恨泰德罗斯的理由变成了一次次致命的还击——她恨他的傲慢、他的鲁莽、他的冲动、他的幼稚。

可是，为什么……多特那个疑问依然困扰着她呢？

阿加莎不停地向自己保证，根本就没有什么漏掉的环节，泰德罗斯就是攻击她了，泰德罗斯就是毁掉了他们的童话故事。

她为他许下的那个愿望就是个错误。

可是，为什么……阿加莎发现即使自己整个人都往后靠在椅背上了，还是看不到苏菲的手腕。她继续往后仰，将椅子的一条腿都翘起来了，这时海丝特的冰桌正好出现在苏菲手腕前面，像一面放大镜一样照出了她手腕上的伤口。阿加莎睁大了眼睛，她认出她朋友雪白手腕上那深深的针孔形伤口是什么了。

怪蛇造成的伤口。

苏菲是在哪儿遭遇到怪蛇的呢？

当然是在森林里了。阿加莎在心里提醒着自己。所以它们才会攻击她，不是吗？而且，苏菲的伤口看起来是新伤……

这时苏菲扭头看向她，阿加莎的椅子差一点儿就倒下去。"和我一起去图书馆吗？"苏菲笑着走近扶着她，"第四节课前十分钟，我们还能查查暗中侦查咒！"

阿加莎回了她一个微笑，然后抓起书包将关于怪蛇的念头从脑子里赶了出去。

别再猜忌了，别再怀疑了。她一路这么想着，跟着她最好的朋友走上了楼梯。

她已经从那些看走眼的疣里吸取教训了。

邪恶大厅的墙上插着一排排不断滴着蜡油的黑色蜡烛，那黄绿色的烛光闪烁得如同怪蛇的眼睛一般。

大厅的正中央依次排放着十二具白色棺材，每一具棺材里都躺着一名善恶魔法学院的男教师。有皮肤黝黑、长着两撇小胡子的埃斯帕达教授，他负责教永生者男孩的击剑课；有满脸脓包又秃顶的曼利教授，他负责教永灭者的丑化课；还有年迈瘦小、负责骑士精神课的卢卡斯教授；教授心腹培训课的卡斯特也在其中，这只双头狗失去了它兄弟波鲁克斯的脑袋做伴，狗身体上只留着它自己的脑袋；比兹尔也在，就是那个邪恶学院的红皮肤小矮人；躺在他旁边的则是几个森林团队的队长——食人魔、羊人，还有精灵；再旁边居然还有戴眼镜的啄木鸟阿尔伯马尔，过去善良学院的学生排名都是它用喙啄到门上去的……他们全都步调一致地呼吸着，睡得十分安详。

特里斯坦懒洋洋地坐在这些棺材前的地板上，在他周围摊了一地从邪恶图书馆里借来的书。"我们都熬了一整夜了。"他边打哈欠，边用手挠着他的红头发说，"院长的魔法实在太厉害了。"

"行啊，要是破解不了，我们就都等着做奴隶吧。"泰德罗斯一边嘟囔，一边快速翻阅着一本名为《不再沉睡》的书。"你都不知道那两个女孩在一起会做出些什么样的事。如果男孩们不赶紧接受现实开始准备预选赛，那些女孩会把我们打得体无完肤的。"说着他又抓起了另一本书，"不过我们想要赢的话，首先得唤醒我们的老师。"

"要不我还是回去看好撰写者吧？"特里斯坦着急地说，"还是得确保它——"

"你看，这不过就是个沉睡魔咒。肯定有解除方法的。"

"除非你有现成的人狼在手边。"特里斯坦轻轻哼了一声，把《睡美人的咒语》扔到了一旁。

泰德罗斯又翻了一会儿后合上了最后一本书，他看见特里斯坦眼底的黑眼圈把他脸上的雀斑都遮住了。"好吧。"王子决定放弃，站了起来，"我们回去吧。"

就在这时，他注意到了特里斯坦扔在一旁的那本书，书页被翻开，上面布满了蜘蛛网。泰德罗斯用脚将那本书钩过来。

第十四章
沉睡魔咒解除法

*作者注：鉴于大多数沉睡魔咒的受害人都是少女，所以本书以及大多数同类书籍中关于沉睡魔咒的解除方法，只适用于熟睡的少女。当然，要为身中沉睡魔咒的男性解除咒语，只需要人狼放声尖叫即可。

唤醒公主的方法
配方
两只猫爪子
一蒲式耳[1]新鲜薄荷

"实在不想扫你的兴，"特里斯坦不耐烦地说，"但是去年萨德曾经说过，人狼只生活在滴血溪流……"

"巧了，"泰德罗斯抬起头，两眼放光地说，"那不正是霍特的老家吗？"

苏菲一直坐在美德图书馆里翻着书，她随手将一本《窥探与侦察手册》扔到了一大堆不需要的书里，接着眯着眼看了看这座两层楼高、形如圆形竞技场的金色书架，还有书架中间挂着的时钟，说道："要把这些书全翻完，我们得花上一个月的时间！"

"而且这些咒语还全都一个样。"阿加莎坐在桌子上，皱眉翻阅着一本《侦探魔咒第二册》说，"隐形、伪装、高级末格里变形术——没什么是他们料不到的。我们需要有足够的时间才能从男子学院进入泰德罗斯的塔楼。这可能得花上我们好几天的时间。"

---

[1] 蒲式耳是英制的容量及重量单位。

"好几天？和那些浑身脏兮兮的王子待在一起？我们会被熏死的。"苏菲抱怨道。她眯着眼看了看前台后面的那只外壳坚硬的老龟，它趴在一本巨大的图书馆日志上睡得正香。"你说那玩意儿醒过吗？"

说着她转头看向阿加莎，阿加莎正皱着眉头看着几只悄然飞入的蝴蝶。"别着急。"苏菲轻声说，"我们是完美的团队，还记得去年你是怎么溜进童话选拔赛的吗？"

"这一次不一样了，苏菲。我们需要帮助。"阿加莎着急地说，"可要是院长一直都在监听，我们就不可能成功。"

接下来两人的课是分开的，所以苏菲和海丝特、阿纳迪尔一起去上女性天赋课，而阿加莎则和多特一起去上女英雄史课。

"还是一无所获吗？"多特刚和阿加莎在善良大厅硬邦邦的长椅上坐定，就看着阿加莎的脸说，"我爸肯定知道该怎么办，可他最近都忙着逃离罗宾汉老婆玛丽安的追捕。自从玛丽安发现罗宾汉是个花花公子后，她就把谢尔伍德森林里所有的男性都关起来变成了自己的奴隶。"多特叹着气说，"我真该亲自告诉她。"

这时坐在她们后排的希子突然把脑袋凑到了阿加莎的旁边。"哎呀呀！你终于能上这堂最精彩的课了！真希望你第一周就在这儿。我们当时都进入灰姑娘的故事里了——你知道吗？她的王子同意将自己的王国交给她后，她才答应结婚的。而且她一结婚就将王子打入了地牢，从此开始自己统治整个王国，她只不过是对外声称自己婚姻幸福罢了。所以这么多年来，童话的真相一直都是被男人们隐藏起来的，他们这么做就是为了愚弄女孩，让女孩觉得自己很弱小、很无助。之后我们还去了金发姑娘的故事里，看着她将三只熊驯服之后就用它们的皮做了皮大衣；我们还去白雪公主的故事里了，看着她把毒苹果送给了那些有性别歧视的小矮人……"

"啊？"阿加莎一脸困惑地说，"首先，你刚才说的这些听起来都不像是'真相'。其次，你们是怎么进入故事里的？"

希子调皮地笑了笑说："你马上就知道了。"

这时门外响起了院长的高跟鞋踏在石地板上的嗒嗒声，她推开门走了进来。"除了正面攻击我们的队伍，男孩们肯定还会在蓝色森林里布下种种致命的陷阱——正如我们也会这么做。"她扭动着腰肢走进过道,一边说一边朝木质讲台走去,"不过女孩们,在所有这些陷阱中,男孩们的思想可能才是最致命的那一个陷阱。当他们尊严的底线被触及时,他们可能会使出一些有悖常理、让你们完全无法想象的致命招数。你们可得做好准备呀。"

说着她从讲台里捧出了一本相当厚重的课本——《写给学生的森林史(修订版)》,奥古斯特·萨德著——然后她将课本翻到中间的一页,院长空洞的声音立刻响彻整间大厅,而且那声音好像就是从书中传出来的:"第二十六章:亚瑟王的崛起与衰落。"

在一片薄雾之中,一个幽灵般的三维景象出现在了书页上方……这是一幅关于亚瑟王的全息影像图,画面中的亚瑟王正头戴王冠、身穿睡袍、蹑手蹑脚地走在卡米洛特的长廊里。

坐在后排长椅上的阿加莎几乎看不清,她说:"那画面太小了——"

"别急。"她身后的希子说。

院长举起课本,咧开嘴露出牙缝笑了笑,然后对着那全息影像吹了一口气。只听"呼"的一声,影像碎成了无数片闪闪发亮的碎片,然后像是从半空中落下了一场玻璃沙尘暴一样,碎片纷纷覆盖在同学们身上。阿加莎捂住眼睛,感觉自己的身体仿佛飘浮在空中,然后又落到了地上。接着她慢慢透过指缝往外看去……

善良大厅消失了,长椅还有别的女孩们也全都消失了。此时的她站在一间黑暗的木头房间里,四周的空气里充满了蒸汽,浓稠而朦胧,给人一种很不真实的感觉。她眯着眼睛,看见一位满脸胡须、身材魁梧的白发老人,正身穿狼皮睡袍、头戴金色王冠、踮着脚朝她走来……

阿加莎倒吸了一口气。希子说得没错,她果真进入故事书的场景里了。

她伸出手穿过雾气,摸向一面绘有佩斯利青铜图案的墙面,可她的手指却像幽灵一般径直穿过了墙。这时亚瑟王从她身边轻轻飘过,那人影也像幽灵一样轻微地变了变形,只见他光着脚踩在玫红色的地毯上,轻手轻脚地朝着长廊尽头走去。阿加莎看着这位老人轮廓分明的下巴和清澈的蓝眼睛,还有他藏在睡袍下面的金色剑柄,一眼认出了他就是亚瑟王。同样是这把剑,两天前的夜里她刚在他儿子手中见过。

"在亚瑟成为国王之前，他和桂妮维亚是在善恶魔法学院里认识的。"这时院长的旁白声响起，"从他们认识的第一天起，亚瑟就知道桂妮维亚看不上他。可他还是逼着她和自己结婚了，因为男人都是残酷无情的东西——更别说亚瑟了。"

阿加莎眯着眼睛仔细地看着亚瑟王的幻影。这些是真的吗？还是又一个被院长扭曲的童话新编？

她看着亚瑟一步步地走向长廊尽头的那个房间，一路上都小心翼翼地没有发出任何声响。

"然而，桂妮维亚只有一个条件：到晚上时，她必须和国王分房而睡。"院长的声音继续说道，"亚瑟无法拒绝这个要求，因为桂妮维亚的一切行为都表现得非常完美，并且如他所愿为他生下了一个可怜的儿子。但是这位国王依然每晚都睡不着。他夜复一夜地溜去她的房间查看，可每一夜她的房门都锁得牢牢的。直到有一夜……"

阿加莎正看着这一夜发生的事。今晚，王后房间的门被踢开了。阿加莎跟在亚瑟身后，看到了这一切。

她看见桂妮维亚顺着窗帘布偷偷爬下了窗户，然后消失在夜色之中。

"第二天清晨，王后依然出现在早餐桌边，一如既往地和蔼可亲，面带微笑。"院长的声音响起，"亚瑟也完全没有提及自己看到的一切。"

这时阿加莎周围的景象突然变成了一个尘土飞扬的山洞。洞穴里堆满了各种实验用的器皿，一排排架子上放满了混浊的瓶瓶罐罐，还有几十本写了一半的笔记本。画面中的亚瑟正在和一个苍老、瘦削、白胡子垂到了胸前的老头儿争执着什么。

"亚瑟试遍了所有他在善恶魔法学院里学过的方法——包括隐形、追踪以及末格里变形——依然无法查出桂妮维亚在消失的每晚都去了哪里。他的终身顾问梅林，拒绝为此帮忙，因为他坚称，心灵的沟通才是超越魔法的……"

梅林怒气冲冲地走出山洞，亚瑟想跟着追出去却突然停了下来。他的目光被一本摊开的梅林笔记本吸引了过去，他将笔记本捧在手中……

"然后亚瑟看到了梅林在山洞里研究出了什么。"

亚瑟两眼放光，眼睛睁得更大了……

"这是一件如此大胆又危险的东西，可他知道这是他唯一的机会……"

亚瑟颤抖着双手，撕下了笔记本上的那一页。

场景又一次转换，这次阿加莎出现在了森林里。一个头戴兜帽的人影骑着一匹黑色骏马从她身边飞驰而过，马和人的影子都迅速隐匿在了夜色之中。

"那天夜里，亚瑟让士兵封住了桂妮维亚的窗户。他自己披上兜帽从隔壁的房间爬出去，却发现楼下正好有一匹马在等着……"

那匹马将他带到了森林里一块漆黑的空地上。阿加莎看到一个瘦削男人的身影偷偷摸摸地从远处的一棵树后走了出来，慢慢地朝那匹马走去。但是亚瑟并没有下马，他整个人依然藏在斗篷与兜帽之中，静静地等待着这个身影越走越近……再近一点儿……还是看不清楚……终于，阿加莎借着月光看清了这个人影，他长了一个鹰钩鼻，皮肤呈浅棕色，身上还穿着骑士服。

"他就是兰斯洛特。亚瑟称兄道弟的挚爱好友，也是桂妮维亚每晚去约会的男人。"

兰斯洛特走到马跟前，连着兜帽的斗篷依然遮着那位骑马者的面容。兰斯洛特有些犹豫了，他觉出了一丝不对劲……但这时，他看见了骑马者斗篷下露出的那双穿着精致白色水晶鞋的脚。阿加莎也看着那双明显就是女性的脚，心里充满了费解。这时兰斯洛特深情地微笑着贴到马前，阿加莎看着他走上前……温柔地拉下骑马者的兜帽……亚瑟那双清澈的蓝眼睛露了出来……

阿加莎震惊了。

他的眼睛此时已不再是一双男人的眼睛了。

亚瑟瞬间拔出宝剑，刺向了兰斯洛特的胸膛。随即骏马载着国王疾驰而去，回到了城堡之中。

此时画面全部消失了，阿加莎和一班瞠目结舌的女生一起回到了善良大厅里。

"那个魔法能将亚瑟王变成女人？"碧翠丝难以置信地嚷嚷道，"一个男人……可以变成……一个女人？"

"是的，而且时间足够长到让国王能够看清楚他的王后是怎么糊弄他的。"院长说，"不过当亚瑟王的魔法消除回到卡米洛特时，桂妮维亚已经离开了。他立刻派人去结束兰斯洛特的性命，但骑士也早已消失得无影无踪。从那以后就再没有人见过兰斯洛特和桂妮维亚了。"

阿加莎惊叹得几乎无法呼吸，对于刚刚看到的这一切她有满肚子的话要问。不过此刻她非常希望这个故事是真的——她需要这个故事里的某样东西来拯救她和苏菲的命——她需要——

"那个魔法！"她一下跳起来，脱口而出，"梅林的那个魔法在哪儿？"

"当然是失传了，就和他所有的魔法一样。"院长合上了书本，回答道，"不过魔法并不是我想说的重点，亲爱的。"院长带着一种鼓舞的笑容看着阿加莎说，"我是想告诉你们，只要男孩够聪明、够自律，他们就一定能想出办法来对付你们。"

阿加莎一坐下，女孩们的嗡嗡声立刻在她耳边响起，她们全在狂热地讨论、分析着刚才那段旅程中经历的每一个细节。

"我跟你说过吧，这堂课特别棒。"希子在她身后轻声说。

可这一下阿加莎却更觉得灰心丧气了，所有的路都被堵死了。现在她和苏菲唯一的希望就是湖湾那头那些像狒狒一样的男孩能够没那么聪明，没那么自律，最好他们能自己挖坑，自己跳进去。

"我想加入裁决赛队伍。"霍特说道，他还穿着那条小短裤，说这话的声音却响亮得能在邪恶大厅里回荡，"这就是我的条件。"

"不好意思，霍特，可我们需要更强壮的男孩加入。"泰德罗斯说道，他刚把特里斯坦送走，就过来和霍特谈判了，"这就是为什么我们要将王子们放进来。只有我和艾瑞克不用参加预选——"

"你还需要人狼的尖叫吗？还需要我的恶人天赋吗？那就在队伍里给我留个位置。"霍特气冲冲地说着，又看了看自己的小短裤，"还要给我一套新校服。"

"听着，你只要尖叫一声——"

"不行，你听着！我爸爸说恶人是不能去爱一个人的，可我还是努力去爱了。"霍特的两只小眼珠牢牢地盯着地板说道，"我像个永生者那样去追求苏菲，我当时还……好吧，你看看我。"他揉了揉自己满是胡须的脸颊。"我不光让自己丢脸，还丢了我爸爸的脸。现在我唯一能做的就是赢得财富去厚葬他。你能理解我的，对吗？"他抬起头看着泰德罗斯说，"尽自己的全力让他为我骄傲，即使他已经不在人世间了。"

泰德罗斯脸上的表情柔了下来。他看见霍特的下嘴唇在微微颤抖，一抹红晕出现在他胸前。这个男孩从生下来就没什么好福气，可他们却又如此相似。

"没人能像我那么战斗。没有人。"霍特恳求道，他整个人看上去就像一只正在发抖的松鼠。

王子环抱着手臂，想尽量让自己看起来无动于衷一些。"霍特，那些女孩都盼着我死。这一次和去年不一样，这一次是真正的决斗，我们所有人都命悬一线。而我是这所学院的领导者，我有责任对你们每个人的安全负责，再说大家已经在抗议有可能成为奴隶这件事了……"

霍特像只无家可归的小狗一样呜咽着，泰德罗斯咬紧了牙齿。

"所以，如果我……我说如果……会怎么样……"

王子一屁股坐在地上，长吐了一口气说："艾瑞克一定会杀了我的。"

霍特高兴地笑了，一嘴尖利的黄牙都露了出来。他转身对着沉睡的老师们，发出了一声原始而粗暴的叫声，声音大得让他整个身体都扭曲了，连泰德罗斯都不得不捂住耳朵缩到墙边靠着。等他再次抬起头时，霍特已经不是人类的模样了，他变成了一只浑身长满黑毛、肌肉强壮的人狼，他双腿直立，用尽所有力气大声地号叫着、咆哮着。

"跟你说过吧，我现在持续的时间更久了。"霍特粗声大气地吼着，他自豪地听到楼上的男孩们都因为他可怕的号叫声纷纷醒了过来。

与此同时，醒过来的还有一些别的人。

躺在棺材里的老师们也开始一个接一个地慢慢动了起来。第一个坐起来的是曼利教授，火把的光芒正好照着他的双下巴，还有那张满是疙瘩的脸。

泰德罗斯咧嘴一笑，伸出了手："教授，欢迎回到男子学院——"

"你不光把自己弄得一团糟，把城堡里弄得都是肮脏的陌生人，而且用荒谬的条约要求举行裁决赛,一旦女孩们答应了你那些条件,你们就等于自掘坟墓。"曼利教授一脸鄙夷,跺着脚朝大门走去,"给女孩们当奴隶?你想想要是撰写者落入萨德院长手里,故事书会被写成什么样。到时候所有童话的结局都会变成男人全死光了。男人会变得比连续失败了二百年的恶人还要惨。"

"如果我们赢了,那就还有一线希望。"埃斯帕达教授将他那双尖头黑皮靴重重地踩在地上说道,他的两只眼睛始终恶狠狠地盯着那两个男孩,"赢了裁决赛,那两个被诅咒的读者死了,她们的童话故事就会立刻终结……我们的学院也能重新变回从前的善恶魔法学院。"

"还有十天,同舟共济吧。"啄木鸟阿尔伯马尔说,跟在它后面出来的还有一系列森林团队的队长,"我来准备课表。"

"我来准备教室。"骑士精神课教授卢卡斯说。

"那我就来好好提点一下那些可怜的废物吧。"卡斯特抖着浑身的皮毛,咆哮着说。

比兹尔欢快地打着嗝跟着它跑了出去。

"可……可我要干什么呢?"泰德罗斯在他们身后喊道。

"你可以像所有人那样,去竞争加入裁决赛的队伍。"曼利啐了口唾沫,回了他一句。

"竞争?"泰德罗斯失声叫道。

"那我呢?"霍特气急败坏地说,这时他已经缩回了人形,"他说……他说……"

"他现在已经不管事了。"曼利说着,身影消失在了大厅的楼梯前。

遭遇背叛的霍特怒气冲冲地瞪着泰德罗斯。王子红着脸,憋出了一句话:"但是……他们怎么……怎么会知道的……"

走到门口的卡斯特扭过头来,瞪着布满血丝的双眼暴躁地说:"我们只是睡着了,并不意味着我们听不到。"

整整五天来,一到晚上,苏菲、阿加莎还有那几个女巫都会去晚餐厅读书俱乐部碰面,一起讨论各种有可能拿回撰写者并让她们许下愿望回家的方案。不过一路讨论下来，似乎没有哪种方案是不担风险的。随着时间一天天过去，阿加莎对每一个新咒语都产生了严重的怀疑，苏菲则对她越来越不耐烦，而且她们俩都越来越确信裁决赛如期举行应该是逃不了了。到了第六晚，她们所有人都觉得必须得拿出一个方案了，因为留给她们的时间已经不多了。

一到晚上八点半，阿加莎和多特就迫不及待地往晚餐厅赶去，一路上还在疯狂地互相比试着各种咒语的熟练程度。可到了晚餐厅门口，她俩却发现苏菲、海丝特和阿纳迪尔全都站在门外。

"我们有麻烦了。"海丝特往旁边一站，露出了一张贴在她们读书俱乐部门外的告示。

今晚舞台剧试镜
女性成就辉煌史

注：如果没人参加，本剧目将被取消

*所有未到场者可豁免参加课堂挑战

舞台剧导演：希克教授

*院长声明：禁止豁免课堂挑战

舞台剧监制兼创意顾问：波鲁克斯

"我们不能换个地方吗？"多特问。

"这是唯一一处蝴蝶不愿来的地方。"苏菲担忧地说，"我们已经浪费一个星期了，今晚必须得定下方案。"

女孩们全都陷入了沉默之中。

"我想我们都得去参加这个《女性成就辉煌史》的试镜了。"阿加莎无奈地说。但她随即发现苏菲脸上露出了兴奋的神情，立刻皱着眉说："你别想拿到什么角色。"

十分钟后，苏菲蹦蹦跳跳地站到了晚餐厅临时搭建的舞台幕布前，用莫名其妙的口音念出了一段令人费解的独白。"听我说，汉普丁旺（王）子！别被我的歪（外）表和没（魅）力米糊（迷惑）了。我只是个煎蛋（简单）的女人。头脑煎蛋（简单），心地单蠢（纯）——但是憋（别）认为我的灵魂也一样煎蛋（简单）。"

念完，她低头看着希克教授还有把脑袋直接端放在桌上的波鲁克斯，这两人都对着她眨了眨眼。

"我觉得这一段相当不错。"波鲁克斯轻声说。

一只手从幕布后伸出来，一把将她拽了进去。

"是不是表现得过于优秀了？"苏菲看着后面那排眼巴巴地等着上台的女孩说道。

"现在唯一优秀的事，就是赶紧找到能让你活下去的方法。"海丝特强压着怒火说，"我们正在制订方案，而且现在就得定下来。每个人都得出一个最佳方案。"

"我查到了一个发射追踪咒，可以把你发射出去粘在天花板上。"阿纳迪尔靠在窗前说，"而且能让你在通风管道里待上好几天。"

"所以我要在那儿洗澡、在那儿吃饭吗？"苏菲说。

"你还需要吃饭？"阿纳迪尔瞪眼看着她说。

"可以让我的恶魔去把笔偷回来。"海丝特思考着说，"它肯定能越过屏障的。"

"可要是它被抓住了怎么办？如果它死了你也会没命的。"苏菲反驳道，"而且现在我想起它来，还觉得它是个挺可爱的小东西。"

"要不我把你变成蔬菜怎么样？"多特建议道，"男孩们根本不吃蔬菜的。"

话音一落，所有人都无语地瞪着她。

"阿吉？"苏菲说，"你肯定也想出什么办法了吧？"

大家都在激烈讨论时，阿加莎的眼睛一直游离在自己的松糕鞋上，她曾经寄希望于女巫们能想出什么万全的办法，但现在她不得不面对心中一直以来的忐忑。

"不管我们选什么办法，都不可能万无一失。"她抬起了头，眼眶里噙满了泪水看着苏菲说道,"都是我的错……我们会死在这场裁决赛里的,都是我的错……"

"可……可是……我们不能死,阿吉。"苏菲尖声说道,"我们好不容易重归于好了,绝不能死。"

阿加莎摇着头说:"他们会发现我们的,苏菲。不管用什么魔法……他们都会发现我们……"

这时她突然停下来了,窗外有什么东西吸引了她的目光。

"阿吉?"苏菲问道。

阿加莎双手撑在窗户上往外看去,女巫们也走过去围到了她身边。

"哦,不就是海尔格吗?"苏菲没好气地说。窗外的蓝色森林里,那个土里土气的地精,正身穿薰衣草连衣裙迈着小碎步,急匆匆地赶回她在小溪旁的地窝里,"不过,还真是奇怪。她看上去好像苗条了……我都不知道连地精也节食呢。而且她的头发也不一样了!看上去就像……就像……"

一瞬间,所有的女孩都震惊地往窗玻璃外看去。

"不可能。"海丝特倒吸了一口冷气说。

那地精穿着海尔格的裙子,戴着海尔格的帽子,急匆匆地钻进了海尔格的地窝里,可当她从地窝门口探出头来四下张望确保没有人发现她时,露出的那张脸却绝不是海尔格的脸。

"她在课堂上是女人啊——每天都是啊。"多特说,"这不可能!"

没什么不可能,阿加莎想到了院长那个神秘的笑脸。她已经见过能将这一切变成可能的魔法了,而这个魔法如今失而复得了。

这个魔法使得尤巴能够终日将自己隐藏于敌人的阵营之中。

这个魔法现在也能帮助她和苏菲。

第十五章
五大准则

"我不太明白,"苏菲小声地对阿加莎说道,"做这些事和进入男子学院有什么关系?"

阿加莎没理她,只是两只眼睛牢牢地盯着被绑在一把镶花边摇椅上的地精海尔格,她一头白发上沾满了羽衣甘蓝的碎片。"尤巴,要么你索性告诉我们你是怎么做到的,要么我们直接把你交给院长。"

"你这样的指控实在非常无礼。"海尔格驳斥道,她的声音显得低沉而紧张,"所有的男性都被驱逐了——"

"我们看见你了,尤巴。"海丝特站在多特身边叉着腰说,"我们看见你的脸了。"

"尤巴?我?简直是无稽之谈。"海尔格满脸怒容地说,挣扎着想伸手去够旁边的白色拐杖,"赶紧出去,否则我亲自召唤院长了。"

"求你了!我们需要你的帮助。"阿加莎乞求道。

"可是她又能怎么帮我们呢?而且为什么你们一直管她叫尤巴?"苏菲指着这个邋里邋遢的地精喋喋不休地说,"我感觉我好像缺少点儿什么——"

"你缺脑子。"海丝特嘟囔道。

由于深夜属于蝴蝶的休眠期,所以女孩们全都等到午夜降临时才分别偷偷摸摸进蓝色森林里(不过阿纳迪尔正巧被波鲁克斯逮住了,没能过来)。地精生活的地窝非常小,她们根本进不去,于是多特将地窝周围的土地全都变成了羽衣甘蓝,她们踩着脚将羽衣甘蓝踩碎了钻进去时,正躺在自己的窝里呼呼大睡的海尔格大惊失色。女巫们迅速将她绑在了椅子上,阿加莎忙不迭地开始在那些微型家具和书架上翻来翻去,想要搜寻出男性居住的痕迹,可那些亚麻桌垫、一大堆花盆,还有薰衣草墙纸,全都带着明显的女性气息。

苏菲皱着眉闻了闻一盆花。"挺奇怪……"她轻描淡写地说了一句,"还真没见过喜欢绣球花的女性。"

阿加莎俯视着海尔格,就好像苏菲刚说的这个愚蠢的理由足以成为一个证据:"我们都知道关于梅林魔法的事,尤巴。我们在课本里见过了,而且我们知道你用了这个魔法。"

"院长为了达到自己的目的,早就将她哥哥的课本全部修订过了。"海尔格红着脸反驳道,"再说了,我怎么会知道梅林的魔法?"

"除非那个魔法本来就是你教梅林的。"一个声音说道。

所有人全都转过头去,她们看见多特正站在书架前认真地看着一本书,书名叫《我的魔法生涯》,由卡米洛特的梅林著。多特眼望着地精,打开了书的扉页。

赠海尔格与尤巴
我最伟大的老师

"两个人，不是应该写老师们吗？"多特说。

地窝里此时一片安静。

阿加莎跪在这位老地精面前，拉起她皱纹密布的手说道："童话求生课吗？这是您一直教我们的课。没有您的帮助，我们还怎么在自己的童话里生存下来？"

海尔格那双灰色的瞳仁一直低垂着看着地面，根本不敢停留在她的学生身上。慢慢地，她一头长长的白发缩了回去，变成了凌乱的短发。接着她脸上的皱纹也加深了，皮肤的颜色变成了粗糙的棕褐色，下巴上还长出了白胡子。然后她的脸颊也开始向里凹陷，鼻子渐渐变大，眉毛变得浓密，整个体形变成了桶状……最后身穿同样薰衣草连衣裙、脚踩摇摇晃晃的高跟鞋的尤巴，出现在他过去的学生面前。

"介意我先换件衣服吗？"他平静地问。

苏菲瞠目结舌地看着自己的前森林团队老师，就这样从一个女性变成了男性。她大为惊骇地转头对阿加莎说："这就是你希望我们进入男子学院的方法？变成一个……地精进去？"

阿加莎无语地将头撞到了墙上。

尤巴终于换回了他那身绿色束腰外套和橙色锥形帽子。他不停地在房间里踱来踱去，阿加莎、苏菲、海丝特还有多特，一人捧着一杯萝卜根茶坐在布满灰尘的羊毛沙发上，视线也跟着他来来回回地移动。

"教书育人的讽刺之处在于，我们经常会教一些自己根本没法再去使用的知识。虽然在过去的一百一十五年间，我一直在教学生们怎么在无边森林里生存，可我自己若走出学院的大门却可能连一天都活不下去。"地精说道，这时他也不再伪装自己的嗓音了，"当驱逐开始时，我需要确保自己能安全地待在这儿，一直待到森林重新恢复平衡。伪装成海尔格是我唯一的方法。没人能找到我，也没人会发现任何蛛丝马迹。"说着他看了看紧挨着坐在一起的苏菲和阿加莎,狠狠地瞪了她们一眼,"不过鉴于你们之前面对善恶准则时做过的一切,现在你们会回来破坏男女准则我一点儿也不惊讶。"

苏菲凑到阿加莎耳边说:"我真的不明白,为什么变成地精就能破坏……"

阿加莎立刻用手肘将她顶开,示意她闭嘴。

尤巴啧啧地呷了一口茶,坐回到他的摇椅上。"有两个原因,使得地精能够完全不同于森林里的其他生物。"他说,"从你们完成的课堂作业来看,我想海丝特肯定能说出第一个。"

"他们在战争中永远保持中立。"海丝特立刻自信地回答。

"的确如此。两千年来,地精从未卷入过任何一场冲突之中。我们一直与他人保持和平相处,无一人例外。"

苏菲打了个哈欠,拿起茶壶准备往杯里续茶。

"第二个让我们与众不同的原因就很少有人知道了,而且你们在课本里也不会看到。"尤巴说,"我们地精生来就有转换性别的能力。"

苏菲一惊,不慎将茶水倒在了海丝特的大腿上。

"当然,这种转换是暂时的。"地精没有理睬在一旁破口大骂的海丝特,继续说道,"未成年的地精,可以在男性与女性之间随意转换性别,而成年后的地精则会永久转换成他出生时的性别。"

这一次苏菲将整个茶壶都摔落在了海丝特身上。

"难怪爸爸从不让我们和谢尔伍德森林里的少年地精一起玩。"多特啧啧称奇地说,一旁的海丝特直接抓起了一个枕头砸到苏菲头上,"可能他觉得这也会传染。"

"警长并不是唯一有这种想法的人。"尤巴叹了口气说,"但是,地精的这两种特质却引起了梅林——这位善恶魔法学院有史以来最优秀学生的浓厚兴趣。在他上学期间,他就经常利用空闲时间来我这个地窝里探索研究地精生物学,他钻研得太过投入了,以至于学业上的排名大受影响。这也是他最终只成了亚瑟父亲的一名助手,而不是自己故事里的英雄的原因。"

"可为什么梅林那么在意地精是否爱好和平或者能否转换性别呢?"阿加莎问。

"因为他相信这两者之间是有联系的。"尤巴说,"他相信就是这种短暂的玩闹性的性别转变才让地精变得比别的生物更敏感,也更有同理心。如果能找到一种方法让人类也有同样的体验,即使只是片刻的体验,说不定你们也能变得像地精一样热爱和平了。这样所有的战争都会消失,所有关于善恶的观念也都会被消除……人类将由此变得完美无缺。"说到这里,尤巴停顿了一下,"他真是个热情澎湃的家伙啊,连我都情不自禁地相信他了。"

这时苏菲和海丝特全都竖起了耳朵认真听着。

"所以你帮他研制出了那个魔法?"阿加莎问,"那个能将人类性别互换的魔法?"

"那是一个瞬间就能起效的魔法,而且适用于所有物种。"尤巴说,"但是独自操作这个魔法太危险了,最好是能够在我的监督下进行。"说着地精懊恼地吞咽了一口唾沫,"他从善恶魔法学院毕业后,有很长一段时间经常会回来和我讨论关于魔法配方的问题。每次我也都会在他来之前,利用空余时间先在自己身上反复试验、微调。事实上,这也是我还存有魔法配方的原因。我们花了二十年的时间不断完善这个魔法,可最后却因为亚瑟王的一己私欲变成了他用来攻击兰斯洛特的工具。破坏、诡计、报复……本来梅林的魔法是为了带来和平,可现在它却成了尽人皆知的、能够永远摧毁王国和男人的一个诅咒。"说到这里,尤巴两只眼中隐隐有泪光在闪烁。

"梅林赶在军队去抓他之前逃走了,可那些人却将他毕生的心血全部付之一炬。而亚瑟王也因为失去了妻子和心爱的顾问,整日伤心欲绝地泡在酒里。从那以后我和所有人一样再也没见过梅林。"

尤巴颤抖着将手里叮当作响的杯子放下。"萨德教授后来在编书时,曾将这段历史从书里删去,因为他担心这会让亚瑟王的儿子感到尴尬难堪。不过很显然,院长并不会这么设身处地地为一个男孩去考虑。"

"我们也不会。"苏菲站起来,大声说道,"我们现在说话的这会儿,那个男孩可是正计划着如何给我们执行死刑呢。"

"梅林的魔法是唯一能帮助我们进入校长塔楼的方法。"阿加莎也坚持说。

"如果您愿意告诉我们这个魔法,"苏菲气呼呼地对尤巴说,"我和我的朋友就能回家——"

说到一半她停了下来,眨了眨眼睛。

"阿吉,亲爱的,不好意思,我还是想问一下,这个梅林的魔法到底能怎么帮我们?我不想说我们每晚都在那儿做无用功,或者你好像一点儿忙都帮不上,可我们要这个可笑的魔法来干吗?从男孩变成女孩,从女孩变成……"

突然苏菲的眼睛一下子定住了。

"终于开窍了。"多特嘟囔道。

苏菲一个转身看向阿加莎:"不过……不过你不是想让我们……你没打算……"

"如果你找到撰写者……"尤巴对着阿加莎说,"和平就会到来了吗?"

阿加莎冲着他悲伤地笑了笑:"这场战争是由一个愿望开启的,现在也应该由一个愿望来结束它。"

"变成男孩?"苏菲紧紧捂着胸口尖叫道,"阿吉,你想让我变成一个……男孩?"

"要想最终能为彼此许愿回家,这是唯一不会被泰德罗斯发现的方法。"阿加莎终于两眼定定地看着她说道。

"可是……男——孩?两个……男——孩?"

坐在她们身后的尤巴清了清嗓子说:"恐怕只能有一个人去。"

"什么?"阿加莎转过身说。

"记载着配方的那本笔记本被我落在希芭的教室里了,而且正好被蝴蝶听到了我在收集原料。"尤巴一边说,一边弓着腰探向一个种着绣球花的花盆。他伸手从花盆的土壤里掏出了一个小小的形如泪滴状的玻璃瓶,玻璃瓶里装满了亮紫色的液体。"当我赶回去找时,那本配方已经不见了。而且我现在年纪太大了,记性实在不行,不管我怎么努力回忆,我都没办法再拼凑出制作魔药所需的所有原料。所以这些就是我仅剩的最后一剂魔药了。"他抬头看着两个女孩说,"足够让你们中间的一个人在男子学院里待上三天时间。"

阿加莎的脸一下变白了:"可是你接下来该怎么去上课呢——你还怎么在学院里待下去——"

"如果这样做能够带来和平,那么我愿意冒生命的危险。"尤巴回答道。

一时间,苏菲和阿加莎什么话都说不出,只是两眼盯着他手中那瓶雾气流动的药水。

"我去。"阿加莎说着伸手抓住小瓶子。

"不行!他们会杀了你的!"苏菲大叫着抓住她,"我们现在不能分开——都经历这么多了——"

"总得有人去把笔拿回来——"阿加莎甩开她的手说。

"那就让海丝特去!"苏菲激动地嚷着,一把将文身女巫推到了前面。

"我?"海丝特大吼着,一把将她推开,"这事还想扯上我?"

"听着,这是我的主意,所以应该由我去。"阿加莎急得大喊。

"要不就让多特去!"苏菲说着把多特往前推,"她一直都想让自己变得有用点儿——"

"可我不想变成男孩!"多特大叫着围着沙发开始逃,苏菲在后面一路追赶她。

"那我们抽签吧!"苏菲气喘吁吁地抓起一本尤巴的笔记本,撕下一页。

尤巴按住了她的手。"所有人的生命都危在旦夕,两所学院之间的战争一触即发……而你居然寄希望于抽签?不行,不行,不行。"他说着将玻璃瓶放回了外套口袋中,"照理说应该是我去的,但是鉴于人人都知道我们对于和平的渴望,男孩们肯定会怀疑是地精混进了他们的队伍里。那么如果我不能去,现在就只有一个方法来解决这个问题了——进行一次合情合理的挑战,正好这也是学院要求的。这样一来,海丝特、多特甚至阿纳迪尔(反正你们肯定会把今晚发生的一切告诉她的),你们谁都没有理由说自己不想去了。"

这下女孩们全都愣住了,呆呆地看着他。

"明天,我们一起来选出那个将成为男孩的人吧。"尤巴一边说一边将她们都赶出了门外,"森林团队的存在本来就是为了筛选出那些能在恶劣环境下生存的人,而不是那些注定要失败的人。"

女孩们从那撒满羽衣甘蓝碎片的地窝里爬出来,朝着树洞隧道走去。苏菲一边走着,一边高兴地松了一口气说:"看到了吧?很有可能就是海丝特去拿笔!海丝特什么挑战都能赢——"

"我再也不和永生者做朋友了。"海丝特气得大叫,一把推开阿加莎,跺着脚奔进了树林里。

阿加莎杵在原地,一脸内疚地看着她走掉:"他怎么能用挑战来决定谁去呢?这没道理啊!"

多特舔着手指上的羽衣甘蓝屑,挤到了她们中间说:"那是因为你没听说过五大准则。"

"我说,要不我们故意失败怎么样?"阿纳迪尔愤愤地说。

"然后在总评选的时候被变成蝾螈吗?谢谢你,我做不到。"海丝特气不打一处来地说。两位身穿黑衣的女巫正无精打采地走在苏菲和阿加莎的后面,跟着一大帮身穿蓝色校服的女孩涌入森林大门走向各自的森林团队。"我特别弄不懂的是,你或者我就算偷到了撰写者,又该怎么把它带回来呢?这支笔走到哪儿校长塔楼就会去哪儿。要是我们把它偷到手了,那么整座塔楼都会跟着我们——"

"那要是我赢了呢?"多特赶上来,焦虑地说,"今天早上我在制作毒苹果的挑战中击败了所有人。"

"那只是因为这个挑战和吃的有关。"阿纳迪尔不满地嘟囔道。

苏菲一路欢快地哼着歌走着,却发现经过昨晚的事之后阿加莎依然一脸的闷闷不乐。"阿吉,这真的是最好的解决方法了。"苏菲等几只蝴蝶一飞走,立刻凑到阿加莎耳边小声地说,"很快海丝特就能拿到笔,我们就能赶在院长产生怀疑之前写下'全书终'了!"

尽管阿加莎对于把女巫们拖下水这件事感到很不安,可是她也知道苏菲说得没错。如果要找到一个既能信任又能很快完成任务的人,那么非海丝特莫属了。

"可这是尤巴的最后一剂魔药了。"阿加莎担忧地说,"接下来他可怎么在这儿待下去啊?"

"我觉得他肯定会没事的。"苏菲看着前方不禁"扑哧"一声笑出来。

阿加莎顺着她的目光看了过去，前方蓝色小溪前的空地上乌泱泱地坐满了女孩。小溪上那座桥以前是一座石桥，现在却变成了一座由两条粗麻绳吊起来的吊桥，走起来摇摇晃晃的。女孩们安静地坐在桥下，看着站在桥上的那位老地精。他身穿薰衣草色的连衣裙，歪歪扭扭地踩着一双高跟鞋，整张脸上长满了又红又大的水疱，还用一方老太太头巾将自己的头发包了个严严实实。

"这是种传染性极高、痊愈时间未知的病，所以我建议你们最好和我保持距离。"尤巴尽可能地模仿出海尔格的声音凶巴巴地说，"现在，鉴于你们很快就要面对如何在男性中生存的问题，那么也是时候让我们一起来温习一下男女五大准则了。"他飞快地瞄了一眼阿加莎、苏菲和那几个女巫，伸出拐杖在空中写下：

1. 女孩遇事柔和，男孩遇事强硬。

2. 女孩善于反思，男孩善于反击。

3. 女孩乐于表达，男孩选择压抑。

4. 女孩许下心愿，男孩直击目标。

5. 女孩小心谨慎，男孩不管不顾。

阿加莎撇了撇嘴说："这不仅是性别歧视，还简单粗暴。"

"这是在说女孩会被她的王子忽略、压制甚至猎杀。"苏菲回了一句。

阿加莎一下子说不出话了。

"去年在你们的历史课上应该讲过，英格尔巨人是一种女巨人，她们通常出没在幽冥森林和鲁尼恩磨坊的大桥下。"尤巴大声说道，"不过今天，在我们这座桥下正好也有一位。"

女孩们全都探头望向桥下，这时其他森林团队的队长将一个瘦骨嶙峋、蒙着眼睛的巨人放了出来。只见她浑身的皮肤皱巴巴地耷拉着，皮肤上还布满了像三文鱼鳞一样的粉红色鳞片。她像个小孩一样蹲在桥下，傻乎乎地吐着舌头，时不时地挠一挠毛茸茸的腋窝，从里面抓出一只苍蝇来一口吞下。

"英格尔巨人非常喜欢年轻男性，会不惜一切代价地将他们和他们的爱人拆散。"尤巴继续说道，他看见雅拉慢悠悠地走过来还一下插到了前排，不禁皱起了眉。"当一对恋人走过她们蹲守的桥上时，英格尔巨人通常会将女孩一把扔出去，然后让男孩安然无恙地通过。所以，我们今天的挑战就是，你们尽自己的全力过桥，争取不被扔出去——这可是这所学院历史上，从未有永生者女孩或者永灭者女孩取得过的成就。"说到这里他充满信心地看了看海丝特，"不过真正优秀的学生一定会成功的。"

所有的女孩在桥下排成了一列长长的队伍，阿加莎还在奇怪一百二十个女孩一个个地轮流上场，一节课的时间肯定不够。不过她马上就得到了答案。雅拉刚迈出脚步，还没来得及踏出第二步，瞬间就尖叫着被扔进了树林里。接下来一个接一个的女孩都是刚踏上第一块木板时，就被瞬间跳出来的英格尔巨人左扔右抛地甩了出去，她们一个个地全都捂着腮帮子、揉着屁股，痛得哇哇叫。

"运用准则！"尤巴绑紧了老太太头巾，大声喊道。

可她们没有一个人来得及用到准则。多特被扔进了长春花丛里，阿纳迪尔被扔进了蓝色小溪中，海丝特跌进了蕨类植物园，而阿加莎比所有人都更快地被扔进了绿松石丛林里。

"至少你还碰到了第二块木板。"阿加莎一边叹着气对海丝特说，一边从背上拔出来一根刺，"看起来获胜者还是你。"

"哎呀呀！"

她们循声望去，看到苏菲像骑在公牛背上一样，一边死命地抓住吊桥的绳子，一边大声尖叫着，英格尔巨人正试图将她扔出去，而且苏菲也一副很乐意被扔出去的模样，只是她好像出了点儿小问题。

"我的鞋……鞋子！"她一边狂叫，一边用力拽着被卡在木板里的玻璃鞋跟，"被卡……卡……卡住了……"

"你还说她变了？"海丝特皱着眉说。

"以前的苏菲肯定会阻止泰德罗斯吻我的。"阿加莎说，这时她听到苏菲嘴里蹦出了一连串相当不女性的词语，不禁也皱起眉头。

"那你相信她吗？相信是有什么人故意将她的征兆变出来的吗？相信她现在是善良的吗？"

"怀疑苏菲是我犯过的最糟糕的错误，这将我们所有人的生命都置于危险之中了。"阿加莎说。这时巨人直接把桥都掀翻了，苏菲倒挂在桥上不停地哭泣，"海丝特，我相信我现在看到的一切。这个朋友为了能把我安全送回家愿意做任何事。"

海丝特停了一下，妥协道："听着，我可以忍受这个可怕的魔法帮你们俩回家，但前提是这一次你是真心这么想的。"

阿加莎转过身来，一脸的惊讶。这一瞬间，她完全忘记了身后那个正在号叫的女孩。

"和苏菲在一起还是和王子在一起更让你感到幸福？"海丝特说。

阿加莎顿时紧张地将眼睛看向别处。"海丝特，曾经我觉得只要有朋友在身边就意味着幸福，但后来我想要的东西变多了，这都是童话惹的祸。当你远远地看着童话里发生的故事时，一切都是那么完美。可当你真的身在其中时，这一切其实和真实的生活一样复杂。"

海丝特只是直直地盯着她："你和谁在一起会更幸福，她还是王子？"

"泰德罗斯从来就没爱过我。如果他爱过我，他就会相信我。"

"到底是她还是王子？"

"我不属于这里，我也不属于王子——"

"阿加莎——"

"我根本就没有别的选择，海丝特！"阿加莎声音嘶哑地大叫道，"我的世界里根本就没有泰德罗斯！"

海丝特什么话都说不出了。

阿加莎强打起精神笑了笑，说道："再说了，还有谁能像苏菲那么爱我？"

"阿——加——莎，救——命！"苏菲的声音里带着明显的哭腔，两个女孩一起转头，看着她正像一个精神错乱的芭蕾舞演员一样，跨坐在吊桥的绳索上。

"我真弄不明白，这个女孩早上都是怎么从床上爬起来的。"阿加莎叹了口气说。

英格尔巨人终于不再摇晃吊桥了，她改变策略试图将苏菲的脚从她的鞋里抽出来，却不料被狠狠地扇了一记耳光。

"太粗鲁了！"苏菲对着目瞪口呆的巨人大声呵斥道，"就算是灰姑娘的王子想这么做，都得先问问可不可以！"说着苏菲将鞋跟从木板里撬出来，对着巨人就砸了过去，一边砸，嘴里还一边说："这一下，专打你这种爱棒打鸳鸯的人。"一边说，她还一边笑眯眯地看了看阿加莎，根本不管巨人已经气得满脸通红，恨不得猛揍她一顿。然后苏菲低下头认真地看着巨人说："你知道吗？我以前也和你一样。"

巨人傻眼了，一脸困惑地看着她。

"不过现在我的朋友回到我身边了。"苏菲轻声说，"一个能让我变得善良的朋友。"她轻轻拍了拍巨人的脑袋："我希望你有一天也能找到一个这样的朋友。"

说完她留下那个还愣在原地的大怪物，缓缓地往前走去，然后坐到一块大石头上把鞋穿了回去，说："现在我算是明白为什么阿加莎整天都穿着那双难看的松糕鞋了……"

突然，苏菲意识到自己正身在何处，一下子站了起来。

吊桥的另一头，尤巴正睁大了眼睛看着她。

"不，不是，不是的！"苏菲大叫，冲他摆着手。

"每一条女子准则都被你巧妙地违反了，而且你成功地让最具洞察力的怪物相信你根本就不是个女孩！"尤巴说道。

一个金色的排名"1"在苏菲头顶绽放开来，如同一顶金色的王冠。"这……这就是个意外！"她一边大声喊着，一边慌乱地用手将那个排名挥走，这时别的女孩的排名也一一出现了。

可地精却猛然转身，摇摇晃晃地朝他的地窝走去。"看起来是个女孩，做派也是女孩……可谁知道！"他嘴里含混不清地说着，然后扭头对苏菲咧嘴一笑。一股青烟隐秘地从他拐杖里飘出，在空中拼出了——

九点整

苏菲脸都吓绿了。她慢慢地低下头，看见所有人，尤其是阿加莎和女巫们全都目瞪口呆地看着她。

因为她们根本没法想象这个女孩居然能以男孩的身份逃生，而且接下来她还会变成一个男孩。

第十六章
一个易名的男孩

"你不是一直就想这样吗？能拥有更强大的一面来支撑你！"阿加莎一路絮絮叨叨地说着，和苏菲一起滑进了树洞隧道里，"而且还有谁比你更适合这个角色？"

苏菲只是将斗篷拉得更紧了些，冲到前面滑进了白雪皑皑的透明场里。透明场上灯光昏暗，只有两支插在蓝色森林大门上的火把的光芒隐隐映照到这里。她坚持让女巫们今晚都待在塔楼里别出来，光是地精和她最好的朋友看着她变身男孩就足够让她丢脸的了。

尤巴精心选择在夜晚九点整进行变身，是因为这个时间绝大多数女孩不是在洗澡，就是在参加俱乐部活动，要不就是在忙着学习，好为下一场预选赛做准备。而且蝴蝶们此时也都栖息在大厅的橡柱、围栏上昏昏欲睡，除非有特别响的噪声，一般它们都醒不过来。碧翠丝在忙着上流利使用精灵语课程，院长则待在她自己的办公室里，这让他们能有足够的时间去完成计划。至于苏菲反复问的，阿加莎要如何解释她朋友失踪的问题，阿加莎也完全没当回事，因为她就是不知道啊。

"说不定你还会享受成为一个男孩呢。"阿加莎继续嘟嘟囔囔地念叨着，她的松糕鞋踩在雪地上发出嘎吱的声音，"你就把这当成一场化装舞会……或者就当是在表演……"

"唯一不同的是那些观众都想杀死我。"苏菲怒吼道。

说完她听见她朋友松糕鞋的嘎吱声在她身后慢了下来。

"我怎么会让你单独去面对他呢？"阿加莎缩在斗篷里颤抖着低声说道。

苏菲停了下来静静地站着，雪花纷纷扬扬地洒落在她的脖子上，远处英勇塔楼的钟声一声声响起又一声声消逝。"我心里每一件与善良有关的事都是你带给我的，阿加莎。难道不是该轮到我为你做一些善良的事了吗？"

她转过头看着阿加莎，隔着火把光芒照耀下的纷飞雪花，她看到了阿加莎那张别别扭扭微笑着的脸，那样的笑容在她们刚成为朋友的那段时光，她经常都能在阿加莎的脸上看见，那笑容好像在说，对于苏菲想和她一起玩这件事她感到特别惊讶。

"我欠你一个人情，好吗？"阿加莎说，她的眼里闪烁着晶莹的泪光，"就算要我在你的音乐剧里唱歌都行。"

苏菲不禁"扑哧"一声笑了出来。

这时她们俩都注意到，在远处的一个地窝里，尤巴正伸出白色拐杖不耐烦地挥舞着。

阿加莎抓起苏菲的手，拉着她往森林中走去，她一边走一边喋喋不休地说着："听好了，想办法去那座有守卫的塔楼……撰写者被藏在那里面……还要当心一个奇怪的咒语……上次泰德罗斯就是用它来对付我的……"

可这时苏菲已经完全听不到阿加莎的声音了，她只听得见自己的心脏在"怦怦怦"地狂跳，她知道自己逃不掉了。

"一旦苏菲变身就无法中断，计划还有别的什么问题吗？"尤巴看着苏菲走进厨房去倒水喝，赶紧压低了嗓子对阿加莎说道。他的脸此刻又干净了，白天上课时他故意用魔法给自己弄的一脸水疱全都不见了。"这可是她能进入男子学院最可靠的方法。"

"可……可是你确定这样能奏效吗？"阿加莎也轻声对他说，她一下子被尤巴提出的问题给吓坏了，"克罗格会不会认出她是个……"

苏菲倒好了水准备出来，她连忙闭上嘴。

"苏菲，就等你了。"阿加莎着急地喊道，伸出颤抖的手掀开了地窝里一个角落的竹帘，"记住，这个魔法只能持续三天时间。"

"所以给苏菲的时间只能持续到裁决赛开始前。"尤巴说，"苏菲必须在那之前取回笔和故事书。"说着他用拐杖点燃了一团火，整个地窝一下被笼罩在温暖的火光中，"记住，一旦苏菲拿到了撰写者，校长塔楼就会一路追随着她，那时所有的男孩都会知道自己被骗了。阿加莎，你必须时刻准备好，等她一回来你们就立刻许下愿望。这样撰写者就会在你们的故事书上写下'全书终'，然后你们俩就能赶在男孩发起进攻之前顺利离开了。"

阿加莎的喉咙颤抖着说："那苏菲一逃回来就能立刻变回女孩吗？"

"就和她进行了一次末格里变形一样，不会产生任何影响。"

"听见了吧，苏菲？"阿加莎一边说，一边将苏菲的斗篷挂在了门帘的挂钩上，"你会变回来的，不会有任何……"

可是苏菲依然弓着腰待在厨房里，悲伤地凝视着玻璃花瓶上她自己的影子。

阿加莎走到她身后说："我们得赶在宵禁之前把你送过去。"

苏菲最后深深地看了一眼自己的脸，然后挤出一丝笑容大口喘着气从阿加莎身旁经过，朝着门帘走去，一边走还一边自言自语地念着："在过去的戏院里，女孩的角色从来都是由男孩假扮的，不是吗？……乔装打扮的好地方……精湛的表演，甚至……喝彩！太棒了！"

阿加莎摇了摇尤巴，示意他赶紧把药水递给苏菲。

苏菲拿着小玻璃瓶在竹帘后面站了好一会儿。"只是去乔装打扮一下。"她喃喃自语地说着，好像开始对这一切相当有自信了。

"小口小口地喝，"尤巴的声音从另一边传来，"这会让整个过程轻松些。"

苏菲深呼吸一口气，用力拔出了泪滴形玻璃瓶上的软木塞。一股充斥着檀香、麝香和汗水的刺鼻味道瞬间溢出，熏得她几乎睁不开眼。她赶紧把木塞塞了回去，一边咳嗽一边猛烈地喘着气。她远远地拿着玻璃瓶，凝视着瓶子里那氤氲着危险烟雾的紫色药水。这可不是什么乔装打扮。

尤巴的地窝里陷入了一片沉默。

"如果你做不到，那还是我去吧，"阿加莎的声音温柔地说道，"只要你开口。"

这时苏菲想起了去年她的朋友为了她而忍受的一系列折磨——变成鸽子在烈火中飞翔；连着好几个星期变成蟑螂去教她本领；在下水道里冒着生命危险救她；为了她直面凶残的校长……

"我需要的不只是一个朋友了。"阿加莎曾经对她的王子这么说。

苏菲脑海里浮现出阿加莎挽着他的手臂出现在塔楼里的模样，他们如此相爱……苏菲惊恐不已地将这幅画面迅速赶出脑海。这样做能让阿加莎知道，她有多需要苏菲。

这样做能让阿加莎再也不会怀疑她。

苏菲猛地拔出软木塞，一口灌下了所有的药水。一股苦中带着酸涩的滋味瞬间席卷了她，她惊骇地伸出双手抓住自己的喉咙，玻璃瓶应声落地。她听见了阿加莎惊呼着要进来看她，但立刻就被尤巴阻止了，然后他们的声音传到她的耳中全化成了有节奏的低吼，最后都淹没在了她窒息一般的喘息声中。慢慢地，她脸上的皮肤开始一点点绷紧，仿佛一团软面团正依附于她的骨头上准备重新捏出形状一般，她的头发开始变粗，咝咝作响地重新从她的头上长出。

那些带着酸腐味的药水流淌进了她的胸腔，苏菲感觉自己的身体好像变成了一个装满了水泥的气球，一下子膨胀了起来，她的肩膀撑破了校服的边缝露了出来，前臂上的血管青筋毕露；她的双脚也开始撑大变成弓足，大脚趾上还冒出了一些细小的毛发；她的小腿肚子也鼓出来了，硬邦邦的，好像塞了个木瓜在里面似的，这让她瞬间失去了平衡一下跪倒在地。紧接着袭来的是热，地狱一般的灼热，仿佛她每一个毛孔都因为炙烤而喷着烟，燃烧，不停地燃烧，要将她身体里每一寸柔软都烧为灰烬。每一次她都觉得应该结束了，可痛苦却又一次穿透得更深，将她身体的每一个部分全都摧毁，然后重建。直到最后，苏菲只能蜷成一团躺在地板上，祈祷着这一切都是梦，是她躺在空荡荡的墓穴中做的一个梦，醒来时她的母亲会抱着她，为她擦干泪水，告诉她这一切都是个错误。

"苏菲？"

没有人回答。

阿加莎从尤巴的手里挣脱，问道："苏菲，你还好吗？"

还是无人应答，阿加莎担忧地看了尤巴一眼，冲向竹帘。

竹帘后有什么东西动了一下，阿加莎愣住了。

一个用苏菲海蓝色女子斗篷将头一并罩住的身影，慢慢走了出来。

只是这件斗篷已经完全不合身了。

阿加莎的目光慢慢往下挪去，她看到了一对骨节强壮的膝盖，肌肉结实的小腿，毛茸茸的脚踝……还有两只站得不太稳当的大脚。

她屏住呼吸，一点点地朝这个身影走去。她能感觉到尤巴正拉着她的衣角，从她身后探出头来偷看。阿加莎踮起脚慢慢伸手拉下了斗篷上的兜帽。她不禁发出一声惊呼，然后脚下一滑连带着尤巴一同跌倒在了地上。等她再次抬起头来时，她看到苏菲已经抓起了放在桌上的那个玻璃花瓶，浑身瘫软地靠在墙边，看着瓶身上自己的影子恐惧地抽泣起来。

此刻的她已经变身成了一个强壮有力的男孩，国字脸、高颧骨、一字眉，满头蓬松的金色短发，眉毛下面是一双深邃的翡翠色的眼睛。她四肢修长且肌肉结实，一对大耳朵紧贴着侧脸向后伸展，鼻子挺拔而又威严，双颊还长着对儿酒窝，这让她看上去简直就像一个精灵王子。她一双骨节分明、粗壮有力的大手紧抓着那不再合身的斗篷，宽宽的肩膀，细细的腰，透过她脸颊上那层浅浅的金色胡楂儿，还依稀能看到她脸上丝丝的红晕。

苏菲大口地呼着气，那声音听着就像一个被戳破的气球："我……我是个男孩……"

可她的声音竟然听起来一丁点儿都不像个男孩。

"这个魔法唯一的缺点，就是你说话的嗓音还是原来的嗓音。"尤巴叹着气说,"你尽量用腹部呼吸,然后将嗓音放低沉一点儿说话,这样听上去会好一些。"说完他咬着嘴唇,上下打量着她:"可这坚毅的面容……强壮结实的身材……我必须说,你变身得非常成功。那些毛头小子没一个会怀疑你的。"

可苏菲的双眼依然停留在自己的影子上,对尤巴说的话持怀疑态度。她摸着自己的脸庞,看着自己这男性十足的体形。的确,她能感觉出自己好像被套上了一层岩石般的外壳,单看外表她已经变成了一个强硬坚韧的男孩。可在她的内心深处,她依然是一个不愿离开自己朋友、柔弱又胆小的女孩。只要那些男孩凑近一些就肯定会察觉出来,只要他们凑近一些,她等不到天亮就会死的。

她抬头凝视着阿加莎,阿加莎也正盯着花瓶上那张如雕塑般棱角分明的面孔。

"我不得不说,你变成男孩看起来更帅。"阿加莎终于赞叹地说出了这么一句。

苏菲抓起花瓶中的花就朝她扔去,阿加莎赶紧低头躲开。苏菲气得浑身发抖地转过身去。

"我都不知道该怎么做一个男孩。"苏菲说话的声音还是尖声细气的,泪水也不停地淌过她那满是胡楂儿的脸颊,"怎么走路,怎么举手投足我都不知道——"

"苏菲,你赢了那场挑战是有原因的。"阿加莎在她身后说道,"我知道你肯定可以。"

"没你在我身边我做不到。"苏菲尖声说道。

阿加莎把手搭在她朋友的后背上,手指的触感是她不熟悉的肌肉的感觉。"我希望你现在就把自己当成一个男孩。"她平静地说,"做一回男孩,然后我们一起回家。"

苏菲看着自己这异形一般的身体,竭力忍住发抖,点了点头。阿加莎的信念一点点渗透进了她的心里,让她渐渐缓和下来。为了紧紧抓住对方,她们已经经历了太多磨难……可现在只有她才能带领她们走向"全书终"。她的朋友说得对,现在她已经是个男孩了,她必须表现得像个男孩。

她深深地吸了一口气，振作精神转身站到火光下。

"我需要衣服。"她说道，此时她的声音一下低沉了不少。

阿加莎凝视着这位精灵男孩坚毅的面庞，第一次，她觉得自己是在看着一个陌生人。

阿加莎又露出了她曾经那个别扭的笑容，说道："现在，你就差一个名字了。"

仍然只穿着一条小短裤的霍特，正抱着枕头在他臭烘烘的床上翻来覆去地睡不着。而就在房间的另一头，此时正睡着一个鼾声如雷的大块头王子，他那打鼾的声音听起来简直就像只大猩猩。

上个星期实在太惨了。随着裁决赛的临近和老师们的接手，所有的人都在宣称：只要男孩赢了，学院就能恢复成以前的善恶魔法学院了。不过对于霍特来说这些都无所谓。明天就是预选赛正式开始的第一天，可他知道自己能够入选的机会微乎其微。他不光没拿到自己的新校服，那些新进来的王子还都管他叫疣子，其中几个大个子还经常偷吃他午餐盒里的食物，而且多特也不在这儿，他连个谈心的人都没有。

他为什么会来到这个可怕的地方？当初校长是看中了他什么？他就是个糟糕的恶人，更是个糟糕的儿子。

霍特揉了揉眼睛，他想着自己父亲的尸体到现在还被随意摆放在善恶花园里，在他前面排队等着下葬的尸体队伍足足有一英里长。霍特根本没钱买棺材，只能任由他父亲的尸体暴露在秃鹫的盘旋之下，并且还得等上好几年，守墓人才能让他入土为安。

霍特难受得咬紧了牙。如果他能在裁决赛中获胜，他就能用赏金给父亲买一具全森林里最气派的棺材了。如果他能在裁决赛中获胜，那他就能去报复那个伤了他心的女孩了。这样就再也不会有人去质疑他是否心软了……

一声刺耳的鼾声打断了他的幻想，霍特翻身将枕头严严实实地压在自己的脑袋上，他真想把自己闷死算了。根本就不会有什么赏金，也不会有什么复仇的。因为此刻正在另一张床上呼呼大睡的那个汗毛浓密的大块头王子，肯定会如愿加入裁决赛队伍的，而他这个骨瘦如柴的废物想都别想。

"真希望我能有一个朋友。"霍特祈祷着。一个能让他觉得自己不是只能做个失败者的朋友。他抽泣着弯下膝盖跪到窗边,将被子拉过头顶。

霍特一下子跳起来,睁大了眼睛望着窗外。

在男子湖岸边躺着一个人,他破破烂烂的湿衣服上印着一道道血迹。月光透过云层洒向湖岸,映照在那个男孩苍白的手臂上,一瞬间,霍特看到他的手指抽搐了一下。

目瞪口呆的霍特一下子掀开被子,从床上冲下来。

救人一命可是交朋友最好的方法。

"你叫什么名字?"一个熟悉的声音粗声粗气地问。

苏菲眨巴着眼睛勉强睁开,她发现自己结实的腹部正紧贴着地板,粗壮有力的双手被铐着。她浑身新长出来的肌肉此时变得酸痛无比,而且眼前还有一片模糊不清的薄雾彻底遮蔽了她的视线。她几乎想不起来自己是怎么过来的了——她脑海里只残存着一些闪回的画面,她把尤巴的破桌布改成了一件大到能遮住她新身体的束腰袍。"我这个肩膀简直厚得像头大象。"她大声抱怨着,然后吃力又笨拙地跟着阿加莎和尤巴来到了女子湖岸边。"为什么一切都变得这么僵硬了!"接着她非常戏剧化地与他们道别:"永别了,尊严!永别了,女人味!"之后就被尤巴用一个昏迷咒给击晕了。

当尤巴和阿加莎在讨论计划时,她一直装作没听见——尤巴和她最好的朋友计划着,让她的身体顺着女子湖的水流漂过满是克罗格的红色护城河,最后漂到男子学院的湖岸。尤巴向阿加莎保证,克罗格是绝对不会碰男孩一根毫毛的,不过他们俩倒是都觉得,如果苏菲不用醒着去经历这些应该更明智些。当然,苏菲也没有什么理由去争辩。此刻她低头看了看束腰袍上锯齿状的牙印和滴落的血迹,对于自己在成为男孩的最初几个小时里一直处于昏迷状态,简直感激涕零。

"你叫什么名字?"

苏菲慢慢抬起头,看见了站在一帮男教师前面的卡斯特。所有的男教师都穿着红黑相间的长袍,虎视眈眈地盯着眼前这个陌生的男孩。

苏菲跟跟跄跄地跪起身来,心如擂鼓。不过让她惊讶的并不仅仅是老师们回归这一件事。

她眼前的男子学院已经彻底被整顿一新了。之前猴子称大王时的混乱已不复存在,不再有男孩在橡柱上荡来荡去,门上的涂鸦和扑鼻而来的恶臭也全都消失不见了。邪恶大厅被重新粉刷上了鲜红色,猩红色的蛇形徽章装点着各个墙面。前厅的三座楼梯也被重新漆成了黑色,蜿蜒而上的楼梯扶手则被漆成了红色,远远看去就像是一条条红肚子的蛇。两百名男孩分别站在各座楼梯上,冷眼俯视着这位躺在地上的新人——人群里包括几十名她熟悉的永生者和永灭者男孩,以及好些已经梳洗、修整干净的英俊王子,他们同样穿着干净的红黑相间的皮革制服。

苏菲嘴里一阵干涩。她一直的梦想不就是有一天自己能够身在一座满是帅气王子的城堡里吗?

她真该做梦做得具体一点儿。

"你的名字,男孩。"卡斯特伸出爪子掐住她的喉咙咆哮道。

阿加莎一直觉得她想用的那个名字太可怕了,因为她想叫的那个名字,是她父亲一直想给自己儿子取的名字。那个还未出生,父亲就爱他远胜过爱她的男孩。

但是苏菲拒绝用别的名字。

"菲利普。"被卡斯特掐住脖子的她尖声说道。

一旦大声说出这个名字,就仿佛她内心深处的某种东西被激发出来了似的。她抬起头来看着卡斯特,目光坚毅了许多。

"我是来自霍诺拉山脉的菲利普。"她用低沉而有力的声音重复了一遍,"一个可怕的女巫让我失去了自己的王国。我是为了赏金而来的。"

所有男孩都望着这位精灵王子,低语声此起彼伏。

"那是一个永生者王国吗?"她听见曼利低声问埃斯帕达。

"我相信是的,应该就是处女山谷的一块属地。"埃斯帕达说这话时,两撇小胡子抖个不停。

"那你是怎么来到这儿的,霍诺拉山脉的菲利普?"卡斯特粗声问道,同时松开了她脖子上的手。

"从一个屏障的裂缝里进来的。"苏菲说。

"不可能。"一个声音从高处传来。

苏菲抬头看见在恶意楼梯栏杆前,森然站立于一群男孩之中的艾瑞克和他的红兜帽部下。他们腰间缠着皮鞭,衬衫外面还套着一件军装夹克,别的男孩看上去比之前更加害怕他们了。很显然,老师们已经找到能替代去年狼卫的人选了。

"我是唯一能够打破莱索夫人屏障的人。"艾瑞克睨视着这个男孩,冷冷地说,"我让王子们进来后,就已重新将屏障牢牢封好了。"

苏菲迎上他那双紫色的眼睛,说道:"那或许你应该办事办得更牢靠些。"

楼梯上的观众们一下子全愣住了。艾瑞克和他的部下恶狠狠地盯着这个新来的男孩,比他们矮小,没他们壮实,却敢当着全校师生的面挑战他们。

不过卡斯特却幸灾乐祸地笑看着这位陌生人,一副很感兴趣的模样说道:"欢迎来到男子学院,菲利普。"

苏菲终于松了一口气。这时她看见艾瑞克注视着她的目光更加冷酷了。

"再过三个晚上,我们就将与女子学院展开一场裁决赛了。这场裁决赛可以说非常可笑,因为那些女孩全都威胁着要将我们所有人变成奴隶。"这只大狗抬头望着楼梯上的男孩们,大声宣布道,"赢了,我们就能彻底摆脱掉两个毁坏了善恶平衡的读者。赢了,我们的学院就能回归原样。"

男孩们爆发出了怒吼般的欢呼声。苏菲咽下一口唾沫,也竭力装出了一副对处死自己很感兴趣的模样。

"在接下来的三天时间里,我们将通过裁决赛预选赛来决定最终哪些人会去与女子学院对战。"这只狗继续说道,"在预选赛中排名前九的男孩将组成一队,队伍的第十名成员将由排名第一的队长来挑选。这样做,是为了激励你们建立永生者与永灭者之间的联盟,而多去与新加入的王子们交朋友。"

此时新旧成员之间全在谨慎地相互打量着,盘算着谁能进入这场对战。

"另外,为了进一步激励大家,"卡斯特说,"一天的挑战结束后,当日排名最高者将有幸整晚守卫校长塔楼。"

楼梯上的男孩们立刻牢骚声四起,这听起来似乎不算什么幸运嘛。可苏菲却高兴得根本没在意这些。就在刚刚,这只狗无意中拯救了她和阿加莎的命。只要她今天能赢了挑战,今晚她就有机会去偷撰写者了!那么明天一大早她就能和阿加莎一起回家了!

"卡斯特,没有多余的寝室给菲利普了。"那只戴眼镜的啄木鸟阿尔伯马尔翻看着记录本说道,"整所学院都住满了。"

卡斯特看了看蹲在地上的这位新成员,说道:"让他去和那个小畜生住吧。"

苏菲脸上的笑容消失了。阿尔伯马尔立刻尽职地在羊皮纸上啄下名字,楼上的男孩们发出了一阵阵偷笑,连艾瑞克此时也咧着嘴冷笑地看着她。

小畜生?苏菲紧张地想道,谁是小畜生啊?

卡斯特解开了她的手铐,说道:"上课之前赶紧去收拾一下吧,孩子。有没有人想带小菲利普去他的寝室看看啊?"

一阵慌乱沉重的"咚咚咚"的脚步声从楼上传来,苏菲眯着眼睛看见穿着大了两码校服的霍特,像个傻瓜一样跌跌撞撞地从男孩群里冲了出来。"我来!菲利普,我来!"说着他就从阿尔伯马尔的喙里一把夺过了课程表,然后拽起这位新来的男孩。

"我叫霍特,就是我救了你的命。虽然你是个永生者,但我们还是能做最好的朋友的。"他一边滔滔不绝地说着,一边将课程表塞给了这位新成员,"我会跟你解释所有的课程、规则,午餐时你还能坐我旁边,而且……"

但是苏菲根本没空听他唠叨,她的注意力完全被羊皮纸上方那一行刚啄出来的确凿无误的字吸引了。

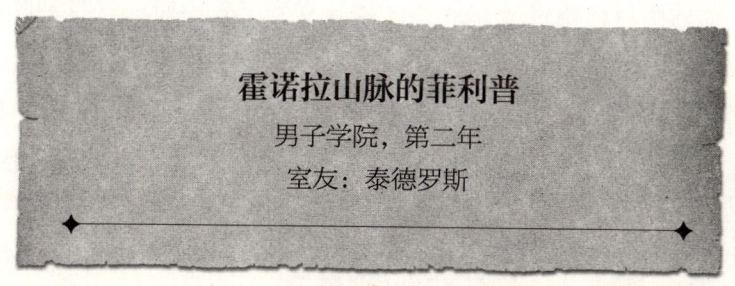

霍诺拉山脉的菲利普
男子学院,第二年
室友:泰德罗斯

这下她知道小畜生是谁了。

第十七章
两所学院，两个任务

"阿加莎？"

阿加莎的眼皮动了动，几片雪花融化在她的眼睑上。

"快醒醒，阿加莎。"

阿加莎迷迷糊糊地睁开双眼，看见胡子刮得干干净净的泰德罗斯，正身穿永生者男孩的蓝色校服蹲在她的床边，他的头发上落满了雪花。他温柔地将她的头发撩到后面，轻声对她说道："跟我走，阿加莎。不然来不及了。"

她看着依偎在她身旁的泰德罗斯，他的双眼那么温柔纯真，一如从前……他的嘴唇向她慢慢靠近……她感受到了他温暖的气息和阵阵甜蜜……

阿加莎猛然惊醒过来，紧抓着枕头的她已是浑身大汗。

有一瞬间，她还在想为什么镰刀没像平常那样蜷缩在她身边，但接下

来，最近发生的一切立刻像潮水一样涌入了她的脑海。阿加莎翻身坐起，看着清晨的冷风正裹挟着雪花从窗口呼呼地灌进来，掠过了两张带着顶棚的空床位，吹到了她的身上。看着苏菲那张整理得一丝不苟的床位上飘落着片片雪花，阿加莎难过得几乎无法呼吸。她最好的朋友为了能让她们平安回家，正冒着生命危险变身成男孩身处敌营之中，而她竟然还梦见了……梦见了……

阿加莎深吸一口气爬下了床，她得赶紧将这些念头从脑子里赶出去。这没什么，不过就是些陈年旧事罢了，是一个残念，是一个很快就能被纠正的错误许愿带来的幻影而已。现在最重要的是苏菲。

她着急地看向时钟，这时钟面上的指针刚过七点三十分。还有十五个小时，她才能知道苏菲是否安全……整整五万四千秒。她们之前约好的，日落时分在各自的窗前通过悬挂灯笼来进行交流：绿色灯笼代表平安顺利，红色灯笼则代表处境危险。而在这之前，阿加莎唯一知道的，是她最好的朋友从一个满怀希望的公主变成了一个不折不扣的王子，并且在失去意识的状况下被霍特拖入了男子学院之中。

阿加莎胡乱地在房间里走来走去，随手抓起一件校服穿上，心里仍然对刚才的梦境感到一丝慌乱。昨晚摆脱碧翠丝还挺容易的——用甜菜根汁往脸上涂一大块，然后在宵禁检查时故意咳嗽几声，再有意无意地提了提关于尤巴的传染病，她的室友就立马拖着箱子搬去了莉娜的房间。可这也没法一劳永逸，过不了多久就会有人来检查她和苏菲的。

阿加莎笨手笨脚地把脚塞进松糕鞋里朝门口走去。她得去找达维教授坦白这一切。毕竟达维是个声名远扬的仙女教母，以擅长帮人解决问题而闻名！可她们要在哪儿碰面才不会被监听呢？院长的密探一刻不停地跟着她的老师，而之前所有她们认为最佳的地点，现在都被一一证实并不可靠——盥洗室、晚餐厅、萨德办公室。要是有一个地方，即使蝴蝶找得到也听不见该多好啊……阿加莎静静地等待着，期待她的脑子能灵光一现想出个办法来，带她走出困境……

她一筹莫展地瘫倒在碧翠丝的床上，沮丧地用她的松糕鞋狠狠地踢着床腿——

她的脚后跟撞到了什么湿漉漉的东西。

她低头一看，床围下面积了一小摊水，好像有什么东西在后面挡住了飘落的雪花。她趴在床边伸手向床垫下面摸去，摸到了一大块厚厚的像橡皮一样的东西。阿加莎慢慢将那东西往外拉，拉出来一团衣服，展开一看竟是一件红黑相间的皮革校服，校服里还包着一件轻薄的蛇皮斗篷。

阿加莎举起这件沾满了血迹和污渍的校服。为什么碧翠丝会私藏一件男孩的校服呢？是她在蓝色森林里某个地方找到的吗？为什么从未听她提起过呢？阿加莎的手指轻轻拂过斗篷上闪着幽光的黑色鳞片。去年她就曾学过，一直以来人们使用蛇皮斗篷的目的只有一个：隐身。可是碧翠丝为什么会想要在自己的学院里隐身呢？

一股浓郁的薰衣草香从斗篷里飘出来，惹得阿加莎打了一个喷嚏。看来碧翠丝或许已经放弃了她的公主发型，但她肯定还是借用过苏菲的香水。

阿加莎将这包衣服推回床底，发现碧翠丝的这些怪癖对她现在的困境毫无帮助。她和苏菲现在需要的是老师的帮助。

一道轻微的摩擦声在她身后响起。阿加莎扭头看见一个信封从门下偷偷塞了进来。她将信封捡起，只见信封正面印着达维教授的南瓜封印，她立刻撕开信封取出来一张小小的羊皮纸卡片。

立刻来下水道

这就是那个无法被窃听的地方。

阿加莎立刻明白了，自己已无须坦白她和苏菲都干了些什么。

她的仙女教母早就知道了。

"尤巴已经把所有的事都告诉我们了。"达维教授说道。她和莱索夫人此时一同挤在那个阴暗潮湿、水气弥漫的下水道隧道中，身边湖水流过时发出的巨大轰鸣声很好地掩盖住了她的声音。"我们对这样一个荒唐、愚蠢并且不会有任何用处的计划，感到无比震惊、反感至极并且难以置信——"

阿加莎满脸通红地垂下头看着地面，根本不敢抬起头来。

"不过也相当了不起。"

阿加莎愣住了,她抬起头呆呆地看着面前两位面带微笑的老师,问道:"什么?"

"不管是什么事,只要能好好折磨一下那位爱臭美的蠢货,都能在我这儿赢得一枚金星。"莱索夫人慢悠悠地说道。

达维教授没接她同事的话茬儿,对阿加莎说道:"阿加莎,你本可以牺牲你的朋友,选择和你的王子永远留在这儿的。你本可以亲吻泰德罗斯,以保全你自己的性命的。但是你却选择去保护苏菲免遭他的伤害,即使你已经知道她开始显露征兆了。"她说,"只有当你和苏菲写下'全书终'时,泰德罗斯才会明白你对他是无害的。只有这样泰德罗斯才会明白,他本该相信你的。"

阿加莎感觉自己梦境里的片段好像又回来了,她心里一阵慌张,赶紧将这些念头赶了出去。

"王子如此屈辱的教训很快就会传向四面八方。"达维教授继续说道,"莱索夫人和我都相信,这会是一个足以让男女之间重归于好的教训。毕竟这才是你们故事的正确结局。现在我们只需要等着苏菲将笔拿回来,你们俩就能写下结局了。"

阿加莎松了一口气,飞快地点了点头,不过她却想起了一个更严重的问题:"可我们该怎么隐瞒苏菲不在的这件事呢?"

"尤巴是个非常优秀的老师,他不会让这一切被人怀疑的。"达维教授说着往后瞄了一眼隧道,"他知道你们俩都是板上钉钉要加入裁决赛队伍的人,所以他以海尔格的身份向院长递交了一封信,请求在接下来的三天时间里单独在蓝色森林里培训你们,并且他还向她保证这样做一定会增加你们战胜男孩的概率。"

阿加莎眼睛瞪得大大地说:"然后呢?"

"难得的是她竟然同意了,并且批准你们一直备战到裁决赛前夜。所以今天上午她应该会认为你们俩都是和海尔格待在一起的。"

"这下一切都解决了。"阿加莎如释重负地说。

"还没呢。"莱索夫人厉声说道,下水道里汹涌奔流的污水不时飞溅到她的长袍上,"还有个问题,苏菲那些征兆怎么会无端地就消失了?"

"她说那些征兆都是之前被人施魔法给变出来的。"阿加莎忙辩解道。

"哦,是吗?"莱索夫人说,"可女巫的征兆是没法被变出来的,除非这人的魔法比我们的还要强大与可怕。现在看来,只有两种可能性。要么是苏菲谎称原谅了你对泰德罗斯许愿这件事,而你呢,却实实在在地将一个致命的女巫送到了你的王子身边。"

"不可能。"阿加莎斩钉截铁地说,"苏菲现在是善良的,我很清楚。"

"你确定她是善良的吗,阿加莎?"达维教授与她的同事交换了一下眼神,问道,"这可是至关重要的一个问题。"

"她为了能让我们回家都愿意变成男孩了,"阿加莎立刻回答道,"我当然百分之百地确定。"

"既然这样,那么征兆就应该是被一种强大的魔力给变出来的。"达维教授说,"这种力量不偏不倚正好出现在了苏菲所有征兆会出现的地方。这种力量,在你们刚到的那天,我和莱索夫人就警告过你们。"

阿加莎听见她带着责备说出了答案。"萨德院长?"她大惊失色地说道,"不可能!她一直都希望我们做朋友……"

"伊芙琳是个危险的女人,阿加莎。"莱索夫人紧张地说,她的言语之间又流露出了阿加莎曾经见过的那种奇怪的恐惧感,"如果真是她将苏菲的征兆变出来的,那么你就不该有任何理由相信她会希望你和苏菲做朋友。"

阿加莎目瞪口呆地看着她:"可是她从来都不希望我认为苏菲是个女巫……"

"你对伊芙琳·萨德以及她有什么能力,完全一无所知。"莱索夫人驳斥道,这时她的双眼竟然一下变得湿润了。

"什么?你怎么……"

"因为十年前我和克拉丽莎是亲眼看着伊芙琳被赶出学院的!"莱索夫人涨红了脸怒斥道,"就是从这所如今被她一手控制的学院里给赶出去的。"

阿加莎瞠目结舌地看着她,整个人完全傻了。

"谁在那儿?"一个声音从她们身后传来。她们立即转身,隔着水气只见一个身影正慢慢地走下隧道,朝着她们走来。

达维教授浑身僵硬地看着，突然一把抓住了阿加莎的肩膀。"被学院赶出去的人是绝不可能再回来的！可是阿加莎，因为你和苏菲的童话故事导致她不知怎的又回来了，就像一年前的校长那样。而且，如果是她把苏菲那些征兆变出来的，那么她肯定已经对结局有了自己的谋划。"

阿加莎摇头说："可苏菲很快就能拿到撰写者……"

"你觉得伊芙琳就没想到这个吗？"莱索夫人压低声音说，"伊芙琳总是能领先一步，阿加莎！在接下来的三天里，她会以为你一直都待在蓝色森林里。那你正好趁此机会悄悄跟踪她，一直到苏菲回来。你必须搞清楚为什么她要把苏菲的征兆变出来！我和克拉丽莎在这件事上都失败了，但是你必须成功。把时间用在该用的事情上，懂吗？这是能够确保你和苏菲活着逃出去的唯一方法！去吧！"

阿加莎几乎说不出话来："我不……我不太明白……"

但这时达维教授和莱索夫人已经作势要离开了，达维教授用命令的口吻说了一句："我们不能再见面了。"

"我说了，谁在那儿？"那个声音大吼道。

阿加莎转头看见那个身影已经走出了迷雾。她赶紧扭头说："那我该——"

可是达维教授和莱索夫人已经离开了。

几秒之后，当波鲁克斯赶到时，它只看到了一个空无一人的下水道堤岸，然后就气呼呼地爬上楼梯回去了。它忘记去检查下水道里面了，而就在那儿，正躲着一个惊恐万分的女孩，她紧贴着暗河河岸，奔腾的河水都快没到她的脖子处了，她真希望自己能立刻去和她最好的朋友说说这一切。

"真没想到我会和一位王子成为最好的朋友。"霍特喋喋不休的声音迅速在邪恶下水道里传开。

"我们要去哪儿？你不是说要带我去我的房间吗？"苏菲说，红色淤泥翻滚的下水道隧道里回响起了她充满紧张的声音。她身穿一件无袖的红黑相间的皮制校服，步履蹒跚地跟着他走在一条狭长的小路上。她还是没习惯自己这一身额外的重量，时不时地就会将厚重的宽肩膀撞到墙上。透过泛着荧光的淤泥,她正好瞥见了自己蓬松的金发、轮廓分明的下颌以及青筋毕露的肱二头肌,她吓得赶紧将视线移开。

"本来我还想着咱们俩能做室友呢,可他们已经安排了一位来自金妮磨坊的王子和我住一屋。"霍特说着,回头偷偷瞄了一眼这位新来的男孩,"老师们都回归了,学院现在又变得规矩很多了。你要是问我的话,我觉得和艾瑞克以及他的部下比起来,去年的狼卫简直可以称得上可爱了。不过也别太担心,我会让我最好的朋友远离麻烦的。"

苏菲皱了皱眉。为什么即使她都变成男孩了,还是没办法摆脱这只啮齿动物呢?这时她看见远处的下水道中点了,如今淤泥与湖水的分界线已被一块巨大的岩石给封了起来。"可我还是不太明白。为什么我们要下来……"

"它到底在哪儿?"曼利的声音越过翻腾的红色黏液在前方响起。

"我都带你去看过我之前埋它的地方了。"泰德罗斯的声音坚称。

"可它根本就不在那儿。你要是还坚持撒谎,你会被继续禁食的。"

"是那两个女孩!她们现在就藏身在这座塔楼中!"

"所以你认为,如果有女孩混进了我们的塔楼我们会不知道?"曼利嘲讽的声音响起,"那支笔现在肯定还在校长塔楼里的某个地方,否则校长塔楼一定会跟着它一起移动的。现在,告诉我你究竟把它藏到哪儿了,否则我就把你父亲的宝剑熔了去给厕所镀金。"

"我都跟你说了!它就埋在那张桌子下面!"

苏菲的心跳好像一下停止了,她想:撰写者……不见了?那我和阿加莎现在还怎么写"全书终"?

她惊慌失措地想着,这一下将每日挑战放在第一位变得比之前更为重要了,如果那支笔还藏在那座塔楼里,她还需要花时间去找。

她的胃里一阵抽搐,继续沿着下水道的墙面七弯八拐地走着,最后来到了一排生锈的围栏前,围栏后面是一间漆黑的地牢。在地牢的角落里,曼利的秃头和他圆圆的阴影正好遮住了他面前的那个人。

"求你了,教授,你一定得让我去参加裁决赛。"泰德罗斯的声音里满是乞求,"我是唯一能够打败那些女孩的人!"

"可如果我们还是找不到笔的话,那么裁决赛来临之前你就已经饿死了。"曼利说着，转身朝地牢大门走去。

他看见这位新来的男孩正隔着围栏两眼直勾勾地望着他。"男人都不喜欢谎言，菲利普。泰德罗斯曾经对男孩们承诺他会去吻阿加莎，承诺他能够将善恶魔法学院恢复原样。可他们得到了什么呢？竟然是一个成为奴隶的机会。难怪现在所有的男孩都那么憎恶他。"曼利冷笑着拉开了门，然后将这个新来的男孩推进牢房中就转身离开了，"菲利普，今天整所学院都会帮着你。好好教训一下这个自以为是的人吧。"

苏菲连忙转身："等……等等……"

霍特"砰"的一声关上了地牢大门："我们课上见，菲利普！"

"霍特！这儿不可能是我的房间！"苏菲紧抓着围栏大叫道。

可这个黄鼠狼男孩已经冲到了曼利后面，兴奋地唠叨着："教授，他肯定能把泰德罗斯打得落花流水。你等着瞧吧……"

苏菲慢慢转过头看向这间只亮着一根蜡烛的腐烂破败的地牢。牢房里有两张金属床，床上既没有床垫也没有枕头，金属床上方的墙面上悬挂着一个个铁笼子，每个笼子里都装着一堆让人毛骨悚然的刑具。她看到这一幕后简直无法呼吸，她又想起了一年前在这儿和野兽发生的事。就是这个地方将她彻底变成了邪恶的，就是这个地方让她失控。苏菲胆战心惊地看向别处——

角落里正睁着两只布满了血丝的眼睛。

苏菲吓得猛地后退。

"是真的吗？"黑暗中传来泰德罗斯的声音。

"什么？"苏菲压低了嗓音轻声说道。

"在预选赛中表现最差的，将每晚受到惩罚。"

"那只狗的确是这么说的。"

泰德罗斯慢慢从阴影中走出来。他看上去至少瘦了二十磅，校服污浊不堪，蓝色的眼睛里充满了怒火。

"既然这样，那我们就没法做朋友了，对吗？"

说完他咬着牙缓缓朝苏菲走去，苏菲不禁连连后退。

"我必须去参加裁决赛，你听到了吗，小子？"他恶狠狠地冷笑着说道，唾沫飞溅。"那两个女孩把我在这个世上仅有的一切都夺走了。我的朋友，我的名誉，我的荣耀……"他掐住这个新来的男孩的脖子，将他顶到了围栏前，"我不会让你，不会让任何人夺走我打败她们的机会的。"

苏菲被他掐得几乎窒息，她赶紧举起双手投降。她得从这儿逃出去！她得从这具躯壳里逃出去！她绝不能一直当个男孩。

但是刹那间，一股陌生的愤怒感从她的血液中涌出，瞬间赶走了之前的恐惧。她的头脑此刻出奇地清晰，仿佛有一个十字准心在里面帮她瞄准了这个正按着她的男孩……就是这个男孩夺走了她的公主梦……就是这个男孩差点儿夺走了她唯一的朋友……这个男孩现在还想夺走她和她朋友的性命。一股奇异的力量伴随着来自荷尔蒙的暴怒从她陌生的肌肉里爆发出来，她还没来得及反应，已经咆哮着将这个王子推开了。

"你还真是个恶霸呢，不是吗？就因为某人的公主最后选了个女孩。"她怒吼着，自己都被自己声音里的凶狠给吓了一跳。

泰德罗斯也惊呆了，他松开了手，目瞪口呆地看着这位抓着他衣领的男孩。"我明白她为什么会选择苏菲了。"这位陌生人对着他怒斥道，"因为苏菲给了她友谊、忠诚、牺牲还有爱——所有这一切都来自善良的力量。而你给了她什么？你不仅软弱、无能、幼稚，还无趣。你所拥有的不过是一张漂亮的脸蛋而已。"这位男孩把王子拽到了自己面前，距离近得彼此的鼻子都快碰到一起了，然后说道："现在我看见这张脸的后面都是些什么了。"

泰德罗斯涨红了脸说："我只看见一个头发蓬乱、发育过度的精灵，他对我根本一无所知……"

"那你知道我又看见什么了吗？"陌生人翡翠般的眼睛刺进了他的双眼，说道，"一片空洞，虚有其表。"

泰德罗斯脸上露出了想要打架的神情。这一瞬间，他看上去就像个不成熟的小男孩一样。

"你……你是谁？"他结结巴巴地说。

"你叫我菲利普吧。"苏菲面若冰霜地说着，放开了他。

泰德罗斯立即转过身去大口喘气。借着金属床的折射，苏菲看见了他一脸的恐惧，不禁咧开嘴笑了。

突然之间，她竟然有点儿喜欢上当男孩了。

门口响起了叮叮当当的钥匙声。两个男孩转头看见艾瑞克的红兜帽部下打开了地牢的大门。

"到时间上课了。"他粗声粗气地吼了一句。

苏菲别别扭扭、步态相当奇怪地跟上一群身着校服的男孩朝邪恶教室走去。和两百个男孩一起竞争,成为当日的第一名。她和撰写者之间隔着整整两百个男孩,胜算可谓相当不大。

她擦了擦两个腋窝里淌下的汗水,这副新身体那么爱流汗真是太让人恼火了。要是早知道当个男孩会热得这么难以忍受,她一定会备上一把扇子或者一大罐凉水的。这时她的肚子还咕噜咕噜地叫起来了,她的脑子抑制不住地想着午餐。要给这副体形的男孩们准备午餐,种类肯定得非常丰富吧:烤火鸡腿、烟熏五花肉、浓油赤酱的火腿肉、一分熟的牛排……她仿佛都能尝到那嫩得流油的牛腩了,馋得她口水直流。

苏菲突然惊得脸色发白,赶紧抹掉口水。从什么时候开始她竟然会想吃肉了!从什么时候开始她竟然会惦记食物了!她慌慌张张地撞到拉文身上。"走路而已,这不难吧。"他不耐烦地大吼一声,然后一把推开了她。

苏菲一直低垂着双眼,蓬松的头发随意地搭在眼前。这副身体里好像没什么东西会弯曲……硬邦邦的她活像一具牵绳被拉得过紧的牵线木偶。她看了看走在前面趾高气扬得像一匹牡马似的艾瑞克,尽力地模仿起他来。

苏菲回头瞄了一眼落在人群最后的泰德罗斯,他形单影只地走着,根本没有一个人愿意和他做朋友。曼利说,这是因为他擅自用大家的自由做赌注发起了裁决赛……可苏菲总觉得除此之外一定还有些别的原因。男孩们就是喜欢亲手毁掉他们自己构建的一切,海滩上的沙堡也好,王子也好。在过去的两年间,泰德罗斯太顺风顺水了,他不仅富有,还相当受欢迎,他英俊得几乎不合情理,而且有能力当上永生者级长,他几乎是所有男孩梦想成为的样子。如今曼利因为撰写者的遗失而惩罚他,男孩们全都乐于沉浸在他个人形象的轰然坍塌中,如今的他仿佛一头虚弱的狮子被扔在了鬣狗群中。苏菲看着他被露台灌入的冷风吹得微微发抖的模样和因为禁食而被折磨得日渐消瘦的身体,一丁点儿怜悯之心都没有。

"菲利普！菲利普，你忘了你的课程表了！"霍特冲过来，塞给她一张皱巴巴的羊皮纸，"咱俩一整天的课都在一起上……"

苏菲吹了吹耷拉在她眼角的头发，低头看到：

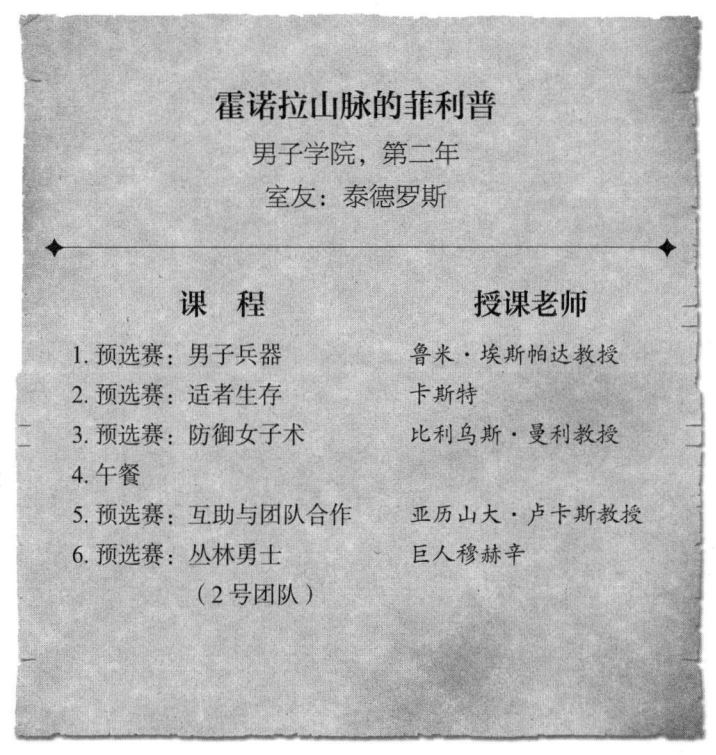

霍诺拉山脉的菲利普
男子学院，第二年
室友：泰德罗斯

课　程	授课老师
1. 预选赛：男子兵器	鲁米·埃斯帕达教授
2. 预选赛：适者生存	卡斯特
3. 预选赛：防御女子术	比利乌斯·曼利教授
4. 午餐	
5. 预选赛：互助与团队合作	亚历山大·卢卡斯教授
6. 预选赛：丛林勇士（2号团队）	巨人穆赫辛

"至于预选赛剩下的那些事项，什么训练、讲座还有阅读，他们都帮我们准备好了，接下来你只需要运气好一点儿就行了。"霍特说着狡黠地眨了眨眼，"另外，你怎么走路老是跌跌撞撞的啊，看上去就像你以前一直都是穿着高跟鞋在走路似的。"

苏菲惊出一身冷汗，她一直都学不会像个男孩一样走路，而现在她却不得不像个战士一样在比赛中击败这所学院的人。

十分钟后，埃斯帕达教授和他课上的四十名男生站到了邪恶大厅里。在他面前摆放着一张长桌，桌面上盖着一张黑色的布。

"我们已经通知女子学院的萨德院长了，裁决赛的规则将延续以往童话裁决赛的传统。"他说道。他那梳得光滑平整的头发就和他的小翘胡子一样黑。他那淡然而自以为是的笑容让苏菲想起了三个长老中最年轻的那一个——那个用她的血在她身上写下字迹的人。

"日落时分,将有十名女孩与十名男孩一同进入蓝色森林。两支队伍不仅要抵御来自对方的攻击,还要防范老师们设下的陷阱。第二天日出时分,拥有较多队员留在森林中的那一方获胜。如果男孩赢了,苏菲和阿加莎将被公开处决,学院也将变回善恶魔法学院。如果女孩赢了,我们整所学院将向她们投降,并成为她们的奴隶。"

话音刚落,男孩们一时议论纷纷,苏菲觉得自己宽厚的背上已满是汗水。

"按照惯例,每一名参赛者都会获得一面投降旗。"埃斯帕达教授继续说道,"一旦你发现自己有生命危险,将这面旗扔到地上,你立刻就会安然无恙地被救离蓝色森林。同时出于自卫的需求,每名参赛者可在裁决赛中使用一件武器。今天的挑战就是测试一件最常用的……"

说着他拉下了盖在桌上的布,一排排不同尺寸的长剑和匕首露了出来,而且每一把武器看上去都比训练时使用的兵器要锋利得多。

"在过去几年的裁决赛里,所有的刀剑都没有开刃。不过考虑到今年的利害关系,我们就不必这么以礼相待了。"埃斯帕达说着,两只机警的小眼珠闪着精光,"宝剑的锋芒来源于敏捷与力量,你们必须将这两者有效结合,方能相得益彰。只要将你的剑对准女孩的心脏刺去,她立刻就会弃旗投降的。"

这时他举起了一红一白两块头巾作为旗帜,说道:"现在,就让我们来看看谁先扔掉自己的那面旗吧。"

苏菲忐忑不安地看着。她这辈子可从没拿过剑啊。

在埃斯帕达教授的点名下,一对对男孩全都刀锋相对上场比试起来。永生者男孩和新来的王子都是经过严格的剑术训练的,而永灭者男孩则都被训练成了完全不顾忌竞技精神,只需获胜就行的无赖。于是这场决斗显得格外激烈:查迪克用剑顶住了霍特的喉咙;拉文靠着用膝盖顶向一位阿文利王子的下腹获胜;而艾瑞克只是瞪了维克斯一眼就赢得了挑战……

"泰德罗斯和菲利普。接下来轮到你们上场。"埃斯帕达宣布道。

苏菲慢慢抬起头,看见泰德罗斯正对她怒目而视,两只眼睛炯炯有神。

他没有忘记之前她在地牢里对他说过的话。

"菲——利——普,菲——利——普,菲——利——普。"男孩们粗声粗气地齐声高喊着,这时埃斯帕达将投降旗递给两个男孩,说道:"选一下你们的武器。"

汗水模糊了苏菲的双眼,她伸出一双颤抖的大手从桌上拿起了一块又长又薄的金属片。

霍特用手肘推了她一下:"那个是磨刀器,你这个笨蛋!"

苏菲立刻换成了它旁边的短刀,转身对准了泰德罗斯,可这时王子已经看出了她的破绽。泰德罗斯高举他巨大的宝剑,咬牙切齿,鼻孔微张,蓄势待发。

"预备——开始!"埃斯帕达大喊一声。

"啊啊啊!"泰德罗斯怒吼一声,然后像一头公牛似的冲向了菲利普。

苏菲这会儿连她的男性身体都操控不好,更别说操控一把剑了。她立刻转身紧贴着墙壁,开始找她的投降旗。她一边伸出那又长又粗的手指探进兜里不停地翻找,一边失神地抬头望去。泰德罗斯高举着利刃大吼着朝她跑来。苏菲大叫一声,终于从兜里掏出了头巾准备扔出去。

泰德罗斯突然被绊倒,扑通一声摔倒在了她的脚边。

苏菲顿时傻眼了,她看看他,又抬头看了看正在一旁得意扬扬窃笑的霍特,他的脚还伸在泰德罗斯刚刚经过的地方。

泰德罗斯伸手想去抓自己的剑,不料却被查迪克一脚踢开。王子跟跟跄跄地想要站起来,拉文一个震击咒向他射去,立刻将他击倒在地。泰德罗斯痛苦地尖叫着,苏菲看见霍特挥着手示意她去拿泰德罗斯的头巾。苏菲平静地蹲下身来,将头巾从王子的口袋中抽出,扔在了地板上。

"菲利普获胜!"埃斯帕达大声宣布道。男孩们立即爆发出了震耳欲聋的欢呼声,苏菲向王子鞠躬致意。

"但是……但是这根本就不公平!"泰德罗斯大叫。

"聪明的男孩才会获得盟友。"埃斯帕达皮笑肉不笑地回了他一句。

一个带着大粪臭味的黑色烟雾"20"在泰德罗斯头顶爆开。苏菲则抬头看了看自己头顶那如金色王冠一般的排名"1",高兴地笑了。

太阳下山，一天的课堂比赛结束了。当苏菲昂首挺胸地走回末日审判室时，她已成为这所学院里当日排名第一的男孩。虽然没有一场比赛是她靠自己的实力获胜的，但是整所学院的人一次又一次地共同密谋，全都帮着菲利普战胜了泰德罗斯——在适者生存课上弄脏他的糜虫，让他无法下咽；在防御女子术课上吓跑了他的两只许愿鱼；在互助与团队合作课上拒绝与他做搭档；最后还在丛林勇士课上偷偷往他裤子里放了一只蜘蛛。

所有的男孩都加入进来帮她提高排名，这也太奇怪了吧。苏菲想着——就连那些新加入的王子也都一起在帮她——仿佛他们所有人都不愿提高自己的排名似的。不过她倒也不会对到手的礼物吹毛求疵。至于老师们，他们一个个也都如埃斯帕达一样睁一只眼闭一只眼，因为泰德罗斯一开始偷走撰写者时，他们就想好好教训一下他了。事实上，曼利表现得非常高兴，他当众给了菲利普一把地牢大门的钥匙，这样他就能随心所欲、来去自由了——这可是"小畜生"没有的特权。

苏菲打开了牢门走进去，刚洗过澡的她神清气爽，面色红润，肚子里还装满了晚餐时吃的炖豆子和鹅肉，此刻的她已经迫不及待地想要赶去校长塔楼执勤了。要是这时候阿加莎能看见我就好了。她咧嘴笑着想到，要知道她可是不光吃了豆子，还相当顺利地完成了任务。她可以有一整晚的时间去找到撰写者。泰德罗斯很快就会被惩罚了，明天她和她的朋友就能安全地逃离这场致命的裁决赛，顺利回家了。

她嘴里哼着歌一脚踢开了地牢大门。成为菲利普也不赖嘛，现在走路已经越来越顺畅了，嗓音的转换也渐渐自然，还有那额外的重量也突然让她觉得自己更强健有力、更有斗志了……至于这张新面孔，她也越来越习惯，苏菲看着刑具架上锃亮的长矛上映出了她四四方方的下颌、高贵的鼻子、柔软丰腴的嘴唇，不禁心驰神往：阿加莎说得对，她的确很英俊，不是吗？

"你是作弊赢的。"

苏菲扭头看到了正独自坐在一个阴冷肮脏角落里的泰德罗斯。

"我不在乎受罚，我也不在乎吃不吃晚餐或者大家恨不恨我。"王子凝视着她说，"我在乎的是被人欺骗。"

苏菲拉开牢门准备离开："我没工夫和你闲聊，不好意思。"

"你比阿加莎也好不到哪儿去。"

苏菲顿时吓得愣住了，浑身冰凉。

"我那么爱她。"他低喃着，几乎是自言自语地说道，"我努力想让她的愿望成真，我努力像一个王子那样去修复一个童话故事，杀死女巫，亲吻自己的公主。童话不都是这么发生的吗？那也是她要求的。"他哑着嗓子说道，"我本可以让苏菲活下来的，如果这样意味着我能永远拥有阿加莎的话。我那时本可以去吻她的，我们本可以拥有属于我们的结局的。可后来我却发现她骗了我，阿加莎欺骗了我，她一直把苏菲藏在桌子下面……她一直在对我撒谎。"

苏菲转身看了看泰德罗斯，他把自己蜷成了一团，头深深地埋在两膝之间。

"怎么会有人这么邪恶呢？"他嘶喊着。

看着他，苏菲脸上的表情渐渐柔和下来。

一个影子投在了王子身上。

泰德罗斯抬起头看见了正在大门口冷笑着看着他的艾瑞克。

"事发突然。"这位级长将指节掰得咔咔作响，然后说道，"看来得由我来亲自惩罚你了。"

泰德罗斯转过脸去，像只狗一样伸出了自己的脑袋。

艾瑞克的目光瞄了菲利普一眼说："滚出去。"

苏菲胆战心惊地退出牢门，艾瑞克当着她的面"砰"的一下重重地关上了门。她看着级长慢悠悠地朝着王子走去，赶紧脱身跑开了。虽然留泰德罗斯一人面对折磨让苏菲于心不忍，但她也只能拼命在心里说服自己相信，他活该，他活该，他活该。

而在遥远的湖湾另一头，阿加莎正站在一个阴暗房间的窗口远眺着男子学院。她的蓝色紧身衣上溅满了血迹，双臂和双腿上都是划伤和瘀青。

"快点儿，苏菲。"阿加莎祈祷着。

因为如果她今天所听到的关于院长的一切都是事实的话，那她们已经来不及了。

第十八章
萨德的秘密往事

八小时前,三个女巫正一起挤在阿加莎的床上聊天。"把达维教授和莱索夫人跟你说的一切都告诉我们。"多特急切地说。

"说详细点儿。"海丝特说。

"尽量言简意赅。"阿纳迪尔说着用头指了指她养的那三只老鼠,它们正张牙舞爪地守卫在门缝底下,"它们也没法把蝴蝶全杀干净。"

阿加莎看着她们,脑中一阵眩晕。在秘密会见达维教授和莱索夫人后,她一直等到所有的女孩们都去上第一节课,才偷偷溜到女巫们的房间给她们每个人都留下了一张内容一模一样的字条。然后她又偷偷溜回自己房间的衣柜里躲着,成功避开了飞来飞去巡逻的蝴蝶和课间时不时蹿回寝室拿东西的碧翠丝,直到最后女巫们全都看到了字条并按她的要求来到了这儿。现在阿加莎已将之前老师们在下水道里跟她说的一切都告诉了女巫们,每说出一个字,她的心都跳得更快了些。

"她们认识院长?"多特脱口而出,满嘴的朝鲜蓟喷了出来。

海丝特握紧了拳头说道:"我就觉得达维教授和莱索夫人在开学第一个月的表现非常滑稽。只要院长一出现,莱索夫人看上去就像只受伤的小狗似的。"

阿加莎实在想不出比这更好的形容了。伊芙琳·萨德的出现,竟然让这所学院里最严苛可怕的老师变得有那么点儿……人性了。

"而且你还记得你说过院长因为达维教授质疑她而立刻惩罚了达维教授吗?"海丝特补充道,"这听上去根本就是在算旧账。"

"莱索夫人说伊芙琳·萨德早在十年前就被驱逐出学院了。"阿加莎继续说道,"而一个人如果被驱逐出学院,是永远不可能再回来的。"

"那是因为只有校长才能批准学生或者老师进入善恶魔法学院。"海丝特说,"如果他已经将她驱逐出去,那就是无法改变的——除非是他自己让她回来的。但是考虑到他已经死了,这应该很难实现。"

"可如果连一个男孩都能打破屏障让王子们进来,伊芙琳又为什么不可能闯进来?"阿加莎反问道。

"就算她真的这么做了,学院自身也会在她一踏入大门时就将她赶出去的。"阿纳迪尔说,"更何况,我始终很难相信一个男孩能够破开屏障,肯定有什么了解莱索夫人魔法的人帮了他。"

"可如果伊芙琳·萨德没有获得许可进入学院,她又怎么会在这儿呢?"阿加莎依然十分困惑地问道。

"现在的问题不是怎么会,而是为什么会。想想达维教授和莱索夫人是怎么跟你说的,她已经莫名其妙地变成了你童话里的一部分。"海丝特说,"所以我们对伊芙琳·萨德到底了解多少呢?首先,她是萨德教授的妹妹;其次,她能偷听事物;最后,你和苏菲的吻让她重新回到了这所学院。所以,她为什么会出现在你的故事里,答案就在这所学院里。"

"多特?"阿加莎注意到嚼着朝鲜蓟叶子的多特,正一脸沉思的模样。

"去年我给爸爸写信时，曾经提起过上恶魔史课的萨德教授是多么无聊。我记得爸爸在回信里曾提到，他以为'她'已经离开很久了。"多特说，"因为爸爸已经离开学院很久了，所以我还以为他可能弄混了。但是现在看来……"她转身对着女孩们说，"你们觉得伊芙琳会不会以前就是这儿的老师？"

海丝特已经从书包里掏出了一本书："我们历史书的第二十八章'著名的先知'里面提到了奥古斯特·萨德和他的家族。我一直觉得很奇怪，一个老师竟然会在课本里描写自己的家族……"

"只有你才会去看这些非指定阅读章节。"阿纳迪尔喃喃地说。

"因为我不想像我妈妈那样死在烤箱里，也不想像你的家人那样被关在木桶里钉死！"海丝特气冲冲地反驳道。她飞快地翻着书页，终于翻到了她想要的那一页。

"好吧，不出意料。第二十八章变成了著名的女性先知。"海丝特气得大吼一声，"啪"的一声合上了《写给学生的森林史（修订版）》。"尤巴说得对，她把书里的内容都篡改了。"她抬起头看着阿加莎，"避免别人发现你过去的最佳方法就是篡改历史，不是吗？"

"有一点我不太明白。"阿纳迪尔提出自己的疑虑，"达维教授和莱索夫人都说，是她致使苏菲出现了女巫征兆？"

"她们说要不就是她弄的，要不就是苏菲自己出现的，但是我们都知道不是苏菲。"阿加莎也同样疑惑地回答道，"可为什么院长希望我认为自己的朋友是个女巫呢？"

"除非她一直都希望你去找泰德罗斯。"海丝特咬着嘴唇若有所思地说。

这下就连老鼠们也安静了。

海丝特转头看着阿加莎说："听着，接下来的三天我们都会被困在预选赛里脱不开身。但是老师们说得对，你必须去跟着萨德，搞清楚她接下来要干什么。然后每晚我们重启读书俱乐部，一起过一遍当天你都发现了什么。"

"可是我该怎么做啊？"阿加莎忙不迭地说，"我怎么可能一直尾随着院长而不被她……"突然之间，她的声音变轻了，目光看向了碧翠丝的床下。

"那是什么？"海丝特说。

一阵刺耳的吱吱声和噼里啪啦的声音从门口传来，女孩们立即扭头，正看见几只老鼠抓着试图溜进来的蝴蝶往嘴里塞。"快点儿。"阿纳迪尔看着女巫们尖声说道，"院长很快就知道了！"

"对不起，这个我们帮不了你。"海丝特一边抱歉地对阿加莎说，一边推着多特走向门口。

当她们再次转身时，却看见阿加莎手里正拿着一件闪闪发亮的蛇皮斗篷。

"看起来碧翠丝一直都藏着什么秘密。"阿加莎扬了扬眉毛说道。

海丝特嘴角上扬，咧出了一个大大的笑容。

纵然蝴蝶听到了有四个人离开房间的声音，但是走廊上的目击者也一定会对波鲁克斯说，她们只看见三个人走出了房门。

院长一天中的大部分时间都是在善良大厅里教授她那个版本的历史课，所以阿加莎绕道而行来到美德图书馆，希望能在这里找到一些关于伊芙琳·萨德过去的事。

在这件依然散发着薰衣草香味的隐身斗篷的遮蔽下，阿加莎偷偷地溜过了糖果教室区，经过希克教授的教室时，她正在进行钝化宝剑预选赛，训练大家如何用魔法将男孩宝剑的剑锋钝化；在经过阿涅蒙妮教授的教室时，课上正在进行咒语对决预选赛，而教授正对着姗姗来迟的雅拉大吼大叫；在经过达维教授的教室时，她正带着女孩们进行男子外交预选赛。她好像有意无意地往阿加莎的方向瞥了一眼，然后又继续讲解怎样运用同情心和常识劝说一位嗜血的幻影王子。

阿加莎急急忙忙地爬上后楼梯来到了图书馆入口处。那座两层楼高的火红与金黄相间的大书架就在眼前，一面高悬于书架之上的时钟在午后阳光的照耀下正闪耀着璀璨的光芒。她急匆匆地经过图书管理员的办公桌——一瞬间愣住了。

两年来，她第一次看见这只乌龟竟然是醒着的。只见这只爬行动物正用它那支笔有羽毛的一端，十分缓慢地将一盘用西红柿和黄瓜做成的流质沙拉舀进嘴里，时不时地还洒了一些在自己的大腿上。因为这只乌龟年纪太大了，四肢又有关节炎，再加上乌龟的天性本就不急，所以它每吃一口的时间差不多够正常人吃掉三道菜。阿加莎不耐烦地踮着脚从它身边走过，小心地计算好时间以便用它吃东西的声音掩盖住自己的脚步声，她匆匆忙忙来到了书架的第一层，这儿存放的都是历史类书籍。

这儿肯定能找到点儿什么。肯定能找到一些没有被伊芙琳篡改或删除的学院历史。阿加莎一边扫视书架一边想着，这时在她头顶上还盘旋着几只蝴蝶。可是当她一本本地扫过书架上书的书脊时，她的心开始下沉。

《王子挫败史》

《莴苣姑娘：真正的巨人杀手？》

《王子的虚假营救编年史》

《脆弱的雄性：一个多余物种的衰落》

《白雪公主离婚秘史》

阿加莎沮丧地坐在地上。院长隐藏得比她想象的要好得多。

阿加莎懊恼地抬起头，却一眼看到那只乌龟正不偏不倚地盯着她坐着的地方。阿加莎一动不动，她知道这只乌龟绝不可能看见斗篷下的她——这只爬行动物也没有动，但它那双亮晶晶的黑眼珠却还是盯着她，并且眨了眨它那厚重的眼睑。乌龟看着她，粗短的手臂慢慢伸向后背，掀开了它背上那具斑驳的龟壳，然后从身体里默默地抽出了一本书，悄悄放在了桌子边缘。接着它重新盖好龟壳，看着它剩余的午餐，继续慢吞吞地吃了起来。

阿加莎呆呆地盯着那本书，阳光从二楼的窗户射下来，仿佛给这本书映上了一圈光环。

图书馆外响起了叽叽喳喳的笑声和越来越近的脚步声。阿加莎立刻跳起来跑到桌前，抓起那本书就藏到了斗篷下。这时阿拉克涅和莫娜进来了，她们俩正兴致勃勃地聊着一些小道消息，完全没注意到有一阵风从她们身边经过，还拂乱了她们的发梢。

阿加莎躲在隐形蛇皮斗篷下，快步跑上楼梯冲到了荣誉塔楼的屋顶，关上了身后的糖霜大门。她顶着刺骨的寒风，穿行在栖满了懒洋洋鸽子的桂妮维亚树篱雕塑中，一直走到露台旁边的最后一座池景雕塑旁，躲进了那整墙的紫色荆棘后面。她紧贴池塘边坐下，在斗篷里打开了那本书。

《写给学生的森林史》
奥古斯特·萨德

阿加莎长长地舒了一口气，将这本曾经的历史课本紧紧揽在胸前。找书还是得靠图书管理员啊。她一边想着一边在心里默默地感谢那只乌龟。它希望她能在这本书里找到些什么呢？阿加莎轻轻抚摸着这本书被丝绸包裹着的银色封面，封面上的压花图案是一只白天鹅和一只黑天鹅正簇拥着那闪闪发光的撰写者。

她翻开这本厚厚的课本，书中并无字迹，只有一排排彩色的小点。这些凸起的小点排列整齐，小如针孔，一切都是阿加莎熟悉的样子。虽然萨德教授双目失明，也无法书写，但他却能知晓发生的一切，而且他还想了一个办法让他的学生也能和他一样看到那些历史。当阿加莎的手指拂过书页上那些小点时，伴随着萨德的讲述，那些神秘的场景立刻神奇地以三维全息影像的方式在书页上方展开了——这同样的场景在院长的新版本中已被篡改，所以女孩们根本不可能知道什么是真、什么是假。

阿加莎的手指不停地扫过书页，快速浏览着各个场景，直到她找到了想找的那一页。

"第二十八章：著名的先知。"萨德教授温暖而低沉的嗓音响起。

书页上方模糊地出现了一个小小的无声的场景——三位胡子都快拖到地上的老者，手挽着手出现在了校长塔楼前。阿加莎弓起身子凑近了看去，这时萨德低沉的声音继续响起：

"从第一章《无边森林里的三位先知》我们已经了解到，先知有三个特点：他们的寿命是正常人的两倍；一旦他们解答了一个关于未来的提问，他们的年龄立刻就会老十岁；他们的身体可以成为灵魂的宿主，但是致命的影响是……"

阿加莎的双手抚过这一章，在一个又一个变幻的场景中穿行着，突然她的手指停在了书页的中间,她发现有几行圆滑的小点看上去比别的都要新一些、亮一些。

她好奇地摸向其中的第一个。

一个英俊男人的脸庞瞬间从一团雾气中升腾而出——银灰色的头发,淡褐色的眼睛,阿加莎立刻认出了这张脸。她心里一阵酸楚,呆呆地望着这位曾经的历史老师正在一片幻影般的蓝光中眨着眼睛回望着她。阿加莎咽下心里的难过,手指继续往前移动……

"萨德家族是先知中最古老也是最知名的一个家族。萨德家族中的小儿子,奥古斯特,不久前刚死于《苏菲与阿加莎的童话》之中。

"在善恶两兄弟之间爆发的大战役结束后,奥古斯特·萨德很早就确信,善良兄弟在临死前曾创造出了一个能够对抗他孪生兄弟的咒语——这是一种能够证明善恶之间的平衡仍然完好无损的方法——他把这个咒语封印在学生们校服的徽章上。当邪恶兄弟杀死了一个被保护的学生后,咒语即刻解封,善良兄弟的灵魂重生。作为一位先知,萨德将自己的身体贡献给了那个重生的灵魂,使得善良兄弟得以杀死自己的孪生邪恶兄弟,从而挽救了森林的平衡。"

阿加莎的手仍然停在这一页上,心却不断地下沉。难怪这些小点都是新加上的。"他在一切发生之前就已亲手添加上了关于自己死亡的记载。"她看着萨德凝固在书本之上的那张面孔,那么温和地对她微笑着,那笑容一如她第一次踏进善良学院时的模样。也许他甚至在她刚来的时候就已经预见到自己会因她而死,可他却依然愿意对她露出微笑,依然愿意帮助她。

阿加莎能感觉自己的下巴正在颤抖着。这么多年来,她从不曾因为自己没有父亲而遗憾过,也从不曾让自己产生过这样的想法……可现在,当她看着这转瞬而逝的画面时,她突然明白,这应该就是拥有父亲的感觉吧。

一滴泪水落下溅在那迷蒙的三维画面上,这位已故教授的脸庞也随之消散而去。

阿加莎擦了擦眼角的泪水,强迫自己的手继续移向剩下的几个新的小点。

"此外,人们普遍认为,就是在奥古斯特·萨德的推波助澜之下,不会魔法的读者才得以进入无边森林。就在邪恶兄弟为了操控撰写者而杀害了自己的善良兄弟后，这支魔法笔便开始在每一部新撰写的童话故事里将结局全部安排成了善良的一方获胜——这是一个永恒不变的提醒，提醒着邪恶是永远无法战胜真爱的。为了找到一种比真爱更强大的武器，邪恶学院的校长遍寻整座森林里的每一位先知，直到他找到了奥古斯特·萨德。奥古斯特·萨德告诉校长，他要寻找的武器就在森林的彼岸，而作为泄露天机的交换，萨德也成了善恶魔法学院里的一名教师。萨德预言也被称为读者预言，这也是以男性先知一脉相承著称的萨德家族中所作过的最著名的预言。"

阿加莎一下子愣住了。男性一脉相承？她又重新读了一遍这行字，惊得目瞪口呆。既然是男性一脉相承，那奥古斯特·萨德怎么可能有个妹妹？

她焦急地一页一页地翻着，手指在那些小点上一一扫过，快速扫视着萨德家谱里的每一张面孔，萨德的兄弟、萨德的侄子……直到最后，只剩一张空白页，显示着这一章的结束以及所有线索的结束。

很显然，萨德认为他的妹妹完全不值一提，阿加莎愁眉苦脸地思索着。沮丧的她正准备将这本书扔进池塘里，她突然发现，在空白页的注脚处有一行非常细小的闪亮的新点。

她眯起眼睛凑近了去看，鼻子几乎都挨到了书上。她轻轻触摸到第一个小点，在一团慢慢升腾的黄色雾气中出现了一幅如邮票大小的平面肖像照。照片中是一个美丽迷人、齿缝很宽的微笑着的女人，这位女子有着一头柔顺的栗色长发、红润的嘴唇和一双森林般的绿色眼珠。

阿加莎顿时心跳加快，手指加速扫过去。

> 萨德家族中还有一名成员值得一提。作为解答校长疑问的交换条件，奥古斯特·萨德提出希望自己能到善良学院教授历史课——而他同父异母的妹妹能够到邪恶学院教授历史课。不过，作为康斯坦丁·萨德的私生女，伊芙琳·萨德并未被归入萨德一家的血脉之中，并且她也不具备先知的能力。
>
> 在伊芙琳·萨德执教后的两个月，她就因一项针对学生的犯罪而被校长永久逐出了学院。
>
> 此后，奥古斯特·萨德接管了她在邪恶学院的课程，并一直

执教直至离世。

阿加莎的手停留在这一页的最后一个小点上颤抖不已，院长的面容正悬挂在眼前这一片雾气之中，老教授说的那些话此刻就在她耳边回响着。

针对学生的犯罪。

到底是什么样的罪行能够如此可怕，如此难以饶恕，以至于邪恶校长能将自己这一头儿的老师驱逐出学院。

阿加莎的心跳仿佛停止了似的。

伊芙琳·萨德到底都做了些什么？

就在这时，书页上方的院长幻影人像瞬间变成了火红色，她的脸直直地转向对着阿加莎。

"这是禁书！"她恶狠狠地低声说道，"这本书是非法书籍……"

一瞬间，这一页书页从书中尖叫着飞出来，变得如剃刀一般锋利，向着阿加莎的胸膛恶毒地划去。惊恐万分的阿加莎立刻想要亮出指尖光，可越来越多锋利的书页尖叫着从书上剥落出来，并从各个方位向她袭去。阿加莎一路退避到树篱边，一边拼命地将飞来的书页挡开，一边集中精神亮出指尖光，可这时已经有几十张利刃般的书页划过了她的双臂、肚子，还有双腿，让她浑身如灼烧一般疼痛难忍。她痛得直喘粗气，只想高声求救，可来不及了，成百上千张书页从书里飞出来，变成了刀锋对着她的脸飞来。阿加莎大叫一声，终于感觉到手指亮起了金色，她伸出手指对准这些书页——

上千张白色书页在半空中变成了白色的雏菊，飘落进了池塘中。

阿加莎盯着这些漂浮在水面上的沾满了自己血迹的白色花朵，拼命地喘息着。

这时轰隆一声巨响从楼下的美德图书馆里传来，惊得树篱上栖息的鸽子仓皇飞散。阿加莎吓得瞪大了双眼。她赶紧披上隐身斗篷，跟跟跄跄地走出糖霜大门，一路跌跌撞撞地走下楼梯，来到图书馆里……

办公桌前的图书管理员已经不见了，桌上只剩那支羽毛笔和那份没吃完的午餐洒落出来，滴滴答答地滴落在它的工作日志上。莫娜和阿拉克涅面色苍白地坐在图书馆的一张桌子前，她们面前凌乱地散放着一堆书籍和羊皮纸，这时两个人正瞠目结舌地抬头看着二楼的窗户。

阿加莎跟随她们的目光慢慢抬头看去，只见窗户上出现了一个巨大的破洞……形状就像是一只乌龟。

一阵细微的沙沙声在她身后响起，阿加莎扭头看见那支羽毛笔正神奇地自己在工作日志上书写着，只是它每一笔都写得艰难极了，看上去充满了痛苦，写完后这支笔"啪"的一声瘫倒在了办公桌上，再也不动了。

阿加莎心慌意乱地走过去，一步一步地慢慢靠近，然后她看到了乌龟留下的遗言：

警惕裁决赛

"快点儿，苏菲。"阿加莎祈祷着。

夕阳西下，她站在房间的窗边远眺着窗外的男子学院。她的蓝色紧身衣上溅满了血迹，双臂和双腿上到处都是划伤与瘀青。一盏用羊皮纸做成的圆形灯笼此刻正端放在她的身旁，灯笼里的绿色火苗正莹莹发亮。

从现在开始，苏菲随时都会亮出她那盏灯笼作为回应，如果她安全无恙，那她也会亮出绿色，但如果是红色，就代表她有危险了。

阿加莎盯着房间里的时钟：七点十五分……七点三十分……男子学院里依然没有光亮出现。

阿加莎感觉自己的心一直咚咚地跳着，乌龟的警告已经深深刻在了她的脑海中。

离裁决赛只剩两天了。

两天。

她和苏菲必须现在就逃离这所学院。

她的眼睛飞快扫回时钟……七点四十五分……七点五十分……

男子学院里还是没有传来亮光。

七点五十五分……

苏菲现在正单独在那儿面对她的王子……

她那邪恶的王子……

那位今天清晨还在她梦里吻过的邪恶的王子,梦里的他根本没有一丝的恶意……

别想了。阿加莎立刻自责道,然后重新盯着时钟。

此刻八点整……

她听见走廊上传来了嘈杂的人声,是女孩们吃完晚饭回来了……

阿加莎已是大汗淋漓。不管现在苏菲身在何处,她肯定是有麻烦了!她难受地喘着粗气,朝门口冲去。她得去救她的朋友!

突然间阿加莎愣住了。她慢慢地转过身看向窗外,两只眼睛瞪得大大的。

在湖湾对面的天空中,一点绿色的亮光正透过薄薄的云彩闪烁着。阿加莎眯着眼睛凑近了一些看去,雾气慢慢散开后,她看见那点绿光并不是从某一个露台或者男子学院的某一个塔尖上传来的。

它是从校长塔楼里传来的。

阿加莎惊讶得几乎不能呼吸了。她用手在灯笼前晃了晃,火光闪烁了几下。

在远处的苏菲也做了同样的动作。

阿加莎看呆了,一块石头顿时落地。苏菲已经在那座塔楼里面了!她随时都有可能解救出撰写者了!

阿加莎急匆匆地披上斗篷冲出了房间,什么征兆、梦境还有伊芙琳·萨德,这下全都可以抛在脑后了。她一步步地冲下楼梯时都能感觉到那支笔离自己越来越近,"全书终"这几个字马上就会从它的笔尖溢出了。她要守在湖岸边等着苏菲回来,她们要共同许下的愿望已经呼之欲出了。那座塔楼会跟着她一路追过来,她身后还会跟着立刻就要开战的男孩们,但是他们只能看到两个女孩手拉着手消失得无影无踪……裁决赛无疾而终,幸福结局被重新书写,两个好朋友一起回家了,而且她们的友谊比过去更牢固了……

可是,在这呼呼的寒风中,从夜色降临到黎明重现,苏菲并没有回来。

第十九章
倒计时两天

男孩们正排着队准备吃早餐,突然人群开始纷纷向两侧让位,一个浑身沾满尘土的男孩推开人群走了过来。是菲利普,他顶着两个大大的黑眼圈,双眼布满了血丝,整个人还散发着一股夏天谷仓的馊味。

邪恶晚餐厅里被施了魔法的锅碗瓢盆舀起一大勺炒鸡蛋和烟熏肉倒进了苏菲生锈的餐盒里,她用力眨着眼睛将泪水强忍回去,并不断提醒自己男孩是不会哭的。此时的她本应在回家的路上了,本应回到了自己的身体里,与阿加莎一起重新写下"全书终"并且封印好结局了。可她现在还在这儿,还承受着这大象一样厚重的肩膀、毛茸茸的大腿还有旺盛的荷尔蒙,她任由那些锅碗瓢盆给自己盛上一大份肥腻的烟熏肉,因为这副将她绑架的男孩躯体已经迫不及待地想要吃饭了。

前一夜,当她爬上塔楼去执勤时,曼利已经等在那儿了。"已经搜过上千遍了,"他嘲讽地说,"可卡斯特还是觉得我们需要个年轻人再来搜搜看。"

曼利离开后，苏菲面对这一屋子的混乱不禁咋舌，堆得如山高的碎砖头，四处散落的童话书，到处都弥漫着烟尘的味道。不过她仍然满怀希望，别人找不到，说不定她能找到呢。她花了整整一夜的时间在校长的房间里仔细搜查，掀开了每一块砖，查找书架的背面，甚至一本一本地将童话书拎起来抖动查看，可是什么都没找到，就连摆放在石桌上的那本她与阿加莎的童话书似乎都在嘲笑她。终于，等到天亮后卡斯特出现时，她和其他人一样一无所获。

"一个没用的王子，还真是让人意外呢。"这只狗一边用爪子刨着几块松动的银砖，一边生气地说，"那支笔肯定就在这房间里，否则塔楼也不会一动不动。"他看着湖岸对面的玻璃塔楼说道："波鲁克斯应该会喜欢这么难找的捉迷藏游戏。这种时候，两个头可比一个头有用多了。"说着它那双大大的黑眼睛竟像是有些湿润了似的……

"让我再找找看。"苏菲着急地说道，她手里还拿着一本《丑小鸭》在抖着。

"已经给过你机会了，菲利普。"卡斯特大吼着将她推到了窗边。

苏菲只好点点头，沮丧地爬上了金色发辫长绳，她知道这一次的任务失败了。

"去告诉泰德罗斯，他最好祈祷我们能找到。"卡斯特在她身后说道，"要是撰写者落入了院长之手，那我们所有人可都得完蛋。"

苏菲沉默地从阳光照耀下的发辫上滑了下去。

此刻的她正垂头丧气地坐在一张小圆铁桌旁，狼吞虎咽地吃着一大堆烟熏肉和炒鸡蛋，因为又挖又刨地弄了一晚上，她浑身都酸痛极了，根本顾不上什么举止了。泰德罗斯会不会对曼利撒谎了，他真的为了防止她和阿加莎来偷笔而把笔藏起来了吗？还是说，他说的是实话——有另外的人找到了笔并将它藏了起来？可又是在什么情况下被谁偷的呢？现在这支笔到底在哪儿呢？

"伙计，找不到撰写者不关你的事。"查迪克一屁股坐到桌边对她说道，他的炒鸡蛋上淋满了辣椒酱，"老师们都费力找了一个星期了，现在不过是让男孩们来当当苦力罢了。"

"不然你以为这些新来的王子为什么都帮着你作弊呢?"尼古拉斯嘴里嚼着烤得焦脆的烟熏肉,一边说着一边也坐了下来,"因为没谁喜欢干这执勤的差事。"

"不过,能因为你赢了第一天的挑战而看到艾瑞克气得直瞪眼的样子,还是很值得的。"拉文一脸坏笑地凑了进来,和他一起挤过来的还有维克斯和布罗纳,"你就庆幸他是和你一队的吧。因为他都开始计划着如何在裁决赛中直接杀死那些女孩了,他才不会让她们活着出去呢。"

苏菲一下僵住了,她看着远远坐在头桌的艾瑞克和他的部下,他们每个人的饭量都能赶上别人的三倍了。距离她和阿加莎在裁决赛中与这些野兽决斗只剩两天的时间了,她必须今晚就找到那支笔。

"我敢打赌,昨天泰德罗斯肯定没想到自己面对的是一支商量好了的队伍。"维克斯摇晃着他的尖耳朵说道,"我们所有人都齐心协力地确保你能把他打个落花流水。"

"那要不今天再来一次?"苏菲焦急地试图用开玩笑的口气说道。

查迪克不屑地哼了一声说:"再来一次?首先,我还从没听过一个大老爷们儿说出这么不自量力的话呢;其次,我觉得你还是先管好你自己的事吧。如果你连待在这儿都不配,那你就根本别想去参加裁决赛了……等着当奴隶好了。"

苏菲的脸红了。要是没人帮她,她还怎么重新获得执勤的差事呢?她把鸡蛋塞进嘴里,小心地避免自己再犯如此愚蠢的错误。

"嗨,菲利普!"

她抬起头看见霍特也试图坐到她旁边来。

"没地方了。"查迪克说着,挪过去挡住了他。

被超大号的校服埋得只剩了个脑袋的霍特,噘着的嘴唇轻轻颤抖着,他看上去就像一个在自己的生日会上反而被拒之门外的孩子。他发出了一声黄鼠狼似的呜咽,垂头丧气地走开了。

苏菲眼里一下燃起了怒火,说:"霍特!坐这儿!"

霍特眉开眼笑地转过身去,一屁股坐在了她身旁,完全不管其他男孩的不满。"你要来点儿我的烟熏肉吗?"他自说自话地将自己的餐盒递到了苏菲面前,"我没法吃这种东西。我爸曾送过我一只宠物猪,还对我说将来有天我一定得杀了它——这是最邪恶的父母通常采取的做法,让自己的孩子亲手杀死他们的宠物。"

"霍特,今天泰德罗斯有可能会打败我。"苏菲尽量让自己听起来很诚恳地轻声说道,"你说我该怎么办?"

"最好的朋友不就该在这种时候出现吗?菲利普。"霍特调皮地轻声回了她一句,"呃,我还想跟你说,你这两条腿交叉的姿势特别像女孩的姿势……"

"你会帮我吗?"苏菲眼前一亮,松了一口气说。

"我帮了你,时机成熟你也得帮我啊。"霍特一下变得非常严肃地说道。

苏菲尴尬地笑了笑,伸手去夹了一块他的烟熏肉,并且在心中祈祷着能和自己真正的好朋友赶紧远离这里,否则她都不知道这个讨厌的小鬼会向她索取怎样的回报。

"我昨晚肯定漏掉了一个角落没去检查。"苏菲咬着苹果,一路这么想着急匆匆地穿过了下水道。撰写者又薄又锋利,有可能被藏在银砖之间的缝隙里,也有可能被藏在书脊的封皮里。可昨天她一本本书都抖过了,没听见哪儿有东西掉下来的声音啊!

苏菲想得两个太阳穴怦怦直跳,她转过一个角落,经过翻涌的红色护城河,拉开了末日审判室的大门。今晚她得搜得再仔细些,但现在她只想在上课之前睡几分钟。

泰德罗斯从他的床上抬起头来,苏菲停了下来。

他两只眼睛又红又肿,眼底全是乌黑的大眼袋,曾经健康的棕褐色皮肤此刻已变得毫无血色,一片惨白,连皮肤下的根根血管都清晰可见。现在的他已被饥饿折磨得只剩皮包骨头,苏菲甚至能看到他包裹在嶙峋瘦骨上的那薄薄的一层肌肉正在颤抖。他浑身上下既没有瘀青,也没有伤口或者鞭痕,可他眼里的一切却都在诉说着,他刚遭受过一次作为一个男孩都无法承受的折磨。

"艾瑞克对你做了什么?"她轻轻地说。

泰德罗斯只是弓着腰,将头埋在自己的双手里。

苏菲朝他走过去，拿出了自己咬了一半的苹果对他说："吃点儿……"

泰德罗斯一把将她的手掌拍开，苹果滚进了一个肮脏污浊的角落。"离我远点儿。"他轻声说。

"你得吃点儿东西……"

"滚远点儿！"他面对着她大声叫道，整张脸涨成了血红色。

苏菲立刻奔离地牢，一路上他的叫喊声都在她身后回响着。

"我不会这么做的。我不想作弊。"苏菲对霍特说道，他俩正相约在邪恶大厅里一起为待会儿的武器培训课做准备，"如果这意味着他又会被折磨的话，我不想这么干。"

"那行，那你想等着艾瑞克来折磨你吗？"霍特气鼓鼓地说。

苏菲沉默了，她回头看着泰德罗斯紧抱着双臂，一副走路都很困难的模样。她的心中涌出了阵阵内疚。

"我这是怎么了！"她赶紧转过身，狠狠地骂了自己一句。她干吗要去关心泰德罗斯？她干吗要去担心一个希望她死的男孩？

"好吧，计划不变。"她咬着牙对霍特说。

"这才是我最好的朋友嘛。"霍特立刻热络地笑了，"我俩在裁决赛里肯定能配合得天衣无缝，对吗？"

苏菲皱着眉头说："霍特，你都没确定能不能进入裁决赛……"

她话还没说完，这只小黄鼠狼已经吹着口哨一溜烟地跑到前面去了。

在前三场预选赛中，霍特的作弊技巧和苏菲的演技成功帮助她避开了老师和同学的注意，连获了三次第一。射箭预选赛中，霍特用魔法移动了一下苏菲射出的箭的位置，让那支箭正中了幻影公主的心脏。在接下来的怪物大考验里，他通过比手势帮助苏菲猜出了怪物的名称。而在是毒药还是美食的预选赛中，则是由他来口头提问并试吃了苏菲的植物叶子，这也让她在生存挑战中能够毫发无伤地通过测试。等到午餐时间来临时，苏菲发现男孩们已经开始用一种全新的带着敬意的眼神，在看这位霍诺拉山脉的菲利普了，就好像他当之无愧地就应该在裁决赛队伍中获得一席之地。就连艾瑞克那咄咄逼人的目光也少了些许的恶意，仿佛拥有菲利普这样的队友，正是他当初打开屏障放王子们进来的目的。

可只有泰德罗斯知道菲利普依然在作弊。虽然他对老师和同学们只字未提，但是每一次新的选拔赛结束后，苏菲都能从他越发阴霾而愤怒的眼神中读出，他仿佛从未见过有人能够如此邪恶。到第三次预选赛时，他甚至都拒绝参加了。而到了最后的魔法对决预选赛时，当毛茸茸的森林团队队长巨人穆赫辛把泰德罗斯和菲利普同时圈入一个圆圈内进行一场无规则徒手肉搏时，泰德罗斯索性在比赛还未开始前就跪在了地上直接投降，但他一双眸子却无比轻蔑地直瞪着菲利普。

男孩们大声欢呼，肯定了这位新来的男孩又成了第二天的胜利者。可苏菲看着泰德罗斯那双冰冷的、彻底看穿了她的双眼，一丁点儿胜利的喜悦都没有。

苏菲为什么还没回来呢？阿加莎入神地想着，她正披着隐身斗篷一路小跑地穿过紫色天桥去往仁爱塔楼。昨夜，代表苏菲安全的灯笼依然从校长塔楼的窗口亮起，可她却还是没有带着那支笔回来。那么这只可能有一种解释——

她没找到那支笔。

阿加莎顿时紧张起来。时间每过去一秒，她和苏菲就离裁决赛更近一步。如果苏菲没法找到那支笔……阿加莎胃里一阵抽搐，她想起了那只乌龟对她的警告。

她必须得搞明白院长在计划些什么。

她一上午都躲在那件斗篷下守在善良大厅门外等着伊芙琳，期待着能在历史课的间隙跟踪一下她。每一节课开始时，阿加莎都会凑到门缝处偷看，她看见伊芙琳带着一组女孩走进了《蓝胡子》的故事里。这是一个极其残忍的故事，讲述了一个丈夫将他八位妻子都残忍杀害的故事。每一次女孩们从这个故事中出来时，脸上的表情都难受极了。

"我让你们了解这个故事，并不是为了吓唬你们。"每一次课程结束时，院长都会这么说，"我只是为了提醒你们，在裁决赛中男人会有多么残忍。别妄想着他们会等着你们扔下头巾或者宣布投降。"她冷冷地笑着说：

"当然，你们也无须对他们如此客气。"

到了课间，院长终于趾高气扬地走出了大厅。阿加莎一路都试图紧跟着她，可是想要在隐身的状况下迅速穿过拥挤的走廊，既要身手敏捷，又要够轻盈，而这两者都不是她的强项。在跟丢了院长四次后，阿加莎终于选择放弃，气馁地靠在了墙上。

"说真的，波鲁克斯，我完全有能力自己去吃午餐。"她身后传来达维教授气冲冲的声音。

阿加莎一抬头，看见波鲁克斯那毛茸茸的狗脑袋竟然接在了一个摇摇晃晃的年迈猫头鹰的身体上，它正扑扇着翅膀跟在这位黄绿袍教授的身后。

"那是因为最近老有怪事发生。"波鲁克斯上气不接下气地说，"下水道里莫名地传来声音；蝴蝶被老鼠吃掉了；走廊上老有女孩遇到奇怪的事……院长建议我在裁决赛前盯紧点儿你和莱索夫人。"

"如果伊芙琳没有霸占我的办公室的话，那找我应该会容易很多。"达维教授火冒三丈地回了它一句，就急匆匆地走下了台阶，猫头鹰波鲁克斯也一路颠簸地飞着跟在她身后。

阿加莎的眼睛一下子瞪得大大的。

离上课还有三十分钟，她快步跑上仁爱塔楼的玻璃旋转楼梯，来到了达维教授的旧办公室。那是六楼唯一的房间，大门用白色大理石做成，门上曾经镶嵌的翡翠甲虫如今已被换成了一只蓝色蝴蝶。阿加莎先朝楼梯井看了看，以确保没人跟上来。

她试着拧了一下银色的门把手，门是锁上的。她伸出发光的手指对着门先施了一个震击咒，紧接着施了一个融化咒，又施了一个冰冻咒……

门锁响了一下。

阿加莎暗自庆幸自己运气不错。正当她抓住把手准备转动时，门却从里面打开了。她惊慌失措地赶紧躲到楼梯栏杆处蹲着，这时门完全打开了。

一个满脸雀斑的长鼻子女孩从里面探出身来，她两眼飞快地左右瞟了瞟，然后迅速从门里走出来，敏捷地顺着楼梯栏杆一路滑到了底楼。

阿加莎蹲缩在地上，目瞪口呆地看着这个女孩的一头红发飘扬着消失在她的视线之中。

雅拉在院长办公室里干吗呢？

突然间，阿加莎听见身后响起了一阵嘎吱声，她一扭头看见门正要关上，门锁立刻就要锁上了——

她赶紧伸出脚，及时地拦在了中间。

晚餐前，曼利教授曾两次来到末日审判室。他向泰德罗斯保证，只要他说出撰写者的下落，就立刻让他吃东西。泰德罗斯只是不停地求饶……但是给出的回答还是一如从前。于是曼利继续让王子挨饿。

通常当太阳落山的时候，即使在下水道里也能感受到一丝阳光的照耀。在那时，波光粼粼的湖面会将夕阳折射成一片片细碎的光斑，那橙红色的光斑会从善良隧道一直照耀到邪恶隧道里。此时王子正坐在他的金属床架上，在这永恒的黑暗中聆听着翻涌的护城河水一遍又一遍地拍打着那块将双方隔断的岩石。他已经六天没有进食了。他的心跳日趋缓慢，如同一个快要失灵的活塞。饥饿带来的痛苦已让他难再忍受，即使在这闷热的隧道里，他的牙齿也开始不住地打战。

他没法熬过今晚了。

地牢的锁开了，大门"吱"的一声被推开。王子一开始并没有抬头，但是他闻到了肉香味。

菲利普将一个盛满了炖羊排和土豆泥的餐盒推到他的面前后，立刻往后退了一步。

"我告诉曼利这是给卡斯特的。"他用他那奇怪而做作的低嗓门儿说道，"然后我告诉卡斯特这是给曼利的。"

泰德罗斯凝视着这位精灵王子，他看起来那么强壮却又莫名地透着一丝纤细，就好像他明明是个男孩，却又总是不太确定自己就是个男孩。他笑得太多了，站着时和别的男孩挨得太近了；他太爱撩头发，吃东西时那一小口一小口的模样非常奇怪；他总爱在自己脸上摸来摸去，就好像在检查脸上有没有长痘痘……但是最奇怪的还是那双眼睛……菲利普那双大大的翡翠般的绿眼睛，有时冷若冰霜，有时却深沉而脆弱，仿佛他永远在善良与邪恶之间摇摆不定。在很久很久以前，泰德罗斯也曾被一双同样的眼睛吸引过。

不过他已经受到教训、吃过亏了。

泰德罗斯抓起餐盒将里面的晚餐对着石墙泼去，油汤溅了菲利普一身。然后他将餐盒咣当一声扔在地上，喘着粗气坐回了自己的床上。

菲利普什么也没有说，只是耷拉着脑袋躺在了自己的床边。

两个狱友一言不发地弓着背并排躺着，四周陷入了死一般的沉寂……直到地牢大门再一次"嘎吱"一声打开，一个黑影笼罩在他们面前。

"不——"菲利普倒吸一口冷气。是艾瑞克，他的腰带上还盘了一根鞭子。

"你执勤快迟到了，不是吗？"艾瑞克不屑地说。

"你看看他！"菲利普着急地说，他的声音都绷紧了，"他都快死了……"

可是艾瑞克那双紫色的眼睛却瞄到了泰德罗斯床边的空餐盒。"偷吃东西，我明白了。"他对着王子狞笑道，手指摸到了腰带上的鞭子，"或许今晚我们得先来场额外的惩戒。"

"不要！"菲利普大叫，"这都是我的错！泰德罗斯，你告诉他！"

泰德罗斯沉默地瞪了他一眼，冷冷地转过身去。

泰德罗斯听见他身后菲利普的呼吸声停了下来，他明白他不再坚持了。菲利普的影子在墙上晃动了一会儿，最终还是颓然地离开了牢房。

"把手放在砖头上。"艾瑞克对王子命令道。

泰德罗斯转过身将双手高举着放在了腐烂的砖墙上。

他听见了艾瑞克从腰带上解下皮鞭时发出的细微声音，同时也听见了自己惊恐的心跳声。这些声音都告诉他，在接下来的鞭打中一定会有一鞭直接夺走他的性命的。他不想死——至少不想这么死。他不想比他父亲的下场还悲惨。想着想着，他的四肢开始颤抖，泪水也涌出眼眶，他抬头看着墙上艾瑞克的影子，皮鞭已经解开。

那影子的手紧握皮鞭高高扬起，接着他用尽全力挥舞，第一鞭带着风声飕飕地朝着他的后背抽来。

艾瑞克的影子突然倾斜，皮鞭在另一个人的皮肤上发出了刺耳的声音。

泰德罗斯赶紧回头。

菲利普掐着艾瑞克的喉咙将他抵在砖墙上,那条鞭子此时已缠在了菲利普的前臂上,缠绕的地方正不断地往外渗着血。

"去对老师们说,谁要敢再伤害他,必须先过了我这关。"菲利普怒吼道。

泰德罗斯用力地眨了眨眼,一瞬间他都不确定自己是活着还是死了。

被菲利普这么用力掐住,艾瑞克也露出了紧张的神色,他勉强凶残地笑了笑,掰开了他的手。"这就是我们在裁决赛中需要的人选,能把忠诚放在首位。我会对老师们说,给你找一间更合适的房间的。"说完他立刻就离开了。

"我待在这儿很好!"菲利普粗声大气地在他身后大吼道。

泰德罗斯的双眼此时瞪得和弹珠一样大。他慢慢地转头看着菲利普,而菲利普也咬紧牙齿地看着他,整张脸因为愤怒而涨得通红。

"要不你现在就吃饭,要不我亲手杀了你。"菲利普狠狠地说道。

这一次泰德罗斯没有再争辩。

阿加莎两眼紧盯着办公室角落里的那口老爷钟。

还有十分钟就该上下一节课了。

她环顾四周仔细打量着院长这间陈设得出奇简单的办公室。过去达维教授的办公桌上堆满了用坏的鹅毛笔、排名册,还有一大摞压在南瓜镇纸下的卷宗。而伊芙琳·萨德的办公桌异常干净,一张空荡荡的实心红木桌上只在角落处放着一盏又高又细的烛台,那蜡烛的颜色活像一张羊皮纸。

"为什么雅拉刚才会在这儿?"阿加莎好奇地想着。她非常确定那天在陈列馆曾听见雅拉在对院长说话,说着一些关于让雅拉待在……阿加莎赶紧将这些念头赶出大脑。她现在得把注意力集中在院长身上,而不是一个疯疯癫癫的女孩会不会说话这件事上。

阿加莎佝偻着腰坐在这空荡荡的办公桌后一张结实的木椅子上,时间就这样嘀嗒嘀嗒一分一秒地流逝着。她毫无思路地看着那盏烛台。

院长出现的那天,善恶魔法学院就变成了男女学院……这意味着她和苏菲的童话已经杀死了校长……所以那个被校长驱逐出学院的邪恶老师才能回来。

可是为什么呢？

阿加莎想起之前达维教授和莱索夫人说过，苏菲之前出现的征兆如果不是苏菲自发产生的，那就只能是伊芙琳用魔法变出来的，除此之外，再无别人有此嫌疑。而且伊芙琳曾因针对学生犯罪而被指控过。再有，苏菲每一次出现征兆时，伊芙琳都和她处在同一空间里……野兽出现那次……疣出现时……还有受阻的末格里变形术……为什么我在想这个？……肯定是伊芙琳捣的鬼……就是伊芙琳……

可是……如果不是伊芙琳干的呢……

阿加莎闭上了双眼，任由梦境重现……他看起来那么平静，那么幸福，在纷飞的大雪中他金色的头发上仿佛有光环在闪耀……她看见了他微笑时上扬的嘴角，衬衫上松开的飘带，一切正如他邀请她参加舞会那天的模样……仿佛那之后发生的每件事都是他们故事里错误的转折点……仿佛这所有的一切就是个大错误……当他怀抱着她时，她的心怦怦直跳，甚至比之前跳动得更猛烈了。

阿加莎猛然睁开双眼，眼前依然只是一间冰冷空旷的办公室。

可这一次不仅仅是个梦了。

在她的心里仍然渴望着泰德罗斯。

这种渴望更甚从前。

阿加莎的脸红得发烫。她对王子的渴望依然超过对自己的朋友吗？她忠诚的朋友此刻正冒着生命危险在拯救她们的性命，而要加害她们的正是这位她朝思暮想的男孩。阿加莎气愤地推开桌子站起来，她憎恨自己心中那个软弱而愚蠢的公主……

可是阿加莎却又慢慢地坐了回去。

桌角烛台上那支蜡烛的质地看起来好奇怪，上面怎么会有一道锯齿状的纹路。她伸手摸了摸，那手感竟然不是蜡——而是纸。她将烛台拿近，发现这蜡烛外层竟包裹着一层卷宗，那卷宗被一条细细的白线缠得紧紧的，裹在蜡烛外层。阿加莎知道院长随时都有可能回来，她努力调整好自己紧张的情绪，小心翼翼地解开卷宗，把它从蜡烛上取下来，然后平铺在桌上。

这卷宗里一共有三张羊皮纸。

第一张是蓝色森林的地图，看上去和学生们每年在森林团队中收到的地图一模一样，所有的显著区域都被标注好了：蕨类植物园、绿松石丛林、蓝色小溪……

紧接着阿加莎注意到有一个区域被单独用红色墨水圈注了出来。这是纸上唯一的标记，出奇地显眼。她凝视着这个被圈注的标记：

青幽洞穴

大概是因为这个洞穴位于一个怪石嶙峋的悬崖切面里，而且去探索一个空荡荡的洞穴好像也没有意义，所以在之前从未听老师们提及过这里，也不曾见到有老师带着学生去过这里。可为什么院长要单独把这里标注出来呢？

阿加莎又看向下一张羊皮纸：这是一封印有鲜红蛇形蜡封戳的信，信封已被打开，日期就是今天。

亲爱的伊芙琳：

　　我们就直截了当说明吧，以下为裁决赛的规则。

　　1. 明天正午，我会在蓝色森林恭候大驾。作为本院的代理院长，我们双方皆有三十分钟的时间在竞技场里设置陷阱。另外，按照您的要求，青幽洞穴禁止使用。

　　2. 鉴于本次裁决赛的严峻性，双方传统的森林预选赛将直接取消。

　　3. 每院派出十位参赛者进行比赛，每人可以自由选择一样兵器带入场。其余人等不得入内，整个森林也将被遮蔽起来，禁止闲杂人等观看。比赛中所有的魔法与天赋均可以使用。

　　4. 如果次日日出时，男女双方都还在森林中，那么裁决赛将继续进行，直到只剩其中一方为止。

　　5. 无论结果如何，泰德罗斯最初定下的条款都被视为有效。如果女子学院获得胜利，男子学院将俯首称臣，沦为您方奴隶。

如果男子学院赢得胜利，两位读者将交由我方公开处决，学院也将重归善恶魔法学院。

　　任何违反以上规定的行为将被视为无效，并引发战争。
祝好运。

比利乌斯·曼利教授

男子学院代理院长

　　阿加莎眉头紧皱，心里的问题纷至沓来。为什么伊芙琳想要取消森林预选赛？如果这个洞穴都被禁止使用了，她为什么还要将它单独圈出来？她又拿起第三张羊皮纸，此刻她的心里还在默默地因为想起泰德罗斯而生气，更别说为他许愿了。

　　突然，她的心跳停止了。

　　在她手里是一张长长的、用极细小且潦草的字迹写下的魔药配料单，附在其后的是一张更长的具体如何使用这些配料的详细说明，那密密麻麻的字迹将一整张破旧的纸片填得满满的。

　　这张纸，尤巴曾说过他几周前已经遗失在教室里了。

　　而此刻，阿加莎却在院长办公室里呆呆地凝视着它，一个问题一下子在她脑中炸开，这问题赶走了其他所有的问题。

　　这个问题并不是伊芙琳是如何得到地精这份梅林失传魔法的配方的。

　　而是她都用它去做了些什么。

第二十章
领先一步

泰德罗斯跪在地上又伸手抓起了一块羊排，像只狮子一样大口大口撕下羊肉嚼烂吞掉，然后将骨头扔到啃干净的那一堆骨头里。六块羊排下肚后，他的脸色微微发青，用力揉着自己的肚子，想把刚才吃进去的东西都压下去。

"嘎吱"一声，牢房门开了。他看见菲利普满头大汗地走进来，手里正端着两个热气腾腾的杯子，前臂上还留着一条条干掉的血迹。

"就知道你肯定会吃撑的。"菲利普说着将一杯泡沫状的液体递到了他面前，"用热水熬的粥，能缓解你的胃痛。真希望能有点儿胡椒薄荷和新鲜姜片……这对消化很有帮助……"

苏菲看见泰德罗斯正一双眼睛盯着她，她赶紧清了清嗓子，用一种很男子气概的低沉嗓音说道：

"喝了它。"

泰德罗斯把舌头伸进那杯子里尝了尝,就立刻皱着眉头把杯子放下了。"菲利普,你执勤要迟到了吧?"

"我跟曼利说了,我得先来审问你。"苏菲坐下来面对面看着他严肃地说。

"这就是我为什么会救你的命。"她气鼓鼓地暗自说着,然后将她那宽厚的肩膀靠在了墙上。因为泰德罗斯会告诉她撰写者在哪儿。"这就是原因。"根本就不是因为她还有那么丁点儿地关心他。她瞪了他一眼,浑身紧绷,重新将关注点集中在她的目标上。

"告诉我它在哪儿,泰德罗斯。"

"我最后说一次,我和特里斯坦为了避免苏菲和阿加莎来偷这支笔,将它埋了起来。"他没好气地说。"我们把它藏在了一块松动的砖块下,可我不明白它怎么就不见了。"他看见菲利普正仔细打量着他,垂下头说,"听着,我不会骗你的,菲利普,你都为我做了那么多了。"

"那么,又是谁把它拿走了呢?"苏菲的心都揪紧了问道,"他们盘问过特里斯坦吗?"

"哼,就是他最先告诉老师们笔不见了的。"泰德罗斯气愤地踢掉了自己的靴子说,"再说,已经好几天没人见过那只老鼠了。他可能在上课之前就离开了,他跟所有人都不太一样。"

"可卡斯特说,要是还找不到笔我们都得死……"

"因为这支笔书写的内容,投射出的是它主人灵魂深处的想法。"泰德罗斯蜷得更深地坐在地上,喃喃地说,"要是它落入了院长之手,我敢打赌会有很多男孩最终死于他们故事的结尾。第一个就会是我的故事。"

"我的故事"这个词说出来对苏菲的刺激比整个森林的死亡都要大。她一直都把这当成是她自己的故事,而泰德罗斯不过是她故事中阻碍她的恶人。但现在她明白了:泰德罗斯认为这是他的童话故事……他和她一样,都盼着自己的故事能有一个幸福的结局。

"阿加莎为你许愿的事,你是怎么听到的?"苏菲平静地说。

泰德罗斯停顿了一下,咬紧了下颌说:"在我九岁那年,我母亲离开了我。那是一个午夜，我正睡在她对面的房间里。我记得我突然浑身大汗惊醒过来，不知为何我挣扎地爬到了窗边，当时我的心就像被撕开了一样疼。我看见我母亲骑着我最心爱的马儿飞奔进了森林里。那是我最后一次看见她。"他一边说一边用手指划着砖块的缝隙。"我感觉到阿加莎许愿的那晚，我也是这样醒来的。是她希望我听见的，菲利普。"说着他的眼睛湿润了，"而且我相信这就是真的。"

苏菲坐立不安地摆弄着她脏兮兮的指甲。"或许是真的吧。"她几乎是自言自语地说，"或许，只是有什么……碍了事。"

泰德罗斯揉了揉眼睛，坐直了说道："菲利普，你是个不错的朋友。其实你没必要帮我的。"

苏菲摇了摇头。"我不能眼睁睁地看着你死。"她无法直视他，轻声说道，"我做不到。"

"去年苏菲也说过同样的话。她还发誓会在裁决赛中保护我，可最后却让我独自一人去面对死亡。"泰德罗斯抠着他黑色脏袜子上的一个破洞说道，"看来这就是男孩和女孩的区别。"

苏菲终于抬起了头，眨巴着眼睛看着他。

泰德罗斯点了点头说："相信我，我知道的，菲利普。她完全就像故事书里描写的那么邪恶。"

苏菲咽了一口唾沫，说道："你能……跟我聊聊她吗？"

"她是我见过的最漂亮的女孩——金色的头发，就像你这样……哦，对了，还有一双绿色的眼睛，也跟你很像。"泰德罗斯端详着菲利普说道。他的狱友不太舒服地把眼睛瞄向了别处，泰德罗斯立刻低下头来。"可她却是个虚有其表的人。我一次又一次给她机会，却一次又一次地被她欺骗。似乎她想要的只是一个王子而已，根本无所谓我这个人到底是什么样。我完全弄不明白阿加莎究竟觉得她身上的哪一点值得去舍命相救。"

"或许你根本不像苏菲那么了解阿加莎。"

"我了解。阿加莎过去曾有一颗善良的心，她配得上与一位王子白头偕老。"泰德罗斯立刻反驳道，"可现在的她却被蒙蔽双眼选择放弃了真爱。都是苏菲把她变成了这样。是苏菲毁了她。"

"这都是因为你才让你的公主做出了这样的选择。"苏菲立刻还击道，她那张精灵的面孔一下涨得通红，"应该由你来为自己的命运负责，泰德罗斯。不是阿加莎，也不是苏菲。"

泰德罗斯紧皱着眉头，什么也没说。

"为什么女孩不能同时拥有两者呢？"苏菲看着床架上映射出的自己那张男孩的脸，轻声说道，"为什么她不能既拥有王子的爱也拥有挚友的爱呢？"

"因为人在长大，菲利普。"泰德罗斯长长地吐了一口气说，"小的时候，你会觉得最好的朋友就是你生活中的一切。可一旦你遇上了真爱……一切都变了，从此友情对你来说就不一样了。因为无论你如何努力想要同时维系两者，你的忠诚都无法将两者兼顾。"说着他哀伤地对他的狱友笑了笑。"这就是阿加莎犯下的最大的错误，她不知道从她爱上我的那一刻起，她和苏菲的命运其实就已经注定了。"

苏菲靠在墙上，顿时觉得浑身的肌肉都松懈了，仿佛泰德罗斯刚说出的这些事实其实也是她一直想要大声说出来的。那一晚，阿加莎本该去亲吻泰德罗斯换回属于自己的幸福的。那一晚，她本该在她唯一的朋友选择了一个男孩后独自回家的。

可她却改写了他们的故事。她赢回了自己最好的朋友。

然而代价是什么呢？

"这一切都太晚了。"泰德罗斯把头靠在抱紧双腿的手臂上轻轻地说，"我不会再爱上别人了。"

"或许苏菲比你更需要阿加莎。"他的狱友满眼含泪地追问道，"或许阿加莎是唯一能让苏菲感受到爱的人。或许苏菲根本就是做了一件好事。"

泰德罗斯抬起了头，眼里露出了愤怒。

"泰德罗斯，你难道不明白吗？你还会遇上别人的。"菲利普颤抖着说，"可是苏菲只有阿加莎。"

"你这是读者才会产生的糟糕的想法，菲利普。"泰德罗斯阴沉地说，"在童话里，真爱只有一个。唯一的一个。"

两个男孩怒目相视了一会儿后，相继转身，谁也不搭理谁，墙上那奄奄一息的火把只映出了两个孤单的剪影。

突然，菲利普猛地起身走到门口说："走吧。"

"什么？"泰德罗斯震惊地脱口而出，"我不能离开的……"

"这就是你和我的区别。"菲利普瞪大眼睛盯着他说，"你是遵守游戏规则的王子，而我不是。"

泰德罗斯呆呆地望着眼前这位一脸不耐烦地等着他的新朋友。

"这么快就把自己当老大了。"泰德罗斯嘟囔着站了起来。

菲利普打开了牢房门说："给你一个惊喜。"

在晚餐厅的彩排舞台上，波鲁克斯正对着五个摸不着头脑的永灭者女孩大吼大叫，五个女孩脸上化着厚厚的白色小丑妆，身上穿着完全不合身的长筒裙。"我最后再说一次，你们是代表这场裁决赛的活生生的隐喻……是千百年来女性屈辱和被物化的化身……是这场有可能会让我们付出生命代价的致命裁决赛的一个纪念碑……"

"这出戏看上去比裁决赛还致命。"多特小声对雅拉嘀咕道，不过雅拉根本没理睬她，只是兴高采烈地在为下一幕准备着罩袍和天鹅头饰。多特看了看房间另一头的海丝特和阿纳迪尔，她们正一边画着背景板一边窃窃私语着，在两人中间还留一个奇怪的间隔，多特推测阿加莎肯定也在其中。"早知道读书俱乐部最后会变成这样，我真该努把力加入合唱团的。"她叹着气将一根天鹅羽毛变成了芝麻菜，然后慢慢磨蹭过去加入了她们的聊天。

"院长要梅林的魔法来干吗呢？"阿纳迪尔说道。

"她会不会用在自己身上？"阿加莎将斗篷的兜帽往后拉了拉，正好露出她一对大大的棕色眼睛。

"第一，如果院长将自己变成了男人，我们肯定能发现的。"海丝特回答道，"第二，你要么就好好隐身，要么就别隐身，你那双又大又多愁善感的眼睛就这么露出来是很难不被人注意的。"

"好吧，我不知道我们竟然全都变成舞台剧志愿者了。"看着阿纳迪尔的老鼠居然都跳进油漆桶然后在背景板上打着滚帮忙涂色，阿加莎没好气地说。

"你还没找到一个更好的碰头地点吗？"

"因为我一直都在忙着寻找能活命的办法。"

"难道你觉得我们就没有吗？"阿纳迪尔立刻还击道，"为了组建裁决赛的队伍我们每天都在拼命，为的就是不要让大家一起去赴死……"

"你们觉得院长会派一个女孩混进男子学院吗？"多特嚼着蔬菜沙拉无所谓地说道。

几个女孩齐齐看向她。

"如果她真这么做了，那就可以解释为什么苏菲还没找到撰写者了。"多特说，"院长可能已经派了一个女孩变成男孩去把笔藏起来了，这样你就没法许愿了。你懂的——要确保裁决赛如期举行。"

阿纳迪尔眨巴着眼睛看着她说："看来我也得学学你开始吃素了。"

"那么将撰写者藏起来的女孩又会是谁呢？"海丝特冷笑着说，她看起来恼火极了，因为这问题的答案竟然不是由她想出来的。

"碧翠丝。"阿加莎回答道，她又将兜帽往后拉了拉露出了自己的脸，"这不就是她的斗篷吗？她床下还有男孩的校服！而且她那么崇拜校长！肯定就是她！"

"行，看看我们能从她身上套出点儿什么料来。"阿纳迪尔一边说一边挪动身体挡住了阿加莎的面孔，"不过现在只剩两天时间了，阿加莎。苏菲必须在明天找到撰写者。她今晚的灯笼亮在哪儿？"

"今晚外面大雾弥漫，什么都看不见。"阿加莎难受地说，"我把我的灯笼留在窗口了，但是雾不散的话我根本看不到她的。"

"她必须得把笔拿回来，阿加莎。"海丝特强调道，"否则我们都得去参加裁决赛。"

要说之前阿加莎还没感觉特别害怕的话，此时海丝特一脸恐惧的模样立刻让她心惊肉跳起来。

"院长也已经拿到裁决赛地图了……"阿加莎支支吾吾地说，"她把青幽洞穴标了出来……"

"青幽洞穴？"海丝特嗤之以鼻地叫道，并和阿纳迪尔交换了一个眼神，"那不过是南门的一个装饰啊。那些洞还不足五十英尺深，里面能有什么?"

"另外,她还取消了森林预选赛,所以我们连看都没法去看一下。"阿加莎抱怨着,又消失在了兜帽中。

"除非她已经允许你进入森林了。"

阿加莎抬起头,看向正一脸狡黠凝视着她的海丝特。

"在院长看来,现在的你可是正和一个地精待在蓝色森林里的哦。"

午夜的钟声刚刚敲响,阿加莎已经躲入斗篷偷偷潜进了雾蒙蒙的蓝色森林里,一路向着森林南门走去。她从未见过如此浓密的大雾,一丛又一丛如翻滚的白色云朵般弥漫开来,将森林里每一片深蓝色的叶片都遮蔽得严严实实。她眯着眼睛看向迷雾那头的男子学院,却连一块砖都看不见。

这肯定是个意外,阿加莎这样想着,只是她和苏菲之间唯一的交流方法也被这诡异的天气给阻断了。

突然间莱索夫人的警告在阿加莎的脑海中浮现——"伊芙琳总是能领先一步"。

不过阿加莎迅速将这种想法从脑海中摆脱掉,往森林的更深处走去。一路上她都慢慢地向前移动着,谨防被树枝缠住或是撞到和她一样被迷雾遮蔽了视线的动物们。在这片诡异的寂静之中,她感觉自己对泰德罗斯的思念已经强烈到她来不及抑制了。那思念就像一只堵在门口的怪物,似乎她越是去否定与回避,他的模样就越是强硬而清晰地出现在她脑海中。她觉得自己再这样下去就快精神分裂了,于是她将注意力更加集中在这条浓雾弥漫的小径上。等她一回到墓园的家里,她会把所有能找到的故事书全都烧掉。加瓦顿才应该是个没有王子的世界。

这时她感觉到小径开始走上坡路了,这意味着她已经走过了南瓜田,离南门越来越近了。明天晚上就是裁决赛前夜,会上演波鲁克斯那出可怕的舞台剧,还会宣布参赛队员名单。到那时,萨德院长和曼利教授都会来到森林里各自设下陷阱。他们都已经达成协议禁用青幽洞穴……那院长到底在里面藏了什么呢?

一只白兔,嘴里叼着它被吓坏的兔宝宝,一溜烟从她脚边蹿过又迅速消失在了茫茫白雾之中。阿加莎一步一步小心翼翼地走着,直到她不经意瞥见了一堵蓝绿色的岩石墙赫然出现在她眼前。

青幽洞穴高悬于蓝色森林东南角落一个突出的悬崖之上,这是一个由三个大小不同的海绿色圆形洞穴组成的洞穴群,洞穴外面覆盖着遮天蔽日的巨型蓝色松树。阿加莎仰望着这悬崖峭壁之上的洞穴,完全不知道该怎么上去。她既不能末格里变形也不能扔掉身上的魔法斗篷,所以她唯一的选择就是爬上一棵蓝色松树然后从树干跳到悬崖上。幸运的是,这些松树的树干相当粗壮结实,阿加莎爬起来并不费劲,而且松针还能帮助她在雾中迅速找到攀爬的方向。最后,她终于爬到了最高的那棵树的树干上,然后深呼吸一口气朝着那被迷雾笼罩得完全看不见的岩石跳去,一个轻微的颠簸后她踩在了悬崖上。

阿加莎仔细端详着眼前这一排洞穴:三个不同大小的圆形洞穴看上去就跟金发姑娘那个童话里描写的一样——第一个洞太大了,第二个洞又太小了,第三个正好。她感觉自己脖子上的红疹子又冒出来了。她有种感觉,不管这洞里藏着什么,都能解答出为什么伊芙琳·萨德会出现在她的童话里……以及她准备如何结束这个童话。

阿加莎迈开颤抖的双腿走入了第一个巨大的洞穴,她能感觉自己金色的指尖光此刻已闪耀得如一支火炬。洞穴的四周是海蓝色的玻璃状墙面,模糊地映照出她的指尖光和紧张的面容。她一步一步慢慢地探入这镜面一般的洞中,眼睛扫视着每一寸经过的地方,可是一直走到洞穴尽头,她除了看到一些爬来爬去的糜虫和甲虫,就再没看见什么别的了。

阿加莎眉头紧皱地退回洞外走向第二个洞穴。可是第二个洞口实在太小了,就比一个餐盘大不了多少,阿加莎只能勉强伸个脑袋进去。更糟糕的是,这个洞穴比第一个还浅,她光用指尖光照一照就能看到里面的全貌,除了光秃秃的墙面就只剩几块霉菌了。阿加莎赶紧将手伸出来,心里恼火极了。

我到底在这儿干吗?当她踩着脚走入第三个洞穴时,不禁自责地想。她应该待在塔楼里等苏菲回来,她一边这样想着一边用指尖光照亮了这个中等大小空无一物的山洞。她的朋友随时都可能带着那支笔回来……去年,她是那个不管不顾的终结者,是那个竭尽所能要带两人一起回家的人。而现在，这个人变成了苏菲。难怪在那场变成男孩的挑战中获胜的人会是苏菲而不是她。这一次苏菲成了王子。苏菲不会让她失望的……

阿加莎想着这些，熄灭了指尖光急急掉头朝着洞口走去，可她突然浑身战栗地停住了。她身后响起了一阵奇怪的嗡嗡声，仿佛是某种愤怒的低语。

阿加莎慢慢转过身去，那嗡嗡声变得越来越响。她伸出发光的手指，亮光也因恐惧而变得摇曳不定……

一大群蓝色蝴蝶如狂风般从黑暗中蜂拥而出，像蜜蜂一样扑向她隐形的身体，将她的隐身斗篷蜇成了碎布条。它们目标清晰明确、动作狠辣无情，一边撕扯着蛇皮一边将她推到了悬崖边缘。在它们舞动的翅膀之下，阿加莎看着自己的皮肤和衣服一点点地显露在月光之下，一片接着一片，直到斗篷的最后一片从她身上落下，这群蝴蝶方才发出一阵凶残的尖叫，将她推下悬崖后飞走了。阿加莎在浓雾中翻滚尖叫着坠落悬崖，尾椎朝下落在了一株盘根错节的松灌木上。摔得浑身瘀青疼痛不已的她抬头望向天空，只看见那团如乌云一样的蝴蝶已倏忽消失在了弥漫的浓雾之中，消失前它们扔出了斗篷的黑色碎片，那纷飞的碎片如烟尘一般飘飘洒洒落进了森林。

阿加莎震惊得无法呼吸，突如其来的剧痛让她根本来不及庆幸自己还活着。

院长办公室里那张地图是她故意让她发现的，那么这就意味着院长其实早就知道，在过去的两天里她根本就没和尤巴待在蓝色森林里……

也没和苏菲待在一起。

一个警报轰然闪现在阿加莎的脑中，她撒腿就开始往外跑。

她完全忘记了身体的疼痛，一头扎进大雾笼罩的森林小径，一边跑一边努力回忆着尤巴小窝的位置。她蹲在蕨类植物园和绿松石丛林间的低凹地带仔细地查找，直到看见前方有一个地窝里正升起缕缕黑烟。她立刻匍匐贴地，把头探进那个小小的洞口——

已经来不及了。

尤巴的家已被烧毁了，除了几片散落在煤灰上的绣球花瓣，其余的一切都化为了灰烬……而尤巴已不知所终。

阿加莎心灰意冷地杵在蓝色森林里，这时这场大雾竟神奇地消散了，就好像在得意地说着自己的工作已经完成了。迷雾渐渐浓缩成为一条线，"嗖嗖"地朝女子学院的方向飞去，最后消失在了最高的那间办公室里。

阿加莎抬起头，看见了站在窗口的伊芙琳·萨德。她被刚刚返回的蝴蝶群环绕簇拥着，黑暗中她那露着齿缝的笑容狡黠如一只柴郡猫。

这个笑容表明了伊芙琳完全知道苏菲此刻在哪儿……

因为她一直都是领先一步的。

阿加莎缓缓转头看向男子学院那边，此时那里的浓雾也消散了，只留下一片清朗空旷的夜空。

可是没有哪扇窗里亮起了绿光。

任何关于她朋友的迹象都没有。

"你不是应该去找撰写者吗？"黑暗的走廊中，泰德罗斯问道。他一路紧盯着菲利普蓬松的金发，跟着他经过一间间教师宿舍往前走着。"现在午夜都过了……"

"我想先让你看点儿东西。"菲利普说着，从两根狭窄的石柱间轻轻穿过。

"我们要去哪儿啊？"泰德罗斯不禁抱怨道，刚才在地牢里那顿美餐吃得实在太撑了，现在胃还鼓着呢，"我现在只想洗个澡去睡……"突然间，他安静了。

他俩正站在耸立于蓝色森林之上的教师露台上，整片蓝色森林的地貌景象此时尽收于他们眼底。一片诡异而寒冷的薄雾正一点点在空中消散，仿佛这里刚经历过一场浓雾的洗礼似的。

随着森林上空的空气渐渐变得清澈澄明，泰德罗斯看见林中的树叶与青草都神奇地闪耀出了极地般冰幽的蓝光。夜风阵阵拂过叶片与花朵，那起伏的韵律犹如竖琴被拨动琴弦，发出的声音如此沉静，犹如大海的呼吸。靠近北门处，蕨类植物园正闪着靛蓝色的光芒，一阵风吹过，树上星星点点的银色孢子便随风飞扬，洒落在西边狭长的小径上；而在东边的柳树林里，被风带走的则是片片宝蓝色的柳叶；至于南边的青幽洞穴，则只是在山下的南瓜田里投射下了一个气泡状的阴影。

泰德罗斯小时候和父母一起旅行时曾见过无数美景：呜呜山的天堂石窟、阿文利的塞壬湖、沙扎巴大沙漠的许愿鱼绿洲……但是此时此刻，当王子站在这里俯瞰着这片小小的、被围困起来的森林时，他才明白天堂应该是什么样的。这片森林对这个世界的险恶一无所知，而两个晚上之后，他就会成为那个亲手将这里变成地狱的人。

　　突然他注意到大门附近好像有什么动静……一个人影从森林中闪过……

　　泰德罗斯眯着眼睛想看仔细。

　　"你要坐过来吗？"他身后的菲利普说道。

　　泰德罗斯转身看见他正坐在宽大平坦的大理石窗台上，两条腿垂在森林上方晃悠着。

　　"还是说你想去洗澡？"他的狱友又狡黠地补了一句。

　　泰德罗斯立刻爬上窗台坐得离菲利普更近了一些。通常情况下他是不会这样的，因为他实在不怎么喜欢太高的地方。

　　"你的手臂怎么样了？"泰德罗斯说着，两只眼睛正查看着他狱友那血淋淋的尚未包扎的伤口，"我可不希望你的伤口感染……"

　　菲利普把手拿开，只是直直地两眼凝望着森林。"当你知道自己要去宣判两个女孩的死亡时，你怎么还能睡得着？而且是两个爱过你的女孩？"

　　一时间泰德罗斯什么话都没有说。"菲利普，童话里永远会出现三个人：一对真心相爱的人和一个恶人。到最后，总有一个人会死去。当阿加莎将苏菲藏进我塔楼的那一刻，当阿加莎袭击我的那一刻，她已经将我变成了一个恶人。"他严肃而带着怒气地看着菲利普说道，"如果扮演恶人能让我活下来，那我完全没问题。"

　　泰德罗斯看着这位狱友呆呆地盯着他，双颊开始变得越来越红，越来越红……一瞬间，菲利普爆发出一阵狂笑，笑到眼泪都流出来了。

　　"你这到底是怎么了？"泰德罗斯皱着眉头说。

　　"每个人都想找到真爱，可现在每个人却都想要杀死对方。"菲利普一边擦着眼泪一边咯咯笑个不停，"再也没人知道真相是什么了。"

　　"恕我直言，菲利普，你到底知道什么？"

　　菲利普却笑得叫得越发肆意和大声了，他把整张脸都埋进了手掌里。

"你比女孩还难搞。"泰德罗斯嘟囔道。

菲利普几乎是号叫一般地笑着,不过当他看到泰德罗斯那冰冷如石头一般的脸时,他的笑声渐渐变成了喘息声,最后归于平静。

在他们脚下的森林中,蟋蟀正在不知名的地方有节奏地鸣唱着。泰德罗斯低头看着一只鹳正轻轻涉水蹚过蓝色小溪,而溪上的桥栏杆上还有两只松鼠正在相互打闹追逐。明天,曼利和女子学院院长就会在森林里设下种种陷阱,这些动物全都会藏起来一直等到裁决赛结束危险都过去后,才会重新出来享受森林的美好。

"你的城堡长什么样,菲利普?"

他的狱友眨巴着眼睛问道:"城堡?"

"你是个王子,不是吗?那我想你肯定不会住在普通的小木屋里吧。"

"哦,是的……是,一个,嗯,很小的……城堡。形状就像个小木屋。"

"听起来很温馨。我根本不喜欢住在大城堡里,一整天的时间都在忙着找人。你家里人都和你住在一起吗?"

"只有我父亲和我住在一起。"菲利普略带酸楚地说。

"至少你还有父亲。"泰德罗斯叹着气说,"我结束学业后回到家里,发现什么都没有。除了一座空荡荡的城堡,就只有一堆爱偷东西的仆人和一个正在没落的王国。"

"想想你还能再见到你的母亲呢。"

泰德罗斯摇了摇头:"这也没什么好想的。我父王向她下达了死刑令,一旦我年满十六岁成为国王,只要找到她,我就必须实施我父王的法令。"

菲利普震惊地转身看着他,不过泰德罗斯立刻眯着眼睛望向了天空:"你该去找撰写者了,菲利普。很快天就要亮了。"

"你怎么可能会去伤害你的母亲呢?"菲利普非常震惊地问道。"要是还能再见我母亲一面,让我做任何事都可以,任何事,那会是我真正的幸福结局。"他叹着气蜷缩成了一团,"可我不像阿加莎,没人能听见我的愿望。"

"跟我说说她是个怎样的人……你的母亲。"

"她的名字叫凡妮莎,就是'蝴蝶'的意思。我到现在都记得,当每年春天大群大群的蓝色蝴蝶飞过巷弄时，她脸上的表情……她以前总说，总有一天我会像它们一样远走高飞，去寻找更广阔的生活，去一个能让自己梦想成真的地方。'别让任何人阻止你寻找自己的幸福结局。'她以前曾说过，'别让任何人阻止你被爱。'"菲利普嘶哑地说道，"因为毛毛虫是不会了解蝴蝶的。"

泰德罗斯把手放在他的肩上。菲利普靠着他，终于任由自己哭了出来。

"她唯一的朋友夺走了她的爱人，泰德罗斯。"菲利普说，"我不想像她那样终此一生。如此孤独地终此一生。"

两个男孩都陷入了深深的沉默之中。

"我还从未见过一个男孩希望变成蝴蝶。"泰德罗斯轻声说道。

菲利普抬起头来。两个男孩凝望着对方的眼睛，双腿还荡在窗台边。

泰德罗斯咽了一口唾沫，猛然跳上露台，说道："该回去了。去找那支笔。"

"泰德罗斯，等等我……"

可王子已经闪身离开，跌跌撞撞地穿过石柱，消失在阴影里。

苏菲将手轻轻移到刚才泰德罗斯坐过的窗台上。

她告诉自己得尽快赶到银色塔楼去，得尽快在她仅剩的几个小时中找到那支笔，然后带阿加莎回家——赶紧起来——

可她却只是静静地坐着，独自一人坐在这森林之上，直到晨曦慢慢地带走黑暗。

第二十一章
红　光

事到如今，尽管三位女巫在交朋友方面的能力实在让人不敢恭维，但在她们心里却早已将阿加莎看作自己的好朋友了。所以，当裁决赛前的最后一天，阿加莎步入善良大厅来上历史课时，大家都觉得海丝特、阿纳迪尔和多特肯定会对着她又是咧嘴笑又是挥手，再不然也会及时给她挪出一个位子来。可是当身穿校服、因为彻夜未眠而两眼通红的阿加莎挤到她们中间坐下时，这几位女巫看着她的那副模样简直就像看到了这世上最不愿见到的东西一样。

"你来这儿干吗？"海丝特压低声音说，"而且我们为什么能看得见你……"

"她一直都知道。"阿加莎低沉地回答道。

几个女巫立刻转头看着她。"知道？"多特大惊失色地说。

"知道多少？"海丝特轻声说。

她们身后的双开门豁然打开，院长手里拿着那本修订过的教科书缓缓地走进教室，走上讲台时还不忘对着阿加莎调皮地笑了笑。

"很高兴看到我们的级长从集训中返回了。我敢肯定你们俩这段时间过得非常不错吧。"她若无其事地说,"不过我听说苏菲好像不太舒服?"

阿加莎顶住了她的冷嘲热讽,愤怒地看着她说:"在我们说话这会儿,她正在找某样东西。"

整间大厅里的女孩们全部齐刷刷地看向院长,她们被这两人的交流方式弄得一头雾水。

"哦,天哪。时间可是不等人哦。要是这样东西她永远也找不到呢?"伊芙琳故作天真地回道,"一到明天,你们俩可就都命悬一线了。"

"她会找到的。"她大声呵斥道,女孩们又一下全部扭头看向阿加莎,"你根本就不了解苏菲。"

"当然,你是非常了解她的。"院长眨巴着眼睛说道,"比如说什么疣啊之类的。"

阿加莎的脸瞬间变得惨白,大厅里一脸迷惑的女孩们开始围着她窃窃私语起来。

"所有的事。"海丝特倒吸一口冷气说,"所有的事……她都知道。"

"今天的晚餐时间,我们将举行裁决赛前夜的庆祝活动,以祝福我们的战士们能在与男子对抗中获得好运。这些活动包括我们筹备已久的盛大的舞台剧、入选队员名单的宣布以及一个规格正式的晚宴。"院长站在她哥哥过去使用的木质讲桌前大声宣布道,"不过今天上午,我们还有最后一堂历史课要上,我们得为裁决赛做好最充分的准备……"

"她不可能知道苏菲变成男孩了。"多特悄声对阿加莎和女巫们说。她瞥见有两只蝴蝶停在了阿纳迪尔的肩头,立刻将它们变成了甘蓝。"只是有一件事,她怎么会知道我们使用了梅林的魔法?"

"梅林的魔法不就是她上课时教我们的吗?"阿加莎回想起那天院长那讳莫如深的笑容,说道,"其实她就是在怂恿我们去寻找这个魔法。"

"有可能这一直都是她计划的一部分。"阿纳迪尔的声音响起,"故意把苏菲和阿加莎分开,然后再把撰写者藏起来,这样她们就不得不去参加裁决赛了。"

"那她可以直接将她们关起来啊。"海丝特摇着头说,"为什么要费那么大的劲儿让苏菲进到男子学院里呢?"她一双黑眼睛眯了起来,仿佛笼上了一层阴云,"除非……"

"你们和碧翠丝谈过了吗?"阿加莎追问阿纳迪尔道,这时她看见越来越多的蝴蝶从院长的裙子上飞出,朝着她们飞过来,"她必须得告诉我们笔藏在哪儿了!"

"你别再以为是她藏的了。"多特尖声说道,"我在假装和几个永生者女孩一起研究预选赛时,曾经问过她蛇皮的用途。她压根儿不知道蛇皮能够隐身。没有一个永生者知道。你房间里那顶斗篷不管是谁在用,反正肯定只能是个永灭者。"

海丝特突然抬起头看着她,仿佛她刚才说过的话引起了她浓厚的兴趣,但阿加莎只是挥挥手让多特闭嘴。"碧翠丝在撒谎。"阿加莎坚持说,"除了她不可能是别人。"

"好吧,从那光头那儿什么也没套出来,而今晚可是你和苏菲逃跑的最后机会了。"阿纳迪尔着急地厉声说道。

"而且你百分之百地确定苏菲那些征兆都是伊芙琳弄出来的吗?"海丝特皱着眉头盯着阿加莎说。

"要是你亲眼看到当苏菲长出毛茸茸的大腿和喉结时她脸上的表情,你就不会再去质疑她是否善良了。"阿加莎反驳道。

海丝特用手挠了挠她脖子上的恶魔,嘴里还在嘀咕。

"听着,我们这样争执无济于事。"阿加莎深呼吸一口说,"苏菲已经去过校长塔楼了,记得吗?第一天晚上她在那儿亮起过灯笼!我们说话这会儿,她可能已经找到撰写者了。"

"那为什么昨晚她没在那儿亮起灯笼呢?"海丝特依旧不依不饶地说,"为什么一整夜都没见到有灯笼亮起呢?"

阿加莎没搭理她,只是看向院长翻开了自己当日的课本。因为她昨晚几乎一夜没合眼,也在问着自己同样的问题。

"你都快当上队长了!"霍特笑嘻嘻地一边说,一边紧赶慢赶地追上菲利普，他们都赶着要去上第一节课，"所以，要记住哦。我帮你，你帮我。说好了？"

苏菲没有回答，她双腿沉重，呼吸急促，而且敏锐地察觉到自己的前额已经冒出了一粒痘痘。她到日出时才神情恍惚地回到地牢中，浑身汗津津的，只睡了一个小时就被泰德罗斯叫醒了。那时泰德罗斯已经好好地洗了一个澡，换上了一件破破烂烂的衬衫，手里还拿着一大块涂满黄油的面包。

"我还以为早餐时艾瑞克看见我会拧下我的脑袋呢，但是居然没有一个人敢过来说什么。看来经过昨晚，他们都怕了野人菲利普。"王子咧着嘴对他的狱友笑道，"起来吧，蝴蝶小子，把这些都吃了。"

苏菲睡眼惺忪地瞄了一眼这裹满了黄油的面包。她的胃像个黑洞一样一如既往地咕噜咕噜地叫着闹着要吃东西了，可即使作为男孩，她也是有底线的。她呻吟着拉起被子盖在自己蓬松的短发上。

"好了，别哼哼唧唧的了。"泰德罗斯说着，自己咬了一口那块面包，"你要想洗个澡的话最好现在就起来，菲利普。离上课只有十分钟了。"

苏菲仍然像只受伤的猿猴一样呻吟着。

"我知道我们第一次见面时闹过一些不痛快，不过我很高兴我们俩现在是哥们儿了。"她听见泰德罗斯在房间那头说，"而且我很高兴你不用再迎接我的挑战了，因为我今天必须赢，这样我才能在今晚进入塔楼。如果我能自己找到撰写者，或许曼利还能在入选队伍里给我留个位置。"

苏菲躲在被子下面一阵恶心："这样你就能杀死苏菲了是吗？"

"这样我就能保护你不被她伤害了。"

苏菲一下子坐了起来，眼睛睁得大大的。

"和其他人一样。"王子说着脱下了他的校服衬衫。

苏菲看着泰德罗斯的后背，他的皮肤又焕发出了健康的光泽，看着比昨天结实了一些。一瞬间，她还注意到了他肩膀上的肌肉……光洁的金棕色……沐浴后的薄荷味……

"菲利普！"

霍特那黏糊糊的鼻音，一下子打断了她的幻想。

"我们是达成协议了，对吧？"他们转弯走向邪恶大厅时，他催促着她说。

苏菲的脸颊顿时红得像樱桃一样。阿加莎还在等着她呢，所有女孩的性命都还指望着她，而她居然还在做白日梦，惦记着一个要杀死她的人？

"成交。"苏菲讪讪地用手在紧身马裤上蹭了蹭，用力对霍特说道，"不过你还得帮我拿下今晚的撰写者执勤。"

"这才是我的菲利普嘛。男孩们都在传，说你昨晚保护泰德罗斯免遭惩罚了，我就知道这不可能是真的。泰德罗斯为了裁决赛，赌上了我们所有人，其中也包括你。至少我们能好好教训一下这个漂亮脸蛋儿的王子……"

"不，我只在乎我的排名，和别人都没关系。别去烦他。"

霍特呆呆地杵在走廊里："看来昨晚你确实是保护他了！"

苏菲转头看向霍特，下颌紧绷，一张高贵的脸上冷若寒冰："坦白说，我不觉得这和你有丝毫关系。"

霍特目瞪口呆地看着菲利普，那模样就好像他被深深刺伤了一般。然后他吞了一口唾沫，挤出一丝笑容说："但……但是……我们还是最好的朋友，对吗，菲利普？"

苏菲皮笑肉不笑地说："那当然。"然后看也不看他，径直往前走去。

"好家伙。"霍特又喋喋不休地一边说一边跳着追上去，"我就是确认一下，你得知道谁才是你最好的朋友。"

苏菲心烦意乱地点了点头，拼命对自己念着阿加莎、阿加莎、阿加莎，尽管此刻她心里想的只有一个王子。

"在裁决赛前的最后一课中，我想或许我应该给你们打开一扇窗，让你们了解一下我的过去。"伊芙琳·萨德的声音响彻整间善良大厅。

阿加莎和海丝特顿时停止了窃窃私语，一脸惊讶地看着讲台上的伊芙琳。她们完全没料到竟然会由院长本人来讲述她自己的过往。

"撰写者从没选择记录下我的故事，这一遗漏无疑会及时得到修正的。因为我完全是靠自己的力量从一个野蛮的男性手中逃脱，然后再得以归来领导你们所有人的。"伊芙琳继续以一种居高临下的姿态对着所有的女性观众说道，"现在，所有的真相将通过历史课首次呈现。"

说着她的手指滑过讲桌上的课本，她那极富煽动性的、空灵的声音立刻在大厅中回响起来："第二十八章：著名的女性预言家。"

在一片雾气之中，一个幽灵般的三维立体影像悬浮着出现在了书页上方。那影像显示的是过去的善恶魔法学院。

"看来我们得继续上学了。"海丝特对着阿加莎低声嘟囔道。

院长面带微笑俯视着她的学生们说："欢迎进入我的童话故事。"

接着她对着那迷幻的场景吹了一口气，影像瞬间幻化成片片闪耀的细碎光斑，裹挟着风声扫过大厅然后洒落在现场每一位女孩的身上。强光扫过时阿加莎赶紧闭紧双眼，她又一次感觉自己坠入了虚空之中，紧接着双脚轻柔地降落在地上。她睁开双眼发现自己又一次站在了善良大厅里，但身边的三个女巫和其余所有的女孩全部消失了。此刻整间大厅里的空气朦胧而稠密，仿佛所有的景致都被罩上了一层迷雾一般。大厅的墙面被海水盐化和钙化的程度没有现在那么重，大厅的长椅上坐满了身穿粉色短裙的女孩和身着蓝色永生者校服的男孩。

阿加莎缓缓抬头看向木制讲台，比现在年轻十岁的伊芙琳正站在讲台上，一张明媚的脸庞热情洋溢。不过让她心头一震的是，她裙袂上飞舞的蝴蝶不是蓝色，而是鲜艳的红色。

"很久以前，我在善良学院教书，而我的哥哥，奥古斯特，则在邪恶学院教书。"她如今的声音在场景外响起。

阿加莎一脸质疑地皱起了眉头。萨德教授在书里讲述的一切与她说的正好相反——伊芙琳本来是在邪恶学院教书，而且是萨德请求校长让她去做这份工作的。

"但我哥哥对我的才能嫉妒已久，"院长的声音宣称道，"并且一直在暗中谋划想要将我的学院占为己有。"

阿加莎的眉头皱得更深了。都是谎言。她想着。然而，她看着场景中那些英俊的准王子殿切的笑容，还有那些美丽女孩孜孜不倦学习的模样，这一刻一切看起来竟然……如此真实。

"很快，我哥哥开始出手了……"

大厅的窗户突然震裂，一股褐绿色的雾气席卷而来，将长椅上的学生们全部震开。惊恐万分的永生者们纷纷逃到门口，这时大雾将伊芙琳卷起，从窗口扔了出去，只剩下她的红色蝴蝶们在她的身后仓皇飞舞——

"那时我就发誓，我一定要在他死后回来。"伊芙琳大声宣布，"总有一天，女性一定会从男性的谎言与暴行中解脱出来……"

阿加莎绷紧了下巴看着善良学院的学生们尖叫着纷纷冲出大厅。这场景的代入感太强烈了，她越来越感同身受地认可这一切。她想起第一年达维教授和莱索夫人曾说奥古斯特·萨德是个充满妄想的危险分子……难道在乌龟给她的那本书里，他曾改动过自己的历史吗？难道他才是那个一直在撒谎的人吗？

绿色的烟雾弥漫着整间大厅，幻影永生者们一个个从她身边飞过，阿加莎闭上双眼，盲目地在其中撞来撞去，完全分不清什么是真实、什么是虚幻。

突然有什么东西刺痛了她的鼻尖。

阿加莎睁眼看见一片白色的天鹅羽毛穿过迷雾从她身边飘过，而仓皇失措的永生者们正朝着远处善良大厅的壁画墙奔去。

阿加莎跟随着这片白色羽毛朝着一幅马赛克壁画跑去，壁画的内容正是撰写者悬浮在头戴银色面具的校长手中。天鹅羽毛飘落在墙上，正好紧紧贴在画中的撰写者身上，活像一支等待被使用的鹅毛笔。阿加莎本能地伸手摸向羽毛，当她的手指轻轻触碰到羽毛时……羽毛下的瓷砖立刻缩进墙面消失了。与此同时，柱子下的瓷砖也消失了，墙里露出了一个空旷而细长的洞，正好能容纳她钻进去。她的心里一阵狂跳，然后慢慢地钻进了洞里……

洞里是一个灯光昏暗的房间，房间里有一扇更小的白色大理石门。阿加莎打开门，只看见一条光线更暗的通道和一扇更小的白门，接着又是更加昏暗的通道和再小一些的门，如此不停反复……直到最后，她跪着爬进了一扇如舷窗般大小的门，走进了一片漆黑之中。

阿加莎蹒跚地在这无尽的阴冷与黑暗中站起来，双手紧紧搂着冻得满是鸡皮疙瘩的双臂。她将注意力集中在自己不断加重的恐惧中，渐渐感到手指开始发热，一束光亮出现。

"我在哪儿？"她喘着气说。

"在伊芙琳不想为人所知的记忆里。"一个她熟悉的声音回答道。

阿加莎缓缓地高举起指尖光，如同举起一盏聚光灯。

黑暗中，萨德教授正微笑地看着她。

只剩最后一次机会去寻找撰写者了。而苏菲知道要想赢得这次机会，就意味着在当天的五项挑战中她必须赢得一半以上。

在砍斧头比赛中，霍特用魔法将苏菲对手的斧头直接变脆，刀刃一砍对手就败下阵来，接着他又在生存挑战中分散了苏菲对手的注意力，让他们无法找到苏菲的藏身之地。连赢了两场比赛，苏菲终于能稍稍安心了一些。可是在接下来的挑战中，即使有霍特的帮助，她也没能打败铆足了劲儿反击的泰德罗斯，于是两项比赛都只拿到了第二名的成绩。

就在苏菲走进曼利教授烧焦的教室，准备潜心迎接下一项挑战时，她突然感觉到王子的手搭在了她宽阔的肩膀上。

"我知道你又作弊了，菲利普。"

"或许等我找到了撰写者，它就能阻止你这场愚蠢的裁决赛了。"苏菲还击道。

"你昨晚寻找撰写者的工作就做得不错。"泰德罗斯揶揄道。

"保住了你的小命，不是吗？"苏菲驳斥道。

"泰德罗斯，菲利普，别忙着打情骂俏了。"曼利走在他们身后大声吼道。

所有的男孩都看向了泰德罗斯和菲利普，这两人尴尬地愣着，然后迅速分开了。

在接下来的两项挑战中，苏菲都心慌意乱地站在泰德罗斯后面，心猿意马地想着王子是否真的在和自己打情骂俏。

"他当然没有和我打情骂俏了。"她反反复复地对自己说道，"我是个男孩，你这个笨蛋。男孩！"

"他就快取代你，成为第一名了，菲利普。"在去上最后一节课的路上，霍特对她抱怨道，"最后一项挑战，谁赢了谁就是当日冠军。你会丢掉你的队长位置的，菲利普！我们得陷害他……"

"我不要。"苏菲凶巴巴地呵斥道，吓得霍特几乎跳起来。

大战前夕，蓝色森林将一直处于禁闭状态，直到第二天晚上才会重新开放。所以参加丛林勇士比赛的八十名男孩此刻全都集中在邪恶大厅里，而阿尔伯马尔此时也栖息在一盏腐烂的枝形吊灯上等着他们。

"我们将围绕学院进行一场简单的比赛。"这只啄木鸟透过眼镜片俯视着他们说道。

这时苏菲看见一条黄色荧光的线神奇地穿行在地砖之间，这条线一路穿行，从她的两腿间穿过，走出大厅，走下楼梯。

"第一个沿黄色砖路走回大厅的人获胜。"阿尔伯马尔一边说，一边窸窸窣窣地从翅膀下掏出一个记录本，费力地眯着眼睛看了看，"根据统计，在队长一职和挑选队员的权利上，菲利普以微弱的优势领先于艾瑞克和查迪克。不过这次比赛仍然将针对所有人进行。"

苏菲看了看艾瑞克、查迪克，还有一帮摩拳擦掌的男孩。他们全都弓步蹲好，一副随时准备冲出去的模样。

"预备……"阿尔伯马尔尖声喊道。

苏菲感觉到霍特紧抓住自己的手臂，他那湿热的呼吸就在自己耳边："跑起来，菲利普。用尽全力跑……"

"开始！"

七十九个男孩如怒吼的公牛一般冲出大门。

只有苏菲一人站在原地一动不动，慢悠悠地磨着她那粗糙的指甲，直到她听到了一声震耳欲聋的撞击声，这才漫不经心地走过去，从一堆哀号连连的男孩身体上跨过去。一边走她脑子里还一边想着，这帮男孩竟然连排队下楼梯这点儿常识都没有，究竟是怎么在自然界里生存下来的啊。当第一批男孩终于爬出人堆站起来时，苏菲已经到了终点线，她甚至连一滴汗都没出。

"看来菲利普真的很想获得执勤的机会呢，不是吗？"卡斯特走在最后一位呻吟着回来的男孩身后，一脸坏笑地说道。

苏菲终于松了口气，吹了吹她那蓬松的头发。今晚她无论如何都要找到那支笔。如果需要的话，她会掀开每一块地砖。

"不过菲利普没有出席昨晚的执勤，"这只狗恶狠狠地看着她冷笑道，"如果你认为还有什么比找到笔保全我们这个世界更重要的话，菲利普，别犹豫，尽管去。"

苏菲顿时呆住了："没有……我只是……"

"维克斯，你离门最近。今晚你来接替执勤。"卡斯特厉声说道。

"不，不，不行！"苏菲惊骇地大叫，"我来！"

"你看，菲利普很愿意去。"维克斯尖着嗓子说道，很显然他对一夜无眠的搜查毫无兴趣。

"如果菲利普得担任队长的话，他就不能去。"卡斯特仔细查看着阿尔伯马尔的记录本，没好气地说，"如果我们都不想沦为奴隶的话，菲利普今晚更应该好好休息。"它凶残地盯着这位精灵长相的新队长说道，"你要是今晚敢离开你的床，我就把你绑在上面。"

苏菲几乎是拼了命地憋住才没让自己叫出声来，她整个人都快气得爆炸了。撰写者！就在刚刚，她失去了最后一次寻找撰写者的机会！

她气呼呼地转过身去，根本不想看那只狗，心想：我们还怎么回家呢？

肾上腺素在她男性的肌肉里迸发。她得通知阿加莎，她得在窗边点亮一盏红灯笼，阿加莎会立刻赶来的。苏菲大口地喘息着，汗水吧嗒吧嗒地顺着她的肋骨往下淌。别惊慌！阿加莎会想办法的。阿加莎总是能救她于水火之中。她们肯定能一起逃出学院藏进森林里，等一切都安全了再返回——安全地找到撰写者，然后回家。

"还有一件事，菲利普。"卡斯特说，"作为正式的裁决赛队长，你有权利挑选一位朋友加入队伍，一起对战苏菲的队伍……"

苏菲已经听不到这只狗在说什么了……她只能听到自己扑通扑通的心跳声，正在乞求着阿加莎快来……

"那些认为自己和菲利普关系够铁，能够称得上是挚友的人，就能在裁决赛中获得一席之地。现在请你往前迈出一步。"卡斯特粗声粗气地大吼道。

永生者、永灭者以及外来的王子们顿时交头接耳窃窃私语起来，但是没有一个人愿意从人群中走出来。

这时苏菲突然注意到了霍特那一脸愚蠢的笑容。

果然，看来这就是这黄鼠狼想要的交易。

苏菲深吸了一口气，努力让自己的心跳平稳下来。就让那笨蛋来吧，反正跟她没关系,她绝对不会去参加裁决赛的。只要红灯笼一亮,阿加莎就会赶过来接她回家的。于是她对着霍特点了点头,然后迫不及待地想要走出大厅去点亮灯笼。

这时还有一个男孩朝前走出了队列。

"我也很愿意成为其中的一员。"泰德罗斯说。

"萨德教授?"阿加莎失声喊道,她试着在这漆黑一片的虚空之中朝他的方向迈进了一步,她的指尖光也随即更加明亮了。

黑暗中,这位历史老师还是穿着他那件三叶草绿色的西装,满头银发,一双淡褐色的眸子回望着她,就好像他依然活着似的。"我们只有很短的几分钟时间,阿加莎,我有很多事要展示给你看。"

"可是……你怎么会在这儿……"阿加莎轻声说。

"伊芙琳犯了一个错,她不该让你进入她篡改过的回忆里。"萨德教授仿佛飘浮在黑暗中一般说道,"一旦你对它们的真实性产生了怀疑,你就相当于打开了那些回忆背后的一扇门。"

"所以我在乌龟那本书里看到的是真实的?"

"没有历史是完全真实的,阿加莎。你在这所学院也待了一段时间了,你应该相信你了解的、获得的远多过从书里查找到的才对。即使那本书是我写的。"

"但是十年前你为什么要让校长允许你妹妹在这儿教书呢?而他又为什么会将她赶出去呢?"

"我们没时间……解答了,阿加莎。"她的老师严肃地说,"你接下来要看到的是伊芙琳自己的回忆,未经修饰、原汁原味的回忆。她非常谨慎地将这些回忆深埋于她记忆的最深处,所以一旦有人触及的话她肯定会立刻感知到的。但是我们必须得冒这个险,因为这是你弄明白她为什么会出现在你童话里的唯一途径,也是你能够了解你所要面对的敌人的真实面目的唯一途径。"

此时的阿加莎完全说不出话来,她早已热泪盈眶,什么都不想看,只想和他待在这深深的黑暗之中,此时此刻的她觉得无比安全。

"现在我必须离开你了，阿加莎。"她的老师温柔地说，"但是你要知道，我一直都关注着你，你故事里的每一步我都注视着。前面你还要走很长很长的路，才能到达故事的结局。"

"不，求你了……"阿加莎哽咽着说，"别走！"

一团无声的强光炸裂开来，萨德教授在光芒中化为乌有。阿加莎用手挡住强光……她感觉自己在一片耀眼的白色混沌之中开始翻滚，然后双脚落到了地面上。

睁开双眼，她发现自己正站在一个堆满了书的书架前，此时周围的空气比起在伊芙琳篡改的故事里清爽了许多，色彩也更丰富生动，仿佛那些遮蔽真相的迷雾终于被吹散了。她瞥了一眼书架上那些花花绿绿的书脊——《糖果屋历险记》《豌豆公主》《桧树的故事》——她瞬间明白自己身在何处了。

阿加莎一个转身看见校长正弓着背注视着悬浮在白色石桌上的撰写者，看着它"唰唰唰"地用魔法写着一本故事书的最后一页。阿加莎注意到当这支魔法笔快结束整个故事时，校长的眉头皱得越来越紧了。这时的校长依然用一件飘逸挡风的蓝色长袍遮住整个身体，脸上除了那双蓝眼睛、饱满的嘴唇和鬼魅般的白发，其余部分都被那副闪闪发亮的银色面具遮住了。眼前的他看上去如此真实而活灵活现，看得阿加莎汗毛根根直立，不过她知道他根本看不见自己。

当魔法笔写下最后一笔时，校长审视得更加仔细了，最后的场景结束在一个面目狰狞的巨人被一个手牵着美丽公主的王子一剑刺死。

"全书终。"他大声咆哮着，一个魔法将这本书砸到了墙上。

这时一阵烟雾升起，撰写者从笔尖处又变出了一本全新的故事书，它轻点这本书绿色的木质封皮翻到了空白的第一页，校长看着它又开启了一篇新的童话。

"很久很久以前，有一个女孩名叫拇指姑娘……"

突然，蝴蝶的影子投射在了书页上，校长转身看见一群红色的蝴蝶从窗口飞了进来，然后神奇地聚合成了一个人——年轻十岁的伊芙琳·萨德。只是这时的伊芙琳完全不像她篡改的历史中那样和蔼可亲、光彩照人，这时的她眼里透着一股子狠劲儿并且充满了恶意。

"你被禁止来到此处，伊芙琳。"校长阴沉地说着，然后伸出手指擦去了她脚下的地板，留下了一道白色的条纹。

"我哥哥骗了您。"伊芙琳平静地说。

校长停下了手中的魔法，将伊芙琳留在了茫茫虚无中的一小块石地板上。

"我知道您属于邪恶，主人。完全的邪恶，一如您哥哥属于完全的善良。"伊芙琳无惧他虎视眈眈的目光继续说着，"所以我现在来告诉您，您选择了一位错误的萨德去投资自己的未来。"

校长缓缓地放下了手指，伊芙琳四周的地板也随即填充完整，又变成了坚实的地面。

"我知道您在寻找什么，主人。"伊芙琳继续说着，脚步悄然向他移去，"您在寻找一颗能够扭转对邪恶诅咒的真心……一颗能在您爱的名义之下犯任何罪行的心……一颗配得上邪恶永生的心……"

说着她将手放在了自己胸口上，一双绿色的眼眸炙热地望着他。

"这颗真心就是我的心。"

校长依然无动于衷地注视着她，然后嘴角上翘转过身去："你该走了，伊芙琳。趁你还没太丢脸时赶紧离开。"

"奥古斯特说您要找的人在森林彼岸，所以这就是您要招那些低贱的读者来污染我们学院的原因吧？"

校长的身体一下绷紧，只拿后背对着她。

"这是个必死的陷阱，主人。"伊芙琳说，"我了解我哥哥的内心。他指引您去找的并不是您的真爱——而是一个会杀死您的人。"

校长猛然转身看着她说："你不过是像个三流的小跟班一样嫉妒你哥哥的才能罢了。你根本没有预见未来的能力……"

"但是我有听到现在的能力，而这种能力更为强大。"伊芙琳毫不气馁地说，"我能听到别人的话语、愿望、秘密……甚至是您的，主人。我知道人们在追寻什么，他们的愿望是什么，他们愿意为了什么而放弃生命。我能改变所有人故事的走向，能让他们的故事按照我的愿望去结束。"

"在我们世界的规则里，所有人禁止干涉撰写者撰写故事，否则将导致我们自身的毁灭。"校长说着皱着眉瞥了一眼那支笔，"这样的教训我没兴趣再接受第二次了。"

"那是因为您依然相信这支笔的力量。您不希望由您自己出手来让它停止对邪恶的杀戮。您想要控制这支因为您杀害了自己兄弟而一心只想要惩罚您的笔。"伊芙琳开始面露焦急,"但是我懂得您的内心,主人,而您肯定也知晓我的内心。因为只有您和我才懂得真正的邪恶是什么——它远胜于任何故事书里见过的。吻我吧,这样邪恶之爱就会永伴您左右,这邪恶之爱的力量会如同善良真爱一样强大。我们将共同迎来一个无与伦比、恒久而恶毒的邪恶永生,这样善良将再无利器能与我们抗衡。吻我吧,这样我们就能携手在一个又一个故事里摧毁善良……直到这支笔再无任何能力残存。"

校长抬起他那双闪亮的蓝眼睛看着她。"所以你深信不疑你就是我的真爱?"他说着,慢慢靠了过去,"你就是我灵魂深处找寻的人?"

伊芙琳在他的步步紧逼下,红着脸准备迎接他的吻。

"我这黑暗心中的每一个细胞都这么深信不疑。"

校长的嘴唇停在了离她嘴唇一英寸的地方。他恶毒地笑了笑说:"那就证明给我看吧。"

阿加莎看得心惊肉跳,这时她周围的场景突然消失了,取而代之的是午餐时间绿草茵茵的透明场。但是与通常永生者、永灭者各坐一方互不干扰的安静有序不一样的是,此刻的永生者们竟然在内斗,而一旁的永灭者们全都瞪大了眼震惊地看着——永生者男孩们用棍棒互相殴打着,永生者女孩们则相互揪着头发,像猫一样用指甲抓挠对方。老师、狼卫还有小精灵全都拿他们没办法……与此同时,一群血红色的蝴蝶正从远处蜂拥而来。阿加莎看到面容年轻许多的达维教授从她身边疾步经过,她跑到了刚从邪恶隧道里出来的莱索夫人面前。

"是伊芙琳。"达维教授气喘吁吁地说,"她的蝴蝶偷听了我学生们的谈话,然后把每个人受到的委屈和侮辱,还有每个人的妒忌全都小声传播了出去,就为了引起这场大骚乱!"

"我给永灭者上的课中,有一课就是专门教他们侮辱人一定要当着对方的面去侮辱。为的就是避免这么戏剧化的场面发生。"莱索夫人相当享受地说道。

"你是邪恶学院的院长！你有责任好好管管她……"

"可管好永生者的纪律是你的责任啊，克拉丽莎。"莱索夫人打着哈欠说，"或许你该去跟她哥哥说说。他才是她在这儿的负责人。"

"奥古斯特拒绝和她说话，也不愿回答我的任何提问。求你了，莱索夫人。"达维教授乞求道，"作为老师是无权干涉学生的故事发展的！伊芙琳迟早也会对你的学生横加干涉的！"

莱索夫人蹙眉看着自己的善良同事，陷入了沉思之中……

这时场景又一次变换。阿加莎来到了莱索夫人冰冻的旧教室里，而在她冰雕讲桌的对面站着的正是伊芙琳·萨德。

"我就对你说最后一次，"莱索夫人冷冰冰地说，"停止你所有对学生的监视，不管是善良的还是邪恶的，否则你将被开除出这所学院。"

伊芙琳咧着嘴邪恶地笑了，一道牙缝清晰地露了出来，说："你希望我听从你的命令？作为一个院长，你将自己的儿子藏在森林里，没事就去偷偷探望他，你希望我听从这样一个院长的话吗？"

莱索夫人的脸瞬间变得煞白，紫色的眼睛睁得大大的："你说什么？"

"他很想念你，对吗？"伊芙琳说着，一点点地朝她逼近，"或许他长大后也会和他母亲一样软弱无能。"

莱索夫人呆呆地愣在那儿，过了一会儿她才恢复以往冰冷的模样，低吼道："我没有儿子。"

"你对校长就是这么说的，对吗？"伊芙琳走得更近了，"你知道森林中存在关于邪恶的诅咒，所以你为了自保拼尽全力留在学院里。但是任何一名邪恶教师都不允许对大门之外的一切心存留恋——院长，当然也不能例外。于是你也发誓愿意为了效忠冷血的邪恶而放弃自己的孩子。"伊芙琳在莱索夫人身边悠然地走来走去，镀金的长指甲抠进了她冰冻的讲桌里。"可是每个夜晚，你还是会偷偷溜到你将他藏起来的那个山洞中去看他。每一个夜晚你都没有告诉他真相是什么，只是在他面前假装他有一个永远爱他的母亲。不过记住我的话吧，莱索夫人……总有一天你的儿子会因为这样而更加恨你的。因为很快你就不得不在你自己和他之间做出选择了。而我们都知道你会选择谁。"

"滚出去！"莱索夫人激动地跳了起来，厉声呵斥道，"滚出去！"

但是伊芙琳已经大摇大摆地离开了，她的蝴蝶如一道红光跟随在她身后。

莱索夫人独自一人坐在这空荡荡的冰冷教室里。慢慢地，她满脸通红，怆然泪下，浑身开始不由自主地颤抖起来。她听到门外传来声音，于是迅速擦干眼泪，这时永灭者们鱼贯而入开始上下一节课了……

场景又一次消失，这次又回到了校长塔楼里，阿加莎已经看得应接不暇，几乎喘不过气来。这次的场景里只有校长和奥古斯特·萨德两个人。

"莱索夫人和达维教授都坚持要立即将你妹妹驱逐出学院。"校长说道，"鉴于我们的院长通常在任何时候对于任何事情的意见都无法达成一致，所以这一次我感觉我必须要满足她们的愿望。"他站在窗前俯瞰着他的学院说道，"她一离开，我需要你去接手她在邪恶学院的课程。"

"如您所愿，校长。"萨德教授站在他身后回答道。

校长转过身来："你不为你妹妹辩护一下吗？当初可是你坚持要让她来这儿教书的。"

"也许她来得稍微早了一点儿。"萨德教授说着露出了神秘的一笑，"现在，如果您不介意的话，我得去上课了。"

校长注视着他，格外仔细地看了看，然后举起了手指。正在萨德教授即将消失在一道白色条纹中时，突然，条纹又填满了。

"最后还有一件事，奥古斯特。"校长重新叫住他说，"我要找的那个人……你用你的生命起誓，她肯定不是我们世界中的一员吗？"

萨德教授眼皮也没动一下，说道："我用我的生命起誓。"

校长笑了，转过身去说："对了，请务必让莱索夫人知晓，她随意进出学院大门的特权已被取消了。"

一道白光闪过，他身后的萨德教授已被从塔楼里擦去。

阿加莎捂着眼睛直至白光变暗，然后透过指缝偷偷望去，她看到这时伊芙琳已经站在了校长面前。

伊芙琳的目光越过校长望出去，上百名学生此刻已会集在了善恶魔法学院的各扇窗前，和他们在一起的还有两院所有的老师，他们像是一群在等着观看公开处决的观众。

"所以你还是选择了我的哥哥而不是我吗?"面对着注视着她的人群,伊芙琳冷笑道,"你选择了一个会毁掉你的男人,而不是一个能够拯救你的女人?"

"你哥哥从不撒谎。"校长平静地说。

伊芙琳一个转身对着他说:"只要能看着你死,他宁愿牺牲真相,宁愿牺牲他自己的生命。"

校长凝视着撰写者若有所思。"我哥哥将自己灵魂中的一片融进了学生的徽章里,以确保他们不会受我所控。"他终于开口说道,"而我也倾向于在有保障的情况下再行事。"

于是他转身看着伊芙琳说:"恐怕你在这所学院的时间该到头了。"

伊芙琳紧紧地掐着他的肩膀说:"可要是你错了呢?如果我真的就是你的真爱呢?"她疯狂地哀求道:"要是你因为这个错误而死去了呢?"

校长低头看着她紧拽着自己的双手。"如此忠诚……"他深深地望着她那森林绿色的双眼,笑着说道,"我当然不能无视你所有的期待。"

于是他慢慢将手伸向自己的胸口,抽出了一缕幽灵般的亮蓝色烟雾,那烟雾闪着光芒,如同他灵魂的一缕似的。他将这烟雾紧握在拳中,放在了伊芙琳心脏的位置,并看着它被吸进了她的体内。伊芙琳低头望去,她震惊地发现自己裙袂上的红蝴蝶此时全都神奇地变成了蓝色。

"这就是我的保障,伊芙琳。"校长抚摩着她的脸颊,戏谑地说,"如果我错了,那么终有一天你能回到这所学院来,到时候带着你的真心一起回来吧。"说完他转身快步离去了。

只留下伊芙琳愣在原地。

突然一道蓝光如彗星扫过,将伊芙琳抛出了校长塔楼,蓝光粗暴地划过森林上空,重重地落在地平线上。

阿加莎凝视着校长那双致命的蓝眼睛,随即这一幕也在一团烟云中消散而去。

阿加莎不停地咳嗽着,在一片毒雾中挥舞着双手,一个个尖叫着的永生者不断从她身边奔过。她又回到了那个朦胧不清的幻影善良大厅……又回到了被伊芙琳篡改的历史中……

而这只可能意味着一件事。

阿加莎一转身,就看到怒不可遏的伊芙琳·萨德正穿过善良大厅朝她冲来,她整张脸因暴怒而涨得通红。只是这个伊芙琳比她回忆中看起来老了十岁,这个伊芙琳的蝴蝶全是蓝色而不是红色。这个伊芙琳根本就不是幻影,她正准备对一个刚入侵了她回忆的女孩发起致命的攻击。

"这就是为什么你会出现在我们的童话里……你在某种程度上利用了我们……"阿加莎一边后退一边大叫着,"你……你把他带回……带回来了……"

伊芙琳对着她射出一道蓝光,大厅瞬间变回了现在的模样。阿加莎被震倒在地,女巫们纷纷跑去救她,但是已经来不及了。

阿加莎。

阿加莎。

阿加莎。

苏菲呆呆地望着泰德罗斯和霍特,这两人都要求在裁决赛中成为她的队友,和她一起对战她自己。

"我现在需要阿加莎。"苏菲心惊胆战地想着,她绝对不要和裁决赛沾上一丁点儿关系。

卡斯特伸出爪子将霍特踢到前面说:"你们两人各有一次机会告诉菲利普,为什么你配得上成为他的选择。"

霍特恶狠狠地盯着泰德罗斯,那表情仿佛他立刻就要喷出火似的。"我就该和菲利普一起上战场,我可不是什么酒肉朋友,只会因为他帮了我免受鞭刑就觍着脸对他好。"他嘟着嘴看着苏菲,苍白的嘴唇还止不住地颤抖着,"另外,我才是菲利普最好的朋友。这话可是他自己说的。"

苏菲看着霍特,这时的他已经丧失了所有的愤怒,看上去就像只可怜巴巴的小老鼠。

"好吧,也许我不是菲利普最好的朋友。"另一个声音在他身后说道,"但是我能让他活下来。"

苏菲缓缓地抬起头来。

"我和阿加莎之间的爱,是我曾有过的最刻骨铭心的感情。"泰德罗斯目光坚定地看着她说道，"但是菲利普却带给了我一种更深厚的情感，这是一种我一直期盼的兄弟情。他和我们这些鲁莽、急躁、眼高于顶的王子都不太一样，他诚实而又敏感，他会考虑很多，而且他有真实的感受。男孩们从不会展露自己的真实感受……他们要么抛弃，要么隐藏。但他却是一个真正的男人应该有的样子，一个用荣耀、英勇以及真心构建的男人模样。而且或许也是因为他，我第一次理解了，为什么只有死亡才能将阿加莎和苏菲分开。"泰德罗斯望着菲利普那张愕然的精灵面孔说道："因为我从未对任何人，不管男孩还是女孩，有过如对他一样忠诚的感觉。"

此时邪恶大厅里无人发出任何声音。

苏菲热泪盈眶地看着她曾经的王子。曾经她生命的全部不过就是希望有一个男孩能够需要她。她怎么也想不到，这一切竟然在她自己也变成了男孩后实现了。

"你选泰德罗斯还是霍特，菲利普？"卡斯特站到两个男孩中间问道。

苏菲将目光从泰德罗斯身上移开。她到底在干吗啊？！她现在得立刻去通知阿加莎！

"是泰德罗斯还是霍特？"卡斯特怒目圆睁地看着她，大声吼道。

苏菲屏住呼吸，努力压制住回响在耳边的泰德罗斯的话语。阿加莎很快就会赶来了。

"我说什么都没关系。不会发生的。裁决赛不会举行的。"

可要是举行了呢……真的举行了呢……这位正在要求加入她队伍的王子，怀揣的任务却正是去杀死她。

霍特。

霍特。

选霍特！

一个名字自然而然地从她嘴里响亮地吐出，她悬着的一颗心终于落了下来，终于能去点亮灯笼召唤她最好的朋友了。

可当她抬头看见霍特时，她看到黄鼠狼般的脸上的笑容消失了，取而代之的是一副因为背叛而充满了憎恶与惊骇的表情，苏菲这才知道自己喊出的名字原来根本就不是霍特。

苏菲缓缓转过身去。

泰德罗斯满脸微笑地看着他最好的朋友，这笑容里闪耀着感激、欣赏甚至承诺的光芒，承诺他必将保护男孩苏菲免遭女孩苏菲的伤害。

只是这一刻让苏菲心跳几乎停止的并不是泰德罗斯那一脸的光芒。

而是越过他的肩头，在远处亮起的一束光……

……一束透过男子大厅的窗户远远亮起的光……

……一束穿过湖湾从女子塔楼那端亮起的光……

……一束来自一盏红色灯笼，代表着警报的光……

而这时，苏菲终于知道自己犯了一个非常、非常可怕的错误。

第二十二章
最后一位入选者

"感觉就像回到家了一样。"

伴随着男孩的话语,一圈圈涟漪在水中荡开,仿佛竖琴的琴弦正在拨动出一首悠扬的歌。

阿加莎睁开眼睛,看着阳光洒在熟悉的湖面上,和煦的微风吹拂着水面,湖水轻轻拍打着岸边。一瞬间湖面好似静止了一般,倒映出了她松松垮垮的黑色长裙和一张苍白的脸,以及她身旁的那位身着蓝色永生者制服的金发男孩。

"我……我们怎么会来这儿的?"阿加莎抬头看着他,轻声说道。

"这才是我的公主。"泰德罗斯凝视着水面说,"以前的阿加莎只会红着一张番茄似的脸问我'苏菲在哪儿?'"

阿加莎的脸立刻红得好像番茄一样，脱口问道："她在哪儿？她安全吗？"她一边说一边环视四周，一道耀眼的金光将湖岸整个包了起来，抹去了湖边的一切。"她在这儿吗……"

"我很严肃地想问问你，"泰德罗斯将一根草弹进水里说道，"从我们刚认识的那天起你就瞧不起我……你叫我杀人犯，说我是个自大狂，说我蠢得像头驴，谁知道你还说了些什么……"他没有看她，继续抓起一根草弹入水中。"是什么让你改变了想法？"

"我不明白……我们现在在哪儿……"阿加莎扫视着这道将他们包围起来的金色光墙焦急地说，这道光墙让她想起那道曾经隐藏着王子幻影的黑色风墙，"我们的故事里发生什么事了吗……"

"这是我们俩都想努力弄明白的事，不是吗？这就是为什么我需要一个答案，阿加莎。"泰德罗斯说话的时候，两眼依然望着前方，"我需要知道你是怎么看我的。"

阿加莎的脸上泛起了一道红晕。很久很久以前，她也曾在这同样的湖边弹着火柴，问苏菲是怎么看待她这个朋友的。

"是一个瞬间。"阿加莎轻声回答道，"就是这样。"

她的王子终于看向了她的双眼。

"是在去年的裁决赛中，你被苏菲抛弃时你的模样触动了我。"她说道，"那时的你一脸的心碎，就好像你人生中唯一期盼的事，不过是别人也能像你保护他们一样来保护你。"

泰德罗斯扭过头叫道："你说得我就像个女孩似的。"

阿加莎自嘲地笑了笑："可就是这样的瞬间才让我看清这个男孩的。"

王子的肩头绷紧了。

"一个坚强的男孩也有很脆弱的一面。"阿加莎看着他说道。

"然而你还是认为我即使软弱也足以伤害你。"他平静地说道，"你是唯一看见我真实内心的人。"

泰德罗斯的眼神突然变得犀利而充满了恳求。

"你不觉得，故事里好像仍然漏掉了什么环节吗？"

他身后的金色光墙突然裂开，阿加莎甚至来不及抓住他，他就被光吞噬了。环抱在她周围的草地突然变成了深蓝色，树木变成了长春花，湖里燃起了熊熊烈火，而浪花卷起火苗打了过来。

阿加莎在黑暗中睁开了双眼，她的头就像被狠狠撞过一样地疼。在她头顶晴朗无云的夜空中，只有稀疏的星星在眨巴着眼睛闪烁着。她跟跟跄跄地坐起来，发现自己身上正披着一条小狗图案的毯子，身边一小团噼里啪啦燃烧着的篝火为她送去了温暖，火光中两个女孩正坐在荒凉无人的透明场上呆呆地望着她。

"你醒了。"希子欢快地叫起来，"她醒了！"

莉娜差点儿就被一根巧克力棒棒糖给噎着。"我……我去叫院长。"她含含糊糊地说着，晃动着厚实的背影消失在了黑暗里。

阿加莎只感觉口干舌燥，嘴里说出的话全都是含混不清的。她的四肢冻得像冰块一样冷，太阳穴不停地跳动，那些惊悚可怕的画面瞬间倾泻入她的脑海……泰德罗斯在湖边苦苦哀求的俊脸……苏菲变成了男孩后惊得目瞪口呆的脸……伊芙琳恶狠狠朝她冲去的脸……

"校长……必须得告诉达维教授……"之前清醒时最后一瞬间的记忆闪现出来，阿加莎一下就像发了疯似的尖声大叫起来，"她把他复活了……"

"哦，天哪。院长就说你醒来之后会变得有点儿奇怪。"希子一惊一乍地说着，将手掌放到了阿加莎的前额上，"嗯，烧得好严重，就像你刚凑在火旁烤过了一样。"

"这儿可不就是火堆吗？"阿加莎哑着嗓子喊道。

"院长说你对幻影里的烟雾反应不适。"希子没头没脑地唠叨着，"因为你是个读者，免疫力过于敏感什么的。海丝特、阿纳迪尔还有多特却一直大吼大叫，说院长肯定对你做了什么。不过所有人都认为她们这种反应肯定也是因为吸入了过量烟雾导致的。我最后只看到海丝特好像拿着什么红灯笼似的东西，像个傻子一样在窗口挥舞。比一个文身女巫更糟糕的莫过于一个精神错乱的文身女巫了。不过话说回来，阿加莎，在这么冷的室外待上一整天也够可悲的，不管有没有免疫力。你错过了所有的活动：入选队伍的名单公布、盛大的晚宴，还有舞台剧——虽然这舞台剧最后结束得早了点儿，因为莫娜的头饰一直想要吃掉她。我敢说那肯定是海丝特施的咒,你要是问我的话……"

阿加莎一把抓住她的领口。"听着,你这个没脑子的金丝雀!"她拖着嘶哑的声音大吼道,"院长是个危险人物!我得赶在裁决赛开始前去告诉达维教授和莱索夫人……"

"阿加莎,"希子生硬而冰冷地说,"裁决赛两小时之前就已经开始了。"

"什么?"阿加莎震惊地放开了她,"可是……可是……"一阵恐惧袭来,让她完全说不出话了。

她缓缓低头扯开了盖在身上的小狗图案的毯子,在她身上已穿着一件为裁决赛而准备的宝石蓝色细钢丝软甲束腰袍,外面还穿着一件银色锦缎衬里的连帽羊毛斗篷。斗篷的前口袋上绣着一枚蓝色蝴蝶徽章,口袋里还塞着一块白色的丝绸手绢,手绢的缝边熠熠生辉,闪耀着魔法的光芒。

阿加莎连忙转身望向耸立在她头顶之上的蓝色森林大门,此时的大门上魔法火焰已在熊熊燃烧,彻底将门内封锁起来。林中的树木也被笼罩在了一层浓密的魔法迷雾之中,所有想要一窥林中究竟的目光都被这浓雾隔绝在了森林之外。阿加莎伸长脖子看到一块巨大的木质公告牌高挂于西门之上,公告牌上有一群萤火虫拼出了以下字样:

童话裁决赛:女子队

苏菲

海丝特

多特

碧翠丝

阿纳迪尔

莫娜

阿拉克涅

米莉森特

雅拉

"那些就是现在已身在森林中的人。"希子说道,"他们会每隔十分钟送一对选手进去:一个女孩、一个男孩。现在已经进去九对选手了,只剩最后一对。而且到现在还没人抛出自己的旗帜,所以还没人投降……"

可是阿加莎只是呆呆地盯着那块公告牌:"苏菲?苏菲……也在里面?"

"第一对进去的人里就有她,是院长宣布的。虽然没人看见她进去,不过既然萤火虫都亮出她的名字了,那说明她肯定就在森林里!感谢老天,因为要是没有你们俩加入,我们可没法赢。院长就知道你肯定会醒过来的……"

"可是苏菲怎么会在裁决赛里呢!"阿加莎颤颤巍巍地站起来,背对着大门语无伦次地说,"她什么时候回来的?她为什么没来救我?我得去见达维教授或者莱索夫人,或者……"

一阵欢呼声在她头顶炸开。

"阿——加——莎!阿——加——莎!阿——加——莎!"

阿加莎茫然地抬头望去,隔着透明场上光秃秃的树木,远处蓝色塔楼的露台上站满了学生,她们全都直直地望着她,一边大声呼喊着她的名字,一边抛撒着五彩纸屑,挥舞着彩色横幅:加油,女孩!男孩=奴隶!苏菲&阿加莎决胜今日!

阿加莎眯着眼睛眺望着最高处的仁爱塔楼露台,老师们全都挤在那上面。虽然没法看清每个人的脸,可她还是辨别出了达维教授和莱索夫人僵直的身影以及她们惊呆了的模样——在她们身后是看守着大门的波鲁克斯,此刻它的脑袋正架在一头大熊的身上。

"看见了吧,比利乌斯,我就说她会准备好的。"一个声音欢快地说。

阿加莎一转身就看到了前来西门角落里巡查的院长,陪同她一起来的还有两位飘在空中的绿发仙女以及长着梨形脑袋、满脸脓包的曼利教授。曼利教授对着希子吼了一声,吓得希子立刻就像只小羔羊一样飞快地逃走了,等他的目光看向阿加莎时,他脸上的表情更加凶狠了。

"运气不错。"他嘲讽地说,"正好赶上。"

"运气的确不错。"院长说道,不过她一脸得意的奸笑告诉阿加莎,这一切根本就不是什么运气。

曼利重重地跺着脚朝东门走去。"伊芙琳,你就接着耍花样吧,反正进入森林后每个人都是猎物。"他狠狠地回了一句,"不管这位读者有没有准备好,两分钟后我们会将最后一名男生送入森林。"

一等他消失不见,阿加莎立刻扭头看着院长,她整张脸都因愤怒而涨得通红。"你是怎么把苏菲弄进裁决赛的?你这个女巫!是不是她回来找我时你设计陷害她的?你是不是也把她击晕了?"

院长一步一步地朝她靠近,嘴角弯出了一道带着笑意的弧线。"你看,阿加莎,在你这个版本的故事中,我就是个恶人。在你的版本里,是我制造了苏菲的征兆……是我把苏菲弄进了裁决赛里……而且我还能将一个鬼魂复活……"她柔声说道。"可是你难道到现在还没弄明白吗?"她伸出锋利的镀金长指甲托起阿加莎的脸颊说,"你这个版本的故事,通常都是错的。"

阿加莎咬牙切齿地说:"是吗?那么请你来告诉我,如果这一切不是你在作祟,那又会是谁?"

院长阴险地笑了。"之前我哥哥是怎么说的来着?有时候答案就是离得越近越容易被忽略。有时候答案……"她将冰冷的嘴唇凑到阿加莎的耳旁说,"就在你眼前。"

"你就会编造一大堆谎言。"阿加莎愤怒地将她推到一边,可是院长脸上的笑意更浓了,仿佛她正饶有兴致地玩味着一个秘密。

"把她带到大门口去。"她下令道。

两个仙女分别扣住阿加莎的两只手臂,合力将她拖离了地面朝着森林西门飞去。

"不!苏菲会活着出来的,你给我听好了!"阿加莎冲着她大喊道,"我们都会活着出来的!"

但是她已经看不见院长那一脸柴郡猫似的邪恶笑容了。仙女们架着她绕过了转角,从纵横交错熊熊燃烧着的栅栏旁经过,在她头顶上回响着的是女孩们高涨的欢呼声。

仙女紧紧拽着她朝着西门一群盘旋在女子记分牌下的蝴蝶飞去,阿加莎

305

一边徒劳地挣扎着,一边望向高耸于森林东部的红色男子塔楼。她能看见身穿红黑相间皮革校服的男孩们全都拥在露台上,挥舞着标语,高喊着口号,那口号声远远传来,渐渐淹没在了女孩们的口号声中。男子的记分牌面朝他们的学院,高挂在东门之上,上面同样由萤火虫拼出了闪亮的字样。看来那儿就是男孩们进入森林的地方。她想着。

突然,一个念头冒出,击中了她的心头。就是它。这一切真的发生了。

她马上就要走进裁决赛与她自己的王子对决了。如果能成功地从他和所有嗜血的男孩与王子手中逃脱,那她和苏菲还有活着逃出去的希望。如果失败了,她和她最好的朋友就会一起被处死。

"根本就没有漏掉什么环节。"她咬紧牙关,在心里诅咒着自己那满脑子脆弱的王子梦。

这就是一场她和苏菲与泰德罗斯的殊死决战。

可苏菲是什么时候回来的?她找到撰写者了吗?阿加莎看着记分牌上自己朋友的名字,无法抑制地想着,她有没有拒绝参加裁决赛呢?

但是……根本没人看见苏菲进去,希子刚说过。阿加莎困惑地皱着眉想道。难道说院长根本就没有逼迫她去参加吗?

"苏菲出什么事了?"就在她们离记分牌下的蝴蝶越来越近时,她对着仙女开口问道,"你们看见她了……"

就在这时,她突然闭嘴了。因为此时她正好能看到森林那头男子记分牌上写的字了。

泰德罗斯

艾瑞克

查迪克

阿文利王子

金妮磨坊王子

拉文

尼古拉斯

沙扎巴沙漠王子

狐狸森林王子

不过,在记分牌的顶部还有一个名字正熠熠生辉地闪着光。

菲利普

阿加莎几乎快要叫出声来。

菲利普
菲利普
菲利普

苏菲将以一个男孩的身份参加裁决赛。

苏菲将在裁决赛中与想要杀死她的男孩并肩作战。

阿加莎的恐惧减轻了一些,所有关于怎么会这样的问题渐渐消失了。如果苏菲以男孩的身份现身,那她就不会被泰德罗斯伤害,不是吗?只要苏菲还保持着菲利普的形象,泰德罗斯就没法找到她。阿加莎这么想着,心跳渐渐平缓了下来,任由仙女将她放置在了盘旋的蝴蝶面前,而如果他找不到她,他也就没法去杀死她。说不定她朋友这招儿还真挺妙的……

突然,阿加莎心下猛然一紧。

"三天。"尤巴说过,梅林的魔法只能持续三天……持续到裁决赛开始之前。

苏菲随时都有可能变回女孩。

而且她恰恰身处一群想要杀死她的男孩之中。

血液立刻冲向阿加莎的双腿,驱使她飞快地奔出去。

她得立刻找到苏菲。

这时一团红色的与一团蓝色的火焰分别在男子与女子记分牌上爆炸开来,直冲云霄。在女子记分牌上萤火虫闪耀出了"阿加莎"三个字,而作为她们最后的对战者,维克斯的名字也闪耀在了男子的记分牌上。

蓝色蝴蝶迅速飞向大门,在燃烧的栅栏上勾勒出了一个门框的形状。所有的火苗经过这扇门时全部瞬间转化成了雨滴,一扇通往森林的雨帘门就此开启。阿加莎透过这倾泻而下的雨帘看过去,隐隐看到在那闪闪发光的蓝色蕨类植物中间,有一条蜿蜒曲折的泥泞小路一直伸向远方。

　　一年前,她和苏菲在裁决赛中并肩作战并活着走了出来。

　　而今年,她们还得先找到对方才行。

　　现在阿加莎唯一的愿望就是泰德罗斯不会比她先找到苏菲。

　　我来了,苏菲。

　　仙女将她一把推进了门中,她先感到了一阵雨点温暖的拥抱,接着那熊熊烈火燃烧的声音就已在她身后了,她知道自己已经踏进了裁决赛。

第二十三章
绝命森林中

当苏菲看到阿加莎的名字在高挂于蓝色森林上方的女子记分牌上亮起时,她那副男孩身体里的每一块肌肉都僵住了。

她进来了。

阿加莎进来了。

自打苏菲看到了自己朋友亮出的红灯笼后,整整一天过去,她的心里已被深深的恐惧和对自己的憎恶与埋怨填满了。这一切发生得太快了,快得就像狂风突然席卷而来,让她毫无防备,只能身不由己地被卷入这场可怕的裁

决赛之中。不过，不管之前发生了什么，至少此刻她们俩都还活着，而且她们俩终于能身处同一个地方了。

我怎么会选泰德罗斯！苏菲自责地想着。在那个愚蠢透顶的时刻，她竟然还想着他会不会又一次喜欢上她了，她忘了两件事。首先，泰德罗斯想要杀死她和她最好的朋友。其次……他一直都当她是个男孩，一个男孩！

苏菲看着面前这片茂密的森林，一道清冽透亮得如同冰雪一般的蓝光照亮了整场裁决赛，让人仿佛置身于一个错乱的冬季仙境中一般。她现在只想放声大喊阿加莎的名字，然后和她一起逃走并躲藏起来。

"快跟上，菲利普。"泰德罗斯皱着眉回头看了她一眼说。他正蹚着水穿过一片枝丫交错的绿松石丛林，在他手里握着的是断钢之剑和一枚圆形钢制盾牌。他身上穿着一件绣有字母T的红黑相间的斗篷，斗篷的衣领上看得出有斑驳的血迹。"你刚才差点儿害得我们俩都没命了，赶紧跟上。"

苏菲赶紧跑上去跟在他的身后，她配在腰间的剑鞘一直撞在她笨重的大腿上哪哪作响，印有F字样的男子队服上沾了更多的血迹。裁决赛开始二十分钟时，他们遭遇到了一只受伤的斯廷法司。这只骷髅巨鸟的一只骨头翅膀被折断了，正有气无力地躺在蓝莓地里。泰德罗斯说不用理它，走过去就行，因为斯廷法司只会攻击永灭者，不会攻击王子，可刹那间这只巨鸟却一跃而起，尖叫着向菲利普扑了过去，并一口吞掉了她的盾牌。泰德罗斯跳起来保护他的朋友，而菲利普却只是一味地像个傻子一样哇哇大叫，就在斯廷法司差点儿将他们两人都吃掉时，泰德罗斯终于一剑将这只巨鸟的脑袋给砍了下来。从那以后，他一路上都小心翼翼地看着他这位朋友。

"这根本就不是我的错，那只鸟疯了。"苏菲已经固执地说了四遍了，而且她尽量让自己说话的语气听起来像个王子一样高贵。

苏菲在惊慌失措中匆忙度过了自己在男子学院的最后一天。她一心想要尽快回应阿加莎的警报，所以她一直等到深夜来临，希望能偷偷潜逃回女子学院中。可当她打开末日审判室的大门时，却发现卡斯特为了确保男子挑战队的队长能够一整夜好好待在自己的牢房里休息，竟然直接躺在末日审判室的门口睡着了。不过就算苏菲想睡也没法睡——因为泰德罗斯一整晚不是在画蓝色森林的详细地形图，就是在磨他父亲那把宝剑，这把剑可是曼利在极不情愿的状况下勉强还给他的。弄完这些后,他还扯开嗓门儿兴奋地讲述起了各种作战计划,那模样就和他过去担任善良军队的统帅时一模一样。

"我们也可以组成自己的小分队,菲利普。直接去找苏菲和阿加莎对战,别的女孩就让艾瑞克和其他王子去对付好了。她们俩毋庸置疑肯定也会并肩作战的,就像我们俩一样。"他说道,"我们必须得当场拿下她们,否则她们就会先出手杀了我们的。"

"我们就不能直接躲在蓝色小溪的那座桥下,等到太阳升起来吗?"苏菲小声呻吟着,用枕头盖住了她那头蓬松的王子发型。

"我以为这话应该是女孩才会说的。"泰德罗斯嘲笑道。

此刻,这位被困在男孩身体里的女孩,正跟着一个准备杀死她的人穿行在枝丫交错的蓝色丛林里。泰德罗斯仔细审视着一棵棵绿松石橡树,然后跳到了最高一棵的树干上。

"你要干吗?"苏菲低声说。

"阿加莎刚刚从西门进来了。"泰德罗斯一边说,一边爬上了树,"她进来的第一件事肯定是穿过蕨类植物园去找苏菲。快上来,站在这儿能清清楚楚地看到蕨类植物园。"

苏菲以前从来没爬过树("只有男孩才会喜欢这种形式低级的娱乐方式。"她曾这么说过),但现在一想到能见到阿加莎,她比泰德罗斯更迅速地爬上了橡树。她站在最高的树干上,冰冷的风一下冻僵了她的脸,她眯着眼睛努力地透过茂密的树梢看出去,这时王子也爬上来站在她的身旁。

"什么也看不到。"她抱怨道。

"来,握住我的手。"

苏菲怔怔地看着泰德罗斯摊开的手掌。

"放轻松点儿,伙计,我不会让你摔下去的。"他说。

苏菲将自己的大手放进他的手里让他紧紧握着,然后跟在他身后慢慢地朝一根更细的枝丫挪去。泰德罗斯手掌的触感让苏菲胡子拉碴的脸一下子涨得通红。她想起了一年前,他们俩初恋时泰德罗斯也是这么握着她的手……当时的他就是在这片森林中邀请她去参加舞会的……他俩就像现在这样在月光下依偎着前行……他的嘴唇慢慢靠向她……

"你满手都是汗，菲利普。"泰德罗斯抱怨着松开了她湿漉漉的手。

苏菲一下从恍惚中回过神儿来，她在心里对自己大叫着，身体前倾抓住了一根树枝踩了上去。

"一个女孩也没看到。"泰德罗斯说，"你呢？"

苏菲透过树叶向森林北面广袤的植物望去。蕨类植物园、松树林，还有绿松石丛林，全都闪耀着同样的冬日幽光，可她却压根儿没看见任何女孩的宝蓝色校服出现——只有几件男孩的斗篷隐隐约约地徘徊在灌木丛中。遍寻不见阿加莎的忧伤一下涌上她的心头，但她瞬间又因为泰德罗斯也没找到感到释然很多。

"她和苏菲肯定害怕得藏起来了。"泰德罗斯说，"我们就等在这儿，只要她们中间有人动一下……"

一束白色的火花从森林的南面射向天空，第一位投降者出现了。泰德罗斯和苏菲连忙转身，差点儿从树枝上摔下去。这时他们看见在远处南瓜田附近，树梢开始沙沙作响。一时间尖叫声四起，有男孩的，也有女孩的，其中还夹杂着怪物尖厉的啸叫。一个个南瓜像球一样被踢出来飞过树梢，随即一连串红色与白色的焰火在空中猛烈地炸开，发出了一串长长的可怕的爆炸声。

然后一切又归于平静。

"发生了什么？"苏菲倒吸了一口冷气说。

"他们中了老师的陷阱。"泰德罗斯说，"不知道是什么，反正两边的选手都中招了。"

苏菲赶紧看向记分牌，心想：求你了，不要有阿加莎。

维克斯、拉文、莫娜以及阿拉克涅的名字全都变暗了。

苏菲松了一口气，但随即又紧张了起来："他们中间没人被杀掉对吗？"

泰德罗斯摇了摇头："我问过曼利了，死掉和投降放出来的焰火不一样。"

苏菲感到一阵剧烈的反感。她一直都知道泰德罗斯想要杀死她。但是他问曼利的这个简单的问题，却一下子让这一切显得如此真实。

他们脚下的丛林中传来嘎吱作响的脚步声。两个男孩低头看到两个王子走了过来，他们一个魁梧，一个精悍，全都手持战斧埋伏在小路上。

"永灭者根本不懂怎么和怪物作战——他们太习惯怪物都和他们是一头的了。"魁梧的那位王子说道,"就算在我们的帮助下,永灭者男孩也会像个傻子一样直接扔掉自己的旗帜投降的。"

"这样倒也好,我们就能有更多机会拿到赏金了。"瘦一点儿的那个说道,他冷得牙齿都咬紧了,"不过,那两个读者女孩到现在还踪影全无,我们已经把整个森林的南边都搜了个遍啊。"

"说不定她们此刻正像胆小鬼一样躲在小溪桥下呢。走吧。"

苏菲看着他们走远,心情越来越沉重。

"菲利普?"泰德罗斯看着他朋友的脸说道。

"把王子变成杀人凶手?把赏金押在两个女孩的性命上?"苏菲转过头来,一脸苍白而惊恐地说,"这不是你,泰德罗斯。不管发生了什么事,"她嘶哑的嗓音低沉地说道,"你不是一个恶人。"

王子脸上的表情慢慢地柔了下来,就好像他终于从朋友的眼里看见了他自己似的。"你不了解我。"他平静地说道。

苏菲感觉树枝在不停地晃动,随即她才发现原来是自己的双腿正止不住地在颤抖。"如果这一切都是个错误呢?"她激动地说道,"如果苏菲只是想和自己的朋友一起回家呢?"

泰德罗斯紧绷着下巴看向别处,看得出他正在和自己进行着激烈的思想斗争。

"如果她仅仅是希望她们的幸福结局可以回来呢?"苏菲说。

泰德罗斯的身体变得越来越松弛,就好像一只准备张开壳的贝壳。

但紧接着他的脸又沉了下来,变回了一张面具。

苏菲顺着他的目光看向远处,远处与他们站立的树梢连成一线的地方,隐隐约约能看出荣誉塔楼的顶部正高耸于蓝色森林之上。泰德罗斯眯着眼睛看向荣誉塔楼的露天顶楼,那里有火炬点亮的光芒,还有焰火在空中四散。

"走吧,我们走。"苏菲急忙说道,她知道荣誉塔楼顶上都有些什么。

可泰德罗斯一动也不动,只是愣神地凝望着那一片树篱雕塑园,曾经那些雕塑的内容都是关于他尊敬的父亲的……而现在已全部重塑成了那位将他抛弃的母亲。

"泰德罗斯，不管上面是些什么，都不值得看。"苏菲打断他的思绪说道。

泰德罗斯从树上摘下一片大大的蓝色树叶，用他金色的指尖光将树叶变成了冰。然后他将冰片举到眼前，用魔法融掉冰片的边缘直到冰片弯曲变成一个能够扩大视野的双筒望远镜。

"泰德罗斯，求你了。"苏菲恳求道。

可他已经透过望远镜找到了露台旁边被一整面墙的紫色荆棘框起来的最后一座雕塑。画面中他的母亲正怀着无情的仇恨准备将她还在襁褓中的王子淹死。一个母亲正打算害死她唯一的儿子。

"这不是真的。"苏菲透过望远镜看着，轻声说道，"你知道这都不是真的。"

泰德罗斯一言不发，只是凝视着这个画面，他急促的呼吸在空气中形成团团白雾。

"你想知道为什么那两个女孩必须得死吗？"他说，"这和我父亲悬赏我母亲项上人头的原因是一样的。"

他转头，两眼含泪地看着他的朋友说："因为这是唯一的完美结局。"

仿佛所有的光都暗淡下来了似的，苏菲脸上的希望消失了。"你现在的口吻的确是恶人无疑了。"她轻轻地说道。

两个人倚在树枝上，四目相对，泪眼迷离。

泰德罗斯推开菲利普，开始往树下爬去。

"如果你想躲起来，那随便你吧。"他说，"但是我得去找那两个女孩。"

苏菲浑身僵硬地看着他，冷汗顺着她的后背一阵阵地往下淌。她现在只想跑到桥下去躲起来，一直躲到明天日出来临的时候。

可她绝不能让他找到阿加莎。

她只能拖着颤抖的双腿跟着王子离开。

阿加莎知道很多关于苏菲的事，从她最喜欢的颜色（樱草粉）到她脚踝上的草莓胎记，再到她大笑之前总会突然脸红。不过最重要的是，她深谙苏菲如果想要在裁决赛中活下来,她只会有一个策略——躲到桥下去。

阿加莎知道,泰德罗斯肯定打她进入森林那一刻起就会开始追杀她——她甚至猜到他会爬上树梢侦查——于是阿加莎在穿过蕨类植物园时,用末格里变形术将自己变成了一只黑色的山猫,并将衣服叼在了嘴里。当她来到蓝色小溪时,溪水正在灰色的石桥下安静地潺潺流淌着。她躲进薄荷蓝色灌木丛中重新变回了人形,穿好衣服然后潜入了小溪阴暗的河岸上。桥下的水一片漆黑,但是为了不引起男孩们的注意,她一直不敢点亮指尖光。

"苏菲?"阿加莎涉入及膝深的溪水中轻声呼唤着。溪水冷得刺骨,鱼儿正一条条地从她身旁飞快地游过,她知道苏菲应该是变成了一条黄貂鱼。"苏菲,是……是我。"她压低了嗓音继续呼唤道,牙齿被冻得不停打战。

一只冰冷的手一把抓住了她的后脖颈,将她拖入水下。阿加莎大口喘息着露出水面,张大了嘴准备喊救命。眼前三个脸上涂满了泥的人正看着她,是海丝特、阿纳迪尔和多特,她们全都藏在堤岸中一个中空的、水差不多齐腰深的地方。阿加莎顿时松了一口气差点儿晕过去。

"跟你们说她会来这儿吧。"多特弓着背对女巫们说道,然后又将两条沙丁鱼变成了菠菜和瑞士甜菜递给阿加莎。阿加莎一向认为蔬菜这种东西都是用来喂兔子的,不过她现在已经饿得顾不上了,一把将蔬菜塞进嘴里,然后包着满嘴蔬菜吸着鼻子问道:"苏菲在哪儿?"

"还以为她是和你在一起呢。"阿纳迪尔皱着眉头说,她的老鼠们正从衣领里探出头来张望,毛茸茸的脸上也同样抹满了伪装的泥巴,"没想到,我们在这儿努力保命,那丫头却在敌人队伍里完全不用战斗。"

"持续不了多久了,尤巴的魔法随时可能失效。"阿加莎紧张地说,"我们得在苏菲变回女孩之前找到她。"

这一刻连海丝特脖子上的恶魔看起来都有些担忧了。

"还不止这些呢。"阿加莎一脸阴霾地说。

接着她压低嗓音,将她在伊芙琳的回忆中看到的一切全部讲述了出来,女巫们听得震惊不已,大气儿都不敢出了。

"把校长带回来了?"多特尖叫道,"怎么带的?"

"声音小点儿,你这个傻瓜!"阿纳迪尔呵斥道,"听着,这说不通的。就算是先知也没法让一个鬼魂起死回生,一瞬间都不可能……"

"除非她找到了别的方法。"海丝特若有所思地抬眼看向阿纳迪尔,"只不过她需要有人帮她一起完成。"

阿加莎顿时如芒在背,她想起了在仙女来之前伊芙琳说过的那些语焉不详的话,好像是在暗示着在这个故事中院长并不是唯一的恶人。可是还有谁呢?谁能够帮她完成整个致命的计划呢?谁会是最终的对手呢?

她想起了乌龟留给她的信息,提醒她警惕这次裁决赛;还有院长办公室里那张魔法的配方,好像在炫耀着什么;以及伊芙琳那一脸分明知道苏菲在哪儿的邪恶笑容。

"她希望我和苏菲分开参加裁决赛。"阿加莎突然明白过来,"这就是她一直以来的计划。她希望苏菲能加入男孩的队伍。"

"可这又是为什么呢?"多特问道,"她为什么希望苏菲能和泰德罗斯并肩作战呢?"

海丝特又露出了那种若有所思的表情,然后她目光灼灼地看向阿加莎:"我最后问你一次,阿加莎。你确定苏菲是善良的吗?"

阿加莎抬头看向远处的男子记分牌,萤火虫拼出的"菲利普"三个字正在牌上熠熠生辉。

"我们都知道,以前的苏菲为了保命肯定会直接躲到这儿来。"她几乎是自言自语地在说着,"可现在苏菲却不在这儿,她依然和男孩们待在一起……"阿加莎凝视着海丝特说:"因为她想要确保他们都找不到我。"

海丝特长舒一口气,她终于被说服了。"那么你就必须赶在她变回女孩之前找到她,对吗?找到苏菲,然后和她一起藏起来,直到太阳再次升起。把和男孩对战的事都留给我们吧。如果你们赢了这次裁决赛,我们就还有机会找到撰写者。它肯定就在那座塔楼里……"

突然她停了下来,眯起了眼睛。

然后阿加莎也听到了说话声。

"米莉,我们应该藏在这儿。"堤岸上传来碧翠丝的声音。

她的光头闯入了大家的视线中,只见她穿着蓝色水晶鞋颤抖着涉入水中,宝蓝色的斗篷在她身后鼓起,看着就像一件披风。"男孩们肯定以为我们会像胆小鬼一样藏在这儿，"碧翠丝说，"要是我们一直等在堤岸上，那么他们一过来我们就能先发制人了。"

米莉森特跟在她身后，将脏兮兮的红头发扎起来后也踩入了水中。她说："我还是觉得我们应该末格里变形等在树上。"

"然后在不得不变回人形时，光着身子傻等在森林里？"碧翠丝一边不耐烦地说着，一边扫视着堤岸上何处适合藏身，"那儿应该不会被发现……"

突然她的声音渐渐弱了下来，她看着黑暗溪水中自己的倒影，可那倒影旁边还有什么东西……一双眼睛……不，是两双……三双……

她急促地喘息着抬头看去，阿加莎一把捂住了她的嘴巴，然后和阿纳迪尔一起将她摁在堤岸上，另一边海丝特和多特则制伏了米莉森特。

"撰写者在哪儿？"阿加莎放开她，粗声粗气地问道。

"提醒你一下，我们可是一队的。"碧翠丝呵斥道。

"你把它藏哪儿了？"阿加莎压低嗓子狠狠地说，"为什么苏菲找不到它？"

"首先，我完全不知道你在说些什么。其次，阿加莎公主什么时候开始竟然变成一个会霸凌的跟班了！"

"你床底下的蛇皮斗篷……男孩校服……你去过男子学院……"

"我床底下只有一箱子化妆品和假发，说实话，我非常怀念它们……"

"你在撒谎。"阿加莎怒不可遏地打断她，"我们都知道是院长派你去的！"

"院长几乎都不认识我，不管我怎么努力讨好她。"碧翠丝反驳道，"我可是以排名第一的成绩进入裁决赛的，可她连看都不看我一眼。也许要等我赢了这场裁决赛，她才会真正记住我的名字。"

阿加莎错愕地看着她。她仔仔细细地在碧翠丝脸上审视了一番后，终于松开了手。

"快点儿，米莉。我们得去迎战男孩。"碧翠丝厉声说着，双脚踏进了溪水中，她那满脸雀斑的朋友也跟了上去。

阿加莎两眼无神地呆呆望着小溪，陷入了思考中。然后她一脸苍白地望向海丝特。

"海丝特，如果那套男子校服不是碧翠丝的……那又会是谁的呢？"

但是海丝特根本没听她说话，阿纳迪尔和多特也没有听。她们三人全都如同瘫痪了一般呆呆地望着她身后。

阿加莎慢慢地转过身去。

在小溪的下游，一个身材魁梧的王子正用斧头顶着碧翠丝的喉咙，而一个精悍的王子则用匕首对着米莉森特的喉咙。在他们中间站着的是艾瑞克，他正手持一把生锈的锯齿状匕首，咧嘴笑着看着阿加莎和女巫们。

"让她们投降吧，艾瑞克。"阿加莎努力保持镇定大声喊道，"让她们扔掉旗帜自己离开吧。"

"所以这就是善恶魔法学院的规则吗？"艾瑞克笑着看看阿加莎，紫色的眼眸里燃烧着熊熊烈火，"真可惜，我可不是个学生。"

"那你就根本没资格站在这儿。"阿加莎大吼道，她的声音开始颤抖，而碧翠丝和米莉森特惊慌的抽泣声也更响了，"你带进来的那些王子也同样没资格站在这儿。"

"你知道吗？我母亲曾经告诉我，真正的恶人只有一个天敌。只有一个人会挡在他们通往永灭的路上。"艾瑞克说着用他那生锈的匕首慢慢地梳理着他那一头闪耀着暗光、如乌鸦黑喙似的黑发，"只不过我的天敌，我已经知道了，就在你们学院里。如果战争不能将我带到她们身边，那么一点点的杀戮牺牲应该能将她们送到我跟前来。"

"你的天敌？所以这就是你来这儿的原因吗？"阿加莎惊恐地脱口而出，她看到王子们已经开始用斧头在两个女孩喉咙处来回比画了，"可……可是……是谁呢？这所学院里有谁会去伤害无辜的人呢？"

艾瑞克停顿了一下，然后定睛看着她。"这就是童话的危险所在。"他出神地抬头望向女子学院，紫色的眼睛里竟然笼罩上了一层奇异的哀伤，"有时候，一个故事会开启另一个故事。"

然后他转过身来对着王子们说："杀了她们吧。"

王子们挥起斧头，碧翠丝和米莉森特惊恐得忘记了呼吸。

"不！"海丝特尖叫道。她脖子上的恶魔文身瞬间迸出，膨胀成了一只鞋那么大的血红色恶魔。就在斧头的刀锋快要划过两个女孩的脖子，碧翠丝和米莉森特几乎窒息时，海丝特的恶魔猛地从女孩们的斗篷口袋里拽出白旗扔到了地上。斧头划过，但是两个永生者女孩已刹那间消失在了空气中，白色的焰火从她们消失的地方炸开，被灼伤的王子们惨叫着摔倒在地。

怒不可遏的艾瑞克对准海丝特扔出了他锯齿状的匕首，只见匕首在半空中变成了一根胡萝卜，然后掉头砸在他自己的脸上，一下将他砸倒在地。

"快跑！"多特冲着阿加莎和女巫们大喊。

女孩们赶紧掉头就跑，可六个头戴红兜帽的男孩挥舞着武器正从蕨类植物园的方向朝着她们冲过来。阿加莎睁大了眼睛看去，没有一个是菲利普……或者泰德罗斯。

"快去找苏菲！"阿纳迪尔粗着嗓子对阿加莎说，她和海丝特还有多特已经背靠背贴成了一团。

"我要和你们一起战斗。"阿加莎立刻拒绝。

"阿加莎，快走！"多特说道，这时男孩们已经在二十英尺开外了，"苏菲需要你，快走，趁一切还来得及。"

"不！我不能看着你们去送死！"阿加莎大叫。

"你怎么还不明白！"海丝特扭头对着她说，两眼燃烧着炙热的火焰，"闺密团绝不能有四个人。我们不想要你！"

眼泪一下从阿加莎的眼里夺眶而出，她立刻转身往蓝色森林里奔去，当她回头看时，正好看见海丝特也在望着她，她苍白的脸上充满了恐惧。接着海丝特转过头去，指尖亮起了红色，男孩们已经赶到，她们也渐渐消失在了阿加莎的视线之中。

在高耸于森林之上的教师露台上，莱索夫人和达维教授正咬紧牙关望着被火把照亮的男子与女子记分牌，这是她们唯一能从这片被遮蔽的黑暗森林中获得的公开线索。

达维教授用眼角瞄了瞄盘旋在所有老师头顶上的蝴蝶和严守着大门的波鲁克斯，所有的露台和台下的透明场上都没有伊芙琳的踪迹。

一阵响亮的欢呼声从男子学院那边传来，他们是在庆祝碧翠丝和米莉森特的名字从记分牌上消失。两个女孩浑身发抖、哭哭啼啼地重新出现在透明场上，仙女们立刻带着她们飞回了学院接受魔法治疗。

在男孩们震耳欲聋地欢呼的同时，女孩们只剩六位选手了。达维教授不动声色地靠近莱索夫人说道，"南门是由你的屏障守着的，"她迅速地悄声说道，"你可以进去……"

"最后再说一次，克拉丽莎，如果有老师进入裁决赛，那么他那一队将被视为无效。"莱索夫人低声说道，"到时候所有的男孩和王子都会冲进我们的学院里，那会是一场大屠杀。"

"可只有你才能穿过屏障啊！你要是不去帮她们，苏菲和阿加莎都会没命的！"

莱索夫人猛然转身对着她说，"我曾在你的坚持下干涉过一次伊芙琳，"她强压着怒火指责道，"你根本不知道那一次我付出了什么样的代价。"

达维教授一下子陷入了沉默，过了好一会儿她才开口。

"她攻击了阿加莎，莱索夫人。就在她的教室里，就在这所本该由我们来守护的学院里。现在这位篡位者已经威胁到我们唯一可能获得和平的希望了，而你却还指望阿加莎能够自谋生路？这不是邪恶，莱索夫人。这根本就是懦夫的行为。"达维教授压低了嗓音狠狠地说，"这一次不会有校长出面把我们从伊芙琳手里救出来了。此刻能拯救我们的只有你。不管最后伊芙琳想要的结局是什么，都值得我们花一切代价去阻止她。"

莱索夫人看着自己同事凌厉而激动的眼神，迅速转过头去清了清嗓子说："你一如既往地反应过度了，克拉丽莎。阿加莎有最优秀的女巫在她身边保护她，海丝特和阿纳迪尔都是能力出众的盟友。"

这时一串火光从森林里射出，火光在她们头顶炸开，为漆黑的露台洒上了一片白光。老师们纷纷转头看向记分牌，海丝特的名字从上面消失了，随即文身女巫出现在了透明场上，脸上和蓝色斗篷上全是血迹。她挣扎着想要站起来，却最终双膝跪倒在地。

"发生了什么？"希克教授大叫着从波鲁克斯笨重的身体旁经过，奔进了塔楼里，跟在她身后的还有阿涅蒙妮教授和几个森林团队的队长。

达维教授眼睁睁地看着海丝特拖着一路血迹走过枯草，然后被仙女们搀扶着走进隧道。她双手颤抖着转向莱索夫人。

但是莱索夫人已经离开了。

阿加莎看着海丝特的名字消失在记分牌上，并且燃放的是标志着投降的白色焰火，她顿时松了一口气。海丝特还活着。

阿加莎疾步冲进磷光闪烁的蓝色郁金香花丛中，同时在心里默数着此刻依然留在森林中的女孩……阿纳迪尔、多特、雅拉、苏菲……

并且苏菲并没有出现在那群攻击女巫的男孩中……泰德罗斯也不在其中。

阿加莎的心跳一下子加快了。那苏菲现在是不是正和泰德罗斯在一起呢？为什么苏菲在随时都有可能变成女孩的情况下，还时时刻刻和泰德罗斯待在一起呢？

一阵针刺般的恐惧悄然划过阿加莎的内心，她不愿多想。

"她当然得和泰德罗斯在一起了。她是为了确保他没有找到我。"她努力让自己相信，"她这是在保护我。"

但是没用，恐惧一旦发芽便会如同生了根一般深深钻进她的心里。

包成一团放在床底的蛇皮斗篷和男子校服……

两周前她手腕上满满的怪蛇牙印……

一个非常想让她回家的朋友……

阿加莎心如死灰地愣在松树林里。

粉红色的咒语。

她顿时心如擂鼓一般，她想起了在塔楼中泰德罗斯将她拉到一旁，发疯似的搜寻着一个根本不在现场的人。

不……不可能……

苏菲不可能在那儿！如今的苏菲绝不可能去那儿，如今的苏菲对待她最好的朋友就如同当初的阿加莎一样忠诚！绝不可能是这个正冒着生命危险去保护她们俩的善良的苏菲！这个苏菲绝不会一边想要拆散她和泰德罗斯，一边又假装和她站在一头儿。即使是森林彼岸的女巫也不会如此狡猾、如此虚伪、如此……邪恶。

此时的阿加莎已是大汗淋漓。

她会吗?

男孩的呼喊声在她附近回荡,伴随着食人魔的呼噜声,一串红色的焰火在绿松石丛林上空炸开。显示着查迪克和尼古拉斯名字的萤火虫哗哗几声后就从记分牌上消失了。

阿加莎扭头看向南门,此时的她比以往任何时候都更急切地想要找到苏菲。

"南门?"苏菲跟在泰德罗斯身后穿行在晶莹剔透、闪着蓝色幽光的柳树林中。她那双男孩的靴子踩在巨人或是某种凶残生物留下的脚印上,顿时显得就像个小矮人的脚一般。她拖着僵硬的小腿走在这条崎岖不平的小路上,过于紧绷的紧身裤还一直夹着她,让她一路走得跌跌撞撞,活像个刚学会走路的小孩一样。"南门附近有什么?"她说道。

"南瓜田。"泰德罗斯走在前面引路,他正忙着用剑劈开挡路的树枝,"那是森林中最空旷、视野最清晰的地方。如果苏菲和阿加莎偷偷溜去那儿了,我们肯定能看到的。当然,前提是你要能赶得上。"

苏菲皱了皱眉头,开始寻思着如何才能赶在泰德罗斯发现她最好的朋友之前,及时将她救下来。她得赶在他伤害阿加莎之前将他击晕。她得把他的红旗偷出来扔到地上⋯⋯

苏菲的心一下子跳得好快,她看见那块红色的旗帜从泰德罗斯的斗篷口袋中露出了一个角来⋯⋯他背对着她⋯⋯

这是她的机会。

苏菲察觉到自己的指尖变得灼热,亮起了粉色的指尖光,是恐惧点亮了它。她的心"扑通扑通"地跳着,慢慢举起了手指对准泰德罗斯宽厚的后背。

"虽然作为战士来讲你实在不怎么样,但我还是很高兴咱们俩能并肩作战,菲利普。"泰德罗斯在前面说道,"我一直希望能有个最好的朋友可以和我一起组队战斗。你知道的,就像那两个女孩那么好。"

苏菲的指尖光暗下去了。

泰德罗斯转身看着她,眉头皱在了一起:"说真的,你需要我背你吗?"

苏菲的心怦怦直跳，她急急忙忙朝前走去，并且尽量让自己的步态像个男孩一样生硬。"真奇怪，我们居然连一个老师设下的陷阱都没遇上……"

"喀，干掉一个怪兽很容易，菲利普。熟人变成了恶魔才是最可怕的。"

苏菲停了下来，她看着泰德罗斯正轻抚着柳树长长的晶莹璀璨的枝条，仿佛在向一位即将走上战场的骑士致敬一般。

王子察觉到了此刻的沉默，转过头问："怎么了？"

"你杀过人吗，泰德罗斯？"

"什么？"

苏菲站在离他十英尺远的地方注视着他，问道："你有没有杀过人？"

泰德罗斯僵住了，呆呆地望着这位精灵长相、目光清澈的朋友。"我曾经杀死过一只滴水兽。"他叹了一口气说。

"你那是防卫，泰德罗斯。我说的是报复，"苏菲冷冷地说道，"是谋杀。"她王子一般的脸庞此刻因为伤痛突然变得黯然无光。"不管你今后如何努力地想要变善良，你都永远无法从这个阴影中逃脱。它会夜夜萦绕在你的梦境中，让你深深地惧怕你自己。它会如一个丑陋的黑影一般尾随着你，告诉你，你将永远属于邪恶，直到最后，它彻底变成了……你灵魂的一部分。"

泰德罗斯听得汗毛直立，两只脚不停地换来换去："好吧。你怎么会知道的，霍诺拉山脉的菲利普？一个连斯廷法司都不敢杀死的王子？"

苏菲深深地望着他的双眼说："因为我杀过人，而且整件事比你知道的一切都要糟糕得多。"

泰德罗斯凝视着他的朋友，彻底呆住了。

月光透过冰蓝色的树林照在两个男孩身上，他们的呼吸融在空气中模糊了彼此的脸。

泰德罗斯仰起头，看着微光中的菲利普说："真奇怪。你的脸看上去不太一样了。"

"啊？"

"看上去……更光滑了。"泰德罗斯好奇地一边说着，一边朝他的朋友走过去，"就好像你刚刮过了胡子一样……"

苏菲倒吸了一口冷气。魔法！她当男孩当得太习惯了，竟然把魔法给忘了。她随时都有可能变回女孩的！她得从他身边离开！

"可能是光线的缘故吧。"她故作轻松地说着，将泰德罗斯推到了前面，"我们还是赶紧走吧，别让巨人把我们都吃了。"

一声轻微的呻吟声从他们头顶传来，泰德罗斯立刻停下了脚步，问道："什么声音？"

"我什么都没听到……"

可那声音又出现了，是一种尖锐刺耳的喘息声，就好像气球被扎破了似的。

两个男孩慢慢抬起头看向柳树垂下的枝条之间。

"谁在那儿？"泰德罗斯喊道。

在那细长的枝条和闪着微光的蓝色树叶之间，他们发现有什么东西藏在树中。泰德罗斯将眼睛眯得更小了些，慢慢适应了黑暗的光线后他看到了一个影子……一个人类的影子……

……穿着一件宝蓝色的斗篷。

"一个女孩。"他不屑地说。

焰火的声音在他们身后炸开，男孩们转身看到一串白色的焰火划破天空，与此同时，两个女孩的名字从记分牌上消失了。

多特。

阿纳迪尔。

苏菲松了一口气。这两个女巫在扔掉旗帜前已经撑得够久了。

但她马上看到了泰德罗斯的眼睛仍然紧紧锁定在那棵树上，他两个瞳孔里有阴霾的目光在闪烁。如果那两个女孩已经投降了的话，那么现在被困在树中的这个女孩很有可能就是……

"我去抓她！"苏菲尖叫着跳上了树。

但是泰德罗斯已经抢先冲了过去，他像只敏捷的猎豹一样悄然从他朋友身边掠过，朝着那个隐藏的女孩扑去。苏菲紧随其后用力爬上树枝，她知道她必须赶在他之前找到阿加莎。她猛地跳过交错纵横而锋利的树枝，一把抓住泰德罗斯的衣领。王子一下子向后跌倒，眼睁睁地看着他的朋友越过了他。

"你在干吗？"泰德罗斯不悦地低声吼道。

苏菲使出了她男孩身体里的每一分力量，用力爬上树朝着那个隐藏的女孩爬去。就在她快要到达时，泰德罗斯从后面一把拦住了她。

"她是我的，菲利普。"他怒气冲冲地吼道，将他的朋友推到了一边。苏菲惊慌失措中将自己的靴子扔到了他的背上，泰德罗斯险些摔倒，身体前倾，脸一下子贴到了低一点儿的那根树干上。

菲利普笨手笨脚地越过他，泰德罗斯一跃而起抓住他，菲利普一个巴掌狠狠地向他扇过去，两个男孩顿时在这茂密的树枝上扭打成了一团。他们像两只动物似的彼此又踢又咬，直到最后泰德罗斯将菲利普撞到身后，然后两人一起看到了角落里的女孩。王子气喘吁吁、脸颊通红地对准猎物高举起宝剑，接着他大喝一声揭开了女孩头上的兜帽。

他放下了手中的宝剑。

"你是谁？"

苏菲走上前站到他身旁，定睛看向这位蜷缩在蓝色树叶中不断发出轻微呻吟声的红发女孩，她双眼微眯，鼻子长长的，一张毫无血色的脸上长满了雀斑。

"雅拉？"

"你认识她？"泰德罗斯惊讶地问道。

"进来前在透明场上听见有人这么叫她。"苏菲赶紧编了个理由，她想起来还没有一个男孩在这之前见过雅拉。

"好吧，把她的白旗找出来扔在地上。"泰德罗斯不耐烦地说，"我们得去找苏菲和阿加莎……"

他的声音突然弱了下来，他注意到在雅拉下巴处有一团干掉的血迹。泰德罗斯慢慢掀开她的斗篷，她脖子上一道深深的带着锈迹的锯齿状刀痕露了出来，鲜血正从那里不断地涌出。

"是艾瑞克。"泰德罗斯低声说道，他眼前的雅拉气管已被切开，正时断时续地发出喘息与呻吟声，"这是他留下的刀伤。"

苏菲看着他，这时两个男孩的脸上都露出了无助而恐惧的表情。雅拉就快死了。

苏菲轻轻托着雅拉的头,泰德罗斯疯狂地在她的口袋里搜寻着,可是什么也没找到。"我们得把你送回老师那儿去,雅拉。"他急切地说,"你的白旗在哪儿?"

苏菲绝望地摇了摇头说:"她不会说话。"

"雅拉,我们得救你的命!"泰德罗斯抓住她的肩膀,焦躁不安地说。

"我跟你说了,泰德罗斯……"

"雅拉!"泰德罗斯大声喊道。

雅拉在他怀里一动不动,双眼仍然闭着,但是她微弱的声音传来:"我……我不是……雅拉。"

苏菲和泰德罗斯惊讶得往后一缩。

雅拉挣扎着慢慢睁开了眼睛,蓝色的眼珠凝视着泰德罗斯。她微笑地看着他,仿佛在看着自己最好的朋友:"我……我……我……从来都不是。"

这时雅拉的脸开始发生变化,王子放开了她。她的面部渐渐地变得粗糙并长出了淡红色的胡楂儿,下巴也开始变得轮廓分明,如喙一样的长鼻子缩了回去,一头波浪般的红发也缩回了头中变成了一头短发。苏菲一脸苍白地看着这个她熟知的魔法正逐渐消失,而泰德罗斯的脸色则更加苍白了,他盯着眼前这个男孩,这是一个他非常熟悉的男孩。

"特……特……特里斯坦?"泰德罗斯目瞪口呆地吐出来几个字,"可这不可能——怎么可能——怎么会——"

"对……对不起……"恢复成男孩模样的特里斯坦大口喘息着说,"她们的学院……太……太美好了,而男孩们……男孩们太刻薄了……除了你,泰德罗斯……你是我唯一的朋友……"

泰德罗斯两眼含着泪,一句话也说不出来。他只是看了看特里斯坦,又看了看菲利普,满脸都写着困惑不解。

"特里斯坦,我们需要你的旗帜。"苏菲神色慌张地勉强说道。

"是她让我留在女子学院里的……"特里斯坦颤抖着说,"她说我想留多久……都可以……"

"谁让你留下来的?"泰德罗斯问道,他依然是一头雾水。

"是院长……她说只要我能帮她把它藏起来就行……所以我把它从

桌……桌子底下移走了……"

"嘘，"苏菲摸着他的脸颊说，"现在你只要告诉我们你的旗帜在哪儿。"

特里斯坦与她四目相对，突然间他的眼睛闪烁了一下，他认出她了。他深深凝望着她的脸，虚弱地笑了，说："是你啊。"

苏菲的心脏都快跳出来了。

泰德罗斯不解地端详着特里斯坦，说道："菲利普可是在你离开我们学院后才来的。你怎么会……"

"他神志不清了。"苏菲赶紧说道，并且更加用力地抓住了特里斯坦，然后将自己衣领上的F拉到他眼前说，"我叫菲利普，特里斯坦，霍诺拉山脉的菲利普。现在……请把你的旗帜给我……"

"撰写者，"特里斯坦依然微笑地看着她说，"我……我把它藏在你的故事书里了……正如她所说……她知道你肯定不会去那里面找……"

"他到底在说什么？"泰德罗斯紧张地说。

"我不知道。"苏菲心跳如雷地撒谎道。

"它就在……你的故事书里……"特里斯坦奄奄一息地说，"她……她去拿了……她……她需要用它来终止你的故事……"

话音戛然而止，特里斯坦已没有了呼吸。这个红发男孩抽搐了一下后，心脏终于停止了跳动，双眼也慢慢地合上了。

这时他的身体仿佛被光环笼罩了似的，一寸一寸开始发出耀眼的光芒。那光变得越来越热，越来越滚烫，直至变成了如金子熔化了一般的色泽。刹那间，他的身体迸裂成了一道光直直射向天空，那金橘色的星云在空中绘出了一张雅拉的脸，然后金光慢慢暗淡下来，如流火一般洒落进了森林中。雅拉的名字在记分牌上变成了黑色，特里斯坦也永远地离去了。

泰德罗斯推开菲利普，跌跌撞撞地爬下了树。他跳进一堆阴暗的蓝草丛后，捂着脸蹲了下来。"艾瑞克怎么会杀了她！艾瑞克怎么能杀死一个女孩！"他哭喊着，"而且这根本就不是个女孩……是特……特……特里斯坦！是一个和我们一样的男孩——可是从来没人和他说话，没人好好对待过他——难怪他会想去她们的学院……"泰德罗斯痛苦得快不能呼吸了，整个人瘫软地抱着膝盖。"他不过是想过得快乐一些！"

苏菲把手放在他的背上。

"他肯定很害怕，菲利普。"泰德罗斯轻声说，"一个人躲在树上……等死……"他将脸埋进双手里。"我再也不能眼睁睁地看着别人死去了，求你了，不能那样。"他抽噎着抹了抹眼睛说，"你说得对，我不能……我不能去伤害别人……"

苏菲跪在他身后，说道："你也不是非得那么做啊。"

"如果我不先杀掉那几个女孩，她们就会来杀死我的。"

"不会的，只要你答应我。"苏菲安抚着他说，"答应我你会放过她们。"

泰德罗斯抬起头来看着她，脸上全是泪水。他仿佛不相信似的摇了摇头，然后说道："你每分每秒看起来都不太一样，菲利普。现在的你更温柔、更亲切了……"他脸红着转过身去。"为什么我一直希望你是位公主呢？为什么我一直在你脸上看到了公主的影子呢？"

"答应我你会放了苏菲和阿加莎，让她们安全地回家去。"苏菲坚持地恳求道，"用一个王子式的承诺。"

"只有一个条件，"泰德罗斯深深地看着她的眼睛说，"就是你别再回到自己的王国去，菲利普。你留下来陪我。"

苏菲的脸瞬间红了，她傻傻地望着他说："什……什么？"

泰德罗斯紧紧地抓住她的肩膀说："是你一直让我保持着心中的善良，菲利普。我恳求你，我不想变成像艾瑞克那样心里只剩愤怒与邪恶的人，而你是这世上唯一能让我保持善良的存在。"

苏菲整个人都像融化了似的，她看着这个自己曾经深爱过的男孩，正在请求自己永远与他在一起。

作为一个男孩和他在一起。

慢慢地，苏菲感觉到自己的身体正远离他。

"听我说，泰德罗斯。"她说道，"苏菲需要和阿加莎一起回家。这是结束这一切的唯一方法，这也是能避免所有人走向死亡的唯一办法。"

"可是我需要我最好的朋友。"泰德罗斯说着将她抓得更紧了，"菲利普，你自己曾说过，你不想最后变成像你母亲那样的结局。"说着他的蓝眼睛也变得暗淡下来，"而我也不想如我父亲那样孤独终老。"

"可是还有另外的人在等着我，泰德罗斯。"苏菲尖声说道，"一个了解真实的我的人，一个就算给我全世界任何男孩我也不会交换的人。"

"我真希望你是个女孩。"泰德罗斯说着，手从他朋友的肩上滑落到他的背上，"这就是我一直能从你脸上看到女孩影子的原因吧。"

"你答应我，你会放她们走。"苏菲心跳加速，坚持地说。

"我现在只有你了，菲利普。"泰德罗斯恳求道，"别扔下我一个人，求你了。"

"你只要答应我……"苏菲着急地说。

"更奇怪了，"泰德罗斯茫然失措地轻声说道，"你现在说话的声音也像个女孩了。"

苏菲伸出手去推开他，却正好被泰德罗斯抓住了她的手。苏菲抬头看着他一双睁得大大的困惑的眼睛，慢慢靠过来……

"我的天哪。"一个声音在他们身后叫喊道。

两个男孩震惊地急忙转身。

是阿加莎。

第二十四章
揭开面具的恶人

泰德罗斯连忙推开苏菲跳到一旁,王子的脸此时涨得通红。"不不不……"他转身看着阿加莎,结结巴巴地说,"这是个意外……"

但是阿加莎已经举起了手指,指尖上耀眼的金色光芒正对着他身旁那位头发蓬松精灵模样的男孩。

"阿加莎,听我说。"苏菲退到一棵蓝色的柳树后,用恳求的语气说。

"你这条毒蛇。"阿加莎狠狠地说着朝她走去,"你这条撒谎成性的毒蛇。"

泰德罗斯本能地挡在了苏菲前面,伸出他发光的手指对准阿加莎:"别伤害菲利普,阿加莎。冲我来!"

可阿加莎依然看也不看他。她的目光像刀子一样剜向苏菲,她手指的光芒也更加刺眼了。"你费尽心思想去吻他！你费尽心思就想和他在一起，然后把我赶回家！"

"不是这样的！"苏菲大叫。

泰德罗斯立刻扭头看着自己这位面容坚毅的朋友，问道："你们俩认识？"

"在校长塔楼的那一晚你也在那儿，是你攻击了我，是你设计让他和我反目成仇的！"阿加莎对着苏菲吐出了一连串话。

"那你还答应过我你不会去见他呢！"苏菲也怒气冲冲地说，她的声音现在变得忽高忽低，"我不能失去你，阿加莎！我不能什么都不做，只是眼睁睁地看着自己失去你！"

"所以你就想用一个谎言让我们一起回家吗？"阿加莎愤怒地吼道。

"为什么我的公主在和我最好的朋友说话？"泰德罗斯一头雾水地望着她俩。

"我必须得让你知道，你许下的愿望根本就是个错误。"苏菲强忍着眼泪，指着阿加莎说道，"最好的朋友远比一个男孩的意义重大。"

阿加莎愤怒地摇了摇头，她想起了那些被自己一再诅咒的梦境，被自己狠狠责骂的内心，原来它们一直都在试图告诉自己关于她朋友的真面目。"你难道不明白吗？"她冷冷地说，"你越是努力想要阻止我们，我的愿望就越是会变成真的。"

苏菲顿时像被刺中了心脏似的，往后退了一步。

"我真的不明白，到底发生了什么？"泰德罗斯瞪大了双眼，嘶哑地叫道。

"所以你选择了他而不是我？"苏菲对着阿加莎尖声说道，她长着酒窝的脸颊不住地颤抖着，"在我冒着生命危险想要救出我们俩之后？"

"所以这就是你要去吻他的原因吗？"阿加莎嘲讽道，"原来这就是你所谓的拯救我们的方式？"

"是他要吻我！"苏菲尖叫道。

"等……等一下……那时候太不凑巧了……"王子吞吞吐吐地说，"我们是朋友……就好比你和苏……苏菲一样……"

"朋友？"阿加莎虎视眈眈地望着苏菲。

"你必须得相信我，阿吉。"苏菲强调道，"我选择了你，就算是泰德罗斯想留下我，就算是我能做他永远的……"

"当时太黑了，而且他的脸看上去太不一样了……"泰德罗斯喃喃地说着，一屁股跌坐在一块岩石上，"任何男孩都会犯这同样的错……"

"你说过你想要忘记这个地方，"苏菲辩驳道，"你说过你想找回我们的幸福结局！"

"幸福！因为你，一个男孩已经死了！"阿加莎大喊道，"因为你，我们俩可能都会死！"

"我只希望我们俩能回到从前那样，回到我们来这儿之前那样，回到我们遇到王子之前那样。"苏菲痛苦地哀求着，"我只想要我们俩能重新成为真正的朋友。"

"真正的朋友会让彼此自由成长，"阿加莎强压着怒火说道，她的脖子此刻已烧得通红，"真正的朋友不会阻止对方去爱，真正的朋友不会撒谎。"

泰德罗斯一下子从岩石上跳起来。"没错！"他对阿加莎大声呵斥道，"我不在乎你们俩是怎么认识的，是远房亲戚还是秘密的笔友又或者是霍诺拉山脉的驴友之类的，反正菲利普已不在你关心的范围内了，对吗？"他气势汹汹地说："所以趁我还没改变主意决定杀你之前，赶紧去找你的宝贝苏菲吧。"

阿加莎瞪大了眼睛看着他，然后爆发出一阵大笑。

"有那么滑稽吗？"泰德罗斯粗声吼道。

"你果真不明白，对吗？"阿加莎难以置信地说道，"你认为他是你的朋友。"

"是我最好的朋友。"王子纠正道，"而且我总算是第一次理解了为什么你会选择苏菲而不是我。因为菲利普了解我。他不光支持我，还能与我并肩战斗，这些都是女孩无法给我的。我曾经一直觉得爱只和女孩有关……但是像菲利普这么一个朋友，他带给我的深厚情感甚至超越了爱情。因为不管重来多少次，我都会选择这样一个朋友，而不是选择你。"

"那就让我来告诉你菲利普到底有多好吧。"阿加莎毫不留情地说,"作为朋友来说,菲利普简直好得就像兰斯洛特对你父亲一样。"

泰德罗斯立刻拔出宝剑,咬牙切齿地说:"你说什么?"

阿加莎察觉出了他脸上的神色,语气立刻和缓了一些说:"你永远都分不清善与恶,是吗?"

泰德罗斯浑身僵硬,恐惧顿时在他心里蔓延开来。他看着苏菲背对着阿加莎慢慢从树荫里走出来,然后靠在了一棵发光的柳树上。此刻,借着冰冷耀眼的光芒,泰德罗斯终于看清楚了他最好的朋友的模样,他惊恐得浑身开始颤抖……

这张脸已不再是他熟悉的模样了。

随着时间一分一秒地推移,菲利普脸上毛孔的形状正一点点地发生着细微的改变,就好像沙雕上的沙砾正在一粒一粒地被打磨光滑。菲利普挺拔的鼻子线条渐渐变得柔和,缩成了一个小小的圆润的鼻头;他的睫毛开始变得越来越浓密,精灵般的耳朵一点点地往回缩;眉毛也变弯了,仿佛有一支精致的画笔刚画上去了一道弯弯的柳眉。变化波及了他的全身,而且速度越来越快,仿佛有魔法在夹缝中被释放出来了一般。菲利普健壮结实的肌肉变成了凝脂一般光滑的皮肤,他蓬松的头发变成了瀑布般垂下的金色长鬈发,粗壮的双腿也变得纤细而光滑,身体的线条变得玲珑有致……最后,一位美丽的金发女孩出现在了清冷的月光下,她蜷缩在男子红黑相间的斗篷里瑟瑟发抖,像一只受惊的猫咪一样悲伤地睁大了眼睛看着。

泰德罗斯浑身瘫软地倚倒在了一棵树上。"为什么所有人都要骗我呢?"他无力地说,"为什么所有的一切都是谎言呢?"

"并不是所有的事。"阿加莎平静地说。

苏菲从泰德罗斯身边后退了几步,努力想要挤出一丝微笑。

"别杀……我,泰德罗斯。"她支支吾吾地说,"你看见了吗?还是菲利普,还是你的朋友……只不过模样不太一样了……"

她看见泰德罗斯凝视着她,一双蓝色的眼睛里先是呆滞然后变得专注,就好像他正在一点点地回忆着刚刚发生的一切,逐字逐句地分析着他听到的每一个字。渐渐地,一道金色的亮光笼罩在他的身上,仿佛有一种温暖在他内心深处被唤醒，融化了所有的黑暗与愤怒。

苏菲顿时松了一口气。

但是她发现泰德罗斯此时看着的人根本不是她。

他正看着那位站在闪闪发光的柳树下，让他魂牵梦萦的黑发公主。

"你……你……你……你一直都是爱我的？"他温柔地说。

阿加莎点了点头，泪水瞬间顺着她的脸颊流淌下来。

"在塔楼里，你说的每一句话都是真的？"泰德罗斯眼眶湿润地说。

阿加莎又点了点头，泪水更是止不住地往外流。

"我为什么没有吻你呢？"泰德罗斯声音嘶哑地说，"我为什么没有相信你呢？"

"因为你……太傻了。"阿加莎摇着头抽泣道，"为什么男孩都这么蠢呢？"

泰德罗斯含着眼泪笑着说："或许没有王子的世界其实还挺不错的。"

阿加莎哽咽地笑了，她终于能心无旁骛地任由自己心动了。

苏菲在他们俩中间无助地呆站着，看着一对恋人冰释前嫌重归于好……她从未觉得自己如此多余过。

一束紫色的光从泰德罗斯身边飞过，就像是一枚警告弹。

莱索夫人从树林里冲出来，高举着冒烟的手指充满敌意地对准泰德罗斯。"阿加莎，苏菲，立刻从他身边离开！"她一边压低声音狠狠地说着，一边往南门退去，"我会帮你们藏在森林里，直到一切安全为止！"

男孩和女孩都没有动。

"你们在干吗？"她对着苏菲和阿加莎大声呵斥道，"其余的男孩随时可能会赶来……"

不过莱索夫人的眼睛立刻瞪大了，她看见阿加莎从苏菲身边离开，朝着王子走了过去，王子立刻保护地将她揽入自己怀中。泰德罗斯和阿加莎紧紧地握着对方的手，怒气冲冲地瞪着身穿男子校服、孤独地站在树荫下的苏菲。

"发生……发生了什么……"莱索夫人说着，目光不停地在两个女孩之间打转。

"我以为阻止你的愿望会是善良的做法，阿吉。"苏菲声音颤抖地哭着说,"我以为我是在做一件善事。"

这时苏菲看见连莱索夫人也往后退了退,她紫色的眼里闪烁着恍然大悟的寒光:"所以一个男孩被杀……学生们被伤害……还有这场致命的裁决赛……都是因为……你?"

"走吧。"泰德罗斯拉起自己的公主的手臂说,"让她自生自灭吧。"

"我不想变成我母亲那样,我不想最后一个人孤独终老。"苏菲满脸是泪地向阿加莎乞求道,"我从没想过去伤害任何人……"

"阿加莎,我们走。"泰德罗斯更加强硬地说。

阿加莎抬头看着自己的王子,一如她梦中那样纯真而坚贞……然后她又看向柳树林那边正在痛哭流涕的苏菲。

没有诡计了,也没有秘密了。

这一次的选择是真实的。

一股红色火焰喷射进树林幽谷中,一下将阿加莎和泰德罗斯卷入了一团红色的烟雾中。头晕目眩之间,他们环视着红色和白色的焰火正从四面八方炸开直冲云霄,然后又疯狂地如同流星雨一般纷纷落下。紧接着,男子记分牌上的萤火虫瞬间燃烧起来,烧焦了木牌上所有残留的名字,包括泰德罗斯和菲利普……随着一声震耳欲聋的爆裂声,木板变成了一团刺眼的火球。而在森林的另一边,女子记分牌也发生了一次爆炸,西门的上空涌出了滚滚黑烟。

"发生了什么?"阿加莎低声问道,她的耳朵被震得嗡嗡作响。

这时她和泰德罗斯感觉到身后传来一阵低沉的隆隆声,然后那声音越来越大……越来越响亮……

他们慢慢仰起自己全是血的脸往上看去。

城堡上空被施了魔法的迷雾此时完全散开了,只见男子学院和女子学院里挤满了人。远远望去,不停奔走呼喊的人群就像乱成一团的蚂蚁一样。忙着冲锋陷阵的女孩们纷纷挥舞着武器、高举发光的手指,从露台跳上残破的中途桥,站在破损的断桥边缘大喊大叫。而在湖岸的另一边,躁动激进的男孩们和一心想抢到赏金的王子们,也全副武装地怒吼着跳上了中途桥的另一端。

"他们知道我在这儿。"一个声音在阿加莎和她的王子身后说道。

阿加莎抬头看到是莱索夫人,她紫罗兰色的眼睛正紧盯着两座城堡。

"我违约了,"她的老师声音沙哑而刺耳地说道,"裁决赛终止了。"

阿加莎的喉咙动了一下说:"这意味着什么?"

他们全都凝望着站在桥两端的四百名男孩和女孩。如果不是碍于桥上那个横亘在他们中间的大洞,他们已经迫不及待地想要杀死对方了。

"战争,"泰德罗斯说,"这意味着战争。"

他们头顶上的柳树枝开始变得越来越亮,亮得好像一根根蓝色的金属丝,然后这些闪着亮光的地方突然引爆汇聚成了一团云,从树上纷纷落下。借着明亮的月光,他们才看清这些闪烁的东西原来是蝴蝶,成千上万只蓝色蝴蝶攀附在柳树枝上,给枝条挂上了一层霓虹灯似的光芒。它们如蝗虫一般疯狂地乌泱泱一片从幽谷中席卷而过,阿加莎急忙遮住脸部,泰德罗斯则徒劳地挥舞着他的剑想要赶走蝴蝶,最后却连站都站不稳,直接摔倒在地。

一声大叫突然从他们身后传来,阿加莎一转头就看见莱索夫人被一团蝴蝶拖倒在地。

"伊芙琳……"莱索夫人惊恐不已地说,"她听到了一切……"

"等等!"阿加莎大叫着,试图拖住她。

惊魂未定的莱索夫人被蝴蝶一路拖曳着往前走去,情急之中她将嘴唇凑到阿加莎的耳边,低声说:"吻他,阿加莎!时机一到,立刻吻他!"

话音刚落,她立即就被蝴蝶架着朝学院的方向飞去了,她对阿加莎最后的请求也瞬间被淹没在战争的怒吼之中。

阿加莎呆呆地伫立在这月光照耀的幽谷之中,急促地呼吸着。

"她说了什么?"一个声音说道。

阿加莎低头看见泰德罗斯跌跌撞撞地站了起来,一头金发已被弄得乱糟糟的。

"阿加莎?"另一个声音响起。

阿加莎扭头看向树林中,在那地狱般的红色烟雾散尽之后,苏菲的身影从树后显露出来。

"莱索夫人说了什么?"她的朋友一脸紧张地问道。

阿加莎只是凝视着站在柳林深处皎洁月光下的苏菲，此时男孩与女孩高声呼喊的战争号子已如唱诗班的歌声一样向远方飘散而去。

突然校长的银色塔楼撞进了柳树林中，吓得阿加莎连连后退。这座移动的塔楼正在银色的月光下滑行着，突然它停了下来，那巨大的力量在地上拉出了一道长长的参差不齐的裂缝，泰德罗斯在裂缝的这边，苏菲在裂缝的另一边，而阿加莎正巧站在裂缝的中间。

塔楼的窗户中飞出了最后一群蝴蝶，它们翩然降落在三位学生中间，一触及地面，这些蝴蝶就神奇地凝聚在了一起。宛如女主角终于登场一般，伊芙琳·萨德一步一步地踏入了透明场的聚光灯下，她翘着长长的手指甲，手里紧紧握着一本红樱桃木的故事书，这本书阿加莎熟悉极了。

她与苏菲的童话故事书。

"裁决，"院长柔声说道，"多么美妙的一个词啊，可以连带出很多层含义。比如，一次只以结局论英雄的经历，又或者一场关于信念与毅力的考验，再或者一次人生中的艰难时刻。不过……我更倾向于它的官方定义。"说着她戏剧性地停顿了一下，皱了皱她那森林绿色眼珠上的浓眉毛，说道："一场在证人面前宣判罪行的正式审判。"

说着她的目光看向了身处裂缝中间的阿加莎，讳莫如深地笑了。

"现在，真正的裁决开始了。"

伊芙琳伸出她锋利的长指甲在书脊顶端的装订线上划出了一条缝。《苏菲与阿加莎的童话故事》立刻神奇地从院长手中跳出，飘浮在了月光下，而闪着光的撰写者也终于逃脱了束缚，重获自由的它闪耀出了愤怒的红色光芒。它用自己锋利的笔尖从飘浮的书本里开了一个口跳出后，立刻挥墨开始在书页上飞快地画了起来，五颜六色的场景迅速填补了故事的空缺。在它画到最后一页时，这支笔放慢了速度，它仔细地绘制着阿加莎还有站在她两侧的泰德罗斯和苏菲……

只是画上的苏菲看上去并不太像此刻站在阿加莎面前的这位苏菲。

画面上的苏菲是一个秃头、脸上长满了疣的老巫婆。

在这位老巫婆的下面，这支笔写下了一行字："恶人自始至终都隐藏得很深。"

阿加莎和泰德罗斯慢慢地看向了站在裂缝另一边、被银色月光披上了一层乳白色光晕的美丽的苏菲。

"你看，阿加莎，你以为是我用魔法变出了苏菲的征兆，我是这个故事里的恶人。"伊芙琳坐在裂缝边缘的一截树桩上说，"可那根本就不是我，对吗？"

"阿加莎，我不是个女巫……你知道我不是个女巫……"苏菲觉得一切很荒唐，着急地说。

但是阿加莎退后了一步，从她朋友身边退后，退到了裂缝另一边泰德罗斯的身侧。苏菲震惊地看着，脸涨得通红。

"你还是认为我是邪恶的？"苏菲轻声地说，"认为我会伤害你？"

阿加莎双手颤抖着说："女巫会毁了童话，苏菲。女巫会为了想要的结局而一直撒谎。"

苏菲转头向泰德罗斯求助："我是你的好朋友，对吗？那样一个朋友绝不可能是女巫的！你告诉她！"

"好朋友？建立在谎言基础上的朋友根本就不是朋友。"泰德罗斯隔着那道裂缝的鸿沟咄咄逼人地说，"校长遍寻世界就为了找一个和他一样邪恶的人。我们都知道他选中了你，苏菲。你只要活着就永远只能属于邪恶。"

"我不是邪……邪……邪恶的！我一直都在努力成为善良的人！难道你们没看见吗？我一直都在努力！"苏菲大声哭喊着说，"校长弄错了！他错选了我！"

阿加莎凝视着故事书里那个可怕的老巫婆，又朝着泰德罗斯的方向后退了一步，说："撰写者是不会撒谎的，苏菲……"

"不……阿吉，求你了……"苏菲说，"你知道真相是……"

她悲痛欲绝地跨过裂缝朝阿加莎奔去，但是脖子上突如其来的一阵剧痛迫使她大叫起来，接着她的手腕和前额也开始接连产生剧痛。

阿加莎和泰德罗斯瞪大了双眼畏惧地向后缩想要躲开她，苏菲的心一下子凉了。她缓缓抬起手臂，只见胳膊上已经冒出了两颗可怕的黑疣。接着在一阵咝咝声中越来越多的疣冒了出来，她的皮肤也像凝固的牛奶一样开始起皱并布满斑点。

"不……是她……是院长……"苏菲哽咽地说,可此时伊芙琳却并没有坐在那截树桩上,"是她给我弄出来的!"

阿加莎退到了泰德罗斯身旁,他们俩都高举着闪着金色光芒的手指对准了苏菲。而这时苏菲满头的金发也开始一簇一簇地往下掉,后背弓成了驼背,双腿也变成了枯枝一般的嶙峋瘦骨。

阿加莎摇着头,流出了怜悯和愤怒的泪水说:"是你,苏菲,一直都是你。"

"对于我曾做过的一切……我感到很抱歉……"苏菲一边哭,一边痛苦地扭曲着说道,"可我不是这样的!"

"你不能再待在这儿了,苏菲。"阿加莎含着泪看着她说,"我们只有分开,才能获得幸福。"

泰德罗斯出神地看着他的公主。

"阿加莎,不要!"苏菲尖叫道。

这时撰写者发出了更耀眼的红光,它已经察觉到了故事的结局。

苏菲的牙齿开始变黑脱落,她的头发也掉得更快了。阿加莎犹豫着,她的表情因为这揪心的痛苦而柔和下来。

"阿加莎,我们会永远幸福地生活下去的,"泰德罗斯催促道,"但是现在我们必须当机立断。"

阿加莎忍泪含悲地点了点头。

"你必须得相信我!"苏菲苦苦哀求道。

"我不能,苏菲。"阿加莎握着泰德罗斯的手说,"我不能再相信你了。"

"不!"苏菲大叫着向她冲来,但是更为剧烈的痛苦却使得她几乎瘫倒在地。

阿加莎牢牢地握住泰德罗斯的手,这时苏菲已痛苦地号叫着缩成了一团,她长满了疣的头皮变得又光又亮,她的面部已经彻底扭曲成了一个衰老的邪恶女巫的模样。

"赶快,阿加莎。"泰德罗斯说道,这时苏菲已经爬过裂缝朝他们爬过来了。

"阿加莎，我不想像她那样，"苏菲苦苦地哀求着，"我不想像我母亲一样走完一生！"她对着自己唯一的朋友伸出了她干枯的手……

阿加莎悲痛欲绝地看着她的眼睛，然后将头扭了过去。

苏菲蜷缩着看着阿加莎走进了泰德罗斯的怀抱。"不……不是这样的……"苏菲的呼吸变得急促了。

泰德罗斯的蓝眼睛带着深深的承诺深邃地望着阿加莎的眼睛，说道："直到永远。"

阿加莎听到自己心里对他渴求的愿望了，伴着每一次的心跳，那愿望越来越响亮地被喊出来，恳求着她去相信。

这一次她听从了自己的内心。

阿加莎将自己交给了她的王子。

"直到永远。"

泰德罗斯紧紧捧起阿加莎的脸颊吻了她，阿加莎觉得自己的脑袋好像变轻了，一道耀眼的光芒从她的血管里穿流而过。这时苏菲的惨叫声在她身后越变越轻，直至最后化为无声。阿加莎向泰德罗斯靠得更近了一些，她感觉自己的心仿佛飘起来了似的，时间也静止了，之前的恐惧全都烟消云散，就好像她终于找到了自己的幸福结局，就好像她终于找到了那个不会被抢占的幸福结局……

当王子与公主的身体终于分开时，他们激动地喘着粗气，共同看向月光下那本翻开的故事书，书中一幅绘有他们封印之吻的画面赫然在目。在他们的故事中，女巫消失了，两个大字写在下面：

全书——

伊芙琳·萨德将手指放在了那支笔锋利的笔尖下，她的手指仿佛刚被纺锤刺破了一样，鲜血直流。最后一个"终"字还没写上去。

阿加莎的眼睛慢慢看向她前方的地面。

一个秃头、满脸皱纹的女巫正从草地上爬起来，失神地抬头望着她和泰德罗斯，她憔悴的脸上满是泪痕。接着，奇怪的事情发生了。苏菲一下子变回了她本来年轻漂亮的模样，女巫消失了，取而代之的只是一个遭遇背叛的心碎的女孩。

阿加莎的心都提到了嗓子眼儿，她呆呆地望着这个被自己抛弃的朋友……依然就在眼前。一个刚刚见证了他们的吻却并没有被放逐回家的朋友，一个失去了爱的孤独的朋友。

但这时苏菲的眼里已看不出任何情绪，没有宽恕，只有一片空洞，仿佛她再也不认识眼前这位黑色头发的公主了。

绝望与不祥的感觉从阿加莎心里升起，她抬头看向院长。

"有人也许会觉得，故意制造出一些女巫的征兆然后把它嫁祸在一个无辜的女孩身上，这样的行为实在不太符合院长的身份。可是话说回来，我是真的不太喜欢故事都是好结局啊。"伊芙琳惺惺作态地笑着说道，这时一群蝴蝶从她指尖抓住挣扎着的撰写者，将它禁锢在半空中。她吸了吸指尖的血，两眼看着停在空中的那支笔说，"你们看，这结局还真是有趣。故事必须在撰写者写下'全书终'时才算真正完结。但是你也看到了，事实上还缺一个字。这就意味着，我们还没有真正到达故事的终点。"伊芙琳笑着对阿加莎说："现在，你已经有了你的结局，亲爱的公主，那么苏菲也应该有一次公平的机会，你觉得呢？毕竟，这也是她的童话故事。"

苏菲惊愕地看着她，大大的眼睛瞪得犹如两枚绿翡翠。

"把笔还给我们。"泰德罗斯大声呵斥着拔出了他的宝剑。

伊芙琳对着他手指一点，一棵柳树立刻伸出枝条抓起他，猛地将他摔在了一棵树干上。

泰德罗斯愤怒地挣扎着说："你要干什……"另一根枝条瞬间伸过来封住了他的嘴。

"你看，阿加莎，我的蝴蝶将你们引领回学院，只因为我听到了一个值得终结你们故事的愿望，不过那并不是你的愿望。"院长绕着阿加莎说，"而是苏菲的愿望。"

"什……什……什么？"苏菲错愕地说。

"哦，是的，你也许了一个愿望，亲爱的。"院长说，"你不记得了吗？"

一只蝴蝶从她的裙子上飞下来，拍打着翅膀写下了一行字，同时一个空灵的声音响起：

"我真希望能够再次见到她。"是苏菲的声音在空中回响，"为此我愿意做任何事。"

阿加莎想起了这些话……在墓园时……她们相拥在彼此怀里时说过的话……

"我……我……母亲？"苏菲难以置信地说道，她的脸上一下泛起了光彩，但随即那光彩就暗淡了下去，"可是我母亲已经过世了……没有谁能把她带回来了……"

"但是你还身处你自己的童话里啊，亲爱的。"院长怂恿道，"如果你愿意为愿望付出一切，那么愿望就会拥有很强大的力量。"

阿加莎的心跳仿佛停止了，她睁着大大的眼睛凝神望着院长。

"恶人自始至终都隐藏得很深。"

只不过这恶人并不是苏菲，也不是伊芙琳，而是——

"不要！"阿加莎大喊着朝苏菲扑去，"苏菲，不要！她在利用你……"

柳树枝一把抓住了她，将公主和她的王子一同封住嘴绑在了树干上。

苏菲没有搭理阿加莎那含混不清的呼喊声，她的目光又看向院长，说道："我需要做什么？"

伊芙琳俯身前倾，伸出她锋利的长指甲抚摸着苏菲的脸颊："只要你真心许下愿望，苏菲。只要你愿意付出代价再见她一面。"

阿加莎隔着被捂住的嘴大声尖叫着，但她却一个字都说不出。

"什么代价？"苏菲皱着眉头问。

"阿加莎已经亲吻了她的王子，苏菲。她当着你的面让你眼睁睁看着自己被永远抛弃。"伊芙琳阴险地说，"现在你身边再也没人陪伴了。没有王子，没有朋友，没有父亲，没人和你一起回家，没人可以信任。"

苏菲盯着她的眼睛，伤心欲绝。

"现在你看到那个爱你的、值得你付出任何代价的人了吗？"伊芙琳诱导着说。

苏菲没有动，她听着身后不停传来阿加莎沉闷的尖叫声。

"我真的还能再见到她吗？"苏菲问道。

"你的愿望也能如阿加莎的愿望那样终结你们的童话。"伊芙琳回答道，"你要做的只是全心全意真诚地许愿。"

阿加莎撕扯着柳树，枝条已割破了她的双臂。

"我准备好了。"苏菲咽下一口唾沫，点了点头说。

伊芙琳咧开嘴笑了。她将手伸向自己胸前，用魔法从心脏处拽出了一条长长的蓝色光带，光带瞬间照亮了夜空。与此同时，她裙子上的蝴蝶立刻变成了猩红色……

阿加莎发出了惊恐的号叫声，但苏菲的双眼一直停留在这束蓝光上，看着它慢慢旋转变成了迷幻的悬浮的球体。

"现在，闭上你的双眼，大声说出你的愿望吧。"院长一步步引诱道。

苏菲闭上了眼睛，说道："我愿意做任何事，只要能再见到我的母亲。"她努力回避着阿加莎的呼喊声，尖声说道。

"要全心全意，"院长贪婪地说道，"只有你全心全意地许下愿望，愿望才会实现。"

苏菲咬紧了牙关，又说道："我愿意做任何事，只要能再见到我的母亲。"

四周顿时一片寂静，这时就连阿加莎也安静了。

苏菲慢慢睁开双眼，只见那个球体在半空中旋转起来发出了一道诡异的蓝光。那光一寸一寸地开始变形，然后慢慢地显现出了立体的形状。苏菲蹒跚着向后退，只见一个人影显现了出来。那人影有两只精巧的赤足如幽灵一般飘浮在深蓝色的草地上，苏菲的眼睛顺着往上移动，她看见了随风飘动的蓝色长袍，两只苍白瘦削的手臂从袖管里伸出来，洁白无瑕的天鹅颈……还有那张脸——就像是她在照着镜子一样——镜中人有一张看不出年龄的脸、光滑的皮肤、小巧的圆鼻头、一双清澈的绿眼睛。这幽灵深情地对她微笑着，苏菲一下跪倒在地。

"母亲？"她轻声说道，"真的是你吗？"

"吻我，苏菲。"她母亲说道，她的声音听起来遥远而模糊，"吻我，让我重获新生，这就是我要你付出的唯一代价。"

"重获新……生？"苏菲犹豫地说道。

在她身后的阿加莎，已经叫得嗓子都破了。

"就像很久以前，你的朋友也用了一个吻让你重获新生一样。一个爱之吻。"苏菲的母亲说道，"不过那个结局还没有完，不是吗？现在轮到你来寻找属于自己的真爱了。"

"但是已经没有人爱我了。"苏菲轻轻地说，"连阿加莎都抛弃了我。"

"我爱你，苏菲。你不用像我一样终此一生。"她的母亲安慰道，"因为还有人比阿加莎更爱你，有人爱着那个真实的你。"

阿加莎发疯一样咬着堵住她嘴巴的柳树皮。

"是你吗？你是我的真爱吗？"苏菲睁大了双眼问着她的母亲。

她的母亲笑了："你只需要相信我。"

"我完全相信你。"苏菲说着，不禁潸然泪下，"你是唯一了解我的人。"

"那么吻我吧，苏菲，并且不要中断这个吻。"苏菲的母亲警告道，"中断了这个吻，你就会失去拥有爱的最后一次机会了。"

阿加莎拼命地摇着树枝，想要折断它。

苏菲朝着她母亲的幽灵走去，她的心脏都快跳出胸腔了。

阿加莎感觉柳树枝好像裂开了。

"现在吻我吧，苏菲。"她的母亲说，"趁一切还不会太迟。"

阿加莎吐出嘴里的木屑，大叫道："苏菲，不要啊！"

但是在这渐渐暗淡的月光下，苏菲已经将自己的嘴唇贴到了她母亲的唇上，苏菲脸上的表情放松了，泛起了一层坚信幸福就要来临的光芒……就在此刻，她的吻将最终为她带来应得的幸福结局……

可这个吻怎么变得越来越冰冷、生硬了？苏菲看见自己的母亲那张幻影里的脸正一点点地变得干瘪腐烂，就好像她有一千岁那么老似的，她的皮肤也开始一点点地剥落，露出了一个长满蛆虫与斑点的头骨。惊慌失措的苏菲想要逃离，但她想起了母亲刚刚的警告，于是她继续保持这个冰冷的吻，祈祷着真爱永远不要背离她，祈祷着这是一份比王子、比朋友的爱更加深厚的爱。慢慢地，面前这位幽灵的皮肤开始变得如大理石一般坚硬了，他脸上那层幻影般的幽光也消失了，那张脸越来越年轻光滑……直到苏菲一下子醒悟过来，失魂落魄地往后退开。

一双象牙白色真实血肉之躯的脚踩在了草地上，深蓝色的草从他的趾间穿过。依然穿着那身蓝色长袍的校长仰起了头，此时的他没戴面具，一张年轻而轮廓分明的脸在完美无瑕中透着鬼魅的苍白，那头白发也显得更加浓密了。

阿加莎和泰德罗斯紧贴着树干，惊骇得失去了呼吸，只是拼命地隔着捆绑找寻着对方的手。

苏菲看着重获新生的校长，他更加英俊迷人了，绝代的容貌远胜过任何她曾见过的男性。"你……这一切都是你干的……"

"都是为了你。"校长悄悄地说。他伸出了冰凌一般修长的手指摸了摸她的脸颊，说道："我跟你说过，苏菲。你永远都是属于我的。"

"你不会想要他的！"阿加莎从树缝间尖叫道，"他就是邪恶，苏菲！你还可以收回愿望的！故事还没有到'全书终'。"

苏菲终于抬起头看向她，此时的她已泪如泉涌。她看到阿加莎那双惊恐害怕的眼睛正映出一个恶毒的坏人，这一刻突然变得如此真实。苏菲心碎地摇了摇头。阿加莎是对的……她必须得阻止这一切，她必须拒绝这样的邪恶，她必须收回这所有的一切……

可她立刻又看见，她朋友那双纤细的小手正握在王子那双强壮有力而且温暖的大手里。

现在她终于明白，从今往后的人生她再也没有阿加莎的陪伴了。

当校长粗暴地伸出冰冷生硬的手将她拽到自己身边时，苏菲并没有逃。

阿加莎的脸一下子变得煞白。

"那我呢？"一个声音说道。

校长扭头看到了伊芙琳，这时的她已经因为狂热和急切而满脸通红。"我将你的真爱带回来了。"她得意地说，"正如你所要求的那样，主人。"

"的确如此。毫无疑问，你哥哥预见到你在这件事情上还是相当有用的。"校长一双蓝眼睛如寒霜般地看着她笑了，"你能确保我的真爱毫发无伤地平安归来。"

伊芙琳自豪地对他笑了。但是紧接着她的脸开始发生变化……仿佛校长的双眼点起了一团熊熊烈火，自她身体深处燃烧起来。伊芙琳死命扯住自己的胸口，仿佛心脏已经停止跳动似的，然后她发出一声窒息的哽咽，彻底停止了呼吸。

"现在圆满了。"校长说道，然后将苏菲抓得更紧了。

伊芙琳跌倒在地，化成了一千只红色的死蝴蝶。困住撰写者的那群蝴蝶也轰然枯萎坠落，任由撰写者落进了校长等候已久的手中。

他看着被绑在树上的阿加莎和泰德罗斯。

"现在我们该到哪儿了？"

他松开了手中的撰写者，看着这支笔翻滚着跳到那本尚未终结的故事书前，抹去了那句写在阿加莎和泰德罗斯之吻下方还没来得及写完的话。然后迅速翻开一页，挥笔画下了关于苏菲与校长之吻的辉煌画卷，并重新将那句被抹掉的话厚颜无耻地写在了下面：

全书终

"苏菲，不！"阿加莎狂吼道。

撰写者刻下了最后一个准确无误的字，然后故事书合上，轻轻地落在了草地上，几乎没发出任何声音。

阿加莎缓缓抬起眼睛看向校长，他邪恶地笑着看着她，手臂环绕在苏菲的腰上。

"一——"他微笑着数道。

森林之上的两所学院突然全都变成了秃鹫一般的黑色，毫无差别，一样黑暗、恐怖，一如那古老悠久的邪恶。

"二——"

中途桥上巨大的裂缝瞬间愈合了，男孩、女孩纷纷拔出武器向对方冲去，战争一触即发。

校长狞笑地看着阿加莎数道："三。"

阿加莎的身体立刻开始闪烁，她就快消失了。

"等等！"泰德罗斯挣扎着从禁锢中大喊道。

"我要被送回家了！"阿加莎对着她的王子尖叫道，她的身体开始加速消失。"是苏菲的吻！它要将我送回家了……"她恍惚地看向苏菲，听到耳畔镇上的钟声似乎已经越来越近……越来越近……"苏菲，帮我留下来！拉住我的手，帮我留下来！"

但是苏菲只是站在校长的身旁，眼里充满了悲伤。

"他选择了我，阿加莎。"她轻声说道，"而你没有。"

阿加莎惊恐地大叫，她的身体已变得几乎透明了……

"我还真觉得我欠你最好的朋友一个人情。"校长微笑着，试探着对苏菲说道，"毕竟，阿加莎在很久以前的确曾经救回过我的真爱。"

校长从地上拔出了泰德罗斯的宝剑，惊恐万状的泰德罗斯不停地挣扎着。

阿加莎震惊得喘不过气来。

"合适。"校长审视着这枚断钢之剑沉思着说道，"死在你父亲的剑下。"他将宝剑高举过王子的头顶，然后两眼通红地刺下。

"不！"阿加莎大喊着，她已快被分裂成一片片光斑了。

剑锋落下，劈开了泰德罗斯的衬衫，阿加莎紧紧抓住了自己王子的手，宝剑从空气中穿过，泰德罗斯闪着光芒安全地掉进了阿加莎的怀里。

阿加莎带着她瞠目结舌的王子一起消失在了回家的路上，她看着校长对她冷冷一笑，然后一把将苏菲搂进了他冰冷坚硬的怀抱中，一同飘离地面飞向空中，朝着他的塔楼飞去。苏菲和阿加莎最后深深地彼此对望了一眼，没有一个人叫出声来。

曾经真爱的两个女孩，如今像陌生人一样被分开，去到了各自男孩的怀里，善归善，恶归恶……

她们的愿望都实现了。

小读客经典童书馆

童年阅读经典　一生受益无穷

Soman Chainani
[美]索曼·查纳尼 著
潘美岑 译

北京日报出版社

图书在版编目（CIP）数据

善恶魔法学院.3,童话的法则/(美)索曼·查纳尼著;潘美岑译.--北京:北京日报出版社,2023.9
ISBN 978-7-5477-4387-4

Ⅰ.①善… Ⅱ.①索…②潘… Ⅲ.①儿童小说－长篇小说－美国－现代 Ⅳ.①I712.84

中国版本图书馆CIP数据核字(2022)第182383号

THE SCHOOL FOR GOOD AND EVIL: THE LAST EVER AFTER
by Soman Chainani
Text copyright © 2015 by Soman Chainani
Simplified Chinese translation copyright © 2023
by Shanghai Dook Publishing Co., Ltd.
Published by arrangement with HarperCollins Children's Books
through Bardon-Chinese Media Agency
ALL RIGHTS RESERVED

中文版权：© 2023读客文化股份有限公司
经授权，读客文化股份有限公司拥有本书的中文（简体）版权
图字：01-2023-0786号

善恶魔法学院.3 童话的法则

作　　者：[美]索曼·查纳尼
译　　者：潘美岑
责任编辑：曲　申
特约编辑：马敏娟　　唐海培
封面设计：吕倩雯　　陈艳丽
出版发行：北京日报出版社
地　　址：北京市东城区东单三条8-16号东方广场东配楼四层
邮　　编：100005
电　　话：发行部：（010）65255876
　　　　　总编室：（010）65252135
印　　刷：三河市龙大印装有限公司
经　　销：各地新华书店
版　　次：2023年9月第1版
　　　　　2023年9月第1次印刷
开　　本：710毫米×1000毫米　1/16
总 印 张：78
总 字 数：1235千字
总 定 价：199.90元（全三册）

版权所有，侵权必究，未经许可，不得转载
凡印刷、装订错误，可联系调换，联系电话：010-87681002

就在当下，
在他们渐渐茁壮的爱里，
同时也埋藏了仇恨、恐惧及困惑的种子：
因为爱与恨共存，
它们是彼此的猎物，
然而极端的愤怒也因此产生。

——怀特《永恒之王》

在原始森林的深处,
有一所善恶魔法学院。
两座城堡相生相克,
一座纯洁,
一座邪恶。
想要逃跑,死路一条,
唯一的出路,是创造你自己的童话。

目 录

第一部分

第一章	校长与皇后	003
第二章	通缉女巫	013
第三章	陷入囚笼	028
第四章	火刑仪式	036
第五章	公主回归	047
第六章	死亡森林	059
第七章	恶是新的善	071
第八章	改写的童话	081
第九章	最糟的永生者	092
第十章	十三联盟	102
第十一章	两位院长	113
第十二章	寻找间谍	123

第十三章	真爱刺青	134
第十四章	魔幻神境	144
第十五章	魔法师的计划	156
第十六章	交换性别	167
第十七章	不可能的任务	178
第十八章	巧克力云霄飞车	193
第十九章	恶人重返学院	209
第二十章	精灵列车	221

第二部分

第二十一章	新的开始	243
第二十二章	苏菲的机会	255
第二十三章	两个皇后	269
第二十四章	邪恶戒指	284
第二十五章	蝎子和青蛙	299

第三部分

第二十六章	黑暗皇后	319
第二十七章	英雄配对	334
第二十八章	是谁在帮谁	350
第二十九章	失败的练习	362
第三十章	道歉和自白	375
第三十一章	森林决战	388
第三十二章	邪恶的意义	404
第三十三章	真相大白	416
第三十四章	保卫防护罩	433
第三十五章	最后的永生者之地	458

第一部分

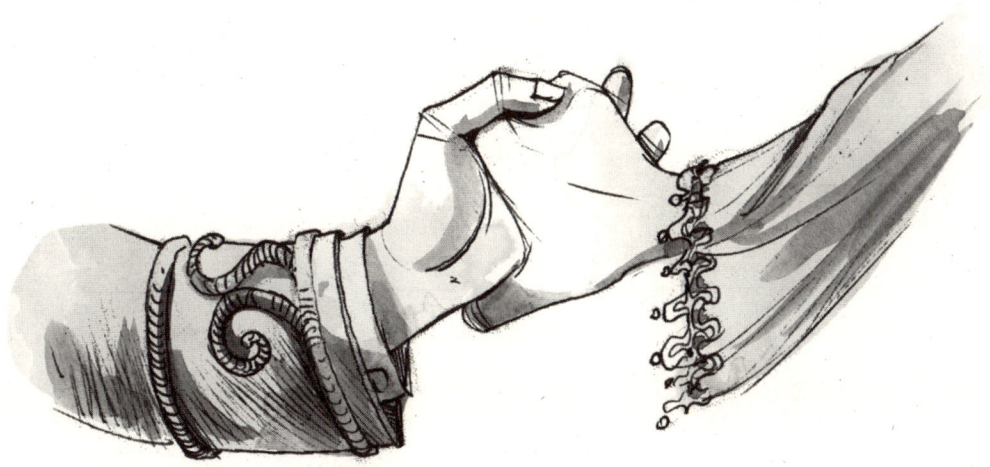

第一章
校长与皇后

当你完全摸不清对方究竟是年轻或年老时，你自然会怀疑他是不是你的真爱。

他看起来无疑是年轻的，苏菲想，仔细端详着瘦削的他。他沐浴在微弱的阳光下，正从塔楼的窗口眺望外面。苏菲看着他明亮光滑的皮肤、窄而贴身的裤子、像雪一样白的浓密头发、紧实的手臂、如同冰河一样的蓝眼睛……他看起来都不到十六岁。然而，这美丽陌生的外表之下，却有着远比十六岁苍老的灵魂。过去三个星期，苏菲一再拒绝他的求婚。她怎么可能跟外表是男孩但灵魂是校长的人许下婚约呢？

然而，苏菲越盯着他瞧，越看不到一丝校长的痕迹。她只看到一个精力充沛、举止优雅、费尽心思想得到她允诺的年轻小伙子。突出的颧骨、饱满的嘴唇——比

王子更俊美，比王子更有力量，而且不像你随便想到的那些王子，这个男孩只属于她一个人。

想到这里，苏菲的脸涨红了，但摆在眼前的悲伤事实又再度提醒她：她在这个世界上已经是孤零零的一个人了，所有的人都遗弃了她。她为善良所付出的极度努力，最终只得到硬生生的背叛。她没有家人、朋友，更没有未来。但是她面前这令人心仪的男孩可能是她获得爱情的最后一线希望。一股从身体深处涌出的焦虑让她肌肉疼痛、口干舌燥。苏菲告诉自己，再也没有别的选择了，她深吸一口气，慢慢走向他。

"仔细看他，他哪里比你老呢？"苏菲试着安慰自己，"这是你一直梦寐以求的男孩。"她伸出颤抖的手，想轻碰他的臂膀……直到她忽然醒悟，停下所有动作。"是魔法让男孩重生的，"她想，并把手缩回了袖子里，"但这魔法能维持多久呢？"

"你正在问自己错误的问题，"轻柔的声音响起，"时间的概念不适用于魔法。"

苏菲抬头看着他，但男孩的眼神并不在她身上，他仍盯着微黄的日光，早晨的雾霭笼罩着窗外。

"你从什么时候开始可以读到我的想法了？"苏菲不安地问。

"我不需要特意去听你的想法，我总是知道读者的脑子里在想什么。"他回答道。

苏菲穿着黑色斗篷在他身边坐下来，他那大理石般苍白的肤色使苏菲感到一阵凉意。她想到了泰德罗斯的皮肤，永远带着汗水和日晒的痕迹，就像熊的毛皮一样温暖。忽然一股热流穿过她的身体——她感到愤怒、后悔，或介于两者之间的某种情绪。这给了她靠近男孩的力量，她鼓起勇气轻触他的胸膛。

他仍旧没有把目光转向她。

"怎么了？"苏菲问道。

"太阳，"他说道，盯着在雾中若隐若现的阳光，"每一天的阳光都比前一天微弱。"

"假如你也有力量让太阳发光，那我们每天都可以开下午茶派对了。"

苏菲咕哝着。

男孩瞪了她一眼，苏菲全身僵硬。这个追求者一点儿也不像她那些出身善良学院的旧日好友，他既不善良也不友好。她很快将眼神转移到窗外，窗外刺骨的风让她打了个寒战。"无论如何，日光在冬天本来就比较微弱啊，这种每个人都知道的常识，并不需要魔法师来告诉我。"

"嗯，或许读者的解释也可以帮上一些忙。"他回答道，然后迅速移动到角落的白色石桌旁，那里有一支细长、像刀子一样尖锐的笔悬在半空中，形状像一根毛线针，而那支笔在一本打开的故事书上方盘桓。苏菲看着那本故事书，瞥到最后一页的画面：她看到画中的自己亲吻了校长，使他重返青春，而她最好的朋友与王子一同消失在回家的路上。

全书终

"自撰写者写下我们永灭者的结局以来，已经过了三个星期。"男孩说道。"规则应该是几天之内，会有一个新的故事诞生，内容是爱选择与恶站在一起，爱终将摧毁善，这个主题将会征服所有的童话，一本接着一本。爱不再是恶的诅咒，爱让魔法笔转变成恶最有力的武器。"说到这里，他的眼睛眯成一条线，"但是该发生的却没发生，已经完结的书竟然又被打开，而且就维持在同一页，在完结篇处徘徊，就像舞台剧已经结束，但幕布迟迟不落下来。"

苏菲没办法把目光从阿加莎和泰德罗斯那页移开，在他们消失之际，两人正充满爱意地拥抱着。苏菲的胃里一阵翻搅，脸迅速发烫。"你看！"她声音沙哑地说，用力把封面合上，然后把这本樱桃红封面的故事书重新放回书架上，跟《青蛙王子》《灰姑娘》《长发公主》那些撰写者已经完成的童话故事放在一起，她的心跳终于平静了一些，"现在幕布落下了。"

然而，那本书又立即从书架上反弹回来，飞撞在她的脸上，把她推到墙边，在降落到石桌之前，又把结尾的那一页稳稳打开。撰写者摆明了就是要挑衅。

"这不是巧合，"男孩说道，悄悄靠近正揉着发痛脸颊的苏菲，"撰写者让我们的世界进行下去,因为它还想写新的发展,看来它还不想从你的故事里移开。如果魔法笔不写新故事,随着时间一天一天地流逝,太阳会更加暗淡,最终步入死亡,到时森林将失去所有的光线——那也会是我们所有人的完结篇。"

苏菲抬头看着他在微弱日光下映出的轮廓:"但是它到底在等什么呢?"

他靠了过来,轻触她的脖子,冰冷的手指放在她如同桃子奶油一般柔滑的肌肤上。苏菲蜷曲着身体,快速移动到书架旁边。男孩带着微笑靠近她,挡住了太阳的光线。"我想这是因为它还在怀疑我是不是你的真爱,"他轻声地说,"它怀疑你是否会对邪恶忠诚,它怀疑你朋友和她的王子是否应该永远消失。"

苏菲盯着他的黑影。

"就看你的决定了。"校长说道,将紧握的手掌打开。

苏菲往下看,他冰冷而年轻的手掌上躺着一枚金色戒指,上面反射出苏菲惊恐的表情。

三个星期之前,苏菲亲吻了校长,使他重返青春,并把她最好的朋友驱逐回家。有一瞬间,她感到胜利后的轻松,因为阿加莎和泰德罗斯悄悄离开了。她最好的朋友在王子和自己之间选择了王子,但是加瓦顿那个破地方哪有空间容纳王子。阿加莎会像那些平凡的女孩一样,跟一个平凡的男孩一起老去、死亡。而她自己则会沐浴在遥远的永生者之地,倚在她真爱的臂膀里,一同翱翔在他高耸天际的银塔上。从很久以前开始,苏菲一直等待着她得到幸福的那天。她在自己的童话故事里取得胜利,伴随胜利的应该是幸福的感觉。

但是,当他们降落在光线昏暗、石头砌成的房间里时,苏菲不禁开始全身发抖。阿加莎离开了,她最好的朋友,她的灵魂伴侣。更糟的是,阿加莎带走的那个人曾与苏菲有很多互动,是她唯一熟识的男孩:当苏菲还是女孩时,当苏菲变成男孩时;当他还是她的真爱时,当他只是她的朋友时。阿加莎得到了泰德罗斯——世上唯一一个苏菲真心了解的男孩,泰德罗斯得到了阿加莎——苏菲从没想过生命中没有阿加莎她会变成什么样的女孩。而现在苏菲得到的是长相俊美，但对他一无所知的男孩，她唯一知道的是，这人邪恶的程度深不可测。当校长以年轻王子的姿态，带着傲慢的微笑一步步向她逼近时，苏菲意识到她做了错误的决定。

然而，一切都太晚了。苏菲望向窗外，仿佛看见阿加莎在余烬中消失。腐朽的城堡、卷入战争的男孩女孩们、对魔法学院师生施放咒语的教授们……苏菲还沉浸在回忆里，但眼前的校长要她面对现实，虽然他看起来是发上结着霜的男孩。他单膝跪地，手里躺着一枚戒指。"接受戒指吧，"他说，"这样，已经进行两年的战争就能停止。接下来不会再有善与恶的对抗，也不会再有男孩与女孩间的杀伐。"然而取而代之的是不容置疑的邪恶：校长与他的皇后成为恶之象征。"接受戒指吧，"这漂亮的男孩说着，"至少你可以有个幸福的结局。"

苏菲却一点儿都感觉不到幸福。

校长把她关在塔楼里，把窗户封起来，以免她逃跑。每天早上十点钟声响起时，他就不知道从哪里冒出来，问她是否愿意接受他的求婚。他年轻、清瘦但结实的身体穿着莫名其妙的衣服——某天是镶蕾丝的上衣，某天是垂坠式的长上衣，又有一天是紧身背心，又或是带有绳着花边的领子。他那如雪一般纯白的头发一样难以预料，时而整齐，时而蓬乱，时而卷曲。他每次出现都会携带珍贵的礼物：镶有宝石的精致礼服、香气四溢的花束、薰衣草味的香水、玻璃瓶装的面霜、香皂或罕见的香草等等，不知为何他永远都能猜到她下一个想要的东西是什么。即便如此，苏菲还是摇头，然后他脸沉下来，带着青少年惯有的阴郁表情，一言不发地离开。她则继续困在房间里，只有童话故事书与她做伴，而他过去曾穿戴的蓝袍和银色面具像残骸一样挂在墙上。食物总是在她感到饿的时候神奇般出现，一日三次，而且永远是她正好想吃的东西，分量刚好，放在骨瓷盘子里。蒸好的蔬菜、水果和鱼，偶尔一碗培根炖豆泥（她无法忘怀变成男孩时爱吃的食物）。夜晚来临时，一张大床就会在房间里成形，上面铺有血红色的丝绒床单，立着白色蕾丝的篷罩。一开始，苏菲无法入眠，害怕他会在黑暗中出现，但他总是在隔天早上才来访，沉默地进行求婚与被拒绝求婚的固定流程。

到了第二个星期，苏菲开始好奇学院里究竟发生了什么事。她的拒绝会不会延长男孩与女孩间的战争？有没有人因此死伤？她试着问及她的朋友们、海丝特、多特、阿纳迪尔、霍特，但是他从不回答问题，仿佛接受戒指是他开口的唯一条件。

今天是他带她来这里之后，他第一次开口说话。苏菲站在他身边，看着步向死亡的微弱阳光，觉得不能再拖延下去了，因为她无力承担后果。到了她必须做决定的时刻了：要不跟校长在一起，把结局封印起来；要不一起迎接死亡。金色戒指在校长的手上闪耀着迷人的光泽，象征着新生。苏菲抬头看他，内心祈祷着能找到一个接受校长的理由……但是她看到的仍然是个陌生人。"我没办法接受你，"她大口喘气，背靠着书架整个人蜷缩起来，"我一点儿都不了解你。"

校长瞪着她，收着下巴，把戒指放进裤子口袋里，问："你想知道什么？"

"最基本的，你的名字，"苏菲说道，"如果我要一直跟你待在这里，至少要知道怎么称呼你。"

"老师们都叫我'校长'。"

"我才不会叫你'校长'。"苏菲不屑地说。

他咬着牙正要反击，但苏菲一点儿都不退缩。"要是没有我，你的永灭者之地根本不会存在，"她先发制人，音调上扬，"你不过是个男孩，虽然体格良好、有男子气概、英俊潇洒，但终究是个男孩。你没办法控制我，也不能恐吓我接受你。我才不管你是帅气、富有还是拥有神奇力量，那些长处泰德罗斯都具备了，但你看，它们根本没带来什么好结果。我值得拥有一个能让我幸福快乐的人，幸福的程度至少要跟阿加莎差不多才行。阿加莎总不用一辈子都称呼泰德罗斯为'王子'吧？因为泰德罗斯有名字，就像世界上任何一个男孩一样。你也不例外。如果你希望我给你一次机会，那我必须知道你的名字。"

校长的脸涨得通红，但苏菲火气正旺："没错，我才是掌控全局的人。你是这里的校长，但不是我的主人，永远都不会是。你自己也说了，撰写者无法写下去，是因为它在等我的选择，不是你的。我来选择是否要接受你的戒指，是否这就是最终的结局，是否要让这世界死亡。如果你期待我做你的奴隶而不是皇后，我宁可看着这个世界烧成灰烬。"

校长怒视着她，血管在他苍白的颈子上鼓起。他用力咬紧嘴唇，苏菲以为他会吃掉她，惊恐地往后退。但他慢慢缓和下来，愤怒地喘着气，别过了头，然后双手紧握成拳头，沉默了好长一段时间。

"拉斐尔，"他低声说，"我的名字是拉斐尔。"

拉斐尔，苏菲一边在心里念着这个名字，一边震惊地发现自己的改变。这一瞬间，她看着他，仿佛在看一个全新的人：像牛奶一般光滑的肌肤、带着青少年特有光芒的双眼、挺直饱满的胸膛，这一切特征都符合名字背后隐含的年轻和狂暴。拉斐尔。到底名字里有什么，可以给我们一个愿意去相信的故事？

她忽然感到一股想要伸手去碰触他的欲望……直到她记起选择他之后代表的意义是什么。眼前这个人是可以奉邪恶之名、毫不留情屠杀手足的人，而且他相信她也可以做到同样邪恶的事。苏菲再一次努力克制住自己。

"你的兄弟叫什么名字？"她问道。

他转过头来，眼睛里充满怒火："我不懂这如何有助于你对我的了解。"

苏菲不再争辩，注意到他后方的景色，雾正在散去，可以看到远方两座黑色城堡笼罩在绿色的薄雾里。这也是三周以来，他首次把紧闭的窗户打开足够长的时间，让她能够眺望窗外。但是两座城堡看起来一片死寂，屋顶和阳台上都不见人影。"大家都去哪里了？"她急切地问，眯着眼寻找两座城堡间修复好的那座桥，"女孩们还好吗？那些男生试着要杀掉她们……"

"皇后才有权过问她所掌管的学院的事，你还不是皇后。"

苏菲清清喉咙，注意到他裤子口袋里凸起的戒指形状："嗯，那你为什么一直换衣服？那……好奇怪。"

这是有史以来第一次，男孩看起来很不自在。"因为你一直拒绝我，我想如果穿得像你一直以来追求的王子那样，也许会让事情有所进展。"他整理上衣在腹部形成的褶皱，"然后我想起来亚瑟王的儿子不喜欢穿上衣。"

苏菲不置可否，试着不去注意他完美的身体轮廓："我不知道像你这样无所不能的人也会自我怀疑。"

"假如我真的无所不能，我就可以让你爱上我了。"他发牢骚似的说。

苏菲听到他语气里的不悦，有一瞬间觉得他像个普通的男孩，为爱所困，苦苦追求他无法得到的女孩。但她马上又想起他并不是一个普通男孩。"没有人能让另外一个人爱上自己，"她反击道，"我付出了很大的代价学到这重要的一课。即使你能让我爱上你，你也永远没办法爱我。只要你信奉的是邪恶力量，你就没有爱人的能力，这就是为什么你的兄弟已经不在人世了。"

"但是别忘了，我之所以会复活是因为真爱之吻。"他说道。

"那是因为你设局骗我，"苏菲的脸变得苍白，"我绝对不是因为想吻你而吻你的！"

"是吗？要能让我起死回生，回到年轻时的我……那个吻应该是双向的。难道不是吗？"他看着苏菲惊愕的脸露齿微笑，"你最好的朋友应该教过你吧。"

苏菲没有回答，事实摆在眼前，她无法反驳。就像阿加莎曾经可以选择跟泰德罗斯在一起，但她后来选择了苏菲。苏菲自己也是，她曾经可以选择让校长回到坟墓里，但他们此刻在这里，两个人都年轻貌美。这都怪她曾经想拒绝的那个吻，致使他们现在都成了受害者。为什么她自己那一天会抓着他不放呢？苏菲问自己。有没有一瞬间她其实知道自己吻的是他呢？她抬头看这个肤若凝脂的男孩，想到他为了得到自己所做的种种努力，超越了死亡跟时间的界限……他是如此相信自己是能带给她快乐的唯一的人，不是她的家人、朋友或王子，他的信念坚定，无可动摇。当所有人都选择离开她时，他却只为她而来；即使其他人都怀疑她，他却一直相信她。苏菲的声音像卡在喉咙里。"你为什么这么想要得到我？"她声音沙哑地问。

他盯着她看，下巴的线条缓和下来，嘴唇微张。有一瞬间，苏菲觉得他看起来像泰德罗斯卸下防备的时候——这个男孩总是扮演大人角色但感到迷失。"因为我曾经很像你，"他轻声地说，快速地眨了几下眼睛，沉浸在回忆里，"我试着疼爱我的兄弟，我尝试逃离我的命运，我甚至觉得我会找到……"他发现自己不该继续说下去。"但是它只带来更多痛苦……更多邪恶。就像每次你找寻爱，就被带领到痛苦的根源，你的母亲、父亲，你最好的朋友，王子……你不停地朝着有光的地方前进，等着你的却是更深邃的黑暗。你即使经历过这些痛苦，仍旧怀疑自己是不是应该归属于恶。"

他轻轻把她的下巴托起来，苏菲僵硬得无法动弹。"几千年来，善一直告诉我们爱是什么，你跟我都曾经用它那套方式去爱人，但我们却总是在痛苦中受折磨。我常常想，会不会还存在另一种爱的方式？一种黑暗的爱，它能把痛苦转变成力量。一种只有共享它的两人才知道的爱……苏菲，这就是我们那一吻的缘由。因为我看到真实的你而爱上你，因为我们为彼此所牺牲的，完全超越善能够想象的程度。他们不认为这是爱也无所谓，我们知道就好，就像我们知道刺跟花瓣一样，都是玫瑰的一部分。"他靠得更近了，把嘴唇凑到她的耳旁悄声地说，"苏菲，我是你灵魂的镜像，你爱我就等于爱你自己。"然后他抬起她的手轻吻了一下，就像王子一样。

苏菲的心像被撕裂一般疼痛，她以为他要把她的心撕成两半。在她的人生中，从来没有像这一刻一样感到如此赤裸。她把她的黑色斗篷抓得紧紧的，盯着他对称的脸看，慢慢地，苏菲的呼吸缓和下来，有一股奇怪但令人感到心安的暖流在她身体里流窜。这个拥有黑暗灵魂的男孩，是真的了解她。望着他深蓝色的眼睛，她忽然发现他的眼睛深不可测。她慌乱地摇着头："我根本不知道你是不是真的，你真的这么年轻吗？"

他对她微笑："苏菲，假如你只从童话故事中学到一个教训，那就是不应该相信你的眼睛所看到的样貌。"

苏菲皱着眉："我不懂……"虽然她这么说，但在她灵魂深处的某个部分，她其实是懂的。

男孩看着太阳微弱的光线，他的学院笼罩在雾里，苏菲知道提问的时间结束了。当他把手伸进裤子的口袋时，苏菲可以感觉到自己的身体在发抖，就像是整个人被拖到瀑布旁边却无法逃脱。

"我们会像泰德罗斯和阿加莎一样幸福吗？"她的声音颤抖。

"苏菲，你必须相信你自己的故事，它来到完结的这页自有它的原因。"他转过头对着她，"现在你唯一能做的就是相信它。"

苏菲低头看着他手中的金色戒指，呼吸加快……她猛然一撞把他推开。他伸出手想抓住她，但苏菲把他推到墙边，手掌平放在他冰冷的胸膛上。他没有拒绝，但眼神狂乱，用力喘着气。苏菲其实不知道自己想确认什么，直到她发现手指下的动静，整个人像被冻住了一样。她的手轻放在他的胸膛上又拿开，就这样重复了几次，她的心跳也跟着这些动作颤动着。终于，苏菲抬起头看着他，细细感受他强壮、充满希望的心跳，跟自己的没有两样。

"拉斐尔。"她轻唤他的名字，迎接这男孩进入她的生命。

他的指尖轻抚着她的脸颊，第一次苏菲没有因为冰冷而退缩。他将她拥入怀中，苏菲感觉这一刻所有的怀疑都融化了，信念战胜了恐惧。她的黑色斗篷贴着他白皙的皮肤，像两只天鹅保持着平衡。苏菲坚定地伸出左手，太阳的光线衬出她手的轮廓，拉斐尔把戒指套在她的手指上，温暖的金属一节一节顺着她的手指向下滑，直到紧贴手指根部。苏菲轻叹一口气，像雪一样白的男孩脸上带着微笑，从未把目光从她脸上移开。

在彼此的臂弯里，校长和皇后转头看着魔法笔，已经准备好接受它的祝福……故事书合上的这一刻终于来到……

但笔一动也不动。

故事书也没有动静，仍然停在"全书终"的那页。

苏菲的心跳几乎要停止了："这是怎么回事？"

她顺着拉斐尔的眼神望向琥珀色的太阳，此刻太阳又暗了一圈。他脸色铁青，仿佛戴上了死亡面具："看来，魔法笔怀疑的并不是我们的幸福快乐结局，它怀疑的是其他人的。"

第二章
通缉女巫

"你一点儿都不了解我!"泰德罗斯一拳挥过去,把发霉的枕头当作武器,往公主的脸上用力一扔。阿加莎忍不住咳嗽,但立刻用枕头反击,把泰德罗斯推到她的黑色床架上,只见羽毛从空中散落。镰刀立刻跳到泰德罗斯的脸上,想要尝尝羽毛的味道。"我就是太了解你了,这才是问题。"阿加莎一边大声咆哮,一边把王子衣领下草率包扎的绷带用力撕开。泰德罗斯连忙把她推开,阿加莎又反击,泰德罗斯抓住镰刀,把这只猫朝阿加莎的头丢过去,阿加莎赶紧闪开,镰刀一路飞到厕所,在空中用力挥舞着猫爪,结果一头栽进马桶里。"假如你了解我,你就会知道我总是一个人处理好事情。"泰德罗斯一边怒气冲冲地说,一边整理上衣的蕾丝。

"你把我的猫当武器攻击我?"

阿加莎大叫，一副蓄势待发的样子，"这就是报答我把你从堕落腐坏的深渊解救出来的方式吗？"

"那只猫是魔鬼的化身。"泰德罗斯一边轻蔑地说，一边看着镰刀试着从马桶里爬出来又滑下去。

"假如你真的了解我，你就会知道我最讨厌猫。"

"难怪你喜欢狗——一天到晚流口水，头脑简单，四肢发达。哈，现在我仔细想来，狗跟你很像嘛。"阿加莎说道。

泰德罗斯狠狠地瞪着阿加莎："所以我的绷带要变成我们互相人身攻击的另一个武器吗？"

"三个星期过去了，你的伤口根本没有好转，"阿加莎把镰刀从马桶里捞起来，用袖子擦干它的身体，"如果我不处理它，伤口一定会溃烂……"

"可能你们在墓园山的做法不同吧。我长大的地方，只要绷带就可以了。"

"你是说，像两岁小孩绑的绷带也行吗？"阿加莎嘲笑地说。

"你要不要试试看，差点儿被自己的剑刺穿是什么感觉？你该感谢我竟然还活着……再多一秒他就会把我给……"

"再多一秒，我可能会偶尔想起你这只猩猩，然后把你忘得一干二净。"

"说得好像你可以在这个鬼地方找到比我更好的人一样。"

"现在，我宁愿拿你去交换多一点儿的空间跟宁静……"

"我才想要拿你去交换一顿像样的饭跟热水澡！"泰德罗斯大吼。

阿加莎怒瞪他，镰刀在她的怀里发抖。终于泰德罗斯大声叹了口气，看起来有点儿惭愧。他把上衣脱下，坐在床边把手臂抬起来，说："随便你吧，公主。"

接下来的十分钟，谁也没有开口说话。阿加莎用珍贵的玫瑰油、巫婆榛子、从妈妈的草药车上取来的少许白芍药，小心清理王子胸口上四英寸长的伤口。一想到泰德罗斯是怎么受伤的，只差一根头发的宽度就会刺到心脏，阿加莎就忍不住打冷战，但她还是专心地把伤口处理完了。她其实不用特意去回想这件事，晚上令她尖叫的可怕梦魇一直在提醒她。校长忽然返回年轻时的模样，对着泰德罗斯冷笑，把他绑在树上，当校长拔剑刺向泰德罗斯时,眼睛闪着红光……阿加莎无法理解为何泰德罗斯晚上不做噩梦,或许这就是王子跟读者之间的区别吧。对一个在森林里长大的男孩来说,或许没有把小命丢掉的一天就是好日子。

阿加莎把煮过的姜黄撒在他的伤口上,泰德罗斯握紧拳头低声呻吟。"我早就跟你说过,伤口没有好转。"她喃喃说着。

泰德罗斯对她大声说话,并别过头去:"你母亲大概很讨厌我吧,所以她才老是不在家。"

"她忙着找病人,"阿加莎一边回答,一边把黄色的粉末轻揉进伤口,"我们总得吃饭吧。"

"那她为什么把草药车留在这里?"

阿加莎的手不由得停下来,她其实也一直在问自己同样的问题:妈妈最近为什么总是消失这么久?一个不注意手劲变大,害得王子痛得整个人缩起来。"听着,我再说最后一次,她没有讨厌你。"

"阿加莎,我们被困在这个房子里已经三个星期了。我吃她的,住她的,又不会打扫,一天到晚让马桶堵塞,她还一直看我们吵翻天。假如她现在还没恨我,那么很快就会恨我了。"

"她只是觉得你让原本已经复杂的状况变得更加复杂而已。"

"阿加莎,整个小镇的人只要看到我们就想把我们干掉,这一点儿也不复杂。"泰德罗斯忍不住争辩,"听着,再过一个月我就满十六岁了,也就是说,我可以从我父王的议会继承王位,统治卡米洛特王国。当然,这个王国目前是分裂的,一半的人口离开了,很多地方都成了废墟,但是我相信我们一定可以改变这种状况!那里才是我们该去的地方,阿加莎,为什么我们不回去?"

"你知道为什么,泰德罗斯。"

"对,因为你不想永远离开你妈妈。我没有家人了,但是你还有。"他说着别过头去。

"泰德罗斯……"阿加莎的脖子涨红了。

"你不用解释……"她的王子安静地说,"假如我父王还活着,我也不会离开他。"

阿加莎靠近他,他依旧没有看她。"泰德罗斯,假如你的王国需要你……你应该回去。"她勉强自己这样说。

她的王子叹口气。"我不会抛下你的,阿加莎。"他拉着脏袜子的线头说,"即使我想离开你也没办法,我们回到森林的唯一方法就是一起许愿。"

阿加莎整个人僵住了。他竟然想过要抛下她一个人离开?她难以置信地抓着他的手臂。"我没办法回去,泰德罗斯。在森林里发生了那么恐怖的事,"她焦躁万分地说,"我们不是刚刚才幸运地逃出来吗?"

"你认为这是幸运吗?"他终于看着她说,"我们还要困在这房子里多久?我们还要当多久囚犯?"

这问题让阿加莎紧张起来,她知道他有权知道答案,但是她没有答案。"永生者之地在哪里并不重要,不是吗?重要的是你选择跟谁在一起。"她试着用满怀希望的语气说道,"学院里有个老师曾这样说过。"

泰德罗斯没有微笑,阿加莎有气无力地走到床柱边,从一条干净的毛巾上撕下一块当作纱布,泰德罗斯转过身来,手臂打开,整个身体呈仙人掌的形状,沉默下来,让阿加莎把伤口包扎好。

"有时候我会想起菲利普。"他轻声地说。

阿加莎惊讶地看着他。泰德罗斯的脸红了起来,低头玩指甲。"我知道这很蠢,看看他对我们做了什么,或者应该说是'她'。我应该要恨她才对,但是男生互相理解的方式是女生无法做到的,即使她不是——真的男生。"泰德罗斯看到阿加莎的脸色,"忘记我刚刚说的话吧。"

"你真的认为我一点儿都不了解你吗?"阿加莎听起来很受伤。

泰德罗斯屏住呼吸,仿佛在考虑他应该说谎还是要诚实以对。"其实……头两年,我们只是在反复考虑要不要在一起,而不是'真的'在一起。后来,经历过各种事,比起你,我变得更了解菲利普:我们一起熬夜度过宵禁,一起从餐厅偷羊排,甚至坐在屋顶上聊天。你知道的,聊我们的家庭、我们害怕的东西,或喜欢哪一种口味的派。其实最后发生什么仿佛也不重要了……他是我第一个真正的朋友。"说这些话时,泰德罗斯没办法看着阿加莎,"你跟我从来没有机会当朋友,我们没给对方取绰号。我跟你之间,永远都有那些没能共享的时间,或单纯地相信有爱就足够了。然而现在的我们，困在这个房子的三个星期里，没有属于我们自己的时间，没办法一起出门散步、打猎或游泳，就只是睡饱了吃、吃饱了睡，我们一起做的事就只有一起呼吸，即使我们照顾着彼此，但还是像陌生人一样。我从未觉得自己像现在这样苍老。"他瞥见阿加莎的表情，又说："得了吧，你一定也这样觉得。我们像是那些陈腐的老夫老妻，每一个我惹怒你的小地方一定会被放大了几千倍来检视。"

阿加莎试着让脸上的表情看起来很宽容："所以我有哪些地方惹怒你了吗？"

"我们可以不要玩这个游戏了吗？"泰德罗斯用鼻子喷气表示不屑，转身趴在床上。

"我真的想知道，我有哪些地方让你不开心。"

她的王子没有回答，阿加莎把一些热的姜黄粉末撒在他背上。

泰德罗斯愤怒地翻过身来："好，首先，你对待我的方式就好像我是一个蠢蛋。"

"哪有这种事？"

泰德罗斯对着她皱眉："你真的想要知道？"

阿加莎双手交叠在胸前，等着他回答。

"你对待我的方式就好像我是一个蠢蛋，"泰德罗斯重复了一次，"每次我想认真跟你讨论事情，你就假装很忙。虽然公主应该要跟随王子走，但你的种种举动好像在说：我抛弃家园是很简单的一件事。你穿那些糟糕的鞋子在家里蹬来蹬去，就像只笨重的大象；你洗完澡的时候，地板永远是湿漉漉的；最近你连微笑也不试着挤出来了；假如我质疑任何一件你说或做的事，你的态度就像是我竟敢挑战你，你这么……这么……"

"这么？"阿加莎瞪着眼。

"优秀。"泰德罗斯终于说出口了。

"好，现在换我了，"阿加莎不甘示弱，"首先，你的举动仿佛你是我的俘虏，好像我把你从最好的朋友身边绑架了，但这个好朋友根本就不存在……"

"你要口出恶言就对了。"

"你让我充满罪恶感,好像我不该把你带到这里,好像我不该把你从死亡边缘救出来。你常常表现得富有骑士风范,但又经常说一些公主应该要'跟随'王子之类的鬼话。你行事冲动,没干什么就汗如雨下,喜欢不懂装懂或一概而论。还有就是,每次你撞倒东西——请注意,这种事一天到晚发生——你就说是我家的错,从不检讨自己。"

"拜托——你家连走路的地方都没有。"

"你住惯了城堡!整个城堡的西侧都是你的,还有什么皇宫会客室,身边永远都有漂亮的女仆,"阿加莎不屑地说,"只可惜我们现在不是在王公贵族的城堡,而是在过真实人生!你有没有想过,我在用所有的时间想办法保证我们不被杀掉?你有没有想过,我正努力设法让我们的幸福结局真的幸福?这就是为什么我没有像小丑一样老是对你傻笑,或是严肃地跟你讨论卡布奇诺咖啡的味道。你当然没有!因为你是卡米洛特王国的泰德罗斯,森林里最帅气的王子。我的老天呀,这样的王子竟然觉得自己老了!"

泰德罗斯故意微笑着问:"我有那么帅吗?"

"我真的受不了你!即便是烦人的苏菲也比你好太多了!"阿加莎对着枕头大吼,"但她竟然想要杀我!还两次!"

"那你就到森林里把你的苏菲找回来啊!"泰德罗斯反击。

"那你怎么不去把你的菲利普找回来!"阿加莎吼得更大声。

慢慢地,两人的脸都红了,同时沉默下来,意识到他们说的是同一个人。

泰德罗斯轻轻踱到他的公主身边,把手臂环绕在她的腰上,阿加莎紧紧地拥抱他,努力忍住不哭。

"我们究竟是怎么了?"她轻声问道。

当阿加莎把泰德罗斯从校长手中拯救出来时,她以为找到了逃脱自己童话故事的方式。她好不容易死里逃生,拯救出心仪的王子,远离了森林,而她那说谎成性、背叛了她的最好朋友还在里面。当她紧抓着真爱,沐浴在两个世界间的白色光环下,她呼吸着永生者之地的新鲜空气。不管将来如何,她还有泰德罗斯,那个爱她的程度跟她爱他差不多的泰德罗斯,那个会让她永远幸福快乐的泰德罗斯……

忽然间,她从白色光环中坠落,脸朝下用力地撞在土墙上。

她昏昏沉沉,睁开眼睛试着习惯四周的黑暗,她发现王子的身体被压在自己的身下,他们在加瓦顿被雪覆盖的墓园里。曾被她抛诸脑后的小镇种种如今又历历在目:她答应斯特凡把他的女儿带回家却失约了,那些威胁要杀掉她的长老,被烧死的女巫故事……"阿加莎,不要再想了,你已经找到幸福快乐的结局,"她安慰自己,呼吸缓和下来,"从现在开始不会再发生更糟的事了。"

阿加莎眯着眼观察四周,看到屋顶的斜面背后衬着白雪覆盖的山丘,形状像巫婆的帽子。她想到终于回家了,可以看到妈妈开心的脸,便感到欣喜若狂……她低头看着她的王子,脸上带着调皮的微笑。假如她没有被吓得差点儿中风。

"泰德罗斯,起床了。"她悄声地说。他在她怀里一动也不动,仍旧穿着那件黑色的斗篷,周围一片沉寂,唯一的声响是几只乌鸦啄坟墓里的蛆发出的声音,以及大门边微弱的火炬发出的噼啪声。她抓着王子的上衣试图摇醒他,但是她的手沾上了温热又黏稠的东西。阿加莎把手慢慢举起来靠近火炬,想看清楚那是什么。

是血。

她在墓园里狂乱地奔跑,穿过地上凸出的墓碑、扎人的野草、大雪覆盖的小丘,直到她看到前方的房子。但阳台上一片黑暗,平常会点的蜡烛都没有点上。阿加莎轻轻转动门把,铰链咔嗒咔嗒响,她听到有人从床上跳下来,然后是窸窸窣窣被床单缠住的声音,听起来像笨手笨脚的鬼魂。终于,卡莉斯的头从门缝伸出来,原本就凸出的眼睛睁得老大。大约有半秒的时间,她的脸带着喜悦的光辉——终于与她消失已久的女儿重逢。接着她看到阿加莎惊恐的表情,脸色瞬间转为苍白。"有……有……有人看到你吗?"她结结巴巴地说。阿加莎摇摇头,妈妈松了一口气,露出微笑,赶忙给她女儿一个拥抱,然而她注意到女儿的表情仍然一脸惊恐,她的笑容消失在脸上。"你怎么了?"她倒吸一口气问道。

两个人连忙笨拙地跑下墓园山,卡莉斯穿着宽大的黑色睡衣,阿加莎带她回到泰德罗斯身边。她们奋力穿过积雪的地面，两人分别抓着泰德罗斯的手臂，好不容易把他拖回家。阿加莎看着妈妈，就像是看到自己老了的模样，头盔形的黑发，苍白的皮肤。阿加莎等着她看到真实王子后的反应，但是卡莉斯凸出的眼球只关注山下小镇的动静。阿加莎没有余力去追究原因，眼前没有什么比拯救她的王子更重要的事。

她们把泰德罗斯拖进家里，妈妈让泰德罗斯躺在地毯上，解开他的衬衫，王子没有意识，身上沾满芒刺杂草。阿加莎赶紧将壁炉的火生起来。生完火回过头来，阿加莎差点儿晕了过去，泰德罗斯胸前的伤口极深，深到她都快看到他的心脏了。

阿加莎的双眼噙着泪水："他……他……他会没事吧？他一定要好好的——"

"要麻醉他已经太晚了。"卡莉斯一边说道，一边翻着抽屉找线。

"妈妈，我必须把他带回来，我不能失去他。"

"我们晚点儿聊。"卡莉斯打断她的话，阿加莎只好退到墙边。妈妈弓着身子在泰德罗斯身上缝了五针，勉勉强强把伤口缝合起来。忽然，泰德罗斯痛得大叫着坐了起来。看到陌生人手上拿着针，泰德罗斯立刻抓起身旁的扫帚，威胁说如果敢再靠近一步，就要打爆她的头。

自从这件事之后，他跟卡莉斯的眼神就没再对上过。阿加莎好不容易把泰德罗斯安抚好，哄他睡着。隔天早上，他急促地呼吸着，只缝了一半的伤口惨不忍睹。这时，卡莉斯把女儿叫到厨房去，用一块黑布把卧室挡了起来。阿加莎马上感觉到紧张的气氛。

"第一次我们见面的时候，他也威胁说要杀掉我，"阿加莎声音沙哑，从柜子里拿出两只铁盘子，"你会越来越喜欢他的，我保证。"

卡莉斯拿着勺子从大锅里舀出浓稠的炖汤放到碗里面："在他离开之前，我会帮他缝一件新上衣。"

"妈妈，有一个从童话故事里出来、如假包换的王子睡在我们家地板上！你竟然只担心他的上衣？"阿加莎说着坐在了嘎吱作响的凳子上，"看到我离男孩子一百英尺以内，整个镇都要游行庆祝了吧。还有，你从我出生的那天起，就一直跟我说童话故事是真的，你不想知道他是哪位王子吗？"

阿加莎的眼睛忽然瞪大了："等等，你刚说什么在他离开之前？泰德罗斯要待在加瓦顿……永远待在这里。"

卡莉斯把碗放在阿加莎面前："没人喜欢喝凉的蟾蜍汤。"

阿加莎振作起精神。"我知道多了一个人家里变得很挤，但是泰德罗斯可以跟我一起去镇上工作。你想想看，假如我们存够了钱，或许可以搬到大一点儿的房子里，搞不好还可以搬到镇上小道边。"阿加莎越说越起劲儿，"妈妈，你想象一下，以后我们的邻居可能是活人，不是死人……"

卡莉斯冷冷地瞪了她一眼，阿加莎终于闭上了嘴，她顺着妈妈的眼神看着水槽上方那扇沾满黏稠物的窗户。阿加莎把椅子推开，一点儿也没动那碗蟾蜍汤，从架上抓了条湿布，压在窗户上，用力地擦拭，刮掉厚厚一层灰尘、油烟和霉菌混合起来的污渍，终于有一束阳光透了进来。忽然，阿加莎惊讶地后退了几步。

白雪覆盖的山丘下，鲜明的红色旗帜挂满广场边的每一根柱子。

"女巫?"阿加莎差点儿被口水呛着,对着几百张自己的画像目瞪口呆。之前广场上色彩缤纷的故事屋,被来自森林的攻击毁得体无完肤,现在已经用石块重建,变成单调的石头碉堡。穿戴着黑色斗篷和铁面具的守卫排成方阵,随身配备长矛,在镇上小道和森林周围巡逻。阿加莎内心的恐惧越来越深,当她看向弯曲的钟楼旁——之前竖立她和苏菲雕像的地方,亮晶晶的雕像已经消失,只剩凸起的木头底座,上面摆放着桦树枝堆成的火葬柴堆,立起的木架上固定着两支熊熊燃烧的火炬,一块长布条横跨着木架,上面画着她和苏菲的脸。

阿加莎觉得她的世界好像瞬间崩塌了,她好不容易逃离学院里的公开处刑,没想到还有一个在家里等着她。

"我警告你,阿加莎,"妈妈的声音从背后传来,"长老相信苏菲是女巫,认为是她把入侵者带来了这里。那天晚上他们交出苏菲,命令你不准尾随他们,但是你不服从命令。从那一刻起,你也被视为女巫的一分子了。"

阿加莎回过头来,双脚无力,快要站不稳了:"所以他们想把我活活烧死?"

"假如你独自回来,长老们可能会原谅你。"卡莉斯双手交叠,坐在桌子旁边,"你可以选择接受惩罚,就像我因为你逃走而受惩罚一样。"

阿加莎的背脊一阵发凉,她仔细看着妈妈,却没在她那张挂着鹰钩鼻的脸上和瘦长的手臂上看到伤痕;她的手指和脚趾看起来也完好无缺。"他们对你做了什么?"阿加莎惊恐地问。

"如果他们看到王子,那他们给我的惩罚远远比不上给你们俩的惩罚。"卡莉斯抬起头来,眼皮红肿,"阿加莎,长老鄙视我们也不是一两天了,你怎么会笨到把森林里的人带回来?"

"故……故……故事书上写着'全书终',"阿加莎结结巴巴地说,"你以前说过……假如书上写'全书终',那我们就会有幸福快乐的结局……"

"幸福快乐的结局?跟他?"卡莉斯脱口而出,气愤地跳脚,"阿加莎,我们跟那个世界之所以分开是有理由的。这两个世界必须分开。他在这里怎么可能幸福快乐?你是读者,而他是……"

卡莉斯闭上嘴，阿加莎瞪着她。卡莉斯很快地走到水槽旁边，汲水装进茶壶里。

"妈妈……"阿加莎说道，全身发冷，"你怎么会知道'读者'这个词？"

"嗯？你说什么？我听不到。"

"读者，"汲水泵发出刺耳的声音，阿加莎只好大点儿声强调，"你怎么会知道'读者'这个词……"

卡莉斯汲水的声音更吵了："我很确定是从某本书上看来的……"

"书？哪一本？"

"某本童话故事啊，亲爱的。"

那当然，阿加莎叹口气，试着放轻松。一直以来，妈妈对童话故事的世界知之甚详——所有加瓦顿的家长都一样，大家总是疯狂地在多维尔先生的书店买书，因为想从书中找出线索，知道被校长绑架的孩子们下落如何。一定有一本书曾经提到这个词，阿加莎对自己说。这就是为什么妈妈称我为"读者"，而且她看到王子一点儿也不惊讶。

然而，阿加莎瞥见妈妈仍在汲水，但茶壶明明已经满了，水从水槽里溢出来。她看到妈妈对着空气发呆，双手汲水的动作更快了，好像要从那里汲出回忆一样。慢慢地，阿加莎感觉到心脏在胸口紧缩，周遭变冷了……有个声音悄悄对自己说，妈妈对泰德罗斯的存在一点儿都不惊讶，并不是因为她在故事书里读过……而是她见过真的王子是什么样子……

"只要他醒来，他就要回到森林里。"卡莉斯说道，终于放开汲水泵。阿加莎完全不能接受妈妈的想法："森林？泰德罗斯和我好不容易才从那里死里逃生……你希望我们回去？"

"不是你，"卡莉斯转过头说道，"是他。"

阿加莎惊讶地瞪着她："只有未曾经历过真爱的人才会说出这么冷酷的话。"

卡莉斯停下所有的动作，只有骷髅钟在沉重的静默中嘀嗒地响着。"你真的以为这是你的幸福快乐结局吗，阿加莎？"卡莉斯说道，连看都不看她。

"这一定得是啊，妈妈。因为我不会再离开他了，我也不会再离开你了,"阿加莎乞求道,"我曾经以为我在森林里能过得快乐,因为我可以从真实生活中逃开……但是没办法。我从没渴望过童话故事里的生活,我想要的是每天醒来,我就在这里,知道妈妈跟最好的朋友就在身边。我怎么会知道那个朋友是王子呢?"阿加莎擦擦眼睛,"你根本不了解我们花了多少力气才找到彼此,你不了解我们逃离的恶有多可怕,我才不在乎泰德罗斯跟我是不是要被困在这房子里一百年,至少我们会过得幸福快乐。你只需要给我们一个机会!"

被烟熏得焦黑的厨房里一片寂静。

卡莉斯终于看着女儿:"那苏菲呢?"

阿加莎的声音冷了下来:"没有了。"

妈妈盯着她看,从广场传来微弱的钟声,风把钟声越吹越远,直到听不见。卡莉斯把茶壶拿到炉子上。阿加莎屏住呼吸,看着母亲在炉子下面点火,把几片虫根草的叶子丢进壶里,不停地用长勺在里面绕圈圈,直到叶子完全溶解。

"我想我们需要鸡蛋,"妈妈终于开口,"王子不吃蟾蜍。"

阿加莎如释重负,差点儿站不稳:"噢,谢谢你,妈妈,谢谢谢谢……"

"我明天去镇上的时候,会把你们锁在这里,只要我们凡事小心,守卫应该不会来这里。"

"你以后一定会像疼爱亲儿子一样疼爱他,妈妈,我跟你保证……"阿加莎做了个鬼脸,"去镇上做什么,你不是说你根本没病人?"

"壁炉不要生火,也不要开窗户。"卡莉斯吩咐着,倒了两杯茶。

"为什么守卫不会来这里?"阿加莎追问,"这里不应该是他们第一个要检查的地方吗?"

"有人来敲门的话,千万不要回应。"

"等等,斯特凡怎么样?"阿加莎问道,神情雀跃,"他一定可以帮我们跟长老沟通……"

卡莉斯猛然回头:"斯特凡?绝对不行!"

母女俩隔着厨房瞪视对方。

"你的王子永远不会属于这里,阿加莎,"卡莉斯轻声说道,"没有人能不付出任何代价就逃离自己的命运。"

在妈妈像猫头鹰一样又圆又大的眼睛里,有着阿加莎没看过的恐惧,仿佛她不是在讲王子,而是在说自己。

阿加莎穿过厨房,给妈妈一个深深的拥抱安抚她。"我向你保证,泰德罗斯会跟我一样,喜欢在这里生活,"她悄声说道,"然后你会惊讶自己之前怎么会怀疑这么相爱的两个人。"

卧房传来物品碰撞的声音。之前挂上的帘子被弄倒,只见泰德罗斯踏着沉重的脚步歪歪斜斜地走过来,看起来虚弱又困惑,两眼发红,半裸着上身,撕破的沾满血的床单勉勉强强盖在伤口上。他在厨房的操作台边坐下,闻了闻汤的味道,掩起鼻子把汤扫到一旁。"我们需要一匹强壮的马、用钢磨利的剑,还需要三天分量的面包和肉。"他抬头看着阿加莎,睡眼惺忪,"我希望你已经好好道别了,是时候启程回城堡了。"

第一个星期,阿加莎相信这只是他们童话故事中的另一个试炼。广场上焚烧女巫的柴堆被拆下只是时间的问题罢了,死亡通缉会被取消,泰德罗斯会适应普通生活。看看她深爱着的、英俊潇洒的、像泰迪熊一般温暖的王子,她知道不管他们在这房子里一起生活多久,他们一定可以找到获取幸福的方法。

然而,第二个星期,他们觉得房子变窄了,永远没有足够的食物、杯子和毛巾;镰刀跟泰德罗斯整天吵闹不休;阿加莎发现她的王子有着让她难以容忍的生活习惯:肥皂用得很凶、喝牛奶不倒在杯子里而是直接用瓶子喝、每分每秒都在健身、用嘴巴大声呼吸……卡莉斯多了两个青少年要养,而且他们很难搞。"上学比现在这样好太多了。"泰德罗斯总挑小事抱怨,无聊到都要流泪了。"好啊,那我们回去,你上次没被刺死,这次刚好回去完成你的心愿。"阿加莎说道。

到了第三个星期,泰德罗斯想到了一个人玩橄榄球的方法,拿着球躲避看不见的敌人,喃喃自语着现在比分是多少,乱挥乱踢,像一只被关在笼子里的野兽。阿加莎则躺在床上,用枕头蒙着头,暗自希望幸福会像仙女教母一样从天上飞下来。然而,某天从天而降的不是仙女教母,而是泰德罗斯,他为了接球整个人朝阿加莎的头扑了下去，缝好的伤口因此又裂开了。阿加莎用枕头一阵猛打，泰德罗斯也不示弱，以自己的枕头回击，然后猫咪掉到了马桶里。他们躺在床上，身上满是羽毛，镰刀在角落滴水，阿加莎问的问题悬在空中，没人回应。

"我们究竟是怎么了？"

迈入第四周，泰德罗斯和阿加莎不再说话，泰德罗斯停止了每日的疯狂健身，弓着身坐在厨房的窗户边，不刮胡子，整个人脏兮兮的，沉默地看着无边森林。阿加莎对自己说，他是犯了思乡病，她自己在那个世界的时候也一样。然而，随着时间一天一天过去，他脸上的苦恼越来越深，她知道这症状比思乡病更严重——那是一种罪恶感，知道在遥远的国度，很快就没有新国王可以继承王位的罪恶感。然而阿加莎不知道该说什么安慰他，她想到的话听起来不是自私自利，就是陈词滥调，她只能躲在被子下，一次又一次读旧的童话故事。

看着那些漂亮的公主亲吻她们英勇的王子，她搞不懂自己的永生者之地为何变成现在的模样。所有她知道的童话故事都能干干净净地收尾，有个令人满意的结局……她越思考自己的童话故事，越觉得到处都是未解决的故事线。她的朋友后来怎么样了呢？多特、海丝特、阿纳迪尔，这些在故事考验时不惜冒着生命危险来解救她的朋友，这些在战争里冲锋陷阵、与艾瑞克和男孩们对抗的英勇女孩，现在怎么样了呢？莱索夫人、达维教授，现在面临校长的回归是否安然无恙？阿加莎的胸口紧缩，如果校长又开始在加瓦顿绑架小孩怎么办？她想到那些失去孩子的父母的心情……她又想到特里斯坦，他的父母如果知道他的死讯会怎么样……想到森林的平衡点现在正倒向死亡与邪恶……想到属于恶那边的最好的朋友，现在她只能顾着保卫自己了……

苏菲。

这一次，这个名字不再带来愤怒，只有回音，像是通往心灵洞穴的密码。

苏菲。

苏菲，透过善与恶让她深爱的朋友；苏菲，透过男孩与女孩们的经历让她深爱的朋友；苏菲，她曾经立誓要永远保护的朋友，不管年轻或年老，直到死亡将她们分开。

你怎么能背离自己最好的朋友？怎么能把她们抛诸脑后？

为了一个男孩。

她的双颊浮现了羞愧的颜色。

为了一个无法忍受我出现在他视线里的男孩。

阿加莎的心缩得像一个鹅卵石，又小又硬。一直以来，她以为必须在苏菲和泰德罗斯中间选择一个，才能找到幸福快乐的结局。然而，每次她选择一个，故事本身就会扭曲，世界比之前失去更多平衡。每次只要想到苏菲在塔楼里跟一个杀人不见血的恶人单独在一起，她的罪恶感就会加深，恐惧就会加重。她被困在自己制造的炼狱里，并非选择王子而放弃自己最好的朋友是错的，而是"做选择"这件事本身就是错的。

"我也常想到她。"

她转头，看到坐在窗边的泰德罗斯正看着她，嘴唇在发抖。"想到我们怎么能把她丢下，"他粗声说道，眼中含泪，"我知道她是坏朋友，我知道她站在恶那边，我知道菲利普是个谎言……但是我们就这样把她丢下……跟那只怪物单独在一起。我们抛下所有的人……整所学院……只为了救我们自己。这是哪门子的王子，阿加莎？我父亲会怎么看待我？"眼泪顺着他的双颊流下来。"我不希望你离开你母亲，真的。但是我们一点儿都不快乐，因为那个大坏蛋还活着，因为我们一点儿都不像英雄……而是胆小鬼。"

阿加莎看着王子布满泪痕但认真的脸，想起自己是怎么爱上他的。"这不是我们的幸福快乐结局，对吧？"她吸了一大口气说道。

泰德罗斯微笑，旧日的光彩又回到他的脸上。

终于，阿加莎也露出了自他们回来后的第一个微笑。

第三章
陷入囚笼

"或许我们得闭上眼睛。"泰德罗斯说道。

"或许我们得穿睡衣跳祈雨舞,同时唱儿歌《围着玫瑰绕圈》。"阿加莎不以为然地抱怨,镰刀在她大腿上睡着了,"已经过了晚餐时间,我快饿死了,我们到底还要试多久?"

"噢,真是不好意思。我们有别的地方可去吗,比这里舒适一万倍的?"

阿加莎看着一只蟑螂在地上漫步,从上了三层锁的前门下方空隙挤出去,消失在视线里。"好吧,你有道理。"她把眼睛闭起来。

"好,再试一次。"泰德罗斯也闭上眼睛,"一……二……三!"

阿加莎把脸皱成一团,

泰德罗斯也是，两人忽然伸出食指，用力地朝对方指过去。他们在同一时间呼气，睁开眼睛。但两人的手指都没有发光。

泰德罗斯仔细观察阿加莎的手指："你咬指甲咬得太厉害了。"

"最好是。如果魔法没有回来，我们就无法回到森林里。"她厉声说道，把手乱塞到口袋里，"魔法必须伴随情感，这个我们早就在学院学过了。你自己说过的，假如我们同时许愿，通往森林的门就会打开。"

"除非我们当中有人还存在很多不确定。"泰德罗斯说道。

"那我建议你赶快把那些念头消去，"阿加莎气恼地说道，站起身来，"明天早上再试吧，我妈妈从没这么晚回来过，她随时都会回来……"

"阿加莎。"

她看到泰德罗斯露出不对称的微笑……那种对她的想法了然于心的微笑，虽然她一直不动声色地想要隐藏。

"你比外表看起来更聪明嘛！"她像在发牢骚，又坐了回来。

"你最不会以貌取人，不是吗？"他挤到她旁边，"听着，如果你想先跟妈妈道别……"

"那么心中就会充满怀疑，"阿加莎咕哝着，"唉，你如何跟你妈妈开口说你要永远离开她？"

"不知道，我母亲没说再见就离开我了。"泰德罗斯回答。

阿加莎看着他，忽然觉得一切都很蠢。泰德罗斯贴近她身边："怎么了？你究竟在害怕什么？"

阿加莎感到越来越恐慌，她没办法再压抑心中的声音。"会不会我就是问题？"阿加莎脱口而出，"每次我以为会得到幸福了，事情就会变卦。一开始是苏菲，后来是你，我能想到的原因就是……并不是我们之间有问题……而是我的缘故。我就是那个破坏每个故事的女孩，注定孤独终老的女孩。我想这是我不想离开我妈妈的缘故。泰德罗斯，如果我注定不会跟你在一起呢？如果我注定终老在这里，就像她一样，永远找不到真爱呢？"

泰德罗斯一动也不动，对她的话感到惊讶。

说完这些，好像一块大石头从胸口移开，阿加莎感到胸腔里再度充满了空气。

王子的手指顺着地板的砖石间隙画着:"我们只看过已经完结的故事书,阿加莎。会不会每个永生者之地其实都经历过好几次失败的尝试呢?你想想看,每次都是你离开森林,试着回到旧日的生活。但这一次不一样,对吧?当我们到达真正的结局时,一定会展开新生活。我们必须共同保卫我的王国,直到我们老去,再把责任交给下一代。就像我父亲跟他的父亲,以及他们之前的人一样。"

看着他,阿加莎意识到自己之前想把王子留在这里的想法,是多么自私及心胸狭窄。

"我向你保证,"泰德罗斯说道,握紧她的手,"这一次,我们一定会幸福。"

"好吧,假设我们今天回到邪恶学院,"阿加莎表示同意,"接下来的计划呢?"

"当然是拨乱反正!"泰德罗斯急促地回答,"救出苏菲,杀掉校长,把断钢之剑抢回来,解救其他的学生。然后你跟我去卡米洛特王国,参加我的十六岁生日以及国王加冕典礼。就此结束。"他停了一下,"真正的结束。"

阿加莎发出怪声,介于咳嗽和打喷嚏之间的声音。

"好啦,苏菲要来也可以,如果你坚持的话。"他叹口气。

"泰德罗斯,我的挚爱,"阿加莎打断他,"你觉得我们可以顺利地通过学院大门并杀了校长,就像从面包店买巧克力蛋糕一样容易吗?"

"我认为在当下,去面包店买东西这件事比任何事都困难。"泰德罗斯盯着门上的三层锁说道。

阿加莎把他的手放开,准备吵架:"第一,校长是一个无所不能的巫师,我们最后一次看到他的时候,他才复活,而且返老还童,还用你的剑刺伤你;第二,据我们所知,他已经杀了永生者,而且让所有人都站到他的阵营;第三,你觉得他不会有守卫,也不会设陷阱……"

"梅林有句格言:'担忧无法解决问题,只会让你放屁。'"泰德罗斯边打哈欠边说。

"我收回你比外表看起来更聪明的话。"阿加莎绝望地喊。她的猫发现不对劲，从她的大腿上跳开，在泰德罗斯的腿上吐口水。王子反手一击，镰刀闪开，对阿加莎生气地低吼，对于她选择伴侣的眼光表示抗议。

"他以前很爱我的。"阿加莎说道，看着爱猫把死金丝雀的头咬掉。

"阿加莎，看着我。"

"泰德罗斯，你连剑都没有，更别提计划了，我们只有死路一条。"

"阿加莎，拜托你看着我。"

她照做了，双手交叠在胸前。

"你不可能事先计划你的故事，就像你没办法计划你会爱上谁，这就是故事的真谛。"泰德罗斯说道，"即使你计划了，但是照着计划活的人生会有趣吗？你都已经知道接下来会发生什么事了。你我皆知，善总是战胜恶，不是吗？那么，如果善还没战胜恶，我们的童话故事就不会结束。只要我们一起许愿，就会回到归属的地方，追求幸福的结局。相信我们的故事吧，阿加莎，时间到了我们自然就会知道该怎么做。"

"那苏菲呢？"阿加莎说道，"她如果不原谅我们怎么办？"

泰德罗斯沉吟了半晌。"苏菲做的每件事，都是为了更靠近你或我。我们都会犯错，但是不管善或恶、男孩或女孩，我们三个同时存在于这童话故事里。"他坐下来看着她的眼睛，"如果我们没有幸福结局，苏菲怎么可能会有呢？"

阿加莎安静下来，知道这个昏暗的房间虽然包围着她和王子，但同时也让他们无法靠近彼此。

早在她遇到最好的朋友之前，她偷偷读了很多从多维尔先生那里买来的童话故事书。她每次都趁店门一开还没人在里面的时候，当店里的第一个客人，用妈妈给她买甜点的铜板付钱。她从童话故事里学到的教训远比热奶油和巧克力酱多，而且永远是那个被反复述说的教训：你不需要几百个真爱去让你找到永生者之地……你只需要一个。全镇都叫她怪人、女巫或吸血鬼也无所谓，只要她找到一个爱她的人，只要极少的一个，她就会拥有公主所有的东西，但是要去掉可怕的粉红色洋装、惹人厌的金发以及月亮形状的弯弯的眼睛。

从她遇到苏菲的那一刻开始，苏菲就是那个人——关心她，让她觉得自己很正常，让她觉得自己被需要的朋友，虽然她努力隐藏这些感觉。那个时候，阿加莎用尽所有努力来让她们永远在一起，而不是让最好的朋友被某个男孩偷走……直到阿加莎自己不知怎么搞的，爱上了那个男孩，然后故事转了方向。这一次，苏菲穷尽所有努力，要分开男孩和阿加莎。这是个糟糕的三角关系，苏菲那一角需要被移走，直到阿加莎和泰德罗斯可以完全摆脱她，然后把三角形变成一条直线——王子跟公主最终在一起，就像那些她床下的书一样。然而现在，阿加莎坐在黑暗中，越来越觉得自己像旧日的那个墓园女孩，她好奇失去最好的朋友是不是错误的？会不会苏菲不是让她跟泰德罗斯分开的力量？搞不好苏菲是让她跟泰德罗斯在一起的力量。

若不是苏菲，她永远不会把心打开。

若不是苏菲，她永远学不会怎么爱人。

若不是苏菲，世界上不会有泰德罗斯和阿加莎。

"公主，怎么啦？"

阿加莎慢慢抬起头看着她的王子，眼睛里闪耀着新生的光芒："我们去找最好的朋友吧。"

泰德罗斯眨了几下眼睛，脸颊泛红，喉结鼓起，情感满溢得说不出话来。他把手放在背后："许愿要重启我们的故事了吗？"

阿加莎微笑，也把手放在背后："许愿要重启我们的故事。"

泰德罗斯闭上眼睛："一……"

"二……"阿加莎跟着数，眼睛也闭上了。他们一起吸气，把手指用力伸出去："三！"

忽然门"砰"的一声，被靴子尖锐的鞋尖强行撬开，阿加莎跟跄起身。

长老兵团守卫出现在门口，黑斗篷和铁面具的轮廓融进夜的黑暗里。泰德罗斯马上抱紧阿加莎，把她拽到厨房的墙边，从水槽里抓起一把切肉刀，在守卫面前挥舞着，身体挡在阿加莎前面。"你再靠近一英寸，我就划开你的喉咙！"泰德罗斯吼道。

守卫把门关起来，对他们发出嘘声："躲起来！你们两个！"

阿加莎眯起眼看着铁面具背后闪闪发亮的大大的咖啡色眼睛："妈妈？"

"马上躲起来！"卡莉斯尖声叫道，身体压在门上。

阿加莎没办法动，努力想了解这是怎么一回事，张口结舌地看着眼前的景象，妈妈的穿着跟城里那些想要处决她的守卫一样："我……我不懂……"

但是阿加莎听到有人来了……杂乱的脚步声……人们交谈的声音……

阿加莎擒抱住泰德罗斯将他摔倒在地，泰德罗斯因为受到惊吓，没抓紧手上的刀子。阿加莎抓着他的皮带头，把他拽进床底下。泰德罗斯趴在她身上，伸出手快速把刀子抓在手里。

门猛地被打开，阿加莎转头看见卡莉斯被两个守卫从背后架着抬出门。

"不要！"阿加莎倒吸一口气，正要奔出去，但泰德罗斯一边把她拉回床下，一边笨拙地乱抓刀子，结果不小心刺到自己的手，又看到阿加莎的屁股不小心把刀子挤走了。两个人惊恐地看着刀子滑过地板，在一只沾满泥巴的皮靴旁停下来，他们的眼睛慢慢地顺着靴子往上看。

一名高大的守卫在房里巡视，隔着面具仍看得到他的牙齿。他从口袋里拿出鸡蛋，在手里把玩着它们，像在玩大理石球一样。

"第一次我看到她偷鸡蛋，我猜想她是因为没有钱买。第二次，我想她可能饿了。但是第三次……"他把鸡蛋丢在卡莉斯脚边，溅了一地，"我好奇她偷这些蛋是为了谁。"

他转身把床踢开，泰德罗斯无法再躲藏，没有兵器，他只好握紧拳头准备干架。守卫残暴的蓝眼睛盯着王子，仿佛正在把剑磨利，蓄势待发。

"我们可以一对一，像个男人，"泰德罗斯威胁他，"但是不要碰我的公主。"

守卫奇怪地瞪着他……然后移开目光，看到泰德罗斯身后的阿加莎俯卧在地上。

转瞬间他把泰德罗斯丢到一旁，王子摔在地板上，但是守卫的眼睛定定地看着阿加莎。他的靴子踩过鸡蛋的蛋液，一步一步靠近不断发抖的阿加莎，直到他尖锐、脏污的鞋尖指着她的脖子。

他把面具拿开。"我已经受够了你的承诺。"斯特凡咆哮道。

笼子原来是设计给一个人用的，现在却有三个人挤在里面，所以阿加莎和妈妈站在一起，镰刀蜷曲在卡莉斯的臂膀上。泰德罗斯蹲伏着，一脸茫然，一手摁着瘀青的眼睛。当他们还在房子里时，阿加莎叫他不要抵抗，但是泰德罗斯想证明卡米洛特王国未来的国王可以徒手摆平六个武装守卫。

他是错的。

当马车拖着囚笼经过渐渐被黑暗笼罩的墓园时，阿加莎抓着生锈的铁条，摇摇晃晃地试着保持平衡，斯特凡则控制着缰绳。她隐约看见在被火炬照亮的柴堆前，有一群人开始聚集，一排守卫在囚犯的前方，从山丘上往下行进。

"那就是你因为我逃走必须接受的惩罚，对吗？长老们要求你当守卫？"阿加莎说道，转向妈妈，"难怪他们从不来搜索我们的房子，因为你就在他们之中，保卫小镇不受你女儿的侵扰。"

卡莉斯看到远方的柴堆，两支熊熊燃烧的火炬从木架上垂吊着，脸色惨白。"镇上的人们怪罪你和苏菲引来攻击和破坏，长老命令我跟斯特凡担任新守卫队的领导，假如你们俩胆敢回来，我们负责逮捕你们，意在测试我们的忠诚。要么我们看着自己的孩子变成叛乱者，把你们烧死；要么我们自己也被当成叛乱者被烧死。"她看着阿加莎，"我跟斯特凡最大的不同是，他发誓时是真心的。"

"斯特凡怎么可以背叛自己的女儿？是长老把苏菲交给攻击者的，他们才是邪恶的人！为什么他要听他们的话……"

然而，当囚笼一面发出嘎吱声，一面进入被月光照亮的广场时，阿加莎看到了自己问题的答案。寡妇霍诺拉跟她两个年纪尚小的男孩，雅各布和亚当，在逐渐涌入的人群后方，紧紧挤在一起，看着斯特凡领着囚犯进场。阿加莎知道这两个小男孩对苏菲的父亲来说意义非凡，他好像爱这两个男孩胜过自己的女儿。但是阿加莎的眼神并没有停留在这两个孩子身上，而是霍诺拉左手无名指上闪耀的金色戒指。

"他必须遵从长老，"卡莉斯悄声说道，"因为他们要求斯特凡做选择，看他是要旧的家庭还是新的。"

阿加莎惊讶地看着她。

"交给我吧。"一个声音从下面传来。

泰德罗斯在阿加莎跟她母亲中间摇摇晃晃地试着站起来，把她们两个挤得紧靠着铁条。"他们唤醒了野兽，"泰德罗斯激动地说，努力试着眨眨肿起来的眼睛，"没人能碰我们一根汗毛。"

囚笼的门在他们后面忽然被打开，两个守卫把一条肮脏的布塞进泰德罗斯嘴里，架着他的胳膊把他抬出去。卡莉斯也被粗暴地抬出去。阿加莎还没反应过来，斯特凡跳进笼子里，亲自把她架了出去。

"斯特凡，听我说，苏菲需要我们的帮忙……"当斯特凡拖着她穿过人潮时，阿加莎试着求他。人潮中"女巫""背叛者"的呼声此起彼落，伴随着丢掷来的腐败食物。"我知道你现在有新的家庭，但是你不能放弃她……"

"放弃？你认为我放弃了？我自己的孩子？"他激动地说，继续把她拉向通往柴堆的梯子上，泰德罗斯在她前面，一边闷声喊叫，一边用脚踢守卫。"阿加莎，你答应过我，你承诺会救她，可是你把她丢在那里自生自灭，现在我要你尝尝那是什么滋味。"

"斯特凡，我们还有机会救她！"阿加莎气急败坏地说，"泰德罗斯跟我！"

"我一直以为我女儿会为了某个男孩抛下你，"斯特凡说道，"结果我想的故事根本就错了。"

他用一条长长的绳索绕着她的肚子，把她固定在柴堆上。两名守卫把泰德罗斯绑在隔壁的柴堆上，阿加莎可以感受到上方燃烧着的火炬传来的高热。

"斯特凡，你要相信我！我们是苏菲唯一的希望……"

他用黑布堵住她的嘴，当他快要塞满时，阿加莎好不容易喊出最后一句——

"她在校长手里！"

斯特凡的手停了下来，他的蓝眼睛睁得大大的，看着阿加莎的眼睛。这时嘈杂的人群渐渐安静下来，阿加莎知道她没有时间了。长老们到了。

第四章
火刑仪式

"我担心我们的柴堆只够给两个人用。"胡子最长、穿着灰色斗篷的长老说道。他穿过舞台,一边对着阿加莎和泰德罗斯咧嘴微笑,一边把大礼帽拿在手里。他睨视着站在人群前面的卡莉斯,她双手被缚,站在两名较年轻的长老中间,他们同样都披着灰色斗篷,戴着黑色大礼帽。"我们先让妈妈看着她女儿被活活烧死,然后再轮到她自己。"最年长的长老看着他们把卡莉斯拖进人群里,若有所思地说。

阿加莎瞥见镰刀的影子从妈妈身边跳开,往墓园山的方向跑去,嘴里叼着一张看起来像羊皮纸的东西。阿加莎被绑在柴堆上,双手试着挣脱绳索但徒劳无功,上方的火炬让她汗流不止。假如妈妈晚一秒进家门,泰德罗斯跟她搞不好

已经成功施展魔法——那他们现在就已经回到森林里,也不会害妈妈陷入险境。阿加莎忍住泪水,在人群中寻找妈妈的影子,但是黑暗笼罩着人群,她只能看到一层层黑影。自她出生起,大家都称她女巫,说她注定在柱子上被烧死,现在这群人让这个故事实现了。最前排有几个玫瑰色脸颊的孩子瞠目结舌地看着泰德罗斯,胸口抱着童话故事书,有如抱着护身符一样。

"当然,我们不是圣人,"长老说道,转身面对俘虏,"正义只有在罪行存在的时候才会被伸张。"

人群没耐心地躁动了起来,期待好戏赶快开始,好快些看完回家睡觉。

"让我们欢迎来自森林里的贵客,"长老大声宣布,他闪亮的眼睛看着泰德罗斯,"小伙子,你叫什么名字?"

守卫把泰德罗斯嘴里的布拿出来。"你敢碰她我就杀了你。"王子大声斥责。

长老抬了抬眉毛。"噢,我懂了,"他的眼神在泰德罗斯和阿加莎中间游移,"过去两百年来,森林里的人绑架我们镇上的孩子,使得无数家庭破裂,房子受到破坏。过去两百年来,森林只带给我们无穷的恐惧、痛苦和苦难。现在你站在这里,这是有史以来第一次。从森林来的人在我们面前,竟然宣称要保护我们的孩子!这简直是不可能发生的转折啊……"他仔细端详泰德罗斯看着阿加莎的样子,语调缓和下来:"但是,如果这是真的,或许宽恕也是选项之一,再怎么说,只有最铁石心肠的人才能够抵抗年轻人的爱情。"

群众里传来隆隆的鼓噪声,仿佛他们已经把心铸进石头里,决心要看小镇如何报复森林诅咒的大戏。阿加莎端详长老的表情,老人的微笑看起来几乎是友善的。

"你会放我们一条生路?"泰德罗斯抱着希望。

阿加莎的心脏猛然跳了一下,祈祷她的王子的这句话可以拯救他们。

长老伸出干枯的手轻碰泰德罗斯的胸口,泰德罗斯退缩了一下,他的伤口仍然一碰就痛。"你还年轻俊美,眼前有大好人生,"长老轻声低语,"关于那些攻击我们的人,如果你告诉我们所有你知道的事,我保证不伤害你。"

阿加莎的心一沉，又是那个语调，她老早就听过了。以前他跟苏菲说他们会保护她不被刺客暗杀……

后来又不管她死活。阿加莎握拳敲泰德罗斯的肋骨暗示他，不管他要做什么，他不可以玩这个游戏——

"泰德罗斯，"王子对长老说道，"我的名字是泰德罗斯。"

阿加莎寒毛倒竖，用力推泰德罗斯。

"那么，泰德罗斯，你是怎么认识人见人爱的阿加莎的呢？"长老继续哄骗他，离他更近了。

"她是我的公主，"泰德罗斯宣布，轻轻握住阿加莎的拳头，"很快就会变成卡米洛特王国的皇后及亚瑟王的血脉，所以我建议你立即放了我们。"

广场上的群众简直不敢相信他们听到的，于是一阵沉默，孩子们把胸口的童话故事书抱得更紧了。红发雷德利目瞪口呆地看着阿加莎。"一定是森林里的选择很少。"他喃喃自语。

"货真价实的王子！"长老后退一步。这是第一次，他看起来因为泰德罗斯的存在而不安，仿佛被迫承认有一个比他所知的还要广大的世界。"我们对王子殿下有何亏欠？"

阿加莎扭动被捆绑住的身体，试着引起泰德罗斯的注意。

"我正要带她回森林里的城堡，"泰德罗斯证实地说，眼睛定定地看着长老，"我们对你们一点儿威胁都没有。"

"是吗？然而在几个月之前，我们才被森林里来的刺客攻击，"长老说道，他身后的群众持续喧闹，"我们仍在修复那次攻击所带来的伤害。"

"攻击已经结束了，"泰德罗斯反驳道，"你们的小镇现在安全了。"

阿加莎用脚跟猛戳泰德罗斯的脚，泰德罗斯把她的脚甩开。

"是吗？你的王子权力还附带预测未来的能力吗？"长老嘲笑道，群众也跟着大笑来回应他，"你根本对我们镇的命运一无所知，更别说攻击了。"

阿加莎奋力地用塞着布条的嘴大喊，想要阻止他。

"因为是我下令发动攻击的。"泰德罗斯说道。

群众安静下来,阿加莎萎靡地靠在柴堆上。

长老瞪着泰德罗斯看……然后慢慢露齿微笑,脸颊浮现出红润的颜色。"噢,我们已经从这位贵客身上得到我们想要知道的信息了,是吧?"长老露出像狼一般贪婪的微笑,看了斯特凡一眼,"先解决女巫。"

群众爆出震耳的叫嚣,推挤到柴堆前面。

泰德罗斯转头看到阿加莎脸上的表情。"但是他已经答应我们了!"他大叫。

长老正要走下楼梯,又转过头来:"每个故事都会有一个教训,对吧,年轻的王子?或许你的教训就是:你已经过了相信童话故事的年龄了。"

守卫又把布塞回泰德罗斯的嘴里,阿加莎感觉到王子出了一身冷汗。王子发狂似的用力拉扯绳索,想要解救公主,但是他越拉只是让绳索越紧而已。阿加莎快要喘不过气来了,在人群中狂乱地搜寻着妈妈的身影,但怎么都找不到。她一阵昏乱,转头对着斯特凡,知道自己将要面临死亡。

但是斯特凡并没有从舞台的另一侧移动过来,他只是看着阿加莎。

"有什么问题吗,斯特凡?"长老说道,现在他已经站在广场群众的最前面。

斯特凡仍旧盯着阿加莎。

"还是我们应该把囚犯换成你的新家人?"长老说道。

斯特凡用力回头一看,守卫在人群中押着霍诺拉、雅各布和亚当。

斯特凡的牙齿咬着脸颊内侧,脸上的表情沉了下来,慢慢向阿加莎移动,眼睛没办法与她对视。他的身体靠近她,把燃烧的火炬从木架上取下,熊熊的火舌经过她面前,阿加莎忍不住畏缩,火焰的烟让她什么都看不见。

她听到泰德罗斯被闷住的大叫,群众大声叫嚣的回音,但是那些声音都慢慢被火炬的怒火淹没了,火焰发出呲呲声,就像一条邪恶的大蛇。阿加莎的眼睛一直流泪,她用余光勉强看见斯特凡起伏的胸膛,他握着火炬颤抖的手,脸颊上红色的斑点……

"求求你……"阿加莎嘴里塞着布条,倒吸一口气说道。

斯特凡仍旧无法把眼神放在阿加莎身上,火炬摇晃得太厉害,火星四溅,阿加莎的裙子被烧出好几个小洞。

"斯特凡……"长老用威胁的语气警告他。斯特凡点点头,脸上分不清是泪水还是汗水,群众一片死寂,看着他身体弓向死刑柱,把火炬抬高对着阿加莎头顶的木条,眼看火焰就快要点燃木头——

"把我一起烧死吧!"卡莉斯痛苦的声音打破沉默,"求你了,斯特凡!让我跟她一起死!"

斯特凡停下动作,他手里的火焰离阿加莎太近,把她嘴里塞的布条都烧焦了。阿加莎的心跳几乎停止,斯特凡似乎在仔细考虑这个提议,他的脸一动也不动,仿佛戴着面具……

然后,他退后几步,转身面向长老。

"这是一个母亲最后的请求,"斯特凡说道,用鼻子哼了一声,"把她跟她那个叛徒女儿推入火堆,看着她们的身体一起融化,让她们一起承受这极端的痛苦,也算配得上她们的所作所为了,您说对吗?"

即使是最嗜血的观众都显得对这个提议有些困惑,看着长老,希望他能做出裁决。

长老的眼睛盯着斯特凡好一阵子,终于平淡地说出话来:

"赶快解决。"

"不可以!"阿加莎尖叫,她嘴巴里的布条烧烂了。

守卫抓着卡莉斯从人群里走向舞台,把她推到阿加莎身旁,用绳索将她的腰部固定在柴堆上。泰德罗斯感到很无助,肱二头肌上的血管仿佛要爆开一般,皮肤被绳索划破。

"是我的错……"阿加莎抽泣着,"都是我的错……"

"眼睛闭起来,亲爱的,"卡莉斯说道,试着忍住不哭,"接下来很快就结束了。"

阿加莎抬头看,发现斯特凡握着火炬的手已经不抖了。他带着一种令人发毛的冷静,走向阿加莎和卡莉斯,火焰就要烧到她们之间的木条了。他终于看着阿加莎的眼睛,脸上带着陌生的哀伤。

"假如你在另外一个世界遇见我女儿……告诉她我爱她。"

"斯特凡,现在动手。"长老命令道。

阿加莎背靠着妈妈的肩膀,抓着泰德罗斯的手。她看到斯特凡看着妈妈，嘴唇颤抖着。

"我很……很……抱歉。"他悄声说道。

"很久以前你救过我一次，斯特凡。"卡莉斯凄惨地对他微笑，"我欠你一次。"

"我……我……没……办法。"斯特凡显然有点儿动摇。

"你必须照着做。"卡莉斯说道，声音像钢铁一样坚硬。

"就是现在！"长老大喊。

斯特凡痛苦地呻吟一声，把火炬丢向卡莉斯，阿加莎大声尖叫了起来。

卡莉斯从绳结下方用力伸出手指，对着火炬射出一道绿色的光，火焰变成绿色，如彗星般从柴堆往上跳飞，把斯特凡从舞台上轰飞出去，然后形成一片绿色的火焰墙，不断绕着舞台旋转，将囚犯围在中间。

在阿加莎吸气之前，妈妈用发光的指尖把她跟泰德罗斯的绳索松开。她抓住阿加莎，趁着小镇居民隔着火焰墙在外面大声呼叫，赶紧说话——

"咒语没办法维持很久，你们仔细听好。阿加莎，斯特凡知道我是什么人。从那晚你追着苏菲离开，我们就商量过，如果你们回来，要怎么保护你们，斯特凡愿意为他的女儿做任何事。但是当时你没跟苏菲一起回来，斯特凡没理由继续这个计划，并让他新的家人陷入险境……除非他相信他女儿仍然需要你去营救她。阿加莎，你必须代替我还欠他的人情，你必须救出苏菲，就像斯特凡救你一样，听到了吗？只许成功，不许失败。现在你们以最快的速度跑到墓园山……"

"你是女……女……巫……"阿加莎气急败坏地说，想办法吸到新鲜空气，"你一直以来都是女巫……"

"两只天鹅中间的坟墓，那里有救援等着你，"妈妈打断她，"你必须赶快找到那座坟墓，要不然就来不及了。"

泰德罗斯困惑地看着阿加莎，期望她明白她妈妈在说什么，但阿加莎仍未从震惊的状态中恢复，只是傻傻地瞪着前方。泰德罗斯转向卡莉斯："你说谁？谁会在那里等？"

直到现在，泰德罗斯才看见公主在盯着什么看……火焰墙开始倾斜，掉落在舞台周围，卡莉斯的咒语时效快要到了。在绿色火焰之下，阿加莎瞥见斯特凡仍惊魂未定地坐在地上，但忽然有一群黑影扑落在他身上，并迅速往舞台中间移动。泰德罗斯和阿加莎同时抬起头，只见守卫迅速穿越人群，带着箭朝他们冲过来。

卡莉斯将阿加莎的脸埋在她手掌里。"不要回头，阿加莎。"她用力亲吻女儿的额头，"不管发生什么事，答应我千万不要回头看。"

阿加莎惊叫一声，抓住妈妈的手，但是她的王子已经拽着她往舞台边缘跑，远离急冲过来的守卫。泰德罗斯把手臂固定在阿加莎身上，带着两个人的重量往舞台下方用力一跃。他们在地上翻滚，阿加莎拉着妈妈跟他们一起，用尽全身力量握着她的手。

卡莉斯在暗淡下来的火光中对着阿加莎微笑，放开她的手。

阿加莎摔在泥土地上，扭伤脚踝，泰德罗斯在黑暗中扶她起来，拉着她往小镇城门的方向走。"不行，我不能丢下她……"她粗哑地喊着，拒绝他的搀扶。

"'不要回头，'她是这么说的，"泰德罗斯争执道，催促她往前，"相信你妈妈吧，阿加莎，她是女巫，力量强大的女巫，我们才是需要拯救的人。"

阿加莎听到守卫的咆哮声，本能地让泰德罗斯带着她往前走。她努力看着前方的墓园山，在泰德罗斯身边跌跌撞撞地走。不要回头，她心中乞求自己，泰德罗斯像只钳子一般夹着她。不要回头……

可阿加莎忍不住要回头看，只见三个守卫越过崩塌中的火墙，朝卡莉斯冲过去，箭已经要刺向她，但妈妈没有移动。

"她在做什么？"阿加莎的腿好像被绑住了一样，害怕得没办法再走下去。

"阿加莎，不要！"泰德罗斯大叫。

阿加莎挣脱他，开始往回跑："你在做什么——"

"杀了她！"远处传来长老大喊的声音。

卡莉斯把手臂抬起来，任凭守卫处置。他们向前攻击，阿加莎的母亲倒下。

"不要！"阿加莎尖叫，声音几乎要撕破她的喉咙。她跌坐在墓园山的山脚下，泪水模糊了双眼，心如死灰。她最后看到的是将要熄灭的火焰，最后一线火光消失之前，一堆黑影冲向妈妈，淹没了她。

"她让他们……"阿加莎轻声说着，"她让他们杀了她。"

慢慢地，她感觉到泥土沾湿了她的膝盖，却感觉不到腿上的酸麻，因为突如其来的猛烈痛苦盖过其他的感觉，她再也没有家人了，这想法如刀锋一般凌迟着她……她唯一的母亲遗弃了她……她从今以后再也没有家可以回去了。她整个人蜷缩起来，愤怒地抽泣。人明明就无法跟女巫对抗啊，她原本可以再施一个咒语的！她原本可以把他们都撕成碎片的！阿加莎不住地哭泣着，直到她在换气的颤抖中听见一个奇怪的回音……有人在轻声唤她的名字……

阿加莎抬起双眼，只见眼睛肿肿的男孩站在身旁，英俊但饱受惊吓，有一瞬间，她只看到一个陌生人。直到阿加莎看到他的双腿不停地摇晃，她才知道她的王子好像要告诉她什么。泰德罗斯伸出颤抖的手指指向她后面，阿加莎回头看。

六名守卫配备着火炬及利箭，从广场朝着他们火速冲了过来。"我们得快跑，阿加莎，"泰德罗斯厉声说道，"现在不跑就来不及了。"

阿加莎还是一动也不动，肠胃在翻搅："她怎么可以让他们……"

"为了救你，阿加莎，"她的王子恳求她，看着守卫逼近，"她做的每件事都是为了救我们，如果我们现在不赶快跑，她跟苏菲的父亲为了让我们活着所做的一切努力就会付诸东流。"

阿加莎的眼里充满泪水，忽然间听懂了。妈妈不想要她留下来和她一起，妈妈不想要她回到加瓦顿，她希望阿加莎能救出她最好的朋友……跟王子过幸福快乐的日子……远离家园去找到更好的世界……

因为她的美好结局不在这里，从来都不在这里。

她的妈妈牺牲自己给她自由。

只许成功，不许失败。

她必须找到自己真正的结局。

她得赶快跑。

阿加莎抬头看见守卫朝他们飞奔而来，箭头在火光下闪闪发亮。愤怒在她的血液里沸腾，烧烫她的肌肉，现在没有事情可以束缚她了。她开始拔足狂奔，冲上墓园山。

"快点儿！我们到墓园就可以甩开他们了！"

他们一同穿过锈蚀的墓园大门，眼前一座座坟墓绵延开来，一点儿光线也没有。即使周遭一片漆黑，阿加莎对每一步都了然于心，轻松通过每一座墓碑，有如一只老谋深算的松鼠。泰德罗斯则东撞西撞，野蛮地行进着，连坟墓虫都纷纷闪避。

泰德罗斯上气不接下气，他的公主已经带领他到墓园最拥挤的地方。长老夺走她的家人，她不会让他们再夺走她的王子。

"天鹅中间的坟墓，"泰德罗斯在后面喊道，"她说那里会有救兵——"

"天鹅？"阿加莎脱口而出，"加瓦顿根本就没有天鹅！"

泰德罗斯回头看向墓园山下，守卫带着火炬快速冲来："三十秒，阿加莎！我们只有三十秒！"

阿加莎不停地擦拭石头、墓碑或方尖石塔，想找出天鹅的蛛丝马迹："我根本连我要找什么都不知道！"

"二十秒！"泰德罗斯高声喊道。

阿加莎现在看不见王子了，她绝望地东找西看，试着镇静下来。她在加瓦顿看过的鸟只有灰色的鸭子和胖嘟嘟的鸽子，从来没看过真的天鹅，尤其是在墓园山。

她的心越跳越快。不过她看过天鹅，对吧？天鹅是善恶魔法学院的象征：一只黑色，一只白色……代表两所学院的校长彼此制衡……兄弟之一是善，另一个是恶……

如果卡莉斯是女巫，她应该知道代表善恶的两只天鹅。阿加莎心想，她妈妈一定亲眼看过，才会知道这么多关于学院的事……

"十秒钟！"泰德罗斯大叫。

阿加莎闭上眼试着摒除所有杂念，太阳穴抽动着。

天鹅……学院……斯特凡……

"你救过我。"卡莉斯悄悄对斯特凡这样说。

她指的是什么？假如卡莉斯跟斯特凡曾有不为人知的过去，或许天鹅包含了联结她母亲跟苏菲父亲的某种东西……某样他们共通的东西……或是某个人……

阿加莎的心跳漏了一拍，眼睛忽然打开。

她已经在奔跑。

"是什么？"泰德罗斯大喊，看着她的影子奔向墓园的深处，朝着墓园山上的房子冲去。

"这里！在这里！"

泰德罗斯奋力追赶，眯眼看着她的身影消失在黑暗里。他回头看到黑影军团冲破墓园的大门，箭头在火炬下面闪烁。泰德罗斯趴在半圆形的石块后面，偷看守卫挥着火炬，搜过一排排墓碑，他赶紧趴低。"这比森林还糟，"他喘息着说，在地上匍匐前进，跟随着阿加莎，"糟了有一百倍……"

他终于看到阿加莎了，她蹲在最后一排墓碑前面，这儿离她家很近。泰德罗斯赶紧刹住，脚下的泥土被翻起："他们来了，阿加莎！"

"苏菲的母亲就是联结他们的人。"阿加莎说道，从地上挖起一块墓碑，上面刻着"挚爱的妻子与母亲"。两个比较小的坟墓，一个深一点儿，另一个浅一点儿，分别立在大坟墓的两边，像翅膀一样。"在苏菲之前，她一直没办法有孩子，两个男孩子都是一出生就夭折了。"

阿加莎把手放在比较浅的那个坟墓上清除掉污泥，用手指刮石块，未刻上名字的墓碑显露出小小的黑天鹅雕刻，看到雕刻，泰德罗斯的眼睛都要凸出来了。他跟着阿加莎清除较深的那座坟墓上的青苔，这次墓碑上显露的是白天鹅。他们两个同时转向两只天鹅中间像座塔一样的大坟墓。

"苏菲的妈妈没办法顺利有孩子的时候，曾经来找过我妈妈帮忙，成为我妈妈的病人。这是苏菲跟我说的，"阿加莎强调，"不论如何，这些事都互相联结着，苏菲的妈妈……我妈妈是女巫……她欠斯特凡的人情……我不知道这些事怎么联结在一起，但一定是这样……"

火光扫过他们的头顶。

阿加莎和泰德罗斯赶紧趴低，将身体贴在地面上，转头看到守卫已经离他们只有五排墓碑的距离了。

"我们找到了天鹅……也找到了坟墓……"泰德罗斯惊慌失措,目瞪口呆地看着大块的墓碑,"但救援在哪里?"

阿加莎摇头:"泰德罗斯!我们没有魔法是不可能打败守卫的!我们得许愿!"

泰德罗斯吞了吞口水:"要数到三许愿重启我们的故事吗?好,手放在背后……"他忽然停下来。

他右手的手指已经闪耀着金色光芒。

阿加莎低头看自己的手指,也散发出几乎一样的光芒。

"你有许愿吗?"泰德罗斯问道。

阿加莎摇摇头。

"我也没有,"泰德罗斯说道,觉得很困惑,"我们的手指怎么会发光?"

火光照到他们的脸上。

"他们在这里!"守卫大喊,"他们在这里!"

阿加莎回头,一群黑影已经逼近最后一排坟墓。"除非我妈妈并没有中断我们在房子里的许愿,除非我们的许愿在一开始就成功了,除非我们的童话故事一直是开启的状态。"

阿加莎看着她的王子,脸色惨白:"泰德罗斯,我们早就已经回到故事里了,从守卫找到我们开始,我们就已经在我们的故事里了……"

泰德罗斯抬头看到箭朝着他们的心脏飞来:"阿加莎,我们是不是在故事的结尾会死掉?"

他们俩惊恐地握紧对方的手,退后闪避射过来的箭,掉到其中一只天鹅上面。

坟墓里一只苍白的手从他们之间伸出,把两个人都拉了进去。

第五章
公主回归

坟墓是给死人用的，死人不需要视觉，不用呼吸，当然也不用上厕所。不幸的是，对阿加莎来说，现在这三个她都需要。被困在地底下的黑暗里，阿加莎和泰德罗斯两人吸了满嘴土，散发着汗臭味儿的手臂缠在一起。阿加莎无法辨认王子的面容，但是能够从他因为恐慌而用力吸气的声音中辨识出他。

"你把氧气全吸光了！"阿加莎发出不满的嘘声。

"坟墓里有尸……尸体。"

阿加莎的脸变得苍白，她能理解泰德罗斯的恐惧，双手紧抓着泰德罗斯的身体，不管是手指或脚趾："苏菲的妈妈……是她……把我们拉进来的吗？"

"我……我什么都看不到，我们唯一知

道的是她就在我们旁边！"

"魔法，"阿加莎气喘吁吁地说，"用魔法！"

泰德罗斯深深吸了一口气，专注在恐惧的感觉上，直到手指亮起像蜡烛一样的金色光芒，照亮他们所在的空间，一个浅浅的宽型坟墓，大小像是一张大床。他们两个挨在一起发抖，慢慢转向右边。

泥土。

没人。没骨头。

只有泥土。

"她在哪里？"阿加莎几乎要窒息了，把泰德罗斯推开，他发出低吟声并揉着心口。她抓着王子的手腕，把他发光的手指朝向坟墓的右半边，只看到两只粪金龟在角落里抢粪球。她摇摇头，感到很困惑，然后把泰德罗斯的手指朝向左边——

两个人一动也不动。一对发亮的咖啡色眼睛隔着忍者面具瞪着他们。

阿加莎和泰德罗斯张开嘴巴正要尖叫，那个人用细长的手把他们的嘴巴捂住。

"嘘！他们会听到的！"陌生人用低沉的气音说道。

泰德罗斯目瞪口呆地看着跟他们一起在坟墓里、披着黑色长袍的忍者，问："你是……你是……苏菲的母亲吗？"

忍者咯咯地笑了："噢，真荒谬。嘘！"

阿加莎的心揪了一下，那笑声！听起来似曾相识，她曾在哪里听过呢？她想看泰德罗斯的眼神来确认，希望他也听到了，但他的王子正用力抱紧这个陌生人。

"噢！谢天谢地！我们过去一个月来，一直被关在你可以想象到的最小、最脏的房子里，后来差点儿在木柱上被活活烧死，又一直被军队追杀。然后你把我们拉进来，不管你是谁，这也表示你得带我们出去！我们需要赶去善恶魔法学院解救我们最好的朋友，反正你一定知道所有的事。从呜呜山前往，学院就在半路上——"

忍者捂住他的嘴："猫比你还会听人话。"

"你什么都不了解。"阿加莎喃喃地说道，因为空气稀薄，头脑昏昏沉沉的。

他们头顶上忽然传来很大的噼啪声,像是剑把地劈开一般,整座坟墓都在震动,土块掉下来,泥土打到他们的脸上。

"仔细确认清楚,"一阵剧烈的震动之后,某个声音粗暴地咆哮道,"中途拦截到十三联盟的信息,说阿加莎和泰德罗斯会穿过坟墓来到这里。"

阿加莎的胃里一阵翻搅,这声音听起来不像长老的声音。

"指令应该更清楚一些。坟墓有几千座,而我饿个半死,"另一个厚重、傻气的声音加进来,"而且,我们应该像其他人一样,去修正我们的故事,而不是来挖坟墓。再说,这两个人到底有什么重要的?"

"校长想要他们,这个理由对你而言就够了。"粗暴的声音说道,他的发言掺杂着另一个大崩塌的响声,"他们很快就会让我们的故事有新的转折。"

阿加莎和泰德罗斯转向彼此。校长的手下在加瓦顿?他们是怎么穿过戒备森严的守卫的?此时坟墓上方摇得更厉害了,土块像雨一样落下。

"你觉得他会让我们吃永生者男孩作为报酬吗?"傻气的声音问。

"搞不好会让我们吃两个。"粗声的那人得意地咯咯笑道。

只见一只毛毛的黑爪忽然从头顶深入坟墓,五根如刀子一样锋利的爪子左右来回乱抓。忍者赶紧让阿加莎和泰德罗斯紧贴泥土墙,而他们把到了嘴边的尖叫硬生生又吞了回去。倒钩的利爪在空中挥舞,差一点儿就要钩到泰德罗斯的裤脚。黑爪又试了几次,都是无功而返,于是把爪子卷起来。

"这里什么都没有,"粗声的那人大声抱怨,"走吧,我们去吃饭吧,或许在橡树林里会找到一个鲜美多汁的小男孩。"

爪子缩了回去,在一阵震耳的脚步声后消失无踪。

接下来是一阵令人害怕的沉默……泰德罗斯和阿加莎把嘴巴凑近头顶上的洞吸入更多空气。阿加莎一边确认泰德罗斯是否安然无恙,一边期望着泰德罗斯也会做一样的事情。然而,她的王子竟然在整理裤子,眼睛死盯着裤子,连看都没看她。泰德罗斯露出放松的微笑……然后看到阿加莎对他皱眉头。

"怎么啦？"泰德罗斯问道。

阿加莎正要质疑他对事物轻重缓急的判断，但忽然注意到脚步声停止了，交谈的声音也是。阿加莎睁大双眼并猛地扑向王子："泰德罗斯，小心！"

黑爪用力破坏坟墓，抓起阿加莎，把她拉出坟墓。泰德罗斯跃起想要抱住她的脚，但为时已晚。他惊恐地从洞里抻长脖子，只看到爪子把他的公主拉到夜空中，公主在半空中摇晃，像一只被老鹰抓到的老鼠。

阿加莎瞪着一头高瘦的茶色野狼，它用两条腿站立，瞪着一对充满血丝的黄色眼睛。毛皮和血肉从它的脸上滑落，只见它的头骨上有几个大洞。"你看看，公主回来啦。"野狼粗哑地咆哮着，颊骨从头骨的洞里伸出来。

阿加莎脸色苍白，难道刚刚是这个怪物提到校长的吗？邪恶的大野狼怎么能够穿越加瓦顿呢？长老守卫到哪里去了？她四处张望，但是黑暗中她能看到的只是零星排列的墓碑。她试着让手指发光，但狼把她的手抓得紧紧的。

"撰写者不写了，世界快要毁灭了，四处的军队准备起义都是因为你？"它像猫一样呜呜叫，检视她毫无生气的皮肤和灰黑色的头发，"我说，这哪里像个公主？像个……臭鼬还差不多。善良学院怎么沦落到这种地步，即使矮小的小红帽也比这美味。"

阿加莎不懂它到底在说什么，但今晚她已经历了太多，此刻她最不需要的，就是微不足道、有皮肤病的狼对她的容貌说三道四。

"不过，《小红帽》里的那头狼学乖了，不是吗？"她提出警告，知道她的王子应该在不远处。

"它因为没有注意到猎人和善的力量，最后害得自己肚子都被划破了。"

"它的肚子被划破了？"野狼说道，貌似惊恐不已。

"而且是徒手划开的。"阿加莎大声说谎，发信号给泰德罗斯。

"然后野狼……死掉了？"

"死到不能再死，所以你最好不要再乱说话，我的猎人随时会出现。"阿加莎大吼，再次对泰德罗斯发信号。

"完完全全死了吗?"野狼一副发愁的样子。

"完完全全死掉了。"阿加莎迅速回答,生气地斜眼找她的王子。

"完完全全死掉了,死到不能再死。"野狼喃喃自语,思考这可怕的命运。"如果这是真的……"它抬起又大又闪亮的眼睛,"那我怎么还在这里?"

阿加莎低头看它的另一只爪子,正在搔它肚子上骇人的交叉伤疤,她的脸顿时失去血色:"不……不可能……"

"我可以吃这只吗?"傻气的声音从她背后传来。阿加莎回头看,只见一个十英尺高、秃头又驼背的巨人,用他的靴带倒吊着泰德罗斯甩来甩去。巨人的皮肤同样从骨骼上剥落,上面缝着Z形的线,他正捏着泰德罗斯的肌肉,仿佛在衡量好吃的程度。"好久没看到这样结实的肌肉了,自从小杰克爬上我的豆茎之后,就再也没看过了。"

阿加莎的心脏简直要跳出喉咙。《小红帽》里那只死掉的大野狼……《杰克与魔豆》里死掉的巨人……还活着?泰德罗斯与阿加莎对视,虽然泰德罗斯的脸色苍白又上下颠倒着,但显然他们有着同样的疑问。

"我已经说过了,校长想要活捉他们。"野狼发着牢骚。

巨人悲惨地叹了口气……然后看到野狼露齿笑着。

"但那并不表示我们不能折断一两只手脚呀。"野狼说道,把阿加莎抓得更紧了。

巨人和野狼同时把他们高举到空中,将他们的脚慢慢下降放到嘴里,就像要吃猪肋排一样——泰德罗斯与阿加莎齐声尖叫。

"我得说,这个决定非常糟糕。"一个轻快的声音说道。野狼和巨人暂停咬下嘴里的猎物,看着地上说话的忍者。野狼把阿加莎从嘴里拿开,对着戴面具的陌生人微笑,打算晚一点儿再来吃点心,搞不好点心会变成一顿大餐呢。"为什么呢?没脸的人,请你告诉我。"

"因为假如你们放了他们,我会让你们离开。"忍者说道。

"假如我们不放呢?"巨人嘴里含着泰德罗斯不屑地说,泰德罗斯在巨人的牙齿中间颤抖着。

"那么你们就会变成悲惨的少数。"忍者说道。

"这可奇了怪了……"野狼回答道,悄悄走向陌生人的位置,手抓着阿加莎。"你的王子和公主都被抓得高高的,你只有一个人,而我们有两个。"它在月光下准备扑向忍者,"这就表示我们的人比你多。"

忍者慢慢抬头,拿掉黑色面具,露出形状像杏仁一般的眼睛、橄榄色的皮肤,黑发在空中飘扬。

乌玛公主微笑着:"那表示你没仔细看。"

她发出尖细的叫声,声音在黑暗中各个角落回荡,然后众人脚下传来雷一般的声响。一时间,野狼和巨人笨拙地跌倒,吼声从四面八方攻击他们……直到他们放开泰德罗斯和阿加莎,像放开嘴里烫得要命的马铃薯一样。重新站在地板上的阿加莎找到空当,赶紧抬起发亮的手指施展魔法,只见一大群窜逃的公牛跃过她的身体,朝野狼、巨人奔驰而去,像保龄球撞倒球瓶一样。野马和大熊也跳过泰德罗斯,马蹄和熊爪无情地撕开两只怪物。阿加莎和泰德罗斯好不容易才站稳,金色的手指照亮眼前的景色,几百只野兽组成的巨浪正把两只怪物推进黑暗里,野狼和巨人请求宽恕的号叫声越来越远。乌玛公主吹了几声欢快的口哨,她的动物大军则以单调的叫声回应。很快,野兽的影子消失在黑暗里,野狼和巨人也不见了踪迹。

阿加莎旋即转向乌玛公主,这个她曾经嘲笑没用、消极又弱不禁风的善良学院老师,如今救了她和泰德罗斯!"我以为那些王子杀了你!"阿加莎哭着说道,"海丝特说萨德院长任由你在森林里死去,我们都以为你死了。"

"'动物交流学'的教授没办法在森林里求生?"乌玛公主挥了挥手指,把黑色长袍变成粉红色,银色的天鹅徽章缝在心口的位置上,"即使你母亲都比你相信我,我们还素未谋面呢。"

"你……你认识我妈妈?"阿加莎问道。以前认识,有个声音纠正她。阿加莎努力克制着一阵新涌上来的呕吐感,她还没办法用过去式描述母亲。

"只有透过她传给联盟的信息。"乌玛回答。

"联盟?什么联盟?"泰德罗斯插嘴。

"当然是十三联盟啊,"乌玛回答,一点儿也没有要解释的意思,"她最后给我们的三个信息很清楚:我们必须保护你们的安全;我们带你们到苏菲那里；我们在这边跟你们会面。"

泰德罗斯和阿加莎顺着老师的眼神往下看，只看见空空如也的坟墓，苏菲的母亲原本是在里面……但是墓碑现在不同了。不像大多数高瘦的四方形，它是不太规则的椭圆形，中间裂开来，上面刻着粗大的字：

"凡妮莎是苏菲的母亲，我想那个名字的意思是'蝴蝶'，"泰德罗斯一边说，一边研究墓碑上的字，"当苏菲还是菲利普的时候跟我提过。"

"苏菲从来没跟我说过她母亲的名字。"阿加莎很受伤地说道。

"或许是因为你从没问过，"泰德罗斯说道，他的脸色忽然变了，"等一等，她的名字之前没有写在墓碑上啊，你看，这里之前写的是'挚爱的妻子与母亲'。"他眯着眼看周遭歪歪曲曲的石碑，"我们在同一个墓园，同一个位置呀，这根本没道理，墓碑哪有说变就变……"

"除非你们根本不在同一个墓园。"乌玛公主在他们背后说道。阿加莎和泰德罗斯回过头，看到他们的老师往天空中射出一道白色的光线，数以千计的萤火虫从各个方向聚集而来，拍翅的响声像信号一般，聚集在他们头顶上，将小小的萤绿闪光聚拢成巨大的光云，照亮四周的地景。王子和公主环视着巨大的墓园，数以万计的墓碑在陡峭、荒凉的山坡上层层竖立着。一时间，阿加莎以为墓园山神奇地变大了，但是墓园之外的景象让阿加莎几乎要昏了过去——黑暗、无尽的黑色树木在夜色里拔高到天际，有如原始的野兽。

他们不在墓园山。

他们根本不在加瓦顿。

"我们在森林里。"阿加莎叫道。

她忽然意识到脚下堆积如山的尸体。一时间，那些她试着克制的影像有如报复一般爆发开来——守卫、漫天飞舞的箭、她妈妈忽然倒下……阿加莎感到被击垮了，呕吐感袭来。

泰德罗斯扶着她的手臂："有我在这里。"

他的声音把她带回当下，阿加莎吞下嘴里的酸水，抓着泰德罗斯衬衫上的蕾丝，慢慢站直。她试着稳住脚步，审视眼前的墓园，就只是一片墓园，看来没有更多东西……

"等一等！我以前来过这里。"泰德罗斯说道，对着眼前的景象若有所思。

"每个森林小组在学院的第一年都必须去寻找糜虫，怪不得地精尤巴要陪你去。"乌玛公主回答。

"善恶园，"泰德罗斯说道，"他称那个地方为善恶园。每个在故事书中出现的永生者或永灭者都埋葬在那里。"

在萤火虫光云下，他扫视山谷一侧埋葬的几千具棺材，若是一对永生者，两具棺材会以镶有闪亮宝石的纪念碑黏合在一起，死前在一起，死后也要在一起。"那是永生者堤防，最伟大的英雄都葬在那里，"泰德罗斯说道，"当然我父亲不在其中。"

阿加莎看着她的王子，期待他继续说下去，但是他转过来面对她："我们一定是从凡妮莎墓的另一边出来了，一端是加瓦顿，另一端是森林，这是唯一可能的解释。但是你妈妈怎么会知道坟墓是一个出入口呢？"

阿加莎想到苏菲母亲坟墓左右两侧小坟上的黑白天鹅："即使她因为某种原因知道了，但为什么苏菲母亲的坟墓会连接这两个世界呢？"

"学生们，你们问了错误的问题。"

阿加莎和泰德罗斯抬头看着乌玛公主，她意味深长地看着他们。

"你们应该问，为什么她的坟墓是空的。"

乌玛伸出手指在空中画圈，萤火虫光云盘桓在他们头上，照亮阿加莎和泰德罗斯脚下站着的山坡。他们看见一堆崩坏又长霉的墓碑，诡异的绿光从一堆参差不齐的土墩里发散出来。

"这里是尼克洛山脊！"泰德罗斯说道，"最邪恶的坏蛋都葬在这里。"

"苏菲的母亲是永灭者吗？"阿加莎不知所措地问。

"根据我们调查的结果来看，并非如此。十三联盟并未发现任何证据显示森林彼岸的凡妮莎曾经上过善恶魔法学院、曾经在童话故事中出现或她的尸体埋葬在这里，"乌玛一边说着，一边把灰色的黏答答的糜虫收进口袋里，"然而，她却有个坟墓以她为名，葬在我们最恶名昭彰的永灭者之中。"

"你总是提到这个联盟，"泰德罗斯被激怒了，"我从来没听说过……"

"你本来就应该没听说过，"乌玛公主说道，这回答比之前的更没用，"听我说，阿加莎，没有任何话语能减轻你现在所感到的痛苦，但是你母亲在回答联盟需要的答案之前就丧生了。回想看看，你能不能想到任何线索，说明为什么凡妮莎的名字刻在尼克洛山脊的墓碑上，或是她的尸体可能在哪里。"

"我搞不懂为什么我们要帮助一个从没听说过的联盟。"泰德罗斯闹脾气地说。

但是阿加莎的思绪仍然在飘移。她的母亲卡莉斯，以女巫的身份游移在两个世界里，而加瓦顿没人知道这件事，包括她自己的女儿。然而，她的母亲符合永灭者具备的特征——未婚、神秘、隐居……要说线索，阿加莎早该发现这些线索了。但是苏菲的母亲呢？苏菲曾经兴高采烈地提起她母亲，她直到死前都还爱着她那古怪、不忠的丈夫。但是没有任何线索显示，她除了是个幸福慈爱的母亲与妻子之外，还有别的身份。那么究竟为什么她的名字会写在恶人的坟墓区呢？阿加莎摇摇头，怎么也说不通……直到她的眼睛忽然睁得大大的。

"守墓人一定会知道！"

她快速搜寻着地平线上那个蓝皮肤、整头编着细长发辫的巨人的身影。她曾经在学院学过，这个巨人负责挖掘和填满墓穴。"霍特说他总是亲手埋葬每个人，从不假手他人，这就是为什么霍特的父亲这几年来迟迟没有下葬，因为他在等棺材。所以守墓人一定会知道为什么苏菲的母亲在这里有个墓碑……"然而，这座山坡一片荒凉，除了几只在附近盘旋的秃鹰之外什么都没有。她转向乌玛，问："他在哪儿……"

阿加莎被乌玛的表情吓了一大跳，话说不下去。

她转头看向那几只秃鹰。

在秃鹰的身边,一具庞大、蓝皮肤的尸体坍倒在地上,骨头断裂,喉咙被划开,他脖子上流出的血早就干透了。阿加莎可以看到他吓人的眼白,仿佛因为看到杀他的凶手,感到万分震惊,整个人变得苍白而死去一样。

这时阿加莎感觉到泰德罗斯发汗的手掌捏着她的手,像是在告诉她,她还没看到最糟的状态。她心中的恐惧感急剧上升,循着他的眼神,她注意到在守墓人的尸体之外,有两百多个埋在尼克洛山脊上的坟墓,童话故事中最有名的坏人都长眠于此。但此刻阿加莎眼中所见却是一团团的土堆,杂草被土盖住。每个恶人的坟墓都被撬开,里面什么都没有……

"是空的,"阿加莎说道,"坏蛋的坟墓是空的。"

泰德罗斯的腿不由得发抖,他盯着那些已被挖空的坟墓:"小红帽的大野狼……杰克的巨人……还有其他更糟的……"

阿加莎脸色苍白,想起大野狼曾说他们为谁工作:"他们是校长指挥的。"

乌玛公主走到他们背后:"几百年来,每个童话故事里,恶都是输家,因为爱选择与善站在一起。爱给了善力量和目的,恶总是望尘莫及。但是那些幸福的结局之所以能续存,是因为恶无法爱人。学生们,状况已经不同了。校长已经找到爱他而他也爱对方的人。他证明了即使是恶,也值得拥有一个重写故事的机会。现在每个从前的坏蛋能在自己的故事里得到新的转折,已逝的恶棍获得重生。"

真爱?校长找到真爱?阿加莎摇摇头,试着理解乌玛的话。怎么可能有人会爱上他?

忽然间阿加莎再次注意到凡妮莎空空的墓穴,心头一紧:"等一等……苏菲的母亲……尸体不见了……表示她……她……"

"她根本没葬在这里,"乌玛说道,打断她,"我们根本不知道她的尸体有没有被埋葬起来。然而,守墓人留着这个墓穴给苏菲的母亲,最有名的永灭者都葬在这里——守墓人只听撰写者的指示,其他谁也不听。他之所以留着坏蛋的墓穴给苏菲的母亲,或许给了我们最大的线索来解释:校长是怎么选择新皇后的。"

阿加莎感觉一阵冰冷的黑暗撕裂了她的胃。心中浮现出几百个疑问：关于自己的母亲、最好朋友的母亲、关于信件与联盟、关于空空如也的坟墓与未死透的坏蛋……但是只有一个问题是她真正在乎的。

"皇后？"她轻声地说，慢慢抬起头来，"谁？"

乌玛直视她的眼睛："苏菲接受了校长的戒指，她是他的真爱。"

阿加莎说不出话来。

"但是……但是我们是来解救她，让她逃离校长的。"泰德罗斯惊讶地说。

"所以你们必须继续完成这个任务，虽然会有重重阻碍，"乌玛说道，"苏菲的吻可能让校长重生了，但是，是他套在她手上的戒指让那个吻的力量持续发生作用。只要苏菲戴着那只戒指，校长就能持续保持不死之身。然而，孩子们，有一个方法可以取消那个吻。一个永远消灭校长的方法，而那是我们唯一的希望。"她的声音愤怒且急迫，"你们必须说服苏菲亲手摧毁那只戒指。说服苏菲摧毁那只戒指，校长也会随之永远被消灭。"

阿加莎仍然像迷失在雾里一般。

"不过千万要注意这一点，"乌玛继续说道，"当你寻找《苏菲与阿加莎的童话故事》最后的结局时，校长也在寻找他自己故事的结局。"

泰德罗斯看到阿加莎瞪着眼发呆，根本没听进去。"那个结局是什么？"他问道。

乌玛倾向他，柔美的姿态变得僵硬："亚瑟王之子，大野狼与巨人的出现不是巧合，一场战争即将引爆。只要苏菲一直戴着校长的戒指，所有的善，过去的跟现在的，年轻的跟年老的，都会身陷危险。你或你的公主必须带苏菲回归善这一边……要不然我们所知的善会永远被抹去。这就是他想要的结局。"

阿加莎的心像被卷入旋涡一样。

很久很久以前，她和苏菲杀了想拆散她们俩的恶人。

现在，她最好的朋友把自己的真心交给了这个恶人。

"但是他代表恶，她知道他有多邪恶……而且苏菲早就不在恶那一边了，"阿加莎深吸一口气，抬头看向他们，"为什么她会想要跟他在一起？"

"跟你们想要在一起的原因一样，"乌玛给她一个伤感的微笑，"为了拥有幸福快乐的结局。"

阿加莎和泰德罗斯看着公主转动她的手指，熄灭萤火虫的光芒，正朝着山谷之外的暗黑森林奔去。"得快点儿行动，永生者们，"她一边说道，一边赶紧多抓几只糜虫，"从这里到学院有两天的路程，我们必须在他们找到你们之前，赶快通知苏菲。"

泰德罗斯皱眉，还有点儿跟不上："在谁找到我们之前？"

"谁？"乌玛回瞪他，一副不可置信的表情，"那些不在他们坟墓里的人。"

第六章
死亡森林

拉斐尔从不在他的房里过夜，所以当魔法笔在黎明时分又开始写下去时，苏菲是唯一的目击者。

从她接受戒指开始，她已经病了六天——病得很重，高烧不退，直打冷战，连身体都失去知觉，根本没办法下床。她把自己卷在毛毯里，想象着阿加莎与泰德罗斯在镇上闲逛，在巴特斯比面包店买杯子蛋糕当点心（希望他会发胖），一起在湖边看夕阳（或许他会失足溺毙）。然而她自己被拘禁在漆黑的塔楼里，不是发抖就是吸鼻涕，活像个流鼻涕的长发公主，没人喜欢长发公主，因为她实在太无聊了。

"你说……我可以……看到……学院，"她对拉斐尔说，这天早上她满身冷汗，连话都说不清楚，"我想要看看……海丝特……阿纳迪尔……"

"然后把你的病传染给她们？"拉斐尔

揶揄她，把她裹在一件新的毛毯里。

如果不是拉斐尔这么悉心地照顾她，她应该会提出更多的要求。白天的时候他须臾不离：换她额上的毛巾，喂她喝大骨熬的汤，给她带宽大的黑色睡衣好让她在里面冬眠，忍受她那些关于泰德罗斯和阿加莎的空洞废话——一会儿说他们一定过得很糟，一会儿又说他们玩得多开心，完全取决于她那一刻心中嫉妒指数的高低。很快，苏菲开始害怕夜晚的到来，因为拉斐尔总是在夜晚离开，就像一开始她总是害怕拉斐尔会在早上出现一样。神志不清的蒙眬里，她开始渴望他像大理石般冰凉的怀抱……他身上新鲜的香味……他冰冷的手碰触她滚烫的皮肤……他像银铃般清脆的声音让她从梦魇中醒来……

"我敢打赌一定是你……害我生病……所以我需要你……"他正要离开的时候，苏菲含混不清地说道。

年轻的校长回头，对着她微笑。

她烧得越高，梦魇就越清晰。今晚她梦到自己在一个伸手不见五指的隧道里，远方的出口有着小小的光圈，巨大的金色戒指在隧道里飘浮，被锋利的尖牙包围起来，在半空中旋转，阻挡她的去路。当她更靠近一些时，戒指转得更快，她勉强看到自己映在牙齿上模模糊糊的影子。只是当苏菲凑近戒指时，她发现那根本不是自己的脸，而是她从来没见过的一张脸——一个陌生男子的脸，一头咖啡色的乱发，坚韧的深色皮肤，胖胖弯曲的鼻子。苏菲感到很困惑，于是凑得更近……更近……更近……直到男子抬起他黑色的、充满血丝的双眼，对她露齿而笑——

然后他忽然伸出双手把苏菲用力塞进两排尖牙中间的断头台里。

苏菲醒来，气喘吁吁，吓得魂飞魄散。

她一动也不敢动，感到有人在房间里面，不知从哪里传来沙沙的摩擦声，像是黑猫磨爪子的声音。

她听见自己的心脏在胸口跳动，在清晨的光线下，她眯着眼看看四周，没有人。她慢慢转过头，松了一口气，那声音并不是人发出来的，而是金属迅速旋转的声音。半梦半醒之间，她以为看到纺锤，然后又想起纺锤是给睡美人的，这个有史以来最没意思的公主，而且现在早就死了，因为她老了，而她自己既不老也没死……好吧，这些念头让她终于决定下床。

她眼睛眨了好几下，以确定她看到的东西真真切切在那里，是撰写者发出那些沙沙的摩擦声——那支拒绝再写童话故事而让无边森林暗淡的魔法笔，竟然……开始写了。

什么原因让它又动起来？她纳闷儿着。撰写者停止在她跟阿加莎故事的最后一页已经好几个星期了，在她接受校长戒指的时候，它一动也不动，表示魔法笔怀疑的并不是她自己的结局，而是……

苏菲的心脏跳得很快。不可能……

她用毛毯把自己包起来，在宽大的睡衣里蹑手蹑脚地靠近撰写者，生怕连最细微的声音也会打扰到它。但是当苏菲靠近它时，她发现其实笔不是在写，而是轻轻啄着以她为主题的故事书，像砖匠把砖头移开一样，一笔一笔地把最后一行字去掉，直到"全书终"三个字完全消失。撰写者发出红色的光芒，就像破茧而出的蝴蝶在空中旋转，然后再次回到故事书上，从上回停下的地方继续写下去。钢做的笔尖在全新的页面上洒下墨水，页面被飞快画成的图填满，速度快到苏菲几乎要跟不上：闪耀着祖母绿颜色的火焰墙……戴着黑面具的守卫……标志着天鹅图案的坟墓……像尸体一样的野狼和巨人……直到深绿色的颜料迅速填满跨页的空白。

两个瘦削的身影映入苏菲的眼帘，他们的背景是森林高耸而弯曲的树。苏菲看着魔法笔填满他们脸部的空白……男孩蓝色的眼睛和饱满的嘴唇……女孩平平的眉毛和凹陷的脸颊……这怎么可能？她一边想，一边等着撰写者消除错误的线条。然而，每一笔只让这个画面更加真实，仿佛直接从她的记忆里输出一样，直到苏菲确定她一定是在做梦，因为魔法笔画的是身在森林里的阿加莎和泰德罗斯。但他们不可能在森林里，因为他们已经在别处找到幸福快乐的结局了。她用力捏了捏自己的手臂，希望重新在床上醒来，但是他们却越来越清晰：阿加莎和泰德罗斯，跃然纸上，睁大眼睛盯着她，仿佛在邀她进来。

他们……回来了？苏菲喘着气，感觉心脏在膨胀。嫉妒、背叛、痛苦的情绪像蛋壳被打破一般爆发出来，一股无法压制的希望的暖流在她体内流窜，她轻抚着书页上两个最好的朋友，从她自己的故事书里望向自己，她重新感觉到这阵子以来经常出现的羞耻感。

我好想你,阿吉。

我好想你,泰迪。

泪水涌上来,她想象自己填在他们俩中间的空隙里。

直到撰写者在那个空隙里画出阿加莎和泰德罗斯紧紧牵在一起的手,两个永生者跟着一个影子进入黑暗的森林里。

苏菲仔细看着他们紧扣在一起的手,中间不再有她能置身的空隙。

"他们为你而来。"她背后的声音说道。

苏菲转头看到拉斐尔,他以无懈可击的姿态倚着窗户,就像个叛逆的青少年,穿着镶有蕾丝的黑色上衣和黑色皮裤。他冰蓝的双眼巡行在故事书上,但一点儿都不惊讶的样子,仿佛他一直在等着王子跟公主回来。

"我已经说过撰写者怀疑的不是我们的结局,"拉斐尔说道,"原来是你的朋友们没有你就无法幸福快乐。他们认为必须从我身边把你救出去,而你的结局应该是跟他们在一起才对。"

苏菲回头看着撰写者,在阿加莎与泰德罗斯的图画下面,新鲜的墨水写着:

爱对他们而言不再足够,他们需要最好的朋友。

苏菲对着故事书瞠目结舌,她不断斥责自己干吗老想着阿加莎和泰德罗斯……原来他们同样也惦念着她吗?她露出微笑,觉得很感动。然后她的笑容蒸发了。

"三个人如何会有幸福的结局呢?"苏菲问道。

拉斐尔小心地看着她:"那当然是其中一人即使孤独仍然觉得幸福。"

"当其他两人拥有彼此的同时仍幸福?"苏菲皱着眉问道。

"噢,你渐渐会习惯的。看着他们在壁炉边耳鬓厮磨……在花园里散步时跟在他们后面,像他们的宠物……年复一年,你便会安于做第三者的角色。"拉斐尔滑向她身边,但他一半的脸仍在黑暗里,"然后,你在卡米洛特一定会遇见别的男孩。虽然他不再是国王,但一定有不少男孩让你挑选。晒伤的面颊，黄澄澄的牙，圆圆的背臀，口袋里没有几毛钱，但是个和善平凡的男孩，这不就够了吗？"他把她拉进臂弯里："跟他年老的母亲住在破烂房子里、外头饲养着猪羊的男孩，一个能给你正常人生的男孩，你帮他煎肉，帮他妈妈洗澡，再帮他生几个胖胖的黝黑小男孩……"

苏菲的神经绷得太紧，都快要呼吸不过来了。"那绝不可能发生。"她悄声地说。他紧握她的手，她的身体好不容易放松下来。

"我想也是。"拉斐尔在她耳边轻声地说。他触碰她的肩，细长雪白的手指在她脖子上游移，苏菲的身体颤动了一下。从来没有一个男孩握住她的手是她没算计过的；从来没有一个男孩碰触她却一点儿也不在意她心中的暴风与愤怒；从来没有一个男孩爱她的一切，包括她的缺点。

苏菲抬起头，看着日光下的他——闪耀着珍珠光泽、像天使般的皮肤，灰蓝色的眼睛，甘美的粉色嘴唇，像极了年轻时的杰克·佛斯特[1]——他是如此英俊，让她忽然觉得自己的容貌屈居下风。"你现在可能喜欢我，但是我老了之后呢？"她问道，"那时你还会要我吗？"

拉斐尔微笑："只要我哥哥和我一直友爱对方，就能永葆年轻。在我破坏我们之间的联结后，我注定要变老，也要面临死亡，就像所有那些不能爱人的坏蛋一样。然而，苏菲，你的吻使我重返年轻，你的爱会令我获得永生，就像之前我哥哥的爱一样。我的爱也曾让他长生不老，也就是说，只要你一直戴着我的戒指，你和我就没有变老的一天。"

苏菲惊讶地看着他："我永远不会死？"

拉斐尔再次把苏菲拉进怀里："我们将永远活下去，两个人一起。"

永远活下去？苏菲的思绪陷入迷雾里。老了但年轻……年轻但老了……现在抱着自己的英俊男孩就是如此。永远爱一个人是怎么样的？爱能持续那么久吗？她想起阿加莎曾在湖边发誓会永远当她的朋友……泰德罗斯在月夜的桥上承诺会永远当她的王子……阿加莎和泰德罗斯亲吻彼此，发誓会永远在一起……

看似讽刺，但"永远"是唯一一个不会持续的概念。

---

[1] 杰克·佛斯特，又称冰霜杰克，是霜的拟人化。

苏菲躺在拉斐尔结实的胸膛上，仔细研究他手上的金色戒指，跟她手上的一模一样。这段日子以来，她一直因为两个最好的朋友遗弃她而伤心，很确定他们一定是忘了她，兀自过着幸福的人生。然而，他们却要回森林来，去修正他们的永生者之地，想要和她一起，需要她来找到幸福。她等待着自己也产生同样的感觉，可以毫无悬念地选择最好的朋友，即使这表示她最后会孤单一人……

但是苏菲能感觉到的，只有身边这个男孩的臂膀，这个从一开始就对她忠实的男孩，终于有一个"永远"听起来有真实性。

她转头亲吻拉斐尔，等待心中发出要她停止的信息，但什么信息也没收到。当他们分开时，她看到撰写者正变出一个新页面，用生动的颜色捕捉他们的吻，并写下了一行脚注：

但是友谊对苏菲而言不再足够，她需要的是爱。

苏菲抬头看拉斐尔，她的额头结了几滴汗珠，他伸出手擦拭。

"你看，烧退了。"

他们并肩看着太阳从一朵云后滑出来，苏菲期待看到它恢复生气……然而映照在早晨的蓝天下，阳光还是一样微黄，一副贫血的样子，比之前还虚弱。而且不只是虚弱，它甚至漏出一小块的黄光到空中，一滴，一滴，又一滴，就像夏天的冰棒。苏菲走到窗户旁边，睁大眼睛看着。这不是错觉。

太阳在融化。

她旋即转向校长："但是你上次说，假如撰写者开始写……"

"新的故事，我是说撰写者如果开始写新故事的话。但是我们的故事还需要结局，"拉斐尔严肃地说，"既然你的朋友已经回到这里，我们的故事书还没办法合上。只要他们心里打算有一个新结局，这故事就没法结束。他们希望的结局是善获得最后胜利，而恶死亡……"

他停下来，定定地凝视苏菲翠绿色的眼睛。

"他们是来杀掉我的，苏菲。"

苏菲盯着他，惊讶不已，然后低头看着书里的阿加莎和泰德罗斯，正通过森林来营救她。在他们版本的故事里，他们要从万恶的校长手中救出她。但是，对苏菲而言，她的好朋友们正要杀掉唯一一个爱她的男孩，好让她在别人的永生者之地里当一个小跟班。

小跟班，他们觉得这是她应得的结局。

苏菲全身发烫，怒视着手上的金色戒指。她可是个皇后啊。

"我不会让他们伤害你。"她激动地说。

"你愿意为我这么做？"校长孩子气的脸因为感动而扭曲，"你会为了我和你的朋友战斗？"

苏菲紧张了："跟阿加莎和泰德罗斯战……战……战斗？我以为……"

"你以为如果我们好好跟他们说，他们就会放过我们，然后默默离开？"拉斐尔温柔地问。

"但是我不能跟她战斗，一定还有别的办法。"苏菲坚持。

他的眼神变得冷酷："战争是唯一的方式。"

苏菲对他语调的转变感到生气，但是她知道他是对的。变回年轻模样的校长差一点儿用泰德罗斯的剑杀掉他，王子必要复仇，而阿加莎也会支持他。可以预见一场战争就要开打，苏菲必须选边站。

苏菲想到阿加莎过去选择与泰德罗斯站在一起对抗她的种种事件：天才马戏团与邪恶舞会；男孩与女孩战斗时，阿加莎秘密计划亲吻泰德罗斯而让她被放逐回家。想到这些，苏菲的血液沸腾。在蓝色森林的时候，阿加莎甚至相信苏菲是女巫，虽然这一切只是萨德院长的魔法而已。她那时哭叫着"我不是女巫！"，求她的朋友看见事实真相，但是阿加莎选择坚定地跟她的王子站在一起。

这么说来，苏菲当然也有可以站的边，虽然这表示她要跟最好的朋友站在对立的两边。但就像阿加莎保护她的王子一样，她也要保护她唯一的真爱。

"就是这样运作的，不是吗？"她轻声说道，看着融化中的太阳，"不是他们死……就是我们。善恶永远是对立的，所有童话故事的结尾都这样告诉我们。"

她看到拉斐尔的胸口因为深吸一口气而挺起，仿佛表示他们终于有共识了。"你的朋友以为他们可以阻止我们的童话故事完结,我的爱,"拉斐尔说道,语气又变得温柔,"他们以为能够阻止未来,但已经太晚了。"

他注视着褪色的太阳,就像在研究沙漏里的沙:"对抗善的战争已经开始了。"

苏菲看到他转头看着自己,露出蛇一般的笑容,她开始觉得一切不是只有吻和戒指这么简单。

"但是故事最后总是善获胜。"她试着说,却看到校长笑得更开怀了。

"你忘了在我这边有一件他们不再拥有的东西。"拉斐尔靠近她,慢慢地、轻轻地……

"你。"

苏菲看着他的眼睛,感到呼吸困难。

"来吧,我的皇后,"他说道,把手指滑到她的手指上,"你的王国在等着你。"

苏菲的心跳加快。王国……很久很久以前,有一个喜欢穿粉红公主洋装的漂亮小女孩,在窗边等待着被绑架,深信有一天她能统治遥远的国度……

她抬头看着拉斐尔,眼睛闪烁着旧日的光辉:"卡米洛特王国的话题到此为止。"

苏菲开心地微笑,她的戒指轻触着他的,她与她的真爱携手,为了幸福的结局而努力——就像她留在家里的那些故事书里的王子和公主一样。

"我应该先换件衣服吧?我总不能穿这身衣服闲逛。"苏菲气恼地说道,她想把宽大的睡衣固定好,无奈风一直让衣服鼓起来。

苏菲的玻璃拖鞋让她在窗台边站不稳,装饰鞋子的银色小圆玻璃串坠入底下的绿雾深渊。她赶紧弯向塔楼的石壁,紧抓着拉斐尔的手臂。这里太高,根本看不到地面。"一定有楼梯可以走的,是吧?只有笨蛋才会造一座没有楼梯、绳索或火灾逃生出口的塔楼——"

"你相信我吗?"

苏菲看见拉斐尔的眼睛,带着充满肾上腺素的炽热,一点儿也没有恐惧的痕迹。

"相信。"苏菲悄声说道。

"那就抓好，不要放手。"他搂着她的腰部，从塔楼上一跃而下。

当他们以子弹的速度坠入寒冷的空气里时，绿色迷雾吞噬了他们。苏菲所有想尖叫的本能都因为拉斐尔的紧抱而消失了，他用胳膊将她牢牢固定在自己的胸膛里。因为在他的臂膀里感到很安全，苏菲放下恐惧，睁大眼睛看着拉斐尔像只老鹰般一边滑翔回旋，一边用危险的速度俯冲而下，两人的四肢不停旋转。只见拉斐尔翻个跟头，旋即向前直冲，苏菲大声喊叫，闭起双眼，张开手臂抱住他。两人在空中恣意飞翔，穿过云影，琥珀色的阳光在她的眼皮间闪烁，她甚至张开嘴巴品尝云的味道。她想，如果阿加莎可以看到她现在的样子就好了——幸福地沉浸在爱里，不顾一切地活着，有如公主骑着龙在天空中飞舞，而不是费力跟龙战斗。拉斐尔像火球般飞越中途湾，苏菲把脸颊贴紧他的脖子，他们肌肤的接触让她紧张，他的呼吸越来越快，手搂得越来越紧……直到他双脚轻轻落地，没发出一点儿声音，苏菲觉得自己仿佛还悬在空中，像撰写者悬在她的故事书上一样。

她轻倚在他身上，双颊绯红且炽热。

"可以再来一次吗？"她悄声说道。

拉斐尔轻声笑着，抚着她的脸，苏菲终于慢慢睁开眼睛。

第一件她发现的事就是：蓝色森林不再是蓝色的。

她放开拉斐尔，被风吹得晕头转向，脚步不稳地向前走了几步，终于站定在森林中央。

蓝色柳树已经腐烂，剩下黑色的空壳，最不畏气候变化的蓝草已经变成黄色，在她脚下碎烂。苏菲迎着冬天的寒风，缓慢地经过树干倾倒的绿松石灌木丛，她的睡衣沾上了四处扩散的菌类和霉菌。最糟的是可怕的恶臭，带有刺激性、酸性的热气让她的眼睛不断流泪。她越走进森林，那味道就越浓重。当她走到郁金香花园时，却只见臭气熏天的咖啡色洼坑，她得用双手掩着脸，身体几乎都站不直了。她回头看拉斐尔，但他已不见人影。

苏菲喘了口气，然后继续慢慢向前走，她必须离开这里。

她蹒跚着走到蕨类植物园，前方北门深锁，苏菲停下脚步，绝望地看着眼前的景象。以前的蕨类植物跟她的大腿一样高，长满繁茂的深蓝色叶子，现在却是一片荒原，到处都是死掉的动物，以及围绕在尸体旁的蟑螂和苍蝇。褪色的太阳下，瘦削的兔子、鹳、松鼠以及鹿的残骸挤在深锁的门前，仿佛它们都曾试着逃跑但是失败了。

然后她听到熟悉的嗞嗞声。她抬眼，看见一群黑色的看门蛇，盘绕在大门边，吐出红色的舌芯。这些头部平坦的蛇令她不由得退缩，因为它们身上每片鳞片都长着致命的倒钩，原本是用来防止有人擅自闯入男子学院，现在则是防止动物逃出这里。苏菲缓缓抬头看着远方校长的塔楼，阴森地迫近蓝色森林，有如荒废公园里的地标。

苏菲的心一沉，蓝色森林在过往曾是带点儿俗气的学院后院，配置虽接近无边森林，却是复制品，所以在这里活动很安全。苏菲回忆起过去在这里度过的时光，不禁浮上笑容：有一次阿加莎斥责她，她们围着斯廷法司在蓝莓田里绕圈跑；有一次她穿着邪恶学院的制服，在灌木丛里诱惑泰德罗斯；当王子在蓝溪边贴近她要吻她时，她心跳加速……然而，当她想起其他有关森林的回忆时，她脸上的笑容消失了。在灌木丛泰德罗斯拒绝她，因为她在故事的考验中没能救他；在柳树林，当她从菲利普的样貌变回原来的样子时，泰德罗斯脸上尽是被背叛的表情；在松树幽谷，阿加莎和泰德罗斯要驱逐她回家之前，对她感到畏缩的姿态……很快，这些负面的回忆淹没了美好的记忆。苏菲再次抬起头看着蓝色森林，它变得比之前更黑更荒凉了。

"它喜欢你。"拉斐尔开玩笑地说，在她背后出现。

苏菲猛一回头："什么？我做了什么？"

"这些都是你的成果，"拉斐尔说道，环视着整座死掉的森林，"你跟我携手完成的。"

"我……我……我不懂，"苏菲口吃地说，"我不想要森林变成这样。"

"你想要什么并不重要，重要的是你心里真实的想法，"拉斐尔说道，"学院反映校长的灵魂，撰写者也是。我哥哥跟我一起治理学院时，城堡反映我们两人带来的平衡：一边是光明的善，一边是黑暗的恶。去年，当伊芙琳·萨德跟泰德罗斯陷入战争的时候，城堡反映了男孩与女孩间的平衡。"他抚着苏菲的戒指，"但现在你站在我这边，出现了新的平衡……超越善与恶……超越男孩与女孩……"

苏菲跟着他注视那两座统治森林的黑色城堡,陌生的绿雾覆盖在它们顶端。第一印象是两座城堡看起来一模一样……但是苏菲仔细端详之后发现:旧的邪恶学院城堡已经变成锯齿状的石头,像极了怪物的嘴巴,从前盘踞在三座尖塔上的血红色藤蔓变成跟雾一样诡异的绿色。过去的善良学院城堡现在一样是黑色的,弥漫着同样的绿雾,但四座塔楼变得尖耸,湿湿的墙壁光滑而闪亮,仿佛整座学院都是由磨光的黑曜石做成的。同样有一座桥连接着两座城堡,桥上烟雾缭绕。两座城堡看起来像是过去和未来:一座城堡是恶魔似的、锯齿状的倾颓;另一座则是冷漠、光滑的堡垒。

苏菲感到困惑,于是朝森林的大门靠近一步,想要看得更清楚一些……所有看门蛇的眼神都朝她射来,她蹒跚地赶紧退后,以为它们会朝她喷毒液——然而,它们却像奴隶一样低下头来,金色的门朝两边打开,通往林中空地。

苏菲吓坏了,连忙跑离森林,还好林中空地没有任何变化。像从前一样,有两条树洞隧道从原野分开,各自通往不同的城堡。当男孩女孩战争进行的时候,隧道曾被巨石封起来,不过现在隧道都开启着,就像第一年一样。只是当苏菲更靠近时,她看到两条隧道的入口处钉着木头标示板,上面写着歪扭的黑色的字。

前往锯齿状、坑坑洼洼城堡的隧道入口的木板上写着:

旧

前往光滑、闪亮城堡的隧道入口的木板上写着:

新

一只手握住她的手,苏菲吓得跳起来。拉斐尔带着笑容,露出尖尖的牙齿。

"一个经过时间考验的校长;一个新鲜年轻的皇后。"他说道,"邪恶学院重生了。"

苏菲虚弱地微笑，压抑胃在下沉的感觉。

他领着她往标示着"新"的隧道走去，苏菲连忙跟上，提醒自己终于找到爱情，而且是真爱，而这值得她做任何事来保护它。

第七章
恶是新的善

树洞隧道直直通往善良城堡的大门,门口点着蜡烛,通常走到这里就可以透过树枝的缝隙看到大门了。然而,苏菲越往里走,隧道越暗,前方传来尖锐的碰撞声,就像一只很凶猛的钟发出的声音,越往里走越大声。苏菲感到很不安,于是握紧拉斐尔的手。

"我没料到萨德院长会把事情弄得一团糟,"拉斐尔叹气,"之前我以为我会死,于是把部分灵魂放进伊芙琳体内,希望我死之后,还可以透过她掌控事情。"

尖锐的声音越来越响。嘀嗒……嘀嗒……嘀嗒……

"透过伊芙琳,我能够控制她把你带回学院……希望……或许有一天,你会愿意待在我身边,"他继续说道,"然而,我没办法控制全部的她。之前那些粗野的事对她的心灵造成很大的冲击,像奴隶男孩、没有王子的世界、女孩是善男孩是恶等等。她始终怨恨她哥哥的天分超过她，我担心我的学生因此深受其害。"

嘀嗒声太吵，苏菲根本听不清他的话。她瞥见冻结的门，以前是白色的但现在换成黑色，挂在门上方的蓝色火炬则变成了绿色。

"她留下一场丑陋的战争，男孩与女孩不顾一切，只想要摧毁彼此，"他仍继续说着，"不过到了最后，要他们放下武器并不难。不管他们之前多么势不两立，现在有了使他们合作的强大力量……"

他停在门前，露出华丽的微笑："我。"

苏菲盯着他，一头雾水。她把大门推开，一大群人忽然朝她冲过来，差点儿将她压扁，她赶紧贴着墙壁保命。

"欢迎来到新的邪恶学院。"拉斐尔说道。

黑色大理石的大厅，男孩与女孩皆穿着利落的黑色制服、戴着黑色贝雷帽，以笔直的行列行进。他们抬头挺胸，一边踏步一边以严肃的眼神注视前方，用整齐的步伐经过四座绿色调的玻璃楼梯。男孩们穿着皮革做成的裤子，短袖黑衬衫，浆过的立领上系着窄版绿领带，脚踏厚跟靴。女孩们则穿着绿色上衣，贴身的黑色短裙，及膝袜，黑色平底鞋子。两个女孩经过苏菲面前：绿皮肤的莫娜和独眼、光头的阿拉克涅，两人嘴唇紧闭，直视前方。拉文在她们后面，他油光满面的脸今天洗得很干净，以前老是打结的长发现在剪短了，整齐清爽。顽皮的维克斯在他旁边踏步，理着光头，脊椎挺直，试着不露痕迹地抓一抓堆挤在臀部的裤子。

苏菲太惊讶了，全身僵硬。这是怎么回事……永灭者穿着时髦、整齐干净……还走直线？她曾经因为他们的邋遢脏乱而鄙视他们，现在反倒是她感到万分尴尬——脸也没洗，头也没梳，还穿着宽大粗短的黑色睡衣。她试着在贝雷帽下找出更多认识的永灭者，但是大厅光线很暗，他们都站在阴影中。唯一的光线是快速闪烁的绿色光芒，跟着队伍的脚步规律发光，仿佛有一群看不见的萤火虫在计算着时间。

苏菲接着注意到有另外一团绿光，照着传奇方尖纪念碑，光源集中在四座玻璃楼梯中间、学生的肖像照附近。苏菲想知道光源是从哪里来的，她的眼神扫过高处的彩绘玻璃窗（以前的图案是头戴光环的白天鹅，现在则是怒目相向的黑天鹅），圆顶天窗下挂着钟乳石，发出绿蛇一般的光芒，像是不怀好意的吊灯。当苏菲的眼神飘到擦得发亮的楼梯、充满光泽的玛瑙拱门以及冷酷的行进队伍时，她发现善曾居住的家以及它所有的美德——高雅、纪律、风格——已完全被恶篡位了。

然而，看着他们的游行，苏菲觉得放松了些，因为恶想要"创新"、改变代表色或露出一点儿大腿并没有哪里邪恶。事实上，她在第一年的午餐集会时，就曾提出以上三个诉求。

在钟乳石吊灯下，她忽然发现永灭者队伍里有个熟悉的面孔：一个看起来很害怕的男孩，他有宽阔的肩膀和毛发浓密的手臂。当查迪克的灰眼睛对上苏菲的眼睛时，两个人因为看到彼此感到非常惊讶。他用口型说出"救命"——然后赶紧注视前方，接着一阵绿色萤火虫光在他附近引爆，他的身体明显地因为痛苦而畏缩。

苏菲困惑极了，她顺着墙边溜过去看，想在他消失在侧翼之前再次捕捉他的身影。查迪克？他明明是善良学院最忠实的得力干将，怎么会混在永灭者之中？

但是从这个新的角度，她看到更多穿着黑制服的永生者站在队伍里面：性感、有着焦糖色肌肤的莉娜，高高瘦瘦的吉赛尔，皮肤黝黑得发亮的尼古拉斯，红发、脸上长着雀斑的米莉森特，娃娃脸的阿宏……当萤火虫在他们附近爆炸，像发出警告信息的枪声时，他们都紧张地发抖。

苏菲内心的恐惧加剧，遂转向传奇方尖纪念碑。以前挂在那里的永生者肖像，总是带着微笑，样貌和善，现在则被恶意地画成一脸阴沉，挂着轻蔑的表情。

"永生者在学习……邪恶？"苏菲深吸一口气，抬头看着拉斐尔。

"永生者跟永灭者都得学习，"年轻的校长纠正她，"经过两年的战争，我们终于有了统一的学院，以确保恶的前景。"他仔细检验着面前的队伍说："现在所有的学生住在同一所学院里，当然必须全面调整。每个房间人数变多，课堂上的竞争也变得激烈……至于有没有人抱怨，至少我还没听过。"

苏菲眯着眼睛看向窗外，想起另一条树洞隧道："那么，'旧'学院里有什么？"

拉斐尔望着隔着中途桥的倾颓塔楼。"假如新学院会写下恶的未来，旧学院则重写恶的过去……"锐利的眼神旋即射向苏菲，速度之快有如蜥蜴转动眼睛，"但是你不许去旧的学院，所有学生跟你都禁止进入，明白吗？"他从高处瞪着她，就像过去的校长一样，虽然他的外貌很年轻。

苏菲点头，对他的态度感到很惊讶。

"你的责任在这里，只有这里，"他下命令，"你必须确保你的新同学适应新学院，由于过去两年间发生的变动，所有的学生——我该怎么说呢——都会用比之前更高的标准来衡量。"

"但是你告诉我们，所有的灵魂诞生时不是善就是恶，"苏菲试探地说道，"而这没办法被改变……"

"然而，有个充满智慧的女孩曾这样教我：你是谁并不重要，重要的是你做了什么。从现在开始，所有的人都会作恶，"他的眼神滑过她，"就像他们的新皇后一样。"

苏菲随着他的视线看向大厅的壁画，全部都以她和年轻的校长为主题，在美丽的夜空下亲吻。他们穿着黑色皮革，头戴锯齿状的金属皇冠，燃烧的星星形成光圈，围绕着他们的头部。每一幅壁画，都有一个绿色字母放在他们的拥抱的身体上，以前四幅壁画会拼出E-V-E-R（永生者），现在则是E-V-I-L（恶）。

学生一批批经过她面前，但她转身背对他们，沉浸在墙上的画像里：她金色的头发在锯齿皇冠下轻轻飞扬；这男孩是如此压抑、极端，在他身边令人紧张不安，他会让白雪公主、灰姑娘和睡美人一眼就决定丢掉他们的王子。

从她有记忆以来，她翻烂了所有童话故事书，多么渴望有一天她的脸能够放大到让全世界崇拜敬仰……她渴望有一天能拥有一个永生者之地，让所有的女孩因嫉妒而痛苦……而这一刻苏菲觉得她赢了，她的脸代表这学院，代表这一代，代表着未来。苏菲没办法克制脸上傲慢的微笑，越来越觉得过去的自己回来了。

"几百年来，像你一样的读者都想要成为善，因为善永远是赢的那一方。但我们的故事会改变这一切,"拉斐尔说道,把她拉到怀里,"恶就是新的善。"

苏菲沉浸在他安适的怀抱里,根本没听进那些话。"恶就是新的善。"她嘟囔着,抱紧他……直到她看到甜美又天真无邪的希子也在队伍里,看起来快哭了但努力克制不要哭出来,一条细致的黑纱巾盖住她的脸,仿佛要去参加葬礼。"但是,假如他们没办法向恶怎么办?"苏菲带着罪恶感说道,把自己抽离他的怀抱。

"每个学生都可以做选择:加入恶的阵营或是死亡,"他轻蔑地说道,年轻的血正在沸腾,"而且,光加入恶的阵营并不够,他们还要出类拔萃才行。"

他看着角落的绿色楼梯,楼梯扶手上不再刻着善良学院四大美德。每座楼梯上都刻着新字:

领　袖
心　腹
动　物
植　物

"第三年是追踪年,"拉斐尔说道,"他们正准备毕业,进入新的人生阶段,我们会按照排名来安排学生。假如这还无法给他们足够的诱因做出令人满意的表现……那我只能说,我会做得比蝴蝶更彻底。"

他挥了挥手指,吊灯变亮了,现在苏菲看到她以为的萤火虫根本不是萤火虫。飘浮在学生上方的是一群黑翅膀的小精灵,配备着如鞭子一样的绿色螫针和黑鲨鱼的牙齿,假如有任何永生者或永灭者在队伍里落后了或看往苏菲的方向,小精灵就会发出怒光并螫他们、戳他们、咬他们,直到最后一个被吓坏的学生消失在侧翼里。小精灵振翅跟着队伍,苏菲瞥见小精灵的脸像剥了皮一样垂下来,露出锯齿状的缝线,眼睛像僵尸一样是白色的。苏菲惊讶地后退几步,却看到一个团队里的小精灵停下来,直直瞪着她,这是一个男孩小精灵,有着凹陷的双颊以及短而纤细的翅膀。苏菲认识他。

贝恩——苏菲第一年在学院里杀死的小精灵。

只是现在贝恩就在她面前，变成邪恶的僵尸，怒视着杀死他的凶手。

苏菲贴在墙壁上，想要找个地方躲起来，但贝恩朝她飞过来，发出凶狠的嗞嗞声，闪现着像刀子一样锋利的牙齿。

校长用白色闪光射向他，把贝恩喷溅到大厅之外，就像破掉的气球一样。

苏菲仍然退缩着，但松了一口气，抬头看着拉斐尔："死掉的……小……小精灵……没死？"

"很久很久以前，无法胜任邪恶角色的永灭者会成为善的奴隶。但现在他们有了第二次机会，来证明自己对恶的爱与对我的忠诚。"他的眼睛炽热地看着她，"就像你一样。"他接着走开，哼着轻快的曲调，"来吧，我的爱，还有更多东西可以看。"

苏菲没有跟上，她几乎要停止呼吸。

别去，她的身体里有个声音轻轻地说。

阿加莎的声音。

那不是你，苏菲。

那不是真爱。

苏菲感觉背后在流汗，手指上的金色戒指忽然变得滚烫。

他在利用你。

光在苏菲身体里流窜，让她没办法呼吸。她闭上双眼，戒指烧灼她的皮肤，就好像要吞噬她——仿佛她必须此刻就摧毁它——

"苏菲。"

她的眼皮打开。

"只有我一个人是爱你的，"拉斐尔说道，声音像一把短剑，"除了我没有人会爱你。"

苏菲看进他的瞳孔，看到自己在他眼中的反射图像。她手上的戒指冷却下来，身体里阿加莎的声音也沉默了。

拉斐尔揽着她的腰，这一次她没有拒绝，当他带领她走向刻着"领袖"的楼梯时，她听到拉斐尔的声音在她体内回荡……除了我没有人……声音越来越深，越来越深，就像一颗丢到井里的鹅卵石，直到沉入井底才回归平静,一切尘埃落定,再无质疑的空间。她一边看着拉斐尔,一边更深地依偎在他身旁,生怕他走掉。

忽然苏菲全身冰冷地僵住。

一个头发乌黑的男孩站在大厅角落的最前面,胸膛紧实、腹部的肌肉紧贴着黑色制服衬衫,紧身裤露出轮廓分明的小腿。深色的刘海垂在额前,唯一比例不对的是他长长的鼻子,在小巧的脸上显得很突出。他冷静、直挺的站姿令苏菲着迷,一瞬间她以为他是梦里见过的那个陌生人,但是他太年轻了,明显还是个学生。她完全想不起来善良学院或邪恶学院有这个学生——

然而苏菲看到了他的眼睛。

像是要用恨意烧焦她的眼睛。

锐利、狡猾的眼神。

"霍特,你不是应该在别的地方吗?"校长说道,怒视着他。

霍特的瞪视对苏菲做出更深的谴责,一直看到苏菲放在拉斐尔手里的手,才终于把眼神抬起来。"我在体育馆里练习丢斧头,校长,"他说道,声音平淡而生硬,"所以获得额外的时间。"

"没错,我听说你一直都名列前茅,"校长说道,把苏菲拉得更近,确认霍特看到他们,"继续保持下去,班长。"

霍特走进侧翼之前,不忘给苏菲最后一个极度仇恨的眼神。

苏菲一动也没动,听到自己如雷的心跳声。名列前茅?体育馆?班长?霍特?

"可以走了吗?"

她看着拉斐尔,他正阴郁地看着刚刚霍特站着的地方。

"我不想你错过你的第一堂课,"他说道,把一小束纸卷塞在她手里,接着在她面前步上楼梯。

苏菲没有跟上,她还没能从霍特的出现中恢复过来,还想着他跟拉斐尔之间奇怪的眼神交流——

然后她的眼睛睁得大大的。

"我的第一堂什么?"

"课?"苏菲小碎步跟上校长,狂乱地快速翻阅手上的羊皮纸,"进阶丑化课、进阶心腹培训课……这是课程表！你说我是皇后！皇后不用上课！"

"皇后有她该负的责任。"拉斐尔说道，冷静地往台阶上走。

"噢，那可真是不好意思。灰姑娘在她的幸福结局里需要上课吗？白雪公主找到真爱之后需要回家做作业吗？"苏菲大声抗议，"皇后的人生应该是仆人做简报、健身课程、宫廷会议、品尝鱼子酱、大使馆晚餐、策划舞会、做海盐按摩，而不是跟平民学生一样上无聊的课……"

苏菲注意到周遭环境，很快闭上了嘴。往荣誉塔楼的入口看，以往是以海洋为主题，墙壁和天花板都漆成尊贵的蓝色，画成海潮的样子，但现在则是漆成跟笼罩城堡的浓雾一样诡异的绿色。一时间，苏菲搞不清楚自己在哪里，直到她从舷窗往外看，看到微弱阳光下的中途湾，才明白自己的位置。这是两年来第一次，两边的水体根本没有中间的分隔线，没有陆地将水分开。整片水体的颜色跟四周的墙壁一样，都是同一种绿色。

"一掉下去，你就会骨肉分离，"拉斐尔说道，倚着栏柱，"对于任何想游进或游出学院的人，起了很好的威慑作用。"

苏菲听到他声音中的警告，因为她在这两年里曾两次试着从中途湾逃走。很明显，拉斐尔还在试探她对他的忠诚度。克罗格去了哪里呢？她分心想着，找寻那些固守护城河、吃斯廷法司的白色鳄鱼，然后，她瞥见被啃得体无完肤、解体的鳄嘴部位浮在绿水的表面上，明白克罗格终究跟斯廷法司面临一样的命运。

苏菲跟着拉斐尔穿过贝壳楼层，换上血红泼漆般的衣服，带着令人一知半解的艺术性。过去那个胸膛赤裸、腿上放着三齿鱼叉的男人鱼雕像，现在已重新凿成带着咬牙切齿的怒容、生气地握拳、举着三齿鱼叉，一副要置人于死地的模样。转个弯，过去沿着墙绘制的史诗壁画，都是以善最光荣的战役为主题，现在则夸耀着截然不同的结局：野狼咬着小红帽的脖子……豆茎上的巨人把爬上来的杰克像树枝一样折断……白雪公主和七个小矮人面朝下倒在血泊中……虎克船长用钩子刺入彼得·潘的心脏……

苏菲知道她应该对眼前的景象感到厌恶，但是看到恶赢得如此彻底、如此扎实，仿佛善从头到尾根本就不该赢，她反而感到一种反抗的快感。她怎么从来不曾这样暗自想象，以享受这隐秘的乐趣呢？她从小到大一直努力想要往善靠拢，一直想要进入他们的学院，因为她以为自己属于那里。然而，善拒绝了她，一次又一次，直到她现在身为邪恶的皇后站在这里——那个她曾经以为是错误的地方。当苏菲看到最后一幅壁画睡美人和她的王子一同卷入急速转动的轮轴里，披着黑色斗篷的女巫在一旁点火时，她感觉混乱，一点儿也记不起真实的结局是什么了。

我还是孩童的时候，如果读了这样的故事，我还会想要向善吗？

无所谓，苏菲想，从这样的思绪中回来："重新装潢挺激励人心的，拉斐尔。但是并不表示这些就是真的。"

"谁说的？"他很快回答。

苏菲对着壁画皱眉："当然是故事书说的。我可以把我的结局画成我在热带的小岛上做日光浴，肌肉强壮的奴隶光着上身在旁边服侍我，但那只是我的幻想罢了，这些全部也都是幻想，它们没什么意义。因为真实的结局已经发生了。"

拉斐尔转头："那你跟阿加莎的吻呢？或阿加莎和泰德罗斯的吻呢？那些不也是真实的结局吗？然而现在我们又回到你的故事中，仿佛那些结局从没发生过。结局是会改变的，我的皇后。"

他看着矗立在窗外旧日的邪恶学院："改变是必然的。"

苏菲可以发誓她听到旧城堡里传来一阵怒号，好像有只野兽从笼子里挣脱出来。

"院长们很期待见到你，"拉斐尔说道，往后面的楼梯走去，"他们会带你去上课。"

苏菲动也没动，手放在后面："你自己说的，阿加莎和泰德罗斯正准备要杀掉你，我不能去上课！我必须保护你……我会跟你并肩作战……"

"要对抗他们，你的军队从哪儿来？"他头也不回地说。

"这学院里根本没人喜欢我……他们绝对不会听我的话……"

"刚好相反，他们必须听你的话。"拉斐尔一边说，一边消失在阶梯上方。

苏菲独自站在走廊上，看着拉斐尔的影子沿着栏杆旋转上去，她哀号一声,快速瞥了一下手上的课表。

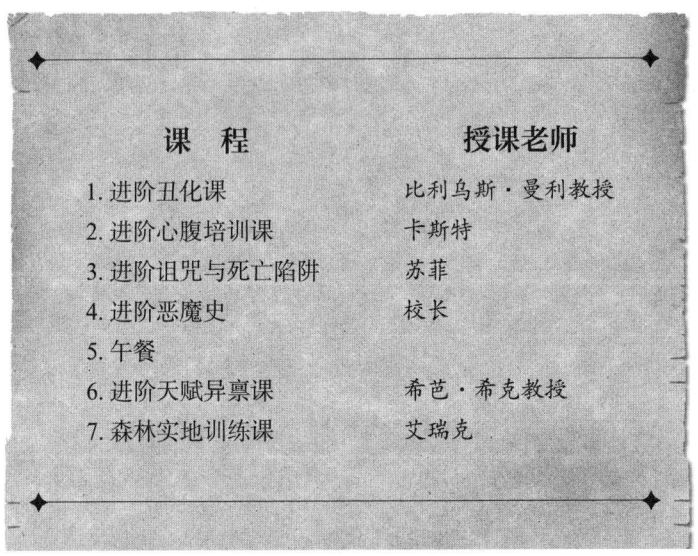

苏菲用鼻子哼了一声,很困惑:"这课表有错……我的名字在上面要……"

"教课。"

教课。

不会吧。

不可能。

苏菲把课表丢在地上:"我是老师?"

第八章
改写的童话

通过网状树林的路又窄又暗,三个永生者只好排成一列通过,就像从水潭上岸的鸭子一样。泰德罗斯用手指的金光照着前面的乌玛公主,同时一直回头看背后的阿加莎,她也让手指的金光固定在泰德罗斯身上。

"不要一直检查我。"阿加莎终于爆发。

"噢,不是,只是……我不记得我们手指的金光色泽这么相近。"泰德罗斯笨拙地说,很快又转回头去。

阿加莎没有回答,一方面,她很受不了他担心的眼神,仿佛她快要精神崩溃或即将在最近的水潭里溺毙。另一方面,她没意愿跟任何

人讲话（更别说空洞的颜色接近这种话题了），生怕对话又兜回到她母亲。不过，最大的原因仍是，她一直在思考要怎么从校长身边救出苏菲，一次又一次在心里预演，当他们回到学院后，她要跟最好的朋友说什么。

跟她说我有多想她，还是我应该先道歉？如果你毁了某个人的一生，要怎么跟她道歉？"抱歉，我之前想永远放弃你。""对不起，我之前以为你是女巫。""对不起，我是个很烂的朋友，我从来没问过你母亲的名字……"

阿加莎咽了一下口水。我为何要一直纠结于过去？只要叫她毁掉戒指，然后把重点放在未来就行了。我们三个去卡米洛特，一切重新开始……

阿加莎微笑，试着把自信找回来……但是慢慢又泄了气。

还是得先道歉。

阿加莎又开始紧绷起来。如果她不愿意摧毁戒指怎么办？她想着，回忆起年轻的校长有多俊美。她认为那是她的真爱，乌玛公主这样说。阿加莎从经验得知，苏菲如果觉得自己找到了真爱，是不会轻言放弃的。如果她没有我在身边也很高兴呢？会不会她根本不需要我了？

"我们找到苏菲的时候，我来救她。"泰德罗斯打破沉默，仿佛解开了她沉默的原因，"老实说，我不确定她是否想要看到你，让我跟她单独讲话好了。"

阿加莎抬起头看着他，非常吃惊。

"首先，你已经经历太多了，我的爱。"她的王子接着说，跳过地上的木头，"其次，每到紧要关头，你常常昏倒。最后，苏菲跟我有特殊联结。"

阿加莎跟在他后面，差点儿被木头绊倒："第一，我很好。第二，我只昏倒过一次……"

"两次——华尔兹课和湖边。"

"第三，她是我最好的朋友，我要救她。"

"你听好，我来做比较妥当，"泰德罗斯说道，加快脚步，"你们两个似乎有严重的沟通问题。"

"那你们两个没有吗？"阿加莎说道，试着追上他。

"你们两个只会吵架。"

"那是因为每次都扯到你！"

"没有你在旁边，她跟我相处得好极了。"泰德罗斯吹牛说。

"你们俩上次聊天是什么时候？"阿加莎说道。

"我们去年是室友。"

"在她还是男生的时候！"

"为什么你每次都要扯这件事？"

"因为你试着要亲吻男孩！"

泰德罗斯迅速转头，脸涨得跟甜菜根一样红："所以呢？你可以亲她而我就不行？"

"在她是男孩的时候不行！"阿加莎大叫。

"你亲她的时候她是女孩！"泰德罗斯怒号。

"你们俩安静的时候比较讨人喜欢。"乌玛公主发出嘘声，从前面瞪着他们。

泰德罗斯喃喃念着什么"女生"跟"伪善"，跺脚往前走去，不再回头确认他的公主。

接下来三个小时，乌玛、泰德罗斯、阿加莎一边发抖一边艰难地穿越无边森林，几乎没停下脚步，除非阿加莎撞到树（经常发生），或是泰德罗斯需要上厕所（更常发生）。"你有什么毛病啊？"阿加莎抱怨道。"很冷啊！"泰德罗斯吼回来。阿加莎试着问乌玛公主有关母亲的过去——卡莉斯曾经出现在故事书里吗？她为什么后来住在加瓦顿？不过乌玛说现在没时间回答问题，先到联盟总部再说。

"联盟总部？"泰德罗斯皱眉说道，"我以为我们要去学院。"

"你以为有人可以带你进去学院？"乌玛公主说道。"校长已经把两座城堡都变成邪恶的堡垒了，你想独自进去，还没碰到大门可能就没命了。阿加莎的母亲知道要活着进去找到苏菲，唯一的希望就是请十三联盟帮忙。"乌玛担心地看着太阳，"而且，至少你们在联盟还可以安然度过今晚，一旦入夜，你们俩在森林里大概撑不了一分钟。"

"你还看过其他复活的坏人吗，除了大野狼和巨人之外？"阿加莎说道，想要老师继续说下去。

"还没。"乌玛公主回头看她,"这是另一个我们应该保持安静的原因。"

黎明转变成清冷、风大的早晨,他们不再需要发亮的手指照亮眼前的路。阿加莎和泰德罗斯越往森林深处走,身上的斗篷拉得越紧。阿加莎注意到空中飘着诡异的绿色薄雾,越来越浓,带着一股酸味和凉气。让她回想起家里阳台上凝固了的霉菌,镰刀把没头的鸟都收集在那里。她的胃开始翻搅,想起她那只勇敢的小猫,孤零零地在家里。她试着把注意力转移到眼前,看到头上的树枝细长又彼此连在一起……像是骷髅的手指……在妈妈的钟上嘀嗒地走……

阿加莎的胃翻搅得更厉害了。

"什么时候会变温……温……温暖?"泰德罗斯牙齿打战,"太阳怎么像没醒过来?"

的确如此,阿加莎一直等着太阳变亮,但是一个小时又一个小时过去,太阳越来越高,却一直维持着病态的苍白。她开始注意到腐烂的树根和脆弱的蕨类植物,一只骨瘦如柴的花栗鼠在树根覆盖物里瑟缩着,还有几只营养不良的乌鸦尸体。阿加莎从光秃秃的树上拔下唯一一朵梅花,但马上就在她的手里枯萎并烂成黑色。

"阿加莎,你看。"泰德罗斯说道。

她顺着他的眼神看过去,林道之外约九十英尺的距离,有一个由藤蔓、树木和玻璃堆起来的巨大残骸,在太阳的光雾之下,看起来像是爆炸后的温室。泰德罗斯离开林道,想要看得更清楚,阿加莎尾随在他后面。当她靠近大概有十五英尺高的巨大残骸时,花瓣和叶子从树干上剥落,她以为正在开花,但仔细一看,那些花瓣和树叶早已枯萎,它们的尘土落在腐烂的蓝蛙身上。阿加莎伸出手抚摩其中一根倒下的树干,手指摸到上头镌刻的字:乔木线。

"这是花卉总站,"泰德罗斯边说,边检查枯萎的藤蔓,"整个森林正在步入死亡,或许太阳太微弱,没办法让植物好好生存?"

阿加莎没有回答,似乎还没从刚刚的争吵里消气。

"但是为什么太阳光比之前微弱呢?"泰德罗斯继续试图要她回应。

一阵尴尬的沉默。

他们俩咕哝着快步走,时而超过彼此,好像在跟着乌玛公主的脚步,但是她在很远的前方,只看得到迷你的影子。他们意识到她不会停下来,于是跑步追赶她。

他们跟着她,一路经过了柳树林、绊脚灌木丛和南瓜角,摇摇晃晃的木头指示牌指出这些地点,跟学院蓝色森林里的位置差不多,只是更巨大、更恐怖。偶尔乌玛会停下来,让他们吃一些她口袋里软绵绵的糜虫(乌玛公主自己则挨饿,她说用"朋友"充饥实在太粗鲁了),或是请燕子或花栗鼠带领他们到最近的池塘,让他们手捧几口带咸味的水解渴。虽然阿加莎预想过森林里的威胁,但他们尚未遇到任何像人类的东西,更不用说变成僵尸的坏蛋,她开始怀疑在尼克洛山脊遭遇的一切是不是在做梦。

仿佛在反映她松懈下来的心情,他们走得越远,浓密的森林越像是打开了一些,树木间多了点儿空隙,荆棘灌木丛也变成大片草地。他们一行人通过一块移位的指示牌,上面写着"狐狸林",乌玛公主的肩膀看起来也放松许多。很快,狭窄的泥土路变宽了,他们现在终于可以肩并肩前进,呼吸较新鲜的空气,感觉安全多了,仿佛他们进入了受保护的区域。

"历史最悠久的永生者王国。"乌玛说道,终于松了一口气。

从西边的树林看过去,阿加莎可以看见金色城堡细长的尖塔,有如风琴的管子,但是老师要他们走向东边比较狭窄的路。

"我们要避免大路,尽量穿越峡谷。从现在开始,最好避免让你们碰到永生者。"

"为什么?"阿加莎问道,但是乌玛忙着跟一只经过的蜜蜂快速地嗡嗡对话。

到了下午,他们经过一座很大的石头井,上面的木头屋顶垂着变成褐白色的玫瑰,有只鸽子啄着干掉的桶子。阿加莎挥掉屋顶上的玫瑰,看到上面用白漆写着:

白雪公主的农舍

◆ 1英里 ◆

博物馆参观每日开放

永灭者禁止入内

"联盟总部离这里约一个小时的路程,所以我们在日落前到达应该没问题。"乌玛公主说着,滑出一只糜虫到鸽子面前。鸽子啄起虫,然后抬头看乌玛公主,发出响亮的叫声。"它说校长回来之后,永生者都远离森林了,不过它知道我会回来探望我的朋友。"

鸽子盯着阿加莎和泰德罗斯看,发出询问的啁啾声。

"没错,亲爱的,就是他们。"乌玛公主点头,轻轻摸着它的背,鸟儿紧张地看了这对年轻的情侣几眼,加上几声悄悄话。"它听说你们俩是注定要消灭校长的永生者,"乌玛公主忍住不笑,"然后它觉得你们的孩子会长得很……有趣。"

泰德罗斯笑了,阿加莎没有。

"或许可以顺道带你们去看看白雪公主的房子,"乌玛说道,加速走向前面的小径,"驱逐男孩行动时,王子们占领了这栋房子。直到校长回归,女孩们拜托所有的男孩回来协助保护王国,而想要与敌人创造和平的结果是带回更大的敌人。可能有好几个星期,这里都空无一人。我以前在白雪公主农舍有很多朋友,羊、猪,还有马!每次我都想带我的学生来这里跟它们说话,但是克拉丽莎说要上课的话,蓝色森林里面的动物就绰绰有余了。她不喜欢室外教学,她觉得学生都躲在树后面干坏事。"乌玛公主在前面越讲越激动,"我猜这大概有几分事实。"

泰德罗斯看着老师往前走，趁机滑到公主身边："听我说，我先前并不是说你跟苏菲不如我跟她要好。"

"你根本不懂她。"阿加莎发火了。

"你可不可以先听我说两秒，而不是一副要把我吃了的样子？"泰德罗斯反击。

阿加莎静静地发怒。

"听着，你跟我都知道你是她最好的朋友，你是她花最多时间相处的人，"泰德罗斯说道，"但是你不清楚她为什么会收下戒指。她只是想被爱，懂吗？她愿意拥抱最深的恶，好让自己不会孤独终老。我知道她内心承受了多少痛苦，因为她曾经跟我说过。她绝对不会跟你坦白她的痛苦，因为她不希望你看到她的这一面。"

"你认为苏菲对你比对我坦诚，是吗？"阿加莎问道。

"比那更复杂。苏菲曾经以为我爱她，她以为我是她的王子。你自己也跟我说过：苏菲想要的就是跟我们很像的幸福快乐结局。假如你去跟她谈，她绝对不会摧毁戒指。她会拿自己跟你比较，然后所有的情绪都会浮上来，她会觉得自己是你跟我的第三者。她会觉得很孤单。"

"接下来让我猜猜，只有你能让她摧毁戒指。"阿加莎故意刺激他。

"没错，"泰德罗斯热切地说道，"因为我能让她看到假如她跟我们一起走，她仍旧有机会遇到真爱，即便对方不是校长。我可以让她看到她的美丽和活力……让她知道她有多温柔、多聪明、多有趣……"他露出微笑，沉浸在对她的回忆里："我可以让她觉得被爱，而这是你没办法做到的。"

阿加莎勉强接受王子发呆时露出的微笑，他以前也曾经这样看着自己，现在他提及另一个女孩时，竟然用一模一样的表情。

泰德罗斯眨了几下眼睛，终于从出神状态中恢复过来，然后看到阿加莎因发怒而涨红的脸。

"我会独自解救她，听到了吗？"阿加莎说道，很快超过他，朝前方的路行进，然后停下来回头瞪着泰德罗斯，"如果你在我附近昏倒，不要以为我会救你！"

"王子才不会昏倒！"泰德罗斯嗤之以鼻。

阿加莎咬牙切齿，接着往前冲，直到赶上老师的步伐。

乌玛公主若有所思地看着她，然后转头瞥了泰德罗斯一眼，他远远落后，不知道在低声对自己说着什么。"永生者之地在故事书里看起来很简单，是吧？"

"有时候我觉得他需要一个真正的公主。"阿加莎低声说道。

"难道你这阵子都是鬼魂吗？我怎么不知道。"

"你知道我的意思。我感觉在他内心深处，他想要一个漂亮活泼、能让他觉得自己是王子的女孩。"阿加莎抬起头看着老师，"某个可以让他未来的小孩长得不有趣的人。"

"我曾经认识一个王子，他有闪亮的头发和小巧的鼻子，我一直把他放在第一位，"乌玛公主回答，"永生者之地一点儿也不像书里看起来那么简单。"

"你曾经认识王子？"

"卡文，沙札巴王国的王子，阿拉丁的曾孙。我第一年在学院进行故事考验时，不小心破坏了吸血蜜蜂的蜂巢，他在那时候救了我一命。蜜蜂差点儿杀了他，卡文也失去了当班长的机会……但是最后他赢得了我的心。以前克拉丽莎曾在宵禁之后的图书馆里面逮到我们。我们常去图书馆，因为乌龟老是在睡觉，爱之咒语书架的后面，有一个舒服的角落，我们名字的首字母还刻在那里的木头上。"她微笑着回忆起过去，"我们结婚后，我被低地林的巫师绑架，他试图从王子那里得到赎金。我知道我应该等卡文来救我，但是我不想让我的王子身陷险境。卡文受伤了怎么办？巫师杀了他怎么办？"乌玛公主焦糖色的眼睛闪着，"后来一只森林里的白雄鹿听到我的呼救前来帮助我，他用角刺进巫师的心脏，并跟他的同伙打斗，我则伺机逃走。卡文找到我的时候，我已经逃出来了。"

"我记得看过相关的图画，"阿加莎说道，乌玛公主在第一天上课的时候给他们看过她的故事书，"那是你的幸福快乐结局。"

"从书页上看起来是这样，没错吧？"她的老师轻声地说，"撰写者写下乌玛公主的胜利，所有人都听到这样的故事，只是我的王子并未参与其中。我因为与动物深刻的友谊，成为传奇人物，然而卡文却因为太晚解救他的公主而永远被冷落。公主声名远播，王子却是失败的角色。没人从故事书里看到这个，对吧？"她停下来，"他当然从来没怪我，但是随着时间一天天过去，压力不断累积，直到有一天你发现你们不是忽视彼此就是吵架，再也回不到从前。你的幸福结局再也不幸福了。"

阿加莎的脖子一阵热："然后怎么了？"

"然后你们会觉得跟别人在一起更好，不是吗？甚至是自己一个人……"乌玛公主的声音哽咽，"像我。"一滴眼泪滑下她的脸颊。"一旦两个人之间的幸福不见了，我不觉得它会再回来。"

"但是……但是它一定得再回来！"阿加莎争论着，"这就是为什么泰德罗斯跟我回到这里——我们能幸福地在一起。"

乌玛露出悲伤的微笑："那你就要证明我是错的，可以吗？"

阿加莎摇摇头："但是你是真的公主！如果你都没办法保有你的王子，那我……"

"白雪公主仍然住在这村庄里吗？"泰德罗斯忽然插话，冲进她们俩中间。

阿加莎清清喉咙，乌玛赶紧用粉红色的袖子轻拍眼角。"白雪公主住在村庄里？别傻了，"她轻视地说，脚步加快，"白雪公主住在国王的城堡里，你以前看过的城堡。她现在自己一个人，国王五年前因为被蛇咬伤去世了，而她的小矮人朋友们现在都住在不同的王国里，不但有钱，还受到妥善的照顾。当校长回来的时候，联盟跟白雪公主说可以让她住在总部里，但她说她很喜欢现在的新生活，并不打算回到从前。"

"联盟跟白雪公主从前的人生有什么关系？"阿加莎问道。

"为什么联盟要保护那些故事早就结束的人呢？"泰德罗斯嘲笑地说。

忽然森林里传来令人不寒而栗、高频率的尖叫声。

三个永生者愣住，抬头看着往步道底端延伸、高达八英尺的紫丁花墙。

尖叫声是从花墙后传来的。

"我们走另一条路过去！"乌玛公主慌张说道，"我们走——泰德罗斯！你在干吗？"

泰德罗斯向花墙冲过去："听起来有个女孩需要帮助。"

乌玛惊讶到无话可说，冲向阿加莎："走吧，阿加莎，跟过来——阿加莎！"

"假如他要去解救什么女孩，我应该盯着他，你不觉得吗？"阿加莎说道。乌玛公主原本要对两人施昏迷咒，但是已经来不及了；他们已经爬在紫丁花上了。"'把他们从僵尸手中解救出来'，这是我的任务，"乌玛公主大喊，一边跟着他们破坏花墙前进，"不是'追逐爱炫耀的王子'或'安抚嫉妒的女友'！"

她好不容易穿过花墙，但眼前的情景让她惊呆了，阿加莎和泰德罗斯一动也不动地站在她身边。

白雪公主的农舍立在空地边缘，一半被阴影遮盖。那是一栋两层的木造农舍，木头表面凹凸不平，屋顶是粉红色圆锥，看起来像公主的帽子。因为无人看顾，色彩缤纷的灌木和花朵在屋顶和屋檐上恣意生长，雨水把这些颜色染到木头上，所以农舍四周都染上了彩虹的颜色。前院的花园里，在凌乱的花朵和导览集合柱之间，七双铜鞋排成一列，鞋子旧得失去光泽，到处都有凹陷，象征七个小矮人已经有了新的人生。但是现在，当三个永生者瞪着这十四只应该空着的鞋子时，才发现它们不是空的。

每双铜鞋的前面都躺着一个矮人的尸体，脸向下倒在血泊里。每个人都穿着同样颜色、从头到脚的长上衣，还配着同色的丝绒睡帽，雕刻的鞋子完美地贴合他们的小脚。

从他们灰白色的手和僵硬的腿能看出，他们都死了。

"不……不……不可能……"乌玛公主倒吸一口气，踉跄地退后几步。

"你说他们早就离……离……开这里了！"阿加莎结结巴巴地说，缩在花墙旁边。

"他们已经离开几十年了！"乌玛好不容易说出话来，"一定是有人……有人把他们带回这里……"

"什么怪物会把小矮人特地从不同地方带回这里，只为了杀掉他们？"阿加莎说道。

乌玛看着她，脸色发白。

"不管凶手是谁，已经不在这儿了。"泰德罗斯厉声说道，环视周围的树林。他振作起来，努力做王子该做的事："我会，嗯，查看他们是不是还活着。"

乌玛公主冲到他后面："如果还活着，一定要把他们带回联盟！"

阿加莎没有跟上，她目瞪口呆地看着眼前的尸体和鲜红色的血泊。到处都有死掉的尸体：小矮人……守墓人……她母亲……她赶紧后退，不停地打冷战，试着不要跟他们有任何关联。她感觉呼吸不上来，赶紧看着脚边的草，看着震颤的手指，直到脑袋冷静下来，可以好好思考。到底是谁花这么大力气把七个小矮人从不同地方带回他们的旧家呢？谁会如此冷血地杀掉他们，然后把他们的尸体排列得整整齐齐呢？阿加莎摇摇头，想到那可怕的呼救声。谁会如此怪异……如此邪恶……

阿加莎的心跳几乎要停止了。

那个尖叫声。

高频。女性。

不是小矮人的尖叫。

阿加莎慢慢地把眼睛移向白雪公主的农舍，就像飞蛾试着找寻火光。

她的王子跟老师都没注意到她从花墙移动到农舍，也没听见门嘎吱嘎吱被风吹动的声音，他们正在仔细确认每个小矮人是否还活着，听他们小小的心脏是否还跳动着。

阿加莎独自进到屋子里，当泰德罗斯注意到的时候，已经太晚了。

第九章
最糟的永生者

阿加莎在白雪公主农舍里最先注意到的是：这里闻起来有苏菲的味道。她站在被影子覆盖的门口，闭上眼睛闻味道……薰衣草棉花糖……香草包覆的点心……

漆成粉红色的前门被风吹着，在她后面发出嘎吱嘎吱的声音，她敞着门，以便听到花园里泰德罗斯和乌玛公主的声音，他们正在争辩要怎么处理尸体。她自己也不清楚为什么没让泰德罗斯一起检查房子，或许他们先前在森林里的争论让她想要独自行动，或许她想要测试他会不会发现她不见了，又或许整趟旅程中她总是暴躁又屠弱，所以想要弥补……不管原因是什么，现在她独自一人站在这里，找寻发出尖叫声的人。

阿加莎睁开眼睛，深吸一口气，走进屋子的更深处。

客厅并不宽敞，熏成黑色的壁炉面对着印花布扶手椅和老鹰羽毛做成的咖啡色地毯，钉着木条的关闭的窗户下，有一个放置宝石、贝壳和各种蛋的架子，后面的角落有一座陡直、表面不平整的木头楼梯，用红色丝绒绳索挡了起来。阿加莎凝视着墙上黄铜牌子的说明：

　　住在农舍的时候，白雪公主用小矮人旅行中收集来的玩意儿亲手装饰这里。如你所知，她后来前往狐狸林城堡嫁给了王子，但你现在看到的小屋还保持着她离开之前的样貌。唯一增加的东西是用羊皮及猫毛手工缝制成的椅子——坏皇后送的结婚礼物，她假扮成年老的小贩潜入白雪公主的结婚派对。当她看到白雪公主跟王子两个人年轻又登对时，她无法遏制怒气，大声尖叫，因而泄露了自己真实的身份。作为惩罚，白雪公主命令她在宾客面前穿上红鞋跳舞，一直跳到倒下死亡为止。坏皇后的礼物保存在白雪公主的农舍里，作为永恒的提醒：善将永远战胜恶。

白雪公主农舍博物馆由永生者森林文化保存协会赞助。
婴儿、动物及巨人禁止进入。

书房后面是厨房，跟楼梯一样用绳索挡了起来。阿加莎偷看里面，只见角落充满灰尘，地板上没有任何脚印或生命的痕迹，除了几只苍蝇在漏水的水龙头旁边飞来飞去。

"阿加莎？"泰德罗斯的声音从外面传来，"你在哪儿？"

阿加莎叹了一口气，稍微放松一些。刚刚的尖叫声一定是其中一个小矮人发出的。这可怕的想法让她颤抖了一下，便往前门冲去，决心要赶到联盟总部。不管联盟是谁，她妈妈相信他们可以给她协助。"你必须救出苏菲，就像斯特凡救你一样。"卡莉斯的嘱咐在耳边响起。

忽然,阿加莎在大厅停了下来,背脊发冷。

楼上传来嘎吱声……

然后一切又静下来。

她慢慢看向天花板。

她知道明智的公主一定早就呼叫她的王子了,然而她却再次往书房移动,轻轻地脱掉大黑鞋,她感觉到地毯上的羽毛刷过她的脚指头,同时她的眼睛持续注视着天花板,直到她走到房子角落,从绳索下面穿过去。她像只猫,用手和膝盖爬楼梯,一阶一阶,很慢很慢地,好让楼梯传出的声响可以被前门的嘎吱声掩饰过去。

楼梯的上方是一条窄小的走道和两个房间,阿加莎小心翼翼地走上去,偷看第一个房间。七张小床在有限的空间里排成一列,看起来像孤儿院里的房间,每张床都很整齐地铺着不同颜色的床单,跟外面小矮人尸体上的衣服颜色一一对应。

阿加莎忽然感到一阵难过,一直到昨天晚上,死亡对她来说还是很遥远的事,现在却如影随形地跟着她。这一瞬间还活着——妈妈、守墓人、这七个善的小帮手——但下一瞬间就死了,这究竟是什么感觉?想法、恐惧和梦想都到哪里去了?还没传达出去的爱会怎么样?她的身体开始发抖,仿佛在警告她想得太深了,她忽然意识到周遭一片静寂。我怎么还在这里?她斥责自己,泰德罗斯现在应该担心死了。她很快退出小矮人的房间,偏过头查看隔壁的房间——

阿加莎惊愕地抓着墙壁。

雪白的房间里,一个瘦小的女性俯卧在木头地板上,但看不见她的头,因为在床底下。水晶的皇冠在床边闪烁,仿佛是她倒下时翻落的。但这死亡的女性不是让阿加莎恐惧的原因。

一个干瘪的老太婆穿着黑色衣服,蹲在那尸体旁边。红眼睛、猪鼻子,脸上有缝线的痕迹,咖啡色干枯的皮肤从她身上脱落,就像小红帽的大野狼或杰克的巨人。在她如爪子一般的手中,抓着一本发霉的故事书,打开在最后一页的图画上:王子亲吻白雪公主,身边七个小矮人露出喜悦的微笑,死掉的巫婆躺在他们背后。

那个故事中死掉的巫婆看起来跟眼前这个抓着故事书的老太婆一模一样。

"这是旧的。"巫婆发出愉快的声音，睨视着故事书的最后一页……

在阿加莎的眼前，不可思议的事发生了：书上的图竟然神奇地重画起来，直到画完老巫婆坐在白雪公主的尸体旁边，背景里的小矮人全都被杀之后才停止。

"而这是新的。"巫婆咧嘴笑道。

阿加莎把注意力转到床下那个半掩的尸体上……歪斜的皇家王冠……深刻的恐惧从她的背脊爬上来，她想起尼克洛山脊上杰克的巨人所说的话……

"我们应该像其他人一样，去修正我们的故事。"

"他很快就会让我们的故事有新的转折。"小红帽的大野狼这样回答。

巫婆把故事书合上，咯咯地笑着，对自己的胜利感到非常满意。这笑声把阿加莎拉回现实，她瞥见老巫婆把重心放在脚上，背往门的方向移动。

"阿加莎！"泰德罗斯在外面大吼。巫婆把故事书掉到地上，在阿加莎移动之前，她迅速转过来，瞪着阿加莎，眼神仿佛要杀了她。阿加莎缩到走廊的角落，平贴在墙边。

巫婆从斗篷里抽出一把很细的匕首，把手的地方镶着珍珠，上面有干掉的血迹。阿加莎拼命往楼梯跑，但距离好远，她回头看见巫婆伺机逼近，要将她困在角落。阿加莎的手指因为恐惧发着金光，虽然巫婆离她有十英尺远，但是在课堂上学过的咒语一个都想不起来。阿加莎张开嘴准备尖声呼叫她的王子，但是巫婆的动作实在太快，她的刀子像子弹一样射过来，瞄准阿加莎的喉咙。

阿加莎尖叫一声，从手指射出一道金光。那把刀子变成淡粉色的雏菊，轻轻落在地板上。

阿加莎大声喘气，看着那朵花，感激在学院的第一年苏菲曾经对她施魔法。这是唯一一个她绝对不会忘记的咒语。

"阿加莎！"泰德罗斯再度大叫。

阿加莎赶紧抬起头，但是太晚了，巫婆抓着她朝墙壁撞去。巫婆强壮得吓人，身上散发出腐朽的气味，并用布满肝斑的手掐住她的喉咙把她举起来。阿加莎喘不过气来,瞥到巫婆的脚踝和腿都有明显的伤痕。"命令她跳舞……直到倒下死亡为止……"阿加莎想起这段话,同时试着保持意识清醒,巫婆掐得越来越用力了。她想起有一次跟苏菲穿着红舞鞋跳舞,那是在学院第一年的时候,地精尤巴给她们的惩罚……还是第二年?阿加莎可以感觉到她的意识在渐渐消失,巫婆的拇指就要把她的气管捏碎。她试着回想她们跳舞时苏菲的表情……她无助的脸,受尽折磨的眼睛……黑暗即将让她窒息,把她越来越往下拉。拜托……不要……还没……苏菲……我要解救……你……

一股强烈的欲望闪过,她用力咬住巫婆骨瘦如柴的手臂,用尽所有力气。丑老太婆痛得缩起来,只好放开手。阿加莎趁机逃走,边呕吐边喘息,巫婆仍旧睁大眼睛看着她,仿佛在说咬人不是善的行事准则,仿佛在说眼前这个油头大眼的怪咖搞不好跟自己一样也属于恶方的阵营。

阿加莎用膝盖顶巫婆的肚子,朝楼梯拔足狂奔,眼看就要到第一级了,却又被巫婆的靴子踹到了腿,她应声倒下,鼻子撞在地板上。血不停地冒出来,阿加莎赶紧用手止血,又迅速回过头抵挡巫婆的攻击——

然而走廊是空的,巫婆消失了。

阿加莎蹒跚着走到楼梯边缘,大厅跟她刚踏进来时一样静悄悄的,只有书架上的窗户被打开,微风吹进房子里。

泰德罗斯从前门冲进来,脸涨成樱桃红色。"阿加莎,你在哪儿——"他看到她站在楼梯上,脸颊的红色深了两个色号,"你希望我得心脏病是不是?我像个傻瓜似的鬼叫半天,不知道你是死是活,然而你却在这里玩躲猫猫,像公园里的小孩,这里的血腥混乱还不够吗……"

泰德罗斯脸色一变。

"阿加莎,"他轻声说道,看起来饱受惊吓,"你怎么在流血?"

阿加莎摇头,眼泪大滴大滴地掉,抽噎的频率太快,讲不出话来。

此时外面传来呼叫声。

阿加莎和泰德罗斯两人怔住了,同时瞠目结舌地看着彼此:"乌玛公主!"

王子迅速冲出门外,阿加莎跟在他后面。

乌玛公主靠着树坐着，小矮人的尸体就在旁边。她的双眼圆睁，两条腿伸得笔直，仿佛瓷器娃娃一般。

泰德罗斯停在乌玛面前，推她的肩膀，但乌玛一动也不动。"她究竟怎么了？"他大叫。

阿加莎在他旁边蹲下来，碰触乌玛公主的脸。她的手指弹在乌玛苍白的脸上，发出空洞的声音。"石化。"她答道，记起曾经用在老师们身上的诅咒。

"解除的咒语是什么？"王子接着问道。

阿加莎的脸变得苍白。"只有下咒语的人才能够解除它，"她看着泰德罗斯，"那个巫婆做的……是那个巫婆……"

"什么巫婆？"泰德罗斯追问，但阿加莎疯狂地在荒凉的山谷里走来走去……最后颓丧地倒下。他们再也找不到那个老巫婆了，乌玛公主跟死了没两样。

不可以是她，不可以夺走我们唯一的希望。阿加莎试着模仿乌玛公主发出像鸟一样的响亮叫声，把脸埋在手里，我们现在要怎么去苏菲那里？

"阿加莎……"

"等一下。"她轻声说，她的头因为恐惧、悲伤以及发出刺耳的鸟叫声而阵阵作痛。

"阿加莎，你看……"

阿加莎转过头："我说了等……"

她皱起眉头。

刚刚那口井边的鸽子飞到王子的腿上，很生气地对着他们啾啾叫着。

"它在说什么？"泰德罗斯问道。

"我怎么会知道？"

"只有你修过动物交流学！"

"然后在修课的过程里把学院烧掉。"

阿加莎停下来，因为她看见鸽子用翅膀在地上画东西："它为什么要画大象？"

鸽子发出一长串叫声，愤怒地修正它的画。

"这是黄鼠狼，"泰德罗斯猜测，"你看那耳朵。"

"不是，是麋鹿……"

"或是浣熊。"

鸽子抓狂起来，擦掉更多的线。

"噢，是兔子。"阿加莎说道。

"是兔子，没错。"泰德罗斯同意。

他看着阿加莎："为什么它要画兔子？"

鸽子翻白眼，用翅膀往前指。

泰德罗斯和阿加莎转头，看见一只肥胖的、有点儿秃头的白兔从树后面偷看他们，它穿着脏兮兮的蓝色短大衣，大衣胸口绣着银色的天鹅图案，普通的白领巾，弯弯的眼镜戴在鼻子上。兔子从大衣口袋里拿出怀表，暴躁地指着它，蹦蹦跳跳地跑到一条通往山谷外的路上。

"嗯，我想它要我们跟着它。"阿加莎说道。

"那我们在等什么？"泰德罗斯说完，把乌玛公主背在肩膀上，笨重地往前走，"我们再继续待在这里，可能会跟那群小矮人一样。"

"难道我们不应该先知道我们要去哪里吗？"阿加莎警告地说，"我们不能随便跟着一只戴领巾的奇怪动物……"

"我们越快跟上它，就会越快找到那个将老师石化的人。"王子答道。

他们跟着兔子穿过墨黑色的树林，看来黑色已经像瘟疫一样横扫森林里的各个区域，太阳完全无法抵抗夜晚。很快，四周太暗了，什么都看不到，如果不是兔子步伐笨重，他们早就跟不上它了。不祥的号叫声和低声的尖叫不时从前方传来，阿加莎试着忽略树丛里飞禽走兽的动静。各种黄色、红色的眼睛像不怀好意的星星，从他们的头顶上窥视着，提醒她危险总是忽然到来，而且让人措手不及。假如我们知道联盟总部在哪儿就好了，阿加莎悲惨地想。妈妈牺牲自己的生命，只为了确保我们能找到联盟……而我竟然连问都没问过乌玛公主，我怎么会忘了想一个备选计划？为什么我考虑不周？原本现在已经可以安全过夜了，结果却在野外跟动物玩追逐游戏，背着石化的老师，追着一个有时间强迫症的兔子，天知道我们要去哪儿！泰德罗斯因为背负乌玛公主的重量而落后，阿加莎努力跟上兔子的脚步，跋涉已经超过一个小时了，她沉默地责备着自己，眼前的困境都是自己造成的。忽然间，她看见前方松树的间隙里有白烟冒出来。

当阿加莎更靠近白烟时，她闻到一丝丝檀香和一种说不上来但熟悉的味道。当他们到达一小块空地时，她看到烟从一个地洞里冒出来，洞口半掩着干枯的蕨叶，兔子不耐烦地探头看洞口，然后把叶子踢到一旁，消失在洞穴里。

阿加莎停下来，不愿意跟随一只陌生的兔子进入洞里。

泰德罗斯站在她身边。"反正也不会比现在更糟。"他喃喃自语。

阿加莎还没来得及跟他争辩，她的王子已经把乌玛丢进洞里，自己也跟着滑下去。阿加莎虽然恼怒，但也跟在他后面溜了下去。在黑暗中他们狼狈地降落到底部，泰德罗斯用双手接住她，汗水滴在她身上。他闻起来香香的，阿加莎注意到，忍不住再吸一口他身上传来的薄荷味道。怎么会有一个男孩经历过这么多事，闻起来还像春天的草原？她忽然想到苏菲，有一次她们在墓园山上闲晃大半天，那一天是创纪录的酷暑，但她竟然闻起来像蜂蜜奶油。或许这就是泰德罗斯想念苏菲的原因，阿加莎悲惨地想着……这两人大可以随便找个地方躺着，一直闻对方的味道就好了，他们都是零缺陷的金发娃娃，而她现在在这里，数不清的压力混着尘土，没死的巫婆和血腥混乱围绕着她……

"有人在这里吗？"泰德罗斯叫道。

阿加莎忽然回过神儿来，对自己刚刚的想法感到尴尬万分。洞穴里黑压压的，也没见到兔子的踪迹。

"有人吗？"泰德罗斯的声音伴着回音。

没有回答。

王子伸出手碰触前面的地，是坚固的泥土地："为什么我们每次到最后都掉在泥土上？"

阿加莎的胃在翻搅："或许鸽子是叫我们吃掉兔子而不是跟着它。"

"或许兔子是叫我们先去找联盟总部，把乌玛公主留在这里。"

"你要我们把石化的老师丢进洞里，然后自己离开？"阿加莎吃惊地说。

"她又没办法自己去哪里。"

"我猜我哪一天变成你的累赘时,你也会找个洞把我丢进去。"阿加莎喃喃地说道,黑暗让她有勇气说出心里的话。

"什么?"

"然后你就可以去找那个闻起来甜甜的、美丽又有活力的苏菲了。"阿加莎发泄地说,没办法克制自己。

"你在路上没吃什么奇怪的蘑菇吧?"

"你尽情笑我吧,没关系,你们的孩子可以叫小金跟小金金。"

"从来没想到你是爱嫉妒的类型。"泰德罗斯惊讶地说。

"嫉妒?我为什么要嫉妒?因为你差点儿要亲这个女孩加男孩?因为你可以让她觉得被爱而我做不到?我?嫉妒?"阿加莎咆哮地说,同时感到很羞耻。

"我以为苏菲才是疯疯癫癫的那个。"

"但是你不会把她独自丢在一个黑漆漆的洞里……"

"没想到还有比半斤哥跟八两弟更没救的人。"一个年迈的声音说道。

阿加莎和泰德罗斯差点儿噎着,马上就听出是谁的声音,立刻回头,只见火星变成火焰,一个白胡子的地精握着火把,穿着一件系带的绿色大衣,银色天鹅绣在胸口上,头上戴着尖尖的橘色帽子。阿加莎之前以为他被烧死了,但是现在他活生生地站在一个秘密洞穴里。她不禁露出笑容,脸上散发出宽慰的光彩。

尤巴脸上一点儿笑容都没有:"首先,你们面对致命危险时没能保护彼此,还失去了一路帮助你们的老师;其次,你们吵个没完,声音还很大,仿佛在告知整个森林你们的行踪;最后,你们只顾用话语侮辱彼此,忘记可以用发亮咒照亮你们的周围,这些时候洞穴巨魔已经可以把你们俩的头轰成碎片了。要不是兔子帮你们,你们这两个蠢蛋根本就活不到天亮。"他责骂他们,手指扯着白色手杖,仿佛想用手杖打他们。"糟糕的团队是一回事,但是你们这两个永生者应该是……有史以来……最糟糕的。"

阿加莎和泰德罗斯低下头来,羞愧不已。

尤巴叹了一口气:"算你们幸运,联盟需要你们,就像你们需要联盟一样。"

尤巴手里的火炬燃烧成熊熊火焰，照亮他后面一群陌生人，以及洞穴总部巨大的空间，尺寸跟一栋小房子差不多。

"让我为你们郑重介绍十三联盟——善与启发的传奇军团。"尤巴宣布时带着专横的微笑，明显期望永生者表现出敬畏的态度，或至少对他们能亲眼见到这光荣的阵容充满感激。

然而，阿加莎和泰德罗斯的脸因为恐惧而发白。因为背负他们解救苏菲任务的十三联盟，帮助他们继续活下去的十三联盟……非常、非常老。

第十章
十三联盟

"你一定是在开玩笑。"泰德罗斯笑出声来,他跟阿加莎两人睁大眼睛看着这群皮肤松垮、堪称古老的人。

阿加莎数了数,四个男的,四个女的,皆垂垂老矣。这群身上可以看到肝斑、火鸡脖子、耳毛的老人,有着雾蒙蒙的双眼、黄澄澄的牙齿、细瘦的四肢和稀疏的白发。八个人里,两个坐在轮椅上,三个挂着拐杖,两个驼背弯腿,还有一个女人极度肥胖,穿着穆穆袍,正对着镜子化妆。

所有人胸口的位置都绣着银色天鹅的纹饰,跟乌玛、尤巴、白兔一样,标志他们是联盟的一分子。这是阿加莎的妈妈认为可以把女儿性命托付给他们的联盟。

她要我们来这里一定有她的理由,阿加莎绝望地想。他们会不会忽然脱下面具,显露出身为无敌战士的真面目呢?他们会不会像校长一样忽然变年轻呢?阿加莎屏住呼吸,等待并祈祷神奇的事发生……

联盟对着他们眨眼,像水族馆里的鱼一样,等待着什么发生。

"早跟你们说过了,他们不会认出我们是谁。"镜子前胖胖的女人说道。

"认出你?"阿加莎透过镜子瞥着那女人,苍白的皮肤,斜视的绿眼睛,宽大的双下巴,画得太红的脸颊,像鸟巢一样的鬈发(看起来像原本打算染成咖啡色结果变成蓝色)。她看起来就像刚从泳池底被救起来的娃娃。

"我很确定我没见过你——或你们之中任何一个人。"阿加莎说道,扫过每个人的脸。她转向泰德罗斯,希望他能看到一些她没注意到的事,但是王子的脸红得像只火蚂蚁,就快要爆炸了。

"这是要带领我们去找苏菲的联盟?"他吼道,眼睛掠过呕吐物颜色的地毯、花朵纹路的沙发、陈旧的窗帘,看到十三张又硬又窄的床垫排成两列,"说这是老人院还差不多,给那些一只脚已经踏进坟墓的人住的。"

尤巴把他拽到角落。"你怎么可以这样对联盟讲话!"他小声地说,确定联盟的人听不见,"你知道我走了多少路才找到他们,花了多大力气才把他们带到这里吗?你现在的举动好像他们是路人,还得跟你做自我介绍——你只是一个毛头小子,根本还没完成任何了不起的事情……"

"你这些话说给几个星期后即将成为国王的人听,妥当吗?"泰德罗斯生气地吼道。

"你这个自大的家伙!到目前为止你已经把多少事越弄越糟,你在森林里撑几天都是问题了,更别说要去参加加冕典礼!"尤巴大声反驳。

"我上任后第一件事就是要把老地精驱逐出境!"

"听着,我妈妈知道联盟可以帮助我们,"阿加莎打断他们,给泰德罗斯一个"冷静下来"的表情,"这是她写信跟他们求助的原因,所以我们一定是没注意到什么……"

"对,没注意到那些年纪不到几百岁的人!"泰德罗斯骂道,他的公主给他一个难看的表情。"怎样?"他说道,把怒气都发在她身上,"我们差点儿在处刑时被烧死,然后知道我们最好的朋友爱上了邪恶的校长,接着没日没夜地跋涉,好不容易逃过僵尸、巫婆和坟墓,来到你妈妈要我们投靠的联盟,说他们会带我们到苏菲那里。这就是我们一路以来怀抱希望的结果?胡说八道!走吧,我们自己闯进学院,机会还比较大……"

"她是我妈妈……泰德罗斯，"阿加莎说道，"我相信她知道什么对我们最好，我信赖她胜过世上的任何人，包括你在内。"

泰德罗斯沉默不语。

阿加莎转头瞥一眼那群老人的动静。只见那群胸前绣着银色天鹅纹饰的陌生人已经完全忽略他们，打毛线的打毛线，看书的看书，还有打盹儿、打牌的，甚至有把假牙拿出来放在一边然后吃粥的。她对妈妈的信任瞬间动摇了。

"你们俩听我说，"尤巴说道，"当我们的第十三名成员回来时，你们的疑问将会获得解答。在那之前，你们俩需要芜菁茶和一碗燕麦粥。我在学院获得庇护已有一百一十五年，还有过去这几个月来在森林里存活到今天，我的经验让我知道你们这趟旅行有多紧绷……"

"第十三名成员？"阿加莎快速扫视房间，"我只数出八人。"然后她注意到角落里的白兔，正在把红萝卜切成五段放在盘子里，它胸前绣的银天鹅在火炬下发亮。"好吧，九个。"

"十个。"泰德罗斯说道，阿加莎跟着他的视线，看到尤巴绿外套上的银天鹅。

"我是联盟的创始会员，"尤巴骄傲地挺胸，"当然，加上乌玛公主是十一个，然后……"尤巴脸红了。"乌玛公主！老天，我怎么搞的！"他旋即冲向在角落里被石化的公主，"把她像只猫一样丢在这里！小叮！小叮！你在哪里！"

阿加莎后面传来很响的打鼾声，她转过头，只见一个拳头大小、身形像梨子一样的小精灵忽然惊醒，从脏污的脚凳上摔下来。小精灵无力地起身，她梳着高高的灰发马尾，穿着一件大概小了八个尺码的绿洋装，有着蓬乱的金色翅膀和鲜艳的红唇。她的眼睛左右扫射，仿佛知道她应该醒着，却又不知道为什么。她看到乌玛公主在角落静止不动，便发出尖细的叫声，振翅飞过去，样子像是一只濒死的蜜蜂。然后她把手伸进洋装里，抓出一把看起来像发霉煤烟的东西，胡乱撒在乌玛的头上。

什么事也没发生。

"有一年我生日的时候，我父亲带我去阿里巴巴的后宫，这里比那里还令人尴尬。"泰德罗斯喃喃说道，用力踏步走向洞的入口，准备离开。

乌玛从他背后传来咳嗽声，泰德罗斯连忙回头，看见乌玛离地飘浮三英尺高，皮肤从苍白慢慢恢复成平常的橄榄色。乌玛公主向空中伸展她光滑、轻盈的手臂，打了个哈欠，目光呆滞地对着小精灵微笑……然后又倒在地上，再一次入睡。

"你之前还担心你的粉尘太旧了，小叮。"尤巴咯咯地笑着，轻拍小精灵的头。

小精灵仍然带着阴郁的表情，发出尖锐快速的声音。

"小叮，不要给自己找麻烦，你不能期望自己还有十六岁时的精力。而且，我们又不需要乌玛公主从这里飞到沙札巴；我们只需要你的粉尘解除她的石化。她只要好好睡上几个小时就会恢复精力。所以我们刚刚说到哪儿了？"地精耐心安抚她之后，转向永生者，"噢，对，兔子第九，乌玛公主第十，我是第十一，叮当仙子第十二，所以就剩下……"

"叮当仙子？"阿加莎叫出声来。

"货真价实的叮当仙子？"泰德罗斯问道，盯着小仙子布满斑点的脸、圆圆的肚子，还有灰色的头发，"但是她这么……这么……"

阿加莎给了他一个毁灭性的表情，但是已经太晚了。叮当仙子哭了出来，躲在脚凳下。

"他不是那个意思，小叮。"尤巴生气地把泰德罗斯赶到后边，跟其他成员在一块儿。

"我不懂，"阿加莎困惑地说，"叮当仙子在这里做什么？"

"你真的给自己找来几个聪明蛋儿呀，尤巴，"清瘦光头的男人说道，他穿着绿色背心，有尖尖的耳朵和精致的五官，正在织一只绿色的袜子，"他们还是认不出我们是谁。"

"或许我们可以来数你今年几岁，就像数树的年轮一样。"泰德罗斯咕哝着。

"继续说那些无聊的笑话也没关系，帅小子，"光头男子怼回去，"好像你不会有变老的一天。"

"看起来，我们这两个外行人需要多一点儿信息。"尤巴责骂道，对泰德罗斯和阿加莎生气地皱眉，然后把他们赶到两张摇椅上。他转向联盟："谁想要当第一个？"

"我不懂为什么我们得介绍我们自己，"织着袜子的光头男子不满地说，"我不懂我们干吗要让这两人待在这里。"

尤巴不耐烦地吐气："因为这两个永生者是我们唯一的希望……"

"算了吧，你也听见那男孩说的话了，反正我们已经是一只脚踏进坟墓的人了。"光头男子噘着嘴说道。

"不要这样，"尤巴说，态度软化下来，"你记得我去永无岛找你的时候你说什么吗？你自己一个人窝在树屋，拒绝参加联盟，即便我说你有生命危险，你也没有动摇。但是我说到这两个年轻永生者的时候，你眼睛发亮，像个小男孩一般。你说你愿意做任何事，只要能再一次跟年轻人混在一起……你说他们是唯一真正了解你的人，彼得……"

彼得抬头看着尤巴，蓝眼睛闪着光，然后又把头低下。"小叮要我来的。"他咕哝着。小仙子发出长而尖的叫声以示抗议，拿起粥丢向他。

阿加莎和泰德罗斯张大嘴瞪视对方。彼得？彼得·潘？

"我跟彼得持同样的看法，"身躯庞大、蓝头发的女人开口了，从镜子前转过头来，"这两个乳臭未干的小孩，学院都还没毕业，应该跪着向我们要签名还差不多！不知怎么搞的，他们竟然还有自己的童话故事——明明还是学生！童话故事！现在那个故事乱七八糟，把死掉的坏蛋都叫醒了，然后又把我们从永生者之地里拉出来……"

"永生者之地！哈！"一个瘦高、声音高亢的男子说道，他穿着背带裤，有着大而闪闪发亮的双眼、长鼻子以及满头白发。他瘦长黝黑的四肢上，小小圆圆的伤疤布满他的关节，仿佛他整个人曾经被螺丝锁起来。"第一，彼得根本没办法离开他家，他因不想长大而得了忧郁症；第二，假如蓝仙子之前告诉我，真的男孩老了之后会有关节炎，还会老眼昏花、天天便秘，我才不会许愿变成一个真的小男孩；第三，瑞拉告诉我，她宁愿清理灰尘也不愿意当皇后。"

"我什么时候说过？"胖女人大声抗议。

"昨天晚上啊，"长鼻子男人说道，对她的问题感到很惊讶，"你喝了一桶红酒，然后跟我说，你很想念帮你姐姐们打扫卫生的日子，因为至少你觉得自己还有点儿用处，身材也可以维持，然而你现在又老又无聊又庞大无比……"

"谁问你这些啦？"女人暴怒地大吼，"你一半的人生都是个木偶！"

"一开始他们因为我说谎而生气，现在他们因为我实话实说而发怒。"长鼻子那人闷闷不乐地说，蜷在沙发上。

阿加莎和泰德罗斯的眼睛一辈子没睁过这么大。"匹诺曹？"泰德罗斯说道。

"辛德瑞拉？"阿加莎说道。

"少用那种表情看我，"辛德瑞拉轻蔑地说，"你要当卡米洛特未来的皇后，你看起来也没好到哪里去。"她像鹰一般的绿眼睛盯着阿加莎的大黑鞋："我确定没人想看你的脚穿玻璃拖鞋的样子。"

"够了！她是我的公主！"泰德罗斯介入。

"我不怪你，帅小子，"辛德瑞拉冷笑，声音跟鳗鱼一样平滑，"你爸爸对女人的品位也好不到哪儿去。"

泰德罗斯看起来像是被击中要害。

尤巴叹了口气："达维教授对阿加莎很有信心，就像她之前对你一样，瑞拉。所以我建议你尊重我们的客人。"

"如果这两个'学生'解决这场混乱，我们就会尊重。"一个头发凌乱、驼背的男子用粗哑的声音说道，他坐在轮椅上，有着猫头鹰一样的灰眼睛，说话带浓重的外国口音，"因为撰写者写他们的故事，你就以为他们很特别？至少我们的故事都有结局吧？但是这两个人的结局一改再改，再改又改——'我们幸福了吗？我们快乐了吗？'呸，傻瓜！看看现在，校长变年轻，邪恶重写他们的故事，死掉的巫婆到处找我，我又要从头杀起。"

"我已经干掉她了，韩赛尔跟我才不要再杀一次臭死人的巫婆。"一个没梳头发的女子说道，她坐在男子旁边的轮椅上，说话有同样的口音，大大的灰眼睛像是在责骂阿加莎和泰德罗斯。"你们的故事把坏蛋从坟墓里挖出来，你们有责任把他们埋回去，"她虚假地笑着，"我是葛雷特，那个爱指挥人的地精叫我们自我介绍。"

"所以剩下我跟布莱尔·萝丝（睡美人），你们来之前，我一直在策划我们童话故事的婚礼。"一个脸上带着斑点的老人说，他头发斑白，身穿咖啡色长上衣和白色小马褂，牵着一个高雅、白头发的女人，女人穿着一件裸露的紫红色睡衣，"现在我们得躲避吃人的巨人和那个爱下咒语的仙女教母……"

"现在杰克跟我本来应该在挑蛋糕的。"布莱尔·萝丝怒目注视他们。

"所以总共七个人认为这两个年轻的讨厌鬼应该在森林里睡觉。"辛德瑞拉用胜利的语气说道。

小叮发出长而尖的声音。

"八个。"辛德瑞拉说道。

泰德罗斯和阿加莎瞠目结舌，看着这群名声响亮的童话故事里的英雄主角投票要求他们离开洞穴。

"这就是为什么一路上我试着让你们避免遇到永生者……"乌玛公主在角落打哈欠，"大家都怪罪你们把森林搞得乌烟瘴气。"她说完这句话倒头又睡了过去。

"我不知道其他人怎么想，但是我觉得他们很可爱。"一个矮小、大屁股的女人说道，她有一头染成棕色的短发，穿红色连帽斗篷，"这不就是变老应该做的事吗？指导年轻小伙子怎么完成他们的故事。"

"噢，你这个胡扯的坏蛋，去找你的外婆吧。"辛德瑞拉咆哮。

小红帽闭嘴不说话。

"你们都表现得好像你们不需要这两个年轻的访客。"尤巴严厉的声音传遍整个洞穴。每个人都转头看，年老的地精站在破旧的窗帘前面，窗帘横跨洞穴边墙，白兔站在他身边，有如魔术师的助手，"容我提醒你们，一周前校长把戒指戴在他的皇后的手指上，赢得她许诺真爱的誓言。同一天晚上，尼克洛山脊的坏蛋都从坟墓里爬了出来，守墓人被杀害。"

尤巴打了个信号，兔子把窗帘拉开，露出几十本故事书，它们都翻到最后一页，用削尖的木头钉在墙上。

"两天后，长发公主和她的王子被葛索巫婆绑架，巫婆把他们从塔楼上猛力丢下，当场惨死，"地精翻开故事书的最后一页——长发公主故事新的、血腥残忍的结局,"然后,昨天拇指汤姆被巨人活生生地吞下,侏儒怪杀了磨坊主人那个猜对他名字的女儿。"尤巴继续说,用火把照亮那两个故事的新结局。"今天,白雪公主和七个小矮人在白雪农舍被杀害,他们有过美好回忆的房子变成了凶案现场。"他冷不防地转向助手,"噼啪"一声点亮最后一本故事书,"所有这些受害者都拒绝离开家,拒绝加入我们联盟以找到安全的藏身处,可以想见还有更多人会面临同样的命运。"

紧张的沉默弥漫在洞穴里,阿加莎仔细看图画里被杀害的白雪公主和七个小矮人——跟巫婆当时等待故事书转变结局的时候是同一个图像。阿加莎下意识地揉着手臂和手腕上的瘀青。

"白……白……白雪公主死了?"匹诺曹小声地问。

"漂亮甜美的白雪公主?"彼得·潘回应。

"那个景象好惨。"辛德瑞拉喃喃自语。

联盟成员都盯着白雪公主骇人的新结局,他们的眼睛都湿润了,恐惧感弥漫在空气里,仿佛她的死忽然让大家意识到这一切都是真的。

"我看到了杀她的凶手。"

这句话不知不觉地从阿加莎嘴里冒出来。

所有联盟成员慢慢抬起头来看着她。

阿加莎把目光转移到地板上,重新回想起在峡谷里发生的那一幕,手掌不停地冒冷汗。"是坏皇后,她假扮成一个老太婆,她的腿和脚踝都坏了,像故事书里说的一样。她的皮肤已经脱落,闻起来像腐烂的肉。还有,她的眼睛充血,眼里没有生命力,仿佛灵魂早就从她的身体离开了。"阿加莎摇摇头,试着理解这一切,"她大可杀掉我或乌玛公主、泰德罗斯,但是她没有,好像她已经完成想要做的事了。"她抬起头看着联盟:"大野狼和杰克的巨人在尼克洛山脊也曾提到,有新的转折来改变他们的故事。我不知道他们是什么意思……"

"大野狼在尼克洛山脊上?"小红帽插话,"我的那只大野狼?"

"还有我的巨人?"杰克也回应,抓着布莱尔·萝丝。

"他们都出来了,"阿加莎焦虑地说,"死掉的坏人。他们等着重写自己的童话故事,这是现在的状况,对吧?"

"这一点儿道理都没有,"泰德罗斯说道,转向尤巴,"为什么校长的军队要浪费时间重写那些老掉牙的故事?为什么要杀掉那些旧日的英雄,他们又没对任何人造成威胁?为什么不直接攻打永生者的王国?"

即使是尤巴也没回答,他嘴唇紧闭,手指烦躁地动着,仿佛在深思这个问题,但没有答案。

年老的英雄们对着尤巴眨眼,脸上充满恐惧。

"我们是英雄,对吧?"韩赛尔的语气充满挑战,"我们要反击!"

"反击两百个死掉的巫婆、怪物,还有不知道是什么的在森林里跑来跑去的鬼东西?不要当个蠢瓜,"葛雷特冷不防地评论,"你以为我们干吗在这个臭烘烘的洞里躲起来?"

"躲也躲不了多久,他们最后还是会找到我们,不管我们多频繁地转移总部的位置,"辛德瑞拉扫兴地说,"现在有爱站在校长那边,他已经无坚不摧了。我们有什么?老人斑和扭伤的脖子!"

"瑞拉是对的,"杰克叹气说道,"只要校长有个爱他的皇后,我们所有人都会落得跟白雪公主一样的下场。"

"那我们怎么办?"小红帽低泣着说。

"我们唯一能做的,"尤巴说道,目光转向阿加莎和泰德罗斯,"就是说服皇后把他们的爱摧毁。"

联盟沉默不语。

"又是个不切实际的计划。"辛德瑞拉喃喃说道。

"你们真的觉得办得到吗?你们真心觉得可以让你们的朋友摧毁校长的戒指?"彼得·潘认真地看着两个年轻的永生者问道。

"她为什么要放弃真爱而选择你?"匹诺曹接着问。

阿加莎感到心里的情绪都要满到喉咙了。"我希望有某种方法可以解释我跟苏菲的关系。我们不同——非常不同——但又很相似。当然,我们总是吵架或激怒对方,也不擅于倾听对方,但是我们有同样的心。我们会用对方的眼睛看事情,我从来没想过我的生命中会没有她。"她停顿下来,仿佛纠结在回忆里,"不知道什么原因,事情变得不同了,或许那就是长大,我不知道,每次我们想要紧握对方,却反而伤害了对方。我们都有错,但大部分是我的错。我不再对她说实话，我不再信任那个教会我信任是什么的人。我以为我会永远失去她，一切已经太晚，再也回不到从前……但是我内心深处仍然相信还有办法，一定有办法。"阿加莎努力挤出一个悲伤的微笑："因为如果有人可以让苏菲看到真正的爱是怎样的……那一定是她最好的朋友，对吧？"

联盟年老的脸孔都化为孩子般的凝视，好像他们终于从这个年轻女孩身上看到希望，不再轻视她。

泰德罗斯跨步站到公主的身旁，骄傲地挺胸："没错，苏菲的事就交给我。"

阿加莎的笑容顿时消失。

联盟的目光在两人身上交替，完全搞不清楚苏菲最好的朋友到底是谁。

"眼前最重要的事是我们得先到苏菲那里……"泰德罗斯再度开启话题。

"没错，"阿加莎插嘴，"我们知道她在善恶魔法学院里的某处……"

"也就是说，我们要进去找到她，但不能被抓到。"泰德罗斯又打断她。

"等一等，等一等，"葛雷特开口道，"校长又年轻又强壮，现在两座城堡都是他的，他还拥有一支僵尸军队……而你们觉得可以进得去学院？"

阿加莎皱着眉说："显然，这就是我们来找你们的原因。我们需要你们的协助，好让我们可以潜入……"

"协助？你母亲的信息只说要'藏匿'你们，"韩赛尔坐在轮椅上揶揄他们，"我们看起来像是可以协助你们的样子吗？"

"我们连去厕所都有困难了，更别说要带领一支队伍闯进城堡。"辛德瑞拉开玩笑地说，接着放了个很响的屁。

联盟成员大笑，连白兔都不例外。

"对！进行秘密攻击！我这身关节，他们五英里外就听到声音了。"匹诺曹讥讽地说。

"别担心，可以用我们的拐杖攻击他们！"彼得说道。

"或是我那个装满好料的野餐篮！里面的东西都变硬变脆了，可以当武器！"小红帽咯咯地笑道。

葛雷特发出猪叫声，其他人则大声狂笑，眼泪都流出来了。乌玛被惊醒了，因为实在太吵。

阿加莎瞥了泰德罗斯一眼，他满脸怒容地看着她，因为她试着说服他相信这群没用的老古董。她旋即转向这群旧日的英雄："但……但是我们历尽千辛万苦来到这里！我们相信你们会帮我们！我妈妈写信给联盟，要求你们保护我们，我妈妈说你们会协助我们……"

"因为你妈妈知道十三联盟有第十三名成员。"一个声音低沉地说。

阿加莎和泰德罗斯转头，洞穴的入口站着一个高高的影子。"她知道其他的十二个成员会保护你们的安全，但是协助？"那声音说道，影子移动到有光的地方，"我想大概只有我吧。"

"噢，你来得正是时候……"尤巴微笑。阿加莎瞪着眼前这个高高瘦瘦、咖啡色皮肤的老人。他留着厚重的白胡子，唇上是两撇卷曲的白色胡须，穿着及地的紫色长袍，衬着皮制圣带，长袍上绣着十二星座的图案，他的头上戴着下垂、凹陷的尖帽子，尖帽子上有星星的图案，鼻梁上有牛角做成边框的眼镜，脚上穿着柔软的紫色拖鞋。

我在哪里见过他，阿加莎想，但实在太累了，脑子没法好好运转。在森林里吗？不是……是故事书吧？一本萨德院长带全部学生进到里面的书。这个老人在故事里，住在一个布满灰尘的洞穴里，里面到处是冒泡泡的实验器皿，架子上摆满肮脏的瓶瓶罐罐……他跟一个国王争辩某个咒语……那个国王看起来很像……

阿加莎心一紧，眼睛倏地打开，转向背后的泰德罗斯，但她的王子脸色跟鬼一样白。

"梅林。"王子目瞪口呆地说。

他腿一软，像树木一样倒下，他的公主刚好在一旁接住他。

第十一章
两位院长

午夜时刻过去,苏菲冷静地坐在校长房间的窗边,她的头发是湿的,脚趾靠着墙,黑色洋装的裙摆堆在膝盖上,看着窗外。荧光色的绿色海湾,映出两座黑色城堡的轮廓,阴郁又静默。

从早晨开始,一个又一个疑问接踵而来:学院把永生者变成永灭者……身体里传来阿加莎的声音要她摧毁拉斐尔给她的戒指……她变成邪恶学院的教师,却一点儿也没感到自己哪里邪恶。

她来到自己的故事书前,撰写者正画到阿加莎和泰德罗斯跟着一只白兔穿过森林。随着时间一分一秒地过去,她的朋友越来越靠近学院,越来越靠近她,越来越靠近说服她永远离开邪恶阵营的发展……

然而苏菲脸上浮起笑容,她觉得金色戒指牢牢地嵌在手指上。

他们以为能叫我这么做。

殊不知,在故事里,事情的转变像风一样快。

十二个小时前,校长穿过绿色廊道要到旧日的英勇塔楼时,苏菲跟在他身后。

"教邪恶学院的课?教诅咒与死亡陷阱?"苏菲大吼,手抓着课程表,穿着宽大的黑色睡袍和玻璃鞋,举步艰难地跟在拉斐尔后面,"你疯了吗?"

"是院长建议的。我希望我提出这个想法,她就不会因为这个好主意而自满。"拉斐尔一边发牢骚地说,一边走下刻着"心腹"字样的楼梯,"现在我的模样很年轻,她待我就好像我不懂怎么管理我自己的学院。竟然还有胆跟我说我飞越中途湾造成混乱,因为学生在训练的时候一直从窗户往外偷看。我是校长,谢谢忠告。我什么时候想飞来飞去,是我的决定,没人能管我——"

"拉斐尔。"

苏菲的声音太尖锐,他不由得停下来,透过黑色楼梯的间隙向下看着她。

"现在不是发青少年牢骚的时间,不管院长是谁,她希望我当这所学院的老师,然而——第一,所有的学生年纪都跟我一样大;第二,他们都不喜欢我;第三,我根本不会教书!"

"是吗?"他又回头继续向上走,"我很清楚地记得你曾经为全校学生举办午餐演讲。"

"教孩子们怎么消除头皮屑跟教他们变邪恶是完全不同的两件事!"苏菲说道,追着他走向最高的那层楼,"让我搞清楚现在的状况。阿加莎和泰德罗斯要来杀掉你,然而我穿着睡袍站在这里,被要求出作业和改报告……"

但是拉斐尔已经上到最高阶,站在一扇黑色大理石门的门口。

"达维教授的办公室?"苏菲问道,"她是希望我教书的人?她是邪恶学院的院长?"

苏菲看到从前镶着闪亮绿甲虫的门,现在镶着两条紫色、交缠在一起的蛇。蛇的下面是由切下的紫水晶拼出的字:

院长们的办公室

"院长们？"苏菲皱着鼻子，"有超过一位的院长？但谁是……"

门神奇地打开，露出一个纤瘦、一脸严肃的女人，她的黑色长发绑成一条辫子，身穿锥形垫肩的紫色长袍，坐在达维教授的旧书桌前，正仔细研读一小块羊皮纸。

"莱索夫人？"苏菲一脸惊讶地说，"达维教授呢？"

然后苏菲看到靠窗的地方还摆着第二张书桌，跟第一张一模一样，以前的确没有这张桌子，现在也没人坐在那里。

"让我猜猜看，拉斐尔，你带她去中途湾兜风了是吧？"莱索夫人说，眼睛仍看着桌上的羊皮纸，"我以为她二十分钟前就会到了，她要教我以前教的课，你不觉得我们应该让新老师有充分准备的时间吗？算了，我会接手。"

拉斐尔满脸怒容："莱索夫人，这所学院由我发号施令。我想你刚刚的发言漏掉了'校长'二字，而你其他的同事似乎没这个问题，他们对我抱着很大的尊敬。"

莱索夫人眯着眼，终于把视线放在眼前的青少年身上，他穿得像个黑暗王子。"抱歉，校长，"她说道，声音冰冷又带着些许轻蔑，"我可以接手了吗？"

拉斐尔给她一个难看的表情，然后把苏菲拉进怀中。"午餐时间见，我的爱。"他轻声说，轻轻亲吻她的脸颊，临走前还狠狠地瞪了莱索夫人一眼，用力关上了门。力道太大，两张书桌都震动了一会儿。

"莱索夫人，我怎么能教你以前教过的课！"苏菲忍不住大声喊道，"这一点儿道理都没有……"

"坐下。"院长说道，眼睛看着苏菲手上的金色戒指。

苏菲坐在对面的椅子上，莱索夫人很仔细地盯着苏菲，达维教授桌上惯有的一篮梅子和水晶南瓜镇纸放在她面前。为什么莱索夫人不坐在自己的位子上呢？苏菲想，眼神飘向房间里另一边的书桌。

"你第一年在学院的时候，我们的关系很差。不过随着时间流逝，我比较喜欢你了，苏菲。"莱索夫人背靠在她的座椅上，"你跟我有不少相似的地方。"

"我必须说，除了我们对高跟鞋和强壮体格的热爱之外，我并不同意你说的。"苏菲答道。

"你不妨再仔细想想，我们俩天生就有邪恶的天分。我们俩对虚荣的热爱，是永灭者里很少见的；我们在需要的时候，都可以变身为轰动学院的女巫，"院长解释，"还有，我们俩都害怕孤独，在我们人生的某个阶段，都试着紧抓住爱……只是在之后的某一天发现，同样的爱竟回过头来反咬我们。你跟你最好的朋友，我跟我的孩子，都是如此。"

"你有小孩？"苏菲说道，惊讶不已。

"永灭者跟永生者一样，都有小孩。但就像我曾在课堂里提过的，唯一的差别是我们的家庭无法维持，因为其中缺乏爱。恶人的家庭有如蒲公英——它们四处飞散还带着毒性，你试着抓住它们，就只是在跟风做无用的抵抗罢了。"莱索夫人的手指抚摩着南瓜镇纸，"十五年前，当我来到邪恶学院时，我早该决定永远抛弃我的孩子。就像当你的朋友进入善良学院之后，你早该抛弃她。幸亏我们在犯下更多错误之前，就得到教训了。"

她紧绷的下巴终于缓和一些："然而值得称许的是，即使我们犯下这么多错误，我们还活着。不只是活着而已，我们还站在胜利的位置！很久很久以前，恶也曾有过伟大的胜利：仙子食客菲诺拉、小孩汤面、狂熊雷克斯等，却已被众人遗忘。现在大家记得的，就只有过去两百年来善的胜利，一次又一次，抢走这个世界该有的平衡，于是恶被判了死刑，不断被诽谤中伤；而善的表现平平无奇，只有舞会、亲吻和傲慢。然而，苏菲，你改变了这一切。因为你和拉斐尔为彼此的付出，有史以来第一次，让爱站在恶这边。你的童话故事能翻转我一辈子以来不断抵抗的惨败。你需要做的就是证明你爱拉斐尔和阿加莎爱泰德罗斯差不多，你愿意为爱牺牲的程度和阿加莎愿意为王子做的差不多。"

莱索夫人阴暗地瞪视她："也就是说，当阿加莎和泰德罗斯来的时候，你必须杀了他们。"

"杀……杀……杀……我杀吗？"苏菲像松鼠般尖声道，身体一阵发抖，"我最……最……最好的朋友？不不不不不……我说过我会为拉斐尔努力……假如他们来了，我会保护他……"

"保护？不行，亲爱的。恶做出攻击而善做出防卫。我们第一天上课的时候，我就警告过你。如果你是恶的，你便无法逃避你的对手。你第一年做宿敌之梦，梦到阿加莎的时候，你们作为宿敌的命运便永远决定了……就算我试着相信或许你们会是例外也没用。"

苏菲仍然不停地摇头，一下发出尖叫声，一下发出低沉的声音，就是没办法正常说话。

"听我说，苏菲。"莱索夫人的语调变得尖锐，"我告诉你我孩子的故事是有原因的，只要阿加莎还活着，你将永远不会有幸福快乐的结局。不是你杀了阿加莎和她的真爱，就是他们杀了你的真爱，你的故事只会有这两种结局。"

"我没……没办法……我只是想要幸福而已！为什么我需要杀人？"

"因为这是你们的故事书，你和阿加莎的，"莱索夫人说道，"这就是为什么撰写者还没写完，它在等你做决定，结局究竟是谁生还：你最好的朋友或是你的真爱；善或恶。"

苏菲颤抖的手抚摩着戒指："但是如果我觉得阿加莎不再是我的宿敌呢？如果我一点儿也感觉不到恶怎么办？"

莱索夫人隔着书桌紧抓着苏菲的手："你手上戴的戒指属于恶最黑暗的灵魂，你把邪恶从死亡中唤醒，让善的世界陷入地狱，好让你有个男孩可以爱。你能想到任何比这更邪恶的事吗？"

"这不公平！我不知道这些事会发生！"苏菲怨恨地说。

"那么你好好问你自己，假如你可以拯救善，你会牺牲拉斐尔吗？你已经找到一个人，他爱你最真实的样貌，你还会选择孤独吗？只为了阿加莎和泰德罗斯可以幸福快乐？"

苏菲随着莱索夫人的眼神看向窗外，拉斐尔正在空中翱翔，越过蓝色森林回到他的塔楼。在她最需要的时候，所有人都背弃了她——家人、朋友、王子，唯有他除外。她仿佛还能感受到与他一同飞翔，在他臂弯里的安全感；感受到他强烈的警告冷冷地烙印在她心里……"除了我没有人会爱你……"

"你能放弃他吗，苏菲？"莱索夫人逼问她。

一滴恐惧的眼泪流下苏菲的脸颊。"不。"她轻声说道。

"那么你不只是恶,"莱索夫人说道,手放开她,"你够格当他的皇后。"

苏菲摇头:"你知道我真实的样子!去年你和我还有阿加莎和达维教授,一起站在善这边,我们全都在同一个阵营!"

"然后你和我都必须为背叛付出代价,你的代价是你现在必须消灭你早该丢掉的朋友,而我的代价是……"莱索夫人的嘴唇颤抖,她的眼神飘到房里另一侧的书桌。她轻吞一下口水,然后挺直上身。"苏菲,我在这里帮助你,因为就像你一样,我也将获得第二次机会,证明我对恶的忠诚。这一次,我们绝对不能失败,即使我们领导者的成熟度就像个青少年。"她做了个厌烦的鬼脸,"现在,注意我接下来要说的事。"

莱索夫人两只手平放在桌上,上身往前伏着,有如一头豹子:"阿加莎和泰德罗斯很快就会想办法闯进学院找到你,善的命运仰赖他们取回你的信任,然后在太阳完全消失之前杀掉拉斐尔。你不用怀疑他们的决心或诡计,反正他们根本不在乎你的幸福结局,只管他们自己的。如果他们带走拉斐尔,那你还剩下什么?"

苏菲看向别处,内心深处掩藏着旧日的阴霾:"就像我妈妈一样。"

莱索夫人眉毛弓起,对这个话题很有兴趣。

"我妈妈也是第三人,看着我爸爸和她最好的朋友坠入爱河。"苏菲说道,眼睛定定地看着地板。

"而我爸爸和霍诺拉一点儿都不在意。"

"因为他们知道你妈妈没有勇气跟他们吵。"

苏菲点点头:"这就是为什么她很早就过世了,她无法独自面对接下来的人生,就……放弃了。"

"看起来你最好的朋友们正打赌旧日的故事会重演。"院长说道。

苏菲慢慢抬起发红的双眼。

"有其母必有其女,"莱索夫人说道,"难道不是这样吗?"

苏菲的身体如钢铁一样硬。

"我身为院长的职责就是确保你不会落得一个人的下场,"莱索夫人安抚她,"我的职责就是确保你和拉斐尔得到你们快乐的永灭者之地。不过我让你当老师是想知道阿加莎和泰德罗斯计划如何闯进来。"

苏菲皱眉:"我怎么会知道他们的计划?"

"因为在这所学院里,有间谍为你的朋友工作。"莱索夫人严厉地说,把那张她一直在研究的羊皮纸推向前,"在学院大门附近,小精灵发现有一只白老鼠抓着这张纸。"

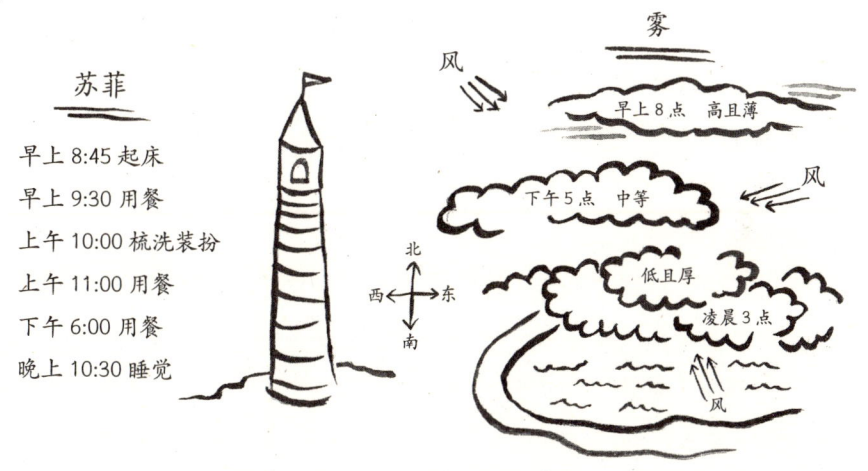

"这是关于你每日的作息,"院长说道,"为什么写下雾的信息,我一点儿头绪也没有。但学院里有人在告诉善要怎么找到你。"

苏菲抬起头,心中最后一丝恐惧消失。善在暗中监视她?他们为了摧毁她的幸福结局竟如此无所不用其极?一瞬间,任何想要与好友重逢的剩余热情都枯萎了,转为愤怒。

"这件事我还没有告诉拉斐尔,他受青少年激素的影响,可能会处决学院里的每一个孩子,"莱索夫人说道,"我需要你找出谁是间谍,苏菲。用白老鼠当传信者表示那是永生者,你比我更了解泰德罗斯和阿加莎的朋友。作为教师,你可以注意任何可疑的学生,帮我们找出你的朋友打算怎么入侵我们的城堡。"

苏菲动怒:"但要怎么教课,我一点儿概念都没有!"

"波鲁克斯过去几周来都在教你的课,直到你上手之前,它会在一旁协助,尤其是现在我们有两倍数量的学生。不过,我很确定即便你上课不停地挖鼻孔,学生也会喜欢你胜过那个傻瓜。专注地找出间谍,苏菲,我们的时间不多了。阿加莎和她的王子几天内就会赶来。如果你现在不了结你的童话故事,太阳会帮我们所有人了结。"

苏菲点点头,肾上腺素在她体内奔驰。

她看到角落里那张空着的院长书桌,罪恶感在心里刮起风暴:"不过,若是达维教授,一定知道不用伤害任何人就可以结束我们童话故事的方法……"

"达维教授不再是院长。"莱索夫人僵硬地说。

"她在哪里?"苏菲问道,惊讶不已。

"她跟善良学院的其他教授被监禁在一个安全的地方,直到校长做出进一步的指示。"

苏菲目瞪口呆地看着她:"但她是你的朋友!你们俩总是给彼此协助,不是吗?"

"就像你之前帮过阿加莎,"莱索夫人垂下紫晶色眼睛,抚摩着篮子里的梅子,"然而,女巫注定无法跟公主成为朋友,无论她多努力尝试。这个教训难道我们学得还不够吗?"

苏菲觉得口干舌燥,声音卡在喉咙里出不来:"那……那么谁是另外的院长?"

她背后的门忽然打开,一个高大、俊美的男孩昂首阔步地走进来,他穿着无袖黑色皮革上衣,黑发梳得尖尖的,脸颊苍白,有着一双让人感到危险的紫色眼睛。

"妈妈,早安,我给你拿来了热腾腾的咖啡。"他用低沉的声音说道。他把装着黑色液体的杯子放在莱索夫人的桌上,斜眼看着苏菲。"噢,看来你正在帮助我们的新老师适应新工作。"他靠着阳光明亮的窗户,卷起来的皮鞭固定在他的皮带上,"真有趣,我们还没正式见过面呢,森林彼岸的苏菲?当然,你已经见过我,穿着隐形斗篷、在矮小的男孩身体里,溜进男子学院……霍诺拉山的菲利普,对吧?有一晚把我推到墙上,阻止我折磨你心爱的泰德罗斯。是啊,我可以看到菲利普的影子……同样美丽的眼睛和丰厚的嘴唇。然而，你不再是菲利普了对吧？所以我应该原谅你的莽撞无礼……"他紫色的眼睛严厉地看着她："我不想伤害这美丽的小脸。"那男孩舔舔嘴唇，把手放进裤子的口袋里，肱二头肌上的血管弯起来。"女士们，真希望我可以待久一点儿，但我需要去末日审判室对几个永生者男孩执行惩罚。他们被抓到写信给父母，希望能被营救出去。现在校长已经回来了，他们天真地以为能随意进出？"他一边往门口走去，一边盯着苏菲，"你还记得我的名字吧，希望如此。"

苏菲在她的睡衣里瑟缩着，无法说话。

"艾瑞克。这一次你最好记得，因为我是你的院长。"他倒退着往门的方向走去，"中午见，鲁莽的小苏菲，教师在阳台上有自己的休息区。我们现在是朋友了，我期待更深入地认识你……更亲密地认识你。"

他像个恶魔般对她眨眼，然后离开。

苏菲慢慢转头看着莱索夫人，眼睛瞪得跟玻璃珠一样大。

莱索夫人闻一闻咖啡，把它倒到那一篮梅子里，梅子冒出恶臭的毒烟，变成液体。

"校长禁止他杀我，但他还是不停地尝试，"她苦笑着说，把杯子扔出窗外，"昨天，他把一条毒蛇放进我的马桶里。"

"艾瑞克是你的……儿子？"苏菲目瞪口呆地说，"他是个怪物——杀人犯——他杀了特里斯坦！"

"故事考验后一片混乱，在校长掌控一切之前，他差点儿就成功杀了我，"院长现在的语气缓和些，"我不怪他，十五年前我接受邪恶学院院长这个职位的时候，我的责任是切断所有联结——包括孩子。然而，我把艾瑞克藏在学院附近的洞穴里，晚上偷偷溜出去看他，一年年过去，假装他有母亲，会一直爱他、保护他。"

她声音颤抖。"校长发现了，我再也没办法走出学院大门，甚至不能跟我的孩子说再见。艾瑞克永远不会原谅我……我把他一个人丢在森林里，那时他才六岁。他也不该原谅我。"她看着苏菲说，"就像我说的，你和我都必须对曾经犯下的错付出代价——我的代价就是让我儿子跟我一样享有院长的权力，但永远计划着对我复仇。"

她看着窗外，脸上露出沉思的微笑："或许这就是校长想要的，母亲和儿子同时当院长……过去的学生教我以前教过的课……永不会老去的校长和他年轻的皇后……旧的和新的为了恶共同努力。"

苏菲跟着她看向以前的邪恶学院，矗立在中途湾的另一边，现在已经是倾颓、满目疮痍的旧学院。它的屋顶上盘旋着很多黑影：笨重、畸形、非人类，背着弓箭，像是守备城堡的怪物。在他们下面的塔楼窗户里，苏菲注意到另一个影子，这次是人类。她走近一些，瞥见一个男人的侧脸，戴着船形的帽子，像是海盗……在应该是手的地方，看起来像是尖锐的金属……

一阵雾飘过来挡在她眼前，当雾散去后，那人已经不在了。

苏菲咬着嘴唇。拉斐尔拒绝告诉她任何关于旧城堡的信息，但她是皇后，不是吗？她有权知道他在另一所学院里藏了什么。

"莱索夫人，请告诉我旧学院里有什么。"她坚定地说。

"那当然是旧的故事里的学生，就像我们在新学院里教一个新故事。旧学院由校长掌管——不是你。"院长简短地回答，然后刺耳的爆裂声忽然充满整个城堡，像是发狂的蟋蟀军队。"那是小精灵们发出的下课讯号。"她站起来往门口走去，细高跟鞋发出清脆的响声，"我们该走了吧？学生不会尊敬迟到的诅咒课老师，尤其是要取代我位子的老师。"

苏菲缩在椅子里，双臂交叉在她的睡衣上："首先，如果我必须站在一群青少年的前面，我至少需要一件像样的衣服。此外，就算你让我去那间教室，可我什么新的故事都不知道！"

"我是说'一个'新故事。"

"不管那是什么故事，我不可能会教。"

"你一定可以，因为那是我们在新学院教的唯一一个童话故事。"莱索夫人盯着她，把门打开。

"你的故事。"

第十二章
寻找间谍

过去那个韩赛尔小屋里的棒棒糖房间仍然由棒棒糖组成,不过它们现在被吹成几千万个碎片,变成了墙上的壁画。

学生从拥挤的走廊上慌慌张张地进来,苏菲坐在希克教授旧的棒棒糖书桌上,上面有鞭打的痕迹,满是窟窿和坑洞。她穿着黑色麂皮细高跟鞋以及合身的黑色蕾丝洋装,仔细研究根据自己的邪恶事迹所画成的壁画,它们出自《苏菲与阿加莎的童话故事》。她看着自己在善恶大战时,骑着巨鼠要杀害阿加莎……男孩女孩战争时,穿着隐形斗篷攻击泰德罗斯……把阿加莎推进下水道……把泰德罗斯推下悬崖……

你曾经攻击过他们,她身体里的声音说,你可以再做一次同样的事。

她的手开始发抖。

我没办法,苏菲惊慌失措,看往别的方向,我现在不同了。

她等着心里的声音表示同意，说出保护朋友的理由……

然而一个不同的声音出现了，更黑暗、更愤怒。

有其母必有其女。

有其母必有其女。

有其母必有其女。

有其母必有其女。

苏菲抬起头来再次看着画中的阿加莎和泰德罗斯……有一瞬间她看到的是霍诺拉和斯特凡。

苏菲的手不再发抖。

找到间谍，身体里的女巫说道。

找到间谍，她遵从，决定执行任务。

忽然传来大声清喉咙的声音，苏菲低头看到教室里坐了大概四十个永生者和永灭者，他们穿着黑绿色的制服，坐在拥挤的座位上，其中有碧翠丝、查迪克、尼古拉斯、莫娜、阿拉克涅、拉文、维克斯、米莉森特、布罗纳……每个人都带着同样的怒容瞪着她。

"噢，同……同学们，"苏菲结结巴巴，惊讶于他们的人数和脸上的表情，"有好……好……好一阵子没见了，是吧？"

学生们脸上的怒气更深了。

"但我们现在是一家人了，对吧？"苏菲表示亲热，祭出新策略，"看看你们！穿黑色多么时髦！永灭者以前喜欢黑色（多么虚无的颜色），莱索夫人说我身上这件洋装以前被侏儒怪的侄女穿过，她以前也教过这堂课，是骨架很小的女子——虽然这是正常的，因为她叔叔是侏儒怪——所以没人穿得进这件衣服，除了我之外。"

现在学生们看着她的眼神充满恨意。

"呃，莱索夫人说波鲁克斯之前帮我代课，"她结巴地说，"或许我们应该等它……"

维克斯放了个生气的屁。

苏菲屏住呼吸，感到震惊。

找到间谍，她重新调整自己。这间教室里的某个人站在善那边，计划杀害她爱的男孩……

然而，每个人的脸上都怒气冲冲，所有在这里的学生看起来都有背叛恶的可能性，不管他们是永生者还是永灭者。除了戴着黑色头巾和面纱的希子，她在教室后方吸鼻涕。苏菲注意到她的制服上别着粉红色的缎带：

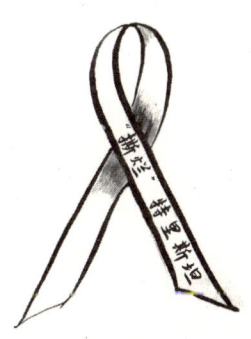

希子发现苏菲盯着她看，便给了她一个和其他人一样的怒视。

"有人在今天早餐的粥里放了皱眉巧克力蛋糕吗？"苏菲假笑地说，想保持姿态。

纸团飞过来，打到她的脸。

苏菲暴怒，脸涨成红色，根本没去看是谁扔的纸团："很明显，你们每个人都很生气，对吧？我刚来这里的时候，你们对我也很糟，但是我对你们每个人都很好，在走廊上跟你们打招呼，忍受你们肮脏的卫生习惯，教育你们白面粉有多邪恶。现在你们都在生气，因为世界上最帅的男孩给我戒指，让我变成这所学院的皇后，站在这里掌握权力，而你们坐在那里毫无权力。但是你们知道吗？我的人生一直都是一个人，我想要找到一个爱我、会永远在我身边的人，一个喜欢我原本样子、接受我全部的人。而现在我找到了！我不管他是不是巫师，我不在意他是不是世界上最邪恶的人！他是我的，而且他爱我，即便我感情丰富，心思复杂，而且总是被严重误解。你们怎么发怒都无所谓，反正我的人生已经忍受过这么多，我值得拥有真爱，无论你们喜不喜欢，至少你们可以选择为我感到高兴！"

一片沉默。

"我们才不是因为那个理由生气。"碧翠丝冷不防地回应。

"你有没有男朋友关我们屁事。"莫娜补一刀。

苏菲噘嘴:"噢,那你们的问题是什么?"

所有的孩子转头看向窗外,苏菲跟着他们的眼神,看到蓝色森林上方有一个巨大的记分板,所有学生用成绩排序。发光的红线把记分板分为三个区域:高分组、中间组和垫底组。因为绿雾的关系,她看不清楚上面的名字,除了霍特之外,因为他高居第一名。

"第三年是追踪年,"拉文抱怨地说,悲惨地拔着修剪好的黑发,"下星期开始,我们就要根据排名,被分到领袖、心腹、转化物的宿舍去。"

"也就是说,像我这样的永生者得在邪恶的科目上表现良好,要不然我们会变成毒蟾蜍!"米莉森特挑衅地说,"这全是你的错!"

"永灭者的状况也好不到哪儿去,"莫娜说道,"现在全校都是邪恶学院,我们得跟原来两倍的人竞争!"

"而且即使你的排名在领袖那一区,你的作业也是别人的两倍。"维克斯说道。

"而且心腹得跟随他们的领袖,领袖叫你做什么你就得做什么。"莉娜不满地说。

"而且转化物得变成动物来上课!"碧翠丝说道,"如果你连续三次课堂挑战失败,你就会变成植物!"

"你有什么好抱怨的?你的成绩不是在领袖区吗?"希子说道,转头看着她,"我是全校倒数第三名!假如我最后变成郁金香呢?我根本就没办法专心,自从……自从……"她的泪水涌上来。"特里斯坦最喜欢郁金香!以前他会把郁金香放在他头发上。"希子用面纱擤鼻涕,"他那么爱我。"

"我的老天爷啊,假如你是地球上最后一个女孩,他也不会爱你,"碧翠丝邪恶地说,"还有,你这个智障,我才不要当恶的领袖!很久很久以前,我差点儿就是善良学院的班长了。现在我得要变丑,诅咒人,还得有心腹跟着我?"

"老实说,这听起来像是你每天做的事。"苏菲喃喃说道。

碧翠丝不可置信地看着她。

"就算是男子学院也比现在好多了,"查迪克不满地说,"我们的城堡那时候虽然也有阶级，但至少没有讨厌的小精灵，如果你迟到一秒钟，他们就像蜜蜂一样蜇你。还有艾瑞克，根据他随便捏造出的规则，我们就得被送到末日审判室里接受酷刑，学院里的每个男孩都被他惩罚过十次了吧。"

"他昨天因为我的上衣没扎进裤子里惩罚我，"尼古拉斯说道，"那个人完完全全、从里到外都很邪恶。"

"而且这不是称赞。"维克斯小声说。

苏菲等他们再多说一点儿，不过所有的男孩只是看看彼此，看来他们被酷刑折磨出革命情感来了，不说话地转头看着苏菲。

"过去两百年来一切都没问题，直到你来了之后，把善恶的系统弄得乱七八糟。"拉文吼道。

"男孩和女孩也是！"布罗纳也加入大吼。

"我希望阿加莎和泰德罗斯闯进来把校长杀掉！"阿拉克涅激动地说，"我希望他们让善回来！"

"让善回来！"碧翠丝大叫，所有的学生团结一致，脚规律地蹬着地板，一起喊着："让善回来！让善回来！"

苏菲睁大眼睛看着这一切，一句话也说不出来。如果所有人都站在善那边，那她要怎么找到间谍？

"那是你的工作，你这个傻瓜。"一个尖锐、凶狠的声音从外面传来。

门忽然被打开，三个学生快步走进来，大声谈笑。

"要跟着我，而且照我的话做。"一个苍白的女孩发着牢骚，她肮脏的头发上掺着黑色和红色，脖子上有骇人的恶魔刺青。

"希望我在追踪年的成绩可以是领袖，而你是我的心腹。"有白化症的女孩用嘶哑的声音说道，三只黑色的老鼠从她的口袋里探出头来，"我会证明你接下来的人生都得拍我马屁。"

"我父亲说，假如我成为领袖，他会买一匹马送给我。"跟在她们后面的女孩轻快地说。她像气球一样圆，正在吃一束巧克力雏菊，"上次我不小心把我的马弄死了。"

"是因为你坐在它身上吗？"白化症女孩嘲笑地问。

"我喂它吃了太多软糖。"圆圆的女孩说道。

忽然间这三个女孩停下来,抻长脖子看着苏菲。她们露出牙齿微笑,同时坐下来,双手交叠放在包上。

"对不起,我们迟到了。"有刺青的海丝特说道。

"卡斯特要我们去心腹楼梯帮忙给一条龙善后。"白化症的阿纳迪尔说道。

"龙的粪便很多。"肚子圆滚滚的多特说道,嘴里还嚼着什么。

苏菲差点儿要跳下讲桌,拥抱她之前的室友。"噢,感谢老天!我真正的好朋友。"她的脸开朗起来,在一群坏脾气的学生里看见三个微笑的女巫,让她松了一口气,"至少有人看到我很开心!"

"我想还没到开心的程度。"海丝特喃喃自语。她正要把书包打开,发现身边的人都带着怒气冲冲的表情。

"又来了,"海丝特不满地说,"你们现在都在邪恶学院,也就是说,你们得为恶而战。看看我:艾瑞克在故事考验时,在我肚子上刺了一刀,现在他说什么我都照做。你们想要保住小命吗?你们希望太阳不要融化吗?那么就照老师说的做,帮苏菲杀掉阿加莎和泰德罗斯。"

"我以为阿加莎是你的朋友。"拉文不屑地说。

"我有没有听错?这些才是我的朋友,"海丝特说着,发亮的红色指尖指着阿纳迪尔和多特,"人人闻之丧胆又想加入的女巫帮,才不理会别人怎么想的小圈子,恶名鼎鼎、罪大恶极、原汁原味的第66号房之女巫三人帮。"

"多特还胖了回去。"阿纳迪尔打趣道。

多特皱眉。

"阿加莎当然很值得喜爱,有点儿类似你对残废小狗的感情,"海丝特继续说,"但是我因为保护她,差点儿死在艾瑞克手下,因而学到了重要的一课。我所希望的就是邪恶学院的课程继续下去,好让我们继续学习恶行,当一个更杰出的恶人,不要像我那没用的妈妈一样。而现在由于苏菲的关系,我们不止有一所邪恶学院,我们有两所。"

"而且有史以来第一次,恶人可以去永灭者之地!"多特陶醉地说。

"你知道这是什么意思吧?"她对拉文眨眨眼,"恶人的情人节!"

拉文一阵恶心。

"假如我们不想要爱情也没关系，"阿纳迪尔说道，露出厌恶的表情，"只要苏菲的故事结束了，恶会证明它可以赢，恶人就可以脱离死亡的诅咒。"

"敬恶获得自由！"海丝特欢呼。

"敬自由意志！"多特跟着欢呼。

"敬苏菲皇后！"阿纳迪尔大喊，拳头用力地捶桌子，海丝特和多特跟着呼喊，三只黑老鼠尖声叫着，"敬苏菲皇后！敬苏菲皇后！"

没有人加入她们。"他们已经欢呼过'让善回来'了，是吧？"多特叹道。

苏菲对着她的三个女巫拥护者微笑，至少她知道谁不是间谍。

她背后的门忽然被打开，一只超胖的粉红色火鹤蹒跚地走进来，或者说大部分是粉红色的火鹤，因为有一个狗头接在火鹤的身体上，试着看路，但明显并不擅长。"对不起，我迟到了，"它讨好地说，用奇怪的姿势靠在墙上歇息，"卡斯特今天身体不太舒服，我替它教心腹培训课，带学生一起唱我为我们优秀的院长——艾瑞克阁下作的颂歌，慷慨激昂。你们想听听看吗？若有五十二人编制的交响乐团和女高音合唱，效果会更好，不过我相信我可以创造出这个效果……"

它看见苏菲站在教师桌前："噢，你好……我以前的学生。"狗头嗅着气味。

苏菲瞪着波鲁克斯，双头的看门狗，每次都输给它疯狂的兄弟卡斯特，所以不能使用自己的身体。她大可以永远不需要再看到这个老油条、没骨气的谄媚者，它很明显地在拍艾瑞克的马屁，所以不用像其他善良学院的老师一样被关起来，就像去年它一直奉承阿谀伊芙琳·萨德，所以不用像其他男生一样被驱逐出校。更糟的是，波鲁克斯对于迟到的理由明显在说谎，因为她的三个女巫朋友才说她们帮卡斯特清理龙大便。

"你要不要跟你同学一样坐在下面？"波鲁克斯试探着，仿佛正在读她的心思，"我想你会把这堂课交给我，因为过去几个星期都是我在教。"

"我在这里很好。"苏菲回嘴，很高兴自己是老师，因为可以激怒这笨蛋。她转头面对同学："你们可以告诉我，你们之前都在学些什么吗？"

"《苏菲与阿加莎的童话故事》，从头到尾，从尾到头。"霍特答道，他没带书也没有书包，把衬衫拉起来展示肚子上的伤痕，"你知道的，就是试着发现阿加莎和泰德罗斯的弱点，这样我们才可以把他们干掉，以摆脱输家的命运。"他坐下来，把盖在黑眼睛前面的刘海儿吹到一旁，伸展四肢打哈欠。

苏菲瞪大眼睛看着霍特宽阔的肩膀、不规则的胡楂儿、慵懒的态度。才一个月，他已经从懦弱、最不起眼的人物变成让少女迷恋的对象。她注意到其他女孩都在偷瞄他，永生者和永灭者都是。这一定是改造咒。她一边想，一边看着他吹刘海儿。或是他有一个双胞胎兄弟，或是他跟魔鬼做交易，或是什么其他的……霍特注意到她在看他，狠狠地瞪回来，跟之前在门厅一样。苏菲全身僵硬，假装在听波鲁克斯讲话。

"就像霍特说的，第一个星期我们讨论了泰德罗斯作为王子的缺陷。"狗头说道，忽然移动到讲台上，把苏菲扫到一边。它挥一下翅膀，墙上的棒棒糖碎片就重新排列，重现《苏菲与阿加莎的童话故事》里泰德罗斯最糟的时刻。"所以我们学到了什么呢？好，海丝特！"

"他有严重的父亲情结。"海丝特说道，斜眼看着画中泰德罗斯在梅林展览园里杀了一只滴水兽石像。

"很棒！好，阿纳迪尔？"

"他无法相信女孩，因为他妈妈离开了他。"阿纳迪尔答道，指着泰德罗斯在邪恶学院大厅里朝阿加莎射出一支箭。

"正中核心！多特？"

"他对剑有偏执。"多特加入，对着泰德罗斯差点儿在森林里亲吻菲利普的那一幕点头。

波鲁克斯对她眨眨眼："接着来谈我们今天的挑战……"

苏菲的思绪从霍特身上移开，仔细研究画里的自己。那是自己变作菲利普跟泰德罗斯在一起时的样子。她是男孩的时候，富有耐心又柔软，而泰德罗斯很脆弱，她得以看到他男子气概的外表下真实的样子。他们在很短的时间内变得很亲近，不只是形影不离，也是灵魂之交，就像阿加莎跟她曾经的样子。苏菲脸红，回忆起在蓝色森林里的一点一滴，包括他终于碰触她的那一刻。当然，这一切都始于谎言，如果泰德罗斯知道她是谁，一定不可能对她卸下心防。她已经永远失去那时候的泰德罗斯了，那个完美、漂亮、试着亲吻自己最好朋友的男孩……

苏菲的脸迅速红起来。泰德罗斯要杀害拉斐尔，她还因为他而脸红？

你已经有真正的爱人了。她咬牙，用力捏自己的大腿。不要再去想以前的事了。

"所以，有了以上的基础，"波鲁克斯像小孩般说话，鸟的身躯把苏菲挤到讲台的边缘，"今天的课堂挑战是深入泰德罗斯的内心，有段时间你们要躲在魔法泰德罗斯面具后面。由于苏菲坚持要扮演'老师'，她负责判断谁的举动最像真正的王子，她认为最像泰德罗斯的同学将赢得第一名。"它给苏菲一记猛撞，苏菲从讲台跌到地板上。

"你觉得如何？"它从讲台上往下看着她。

几分钟后，苏菲站起来，用一块发臭的黑布蒙住眼睛，她听到学生挪动座位的声音。

间谍一定是泰德罗斯的朋友，他们打算帮他闯入学院，她想。间谍是唯一一个自他消失之后还跟他保持联系的人。也就是说，不管谁赢得这个挑战，都表示他熟知泰德罗斯因而能模仿他，这人无疑是头号嫌疑人。

"每个人都找到新座位了？我不希望苏菲记得你们之前坐在哪里。"波鲁克斯的声音响起，接着她听到后面有东西重重落在地上，"现在懂了吧，隐形斗篷咒会把你的脸用幽灵面具盖起来。不要去碰它，要不然它可能会永远粘在你脸上。听到了吗？不要碰它。"

"这学院真不安全。"莉娜发着牢骚。

"准备好了吗？"波鲁克斯说道，"一……二……三。"

苏菲听到很大的爆裂声，伴随一阵风，然后一片沉寂。

"面具好烫。"拉文的声音抱怨道。

"而且好白。"海丝特的声音呻吟着。

"嘘！"波鲁克斯警告，"苏菲，站定位置……准备好了，开始！"

苏菲把黑布拿开。

假如她刚刚因为看到泰德罗斯在墙上的画像而有些脸红，那么现在她的脸则跟波鲁克斯的羽毛一样红。

因为四十个泰德罗斯坐在她面前，都有着晶莹的蓝眼睛、松软飘扬的金发和黝黑无瑕的皮肤。面孔之下是一团朦胧的东西，边缘的地方闪闪发光，所以她无法分辨面具下的脖子或衣服。有些泰德罗斯在微笑，有些斜眼看她，有些冷淡而心不在焉。当她扫视这些帅气的脸庞时，觉得自己的脸颊更烫了。

不要再脸红了，你这个笨蛋！泰德罗斯再也不是你的朋友了！不，这男孩拒绝了你，选择了你最好的朋友；这男孩想要杀害你的真爱。这个善良学院的模范人物还安插了一个间谍，就在这间教室里面……

"所以呢？"波鲁克斯不屑地问。

苏菲鼓起勇气，进入泰德罗斯海。一个接一个，她分析他们，但是只需要几秒钟她就可以看出伪装。笑容太嘲讽或太愚蠢、姿势太僵硬或太放松，或一瞬间的自我怀疑——头的角度、喉咙的移动——那是泰德罗斯绝对不会有的姿态。

第二排有个泰德罗斯差点儿骗过她，但是当他们眼神接触的时候，他的眼神退缩了。真正的泰德罗斯，强壮而不屈服，眼神绝不退缩，直到你的心融成粉，那一刻你就被他俘虏了。这一点让他周围的人望尘莫及，现在她已经走到最后一排，看来是找不到间谍了……忽然，最后一个泰德罗斯让她整个人僵住了。

她直直看进他稳定的蓝眼睛，那里闪现调皮的神情。他咬着丰满的下唇，一边的眉毛弓起来，几乎比泰德罗斯更泰德罗斯，苏菲感觉到身体里有一道火光蹿过。

就是这一个，她想，准备行动。这个人最了解泰德罗斯，他就是间谍。

她靠近他，试着逗弄他，这间谍竟敢把她当成猎物。但是她越发靠近，她越能感受到王子皮肤传来的温暖，闻到一股混合着薄荷与木质的香味，苏菲的心跳越来越快，她知道这人不是间谍——这就是他，真的泰德罗斯，他甩了阿加莎只为了要和她在一起！她惊讶、慌张，又喜悦，她抱住他大叫："泰迪，是你！"

橡胶面具忽然融化,霍特回瞪着她。

"不要碰!"

苏菲惊讶地退后几步。

绿烟皇冠在霍特的头上爆出"1"的数字,当排名的数字在每个人头上出现时,他们的面具融化,显露出原本的面目。

"做得好,霍特!"波鲁克斯说道,"你一定可以帮助我们的皇后杀掉真正的泰德罗斯。"

"当然。"霍特说道,仍然用刀子一样锐利的眼神看着苏菲。

"我最终大概会变成一根豆芽。"希子在他背后哀号道,写着"20"的黑云在她头上下着雨。

苏菲搞不清楚发生了什么,她稍微回过神儿来,小精灵已经吵吵闹闹地进来,学生们冲出教室,挤到走廊上。她好像喝醉酒一样,跟在学生后面,试着搞清楚为什么霍特会变成泰德罗斯,而泰德罗斯又变回霍特,而为什么自己会去拥抱泰德罗斯——

三个女巫忽然通过她面前的门。

"差点儿被抓到我们用清理龙的大便当借口。"多特轻声说道。

"早就跟你说过,叫你用另一个借口。"海丝特抱怨道。

"还好没人注意到。"阿纳迪尔小声地说。

苏菲摇摇头,甩掉头昏脑涨的感觉,追赶她的前室友,想要像以前一样与她们一起讨论。"喂!等一等!"她兴奋地大喊。

但她们没有等,听到苏菲声音的时候,三个人都僵住了,用比之前更快的速度往前跑。

苏菲一个人站在走廊上,看着她们的身影没入穿黑袍的一群人里,她的笑容渐渐消失,感到失落,不能理解为什么她的三个好友表现出根本不是她朋友的样子。

第十三章
真爱刺青

通常善恶魔法学院的老师都会同时教好几门课，但是莱索夫人只给苏菲一堂课，身为院长的她把她认为最了解阿加莎和泰德罗斯的学生放在这一班。然而，下一堂课开始的时候，苏菲在韩赛尔小屋里乱想，而不是去课堂上找出间谍是谁，或思考那两个永生者打算怎么闯进来。

一定不是霍特，虽然他赢得了这个挑战，但他一直讨厌泰德罗斯，也没有理由帮助他。

那么会是谁呢？谁会冒着生命危险帮助善良一方并试图杀掉拉斐尔呢？谁会冒着生命危险帮助善良一方并把自己拉回善这边呢？

她漫步经过教室，瞥见老师们正在教学生怎么伏击阿加莎和泰德罗斯。教丑化课的曼利教授正在带领学生做伪装挑战,让他们神奇地与学院的摆设合为一体,吓敌人个措手不及;恶魔史课上,拉斐尔正在讲解过去的侵入者怎么闯进善恶魔法学院;天赋异禀课上,希克教授正在进行公开挑战赛,学生可以运用自己的天赋异禀攻击彼此;蓝色森林里,艾瑞克强迫学生参加障碍集训营,落后的人得接受小精灵蜇针惩罚。

站在三楼的阳台上,苏菲对艾瑞克感到好奇,他对学生大吼、发号施令,汗水沾湿他的无袖上衣。对一个嗜血的愚蠢暴徒来说,他几乎是病态得好看。

她的脸红起来,不可置信自己竟然这样想。

艾瑞克忽然抬头看她,仿佛察觉了她的心思,给她一个锐利的微笑。

有一只手碰触她,苏菲尖叫一声。

"真高兴我仍然令人害怕。"拉斐尔开心地微笑。

苏菲看着她英俊又年轻的未婚夫,他衬衫上的系带松开了。

"抱歉……我只是……"

拉斐尔往下看,看到她视线范围里的艾瑞克,年轻的校长脸上的笑容凝结了:"课上得怎么样?"

苏菲注意到他后面不远处,霍特站在角落,碧翠丝跟他眉来眼去。

"苏菲?"

"嗯?"

拉斐尔发现苏菲在看霍特,她赶紧把视线转回拉斐尔:"噢,好极了!课上得好极了。"她胡说八道。

校长皱眉:"好吧,我得先进去了,午餐时间我再来找你。我们在阳台上有个私人角落……"

但是现在苏菲瞪着经过的莉娜和拉文,两个人都戴着白色天鹅别针,上面写着"让善回来!",还画着泰德罗斯帅气的脸庞。王子被画得很有英雄气概,风度翩翩,苏菲的心被撩动了。

拉斐尔转头一看,他们俩身上的别针马上变成黑天鹅,上面出现的是拉斐尔年轻的脸以及"邪恶最酷!"的口号。他的眼神变得严峻,转头看着苏菲。

"你看起来心不在焉。"他冷酷地说。

"我？没有，没……"苏菲赶紧咳嗽，"只是很累。你知道的，我还没完全康复……"

拉斐尔像宝石一样蓝的眼睛慢慢地看进她的眼里，仿佛要撼动她的灵魂，苏菲的胃翻搅起来。她亲他的脸颊，紧握他的手臂："午餐时候见，好吗？"

好一会儿，拉斐尔在她的脸上搜寻着什么……终于软化下来："不要迟到，我等你。"他冰冷的手指轻触她的嘴唇。

苏菲看着他走进教室，他回头时，给了他一个明亮的微笑，再挥挥手……

门关上的那一刻，她像野兔一般飞奔……她急需一个可以思考的地方。

拉斐尔说得没错，她分心了，忽然没办法把注意力集中在她唯一的真爱上。她戴着真爱给她的戒指，那是她穷尽努力在故事结尾获得的真爱。但她却被某样东西分心了，那个从她出生那天起就让她分心的东西——

男孩。

太多男孩了。

苏菲关上冻结的门，站在旧的荣誉塔楼顶上，看着不带温度的灰色阳光。她背靠着黑色玻璃，眺望着绿色海湾之外，无边森林躲藏在微弱光线下，虽然是早晨，但看起来像是薄暮时分。她深吸一口气，往梅林展览园走去，这个以亚瑟王为主题的园区一直是她和阿加莎想事情时喜欢去的地方——

她瞪大眼睛，不敢相信眼前所看到的景象。

展览园的篱笆不再呈现亚瑟王的故事——而是他儿子。苏菲在花园里走动，浏览各种以泰德罗斯为主题的布景：光着上身的泰德罗斯与阿加莎的初次会面、泰德罗斯邀请阿加莎参加冰雪舞会、泰德罗斯在无边森林拯救被荆棘划得满身伤痕的阿加莎……

为什么邪恶学院要颂扬善的爱情故事呢？她想，仔细看着在泰德罗斯臂弯里的阿加莎。旧日的嫉妒情绪又开始翻腾，她试着安抚这样的情绪，提醒自己泰德罗斯已不再是她的真爱了。他是阿加莎的，就像拉斐尔是她的一样。

然而，十分钟过去了，她仍然在篱笆前面闲晃，仔细观看每一个纪念泰德罗斯与阿加莎爱情的雕像，无法抽离出来。她走到最后一座王子与公主的雕像前面。

这很奇怪，不是吗？苏菲想，又更靠近一些。她的男孩……比泰德罗斯更英俊、更聪明，比他好上一百倍……那么她现在为什么要垫着脚尖，用戴着戒指的手指去抚摸好友的雕像呢？

她的指尖忽然爆裂，变成一个水痘。

苏菲惊讶地呼吸不过来。

血一般鲜红的水痘追逐着她的手、手臂、肩膀，像一只肉食动物找寻食物，而且烫到她无法呼吸……

几秒钟过后，她像只犀牛横冲直撞地穿过旧日的英勇塔楼屋顶廊道，撞倒第四节下课出来的学生们，他们看到她都纷纷把背贴在墙上。她冲上旋转楼梯，推开院长办公室的门。她全身布满迸发出的水痘，一直延伸到她的脖子和脸。

曼利教授和莱索夫人站在窗边冷静地看着她。

"早就跟你说过一定会有人受伤，比利乌斯。"莱索夫人叹道。

"如果他们蠢到去摸永生者的爱情故事，"曼利瞪着苏菲，"马上去焕然一新房泡蒸气浴。"

"但是萨德院长之前把焕然一新房烧掉了！"苏菲痛苦地呼吸着。

"只有女孩的被烧毁了，"莱索夫人说道，"去用男生的。"

苏菲急奔上楼，拉斐尔的戒指在她肿胀的手指上犹如刀割。

"苏菲？"曼利大声叫她。

她回头。

"你对拉斐尔的爱为所有的恶带来启发，"他说道，态度软化下来，"包括教师在内。"

苏菲勉强挤出微笑，赶紧跑开。

苏菲往下跑了四层楼，当她好不容易到达男孩的焕然一新房时，水痘已经布满她整张脸，脸上的皮肤和眼皮肿起来，都快要看不到眼睛了。所幸男孩的水疗室看起来很空旷。她流着泪眯起眼扫视四周，看到有迈达斯黄金蒸气汗舍、农民主题日光浴场、雷神锤健身区、咸水泳池、土耳其浴池，空气中充满硫黄味和汗味。她的左眼忽然肿胀起来，完全睁不开，她摇摇摆摆地像只独眼龙一样往浴缸走去，一靠近边缘，整个人就头向下沉入滚烫的水里，她的衣服膨胀得像降落伞一样巨大。

身上的红色脓包迅速消退。

浴缸的泡泡集中在她肿胀麻木的脸颊周围，她的皮肤慢慢恢复到正常状态，终于可以感觉到水柱冲在她干净的脸颊上，手上的戒指也变松了。她松了一口气，浮到水面上，像浮出海面的美人鱼把头发甩到后面，脸上挂着微笑，睁开眼睛。

霍特隔着蒸气怒视着她。

"这不是我们那说谎成性的小姐吗？"

苏菲脸色惨白，像一只螃蟹般仓皇后退。

"害怕了，是吗？"霍特奚落她。

"不是，我只是没有跟随便什么男孩一起泡蒸气浴的习惯。"苏菲不屑地说，从浴缸里站起来。

"随便什么男孩？"霍特冷笑，"去年我是你最好的朋友，记得吗？帮你通过男孩的课堂挑战，帮你打泰德罗斯，你承诺过会带我去故事考验，结果却带了泰德罗斯……"

"谢谢你找我聊天。"苏菲含混地说，匆忙地离开，却发现手臂上还有一块红色斑痕没痊愈。

"再等几分钟就会痊愈了，"霍特在她背后说，"你现在离开的话，会留下永远的伤疤。"

苏菲隔着雾气瞪着他，他只穿着黑色短裤，苍白结实的胸膛因为热气变成粉红色。

"再等几分钟。"她模糊地说，滑进浴缸，尽可能到离他最远的角落。

"排名第一才有的福利，我什么时候想来这里都可以，老师不会有意见。"霍特一边说，一边抠手臂上的一颗青春痘，"现在我明白为什么泰德罗斯对这地方着迷了，自恋的人一定很喜欢这里。所幸他们有啄木鸟帮他们确认时间，要不然颜值这么高的王子大概永远不会想离开。现在那些鸟大概跟善良学院的老师关在一起吧，仙女也是，你应该去看看现在被迫洗衣服的是谁。"

"我不懂，为什么邪恶学院的城堡里仍然有焕然一新房呢？"

"问问你新的男朋友吧，"霍特不满地说，"他用得比谁都凶，很明显他想要在你面前表现出最好的一面。"

"拉斐尔用焕然一新房？"

"噢，他现在有新名字啦？他的确需要一个新名字来配合那张新的脸，这样你才不会想起旧的。策略不错，但我还是会继续叫他'校长'。"

"他没有比你或我老。"苏菲辩护道。

"你继续催眠你自己吧。我没办法说太多他的坏话，因为我请求他之后，他就让我父亲有了个长眠的坟墓，虽然不是在尼克洛山脊，我父亲应该埋在那个专门埋葬有名恶人的地方，但是秃鹰闸也够好了。尤其是校长并不特别喜欢我，你知道的，因为我喜欢你之类的，不过至少他还算宽容，让我父亲能够安息。"

"你看，所以他不是那么坏，对吧？"苏菲安抚地说，"现在你父亲终于得到应有的安葬之地，因为他有个高贵、坚持不懈的儿子为他安排这些。"

霍特点点头，试着掩饰自己在吸鼻子。

"看起来，你自己也花了很多时间在焕然一新房里，"苏菲取笑他，"你刚刚模仿泰德罗斯真的惟妙惟肖。"

"嗯，我应该比任何人都更了解他，不是吗？"霍特回嘴，态度强硬。

"呃？为什么你会知道有关泰德罗斯的事？"

霍特咆哮一声："你要不是在说谎，要不就是你跟外表看起来一样笨。你第一年是个女孩的时候，为了他甩了我。第二年是男孩的时候，又为了他甩了我。他把你当垃圾，你却为了他说谎、欺骗、偷窃，而我处处帮助你、照顾你，像对待皇后一样崇拜你，结果你对我像对垃圾！他有什么我没有的东西吗？是什么让他这么惹人爱而我惹人厌呢？你知道我问自己这个问题多少遍了吗，苏菲？有多少次，我像研读一本书一样，研究、模仿他的一举一动，想了解为什么他比我像个人。又或是为什么他一走，你就接受校长或拉斐尔或米开朗琪罗或多纳泰罗或随便一个会让你觉得好过一点儿的名字的戒指，只因为他长得是你喜欢的样子？说你想听的话？你明明可以找到一个诚实、善良又真实的人啊！"他黑色晶亮的眼睛直视着她。

苏菲检查手臂，恨不得马上离开浴缸，但是她的水痘还在痛。"首先，霍特，不可以说我笨。其次，去年我说对不起的时候，请相信我，好吗？我不知道为什么从我嘴里说出他的名字而不是你的。但我跟他已经结束了……真的，我不知道还能说什么……"

"好像我会相信你说的话，"霍特不屑地说，"在我脑中不知道已经杀了你和亲了你多少遍了，但你根本不值得。"

苏菲瞪着他。

霍特叹气，拨弄着水："不过我学乖了。没人想要过去的霍特，所以请看，这是新的霍特，改良自你那帅气、有男子气概的王子，女孩们会贴上来的霍特。"

"但这个霍特又不是真的，"苏菲皱眉说道，"这个霍特不是你。"

"不管这个人是谁……"霍特的眼睛盯着她，"他终于得到你的注意了，不是吗？"

苏菲沉默不语。

"好恶心，手指都变皱了，"霍特转过头，检查自己发皱的手指，准备爬出浴缸，"还有，你的新男友可能正在等你。"

苏菲看着他爬出浴缸，水从他背上滑下来。

"霍特？"

他停下来，仍然不看她。唯一的声音是他短裤上的水滴落在地上的声音。

"你还爱我吗？"她小声说。

霍特慢慢地转头看着苏菲，脸上挂着悲伤的微笑，看起来像她认识的那个自然、坦率的朋友。

"不。"

苏菲别开眼睛。"那就好，很高兴听你这么说，"她语调轻快地说，抬起头之前先整理自己的洋装,"你知道的,我有个新男友,而且……"

但霍特已经离开了。

有很长一段时间,苏菲待在蒸气缭绕的水池里,一边流汗一边看着霍特刚刚待着的位置,即使她的手臂已经痊愈了,即使她的皮肤都泡皱了。直到她听到小精灵的高频声音在城堡里响起,才意识到她不只是错过了午餐时间。

午餐时间已经结束,她整个错过了。

拉斐尔没有太不高兴,感谢老天——她宣称她在赴午餐的路上,迷失在人群里("这里像人挤人的动物园,拉斐尔。"),不小心把自己困在扫把柜子里("每样东西都黑不拉叽的——无法分辨柜子和学生!")。拉斐尔打断她,看起来压力很大,他说他自己也赶不上午餐,说他在旧学院里有重要事务要处理,占据了他整个上午。他轻吻她,然后就离开了,她终于摆脱了困境(除了严厉的莱索夫人来访,责骂她揪出间谍的计划一点儿进展也没有)。

苏菲把膝盖曲起来,盯着撰写者看,它静止在空白的页面上。从傍晚开始,撰写者就没再画任何新的场景,之前它画到阿加莎和泰德罗斯在一个兔子洞里消失,而泰德罗斯因为看到一个长胡子老人而昏厥过去。她试过往回翻,想要知道那老人是谁,以及阿加莎和王子究竟在森林何处,但是当她碰触书页时,撰写者迅速刺了她一下,差点儿刺穿她的手。看来当故事正在展开的时候,你没办法回头。

苏菲心不在焉地做了几个瑜伽动作,试着把那两个永生者驱除出自己的脑海,但是失望地放弃,一屁股坐在床上,看向窗外。

远方的某处,她的好友正在写他们那一边的故事;远方的某处,他们正前来援救她脱离这所自己曾千方百计想要脱离的学院……他们正前来说服她永远离开恶以及校长……

他们天真地这样想。其实她在邪恶学院里觉得很自在。当然,她的第一天有些波折,但是她仍然是教师及皇后,比其他所有学生的地位都崇高。更重要的是,她即将迎接两百年来恶的一方在童话故事里的首胜!她会成为传奇,比白雪公主、辛德瑞拉以及其他那些双眼无神的粉红公主有名,因为她们从没有自己的想法……

仔细想来，我也曾经像那些傻瓜一样。

但是现在，她已经准备好为恶挺身而出。

甚至杀人。

不像在她之前的那些恶人，她有想要保护、值得为之奋战的人。

拉斐尔，她想，一边欣赏戒指，一边想象他无懈可击、像雪一样冷的脸反射在戒指上……

然而，她看到的却是霍特，氤氲的蓝色蒸气里，他那粉红色、温暖的皮肤……

然后是紫色眼睛的艾瑞克，带着原始魅力，在森林里流着汗……

苏菲靠着墙整个人缩起来，一阵呕吐感袭上来。

她终于找到真爱了，然而现在却在幻想霍特？艾瑞克？在她为真爱付出这么多努力之后？

不论如何，拉斐尔必须是她的真爱。

没有其他人爱她了。

连霍特都不爱她了。

我需要证明，她想，我只是需要证明。

我需要拉斐尔是真爱的证明。

那么我就不会再怀疑。

那么我就不会再想其他的男孩。

她抬头看着黑暗、空旷的房间。

去找证明，她在心里乞求。

证明他是我的真爱。

校长的房间一片沉寂。

忽然间，她手上的戒指开始动起来。

它慢慢滑出她的手指，在关节处停了下来。

它静止不动了一会儿，苏菲的左手还可以感到金属的凉。然后，就在她眼前，戒指忽然神奇地融化了，金色越来越暗，越来越黑，越来越柔软，最后解体成为一圈闪着微光的黑色液状物。

苏菲屏息，瞪着墨戒，它在她手指上潮湿而温暖，像水蛭一样紧抓着她的皮肤——

但她现在知道戒指想要做什么了。

它在她的手指上写下第一个字母。

它写下她真爱的名字。

就像她提出的要求。

苏菲微笑着把眼睛合上，让内在的小精灵教母引导自己。

戒指被她身体深处的某种力量控制，冷静地在她皮肤上刻着字母，每当它刻下一个新的字母，苏菲觉得灵魂更自由、更轻盈，仿佛一股下沉的重量被抬起来，仿佛让戒指移动的力量来自她真实的自己、更纯粹的自己……直到戒指终于写完最后一个字母，又变回固体的金子，无疑地，戒指在她身上写下拉斐尔的名字……会永远和她厮守的拉斐尔……

苏菲慢慢睁开眼睛，看到用黑色墨水写成的名字。

那不是拉斐尔的名字。

她震惊地从床上跌下来。

她先是僵住不动，然后用洋装的裙摆擦拭那个名字，想让它消失。

它仍然在那里。

她用指甲抠，在地上敲，对着墙壁摩擦，但是墨水比之前更深了。她震惊得不知道怎么办才好，躲在床边，把手藏在洋装里，想要让尖叫的心冷静下来。

在那里的名字根本就不重要！

那个名字绝对不会是她的真爱。

那个名字绝对不会带给她幸福快乐的结局。

因为戒指在苏菲皮肤上烙下的刺青，它向她保证会是真爱的是——她应该要杀掉的王子。

第十四章
魔幻神境

"我想我的出场可能有点儿太戏剧性了。"梅林一边用富有音乐性的男中音说道,一边把泰德罗斯放在沙发上,他的紫色长袍不小心盖在王子的脸上,"但是一个好的魔法师总不能像送快递的男孩一样闲晃进来,对吧?"

"不要跟我说话!"泰德罗斯含混不清地说道,他的声音沙哑,把梅林跟他的长袍推到一旁。"你以为你可以这样溜达进来,说说笑话,然后假装没事吗?"他擦擦愤怒的眼泪,把怒气发在阿加莎身上,"顺便跟你说,我没有昏倒!"

"把腿放到这里。"阿加莎冷静地说,把王子的袜子脱掉,将他湿冷的腿放到脚凳上。

"跟那些老废物说我没有昏倒!跟他们说!"

"他们忙着吃晚餐,压根儿没有注意你。"阿加莎回答,瞥见坐在餐桌上的

尤巴和其他联盟的成员,马上把头埋进盘子里,吃着红萝卜泥和燕麦粥,假装聊天。

"而且就算我昏倒了,你昏倒过两次。"泰德罗斯冷不防地说,用袖子擦鼻涕。

"很高兴看到卡米洛特王国的未来,掌握在成熟的人手里。"阿加莎说道,把另外一个枕头塞到他头下。

"他甚至比小孩更情绪化,真是难以想象!"梅林大声说道。他抽着烟斗,把长袍上的灰尘抖干净,坐进摇椅,拿下帽子,像嘉年华的魔术师一样,从帽子里拿出一根樱桃口味的棒棒糖。"对于他未来的公主,他父亲会说'找一个真心善良的女孩'。"梅林大声地吸着棒棒糖,"我呢,则会说'找一个以后会狠狠踢你屁股一脚的女孩'。"

泰德罗斯用力瞪他,双眼发红:"你觉得这很好笑吗?"

梅林打了个嗝儿,拉拉他的胡子:"泰德罗斯,我知道有很多需要解释的地方。"

"不,不需要解释,没什么好解释的!"泰德罗斯挥手,不让他靠近,"我九岁的时候,妈妈跟爸爸最好的朋友一起离开了,这么多人她偏偏挑兰斯洛特——兰斯洛特!我最崇拜的武士,他会把我背在背上陪我玩,我的第一把剑也是他给我的,我以为他是我的朋友,我妈妈连再见都没说,梅林!好像爸爸跟我是陌生人,好像我们什么也不是。但是,不管我大哭或诅咒我妈妈几百次,不管爸爸总是把自己关在房间里,至少我们还有你。我们家分崩离析的时候,是你让我们的家还像个家。"泰德罗斯的眼睛盈满泪水。"然而,一个星期后的某个午夜,你忽然消失了,就跟她一样。一句话也没留给爸爸,虽然你一直是他最依赖的导师。而且一句话也没留给我,你曾经带我去森林里找猎物,就像我是你的孩子一样。爸爸说你离开是因为你有生命危险——你创造了一个咒语,会让男孩女孩一团混乱,整个王国可能因而灭亡;而咒语已经传出去了,所以军队四处搜索你……但是我知道的梅林比任何军队都要更强大,没有任何危险会困住他;我认识的梅林会把我爸爸看得比自己的生命更重要。"

泰德罗斯叹了一口气。"我那时十岁,看着爸爸死去,他是那样虚弱,就像他曾经那么强壮。我一直跟自己说你会回来,梅林不可能就这样丢下我,偌大城堡里的孤儿,没父没母,没人在乎我。但是一年一年过去,我跟自己说,你一定是死了,没有其他可能。所以我就像哀悼父亲一样哀悼你,不管你在天堂的哪个地方,我在心里许诺说我一定要成为让你引以为傲的人。"泰德罗斯低泣,把脸埋在枕头里,"然而现在你竟然……活着出现在我面前?"

阿加莎盯着泰德罗斯,自己的双眼也濡湿了。她想要抚摩他、安慰他,但是他看起来不想要任何人靠近。她慢慢抬起头看梅林,不再视他为英雄,而是自私的老坏蛋。

梅林脸上原本的光彩消失了,他靠回椅背,动了动手指,棒棒糖蒸发在空中。"我原本应该更早离开那座城堡的,泰德罗斯。你父亲不再视我为朋友,而是个老傻瓜,在他身边打扰他,指手画脚,给他诸多限制。事实上,我离开的几天前,他来到我居住的洞穴,要求我创造一个咒语,好让他可以监视桂妮维亚,但我一直以来的原则是:人心太过微妙复杂,不能用魔法掌握。年轻时的亚瑟王会相信我的建议,直接找皇后谈,即便这样会伤害他的自尊心,或揭露出他还没办法接受的事实。但是年老的亚瑟王傲慢自大,从我的洞穴里偷走我的咒语配方,就像个一心只想报复的孩子,把自己从男人变成女人,只为了给妻子设陷阱。我必须离开卡米洛特,不只是为了保护我自己,更是为了保护你父亲。如果当时那咒语不在那里,或许亚瑟王和我会有不同的结局。不过这都是我一厢情愿的想法,因为在那天之前,他已经愤怒地对我说过好几次'我不需要你了'。"

泰德罗斯揉揉眼睛,脸颊上的红色慢慢消退:"那我呢?那我需要你怎么办?"

"我不能在你身上犯下和你父亲一样的错误,"梅林说道,"我保护他不接触到自己的弱点,也因此,那些弱点最后取得胜利。我必须让你写自己的故事,泰德罗斯……让你自己长大,直到你真的需要我才得以生存的那天。假如我跟你道别,你会跟着我进森林。你不会知道要离开你有多困难……因为我需要你比你需要我还要多。"魔法师的声音在颤抖。"我唯一的安慰是,我仍照看着你,像老鹰在天空盘旋,跟着你故事里的每一个转折。或许为你犯下的错误感到尴尬，因为它们实在很愚蠢。但同时知道所有这些错误都是你自己的，美丽的错误，而你会因此变得更强壮……我离开的那个男孩正在成长，正要成为不凡的男人与伟大的国王。"梅林微笑着说，"光从你选择公主的决定看来，确实如此。"

泰德罗斯和阿加莎看看彼此，红着脸别过头去，不确定他们是否仍在争吵。

"当然你们将来的小孩应该会很有趣。"梅林喃喃自语，仔细研究他们的脸。

阿加莎心头一紧，感到紧张又尴尬。

泰德罗斯打哈欠，把膝盖弯起来。"你让我经历了这么多事，至少可以为我做这个，梅林，"他抱怨道，盯着梅林，"老样子，请给我双倍的棉花糖和奶油糖。"

笑容绽放在梅林脸上。"我说过对吧？我一出现，他马上变成小男孩。"他叹道。他从星星锥形帽里拿出一个高高的石头马克杯，热巧克力冒着蒸气，上面有两团松软的棉花糖和撒着七彩巧克力米的鲜奶油，放到王子的手里。

泰德罗斯正要喝一口，突然抬头看阿加莎："想要试试看吗？"

阿加莎眨着眼睛。她的王子是英勇的模范人物，但说到食物就是另一回事了。他基本上把加瓦顿家中所有的食物都吃光了，已算不清有几次他趁她不注意时，把她盘里的食物扫光，至于他自己的食物，连一小口都没分给阿加莎过。所以当他伸出马克杯时，看起来是如此帅气、认真，眼泪涌出阿加莎的眼睛，让她像个傻瓜——因为经历了这么多争吵、对峙和互相嫌恶之后，泰德罗斯仍爱着她。

阿加莎从他手中接过温暖的马克杯，啜了一口醇厚的热巧克力与糖果点缀的鲜奶油，甜味在她舌上爆发、扩散，就这一口，她仿佛吸进韩赛尔小屋所有的味道。"哇！"她身体颤抖，正准备再啜一口，但泰德罗斯用力抢过去，害她差点儿呛到。

"你这几年都到哪儿去了，梅林？"泰德罗斯终于问道，嘴唇上方沾着奶油的胡须，看起来就像他的导师一样。

"探索森林呀，亲爱的孩子！"梅林答道，手伸进帽子深处拿出一颗圆圆的黄气球，它神奇地轻掠过他的手，发出像老鼠一样的叫声，在他头上充气膨胀。"森林着实无穷无尽。玛哈德拉吃人的山丘、波纳克利克上下颠倒的王国、阿固尔永不散去的雾、乌迪王国由一位有八只手的皇后所统治……"气球发狂似的变幻成梅林描述的景象，想要赶上他的速度，"有一年我在艾塔札拉过圣诞节，这个王国里的每一样东西都是由牛奶和蜂蜜做成的，小河里流着新鲜的奶油，城堡由瑞士起司和蜂巢做成，道路则用浓稠的酸奶铺起来。可以想见那里的每个人都过胖，但是脸上洋溢着快乐的笑容，不过还是比不上纳普尔拉拉村民，他们因为罕见的先天性问题，出生时没有舌头。你会惊讶地发现，人们不能讲话时有多快乐。然而，不管我到哪里，人们都会认出我是亚瑟王故事书中的角色，待我如贵客，这也往往表示我必须施展一些过时的魔法才能获取晚餐和床铺（不过在基尔苢欧斯王国，我的床是巨型豆荚）。看到故事可以传这么远，我非常惊讶。不管我旅行得多远，每个国度都对亚瑟王的故事知之甚详，这激发我去更远的地方旅行，着迷于更多新奇的事物、有名的角色，更多时候是无尽的美景……"

　　忽然间气球爆破了，发出很大的声响，再次蹿回帽子里。梅林戴上帽子，叹了一口气："然而，所有的事物再怎么美，看久了也会腻。看着那些崇拜我的粉丝，我慢慢觉得内在的某个地方在腐朽，好像它终于要变得跟我的外在一样老，好像一直追求刺激的冒险失去了意义，因为我没有可以分享冒险经历的人……然而，正当我对自己说死亡的时间到了，尤巴竟然在比伦哈湖中间的冰河循线上找到了我。他说，十三联盟即将再度集会，还有，那个叫泰德罗斯的小伙子带着公主来了。"

　　阿加莎和泰德罗斯睁大眼睛看着他，仿佛陷在蜂蜜和起司里。

　　"再度集会？"阿加莎问，她的脑子还在试着追上来，"十三联盟曾经存在过？"

　　"它最开始的集会原因是什么？"泰德罗斯问道。

　　"问题来了，"梅林沉吟道，抓下帽子挡在眼睛前面，"我希望我是先知，这样我就有借口不用回答问题。晚餐结束前不准问问题，你们两个应该饿扁了。"

"我才不要老人食物。"泰德罗斯抱怨道,看着其他人正把剩下的红萝卜泥、燕麦粥和炖梅子吃完。

"现在你恐怕要吃也吃不到了。"梅林一边说,一边从帽子里拿出奢华的大餐,有猪肋排、番薯泥、奶油玉米、培根块、腌黄瓜及咖喱椰子饭,都装在银盘里。地上神奇地冒出一张银白色的野餐毯,摆放这些佳肴。"因为我也是老人,我准备的食物当然都是'老人食物'。吃吧,阿加莎。"他从帽子里拿出一个盘子给她,盛上满满的猪肉、黄瓜和玉米。

阿加莎口水都要流出来了,正要张口大吃,但是看到泰德罗斯像是被惩罚的小狗。她露出微笑,递出一根肋排:"要试试看吗?"

泰德罗斯露出喜色,两个人沉默地狼吞虎咽,梅林愉快地坐在摇椅上,舔一根新的棒棒糖。

"年轻真好。"辛德瑞拉发完牢骚,一边看着他们,一边吃着熬成泥的炖梅子。

"因为好玩?"彼得·潘露出留恋的表情。

"因为可以大吃特吃。"辛德瑞拉不满地说。

"看来你已经把一辈子大吃特吃的份吃完了。"匹诺曹不屑地说,接着看到整张桌子的人都瞪着他,"我刚刚有说那么大声吗?"

年轻的王子和公主只顾着吃,直到食物要溢出喉咙。最后,他们又加上卡布奇诺慕斯蛋糕作为甜点,结果实在吃得太撑,只好靠在墙上休息,肚子明显地凸起来。尤巴为他们拿来一壶热水和一块布,让他们轮流在帘子后面洗澡。梅林给了他们棉质的白色睡衣。当联盟的其他成员已经早早躺在床上准备就寝时,阿加莎紧张地看着梅林。

"我们必须说服苏菲,她的幸福结局是跟我和泰德罗斯一起。你能帮我们进入学院跟她见面吗?"

"如果她不愿意摧毁戒指怎么办?如果校长抓到我们怎么办?"泰德罗斯紧张地追问,"梅林,他还有我的剑,是我父亲的剑!没有断钢之剑,我就不能加冕为国王。"

梅林抱了抱这两个裹在睡衣里的永生者:"我们去个可以让我们想事情的地方吧。"

阿加莎皱眉："入夜后我们不能进森林，如果那些坏蛋找到我们的话……"

"谁说要去森林？"梅林说道。他把帽子的内里翻过来，露出深紫色的丝质布面，上面绣着星星，就像孩子们粗略画出的夜空。"我是说这里，亲爱的，魔法师是在这里思考的。"

阿加莎搞不清楚他在说什么，但是她看到泰德罗斯露出微笑。"走吧，傻瓜。"他说道，抓着她的手，拉着她进入梅林帽子里星光闪烁的夜空。阿加莎先是感到被布闷住，然后就跌入黑暗里，彗星的光线飞速从她身边经过，亮得她睁不开眼。最后，她降落在柔软蓬松又温暖的地方，但她知道自己不在森林里。

"你的母亲是十三联盟存在的理由。"梅林对阿加莎说，他细瘦的腿从紫色长袍下露出来，在蓬松白云的边缘晃着。

阿加莎没注意他说了什么，她双脚交叉跟泰德罗斯坐在同一片云上，两个人的睡衣都是天使般的白色。她扫视被几千颗银色星星点缀着的夜空，仿佛这些梅林斗篷上未加修饰的图案生动地成真，而且变得更奇妙、更灿烂。

"神境。"阿加莎睁开眼时听到泰德罗斯这样说。这里是梅林最喜欢思考的地方，他曾带亚瑟王的父亲及亚瑟王来这里，现在则轮到亚瑟王的儿子。阿加莎感到目眩神迷，凝视着黑暗里永恒的星光，感觉到心跳缓慢下来。不像森林里冰凉的空气，这里的空气潮湿又温暖，让她的肌肉完全放松。底下蓬松的云朵像是棉花田，她一坐下就沉到肚脐处，但最神奇的是静寂，广袤的虚无就像环绕他们的天空一样，无边无际。这一刻，连衣服发出的沙沙声都嫌打扰，脑子里的任何想法都是多余的，她终于像梅林和泰德罗斯一样，感到全然的静止，仿佛他们变成静寂，而静寂变成他们一样。

这时梅林才开口说话。

"事实上，要是没有卡莉斯，联盟的成员根本不会遇到彼此，"他继续一开始的话题，"善恶大战的时候，校长跟他的兄弟争夺谁比较杰出，最后有一方胜出——但是没人知道是哪一方，因为校长永远戴着面具隐藏真实身份。然而，他设法得到双方的拥戴，因为他立誓在有生之年里，会超越善恶并维持两者的平衡。"

阿加莎试着掩藏哈欠，同时看到泰德罗斯的眼皮越来越沉。这不只是因为他们已经很累了，还因为他们早就从萨德教授的历史课上学过了。

"我知道这是你们已经熟知的领域，"梅林严厉地说，"不过我接下来要说的事非常重要。善恶大战之后，善连续赢得两百年的胜利，在每个新故事里无情地消灭恶，自然惹怒了森林各地的永灭者，大家都认为当时善良的兄弟一定获胜了，并让撰写者倾斜到他那边，反映出他的灵魂。当时我还是个年轻的永生者，我的一头乱发和魔法才能声名远播，我常常不写作业，只关心自己的研究。虽然其他的永生者认为善已经达到无坚不摧的程度，因此变得更肤浅和懒惰，但是我却开始对这连续的胜利感到可疑。不论如何，撰写者借由保持平衡，让我们的世界得以持续下去，这是每个新生训练时上的第一课。只要撰写者能保持平衡，在每个新故事里修正不平等的地方，太阳就会持续升起。也就是说，撰写者让善赢得每个新故事的原因……必定是在修正什么罪大恶极的事。"

他吐了口气，看着深紫的夜色："假如所有善良学院的老师当时认真看待我的提问，或许之后发生的事就可以避免。但是他们完全沉迷在胜利里，而且当时我们的院长完全不及克拉丽莎·达维教授那样机警。三年级课程结束的时候，我被安排成为亚瑟王父亲的帮手，毕业后搬到卡米洛特，后来我成为首席执行官，最终变成他儿子的住宿教师。不过，我仍然持续关注学院发生的事，并把那当作我的任务，担心我的怀疑是否会成真。有好多年，我担任英雄史课的客座教授，也和老教授探讨。当亚瑟王到了就学的年纪，我告诉他学院里发生了什么新鲜事。不过，善的连胜仍然持续，恶没有反抗的征兆，校长也没有可疑的行动。我的怀疑慢慢散去，然后我开始把所有的精力放在一个咒语上，那成了我毕生的心血——把男孩变成女孩、把女孩变成男孩的魔法药水，目的是提升尝试、感知与和平，我相信你们对这种药水知之甚详。"

阿加莎和泰德罗斯困惑地咕哝几声，想起那罐亮紫色的药水曾给男子与女子学院带来多大的麻烦。

"鉴于这个咒语根基于地精生物学，在调配药水的过程中，每当有新版本出来了，尤巴就好心地帮我测试。"梅林说道，他的瞳孔盯着阿加莎，

"一次在我拜访他的时候，他提到校长对一位名为卡莉斯的新老师感兴趣。"

"你说什么？我妈妈以前是老师？"阿加莎脱口而出，从发呆的恍惚中震惊地醒来。

"低地林的卡莉斯教授。"梅林坚定地说。

"低……低……低地林？"阿加莎结结巴巴地说，受到极大的惊吓，"那表示她不是加瓦顿的人？我妈妈来自……森林？"

"而且是很受欢迎的丑化课教授。"梅林回答。

阿加莎张大嘴巴怀疑地看着梅林。她妈妈教邪恶学院的学生如何丑化并伪装自己？那个曾经求她女儿多说一点儿学院的事好让她可以想象的妈妈？阿加莎在脑海中试着想象妈妈穿着锥形垫肩的教授长袍，走过邪恶城堡大厅的画面，在曼利教授充满腐臭味的教室里引导学生做挑战，教学生丑化、变形……她的脑子感觉空空的。这要不是天大的错误，就是她一辈子都跟一个陌生人住在一起。

"当学院空出职位的时候，院长负责在森林各处找寻资格符合的教授，例如故事已经结束很久的人，或是那些认为若选择隐居，撰写者就不会再以他们为主题的人，"梅林说道，"当撰写者开始叙说这个邪恶学院新老师的故事时，你们可以想象校长有多惊讶，低地林的卡莉斯，灵魂全心奉献给恶……然而却梦想着某一天可以找到真爱。"

"噢，那么你一定搞错了，"阿加莎松了一口气，"那绝对不是我妈妈，对于爱这类的事情，她一丁点儿都不关心。"

阿加莎的声音变小了。她想起那个早上，当自己指责妈妈从未找到真爱时，妈妈拿着茶壶的笨拙模样。同样的冰冷感觉再度袭来，那时她看到妈妈在水槽前面，水都满了还不停汲水……那时她的直觉告诉她：妈妈并不是从书本里知道的这些故事……

而是自己亲身经历过。

阿加莎慢慢抬起头看着梅林。"继续说下去。"她喘着气说。

"当时尤巴正确地指出，校长应该马上把卡莉斯逐出学院，"魔法师继续说下去，"老师来到学院是为了教育和引导学生，不是带他们陷入险境。此外，童话故事常常都以暴力与血腥收尾，撰写者若叙说老师在学院范围里的故事，等于把混乱和死亡带到学生的生活里。然而，校长不但没有把卡莉斯教授赶出去，而且尤巴还发誓有几个晚上，其他老师就寝之后，他看到卡莉斯的身影在校长的窗口出没。尤巴试着追问卡莉斯为什么在校长的塔楼里，但是她矢口否认去过那里。同时，其他的老师也窃窃私语，流传出校长为何让卡莉斯继续留在学院里的种种推论，尤其是她长得如此美丽……"

"美丽？显然，老师们的标准太低。"泰德罗斯打着哈欠。

阿加莎狠狠瞪他一眼，他乖乖闭了嘴。

"不过，最后老师们达成一致的结论：反正恶在每个新故事里都一败涂地，校长一定是认为像卡莉斯这样的恶人不会带来什么威胁。总之，老师和学生一样，都深信校长是善良的一方，绝对不会放任邪恶学院的老师给学院带来破坏，"梅林说道，"然而，我的怀疑再度被唤醒。为什么校长会对一心想找真爱的邪恶学院老师感兴趣呢？假如校长来自邪恶而非善良，恶的真爱会不会成为对抗善的武器？恶的真爱是否能帮恶取得胜利？如果是这样的话，校长是否会认为卡莉斯是他的真爱？"

梅林停顿了一会儿。"一次我拜访学院的时候，在蓝色森林里找你妈妈搭话，我询问她跟校长的关系，但她拒绝回答，然而我可以感觉到她的焦虑。我想再回去逼问她，但校长给大门施了魔法，禁止我进入，显然他不希望我找卡莉斯说话，也不让我进学院。当时我确信校长来自恶的一方，利用卡莉斯进行更深的图谋——用恶的真爱抵抗善的真爱——因此我请尤巴帮我集合森林里最有名的英雄人物，包括彼得·潘、辛德瑞拉，以及其他正享受退休生活的人，组成十二联盟，万一校长真的发动攻击，他们会极力阻挡……只是我们预期的攻击从未发生。而某个晚上，低地林的卡莉斯忽然从善恶魔法学院消失踪影，一点儿线索也没留下。撰写者也放弃写她的故事，像是对她的去向毫无头绪。很快，撰写者又开始写一个琐碎的新故事，关于一个名叫'拇指姑娘的孩子'，善的连胜又持续下去，十二联盟也就解散了，因为只剩下我继续质疑校长的善……"梅林盯着阿加莎，"直到将近四十年后，校长终于找到他的邪恶皇后，只是这回不是卡莉斯戴他的戒指……而是卡莉斯女儿最好的朋友。"

阿加莎的眼睛瞪得又圆又大，心仿佛要从胸口跳出来。她朝泰德罗斯瞥一眼，期待他也像自己一样惊讶，但是他整个人缩成一团，在云上睡着了，脸颊上还挂着口水。

梅林拉了一缕云盖在泰德罗斯身上，如同一条毛毯，然后目光转回阿加莎身上。"你妈妈为什么逃到读者的国度，她是怎么到达那里的，我们并不知道。我们唯一知道的是，在她死前，卡莉斯的猫带来她的信息，要求十三联盟保护你，并且从校长手中救出你最好的朋友。卡莉斯怎么会知道我们的存在，这仍然是个谜。如果可以，我希望能让你保存她寄给我们的信息，但是我自己从没看过那张纸条，因为它被差点儿把你们杀死的野狼和巨人拦截了。"梅林对阿加莎露出挖苦的微笑，"不过我相信你一定知道，镰刀很聪明，在送信之前已经先阅读过了。"

"镰刀？"阿加莎深吸一口气，"镰刀……在这里？"

"它设法在森林里找到尤巴，可惜尤巴一点儿猫语也不懂。所幸尤巴一直跟乌玛公主躲在一起，乌玛差点儿被活活烧死，勉强从伊芙琳·萨德手中逃出来。乌玛公主翻译镰刀的信息，尤巴连忙召来联盟，把乌玛公主也征召进来，虽然其他成员对年轻成员有偏见，也认为十三不是个吉利的数字。"

"镰刀现在在哪里？"阿加莎追问，"我可以跟它见面吗？"

"它现在不在这里，正在进行联盟交代它的任务，"梅林说道，"不过我要说的故事就到这里，阿加莎，现在你该就寝了。"

阿加莎无法放松："但是……"

"所有的问题都先等到明天早上……除了这两个我希望你在梦里沉思的问题。"

阿加莎抬头看着梅林，星星反映在他深邃的眼里。

"假如你妈妈是撰写者写过的永灭者……假如你妈妈是曾出现在故事书里的永灭者……那为什么最后是苏菲的妈妈在我们的世界里有个恶人的坟墓呢？"梅林靠得更近了，他的表情不再和蔼，"而且，如果校长想要的是你妈妈，那么，为什么多年之后，苏菲成了校长的皇后，而不是你呢？"

阿加莎直直地盯着梅林，此刻她身体下面的云整个塌陷，她用力往下坠，像天使落入人间。她惊讶地张着嘴，挥动着手脚，看着梅林和泰德罗斯，但是她的眼睛已经要闭上了。很快，她消失在黑暗里，不停地往下坠落，持续下坠，却一直没有落地。

第十五章
魔法师的计划

阿加莎梦到镰刀卡在马桶里，怎么也拔不出来。她唯一可以做的只有把它冲下去，并让自己也一并被冲走。对当时梦里的她来说，这似乎是符合逻辑的决定。于是她跟着镰刀一起进入不停旋转、漏斗形的水涡里，然后经过阴暗、弯曲的水管，最后进入广阔的大海。

然而那里的水是黏稠的绿色，既冰冷又肮脏，根本看不见猫咪的踪迹。忽然，她看到镰刀亮黄色的眼睛在下方漂浮着，像是闪光信号。阿加莎深吸了一口气憋住，潜入海中，往黑暗的海底游去，直到她的脚踏在沙子上。她什么也看不见，只看到镰刀的眼睛在黑暗中闪烁，她努力让自己的手指发出金光，把周围的海底照亮，却看见镰刀发疯似的用它光秃秃又发皱的手掌挖开一个坟墓，椭圆形的墓碑笼罩着它的身影。

阿加莎快没气了，试着把镰刀拉走，反正她早就知道凡妮莎的墓是空的，但是镰刀

森林彼岸的凡妮莎长眠于此

躲开她的手,用力咬她的手腕。阿加莎大声尖叫,剩下的那口气用完了,手腕上的血滴到水里。阿加莎被激怒了,她一边用力地抓着镰刀的脖子往上提,想要把它拉到水面上,一边回头看到镰刀在苏菲母亲墓上挖的洞……然后看到里面有两只绿眼睛在瞪着她。

阿加莎醒过来,全身被汗浸湿,看着周围的一堆空床垫。她的身体还因为昨天的旅程而酸痛,剧烈的头痛让她眯着眼,看来脑子还在努力理解醒来前做的梦以及梅林昨晚说的话。她呻吟一声坐起来,脚踩在洞穴里的沙地上。

洞穴里很明亮,联盟的成员们正在餐桌上吃燕麦粥和炖桃子,同时看着泰德罗斯脱掉上衣做俯卧撑。上了年纪、肚子凸出来的叮当仙子仿佛在做日光浴一样躺在他背上,高兴地随着他上上下下。

"你应该看看我在他这个年纪时的肌肉。"彼得·潘不屑地说。

小叮发出低沉的声响,听起来像是用鼻子哼了一声。

"绝对不要爱上长得帅的男人,他们自以为拥有全世界,即便他们妄自尊大又开始秃头。"辛德瑞拉一边犀利地评论,一边吃彼得盘里的桃子,因为自己的已经被她狼吞虎咽地吃完了。她发现阿加莎正看着自己,于是露出不怀好意的微笑:"而且,如果帅哥挑'那个'作为真爱,其他女孩一定不同意,因为可能就不是那么匹配,你懂我的意思吧。"

泰德罗斯听到她说的话,俯卧撑做到一半忽然倒下去,叮当仙子被甩到墙上。

"瑞拉,不要那么粗鲁,"小红帽自以为是地说,"你只是在嫉妒他们又年轻又幸福。"

"幸福?乌玛公主才没有这样说。"匹诺曹咯咯地笑道。

每个人都转向乌玛公主,包括阿加莎。乌玛公主整个人僵住,手上还拿着茶壶,她转头看着匹诺曹。

"怎么啦?你明明跟我说他们每天吵个不停,女人觉得男人应该要找一个漂亮又愚蠢的公主。"这个长鼻子的老男人说。

泰德罗斯不可置信地看着阿加莎,他好看的蓝眼睛冷淡地变小。"现在听起来真是对极了。"他经过阿加莎身边,一眼都没看她,走到帘子后面去冲澡。

阿加莎无精打采地坐在床边,洞穴里一片沉默。

"我再也不要讲话了。"匹诺曹阴郁地说。

"无所谓,又不是整个森林跟我们的生命都要靠这两人彼此合作!"杰克不满地说,搂着布莱尔·萝丝。

"真是太可惜了,怎么不是他们的戒指要被摧毁,"他的未婚妻叹气道,"要不然今天晚上任务就完成了。"

"哈!"韩赛尔哼一声表示赞同。

阿加莎怒气冲冲地看了乌玛一眼,随即又觉得充满罪恶感,因为她的老师一路上一直在帮助她。疲惫、肮脏、头痛,现在再加上气愤的王子,阿加莎穿着睡衣缓慢地离开床边——

忽然一个粗麻布背包出现在她面前,里面装着烤饼干、洗过的长上衣和一罐柠檬茶。

"我以为你的王子会叫你起床,他已经起来很久了。"梅林说道,快步往洞穴入口走去,肩上还背着另一个背包,"走吧,我们要离开了。"

"啊?"阿加莎粗声说道,"去哪儿?"

"当然是去救你最好的朋友。你等一下想吃火腿可颂还是玛莎拉煎饼?我的帽子在问,它如果不提前知道菜单会很不高兴。"

"但是我们还不能回到森林!我们根本还没讨论计划!"阿加莎一边说,一边跟随着他,"我们要怎么进入学院找苏菲呢?我们要怎么叫她摧毁戒指呢?"

"那些我们路上再说,得在午餐之前赶到善恶魔法学院,我们不能在制订计划上浪费时间。躲好啊,亲爱的。"梅林转过来把第二个背包往阿加莎头上丢过去，阿加莎躲开，泰德罗斯一个箭步超过阿加莎，把背包接在肩上，他穿着干净、好闻的长上衣，头发还湿湿的。

"我故意不叫你起来，"泰德罗斯粗鲁地说，没有回头，"你留在这里，我比较方便去救苏菲。"

阿加莎皱眉，还穿着脏睡衣，看着他跟着梅林爬出洞穴。"我们不用跟其他人道别吗？"她在后面叫他们，转头看着其他联盟成员，他们正在餐桌上玩扑克牌。

梅林在洞口露出倒挂着的头："噢，放心，这不会是你最后一次看到他们，亲爱的。而且时间这么早，不适合道别。"

洞穴外的清晨昏暗又阴郁，却没看见任何云。太阳光实在太微弱了，只发出珍珠一般淡淡的光辉，整个天空都是灰蓝色，周遭充满冰冷的空气。阿加莎落后他们一段距离，发现森林比前一天更死气沉沉，小径上到处都是鸟的尸体和缓慢移动的虫子。梅林沿路撒下向日葵种子，希望那些找不到食物的动物会跑出来吃，可是没有任何动物出现。梅林只好用魔法把这些种子收起来，免得那些僵尸坏蛋循迹找到他们。

"现在像是结冰了一样，"梅林说道，仔细研究天空，"得赶快让你们的故事收尾，太阳只能再撑几周时间。"

"太阳因为我们而濒死？"阿加莎惊讶地问。

"它死亡的速度逐日加快——表示你们的故事让我们的世界越来越倾斜，"魔法师说道，"孩子们，你们的故事开启太久了。魔法笔需要进行新故事让森林继续存活下去……包括森林里的我们。"梅林一边用手指卷着胡须一边说："大概这就是撰写者选择讲述学生而非专业人士的故事时会发生的事。"

"不要怪到我头上，故事叫《苏菲与阿加莎的童话故事》自有它的原因，"泰德罗斯咆哮道，"我父亲从头到尾反对让读者进入学院，要我离他们越远越好，像逃离瘟疫一样。"

"你早该听从你父亲的建议，"阿加莎说道，"而且，又不是我们拜托它讲我们的故事。"

泰德罗斯忽视阿加莎，瞪着太阳看："在我举行加冕典礼前，绝不能让世界灭亡。我们必须赶快救出苏菲,夺回我的断钢之剑,然后赶到卡米洛特王国。我不能让父亲的王国继续受苦下去,人民需要国王!"

"还有皇后。"梅林补充。

"显然会是一个漂亮又愚蠢的皇后。"泰德罗斯说道。

"听我说,我不是这个意思。"阿加莎争辩。

"'愚蠢'和'漂亮',还有别的意思吗?"

阿加莎懒得回答他。

"昨晚两个人不是还同喝一杯热巧克力吗?"魔法师喃喃自语。两个年轻永生者再没交谈过。梅林带领他们离开潮湿的灌木丛,进入圆丘陵,这里随处可见咖啡色的圆形丘陵,上面布满几千朵各种形状和大小的蘑菇。阿加莎希望她从没对乌玛公主说过那些话……但那是真的,不是吗?故事书里的皇后都庄严、高贵又鼓舞人心,而她不可能成为皇后——

但是如果她和泰德罗斯在一起,或许会变成皇后?

取代他母亲的位子?

阿加莎看着他攀爬山丘,以天空为背景的他看起来如此完美灿烂,让她屏息。她一直在考虑拯救苏菲的事,都没想过成功之后会怎样。加冕典礼……王国……皇后……她?

她脸颊发烫,试着把这念头赶出脑海,眼下苏菲才是最重要的。此外,照现在的情况来看,他们还没到苏菲那里,泰德罗斯就会离开自己了。泰德罗斯爬着蘑菇山,她可以看到他收紧方正的下巴。王子手臂肌肉紧绷,仍对他们的关系感到焦虑,不过他的眼神还掺杂对蘑菇的极度厌恶。(有一次她妈妈做了蘑菇给他们当晚餐,他一看脸都绿了:"蘑菇是霉菌,霉菌让我想到臭脚,我不吃臭脚。")

阿加莎心里的焦虑持续增加,然而她注意到丘陵区之外有个小小的永生者王国,完全由红色的砂岩砌成。她看到像蚂蚁一样小的男人和女人,正在用砖堆起一堵高耸的墙,把王国围起来。

"他们想要挡住什么?"阿加莎问道,感到很疑惑,"这个王国的四周空荡荡的。"

"永生者王国接到校长复活的消息后,就开始修筑堡垒,以防第二次善恶大战。"梅林解释道，带他们下山，进入雾气弥漫的山谷，"他们认为校长随时都可能带领他的黑暗大军攻击善的领域。"

"为什么各个永生者王国不联合起来攻击校长呢？"泰德罗斯问道。

"我讲最后一遍，孩子，恶攻击而善防御——森林法则的天字第一号。你打出生起就对这条法则不擅长。"梅林说道，给他一个难看的脸色。

泰德罗斯低声抱怨，落于魔法师的脚步之后。

"那么校长究竟在等什么？"阿加莎逼问，取代泰德罗斯的位子，与魔法师并肩而行，"你自己说的，他的军队集结了有史以来最有名的恶人，他可以把永生者王国一举歼灭，为什么他要浪费时间杀掉过去的英雄人物，重写旧故事呢？"

梅林对她的问题不置可否："……除非'旧'给他的力量凌驾于'新'。"

阿加莎正要进一步追问，魔法师忽然间愣住了。阿加莎和泰德罗斯随着梅林的眼神，看到一个广阔、不规则形状的半冻湖泊，上面原本应该跨着一座木桥，现在木桥被彻底毁坏，湖泊的冰河上与岸边布满了木屑和碎片。一片残骸里竟然堆着三具尸体，肉的部分被啃得干干净净，只剩下骨骼。阿加莎和泰德罗斯跟在梅林背后，靠近察看，他们看到仅剩的一小块皮肤又老又粗，上面覆盖着毛茸茸的白色和灰色细毛。

"这些不是人类，"泰德罗斯退缩，一阵恶心，"这是——"

"山羊？"阿加莎跪下，希望能看清楚一些，"怎么会有人想这样伤害……山羊？"

"亲爱的，是非常特别的山羊。"梅林说道，踢开木屑，脚下出现一本沾着血的故事书。它被打开在最后一页：上面画的是一只巨大长角的魔怪大嚼三只山羊兄弟。"全书终"，三个黑色粗体字大大地写在这一幕的下方。梅林蹲下抚摸那些字迹，新鲜的墨水沾上他的指尖。

他用力地把书合上。"快点儿，孩子们，"他说道，脚步加快，"我们浪费的每一秒，都会让更多的老朋友陷入险境。"

阿加莎一边跟上，一边回头看那本躺在湖边被泥土浸湿的书的封面……

葛拉夫山羊三兄弟

梅林一直走在两个年轻永生者前面，带领他们穿越两座峭壁之间被雪覆盖的谷地，这段路程花了他们两个小时。温度骤降，巨大的灰云飘了过来，遮盖融化中的太阳，很快下起了雨。冰冷的寒风朝他们脸上打来，底下的草因为冻结的露水变得湿滑，阿加莎和泰德罗斯拉紧身上的斗篷，奋力前进，与魔法师之间的距离却逐渐拉开，他移动的速度很快，仿佛年龄只有现在的一半。阿加莎看到泰德罗斯的脸颊冻成粉红色，鼻子通红又流鼻涕。她好几次朝他看去，但泰德罗斯每次都别过头去。

阿加莎的心一沉。每次梅林提到泰德罗斯需要一个皇后，她就感到很不自在……泰德罗斯也会有同样的疑虑吗？

"到这里了，按照预定的时间。"魔法师宣布，开朗又精力充沛，看着两个孩子赶上来。

阿加莎弓着身子，疲惫憔悴，看到前方已经没路了，一座五十英尺高的岩石耸立在眼前。"那不是……学……学……学院。"她口吃地说着，牙齿打战。

但是梅林已经爬上岩石墙面，往下看着泰德罗斯微笑："你从没赢过我，对吧，孩子？"

"喂！你还没说'开始'！"王子大叫，跳上石头。

"每次都落后，以前和现在都一样。"梅林一边发出嘘声，一边往石墙上爬，小碎石落在泰德罗斯的头上。

"那是因为你每次都作弊——嘿！不可以用魔法！你连摸都没摸到石头！"

"那是你眼睛有问题，孩子，你一定是老了……"

阿加莎看着泰德罗斯奋力赶上梅林，他一边生气，一边发出笑声。她觉得自己好像变回加瓦顿的小女孩了，看着男孩们跟父亲玩球，用雪球丢对方，没有原因地彼此推挤或打闹。她自己的父亲是怎样的人呢？他是像梅林一样淘气又带点儿疯狂，还是像萨德教授那样安静温和？过去她常问妈妈有关父亲的事，但她只说父亲多年前死于一场磨坊意外，她自己都快记不得他了……想到妈妈对她说的那些谎，她感觉胃在打结。

那是真的吗？

如果她父亲根本没死呢？

一个小石头打到她胸口，阿加莎抻长脖子，看到泰德罗斯快要赶上梅林，但梅林用咒语让泰德罗斯的脚粘在石墙上，让他慢了下来。"这叫作敬老尊贤！"梅林咯咯笑道。

"你怎么不回到那个到处都是蜂蜜和起司的王国！"泰德罗斯大喊。

阿加莎等着他的王子往下看，查看自己的状况，但他只是用力一撑爬到最高点，根本没回头。

"不用管我最好。"她叹口气，爬上石墙，用发光的手指仔细把裂缝烧烫，接着用冰冻的手指抓着那些裂缝往上爬。她终于一跃，正要翻上最高点，风在她耳边呼啸，她心中的恼怒多了十倍。"接下来呢？背马铃薯袋赛跑还是水球大战？你们两个像狒狒一般开心地嬉闹，我自己一个人担心要怎么躲避邪恶的校长，让皇后摧毁戒指，我们连怎么到那里都没有头绪……"

阿加莎呆住了。

她慢慢站直，走到泰德罗斯旁边，一起沉默地看着一段距离外的两座黑色城堡，从地平线上拔起……一座老旧倾颓，另一座闪亮新颖，两座城堡耸立在绿色海湾旁，上方围绕着绿色迷雾。

梅林露出不祥的微笑，看着阿加莎："亲爱的孩子，那里就是学院。"

峭壁的顶端零散地分布着岩石和灌木，梅林从帽子里拿出野餐所需的原料：紫色拼布毯，用来生火的木柴，适合早餐的火腿和瑞士起司可颂、松露蛋沙拉、意式酪梨西红柿烤面包和胡桃软糖。

"接下来仔细听我说。"梅林说道，只见两个永生者大口大口地把食物送进嘴里。"校长现在把学院分为新旧两所学院，但两所学院都为恶服务。达维教授和善良学院的老师被监禁在秘密的地方，而善良学院变成新的邪恶学院，你们的同学都在学习如何当恶人——永生者和永灭者一起。也就是说，所有的学生现在都听从校长的指示，被迫对恶表达忠诚，要不然就得接受老师严厉的处罚。"梅林稍做停顿，"苏菲也是其中一名老师。"

泰德罗斯和阿加莎满嘴食物，差点儿被呛到。"苏菲是老师？"王子忍不住大叫。

"我听说她昨天教第一堂课,学生很冷淡地迎接她。"梅林说道。

"你怎么会知道这些事?"阿加莎问道,"你说校长不允许你再进入学院大门……"

"等等,那只是新学院,"泰德罗斯打断他们,仔细盯着那座腐朽的城堡,"过去的那座恶城堡……旧学院里有什么?"

梅林把玩着他的胡子。"那个我不能确定。不过'旧'这个字镶在它的大门上必有其深意。校长重写旧故事的原因可能就在旧学院的城堡里,这也是我们必须找出的答案。然而问题是根本进不去,校长禁止所有的师生进入旧学院,中途桥仍然被施着无法通行的障碍咒。即使有人奇迹般地通过那座桥,旧学院的塔楼也被守卫严密看守着。所有这些都指向同一个结论……"梅林眯眼望着海湾的另一边,"显然,校长在旧学院里保护着他不想被发现的东西。"

"这些都不重要,你说苏菲在新学院教课,"泰德罗斯说道,舔着手上的起司,"我们需要做的就是闯进那里,说服她摧毁戒指。"

梅林被泰德罗斯的话逗乐了:"噢,年轻特有的单纯。亲爱的孩子,这个计划有三个不明之处。第一,如果要彻底消灭校长,请记得只有苏菲一人能做到摧毁校长的戒指。然而,苏菲接受戒指的原因是她相信校长是她的真爱,要说服她不是件容易的事。"

阿加莎咬着下唇,知道梅林是对的。苏菲不只是接受校长的戒指而已,她现在还是老师。

恶的老师看起来自愿站在善的对立面,要带她回来是否一切都太迟了?

"第二,"梅林说道,"校长的戒指一定是用最黑暗的魔法制成的,它因恶而生。因此,它只能被因善而生、跟它力量一样强大的武器摧毁——没有任何恶能抵抗的武器。这世上我知道有一样东西符合这个条件……"

"是什么?"阿加莎期待地问。

但梅林看向泰德罗斯。

泰德罗斯的眼睛都要凸出来了:"断钢之剑!我的剑!湖之女神为我父亲制作的、我父亲死前留给我的剑。湖之女神是善最伟大的女巫……那表示断钢之剑能摧毁任何东西……"

"包括戒指！"阿加莎很快加入，"苏菲只需要用泰德罗斯的剑！"

"没错，"梅林点头，"所以如果你能弄出这把剑……"

阿加莎和泰德罗斯脸上的笑容同时消失。

"糟了。"阿加莎深吸一口气。

"他……他拿着这把剑……"泰德罗斯含混不清地说，"校长……"

"他取得这把剑绝非偶然，"梅林说道，"那一晚他复活的时候，就知道他必须从你身边抢走这把剑。只要他手里有断钢之剑，苏菲就没办法毁掉戒指，即使她想这么做也没办法。"魔法师的眼神变得冷酷："难怪他要把你的剑藏在禁止进入的堡垒里……无论苏菲或任何学生都不得进入的地方……"

阿加莎和泰德罗斯更无精打采了。"旧学院。"他们丧气地说。

"那还只是你们的第二个问题。"梅林说道，从帽子里拿出香料罐，撒在蛋沙拉上。

"怎么还可以有第三个问题？"泰德罗斯恼怒地说，"已经不能更糟了。"

"恐怕还会更糟，"梅林一边咀嚼一边说道，"校长知道你们要来学院。"

"怎么可能？"阿加莎惊讶地说。

"因为撰写者在写你们的故事，"魔法师答道，靠在灌木丛上休息，"只要你还是阿加莎，而你还是泰德罗斯，撰写者就会清楚地告诉校长你们何时要来，会怎么闯进他的学院。"

"那我们注定失败。"阿加莎说道，把一块胡桃软糖塞进嘴里，等着泰德罗斯活力充沛地插话。然而，他的王子把一块更大的胡桃软糖塞进嘴里，紧张地不停调整袜子。阿加莎知道他们这次真的完了，那竟是不论情况多艰难都永不放弃的泰德罗斯？那个在意身材、绝对不会连续两天吃甜点的泰德罗斯去哪儿了？

"老天，看看你们俩，"梅林咯咯地笑起来，"好像我一路把你们带来这里却什么也没准备，再怎么说，我都是森林里赫赫有名的魔法师。"

泰德罗斯立刻放下手里的软糖，他和阿加莎抬头看着梅林，心中燃起新的希望。

"你看,我们有两样校长没预期到的秘密武器,两样能让你们闯进学院、闯到他眼皮底下却不让他知道的秘密武器。"梅林说道,低头看着他的观众。"第一个武器解释了我为什么会知道城堡内部发生的事……"梅林凑近他们,带着一抹猫一样的微笑,"间谍。"

"你在学院里面有间谍?"阿加莎问道,目瞪口呆,"是谁?"

泰德罗斯挥挥手打断她:"是谁不重要。就算你有间谍能让我们进去,也不能解决校长知道我们要闯进去这个问题……"

"注意听好,孩子。我刚刚说只要你还是阿加莎,而你还是泰德罗斯,撰写者就会告诉校长你们的行踪,"魔法师说道,"这就说到了第二个秘密武器。"

像个魔术师正要表演压轴节目,梅林小心翼翼地从帽子里拿出泪滴形状的药瓶,对着正要升起的太阳。一开始,紫色药水太闪亮,泰德罗斯和阿加莎不得不把眼睛别开。不过,当他们慢慢靠过来时,他们看到紫色魔药的盖子射出热烫的荧光,一缕烟从瓶子里漏出来,阿加莎闻到一股熟悉的木质与玫瑰香味……

她跳起来:"噢……不不不……绝对不行……"

梅林露出调皮的微笑:"这是我精心调配的,分量刚好够两个人用。"

阿加莎跑到泰德罗斯身边,他看起来茫然不知所措。

"什么?我不明白,"泰德罗斯说道,摇摇头,"我是说,这不是……没办法……不行,当然不行,对吧?"他看见梅林的表情,整个人跳起来。"对吧?"他用力转头看公主,脸颊通红,"他不可能让你变成……我变成……变成……"

然后他看到阿加莎的脸。

泰德罗斯像尸体一般全身僵硬。"我的老天!"他紧抓胸口,好像被人刺了一刀,然后全身无力地跌进公主的臂弯。

梅林盯着昏倒的王子好一阵子,才终于噘起嘴唇看着阿加莎:"亲爱的孩子,我想,至少你现在可以说你们是平手了。"

第十六章
交换性别

"泰德罗斯?"一个压抑的声音说道。

"泰德罗斯。"熟睡的苏菲又重复一次,她舒服地裹在丝质的黑毯子里。

"他怎么了?"

"谁?"苏菲仍然在睡梦里。

"泰德罗斯。你一直重复他的名字。"

苏菲忽然惊醒。拉斐尔坐在窗边,看着窗外死气沉沉的早晨,他穿着黑色无袖上衣,黑色皮短裤下是他苍白、肌肉线条分明的双腿,他看起来比之前更年轻了。

"你一直喃喃念着这个名字,但那是你应该要杀掉的人,不觉得奇怪吗?"

苏菲忽然想起昨晚的事,惊慌地低头看,戒指下面的皮肤上仍然刻着泰德罗斯的名

字。她连忙把手藏到大腿下，用手肘支撑着坐起来："噢，我只是在想……不管我到哪里，他像疹子一样跟着我……"

拉斐尔站起来："那么你就必须彻彻底底消除他，杜绝后患，连同他的公主。"

苏菲勉强挤出微笑，她疲惫的眼睛跟着他看向石桌上的故事书。撰写者画到阿加莎和泰德罗斯从峭壁顶端仔细研究邪恶学院，之后就毫无预警地停了下来。苏菲注意到两个永生者不再手牵手，而且泰德罗斯的身体仿佛刻意跟阿加莎保持距离。他们之间发生了什么事？她的心因为这念头颤动了一下。

她压抑心中的想法。你疯了不成？第一，泰德罗斯已经有心仪的女孩——她最好的朋友；第二，你也找到心之所属的男孩——泰德罗斯的敌人；第三，泰德罗斯正赶来杀害你的男孩！

"你醒来之前，撰写者正画到泰德罗斯和他的公主离我们只有几英里，但从那之后就再没动过。"拉斐尔仔细思量，他绕着撰写者的石桌踱步，黑色靴子在石头地板上咔咔作响，"像是出现了某种干扰，防止撰写者告诉我们他们的行踪。"

"或许他们放弃了，决定回到加瓦顿，"苏菲充满希望地说，"或许我们已经赢了！或许我再也不用看到他们，而且如果我不用再看到他们，我就不用杀掉他们。"

"那么为什么故事书仍然打开？太阳为什么不恢复原状呢？"拉斐尔眯着眼睛看着故事书，嘴唇抿成一条线。"不，泰德罗斯跟他的真爱一定离我们很近……只是撰写者还没办法找到他们……"他冷静地回过头来，"不过这无所谓，我的爱。只要我的名字刻在你的心上，他们的死期就不远了。"

苏菲咳嗽一声："对……当然……抱歉，过敏发作。"她一阵咳嗽，手藏得更往里了。

她哪儿敢让他看到泰德罗斯的名字写在戒指下面！他一定知道那是什么意思！假如拉斐尔知道自己可能不是她的真爱，他会……他会……

杀了她。

苏菲感到紧贴在大腿下的手渗出汗来。怎么会发生这样的事？她想要的只是爱,她以为终于在眼前这个男孩身上找到了,但是她竟然没有回报他的爱,也没有对他一心一意,她的心甚至坚持她的真爱是泰德罗斯——这个拒绝她两次并选择她最好的朋友的泰德罗斯!

拉斐尔才是我的真爱!她对自己乞求。

拜托,改成拉斐尔。

拉斐尔。

拉斐尔。

拉斐尔。

她偷看自己的手。

泰德罗斯。

苏菲咽了一下口水,不管发生什么事,她已经不可能再靠近王子,更不用说跟他待在同一个房间里。

永远不可能。

她看着窗外学院大门上尖细的铁刺……守卫旧学院的怪兽身影……有毒的绿色海湾……都能阻挡泰德罗斯和阿加莎找她。然而,学生里面竟然有间谍,暗地设法让他们闯进来,在她的朋友闯进城堡之前,她一定得抓到这个间谍。

但究竟是谁呢?苏菲在脑子里再现永生者和永灭者挤在一起的教室,试着回想起任何可能的线索……

"苏菲?"

她抬头看拉斐尔,他凝视着她。"你一直把手藏起来有什么特别的理由吗?"他问道。

苏菲睁大双眼,活像只蟾蜍:"嗯?"

"你一直调整姿势,好让你的手一直被盖着。"

苏菲清清喉咙,靠着床柱坐直:"亲爱的,老实说,我知道你对爱情的态度是蓝胡子那一派的,但是你说的话,我真的一点儿头绪都没有。刚好你现在在这里,或许是我们讨论学院事务的好时机。比如,去年我就发现学院的戏剧节目非常不吸引人,既然我只教一门课,我愿意承担更多责任。也就是说,每晚七点半在餐厅,我愿意做盛大的一人表演,星期天还可以增加下午场，表演之前可以先提供咖啡和法式饼干。剧名就叫作《苏菲女王》吧，很贴切的名字，你不觉得吗？豪华的三小时露天历史剧……"

"让我看你的手。"拉斐尔说道，怒目瞪视她。

"什……什……什么？"苏菲粗声地问。

年轻的校长往床边移动："你听到我说什么了。"

"不好意思，虽然你是学院的校长，但我的四肢不归你管。"苏菲虚张声势，左手压在屁股下。

拉斐尔现在离她大概有六英尺的距离，眼神散发出怀疑的光芒。

苏菲感觉心脏快要停止了："亲爱的，你真的非常不可理喻……"

他现在离她只有两英尺远了。

"拉斐尔，拜托！"

他抓着她的手臂，把她的手用力拽出来。那一瞬间，苏菲赶紧伸出大拇指，用指甲划破无名指的皮肤。

拉斐尔把她的手举高，血往下流，盖住泰德罗斯的名字。"你受伤了！"他显得很激动。

"这就是为什么我要藏起来，早知道你一定会过度反应。"苏菲信口开河，把流血的手塞进口袋里，从他身边离开，"只是一个难痊愈的水疱……在展览园里的愚蠢小意外。所以说到戏剧表演，亲爱的，戏剧的开头我想命名为'苔原上的雷'，所以我需要冰河、发育完全的舞者，还有一只公狮子，最好是已经驯服过的……"

"等等，你去触摸阿加莎和泰德罗斯的吻了？"拉斐尔跟在她后面，"曼利让那些雕像带有毒性，主要是希望抓到仍对善忠贞的人。没有任何永灭者会靠近永生者之吻十英尺内，你为什么要去摸它？"

"我的老天，看现在都什么时候了！亲爱的，你可以顺道带我飞去我的教室吗？"苏菲从钩子上抓下她的教师服，匆忙走到窗户旁边，背对着他，"你知道莱索夫人对准时这件事有多啰唆。她已经觉得你不负责任了，我不想让她觉得你比她以为的更糟。"

这一次，苏菲在拉斐尔怀里飞越海湾时，跟上一次的感受截然不同。

她感到恐惧，而不是安全；她感觉被囚禁，而不是被爱。她左手紧贴在口袋里，右手紧抓着他。她咬着牙，身上每一块肌肉都紧绷着，仿佛她骑着一只凶猛的野兽，她试着驯服，却无法控制。然而，虽然她紧张得像在坐云霄飞车，但是她注意到拉斐尔的飞行速度相当缓慢，弯来弯去，不时绕路。她转过头，发现他的蓝眼睛没有看着天空，而是死盯着她看，明显地在思考她在塔楼里的奇怪态度。

"眼睛要看路，亲爱的。"苏菲斥责道，勉强挤出笑容。

空气比平常无云的三月天还要冷冽，带着斑点的太阳在蓝色天空中射下铜色与金色的光束。她注意到一只骨瘦如柴的乌鸦努力挥着翅膀，却气喘吁吁地落在她后面；随着森林日渐腐坏，它的身体瘦弱不堪，看来它找新家的努力又将白费。下方传来吆喝声，苏菲瞥见蓝色森林里正在进行森林实地训练课，永生者与永灭者、男孩与女孩都在一起上课。艾瑞克在一旁大喊出剑式名称，男孩和女孩们同时将剑刺向贴着阿加莎肖像的布团。

几十个阿加莎排列在这个濒临死亡的森林里，苏菲感觉自己像在做一个超现实的梦。

此刻，占据她心里的是泰德罗斯、泰德罗斯、泰德罗斯，没有空间给另一个在她生命里更重要的人。一想起阿加莎的名字，各种反义词就在脑子里奔驰——爱、恨；朋友、敌人；失去、找回；真实、谎言；生、死——然后这些词语和标签又迅速消退。苏菲感觉自己的心中有个洞，仿佛没有阿加莎她就不完整。

不过，当她看着四十个布团都呈现阿加莎的凸眼睛、平眉毛、脸色苍白的样貌时，她发现自己在暗自窃笑，因为她知道阿加莎也会对它们窃笑。苏菲会笑上一次教她"拔眉钳"和"小麦色"这两个词语的意思时，这可怜的小妞少了一边眉毛还被晒伤了。阿加莎大概会提醒苏菲，那一次她从墓园山一路追打她下来，只剩下一边眉毛，头发被染成橘色，手里拿着扫帚，乌龟蛋白面膜从她脸上滑落的事……她们大概会笑得在地上打滚，笑说她们对彼此有多好或多糟……

苏菲脸上的笑容凝固了。昨天她还在莱索夫人的办公室里，觉得自己又恢复到女巫状态，准备好为拉斐尔杀害阿加莎和她的王子，只为了让年轻的校长成为自己的真爱,好让自己不孤单。而今天,泰德罗斯的名字刺在她的皮肤上,她开始回想起之前进行的改造阿加莎大作战,然后还迫不及待想挣脱拉斐尔冰冷的怀抱。

我究竟是怎么回事?

苏菲的脚滑行在石头上,试着在旧的荣誉塔楼黑色阳台上站稳,瞥见学生匆匆经过赶着去上下一节课。苏菲把手伸进口袋深处,头也不回地脱离拉斐尔的怀抱——

"午餐时刻见,亲爱的!"

"苏菲。"

苏菲慢慢回头看着拉斐尔,他站在栏杆的阴影下。"你会杀掉他们,泰德罗斯和阿加莎。"他的声音带着青少年惯用的威胁语气,"要不然我会知道你究竟站在哪一边。"

他直视她大概有一个世纪那么久,然后疾速直冲上天,消失在太阳微弱的光线里。

苏菲独自一人站在走廊上,感觉手在口袋里冒汗。

拉斐尔紧盯着她。

假如他看到泰德罗斯的名字刻在她手上……她只有死路一条。假如她不杀掉阿加莎和泰德罗斯……她必死无疑。

只有一个结论,苏菲想着。

不是牺牲掉朋友的生命就是自己的。

苏菲穿过一群群学生,往棒棒糖教室走去,决心要找出善的间谍。假如她可以揪出间谍,那么间谍就无法协助泰德罗斯和阿加莎闯入学院;假如泰德罗斯和阿加莎无法闯进来,她就再也不用看到他们;假如她再也不会看到他们,她就不需要杀掉他们——

苏菲忽然僵住不动。一只白老鼠刚好经过她的鞋尖,嘴里叼着一根木棒。

那应该不是莱索夫人警告过的叛徒老鼠,因为它不是叼着纸条或钥匙或任何有益于间谍的东西。然而,这只老鼠有些古怪,狂乱地穿梭在鞋子之间,还不时打滑,仿佛在跟时间赛跑。它牙齿间的木条更奇怪,上面有个瘤,看起来年代久远,上面的那端越来越细,仿佛根本不是木条,像是某种魔杖……苏菲很确定她在学院里看过这根魔杖，但是在哪里看过呢？课堂上老师们从来不用魔杖，认为它们像古老的脚踏车辅助轮，或是过时的仙女教母遗留下的残骸，邪恶学院里究竟有谁会用到——

苏菲尖叫一声。

她像只逃脱的公牛，在老鼠后面追赶，当头撞上迎面而来的一群人。不管这只小老鼠叼着达维教授的魔杖要去哪儿，一定可以带她找到间谍。达维教授的魔杖有什么神奇力量吗？那就是间谍要帮阿加莎和泰德罗斯闯进来的计划吗？达维教授自己就是间谍吗？但是她跟其他善良学院的老师都被锁起来了，要怎么当间谍呢？苏菲根本没时间思考。

她把学生们撞到一边，跟着老鼠跑下阴暗的螺旋状楼梯，几乎要跟丢了，高跟鞋的响声吵醒了几个在栏杆上睡觉的小精灵，他们发出愤怒的绿光，照亮了掠过大厅的老鼠。苏菲提起裙摆，跟在老鼠后面穿越餐厅厨房，神奇的锅子正在炖沙丁鱼和甘蓝菜；经过洗衣房，红皮肤的侏儒怪比兹尔，试着用一己之力清洗两百四十件制服（"我的天！"他大喊一声，淹没在泡泡里）；然后进入宽阔的善良陈列馆，现在已经重新翻修，以黑色和绿色为主题，以前展示所有善的辉煌胜利，现在描绘着别的事物……

苏菲的脚步慢了下来，仔细看周围的玻璃展示柜，过去陈列英雄取胜的武器与恶人已死证据的地方，现在被放上新展品：长发公主被剪下的头发、拇指汤姆的衣服、白雪公主的皇冠，还有七双侏儒怪大小的鞋子……上面都溅着血。

那些不是几百年前邪恶胜利时获得的纪念品。

它们不是仙子食客菲诺拉、小孩汤面或狂熊雷克斯。

那些是每个读者都知道的故事，却是恶人而非英雄获胜的故事。

苏菲对这些明显是伪造的故事翻白眼，一开始是壁画，现在连陈列馆都要搞这套？拉斐尔打心里无法接受真正的结局，然后她想起他说的话。

"结局是会改变的，我的皇后。改变是必要的。"

苏菲打了个寒战，想着他在旧学院里可能会露出的微笑……里面总是传来奇怪的怒吼声……屋顶上黑暗的影子……

难道拉斐尔找到方法改变旧故事的结局？

会不会那个方法藏在另一所学院里？

苏菲的胃像石头一样下沉。

老鼠也不见了踪影。

苏菲焦虑地搜寻陈列馆的每个角落，一点儿线索也没有。她怒吼一声，对自己生气。这是唯一一个可以抓到间谍的机会，结果她像个傻瓜一样搞砸了。她很快瞥了自己的左手一眼，还是刺着泰德罗斯的名字。她双肩下垂，沉重地走出陈列馆。不但上课迟到，还没找到间谍，她有充分的理由相信她的真爱会杀掉她。

走廊上的某个东西引起她的注意。

一团白白的东西惊慌地往城堡的门口冲去。

抓到你了。

苏菲有如遭遇船难的人奋力游向救生筏一般，穷尽力量追赶老鼠，她冲出陈列馆，穿过黑色大理石门厅、入口的镜厅（每面镜子现在都裂开了），冲出刻着天鹅浮雕的门，跑到大草坪上，她很确定自己是史上第一个朝老鼠飞奔而非仓皇逃走的美女——

但一阵绿烟让她无法睁开眼。

苏菲挡住眼睛，但是风把更多海湾上冒出的绿毒烟吹向她。她下定决心不能再追丢这只老鼠，踽踽着冲下山丘，麂皮高跟靴屡屡被脚底下枯萎的草和泥泞的地拖慢速度，她希望那只老鼠也跟她一样磕磕绊绊。然而每次她以为找到老鼠了，结果都只是一根克罗格的骨头。她怒气冲冲地踢开，一直跑到护城河的岸边，左看看右看看，不知道要往哪个方向去。

雾里有个人影朝她慢慢走过来。

苏菲踉跄地后退。

阿吉？

但人影不止一个。

是两个。

阿吉和……泰德罗斯？

"不……不要再靠过来！"她大喊。

那两个人影走得更快了。

苏菲因为恐惧，指尖亮起粉红色的光芒："停下来！停在那儿！"

但是那两个影子越来越近，苏菲把手指对着他们，像举着刀子一般，如果他们从雾中走出，就要对他们下昏迷咒。

"噢。"苏菲把右手放下，亮光消失了，"是你们。"

"得去接新学生。"海丝特急促地说，看起来气喘吁吁。

"校长叫我们去欢迎他们。"多特说道，在海丝特旁边喘着气。

"因为我们是少有的几个喜欢这所学院的学生。"阿纳迪尔抱怨道，从雾中走出，两只黑老鼠跟着她，第三只神情萎靡，看起来快不行了。

"你大概需要一只新老鼠。"苏菲开玩笑地说，很开心她的朋友愿意再跟她说话。她把刺着名字的那只手伸进口袋深处："我们要不要重新召开午餐后的读书会？我真的很需要跟你们聊天——对了，你刚刚说新学生？"

海丝特的后面，苏菲看到还有两个人影正要从雾中走出：两个青少年，一男一女，她从没见过，两人都穿着邪恶学院的黑制服，脸上的表情都很阴沉。

男孩像只不怀好意的企鹅，病态的苍白皮肤，黑而突出的眼睛，凹陷的双颊，讨人厌的圆盖状黑发，大腿和小腿都瘦弱不堪，像树枝一样细的手臂上一点儿肌肉也没有，走路姿势很僵硬，仿佛担心有什么会从他裤子里掉出来。

女孩肩膀宽阔，皮肤晒成小麦色，一双闪亮的蓝眼睛，小巧的鼻子，一头长黑发，实在太黑，看起来很不自然，仿佛是匆忙染成的，而帮她染的那人完全不明白上色需要多么仔细的计算，铁定是个男人。不过苏菲觉得她整体来说算是漂亮，有一瞬间甚至觉得受到威胁，直到她注意到女孩那趾高气扬、恶狠狠的走路模样，活像只魔怪在找猎物。

新来的男孩和女孩看到苏菲，戛然停下脚步，苏菲看到他们的脚在发抖，额上渗出汗，口型像在努力抑制微笑，仿佛想要抱她、摸她，或想跟她要签名。

"呃……他们是你故事书的超级粉丝。"海丝特口齿不清地说，瞪着那两个张大嘴的陌生人。

嗯，这就没错了，苏菲在心里叹了一口气，之前的怀疑消散了。她已经忘记自己的故事在森林里家喻户晓，一定有很多像眼前这两人一样崇拜她的粉丝。可以想见，成千上万的狂热粉丝想要挤进这所学院，以便能更靠近她，这两个是最先成功的。

"校长倒没跟我说过。"苏菲漫不经心地说，她没心情跟普通人打交道，因为她还得揪出学院里的间谍，"他应该至少会提到他们的名字……"

"我是来自滴血溪流的艾莎，冷血的永灭者杀手，誓言保护邪恶。"女孩插嘴道，声音高而细，里面掺着苏菲听过最傲慢的腔调，"这是艾德格。"她抓着男孩的手说道。

"我自己可以介绍自己，不用麻烦你。"男孩用低沉的声音吼了她一句，然后转向苏菲，"我是来自滴血溪流的艾德格，冷血的永灭者杀手，同样誓言保护邪恶。"

苏菲看到他们交叠在一起的手："两个冷血的永灭者杀手……在谈恋爱？"

男孩女孩看看彼此，仿佛每个问题都准备好了，唯独漏掉这一个。

"表兄妹，他们是表兄妹，"海丝特很快回答，"他们是虎克船长的亲戚。"

艾德格很快放开艾莎的手："我们不喜欢对别人提这些。"

"注重隐私。"艾莎简短地说。

"这没道理，"苏菲说道，"邪恶学院什么时候开始在学期中招收新学生啦？"

"第一轮挑选永灭者的时候，他们年纪还不够大。"阿纳迪尔解释。

"一定是真的很冷血，校长才会愿意在这时候让他们入学。"多特附和道，正在吃克罗格骨头变成的软糖。

苏菲注意到那对表兄妹在偷看拉斐尔给她的戒指，看起来不像永灭者杀手，倒像是珠宝鉴赏家。她把手藏起来："我已经说过了，校长没有提过新学生的事，所以我应该跟他确认……"

"他一定没跟你提过，"海丝特轻蔑地说，昂首经过苏菲身边，往城堡走去，"都从外面找杀手进来了……一定不希望你认为他在怀疑你能否杀掉阿加莎和泰德罗斯，是吧？"

"因为他是你的真爱。"阿纳迪尔说道,跟在海丝特后面。

"杀掉他们是你的任务。"多特说道,跟在阿纳迪尔后面。

苏菲紧张地看着两个陌生人。

"阿加莎必死!"艾德格大喊,举起拳头。

"泰德罗斯必死!"艾莎尖声叫道,也举起拳头。

他们紧跟上女巫们的脚步。当那两个永灭者杀手跑上山丘时,苏菲的心脏因害怕而揪成一团。从拉斐尔把戒指套在她手上开始,他从来没完全信任她对恶的忠诚。现在他找来两个训练有素的杀手来逼她,假如她不杀,拉斐尔会让他们杀吗?拉斐尔会不会杀了她?她手上的泰德罗斯的名字还能隐藏多久?

看着艾德格和艾莎靠近城堡,苏菲绝望地在心中许愿,希望阿加莎和泰德罗斯不要靠近学院……希望他们不要来试着救她出去……希望永远不要看到他们……因为这样大家就都不用死……

不过就像苏菲大部分的愿望一样,这个也没有实现,她不知道自己现在正看着阿加莎和泰德罗斯进入城堡。

她没有让朋友们远离城堡。

她让他们进来。

第十七章
不可能的任务

三个女巫把艾德格和艾莎赶进她们有股臭味又烧过的宿舍房间,海丝特连忙把门锁上,大声责骂艾莎。

"泰德罗斯,你这头无脑的公牛!你干吗抓着阿加莎的手?差点儿暴露出自己是谁!"

泰德罗斯和阿加莎两人跪在地上,试着调匀呼吸。"苏菲!她……戴着……戒指……"阿加莎气喘吁吁地说,"差点儿忍不住去抱她……"

"你应该冒险试试看,我们绝对没办法活着走出这里。"泰德罗斯喘着气说,生气地看着自己丰满匀称的女孩身体,"你有没有看见那些永生者男孩在走廊上瞪大眼看着我的样子?"

"我们见到最好的朋友,然后好端

端地站在这里,我会说这次闯入是成功的。"阿加莎说道,把她男孩的手臂举起来绕过床,敲敲床头柜的边缘。

"我会说这叫作自杀。"泰德罗斯说道,拉拉他的短裤。

"公主,冷静一点儿。那么多学生挤在这个城堡里,所以大家都搞不清楚谁是谁了。"海丝特讥讽地说,调整她母亲站在姜饼屋前面的照片。

"你们俩今晚待在我房间里应该还算安全。"阿纳迪尔说道,看着她的两只老鼠用鼻尖擦着另一只虚弱又疲惫的老鼠,"只是假如'艾莎'再用那个糟糕透顶的腔调说话,我就要把她的喉咙划开。"

"我只能用这个方法发出高频的声音!"泰德罗斯反驳道。

"你听起来像是在山谷里挤牛奶的女工。"多特一边漫不经心地说,一边在衣橱里翻箱倒柜。

在场的每个人都看着她。

"真高兴你把这当笑话看,"泰德罗斯说道,仍在拉他的短裤,"这个愚蠢的身体让我无法思考!不管梅林是用什么咒语染我的头发,我的头皮痒得我快疯了,屁股装不进裤子里,脚太小了,我的腿冷死了,而且一直想尿尿……"

"至少有件事情跟以前一样。"阿加莎喃喃自语。泰德罗斯瞪她一眼,说:"是谁想出这样蠢的名字!艾德格和艾莎,仿佛我们出生的时候嘴里含着门球棍,在玛拉巴山丘啜着下午茶。"

"名字是我想的。"多特脸红了,从衣橱里退出来,看起来很受伤。"海丝特说我可以挑名字,条件是要我变胖。她说假如我像第一年一样胖,然后我们三个假装很喜欢这里,就没人会想到我们是善的间谍。我们必须帮助你——第一,阿加莎是我们的朋友;第二,艾瑞克差点儿杀了海丝特,而他现在是院长;第三,我们不能让校长为所欲为,把全世界都变邪恶。假如没有善与恶对抗,那么作恶还有什么意思?我们每天要干吗?吃爆米花?做指甲?还有,我想如果我帮你们救出苏菲,或许我现在还穿不了这个,"她拿出一件旧的、明显尺寸太小的女子学院蓝色紧身马甲,"但是我可以完成一件什么事情,好让爸爸不再说我没用。"多特一边说,一边吸鼻子:"我花所有课的时间在帮你们想名字,所以我的排名才会这么低,最后应该会变成植物。但是假如你口齿不清地说，艾德格听起来像阿加莎；然后假如你不要想太多的话，艾莎和泰德罗斯有押韵。我以为你们会因为我取了这么棒的名字而为我感到骄傲。"她对着马甲擤鼻涕。

海丝特、阿纳迪尔和阿加莎都一起瞪着泰德罗斯。

"站在我的立场想，多特，"他一边带着罪恶感说，一边抓着发痒的头发，"我是卡米洛特王国的王子，如果我能活下来，我很快会加冕为国王。我和我的公主回到森林里来，为了救出我们最好的朋友，但是我没有料到我会以那个女孩的身份执行这个任务，好吗？"

"以'那个女孩'的身份？我现在变成这种称谓了？"阿加莎瘦竹竿一般的身体忽然站起来，"'那个女孩'？"

"听我说，我的意思只是如果我的朋友们看到我成了这副样子……"

"我很确定他们刚刚在走廊上看到你了，"阿加莎嗤之以鼻，体内的男孩荷尔蒙在沸腾，"查迪克还对你抛媚眼呢。"

泰德罗斯看起来像是被打了一巴掌。

"昔日的阿加莎回来了。"海丝特得意地笑。

"终于回到我们的女巫聚会了。"阿纳迪尔说道。

"不是以正式会员的身份就是了。"多特说道。

阿加莎在床上躺成大字形："男孩怎么无时无刻不在生气跟肚子饿？我可以吃掉这个枕头。"

枕头变成巧克力。

"这就是为什么我算不上正式会员。"阿加莎一边吃一边说，不忘给多特一个微笑。

泰德罗斯瞪着他的公主，现在是个贪婪、好战的男孩；他看着那三个邪恶的女巫，还在窃笑他做出的牺牲。他看着自己在镜子里的样子，长发披肩、光滑的肌肤……

王子感到一阵恐慌。"我没办法……我真的没办法……"他的指尖开始发出金色光芒，"我现在要解除咒语，让药水失去效用。"

阿加莎跳起来抓住他："你走出门外的那一刻，他们就会马上把你抓起来！他们会把我们全部杀掉！"

"我们好不容易走到这一步了,对吧?"海丝特求他,哄他在床边坐下。

"这是唯一的办法,泰德罗斯。"阿纳迪尔安慰地说,抓着他发亮的手指。

"搞不好会让你成为更好的人,"多特深呼吸后又补一句,"至少不那么戏剧化。"

泰德罗斯把桃色脸颊埋在手掌里,沮丧地蜷缩在床边:"我们不可能成功的!我们不可能把苏菲从这里救出去!我不可能回到卡米洛特,也不会成为国王,然后还要以女生的样子死掉!"

海丝特脖子上的恶魔刺青涨成红色:"你这个爱哭、脑残的胆小鬼!我们四个女生一辈子都试着证明我们不只是女孩,然而现在你的表现像是在说:身为女生就像被判了死刑!你一辈子都靠你下巴上的酒窝、迷蒙的双眼、平坦的肚子来取代灵魂的位置。现在你是我们其中的一员,艾莎,我们能不能活就靠你了,如果你继续抱怨,不打起精神像个男人,你就枉费王子这头衔,我会让这只恶魔把你……"

她看到阿加莎摇摇头,偷偷用自己发亮的手指发出烟雾,排成四个字:"母亲情结。"

海丝特把想说的话咽了回去。"泰德罗斯,我的朋友,"她说道,试着让自己听起来富有同情心,"我知道这不容易,但是你已经混进这所地狱般的学院,这是最难的部分。现在我们只需要你和阿加莎完成梅林指派给你们的任务。"

"你有一整天可以考虑接下来该怎么做。同时海丝特、多特和我得回去上课,免得苏菲怀疑我们。"阿纳迪尔说道,看了海丝特一眼。

海丝特跪下,跟泰德罗斯同样的高度,用自己的手紧握他那小巧精致的手指:"我们让你和阿加莎待在这里,晚饭后会回来,到时你们就可以开始行动了,了解吗?"

泰德罗斯没有回答。

海丝特卷起她的上衣,露出肚子上丑陋的粉红色疤痕。"我被艾瑞克在肚子上刺了一刀,为了保护你的公主,保护你的真爱。泰德罗斯,现在轮到你证明你是个怎样的人。"她看了一眼阿加莎企鹅似的笨拙男孩样,"你们两个都是。假如我们要救出苏菲，拯救我们的世界，我们需要你们成为我们的一员。"

阿加莎和泰德罗斯连看都没看彼此一眼。

"一个微笑就好，艾德格和艾莎，"海丝特说道，"拜托。"

"海丝特要他们微笑？这个世界真的要毁灭了。"多特插嘴道。

慢慢地，艾德格和艾莎彼此眼神接触，他们转头看向海丝特，变出两个一模一样的笑容。

海丝特终于松了一口气。"我很快就回来，你们好好利用时间，"她说道，她的两个室友跟在她身后走出去，"不要打破学院的任何规定，你们应该知道我在说什么吧。"

阿加莎和泰德罗斯一直保持微笑，直到门关上并从外面上锁为止。

然后他们看着对方，眉头深锁。

不到一小时前，艾德格和艾莎还挤在森林里的一根枯树干上，看着梅林对着树丛里那些肉食性的紫荆棘撒上金粉，让它们沉睡。

"我什么时候可以变回来？"泰德罗斯用低沉的声音问道，白嫩的女孩脸颊上带点儿红晕。

"等你们活着回来的时候。"魔法师说道，试着轻触一根缓慢移动的荆棘。

"也就是说永远不会变回来。"阿加莎咕哝着，眯眼看着前方高耸又布着尖刺的学院大门，挡住前往善恶魔法学院的路。那些能让人致命的尖刺以前闪着金光，现在则闪着绿光，熟悉的标语浮在上方：

擅闯者死

阿加莎瞪大双眼，不知接下来该怎么做。他们在峭壁上小睡片刻，享用了魔法帽做的羽衣甘蓝蛋饼和香草草莓奶昔之后，梅林拿出邪恶学院的黑绿色制服（用"很明显，是间谍在帮我们"来解释这制服的来源），然后带他们来到学院大门，没跟他们解释女孩和男孩——现在是男孩和女孩——要怎么穿过这道立誓杀掉他们的大门。

"只有老师能打开大门，"阿加莎争论着，"我们一碰到门，就会被轰成碎片！"

"大门是最小的问题，假如咒语解除不了怎么办？那我就永远是女生了？"泰德罗斯说道。

"孩子，请不要在女孩的身体里用男孩的声音说话，"梅林说道，用一根荆棘抠牙缝，"这个习惯很不好，像那些粗俗的滑稽杂剧，这样没办法说服别人你是个女孩，所以让我们从名字开始。"

"我头发痒到不行，"泰德罗斯说道，仍然是男中音的声音，"为什么我不能保持原本的金发？"

"因为我们需要你看起来像是邪恶的杀手，而不是跑到三只熊家里去的金发姑娘！"

"你是魔法师，所以自以为会帮人染发，也不会害别人有头虱。"

一根紫荆的长矛掉在泰德罗斯的双腿上。

"我们的世界就快要毁灭了，头发护理的艺术不是重点。"梅林说道，狠狠瞪他一眼，"现在让我们听听你的声音，要不然我可以让你更痒。"

泰德罗斯双手交叠在胸前。"我的名字是艾莎。"他用尖细的声音说道，以让人耳朵不舒服的频率。

"我的老天，你听起来像是鲁尼恩巷那里来的女教师。"梅林说道，随即看到阿加莎咯咯笑，高频的笑声跟男孩的外表很不搭。"不夸张地说，你们两个可以去马戏团工作了。"梅林挑起眉毛说道。

"我的名字是艾莎。"泰德罗斯生气地重复说道，仍然刺耳和拘谨。

阿加莎笑到没办法说话："你用太多鼻音了！用肚子呼吸！"

泰德罗斯把头发甩到背后："怎么，当女孩这件事你是专家吗？"

阿加莎止住笑声，站起来，用她男孩的身躯逼近泰德罗斯："这句话是什么意思？"

"意思就是你的任务比我简单，因为你本来就长得像个男孩，行为举止也跟男孩差不多！"泰德罗斯用刺耳的声音说。

"是吗？"阿加莎用令人惊讶的力量把他推到一旁，"你觉得对我来说就简单吗？我的屁股僵硬到快要没办法走路，喉结的大小跟一只小动物差不多，我的下颌感觉像在矫正牙齿。然后现在我还得当我们的发言人，因为你完全做不来。"

"做不来？我才是要救出苏菲的人，不是你！"

"你连自己的名字都说不好！"

"我是王子，你是公主，救出我们的朋友是我的工作，你去问梅林！"泰德罗斯吼道，或说是尖叫。

"这就对了，你学会了。"梅林噘着嘴说道，连看都没看他们，他正在用荆棘修剪他的胡子，"听起来完全像个女孩。"

泰德罗斯瞠目结舌地看着他。

阿加莎爆出大笑："哈哈哈哈哈哈哈哈哈……"

泰德罗斯抓着她。

"男孩不能打女孩！"阿加莎吼道，把泰德罗斯的头固定在腋下。

"那你可走运了，我不是男孩！"泰德罗斯大吼，把泥土丢到阿加莎的脸上。

一个咒语制伏了他们，他们分别被弹到不同的树上。

"这就是卡米洛特王国未来的国王和皇后？这就是我们托付未来的人选？"梅林怒斥道，不再是和善的年老导师，"我和我的间谍冒着失去一切的风险，只为了让你们救出最好的朋友，找到幸福结局，拯救善良学院，以及新旧两学院。你们幼稚又缺乏训练的手里，握着无数人的生命，而你们俩只顾着争吵和琐碎的抱怨，像两只猴子争夺地盘。从现在开始，到我们要穿越大门之前，我不想再听到任何一个字。"

阿加莎和泰德罗斯阴郁地低下头。过了不久，泰德罗斯抬起头："那我可以再变回男孩吗？"

梅林对他绷着一张脸，泰德罗斯又把头低下。"你们两个听好，我安插的间谍五分钟以内就会出现，帮助你们进入学院，"魔法师接着说。

"屋顶有守卫，小精灵定时巡逻，谁知道哪里还藏着什么埋伏，你们只有几秒钟的时间闯进去不被抓到。"

"但是梅林，我们还需要一个老师帮我们把门打开。"阿加莎说道。

"阿加莎说得没错，"泰德罗斯说道，"我们第一年的时候，大门为我们打开，那是因为达维教授允许我们到森林里。"

"亲爱的孩子们，相信我吧，我比你们俩加起来还聪明，"梅林说道，"一旦你们平安抵达邪恶学院，就要分头进行两个任务。一个是潜进旧学院找到断钢之剑，另一个是待在新学院救出苏菲。至于谁应该去救苏菲……"

"我！"两个人同时大喊。

梅林叹了口气："乌玛公主之前就警告过我会发生这种状况。然而，解救苏菲的人应该是最了解她的人。"他清清喉咙，从星星帽子里拿出一沓像是纸牌的紫色卡片。魔法师先看一眼底下的观众，然后问："苏菲最喜欢的食物是？"

"小黄瓜！"阿加莎和泰德罗斯同时喊出。

梅林喃喃自语，换下一张卡片："苏菲用什么洗脸？"

"甜菜根！"两个永生者齐声说。

"苏菲的手指闪光是什么颜色？"

"粉红色！"

"苏菲的睡姿是……"

"仰睡！"

"苏菲的香水是什么味道？"

"薰衣草加香草加广藿香！"

梅林抚着胡须。"看起来转换性别已经增加你们的脑容量了，或许你们应该永远保持下去。"他对着帽子大喊，就像在吹号角一样，"难一点儿的题目，拜托！"

帽子吐出一张卡片，梅林笨手笨脚地接住。"我的老天，"他忍不住惊叹一声，眯眼仔细看上面的题目，"这题不太公平，因为阿加莎基本上跟她一起长大，不过算了。你们在尼克洛山脊的时候，谁知道苏菲母亲的名字？"

阿加莎带着胡楂儿的脸颊阴沉下来。

泰德罗斯女孩样的脸庞露出微笑。

"哇！这如同童话故事里的转折！所以艾莎负责从新学院里救出苏

菲，"魔法师对泰德罗斯说道，然后转向阿加莎，"也就表示艾德格要进入旧学院找出断钢之剑。现在专心听我说，当你们完成任务后，要逃出学院只有一次机会。我们午夜十二点在这里碰面，十二点整，多一秒少一秒都不行，一样的地点——泰德罗斯带苏菲，阿加莎带断钢之剑——然后我会把你们三个人带到安全的地方，懂吗？"

"那苏菲摧毁戒指呢？"泰德罗斯问道。

"我说最后一次，请你用女孩的声音，泰德罗斯。"

"那苏菲摧毁戒指呢？"泰德罗斯用尖而高的声音说。

梅林揉揉耳朵："只有一个晚上的时间，我担心摧毁戒指对你和苏菲来说太难了。今天晚上你的任务就是说服苏菲逃离年轻的校长，跟着你到一个校长找不到她的地方。我了解要赢得苏菲的信任，用王子的模样容易得多，但是请记住：只要你们在不对的身体里，撰写者就不会再写出你们的行踪。一旦你回到泰德罗斯的身体里，撰写者就会告诉校长你在哪里，然后整所学院的人马上就会杀掉你。所以如果你打算活过今晚，就不要做蠢事。"

泰德罗斯的脸变得苍白，梅林接着转向阿加莎。"至于你，我的女孩（或是男孩，这样说也对），你必须想出方法独自闯进旧学院，这个任务很艰难。泰德罗斯的剑藏在那座城堡里的某个地方，你的任务就是要把它偷回来。记住，没有这把剑，我们就没办法摧毁苏菲的戒指，也没办法杀掉校长——"梅林的眼睛眯起来，"阿加莎？"

她仍然阴郁地瞪着有着女孩面孔的王子。

"阿加莎，我的间谍马上就要来了，我们不能让你继续对分派的任务不满，像只被宠坏的猫一样。"梅林说道。

阿加莎注意到泰德罗斯幸灾乐祸的笑容，她压抑下失望的情绪，说："好，我会找到剑，但是你还没跟我们说谁是间……"

然而此刻她和泰德罗斯看到三只大乌鸦穿过海湾的绿雾，一个瘦，一个胖，一个白，白化症的那种白。

三只乌鸦的飞翔技术十分糟糕，白化症的那只弯来弯去，胖的那只嘴里咬着巧克力虫，瘦的那只发出尖锐的信号声，然后三只乌鸦俯冲而下，却撞在一起，像没打开的降落伞迅速从天空坠下，落在大门后的灌木丛里。

"我找不到制服！"阿纳迪尔的声音从灌木丛中传来，"我明明留在这里……"

"多特坐在上面啦。"海丝特抱怨道。

"我还在想为什么地板这么软。"传来多特的声音。

"我数到三，就还原转化咒，"海丝特说道，"一……二……"

"你们不闭上眼睛吗？"多特惊讶地问。

"谁会看你没穿衣服的样子呀，你这个笨蛋！"海丝特吼道，"三！"

一阵红色、绿色和蓝色的光线从灌木丛中射出，来回摆动，叶子后面隐约闪现皮肤。

"这个行动真的让我们变成女巫帮了。"海丝特抱怨道。

"有没有人拿走我的内裤？"多特小声问。

"从现在起没人能怀疑我对恶的忠诚，因为没有任何事比我现在看到的东西还要邪恶。"阿纳迪尔不屑地说。

三个女巫一起从灌木丛里站起来，身上布满松针，穿着邪恶学院的制服。她们隔着布满尖刺的大门看到艾德格和艾莎对她们眨眼睛。

"我收回刚刚说的话。"阿纳迪尔说道。

"你们是间谍？"泰德罗斯忍不住用低沉的嗓音喊出来（梅林皱眉），"但是我以为你们站在恶那一边！"

"我也以为你是男孩子，事情不总是黑白分明的，对吧？"海丝特轻蔑地说，"梅林，巡逻的小精灵两分钟之内就会来，我们现在就得让他们进来。"

"魔杖在哪里？"魔法师说道，隔着大门对海丝特做了个鬼脸。

海丝特瞪着阿纳迪尔和她口袋里探出头的两只黑老鼠："魔杖还没到吗？"

阿纳迪尔变得更白了（如果她还能更白的话），那两只老鼠也是："它……它……它……应……应……应该要比我们早到才对。"

"小精灵再有一分钟就会来了——"多特警告道，通过刺耳的叮当声来判断距离。

"现在还有一个更糟的问题。"阿加莎说道，大大的男孩眼睛眯起来看着海湾的另一边。

所有人转过头，瞥见苏菲小小的影子穿过雾，跌跌撞撞地跑下大草坪，低头看着地上，仿佛在草坪上寻找着什么。

"雾散了之后她就会看到我们。"泰德罗斯烦躁地说，声音在艾莎跟自己中间。

"我们还剩三十秒。"多特说道，小精灵刺耳的嗡嗡声更大了。

"阿纳迪尔，我们需要魔杖。"梅林逼迫着。

这是第一次，阿加莎看见魔法师惯有的镇静出现动摇。海丝特也是，一向冷静的她脸色涨红，对着阿纳迪尔不断碎念。

"你跟梅林说它什么都找得到……不管达维被关在哪儿，它都可以传达我的信息……你保证可以及时拿到她的魔杖！"

"那是才华，不是保证。"阿纳迪尔虚弱地说，两只大黑鼠看起来也一样烦躁。

"十五秒！"多特说道。

此刻绿色小精灵从东边沿着水岸迅速飞过来，而绿雾沿着南边的水岸渐渐退散，眼看三个邪恶女巫、有名的魔法师以及两个陌生人的身影就要显露出来了……

"五秒钟！"多特大叫。

"在这里！"阿纳迪尔忽然说道，指着自己后方。

所有人转过头，看到一只白老鼠从雾中穿出来，嘴里叼着达维教授的魔杖，满身大汗，气喘吁吁。阿加莎注意到它的身体在肿胀，白色毛皮变成黑色，门牙变尖，黑色的眼睛充血。这只白老鼠不再是小老鼠，它变成了一只凶狠的大黑鼠，向主人冲过来。它用仅剩的一点儿力气，向阿纳迪尔奋力一跃，魔杖像是慢动作在空中飞舞，白化症的女巫接住，往大门的方向挥舞，将魔杖的顶端戳向大门上发亮的尖刺……

大门神奇地打开，出现一个缝隙。

"谢谢仙女教母，"阿纳迪尔松了一口气，"不管你现在在哪里。"

她把达维的魔杖掷向梅林，魔法师赶紧在大门关上之前，把阿加莎和泰德罗斯推进去。阿加莎和泰德罗斯随即在大门的另外一边看着梅林。

"午夜十二点,"魔法师说道,"不许失败。"

然后他把帽子拿出来,从帽檐跳进去,就像神灯精灵跳进神灯里面一样,帽子也随着一声雷鸣消失了。

对阿加莎和泰德罗斯来说,被关在女巫的宿舍里就像之前被关在墓园山上的房子里一样。

一开始的几小时,他们根本没有交谈,一人占据一张床——阿加莎躺在海丝特的床上,泰德罗斯躺在多特的床上——阿纳迪尔的床在他们中间,像是界河一样。他们甚至不承认彼此的存在,少部分的原因是他们对自己新的身体感到很尴尬,但大部分的原因是他们有许多必须思考的事情。阿加莎抱着发霉的枕头,仔细考虑每一条进入旧学院的路径——中途桥、城堡间的地下水道、林中空地的树洞隧道、沿着海湾的跋涉——而泰德罗斯,把枕头挡在脸上,绞尽脑汁地想着要怎么做才能单独跟苏菲见面。

很快,阿加莎听到隔壁房间的人上完课回来的声音,然后是抱怨晚餐菜色(炖沙丁鱼包心菜,她拼凑出这个答案,并深深感谢梅林的神奇魔法帽)的声音。她还来不及注意到,窗外冬天的阳光已越来越微弱,转换成晚上。阿加莎点上海丝特床边桌上爪子形状的蜡烛,凝视着女巫们书架上的书(《进阶折磨咒语》《为何恶人总是失败》《女巫常见错误解析》),想要找到有用的参考资料。同时泰德罗斯在多特的桌上写着什么,每十秒就把纸揉成一团,丧气地把鹅毛笔折断,不时用男孩的声音咒骂。

阿加莎选择忽视他,专注在自己的任务上。她觉得最有机会的是中途桥,因为她曾经从那里闯进邪恶学院和男子学院,她应该也能用同样的方法闯进旧学……

泰德罗斯又折断一支鹅毛笔。

"看在老天的分儿上,你到底在写什么?"

泰德罗斯无精打采,就像没能把稻草转成黄金的女仆:"我想说我可以写下我要对苏菲说的话,但是太多事情要写,根本就不知道从哪里开始。"

"会想到方法的。"阿加莎咕哝着,眼睛仍看着眼前的书。

"你还没发现吗?我抗压能力很差。"阿加莎抬头看着他,她的王子那认真的、像小狗一般的眼神闪烁在女孩的脸上。奇怪的是，他现在看起来比以前更可爱。

"你从前那句'时间到了我们就会知道该怎么做'不适用吗？"阿加莎问道。

"跟你在一起的时候，我知道该怎么做。虽然我表现出很想这么做，但从没真的以为我得独自一人救出苏菲。"

阿加莎脸红了，眼神又回到自己的书上："讲到苏菲的时候，你从来没出现过词穷的状态。她是女孩的时候，你跟她眉来眼去；她是男孩的时候，你和她无话不说……我很确定你很快就能掳获她的芳心。"

"那些时候我都有原本的面貌，这次不一样。"泰德罗斯伸展他的手臂，爬到中间阿纳迪尔的床铺上，"而且，我已经有公主了，虽然她总是有各种理由对我找碴儿。"

"我也有个王子总是不听我说话，永远认为自己正确。"阿加莎迅速反驳。

"因为你表现得像是有一半时间根本不需要我。"

"因为你表现得像是我一定得照你说的话做！"

"因为你总是想要当王子！"

"因为我根本不知道要怎么当公主！"阿加莎大喊。

"显然如此！"泰德罗斯大吼，"要不然你以为我为什么喜欢你！"他转到另一边。

阿加莎沉默地看着他，心中累积的压力逐渐散去。阿加莎爬到中间那张床上，泰德罗斯没有退缩，他们中间保持一段距离。他们在黑暗中并肩躺着，瞪着烧焦的天花板。

女孩与男孩。

男孩与女孩。

"海丝特说得对，我有的不过是王冠、财富和这张脸，"泰德罗斯安静地说，"达维教授说过，要找到幸福结局，不能只靠外表和魅力。查迪克和其他的男孩们会取笑上了年纪的老师，我曾是他们的一员。但是当我刚刚看到苏菲在岸边，而我不再是王子时，我知道达维是对的。我感觉赤裸裸的，一点儿权力也没有……就像我内在是空的。你们都以为我是因为变成女孩而感到害怕？其实我怕的不是变成女孩，而是我只是因为外表而被爱。大家爱我，因为那不是真实的我，这才是我一直以来最害怕的事。每个人看到我，都只看到高大金发的王子，活生生地从故事书中走出，就再也没注意其他的事，包括真实的我是什么样子。但是现在是第一次，我的外表不见了，我在一个不属于我的奇怪身体里……我拥有的只有身体里的泰德罗斯，那个我不确定是否值得任何人喜爱的泰德罗斯。"

他快速地眨着眼睛。"我父亲就是这样，不是吗？他只让我母亲看到国王的外在，直到她看到权力和外表之下我父亲真实的样貌……亚瑟……这个不值得她好好告别的亚瑟。阿加莎，我会不会跟父亲一样？如果你看到我除去王子头衔之后的样子，发现我根本就不够好，怎么办？或许这就是为什么我们越靠近卡米洛特，你越跟我争吵。因为在王子之下，你发现我……根本……一无是处。"他抹一抹眼睛，"我一直以来都是王子，褪下王子的外衣之后，我不知道该怎么做。我不知道如何独自找到苏菲，我不知道要跟她说什么，不知道怎么说服她相信我，不知道怎么把她带出城堡而躲过校长的追杀。"

阿加莎仔细看他那张布满泪水的脸。"我也不知道要怎么拿回你的剑。"她说道。

泰德罗斯忍不住笑出来，虽然他前一秒还泪流不止，鼻子吸个不停。

阿加莎的头轻靠在他柔软的手臂下，她大大的男孩手掌握住他精巧的手。

"我看着你的时候，我没有看到王子，"阿加莎深吸一口气说，"即使在你最帅、最有男子气概、最迷人的时候，我也看不到王子。因为假如我看到王子，那我就会看到国王，假如我看到国王，我就得在自己身上看到皇后……最广为人知的王国里的皇后……"她这么说的时候，可以感觉到自己的焦虑正在升高，并试着控制这样的情绪。"这就是我这么挣扎的原因，这就是我为什么对乌玛公主说那些话。因为跟你在一起的时候，我必须假装你不是王子。我必须假装我们可以做自己，就像我们一起在加瓦顿的前几天一样，一个普通的女孩跟一个普通的男孩，没有王国等着你回去。为了能这么做，我必须很仔细地看，不只看到在我眼前的东西，而是触及你的心和灵魂,那是我爱上你的原因。一个敏锐、诚实、感受深沉的灵魂;一颗散发出的爱如同太阳那样温暖的心,那是你一旦失去会让你感到寒冷,会想尽办法要回来的爱。"一颗泪滑落阿加莎的脸颊,"你是男生或女生并不重要,你的父亲是谁或你来自哪里或你的长相……都不重要。你在担心我看到真实的你之后会离开你……但那其实就是我留下来的原因。"

泰德罗斯用手臂支着身体起来,盯着阿加莎,他的蓝眼睛大而湿润。即使他们的身体在这一刻没有任何变化,阿加莎不再觉得自己是男孩,泰德罗斯也不觉得自己像女孩。他慢慢贴近她,她闻到他身上薄荷的气息。

"现在你得告诉我怎样才能拿回你的剑。"阿加莎低声说道。

"不知道。"泰德罗斯低声回复。

她感受着王子温暖的怀抱。

"好吧,好吧。"一个尖锐的声音响起。

阿加莎在泰德罗斯的怀里急忙回头,看到门边有三个影子,烛光在海丝特的眼睛里闪烁。

"这就是你们善用时间的方法?"

第十八章
巧克力云霄飞车

阿加莎和泰德罗斯分开之后,才闪过"或许再也看不到他"这样的念头。

"要上场了,孩子们,"海丝特说道,迅速冲进房间把阿加莎赶下床,"阿纳迪尔、多特,你们带着艾莎,艾德格跟着我。到午夜之前,我们只有两个小时。"

"为什么我们被分配到这个傻瓜?"阿纳迪尔呻吟地说。

"因为你是心腹!"海丝特迅速回答,把阿加莎推出门。阿加莎连忙回头,刚好看见她那变成公主的王子冲下床,赶到门口。

"晚点儿见。"他深吸一口气说道。

"晚点儿见。"阿加莎回应。

他们中间的门"砰"的一声关上,泰德罗斯消失在门后。

海丝特拽着阿加莎的男孩身体走在灯

光昏暗的走廊上。"阿纳迪尔和我这几个星期一直在找进入旧学院的通道，但一点儿收获也没有，你最好已经想好了完美的计划。"

"我还没好好道别。"阿加莎悲伤地说，转头看着越变越小的房门。

"看来你们俩没有花时间在说话上。"海丝特挖苦地说，拉着她经过几个永生者和永灭者，其他人看到他们，纷纷匆忙冲进房里。希子跑到一半忽然停下，目瞪口呆地看着他们。

"有什么好看的？"海丝特吼道。

希子关上房门，她的声音从里面传来："莫娜，海丝特有男朋友了！"海丝特拉着阿加莎边走边说："很明显，从中途桥过去等于自杀，我们只会变成待宰的羊，而且你不可能第三次通过隐形屏障。下水道从去年开始就封起来了，所以这条路也不行。胜率最大的赌注是海湾，只是必须躲避巡逻的小精灵……"

"等一等，你说'我们'？"阿加莎兴奋地问，"梅林说我得自己去。"

"因为梅林以为只有你可以活着进入旧学院，"海丝特说道，"他有所不知，一日女巫帮，终身女巫帮，我们会誓死保护对方。再说，我才不要让你自己一人目睹旧学院里的状况。"她看到阿加莎脸上的表情——感动又充满感激，于是不耐烦地大喊："所以呢？哪一条路？什么路都可以，只要不是……"

"桥。"阿加莎微笑道。

"我就知道你会选这个，"海丝特叹气，拉着她进入黑暗的廊道，"还有，不可以让多特知道我说你是女巫帮的成员，她会把我们俩变成抹茶布丁。"

阿加莎跟着海丝特穿过玻璃通道，进入昏暗的荣誉塔楼宿舍，注意到更多学生转身躲进房间里，仿佛躲避怪兽一样。"你怎么会变成梅林的间谍？"阿加莎问。

"我们想要找人帮忙抵抗校长，所以用阿纳迪尔的老鼠带信息到森林里。结果发现你的猫镰刀为了传递你母亲的信息，同一时间也在森林里。想当然的，接下来就是猫抓老鼠的戏码，猫一路追着老鼠到处女山谷，已经准备要饱餐一顿，没想到尤巴发现了它们。从那时开始，镰刀——顺带一提，它超可爱的——带给我们梅林的信息，而阿纳迪尔的老鼠帮我们传信息给梅林。"

阿加莎的脚步不由得慢下来。"联盟交代它的任务"，她想到梅林之前提及她还不能跟镰刀碰面的原因。她原本以为她那只光秃秃、瘦弱不堪的猫只有吓跑陌生人跟折断鸟头的作用而已，没想到它一直在与她三个女巫好友联系，忽然间更想念这只邪恶的老猫，同时也好奇镰刀知不知道妈妈已经过世了。想到这儿，阿加莎的心一沉，她没有勇气告诉它。

等她回过神儿来，自己已经落后海丝特好长一段距离。海丝特走到走廊另一端，阿加莎看不清她的身影，小圆窗外的天色呈现深灰蓝色，一阵轻风从窗外吹来，等到阿加莎习惯周围的黑暗，她不得不伸出手感受墙面的位置，忍住不喊出海丝特的名字——

这时她才注意到她手指下被喷溅到墙上的壁画……

七个穿着鲜艳衣服的小矮人脸朝下，躺在血泊之中。

阿加莎慢慢后退，看到更多的壁画：拇指汤姆被巨人吞下……长发公主和她的王子被巫婆从塔楼上推下来……

这些是被尤巴钉在洞穴墙上的故事结局，原本的结局已被恶改写成正不胜邪。

阿加莎记起梅林曾在森林里提醒她，校长在背后发起这一切。每一个被改写的故事都是更大计划的一部分。

但究竟是什么计划？

为什么他必须杀掉过去的英雄人物？为什么他需要旧故事？

"除非'旧'给他的力量凌驾于'新'。"梅林的话在耳边响起。

阿加莎的胃一阵绞痛，她沿着壁画墙面缓慢前进：虎克船长把钩子刺进彼得·潘的心脏……大野狼一口咬下小红帽的脖子……脸上长满麻子的老巫婆把韩赛尔和葛雷特送进烤箱……

"动作快点儿！"海丝特在前方小声提醒。阿加莎连忙跟上，但心中为被她丢下的联盟成员感到害怕，虽然他们此刻在洞穴里安全，但难保未来的事。不管校长的计划是什么，在这些场景成真之前，他们必须赶快摧毁戒指。

城堡发出十点的钟响，阿加莎注意到宿舍里静悄悄的，一点儿声音也没有。"大家都去哪里了？"她问。

"因为下周就是追踪周，所以艾瑞克规定了强制学习时间，"海丝特说道，把她推上后侧的楼梯，"社团不准聚会，交谊厅全部关闭，所有的人都得关在指定的房间里，刚刚看到我们的人都以为我们是宵禁的巡逻。还有，你的声音从那个身体里出来感觉好奇怪，你看起来像是长相奇怪的小男仆。"

"如果老师看到我怎么办？或是小精灵看到我呢？"阿加莎追问。

"你假装检查房间，从一楼开始。放轻松，如果你跟我在一起，没人会要你停下来。老师们都爱我，除了……"

海丝特忽然间静止不动，瞪着上面。阿加莎眯着眼睛从楼梯间的缝隙向上看，只见一个高挑、头发尖耸的影子从五楼向下瞪着海丝特，发亮的紫色眼睛闪着警示的光芒。

"我亲爱的海丝特，你不是应该待在房间里吗？"艾瑞克说道，无声无息地从楼梯上下来。

"艾德格把他的书忘在图书馆里了。"海丝特说道，推着阿加莎穿过艾瑞克，"你知道男生总是忘东忘西……"

艾瑞克伸出大大的手掌挡住他们。"虽然你是老师们的宠儿，但这并不表示你就可以破坏规定，海丝特。就算是我，也不能破坏规定，要不然我早就把我母亲碎尸万段了。"他的舌头沿着牙齿来回滑动，眼睛死盯着海丝特，"这可奇怪了，我母亲认为你是邪恶的明日之星，将来有望成为模范女巫。然而，我没法想象邪恶的明日之星在宵禁之后跟一个狡猾的男孩到处寻欢作乐。"他的眼神飘到阿加莎身上。"真是奇怪，我应该亲自处罚过学院里的每一个男孩，怎么对你一点儿印象也没有？"他的手指抚摸着腰带上卷起的皮鞭，像面对猎物一般看着这个瘦弱的陌生人，"没有肌肉的腿……软弱无力的手腕……松弛的下巴……几乎像个女生，不觉得吗？"

"艾德格喜欢独处，"海丝特冷静地回答，"现在永灭者和永生者混在一起，你又是新来的，难怪你没看过。"

"噢，这样瘦弱的男孩我应该会记得才对。"艾瑞克低声说道，把阿加莎逼到扶手边，"艾德格，你知道我不喜欢男孩没个男孩样儿。我被困在洞穴里好几年，我母亲抛弃我，但是我告诉自己一滴泪也不准流。男孩不能哭或呜咽或屈服，像个公主一样。男孩就要作战，握有主导权。在故事考验的时候，我就是这样跟特里斯坦说的，他那时像只狗一样要我饶他一命。不管我带那个笨蛋到地牢几次，教他怎样做才像个男孩……他还是学不会。然后让我发现他躲在高高的树上，像个女孩！"艾瑞克的脸颊因怒气而涨红。"我再也不会让这样的事发生，学院里每个男孩都是我的，尤其是像这个新朋友艾德格，一点儿男孩样儿都没有。"他贴近阿加莎，看着她的眼睛微笑，嘴唇几乎要碰到阿加莎的脸，"亲爱的海丝特，你最好先离开，今天晚上我需要一些时间跟艾德格独处，早晨我送他回去的时候，他就会变成一个真正的男孩。"

阿加莎没办法呼吸。

海丝特一动也不动。

"你走吧，"艾瑞克警告海丝特，"因为这一次，如果我再用刀子把你划开，就不会有故事考验的旗子救你一命。"

海丝特咽了一下口水，用无望的眼神瞪着艾德格。阿加莎的腿在发抖，看着她的朋友泄气地走上楼梯，身影消失在黑暗中。阿加莎匆忙把精力集中在自己的恐惧上，感觉到自己的手指变热并发出金光。要逃走只有这唯一的希望。

"魔法？真是弱爆了。"他用皮鞭当作绳子，拽着她下楼梯，"连抵抗都没个男孩样儿。"

阿加莎的恐惧转化成肾上腺素："好，那这个怎么样？"

艾瑞克回过头来——

她一拳打在他脸上。

艾瑞克的背撞到墙上，鼻子血流如注，他像只熊一样扑向她。阿加莎连忙闪躲，但是他拦腰抓住她，把她的头朝下撞向栏杆。疼痛让阿加莎无法专注，蒙眬中只辨认出眼前是四层楼下的石头地板。

艾瑞克把她抬得高高的，脸上露出凶残的微笑，牙齿上还沾着血。"帮我跟特里斯坦问好。"他放开手。

一只红色长角的恶魔往艾瑞克的腹部撞过来，他惊讶地惨叫一声，把阿加莎的身体丢到楼梯上。鞋子大小的恶魔发出尖锐的叫声，张开双臂像面具一样粘在艾瑞克的脸上，让他什么也看不见。

阿加莎目瞪口呆地看着海丝特悄无声息地从楼梯下来。

"亲爱的艾德格，你最好赶紧离开，"海丝特一边轻柔地说，一边逼近艾瑞克，"我跟院长有些旧仇还没解决。"

"不行！我不能把你一个人留在这里！"阿加莎在她耳边说，"不能像上次一样！"

"这次跟上次不同。"海丝特伸出发着红光的手指，她的恶魔掐着艾瑞克的脖子，让他喘不过气、双眼凸出。

"但是他那么危险！"阿加莎气急败坏地说，"如果……"

"你忘了一件很重要的事，亲爱的。"海丝特说道，她转向阿加莎，眼睛里布满血丝，"我是个恶人。"

阿加莎不再多问，她飞快爬上两层阶梯，推开冻结的门时，还听见艾瑞克被闷住的呻吟声。她把门用力关上。

阿加莎让手指的光照亮眼前的路，冲向黑暗、寒冷的屋顶，穿越梅林展览园，大口吸进冷空气——海丝特没事的，海丝特没事的，海丝特没事的……

其实有事的是她，因为她现在得孤身一人执行任务，就像梅林预测的一样，而且楼梯间发出那么大的声响，老师们一定都被吵醒了，正赶来这里。她根本没时间仔细观看树篱有什么不同，她必须赶紧找到有水的那个场景，那是从屋顶通往中途桥的秘密通道……

找到水就对了。

三分钟后，阿加莎仍在绕着圈子跑，嘴里吐出的气变成雾，什么都没看见，只有地上的树篱，她进入越来越深的迷宫……

阿加莎忽然停下来，手指的光亮指着前方。

花园的中心处立着树叶繁茂的雕像，主角竟是她自己，还是个小女孩，神奇地飘在散出涟漪的池子上方，泰德罗斯抱着她。苏菲站在下方的池塘边，握紧拳头，嘴巴大张着。

阿加莎全身发抖，回忆起冰雪舞会那一晚湖边的情景，那是他们三个好朋友从此分道扬镳的时刻。

现在就靠她和她的王子,能让他们重新在一起。

阿加莎从池塘边向上看着新学院的黑色塔楼,在夜色里充满威胁地耸立着。泰德罗斯现在怎么样了呢?她想。会不会他也永远没办法见到苏菲?会不会她再也看不到他了?

下面的楼梯间传来叫声。"检查屋顶!"莱索夫人大叫,"找出是谁把我儿子变成这副模样!"

阿加莎睁大双眼,没时间担心了,只能赶快行动。

她深吸一口气,闭上眼睛跳进水里。

同一时间,在校长的塔楼里,苏菲仍在想刚刚遇见的艾德格和艾莎。

经过一个令人坐立难安的早晨——差点儿掩藏不住泰德罗斯的名字,错过了找到间谍的大好机会,以及在岸边遇见两个陌生人——这一天的后半程总算好转起来。她到教室的时候,波鲁克斯已经开始带着学生做挑战,重复昨天深入敌人想法的测试,只是今天学生戴的是阿加莎的面具(这次挑战的优胜者是海丝特,虽然她也迟到了)。下课后,苏菲设法与三个女巫在走廊上聊天,她们看起来对艾德格和艾莎的去向漠不关心。"课表的时间跟我们不同。"海丝特简短回答。苏菲的女巫朋友们赶着去上恶魔史课,她差点儿没时间问她们是否知道什么咒语能遮盖皮肤上的"缺陷"。

多特捏着苏菲的脸颊:"你不会又要长出疣或是精神错乱了吧?"

"不是不是,只是一个位置长了很奇怪的青春痘……你知道的,感觉跟皇后的身份不搭……"苏菲声音颤抖。

"你又不是所有事情的'皇后',治疗青春痘没什么大不了的,"海丝特说道,"走吧,校长的课不能迟到。"

阿纳迪尔跟在海丝特后面,但苏菲听到她的窃窃私语:"实在不懂为什么我们要去上这节课,反正他讲来讲去都是苏菲这苏菲那,她如何启发恶的未来,不管那是什么意思,我实在没兴趣。"

"意思就是我们有个被爱冲昏头的青少年当我们的校长。"多特轻快地说,跟上她们的脚步。

苏菲落在后头，惊讶万分。拉斐尔在整所学院追捧她的功绩，而她却对他感到害怕？他对她的要求只有忠诚和爱情——这也是他给她的东西。然而到现在为止，这两个要求她都达不到。她充满罪恶感地咬着嘴唇，手在口袋里乱抓。

手上泰德罗斯的名字需要立刻处理。

以前的美德图书馆是金碧辉煌、无懈可击的宽广空间，现在则充满霉味，杂草丛生，乱成一团，书根本没有按照字母顺序排列（虽然这也在意料之中，因为伊芙琳·萨德杀害了乌龟图书馆员，这空缺还没人替补上）。即便如此，苏菲仍然设法找到《美容秘籍》的旧版，把剩下的早晨时间用来制作"长出新肉"的药水——甜菜根、野花和侏儒怪（比兹尔提供了最后一项，离开前还不忘大喊"至尊无上大女巫！"，然后瞬间不见踪影）。根据书上所说，这个咒语如果碰到水就会失效。当苏菲在手指上涂上药水后，看到泰德罗斯的名字被新肉覆盖过去，感觉自己宛如重生，仿佛能和拉斐尔有个全新的开始。

年轻的校长仿佛也翻开新页，他们在教师休息阳台上碰面共进午餐的时候，他不再那么爱发怒。当苏菲小口吃他放在野餐篮里的新鲜鲑鱼沙拉时，拉斐尔紧张地调整着黑衬衫上的蕾丝。

"苏菲，我在想……一直以来我不断要求你的忠诚，但是我却没有努力去得到你的忠诚。或许我们在一起的时间太少，不够了解对方，嗯，像那些普通的年轻人……"他看一眼阳台上其他的老师，还有下方的学生，大家都不时地偷看他们两人，"所以，呃，或许你跟我可以一起……没有别人在旁边，像是离开学院，你知道的，像是……那种……"

苏菲抬起眉毛："约会？"

"对，没错。"拉斐尔拉一拉被汗水沾湿的衬衫。"或许我可以带你去森林里兜风？你知道，就是每个人都入睡之后。莱索夫人不会抱怨我们飞得太快，很明显，我们待到多晚都可以。你可以从很高的地方俯瞰低地林，所有的树都死了，看起来很美，有做成恶魔的稻草人，还有呜呜山上的星星，连起来像一个巨大的骷髅，"他喋喋不休，像个永灭者男孩的书呆子，"也可以今天晚上去，吃过晚餐后……你知道，我们在一起，没有别人在旁边盯着我们……"

苏菲仔细看他光滑的脸庞，好像比之前更年轻了。这一刻，他好像很期待爱情带来的一切。

"我会很喜欢。"她深吸一口气。

拉斐尔微笑，松了一口气。年轻的校长和皇后接下来默默吃着午餐，没有再交谈，就像两个普通的青少年安排好第一次约会后的尴尬。

那天傍晚，拉斐尔带着苏菲飞回塔楼，苏菲依偎在他的臂弯里，不再怀疑她的真爱究竟是谁。泰德罗斯的名字被新肉遮住，因而被遗忘，撰写者也不再继续写关于他或是阿加莎的事，这是第一次，连拉斐尔都好奇他们两人是不是永远离开森林了。

"或许他们终于想清楚了。"当他们降落在房间里时，拉斐尔说道。他草草看了撰写者一眼，它仍然停在空白的页面上。"让我换件衣服，我们就可以去……那个……你知道……"他的喉头隆起，"我去换衣服。"

苏菲看着窗外，心里想着，这么一番折腾之后，她再也看不到最好的朋友了，一阵难过的感觉涌上来……她想摆脱这样的想法，想起这就是她要的，阿加莎和她的真爱很安全，她自己也是。她振作起来，转头看着房间角落里那英俊、深情的王子，正在把汗湿的衬衫脱掉，这个男孩正要带她去第一次正式约会。

"没有阿加莎和泰德罗斯，我们终于可以专注在我们自己身上，"她说道，"正式的约会是最好的开始，对吧？"她整理头发，为眼前的夜晚装扮自己。"再见了，所有的烦恼！再见了，平凡的人生！我终于可以想象接下来的画面：每天早上一起去学院，闲聊我们的学生，在塔里安静地吃着晚餐，计划我们要去哪里，想看什么风景，就像公主和王子一样，永远待在永生者之地里……"

"我不是你的王子，这里也不是永生者之地，你描述的每件事情对我来说都相当平凡。"拉斐尔说道，转过身来。

苏菲动怒。"我认为在所有这些事发生之后，例行的常规对我们有益，"她说道，把书架上的书排列整齐，好填入两人之间的沉默，"至少，我们可以把那两个永灭者杀手送回滴血溪流去。"

"永灭者杀手？"拉斐尔说道，闻着一堆脏衬衫，试着找出一件干净的来穿。

苏菲提醒自己明天早上要记得帮他洗衣服，因为他的举动越来越像个青少年了。"就是那些你带进来的新学生啊，"她打了个哈欠，注意到无名指上的新肉越来越薄了，明天得多擦点儿药水，"艾德格和艾莎，应该是这两个名字吧，你没想到我会知道，对吧？"

"你再说一次，谁？"

"那一对表兄妹啊，拉斐尔。"苏菲爬到床上，"虎克船长的亲戚……奇怪的一对表兄妹，很明显是我的粉丝，但是连要个签名都问不出口，只是一直盯着我的戒指看。我当然不怪他们，因为实在很可爱，说是你要他们进来杀掉阿加莎和……"

但是现在拉斐尔直直瞪着她。

"虎克船长把全家都杀光了，在他十岁那一年。"

苏菲从床上跳起来，很困惑："什么？可是那……那是谁……"

慢慢地，拉斐尔把目光转向撰写者，它仍然一动也不动地悬在故事书上。他的瞳孔里闪着光，脸颊和胸口泛红。

"你没有征召新学生，是吧？"苏菲安静地问。

校长的眼睛定定地看着她，苏菲知道今晚不会有约会了。

"假如有人……任何人……胆敢闯进来，格杀勿论。"他咬着牙说道。

然后他跳出窗外，不见踪影。

"我们得闯进校长的塔楼？"泰德罗斯对着来势汹汹的绿雾大吼，他高高地坐在窗台上，往下望着海湾。

"不是我们，是你。"阿纳迪尔说道，她坐在泰德罗斯女孩的身体旁，背靠在黑色的石墙上，"还有，不要再用男孩的声音说话了，你再过几秒就会和苏菲单独相处了！"

"几秒？那座塔有半英里远！"泰德罗斯再度用他男孩的声音大喊，指着校长居住的那座尖塔，得穿过蓝色森林才能到达，"要怎么从这里到那里？"

"不要再乱挥手了，你这个笨蛋！可能会有人看到你。"多特说道，拿着望远镜观察窗户外面，"阿纳迪尔，校长刚刚离开，现在是我们的机会，在他回来之前，苏菲都会是独自一人，而且现在是雾最浓的时候。"

这倒是真的，泰德罗斯根本看不清楚校长的塔楼，它被覆盖在绿色浓雾里。"第一，雾跟我要去那座塔楼有什么关系？第二，我从来没听过什么'飞行咒'。第三，如果我不先恢复成男孩的模样，就没办法用转化咒变成鸟。第四，我没看到你们任何一人带着小精灵的金粉。所以请告诉在女孩身体里的我，我们大半夜的，到离地面十英里高的地方要做什么？"

阿纳迪尔和多特被他逗乐了。"梅林没把细节透露给你，是吧？"阿纳迪尔问道。

"观察雾的状态和苏菲的活动是我的任务，"多特说道，"而阿纳迪尔的工作是……呃……阿纳迪尔，秀给他看。"

阿纳迪尔从口袋里抓出一只黑色的大老鼠，它爪子举高，低声哀鸣着，头上戴着一顶迷你的、尺寸刚好的黑色安全帽。"这就是你到苏菲那里去的方法。"她说道，把老鼠放在泰德罗斯的手掌上。

"靠这个？"泰德罗斯瞪大眼睛看着大老鼠，"我要靠这个飞过大半所学院？"

"老鼠一号带你穿过大门，不是吗？"阿纳迪尔说道，轻抚着在她口袋里沉沉睡着的宠物鼠，"老鼠二号带你到塔楼。"

"然后老鼠三号参加世界和平的会谈？"泰德罗斯大喝道，瞪着手掌上发抖的老鼠，"经过之前的经验，我发现恶人的才华是有局限性的，阿纳迪尔。或许你有让老鼠变大变小变黑变白或跳伦巴舞的能力，但是老鼠不会飞，尤其是这只'老鼠二号'，它看起来像是快要被我扔下去了！"

"聪明的老鼠。"阿纳迪尔微笑。

"什么？"泰德罗斯说道。

多特伸出发亮的指尖，一缕飘在泰德罗斯头上的绿雾结成冰，然后变成深咖啡色，泰德罗斯往上看，一滴凝结物刚好滴在他嘴边。

巧克力。

就像炸药爆炸后火焰蔓延开来，他身边的绿雾开始结冰，然后转成咖啡色，变形成冰冻的结晶和涡流——有平的、圆圈形的、像刀子一锋样利的、像意大利面一样细的——直到整个海湾上的天空看起来像巧克力云霄飞车，以夜幕作为掩护。

多特的气力快要用尽了，她集中精神，发亮的手指追着飘近泰德罗斯身体的最后一缕绿雾，正要贴近城堡的墙壁。

"多特，这个很重要……"阿纳迪尔警告道。

多特咬着牙，试着稳定手指的亮光，瞄准一缕往泰德罗斯脸上飘来的绿雾……

"现在，多特！"阿纳迪尔大叫。

多特用力集中，射出一道光线。雾冻结成和刀子一样锋利的冰柱，离泰德罗斯的眼睛只有一英寸。

泰德罗斯震惊地眨着眼，睫毛擦到巧克力冰柱……慢慢地，他低头看着在他手里发抖、戴着安全帽的老鼠。

老鼠用爪子紧抓着冰柱，泰德罗斯仍抓着老鼠的身体。

"不会吧。"泰德罗斯偷看一眼下面的光景。

阿纳迪尔一脚把他踢下窗台，泰德罗斯尖叫一声，双手抓着老鼠，像握着滑索的把手滑下巧克力冰柱。滑到冰柱尾端的时候，老鼠往前飞跃，像雪橇脱离轨道，然后再抓着另一束冰柱。老鼠顺着巧克力轨道滑行的速度很快，一下螺旋状旋转，一下又高速坠下或侧边旋转。泰德罗斯什么也看不清楚，只看到巧克力和星星组成的万花筒图案，像是魔法把他吸进了梅林调制的热巧克力里。当他迅速滑下一根冰柱时，他听到巧克力轨道断裂的声音。老鼠发出害怕的尖叫，知道冰柱因为他们的重量而整个碎裂不过是时间的问题。有时老鼠带着他上下颠倒进入环圈，血液集中在他的头部，幸运地让他的脑子一片空白，他的腿仿佛不受重力影响，在空中乱踢。老鼠爪子滑下冰柱的速度越来越快，刮出咖啡色的浓醇冰屑，如雪片般飞溅。泰德罗斯头昏眼花，他闭上眼睛，伸出舌头，一边尝棉花糖般的甜味，一边想着，如果他死了进入王子天堂，或许就可以摆脱责任的束缚，享受各种奢华和乐趣，直到永远……

接着他闻到一阵刺鼻的恶臭，老鼠忽然间迅速停下，将他弹出巧克力云霄飞车，飞越过腐臭的蓝色森林，穿过一扇打开的窗户，一屁股跌到硬邦邦的石头地上，泰德罗斯一动也不动，在地上呻吟："我……想要……阿加莎……的任务。"

然后他想起自己身在何处，还有自己在怎样的身体里，还有他必须完成的任务。

他猛然把眼睛睁开。

他试着站起来，但脚上的痛楚让他蹒跚前进，还不熟悉女孩柔软的身体。他查看校长的房间，把嘴边剩余的巧克力舔干净。

"苏菲？"他用鼻音发出女孩的声音，往房间的深处前进，"苏菲，我是艾莎！从滴血溪流来的艾莎。今天早上我们才见过。不好意思就这样闯进来，但是因为你的处境很危险。"他想象阿加莎现在在他身边，用她奋战的精神鼓励自己。"我们现在就得离开这里，苏菲，"他说道，越来越有自信，"在校长回来之前。所以如果你愿意听我说，女孩和女孩之间……"

一阵剧痛从后脑勺传来，他昏了过去，脸朝下躺在地板上。

隔着海湾，女巫的房间里，阿纳迪尔和多特目瞪口呆地隔着望远镜看着苏菲，她站在艾莎倒下的地方，手里高举着一本巨大的故事书，像拿着一根棍棒。

阿纳迪尔慢慢转向多特。

"她向来不是很喜欢跟女生为伍，是吧？"多特讽刺地说。

当阿加莎看到雾开始变成巧克力时，她知道自己的机会来了。

她一直躲在中途桥的角落，仔细看着旧学院的塔顶，十个巨大的影子配备着武器守卫着学院。

没有一个看起来像人。

阿加莎的心绷紧，不管这些是什么生物，她连通过一个校长的守卫都没办法，更不用说有一群了。

就在那时候，海湾上的雾开始变成冰巧克力。

她大惊失色，转头一看，发现另一所学院的高处，多特的发亮手指在一扇黑暗的窗户里忽明忽灭。

桥的另外一边,影子般的守卫开始发出惊慌的喊叫声,纷纷从屋顶的阳台涌进城堡里,所以屋顶没人看守。

阿加莎脸上浮起微笑,不管多特在新学院做了什么,她成功支开了旧学院的守卫。

这绝对不是巧合,阿加莎想。

梅林和他的间谍穷尽所有力气帮助她和泰德罗斯完成任务。

剩下的就靠他们自己了。阿加莎用最快的速度,从躲藏的地方冲过阴暗、寒冷的中途桥,感觉风刮在她骨瘦如柴的男孩胸膛上,她伸出手挡在自己的前面,知道看不见的屏障快要到了。

砰!通过桥的四分之一处时,她撞上屏障,手掌刺痛,身体完全暴露在月光下。如果守卫回来了,他们一定会马上看到她。

"让我通过。"她请求道,双手平放在屏障上。

像水晶一样澄澈的阿加莎的影子神奇地出现,穿着邪恶学院的制服——只不过那是女孩的她,不是现在男孩的她。

旧归旧,
新归新,
回到你的塔楼,
趁……

她的影子盯着她看:"等一下……你根本不是这里的学生。"她的脸色沉下来。"闯入者。"影子张大嘴巴,"闯入……"

"不!是我!"阿加莎喊道,"阿加莎!"

"我只看到一个营养不良、眼睛凸出的男孩。"她的影子说道,再一次张开嘴巴要尖叫。

"我可以证明!"阿加莎大喊,知道她现在没有选择了。她闭上双眼,集中精神在脑子里想着解除咒语……她的头发开始变厚,下巴变圆,忽然间她的身体变回女生的样貌,填入制服里面。"看,是我,"她微笑着说,现在她的样子与影子里的一致,"所以,让我过去。"

"噢，是你，"她的影子怒目相视，没有回以微笑，"过去两年你害我站错边，害我差点儿被摧毁。第一次你说服我说你是恶那一边，但你明明是善；然后你又说服我你是男孩，但你明明是女孩。我不可能让你骗我第三次。所以听仔细了：旧归旧，新归新，回到你的塔楼，趁我还没通知那个人。"

阿加莎开始紧张了，她的余光看到天空中的巧克力已经开始蒸发了，同时城堡里传来守卫冲向阳台的声音。

"但是你怎么知道我不应该属于旧学院而是新学院呢？"阿加莎问自己的影子，试着保持冷静。

"很简单，"她的影子蔑视地说，"因为你跟我一样年轻，而我跟你一样年轻。"

"所以如果我是年轻的，我就不会是年老的？"

"你有遇到过哪个老人很年轻吗？"她的影子嘲笑道。

"那么，一个刚出生的婴儿觉得我是年轻还是年老？"阿加莎说道。

"年老，但那是因为他什么也不懂。"

"那如果是一个小孩子呢？"

"那就要看小孩是几岁。"她的影子很快回答。

"要看情况的话，那你究竟多年轻或多年老？"阿加莎问道。

"对任何已成年的人来说，这个答案很明显！"

"那对已成年的花来说呢？或是已成年的鱼？"

"别再问蠢问题了，花或鱼又不懂年纪。"她的影子说。

"但是你说任何已成年的……"

"已成年的人！"

"所以你是人，所以这对你很明显，"阿加莎试着推论，"但是你在这桥上已经有几千年了，所以你是年轻还是年老？"

"年老啊，这还用问。"她的影子嗤之以鼻。

"那假如你是我，而我是你，那我是年轻还是年老？"阿加莎说道，嘴角向上弯起，微笑的模样。

她的影子发现答案，惊讶地张大嘴巴："铁定是年老。"

阿加莎的镜影无限悔恨地张大嘴巴，消失于夜色中，真实的阿加莎伸出手指穿过屏障，感觉到冷风穿透。

几秒钟过后，那些怪兽影子涌回自己的岗位，没有发现中途桥上有什么不对劲儿，好像有个黑绿色的什么闪过城堡，他们想那大概是从海湾上飘来的雾吧。

假如他们再看仔细一点儿，可能会看到一洼小小的水坑仍然在石头上泛起涟漪，一团树丛的影子在月光下发亮，又或是两个微光跨过桥，在低空飘浮着，像是流星一般……

一只光秃秃、浑身皱纹的猫，睁着双大胆的黄眼睛，看着阿加莎安全进入危险之地，于是踏着无声的脚步进入黑暗之中。

第十九章
恶人重返学院

女孩的头比男孩的软吗?

泰德罗斯只能感觉到从唇边流下的口水、脸颊上的擦伤和后脑勺的疼痛。他甚至感觉不到他的眼睛,更别说要睁开眼睛了,他好奇地想着,杧果从树上掉下来碎烂一地的时候,是不是就是这种感觉?然后又想到杧果不会有感觉,而自己可能有严重的脑震荡。

在一阵阵的眩晕感中,他想抚摸头部疼痛的地方,看是否有失血的情况,但是他的手没办法移动。

慢慢地,他睁开眼睛,发现自己仍在女孩的身体里,平躺在一张有白色棚顶的床上,床上铺着红色丝绒床单。他嘴里塞着布,手腕被绑在床柱上。

他心中一沉,转过头一看,发现苏菲倚在角落里的石桌上,撰写者在空白的页面上停留。

"艾莎——如果这是你的真名。你对我撒了这么多谎，还要我听你说？'女孩间的沟通'一点儿意义都没有，不觉得吗？让我告诉你我知道些什么，你不是新学生，你不是永灭者派来的杀手，你甚至不是永灭者。你和你的'表哥'是善的间谍，要来摧毁我的幸福结局。只不过你晚了一步，亲爱的艾莎。阿加莎和泰德罗斯已经消失很久了，看这个空白页面就知道。要不是你，拉斐尔和我原本会有一个无比浪漫的夜晚。"

泰德罗斯急忙用塞着布条的嘴说了些什么。

"还有想说的话？噢，亲爱的，"苏菲拖长声调说话，站了起来，"由于校长和你是这么知心的朋友，你就留着那些话跟他说吧。"她对着窗户抬起发亮的手指，正要射一道火焰到天空……

苏菲把手指放下，瞪大双眼。

艾莎的长发从黑色变成金色。

她的头发越缩越短，一直到头皮，下巴出现酒窝，脸颊线条变硬，茂密的胡楂儿忽然填满她的下巴。变化的速度越来越快，她的双腿和手臂长出汗毛，脚变成双倍大，肩膀和胸膛变宽，撑破上衣的缝线。这个陌生女孩痛苦地扭曲着，她的小腿出现肌肉线条，三角肌扩大，上臂肿胀，把上衣的绳结撑开，最后她发出刚强的怒吼，撕毁了嘴里的布条。他现在不再是女孩或陌生人了，而是在自己身体里的王子，如同一只挣脱牢笼的狮子。

苏菲退到房间角落："泰迪？"

熟悉的嚓嚓声又在房间里响起，苏菲低头一看，发现撰写者正在填满空白的一页：罗圈腿、顶着安全帽发型的女孩冲过中途桥，进入旧学院。

"阿吉？"苏菲失声喊出。

她抬头看着泰德罗斯，双腿颤抖，呼吸急促。

"不要惊慌，"王子安慰她，慢慢地靠了过来，"不要惊慌，亲爱的……"他伸出手要碰触她，脸上露出胜利的微笑。

"王子来这里救你，知道吗？没事的……"

苏菲惊慌失措，她东倒西歪地走向窗边，手指发着光，往夜空中射出一道粉红色的火焰。

忽然一道金光射出，消灭了苏菲的火焰，苏菲回头一看，泰德罗斯发亮的手指正对着她。

"听我说，我现在是男孩了，所以你要和平解决还是用暴力解决？"他用警告的语气说，等着苏菲过度换气的状况稳定下来，恢复理智。

然而，她往窗边跑去，试着射出第二道火焰。

"好吧，只好来硬的了。"泰德罗斯叹了口气。

两分钟后，苏菲被红色丝绒床单固定在床柱上，嘴里塞着布条，哼着各式各样可能是咒骂的话。

泰德罗斯从石桌旁边瞪了她一眼，他的衬衫被撕破了，身上布满刮痕。

"苏菲，现在我们两个终于可以正常对话了。"

撰写者知道我的行踪，阿加莎心想，她偷偷从黑暗的回廊通过，现在已经恢复成女孩身体了。校长来抓她不过是时间的问题罢了。

塔楼的钟响了，正是午夜十一点，只剩一个小时了。

脚下的大黑鞋加快速度，脚步声被长霉屋顶上掉落的水滴盖过去。现在她必须找到泰德罗斯的剑，断钢之剑是他们摧毁戒指——还有校长——的唯一办法。

可剑究竟在哪儿呢？虽然顺利进入了旧学院，但阿加莎完全不知道里面的情况，更不用说躲藏在这里或是要找一把可能被藏在任何地方的剑。那把剑可能在秘密的柜子里、壁炉后、门毡下，也可能在看不见的门里面、她正踩着的石头下……这根本是不可能的任务，只有傻子才会去执行！

阿加莎背靠着墙，试着抑制住呕吐感。"我没办法，我不可能找到。"她的身体里传来一个声音。

"不许失败。"

梅林最后说的话。

也是妈妈最后说的话。

魔法师把善的命运交付在她和泰德罗斯的手里，一定有他的原因。

或许她总是怀疑自己，但是她不会怀疑梅林。

"不许失败。"

这一次的声音是她自己的。

她深吸了一口气，转向门厅。

入口处空无一人，寂静无声，潮湿得令人难以忍受。所有在男子学院时改装的军事主题都已被拆下，黑色的石头门厅看起来跟第一年时一模一样：漏水，凹凸不平，光线微弱，唯一的光源是滴水兽石像嘴里的火把。看起来没有守卫的痕迹，阿加莎惊慌地跑进连接着门厅的前厅，那里有三座楼梯旋转往上通往宿舍。新永灭者的肖像都被取下，一定是被运到海湾的另一边去了，不过墙上仍拥挤地挂着旧的恶学生肖像，每幅肖像的旁边配上书中的一景，描述他们毕业后的成就。

不过，当阿加莎更仔细地看时，她发现鼎鼎大名的恶人肖像都被损毁了。

在旧时的学生肖像里，詹姆斯·虎克船长是个年轻、脸色阴森却英俊的男孩，但肖像被不同的人胡乱涂鸦：

> 这次绝不能再失败！
> 彼得·潘要付出代价！
> 没人可以打败虎克船长两次！

一个贪吃的男孩，后来变成《杰克与魔豆》中的巨人，肖像上乱画了各种训诫词语：

> 迈向荣誉的第二次机会！
> 干掉他和那只母牛！
> 踩在那男孩身上就对了！

阿加莎扫过更多挂在墙上的肖像：一个苗条的女孩后来变成有名的恶仙子（"这次没有纺织机！"），一个金发男孩有着稀疏的蓝色胡子（"你还要再输给女生？"），以及更多恶名远播的恶人，他们的肖像上被写着鼓励的话语……一直到她注意到一个永灭者女孩看起来有奇异的熟悉感，旁边的毕业画面上，头发漆黑的女巫和她的女儿站在姜饼屋前面。这跟海丝特床头柜上的是同一张相片，只不过上面写着一句潦草的奚落：

  听说你女儿是比你更杰出的女巫！

  阿加莎靠得更近，这些究竟是谁做的？
  忽然间，有声音从大厅传来。
  她赶紧躲到楼梯后面。
  没死透的食人怪和妖精走进楼梯间，两个人身上都有缝线，皮肤脱落下来，就像她在森林里看到的僵尸坏蛋一样。食人怪秃头，肚子凸出，穿着一件厚重的灰色兽皮，脊椎呈锯齿状，手里挥舞着一根木头棍棒。而那只黏糊糊的绿色妖精，头上有白色角被砍断的痕迹，拿着一把弯曲的铜制匕首。
  "把雾变成巧克力？这真是超狂的恶作剧。"食人怪用低沉的声音说道，"那些新学院里傲慢的家伙，或许有几个能干大事。"
  "我不懂你为什么觉得这件事很好笑，"声音尖锐的妖精说道，"我是回来重写故事的，不是整天巡逻空荡的大厅和追着糖果跑的。为什么我不能跟其他人一样在楼上上课？"
  "心腹看守城堡，而不是去上课，"食人怪抱怨道，"我们最好赶快回岗位，如果有人闯进来，校长会把我们塞回之前的坟墓里。"
  妖精叹了口气，两个人分头前往不同的大厅。
  阿加莎躲在楼梯后面不敢动。上课？旧学院在上什么课呢？更重要的是，上课的学生又是谁？
  出于直觉，她蹑手蹑脚地从躲藏的地方爬上楼梯，很确定上课的学生一定就是那些乱涂鸦的流氓。
  阿加莎记得以前的教室在恶意塔楼一楼，一条密闭的走廊上。她穿过楼梯平台，看到两个背着弓箭的守卫正要走过大厅，她赶紧躲到扶手后面。
  你这个傻瓜，教室外面一定会有看守的啊。怎样才能看见教室里的模样呢？
  她一边绞尽脑汁，一边听着魔怪在大厅之间爬上爬下的脚步声，忽然感到一阵微微的冷风，顿时起了鸡皮疙瘩。

冷风？在密闭的走廊上？

她抬头往上看，天花板上有一个通风井。

过了一会儿，阿加莎赤脚走在扶手上，像在走平衡木。她把大黑鞋塞在裤衩里，想要静悄悄地够到通风口的侧边。她伸长手指向上延伸，但还是差了大概两英寸的距离。于是她踮着脚尖，把手伸得更高、更高，感觉手臂快要从肩膀上脱落了，才好不容易用手指摸到包覆着通风口的一层霉。她用尽所有力气往上伸，脖子和肩膀都快要抽筋了，却发觉一只鞋从裤衩里滑了出来。她张大嘴巴，像只猴子一样，一只手吊在通风口上，另一只手伸出来想要抓住鞋子。但鞋子从楼梯间的缝隙掉了下去，落在了最底下的地板上，发出震耳的响声。

完蛋了。

她立刻伸出另外一只手抓住通风口，用力地把自己抬了上去，感觉手肘都快要折断了，然后用最快的速度爬过狭窄的石头通风口，听见魔怪惊讶的叫喊和此起彼伏的脚步声从楼梯的方向传过来。

很快，她听不到他们的声音了，只有通风口里的空气翻搅的声音。楼梯间传来的灯光越来越微弱，周遭一片漆黑，根本搞不清楚通往哪里。终于她听到喧闹声，越来越大，同时瞥见前方有灰色的灯光透过石板的缝隙射进来。阿加莎越靠近，喧闹声越大，她把肚皮贴在石板上，从缝隙间偷看。

看见的景象让她目瞪口呆。

莱索夫人以前的冰冻教室里，挤满了有名的恶人，他们身上都有缝线，维持着没死的状态——至少有四十个，有些弓着身子坐在书桌前，有些塞在椅子下，有些坐在他人身上，连角落都塞满了人，结霜的地板上没有一英寸是空的。她认出很多身上有缝线的永灭者，不管是从加瓦顿看过的故事书里，还是从尼克洛山脊上看过的墓碑上，或是楼下的肖像画上：身材短小的侏儒怪、青蛙脸的森林女巫、浴血的蓝胡子、干瘪年老的雅加婆婆，甚至还有杰克的巨人，满身瘀青，伤痕累累，看来被乌玛公主的军队好好修理了一番。

难怪我们没在森林里遇到这些人，阿加莎心想，恶人校友们都返校了。

但是他们要做什么呢？

站在教室前头的是一个身材苗条、长相凶恶的老女人，穿着银色长袍，一脸浓妆，白色头发梳成髻，皮肤跟其他人一样有缝线的痕迹。

"校长把我们带回这里已经一个月了，这一个月里我们有什么进展呢？只有五个旧故事变成正不胜邪，五个！如果只有五个，我们不可能到达森林彼岸。你们也听见校长说的，每个被改变的故事都让我们朝读者的世界更近一步。"

阿加莎的心跳几乎要停止了，读者的世界？森林彼岸？她说的是……加瓦顿吗？

"我也有自己的任务，"这个老女人发出哼声，"辛德瑞拉还活着，在森林里，我那两个没用的女儿还找不到她，你若不知道对手身在何处，要怎么改变故事的结局？"她瞪着角落里的两个女孩。"校长之前给我们的功课是：要每一个人指出在一开始的故事里，自己犯下了什么错误才导致落败的结局。巨人，我们从你开始。"

杰克的巨人把手里的故事书打开到这一页：巨人在城堡里睡觉，杰克偷偷摸摸地经过他。"执勤的时候打瞌睡。"他阴郁地说。

"这就是你被乌玛公主和一群动物打败的原因吗？'执勤的时候打瞌睡'？"侏儒怪嗤之以鼻。

"你已经重写好你的故事，不代表你就可以这么没礼貌。"巨人反击。

"谁是下一个？"老女人，或者说辛德瑞拉的继母打断他们。

恶人们纷纷报告他们最糟的时刻，阿加莎继续往前爬到下一个教室。

几十个僵尸坏蛋挤在手绘的森林地图前面，地图上布满红色和蓝色的记号，上面还有各种颜色写的笔记。一开始，阿加莎认不出那些巫婆和怪兽……

然后，她的心在下沉。在较远墙边站着的是《白雪公主》中的坏巫婆和《小红帽》中的大野狼，野狼正在疗伤，眼睛周围变成紫黑色，脚上也有绷带。他们俩跟另一个阿加莎从没见过的人激烈地讨论着什么。那个人身材高大，虽然皮肤如僵尸一般，但有着暗黑系的帅气脸庞和一头黑色鬈发，戴着海盗的帽子，他没有右手，取而代之的是一根发亮的银色钩子。他就是虎克船长。

"野狼在尼克洛山脊附近找到他们,我在白雪公主的农舍里遇到他们。"白雪公主的巫婆抱怨道,黄色的长指甲在地图上轻敲着。

"这就表示联盟的总部一定在处女山谷的北边,"虎克船长用低沉、高雅的声音说道,"我猜应该会在圆丘陵周围一英里的地方……"他浅浅地微笑,抚摸着钩子,"嗯……十三个英雄人物一网打尽,不觉得很美妙吗?"

阿加莎的心脏快要跳到喉咙了。离圆丘陵一英里的地方?联盟总部就在那里!她一回去就得赶紧警告梅林,但眼前的首要任务还是要找到剑。

忽然间食人怪的咆哮有如火警警报,响彻整个城堡。门被撞开,一群魔怪守卫冲进来。

"闯入者!城堡有闯入者!谁先找到谁就有双倍的食物!"

恶人们也跟着魔怪纷纷冲出教室,阿加莎一动也不敢动。她紧贴着通风口的墙,像只蟑螂轻轻掠过地板,她每爬经一道石板的缝隙,就偷看一眼底下的教室,永灭者僵尸们从五间教室里跑出,往大厅冲去,发出嗜血的欢呼声……直到她又看到虎克船长在底下,跟一个高挑、裸露上身的男子说话,他瘦削,英俊,有着一头白发和雪白的肌肤。

阿加莎整个人僵住了。

是他。

他手里拿着她的黑色厚底靴。

"魔怪找到这个,"年轻的校长咆哮,"阿加莎在城堡里,那个装模作样的王子只要是跟她一起来的,我们抓到阿加莎的时候他也会出现,我需要你发号施令,还有……"

他忽然停下来,眼睛看向天花板,阿加莎赶紧从缝隙处移开,躲在阴影里屏住呼吸。继续讲话……拜托……继续讲话……拜托、拜托……

"搜地牢和钟楼,"校长的声音再度传来,"每块石头都要翻起来看,不准漏掉。"

阿加莎松了一口气,差点儿晕过去。只要他在那里,离开撰写者,他就不会知道她在他正上方。

"但是要活捉阿加莎。终于到了我跟亲爱的公主好好聊一聊的时候了,"校长说道,"你负责下指令,我保卫博物馆,懂吗?"

"是,校长。"虎克说道。

阿加莎透过缝隙看到他们往不同方向移动,虎克船长,那个有名的虎克船长负责找她?而且不只是虎克船长,还有几百个有名的恶人……自己死定了……比死还惨,已经是案板上的肉——任人宰割了。

她看着一大群人四处搜寻城堡。然而,刚刚校长说的话还困扰着她。

保卫博物馆。

他可以把我找出来杀掉,但他在担心博物馆。这么多东西在城堡里,不败的魔法师为什么需要去保卫博物馆?

想到这儿,阿加莎差点儿噎到,整个人忽然站起来,头撞到通风口的上端,她很快趴下来,开始往回爬。

在这世界上只有一样东西需要森林里最强大的恶人来守卫。

可以摧毁他及其爪牙的武器。

阿加莎从没想过自己可以找到的神圣之剑。

而现在校长即将带她到它藏身的地方。

泰德罗斯用魔法移开苏菲嘴里的布条,他很担心自己如果靠得太近,她可能会咬他的脸。

"你最好祈祷我永远没办法脱困。"苏菲一边骂道,一边挥舞把自己固定在床柱上的丝绒床单。

"你最好克制一点儿。"泰德罗斯吼道,试着想补救自己仅剩的上衣。

"拉斐尔马上就会回来,所以我建议你最好绷紧神经赶紧逃跑,免得被恶的一方解剖开来作研究。阿加莎呢?"

"去旧学院拿我的剑,你需要用它来摧毁你的戒指……"泰德罗斯开始解释,但是马上就后悔说了这些,因为他看到苏菲的表情有了变化。

"我的戒指?代表我皇后身份的戒指?"苏菲反问道,"这就是你在岸边盯着它看的原因?因为你想要我摧毁它?"

"呃,我们要这么做才能杀……杀……杀掉校长,"泰德罗斯口吃了,知道自己透露得太多,"这样你才能重获自由……这些我们可以晚点儿再说，只要我们先离开……"

"自由？"苏菲不以为然，把戒指遮住，"杀掉爱我的男孩然后获得自由？要我离开或许能得到快乐的地方？好让我住在永生者之地，跟在你和你的公主背后，像一只摇尾乞怜的狗？"

"清醒一点儿，苏菲。你不能跟校长在一起，他是个怪物！"

"他的名字是拉斐尔，他现在不同了。顺便跟你说，今晚我们原本要去第一次约会……"

"你们可能会在约会的地点一起喝小孩的血，"泰德罗斯反击道，"现在听我说，要不然我再把布条塞回去。"

"你竟敢威胁我，"苏菲挖苦地说，"你已经无法再伤害我了，泰德罗斯。你让阿加莎在你我之间选择了你，你让她相信最好的朋友跟王子之间只能二选一。你尝试把我独自送回家，我没有妈妈，只有糟糕的父亲和女巫般的继母，那里没人——没有任何一个人——在乎我。你和公主的一个吻把我扔进地狱，正当我终于找到真正在乎我的男孩，眼看幸福结局就要来临时……现在你又要当白马王子毁掉这一切。"

泰德罗斯盯着这个他一度以为是自己公主的女孩："苏菲，你还不懂吗？他不是外表看起来的样子，也不是你的真爱，他是完全邪恶的存在。如果你决定跟他一起在这里，你也会变成恶，再也没办法返回善了。"

苏菲的眼睛闪闪发亮："你知道为什么我一辈子都想要童话故事吗？因为童话故事里的爱情永远不会结束。我曾经以为那会是你，泰德罗斯，然后我以为是阿加莎。但其实是他，一定得是他。"

泰德罗斯从桌子旁边站起来，苏菲看着王子靠近，他的头发在火炬的光线下形成一圈光晕，他坐到床单上跟她靠在一起。他们沉默地坐着，腿碰到了一起。

"如果我们不爱你，为什么要大费周章来到这里呢？"他轻轻地说，"我们是你最好的朋友。"

苏菲别过头。"不，阿加莎才是我最好的朋友，我唯一的朋友。泰德罗斯，我需要她，比我需要任何人都要更多。你让阿加莎在你跟她最好的朋友之间二选一，现在要我也做选择。"苏菲摇摇头，眼泪滑落下来，"她怎么可以这么做？她怎么可以把我丢掉？"

"她做错了，苏菲，"泰德罗斯说道，"当你为爱奋战时，你以为你在抵抗全世界。你变得胆怯，你看到你以为的东西。阿加莎就是这样，我也是，这也是你现在的状况。"

她感觉到他的手伸到她背后，把一个结解开了。

"但是没有什么能阻挡我们了，"他说道，"我们可以都在一起。"

"童话故事也是有极限的，"苏菲说道，"三个人要怎么永远幸福快乐？尤其我是被丢下的那个。"

"你不会一个人的，苏菲。"他把另一个结解开，她感觉到他的手臂碰到她的脖子，"会有两个人希望看到你得到幸福。而且如果你不回到我们的生活里，我们也没办法幸福快乐。"

"你和阿加莎拥有彼此，你们不需要我。"

"在我们来找你之前，只要处在一个房间里我们就会起冲突。我们当时不该丢下你。"她感觉到手腕上的结被松开了，"我们踏上这趟旅程是为了救出你和改正过去的错误，反倒因为这样，我们更靠近了。是你让我们在一起的，从以前开始就是这样。"

丝绒手铐脱落了，苏菲自由了。她看进他的眼睛，他刚说的话刺痛了她。

"跟我们一起走吧，苏菲，"泰德罗斯说道，抬起她的下巴，就像过去邀请她参加舞会一样，"跟我和阿加莎一起回卡米洛特王国。"

苏菲整个人蜷在他胸前，他抱着她。"或许你没办法知道，但你也让我和拉斐尔更靠近了。"她轻声说，几乎是对自己说。

"你说什么？"

"假如我跟你们走，我不会再找到爱了，"苏菲说道，挨着泰德罗斯更近了，"看我过去的故事就知道，没人会爱我。我最好的朋友，我的爸爸，我的王子，连霍特都不喜欢我了。"

"因为你忘记了什么是爱。善才能通往爱，苏菲，不是恶。"

"拉斐尔是我现在唯一的一条路。"她说道，想起来跟王子这么靠近是什么感觉……

"一定会有方法，"泰德罗斯坚持，"一定会有你可以跟我们一起走的方法。"

"不，太迟了……"苏菲吸一口他身上的味道，奋力让自己离开，试着让他离开，"你带阿加莎离开吧。"

"没有你，我们不会走。"他说道，嘴唇贴近她的耳朵。

"我不会离开他……我不会离开我的真爱。"苏菲抵抗，看着拉斐尔的戒指，试图找到力量。但现在她看到自己的手指上显现的是别的东西……刚刚绑着她的布条把新肉都磨光了……她的心早就给她指引了……

"除非……"她悄声说。

"除非？"泰德罗斯吸了一口气。

苏菲抓着他的手。

泰德罗斯低头一看，然后全身僵硬。

因为他看到自己的名字出现在她手上。

"除非你回到我身边。"苏菲说道。

第二十章
精灵列车

海湾的另一侧,某个钟敲响十一点半。

只剩三十分钟找断钢之剑了。如果午夜时分我没办法到达大门,会发生什么事?阿加莎一边这样想着,一边跟着校长的脚步穿过通风口。泰德罗斯会来找我吗?他会试着潜进城堡里吗?她不能让这样的事发生,他会害自己踏进死亡陷阱。

阿加莎忽然停下。她看到前方有一块黑石头把通风口封住,听到校长的脚步声渐渐消失在一群恶人搜捕她的嘈杂里。

她保持警觉,准备往回走,然后找另一条通往博物馆的路,却忽然发现底端的通风口上有一个小空隙,她爬到缝隙的旁边往下看。

一片漆黑。

要么从通风口往回走,走到上次的交叉口,但是可能追

丢校长……要么选择可能让自己致命的愚蠢机会……

阿加莎把双腿滑进空隙里。

然后放手掉下去。

重力让她迅速向下坠落。然后她的背贴着光滑的石头滑下去，加速往黑暗中冲去。一点儿预警也没有，滑道忽然向左，阿加莎被甩了出去，不知道会到哪里。没有门窗，没有光线，只有无尽的黑，一只死去的小精灵发出诡异的绿光，闪现在这个密封的迷宫里。她把双臂交叠在胸前，像游泳的人面对激流一般，用最困难、刁钻的角度通过，确信自己会以吓人的惨状死去。然后她像炮弹碎片一样飞了出去，降落在平滑的金属表面上，脸撞在铁栅栏上。

好痛。

她努力站起来，揉一揉脸颊，缓解撞到铁栅栏的疼痛，透过栅栏，她看到下面有个空房间，只有微弱的绿色火炬光芒，里面没有人，墙上没有东西，乌黑的地板上空无一物。然而，这个房间却让她有股熟悉感。她靠近铁栅栏，眯着眼仔细观察房间四周，从布满灰尘的门上认出褪色的红色字迹：

邪恶展览馆

邪恶展览馆。

阿加莎高兴地跳起来，她用极快的速度越过城堡到达这里的话，就表示校长应该还没到这里……

我比他快。

阿加莎在阴影里冒汗，等着他来，带领自己找到可以杀掉他的武器。

她等着。

等着。

等了又等。

城堡里的钟响了。

十一点四十五分。

他一定有什么事耽搁了，阿加莎心想。但是已经没时间再等下去了，十五分钟后，梅林会到大门口跟他们会合。

她抓住铁栅栏，令人惊讶的是，很容易就把它从石头上拿起来。她把另一只鞋子脱下来，从洞里慢慢下去，悬在边缘。她的脚在空中乱踢，像是准备从秋千上跳下来，然后静悄悄地赤脚着地。

阿加莎环视展览馆，过去这里展示恶的一方少数几次的胜利，现在那些痕迹都被清空了。当然，她并不期待断钢之剑会躺在桌子上等着她，但是空荡荡的房间里看不出可以藏那把剑的地方。地板是用同一块石板做成的，所有的展示柜和画框都没了，四周空无一物……

除了那道墙。阿加莎发现了什么，往角落的方向走去。

在最远那道墙被阴影笼罩的角落，还挂着一幅画。

阿加莎靠近，让自己的眼睛适应黑暗，直到她看见那幅她熟悉的画。

小镇的广场上，愤怒的孩子把故事书丢进火堆中，看着它们燃烧。小镇后面，黑暗的森林也在燃烧，红色和黑色的烟笼罩天空。充满印象主义式的淡彩颜色，这个风格绝对不会错，是奥古斯特·萨德教授的作品，那个眼盲的先知，教授他们历史课，因抵抗校长而牺牲自己生命的教授。阿加莎认出了这个场景，"读者预言"的一系列画作曾经挂在善良陈列馆里，这是里面的最后一幅。作为预言的一部分，萨德推测会有一对读者被绑架来善恶魔法学院，也就是她和苏菲。但是那幅画之后，没有更多的读者被绑架……取而代之的是这幅加瓦顿的孩子们把故事书烧毁、浓烟笼罩四周的画作。

然而，那烟不是燃烧的烟，阿加莎记得自己第一年的时候曾经仔细看过。那些是影子，巨大的、怪兽般的影子侵略了小镇……阿加莎靠得更近，她的鼻子几乎都要碰到油画了，她在烟雾里看到了熟悉的影子……

巨人光秃秃的头……野狼张大布满利牙的嘴……继母梳在后脑勺的圆髻……船长的钩子……

那些不只是影子。

是货真价实的恶人。

全部朝加瓦顿而来。

阿加莎忍不住退后，耳边仿佛听到灰姑娘继母说的话："每个被改变的故事都让我们朝读者的世界更近一步……"

萨德在他死前，已经看到了这幅景象：校长的黑暗军团会入侵她的小镇。

但是为什么呢？校长想要加瓦顿的什么？

阿加莎感到恐惧，更仔细地看着那些影子，试着找出原因……

但是画上的另一样东西吸引了她的注意。

篝火之外的广场外边，多维尔先生书店的遮雨篷下，有一根细细的金色线条。阿加莎看出金色的剑柄上钻石排成特殊的样式，以及连接它的银色宽剑，刀锋向下埋在一块铁砧里。她不由得揉揉眼睛。

不会错。

断钢之剑在这幅画里。

阿加莎一阵慌乱，抚摩着油画表面的颜料，到处都是干硬的颜料……忽然间，她碰触到剑柄，质地不同：温暖，平滑，但有金属感。她用力推油画上的颜料，看着自己的指甲穿透黏稠的表面，奇怪的湿润沾湿了她的指尖。她的手越来越进去，一直到手腕，然后阿加莎看着自己的手指在画里出现，往剑柄的地方伸过去。她惊讶地睁大双眼，她从画里抓住断钢之剑的剑柄，指节牢牢握紧，然后用所有的力气往外拉，剑从铁砧里飞出来，就像飞出水面的花——阿加莎的手和剑从画上离开，她连忙退后，剑的重量让她整个人跌到地板上。

阿加莎慢慢抬起头，看着断钢之剑仍然牢牢地握在她手里。然后她看着画作，多维尔先生的书店前面立着空空的铁砧。

我的天。

她站起身，把王子的剑举向火炬。

我做到了。

我真的做到了！

任务完成了。

只剩十分钟。

一阵骄傲和放松的情绪涌上来，她转身对着门，手里握着剑，正要准备转化，离开这个邪恶城堡。

忽然间，阿加莎手里的剑落在地上。

"我一直都很不了解你，阿加莎。"年轻的校长说道，背靠着墙，没穿上衣，只穿着黑色裤子。"但是你也太小看我的巫师身份了，我成功抗拒死亡，返回年轻，还娶了你最好的朋友当皇后，而你觉得我听不到你在我头上十英尺通风口里的呼吸？而且还不经意说出守卫博物馆的话，选择不亲自搜索闯进我城堡的入侵者？"这漂亮的男孩抬起一边的眉毛，"除非，我知道你会听到这些话。"

阿加莎的心简直要爆炸了："那为……为……为什么你在大厅时不干脆杀了我？"

"其中一个原因是，我一直怀疑那个麻烦的老巫师是不是一直在指引你和王子，教导你们如何杀掉我，现在证明我的怀疑是正确的。此外，我一直很好奇断钢之剑是否像梅林认为的那样威力强大，所以我把剑藏在画里的时候施了个符咒，除了我之外没有其他人能碰它，如果你可以把它拉出来，就证明了断钢之剑的魔法确实在我之上，它马上就能辨别出自己的同盟，一定也能摧毁让我继续活着的戒指。但我想，还有一个原因让我还不想杀你，阿加莎，我认为你该见一见你最好的朋友托付终身的对象，亲眼、仔细看一看。噢，对了，你可以叫我拉斐尔。"他微笑着，向她走过来，"苏菲这样叫我。"

阿加莎赶紧把剑拿起来，指着他，不让他前进："为什么萨德会画恶人们进入加瓦顿呢？这幅画是什么意思？"

拉斐尔饶有兴趣地盯着刀锋看："阿加莎，你还记得你和苏菲第一年到城堡拜访我的时候，我说了什么吗？我给了你们一个谜语，然后把你们送回各自的学院，但是你对我很生气，你说我应该去别的小镇抓人，然后放走你们。你记得我当时是怎么回答的吗？"

阿加莎感到自己仿佛被送回到那一刻，校长的回答仍清楚地刻在她的脑海里……当时戴面具的年老校长，和眼前的年轻男孩判若两人，只丢给她一个问题，然后她和苏菲就坠落在一片虚空之中……

那个问题这两年来不断折磨着她。

那个问题一点儿道理也没有。

"什么别的小镇？"她轻声说。

"就是这个，"拉斐尔露齿微笑，"你看，阿加莎，一直以来，你以为读者世界是'真实的'世界,不受魔法管辖……然而事实上,你的世界是无边森林的一部分。一个靠故事存活的国度,如果没有相信故事的读者,怎么活下去呢?"

阿加莎脸色苍白:"加瓦顿在森林里?"

"若非如此,为什么唯有你小镇里的读者被绑架?为什么任何想要逃离小镇的尝试最后仍旧回到原点?"拉斐尔说道,"你的小镇是我们世界里没有魔法的王国,但仍是我们故事世界的一部分——就像卡米洛特、低地林或这所学院,都是故事的一部分。也就是说,每一年的新学生,若没有两个读者参与,就不会完整,一个相信善,另一个相信恶。"

阿加莎觉得头脑一阵混乱,试着理解他说的话。

"事实上,我对读者唯一能掌控的,就是确认他们能完美而安全地代表我的学院,就像森林里的其他领土一样,"拉斐尔继续说,"我们的世界需要新读者得以存续,就像它需要新故事一样。这就是为什么加瓦顿有魔法屏障,能保护它不受其他地方的侵扰。这就是为什么我们叫它森林彼岸,因为读者让我们的故事活着,即便故事里的人已经死亡或消失。你甚至可以说读者是我们的世界里比我更强大的力量。因为只要有读者相信善的力量胜过恶,善就会立于不败之地,即使我把森林里所有的永生者王国都消灭,结果也会一样。因为不管我做什么,读者还是会一直存在。如果他们仍然相信旧的故事,一代传一代,永远这样下去,那么善就会存续下去,而我无法控制……"

年轻的校长停顿一会儿。"然而,如果读者发现旧的故事被改写了,就像你过去的同学现在正在学习的内容,会变成怎样呢?如果一个让故事存续的重要力量发现邪不胜正的故事都是谎言,发现恶永远是胜利的一方,从以前到现在,从现在到未来,那么会发生什么事呢?"他深蓝色的眼里映出画里的火焰,"加瓦顿的大门将会敞开,迎接你故事的真实结局——这个结局将会消除每一个永生者之地……而善将会永远被消灭。"

阿加莎的脸像尸体一样惨白:"那个结局是什么?你想要加瓦顿变成怎样?"

"我?"拉斐尔露出微笑,"噢,你该担心的不是我,阿加莎。如果你从伊芙琳·萨德那里只学到一件事，那么你就应该知道故事里最危险的人是愿意为爱做任何事的人。这个描述很符合你最好的朋友，不觉得吗？"

校长张开手掌，断钢之剑立刻飞出阿加莎的手，降落在他的手里。他脸上的笑容更灿烂了，意气风发。

"刚好你最好的朋友的真爱是我。"

"我？"泰德罗斯从床上跳起来，"我回到你身边？"

苏菲跪在床垫上："我知道你在我和阿加莎之间选择了阿加莎，泰迪。我知道她现在是你的公主，我要求的仅是在你做最终决定之前，保持开放的态度。结局还没写完，不是吗？我会和你、阿吉一起去卡米洛特，你要我做什么我都会做，只要你给我一个和你一起到达永生者之地的机会。"

泰德罗斯看起来像是有人踹了他一脚："我……我不知道你在说什么……"

"如果你要我怀疑我的幸福结局，那么你也应该如此。"苏菲说道。

泰德罗斯缩到墙边，手里抓着撕烂的衬衫。他可以瞥见撰写者发狂似的描绘这一刻的场景，他们俩独自在校长的房里。

"如果我不愿意呢？"

苏菲的手指发出粉红色的光："那么我会选择拉斐尔，并对他忠诚，也就表示我必须告诉他你在这里。"

"苏菲，你自己听听你对我的要求，"泰德罗斯请求道，"你美丽，聪明，深思熟虑，我不能想象我的生命中没有你。我第一年看到你的那一刻，就以为你会是我未来的皇后，而我们也尝试过在一起。不管我们在纸上看起来多么般配，到了最后，我们注定是朋友，就只是朋友。就像去年一样……"

"你是指你试着要亲我的时候？"苏菲说道。

"那……那个……跟这……没关系……"泰德罗斯结结巴巴，"重要的是我和阿加莎在一起很开心……"

"是吗？"苏菲说道，从床上滑下来走向他，"你刚刚说是我让你和阿加莎更靠近，也就是说，要不是我，你们早就分开了；也就是说，如果你们需要第三个人来修补你们的关系，这表示你们在一起并不特别开心。"

"听我说，幸福结局需要时间、努力和承诺，"泰德罗斯反驳道，"我和阿加莎的幸福结局不会是最后一对为了得到真爱而挣扎、怀疑、争吵的永生者。你也是。"

苏菲停顿片刻。"你说得对，泰迪。这是为什么我要我的心告诉我真实的结局，而这就是它给我的答案。"她摸索着皮肤上的刺青，声音带着绝望，"我想要爱拉斐尔，我想要爱上除你之外的任何人，因为除了痛苦、伤害和羞辱，你什么也没给我。但是我的心只知道你的名字，泰迪。除了去确认它说的是不是对的，我还能做什么？"她用泪眼看着他："我们的故事把我们又兜在一起，此时此地，因为它想要不同的结局。如果不是这个原因，为什么你会独自在这里？为什么是你来救我，而不是我最好的朋友？"

泰德罗斯变得僵硬，想着让他和苏菲此刻在一起的种种转折。只有他们单独两人，面对面，没有伪装，没有恶作剧，这是两年来第一次。然后他的脸变得像苹果一样红，他说："我绝对不能这样对阿加莎，你也不行，苏菲。你再也不是女巫了……"

"然而，阿加莎跟我原本有我们自己的幸福结局，直到你要她重新考虑为止，"苏菲说道，一步一步走向他，"如果我要求你打开你的心，我就因此变成女巫的话，那你自己也是，泰德罗斯。因为阿加莎是我的公主的时候，你也要她做一样的事。"

泰德罗斯语塞。

"现在是我们所有人必须面对真实的时刻，是最后的永生者之地必须实现的时刻，"苏菲逼迫道，"泰德罗斯，你难道不想知道你命定的公主是谁吗？"她看进他的双眼，"你父亲难道不想要你在这最后一刻再好好看清楚吗？"

泰德罗斯别过头，用力咬着牙齿，用力到她可以看到他的下颌骨在移动："我父亲的事，你什么都不知道。"

"泰迪，听我说，我会像你要求的，离开拉斐尔，"苏菲轻轻地说，"我会把他的戒指毁掉，心永远向善。我会跟随你和阿加莎一起去卡米洛特，如果你选择她，而我最终孤独一人，我也会接受当你们幸福结局的跟班。我要求的很简单：你答应我在永远选择你的公主之前，给我一次机会。"

泰德罗斯慢慢地转过头看着她……

"听起来是很不错的交易。"一个声音说道。

他们同时转向窗户。

拉斐尔怒目瞪着苏菲，断钢之剑指着阿加莎的喉咙。

但他的表情不如阿加莎来得惊讶。

霍特听到老师们在楼上刻意压低的叫喊声，只能听到几个关键字：好像艾瑞克被攻击了？有人闯入，还没抓到？

他的第一个念头是确认苏菲是不是安全。然后想起她在那老蠢蛋的塔楼里，离这座城堡很远，而且最近自己表现得很好，几乎都没有想起她，现在不是退步的时候。

他瞥见查迪克和尼古拉斯已经睡着了，英俊、受欢迎的永生者男孩，曾经让多少女孩垂涎。

霍特脸上露出得意的微笑，但现在所有的女孩都想得到他。他看到她们对他新锻炼出的肌肉目瞪口呆，不知羞耻地在走廊上跟他打情骂俏，或是像品评羊腿一般品评他。他在这学院里想要选谁都可以，不管是永灭者还是永生者。

然而，当他倚着窗，看着校长塔楼的尖顶耸立在蓝色森林中时，他发现自己好奇着，如果能跟苏菲一起住在那里会是什么感觉。如果他们俩能一起统治所有恶的领土……他想象着拥她在怀中给她一个完美的吻……

他的脸发红，汗水直流。

不可以。

她伤害了你。

她只会伤害你。

你不爱她了。

他努力把眼睛从森林移开，咬着牙，埋进枕头里——但又迅速从床上弹起来。

校长的窗户里有一小点儿金色的光芒。不是金色,是暗黄、黄铜的那种金色,介于亚麻黄和琥珀色中间。他能分辨得这么细是因为他对卡米洛特的王子了如指掌,甚至连他手指光芒的色调都能掌握得如此清楚。

他不懂的是为什么王子的手指光芒会出现在校长的塔楼里。

泰德罗斯拦腰抓住苏菲,把发亮的手指指在她喉咙上:"你敢伤害阿加莎,我就杀了你的皇后。"

他警告年轻的校长,只见拉斐尔把断钢之剑更靠近阿加莎的脖子。

"泰德罗斯……这个交易不好……"苏菲用力喘气,快呼吸不过来了。

但两个裸露胸膛的男孩隔着房间对峙,眼睛牢牢盯着对方,把人质抓得更紧了。

阿加莎感觉到冰冷的刀锋,忍不住困惑地发抖。她只能依赖她的王子和最好的朋友把她从最危险的恶人身边救出去,但是当她来到这里时,却看见泰德罗斯的上衣被撕烂,而苏菲要求当他的公主。

"我说放开阿加莎!"泰德罗斯对着拉斐尔大吼,他全身发热涨红。

"噢,现在你是我的王子了?"阿加莎说道,背后是校长冰冷苍白的胸膛,"那个前一秒还考虑换个新公主的王子?"

"别闹了,阿加莎,"泰德罗斯反驳道,发亮的手指抵着苏菲的喉咙,"拉斐尔,放开她,要不然……"

"要不然?"拉斐尔异常冷静,瞪着苏菲,"你要杀掉你跋涉千里要救出的女孩?一个把心献给你的女孩?"

拉斐尔的脸上没有愤怒或复仇的表情,只有冷酷的平静,这让苏菲更加不安。"拉斐尔,我很抱歉,"她说道,"但是这一次我必须做出正确的选择,对我来说正确的选择。"

"像是背叛你最好的朋友?"阿加莎不留情面地说,然后转向泰德罗斯,"或是当你的公主在身边的时候,告诉她你有多爱她,然而她一不在你眼前,就好像她不存在了?"

"我只是听她说她的想法,"泰德罗斯反击,"苏菲说如果我给她机会,她会跟我们一起走。想想我们的任务,你不觉得这个要求值得考虑吗?"

"给她机会？"阿加莎骂道，"我们一起经历了这么多，我们在海丝特的房间里说了这么多，现在你想换别的女孩？"

"你一点儿都不懂，"泰德罗斯说道，火气上来了，"你为什么永远都不相信我？为什么你不相信我们？"

拉斐尔抬起眉毛："我正好也想问我的皇后一样的问题。这可是第一次，我跟永生者男孩有共通点。"

他对着英俊的王子微笑，泰德罗斯把眼神别开。

这两对一齐陷入沉默，甚至连撰写者也动摇了，搞不清楚究竟谁站在谁那边。

"不用理会我，"拉斐尔刺激他们，脸上带着微笑，"你们三个拥有彼此，谁还需要恶人呢？"

"不要理他，阿加莎！"泰德罗斯说道。

"泰德罗斯，如果你要我'相信我们'，那你告诉她，"阿加莎平静地说，"告诉苏菲我永远是你的公主。现在，在这里，告诉她。"

泰德罗斯沮丧地看着她。

"你做不到，是吧？"阿加莎深吸一口气。

"阿加莎，亲爱的，我知道我们好一阵子没见了，"苏菲插话进来，"但是你知道我很了解男性这种生物，你对他们下最后通牒，他们只会越离越……"

"我宁愿喉咙被划开，也不想跟你说话。"阿加莎迅速回击。

苏菲闭嘴。

"阿加莎，我爱你，"泰德罗斯说道，清楚而坚定，"但是苏菲要求的只是在我确定我们的永生者之地之前，再好好考虑一次，我们也是这样要求她的。这不是很公平吗？"他转向苏菲，"答应我，如果我再给你一次机会，你会摧毁戒指。答应我，我们一离开这里，你就会摧毁它。"

苏菲等着拉斐尔愤怒，然后威胁她，但是他看起来很奇怪，对这一切很感兴趣的样子。

她点点头，被拉斐尔的微笑弄得有点儿分心："我答应你。"

拉斐尔用鼻子发出不屑的声音。

"你看吧,"泰德罗斯刺激阿加莎,"我需要做的就是跟随我的心,那么一切都会有快乐结局。"

阿加莎可以感觉到他的失望,仿佛自己才是问题的核心,而不是他,这让她更痛苦。她问:"那我的心呢?泰德罗斯,你怎么可以站在那里,看着我的眼睛,然后……"

她忽然静止下来,终于看到王子蓝眼睛里的明确信息。

他在说谎。

泰德罗斯在说谎。王子仍然信守对她的承诺,仍然真诚,他是为了她而说谎。

他是在对苏菲说她想听的话。为了把最好的朋友救出邪恶的魔爪并摧毁戒指,他什么都能做,包括假装愿意给苏菲一次机会。

这段时间泰德罗斯一直在告诉她值得一试:戒指摧毁,善的英雄人物有活路,最好的朋友被解救。她的王子还是她的……

而阿加莎必须做的,就是跟着圆这个谎。

我已经受够了百分之百的善行,她心想,克制住想要冲上去吻他的心情。

"你了解了吗?"王子微笑,看到她脸上表情的变化。

"你会给苏菲一次机会,然后顺着你的心决定下一步……"阿加莎微笑回应,脸上发出光彩。

苏菲也露出开心的光彩,明显一直注意着他们两个人脸上的表情。

"……让心决定卡米洛特未来的皇后。"泰德罗斯说道,眼睛看着阿加莎。

阿加莎脸上的笑容消失了。

皇后。

又是那两个字,那个一点儿也没有真实感的词。

从他们返回森林开始,她一直抗拒能安全抵达卡米洛特的想法,认为泰德罗斯可能会先跟她分手,要不就是在救出苏菲的时候被杀死,或太阳死去、森林变暗、所有人都死了。事实上,他们越靠近苏菲,她越是想跟泰德罗斯争吵,仿佛潜意识试着对自己说,他们不可能到达卡米洛特。

然而,她现在站在这里,仿佛看到自己未来图像的一角——有史以来最知名王国的皇后,一个人民会仔细检视她的皇后——因为泰德罗斯的母亲让他们失望——一个必须恢复王冠背后传说的皇后。

而现在挡在她和那个王冠之间的,就是这个大大的谎言。

就在刚刚那个时刻,阿加莎指责泰德罗斯怀疑他们的未来,但是却发现事实上他无比坚定……是自己有这些怀疑。

我?皇后?真正的皇后?

泰德罗斯看到她的表情阴暗下来,他的笑容也随之消失了,仿佛猜到她会在最后一道关卡之前停滞不前。

"阿吉?"苏菲的声音传来。

阿加莎抬起头。

"我仍然感觉自己是他的皇后,"苏菲说道,仔细读着她脸上的表情,"这表示我们的故事里有某个东西不对劲,是吧?"

阿加莎看到苏菲脸上坚定的信念,觉得五脏六腑被搅得更厉害了。某个东西不对劲。如果自己的心对自己说,她永远没办法当上卡米洛特的皇后,而苏菲的心告诉她她可以的话,泰德罗斯跟自己要怎么走到最后的结局呢?

或许,这就是为什么她和泰德罗斯没办法有幸福结局,阿加莎心想。因为他们之间的某个东西坏掉了,而或许那是个无法修补的东西。因为那东西是……她自己。

"嗯,这一切变得很有趣,是吧?"一个冷冷的声音说道。

所有人都看向年轻的校长,他好看的嘴唇扭曲成冷笑。

"各位,你们瞧,邪恶的皇后竟然还渴望着善的王位。"拉斐尔说道,断钢之剑的刀锋上映着他的脸,"你们选择相信她的话,就承担风险吧,因为到了最后,她还是会回到这里,我的戒指还是会在她手上,她的心仍会属于我。"

苏菲接收到他沉着的眼神,感觉到汗从脖颈上流下来。

"你跟我们一样,不知道接下来会发生什么事,拉斐尔。"阿加莎说道,看着最好的朋友。

"你跟一个杀人魔讲道理?"泰德罗斯不假思索地说。

阿加莎的眼睛从未离开过苏菲:"或许她是对的,泰德罗斯。要找到幸福结局，我们的确应该再好好考虑一次。"

苏菲看着阿加莎，非常惊讶。

泰德罗斯的表情立刻恢复神采："等一等……阿加莎，你是说你同意苏菲的条件？你懂我的提议吗？你……"

"就是质疑我们的幸福结局，就像你刚刚说的，泰德罗斯。"阿加莎说道，仍然看着苏菲。

"就是我们从头开始。"苏菲看着阿加莎急切地说道。

"我们三个人，"阿加莎说道，"这一次不再有秘密，不再隐藏，没有罪恶感。我们睁大眼睛，让真实带领我们走向最后，我们每一个人去寻找怎么做才会快乐的答案。"

泰德罗斯困惑地看着她们。"好吧……这对我来说有点儿深奥……"他对着阿加莎迷人地笑着，"但是我知道你会明白的。"

阿加莎悲伤地对他微笑。

他看不出来她是认真的。

午夜的钟声从远方的城堡传来，约定的时间到了，也过了。

阿加莎深吸一口气，看着她的王子："新的开始。"

泰德罗斯对他的公主微笑："新的开始。"

他们两个同时转向苏菲。

苏菲对泰德罗斯微笑："新的开始。"

三个人的眼睛注视着彼此，但很快，全都同时转向拉斐尔。

年轻校长的笑容消失了。那一瞬间，他抓着阿加莎，准备用剑划开她的喉咙……

"现在！"泰德罗斯吼道。苏菲对着拉斐尔的手迅速射出一道粉红色的烧焦符咒，拉斐尔因为惊讶，手中的剑掉落下来。阿加莎连忙接住，用剑柄猛撞他的肚子，他摇摇晃晃地撞到书柜，书柜连同几百本彩色的故事书砸在他头上。阿加莎把断钢之剑丢给泰德罗斯，他把剑柄塞在短裤的后面，刀锋平贴在他的脊椎上。苏菲、阿加莎和泰德罗斯冲到窗边，爬上窗台。

"我们必须赶到梅林那里，"泰德罗斯喘着气说，"转化咒是我们唯一的机会！"

"校长会飞,泰德罗斯!他会抓到我们!"阿加莎说道,看着拉斐尔用魔法炸开书,"我们需要快一点儿的方法!"

"你们没有逃走的计划?"苏菲问道,后面传来书柜裂成碎片的声音。

"我们之前以为这时候我们应该已经死了。"泰德罗斯喘着气说,"什么比转化更快?"

倒在拉斐尔身上的书柜飞过整个房间,撞到另一侧的墙,整道墙为之摇晃。

"他要……要……要来了,"阿加莎口吃道,转过头看着两人,"我们现在就得……"

她的眼睛凸出,一团巨大的黑色乌云从森林飘向校长的塔楼,形状方正又拉得长长的,就像一列火车,奇怪的是外观上好像长霉一样。有一瞬间,她以为那是远方火灾飘来的烟,直到她看到云里有熟悉的闪烁,一闪一闪的,像是……

"小精灵金粉?"阿加莎说道,目瞪口呆。

此时,阿加莎、苏菲、泰德罗斯三人都盯着小精灵金粉乌云里的影子:飘扬的紫色长袍和尖尖的帽子,他正在飞翔,挥动双手,往窗户的方向飞来。

"你没来找梅林,梅林就来找你。"魔法师大声宣布,让乌云更靠近窗台,"孩子们,快啊!小叮的金粉没办法撑太久。"

阿加莎转头一瞥,拉斐尔要站起来了。她转向苏菲和泰德罗斯:"我们必须跳进小精灵金粉里!"

"跳下去?"苏菲尖声叫道,盯着窗台外面。

"数到三!"阿加莎说道,"一……"

"二……"泰德罗斯说道。

"三!"他们同时大喊。

阿加莎和泰德罗斯往下坠落,进入厚厚的云层里,感觉到一股魔法的轻盈托举着他们,就像他们失去了所有的重力。梅林让乌云火车转向,前往学院大门的方向。阿加莎闭上眼睛,对这趟无重力飞行呈放弃状态。同时,泰德罗斯无法停止地在空中翻跟头,像一个被踢出轨道的小行星。

"我要怎么停止旋转?"泰德罗斯吼道。

"放松臀部,亲爱的男孩!"梅林对他大叫。

阿加莎在金粉中游泳,往前抓住王子的腰部,停下他的环绕运行。泰德罗斯充满感激地对她微笑……然后皱着眉头。

"苏菲呢?"他问道。

他们一起回头,见她仍然站在窗户边,脸白得像鬼魂一样,看着乌云火车飘远。

"苏菲,你在做什么?"阿加莎叫道。

"现在跳下来!"泰德罗斯吼道。

苏菲害怕地走近窗边一英寸,忽然间感觉到左手被抓住,她转头看到拉斐尔拉着她的手,前所未有的冷静。

"你还是会回到我身边的,苏菲,"他保证地说,"你现在离开,但你还是会回来,请求我宽恕你。"

苏菲从他的瞳孔里看到冷酷的自信,还有自己惊恐的脸。他的手更用力地抓住她,她的手变得虚弱……

"苏菲,快点儿!"一个男孩的声音叫道。她回头一看,看到一头金发、上身赤裸的王子挂在闪着亮光的乌云旁边,呼唤她到他身边……就像他们初识的那天一样……

"我永远没办法当你的皇后,拉斐尔。"苏菲悄声说,粉红色公主之歌满溢在她心中。她转头看着年轻的校长:"因为我要当别人的皇后。"

她的指尖发出粉红色的光,照亮写在拉斐尔戒指下的名字——泰德罗斯,校长的脸因惊讶而涨红,手从他的皇后的手上滑落。苏菲从窗户跃下,像一只得到自由的鸽子,脸上散发着光彩,飘落到金粉的最尾端。

阿加莎和泰德罗斯在发亮的乌云里游向苏菲,用手臂抓住她,他们三个在海湾上飘浮,就像沙尘暴里的花朵一样,梅林将乌云火车驶向学院大门。

泰德罗斯把手臂垂在两个飘浮的女孩身上。"我们又相聚了,"他觉得很神奇,"我们真的又聚在一起了。"

"而且终于又在同一边了。"苏菲说道,拥抱他。

阿加莎看着苏菲和泰德罗斯第一次像朋友一样,她脸上的笑容有点儿不自然……松了一口气，但又紧张不安……忽然间她的脸变得僵硬。

"怎么了，阿吉？"苏菲问道。阿加莎眯眼看着那漂亮的白发男孩站在窗边，让他们逃跑，问："他没有来追我们，为什么他不来追我们？"

"嗯，因为其他人都在追我们。"泰德罗斯说道。

两个女孩回头一看，两百个变成僵尸的恶人从旧学院里冲出来：巫婆、术士、食人怪、巨人、魔怪，一边咆哮着或像女海妖般尖叫着，一边朝着金粉乌云冲过来。

"赶快加速，梅林！"阿加莎对着魔法师大吼，他从乌云的最前端转过头来。

"什么？没办法找东西给你吃，孩子。"梅林大声喝道，嘴里一边吸着柠檬口味的棒棒糖，"小叮的金粉已经比我以为的撑了更久。"

"加速，不是要吃！"阿加莎吼回去。

但是乌云火车开始发出不祥的咝咝声，然后像稀薄的雾一样解体，他们三个顺着一缕乌云往下坠落，差一点儿就落在海湾的毒水里。他们惊魂未定，抬头只见梅林乘着一片云继续朝大门前进，丝毫没感觉到他的乘客不见了。

阿加莎害怕地往后一瞥，僵尸大军朝他们冲了过来。

"快跑！"她喊道，加快跑步的速度，赤脚朝大门冲去。

苏菲和泰德罗斯在她后面飞快地冲着，他们三人对着梅林挥手尖叫，希望他能注意到。

"他为什么听不到？"阿加莎喊道。

"他老了！"泰德罗斯高声回答。

苏菲穿着高跟鞋摇摇晃晃，落在后面。一只食人怪差一个手臂的距离就要碰到她了，她脱下高跟鞋往他的头上猛力一丢，食人怪跌倒转圈，撞倒三只魔怪，全部倒成一团。她把另一只高跟鞋丢进致命的海湾里，脚步加快，试图赶上她的朋友们，他们已经跑得很远，快要消失在她的视线里。"等等我！我们还没离开学院，你们已经把我当成多余的存在了！"

阿加莎和泰德罗斯惊慌地朝大门奔跑，大门的绿光从松树林里穿过来。然而当他们看到大门的全貌时，阿加莎的双眼因恐惧而突出："大门是关着的,泰德罗斯!"

"达维教授的魔杖在梅林那里!"他哀号着。

他们抻长脖子,看见梅林的云正要穿过高耸的学院大门,已经快要安全潜逃回森林里。惊慌的泰德罗斯用手指吹口哨。

梅林回头,脸上挂着得意的微笑,却见最后一节车厢早已消失,泰德罗斯和阿加莎在大门里的地面上。

"魔杖,梅林!"阿加莎大声喊道,"用达维的魔杖!"

梅林慌乱地把帽子扯下,在里面东翻西找,拿出香槟瓶、柔软的枕头、空鸟笼……

"但愿我们没事。"泰德罗斯深吸一口气。

阿加莎回头,看见虎克船长、杰克的巨人和大野狼越来越靠近苏菲,大野狼的嘴巴在她背后,试图咬住她。

"阿吉吉吉……我一直有一种幻幻幻觉!"苏菲尖声大叫,"有……有名的恶恶恶人在追追追我!"

阿加莎转向梅林:"快啊,梅林!"

魔法师拿出一碗腰果、一长串彩色的圣诞吊灯——"哇,好漂亮!"——然后听到苏菲的尖叫,瞥见大野狼已经咬破她的裙摆,苏菲正朝着她最好的朋友冲过去,他们仍然被大门挡着。梅林咬着他的嘴唇,伸进帽子深处,整只手臂都看不见,终于带着微笑拿出达维教授的魔杖:"天哪,这应该放在箱子里。"

"梅林!"阿加莎的声音在发抖。

梅林连忙转过来,对着绿色大门伸出达维的魔杖,门开了一点儿小缝。

泰德罗斯一把抓着阿加莎,从缝里挤过来,两个人脸朝下摔倒在地上。

"关上大门!"泰德罗斯催促梅林。

"不行!"阿加莎喊道。

因为苏菲正笨手笨脚地朝大门跑来,大野狼撕下了她更多洋装的下摆,恶人军团紧追在后,想要跟苏菲一起挤进门缝。"不要像石头一样呆站在那里!"她对朋友们尖叫,"做点儿什么!"

泰德罗斯拔出他的剑,剑在他的手里颤抖着。"他们太多人了!"他对阿加莎说，看到梅林试着把云掉过头来，"他们会把我们咬烂！"

阿加莎看见梅林的脸上闪过同样惊惶的神色，王子说得没错。等梅林掉转好头，那帮恶徒已经在啃他们的骨头了。他们三个人需要消失在某个地方……恶人没办法去的地方……像是洞穴或隧道或……

"等等！"她大喊，对魔法师挥手，"你的斗篷！"

这次梅林听懂了，他把紫色长袍扯下，用力往空中一丢，长袍像风筝一样飞舞，他用达维的魔杖让它如彗星般射向阿加莎的手里。

阿加莎站在大门门缝边，像斗牛士一样摊开梅林的斗篷，上面绣着的孩子气的星星图案在夜空中闪烁。她和泰德罗斯爬到斗篷下，半个身体神奇地消失了，他们用双手抓着衣领，就像挖矿的人准备要进入洞穴。

"苏菲，快点儿！"阿加莎喊道，敞开斗篷一角。

苏菲跑在草地上，摇摇晃晃地朝门缝前进，大野狼用爪子划破她的衬裙，巨人从左边冲过来要掐死她，虎克船长打算从右侧伏击——

这时有另一个影子从海岸的另外一边过来……高挑、浑身肌肉，速度令人惊讶地快，从林中蹿出。"我的天哪！他追过来了！"苏菲朝魔法斗篷冲过去，几乎喘不过气，疯狂地朝泰德罗斯和阿加莎挥手，"救命啊！校长追过来了！"

然而那并不是校长。

是个苍白、深色头发的男孩，像黄鼠狼一样快，直冲向苏菲，黑色眼睛在燃烧。

阿加莎目瞪口呆："霍特，不行！"

各种不同力量冲进斗篷里，阿加莎被撞倒，直坠而下。她正要失去意识，害怕地看见四个身体，而不是三个，从缀满星星的紫色夜空翻滚坠落……

一阵太阳的强光让她睁不开眼，整个宇宙又暗了下来。

第二部分

第二十一章
新的开始

苏菲又梦到了那个奇怪的男人。

同样是在伸手不见五指的隧道里,前方的通道被巨大的金色戒指挡住了。

只是这一次不同的是,有人在戒指后面等她。那是泰德罗斯,头上戴着缀有白银和钻石的国王王冠。阳光打在他身上,他穿着皇家蓝外套,站在白色的祭坛前,背后矗立着卡米洛特王国的城堡尖顶。他手中握着一个闪闪发亮的同款式皇后王冠,在他脸颊上反射出太阳的光线。年轻的国王迎着苏菲的眼睛,对她微笑。

苏菲呼吸不过来,盯着他手里的王冠。

就是它。

她心里的渴望成真了。

她需要做的,就是把校长的戒指摧毁。

想都没想,苏菲手里忽然多了断钢之剑,镶着宝石的剑柄让她湿冷的手感觉温暖。她把刀锋举过肩膀,慢慢往那个巨大

的金色圆圈移动……

然而，当她靠近时，在宽广的金色表面上，她看到熟悉的倒影，挡在她跟王子之间。是她曾看过的阴郁的、恶魔似的男人，一头乱发，有着粗糙的皮肤和球根状的圆形鼻子。

苏菲握着剑的手变得无力。

"你……你……你是谁？"她轻声问道。

那陌生人露出诡秘的微笑。苏菲无法动弹，眼神来回游移在泰德罗斯和这个邪恶的男子之间……在皇后的王冠和金色戒指之间……

动手吧！

现在动手！

她大喊一声，朝戒指高高举起剑……

两只手忽然伸出来，抓住苏菲的脖子。

她无法呼吸，那个恶魔般的男子从戒指内侧露出悲伤的微笑，仿佛他没有选择，只能这么做。然后他的眼神变得疲惫不堪，他扯开她的喉咙。

阿加莎醒来，恐惧感仍牢牢跟随着她，她发出急促的呼吸声。往下看到自己还穿着黑色和绿色的制服，她狂乱地呼吸几口空气，意识到自己还活着，满身大汗地躺在一张薄而硬的床垫上。她往上看，但是周遭满是强烈的橘红色光线。

卡米洛特。阿加莎惊慌失措，忙遮住眼睛。

我在卡米洛特。

她眯眼看着那燃烧般的强光……

一张肥胖的脸忽然出现，脸上布满红色斑点，呼出培根的气息。

"我吃了你的早餐，已经全部没了，所以不用费心再问了。"辛德瑞拉啐了一口，踏着笨重的脚步走开。

阿加莎连忙跳起来，发现自己已经回到联盟总部，那强烈的红光是照进洞穴入口的太阳的光芒。闷热、充满灰尘的巢穴里正进行着忙碌的活动，十三名成员把所有的东西收拾起来打包好，准备集体迁移。韩赛尔和葛雷特在一侧把家具神奇地塞进梅林的帽子里，彼得·潘和叮当仙子在十来个布袋里装满点心和水，匹诺曹和小红帽正在把最后的早餐盘子刷干净。另一边，尤巴专心研究几本摊开的故事书，乌玛公主和白兔把地板上的黑色绸缎碎片扫干净，杰克和布莱尔·萝丝假装在做事，其实在专心看笔记本，确认婚礼的宾客名单。

所有这些混乱之中，霍特在洞穴的另一头，靠在老旧的帘子前面。他出奇地镇定，肱二头肌交叠在胸前，像是守卫着什么。他的眼神对上阿加莎的，但旋即变得冷漠，转向其他地方。

同时，在辛德瑞拉的镜子附近，梅林看起来在跟泰德罗斯讨论什么严肃的事，泰德罗斯穿着白色紧身裤和天蓝色上衣，看起来很清爽。他上衣的绑带没有系，露出晒成古铜色的胸膛，心脏附近有一道长长的伤痕。阿加莎注意到断钢之剑放在他腰部附近的剑鞘内，但是没看见苏菲的踪影。

"发生了什么事？"阿加莎问道，走近王子。

泰德罗斯转过头，明亮的眼睛变得茫然："不好意思，我认识你吗？"

阿加莎目瞪口呆地看着他。

"我是卡米洛特王国的泰德罗斯，亚瑟王的后裔，善的守护者，目前单身，正在找未来的皇后。"他把手伸出来，"请问你是……"

阿加莎没有握他的手："单身？"

"你不是说要有个'新的开始'？记得吗？"泰德罗斯开玩笑地说，很生气她不配合。

阿加莎感到一阵头晕，昨晚发生的种种事情又一股脑儿卷上来。她的王子以为她配合说谎，假装怀疑他们的幸福结局……然而内心深处，阿加莎知道他们应该怀疑。她不想当皇后，她想要一个正常的生活，远离聚光灯和指指点点，还有人们对她样貌和举止的期待所带来的压力。这是在加瓦顿度过童年的她所有的希望，因为那里的人曾批评她是"女巫"和"怪胎"。她连当一袋马铃薯的皇后都办不到，更不用说亚瑟王的卡米洛特！如果她真的当上了，只会让人民失望，因为他们需要一个真正的皇后带领他们恢复昔日的荣光，而最失望的会是她新上任的国王。

"噢，对，"她说道，声音僵硬，"新的开始。"

泰德罗斯注意到她的眼神扫过每一样东西，就是不看他。"阿加莎，不要担心，没事的。我只是需要假装给她一次机会，所以……"他做了一个戏剧性的鞠躬姿势，"很高兴认识你，森林彼岸的阿加莎，卡莉斯之女，以及苏菲之友。我期待接下来看你是否能成为及格的皇后。"他亲吻她的手，对她眨眼睛。

阿加莎反射性地把手抽出来。

泰德罗斯狐疑地看着她。

"如果你们的青少年剧场演完了，我们可以回到正事了吗？"一个声音打断他们。

阿加莎回头，梅林生气地瞪着他们。

"好。阿加莎，由于你昨晚脑筋动得快，把你的朋友们都藏到神境里，我再从那里把大伙儿都送回联盟总部来，"魔法师说道，"在这过程中，你的头遭受撞击，说话颠三倒四，一直轮流叫大家的名字。事实上，你和泰德罗斯成功闯进邪恶的堡垒，完成了我交付给你们的任务：找到苏菲和断钢之剑，而且把那两样安全地带了回来。我知道这两项任务都相当艰难，但是我们没别的选择。因为苏菲的吻让校长死而复生，也只有苏菲能收回那个吻，只要她把他送的戒指毁掉。而现在苏菲、戒指和剑都在我们这里，她终于可以把校长和他的黑暗大军送进坟墓里，而你们三个可以启程到卡米洛特，故事书也就可以合上了。"

梅林停顿片刻。"不过我担心计划有变，"他对阿加莎说道，"你睡觉的时候，不停地喃喃自语，说联盟不安全——'他们知道我们藏身之地'。基于我亲眼看到有名的恶人追在你们后面，我知道不该质疑你的梦话。所以我决定要联盟立即搬家，然后分头隐藏在森林里不同的地方。而我护卫你、泰德罗斯、苏菲，当然还有那个肌肉过剩的永灭者男孩，到一栋安全的房子里，保证你们四个人不会被找到。"

"霍特？霍特要跟我们一起？"阿加莎问道，试着跟上他说的话，"还有，为什么我们要躲起来？假如校长死了，联盟成员可以各自回到自己的王国，就像你说的，苏菲、我和泰德罗斯可以……"

她看见梅林和泰德罗斯脸上的表情。

"计划有变。"

阿加莎的心一沉："校长没死？"

泰德罗斯摇摇头。

"苏菲的戒指还在？"阿加莎问道。

泰德罗斯点点头。

"苏菲还戴着戒指？"阿加莎问道。

泰德罗斯咬着嘴唇。

"这怎么可能！"阿加莎暴怒，"没人跟她谈过吗？没人告诉她这有多重要吗？"

"哈！"韩赛尔经过，忍不住笑了一声。

梅林对阿加莎苦笑。"今天早上我们已经试过了，亲爱的，整个联盟都试过了。"他看着乌玛公主拿着扫把清理地上黑色绸缎碎片，"结论就是：苏菲短时间内不会毁掉校长的戒指。"

"我不懂，"阿加莎继续追问，"她答应过我们，一离开学院就会毁掉戒指！"

"这么说好了，"泰德罗斯说道，"昨天晚上，苏菲用所有她可以找到的厨房工具追打霍特，问他干吗跟来，把所有的计划都毁掉了，要他立刻滚开，要不然她就要用面棍打他的……那里。但是在那之后，我们试着叫她毁掉戒指，她不但不愿意，而且也不急着要霍特离开了。"

阿加莎随着王子的注视，看到那暗黄皮肤、黑发的男孩，站在垂着帘子的洞穴墙壁前面，像在站岗一般……他背后的帘子呈现人形的凸起。

"那就是他跟着来的原因，"泰德罗斯阴郁地说，"她说他是她的保镖。"

霍特挡住她的去路："我可以帮什么忙吗？"

"霍特，我需要跟苏菲谈一谈，现在。"阿加莎命令道。

"谢绝访客。"霍特说道。

"苏菲，叫那只猩猩走开！"阿加莎隔着他的肩膀大叫。

"你要跟我聊戒指的事吗？"苏菲隔着帘子尖声喊回来。

"那当然！"

"那就不要。"

霍特对阿加莎不怀好意地笑,刘海儿在他额前呈锯齿状,像闪电一般。

阿加莎脸带讥讽地瞪着他:"你一开始想要当她的室友,接着想当她最好的朋友,而现在你是她的奴隶。噢,肌肉倒是很不错,只是一个性感的身体也不能弥补没骨气的本质。"

霍特把脸伸到她面前,露出尖尖的黄牙。"只要她准备好,我就会带她回到邪恶学院,那才是属于她的地方,"他凶恶地说,声音压低,不让苏菲听见,"她才不要待在这里,身边围绕着一群怪异的老顽固,或是靠近那个……那个……笨蛋。"他死盯着另一头的泰德罗斯,吐了一口口水。泰德罗斯回敬一个很不礼貌的手势。

阿加莎仍然盯着霍特强健的躯干和前卫的发型,脸上的表情因惊讶而软化下来:"你真的觉得你跟她还有可能,是吧?所以你才会追在后面,所以你才会在这里。"

霍特眨眨眼,好像被她看透,然后他又恢复野蛮的轻蔑表情:"假如你三秒钟内不消失在我的视线范围里,我就……"

"霍特,亲爱的?"苏菲的声音轻轻响起,"你可以让阿吉进来,不过请她带新衣服和指甲油给我。"

阿加莎大摇大摆地经过霍特,手肘往他胸骨撞一下,推开帘子,才发现苏菲抵着墙边发抖,黑色的洋装被弄碎,双颊苍白,头发凌乱,妆都花了,像个住在阁楼里的疯女人。

"如果《科学怪人的新娘》这部戏还没上,你应该会被选为主角。"阿加莎说道。

"我亲爱的阿吉!我最好的朋友!你不知道发生了什么!"苏菲哭叫,倒进她怀里,"我从来没说过我不做,我说的只是我需要多一点儿时间来决定,然后他们就像一群狼一样扑向我!我在这里,兴奋地与童年时的偶像面对面,结果叮当仙子蜇我,用尖锐的声音在我耳边嗡嗡叫;韩赛尔和葛雷特用轮椅戳我屁股,还用日耳曼语的腔调跟我大声抱怨;彼得·潘用手杖戳我,训诫我有关居民的义务。甚至梅林——故事书里那个永远有智慧、正义又善良的梅林——把断钢之剑塞到我手里,一群人围着我,要把我的戒指拔下来！然后，然后！那个野兽般的辛德瑞拉把我逼到角落，她闻起来像从坟墓里爬出的木乃伊，威胁说要坐到我脸上！你听得没错，阿加莎。一个传奇的公主威胁说她要一屁股坐到我脸上，直到我毁掉戒指，她才会起来。你不是好奇我为什么对老人这么反感吗？现在我决定，除非我们到达王国，要不然戒指会一直在我手上，听到了吗？我绝对不姑息暴力、恐怖攻击，还有最糟的——没礼貌！"

阿加莎已经习惯了苏菲长篇大论的独白，但这次的独白听得她眼睛都凸出来了。

"苏菲，"阿加莎说道，试着恢复镇静，"这是因为他们的生命受到威胁，我们所有人的生命都危在旦夕。校长正在重写这些有名的故事，把结局改成邪恶获胜。每个新改编的故事都把他和他的军队推近加瓦顿一步，这就是他要一举歼灭善的计划。"

"加瓦顿？加瓦顿有什么他想要的东西？"苏菲问道，抓起盘子里的一小块培根来吃，"你觉得我可以拿这交换羽衣甘蓝蛋饼吗？"

"苏菲！"阿加莎抓着好友的肩膀，"这个男孩曾经刺穿你的心脏，差点儿把泰德罗斯劈成两半，从坟墓里复活，学院里还有两百个僵尸坏蛋为他工作。他想要加瓦顿的什么并不重要，我根本不想知道。"

"所以听好，苏菲。我会去拿断钢之剑过来，然后你就像之前承诺过的把它毁掉，"阿加莎坚定地说，"就在这里，马上，没有别人会看，只有我，懂吗？"她把帘子撩起来准备离开……

"我没办法。"

阿加莎松开手里的帘子。

"我没办法，阿吉。"苏菲在她背后轻声说道。她声音中有着无可动摇的坚定，之前的浮夸和友善都不见了。

阿加莎慢慢回头。

苏菲的脸仿佛戴上陌生、紧绷的面具，就像她准备这一刻已经很久了，一直挣扎着到底要怎么演。

"这跟礼貌没有关系，是吧？"阿加莎说道。

汗珠凝结在苏菲的眉尖："阿吉，我做梦，梦到一个……男人，一个从没见过的、长相邪恶的男人。当我试着摧毁戒指时,他杀了我。"

"做梦?那就是你停下来的原因?"阿加莎呻吟了一声,放松下来。她一直以为是什么更糟糕的原因。

"不是的,阿吉,我梦里的这个人认识我,从他的眼神就知道,"苏菲说道,她的声音仍然很不确定,"他告诉我还不能毁掉戒指,至少不是现在。"

"这只是梦,梦不是真的。"

"在我被绑架到学院之前,我梦到一个俊美的、头发像霜一样白的男子爱上了我,后来成真了。我在宿敌之梦中梦见你,那也是真的,"苏菲说道,"梦不只是梦,阿加莎,至少这个世界里不是如此。"

阿加莎看着苏菲脸上愤慨的表情:"所以你想说什么?"

苏菲抚摸着手上的戒指:"我知道那个人为什么阻止我,他希望我确认这个选择是对的,就像我们在学院的时候说好要再确认一次。一旦我确定这是对的,我就会毁掉戒指。"

"你在胡说八道,苏菲!"阿加莎说道,被她激怒。

"一旦你知道什么是对的……"

现在她看到苏菲并不是在抚摸戒指,而是戒指下面、刺在她皮肤上的名字。

泰德罗斯。

泰德罗斯。

泰德罗斯。

慢慢地,阿加莎的眼睛睁大,她忽然理解游戏规则了。

只有当苏菲拥有值得她摧毁戒指的东西时,她才会这么做。

在那之前,绝无可能。

"阿吉?"

阿加莎抬头看见苏菲透过帘子的缝隙看着泰德罗斯。

"要你放掉王子对你来说很难吧?但是,是你说要重新开始的,对吧?你同意放弃泰德罗斯,你同意让我们三个从零开始,找到真爱,"苏菲防御性地说,"而现在我们三个还是可以找到幸福结局的……因为你。"

阿加莎的心堵到了她的喉咙："我同意什么不重要，你保证过只要我们一离开学院，就会毁掉戒指……"

苏菲回头看阿加莎。"我会毁掉戒指，我会杀掉拉斐尔，就像我之前说的。而你所有善的好友们，不管旧的、新的，都能永远安全。"她说道，"但是，我需要泰德罗斯真的给我机会，就像他之前答应过的。我要他……亲吻我。因为一旦他吻了我，他就会知道我是他的皇后。"

阿加莎一句话也说不出来，因为她完全明白自己要说的。

如果要拯救善，她就得帮助苏菲和王子亲吻。

要拯救善，她就得帮她最好的朋友夺走自己的永生者之地。

"但是——那是作弊！"阿加莎反击，心中的怒火在上升，"你觉得你可以操纵我？那我的意愿呢？泰德罗斯的意愿呢？你没办法改变他人的感觉！"

苏菲坦然接受她的眼神："我很爱你，阿加莎，我也知道你有多爱泰迪……但是你？当皇后？"

阿加莎的怒气泄掉了。

"我注意到你在塔楼里看着他的样子，阿吉，"苏菲说道，"如果当上皇后，泰德罗斯不会再是你一个人的。接下来的人生，你必须和整个王国一起分享他。你想一想：几万只眼睛在你身上，每一分每一秒，注意你的一举一动，挑剔你的毛病，不时提醒你，你不够好……每个人都把爪子伸向你，就像回到加瓦顿，只是比那严重一千倍。泰德罗斯醒着的所有时间，都要辩护为什么他选择你作为他的皇后，而不是像个真正的国王那样为人民着想。你为了保护他会把自己关起来，你会怀疑他真的快乐吗，他很快也会开始怀疑你是否真的快乐。这样的紧张关系会继续恶化，你们像是梗在对方喉咙的刺，忘记你们一开始是怎么陷入爱河的。阿吉，没有多久，你就会趁着半夜，偷偷离开卡米洛特，让自己自由——就像桂妮维亚一样，丢下国王一个人。你想象一下，如果你让泰德罗斯最后落得跟他父亲一样的下场，既寂寞又屈辱……这会杀了他。"苏菲靠得更近，继续说，"你没办法当他的皇后，阿加莎。你也不想……为了他好。"

阿加莎退缩，无法呼吸："这跟我没关系……是关于戒指……关于你的承诺……"

苏菲碰她的肩膀:"我知道你想告诉他……我说的这些话,或许他会为了你说谎,假装给我一次机会……但是如果他是伪装的,我一定会知道,阿吉,我会知道他的吻是不是真心的。所以如果你希望戒指被摧毁,我需要你帮我赢得他的心。"

阿加莎转头,脚步蹒跚地试着抓住帘子,但是苏菲又把她拉了回来。"我们的故事书合上的那天,你就会知道其实它一开始就是这样计划的。泰德罗斯和我,卡米洛特的国王和皇后,你是我们忠实的朋友以及善的救世主,即使独自一人也能幸福,就像你之前那样,"她说道,"我知道你在想什么,我仍是个女巫,我还是恶。然而,三个人都要幸福快乐,还有别的办法吗?你从没像我一样想要当公主,你从来不喜欢童话故事,也不想要男孩的爱或跟男孩有牵扯,那才是你的快乐。阿吉,你永远不用担心别人怎么看你,不用再怀疑自己,不用回应任何人,除了你自己之外……你看不出来吗?这么一来,我们每个人都可以得到对自己最重要的东西,这样的结局才对,这就是我们故事最后的永生者之地。"她靠上来,手指发抖,轻轻碰触好友的脸颊,"看着我,阿加莎……"

"离我远一点儿……"阿加莎大口喘气,快要呼吸不到空气。她挣脱苏菲,胡乱抓着帘子,结果整个人跟帘子缠在一起,脸朝下跌在洞穴的沙地上。

"你们应该为了我们说话大声一点儿。"彼得·潘闹着脾气。

阿加莎把脸上的沙子抹掉,才发现联盟所有成员都集合在保镖霍特的身体后面,假装没在偷听。

"老人听力不好,亲爱的,"小红帽也附和,"一个字也听不到。"

其他人喃喃表示同意。

然后阿加莎瞥见梅林在远方的角落,脸色严肃地抚着胡须。或许联盟里的其他人都没能听到她和苏菲的对话,但梅林都听到了。

"所以呢?"一个低沉的声音问道。

是泰德罗斯,他坐在乌玛公主旁边,满怀希望地微笑着。

"苏菲决定了吗?"他问道,"她准备要毁掉戒指了吗?"

阿加莎看见他脸上的微笑更深了,深信她可以做到他无法完成的任务。

虽然他们吵了这么多架，也让彼此失望，但她的王子仍然信任她比信任自己更多。阿加莎的心融化了，在这糟糕透顶的一刻，她爱他比之前任何时候都多。

泰德罗斯看到她脸上的表情，笑容动摇了："或是……我们差不多该动身去新的藏身地点？"

越过泰德罗斯的肩膀，阿加莎看见地精尤巴用钉子把故事书钉在另一侧的墙上。现在有更多的故事，至少有十个，打开到最后一页，新的结局被标示出来：美丽的公主被杀害、英勇的王子被开膛破肚、聪明的小孩被吃掉……

阿加莎的腿软了。

校长的行动加速了。

旧日的恶人正在森林里大肆狩猎。

阿加莎看着十三联盟，大家都热切地看着她。他们是善最伟大的英雄，却有着近在眼前的生命危险，毕生功绩就要毁在恶的手里。

她个人的永生者之地比他们所有人的还重要吗？

她自己的幸福快乐值得牺牲这么多生命吗？

如果为了泰德罗斯必须跟苏菲闹翻，自己会快乐吗？

就像桂妮维亚一样，有个声音回应她。

就像桂妮维亚一样。

忽然有一道绿色闪光让她分心，在辛德瑞拉的镜子里，阿加莎注意到有一只绿色眼睛在帘子后面监视泰德罗斯。

旧日的恶人已经出笼，准备伏击。

阿加莎等待心里的火燃起，为了王子而抵抗苏菲的奋斗毅力……

但火并没有被点燃。

阿加莎看着这需要她的十三个英雄人物，知道苏菲说得没错，她没办法牺牲他们的生命，只为了得到一顶自己内心深处也充满怀疑的王冠……为了自己一定无法统治的王国……为了最后会发现自己做了错误决定的国王。

她要怎么为那些自己并未全心向往的东西奋战呢，尤其眼前有另一场更重要的战役需要打赢？

这些苏菲早就知道了,她也知道阿加莎一定会同意她的条件。

因为阿加莎绝不可能当泰德罗斯的皇后,不管她有多爱他。

也因为苏菲知道阿加莎灵魂最深最深的核心是善,一旦遇到考验,阿加莎会愿意牺牲任何东西,以保持对善的忠诚。

即使那表示她在自己的战场上投降,以赢得更大的战役。

即使那表示放弃她的王子。

即使那表示她的王子放弃她。

阿加莎慢慢抬起头看着泰德罗斯,强忍着泪水。

"我们该走了。"她说道。

第二十二章
苏菲的机会

低温的日出光芒从联盟总部移开的时候,联盟里的成员也离开了。

阿加莎和梅林站在被菌类侵蚀的橡树下,离洞穴入口几步的距离,看着十二个年老的英雄人物分头从不同的路径进入森林,衣服、食物和饮用水让他们的背包下沉。彼得·潘、叮当仙子和辛德瑞拉往西,匹诺曹、小红帽往东,杰克和布莱尔·萝丝往北,而乌玛公主、尤巴和白兔往南,韩赛尔和葛雷特滑着轮椅跟在他们后面。

泰德罗斯悄悄走到阿加莎身边。"我才刚要开始喜欢这些老家伙。"他说道,没系绑带的上衣让他一阵瑟缩,"你觉得我们还会再看到他们吗,梅林?"

"但愿如此,我亲爱的孩子,因为那就表示我们都还活着。"魔法师说道,从帽子里拿出两件黑色斗篷,一件交到泰德罗斯手里。"同时,有更重要的问题要解决,"梅林把眼神轻轻放在阿加莎身上,"比如她什么时候毁掉戒指。"

"你觉得她在等什么?"泰德罗斯问道,努力把斗篷的扣子扣上,"呃,你确定这件是我的吗?"

阿加莎瞪着梅林,沉默地问他是否应该把真相告诉泰德罗斯,告诉他苏菲说要毁掉戒指全是谎话,告诉他她没有意愿杀掉校长,除非泰德罗斯亲吻她……除非他让她当上卡米洛特的皇后……

但是梅林双唇紧闭,眼神呆滞,阿加莎知道魔法师在认真思考。

苏菲警告过她,如果泰德罗斯假装喜欢她,她一眼就会看穿。假如自己告诉泰德罗斯真相,结局会怎样已经很明显了。

不行,阿加莎想着。要苏菲毁掉戒指,她就得真的得到泰德罗斯。

她的五脏六腑绞得更紧了。

也就是说,泰德罗斯得真的爱上她。

"所以呢?"泰德罗斯追问,低吼一声把最后一个扣子扣上,"她到底在等什么?"

阿加莎转过头。"她需要一个安全的地方休息和思考,"她很快回答,"事实上,我们所有人都需要。"

"放松一点儿,你这个担心鬼,"泰德罗斯说道,按摩她的肩膀,"我知道你不喜欢说谎,但是这不是什么大剧院的售票表演。你只要在我身边表现得有点儿不安,像是你不知道当我的皇后会不会快乐,然后我会演得像是我挣扎着不知道要选谁。"

阿加莎瞪着他。"梅林,你说过那栋安全的房子比霜原还远,对吗?"泰德罗斯问道,"那就是往东北大约两天的路程。"

"而且经过永灭者领土的路很窄,"梅林补充道,"基于现在你们有四个人,黑暗大军又到处搜索,我们没办法群体行动……"他认真注视着阿加莎,"也就是说,你们要两人一组行动,彼此隔开一大段距离,不要引起注意。"

"有道理,"泰德罗斯不假思索,抓着阿加莎的手腕,"你带路,梅林,我跟……"

"哟吼！我来了！"

泰德罗斯和阿加莎转头一看，苏菲被两只充满肌肉的手臂从洞口扔出来，仿佛舞者从生日蛋糕中跳出。她匆忙地走向他们，穿着露脐的火红短上衣、黑色的皮制迷你裙，披着波浪状的熊皮大衣，脚踩一双淡粉色的短靴。

泰德罗斯的斗篷纽扣又弹开了。

阿加莎手上的袋子掉在地上。

"不好意思，我来晚了，亲爱的，今天早上我好好洗了个头，还用窗帘布、地毯和辛德瑞拉的缝纫工具做了一些创意服装，没想到那个胖女人为了剩下的培根，愿意用任何东西跟我交换。"苏菲一边说着一边登场，霍特从后面的洞口爬出来，"你们刚刚说什么两人一组？我记得之前我和泰迪坐在蓝色森林的阳台上，他告诉我森林里有好多美丽的景色。当然，我那时是男孩，但现在我是女孩，他可以亲自带我看看……"

她闭上嘴，因为发现王子故意不跟她的目光接触。

"是因为衣服吧？"她说道，脸红起来，"我只是觉得已经有好一阵子没有做自己了。"

"不是，你看起来很好，很好看，真的，"泰德罗斯说道，强迫自己和她对视，"不过我要跟阿加莎一组，梅林会在最前头控制速度，你可以和那只黄鼠狼一起远远跟在我们后面，他是你的保镖，对吧？"

苏菲脸沉下来："是呀，这样安排有道理，不是吗？"

她看着阿加莎，自从她们在帘子后面谈话之后，两个人还没有见过面。然而，苏菲的脸上没有抱歉的神色，她并没有因为想找借口夺走阿加莎的王子而充满罪恶感。苏菲满怀希望地看着阿加莎，好像她们还是从前的老朋友，一起朝新目标努力。

"只是……"苏菲继续说，"我很确定阿加莎会希望你跟我在一起。"

"怎么可能？"泰德罗斯嗤之以鼻。

阿加莎瞪着苏菲，努力抑制想找块石头把她的头砸烂的本能。阿加莎知道苏菲是对的，这个决定很重要。假如苏菲和泰德罗斯一道走，经过抵达安全地点之前这长达两天的跋涉，她就会离她想要的吻近一些，他们离杀掉校长也就更近了一些。

这取决于泰德罗斯能否不靠近他的公主。

"阿加莎?"泰德罗斯皱眉问道。

她可以感觉到梅林的眼神也加入了,盯着自己。她不能摇摆不定,这就像贴在伤口上的绷带,她知道会痛,但还是要很快撕下。

"是,"她边吐气边说,"你跟苏菲一道吧,泰德罗斯,我跟梅林做伴。"

泰德罗斯的脸颊发红,像是忽然被晒伤:"可是梅林喜欢一个人走!这没道理,阿加莎,这段路程长达两天,是森林里最难走的一段,又要小心恶人袭击,晚上必须一起休息才能保护彼此,谁知道我们会遇上什么……"

阿加莎的表情没有变,泰德罗斯抓住她,在她耳边悄悄说话,所以苏菲听不见:"听着,我知道我们说好要假装,但是这也太过头了!我是你的王子,我不会让你离开我的视线,我们得在一起……"

阿加莎抽离他。现在泰德罗斯看到她的表情,跟在塔楼里一样迟疑的表情。"我的天哪,你是认真的,是吧?你是真的在质疑我们的幸福结局,"他轻声说,眼睛睁得大大的,"但是我们很靠近了——卡米洛特在等着我们。"

阿加莎试着不看他,把注意力放在他后面的苏菲……她手上的戒指……还有戒指可以拯救的几千几万个善的生命上。"泰德罗斯,我们花了很多的时间待在一起,我不确定如果我当皇后能否让所有人开心,"她坚持,故意转向苏菲,好让她听得到,"苏菲冒着生命危险跟你一起离开学院,你们俩需要一些空间再次了解彼此。"

震惊的泰德罗斯看着迷人的苏菲,她用公主的热情强迫他;又看看阿加莎,她穿着黑色斗篷不为所动。"你不是真心的!"他反驳道,"你不想要全卡米洛特的人民都看着你戴着王冠站在我身边?你不想要成为王国合法的皇后,成为它的代表人物?"

阿加莎摇摇头。"不,"她厉声说道,"我不想。"

这不是谎言。

泰德罗斯的伤口结成冰,他模仿她的表情,僵硬又充满防卫。"你说得对,或许苏菲跟我需要些时间在一起。"他说道,紧抓苏菲的手臂,但烧灼的眼神不停地盯着阿加莎,"来,苏菲,我们走吧。"

苏菲喜出望外,感激地对阿加莎微笑,跟在学院第一年阿加莎答应要帮她得到泰德罗斯的吻时一样的微笑。

阿加莎没有微笑,她径自往前走,梅林得拖着长袍加快脚步才能跟上她。

苏菲和泰德罗斯落在后面,阿加莎还听到苏菲压低声音说:"真奇怪,阿吉还叫你泰德罗斯,我以为你们两个早就用昵称称呼对方了……"

阿加莎加快脚步,这样才听不到泰德罗斯的回答。

洞穴入口旁的霍特惊恐地看着这一切。

"他?你要跟他一起走?"他尖声大叫,一扫之前冷酷反叛的态度,"那我呢?"

"你跟在我们后面,避开危险!"苏菲高声回答,连头也没回,"这就是保镖的任务。"

霍特的胸膛鼓起来,愤怒就要爆发,但是太迟了。

苏菲已经跟另一个男孩舒服地靠在一起——一个霍特为了要让她远离所以跟过来的男孩——而把他远远丢在后面。

阿加莎用力回头看。

过去四个小时里,她已经回头几百次,想要知道进展如何,但是他们已经落后一英里远,只能隐约看见小小的人影映在雾气弥漫的芥末黄沼泽边。她需要苏菲遵守诺言毁掉戒指,而自己已经强迫泰德罗斯给她一次机会了。

可是如果苏菲自己搞砸了呢?

一瞬间,阿加莎觉得自己回到了过去的那个阿加莎:翻烂咒语书、给苏菲台词、帮苏菲移开所有阻碍、让泰德罗斯亲吻自己最好的朋友好让她们都可以回家的阿加莎,然而这个计划失败了。如果苏菲的表现仍然像过去一样,这个计划仍会失败。

她又焦虑地回头看一次……

她绊到脚,跌了好大一跤,新的靴子顺着潮湿的路面滑下黑色的湿地,一束锯齿状的草像鞭子一样打到她的脸颊。她咬着牙爬回原来泥泞的路径上,穿越这片被苔藓覆盖、颜色发黄的沼泽,她赶紧跟上梅林的脚步。他对她一直分心、不停落后的态度失去耐心,已经不再等她。

但阿加莎的心仍旧不断翻腾。一方面,她和梅林都需要泰德罗斯亲吻苏菲;另一方面,她一想到泰德罗斯要亲吻那个说谎成性、暗箭伤人、两面三刀的苏菲,就想要呕吐……

肋骨忽然传来一阵刺痛,她想法错误的时候常会有这样的感觉。

她在妖魔化苏菲,认为她就是过去的那个苏菲,邪恶的女巫,想要用计得到王子。但她是否曾站在苏菲的角度来考虑呢?洞穴里她们对话的时候,苏菲看起来充满悔恨,仿佛知道她所做的是错的。然而,如同苏菲指出的,一开始也是阿加莎的错,在塔楼的时候,她要泰德罗斯从头开始,虽然泰德罗斯那时候不知道她真正的意思。因为她自己对当皇后这件事畏怯了,所以要全部的人从头开始。因为要从头开始,苏菲其实只是在做任何被给予第二次机会的人会做的事,就像旧学院里的僵尸坏蛋一样,试图回到自己故事里情节开始走偏的那一刻。

苏菲的那一刻就是她两年前差一点儿就得到泰德罗斯的吻,却错失机会的那一刻。

这段时间以来,阿加莎一直相信自己和泰德罗斯在这个童话故事里是真爱,所以苏菲在第一年的时候注定得不到王子的吻。但如果苏菲是对的呢?阿加莎想着。如果苏菲是泰德罗斯的真爱,而至今的发展是错的呢?如果泰德罗斯本来就注定不会和我在一起呢?

阿加莎感觉胸膛空荡荡的,表情因为理解而软化下来。唯一的办法就是让苏菲和泰德罗斯在一起,自己则不去怨恨苏菲费尽心思要当他的皇后,而是真的给她机会,就像自己在校长塔楼里答应过她的一样。过去的一个月,阿加莎独自拥有泰德罗斯,结果却是关系紧绷又误解重重,以致延伸出的未来也是乌云密布、充满疑问。她已经试过和他寻找幸福结局,但结果却是书迟迟不合上。现在轮到苏菲了。

如果他们的吻是真实的?如果写在她皮肤上的名字是正确的?

如果苏菲才是泰德罗斯的真爱?

阿加莎屏住呼吸。

那我就注定是孤独的。

她再度停下来，回过头，但是在这浸满水的场景里，一点儿也看不到苏菲和泰德罗斯的踪影。

"亲爱的孩子，假如你一直花时间回头看而非向前看，路途会拉得很长很长。"

阿加莎转过头看着前方的梅林。他站在雾里，神色严肃，戴着松软的圆锥形帽子，手里握着魔杖，他看起来就像史诗故事书里伟大的白巫师，知道所有问题的答案。忽然一只大黄蜂停在他的鼻子上，他连忙往前冲，一边发出嘘声一边诅咒，卷起的长袍下穿着绿色的袜子。

阿加莎叹口气，不是梅林太老，没办法再当什么伟大的白巫师，就是她自己已经长大到不相信事情都会有答案了。

"联盟的成员会怎么样呢？"当他们再度肩并肩的时候，阿加莎问道，"尤巴打开了更多的故事书——它们全部都有新结局……"

"十一个，多了十一个死者，包括小杰克、穿靴子的猫、安雅、小美人鱼，都年事已高，却被从坟墓里复活的宿敌追杀。"梅林沉重地说，擦一擦起雾的眼镜，"黑暗大军会找到更多目标进行报复，只是时间的问题罢了。不过我相信，在苏菲决定摧毁戒指之前，我们的联盟应该能够存活。很久很久以前，这些英雄人物也跟你们一样，在蓝色森林里接受训练。唯一的区别是，他们成功毕业了，而世界没有毁灭。"他给了阿加莎一个无奈的微笑。

在这之前，阿加莎一直觉得几千年来每天升起落下的太阳，却因为他们在融化，这件事简直是天方夜谭，太不可思议了。然而，梅林声音里的沉重却忽然让这一切都变得真实了。

"假如一切都变暗，会发生什么事？"阿加莎盯着灰色天空里挂着的金色小圆圈，颜色暗淡到她可以直视它，"森林里几乎没什么光线了。"

"如果太阳的最后一道光芒耗尽了，它就会沉下地平线，我们的世界就会像蜡烛掉到海里一样，永远熄灭。"魔法师说道，"每个故事都必须结束，阿加莎，故事的国度就是这样赖以生存的。但是你的故事不停重写结局：一开始是你和苏菲，然后是你和泰德罗斯。然而现在是关键时刻：你的故事要么得到最后结局，成为永恒传说的一部分；要么就是我们所有人一起毁灭。"

"我们有多少时间？"阿加莎问道，脚下泥泞的步道变得干燥坚实，"我是说，苏菲和泰德罗斯亲吻。"

梅林仔细地盯着太阳看："它融化的速度越来越快，最多三个星期，可能撑不到泰德罗斯的加冕典礼。不过那是我们的秘密，在校长死亡之前，我不想让他知道这个。"他从帽子里拿出水蜜桃口味的棒棒糖，发现它已经长霉。"甚至连最好的魔法都似乎失去光泽了。"他喃喃自语。

"这没道理，"当小路变成往上的斜坡时，阿加莎仔细思考，"校长为什么没来追我们？假如他知道苏菲要把戒指摧毁，为什么他不设法把她留在学院里？"

梅林好奇地瞪着她，但什么也没说。

阿加莎没再问问题，他们离开沼泽地进入奥兹王国的外围吉利金，奥兹王国以它辖内的翡翠城闻名。吉利金的山势陡峭，紫色的山丘上布满死去的番红花，山谷里美丽的翡翠城几乎看不见，因为它被黄色的砖墙围起来，以躲避黑暗大军的攻击。

阿加莎回头看，试着在斜坡上找到泰德罗斯和苏菲的身影，但梅林怒目瞪着她，强迫她目视前方。他们在紫色山丘上走了一小时，阿加莎全身发痒，可能周围有大量看不见的花粉，梅林终于又开口说话。

"阿加莎，离午餐时间还有一会儿，我知道你需要别的事让你分心，我可以请你重新叙述昨天晚上发生的事吗？我对有关校长的新信息特别感兴趣。"

阿加莎抑制住最后一次回头看苏菲与泰德罗斯的欲望，深吸了一口气。她告诉梅林自他们在绿色发亮大门处告别后发生的所有事情，一点儿细节都不遗漏。她解释她和泰德罗斯怎么假扮成艾德格和艾莎，然后潜入学院，还有海丝特如何出手相救，以免她被艾瑞克关进地牢里。她又讲了荣誉塔楼屋顶上展览园现在的主题已经换成泰德罗斯而非他父亲，还有她如何在中途桥上智取自己的影子，复活的恶人怎么破坏过去学生时期的肖像。她也说了旧学院里的上课情形，包括恶人如何评估过去犯下的错误，以及一张标示他们善的一方对手去向的地图。她提到怎么从萨德的画里找到断钢之剑，还有校长对她解释读者世界真正的意义。当然还有那俊美的、一头白发的拉斐尔,在窗边看着苏菲逃走时有多么冷静。她讲完后上气不接下气,因为她完全沉浸在自己的故事里,根本没意识到他们正在爬吉利金最高的山,山顶上遍布枯萎的郁金香。

"拉斐尔说,有一天苏菲会回到他身边,"她吹着气,把那些恼人的花粉赶走,"这就是为什么他没有追上来。他不懂苏菲有多爱泰德罗斯。"

"或是他太了解苏菲有多爱泰德罗斯。"梅林说道,在扁扁的花上铺起野餐垫,拿出鸡肉馅儿咸派和西洋菜沙拉。

"什么意思——等等,我们要在这里吃午餐吗?大白天的,僵尸坏蛋还在到处搜寻我们。"

"吉利金的小精灵是永生者最可靠的侦察兵。"梅林抓着几束西洋菜,"你会帮我们把风,对吧,基莉仙子?"

阿加莎看着他在空中挥舞着青菜,认为这老人疯了。然而她看见他手中的西洋菜越来越短,仿佛神奇地被某种东西吃掉……

"隐形的,"阿加莎说道,脸上浮现灿烂的微笑,"不是花粉,是小精灵!"

她抬头看着灰褐色的空气,想象那里有着成千上万个长着透明羽翼的仙子,以及他们神奇的小小身体。很久以前,她以为仙子都是女孩气、乏味的昆虫(她第一天在学院的时候不小心吞下一只),但现在,她愿意交换她所有的东西,让她可以看到这些小小的基莉仙子,即使只有片刻也好。她把手伸出来,感觉他们爬满她的全身,神奇的战栗让她全身涌起鸡皮疙瘩,当她听着他们挥动翅膀的声音时,脸上的笑容更深了……

然而她的笑容蒸发了。她看见苏菲和泰德罗斯在远方的山谷里,他们金色的身影靠得很近。

"梅林,我……"话卡在她的喉咙里说不出来,"我……现在做的事是正确的吗?"

梅林研究着苏菲和泰德罗斯的小小身影,然后从帽子里拿出一个高脚杯,啜了一口红酒。

"让我告诉你一个有关泰德罗斯父亲的故事,阿加莎。泰德罗斯出生几年之后，有一天亚瑟王来到我居住的洞穴，要求我做一个监视他的皇后桂妮维亚的咒语。他很确定她在晚上溜出宫殿已经有好一阵子了，想要知道她去了哪里。亚瑟王对桂妮维亚的焦虑并不是第一次，即使是他们一起在善良学院念书的时候，他也会先暗中计划并操纵所有事情，以确认她会挑选他作为自己的真爱。那时候，他的竞争对手是正在受训的年轻武士兰斯洛特，他跟桂妮维亚一样爱看书，一样喜欢动物，他也是亚瑟王最好的朋友。亚瑟王当然注意到他们彼此吸引，不过他明确告诉兰斯洛特他对桂妮维亚的好感，而且认为自己不会被拒绝。亚瑟王的想法是，论长相、家世、财富、名声……要比对女孩的吸引力，兰斯洛特无论如何都比不上他。所以当桂妮维亚和亚瑟王被选为领袖，而兰斯洛特是未来国王的协助者时，亚瑟王说服桂妮维亚自己才是作为丈夫的最佳人选。当她可以选择国王时，她怎么可能选兰斯洛特——国王的武士？亚瑟王的说法是，卡米洛特需要桂妮维亚，他不会选其他人做皇后，而且她应该跟他结婚，这是她对善应尽的责任。没有女孩不被这番话打动，尤其这番话来自像亚瑟王这样大胆、意志坚定又有权力的男孩时。

"两人举办了盛大的婚礼，很快，如亚瑟王所愿，美丽的王子宝宝出生了。然而，即使亚瑟王已经得到梦想中的皇后，仍旧无法消除心里的怀疑。就像还在学院的青少年一样，他试着控制桂妮维亚，派人跟着她，确定她爱着他，而且只爱他一人。但是他仍然夜不成眠，仿佛他很清楚这段婚姻是他强迫来的。他跑到我洞穴里的时候，抱怨着他需要咒语来确认她的忠诚，那时他充满怒气，仿佛被下了蛊，他的灵魂被恐惧和嫉妒控制。那一天，我告诉亚瑟王，只有一个神奇咒语可以解除他这几年的困境……就是让桂妮维亚晚上的时候离开城堡，做她自己想做的事。"

梅林的脸上浮现出悲伤的笑容："亚瑟王当然勃然大怒。我告诉他这十年来他一直试着控制他和桂妮维亚的故事，不让桂妮维亚有自己的故事，只会让自己濒临疯狂，因为人没办法控制命运。这些年他一直害怕桂妮维亚不爱他，但是唯一能克服恐惧的方法是知晓事实。不让桂妮维亚去寻找自己的真爱——不管那是亚瑟王或其他人——那么亚瑟王或桂妮维亚都不会得到幸福，他们不会知道他们对真爱的选择是不是正确的。伤口只会一次次被打开，在一个真实结尾悬而未决的故事里，他们只会不停地惩罚对方。"

魔法师喝完最后一滴酒："接下来的发展不用我多说，亚瑟王得知桂妮维亚的背叛，在一次离开我洞穴的时候，说他已经受够我了。事实上，他从我的洞穴偷走了性别转换的咒语。很快，桂妮维亚和兰斯洛特私奔，亚瑟王对自己的皇后下了死亡通缉，而我也得遗弃从童年时期就看着长大的宝贝男孩。"

梅林终于看着阿加莎，他的蓝眼睛闪闪发亮："现在在我们面前上演的是，泰德罗斯正在重复他父亲的故事。事实上，当他成为国王时，他必须继承他父亲对母亲下的死亡通缉。所有旧的事情将以新的方式卷土重来，亲爱的。只是这一次你在桂妮维亚的位置上，不确定你是否要成为她儿子的皇后，就像她不确定可不可以当他父亲的皇后一样。然而桂妮维亚不够强大，即便她知道她在卡米洛特不会快乐，也没办法对亚瑟王说实话，因为她没办法对自己诚实，所以被国王认为应该受到谴责。然而，你是个很有智慧的女孩，阿加莎，泰德罗斯很幸运能找到你。你跟他母亲的区别是，你愿意怀疑你自己的故事，即使你身在其中，所以可以避免历史重演。你的灵魂里有个指向善的罗盘，即使那表示你必须让深爱的王子离开，去测试他对你的爱；即使那表示你在结局可能会失去他。你或我都不知道接下来会发生什么事，阿加莎。没有人知道你的怀疑是否有根据，是否苏菲才是泰德罗斯的真爱，而她是否会摧毁戒指。然而，你不像那天来到我洞穴里的亚瑟王，你愿意让旧的离开，接受新的未知，而这是能让善存活的力量，不管恶以什么方式来打击我们。"

阿加莎啜泣得很厉害，流下净化、埋葬过去的眼泪，仿佛她没办法背负梅林话语的重量。梅林用手臂环抱着她，让她尽情地哭，直到他听到她用他的袍子擤鼻涕，便赶紧拿一杯开心果布丁送到她面前让她分心。她边哭边笑，用汤匙舀起甜甜的绿色奶油。"我真的不是百分之百的善，"她用粗哑的声音说道，"第一天上学，看到糖果做的厅堂，我就忍不住把糖果从教室墙上拔下来吃了好几口。"

现在轮到梅林大笑了："我也是，亲爱的，我也是。"

更多笑声加入他们，他们回头一看，是苏菲和泰德罗斯抵达山顶，两个人哈哈大笑。"我在女孩的身体里，头发染得糟糕透顶，我以为梅林在开玩笑，然后一只大老鼠带着我坐巧克力云霄飞车，我还准备了一篇演讲要说给你听，结果我一个字都还没能说出口，你就登场，朝我的头用力一轰……"

苏菲抱着肚子笑得超开心："我都不知道你来找我，得先碰阿纳迪尔的老鼠！"

"它一路上都在我身上撒尿！"泰德罗斯笑到没办法好好说话，"最糟的是……我准备好的演讲真的非常非常棒！"

苏菲笑到整个人倚在泰德罗斯身上。

阿加莎从没看过泰德罗斯跟自己在一起的时候有过这样开怀的大笑，她从没看过他这么开心又放松。苏菲看起来很自由，没有伪装，仿佛她和泰德罗斯有自己不知道的亲密历史。一阵呕吐感袭上来，阿加莎觉得自己应该抓着泰德罗斯，把他带离苏菲……

然而梅林的话像一阵风把她吹醒。她感到旧的怨恨与愤怒正屈服于这一刻新的真实：看见她的两个最好的朋友安全而快乐，为了一个滑稽的故事而发笑……她发现自己也有点儿想笑。

王子抬起头，很惊讶，笑声停止了。

"我的天哪，"苏菲说道，顺着泰德罗斯的眼神看着梅林和阿加莎，"不是我们太快，就是你们太慢了。"

"两者都有。"阿加莎说道。

苏菲瞪着她，屏着气，等着她说让人难堪的话。

然而阿加莎的脸上却带着微笑。

苏菲的脸也放松了，仿佛意识到她们之间有微妙的转变。

泰德罗斯给阿加莎冷冷的一瞥。

"不是太快也不是太慢，就像《金发女孩和三只熊》里说的，刚刚好。"梅林说道，从他的帽子里拿出新盘子，"打算让你们俩跟上来，吃顿热腾腾的午餐。泰德罗斯，这里有鸡肉馅儿咸派和新鲜的沙拉，给你们两人吃。阿加莎和我要继续前进，明天我们预计在夕阳下山前到达安全的房子。走吧，阿加莎……"

但阿加莎仔细看着地平线："那是什么？"

苏菲眯眼看着紫色山丘，霍特的影子正在小径上跋涉："噢，他没事的。他父亲是海盗……"

"不是，"阿加莎说道，"是那个。"

她盯着看的是远方的海市蜃楼，灰色天空下几乎无法辨认。色彩淡薄、印象主义式的，像奥古斯特·萨德的画作。不过阿加莎可以隐约看出一个小镇的轮廓：有塔楼的小镇房屋、黄色的校舍、弯曲的钟楼，被一个泡泡状的防护罩笼罩着……她惊讶地张大嘴巴。

"加瓦顿，那是……加瓦顿。"

"这只是个开端。"梅林说道。

阿加莎盯着他看，忽然间懂了："每个被改写的旧故事都带他更靠近读者世界一步，他这么说过。"

"他是认真的，一点儿都不夸张，"魔法师说道，"看起来你们的读者同伴正在读新故事。"

阿加莎和苏菲一脸困惑。"只要读者相信旧的故事以及邪不胜正的力量，校长就没办法控制那个世界，他只能每四年从那里带两个学生回来。事实上，他自己也对阿加莎承认过这个弱点，"梅林说道，他仔细研究着海市蜃楼，"然而，如果读者开始读新故事并对善失去信念，那个世界离校长的掌控就越来越近。每个英雄人物的死，都让那个防护罩的屏障越来越弱……海市蜃楼将会越来越明晰，直到最后，它的大门会对黑暗大军敞开。在那个小镇里有年轻的校长为了合上你们的故事书所需要的东西，某样能让他永远摧毁善的东西。不管那是什么，他一定会设法取得，除非我们把他的戒指摧毁。"

梅林、阿加莎和泰德罗斯同时转向苏菲。

"我真的不懂，苏菲，"泰德罗斯说道，瞪着她手上的金色圆圈，"你究竟在等什么？"

苏菲汗毛倒竖。"泰迪，亲爱的！你看，梅林给了我们这么棒的午餐！你一定饿坏了。"她拉他坐到野餐垫前，然后抬头看向阿加莎，"阿吉，你和梅林该启程了，是吧？如果不想大白天被任何恶人抓到的话。"

阿加莎看梅林正要开始解释吉利金的小精灵有多么神奇，于是推了推他，梅林呆笑一下，懂了她的暗示。

之后，他们两人行经乌瑟——一个被遗弃的湖泊村庄，那里简直像是巨大的水洼游戏场。他们在水洼间的空地上跳跃，阿加莎看见梅林的脸上带着微笑。她以为是因为反射出粉红色的水洼和蓝色的夕阳太美，他们跳在水洼之间，像是跨栏障碍赛一般。有时差了一英寸，溅起冰冷的水花，冻得他们咯咯尖叫，像两个孩子在玩跳格子游戏。但是梅林不是因为那些而微笑。

他是对阿加莎微笑。

不只是因为在山顶上，她提醒要给她的朋友多点儿隐私，或者现在是魔法师气喘吁吁，试着要跟上他的学生……

还因为他们离开王子和苏菲已经四个小时了，那个充满智慧的、年轻的阿加莎一次也没回头。

第二十三章
两个皇后

苏菲看着阿加莎在小径上越走越远，越来越小，直到变成地平线上的一个小点。

"苏菲，只要三十秒！"

她转头看向泰德罗斯："当然不行，我才不要看你大白天的在那里小便。"

"为什么你不能别过头去？"

"然后听你小便吗？仿佛我在马窖里？"

"苏菲，假如我不去小便，我的膀胱就会爆炸。虽然基莉仙子会帮我们巡逻，但我不能把你一个人丢在山顶上。"

泰德罗斯闻着鸡肉馅儿咸派的香味，又把注意力放在短裤上，看起来十分不舒服："假如有个僵尸坏蛋出现在这里怎么办？"

"那么我会保护我自己，谢谢你的关

心。此外，我想不到比你此刻正在做的更邪恶的事，前后摇摆，用力拉着裤子，像是在表演邪恶的舞蹈，"苏菲说道，伸手去拿西洋菜沙拉，只看到它们神奇地被吃掉了，"这些小精灵动作真快，你快点儿解决，以免霍特来到这里要跟你单挑。"

泰德罗斯看着苏菲小口地吃西洋菜。"不要把鸡肉派都吃完！"他叫道。

苏菲腼腆地笑，看着王子冲下斜坡。远方的天空下，她瞥见加瓦顿在防护罩下面，她的笑容消失了，感觉到拉斐尔的戒指在手指上的重量。

我得赶快摧毁戒指，她想。

旧日的英雄人物因为她而死去，善的故事因为她变成恶的故事，读者也因为她而面临危险。此时此刻，若用断钢之剑摧毁戒指，他们的故事就会完结，拉斐尔便失去进入加瓦顿的机会——故事书合上，太阳恢复生命，善恶回归原位。

苏菲紧张地把鸡肉派拿起来。

但她没办法。

她必须先得到那个吻。

一旦泰德罗斯亲吻她，事情就会像谜语得到解答，因为他会从那个吻中明白：他们注定要在一起，从学院第一天欢迎会他们眼神交会的那一刻起。

但是，如果没有吻就摧毁戒指，自己将没有任何得到永生者之地的保障。不管有多少英雄人物的生命危在旦夕，她也无法丢掉自己的幸福结局去救赎他人。牺牲自己而殉难，理论上听起来充满善意，但实际上一点儿意义都没有，只是失去理智的理想主义。即使所有善的领域都要毁灭了，一个思想正常的人也不应该牺牲掉自己的真爱……

但阿加莎就会，苏菲心想。

阿加莎愿意做任何事来拯救善，就像阿加莎已经在心里决定：让自己最好的朋友和泰德罗斯试试看是否能有幸福结局，即使这可能会破坏自己的幸福结局……但是苏菲处在同样状况时，会试着杀掉阿加莎。

我是恶的，苏菲咽了一下口水。完完全全的恶。

那么究竟为什么她自以为能与善最伟大的王子有幸福结局呢？

她温柔地抚摸冰冷戒指下泰德罗斯的名字。

她的心对自己保证他是她的真爱。

而心不会说谎。

"我刚才让你不要吃鸡肉派是开玩笑的，"背后传来一个男孩的声音，"或许我不该开这个玩笑。"

苏菲往下看，发现自己几乎快把派吃完了。

"压力进食。"她喃喃自语，抬起头来看见泰德罗斯站在她身边，太阳在他被风刮红的脸上投下阴影。他从剑鞘里拔出断钢之剑，银剑的光芒让苏菲几乎睁不开眼。

"只要一击就可以消除我们所有的压力。苏菲，那就是我们需要你做的，只要奋力一击。"

苏菲开始慌乱地收拾野餐的盘子，把吃剩的放在同一盘里："我们得上路了，那两个人现在应该已经走得够远了。"

"我真的一点儿都不懂女孩，"泰德罗斯说道，踏在枯萎的郁金香上，"你离开拉斐尔，却不摧毁他的戒指；你雇用霍特当你的保镖，却想跟我一道走；你看起来靠空气和树叶就可以过活，却二十秒就吃掉一整个派。我不是在抱怨，很多永生者女孩不会在男孩面前吃东西，因为她们认为这会让她们看起来……太像一般人。相信我，其实永生者男孩喜欢吃得下东西的女孩。"

"所以那是你跟阿加莎处得来的原因？我看过她吞下一整根蒜味烤香肠。"苏菲说道，想起来她闻到阿加莎嘴里的气味之后，被折磨了好几个小时。"噢，阿加莎，"她轻声说道，"傻气又奇妙的阿加莎。"

她抬起头，看见泰德罗斯退缩了一下，仿佛那个名字刺痛了他。

王子发现她瞪着自己，于是赶紧向前走："你说得对，我们应该动身了，要不然那只黄鼠狼要赶上我们了。"

"他会肚子饿，对吧？"苏菲说道，把枯掉的郁金香堆成一堆，上面放着盛着剩菜的盘子，以引起霍特的注意，"他其实是个很好的男孩，只是想保护我，不让我受伤，虽然他已经不爱我了。在学院里做蒸汽浴的时候，他把心都掏出来给我看。在我对他做了这么多糟糕的事之后，至少我可以为他准备午餐。"

她擦擦膝盖站起来，看见泰德罗斯在前面停下来，诡秘地笑着。"怎么啦？"她问道。

"都不知道你这么有感情。"他惊异地说，径自往前走去。

苏菲自己也很惊讶，脸上泛起红晕。

或许有一丁点儿的善，她想。

"谁会想到你跟霍特一起做蒸汽浴？"她听见泰德罗斯说道。

感谢老天我至少有一次穿对鞋子，苏菲心想，踏着合脚的粉红短靴轻快地向前走。

他们已经连续走了六个小时，只有过几次短暂的休息，装装水，让疲劳的膝盖歇息片刻。苏菲做了几个瑜伽姿势伸展一下，但她看到泰德罗斯目瞪口呆地看着她，于是决定以后要私底下做。现在周围已经暗下了，要不是梅林像丢面包屑一样，沿途留下白色光芒的碎屑，他们连路都找不到。离开联盟之前，梅林已经告诉过他们，如果他们看到最后一片碎屑，表示他们可以在那里扎营。

他们离开吉利金后，顺着这条路离开永生者的领域，现在进入了永灭者的领域——下午的时候到达乌鸦弯，那里有冒着蒸汽的血河和骨头做的城堡；日落时分抵达玛戈垒，满是克罗格的烂泥洼坑上悬着绳索做的桥；月光下他们抵达祖巴奇，一个开满橘树花、木瓜色水果累累的地方，这样美丽的地方竟然在邪恶的永灭者领土里！现在他们周遭都是枯萎的森林，树下都是死掉的苍蝇堆成的小丘，他们才意识到这里的每样东西都是有毒的。

当他们行走于永灭者的领土时，苏菲注意到沿路有一双双眼睛在闪烁，黄的、红的、绿的，伴随着号叫声和灌木丛里的咝咝声。不过，他们并没有遭到攻击。她猜测如果他们走在梅林光芒的范围里，应该就能远离危险。

泰德罗斯对这样的看法嗤之以鼻："拜托，谁会怕一个老巫师的魔法啊？他们怕的是年轻魁梧的王子，还有那把他父亲的剑。除非恶确定拥有永灭者之地，要不然善永远都是赢的那一方。"

"你对已经死过一次的僵尸坏蛋说这些看看，"苏菲说道，"你知道梅林要带我们去什么安全的房子吗？"

"不知道，我认为森林里没有任何地方是安全的。"

"我们逃走的时候，躲进去的那个奇怪的紫色天空呢？"

"神境？那只是梅林想事情的地方，里面空气太稀薄，只能待几个小时。即使森林里某处有栋安全的房子，黑暗大军一样会找到我们。它必须是没人知道地方，梅林储藏秘密的地方。"泰德罗斯停下，失望地叹口气，"你真的不告诉我为什么你还戴着那枚戒指吗？"

"离你的生日只剩几周了，对吧？"苏菲很有技巧地转移话题，"难怪你选公主要特别小心。"

泰德罗斯犹疑片刻，不确定要继续旧话题还是开启新话题。

"我已经准备好要当国王了，"他终于开口，"父母都已经不在好几年了，我早就不是被呵护的、乳臭未干的小子，必须被拉到众人面前当年轻的国王。自从我父亲过世，卡米洛特的状况一团糟。我满十六岁之前，议会应该好好统治王国，然而他们却让人民饿肚子，忙着处决异议分子和囤积黄金。我当国王的第一天，就要把他们全关进大牢里。"他看着苏菲："我们会让我父亲的王国焕然一新。"

一股电流通过苏菲的身体。

"我们？"

那是说溜嘴了吗？还是故意这么说的？

她看到泰德罗斯仍看着她，仿佛期待她继续这个她开启的话题。

"噢，我确定我们……你……对，那会是很辉煌的一刻，对吧？"苏菲杂乱无章地说着，"那你母亲呢？我记得去年你说过有个死亡通缉……"

"那不在我思考的范围，"泰德罗斯打断她，"她大概已经死了。自从那一晚，她跟兰斯洛特离开之后，就再也没人看到过他们。"

苏菲抬起眉毛："你必须处决自己的母亲，而你却说这不是你思考的事？"

"我母亲是个冷酷、自私的遗弃者，但她并不邪恶，"泰德罗斯说道，吹开额头上厚厚的金色刘海儿，"她去哪儿都可以，但她最不该去的地方就是卡米洛特，如果她知道自己的儿子必须杀掉她的话。"他的脸蒙上一层阴影，"我没办法阻止她侵犯我的梦境就是了。"

苏菲知道被永远离开的母亲烦扰心神是什么感觉。"她是什么模样？一定很漂亮。"她问。

"一点儿也不，这就是奇怪的地方。相较之下，我父亲英俊、活泼、有趣。我母亲身材瘦长，容易焦虑，个性胆小。只有在提到书本或驯服动物的时候，才像是变了一个人，眉飞色舞，精力充沛。我完全不懂为什么我父亲或其他男人会对她有兴趣，"泰德罗斯说道，扮了个鬼脸，"但是或许我父亲活该找一个不是那么好的女孩。兰斯洛特跟我母亲差不多，并不英俊，却是个率直又刚毅的武士。平庸就需要平庸来搭配吧，我想。"

"我也没办法同情他们，"苏菲叹气道，"你能想象为了一个完全平庸的人，离开一个好看又有魅力的人吗？"

她看到泰德罗斯全身僵硬，眼神看往他处，仿佛已结束这个话题。

忽然间苏菲懂了。

泰德罗斯不需要想象为了平庸的人而离开好看又有魅力的人是什么感觉，他们第一年的时候，他就已经为了阿加莎离开自己。

苏菲想到之前在吉利金，自己提到阿加莎的名字时，他好像被什么刺到一样——就像现在，他的脸颊忽然发红。

"我们"指的不是他和苏菲。

"我们"指的是他和阿加莎。

他是否答应要给她一个机会并不重要。

话语不能改变王子的心。

一颗仍爱着他昔日公主的心。

"我正在试着想象你当皇后的样子，"泰德罗斯若有所思地说，仿佛忽然想起她还在这里，"你大概会拥有皇宫的一整侧，会有二十个仆人为你端来热腾腾的羊奶洗澡，每小时都用鱼蛋和南瓜泥为你按摩脚，在王国周围为你找最后一根小黄瓜。"

苏菲瞪着他，惊讶得说不出话。"我让阿加莎告诉我你每天保养的秘方，"他解释着说，"有助于我们吵架后和好，因为我们会开怀大笑。"

"很高兴听到我作为弄臣的作用，"苏菲讽刺道，眼泪充满眼眶，"这就是你想到我的时候会想起的事吗？愿为美丽做任何事，头脑空空，只喜欢漂亮的舞会礼服，不值得你好好思考的搭档？"

"苏菲，我们在冬天跋涉，而你穿一件迷你裙！"

"因为你很久没把我当女孩子看，我希望你记得你曾经爱过这个女孩！"

苏菲不假思索脱口而出，而泰德罗斯在小径上停了下来。

"你答应过要给我一次机会，"苏菲深吸了一口气，用熊皮外套轻轻擦着眼睛，"即使你仍然爱着阿加莎。你答应过会给我一次机会的。"

泰德罗斯抬起苏菲的下巴，蓝色眼睛眨也不眨地诚实地看着她。

"我正在给你机会，苏菲。我现在跟你在这里，不是吗？这整趟旅程中我一次也没提过阿加莎的名字，是你一直提起她。但是与其担心她，或担心我怎么看你的外表，或许你该试着让我看看你的内在。"他的语调严肃而成熟，"所以，告诉我，森林彼岸的苏菲，如果你当上我王国的皇后，你会做什么？"

他继续往前，身影在白色光芒的涟漪之间前进。

苏菲追在他后面，希望油然而生。就着小径上的亮光，她仍能看见金色戒指下的墨迹刺青。这是两年前她把泰德罗斯输给阿加莎之后一直渴望的时刻，她想展现给她的王子看她的爱有多深，深到甚至把他的名字刻在身上。假如她能够找出一种方式让他感觉到自己所感受的爱……那么或许，只是或许，话语能够改变王子的心。

"一开始，我以为皇后要做的就是挑选瓷器，还有出巡的时候亲吻小婴儿，"苏菲开始说道，"但是我跟拉斐尔在一起的时候，我看到其他学生看我的态度。我不再是旧的苏菲，引人发笑又轻浮；我是新的苏菲，一个已经为自己完成一些事的苏菲。我猜这就是为什么学生们讨厌我……他们不懂一个这么年轻的人怎能完成如此非凡的事。我并不是一出生就如此特别或像他们一样有魔法，我所拥有的只是美丽的面孔以及想做一番大事的渴望。然而，我花了太多时间烦恼那番大事的规模，我忘记问自己那能带来什么意义。这就是我最后仍无法对拉斐尔忠诚的原因。他或许能给我永生、无穷的权力和永恒的爱情……但那是恶的爱。不管他认为我有多邪恶，我还是想当善，泰德罗斯。即使那表示我必须与我的灵魂搏斗，直到我死的那一天。"

泰德罗斯看着她。

"有两种皇后，"她的声音现在有了自信，"一种是怀疑自己的王冠，如果你选了她，你们就会怀疑彼此，争吵不休，因为在她最深最深的心中，她并不想过皇后的生活。你父亲选了那样的皇后，直到最后都处在痛苦的深渊。而现在，你可以回到当初他做错的地方并改正它。你可以选择真心想要当你皇后的人，一个会为人民努力的皇后，就像她为了跟国王在一起而做出努力。我没办法当拉斐尔的皇后，但我注定是你的皇后。"

泰德罗斯停下脚步，热切地看着她，仿佛这是他第一次看到她。

苏菲的心剧烈跳动，她迎着他的眼神，他们呼出的气融合在一起。

"假如人民看见国王和皇后怀疑彼此，他们就会失去对你的信任，"她继续说，"但是如果你找到跟以往不同的皇后，他们会明白国王应该被怎么对待——献上无条件的爱、尊敬和忠诚。没有人能比我给你更多这些东西，因为我不像阿加莎，我从没怀疑过你。"

"苏菲……"他轻轻唤她，把手放在她的腰上。

一道电流通过她的身体，直冲头顶。

"你明白了吗？我们第一次见面的时候，我就注定是你的皇后，"她说道，更靠近他，"我们之间旧的故事是正确的，泰德罗斯，我们只需将它翻新。"她闭上眼，将嘴唇迎向前……

"苏菲。"

苏菲的眼睛倏地睁开，泰德罗斯脸色惨白地看着她后面。

黑暗的森林里，两个皮肤绽开、身上有缝线的僵尸从小径的两旁靠近他们。一个矮胖，红鼻子，留着茂密的灰色胡须，圆滚滚的肚子从过小的上衣下凸出来，光秃秃的头上戴着一顶黑色的海盗帽。另一个阴沉而时髦，一顶更大的海盗帽盖在一头醒目的黑鬈发上。一直到他踏进白色光芒照亮的小径上，苏菲才看到那巨大的钢制弯钩。

"我们原是要找彼得·潘，谁知道竟然会找到邪恶的皇后，"虎克船长不屑地说，"只不过我听说你已经抛弃这个位子了，亲爱的皇后。告诉他，史密，我们怎么对付抛弃我们的人。"

"把他们的头钉在桅杆上，让鸟吃得一点儿不剩。"史密咯咯笑，从裤子里抽出一把匕首。

"虽然你抛下邪恶学院，但校长并没有要你回来的意思，"虎克船长说道，小心地看着苏菲，"他坚持他的皇后想做什么都可以。"

苏菲因惊讶而脸色苍白。

虎克船长转向泰德罗斯："关于这男孩，倒是什么指示也没有。"

两个海盗逼近王子。

泰德罗斯一手抽出断钢之剑，另一手抓着苏菲："靠近我身边。"

苏菲目瞪口呆，看着这两人一步步逼近，刀身在微弱的光影下闪烁。

很久很久以前，有一次苏菲和泰德罗斯进行故事考验时，泰德罗斯陷入危险，她站在旁边，害怕到不敢战斗，那就是她的故事开始走偏的重要一刻，就是在那一刻，她把王子输给阿加莎。我的机会来了，苏菲心想——回到过去修正自己的故事，就像她要求泰德罗斯也去修正他的故事。为王子挺身而出，那么最后她就会赢得王子的吻。

泰德罗斯把苏菲抓得更紧，拉到自己的侧边，两个邪恶的海盗距离他们只有两三步。当虎克船长对着王子举起武器时，苏菲专注在自己的恐惧上，感觉到自己的手指发光，越来越烫……

她迅速扫起梅林的白色光芒，让它飞进史密的眼里。

史密尖叫，匕首掉在地上，苏菲让他摔倒在小径外的黑暗森林里。

"苏菲！"泰德罗斯恐惧地大叫。

虎克把利钩挥向泰德罗斯，泰德罗斯刚好来得及举起剑，两边对撞，发出金属的碰撞声。

苏菲从未跟成年人打过架，当史密回过头来攻击她的时候，她一点儿准备也没有。史密用圆滚滚的肚子撞她，她则是连踢带抓地对付他。

"这么漂亮的女孩，"史密咆哮道，刚刚咯咯笑的语调不见了，"永灭者领土里从没有漂亮的女孩。"

他靠上来嗅苏菲的头发，苏菲用力呼他巴掌，他瞪大眼睛看着她，抓着自己的脸颊。有一瞬间，苏菲以为自己已去除他的危险，没想到他脸色涨红，直接抓住她的喉咙，他污秽的指甲陷进她的喉头，仿佛她打开了他内在的某个开关，他已经完全被杀人的盛怒所吞没。

"你……不……应……该……杀……我……"她边喘气边说。

但史密不是忘了就是根本不管，苏菲喘不过气来，知道自己要死在这里，她的王子离她只有几英尺远。她眼睛的余光看见虎克船长用靴子把泰德罗斯绊倒，划破泰德罗斯的斗篷，泰德罗斯扭动身体并大叫。苏菲的脸颊变成蓝色，史密的手更用力了，苏菲用力地呼吸最后一口空气……

一根顶端着火的树枝刚好掉到史密的头上，他的后脑勺燃起蓝色的火焰。

这心腹吓得把手放开，火焰烧掉他头上缝线的地方，他跌入黑暗里。

虎克船长看到史密的身体被蓝色火焰吞没，于是离开泰德罗斯，他回头看向后方的小径，只见一个肩膀宽阔、头发漆黑的陌生人，指尖闪着蓝色的光。

"我……我……我认识这男孩，"虎克说道，惊讶不已，"那是史考利的儿子，在我的船上出生，长大……"

但那是虎克船长最后说的话，因为一把剑刺穿了他，他双膝跪在地上，嘴巴张大，然后脸朝下倒在小径上。

虎克船长身后，泰德罗斯擦拭掉沾在剑上的僵尸血液，谨慎地站起来，检查他身体右侧被钩子划出的伤口，血沾在他的斗篷上。他松了一口气，看来那些伤口并无大碍。

"我这条命是你救的，霍特。"泰德罗斯说道，抬头看着霍特。

霍特踏进月光下，咬牙看着泰德罗斯："我救的是她，不是你。"

苏菲看见霍特脸上的怒气，来自整天独自跋涉的痛苦。她睁大双眼，忽然间懂了。

"但是……但是……你说你不再爱我了……"苏菲哑声道。

霍特转头看着她："我说了谎。"

苏菲像坠入雾中，不知该说什么。但是有件事她很确定，那就是她不能够再让霍特自己一个人了，尤其是在他救了自己一命之后。

她单独和泰德罗斯在一起的时间结束了。

我刚刚做得很好！他已经要吻我了！她悲惨地想着，怒视着手上的戒指，仍然完好如初，感觉比之前更重了。

他们很快又恢复旅程，三个人沉默地前进，因为苏菲想对泰德罗斯说的话都不能让霍特听见，而泰德罗斯和霍特因为彼此在场，也没有说话的欲望。正当苏菲觉得眼前的状况不可能更糟时，她分心地回头，看了一眼刚刚那个可怕的地方。

"呃……男孩们？"她的声音嘶哑。

王子和黄鼠狼同时回头。

他们看见史密的尸体仍然在森林里燃烧。

但虎克船长的尸体不见了。

"我把剑刺到了他的心脏里！"

泰德罗斯说道，已经是第二天下午，他仍然在为自己辩护。

"我最后再说一次，僵尸没有心脏！"霍特不屑地说，"你以为我为什么要用火烧史密？这是唯一能摧毁他们的方法。"

"为什么你那时什么也没说？"

"因为我希望虎克把你杀掉！"

"拜托你告诉我，我们快要到安全的房子了。"苏菲哀号道。

自从发现虎克的尸体消失之后，他们就在小径上疯狂赶路，像被鬼追赶一样。他们沿着梅林留下的光之碎屑，找到了像在蓝色森林里泡泡般的洞穴。他们在那里扎营，每个人都有自己的位子，两个男孩轮流放哨。

刚日出时他们就上路，快速跋涉过霜原上结冰的蓝色苔原。他们穿着斗篷，勇敢穿过暴风雪和冰雹，终于在一片白茫茫的景色里瞥见了不同的景物。

那是一个小小的、半岛状的王国，盖在突出的石块上，珍珠白的塔楼掩在灰色大海上的雾里。浪打在岸边的声音和着强力的碰撞声，巨大的铁门摩擦着底下的岩石缓慢打开，让整个王国都为之震动。

门发出刺耳的声音。

三个疲惫的少年穿过开启的大门，但是那里却没有人欢迎他们。事实上，王国里看起来一个人也没有，只有白色的塔楼矗立在那里，没有窗户也没有入口，塔楼排列成圆圈的形状，地面上有大理石阶梯往下。他们眯着眼从楼梯扶手向下看，看到楼梯的底端有一座宽广的湖泊，颜色是灰色，虽然它通往狂暴翻腾的海，但呈现诡异的静止状态。

"我们是不是走到死路了？"苏菲问道。

然后她看到泰德罗斯的脸，平静且充满喜悦。

"这里是阿瓦隆。"他说道。

"你来过这里吗？"霍特问道。

泰德罗斯摇摇头。"我父亲在遗嘱里曾经画过这个地方，"他轻轻地说，看着底下的湖泊，"他说他想被安葬在'阿瓦隆的安全之屋'。梅林把我们带到了我父亲的长眠之地。"

"这里就是安全之屋？"当他们走下长长的阶梯时，苏菲喃喃说道，小心地选择字词，因为泰德罗斯此刻的心情应该很复杂，"只是……这里好冷，大门敞开，塔楼又没办法进……"

忽然她瞥见阿加莎，坐在湖泊旁边已枯萎的草上，背对着他们。看见阿加莎独自坐在湖岸，苏菲心里扰动不安，仿佛眼前的景象缺了什么……仿佛阿加莎不该独自一人结束她的故事。

阿加莎听到他们的脚步声而回头，脸上浮现宁静的微笑，好像因为她最好的朋友终于安全抵达而松了一口气。

苏菲的心放松下来，她侧身靠近王子。没什么好不安的，阿加莎独自一人也能快乐，而她自己永远做不到。

"你们两个终于来了！"一个声音打着哈欠说，苏菲转头看见正在石头上睡午觉的梅林坐了起来。"你们花了好长时间。噢！我们的保镖也来了。"梅林说道，看见霍特从楼梯上下来。

"安全之屋在水里，是吧？"泰德罗斯问道，走近湖边，"我父亲就埋葬在那里。"

他把一颗鹅卵石丢进水里，看着它沉下去。

苏菲皱眉："安全之屋怎么可能在……"

然而石头沉下去的地方，水面却安静地卷起旋涡。水越转越快，越转越快，就像旋转的轮子……速度快到湖泊的中心涌出米白色的泡沫，越来越厚，越来越高，变成一个人的形体……

一个鬼魂似的、身着白袍、银色头发的仙女从水中浮出，停在空中，抬起头看着她的访客。她有着粉白色的皮肤、长长的鼻子，正用大大的黑眼睛盯着泰德罗斯，红色的嘴唇弯成微笑的模样。

"做不出来另一个跟那个类似的。"她说道。

有一瞬间泰德罗斯以为她在说自己，然后才意识到她看的是他的剑。

"断钢之剑……是你做的……你就是湖之女神！"

女神微笑，转头看梅林。"嘿，好久不见，"她用低沉的声音轻柔地低语，"让我猜猜，你需要某样东西。"

"请原谅我，你应该很久没有被访客打扰，如果不是重要的事，我不会来。"梅林回答。

"这一次要另外一把剑，延长生命的药水，还是圣杯？"女神有点儿动怒地说，"来找孤单的女神，然后随便你们要什么，她都会用魔法变出来！"

"我需要很久以前曾经为另外两个人要求过的东西，"梅林说道，严厉而坚定，"让这些孩子在你的庇护之下，时间长短视他们的需要。"

湖之女神脸上的微笑消失了，沉默的争论在两个魔法师之间交换。

"梅林，你知道你正在要求什么吗？"她阴郁地说。

魔法师的眼睛迅速闪过泰德罗斯，又回到女神身上："是。"

苏菲看向阿加莎，完全搞不清楚状况，阿加莎耸耸肩膀，也是一头雾水。

湖之女神深吸一口气，用力盯着这四个学生看："好吧，你们过来吧，孩子们。水是温的。"

"水？你要我们游泳？"霍特忍不住大叫，看着湖岸，"我们要怎么住在水……"

梅林呻吟一声，就把他推了进去。

霍特很快被吸进水里，伴随着一道白光，然后完全消失在水面上。

阿加莎、苏菲和泰德罗斯都目瞪口呆地看着梅林。

魔法师微笑："要不然你们以为梅林展览园里，水为什么永远是通往什么的入口呢？"

他忽然伸出双手，让三个学生头向下飞进水里。白光在苏菲的眼里爆炸，她感觉全身被黏糊糊的热能包围。她周围都是水，然而水并不跟她接触，她像被看不见的子宫保护着。她越沉越深，直到所有的水都退去，才感觉到底下有坚实的土地,阳光照着她,她全身都是干的,整个人蜷起来,像婴儿一样。

"我们在哪里?"阿加莎的声音从上面传来。苏菲抻长脖子,看见阿加莎、霍特和泰德罗斯站在苍翠的绿色荒原上,翠绿的草上沾着露水,在融化中的太阳下闪闪发光。苏菲站起来,看到他们被更多绿色的灌木围绕,绵羊、母牛和马恣意地吃着草,仿佛在死去的森林里终于找到避风港。

"看那里。"阿加莎说道。其他人顺着她的眼神看到灌木丛之外,有个小小的农舍。

"那一定是我们的安全之屋。"霍特说道。

泰德罗斯眯起眼:"有人走过来。"

两个人朝着他们走过来,都有着黝黑、饱受风霜的皮肤。他们手牵着手,女人身材瘦削,有一头散乱的咖啡色头发,男人有着宽广的胸膛和一头黑色鬈发。

"希望他们有热水,"苏菲说道,放松地对着王子微笑,"我实在需要一个……"

她停下来,因为泰德罗斯脸上一点儿微笑也没有。看着那两个陌生人靠近,他的脸像死人一样苍白,汗从他的鬓角滴下。

"不不不不不……"他惊讶地张大嘴巴。

苏菲困惑地转头看向陌生人,但是那女人也忽然停下来,她像老鼠一般的脸上充满震惊。

"老天,帮帮我。"她轻声说道。

泰德罗斯踉跄地退后,抓着阿加莎的手臂,就像个焦虑的孩子:"叫醒我……拜托……叫醒我……"

"泰……泰……泰德罗斯?"那女人结巴地说。

"你的儿子和他的朋友恐怕需要你,桂妮维亚。"梅林的声音传来,魔法师从太阳的光线下走出,走到荒原上。

泰德罗斯一句话也说不出口,眼神狂乱地在梅林和那女人之间转移,他整个身体都在发抖,阿加莎用手臂环绕着他。

苏菲知道她应该到王子身边去,但她没办法移动。当她看到那个深色头发、黑眼珠的男子时,她便开始发抖,就像泰德罗斯看到他母亲一样。

因为如同泰德罗斯梦到桂妮维亚,这个男人曾出现在苏菲的梦里。

拉斐尔戒指内侧出现的恶魔影像。

阻止她取得泰德罗斯王冠的恶魔。

而现在这恶魔有了名字。

兰斯洛特。

第二十四章
邪恶戒指

泰德罗斯瞪着这杯热肉桂苹果汁上的蒸汽已经二十分钟了,还是一口都没喝。

看着他这副模样,阿加莎很担心他,所以自己的也一口都没喝。她身边的苏菲也一样,因为她一直紧张地看着兰斯洛特,那个皮肤黝黑、脸上坑坑洼洼的武士正在桌上为每个人摆放盘子和餐具。

"你们一定饿坏了,"他用低沉的男中音说道,"你们黑头发的朋友问他可不可以洗个澡。有趣的小伙子……说他不想让整个餐桌被他熏得臭烘烘的,我又忘了他的名字,霍马?霍多?"

没有人回答。

"霍宾,我想是这个。"兰斯洛特说道。

阿加莎看到泰德罗斯的衬衫被汗水浸湿,他的喉结上上下下,手臂上的血管像要爆开一般。

"霍特，他的名字是霍特。"桂妮维亚说道，她在厨房里忙着准备熏烤火鸡和风铃草沙拉。阿加莎看到她和泰德罗斯一样有着小而宽的鼻子、平平的眉毛和发亮的蓝眼睛，还有他们一样很容易流汗。不过她的头发完全是另一回事：咖啡色的头发如此纠结凌乱，让她小巧、苍白的脸看起来像是鸟巢里的蛋。

"今天是星期二，兰斯和我每个星期一会煮整星期的菜，所以我们有足够的食物，"她说道，"直到下周一，不过那并不表示你们不能待得更久。我们只是不习惯有访客……有时候兰斯和我好几天下来一句话也不说。"她坐下来，等着某个人打破沉默，但是没人开口说话，"我希望食物还行，泰德罗斯一直很爱吃我做的火鸡，虽然那时他还是个小男孩，跟梅林上课上到一半的时候还跑来跟我要呢。"

泰德罗斯没有看她。

"我们该用餐了吧？"桂妮维亚虚弱地说，把盘子推得靠前一些，"你们一路跋涉，所以我把盘子装满了，多吃一些，不够的话我可以再多做。"

没人吃东西。

没人说话。

"看来你们都安顿下来了，我得走了！"梅林说道，拿出他的手杖从容地离开。

每个人都立刻抬起眼睛，仿佛最后一艘救生筏正要离开沉没中的船。

"你……你要去哪里？"泰德罗斯问道。"现在你们在这里安全了，我必须确认其他的朋友也安全，包括你们在学院的朋友，"梅林说道，"一旦撰写者透露出你们在湖之女神的保护下，校长一定会加速他的计划。"他意味深长地看着桂妮维亚："抱歉我不能留下来吃晚餐了，亲爱的。我已经去了小树林问候……"

桂妮维亚点点头，仿佛已经听懂他在说什么。

"很快就能见面了，孩子们，"梅林说道，然后瞥一眼苏菲，眼神搜寻她手上的戒指，"希望我们的手上不要有更多死伤。"

梅林神奇地让桌上的一块火鸡肉飞到手里，从容地走出小木屋，门旋即关上。阿加莎注意到这当中，苏菲一直屏着气。

令人难堪的沉默再度回来。

阿加莎设法忘记梅林已经离开的事实、苏菲的戒指以及泰德罗斯的折磨，努力把注意力放在木屋里的各项巧思上：圆木做成的墙壁、壁炉里传来爆裂声的椭圆形房间、手工皮制沙发和羊毛地毯，每样东西都很舒适并充满心意，仿佛这两个人没有朋友、家人、社区，独自在世界尽头打造了一个家。

"要鸡胸还是鸡腿，泰德罗斯？"桂妮维亚问道。

阿加莎赶紧转移注意力，看见桂妮维亚拿着儿子的盘子，对他微笑。

她的问题悬在空中，试着挑战沉默。

泰德罗斯终于看向母亲："我没办法。"他深吸一口气。

泰德罗斯猛地离开餐桌，铁制的椅子刮伤地板。桂妮维亚一言不发。

兰斯洛特皱眉："泰德罗斯，你不需要跟她说话，但至少吃……"

"你这个肮脏又没信用的人，假如你敢朝我这边看，我会把你撕成两半。"泰德罗斯威胁道。兰斯洛特跳起来，但桂妮维亚抓着他的手腕，引导他坐下。他看着泰德罗斯的靴子走出房间和农舍，门在他背后合上。

阿加莎本能地跳起来，跟着她的王子。

"让我去，阿吉。"苏菲的声音传来。

阿加莎回过头看见苏菲站起来，苏菲对她轻轻点头，然后离开餐桌，不忘焦虑地看一眼兰斯洛特。阿加莎听到前门关上的声音，她的胃揪成一团。

房间里安静到他们可以听到霍特洗澡的水声。

"好吧，"阿加莎说道，强迫自己对主人挤出一个微笑，"我们开动吧？"

桂妮维亚和兰斯洛特同时吐了一口气，仿佛有人还愿意坐在餐桌上就是莫大的胜利了。

阿加莎开始吃起火鸡，烟熏的味道和柔软的口感让她忍不住闭上双眼，试着把外面可能正在发生什么的想法排除在外……

"他挑了一个很可爱的公主，是吧？"桂妮维亚说道。

阿加莎的眼睛瞪得大大的。

"'苏菲'，是吧？"桂妮维亚说道，把垂在沙拉上的头发拨到耳后。

"这么笃定地跟在他后面，就像泰德罗斯的父亲一样，总是跟在我后面。她一定很爱他。"她的声音在发抖，"我不确定他父亲或我能为他找到更好的人选。"

"嗯，他们看起来很像，对吧？"兰斯洛特模糊不清地说，嘴里满是食物。

"我只是觉得她的举动像是皇后，老实说比我之前还像。"桂妮维亚说道，忍不住笑出来。

"她配那小子刚好，王国的人会奉承她，而她会溺爱他——从头到脚。"兰斯洛特说道。"卡米洛特终于要有个真正的皇后了。"桂妮维亚叹口气说，轻轻微笑。她转向阿加莎："那你呢，亲爱的？你跟霍特是在学院认识的吗？还是在冰雪舞会……"

"我很抱歉，我必须失陪一下，"阿加莎张大嘴，"我……我觉得我需要一点儿新鲜空气……"

她站起身来，逃离木屋，留下兰斯洛特和桂妮维亚，这两个人一直以来除了彼此的陪伴，并不需要其他的东西，但此刻他们忽然感到很孤单。

阿加莎不知道自己要去哪里，她只是想离开那间房子。她跌跌撞撞地走过荒原，四周笼罩着薄暮时分的灰蓝色。这么久以来，她第一次觉得空气是温暖的，严寒的冬天已经过去了，取而代之的是带着湿气的微风，就像梅林神境里的微风。

或许这是湖之女神思考的地方，她想着，努力抓紧任何不包含苏菲或泰德罗斯的念头。前方什么都没有，只有平缓、清澈的傍晚，布满星星地图的天空，阿加莎知道她可以这样一直走下去，直到永远，没有尽头。

她缓下来，回头望那间房子。在那房子的后面，动物混杂在一起，一群绵羊和牛里面混了几头猪，马在月光下追逐彼此。

月光也照亮了其他东西：地平线上的加瓦顿，轮廓已经比昨天的更清楚一些，玻璃般的防护罩可以看出破洞。

更多故事被重写了。

更多旧日的英雄人物死去了。

校长更接近他想要的结局了。

但是究竟是什么？加瓦顿有什么他需要的东西？

某样能让他永远摧毁善的东西，梅林曾这样说。

阿加莎用力咬着嘴唇，绞尽脑汁想解开这个最重要的谜题。

这时她看到他们，两个金发的影子站在小小的橡树林边，黑暗中分辨不出谁是谁。阿加莎想起两年前的一刻，她被分到森林小组的时候，看见泰德罗斯和苏菲在一棵树旁边打情骂俏。那是阿加莎第一次看见自己最好的朋友比跟自己在一起的时候还开心。现在看见苏菲和同样的王子，不急着找她，也没想着要她加入，那时候的感觉忽然一股脑儿地回来了。一阵令她不舒服的寂寞感在她脑子里迅速扩张。

只是这一次阿加莎没有从这样的痛苦中逃离。

慢慢地，她让那股寂寞感进来，让它充满她，仔细研究它，即使它的爪子攫住她的心，如同一只站在门口的野兽。

我究竟在害怕什么？

四年前的那个六月的早晨之前，她一直都是一个人，那天苏菲带着一篮面霜和低脂饼干，提议要帮她改头换面。若非如此，她会像被关在笼子里、没见过天空的鸟一样，即使一个人也能很快乐。但是当她们越来越靠近时，苏菲张开了阿加莎的翅膀，让她看见以为会持续一辈子的爱，那时候她和苏菲并肩抵抗全世界。

但是在学院的第一天，看着苏菲和一个王子在一起的样子，阿加莎意识到她一直以来有多盲目。两个女孩之间的羁绊，不管多么强烈或忠诚，只要有一个男孩介入，马上就改变了。

她和苏菲在那之后曾试着回家，试着回到以前的样子，但是那其实就像你一旦长大就不能再变回孩子了一样。

这段时间，阿加莎无法理解为什么苏菲会选择和拉斐尔在一起……为什么苏菲会选择跟一个如此邪恶的男孩在一起。但是当阿加莎独自站在黑暗中时，她忽然懂了她最好的朋友在想什么。因为当阿加莎亲吻泰德罗斯，两个人就此消失后，再也没有人把苏菲摆在第一位，她两个最好的朋友已经为了彼此而离开她。

泰德罗斯也曾经历过那样的痛苦，看见她和苏菲亲吻，然后两人就消失回家了。

现在阿加莎是多余的那个。假如苏菲和王子最后真的在一起了，他们首要的忠诚必须付给彼此，还有他们新的王国。当然她还是会当他们的朋友，但是一切都会不同。这是第一次，苏菲和泰德罗斯有一部分是阿加莎没办法分享的。他们会拥有彼此，而她只有自己。

她内心感到的痛苦被放大了，好像她越来越接近核心。

她害怕失去的不是她最好的朋友和王子。

是过去的阿加莎。

那个知道如何独处的阿加莎。

那就是为什么她紧抓着苏菲这个朋友……然后是泰德罗斯……她曾怀疑过他们，试炼过他们，不信任他们……但还是牢牢抓着他们。

因为在这个过程里，不知从什么时候开始，她已经停止相信自己。

痛苦冲破障碍，淹没她的心。阿加莎闭上双眼，没办法呼吸，就像快要溺水一般……

"我刚听到我带你去冰雪舞会，但是我怎么不知道有这件事。"她转头看见霍特，光着上身，穿着长版内裤，他的头发还在滴水。

可能是因为她悲惨的表情或脸颊上的红晕，霍特不自然地把胸膛遮住。"呃，她在帮我洗衣服，不要因此爱上我或什么的。"他咕哝着。

阿加莎看了一眼他担忧的神色，忍不住发出爆笑，眼泪随着笑声滚落下来。

"你完蛋了！"霍特吼道，"你自己心里明白，你明明对刚刚看到的东西印象深刻！"

阿加莎擦擦眼睛："噢，霍特！如果有一天人们读我们的故事，你一定是他们最喜欢的角色。"

她准备走开。

"这一次我没有弄丢我的衣服！我把衣服给她了！"他叫道，"有一天，我会有我自己的故事，会有幸福的结局。我可以证明……"

"真的？要怎么做？"

"因为我找到了某样东西，你绝对不敢相信。"

阿加莎停下来，回头看他。

黄鼠狼的脸上出现意味深长的微笑："想看吗？"

橡树林旁，苏菲站在泰德罗斯旁边已经有十分钟了，但是王子一个字也没说。他盯着两棵树之间浮起的美丽玻璃十字，新鲜的白玫瑰制成的花环悬着这个十字，玻璃的上方还有一个小小的、发亮的星星。周围有很多类似的星星，但它们都被烧毁了，仿佛每当旧的星星熄灭之后，梅林就会来点上一颗新的。

苏菲挨近泰德罗斯："你父亲葬在这里吗？很美。"

泰德罗斯转向她："对不起，你可以让我一个人吗？"

苏菲的脸变成粉红色："那当然……我……我们待会儿房子里见……"她的鞋跟不小心被一颗光线微弱的星星绊倒了，跌出树林。

"苏菲。"

她转头看着王子。

"谢谢你来找我。"他说道。

她点点头，迅速离开。

没有梅林星星的光亮，苏菲什么也看不见，除了几百英尺外的房子轮廓。她踏过荒原，双颊仍在发烫。

每个人的态度都让她时时刻刻想起手上的戒指，充满罪恶感又神经兮兮，她只能让自己专注在取得泰德罗斯的吻上，越快越好。她忘记她的王子并不是要赢得的奖品，或是让她高速冲过的终点线。她曾经考虑过他的感受吗？泰德罗斯被永远困在母亲遗弃自己、选择与爱人共度余生的事实里，他怎么能够看着桂妮维亚，更别说跟她说话、待在她的房子里，而没有想杀掉她的冲动呢？尤其是根据他父亲的法令，他的确有权利杀掉她。

苏菲摇摇头，为自己感到羞愧。泰德罗斯的内在或许在慢慢死去，心被各种情感撕碎，她却像个泡泡飘过来，跟他说他父亲的坟墓很美。

阿加莎绝对不会如此自私又愚蠢。

苏菲靠近农舍的时候，凄凉地叹了一口气。她踏上这趟旅程是为了重写自己的故事，却重复了过去犯下的错误。泰德罗斯是不可能被催促、被强迫或被甜言蜜语哄骗而给她一个吻的。即使在小径跋涉的时候，她也是主动想亲他的那个，难怪没办法成功。必须是她的王子来找她，在那之前，她必须耐心等待，即使过去的英雄人物被杀害，即使太阳不停地融化，而最后大家都死了。

苏菲咬着牙，就算英雄人物都在死去，那也不是她的错，对吧？在自己的故事里取胜，不是英雄人物自己的工作吗？何况这已经是第二次。他们又老又没用，为什么是她的错？就让他们处理他们自己的故事吧，她有她自己的故事要处理。

因为这故事是她自己的。

这是她的幸福结局。

这一次她会做对。

她走上门廊的时候脱掉脏鞋子。最后大家一定会感谢她的——一旦她跟王子确定到达他们的永生者之地，并重燃太阳。因为她的努力，最后每个人都会胜利。与此同时，泰德罗斯可以有他需要的空间，她会当个有耐心的倾听者、完美的客人、阿加莎的好朋友，助人为乐、欢乐、有礼貌，就像以前那个记录自己完成多少善行的女孩。苏菲深吸了一口气，让脸上挤出微笑，推开门走进去，进入饭厅……

她全身冰冷地停下来。

兰斯洛特一个人坐在餐桌旁，正在吃一颗苹果。

"其……其……其他人呢？"她问道。

"桂妮维亚在收拾碗盘，霍特去查看阿加莎的状况。"

他啃了一口苹果，把一杯冒着烟的红棕色饮料推到她面前："桂妮维亚做了一壶她最喜欢的甘草茶。"

苏菲转头朝向门的方向："那我应该去看看他们是不是一切都好……"

"你很怕我，是吧？你整个晚上一直小心翼翼地看我。"

苏菲整个人冻住了。兰斯洛特瞪着她手指上的戒指，仿佛这是他第一次注意到。

"他们会找到回家的路，我保证。"他说道，"坐下来喝你的茶。"

他的语调让她没有选择，苏菲坐在他对面，胃开始扭绞。

"桂妮维亚刚刚还在吹捧你对年轻的王子来说,会是个多么完美的皇后,会让亚瑟王骄傲的那种。"兰斯洛特一边咬着他的苹果,一边仔细研究苏菲。

"说来好笑,每一年圣诞节的时候,梅林都会来这里,带给桂妮维亚她儿子的最新消息。去年,我记得他告诉我们泰德罗斯找到了他梦中的公主。体贴、热烈、充满同情心的女孩……拥有纯粹善的灵魂,爱泰德罗斯的程度跟泰德罗斯爱她差不多。只不过,我能发誓那个名字听起来跟'苏菲'一点儿也不像,我对名字的记忆力糟透了,所以我想我一定是记错了。桂妮维亚的记忆力很好,所以我刚刚在厨房里跟她提到这件事,想说她应该会纠正我。奇怪的是,桂妮维亚说我是对的,梅林说泰德罗斯的公主名字是'阿加莎',桂妮维亚甚至同意那老家伙可能不像过去那样灵光,因为很明显,你才是泰德罗斯的公主,不只是因为晚饭时你跟在他后面出去,桂妮维亚还注意到你的手指上刺着泰德罗斯的名字,而且戴着泰德罗斯给你的戒指。"

兰斯洛特的深色眼珠闪烁着:"现在我看到它了,但我不懂泰德罗斯怎么能给你一个用恶的黄金做成的戒指。"

苏菲的心跳如锤子一样重重敲着,好似警铃大作。

"确切来说,是黑天鹅的金子,"兰斯洛特说,"每只黑天鹅嘴巴最里面的地方会有一颗金牙——当它碰触到人类皮肤时,就会发挥邪恶的特性。从有史以来第一个故事开始,黑天鹅的金子就被恶当作力量强大的武器,就像善一直以来向湖之女神寻求的钢一样。几个世纪以来,恶为了得到金子,掠夺这些天鹅,导致它们灭绝。恶拥有全部他们需要的黑天鹅金,直到亚瑟王带领着他的武士出征去摧毁它们。在这场征伐里,我作为亚瑟王身边的骑士,搜寻一个又一个宝藏,然后摧毁一个又一个,直到无边森林里再也找不到任何黑天鹅金,"兰斯洛特微笑,"除了绕在你手上的圆圈之外。"

苏菲急忙站起来:"外面很暗了,我应该去看看泰德罗斯……"

"黑天鹅金的效果很明显,"兰斯洛特继续说下去,"一旦让它碰到你的皮肤,它就会让你的心对恶效忠,不管你多么努力想要向善。那就像一个邪恶指南针,永远为你指出罪恶的方向,而你根本不会有感觉。如果你戴得够久,它会说服你它知道你的秘密,说服你它知道你的心真正想要什么,甚至可以向你证明你的真爱是谁。如果你问它名字，这个神奇戒指会在你的皮肤上刻下答案，就像灯塔的灯光指引着你——但是那个答案只会带你回到邪恶，也就是你最初开始的地方。"

苏菲全身麻木，坐在椅子上没法移动。

"当有人认为自己的幸福结局比任何人的都还要重要时，故事就开始走偏了，"兰斯洛特说道，"亚瑟王知道桂妮维亚爱的是我，即使他知道她当皇后也不会快乐，但他仍然把戒指套到她手上，最后他只剩下一个破碎的家庭，而两个找到真爱的人被永远放逐。我也失去了最好的朋友，因为亚瑟王像是我的兄弟。但是至少桂妮维亚和我住在我们的真实里，我们拥有彼此，而一开始就该如此。亚瑟王获得了什么呢？他死了，他的皇后的戒指很早之前就被毁掉了，因为桂妮维亚无法戴上一开始就不该属于她的戒指，因为她的心属于另一个人。"

兰斯洛特更用力地盯着苏菲。

"我有问题问我们未来的皇后。"他说道，从座椅上直起身子，把大而厚实的手掌放在桌上，向她靠过去，"你戴着不属于王子的戒指，年轻的苏菲……"

阴沉的武士越来越靠近，越来越靠近，直到苏菲看到他恶魔般冷酷的表情，就像梦里看到的反射在戒指内侧的脸。

"你究竟属于谁？"

门忽然被打开，桂妮维亚走进来，提着一个小小的篮子。

"噢！苏菲！还好你在这儿。我在这里放了一些火鸡和蔬菜给泰德罗斯，如果是你拿给他，他应该会吃。我不想要他因为我而整个晚上都饿肚子……"

苏菲什么都没听进去，只听到自己的心跳。

"我知道你会怎么看我，苏菲，这些都是我应得的，"桂妮维亚安静地说，看着她的脸，"我要你知道，假如他永不原谅我，假如他再也不跟我说一句话……我仍感激他找到他的真爱。梅林告诉我们，泰德罗斯如何为他的公主奋战——你们两个多么努力地要在一起。这么一来，我就能获得平静，知道我的儿子不会重复我的错误。"桂妮维亚对着苏菲手上的戒指微笑，"因为你们两个人的心只想要彼此。"

她揉揉苏菲的脸颊，把篮子交到她发抖的手里。

苏菲看着泰德罗斯的母亲回到厨房里，她脸色苍白地转过头看兰斯洛特……

然而武士已消失踪影，仿佛刚刚发生的一切只是一场梦。

"是什么？"阿加莎问道，试着在黑暗中跟随霍特魁梧的身影，"你发现了什么？"

"等等你就知道了。你们都觉得我没用，大错特错。"霍特说道，觉得脚边一阵痒，因为他们走入树林深处，"这真是超大发现。"

阿加莎眯眼看着房子的灯光，她可以看见苏菲和兰斯洛特在饭厅里谈话，她转向霍特："等一等，这不包括你要变成狼人吧？你每次都撑不过十秒……"

"是'人狼'。比那还好，相信我。我很久没练习我的才华了，所以我现在只能变五秒钟了。我不懂别的人狼怎么可以支撑那么久，是因为有什么特殊食谱或药水吗？我问过希克教授，她说我太放肆，把我送去了末日审判室。"

阿加莎跟着霍特到树林边缘的一个池塘，反映着加瓦顿被月光点亮的海市蜃楼。

"现在苏菲没有跟校长在一起，他要怎么在你的故事中取胜呢？"霍特问道，仔细研究小镇的轮廓，"他不是需要爱站在他那边吗？"

"那就是奇怪的地方，他也没有追上来，即使他没有她就不能取胜。"阿加莎答道，他们现在站在池塘边，"他自己跟我承认，他迫切地需要他的皇后，因为她是恶获胜的唯一希望。"

"那么他已经没机会了。"

阿加莎的心在往下沉："噢……所以泰德罗斯可能……嗯……亲她了吗？不……不……不是我在乎，但是你跟他们一道走，我只是很好奇他们相处得……"

"我不是在说泰德罗斯。"霍特说道。

阿加莎看到他对池塘里自己的倒影微笑，不由得翻了个白眼："喂，黄鼠狼男孩，你把我带到这里，就是为了跟你的倒影抛媚眼吗？"

但是现在她看到他正在看的东西，在池塘深处闪闪发光，然后往上喷射如同彗星的尾巴，越来越近，越来越近，直到一千只小小的白鱼跳出水面，嘴里吐出水。

"许愿鱼？你找到了许愿鱼？"阿加莎说道，擦干脸上的水，跪在岸边，"乌玛公主第一年的时候教过我们！"

"就跟你说比人狼还要好吧！你触摸水，它们就会深入你灵魂深处，找到你最大的愿望。"霍特说道，"永灭者本来在永生者上完课的隔天也要上同一堂课的，但是你让鱼自由，又让一大群动物乱窜，还差点儿把城堡烧毁。在那之后学院就不再找新的许愿鱼了。"

阿加莎轻抚着小白鱼上下摆动的嘴，感受它们麻痒的吻。

"搞不好这些鱼也想被解放。"然而，她瞪着它们大而黑的眼，却没看见任何类似的渴望。"我以前可以听到愿望的，"她对霍特说，"或许我像你一样，丢掉了我的才华。"

"也许是它们当鱼太久了，忘记自己曾经是人类，"霍特说道，"不管怎样，我要先试。"

他把手指放进水里。

鱼群马上奔向不同的方向，变成黑色、银色和金色，准备组成图案。有一瞬间，阿加莎完全看不出是什么，直到忽然间鱼群拼成的马赛克变清楚，仿佛终于聚焦，她惊讶地抬起眉毛。

鱼群画出霍特和苏菲的婚礼，阳光普照的湖边，一群祝福者为他们欢呼。新郎和新娘都穿着黑色的礼服，表示这是恶的场合而不是善的。

"这很美妙，霍特，"阿加莎说道，感觉失望，"但这只是你的愿望……"

"我原本也这样想，"霍特回答，"直到我看到这个。"他指出这幅"鱼画"的边缘，两个宾客手拉手——年轻的男孩和女孩——充满喜悦地看着这一对新人。男孩金发，头上戴着镶银的宝石王冠，女孩的黑发上戴着同样款式的王冠。

阿加莎几乎要停止呼吸。"那是我和……泰德罗斯。"她轻声说道。

"而且我从来没许愿你嫁给那个笨蛋,"霍特不屑地说,"我实在太恨他,不希望他得到一丁点儿的快乐,更何况是像你这样有格调又正直的皇后。但如果这包含在我的愿望里,表示这是会发生的事,表示这张画的内容超出我的愿望,阿加莎。这是事实,我最终会跟苏菲在一起,而你会跟泰德罗斯在一起,那是我们的幸福结局。我们四个人都在一起,没有人被丢下。"

阿加莎的眼睛凸出来,脸颊上泛起红晕。我的天哪……没错!她简直想要把霍特抓过来亲一下,这就是她一直在等待着的答案……脱离这个纠结故事的办法……它显露了最后的永生者之地。苏菲和霍特,而自己和……

然而,阿加莎脸上的红晕慢慢退去。

"不……这不可能是事实,霍特,"她的声音沙哑,"因为我永远不会跟泰德罗斯结婚,而苏菲永远不会爱上你。"

霍特脸上的光彩消退了。

"苏菲爱着泰德罗斯,不像我,她从来没怀疑过她的爱,"阿加莎说道,在霍特旁边的草地上缩成一团,"我所做的只有怀疑泰德罗斯,我花越多时间跟他在一起,就越不了解他为什么喜欢我,他明明可以找个真正的公主。这就是为什么我想要让他待在加瓦顿,在我母亲的家里。在那里,他不是王子,他只是个感到恐惧的青少年,跟我一样迷失又困惑。然而在这里,在森林里,泰德罗斯不一样:他对自己忠实,为目标而活。在他的心中,他已经是国王,需要一个跟他一样自信又笃定的皇后,能让他的人民燃起希望的皇后。那不是我,我还在学习喜欢我在镜子里的样子,学习接受有人会爱我真实的样子。我不是领导者,我不……特别。"

她盯着画里戴着王冠的自己:"我们回到学院,在不同身体里的时候,泰德罗斯说他很害怕当他脱离王子的外表时,我会怎么看他,怕我会看到他一点儿也不特别……只是个平凡的男孩。但那就是我喜欢的泰德罗斯。而真实的泰德罗斯会从年轻的王子成长为强壮、握有权力的国王,有一天他会发现,我跟他的母亲没有不同。我从未渴望王子或故事,我从未想要一个非凡的人生,我只是一个挣扎着想要平凡的女孩。"

她抬头看着霍特，眼眶潮湿："但是苏菲呢？她相信她值得拥有王子。苏菲渴望当皇后，渴望到她愿意以善的未来作为赌注……"

"这就是为什么她不可能当善的皇后！"霍特反驳道，指着许愿鱼组成的画，"你不懂吗？你属于泰德罗斯，而我注定和……"

"那么为什么我没办法看到和他在一起的未来？假如我注定跟他在一起，为什么我没办法认为你愿望中的女孩是我？我注定孤单一人，霍特。这就是为什么我会失去他，因为我必须学习自己一个人快乐的方式。就像我母亲一样，那也会有永生者之地，对吧？"

"你还没失去他，"霍特坚持，仍然看着他的鱼，"在童话故事里永远不嫌晚！"

阿加沙伤感地叹了一口气，抚摩他的脸颊："每个故事都有它的极限，霍特。我们两个必须学会放手，让苏菲和泰德罗斯活在他们的永生者之地里，也为了你自己的快乐。"

霍特的脸涨红。"为了我自己的快乐？从你嘴里说出来可真有说服力，"他嘲讽地说，手指在水里一弹，让那幅画消失，"你强迫泰德罗斯去爱苏菲，因为这样她才会把那枚戒指毁掉，我听到了你们在帘子后面的对话。至少我愿意为自己的幸福结局奋战，你却把你的真爱给一个不属于他的人，还期望他那样活一辈子！你跟自己说你不够好，跟自己说你这么做是为了拯救善，跟自己说任何能让你晚上睡得着觉的各种借口。但是我们都知道你只是害怕为你应该归属的那个人奋战，你知道吗，公主？即使我恨那个男孩恨到骨子里，这听起来也一点儿都不像是善。"

霍特大步走开，留阿加莎一个人独自站在池塘边。

她看着他走开，她的心缩成一个黑暗的空洞。

泡泡的声音在她背后响起，她转头看到许愿鱼又变回白色，在岸边上上下下地等着她回头。

"请帮帮我，小鱼们。"她轻轻地说。

鱼群的眼睛闪烁着月光，就像一千个许愿星星。

阿加莎深吸了一口气，把手指放进水里，等着她的心给她一个答案……

就像苏菲的心清楚地带领她到泰德罗斯身边……

告诉我我究竟想要什么,她在心里请求。

鱼群马上开始变成各种不同颜色:粉红、蓝、绿、红……各种生动的颜色在阿加莎眼前疯狂闪动,像是在火里跳跃的爆米花……

阿加莎闭上眼睛,知道鱼群正要把答案组成一幅画……她前往善和快乐的路径……前往永恒……

她的眼睛睁开。

许愿鱼根本没有动。

就像快要枯萎的花,它们又变回白色,抬头看着她,疲惫且无奈。

阿加莎悲伤地微笑着,想起老师曾经怎么解释这样的结果。

"混沌不清的心。"她轻声说。

她轻抚鱼群和它们告别,跟着霍特渐远的影子走回房子。

霍特和阿加莎都没注意到池塘边还有第三个人,坐在一棵高大的橡树后面。

金发的王子一点儿都没有移动,即使隔天早上太阳升起,像个金色戒指一般将他笼罩在脆弱的光里。他靠在树上,一次又一次在脑中重播着昨晚听见的所有对话,一滴眼泪滑下他的脸颊。

第二十五章
蝎子和青蛙

接下来的一个星期,泰德罗斯就跟鬼魂一样。

没人在白天看到他——房子里、荒原上或橡树林边,都没有他的踪迹——没人知道他是否在睡觉或在哪里睡觉。桂妮维亚非常担心儿子会饿肚子,阿加莎温和地建议他们傍晚的时候可以留一篮食物在阳台上。果然每到隔天早上,食物就不见了。

对阿加莎来说,他的消失让她害怕,但也让她松了一口气。太阳一天天越变越小,荒原上的夕阳总是呈现粉红色和紫色。世界终于要走到尽头,能够用一个吻拯救它的王子却不见踪迹。

然而,这也是好几周以来第一次,阿加莎不用想到王子。她和苏菲两人整天绑在一起,就像以前一样。过去几周她所有的念头都被泰德罗斯占满:担心泰德罗斯,跟泰德罗斯并肩作战,和泰德罗斯和好——泰德罗斯、泰德罗斯、泰德罗斯,直到他们两个都对此感到精疲力竭。而现在王子不见了，她忽然记起来没有他，自己仍是个完整的个体。事实上，如果结局是她一个人，现在她就该开始准备。

到了第六天，她和其他人已经培养出固定的作息，彼此分工，像个下层社会的家庭。霍特花时间跟兰斯洛特在田里做杂务。从早到晚，他们挤牛奶，在菜园里耕种，在鸡舍里捡鸡蛋，修剪绵羊毛，帮马洗澡，以及搞定一只名为弗莱德的顽皮山羊，它会追着任何雌性动物跨过大半个荒原。霍特每天都汗流浃背，闻起来有稻草和肥料的味道，但他似乎兴致高昂，很习惯当个有男子气概的角色。他们俩都有着油亮的黑发、饱满的胸膛和昂首阔步的步伐，这让他们看起来像父子一样。

同时，桂妮维亚要打理整个家，因为来了客人，她有做不完的任务：洗衣、缝衣、烹饪、打扫……但她热切地做着这些事，拒绝任何帮忙，仿佛她需要这些工作来分心。

阿加莎和苏菲被排除在工作之外。

自从她们失去了永生者之地以来，这是第一次没有男孩卡在她们中间。她们在荒原上无事可做，仿佛回到有人照料她们的加瓦顿，远离那个有王子跟故事的童话世界。

霍特睡在沙发上，而两个女孩共享小巧客房里的一张床。每天早上，她们和霍特、兰斯洛特、桂妮维亚一起吃有培根和蛋的早餐，尽可能帮忙做家务，直到桂妮维亚把她们赶走，剩下的早晨就一起在荒原上散步或骑马。

第一个星期，她们似乎已经忘记要怎么当朋友。晚上就寝时，她们背对着彼此躺在床的两边，心不在焉地说些话。散步和骑马的时候，她们不着边际的对话围绕在午餐可能是什么、农场里的动物以及天气（由于这是个魔法地，每天的天气都一样）上。阿加莎注意到苏菲局促不安又心不在焉，不停地偷看她的戒指和下面刺的名字。每次兰斯洛特经过她们面前，苏菲就假装在弄指甲或是调整鞋子，避免与他的眼神接触。有时候，阿加莎会听到她睡觉的时候，喃喃念着一些没有关联的句子："不要听他说的""黑天鹅金""心不会说谎……"然后苏菲会发着抖醒来，满脸通红，把自己关在浴室里。

同时，阿加莎也没办法在老朋友面前放松。跟梅林一起跋涉的时候，她说服自己：让苏菲和泰德罗斯在一起是对的，也是善的。首先，因为苏菲会毁掉戒指、杀掉校长；其次，如果自己没办法成为泰德罗斯需要的皇后，那么苏菲不该有机会试试看吗？

然而，霍特在池塘边说的话在这番确信的念头上戳了个洞。其中一个原因是：虽然苏菲渴望统治善的王国，但是她却让善的敌人继续借由她手上的戒指存活，就算答应她的要求能拯救善的未来……她似乎仍是恶。

更重要的是，苏菲真的能让泰德罗斯快乐吗？泰德罗斯外表看起来可能强壮又神气，但在内心深处是个温和、孤单又柔软的人。苏菲可能认识泰德罗斯的全部吗？她能够照顾他吗？阿加莎越去想象他们的永生者之地，心就越沉，仿佛看见旧的故事重演。好像她自己现在就是兰斯洛特，把泰德罗斯让给苏菲，而那个武士也曾经把桂妮维亚让给亚瑟王，结果善的下场又如何呢？

日子一天天过去，泰德罗斯没有回来，两个女孩各自在自己的怀疑里越陷越深，越来越不跟对方说话……

然后纳莉梅出现了。

过去六天，阿加莎一直在骑一匹名为班乃迪克的马，她选这匹马是因为它有骨瘦如柴的腿、凌乱的黑色毛发，还不时咳嗽。

"我的天哪，阿吉，你不读故事书的吗？"当第一天桂妮维亚打开马棚，让她们看可以骑的马有哪些的时候，苏菲说道，"黑马没办法训练，更没办法驯服，而且很邪恶。况且，它看起来死期不远了，你是被什么操控了，一定要选这匹？"

"它让我想起我自己。"阿加莎说道，抚摩它的脖子，然后发现好几只跳蚤。

同时，苏菲选了一匹高雅、栗色毛发的阿拉伯母马，名为纳莉梅，有着美丽的白色尾巴。

"它的眼睛充满个性，"苏菲赞叹道，"我们可以确定，它一定属于雪赫拉莎德。"

"雪赫拉什么？"

"噢，阿吉，善良学院没教你任何公主的历史吗？"苏菲说道，准备上马,"不是每个童话故事的公主都是白皙的皮肤、小巧的鼻子,还有个像花一样的美丽名字……"

阿加莎没听见她接下来想说的话,因为纳莉梅忽然狂奔起来,就像只刚从地狱里放出来的恶魔一样。

接下来几天,苏菲试着控制这匹母马,但是徒劳无功。母马不是踢就是叫,或对她吐口水,只有在苏菲为它解开缰绳的时候才会听话……而阿加莎平静地骑着班乃迪克,它的步伐又慢又小心,明明在荒原上,却像顺着河岸而行。

一天天过去,苏菲仍然拒绝换掉纳莉梅,仿佛承认她对马的品位不佳就会让她所有的人生选择作废一样。然而这天早上,纳莉梅一脚蹬在苏菲的脚上,对着她的脸放屁,然后不停地绕圈圈,苏菲终于转向阿加莎说:"它跟我一样难搞,是吧?"

阿加莎嗤之以鼻:"你更糟。"

"你拿我跟坏脾气的动物比?"苏菲低声哭起来,因为纳莉梅前后晃动,试图把她甩下去,"是因为我没上过'动物交流学'课吗?"

"问题是你一直跟它搏斗,而不是相信它,"阿加莎说道,"有时候你的故事不只有你自己,苏菲。你不可能看一眼就做出选择,不能只是因为它看起来好看就选它,然后强迫它跟你在一起,像是你的手提包或洋装。人与人或动物之间的关系比那复杂多了,你没办法从两方面控制故事的走向。"

"如果每个人都告诉你,你的心是邪恶的,而你知道并非如此,难道你不会试着去控制你的故事?难道你不会试着证明他们是错的?"苏菲一边反驳,一边拉着缰绳,"我的心是善的,就像你一样,我相信它为我做的选择,因为如果我不相信它,我还剩下什么?"

阿加莎迎向她的眼神,她们没有人在说马的事情。

苏菲抚摩着纳莉梅的头。"我已经准备好进入一个关系了,阿吉,你等着看。"她在马的耳边轻声说,"对吧,纳莉梅?我们是善的团队,你跟我,我相信你,你相信……"

纳莉梅猛地弯背跃起,苏菲被甩上去,然后脸朝下落在马的屁股上,纳莉梅接着往荒原飞奔。"阿——吉——!"苏菲尖叫。

有一瞬间，阿加莎津津有味地看着苏菲被马拉着乱跑一气，她的鼻子在马的屁股上，她的屁股在马的头部，但阿加莎意识到如果她不试图阻止，纳莉梅根本不会停下来。

阿加莎坚定地踢了班乃迪克一下，追着苏菲的马跑。霍特和兰斯洛特在草原上叫了几声，兴致盎然地看着这出好戏。

当然问题在于，虽然班乃迪克很和善，但它有生以来的步调就像冰河滑动一样缓慢，根本没有加快速度的欲望，尤其是它对苏菲和纳莉梅一点儿兴趣也没有。不过现在阿加莎看到苏菲前方有个很深的沼泽，以一根倒下的大树为界线。

纳莉梅朝着那棵树加速，大概发现了可以永远摆脱这个骑士的大好机会。

"苏菲，小心！"阿加莎大喊。

苏菲往上看，然后惊讶地张大嘴巴。

纳莉梅越过那棵树，把苏菲猛然甩进沼泽里，马儿接着优雅地降落在另外一侧，朝着日出狂奔。

苏菲听到阿加莎的马蹄声。"现在你是否该收回刚刚说我比马还难搞的评价？"苏菲抱怨道，全身沾满泥巴。

阿加莎坐在马上往下看着她，伸出一只手："不。"

"好吧，我接受。"苏菲叹口气，被拉上来后，爬到班乃迪克的背上，坐在阿加莎后面。

她们一起骑着马回家，苏菲抓着她，阿加莎感到好友的头在自己的肩膀上休息。

"过了这么多年，你总是救我的那个人，阿吉。"苏菲轻声说道，磨蹭她的背。

"你有没有听过一个童话故事叫作《蝎子和青蛙》？"阿加莎问道。

"那当然，你不知道吗？虽然我这么喜欢克拉丽莎·达维，但她的课程也真是令人遗憾的单薄。"苏菲清清喉咙，"很久很久以前，有一只蝎子很想跨过河到对岸去，他看见一只青蛙安全地在对岸，于是就拜托他帮自己渡河。但是青蛙不想帮忙，他说蝎子一定会蜇他让他死掉。蝎子回答杀掉青蛙很不聪明，因为自己不会游泳，如果青蛙死掉了，自己也会死。青蛙觉得很有道理，所以载着蝎子过河……但是当他们快要渡过河时，蝎子立刻蜇了青蛙。'你这个傻瓜！'青蛙一边沉下去，一边呱呱叫，'现在我们俩都要死了！'但是蝎子耸耸肩膀，在快要溺死的青蛙背上前后摇摆。'我就是没办法克制自己。'蝎子说道……"

"这是我的本性。"阿加莎说出故事的结尾。

苏菲微笑，很惊讶："所以你知道这个故事！"

"比你以为的还深入！"阿加莎犀利地说。

她们回家的路上，苏菲没再说一句话。

第二天，两个女孩又回到过去的友谊模式，阿加莎对苏菲的独白发牢骚，苏菲则测试阿加莎笨手笨脚的程度，她们两个就像恋爱中的少年，不时拌嘴，不时咯咯笑。日子很快过去，到了第二个星期，还是没有王子的踪迹，除了隔天早上篮子里的食物会消失之外。然而，他的缺席让苏菲和阿加莎越来越靠近，不管是在壁炉前面喝樱桃饮料，在荒原上探索，还是当屋子里其他人都入睡之后，她们俩靠在一起聊天瞎扯。

"你觉得为什么兰斯洛特和桂妮维亚会有个客房？"有天傍晚，阿加莎问道，她们正在离房子一英里远的地方野餐，"他们看起来不像会有客人，除了梅林，但梅林喜欢在树上睡觉。"

苏菲瞪着她。

"当你跟某人一起露营后，你会得知很多事情，"阿加莎诡秘地笑，拿了一小块桂妮维亚做的杏仁蛋糕，"你觉得她跟兰斯洛特在一起会想要有小孩吗？"

"那正好可以解释壁纸的选择为什么那么孩子气。"苏菲抱怨道，喝一口自己做的黄瓜汁。

"但是为什么他们没有小孩？梅林把他们藏在这里已经超过六年了。"

"可能桂妮维亚发现她不想跟一个个性和他的卫生习惯一样糟糕的男人生孩子。"苏菲放了个冷箭。

野餐结束后，她们就走到更远的花园，陶醉在朦胧的空气和安全的感觉里，仿佛她们在更大、更好的蓝色森林里。

"我一直想跟你说这件事，"阿加莎一边说道，一边吸着金银花的花蜜，"我们要回到森林的时候，泰德罗斯和我找到一个入口，是从墓园山上你母亲的墓进去的，但是里面什么也没有，然后，当我们从另外一边出来的时候……"

"我母亲在尼克洛山脊上有个坟墓。"

阿加莎看着苏菲，不可置信。

"当你跟某人一起露营后，你会得知很多事情，"苏菲微笑道。"泰德罗斯告诉过我所有你们找到我之前发生的事，但是我也不懂，阿吉。这一定是守墓人的错误。我知道你母亲没有告诉过你她以前来过学院，但是如果是我母亲的话，一定会告诉我。我很确定她从没来过善恶魔法学院，从没来过森林，所以撰写者一定没写过她的故事。因为我母亲在我眼前过世……"苏菲停下来，声音颤抖，"就像你母亲在你眼前过世一样。"

阿加莎忽然感到口干舌燥。

"我很抱歉，阿吉。"

苏菲的声音沙哑。苏菲用几乎令人窒息的拥抱紧抱着阿加莎，阿加莎感到过去的情绪一股脑儿涌上来。这是在她离开加瓦顿之后，第一次为母亲哭泣。

"卡莉斯很爱你，"苏菲轻声说道，抚摸着好朋友的背，"虽然她很讨厌我。"

"她没有讨厌你，她只是认为一旦我们到善恶魔法学院，就不会再是朋友。"阿加莎说道，擦擦眼睛。

"她也认为你会在邪恶学院而我在善良学院。"苏菲说道。

"如果那样的话，事情就会变得很简单，对吧？"阿加莎说道。

两个女孩笑出声来。

"每个人都觉得我们很不同，阿吉，"苏菲说道，"但是我们都知道如果失去一个真正懂我们的人，有多难受。"

阿加莎把头倚在苏菲的肩膀上："还有，要找到一个真正懂我们的人，有多困难。"

现在轮到苏菲啜泣了。

"我们必须回去了，"阿加莎终于说道，"想想看如果我们也消失的话，桂妮维亚和兰斯洛特会有多头痛。"

她们走回家的时候，阿加莎挽着苏菲的手臂。

"你怎么看那两个人？就两个改变整个王国命运的情侣来说，他们很……居家。"

"你美化了他们，"苏菲说道，扮个鬼脸，"假如桂妮维亚和亚瑟王仍在一起，想想看此刻会在做什么？策划复活节舞会，请邻国国王来参加晚宴，或管理宫廷。而她现在在这里，叠男人的上衣，然后还叠得很开心。亚瑟王如果跟一个和我母亲很像的人结婚就好了，她知道她注定过不平凡的人生。"

"我只看过你母亲一次或两次，在我很小的时候，"阿加莎说道，"但是我记得她很美，像个金发的女神。"

"已经七年了，所以我想不起她的脸，"苏菲说道，"我越回忆，她的脸就越不同，就好像试着想起梦中的情节。然而她没留下什么，除了霍诺拉之外没其他朋友，直到……那件事。所以我知道她一定从没来过学院或进入森林，因为如果她去了，绝对不可能回到加瓦顿，她厌恶那个地方。"

"有其母必有其女。"阿加莎打趣地说。

"我跟她的不同在于，我真的离开了，"苏菲说道，声音变得冷酷，"我会拥有她一直渴望的不凡人生，我的永生者之地会大到能容纳我们俩。"

阿加莎勉强微笑，然后两人又陷入沉默。

当走近农舍时，她们瞥见加瓦顿在远方亮起灯，就像北方的星星一样，它上方的防护罩破了许多大小不一的洞，但是都大不过一颗甜瓜。透过那些洞，她们可以看到小镇绿色塔楼上的不同纹理，弯曲钟楼上的挂钟轮廓清晰，一群孩子在广场上专心地看着故事书。她们甚至可以看到橱窗，包括多维尔先生的书店，现在已经重新开幕，挤满了孩子。

"他们在读已经被改写的故事，"阿加莎忽然意识到这个事实，想起梅林的警告，"每一次邪恶获胜，故事就会自动被改写。这就是校长和他的黑暗大军能入侵加瓦顿的原因,读者们正在相信恶的力量。"

苏菲咽了下口水:"呃……梅林说我们在森林变暗之前有多少时间?"

"现在的话,不超过一个星期了。"阿加莎警告,看着苏菲手指上的戒指,终点就在那里,却如此遥远,"一直想问你,有天晚上我看到你跟兰斯洛特在饭厅说话,他跟你说了些什么?"

她的朋友脚步忽然停下来,但什么也没说。

"苏菲?"

苏菲的眼睛仍看着加瓦顿。"即将揭晓了,是吧?"她轻轻地说。

"你说什么?"

苏菲转过来:"每个人都认为自己知道谁是善、谁是恶,你、我、泰德罗斯、拉斐尔……甚至兰斯洛特。但是我们全部的人不可能都是对的,阿吉,一定有某个人是错的。"

阿加莎摇摇头:"我不懂……"

"如果我们能回到一开始会怎么样?只有我和你的时候。"苏菲的脸颊涨红,声音里带着绝望,"那是我们第一个永生者之地,阿吉,能不能也是最后一个?"

阿加莎瞪着她的好友,月光照在她燃起希望的脸上,后面有她们的老家作为背景。

阿加莎轻轻握住苏菲的手,看着她的眼睛:"但是那并不是,对吧?我们的永生者之地并未持续下去。"

苏菲放开她的手,伤心带走她脸上的微笑:"你还是认为我是同一个女孩,你认为我是应该落单的那个。"

"不,我不是那个意思。"阿加莎反驳。"说吧,阿吉,"苏菲要求她,嘴唇颤抖着,"告诉我你和泰德罗斯值得到达永生者之地,比我和泰德罗斯更值得,比你和我更值得。"

阿加莎直冒汗。

"告诉我你想要当卡米洛特的皇后,只有你能让泰德罗斯永远快乐,"苏菲说道,眼眶噙满泪水,"告诉我,那么我今晚就把戒指毁掉,我向你保证。"

阿加莎因惊讶而脸红，她仔细看苏菲的脸，发现她是真心地说这些话。

这就是结局。

这就是离开这故事的方法。

她需要的就是把这些话说出口。

"说你是故事里的皇后，阿加莎。"苏菲劝诱她。

阿加莎张开嘴巴……

然而她没办法说出口，只是想着许愿鱼的图画里，她戴着泰德罗斯的王冠……

"说呀，阿吉。"苏菲催促道。

阿加莎想象自己是那个著名的王室的领导者，有资格站在亚瑟王之子的身旁。

"真心地说出来。"苏菲要求。

阿加莎感到呼吸困难："我……我……我……"

喘气声消失在风的声音里。

"但是你说不出口，是吧？"苏菲轻声说，抚摩阿加莎的脸颊，"因为你永远不会真心相信这样的结局。"

阿加莎感到炽热的眼泪模糊了她的视线，声音被关在身体里面。

然而，有个人穿越荒原，向她们走过来。

一个肩膀宽阔的金发少年，手里拿一枝粉红色玫瑰。

泰德罗斯刚洗完澡，胡子刮得干干净净，穿着一件宽松的、纯白色的上衣和黑色裤子，朝阿加莎走过来，断钢之剑插在他的腰带里。

只是他并没有看着阿加莎。

当他在她们面前停下来后，他的眼睛盯着苏菲，脸上挂着性感的微笑。

"苏菲，我们可以到别的地方吗，就你和我？"

苏菲微笑，带着罪恶感地看向阿加莎，仿佛在征求她的同意……但是她已经让泰德罗斯握住她的手。

当他带着苏菲走远后，阿加莎等着他回头看自己一眼。

但他没有回头。

阿加莎独自一人站在荒原上，看着两个影子越靠越近，然后泰德罗斯把玫瑰花放到苏菲的手里。苏菲看着她的王子，把花靠在胸前，对他说了些什么。未来的国王对她微笑，带着她继续向前，他们的影子消失在月光里，仿佛前往永生者之地的门正在打开……然后他们消失了，就像阿加莎心里最后的一丝光亮。

"我还期望你荡着藤蔓回来，满脸胡须，沾满灰尘，捶着胸膛，像是丛林里的泰德罗斯，"苏菲嘲笑地说，他们手牵手走进黑暗里，"老实说，我有点儿失望。"

"经过屋子，顺道清理干净。"王子简短地说。

"你消失了一个多星期，这段时间都在做什么？"苏菲问。

"思考。"

苏菲等着他说得明白些，但他们又走了一个小时，泰德罗斯什么也没说。他闻起来很清新的头发碰到她的脖子，王子如此坚定地带着她，她的脊椎泛起一阵热。苏菲的另一只手捧着柔软的粉红玫瑰，确定它还在那里。很久以前，在欢迎会的时候，泰德罗斯丢出玫瑰，想知道真爱会是谁，可她没接到。

然而苏菲现在拥有这朵玫瑰。

一阵怒吼声从前方传来，苏菲抬起头，看见月光下有条宽阔的河，被深色的石头包围着。河流平静地向前流淌，然后冲下一道又广又深的瀑布，看不见底。瀑布以外什么都没有，只有月亮的银白色光芒。

"亏你找到地球的尽头。"苏菲说道。

"到这里来。"泰德罗斯说道，把她拉到河边一块石头旁边的洞穴里。

苏菲挤进洞里，试着抓好石头，不要弄坏了王子给她的玫瑰。当她走进来时，泰德罗斯扶着她的腰，帮助她站直。有一瞬间，苏菲什么也看不到，然后她听到划火柴的声音，看到泰德罗斯点亮一根长长的蜡烛，应该是从房子里拿的。

苏菲倒吸一口气。他们在一个闪闪发亮的蓝宝石洞穴里，周围的墙壁全是由各种蓝色调的宝石组成的。一圈圈毫无瑕疵的蓝宝石反射出她扭曲的脸，就像在挂满镜子的大厅里一样。洞穴的角落有毛毯和枕头，食物的碎屑散布在地上，还有几个被丢弃的篮子。很明显，泰德罗斯过去一个星期在这里扎营。

他把毛毯摊开，让苏菲坐下，然后自己也在她身旁坐下来，他们的腿碰在一起，接着泰德罗斯把蜡烛放在面前。

"注意到你和阿加莎花了不少时间在一起。"他说道。

苏菲盯着他弯弯的眉毛，不需要问也知道他一定一直从远方注意她们的动静。她说："你之前有很多跟阿加莎独处的时间，后来和我也有独处的时间。所以公平起见，也该轮到我和她了。尤其这可能是最后一次了，在一切……改变之前。"她腼腆地看着他。

泰德罗斯点点头，抠着蜡烛垂下的油："那当然。"

"我们很担心你，泰迪，你自己孤零零地在荒原上。这一切一定很难接受，对吧？你忽然被带进那栋房子里，和……"

"我不想谈旧的故事，苏菲。我在意的是新的故事。"

他转过头，眼神锐利："我们来到这里的路上，你提到有两种皇后，一种是想当皇后的皇后，另一种是不想当皇后的皇后。我问你，如果你当皇后的话，你会做什么？"

"对，我们提到过这个，在那些僵尸海盗打扰我们之前。"苏菲傻笑道。

泰德罗斯脸上没有笑容："那个问题是错的。我应该问的是，为什么你想当我的皇后？"

苏菲的肩膀放松下来，终于他们有机会完成在森林里未能完成的对话。这一次没有焦躁不安，没有挫折……所有东西都在她的掌控之下。泰德罗斯想要的只是事实。

苏菲抬头看着头上凹凸不平的蓝宝石，像是几百个皇冠反映出他们的身影。然后，苏菲深吸了一口气，开始她的回答。

"我曾经常常梦到王子。壮观的舞会里有几百个俊美的男孩，而我是唯一的女孩。他们站成一排，我会走过去检视，想要挑一个能和我一起到达永生者之地的王子。每天晚上，我都越来越靠近终点，但每次都在我找到真爱之前就醒过来。每天我睁开眼睛的时候都很害怕，因为我会从一个充满魔法、冒险故事与善的世界回到单调、没意义的人生……感觉……好糟。我不属于小镇，那条路上的十五栋房子都跟我家长得一模一样。我没办法跟店员或鞋匠的孩子结婚，每天挤在面包店里，只为了让孩子吃饱。我想要找到真正的快乐，在那里，结局不会是变老、变得没用，然后死后跟其他人一起挤在墓园里。阿加莎觉得这样的人生像是天堂，但那是因为她想要躲在平凡的人生里。我是特别的，我跟别人不一样。我的名字注定要让很多人记得，比白雪公主、睡美人还要有名，因为那些女孩只是漂亮，她们像洋娃娃一样，等着王子出现。我注定要永远活在人们的心里，就算我的故事已经老去。因为不像其他的善女孩，我为我自己找到幸福结局。不管有多少人试着从我这里夺走它都没用，是我努力让它发生的。这就是为什么我想要当皇后，泰德罗斯。因为不管别人怎么说，我就是皇后，在努力找寻自己的国王。"

苏菲抚摸他的脸颊："然后你就在这里。"

眼泪涌上泰德罗斯的眼眶。

"我告诉过你，"苏菲微笑，"我告诉过你我们属于彼此，从我们相识的第一天起。"

王子拥着她的腰："谢谢你告诉我所有的事实，苏菲。"

"事实……就是你要的吗？"她问道，脸颊发烫。

泰德罗斯点点头，他的手指在她背上游移："只剩下一件事……"

她闻着他身上的香气。"是什么？"她轻声问，倚在他身上。

泰德罗斯托着她的脖子，慢慢地靠近她。苏菲沉浸在他的吻里，感觉心脏用力地跳着。

终于发生了。

终于！

她细细品尝这完美的一刻，等待狂喜的感觉出现，然后就可以确认结局。她等着电光石火的一刻，像电流一样强烈的爱……

然而，苏菲尝到的只有死亡一般的空洞，仿佛她在吻一个石头。

苏菲很惊讶，更紧地抓住泰德罗斯，更用力了，但还是无法从他那里得到任何感觉，什么都没有，他们的嘴唇毫无生气，甚至厌恶彼此，苏菲终于把他推开。

泰德罗斯瞪着她，眼神像冰块一样冷："你漏掉想当皇后的部分原因是因为你爱我。"

苏菲的心变成黑洞。

"我不是你的真爱,苏菲,我从来都不是,"王子说道,"我们不属于彼此。"

"但是……但是……戒指……"苏菲气急败坏地说,连忙低头看她的手,只见泰德罗斯的名字在金色戒指下消失了,仿佛从没在那里存在过。

一声响亮的金属碰撞声将她唤回现实,她转头看见断钢之剑在她身边的地上。

苏菲抬头看着泰德罗斯,他迈着沉重的脚步踏出洞穴。

"我回来的时候,它必须被摧毁。"他命令道。

然后他步入夜晚的空气里,身影渐渐消失在黑暗中。慢慢地,苏菲低头看着戒指,在烛光下闪烁。

怒火燃烧她全身的血液……深重且原始的怒气,让她整个身体剧烈摇晃……

她把戒指拔下来,猛力丢到蓝宝石墙上,戒指落在地上。

兰斯洛特是对的。

戒指对她说谎。它刻下一个不属于她的王子的名字,它知道会发生什么,却故意把她带到错误的路上,把她变成一个完完全全的傻瓜。

把这戒指给她的男孩也是共犯。

她咬牙切齿,两手抓起断钢之剑,脑中浮现拉斐尔扭曲的笑容。邪恶的校长将要因为背叛她而得到教训。

苏菲把善的剑高高举在戒指上,尖叫一声把剑往下刺……

银色的刀锋忽然停下。

但是,他真的背叛了她吗?

为什么恶的戒指要带领她到善的王子身边呢?

为什么拉斐尔让她和王子离开而不追上来呢?

她想到虎克船长,他说他被下的命令不是要带苏菲回到校长身边。她想起那个站在窗边的、美丽的、雪白头发的男孩看着她离开。她想到他那无所不知的蓝眼睛和宁静的脸,以及当她跃下时他最后说的话:

"你还是会回到我身边。"

苏菲睁大眼睛,慢慢把剑放下来。

拉斐尔没有背叛她。

他让她自由,就像阿加莎让她和泰德罗斯自由……所以他们全部能够找到属于自己的真实。

一个苏菲已经逃开很久的真实。

当苏菲把地上的戒指捡起来戴回手指上时,金色戒指还保有温度。有一瞬间,它闪着红色,仿佛确认他们之间有新的联结,她看着自己在戒指上的反映。

今晚不会上演摧毁戒指的戏码。

或许永远不会发生。

因为她知道泰德罗斯的吻里少了什么,而那缺少的东西她曾在别的地方感受过。

一个爱她真实样貌的人。

一个她害怕回报他的爱的人。

苏菲终于明白自己的恐惧从何而来,她和阿加莎都是皇后——而两个人都害怕接受自己的命运。

但是不像她最好的朋友,苏菲已经准备好了。

苏菲独自站在烛光前面,闭上眼睛许下愿望……

王子……城堡……王冠……

但这次不是善,是恶。

一阵冷风吹进洞穴,把蜡烛的火熄灭。

阿加莎躺在无尽的黑暗里,祈祷自己睡得着。但她只躺了几分钟,又坐了起来,点亮床边桌上的蜡烛。

墙上的小镜子里,阿加莎看见自己疲惫的脸,深深的黑眼圈,垂头丧气的模样。

不久以前,她似乎还是公主。

她已经准备好要卷在棉被里,点着蜡烛睡觉,却隐约听到音乐声和笑声从房子后面传来。

她跪坐在床上,从窗户看出去,桂妮维亚在花园里跳舞,兰斯洛特吹着短笛,在她旁边跳舞。兰斯洛特勾着她的手臂,他们转圈圈,不时发出笑声,一支舞罢就给对方一个吻。

阿加莎越看越迷惑。这些时日她一直以为他们是不幸的流亡者,活在苦难中,而且过去了六年,他们应该已经对彼此厌烦、生活无趣。然而,没有任何庆祝的理由,他们却在午夜跳舞和亲吻,像两个喝醉的少年。他们人在哪里,周围有什么人,他们拥有什么和失去什么,这些都不重要。

他们仍有彼此。

他们仍有爱。

阿加莎因为羞耻而脸红。她自己把王子拱手让人,因为她害怕为自己具有的价值奋战。而且不只这样,她还假装她做这些都是为了保护善的英雄人物。现在那些英雄人物会怎么看她呢?一个不再逃避命运、不再隐身在善背后的公主,一个真实的公主,知道命运不完全是自己的,也是王子的。她若不跟泰德罗斯在一起,就会牺牲掉两个人的人生。加瓦顿或森林、王室或农民、善或恶、男孩或女孩、旧的或新的……这些都不重要,如果他们可以在一起。

她不用当众人眼中的皇后,她只要当他的皇后就好。

如果是这样,她知道该怎么担任这个角色。

她想也没想,跌跌撞撞地走出房门,穿过走廊,把前门推开,冲下门廊来到充满露水的荒原上。她眯眼看着漆黑的夜,感到心碎……

因为一切都太迟了,泰德罗斯和苏菲已经消失好久。

阿加莎垂头丧气地把头靠在门上。

哪里传来脚步声?

阿加莎抬头看,一个高大的轮廓经过灌木丛,向房子走来。

她往前走,眼睛看着前方,正在适应黑暗。

"霍特?"她叫道。

但现在她认出那步伐……长而充满肌肉的手臂……他腰上的厚重皮带,没有剑的踪迹。

泰德罗斯向房子走来，眼睛定定地看着她。

阿加莎还没意识到，自己已经向他飞奔过去，泰德罗斯也向她飞奔而来。阿加莎黑暗中的步伐跌跌撞撞，她清楚地听到自己的喘气声，快要呼吸不过来。他的影子朝她冲来，越来越快，越来越快，直到他们像星星一样撞在一起，阿加莎跌倒。泰德罗斯把她拥入怀中，她笑得好开心，泰德罗斯也是。

"你以为我不认识你，阿加莎，"他轻声说道，"你以为我看不到你是谁。"

"光你看到还不够，泰德罗斯，"阿加莎说道，"我也必须看到你。"

"现在我的王国也会看到了，有史以来最伟大的皇后。"

阿加莎看着他的眼睛，如此清澈，如此深信："但是我只是——我只是个女孩……而你……你是……"

"你以为我知道怎么当国王吗？"泰德罗斯脱口说出。

"什么？可是你一直以来表现得那么……"

"表现，表演！"他摇摇头，声音颤抖，"告诉我你爱我，阿加莎。告诉我你不会再放弃我。告诉我你会永远当我的皇后……"

"我爱你，泰德罗斯，"阿加莎哭着说，"我爱你比你知道的还多。"

"还有呢？继续说下去！"

"我……"

但是没有更多话语了，眼泪从他们的脸颊滑到嘴唇上，他们尝到甜美又咸咸的味道。

在荒原的另一边，霍特已经等了很久，他看到泰德罗斯离开洞穴，但不敢贸然行动。在泰德罗斯带苏菲来到这里时，他一路跟在两人后面，所以当他看到泰德罗斯独自离开后，他坐立难安。霍特躲藏在一棵树后面，伺机潜进洞穴入口，他让手指发亮，蓝宝石墙反射出的强光让他眯起眼睛。

"苏菲？"他一边叫道，一边挡住眼睛，"苏菲，你在哪里？"

但是霍特只找到一把没用过的剑，旁边散落着黑色羽毛，仿佛她被一只天鹅救走了。

第三部分

第二十六章
黑暗皇后

苏菲醒来的时候,发现自己在校长的塔楼里,床上有件洋装等着她,日出的光线让洋装闪闪发亮。

她站在窗边,无肩带的黑色丝绒贴着她的皮肤,长长的裙摆流泻到地上,让她看起来像是邪恶的新娘。

海湾的另一边,绿雾缠绕在寂静的新旧黑色城堡上方,晨光下城堡朦朦胧胧的,早晨的太阳还没有一块黄色的大理石大。好平静,她心想。这些年来,她费尽心思,限制自己,苦苦挣扎,只为了能向善,找到抵达永生者之地的路径。然而,当苏菲远眺她的邪恶领土时,她意识到自己何苦做那些尝试。两年前,校长早就把她放在她所属的学院,她注定有一天要统治的学院,假如自己那时接受这个事实,而不是否定它;

假如她可以爱自己原本的模样，她就不用遭受莫大的痛苦。

她看一眼自己的手臂："没有疣，也没有皱纹，什么时候我，呃，会变成……那个……"

拉斐尔来到她身边，穿着黑色丝绒立领外套，丝绒的裤子和上衣配成套。"曼利教授第一天的丑化课，会告诉学生为什么恶人需要丑陋才能成功。丑陋让你从表象解放出来，摆脱浮华的牢笼和自己的长相，让你变得自由，拥抱内在的灵魂。你第一次变成女巫的时候，你的灵魂需要你变丑陋，好让你超越外在的美丽，看到自己的邪恶。但是今天你已经是个不同的女巫了，苏菲。丑化对你不再有效果，就像它对我没有效果一样。"

能够继续保持美丽的外表，苏菲原本期望能因此松一口气，然而她却感到奇怪的空洞感，仿佛经历过这些，她长得怎样已经一点儿都不重要了。她的眼睛看着手上的戒指："这是黑天鹅金，对吧？你知道它会带领我到泰德罗斯那里。"

他的嘴唇紧闭，仿佛在考虑是要开口问她怎么知道的，还是不该追究她离开的这段时间发生的事。"这样说吧，"他终于开口，"只要你没有摧毁它，我就知道它会带你回到我身边。"

"如果我摧毁了它呢？"她问道，转向他，"如果泰德罗斯爱我呢？"

"真爱之吻必须来自两方面，记得吗？我很确定王子从你的吻里没感受到什么，就像你从他的吻里没感受到什么一样。"他的脸软化下来，"而且……我宁愿你杀了我，也不要你永远遗弃我。"

苏菲垂着头，静默不语。然后她看着俊美、年轻的校长。"我很抱歉，"她说道，"我很抱歉离开……"

他把手指放在她的唇上："你现在在这里，这是最重要的。"

"你没有因为我背叛你而生气？"

"如果你的背叛让我们之间的爱更坚定，我为什么要生气？我感谢都来不及呢，只是我在想我该感谢的人或许不是你。"

"什么意思？"

拉斐尔咬着嘴唇在思考。"你的朋友阿加莎有个很罕见的才华——不只是能听到别人的愿望，而且能达成那些愿望。第一年的时候，她把这个才华浪费在无用的事情上：让许愿鱼自由、跟滴水兽石像做朋友、为狼卫挺身而出……但现在我怀疑她已经学会把才华用在有意义的事情上了。"他看进苏菲的眼睛，"你。"

"什么？"苏菲说道，感觉很不舒服，"她怎么能……"

"你的愿望是让泰德罗斯吻你，对吧？是阿加莎让你和泰德罗斯重新开始，好让那个吻发生。或许她还更进一步，像神灯精灵一样给你王子之吻，知道泰德罗斯不会有任何感觉，进而回到她身边——他对她的爱也因此更坚定，因为已经通过考验了。你不觉得或许她的才华更精进了？让你的愿望成真，进而完成自己的愿望。"

苏菲皱眉："我了解阿加莎，她不会那样想……"

"可能不是有意识地想。不过她的灵魂朝着善行进，就像你的灵魂朝着恶行进一样，或许她甚至想着，如果你因为失去王子心碎又愤怒，可能也会一并拒绝我，转而把我的戒指毁掉也说不定。善能有它完美的永生者之地，既干净又简单，都是因为这公主的秘密才华。"

苏菲的脸垮了下来："所以她希望我孤单一人。"

"没错，"年轻的校长微笑，"只是她没发现我跟卡米洛特的泰德罗斯王子的区别。"

苏菲盯着他谜一般的蓝眼睛："是什么？"

拉斐尔把手放在她的腰间，将她拉过来，吻了她。苏菲感到自己的所有想法都安静下来，狂热地安静，像是黑暗炸弹在她头上爆炸。接着是她的心，在热情与冷静之间骚乱，仿佛找到它的另一半。一阵微风把她的发丝吹到他们俩年轻的脸上，形成金色的条纹，她明白这里不再有罪恶感、怀疑或羞耻，因为她已经找到爱……永恒的爱……美丽与邪恶共存……

拉斐尔把唇移开。

"差别就是，对你这样的女孩来说，恶的感觉才对。"他说道。

苏菲可以听见撰写者在后方为他们的吻上色，涂上生动的色彩。

"也终于到了我感觉对的时刻了吧。"她微笑，感觉黑暗在她的心里搅动。

"我现在是你的皇后了，心和灵魂都是。"她悄声说道。

拉斐尔愉悦地舔舔嘴唇，抚着她的长发："那么只差一件事情了……"

原来那件礼服的出现并非偶然，在她睡觉的时候，他已经计划好整个典礼。

现在苏菲等在高耸的旧学院大门外，她心跳加速，充满期望。

充满恶意的咯吱声响起，暗色的木门慢慢打开，不知从哪里奏起诡异变调的音乐，像是婚礼进行曲被倒过来演奏。她抬头，看见两个黑色的小精灵飞落在门上，他们的蜇针在迷你的小提琴上来回滑动。

"你准备好了吗？"他问道。

她转向拉斐尔，他年轻的脸庞后是楼梯间的一道墙，上面挂满被乱画的旧肖像。

"是的。"她回答。

他们的手指交叠在一起，他领着她穿过敞开的门。

当校长和皇后在长长的银色走道上行进时，童话剧场的每个人都起立了。曾经被分为善恶两侧的剧场，现在宽广的空间都为邪恶服务。走道的一边，僵尸坏蛋组成的黑暗军团坐在摇摇晃晃的木造长椅上观礼，旁边的墙上布满焦痕和绿色的霉菌。大多数恶人的胸前别着交叉骷髅骨的别针，除了那些赫赫有名的恶人，像是小红帽的大野狼、辛德瑞拉的继母、杰克的巨人和虎克船长——虽然胸前有一道血淋淋的剑伤，但仍然活着。虎克船长对苏菲露出一个大胆的坏笑，她瞬间全身僵硬，提醒自己是皇后，他没办法伤害她。

"交叉骷髅骨表示他们已经杀掉旧日的对手，并成功重写他们的故事书，"拉斐尔轻声说，注意到她脸上的表情，"那个讨厌的老巫师一直在帮最有名的英雄人物躲藏在所谓的联盟里。这就是为什么读者世界的防护罩还没完全坏掉。但他们快要没有时间了，很快，梅林和他的联盟就会来找我们。"

想到那些又老又坏、在洞穴里欺负她的老家伙被杀害的情景，苏菲感到一阵心满意足。

"读者们开始相信恶的力量了，我的皇后，"他说道，"防护罩危在旦夕，只要任何一个有名的英雄人物死掉，读者们铁定会丧失他们对善的信念。防护罩会毁坏,那么你就可以一举取得恶的永恒胜利。"

"怎么做?"苏菲轻声问,"加瓦顿有什么我们需要的东西?"

但拉斐尔只是微笑。

他的肩膀后面,苏菲瞥见了剧场的另一侧她年轻的永生者和永灭者同学们,他们从旧日的善良学院城堡穿过桥来到这里,站在象牙色的长椅前,长椅是用抛光后的骨头做成的。上次他们见面的时候,同学们对新的邪恶学院充满反抗及厌恶。而现在所有年轻的学生瞪大眼睛,看着走道另一侧的僵尸坏蛋,终于理解校长在另一所学院里隐藏着什么,无不惊讶至极。当苏菲更仔细地看时,她看到昔日的同学被分为三组。

最前排的是领袖,胸口别着金天鹅别针,头上戴着新的深绿色贝雷帽——其中有碧翠丝、拉文和查迪克。中间的区域,她看到莉娜、尼古拉斯、阿拉克涅和维克斯,他们的成绩是心腹,胸前别着银天鹅别针,没戴帽子。而在这群跟班后面,苏菲惊讶地看到最后一组:成绩最差的学生们,戴着铜天鹅别针,已经开始转化。希子一边哭,一边试图盖住手臂上长出的白鹅毛;塔奎因的猪鼻子发出哼声;米莉森特红发上长出的鹿角奇痒难耐;而布罗纳的手臂已经冒出绿色嫩叶。

他们活该,苏菲心想,谁叫他们无可救药地无能。她猜想多特应该会在转化物的区域,变成一头暴食巧克力的乳牛,但是任何一区都没看到她,也没有阿纳迪尔或……

女巫们在哪里?苏菲好奇,环视剧场四周。

但是只有邪恶学院的教师们靠着后面的墙壁,善良学院的教师仍然不见人影。曼利教授和希克教授既喜悦又骄傲地看着这个变成皇后的学生,卡斯特也是,今天它凶猛的狗头和波鲁克斯一起共享它们的狗身体。(波鲁克斯向苏菲挥手,用手帕轻拍眼睛周围,假装很为她高兴。)他们旁边是莱索夫人,看来对苏菲重返邪恶感到开心,她的儿子,同时也是院长,站在她身旁……

苏菲畏缩了一下,因为艾瑞克看起来一点儿也不像院长。他一只眼睛乌青,肿起来的鼻子旁边满是深深的爪痕,"卑鄙小人"四个字用刀刻在他的额头上,伤口才刚开始好转。他瞪着苏菲,仿佛在对她说你胆敢这样目瞪口呆地看着我。

苏菲赶紧把头转开，第一次把目光放在剧场前方升高的舞台上。中间的石材表面像过去一样有裂痕，不过现在有淡蓝色的雾气从那里渗出来。假如这是魔法，未免也太寒酸了，苏菲想，毕竟这是个重要场合。除非这根本不是魔法……拉斐尔牵着她走上石阶，她眯着眼看裂缝，想要知道舞台下面究竟是什么……

但是苏菲注意到舞台上方有东西。

装饰着尖刺的黑色王冠在高空中飘浮着，骷髅形状的吊灯发出绿色火焰，让王冠闪闪发光，这跟苏菲在新学院邪恶壁画里看到的是同一顶王冠。画里她微笑着依偎在拉斐尔的臂弯里，头上戴着这顶王冠。

苏菲现在露出同样的微笑，挽着她俊美的爱人，站在舞台中央。两年前，马戏团王冠在同样的位置悬浮着，等着天才马戏团优胜的学生。那一晚她因为吞噬善、拥抱恶而赢得王冠……与今晚一模一样。

只是这一次，她并不是一个人。

阿加莎的愿望就到此为止，她苦涩地微笑。

一切关于阿加莎的事就到此为止。

在所有观众的注视下，拉斐尔神奇地让王冠降落到苏菲的头上，他轻轻地为她调整，并亲吻苏菲的前额。冰冷的唇碰触到因绿色火焰照射而温热的王冠，苏菲闭上眼睛，把此刻的感觉和记忆印在心上。当她睁开眼睛时，校长已经转向观众。

"森林的光日渐暗淡，黑暗升起，而这是黑暗中诞生的皇后。"他宣布道。"如同每个真爱故事，苏菲和我经历了艰难的试炼，才找到并认定彼此，怀疑和痛苦只让我们的爱更加茁壮。如今我们两人的爱无可动摇，和永生者为了善而有的真爱并无二致。然而，我们因邪恶而结合的爱，还不够让我们赢得永灭者之地。为了让恶找到两百年来的第一个幸福结局，能够为恶开创黄金年代的幸福结局……"他走到舞台边缘，"我们需要你们每一个人的协助。"

剧场里一片静寂。

"七天之后，森林会迎来完全的黑暗，"拉斐尔说道，"我们必须在第七天的日落之前进入读者世界，否则全部的人都会毁灭。此刻最有名的英雄人物还未被杀害，读者仍然不愿放弃对善的信念。但是这个状况很快就会改变，因为我的皇后已经回来了，善没有其他选择，只能攻打我们的城堡，杀掉我是他们获胜的唯一方法。我可以向你们保证，梅林和他的英雄人物在这周内就会攻打我们的邪恶学院，我们的任务就是杀掉那些旧日的英雄，摧毁读者对善仅剩的信念，这就是我们进入读者世界并让恶永远胜利的方法。梅林的英雄角色抵达这里之前，我们每个人——年轻的和年老的，永生者和永灭者，领袖、心腹和转化物——必须同心协力捍卫我们的学院。邪恶学院的院长和老师会带领我们做准备，你们必须服从他们。"

他紧握苏菲的手："过去，恶输掉每场战役，因为它只有必须抵抗的事物，而没有奋战的目标。然而，现在你们有个皇后，给了你们一个能获得光荣的机会，一个曾坐在你们现在位置上的皇后，一个会为你们奋战的皇后，你们也得为她奋战。"

拉斐尔的表情变得严肃："如果任何人胆敢挑战我们的皇后，下场就跟背叛恶一样……"

舞台开始发出咯吱声，仿佛地震来袭，苏菲站不稳，惊讶地搞不清楚怎么一回事。忽然间石头舞台从裂缝裂开，变成两半，蓝色的雾从越来越大的裂缝中涌出，直到一个深邃的裂隙出现，苏菲终于可以看见舞台下有什么。

隐藏在旧城堡下方的是一个洞穴般的冰冻地牢，几百个人被禁锢在冰里。苏菲看到的第一张脸是爱玛·阿涅蒙妮教授，纷乱的金色鬈发下，眼睛因惊讶而睁大，她被封进嵌在地牢墙里的冰冻墓穴里。在她旁边，克拉丽莎·达维教授也有自己的冰冻墓穴，她银色的发髻和玫瑰色脸颊被冰弄得模糊——苏菲注意到边缘被弄出一个洞，一定是阿纳迪尔的老鼠挖的，为了偷出魔杖让阿加莎和泰德罗斯进来。

"背叛者监狱用来关押那些自我们的学院创立以来，不愿意对恶效忠的人——包括之前善良学院的教授。我给过每个教授在新学院教课的机会，但他们都拒绝了。"

拉斐尔说道。波鲁克斯在后面悲伤地吸鼻子，希望能获得认可。

拉斐尔没理它："很幸运，今天我们有三个新犯人要被关进去……"

尖锐的嘎吱声从上方传来，观众抻长脖子，看到海丝特、多特和阿纳迪尔被绳索绑在一起。坐在橡架上傻笑的比兹尔，用滑轮把她们降下来。

"这三个所谓的永灭者密谋让敌人闯进来，其中一个还用邪恶给她的才华伤害我们的院长。"校长说道，睨视着海丝特和她的恶魔，她嘴里塞着布条，痛苦地扭动着。

"然而，即使明显有罪的背叛者，在永远被封进监狱之前，仍值得公平的审判……"

三个女巫什么都没听进去，因为她们瞪大双眼看着苏菲站在校长身边，头上还戴着威胁感十足的王冠。

"所以我把她们的命运交给我的皇后，她不但和被告们很亲近，还曾经跟她们是室友，"拉斐尔说道，转向苏菲，"你说该怎么做？亲爱的，饶过她们还是将她们定罪？"

苏菲看着女巫们盯着她，沉默地要求她的宽恕，即使总是不愿意示弱的海丝特，神色里也透露着几分恐惧。

我们一起经历过这样的事已经几次了，苏菲想。她和66号房的女巫们经历过这些高低起伏，已经快要把她们视为朋友了。

快要。

因为这些是相信她会永远孤独的朋友……把阿加莎推向王子而非自己的朋友……在她管辖的学院里背地调查她的朋友……当她需要她们时从未在那里的朋友……

而现在她们需要她，就期望她变成解救她们的武士。

苏菲的脸变得冷酷。假如她从自己的故事中学到一个教训，那便是女巫的理念是对的，每次她想要向善，准没好事。

"将她们定罪。"她说道。

"不要！"多特哭叫。

拉斐尔对这些吓坏了的女巫冷笑："那么很抱歉，这就是我们的道别仪式了。"他抬起手指正准备把滑轮上的绳索切断……

"我最讨厌道别。"一个声音从上面传来。

拉斐尔抬头看。

梅林在橡架上对着苏菲微笑，扣着比兹尔的喉咙。"妈呀！"侏儒怪尖声叫道。

拉斐尔伸出手指，但梅林先发制人，一团火焰沿着绳索爆炸，把拉斐尔和苏菲轰出舞台，还把比兹尔像炮弹一样往观众席发射出去。苏菲在台下试着睁开眼睛，她看到僵尸坏蛋正要往台上冲去，而拉斐尔正准备站起来，绳索周围的烟开始散去……

但是梅林和女巫们早已消失踪影。

年轻的校长愤怒地大吼，带着僵尸坏蛋冲出剧场去捉拿逃犯。

苏菲摇摇摆摆站起来，想加入他们的行列，但是脚被绊到了——她忽然看到洋装上有个东西，之前没在那里。

是一个小小的星星，在她黑丝绒的礼服上冒出醒目的白烟，像是魔法师在提醒她的善被遗忘了。

太阳从荒原上升起的时候，阿加莎靠在橡树上，穿着一件从兰斯洛特那里借来的宽松的咖啡色上衣，她的头发油腻腻又脏兮兮，肚子因为饥饿咕噜咕噜叫。她看到桂妮维亚手上的小木盒里有个王冠，上面的银和钻石闪闪发亮。

"那是兰斯洛特送你的吗？很可爱，我觉得，不过我对珠宝、衣服或任何跟那有关的东西都很没概念……那些女孩子的东西。"她无力地说。阿加莎跟着泰德罗斯半夜起床，晃悠了几个小时，王子的母亲又一大早把她拉出房间，坚持要拿一样东西给她看。假如阿加莎早知道是装饰性的头饰，她就会坚持多赖在床上一会儿。

"有点儿太正式了，去参加舞会或婚礼刚好，不过在荒原上闲逛就不太实用……"

阿加莎的声音渐渐停下来。兰斯洛特是怎么获得银和钻石的？他在清理马粪和挤牛奶的空当，去洞穴冒险吗？

半睡半醒的阿加莎看着王冠上的银色饰环垂下一圈圈的钻石，看起来不是新的。她越仔细看，她的喉咙就越紧缩，因为她确定在哪里看过这个……月光下池塘里的倒影……

许愿鱼的画里闪耀着的王冠……

戴在她的头上。

阿加莎慢慢抬起眼睛看着桂妮维亚,虽然她的脸饱经风霜,又穿着一件肮脏的家居服,看起来却有着王室的庄严和气势。

"这是……这是你的……"

"恐怕现在是你的了,"桂妮维亚说道,"但是太正式又不实用。"

"我的?不,不,不是我的。"阿加莎声音沙哑,退到树旁边。

"昨天晚上我和兰斯洛特在荒原上瞥到你和泰德罗斯在一起,我对自己好生气,"桂妮维亚叹气,"我早该知道梅林圣诞节时说的名字是对的,在我晚餐时弄错而从你看我的样子就早该知道了。我怎么能这么肯定?我猜看到简单的答案有时比看到事实容易,而这对我一直都不是件容易的事。"她严肃地微笑,把盒子推向前,说,"但是现在开始不会再弄错了。"

阿加莎用挂着黑眼圈的双眼瞪着王冠,然后把盖子合上:"我不能拿!我还不是皇后!我什么都不是……我甚至连澡都没洗……"

"善没有时间等他们的皇后了,阿加莎,"桂妮维亚说道,态度变得坚决,"昨晚,你的朋友霍特去找苏菲,发现她从我们的安全之地消失了,某种魔法让她回到了校长身边。"

有一瞬间,阿加莎以为自己听错了,或以为那是个糟糕的玩笑,但是桂妮维亚的脸看起来一点儿都不像开玩笑的样子。"你说什么?苏菲回到他……他……他身边?但那不可能……没有方法离开这里……"

"湖之女神只能保护与善同盟的人。你的朋友只需要许愿,说她想要加入校长那一边,校长就能打破湖的魔法把她救出去,"桂妮维亚解释道,"可怜的霍特发现她不见了,伤心至极。他说他会用所有方法杀害校长,把她从他身边救出来,所以他熬夜对我和兰斯洛特解释你和苏菲的故事。阿加莎,据我所听到的,我确信你的朋友已经全心奉献给恶,决定当邪恶的皇后,所以你也必须用同样的信念和果断当善的皇后。否则,你和我儿子一点儿赢的机会都没有。"

阿加莎什么也没说,"我儿子"这个词悬在她们之间。

经过一阵沉默，阿加莎的手慢慢滑进桂妮维亚的手掌，打开了那个木头盒子。"一直以来你都保存着这个王冠吗？"阿加莎问。

"亚瑟王的王冠留在卡米洛特，等着泰德罗斯继承，"前任皇后耐心地回答，"但是我逃出皇宫的那晚，一直戴着它，希望守卫会认为我是为了公事离开城堡，所以不会把亚瑟王吵醒。这些年来我一直想把王冠摧毁，如此兰斯洛特和我才可以忘记在我身上发生过的故事……然而，事实是我仍然是皇后，我仍然是母亲，阿加莎。这些事实无法被改变，即使我躲藏在世界上最偏远的角落。作为这个王冠的拥有者，我对王国、对我儿子以及对我自己的责任，就是把它传下去，虽然我曾经让这三方都失望。"

她的声音发抖，但是仍振作精神："我知道我永远没办法和儿子建立关系，我也不值得。但是我仍想要尽全力保护泰德罗斯，而唯一的方法就是确认他拥有亚瑟王未能拥有的皇后，一个不只对头上的王冠感到笃定，并且当重要时刻到来时，她已准备好为它奋战的皇后。"

她从木盒中拿出王冠，把它举到阳光下，阿加莎感到心快要窒息了。

"现在就是那个时刻。"

阿加莎原本以为身体里的某处会发出抗议，让她本能地逃避……然而，她一动也没动，仿佛有什么从身体里改变了。她抬头看着卡米洛特皇后的王冠，恐惧与紧张消失了，仿佛皇后的话语唤醒了某个更深层的东西。心里燃起的火焰和强烈的渴望撕裂着她的身体，像是皮肤下长出盔甲，推翻旧的阿加莎，让她的肩膀和胸口都鼓足了勇气。

桂妮维亚是对的，这不再关乎她。

这关乎善恶两边，两边为爱而燃起战火。

她和泰德罗斯为善而战，苏菲和校长为恶而战。

很久很久以前，她跟她最好的朋友试着一起找到快乐的结局，然而现在她们俩只有一人能从这场战役中活着出来。

此时此刻，阿加莎明白了为何她不能过平凡的人生。

因为她注定拥有不凡的人生。

因为如果她的故事跟她有关——她的价值、她的爱、她的未来——她就会拒绝自己的命运，仿佛为自己而活带来太多责任。

然而，当她发现自己的命运比她自己巨大，跟善一样庞大时……她终于能自在地拥抱它。

慢慢地，阿加莎低下头，银色光芒轻轻反射在她的前额上，一道红色的光从钻石边缘射出来。阿加莎抬起头，桂妮维亚露出一个灿烂的微笑。

这就够了，阿加莎不需要其他的镜子来看自己戴上王冠的样子。

忽然间桂妮维亚的脸色苍白，脸上的笑容消失了。

阿加莎回头一看，看见泰德罗斯从原野的另一边看着她们。

"我会离开……"桂妮维亚开口。

"不……留下来……"她的儿子说。

他走向阿加莎，上衣有草的痕迹，裤子满是皱褶，眼睛盯着他的公主，"每个人都……留下。"

阿加莎可以闻到他身上露水混着汗水的味道，看见他眼睛周围的黑眼圈，想必他也有个无眠的夜。他的指尖抚摸着王冠，忆起它的轮廓和环圈，但是他的焦点仍在她身上，仿佛要确认她还是过去的那个阿加莎，从里到外。

"你不准把它拿下来。"他低语。

"你连一声'早安'都没说，就开始下命令？"阿加莎说道，"更何况，你可以随便命令皇后吗？"

"噢，所以今天你是皇后了？"泰德罗斯说道，把她拉过来。

"我一直都是慢热型的人，如果你还没注意到的话。"阿加莎说道。

"即便如此……国王还是国王。"

"所以表示你的皇后永远在你之下？"

"当然不是，只是你应该照我说的做而已。"

"不然呢？"阿加莎哈哈大笑，"你会给我下死亡通缉……"她看到泰德罗斯脸上的表情，整个身体凉了半截。

两个人同时转向桂妮维亚，她仍站在那里，脸色白得跟鬼魂一样。

"这是怎么回事？"兰斯洛特的声音响起，武士和霍特两人笨拙地闯进树林，"我们没被邀请的加冕典礼？"

"我永远都不会被邀请去任何场合。"霍特低声咕哝。

泰德罗斯、阿加莎和桂妮维亚都没理他们。

"带来这么多问题之后,终于到了那个该死的王冠发挥一点儿用处的时候了。"兰斯洛特说道。

"只是那个女孩应该穿上合适的洋装,钻石和那件上衣实在很不搭。"

没有人觉得好笑。

"早晨才刚开始,我们怎么已经醉得头晕目眩了,"武士开玩笑道,"好吧,许个愿望,阿加莎,然后就可以结束了。午餐时间到了,还有很多活儿要干。"

阿加莎看着他:"许愿?"

兰斯洛特皱眉:"在正式的加冕典礼上,一旦你被任命,你必须为王国许下一个愿望,那是典礼的闭幕仪式。桂妮维亚应该跟你解释得很清楚。"

"恐怕我做得不好。"桂妮维亚轻轻说,看着她的儿子。

泰德罗斯迎着她的眼神看了一会儿,然后移开。

"那该是我许愿的时候了。"阿加莎说道,看着王子。她站直身子,说:"我希望我们所有人都可以一起坐下来吃午餐。"

泰德罗斯立刻盯着她。

桂妮维亚全身僵硬,兰斯洛特和霍特屏着气不敢说话。

阿加莎眼睛盯着王子,等他回答。

泰德罗斯什么都没说,瞪着戴上王冠的阿加莎。

树林里一片死寂。

泰德罗斯转向母亲。

"你今天煮什么?"他问道。

桂妮维亚的脸像苹果一样红,然后她手足无措地摇摇头,热泪涌上来:"今天是……星期一……我什么食物都没有……"

"听到没,孩子?"兰斯洛特说道,"妈妈什么食物都没有,那就是死刑真正的意义,懂吗?"

每个人都瞪大眼睛盯着他,一阵可怕的沉默。

阿加莎开始哈哈大笑。

泰德罗斯看着她,一开始还想忍住,最后没办法也窃笑起来。

他的母亲哭得太厉害，快要呼吸不过来，好几年来被压制的情感一股脑儿扑向她："这不……不好笑……"

王子伸出手臂环绕着她，桂妮维亚在他胸前哭着，王子用力抱紧她。"我们会好好处理，妈妈，"他低声说道，"没事的。"

看着桂妮维亚和泰德罗斯在一起，阿加莎自己也几乎要被各种情绪淹没，他们俩需要独处的时间，不让其他人打扰。

"让我跟这两个大男生一起做午餐吧。"她很快说道，抓起霍特的手，并盯着兰斯洛特。

"我？"霍特爆发怒气，"为什么那个任性的王子不用做？我整晚没合眼，整个早上都在照顾猪，你们两个昨天晚上挤在谷仓里，谁知道干什么去了……"

阿加莎用指甲抠进他的手腕，他哇哇大叫。"我们很快会带食物过来。"她一边说，一边把霍特拉走。

"你们得准备比预期更多的食物。"一个声音说道。

阿加莎转头看见一行人的侧影穿过阳光照射的荒原。

梅林领头，海丝特、阿纳迪尔、多特、彼得·潘、叮当仙子、辛德瑞拉、匹诺曹、杰克、睡美人、韩赛尔、葛雷特、小红帽、尤巴、白兔和乌玛公主，每个人看起来都又脏又累，呆头呆脑地看着神奇的荒原，仿佛他们刚从地狱走入天堂。

"我来准备午餐吧，"梅林说道，"不过你们可能得忍受帽子的抱怨，因为它才刚做完早餐没多久。但是我们有很多事要讨论，实在没有时……"

魔法师忽然停了下来，因为他看见了阿加莎头上的王冠。他后面的每个人都看到了，荒原上一片静寂。

梅林微笑，大大的蓝眼睛充满生气。"黑暗中诞生的皇后。"他低声说道。

老人慢慢弯腰，单腿跪在阿加莎面前并低下头，他背后带领的一群人也一样，不论他们的年纪多大或多小。然后桂妮维亚、兰斯洛特、霍特……直到泰德罗斯看着阿加莎，也单膝跪下。

在那瞬间，濒临死亡的日光下，看着一群英雄人物在她面前伏膝，阿加莎在心里许了第二个愿望——不管善需要怎样的皇后,她都会全力以赴。

"我不懂这有什么大不了的,"辛德瑞拉用每个人都听得到的声音说道,"看起来像是一只长颈鹿戴着老祖母的王冠。"

但是当大家一起走向房子时,联盟的英雄们小声地吸着鼻子,阿加莎甚至看见一滴眼泪在老公主的眼里打转。

第二十七章
英雄配对

"如果梅林引领所有的永生者王国,对我们发动攻击怎么办?"苏菲听到曼利教授问道。

"比利乌斯,我再说最后一次,善防守,不是攻击,永生者王国不会主动攻打我们,如果我们没有对他们先发动攻击的话。"拉斐尔咆哮着回答,"更何况,他们不会让自己的人民陷入险境,只为了救那几个衰老的英雄人物。一旦苏菲和我证明恶能获胜,我们就可以一个个地摧毁永生者王国。"

"如果我发现更多学生是善的间谍怎么办?"希克教授问道。

"如果乌玛公主带领动物大军进攻怎么办?"波鲁克斯追问。

"假如你担心我们的学生应付动物的能力,

那么我好奇你在课堂上究竟教过他们什么？"年轻的校长火气十足地回答，"至于间谍的问题，希芭，我相信冰冻监狱会让更多想反叛的学生打消念头。"

"说得也是，今天的冰冻监狱计划可说是无懈可击啊！"卡斯特喃喃自语。

苏菲不再注意他们，她在检查莱索夫人的冰冻教室后面放了什么食物。拉斐尔对她保证教师会议会提供午餐，但是她只能找到发臭的冷青花鱼、烧焦的马铃薯和变硬的起司。

她看见自己在冰墙上映出的影子，几乎认不出自己。过去那个焦虑、缺爱、追着王子一路到阿瓦隆的女孩，现在已经变身为王室的皇后，戴着装饰着尖刺的王冠，穿着黑魔女一般的礼服。昨天的加冕典礼上，有名的恶徒和旧日的同学对他们的新领袖起立致敬，苏菲觉得仿佛回到了过去的自己。她低头看梅林给她的白星星，她把它藏在口袋里。梅林留下这个记号，当然是为了让她重新思考对恶的忠诚。然而，这反倒让她更加确认自己的心意。因为就像阿加莎一样，那个年高德昭、两面讨好的魔法师，从头到尾一直在利用她。他假装因为要让她得到快乐而救她，其实只想要她把戒指毁掉，并不是真心为她着想。而阿加莎也不介意她最后会不会孤独一人，她只是一个协助阿加莎到达终点的工具而已。她是喜剧里容易上当的丑角，善的巨轮上的一个小齿轮。

这样利用她的方式根本不是善。

噢，她要是再看到这个好管闲事的奸诈小人，一定会把他扔进冰冻监狱里，连同他愚蠢的斗篷、可憎的帽子，还有老掉牙的俏皮话。下一次，她会亲手执行把犯人关进冰冻监狱里的任务。

她又看了一眼悲惨的伙食，还有那些坐下的教授——曼利教授、希克教授、波鲁克斯和莱索夫人——每个人面前放了满满一盘腐烂的食物。艾瑞克院长是唯一一个不在会议里的老师。

"我说最大的问题是我们把所有的学生挤在过去的善良学院里，那些没用的永灭者对那座城堡一点儿都不熟，"卡斯特抱怨道，"不是把自己锁在衣橱里，就是从秘密通道掉下去，他们要怎么保护学院？如果他们根本搞不清楚哪里是哪里……"

"我们最大的问题是食物。"苏菲的声音响起。

每个人都回过头来。

"如果这是给教师——还有皇后——的伙食,那学生们吃的都是些什么?"苏菲说道,跟拉斐尔一起坐在以前莱索夫人的冰桌边,挽着他的手臂,"现在既然我已经被加冕了,我就有权做出一些改变,你要怎么带领邪恶军队,如果他们饿肚子又营养不良呢?你说呢,亲爱的?"

有一瞬间,年轻的校长和其他老师一样,被苏菲的话吓呆了。很快,他摸摸苏菲的脸颊,说:"那当然,我的皇后。"

"棒极了,"苏菲说道,瞪着波鲁克斯,"你去改善伙食。"

波鲁克斯看起来像是被一堆粪便丢到身上。

莱索夫人清清喉咙:"拉斐尔——"

"你应该说'校长'。"苏菲说道。

莱索夫人的眼神闪过她,给她个兴致盎然的表情,就像你会给一个宣称自己有独立思考能力的傀儡的那种表情。

"校长,"她假笑,眼神回到拉斐尔身上,"我想我的同事们的意思是,我们不能像一个鲁莽的孩子一般,去面对即将来临的战争。若海丝特和阿纳迪尔,我们顶尖的永灭者学生,竟然是善的间谍,我们要怎么相信其他人会对我们的理念忠诚?让他们依据成绩排名先反映出未来归属的类别,或许可以暂时平息他们反抗的本能,但是无法处理更深的忠诚问题。当他们面临要选择跟我们并肩作战或是反抗我们的时候,我们无法预测大多数人会怎么做,尤其是那些他们的家族一直以来都在为善奋战的永生者。老实说,校长,相信他们不会反抗,是你新获的青春妨碍了你的判断力。"

苏菲生气了:"我很确定拉斐尔和我比你更知道年轻人的想法,莱索夫人。"

"是吗?"院长盯着她,之前兴致盎然的表情消失了,"因为就我看来,学院里多的是一有机会就会背叛我们的学生。"

苏菲感觉拉斐尔的手臂绷紧了,忽然间他看起来像一个充满怀疑的少年,而非法力高强的魔法师。他怎么能让教师们这样质疑他呢?

苏菲挺起胸膛："莱索夫人，我认为你这样指责我们校长的领导能力，很没礼貌又冒犯……"

"你的提议是什么，莱索夫人？"拉斐尔问道，忽视他的皇后。

"我提议你应该完全避免让学生为你打仗，"莱索夫人说道，"在他们进攻我们的大门之前，带那些年老的恶人去森林伏击梅林，让黑暗大军把他们解决掉，不让他们有来学院的机会。学生们仍然以学院作为屏障，我们负责指挥他们。"

"这是最明智的计划，"曼利教授说道，仿佛他和莱索夫人已经事先讨论过了，"我们的学生只会给你的军队带来阻碍。"

"这么一来，可以防止间谍或蓄意破坏的人。"希克教授说道，明显支持这个计划。

"这样可以救学生的性命。"卡斯特附和道，明显是这个队伍的一员。

波鲁克斯皱眉，仿佛第一次听到这个计划。

"所以年老的恶人上战场，年轻的学生在这里休息？"苏菲大喊，表示怀疑，"那么我猜我们正直又英勇的教师们，也可以避免上前线了？"

"学生们需要有人监督和管理，是吧？他们的忠诚明显很可疑。"莱索夫人吼回去，恨不得把王冠塞进苏菲的嘴里。

拉斐尔冷冷地微笑："其实这跟忠诚一点儿关系也没有，是吧？你们不认为我们会赢，现在我重返年轻，你们觉得我可能会输掉这场战争。"

"伴随着年轻的是鲁莽的乐观，以及牺牲掉其他年轻同伴生命的意愿。这两样对打仗一点儿用都没有，"莱索夫人说道，"这是一场你一半的战斗力都不见得和你站在同一边的战争。"

拉斐尔迎着她的眼神，但是苏菲发觉他看起来比之前更怀疑自己，她希望他可以惩罚莱索夫人，展现作为邪恶领导人的权力……

年轻的校长整整衣领，眼神不屑一顾地转开："恐怕你在浪费口舌，莱索夫人。事实上，在你提议之前，我早已决定把学生留在学院里了。"

"我想也是。"卡斯特喃喃说道。

苏菲轻碰拉斐尔的腰部："让学生留在这里？亲爱的，你确定……"

门忽然被撞开，艾瑞克冲了进来。

"不敢相信你竟然让她们逃走了，那个皮肤上有恶魔的人对我做了这么糟糕的事。"艾瑞克火冒三丈，刻在他头上的"卑鄙小人"字样发出血红色的光，"早就跟你说过，我们应该把她们的内脏挖出来，煮成肉馅儿派给大家当晚餐。"

"那样做绝对会激起她们同伴的忠诚，是吧？"莱索夫人轻蔑地说道，"你跟年轻的校长干脆把整个教师团队换成鲁莽的青少年算了，你们还可以重新把我们的塔楼命名为莽撞、自大和暴行。"

艾瑞克凑近她，一把抓住她的喉咙。"你以为你把那只恶魔从我身上吓跑，就可以这样跟我讲话？你以为因为你叫几个老师来帮助你受伤的孩子，就什么都一笔勾销了？"他咆哮道，口水四处飞溅，"那个女巫间谍攻击我，都是你的错。过去两年她是你的学生，如果她攻击自己的院长，那么一定是她的教育出了问题。"艾瑞克更用力地捏她的脖子，"你是旧的院长，母亲，而我是新的，也就是说，你卸任的时候我就上任了，学院会照我的理念走，相信我，这一切会比你以为的更快发生。"

莱索夫人喘不过气……

"艾瑞克，我希望你在战争结束后再杀掉你母亲。"拉斐尔说道。

苏菲注意到他的语气是认真的。

艾瑞克也察觉到这一点，他对着莱索夫人邪笑，在她耳边低语。"我杀你之前，会先杀掉你那个仙女教母朋友。达维教授，是吧？我会徒手把她的心挖出来，要你在一旁看着。"他放开她，克制住自己，"那当然，校长，请继续。"

莱索夫人看不出明显的情绪，但是当她儿子回到座位上时，苏菲看到她眼里闪过一丝恐惧，她的手抚摩着脖子上的勒痕。

"那么我们的作战计划就此决定，"拉斐尔继续说，"一旦梅林和他的英雄军队靠近我们，年老的恶人在森林里伏击他们，年轻的学生守护城堡，由老师监督。但是，先不要告诉年轻的学生他们会留守在这里。因为下周他们会跟年老的恶人一起进行作战训练，如果梅林的英雄们穿过黑暗大军进入学院的话，可以确保他们准备好迎接最糟糕的状况。至于谁来担任新旧两学院的训练指挥官……"

"我。"艾瑞克和莱索夫人同时回应。

拉斐尔忽视莱索夫人,正要对艾瑞克点头。

"我有个更好的提议。"苏菲说道。

拉斐尔、艾瑞克和其他的教师都转向她。

"希望跟刚刚那个食物的想法一样棒。"卡斯特喃喃道,暗自窃笑。

"你胆敢挑战我。"苏菲威胁道。

房间顿时安静下来。

"我是你的皇后,"苏菲说道,一步步靠近教师们,"不是学生,不是教师,而是这两者的管理者。就像年轻的校长坐在你们面前,你们对他没礼貌又失尊敬。这也难怪我们的学生怀疑自己对恶的忠诚,他们见到又老又尖刻的教师如此轻蔑年轻,而年轻的院长又无法保护自己。"她像条鲨鱼围着教师绕圈圈,不忘睨视艾瑞克一眼,"但是从今天开始,状况将会改变,因为他们现在有了我。"

"当我一开始接到当教师的命令时,我从心里拒绝。因为我仍然深深觉得自己应该是善的一员,毕竟像我这样的读者都是学着善的理念长大的:不管你感到多么迷失,永远不要对善失去信心。然而,善的塔楼或许曾被命名为英勇、荣誉、圣洁和善良……可当我迷失的时候,是恶为我提供了这些力量。规则说善是防御、原谅、协助和给予……但是在我的故事里,却是恶为我证明了这些规则。忽然间我理解了拉斐尔一直试着告诉我的事:有些心是反叛的心,愤怒、黑暗与痛苦能给予力量,就像光明能给其他人力量一样。虽然我的心为恶而跳,但是并不表示我就找不到爱,并不表示我就找不到快乐。只是我必须找到一个人,能够拥抱我内心黑暗的人,而不是去抵抗它。这样的爱是可以改变全世界的爱,是可以打赢这场战役的爱,是我们必须教给学生的爱。"

苏菲停顿,让这些话语在安静的房间里回响。

"过去两个星期,我跟梅林、泰德罗斯、阿加莎在一起,我跟那些恶劣的英雄在他们的洞穴里面对面,所以我知道他们的弱点,还有应该怎样打败他们。假如你们还是对我有所怀疑,那么你们应该记得,任何加冕典礼的尾声都是皇后为她的王国许愿。我当时没办法许愿,但是我现在要许愿。我的愿望是完成我上次在学院时未能做到的事，那就是带领这场反抗善的战争，并且深信公正站在我们这边。或许并非所有人都相信邪恶能打赢，你们或许想要和学生一起远观这场战事，对未来胆怯。但是我不一样，我会帮助我们的黑暗大军进行作战训练，我会和拉斐尔一起站在前线，只要能向全世界展现恶能获胜，我愿意做任何事。因为这不只是我的故事，这还是我们大家的故事，假如这么一来，更多反叛的心能够找到幸福结局的话，就算要赔上我的生命也在所不惜。"

她脸颊涨红，胸口起伏不已。

教师们全都瞪着她，他们不再窃笑。他们的双眼闪着光，仿佛得到新的希望，仿佛看见恶终于展现一线曙光。

拉斐尔抓起苏菲的手。"那么，就是这样，"他骄傲地说，"我想我们已经找到训练指挥官了。"

苏菲给他一个庄严的微笑，转向莱索夫人，期望她看到自己之前的学生进步至此也一样骄傲……

只是一点儿也看不出莱索夫人对她感到骄傲的样子。

梅林把午餐摆上桌之后，清清喉咙准备说话，不过根本没人注意他，大家只顾着眼前的食物。

为了准备超过二十人——十三个英雄角色、三个年轻的女巫、过去的皇后和她的武士、未来的皇后和国王，以及没人爱的黄鼠狼男孩——的伙食，梅林的帽子一直躲在厨房，发出宣泄压力的尖叫，直到一个个银色的盘子从旋转门后面飘出来。很快，餐桌上布满了色彩缤纷、世界各地的开胃菜：松露蟹肉沙拉、咖喱鹿肉佐甜菜根果冻、柠檬腌鸭肉丝、胡椒火腿薄比萨、薄荷酸奶橄榄酱、茴香野花沙拉、法式巧克力蛋糕配着酥脆的蜂巢。

年纪大的联盟英雄由于在森林里长途跋涉，饿得不得了，年轻的又因为一大早的种种事件没吃早餐，餐厅很快变成战场，又挤又闷，不但要互相推挤，拿比萨和蛋糕也得见缝插针，战况实在太激烈，阿加莎根本没费心看泰德罗斯在哪里。午饭后她也没去找王子，因为她吃得太多又太快，躲在沙发后面捧着凸出来的肚子打嗝儿，好不让别人听到。她瞥见每个人都在想一样的事，农舍里的每个角落和缝隙都被人占据，不是因为消化不良在休息，就是因为吃太饱而昏昏欲睡。

阿加莎打了个哈欠，正要闭上眼睛加入昏迷行列，三个屁股重重地落在她旁边的地板上。

"我们做了这么多，把你带进学院又送出去，冒着多大的生命危险，你竟然没办法让苏菲毁掉戒指？"海丝特的声音发动攻击。

阿加莎睁开眼睛："我试过了，海丝特……"

"首先，你跟朋友说话的时候，不能戴着钻石王冠，太张狂了。"阿纳迪尔说道。

阿加莎早就忘记自己还戴着王冠，她很快拿下来，塞到背后。

"我可以戴戴看吗？"多特问道，嘴里满是比萨变成的巧克力，"我戴起来一定超好看。"

"假如那个头塞得进去的话。"海丝特喃喃自语。

多特把手里的比萨用力向海丝特丢过去，正中她的脸颊。"你知道你有多不公平吗？你这爱瞧不起人的蠢货！你要我增肥，才让我留在女巫帮，现在又反过来取笑我胖？你到底有多没安全感，所以要我这么胖，好让你觉得好过一些？那么你找错人了，亲爱的。不管我长得怎样，我都深爱我自己，所以你说的任何话都不会再让我觉得自己很丑陋，因为不像你，我内在一点儿都不丑陋。"

海丝特目瞪口呆地看着多特，仿佛她是一头得了狂犬病的熊："阿加莎，把那该死的王冠给她，免得她从现在开始讲话都是这种态度。"

多特把阿加莎手里的王冠抢过来，硬是把头挤进去（上下前后颠倒，但大伙儿一句话都没说），然后对着一个铜壶揽镜自照。

"所以我们刚刚说到哪里了？"阿纳迪尔说道，"噢对，讲到阿加莎让我们失望。"

阿加莎还在想多特刚刚激烈的演说娱乐性十足，但现在脸上的笑容消失了。"听我说，我以为我可以说服苏菲把戒指毁掉。最后几天我们还像从前那样亲近，仿佛她是旧日的苏菲，而我是过去的我，我以为她会听我的……"她回忆起她们最后在一起的时刻，罪恶感油然而生，"我原本有机会的，我应该把戒指拿过来……"

"你不用为自己辩解，阿加莎。不管你之前做了什么，事实就是如此，"海丝特的话伴随着不熟练的同情心，很明显刚刚多特的一番话起了作用，"从你来学院的第一天，我们就一直警告你，我们三个都说过。苏菲被分到邪恶学院一定有它的道理，不管你多爱她，试着改变她，最后她还是会在她应该属于的地方。"

"我们只是没想到她会变成校长的皇后，"阿纳迪尔说道，"现在我们要怎么让她摧毁戒指……"

女巫的脸上显现出绝望的神色，阿加莎意识到刚刚为什么每个人都刻意忽略梅林在午餐前想要说的话。因为在面对事实之前，他们需要把握仅剩的珍贵时光。

让苏菲毁掉戒指是杀死校长的唯一方法，也是让自己不被校长杀死的唯一方法。而现在，苏菲重回恶的怀抱，要她摧毁戒指希望杳然。

"她回到学院之后，你看过她的样子吗？"阿加莎轻轻问道。

"我们看到她的情况，跟我们透过梅林入口进来后看到你的状况是一样的：戴着新的王冠。"海丝特说道。

"只是观众大概多了四百人。"多特说道，仍然对着铜壶做出噘嘴的姿态。

"她看起来很美，我必须说，"阿纳迪尔体贴地补充，"她挽着俊美男孩的手，缓缓走进童话剧场，就像过去的苏菲一样，总是相信自己的命运比其他人都伟大。奇怪的是她异常冷静、沉着，不是那个长疣、疯狂的女巫，疯狗般破坏眼前所有的东西，仿佛恶终于找到抵达幸福结局的路了。"

"仿佛恶也有权获得胜利。"多特点头表示同意。

"仿佛恶就是善。"海丝特下结论。

阿加莎想到苏菲，几天前，她们一起在荒原上骑马时，她还亲密地磨蹭阿加莎的背。她那神经质、爱穿粉红色洋装的最好的朋友苏菲，总是幻想着当上善的公主、画着玻璃城堡、猜想未来王子的名字、思考邪恶敌人会是谁的苏菲。而阿加莎从出生的那天起，就被贴上邪恶的标签，她也用行为回敬这样的标签，像是故意穿黑色的衣服，在墓园晃来晃去，或照顾她那只人见人厌的黑猫……直到有一天那种故意的心情消失,她从心里相信自己有一天会成为女巫。

然而现在她自己成了善的皇后,而苏菲是恶的皇后。

"我们怎么就这样迷失了?"她深吸一口气,"两个最好的朋友却落得彼此对抗,即使我们仍然爱着对方?"

"因为你们各自为了比自己更重大的事物奋战。"海丝特说道。

阿加莎抱着头:"我想念过去的日子,那时候我最担心的是美容课的化妆。"

"说到化妆,有人注意到霍特比在学院时看起来更可口了吗?"多特轻快说道,咬一口巧克力比萨,"我们到的时候,我注意到他小麦色的皮肤和脸颊上的泥巴,大概是在荒原上工作的缘故,仿佛他是伐木班长之类的。你们都知道我喜欢森林系,我一直暗恋罗宾汉。总之呢,我跟在他后面,偷偷闻一大口,发现他闻起来像个男人了,不再是那个会穿青蛙睡衣、散发出痱子粉味道的男孩。然后我想到,因为这地方没那么多房间,我在想我能不能要梅林让我跟他睡在同一个……"

"除非我死了!"霍特大吼,从另外一个角落探出头来。

海丝特瞪回去,身上的恶魔张牙舞爪:"要的话,我可以帮你安排!"

霍特接着骂了几句脏话,消失在墙后。

海丝特转过来,看见多特瞪大眼睛看着她:"现在又怎么了?"

"你刚才为我出面?"

"只是因为你戴那个王冠看起来蠢爆了。"海丝特发火。

所有的女孩迸出大笑,包括多特。

"我错过了什么好笑的?"

她们抬头看见泰德罗斯,正在舔手指上的酸奶。

"噢!又是那个讨人厌的家伙。"海丝特呻吟。

"很高兴看到你跟以前一样糟糕,虽然你现在站在我们这边。"王子说道。

"走吧,"海丝特站起来,对着她的女巫帮说道,"被宠坏的王子,身上的味道让我想吐。"

阿纳迪尔和多特跟在她后面，泰德罗斯不忘扫过多特的头，把王冠抓下来。

他等到女巫们都走到听不见他们对话的地方，低头看着阿加莎。"我没有，呃，那个……味道吧，有吗？"他问。

"海丝特觉得镰刀很可爱。"阿加莎说道。

"说得好。"泰德罗斯坐在她身旁，仍然穿着印着草痕的衬衫和皱巴巴的裤子，不过他已经洗过澡了，因为他的头发是湿的，闻起来有茶香香皂的味道，那是桂妮维亚放在浴缸旁边的肥皂。他靠过来，把王冠重新戴在她头上。

"我知道你会这么做，"阿加莎叹气，"我根本还不是真正的皇后，你也还没被加冕为国王……"

"再过一周就是了。"

"假如那时我们还活着的话，现在看起来希望越来越渺茫了，"阿加莎说道，"即使你被加冕为国王，我当正式的皇后也太年轻了，我是说……你也知道……"

"没有人要你当正式的皇后。但是，"泰德罗斯说道，把她的王冠戴正，"你是我的皇后，而我喜欢看你戴着这个。因为只要你戴上它，我就知道你还爱着我。基于我们有太多沟通不良的黑历史，实质的标志很重要。"

阿加莎用鼻子哼了一声。

"这种时候你不妨告诉我怎么表达爱意比较好。"泰德罗斯趁机探问。

"呃，这种浪漫故事真的不是我的强项，"阿加莎说道，头靠在他肩膀上，"每年加瓦顿的广场上都会举办情人节舞会。有一年，我看那些情侣看得很烦，就让一只臭鼬的尾巴着火，把广场清空。"

"我希望他们因此惩罚你。"

"他们怕我把他们的孩子抓来做巫婆炖汤。"

隔着拱门，阿加莎看见桂妮维亚正在餐厅，独自收拾脏碗盘。

"我其实没什么想要的东西，"她说道，"我唯一想要的礼物是跟我母亲说说话。"

泰德罗斯看着她。

"不过如果你可以找个机会跟你母亲说说话，就你们两个人，对我的意义也差不多。"

泰德罗斯别过头："我觉得那方面我已经做得够多了。"

"你问我要怎么对我表示爱意，"阿加莎说道，"我不知道那是有极限的。"

泰德罗斯没回答，阿加莎也不再勉强。很快，他们在彼此的怀中入睡了。

下午三点，梅林的帽子已经差不多结束下午茶的服务，它在房子里飘来飘去，倒出茶和咖啡，一个接一个，大家又晃到餐桌边，魔法师坐在长桌的一头，没人跟他一起坐。年老的英雄人物靠在墙边，年轻的学生盘踞在地上，有一搭没一搭地聊着，魔法师只是耐心地等待大家。一阵不祥的沉默之后，年老的英雄开始说起过去两周他们是怎么活下来的。

彼得·潘和叮当仙子跟辛德瑞拉一起找掩护，小红帽和匹诺曹躲在长发公主的塔楼里，他们的推测是：如果长发公主已经死了，那些旧日的恶人大概不会去那里。

"她的塔楼已经变成博物馆了，就像白雪公主的农舍，上面垂吊着一根绳索，让观光客可以一路爬进去，"匹诺曹说道，"你们应该看看瑞拉爬上去的样子，绳子晃得好厉害，不时撞在塔楼上，像是拆房子的铁球。她一直吹口哨叫鸟儿来帮忙，但是她嘎嘎叫的声音刺耳，又不时骂脏话，鸟儿都离得远远的，静待自然定律的发展……"

"假如自然定律好好发展，你早就被当成木材烧掉了。"辛德瑞拉大声咆哮。

韩赛尔和葛雷特也用了类似的策略，他们回到女巫以前的姜饼屋，现在也是永灭者的地标了。

"僵尸巫婆很笨，但是也没笨到认为我们会回到她的房子里去，"韩赛尔解释道，"不用说，是我的主意。"

"你的主意！你唯一做的事就是把半个屋顶吃掉！"葛雷特大喊。

阿加莎注意到海丝特一边听一边咬牙切齿……忽然间阿加莎的眼睛瞪大，想起旧学院里脸被涂掉的肖像。"海丝特，那是你的家！"她轻声道，"你母亲就是那个巫婆！她还活着……"

"那不是活着，阿加莎，她是被校长控制的僵尸。"海丝特恨恨地说，

"我还没笨到或多愁善感到认为校长带回来一个两眼无神的傻瓜，就是我的母亲。"

"海丝特，我知道你自豪于自己的强壮，"阿加莎担心地低语，"但是你听到他们这样说你母亲，你怎么还能没事般坐在那里？他们杀了她！"

海丝特瞪着她。"恶徒能犯下的最大错误就是一心想要复仇。韩赛尔和葛雷特当时只是两个饥饿的孩子，试着在森林里存活。我母亲以为她又抓到另一对贪婪、好吃的捣蛋鬼，判断错误，完全小看了他们。韩赛尔和葛雷特杀了她，因为他们别无选择，并不是针对她。"她瞥一眼已经年老的兄妹，"但这并不表示我能忍受他们站在我眼前，也不表示他们的故事跟我仍有关系。"

阿加莎看见多特和阿纳迪尔睁大眼睛、充满敬畏地看着海丝特，有一瞬间，阿加莎认为在这房子里的所有英雄人物，不管年纪大小，海丝特是里面最伟大的英雄。

"我之前不该对她那么坏，"多特对阿加莎低声说道，"有我这样的朋友对她来说应该不容易，因为我就是她母亲会吃的那种女孩。我是说，假如那天不是韩赛尔和葛雷特，而是我到了那间房子里，她母亲大概还会活着。葛雷特救了韩赛尔是因为她爱他，如果是我，我一定是一个人，最后被煮得酥酥脆脆的。这就是为什么我不是永生者，没有人在乎我到愿意来救我。"

"这不是事实。"一个声音说道。

多特回过头，发现海丝特正在看着她。

"这压根儿不是事实。"海丝特强调。

多特脸红。

阿加莎强迫自己把注意力放在杰克和布莱尔·萝丝的经历上，好隐藏自己感动得吸鼻子的事实。

接着，一个个英雄人物庄严地说着自己生存下来的故事——小红帽、乌玛公主、尤巴和白兔——直到十二个人都说过了，只剩下一个人。唯有这一刻，房间才静默下来。

慢慢地，每个人转向坐在主位上的那个人，脸上的笑容消失了。

梅林把帽子拿下来。

"七天，"他说道，"根据尤巴的计算，这是我们的森林里还有阳光照耀的天数，七天。假如我们还想活得比七天更久，我们没有别的选择，只能攻击邪恶学院，而校长也知道。他知道善必须打仗以求生存，所以恐怕我们没有选择，只能掉入他的陷阱。"魔法师叹道："同一时间，有许多我们的英雄同伴在森林里被杀害，而读者世界上方的防护罩已经千疮百孔。假如我们成员中的任何一人死去，我猜防护罩就会被彻底破坏，校长将会侵略他们的世界，宣布他一直以来暗中策划的结局终于形成，他认为这个结局将会使善永远不得翻身。"

房间里一片静默，每个人都在消化这段话。

"我不懂。杀掉这两个笨蛋不够吗？"辛德瑞拉问道，指着阿加莎和泰德罗斯，"这是他们的故事，关森林彼岸什么事？"

"这个问题很好，只是我没有答案，"梅林说道，"时间到了，我相信他也会杀掉阿加莎和泰德罗斯。"

阿加莎和泰德罗斯看着彼此，神色紧绷。

"很明显，校长希望这个故事足够残酷、邪恶，好让善在战争之后一蹶不振，失去所有力量，"梅林说道，"他已经改写了许多我们的过去，现在他着眼的是我们的未来。他相信他所计划的结局会让恶无坚不摧，永远无敌。"

"但是你对那个结局一点儿头绪也没有，梅林？"乌玛公主追问。

"我略知一二，但除非完全确定，否则无法透露，"梅林说道，"不过，我们唯一的希望仍是抓到苏菲，要她毁掉戒指。"

阿加莎感到一阵呕吐感袭上来，试着提醒自己她最好的朋友现在是恶的领袖。

"我们要怎么做？"小红帽问道。

梅林微笑："当然是攻进学院。"

年老的英雄们警觉地看着彼此。"那么哪些永生者王国站在我们这边？"杰克问道，"我们至少需要处女山谷、吉利金、亚瓦谷……"

"没有。"梅林说道。

"不会吧？"布莱尔·萝丝惊呼。

"没有任何永生者王国加入我们。"

房间里一点儿动静也没有。

"梅林，"彼得·潘开口，"校长年轻、强壮，带领两百个僵尸坏蛋，除了火什么也杀不死，还有一整所学院的年轻学生……"

"这个问题交给我来处理，"梅林说道，"同时，我希望联盟能尽全力帮助我们年轻的英雄人物——阿加莎、泰德罗斯、霍特、海丝特、阿纳迪尔和多特——做好面对那些恶徒的准备，因为你们曾有与他们交手的经验。"

"但是我们都是一把老骨头了！"韩赛尔咆哮。

"而且他们是一群蠢蛋！"葛雷特说道，"不可能！"

"蠢到极点！"辛德瑞拉说道。

"简直就是混乱中的混乱。"小红帽说道。

"另一个选择就是躺下等死。"阿加莎说道，站了起来。

每个人都转向她。泰德罗斯惊讶地看着她，仿佛此刻她比他还勇敢。

同一时间，阿加莎感觉额上的汗堆积在王冠下面。她还没想到要说什么就先站了起来。

但是她看到角落里的桂妮维亚，过去的皇后对她点头，给她坚定的微笑，她感觉又找到自己的声音了。

"我母亲为了救我牺牲了自己的生命。"阿加莎说道，仍然看着桂妮维亚，仿佛她在给她台词，"我人生大多数的时间，都觉得她一无所知，我不知道这样想的自己是错的。我认为她老了，与世界脱节，完全不懂年轻有多么困难。我从来没兴趣知道她在做什么，就像我和泰德罗斯第一次来到你们洞穴里的时候，也对你们有各种怀疑和不信任。"

"怀疑和不信任？"彼得·潘刁难道，"你男朋友说我们这里是老人院，里面的人已经一脚踏进坟墓！"

"但是你们对我们也有很多意见，"阿加莎说道，"你们跟我母亲想的一样：年轻人鲁莽，不为他人着想，日子过得太安逸。"

年老的英雄纷纷咕哝表示同意。

"但是到了最后，我母亲知道该怎么做才能确保我的安全，"阿加莎说道，"她不只救了我的命……还让我到你们身边。她选择的不是好战的国度，不是年轻的武士联盟，而是年老的传奇英雄人物，她知道我在这里会受到妥善的照顾。而她是对的，不是吗？这就是为什么我相信你们，不管你们心里对我们有多少怀疑。因为在我母亲活着的时候,我没听她的话,但是现在我正在听。"

阿加莎让自己的视线和联盟处在同一水平:"我和我的朋友会告诉你们关于年轻的校长和新学院的事,同样地,我们需要你们告诉我们怎么打败你们旧日的敌人。让梅林去伤脑筋做战争的计划,我们的工作是聆听彼此,永生者和永灭者,年纪大的和年纪小的,不管我们的军队有多微小。假如有任何人不想加入军队,现在就离开,看看独自一人在森林里怎么存活。"

梅林站起来。

所有人的眼睛都看向他。

"噢,我的天,我没有要离开,"他说道,"坐太久屁股有点儿痛。"

笑声像涟漪一般在房间里荡开。

阿加莎瞥见泰德罗斯对她微笑,脸上的表情很放松,仿佛她说的关于母亲的话对他也一样重要。

"好吧,现在我们新的皇后已经帮大家定调,开始干活了。"梅林宣布。他对着餐桌挥挥手指,成员们的大理石迷你雕像出现在桌上。"每一个年轻的学生会跟年老的英雄配对,进行训练……"

阿加莎挤进海丝特和霍特中间,想要看看餐桌上梅林怎么帮大家配对训练伙伴:多特和小红帽一组,阿纳迪尔跟杰克及布莱尔·萝丝……

阿加莎没办法专注,头上的王冠让她的头奇痒无比,她抬起头,希望泰德罗斯站得够远,而她可以把王冠拿下来……

只是到处都没看到泰德罗斯的踪影。

现在她四处搜寻,也没看见桂妮维亚。

她听见大门门闩的声音,回头一看,窗帘后面一个男孩的影子独自领着母亲到荒原上。

海丝特用手肘轻轻撞她:"注意听。"

阿加莎转回桌边,魔法师瞪着她,说她的导师是谁,还有她在战争中的任务……

但阿加莎无法停止微笑,因为在那个极短的瞬间,她感觉战争已经打赢了。

第二十八章
是谁在帮谁

泰德罗斯喜欢女孩的一点是她们总是先开口说话。大多数的时间,他的工作只是聆听,偶尔问问题,并试着理解她们小而复杂的脑袋里到底在思考什么。他多半搞不清楚女孩们在说什么,或为什么在她们的逻辑里,每件事都如此折磨。所以如果他扮演强壮、安静的形象,就有多一点儿的时间可以理解。

但这次不一样,这是他母亲。脑子里刮起暴风的是他。

也就是说,先开启话题的一定得是他。

葱郁荒原上的微风清新却寒冷,桂妮维亚拉紧她那件起球的毛衣,然而泰德罗斯汗如雨下,不停扯着上衣,希望可以脱掉。他感觉胸口像压力锅一样,而他们之间的沉默只让这种状况更加恶化。他根本不知道要领她去哪里——周围没有什么神圣的地标可以让一切简单一些——所以他无预警地坐在草地上,手指仍下意识地扯着袖子。

桂妮维亚冷静地在他旁边坐下。

"当我们遇见湖之女神的时候，梅林要求她把我们藏起来，就像她之前帮别人躲藏一样，"泰德罗斯说道，眼睛没有看她，"这表示是梅林帮助你从我和父亲身边逃走的。"

"梅林知道我不快乐已经有很长一段时间了。"桂妮维亚说道。

"父亲爱慕你，"泰德罗斯直言，"他在城堡里挂着你的肖像，从客人那里为你带来最昂贵的礼物，给你充分的关注和感情，从来没对你大声说话或动手，或从你身边剥夺任何事物，但是你的举动仿佛他是阁楼里的疯子。我不得不承认他有一些坏习惯，但是没有任何一段关系是完美的，看看我和阿加莎……"

"差别是阿加莎也爱着你。"

她的回答卸下了他的武装。泰德罗斯叹了一口气："母亲，你不可能不快乐到丢下自己的儿子。"

"我知道。这就是我待在你父亲身边更久的原因，而我不该这么做，"桂妮维亚回答，"相信我，我熟知所有善的美德，训练我的院长比你的院长保守得多，我受的教育是永远把国王和王国摆在第一位。我深知没有人能原谅一个与武士潜逃、抛弃王宫的皇后，而他们有充分的理由责备我。即使兰斯洛特是我的真爱，与他一同逃跑的想法感觉很幼稚、自私，而且邪恶。我有责任让我的家庭完整。"

"没错。"泰德罗斯说道。

"我也不可能带着你跟我一起，"桂妮维亚说道，"那对你、你父亲和需要未来国王的王国来说，都很不公平……"

"不只不公平，根本荒谬至极。"泰德罗斯再加上一句。

"这就是为什么我把这些都告诉梅林，希望他会责备我这些有罪的想法，要求我专注在我已经做出选择的生活上，而不是我一直在想象的生活，"他母亲停顿下来，"然而，他却问我，假如我这么绝望地想要离开卡米洛特，为什么我人还在这里。"

泰德罗斯看着她，激动不已。

"为什么？因为你有孩子！你有丈夫！因为那就是你应该做的事！他怎

么能问你这么愚蠢的问题！这就是对跟错的问题！"

"我当时甚至更严厉，"他母亲表示赞成，"我说只有男人才会这么不了解女人的责任感。把这仅仅当成选择的问题，有多么不负责任。我不可能丢掉过去的人生，转头就开始一个新的人生。我怎么能每天一早睁开眼就想抛弃儿子？他是我的孩子！我的骨肉！"

"他需要你。"泰德罗斯争辩。

"他需要我的帮助。"桂妮维亚帮他接下去。

他们俩都安静下来，看进彼此的眼睛。

"梅林说什么？"泰德罗斯紧张地问。

桂妮维亚的眼睛闪耀："他只是看着我，然后说'是谁在帮谁'。"

泰德罗斯摇摇头："我不懂……"

但其实他懂。他的灵魂懂。泪水刺痛他的眼睛，冲掉他的怒气。

"跟你父亲在一起会毁掉我的人生，也会毁掉你的，"桂妮维亚说道，"亚瑟王对人民来说或许是很棒的国王，对你来说是慈爱的父亲，对我来说是忠实的丈夫……但是我爱着别人，泰德罗斯，我一直爱着另一个人。假如你发现我为了你一直忍受不快乐的婚姻，你会永远背负着这样的压力。你会想着你母亲为了你选择否认自己的快乐。即使我想要放弃我的人生待在你身旁，我也不能帮你做这样的选择，尤其是像你这样富有勇气和同情心的孩子。你来到这里有一部分是为了让你看见你母亲真实的样子，而不是她假装的样子。多数的孩子没办法超越厌恶的感受，并会在痛苦中日渐枯萎。但是梅林知道你不一样，他说我的离开不只对我的命运很重要，对你的命运也会是颗重要的种子，那会让你更仔细观察，找到真正的爱，会让你变成需要成为的国王。即使我的离开会对我们造成无法磨灭的伤口……有一天，你会找到原谅我的方式。"

泰德罗斯脸上的泪水一片狼藉："你是我母亲……你是我的生命……你走的时候我好想死。"

"但是你没有，"桂妮维亚说道，"我也没有，即使我觉得我会。有好几个月，我对着天空尖叫，在荒原上到处乱打，恳求湖之女神带我回到你身边，但是梅林禁止她这么做。第一年的每个周日，他都会来安慰我，告诉我你的故事：你参加议会的会议，问他们有关王国的问题；你把蔬菜藏在饭下面，所以保姆不会注意到；我离开之后，你每天晚上坐在亚瑟王旁边，虽然他一句话也不说……还有他过世之后，你咒骂我好几个星期。我要梅林告诉我你的每个小细节，一次又一次，直到我哭着睡着。"

她伤感地微笑："一年年过去，梅林来得越来越少，后来只在圣诞节来访。但在那一天，我觉得自己变成了孩子，听着关于我孩子的故事，他如何越来越强壮，越来越勇敢，母亲的离去更加深他要靠自己完成什么的欲望。我也感觉到自己变得更强壮、更勇敢，知道我有诚实的爱情，而不是被责任所强迫的爱情。如果兰斯洛特和我剩下来的人生只有孤独也无所谓，被屈辱地逐出也无所谓……因为我们找到真实的善，而不是谎言，我们尊敬我们故事里的真实。听着梅林年复一年地提到你，我开始觉得我和你一起活着，虽然我不在你身边。当你越长越大时，我觉得我的精神越来越年轻。直到此刻，我们的故事再一次发生关联。到现在我才知道梅林是对的，就像你父亲——让你更强壮、更有责任感，我离开卡米洛特也成就了今天的你。你敏感，独立，有韧性，这些特质带领你找到你完美的皇后。当然，也让你有些严厉和固执……"

"像父亲。"泰德罗斯吸着鼻子。

"不，"桂妮维亚敏锐地说，"你父亲绝对不可能像你这样和我坐在一起，你父亲永远不会看见。归根结底，我所做的一切都是为了让我们每一个人有找到真正幸福的机会。他深信幸福是另一种不同的样貌，他是一个很不同的人、很不同的国王。但是你看见了他看不见的东西，泰德罗斯。虽然你父亲和我各自都有缺陷，但故事的恩典让我们在一起，并有了世界上最完美的孩子。正因为如此，所有的痛苦都是值得的。"

泰德罗斯没办法再说话。他母亲紧抱着他，让他尽情地哭。他用尽所有的力气想挣脱她的怀抱，最后他终于放弃，蜷在她怀里，像一个小男孩。他们保持那样的状态好长一段时间，直到他的呼吸终于平静下来。

"那只食人怪对你好吗？"他声音粗哑，还流着鼻涕。

桂妮维亚笑了："以食人怪能对待女士最好的方式。"

"假如他没有，我就要把他的眼睛挖出来。"泰德罗斯夸口道。

"我欣赏你的英勇。"

"如果他胆敢用不当的眼神看你……"

"你还要威胁杀我几次,直到你真的把我杀了,孩子?"一个声音咆哮道。

泰德罗斯转过头,看见兰斯洛特走过来,其他的永生者、永灭者军队集结在门外的草地上。

"只是你可能要再等一下,"武士说道,"因为梅林刚刚把年轻的跟年老的配对,他选我做你的训练教练。"

泰德罗斯皱眉。

"来吧,小伙子,"兰斯洛特轻蔑地笑,邀他加入,"让我看看你在那个倒霉的学院里学了什么。"

桂妮维亚微笑:"对他温和一点儿,兰斯洛特。"

"你不要做梦了。"兰斯洛特眨着眼睛说道。

泰德罗斯仍然在母亲身边,看着武士走向其他人。

"去吧,"桂妮维亚催促他,"你和你的皇后要面对一场一定得赢的战争,不能再跟一个老家庭主妇浪费时间。"

泰德罗斯转过头:"我回来的时候你会在家吗?"

这问题很傻,答案也很明显……但是他母亲知道他在指什么。

"我哪儿也不会去。"她平淡地说。

泰德罗斯点点头,把眼睛转开。他站起来开始往兰斯洛特的方向跑过去,忽然停下来,最后一次看着她。

"我爱你,母亲。"

他迅速跑开,不让桂妮维亚有回答的时间。

她并不需要回答。

他说的已经足够了。

离第一个人的死亡已经很接近了。

莱索夫人从一开始就发出警告,让新学院的学生跟嗜血的僵尸坏蛋对战是很蠢的想法,但苏菲认为年轻的学生已经被照顾够了。首先,拉斐尔已经决定不让他们上前线，然后把战争的训练地移到新学院，因为那儿比较温暖，采光也比较好。然后，他又取消末日审判室，允许开放焕然一新房，并暂停追踪学生的表现，保证已经转化到一半的笨蛋比如希子，暂时不会被完全变成动物或植物，变形将在战争结束后完成。

够了就是够了，苏菲沉下脸。她是训练指挥官，而她决定按照计划进行对战训练，不采纳任何其他意见。旧日的恶人让新学院的学生受伤或受折磨有什么大不了？眼前有场战役需要打赢，恶就是透过痛苦和折磨学习邪恶这件事。

毕竟她自己就是这样学习的，现在她的同学也将如此。

她自己策划整个训练的时间表，接下来的六天，四百个恶人，旧的和新的，各自被分到不同的邪恶老师和教室。每堂课没有授课，没有考试，没有挑战。取而代之的是，老师会监督僵尸坏蛋和年轻学生一对一进行对战，对战的主题和老师的专长相关。每个学生的课表包括以下训练课程：

邪恶军团训练

课　程	授课老师
1. 武器作战课	卡斯特
2. 咒语作战课	比利乌斯·曼利教授
3. 才华作战课	希芭·希克教授
4. 欺诈作战课	波鲁克斯
5. 午餐	
6. 精神作战课	莱索夫人
7. 徒手搏斗课	艾瑞克

从第一堂课开始，年轻永生者和永灭者的尖叫声就络绎不绝。武器作战课时，一只食人怪拿着斧头追着莉娜；咒语作战课时，一个巫婆在维克斯的大腿上烧出一个洞；才华作战课时，杰克的巨人把查迪克扔下楼梯，而小红帽的大野狼活吞了变天鹅变到一半的希子，还好波鲁克斯命令他吐了出来。

同时，艾瑞克的徒手搏斗课上产生了许多伤兵，血流不止的、脑震荡的、骨折的，小精灵只好赶紧在门厅上设了一个临时医务室，由碧翠丝管理。她焦急地跑来跑去，一下分发万能药，一下从图书馆的旧书中找解除的咒语。

一天天过去，苏菲开始津津有味地欣赏学生的惨况以及医务室里日渐增加的病患，仿佛曾被爱与希望灌注的心，如今依靠人们的痛苦来滋养。她一醒过来就期待着早晨的第一声尖叫，当一天的训练结束，学生跛行回房时，她感觉到了几分孤单和凄凉。到了第三个晚上，她熬夜规划安排，决定第二天对战的对手。

"我在想，我要让碧翠丝跟虎克船长对战。"她说道，靠在窗台上，在羊皮纸上写下什么。

拉斐尔从房间的另外一边看着她，他正在换衣服。"训练的重点是让我们的黑暗大军为战争做准备，不是攻击年轻的学生，他们不会上前线。"

"那又不是我的决定。"苏菲咕哝道。

"我们的学生是恶的未来，苏菲。我们必须保护他们，直到他们被训练完全……"

"那就是我正在做的事，我正在训练他们。"

"折损他们的骨头和意志？我不认为他们会这样想。"

"我不认为我在乎。"苏菲咕哝道。

"这句话出自一个曾经拼命在意别人怎么看她的人。"

苏菲抬起头："我在意你怎么想。"

年轻的校长微笑："我想你忘记很久很久以前，你也是他们的一分子。"

苏菲皱眉，又回到她的名单上："事实上，我不在意你怎么想。"

拉斐尔正要再说什么，但苏菲先发制人。"你指派我负责，对吧？"她简短地说，头也没抬，"假如你有疑问，那就把我换掉。"

她听见年轻的校长叹了一口气，但是没再开口。

事实上，苏菲在内心深处希望自己可以为她的同学感到抱歉，然而她什么感觉也没有，仿佛她心中的某个开关被关掉了。她不知道这是什么时候发生的，当她从泰德罗斯的吻里感到腐朽时？当她得知阿加莎利用她好让自己更接近王子时？又或是她终于看着自己戴上邪恶王冠，感觉到有生以来第一次掌控全局时？或许这些全都是原因……还有……永远被善排拒在外，让她的心一点儿一点儿被禁锢起来，直到终于变成石头。

事实上，一天天过去，她注意到她的皮肤越来越苍白，声音越来越冷酷，肌肉越来越紧绷，皮肤下淡蓝色的血管几乎变得透明，反映了内在的冰冷。虽然她的外表仍然年轻，但她觉得自己像那些年老、眼睛无神的僵尸坏蛋一样，没有丝毫人性。她跟拉斐尔的吻也改变了，他的嘴唇不再冰冷。

到了第五天，苏菲把医务室拆掉，因为学生开始假装受伤，以逃避作战。即使是最勇猛的永灭者站上比试场地时，也高举双手，一点儿没有要反抗的意思，但是他们的僵尸坏蛋对手仍对他们拳打脚踢，把他们轰到城堡的另一侧。苏菲对学生这样的举动感到盛怒，但是她知道年轻的学生们终将为他们的胆小付出代价。

她的愿望成真了。午餐过后，碧翠丝跑上前来找她，眼里泪光闪烁，尖叫着说有学生被杀死了。苏菲没有别的感觉，只觉得不管是谁，那个人一定原本就该死。

"我们从窗户外面看到食人怪……把一个人丢下钟楼……掉进海湾里……"碧翠丝上气不接下气。

"如果你们不抵抗，一定会发生这样的事。"苏菲说道，脚步连停都没停。

碧翠丝抓着她的手臂："你不去看看是谁的尸体吗？一定是卡斯特课上……"

"如果被丢下海湾，就不会有尸体，软泥会把它全部腐蚀掉，"苏菲漫不经心地说，"这么一来也省了葬礼。"

碧翠丝瞪大眼睛看着她，全身发抖："以前你多么想当善……现在……你跟他一样邪恶。"

苏菲打掉碧翠丝的手，继续往前走，说："我会把那当作对我的称赞。"

后来才知道被推下钟楼的根本不是学生，是比兹尔。食人怪和拉文对战的时候，比兹尔帮食人怪加油，结果被绊倒，正好撞到发动猛攻的食人怪，整个人被弹出栏杆。卡斯特在隔天上课之前，举行了一个小小的哀悼仪式，但没有人掉一滴眼泪。

那天下午，苏菲照例巡视训练状况，发现新学院学生的表现竟然变好了。或许比兹尔的死让他们醒悟到必须采取行动，或许他们已经受够一直输，又或许是他们的生存意志终于发挥作用，年轻的永生者和永灭者带着强烈的复仇心对抗年老的恶人，用了很多苏菲从没见过的黑魔法。维克斯把自己变成一阵毒风打败大野狼；希子把一部分的地板变成强酸，在巫婆的脚边烧了个洞；查迪克变形成致命的细菌，传染给对手魔怪。虽然他们三个最后还是输了，但是第六天的早晨，新学院终于得到第一场胜利，碧翠丝召唤来乌鸦啄辛德瑞拉姐姐们的眼睛，僵尸姐妹后来好不容易才恢复，决定之后再报复碧翠丝……然而，苏菲好奇学生们从哪里学来这些黑魔法，一定不是校长教他们的，因为他禁止在新学院教授黑魔法，可能因为他不相信年轻的永生者和永灭者，又或许他认为这样的黑魔法会对他造成直接的威胁。

所以一定是某个老师，苏菲心想。然而，没有人对学生的表现居功，他们反倒认为是她的功劳。一开始他们对她的训练方法颇有微词，但现在每个老师都给苏菲赞许的眼神。

所有的老师，除了某一位。

苏菲一直等到两节训练课中间的空当，才去敲达维教授旧教室的门。锁着的门神奇地打开了，南瓜糖墙面仍然像过去一样，只是它们从两端裂开，像一面随时会碎裂的镜子。

莱索夫人正在达维教授旧的酸梅桌上审视卷轴，上面的梅子都腐烂成黑色浆状。

"你选了一个有趣的教室。"苏菲说道，选了一张学生的桌子坐下，环视周围。

她听到吸鼻涕的声音，很奇怪是从喉咙发出的声音，她抬起头看见莱索夫人匆忙地擦擦鼻子，调整自己的坐姿。

"我没选，"她说道，眼睛仍然看着卷轴，"作为资深教师，我让其他人先挑选他们想要的房间，达维教授这间是唯一剩下来的。"

"你一定很想念她，"苏菲平静地说，"克拉丽莎是你最好的朋友。"

莱索夫人抬起她的紫色眼睛："我不认为你已经得到直呼她名字的权利。"

"她是前院长，"苏菲说道，"我的位子在她之上，就像在你之上一样，我怎么叫都可以。我要是知道你的名字，我也会这样叫，莱索夫人。你不再是我的老师，你是我的员工。"

"哎呀，"莱索夫人对着苏菲苍白的脸和紧抿的嘴唇浅笑，"我像是在镜子里看到了年轻时的自己一样，连说出的话都很像。"

她把目光又移回到卷轴，再次发出一声奇怪的吸鼻子声，她再度调整自己的座椅："不论如何，反正没人知道我的名字，达维教授又冰冻在地牢里，我想这些都不重要了。不过我倒是羡慕克拉丽莎，她不用看管四百个学生，年轻的、年老的、永生者、永灭者全都挤在同一个城堡里。所以如果你不介意，我要继续备课了，我下一节课在……"

"说到备课，你到底在教他们什么？"苏菲问道，"你是唯一一个在训练时锁门的老师，所以我没办法进去看。"

"我儿子也没办法进去，校长已经同意让艾瑞克杀掉我，锁上门是我唯一能做的事。至于我教他们什么，我在帮他们为战争做准备，就像你指示的一样，我的皇后。"

"是这样吗？你课程结束时，我一直站在你门外，从来没有任何一个学生从你教室出来的时候，像是刚对战完的样子。"

"因为教他们作战就是教他们怎么保护自己，"莱索夫人瞪着她，"尤其是当你面对不公平对战的时候。"

苏菲对院长露出挖苦的笑容。"是你，对吧？你教他们怎么用黑魔法对抗年老的恶人。"她停顿片刻，露出困惑的表情，"但是那些年老的恶人也同时在教室里。"

"我让他们睡着了，所以我可以教其他人，"莱索夫人说道，"简单的睡柳水雾，当他们醒来后，会像是他们根本没上过课。从你第一年故事考验的经验来看，你应该记得它的效果。"

苏菲咬牙切齿："你没有违背命令的权利！"

"但有效，不是吗？"莱索夫人迅速回答，"年轻的学生渐渐产生信心，年老的恶人也被迫提升他们的能力，因为年轻的学生开始在用心对抗他们。老师们也支持你做他们的领袖，即便拉斐尔，也不像犯下被爱冲昏头脑的错误。"

苏菲什么也没说。

莱索夫人叹了口气："亲爱的苏菲，你以为我在对抗你，然而帮助恶获胜是我一生的志业。记得吗？当时是我告诉你学院里有善的间谍在监视你。但是自从你回来之后，我一直担心你起伏的情绪不适合带领我们的军队。我可以感觉到年轻的学生拒绝你而非尊敬你，你没办法强制要求年轻的灵魂信奉邪恶。你自己也只是给恶一次机会，因为它给了你一个值得为它奋战的理由罢了。我借由帮助学生抵抗，给了他们自从踏进这新学院以来第一次感受到的权利。我帮助他们看到，不管是永生者还是永灭者，相信邪恶是他们生存的唯一希望。"

苏菲看起来充满怀疑："那么你为什么不告诉我你在做什么？"

莱索夫人靠过来："因为我希望拉斐尔和其他老师认为学生的进步全是你的功劳。"

苏菲瞪着她。

"记得我在我办公室里跟你说的话吗？"莱索夫人说道，"我希望你成为一个传奇的皇后，我希望你让恶再次伟大。然而，最重要的，我希望你快乐。因为你值得过我没机会过的人生，你值得拥有正确的爱。"她的眼睛闪着温暖，"或许你不再视我为老师，但是我会一直把你当作我的学生，苏菲。当你迷失的时候，我会在阴影处等你，当你的邪恶仙女教母，像推动帆的风一样，将你推向你的命运，即使你忘记了那个命运是什么。"

苏菲可以看出莱索夫人还想再说什么，但是忍住没说。她们只是认真地看进对方的眼睛，苏菲感到喉咙紧缩，这是几天以来她一次感觉到情绪。

小精灵在走廊上发出尖锐的声音。

苏菲站起来，用脚步把情感踩掉，像踩熄火焰的余烬一般。"我不需要你的帮忙，"她说道，往门口走去，"我也不需要'仙女教母'，这是我的学院，不是你的，假如年轻的学生要使用黑魔法，那么我会让年老的恶人使用武器，这样才公平，不是吗？当你听到学生们尖叫的时候，你就知道是你造成的……"

"苏菲。"

她停下来："还有什么事，莱索夫人？"

"当阿加莎和泰德罗斯来救你的时候，你没办法杀掉他们，"莱索夫人安静地说，"为什么你现在觉得有办法杀掉他们了？"

苏菲回头，眼神像冰一样冷："和我回到恶同样的理由。心抵抗推着它前进的风只能维持那么久，而它终于学会接受与拥抱风。"

莱索夫人看着苏菲的背影，黑色礼服的裙摆像一条蛇。

"说得很好。"莱索夫人微笑道，她又回到自己的工作中，"说得很好。"

很快，年轻学生们的尖叫声再度在走廊上响起，比之前更凄厉。

苏菲遵守了她的诺言。

第二十九章
失败的练习

远方安全避风港的明亮阳光下，阿加莎正在脑力激荡，思考谋杀辛德瑞拉的方法。

其他学生和传奇英雄都已经配对好了，而梅林把她跟这个恶毒的公主配成一对。阿加莎心里明白梅林一定会把她跟这个浓妆的坏公主配成一组，因为海丝特、阿纳迪尔和霍特一定无法克制住拿斧头朝她一头劈下的欲望。多特也不行，辛德瑞拉会轻易地把她挤扁，就像捏死一只苍蝇一样。

阿加莎也无法对梅林抗议，因为他在下午茶会后就离开农舍了。一开始，阿加莎真心认为她可以从这个老公主身上学到新的东西。第一，辛德瑞拉的年纪不像其他英雄人物那么大；第二，达维教授同时是她们俩的秘密仙女教母；第三，就她从辛德瑞拉故事书里学到的，她们俩都克服了自我怀疑而找到了真爱。

但是，即使阿加莎试着对她的导师保持开放的态度，在一个星期即将到达尾声的时候，她唯一学到的也只有：当自己有股把她的内脏挖出来的冲动时，先从一数到十。

"这是魔杖，你这个没用的智障，"辛德瑞拉咆哮道，双下巴的肉晃动着，"已经过去五天了，你怎么还是没办法把它拿正！"

"因为你让我很紧张！"阿加莎吼回去，试着把达维教授的魔杖对着白兔，白兔耐心地靠在树上，吃着起司饼干。

"如果一整个军队试着要杀掉你，那才叫紧张！"

"假如我可以跟梅林谈一谈，他就知道不该选我做这个任务……"

"真抱歉梅林现在并不在！"

"但是为什么是我？"阿加莎说道，魔杖晃得太厉害，她可以感觉到头上的皇冠也在摇晃，"为什么不能是别人？"

"因为某个荒唐的借口，梅林认为你会是让苏菲毁掉戒指的人！"辛德瑞拉的声音又响又刺耳，"但我个人认为我们应该把你切片拿去油炸，送给校长作为和平会谈的见面礼。"

双方互瞪，火冒三丈。

"你这自以为是的无脑生物，如果你没办法让苏菲毁掉那枚戒指，那么这场战争连打都不用打了，"辛德瑞拉咆哮，"我说你唯一的方法就是给她两个选择：要死还是要活。但是你在练习的时候必须有意愿伤害她，否则当那个时刻来临时，你不可能相信自己做得到。假如连你自己都不相信，她更不会相信。"

"但是为什么我得伤害这只无辜的白兔？"阿加莎争辩，指着树下休息的兔子。

"阿加莎，"辛德瑞拉说道，试着压抑心中的怒气，"假如你连一只兔子都伤害不了，你要怎么伤害你最好的朋友？"

"我可不可以给她下个昏迷咒？为什么我需要用魔杖……"

"因为她根本不怕昏迷咒！苏菲根本不怕任何你在学院里学到的傻瓜咒语！"辛德瑞拉大吼，"但是如果她相信你要用魔杖对付她，她就会怕达维的魔杖。达维的魔杖怎么发生作用呢？就是我们世界魔法运行的方式：意图和信念——梅林似乎以为你有这两者，哈！虽然我怎么看都看不出来。"

阿加莎咬着牙，呼出一口气："就一次，行吗？我就做这一次！"

辛德瑞拉双手一摊："反正你从刚刚到现在什么也没做，做一次也算是有进步！"

阿加莎忽略她，慢慢抬起魔杖对着白兔。她在脑中想象双方军队在身边厮杀……战争的命运都压在她肩上……

她屏住呼吸，用力抓紧魔杖。

为了善。

就这一次，为了善。

然而现在，她看到的不是白兔，而是苏菲。苏菲绿色的眼睛看着她，双颊呈玫瑰色。那个试了好几次向善未果、最后站在恶那边的苏菲。

或许这就是结局的样子：站在苏菲面前，意图杀掉她……想要苏菲相信她下得了手……所以她能够最后一次帮助她向善。

善与恶就在挥舞魔杖的一击之间。

爱与恨。

朋友与敌人。

但是阿加莎再怎么看也只能看到朋友这一面。

"我没办法，"她轻声说，把魔杖放下，"我没办法伤害她。"

白兔冷静地吃完它的饼干。

辛德瑞拉把魔杖从阿加莎手中抽走，朝白兔射出一道光，白兔猛地被撞到树上，力道之大，让它昏了过去。这老女人把魔杖丢进阿加莎手里，怒目瞪视她。

"有一瞬间，我误以为你是皇后。"

她迈着重重的脚步朝房子走去，留阿加莎一个人在原地。

她们不是唯一感到痛苦的一组。一开始多特对于跟小红帽配成一对十分反感（"我们两个都喜欢蛋糕，并不表示我们就处得来。"她对阿纳迪尔抱怨）。而且情况越来越糟，因为小红帽看起来没有任何可以教她的东西。

"你没办法跑得比大野狼快，打架也打不赢它，愚蠢的陷阱也骗不了它。"小红帽深思熟虑道。

"你最好做我在你这个年龄时做的事，那就是大声尖叫求援，或许会有一个伐木匠刚好在附近。"

"这就是你的建议？等待伐木匠刚好经过？"

小红帽脸红，陷入回忆："一个英俊的伐木匠，闻起来有皮革和泥土的味道……"

"呃……小红帽……小姐，大野狼看见你的那一刻，就会立刻把你抓起来，重写你的幸福结局。我不能让那样的事发生。"多特打断她，努力与这个和她有共同品位的人建立关系，"假如它杀了你，防护罩就会毁坏，校长将会进入读者世界。你也听见梅林的话了，只要你们其中任何一人被杀掉，读者世界就失守了，任何一人！"

小红帽的手指在自己的唇上轻敲："巧克力，对吧？那是你的邪恶才华？"

"拜托！你知道要把一只蟾蜍或老鼠变成巧克力得花多大力气吗？我没办法把一只大野狼……"她看到小红帽在微笑。小红帽说："我又不是指一整只野狼……"

当她欢乐的老导师对她解释她的计划时，多特脸上的笑容越来越大，忽然理解了梅林为什么把她们两人配成一组。事实上，小红帽的计划实在太棒了，四天后她们终于练习得很完美了，多特假装是她们一起想出来的。

同时，海丝特与韩赛尔、葛雷特配成一组，诡异的一组。

"你不是说你对他们没有特殊情绪！"阿纳迪尔说道。

"我是说我可以忍受跟他们在同一间房子里而不杀掉他们！并不表示我可以跟他们一起训练！"海丝特大喊。

这两个坐轮椅的兄妹对于要跟海丝特一组，也一样反感，毕竟是试着吃掉自己的巫婆的女儿。"这一个也煮小孩吗？"韩赛尔问葛雷特。

然而，虽然他们一开始关系紧绷，但三个人很快就找到共通点了。

"我们不是朋友，对吧？"韩赛尔对海丝特说道，"不过我们三个有共同目标，就是希望你母亲回到坟墓里。"

"我最后再说一次,那个僵尸不是我母亲。"海丝特反驳。

"嗯,"葛雷特沉思着说,"但是那个不是你母亲的东西仍然视你为她的女儿……"

海丝特瞪大眼睛,试着理解她说的话。

"什么?"韩赛尔说道,眼神在两人之间跳跃,"我错过了什么?"

现在葛雷特和海丝特彼此微笑。"计划是什么,很清楚了吧,年轻的女巫?"葛雷特问道。

"再清楚不过。"海丝特说道。

葛雷特一脸开心地看着韩赛尔:"梅林分给了我们一个聪明蛋儿!"

韩赛尔还是一头雾水。

"至少比你哥哥聪明。"海丝特咯咯笑道。

葛雷特和她击掌。

橡树林里,阿纳迪尔仍然愤恨不平,因为她必须和杰克及布莱尔·萝丝一起训练。"他们在热恋中嘛,不能怪梅林把他们排在一起。"多特说。"但是他们俩连上厕所都要一起!"阿纳迪尔恼怒道。

除了要处理两个导师(以及两个老人秀恩爱)之外,阿纳迪尔还得对付两个恶人:杰克的巨人和萝丝的邪恶仙子。不过对阿纳迪尔来说,这多余的负担是值得的,因为她一直热切地想证明自己不只是海丝特的跟班。就算得忍受两个热恋中的导师也无所谓,就算她必须比别人付出两倍的时间和努力也无所谓,只要她能杀掉那两个恶人,就没人会视她为跟班了。

不过被分派到最糟一组的应该是霍特了。过去几个星期,他一直专注于如何追求苏菲,根本没注意到一直偷偷跟着他的老人是他的敌人。

彼得·潘。

彼得·潘!

一开始他不敢相信,因为彼得·潘已经发誓不要长大,更别说变老了。他秃头,满脸皱纹,又虚弱。当他看到栖息在彼得·潘肩上的叮当仙子时,感觉心都凉了半截。

跟一个在欢乐罗杰号的战役里杀了他父亲的英雄配成一组,跟一个害他在六岁时就成了孤儿的英雄一组,跟一个害他一辈子做梦时都在与他决斗的英雄一组……这个可怜的男孩心脏都要停止跳动了。然而，震惊消退之后，他不再感到愤怒，而是空虚的绝望。因为在他梦里，他一直幻想着彼得·潘是个年轻、独断、狂妄、爱讲垃圾话的小伙子，他可以在一场公平的决斗里杀了他。但是现在，看着彼得·潘又老又平凡，霍特丧失了与他决斗的心情。

而就在那一刻，霍特意识到自己和邪恶校长的不同。不像校长，霍特清楚地看到故事已经结束了，该是时候前进了。

所以在训练的第一天，他和彼得·潘用刀子划开手掌，立下互相尊重的血盟之誓。霍特立誓会杀掉虎克船长，将他送回坟墓里。而彼得·潘答应他在战争结束，善获胜的同时，会和他并肩站在霍特父亲的坟墓前。

到了第六天，辛德瑞拉和阿加莎两个人都没有出现在训练场地。

其他人在早餐过后，都到了橡树林里。老公主穿着睡袍，在火炉旁边烤棉花糖；而阿加莎趴在床上，对着窗户弓起身体，看着兰斯洛特和泰德罗斯在荒原上击剑对战。

自从那天她的王子带着母亲去外面谈话之后，他们母子的关系有了莫大的进展，现在用餐时王子会主动坐在母亲身边，帮母亲洗碗，每天晚上还会带母亲出去散步。事实上，他对母亲的体贴让她感动到必须提醒自己不要说出口，以免让泰德罗斯觉得别扭。因为她从过去的经验中学到，假如你称赞男孩子做的某件事，他们很可能再也不会做了。然而，泰德罗斯愿意舍弃过去的恨意，与母亲从头来过，让阿加莎意识到或许他不只是个值得尊敬的王子和深情的儿子……也会是个很棒的国王。

然而她错了。

现在泰德罗斯满脸通红，用父亲的剑朝兰斯洛特用力挥砍，却一次次被打败。不只被打败，还被羞辱，因为每次兰斯洛特赢了，就在泰德罗斯的耳朵上做记号，或削掉一点点他的头发，或用刀背打他的背。梅林将他们俩配成一对，一定是认为泰德罗斯能从这个伟大的武士身上习得剑术。然而已经第六天了，泰德罗斯像一头发狂的野兽，拿着断钢之剑对着武士疯狂乱挥，一边咕哝着什么，一边流出口水，仿佛不再是为了自尊而战，而是为了父亲，为了王国……

但兰斯洛特比之前更狠地打败他。

较量几场之后，泰德罗斯脸朝下倒在一坨马粪里，阿加莎不忍再看下去。她洗了个长长的热水澡，从容地漫步到厨房，希望还有些食物剩下来。

"你不是应该在外面训练吗？"桂妮维亚问道，放下一盘菠菜蛋饼和一杯茶。

阿加莎看到辛德瑞拉在书房里晃悠，蓝色的头发上还留着发卷，正在把起司饼干夹棉花糖送进嘴里。"你知道泰德罗斯和兰斯洛特的训练进行得怎么样吧？"她转头看着桂妮维亚，"跟我们比起来，他们俩算是恋人了。"

"我需要另一块饼干，"辛德瑞拉在书房里大喊，"这一块破掉了。"

阿加莎不理她。"我需要和梅林谈一谈，"她对桂妮维亚说道，"已经六天了，你一定知道他在哪儿。"

"想必你已经注意到，梅林不会事先透露他的思路和行踪。"桂妮维亚说道。

阿加莎看着窗外年老和年轻的朋友们在远方橡树林里的身影："他甚至没说我们要如何打赢这场战争，校长不但有黑暗大军，还有学生。我们跟他们的人数比是一比二十。"

"如果他心中没有计划，是不会随便把孩子送上战场的。"桂妮维亚微笑道。

"搞不好他已经无计可施，只好死马当活马医。"阿加莎说道。

桂妮维亚的笑容有点儿动摇，她给阿加莎多倒了些茶。"但至少他把帽子留在这里！"她说道，勉强欢呼一声，"要不然我还真不知道要怎么帮这么一大群人做饭，只是累坏了这可怜的帽子。"她瞥见帽子在盆栽上流口水还轻轻打呼："每个人似乎都在为战争尽一分心力，除了我之外。"

"你打理将近二十个人的住处，包括脾气坏的老英雄和他们的餐点，还要洗衣服、洗碗盘，并满足他们各式各样的要求。这不只是尽心力而已，你在带领大家做准备，"阿加莎说道，"这样说的话，我才是那个令大家失望的人，梅林交付给我最重要的任务，但是我完全做不到。假如我能跟他谈谈，他就会知道如果只靠我的话，根本没办法让苏菲毁掉戒指，我们根本没办法赢。"

桂妮维亚抬起眉毛："他离开了还真方便，不用处理这些后续，是吧？"

阿加莎心里也这样想。

看来别人不像自己那么介意梅林不在这里，或许都假定他正在拟一个完美的计划来对抗恶。但是随着时间一天天过去，魔法师仍未出现，大家开始焦虑。

"我们快没时间了，只靠我们怎么可能打败邪恶军团？"霍特、阿加莎、泰德罗斯以及三个女巫正在吃巧克力饼干当宵夜的时候，霍特抱怨道（他们原本在吃姜饼，直到多特坚持改变宵夜的内容），"首先，我们根本没有武器！兰斯洛特在这里根本不用武器，我们只有生锈的训练剑、几把连老鼠都杀不死的雕刻刀，更何况那些只怕火的僵尸坏蛋。我们到底要拿什么来作战？这种局面要怎么赢？"

"赢？如果梅林不回来，我们连怎么穿过特殊通道到邪恶学院去都不知道！"海丝特说道。

霍特目瞪口呆地看着她，然后转向阿加莎："这都是你的错！你做了一个装模作样的演讲，什么年轻人跟老人一起合作，让我们每个人都充满罪恶感，而梅林的计划连提都没跟我们提过！"

"我的错？"阿加莎反击，"梅林当时说'交给我'，仿佛他会去找巨人军队帮我们打仗一样！我怎么会知道一周过去了，没有梅林，也没有军队……"

"不会有军队，"阿纳迪尔说道，"永生者王国不会帮我们，记得吗？"

"不只是数量悬殊的问题，"海丝特说道，"我们帮阿加莎和泰德罗斯闯进学院之前，跟梅林花了几个星期讨论细节。现在任务的难度更高，代价更大，但梅林却不见人影。"

"会不会他受伤了？"多特问道，脸色苍白，"如果他死了呢？"

"别傻了！"泰德罗斯气恼道，"他很快就会回来，没事的。"

但是阿加莎注意到他正在吃第三块巧克力饼干，这表示明明有事发生。她抓住他的手试图安抚他，发现他满手是汗，泰德罗斯很快把手抽开。

"太热了。"他说道，明明一点儿也不热。

阿加莎试着用鼓励的神色看着他。

"我没有害怕,"泰德罗斯大声说道,"即使梅林没回来,我也会命令湖之女神让我们出去,我可以自己领导这场战争!"

"在兰斯洛特把你打到另一堆马粪里之后吗?"霍特不屑地说。

泰德罗斯不理他,又拿了一块饼干。

隔着拱门,阿加莎看到旧日英雄集结在餐桌旁,小小的人偶仍配成对摆在桌子上。联盟的成员一定也在讨论梅林消失的事。

"我说,我们还是早点儿睡吧,"多特打哈欠,"睡眠总是能帮忙解决一些事情。"

没人能说出比这更好的提议。

几个小时后,客房的地板上,阿加莎卷在毛毯里,听着屋子里的细微声响和各种音调的打呼声。她把床让给多特、阿纳迪尔和海丝特,她们像小狗般睡在彼此身上,偶尔掉下个枕头打到阿加莎的头。

看来她是睡不着了。她满脑子都在想梅林把她和泰德罗斯留在安全之屋里这么久是不是个错误。自湖之女神收留他们以来,已经快过去三周了,这里缓慢的步调和生活的宁静让他们放松警惕,忘记远方的森林里传奇的英雄正在死去,而像她一样的读者正在失去对善的忠诚。这里的荒原上,太阳光依旧强烈明亮,食物充足又安全……然而在真实世界里,黑暗正在降临,邪恶军团正在崛起,而她最好的朋友站在校长那边。当他们穿过特殊通道回去之后,世界会是什么样子呢?她和泰德罗斯准备好了吗?

前提是:假如他们能从特殊通道回去的话。

假如梅林回来的话。

她心跳加速,知道如果不赶紧找个方法入睡,她会整夜无眠。她紧抱毛毯,正要翻身……

但是毛毯怪怪的,比平常厚重,带着毛毛的、丝绒般的质感,闻起来像是发霉的柜子。当她的眼睛适应黑暗后,她看见毛毯内里是紫色的……绣着银色的星星……

阿加莎目瞪口呆。

她的心怦怦跳,拉着魔法师的斗篷盖住头,感到自己飘浮在紫色天空中，然后轻轻落在一朵云上……

梅林在那里等她。

阿加莎双腿交叉坐在他身边，周围是一团白雾。好长一阵子，两个人什么都没说，沐浴在神境无穷的静默里。但只要坐在魔法师身边，阿加莎的心就感觉冷静多了，虽然梅林看起来明显瘦了一圈。

"你去了哪里？"她终于开口问道。

"拜访一个老朋友。"

"去了六天？"

"如果我们有时间的话，还会待在一起更久，"梅林伤感地说，"真可惜我没带着帽子，我第一次意识到没有魔法要准备一顿还过得去的菜有多难。我猜那就是人们最终还是要找个伴儿的原因，因为若要处理食物的负担，两个人容易得多。不过，独自生活也有种种好处，像是学习依靠自己，瞬间旅行，或一年只洗一次头。"

阿加莎等他说到重点。

"这里很美妙吧？"他叹口气，望着星星洒落的虚空，"几乎要让我忘记我看到的事物——善的旧日英雄被杀害，尸体被随意弃置，在森林里腐烂。有的名声响亮，像拇指姑娘和阿拉丁；有的从未有过正式名称，像'机智的泰勒'和'乞丐男孩威利'。我尽可能把他们埋葬起来，但是如果可以，我还是想将他们安葬在善恶花园中适当的坟墓里。"

他的脸上笼罩着一层阴霾，思绪仿佛还在森林里。阿加莎知道自己应该为那些逝去的英雄感到难过，然而，她所能想到的只有要怎么样才能不加入他们的行列。

"梅林，"阿加莎轻轻地试探，"你知道你离开这么久，却从来没向我们解释要怎么打败人数是我们二十倍的军队……"

"我很清楚，阿加莎。不过现在对我而言，最重要的是你在说服苏菲毁掉戒指这件事情上，有没有任何进展。"

"我没办法，梅林。你告诉过我们，苏菲必须自己选择摧毁戒指，如果我威胁要杀掉她，那就不是给她选择，而且这也不是善的举动。"

"是辛德瑞拉告诉你这是让苏菲毁掉戒指的方法吗？"梅林说道，露出惊恐的表情。

"嗯，她过去五天试着要我折磨白兔。"

梅林抱头呻吟："早该知道那就是她要达维魔杖的原因。那个女孩有游击队员的特质，跟她的出身有关。没错，折磨你最好的朋友以达到目的不只有道德上的问题，而且可能一点儿用都没有。我也说过，唯有苏菲愿意毁掉戒指，校长才会毁灭。假如苏菲还没毁掉戒指就死了，那么校长失去的是他的真爱，但不是他的灵魂。这表示他将失去永生，跟我们其他人一样会到达生命尽头，但是此刻仍会活着，并有邪恶军团听从他的指示，我们仍然没办法杀掉他。这不是我们想要的结局。"

他体贴地停顿一会儿，继续说："然而辛德瑞拉也有她的考量。苏菲现在是邪恶皇后了，你没办法用要她向善的理由来让她摧毁戒指，而必须直面她心中最深的恶，向她证明她有这么做的理由。"阿加莎看着他。

"然而你只会有一次机会，"魔法师说道，"要有智慧地运用这次机会。"

阿加莎努力想着如果只有一次机会，她会怎么运用……但是仍然没有灵感。

"梅林，你离开之前曾提到校长在找寻加瓦顿的某样东西，某样能永久摧毁善的东西。你现在知道是什么了吗？"

"恐怕我的任务和你的任务进行得一样成功，"魔法师干笑道，"然而，我一直想着我们跋涉来阿瓦隆的路上你对我说的话。校长说最后会是苏菲摧毁善……而不是他。"

阿加莎想起在邪恶展览馆里，拉斐尔对她说的话。"他说故事里最危险的人是愿意为爱做任何事的人。"梅林抚着他的胡子，眼镜从他鼻子上滑落。

"你觉得会不会跟苏菲的母亲有关？"阿加莎继续追问，"我们从来没找到过她的尸体，会不会在校长那里？"

"或许跟苏菲的母亲有关，或许还有其他牵连在内的事物，"梅林说道，"记得上次在这里的时候，我跟你说的话吗？一直以来，爱站在善这边，让善无法被恶打败。但，为什么？这是因为校长为了追求更高的权力，杀害自己的手足，证明了恶永远无法爱人。为了平衡这样可怕的暴行，只要真爱跟善站在一起，撰写者就让善在每个故事里取得胜利。但是现在拉斐尔有了苏菲当皇后，他相信她的爱终于足以补偿他谋杀手足的暴行。"

"但是那没道理呀，"阿加莎反驳，"就算他有苏菲的爱了，也没办法消除他谋杀血亲的事实。"

"没错，"梅林说道，"所以问题仍然存在：故事的结尾，他究竟期望苏菲会为他做什么？他是否认为苏菲能够补偿这个原罪？如果是这样……难道这是他一开始就锁定苏菲的原因？"

阿加莎感觉五脏六腑搅在一起："梅林，不管他在计划什么，如果没有任何援兵的话，我们都赢不了。你还不懂吗？我们仅仅是几个学生和东倒西歪的老英雄们！"

梅林没在听她说话。"会不会整个故事都是错的，阿加莎？"他轻轻地说，"会不会他能证明杀害他的兄弟根本不是罪？会不会他能证明爱是最伟大的恶而非最伟大的善？那么会发生什么事？"他的身体坐直："是不是善就变成恶，恶就变成善？对吧？就像他说过的那样……"

阿加莎摇摇头："梅林，你说的话没道理。"

他的身子缩了一下，仿佛忽然想起阿加莎还在这里。"这真的很粗心大意，是吧？大半夜的把你带来这里，你的眼睛整夜都没合上，接下来还要面对这么多事。去吧，快去睡，每一分钟的睡眠都很重要……"

阿加莎皱眉："等一等，我们到底要怎么跟他对抗？我们到底要怎么……"

但是现在她开始打哈欠，她知道一定是他做了什么，因为她的身体变得麻麻的，头很重，重到像锚一样从云朵上沉下。她用力向梅林伸出双手，努力保持清醒，坠落到黑暗里的同时想要抓住他，但只抓到满手的星星，还有嘴里尝到的温暖天空的味道。

各种声音忽然充斥在虚空里，阿加莎睁开眼睛。

她躺在地板上，裹在桂妮维亚的蓝色碎布毯子里。女巫们已经离开房间，她们的床整理得非常干净。窗户外面仍是漆黑的夜空，没有日出的痕迹。

阿加莎循着声音走到书房，瞥见她的朋友，老的跟年轻的，正在一边把干粮、水果和水装进麻布袋里，一边狼吞虎咽所剩不多的燕麦片。每个人都穿着厚重的黑色斗篷，轻声交谈着，除了桂妮维亚，她仍穿着睡衣，帮兰斯洛特准备背包，而兰斯洛特正擦亮他的剑。阿加莎走进书房，发现这群人不再像之前一样年轻人一边、老人一边，而是按照导师来分的——霍特和彼得·潘、阿纳迪尔和杰克及布莱尔·萝丝、多特和小红帽……霍特看到阿加莎，他和彼得·潘安静下来，其他组合也一样。

梅林从餐厅晃进书房，正喝着咖啡。

"亲爱的，我们试着小声一点儿，想给你多一点儿时间休息。"

阿加莎还睡眼惺忪，搞不清楚发生了什么事。

她感到有人在拍她的肩膀。

她回头看见泰德罗斯，干净漂亮，穿着黑色斗篷，断钢之剑绑在他背上。他抓起她的手，脸上带着害怕的微笑。

"是时候了。"他说道。

第三十章
道歉和自白

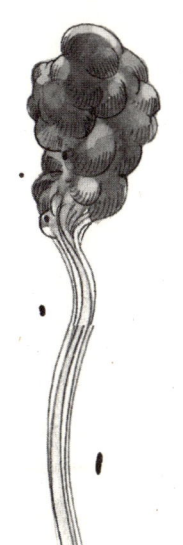

当泰德罗斯试着说服兰斯洛特跟他母亲待在一起时,阿加莎知道他们全都完蛋了。泰德罗斯和阿加莎都很清楚他们需要武士加入他们的军队,所以若泰德罗斯求兰斯洛特留在这里,表示泰德罗斯也知道他们只有死路一条了。然而不管王子有多讨厌这个饭桶武士,他也没办法想象如果母亲失去他会怎么样。

不过他的提议最后没有被采纳。

桂妮维亚在月光下的荒原上与兰斯洛特道别,她也——和每个客人道别,轻快地拥抱每个人,仿佛他们只是去买点儿什么,午餐的时候就会回来。

只有在拥抱阿加莎的时候,过去的皇后多花了一点儿时间,阿加莎可以看到她的嘴唇颤抖,眼眶潮湿。

"照顾好我的泰德罗斯。"桂妮维亚轻声说道。

"我会的。"阿加莎回答,试着不哭出来。某个冰冷的东西碰着她的头,原来是她的王子把王冠戴在她头上了。

"你留在你房间里了，"他说道，带着滑稽的微笑，"一定是不小心的，我确定。"

然后他的眼神迎上母亲的注视。

阿加莎看着他们的表情，充满着复杂的情感……母亲和儿子好不容易克服这么多痛苦才在一起，却再一次被分开。

"让我跟你一起去，好吗，泰德罗斯？"桂妮维亚请求他，"我可以作战……我们可以一起……"

"不，"王子回答，"这是兰斯洛特和我的共识。"

桂妮维亚摇摇头，眼泪滑落。

泰德罗斯拥她在胸口："听我说，阿加莎和我的故事书合上，校长死去之后，我要你出席我的加冕典礼。你的故事会结束在那里，好吗？不是在这里，而是卡米洛特，你会是母亲……然后是祖母……你会被很多爱包围……你要带食人怪一起来也可以。"

桂妮维亚吸鼻子的同时笑出来："答应我，泰德罗斯。答应我你会回来。"

"我答应你。"泰德罗斯声音低沉地回答。

但阿加莎知道他在说谎。

桂妮维亚注意到泰德罗斯的后面有动静，她从泰德罗斯的怀里抽离开来。

阿加莎和泰德罗斯转过头，注意到梅林带着联盟的英雄们，年轻的跟年老的，往山顶上一团白色的光亮处前进。

兰斯洛特率先爬进去，像是影子进入太阳里然后消失踪影，新的和旧的英雄们跟在他后面，一个接一个进入光亮里，只剩下梅林，他隔着荒原看着阿加莎和泰德罗斯，眼神充满安慰，仿佛希望他们可以留下来。

"现在应该是早上了。"泰德罗斯对阿加莎说道，瞪着森林里的黑暗，他们正努力赶上前方的伙伴。

"那太阳在哪里？"阿加莎问道，四处找寻针尖般的光从快速移动的黑云里射出的景象，"我只看到北极星和浓重的乌云……"

然而那不是乌云，阿加莎更仔细地看。

是烟，从远方某处升起的烟，就在梅林领着他们军队前进的方向。阿加莎裹在黑色斗篷里，踮起脚眯眼看着前方的伙伴，但是她看不清烟是从哪里出来的。

"把我抬起来。"她推推泰德罗斯。

"什么？"

"到你肩膀上。"

泰德罗斯皱眉："不能因为你戴着王冠就……"

"现在！"

王子叹气："我之前还以为苏菲比较难搞。"

王子把她荡到肩膀上，她抓着他的斗篷领子，大黑鞋紧紧夹住他的胸口，泰德罗斯痛得轻轻叫出声。阿加莎看见他们前方的一组是霍特和彼得·潘，后面传来辛德瑞拉和匹诺曹的声音，正在取笑他们。

"有人得当马被鞭打了。"匹诺曹说道。

"终于跟他父亲一样高了。"辛德瑞拉讽刺道。

泰德罗斯咬着牙，背负着阿加莎的重量："你还要在那里待多久？"

阿加莎往前倾，树枝碰到她的王冠，她努力在黑暗中往前看，试着追踪烟的来源。

烟来自火焰。黑色地平线的远方，黄红色的火焰直往上蹿，火舌越卷越高，把周围照亮：弯曲的钟楼、广场旁的店、塔楼屋顶的房子，火光照亮了小镇的轮廓，上方的防护罩已经破烂不堪……

加瓦顿。

加瓦顿在燃烧。

她忽然想起邪恶展览馆里的画……奥古斯特·萨德最后的画，小镇的中心升起巨大的篝火……

"不，不是在燃烧，他们在焚烧故事书，"她轻声说道，紧抓着泰德罗斯，"萨德知道他们会把书烧毁。"

她能看见加瓦顿上方的防护罩千疮百孔，在风中摇晃，仿佛随时都会崩塌。

"他们在相信新的结局，泰德罗斯。梅林是对的，他们正在失去对善的信念……"

"我不知道梅林要带我们去哪里,"泰德罗斯喃喃自语,没在听她说话,"学院往东,你的小镇往西,假如梅林继续让我们往这个方向走,我们会直接进入它们中间的斯廷法司森林。"

"斯廷法司森林?"

"斯廷法司就是从这里来的。以前在学院里会看见的骨瘦如柴的鸟,后来全被克罗格吃光了,"泰德罗斯不耐烦地说,在下面热得冒汗,"假如梅林认为我们在那里有办法撑一分钟,那他一定是疯了。没有人会在清醒的状态下步入那片森林,因为斯廷法司听校长的指挥。"

"我以为斯廷法司讨厌恶人。"阿加莎说道。

"那是因为校长训练它们去找邪恶的灵魂。一般人只会在每四年的十一月十一日靠近斯廷法司森林,这天是新的永灭者被选出来的日子。有些家庭会在森林边缘野餐,观看斯廷法司从树上冲出去绑架孩子,带回邪恶城堡的景象。"

阿加莎看见黑暗蔓延的森林,把加瓦顿和邪恶学院隔开。

她曾经去过那片森林。

两年前的那个晚上,校长把她和苏菲从加瓦顿带走……把她们带进无边森林,那里有一只斯廷法司刚从黑色的蛋里孵化,用爪子抓着她们,将她们带到命定的学院里。

但是为什么梅林要把他们带到故事开始的地方呢?他们应该攻击邪恶学院,不是吗?他们应该找到苏菲,好让她毁掉戒指——如果阿加莎能说服她的话。

她很快把目光转向天空,试着把注意力从这个不可能的任务上转移开。森林变暗之前,他们到底有多少时间?为什么太阳还不升起?

她的眼睛瞟到前方一小点儿光亮,被烟雾挡住。她努力地看,发现它在融化,橘色碎片的火光,在烟雾里烧焦,消失在半空中。

"那不是北极星,"她声音沙哑,"泰德罗斯,那是太阳。"

泰德罗斯瞥一眼天空,被她的话激怒。"别犯傻了,太阳怎么可能那么小……"他的表情忽然紧绷起来,"难道有可能吗?"

阿加莎知道泰德罗斯是突然意识到她昨晚发现的事,他们离开森林太久了。

他慢慢把阿加莎放回地上:"七天,梅林是这样说的,对吧?"

"表示太阳会在今晚日落之后……死去。"阿加莎说道。

"也就是说,今天晚上故事书就会合上,"泰德罗斯说道,"结局二选一。"

他们彼此对视,脸色一样苍白。

"我不会让任何事发生在你身上。"他保证道。

阿加莎点点头:"我知道。"

但是这一次她是说谎的那个人。面对接下来要发生的事,就算是王子也无法保护她。

他强行露出一个无畏的笑容,然后抱紧她:"森林里所有王国的所有故事,你注定要走进我的故事里。"

阿加莎也挤出一个微笑,抱紧他,跟着梅林还有善的军队走进黑暗的斯廷法司森林。

当他们经由特殊通道进入森林后,阿加莎和泰德罗斯注意到的第一件事就是寒冷。在荒原上的安全之屋经历了三周的春天之后,回到没有太阳的冬天让他们直发抖,即使在厚重的斗篷下也是一样。然而,比寒冷更糟的是一股令人作呕的气味:死掉的树木和腐烂的动物尸体传出的臭味,进入森林的第一个小时里,阿加莎和泰德罗斯得用袖子掩住鼻子,后来才慢慢适应。

早晨姗姗来迟,却也没带来温暖或明亮,他们一行人两个一组行动,年轻的学生和导师一组——除了阿加莎和泰德罗斯,他们俩自成一组,为了躲避他们各自的导师。一开始,一行人在被遗弃的森林里放松警惕,感到一丝安全。永生者王国把自己封闭起来,如同梅林预测的一样,而永灭者王国像是乌鸦弯和低地林,也不敢攻击规模很小的善的军队,他们想要等到校长证明邪恶能获胜之后才会行动。

然而,这种安全的感觉并未持续很久。

很快,他们开始注意到路径两旁有许多临时坟墓,上面放着冒烟的白星星，梅林在星星上写下逝世英雄的名字。和白兔一组的尤巴，把这些名字记录在小笔记本上，并轻声地为他们每个人祷告。过了几个小时，所有人在一个干涸的湖泊里吃午餐的时候，脸色都很糟糕，因为他们知道自己也越来越靠近自己的坟墓了。

然而，他们仍对领袖有信心，相信他有解救他们的计划。所以当梅林在湖泊的底部生起火，发给大家火鸡三明治时，他的观众们坐在泥土地上松了一口气，等着听他解释他们这一小群英雄和学生要怎么打赢人数是他们二十倍的邪恶军团。

"有的时候我会想，"梅林开始发言，舔一舔上唇的芥末酱，"这些食物究竟是从哪里来的？是不是有个四度空间让魔法帽去拿食物？或是它只是从空中召唤火鸡和面包？总之，到底三明治是怎么做出来的？"

三十八只眼睛瞪大看着他。

"梅林，"兰斯洛特率先说话，感觉快要爆发了，"很明显，我们现在正要进入斯廷法司森林，否则你几个小时之前早就带我们转向东方了，有什么特别理由让我们去森林而非学院吗？"

"那当然。"梅林在帽子里找牙签。

但没有更多解释。

"所以呢？是什么原因？"彼得·潘追问。

"校长准备在斯廷法司森林里对我们发动攻击，"梅林一边说道，一边剔牙齿，"我们是不是该来点儿咖啡？要求二十杯可能太多了，尤其是你们每个人对糖和牛奶的分量都很挑剔……"

"梅林，我的老天哪！"杰克吼道。

"我说'交给我'是认真的，"魔法师反驳，"你们已经有太多事要烦恼了。如果我们最有名的英雄里有一个人死了，那战争就一点儿意义也没有。彼得·潘、辛德瑞拉、杰克、睡美人、小红帽、韩赛尔、葛雷特、匹诺曹——你们是唯一挡在校长跟善的终结之间的人。所以让我来思考战争的计划，你们和年轻的随从只要思考怎么让自己活着就好了。"

泰德罗斯给阿加莎一个敏锐的表情，质疑把计划都留给梅林看来不太对劲，很明显他是这样认为的。

阿加莎清清喉咙："梅林，你刚刚说会带我们进入斯廷法司森林，因为校长会在那里攻击我们，而校长又控制斯廷法司，你不觉得我们应该知道更多的细节吗？"

"细节？"梅林反问，噘起嘴唇，"这个怎么样？校长准备在我们到达学院之前，和旧日的恶人一起伏击我们，因为我已经知道这件事，所以必须选择他们伏击我们的位置，斯廷法司森林看起来是最好的选择。"

他的观众一阵骚动。

"他终于完全疯了。"泰德罗斯对阿加莎喃喃地说。

"梅林，首先，斯廷法司森林如果在校长的掌控下，那会是最糟的地方。"兰斯洛特不屑地说。

"先别提斯廷法司了，"海丝特插进来，"他跟两百个僵尸坏蛋要伏击我们……"

"魔法师怎么知道他们要伏击我们？"韩赛尔嘲笑道。

"难得韩赛尔说对了，"葛雷特赞同道，"'伏击'的意思是出其不意攻击别人，现在我们已经知道了，所以就不会有伏击……"

"对我来说出其不意的是，我们未来的皇后在担心我，"梅林声音如雷，眼睛盯着阿加莎，"而她是我们最终能否赢得战争的关键，但是她还不知道要怎么让苏菲毁掉戒指。"

每个人都闭上了嘴。

"不是校长死就是我们死，阿加莎，"魔法师再次强调，"所以假如我是你，我会把注意力放在苏菲身上，而不是斯廷法司。"

他的声音在森林里回响。

阿加莎可以感觉到泰德罗斯瞪着她。

其他人也对着她皱眉，一片寂静。

"我们干脆杀了自己比较快。"辛德瑞拉发难。

阿加莎转向她："那就杀掉你这个邪恶、黑心的怪兽，没人受得了你！"

辛德瑞拉的脸跟甜菜根一样红。

大伙儿一片沉默，纷纷看向别的地方。

阿加莎瞥一眼泰德罗斯，但是他也没办法直视她的眼睛。

梅林缓慢地站起来，把手上的碎屑拍掉。"这么多年来我保持单身，其中的一个原因是……"他说道，准备上路，"一个人吃饭的乐趣。"

"我没有要道歉。"阿加莎宣告。

泰德罗斯走在她旁边，正在咬苹果。

"我不道歉，是她活该。"阿加莎继续争辩，试着不回头看落了好大一截的辛德瑞拉和匹诺曹，"你也会做一样的事。"

泰德罗斯没回答。

"假如你认为我小题大做，我会道歉，但是她要先道歉。"阿加莎说道。

泰德罗斯再咬一口苹果核，然后扔到一旁："她要对什么道歉？"

"泰德罗斯，从我们第一天见到她开始，除了折磨我们，她还做了什么？"

"那些事情以前也没见你特别抱怨过，一直以来你都保持客气的距离，直到十分钟前。"

"因为我已经忍无可忍了！"

"还是因为你正在自我怀疑，所以刚好找到一个人来当替罪羊。"

"我有没有听错？"

"阿加莎，你记不记得第一年我们在上达维教授善行课的时候，你跟我说，我蠢到无药可救，然后……"

"你威胁要杀了我？"

泰德罗斯指指自己："自我怀疑。"然后指着她："替罪羊。"

他微笑着继续说："有经验就知道。"

阿加莎双手交叠："哼，你那时也没对我道歉，为什么我得跟她道歉？"

"因为很明显，你是一个比我更好的人。"

"从现在开始，你要用这句话当挡箭牌，直到我们死了为止吗？"

"有用，不是吗？"

阿加莎呻吟一声。

"好吧。反正一时半刻她也不可能自己一个人，我会等个比较适合的时间和地点……"

"嘿！长鼻子的！"泰德罗斯对匹诺曹大叫，"能不能跟我一起走一会儿？"

匹诺曹做个鬼脸："我宁愿不要，因为你散发出来的权贵气息。但是如果我不照做，就等着看一个被宠坏的家伙用柔弱的挑衅质疑我，我想我没有选择。"

泰德罗斯对他眨眼："总是讲真话一定很累吧？"

"你以为我为什么没结婚？"匹诺曹说道，跟他并肩一起走。

就像他们俩，阿加莎也和她的导师一起走。

她原本以为老公主会攻击她，当众羞辱她，但是辛德瑞拉只是径自向前走，无精打采又躲躲闪闪地，像是一个感到羞愧的孩子。

"呃，嘿，"阿加莎说道，带点儿讨好的语气，"我想说抱歉，我猜我想要自我防御，所以就把气出在……"

"你觉得我是个很糟的人，"辛德瑞拉喃喃自语，"每个人都觉得我是坏人，都觉得我尖刻、冷漠又粗鲁。但是这群人里没有人理解我，你们都不会懂。"

"那不是真的，"阿加莎说道，"人们以前也以为我很粗鲁，但事实是我害怕他们对我的评价，一直到我学会……"

"噢，没人在意你学了什么，"辛德瑞拉抱怨道，"反正你全部都搞错了，我不是害怕像你这样的人给我的愚蠢评价。当我什么都没说过吧，我接受你的道歉，现在你可以走了，好了吧？"

她交叠双手看向别处，表示交谈已经结束。

阿加莎叹了口气："好吧。"

她正要离开……但是她听到一个声音，从自己身体里传出的安静声音。

不要走。

然而那不是她的声音。

是辛德瑞拉的。

很久以前，阿加莎听得见别人的愿望，从需要帮助的灵魂那里传出的。她一直以为她已经失去这个才能了。

或许她仍有这个才能。

或许她只是不再去聆听了。

"告诉我。"她说道。

辛德瑞拉看着她，惊讶不已。"你怎么还在这里？"她说道，试着让声音听起来很厌烦。

"听我说，梅林觉得我们能互相帮忙，"阿加莎说道，"我的预感告诉我你知道原因。"

辛德瑞拉把眼睛转向地面。"这有什么用？"她喃喃自语。

"拜托你。"阿加莎说道。

她们俩走了很长一阵子，没有人开口说话。

"我压根儿没想过我会进善良学院，"老公主开口说道，"我跟着继母长大，从小就被说又丑又蠢又肥，连帮她刷马桶都不配，何况是当永生者女孩。'辛德瑞拉'，她给我取这个名字，如果这个女孩够幸运，还能跟一个马夫结婚。她所有的精力都放在她另外两个女儿身上，她认为她们从善良学院毕业之后，一定能跟王子结婚。所以当我拿到鲜花列车车票，而我的姐姐们没有的时候，我觉得很羞耻，仿佛那是个天大的错误。一定会有人认为我姐姐才属于那里，而不是我。然而，接着我拿到制服、课表和墙上的肖像画……我在那里当学生，就像其他人一样。瑞拉、甜美、没有灰尘的瑞拉，住在善良塔楼第24号房。

"但是我在学院里并不开心。第一年结束的时候，我非常想家，因为有件关于我的事没有任何人知道：我爱我的姐姐们，而且她们也爱我！故事书里从来没说过，对吧？因为这样一切都会变得很混乱。我的意思是，对，她们有点儿傻气又被宠坏，满脑子都是王子，但是她们也聪明、粗鄙、莽撞，跟我一样。况且，她们还救了我。当父亲过世，我完全变成孤儿的时候，我的继母想要把我卖给蓝胡子，那时候他正在找新的妻子。但是姐姐们知道蓝胡子有滥杀妻子的恶名，就提议让我当女仆。我能感觉到她们的罪恶感，因为我甚至得帮她们洗内衣，但是其实我很开心，至少我不会凄惨地死去。当我打扫和煮饭的时候，她们常常在我身边，跟我说善良学院的传奇故事、拿到鲜花列车的车票有多光荣、镇上最新的八卦消息，当然也免不了说母亲的坏话。我们三个很亲近，所以当我被带进学院，没有她们在身边时，我很不快乐，尤其我总认为这学院是她们的……到了第二个月，我每天都在睡前吃掉一桶冰激凌，希望我能回家。"

她深呼吸，继续说："但是毕业典礼还是来了，其他学生毕业之后都到森林里去闯荡，我则冲回处女山谷继母的家。一开始，姐姐们不跟我说话，还在生气我'偷走'她们的位置，但是我小心翼翼不提起我当学生的任何事，她们又开始交给我各种杂务。同时，我的继母把同学寄给我的信全部撕毁，把我的制服和课本烧掉，所以很快，我好像从没去过那所学院。老实说，我松了一口气，我很开心能跟姐姐们一起大笑，就像过去一样。

"但是我的继母嫉妒心很强，她开始警告她的女儿们跟我保持距离——说我是披着羊皮的狼，有一天会背叛她们，就像我占了她们在学院的位置；说女孩之间的纽带如果不是血缘关系，永远不会持久。姐姐们当然不相信她，因为对她们而言我就像家人一样。而事实上，我希望她们快乐。看到我父亲和那个邪恶的女人结婚，还有学院里那些永生者女孩为了男孩所付出的精力，我其实很开心地把结婚、爱情和王子这些事留给姐姐们去烦恼，虽然我像是活在她们的影子里，但其实有她们陪伴我真的很好。"

辛德瑞拉停顿片刻，接着说："所以你必须了解，当达维教授在那个有名的晚上来到我家，完成我参加舞会的心愿时，她以及其他知道我故事的所有人都以为我想去舞会遇见王子。我从来不想遇见什么狗屁王子！我想去舞会，因为我想要看我的姐姐们遇见王子！她们的一生都在建构那一晚，基朗王子会选出有资格当王国皇后的人。这么多年来，我听她们滔滔不绝地说她们那晚要穿什么、说什么、怎么赢得王子青睐，现在她们终于能站在他面前了，我怎么能错过呢？她们也一定希望我在那里，只是不敢跟我的继母说。当我在舞会里找到她们，对她们透露我是谁的时候，你真该看看她们脸上的表情，就像我不提学院的事，只希望能保持我们的关系，那一刻她们可以看出我有多爱她们：因为我甚至用魔法许愿，只为了看到她们遇见王子的瞬间。"

她的导师的眼神慢慢暗淡下来："可是基朗王子选了我当舞伴，我可以看到她们脸上的惊愕，仿佛在那一刻，她们意识到早该听从母亲的话。她们当时对我的公开谩骂，可怕到我至今仍无法忘记。我试着对她们解释我不想要王子——我甚至从舞会逃走来证明这一点。但是王子总会找到他们的公主，即使公主不想被找到。他像个侦探追踪到我继母的房子来，带着我不小心落下的玻璃鞋。当他向我求婚的时候，我提出一个条件：我的姐姐们跟我一起住在宫殿里，因为如果我要跟一个不熟的人结婚，至少我可以跟我最好的朋友住在一起。但是他听到姐姐们在舞会上对我的谩骂，知道我在试玻璃鞋时她们的举动，非常不理解我的心情，还要求我二选一：要么单独到他的宫殿里做他的妻子，要么留在这房子里跟姐姐们永远在一起。他要我隔天早上做出选择，然后就和他的随从离开了。"

辛德瑞拉停顿片刻，又说："那个晚上我睡觉的时候，我继母拿着一把斧头试图把我砍死，但是王子躲在外面的窗户下，他知道我的处境不安全，他用剑当场刺死她然后带我逃走。我的姐姐们最后看到的只是我跟着她们梦想中的王子骑着马离开，而她们的母亲倒在血泊里。"

辛德瑞拉热泪盈眶。"我先是占了她们在学院的位子，然后抢走了她们的王子，最后害死了她们的母亲。她们怎么可能看得到我的善？她们只能看见我是她们的敌人，不是吗？"她的声音沙哑，"那之后好几年，她们暗地策划伤害我，直到王子把她们都杀了，而我被蒙在鼓里。当我知道他做了什么后，就永远离开他了。我的姐姐们永远不知道的是，那天早晨我宁愿为了她们放弃王冠，因为她们才是我的永生者之地，而不是任何男孩。假如能跟她们在一起，我剩下的人生必须永远不结婚……我也会这么做。但是一切都太迟了。"

她终于看向阿加莎，饱受痛苦折磨。"这就是为什么我要你把魔杖指着苏菲的头，威胁她，要她照你的话做。因为那就是我的故事教我的——反正你就当个又大又肥的恶霸就好，因为到了最后，爱一点儿意义也没有，尤其是当一个男孩忽然闯入，毁了一切之后。"她开始哭泣起来。

"噢，辛德瑞拉。"阿加莎轻声说，泪水滑落她的双颊。

"这就是我从不快乐的原因，"辛德瑞拉哭着说，尖锐的态度消失了，"因为每个人都认为我的故事是关于找到仙女教母、礼服和王子，但是我压根儿不想要那些东西！我只希望我的姐姐们能快乐！我只希望能跟最好的朋友在一起！"

阿加莎把手轻轻放在老公主的背上，让她尽情哭泣，然后沉默地继续走。

"你真的爱苏菲吗？"辛德瑞拉终于开口问道，"在她做了这么多事情之后？"

阿加莎点点头，忽然被各种情绪充满："就像你爱着你的姐姐们一样。"

瑞拉忽然停下来，眼睛闪着顿悟的光芒："这就是为什么梅林把我们配成一对，因为我任由我的故事发展，我向绝望和生气投降，放任它们偷走我的人生。但是你有机会修正你的故事和我的故事，阿加莎。你还能为苏菲努力，你还能为你最好的朋友努力。"

阿加莎摇摇头："我不知道苏菲是否还剩下任何值得我为她努力的事，瑞拉。"

她的导师轻触她的脸颊："不能放弃，阿加莎。让这世界看看我做不到的事，跟男孩的爱一样重要的爱，比血缘关系更强韧的爱。还没到放弃的时候，为了我们两个。"

阿加莎凝视着瑞拉，第一次，她感觉到一道光线照进心中黑暗的恐惧……

辛德瑞拉的表情忽然变了。

阿加莎转过头，看见整群人都停了下来，瞠目结舌地看着她和她的导师，仿佛看着狮子跟兔子在开花园派对一样。

"噢，天哪，这些傻瓜以为我人变好了。"辛德瑞拉低声吼叫。

"我会跟他们说，我卑躬屈膝求得你的原谅。"阿加莎说道。

"还有发誓永远臣服于我，"辛德瑞拉很快加上一句，"在你完全毁掉我的名声之前，赶快去那个该死的王子身边。"

辛德瑞拉眨眨眼，飞快地踢了阿加莎的屁股一下。阿加莎踉跄前行，脸上忍不住带着微笑，心里想着如果更常说对不起，她的生活会有多大的变化。

第三十一章
森林决战

一行人终于到了斯廷法司森林的外围，东边太阳的光芒明显地越来越微弱。

"离太阳下山只有几个小时了，"泰德罗斯紧张地说，他的手移动到断钢之剑的位置，仿佛要确认剑是否完好无缺，"兰斯也一直看着太阳，好像知道我们快完蛋了。"

"兰斯——你都帮他取了昵称，而我竟然还没有？"

泰德罗斯瞥了阿加莎一眼，她露出微笑。

"一点儿也不好笑，"他说，看着前方斯廷法司森林的入口，"这一次无路可逃了，黑暗就要到来了，阿加莎。这就是我们的结束，真正的结束……"

"我知道。"她捏

捏他的手，仍然沉浸在辛德瑞拉的故事里，"所以让我们珍惜最后的每一道光线。"

他瞪着她："现在你忽然决定要浪漫？在这个时间点？"

阿加莎收起脸上的笑容："我相信梅林是有计划的，好吗？他一定有计划。"

他们的前方，一组组并肩的伙伴纷纷放慢脚步，因为已经快要到斯廷法司森林的入口了。入口处耸立着两棵巨大的榆树，和城堡的塔楼一样高，树干向着彼此弯曲，枯死的树枝被削成一只发怒的黑天鹅的模样，尖喙打开，羽毛竖起，样貌太逼真，仿佛下一秒就要攻击人。当他们从下方经过时，阿加莎不禁抓紧泰德罗斯。

她试着甩掉恐惧的感觉："我是说，我们讲的是梅林，这个传奇和神话的代表人物，危急时刻从没让善失望过的梅林……"

"除了他遗弃我们六天，忘记征召一支专业的军队，我们手无寸铁就被拉进校长的领域，而且没教我们任何火咒语来杀掉准备活吞我们的两百名僵尸坏蛋。"

阿加莎咽了下口水。

他们什么也看不见，因为斯廷法司森林里布满高耸入云的榆树，挡住了太阳如星星一般的光芒。阿加莎等着某个人点亮火炬或让手指发光，但是没人这样做，仿佛在黑暗中并不可怕，不用看到树上有什么威胁。在没有光源的情况下，十九个英雄人物在魔法师后面排成紧密的蜂巢状队伍，魔法帽上发亮的星星指引他们前进。

他们越进入斯廷法司森林里，越能闻到刺鼻的烟味，那是从森林外的加瓦顿飘过来的烟。年轻的学生自觉地挡在年老的成员前面，牢记他们的责任就是保护老英雄的安全，好让读者世界的防护罩保持完整。阿纳迪尔的老鼠像是保镖一般，分别站到阿纳迪尔、杰克和布莱尔·萝丝的肩膀上；海丝特和兰斯洛特推着韩赛尔和葛雷特的轮椅穿过砾石路；尤巴一直守在白兔旁边，因为白兔夜晚的视力很敏锐；多特和小红帽坚持走在乌玛公主身边，认为教动物交流学的老师一定知道怎么跟斯廷法司沟通（"斯廷法司不是动物，是怪兽。"乌玛呻吟道）；霍特举着生锈的训练剑，保卫彼得·潘和叮当仙子。

当他们熟悉黑暗后,眼神飘向上方,慢慢地可以拼凑出树上的生物……骨瘦如柴、秃鹰一般的身影,诡异地站在榆树树枝上,没有发出一点儿声音。

"它们在监视我们。"兰斯洛特喃喃地说。

梅林忽然间停下来,导致后面的人撞成一团,一时间有人脚趾被踩痛,哀号声和咒骂声不绝于耳,但魔法师只是专注地盯着前面。

"葛雷特,为什么魔法师停下来……"韩赛尔问道。

"嘘!"葛雷特制止他,"仔细听……"

阿加莎也听到了。

低沉的雷声在森林里回响,听起来像是军队行进的声音。

远处明亮的绿光像星星一样,在森林里忽明忽暗……一开始只有几个……然后是几十个……接着是几百个,忽然间四周全被照亮,但很快又回归到黑暗。随着每一秒过去,闪现的光越来越近,搭配着越来越响的脚步声——左、右,左、右——阿加莎不确定是闪光跟着脚步声,还是脚步声跟着闪光。当闪光越来越大、越来越亮时,她仔细盯着绿色的光,像是小型烟火的爆炸,虽然只有一瞬间,却足以照亮周围的树林……

还有朝他们而来的军队。

黑暗大军潜伏在斯廷法司森林里,整齐地排列着,配备着斧头、长剑和弓箭。他们的头上,飘浮着僵尸小精灵组成的黑云,发亮的绿色尾巴跟着队伍的步伐闪现绿光,不停地点亮又熄灭。每一道闪光,都意味着军队更逼近一步,很快,阿加莎能够看见他们缝合起来的皮肤和邪恶的脸,正用毫无生气的眼神瞪视着他们。

彼得·潘和叮当仙子看到虎克船长和他的弯刀,马上畏缩到树旁;辛德瑞拉紧抓着阿加莎,因为她看到邪恶的继母手中握着一把生锈的斧头;杰克看到挥着棍棒的巨人和握着匕首的邪恶仙子;韩赛尔和葛雷特把轮椅推到一行人的后面,为了躲避僵尸巫婆;小红帽一开始躲在多特后面,但是看到流口水的大野狼之后,又赶紧躲到兰斯洛特后面。

"梅林,这就是'交给你'的后果吗?"霍特大叫。

就算梅林回答了他,声音也被恶人们行进的脚步声淹没了。阿加莎试着寻找梅林帽子的亮光,但是森林太暗,而且老英雄们彼此靠得太近,什么都看不见。

"它看起来就跟穿着我祖母睡衣的那天没有两样。"小红帽声音沙哑地说,看着站在第一排的野狼,离她只有一百英尺远,"以前它可以一口吞掉我,但是我现在已经成年了,表示它得先咀嚼……"

"我宁愿死在野狼的牙齿下,也不愿死在钩子下。"彼得·潘焦虑地说。

"我继母有斧头!"辛德瑞拉大喊。

"你赢了。"韩赛尔说道。

"那不是你的继母,懂吗?他们不是过去的恶人,"海丝特反驳,"他们是僵尸坏蛋,他们不是真实的。"

"我觉得他们看起来非常真实。"兰斯洛特吼道,抽出他的剑。

黑暗大军越来越近,泰德罗斯手发着抖把断钢之剑抽出来:"兰斯洛特爵士,带领我们。"

"是谁忽然对我表示尊敬了!"兰斯洛特嗤之以鼻,"是谁一整个星期都在废话连篇,说不需要我的帮助就可以赢得这场战争!"

"你跟我不熟,所以你不知道我这辈子有半辈子都在说蠢话,另外半辈子在为这些话道歉,"泰德罗斯说道,"拜托,兰斯,你是有史以来最伟大的武士。你一定经历过比这更凶险的战役……这看起来是不是没那么糟?"

阿加莎和其他人都盯着武士,脸上带着充满希望的表情。

兰斯洛特看着两百个僵尸坏蛋耍弄着手中的武器,现在离他们大概只有六十英尺了……他又回头看看身边毫无抵抗能力的永生者和永灭者,脾气反复无常的老英雄,还有一个握着世界上最伟大的剑却不知道怎么妥善运用的王子。

"看起来没那么糟,"他说道,"只有更糟。"

黑暗大军的行进在离武士大概五十英尺的距离忽然停止。小精灵的光亮到了极致,邪恶军团轻蔑地看着他们,嘴唇紧闭,血红的双眼显示他们已准备好大开杀戒。他们在小精灵的亮光下高举武器,等着有人下令攻击。

"我好像尿湿裤子了。"韩赛尔偷偷地说。

"梅……梅……梅林,"阿加莎结巴地说,眼睛看着僵尸坏蛋,"梅林，快告诉我们要怎么做！"

"大概很难，因为梅林不见了。"霍特说道。

每个人都回过头。

梅林不见了。

阿加莎和泰德罗斯惊恐地抓着彼此。"我们死定了。"他们喘着气说道。

天空中忽然刮起一阵风，他们抬头看到两个影子，以拥抱的姿态飞行，穿过树枝降落下来。

男孩先落地，他的白发尖尖地耸起，和怀里女孩头上的黑色皇冠如出一辙。他穿着无袖黑上衣，展现出瓷器一般的皮肤和结实的肌肉，低腰黑色长裤上方露出一小段腹部的肌肉。他身边的女孩跟他一样苍白，脸颊和嘴唇一点儿血色也没有，有一瞬间阿加莎以为她是大理石雕像，直到她从男孩的怀抱中走出来。她穿着一条黑色皮革的贴身连衣裤，展现出身体的每个曲线。她朝阿加莎移动，金发在锯齿状皇冠下飘扬，她的皮肤如此贴近骨头，下面的血管清晰可见，嘴唇弯成冷酷、恶意的微笑模样。

直到阿加莎看见她的绿眼睛，带着邪恶的翡翠绿色，跟周围的小精灵尾巴一般明亮，阿加莎才明白这个女孩是谁。

"嘿，亲爱的。"苏菲说道。

阿加莎感觉喉咙像是被老虎钳钳住一般，发不出声音。她的视线模糊，无法对焦，仿佛全身都在拒绝这一刻，正在找寻噩梦的出口。她什么也听不到，耳边只传来狂暴的耳鸣。黑暗慢慢从角落席卷眼前的景象，她知道自己正在失去意识。她的腿变得虚弱，心跳正在停止，整个世界正要变成黑色……

然而，眼前有一道光穿过黑暗，金色的光线像是灯塔射出的光……像是自己的手指在最需要的时候发出的光芒……

但那并非她的手指发出的光芒。

而是从邪恶皇后那边传来的光。

是戒指。

我得让她摧毁戒指。

阿加莎再度感到脚下的土地和周遭刺骨的空气，眼睛重新找到焦点……

她就在那里。苏菲,像她选择的男孩一样邪恶,像死亡一样冰冷。

但是苏菲还是苏菲。

"森林彼岸的阿加莎,从未想当公主的女孩,"苏菲说道,"而她戴着王冠站在这里。"

阿加莎并未屈服:"恶有皇后了,所以善也需要。"

"假如我有个王子,你就想要个王子。假如我有王冠,你也想要王冠。这就是我最爱你的地方,阿吉,你永远落后我一步。"苏菲看着阿加莎背后衣衫褴褛、表情惊恐的泰德罗斯,又把眼神转向在小精灵的光芒下无懈可击的拉斐尔,"而我的选择总是比你的杰出。"

泰德罗斯握住阿加莎的手,满脸怒容地看着苏菲:"他就是比较杰出的选择?一个恶魔?恶魔的后代?"

"噢,泰德罗斯,不要这么容易让人看透嘛,"苏菲说道,"你喜欢的话,我们可以做一个纸王冠给你。因为你还是个男孩,不是男人;还是个王子,不是国王。"

泰德罗斯满脸通红。"那么或许是你忙着欣赏自己的王冠,没注意到你有一半的军队不见了!"他嘲笑道,努力让自己的话听起来有威胁的语气,"发生什么了?他们来这里的途中走丢啦?"

一阵尖锐的笑声响起,拉斐尔漫步向前:"我很确定我的皇后满心希望我们用全力攻打你们,可爱的王子。她戴上王冠之后,相较之下我看起来太温和了。但是,我们的学生代表邪恶珍贵的未来,我不想让任何一个学生涉险,尤其是光靠邪恶的过去就能将你们彻底击溃了。"

阿加莎跟着他的眼神看向那群黑暗大军,他们全都咬牙切齿,不耐烦地等着校长的指示。她想到莉娜、查迪克、拉文和其他她熟识的学生,全都被困在邪恶学院里。终有一天,拉斐尔会确认他们每一个都心地邪恶又无情残忍,就像眼前这些等着大开杀戒的僵尸坏蛋。

但阿加莎又想起希子……可爱、甜美的希子,她的愿望是每个人都能找到爱和幸福……不管任何人对她做什么,她都不可能变成恶。

"恶永远不会有未来,"阿加莎说道,心中想着这个善良的永生者朋友,"如果还有那些想要向善的人。"

"没有人比我更想向善，阿吉，"苏菲说道，"不管你多么努力想要让邪恶的心变善，都是无法成功的。你很清楚这一点，要不然你不会给我机会争取你心爱的王子，你清楚地知道我会像个傻子一样。"苏菲的瞳孔闪着光。"但是要让善良的心变邪恶……那就像是孩子的把戏，阿吉，因为善良的心就像最柔软的下腹部，随时等着邪恶把它划开。问问你最好的朋友希子就知道，昨晚我听到她在哭泣，说希望能跟'最好的朋友'阿加莎说说话。亲爱的，在学院的时候你很受欢迎嘛。真可惜你'最好的朋友'很快就不能说话了，她将变成一只邪恶的鹅，当她完成邪恶学院的学业、完全转化之后。"

"你知道有句话是怎么说的吗？"拉斐尔说道，不怀好意地笑着，"最纯洁的善也能精通恶，如果结局是当圣诞大餐的话。"

他们俩开始窃笑。

听到他们有如二重唱一般的笑声，阿加莎的心绷得紧紧的。他们俩鬼魅一般的肌肤、皮肤下的蓝色血管、突出的颧骨，看起来如此相像。

"恐怕不会有鹅，也不会有圣诞晚餐，"泰德罗斯气势汹汹地说道，"因为我们会赢得这场战争。"

"是吗？"拉斐尔尖刻地说，"凭你们令人闻风丧胆的……十三联盟？看起来魔法师已经离开你们了，不过有这么多人响应你们的任务，害我都算不清楚了。哎呀，我要怎么设法杀掉一个英雄人物，好让我能打破防护罩呢？"他看着眼前贫乏得可怜、纷纷抱着树干的军队：八个因为胆怯而畏畏缩缩的英雄人物、四个年轻的永灭者背叛者、一只无精打采的白兔、一只肚子凸出的小精灵、一个教动物交流学的老师、一个虚弱又年老的地精……然后他的眼睛落在兰斯洛特身上，兰斯洛特手上握着剑，满脸困惑地看着这四个年轻人说话。

拉斐尔的笑容暗淡下来："还有一个难搞的麻烦。"

"你是哪里来的恶魔？"兰斯洛特威胁地说道，眯眼看着这个有着雪白头发的男孩，"校长什么时候才会到这里？"

"这就是校长！"霍特小声提醒他，"他变年轻了！"

兰斯洛特的眼睛因惊讶而凸出来："我的天，怎么没人跟我说？"

然而，仅仅半秒钟的时间，他迅速踏步向前，像挥着战斧一般，用力把剑挥向校长的头，趁其不备迅速攻击，年轻的校长没有意料到，手举得太慢。苏菲惊呼一声……

刀锋劈进校长的额头，直劈到头盖骨。

恶人们静止下来，英雄们屏住呼吸。

斯廷法司森林一片沉寂。

兰斯洛特搔搔耳朵，被竟然这么简单吓了一跳，脸上浮上自夸的微笑："哈！看到了吗，孩子？只要一击，恶徒就倒地。校长死亡，故事书合上，明亮的阳光在哪儿……"

但他的笑容瞬间消失。

拉斐尔还站在那里，头上有一把剑，放肆的微笑挂在脸上。慢慢地，血又流回伤口里，校长把手举高，握着剑柄，把刀锋拔出头盖骨。他头上的伤口很快愈合起来，又变为平滑的年轻肌肤。拉斐尔用手把刀锋上的血迹擦拭干净，他的眼神从没离开过兰斯洛特。

苏菲此刻也露出微笑，轻抚着手指上的戒指，因为是它让她的真爱活着。

"我们的朋友似乎没把剑保管好。"年轻的校长对苏菲说道。

"他似乎有爱管别人闲事的习惯，如果我记得没错，"苏菲说道，"尤其是我的事。"

"那么或许你想要把这把剑还给他？"拉斐尔问道。

苏菲握着剑柄："是我的荣幸。"

她慢慢抬起冷漠的眼睛看着兰斯洛特，指尖亮着粉红色的光："反正我一点儿也不喜欢他。"

她对着武士的剑射出一道光芒，让它像子弹一般穿过森林……

兰斯洛特连呼吸的时间都没有，他自己的剑猛撞进他的肩膀，削下一层皮和组织，然后将他钉在树干上。武士因为痛苦而大吼，像一块被钉在榆树上的肉。

苏菲回到拉斐尔身边："难搞的麻烦解决了。"

阿加莎和泰德罗斯脸色苍白，其他英雄胆怯地躲在树后面，看着他们最伟大的战士痛苦地呜咽，被自己的武器弄得不能动弹。

拉斐尔爱怜地抚摩苏菲的脸颊："就像我说的，我的皇后让我看起来太温和了。"

阿加莎看见苏菲脸上散发出黑暗的愉悦，以及瞳孔里像猫一样的黄色闪光。自己希望她能摧毁戒指的愿望此刻看来又傻又天真。梅林之前就警告过她，到达永生者之地绝对不会是条简单的路，因为现在没有任何话能让苏菲摧毁戒指……没有任何话能让她向善……

因为苏菲的身体里已经没有善了。

"帮帮我，孩子，"兰斯洛特对泰德罗斯哭叫，"把我松开！"

泰德罗斯没有移动。

阿加莎看见泰德罗斯正看着被钉在树上的兰斯洛特，剑穿过武士的肩膀上方，远离重要的器官而且止住伤口的血。只要兰斯洛特待在那里，他就会处于极度的痛苦之中……但他是安全的。因为如果泰德罗斯帮助兰斯洛特离开那棵树，兰斯洛特铁定会攻击拉斐尔，直到丧失生命，恶徒的仁慈不会有第二次。而泰德罗斯不管发生什么事，不管必须牺牲什么——即使是自己的生命——来帮助善取得胜利，他也会拼命确认一件事：兰斯洛特能活着回到他母亲身边。

兰斯洛特看到泰德罗斯脸上的变化："泰德罗斯，不行！不要自己对抗他们。"

然而泰德罗斯看着阿加莎，她握着泰德罗斯的手，咬着牙，沉默地表示他不会独自对抗邪恶。

她会和他并肩作战。

"泰德罗斯……求求你！"兰斯洛特乞求他。

王子的恐惧变得像钢一样坚硬，他握着阿加莎的手，转向苏菲和拉斐尔，那个恐惧和胆小的男孩不见了。

拉斐尔看起来兴致盎然："他们以为像那些看过的旧故事书一样，我的皇后。只要携手一起为爱奋战，每件事都会如善的意……"

"如今恶也有庄严的爱了，"苏菲不屑一顾地说，"你们两个就像上面铺满过多糖霜的蛋糕，所以没人注意到里面已经腐坏了。"

阿加莎被激得失去冷静："这是你之前费尽所有努力想得到的蛋糕，你忘了吗？"

"是的，多亏了你。"苏菲冷漠地回答。她对泰德罗斯微笑："只是尝起来非常不可口。"

"你是个女巫，"泰德罗斯咬牙切齿地说，"比以前那个长满疣、秃头的女巫还要丑几百倍。你真幸运，找到一个和你一样空虚的怪胎，另一个灵魂的黑洞。"

他声音中的恶意让苏菲有些惊讶。她的脸颊变红，但很快又恢复苍白："然而我们彼此相爱，就像你和你的公主一样，泰德罗斯。不管你说什么，都丝毫不会减损我和拉斐尔的爱；不管你说什么，都带不走我们的幸福结局。"

她抱紧拉斐尔，他在她头上轻轻一吻。

"然而，让你们在一起的是恨，不是爱，"阿加莎说道，看着他们，"恨永不能胜利。"

"永不能胜利？"拉斐尔一边的眉毛抬起，"你们那坚定不移的魔法师一看到我们的军队，就像个孩子般逃走。你们信赖的武士被证明一点儿用都没有……而你还在假装你们有机会赢？"

苏菲瞪着阿加莎，怒火中烧："那就是善的问题，不是吗？它要你们相信希望和信念，但其实那些只是幻象罢了。而恶要你相信真实——直视着你的脸的真实，不管你有多害怕面对真实的自己。我现在要告诉你一些真实：一直以来拉斐尔不停地出现在我的梦里；一直以来我都在正确的学院里；我本来可以快乐地做自己，而不是一直努力要变成另外一个人；假如我一开始就接受这些，我根本不会当你的朋友。我带着一篮饼干，脸上挂着笑容去敲你的门，是因为我认为校长会觉得我是善的。我是在利用你，阿加莎，你是我做好事的对象，好帮助我达到目的，就像你利用我好让你更接近王子一样。所以你不要站在那里告诉我，拉斐尔和我之间不是爱。你跟我之间也不是爱，因为那是从谎言开始的。"

阿加莎能听到的只有自己的呼吸声，因为苏菲的眼睛像是火球烧灼她的眼睛。

"不过，你那一边有希望与信念——那些永远不败的武器，"苏菲恶毒地说道,"而我们只有斧头、军队和年轻。"

"我们就只有那些吗,我的皇后?"拉斐尔闹着玩儿地说。

苏菲仔细看他的脸:"我怎么能忘了它们?"

她的手指再度亮起粉红色的光,用力往天空一指,指挥树上聚成一团的小精灵飞得更高,照亮头顶上的森林样貌。

数以千计瘦骨嶙峋、没有血肉的斯廷法司在树枝上吼叫,它们没有眼睛,只有眼窝的黑洞,一看到校长和皇后,就发出高音频的尖叫声。

阿加莎和英雄人物们纷纷把耳朵捂起来,它们的叫声既恐怖又尖锐,然而拉斐尔却跟着叫声哼起歌来,仿佛正在听美妙的音乐。

"它们要叫多久都没关系,"泰德罗斯咆哮道,试着忍受那些声音,"斯廷法司不会攻击善,你训练他们只攻击恶。"

拉斐尔试着憋住笑:"当你父亲还是学生的时候,我最欣赏他的一点是他清楚自己有多少分量。他知道自己跟打火石差不多机灵,所以他总是闭起嘴巴,用漂亮的脸来弥补自己的不足。"

泰德罗斯脸色涨红,看来有几分气馁。

"另外,虽然你脑子没有亚瑟王好,不知为何,却深信自己可爱的脑子里有着复杂的活动,"拉斐尔温柔地低语,"大概是受你母亲影响,她似乎自以为无所不知。"

"生你的那个人如果知道你有她的血液,应该会当场自刎!"泰德罗斯口出恶言,"我很骄傲当我母亲的孩子。"

拉斐尔瞪着他的眼神冷彻骨髓:"那她今晚之后就没有儿子了。"

阿加莎感觉泰德罗斯全身紧绷。

"至于那些斯廷法司……没错,它们被训练来攻击邪恶,"拉斐尔说道,睨视着王子,"但是森林已不再是你所熟识的森林,亲爱的王子。善曾是有幸福结局的那边,善曾是有真爱之吻的那边,善曾是受永生者保卫的那边。但是这些现在都归恶所有,恶已经变成新的善了。"

他带着充满恶意的笑容,对着斯廷法司抬起手臂:"也就是说,对它们而言……善就是新的恶。"

年轻的校长亮出牙齿:"杀了他们!"

黑暗大军发出嗜血的吼声，冲向英雄……

拉斐尔把手抬起来，他们连忙刹车停下来。

他仍旧盯着斯廷法司，它们一动也不动，连叫喊声都停了。

"我说……杀了他们。"拉斐尔大声喝道。

斯廷法司丝毫不动。

森林里鸦雀无声。

"哟吼！在这里！"一个声音打破寂静。

拉斐尔抬起眼睛看见梅林，他在一棵高高的榆树上，跨坐着一只斯廷法司。"恐怕恶不是新的善，我亲爱的孩子，如果你的永生者和永灭者都站在善这边的话。"梅林说。

森林里每棵看得见的树上，都有个背负弓箭的影子从树干的背面滑到树枝上，梅林手一挥，神奇地让箭的尖端燃起火焰，照亮每个弓箭手的脸。

阿加莎和泰德罗斯脸色苍白地看到他们的同学——查迪克、莫娜、阿拉克涅、维克斯、莉娜、米莉森特、拉文和希子，希子神采飞扬，虽然手臂上已经长满鹅毛——还有将近两百个永生者和永灭者，举起火焰箭瞄准黑暗大军。

"我又尿裤子了。"韩赛尔说道，旁边站着瞠目结舌的联盟成员。

苏菲面如死灰地看着拉斐尔，他惊讶得说不出话来。"不可能……"他深吸一口气。

"他们在学……学……学院，跟老师们在一起……"苏菲结巴地说，"莱索夫人把他们关在学院里面……"

"就像过去一周，她把学生关在教室里面，让学生准备为善作战，"梅林欢快地说道，"亲爱的，我之所以知道这些，是因为当老恶徒在睡觉的时候，我跟莱索夫人一起教课。当然，睡眠咒是我下的，问你们的朋友就知道，我的专长就是让东西睡觉，不管它们是学院大门外的荆棘、到神境里的客人，还是残酷成性的僵尸队伍。你们以为莱索夫人在教他们黑魔法来应付那些愚蠢的作战训练！（顺道一提，黑魔法是碧翠丝从图书馆旧书中找出的咒语，趁她管理医务室的时候。）不过事后证明那是有效的烟幕，顺利掩盖莱索夫人真正的用心。有一次你心生怀疑去检查她的教室，莱索夫人并没有撒谎——她的确在帮助年轻的学生抵抗僵尸坏蛋……只是那是为了更大规模的战争,而不是毫无意义的教室斗殴。噢,还有,你来访的时候我就躲在她的桌子下,一直想着要怎么掩藏我吸鼻子的声音,我对梅子严重过敏。"

苏菲快要呼吸不过来:"是你……我听到你……"

阿加莎和泰德罗斯也同样震惊。这就是为什么梅林一整个星期都不在,阿加莎心想。

海丝特、阿纳迪尔和多特不是他真正的间谍,原来他说的老朋友是……

"是莱索夫人,"苏菲说道,理解了这一点,"她一直都是间谍……"

"她扮演着邪恶狂热的支持者和你忠诚的导师,直到我需要她的那一刻。随着你返回恶,森林变暗,那个时刻终于来临。"梅林说道。

"你真是个老傻瓜,真以为一个刻薄又窝囊的丑老太婆能改变你们的命运?"拉斐尔不屑地说。

"鉴于莱索夫人是恶有史以来最伟大的院长,我很乐意扮演傻瓜的角色,"魔法师说道,"因为连她都很清楚恶需要善才能生存,这两者必须永远处于折中的状态,定义并琢磨彼此作为平衡自然的力量。你若想彻底消灭善,只会把平衡推到对善有利的地方。也就是说,你的所有努力并未让恶成为新的善,而是让恶前所未见地恶。"

魔法师对着拉斐尔微笑:"看起来,你之前把斯廷法司训练得太好了。"

他发出一声刺耳的狼嚎,两百个学生发出激励人心的大喊,跨坐在斯廷法司身上向下俯冲,将火焰箭射向僵尸坏蛋……

箭尖划开他们的目标,僵尸坏蛋的身体起火燃烧。

查迪克乘着斯廷法司回旋飞翔,然后直冲进黑暗大军,一箭穿过三只食人怪;碧翠丝绕圈飞翔,然后一箭射进白雪公主巫婆的脖子里;阿拉克涅旋转俯冲,一箭取下独眼怪的眼睛……

阿加莎看着永灭者队伍将更多箭射进僵尸坏蛋的头里,惊讶得说不出话。骑乘斯廷法司和射箭,学院从来没教过。像布罗纳、莫娜和米莉森特这样笨手笨脚的学生,怎么可能在一周内学会骑乘鸟类变身为发射武器的战士?

但是当阿加莎看到希子疯狂地飞着,一点儿方向感也没有,慢条斯理地拉弓，射出的箭离目标差了几英里远时，她才意识到是怎么一回事。因为忽然间，希子的斯廷法司神奇地水平飞行，她的箭神奇地瞄准好，射穿魔怪的喉咙，让他燃烧起来。

阿加莎抬头看着高高在树上的梅林，挥舞着手掌，就像交响乐团的指挥一般，用魔法装点斯廷法司的飞行和永生者、永灭者军队的飞箭。"交给我。"他一直这样说。就像校长找出一支受他控制的军队，梅林也是一样。

他再次挥手，四只无人驾驶的斯廷法司嘴里叼着弓和燃烧的箭往地上俯冲，把海丝特、阿纳迪尔、多特和霍特载到背上，他们马上瞄准僵尸大军射出箭。

"假如爸爸看到我现在的样子……"多特欢呼，剑刺穿一个无头骑士的胸口。

"他会问你为什么为善打仗。"阿纳迪尔吹毛求疵，打下两只鸟身女妖。

"你每次都是扫兴的那个，阿纳迪尔。"海丝特说道，她射出箭的时候，身上的恶魔也嘴吐火球，让僵尸坏蛋当场燃烧。

"难怪善每次都赢。"霍特飞在她们上方，看着梅林调整女巫们射出的箭，惊异地喊道，"因为你们作弊！"

有一瞬间，阿加莎放松下来，知道魔法师在领导整个善的军队——或许不是整个。一旁的年老英雄也试着冲进战场，但是被乌玛公主、尤巴、白兔和叮当仙子拉回来，因为他们知道若任何一个人遇险，读者世界的防护罩就会因此毁灭。同时，兰斯洛特对着魔法师大喊，要他帮忙让他离开那棵树，然而魔法师因为忙着指挥军队无暇分心，只朝兰斯洛特的方向挥挥手，却不小心把剑刺得更深了。兰斯洛特痛苦地哀号着，阿加莎正要朝他冲过去，但忽然停下……

泰德罗斯。

泰德罗斯人呢？

她赶紧转过头，看着他手握断钢之剑，瞄准拉斐尔的背，当他举起剑正要砍下时，阿加莎克制住正要发出的尖叫……

拉斐尔及时回头，射出黑色光芒的爆裂物，泰德罗斯用他的剑勉强挡住。

"永远这么冲动，可爱的王子，"年轻的校长轻蔑地说，"想要挑战一个杀不死的人。"

"我成功之后,你会被我卸成好几块,我倒想看看你要怎么把自己拼回来!"泰德罗斯咆哮道。

两个人爆发激烈的冲突,拉斐尔射出更多死亡咒语,泰德罗斯勉强挡掉这些攻击,但阿加莎看到王子渐渐居于劣势。校长射出咒语的速度太快,而且炸开树的力道之大,让泰德罗斯不得不躲在被劈掉的树干后面,不然他就会被活活烧死。

阿加莎紧张得不能呼吸,她的王子可能会死,她得帮助他!但是要怎么做?校长是无敌的。没有方法救泰德罗斯,除非……

戒指。

她赶紧寻找苏菲,看见她因愤怒而双颊涨红,对着斯廷法司射出咒语,斯廷法司连同骑士纷纷倒地。苏菲似乎感觉到了什么,忽然静止下来,转过头看见阿加莎怒目瞪着她手上的戒指……从她下巴的弧线来看,她似乎下定决心了。慢慢地,两个好朋友看着对方的眼睛。

苏菲拔腿就跑,穿越森林。

阿加莎追赶在后,然而她听到泰德罗斯痛苦的呼叫。她赶紧回头,只见他爬过燃烧的尸体,抓着微微烧焦的手臂,努力躲避拉斐尔的咒语。

同一时间,黑暗大军开始居于上风,多亏杰克的巨人用拳头打下斯廷法司,而虎克船长挥着武器,让学生纷纷跌倒在地。梅林的手势越来越狂乱,脸上浮现跟金粉列车失效时一样的焦虑表情。

阿加莎转向泰德罗斯,看见他用斯廷法司的尸体当作盾牌,而拉斐尔越来越靠近他。阿加莎僵在原地,看着苏菲越跑越远……

她要么帮助泰德罗斯,要么去追戒指。

她抬头看太阳,正在往东边下沉,时间不多了……

"放开我!"兰斯洛特的声音穿透混乱的现场,"没有我,那男孩会死!"

阿加莎连忙朝他冲过去。武士坐在血泊中,头发乱得像野兽一般,脸上充满原始的愤怒。

"我来打仗,"他对她咆哮,"你去追她。"

阿加莎知道没有商量的余地,她一鼓作气跃过燃烧的尸体,用力把剑拽出武士的肩膀。

兰斯洛特发出极度痛苦的怒吼,蹒跚前进,把剑从她手中夺过来。

"把她带回这里。"他喘着气说,用力捏她的手臂。

"但是泰德罗斯……泰德罗斯怎么……"

"他会安然无事,准备好断钢之剑等着你带戒指回来,我向你保证,阿加莎:我会让那孩子安全,但我们需要你把苏菲带回来,"兰斯洛特要求她,"不要让我失望,我不会让你失望,懂吗?"

阿加莎点点头,喘不过气来。

他推了她一下,她赶紧穿过森林,试着追上苏菲。她转头瞥见泰德罗斯仍试着躲避拉斐尔的死亡咒语,但手里的斯廷法司骨头已经毁坏了,而兰斯洛特迅速冲向他们,年老的英雄们在他背后。

"我们要战还是要躲?"兰斯洛特大喊。

"要战!"联盟大喊。

他们跟着他进入战场,此刻阿加莎正远离战场,她是善存续下去最终也是唯一的希望。

第三十二章
邪恶的意义

黑暗仙子的光与燃烧的箭为阿加莎照亮了前方的路,她努力追赶苏菲,苏菲往东边跑,接近斯廷法司森林的尽头,在阿加莎前方大约七十英尺的距离。然而她跑得越远,战争的光线就越暗淡。很快,穿着黑色皮革连体裤的苏菲在黑暗中频频跌倒,试着找寻离开森林的路。

"等一等!"阿加莎大叫,没办法看见她。假如她在这里追丢了,在日落前一定无法再找到她了。"苏菲——"

一道粉红色的火焰朝她的头顶飞来，阿加莎刚好来得及躲开。她看见苏菲直往前冲。

她要去哪里？

阿加莎心想，手指金色的光芒像灯笼一样照亮前方的路。

透过头上细瘦的树枝空隙，阿加莎看见……两座学院城堡的轮廓。

她全身冰冷地停下。

苏菲是邪恶的皇后，她能任意开关学院大门，像任何教师一样。也就是说，如果阿加莎还没追到她，她就能冲进去，然后把大门关起来。

阿加莎加速往前冲，试着拉近她们之间的距离，她们俩已经离开森林，进入隔着斯廷法司森林与善恶魔法学院之间的紫色荆棘区，巨大荆棘的尾端锋利如剑，此刻像是从沉睡中醒来一般，缓慢地移动，阿加莎知道她只有几秒钟的时间躲避它们。前方的苏菲已经靠近大门，但是阿加莎再也看不到她了，因为致命的荆棘在她前方开始往下刺，像是掉落下来的钟乳石。

"苏菲！"

阿加莎一边向前疾冲，一边躲避荆棘，同时感觉地上有洞，因为越来越多的荆棘在她周围捣出洞来。一根荆棘从她左边划下来，她从下面滑过去躲过一劫，又有另一根从右边朝下砍伤她的手臂。阿加莎强忍痛苦，笨拙地往前冲，眼睛紧盯苏菲，看见大门竟然还神奇地开着。她一开始猛冲，门就开始合上。阿加莎减速，还有三十英尺的距离，她知道自己不可能赶上。大门关闭的速度太快了……

她回头一看，发现有一根荆棘上下摆动，幅度像波浪一样，正要把自己钉在关闭的大门上。

只有这个办法了。

阿加莎一边喘着气，一边面向荆棘，当它朝她的心脏刺过来时，阿加莎绕过它的边缘，跳到它上面，像没抓稳的人猿泰山。荆棘惊讶地往上抬高，直到超过大门的高度。阿加莎用力抓着紫色荆棘，两条腿在空中晃呀晃，她瞥见下面就是大门顶端锋利的尖刺。荆棘先是卷起来，又摆动得更高，就要把她甩掉了，这是她最后一次机会。

阿加莎把指甲抠进荆棘的茎里，用力踢腿，翻过荆棘，越过大门，接着抱紧自己的头，尾椎朝下落在灌木丛里，任何还活着的喜悦马上被屁股的刺痛抵消了。她跌跌撞撞站起来，准备再去追苏菲。

但阿加莎动不了。

苏菲在中途湾的岸边瞪着阿加莎。

一个粉红色咒语直扑阿加莎的胸口，让她倒在地上。

被最好的朋友施了昏迷咒的震惊很快就被胸口的疼痛取代，她感觉像是被大象踩过或是被带着尾巴的彗星扫过。有一秒钟，她忘记自己是谁以及身在何处。占据她思想的只有空气，还有要怎么把空气灌到身体里，但是她的肺部已经瘫痪了，根本无法呼吸。她想要用嘴巴呼吸，但是耳边响起一个尖锐的音调，让她必须咬紧牙关和闭上眼睛，等待声音过去。然而那声音却越来越大，伴随着头晕目眩、想呕吐的感觉，每一秒钟都产生新的不舒适感，仿佛进入鬼屋一般，直到她意识到最重大、最明显的问题：她无法动弹。

她试着睁开眼睛，想看看后面有什么，但是她的头像是被斧头劈开一般，视线上下颠倒、摇摇晃晃，眼泪不停地流出来，只能看到模糊的雾。她唯一能分辨出的，是摇晃的黑暗之中有一团绿色的光亮离开中途湾……

一个黑影，上下颠倒，穿过绿色光亮，往旧的邪恶学院跑去。

阿加莎感觉心脏无法把血液输送到肌肉。苏菲……她必须跟着苏菲……

然而她只能被钉在地上。

昏迷咒的效力有多久呢？

在尤巴的课上和两次故事考验时，她看过被昏迷咒攻击的学生很快就恢复了，所以老师从没教他们要怎么解除咒语：因为昏迷咒没有伤害性，所以即使是最好战的学生使用它也不会造成破坏。那么苏菲究竟做了什么，可以让这个咒语如此恶毒和充满仇恨……

魔法跟随情感。

阿加莎的呼吸变得急促。苏菲用她内心翻腾的情感攻击她，愤怒、沮丧、复仇……让她把一个寻常的咒语变成仇恨的子弹。

而仇恨的解除咒语只有一个。

魔法跟随情感。

阿加莎想到森林里帅气、勇敢的王子，正在和危险的校长作战；她专注地想着英勇的兰斯洛特，只想回家守在真爱的旁边；她想起那些有着高尚情操的英雄，哪怕邪恶开始居于上风，仍冲进战场里与恶人们作战。她抬头看着天空，看着那些从加瓦顿的防护罩里飘出的烟，她不能让它被摧毁……

他们需要我。

他们需要我摧毁戒指。

她的指尖亮起炽热的金光，一阵空气充满她的胸口。她痛苦地大叫一声，像胎儿一般蜷缩起来，然后用膝盖跪在地上。

起初的几步，她只能爬行，她的视力糟糕又模糊，害她差点儿闯进海湾致命的软泥中。她眯着眼看山丘上的邪恶学院，仿佛看见苏菲推开大门。阿加莎知道邪恶城堡里有多宽阔，假如苏菲隐藏在深处，她一定没办法在日落之前找到她。

她开始慌张，看着像针尖一样的太阳正在下沉。

只剩下几个小时了。

阿加莎把力气全放在脚上，她的手和手臂仍然无法动弹，腿仍因痛苦而抽搐。她一跛一跛地走上泥土坡，朝着城堡入口的方向，摇摇晃晃进入敞开的大门。她会找到她……她一定得找到她……

她蹒跚着穿过门厅的石头地板，滑过挂满旧肖像的墙面，感觉气力全失。

城堡里一片静寂，唯一的声音是肖像框边角滴下的水滴。

苏菲早已不见踪影。

她头痛欲裂，环视被遗弃的门厅四周，看见延伸上塔楼的前厅楼梯……

我动不了，真的没办法。

我如果不能动，要怎么找到她呢？

她靠在墙边，试着不要惊慌，试着看清楚……

声音。

她听见声音，是从楼梯间的尽头，两扇高高的大门后面传来的。

阿加莎痛苦地想吐，趴在地上像海豹一样蠕动前进，手和手臂仍然麻痹着。她汗如雨下，终于把脸凑近门缝。

阴暗的童话剧场里，莱索夫人和达维教授跪在舞台上，趴着看巨大裂缝下的背叛者监狱。厚重的发亮蓝雾从冰冻地牢里冒出来，照亮教授们的脸。从西侧大门的有利位置，阿加莎可以看见达维教授用她的魔杖融化地牢墙上的冰冻墓穴，而莱索夫人用高跟鞋敲破上面的冰块，试着救出爱玛·阿涅蒙妮教授。

"最后再处理她的嘴巴部分，亲爱的莱索夫人，"达维教授说道，背景是阿涅蒙妮教授的闷声喊叫，"我应该能勉强撑到听到爱玛说话的那一刻。"

达维教授的银色发髻和缀有甲虫翅膀的绿色长袍仍是湿的，她一定才从冰冻墓穴里出来。然而，她的微笑仍然像从前一样神采奕奕，仿佛和最好的朋友及同事相聚之后，就忘了之前被冰冻的折磨。

同时，在霜气弥漫的蓝色地窖角落，阿加莎看到监狱里多了一个人——艾瑞克。他被绑起来，嘴里塞着布，在地牢深处被雪覆盖的地板上不停挣扎。虽然他魁梧又有力，但现在他一边呜咽一边发抖，一点儿威胁性都没有，划成"卑鄙小人"的伤口仍在他的额头上。

"妈妈，拜托！"他口齿不清地喊道，但莱索夫人没理他。

"我们要不要把他锁在宿舍里，跟别的邪恶学院教师一样？"达维教授问道，对着发出怪声的魔杖皱眉头，"我们只是需要先把他们关起来，直到我们赢得这场战争……"

"艾瑞克会待在这个监狱里面。"莱索夫人说道。

"妈妈，对不起！"艾瑞克大叫，试着把嘴里的布咬烂，但是莱索夫人看都不看他。

"他是你儿子，虽然他很邪恶，"达维教授试着为他说情，"但是把儿子独自留在监狱里，有点儿太……"

"我开始怀疑把你放出来的决定是否正确。"莱索夫人打断她。

达维教授闭上嘴，重新把专注力放在融化墓穴上，但是魔杖再次发出咝咝声。"我的天，梅林到底对我的魔杖做了什么？我当时要不是被冻僵了，绝对不会让一只大老鼠把它拿走。"

"那我可能就得亲自来拿了。"莱索夫人说着，把辫子拉紧。

"你觉得是谁让大老鼠进入监狱里的呢，克拉丽莎？到底是谁为它指出你的位置的？"莱索夫人呻吟道，"我真心希望变老不会榨干我的脑汁，如同发生在你身上一样。"

"如果不幸真的发生了，我会提醒你刚刚你所说的话，亲爱的。"

"那时候你应该已经不在人世了，克拉丽莎。"

两个院长戏谑的对话让阿加莎想要跑向她们身边并拥抱她们，但是她的手臂仍然没有知觉，身体垮在地板上，虚弱到没办法踢门或敲门。她试着尖叫，但是声音哽在喉咙里出不来。

她只能无助地看着她的仙女教母跟莱索夫人靠在地窖的边上，终于把阿涅蒙妮教授拉出冰冻墓穴，而艾瑞克仍在下面呜咽和流鼻涕。

"我还是不知道一个教美容课的教授对战争会有什么帮助。"莱索夫人喘着气说，和达维教授用力把同事拉到舞台上，然后一起往后摔倒在地上。

"爱玛是朋友，莱索夫人。"克拉丽莎嘴里喷出白烟，擦擦脸上的汗，"一个出于礼貌愿意告诉我名字的朋友。"

"连我儿子都不知道我的名字，我想要保持这种状态，"莱索夫人说道，"如果我有个像爱玛这样冷酷的名字，这个理由就足够了。"

达维教授哈哈大笑。

头发杂乱的美容课教授坐在水里，拉出口袋里的随身镜，眨着大眼睛看脸上被水弄得乱七八糟的妆容和糟糕的气色："这就是现在的状况？我们伟大的善实质上已不复存在，仅剩下一个影子？"

"我们必须为之奋战的影子，爱玛。"克拉丽莎说道，拉着她跑向东侧的门，跟阿加莎相反的方向，"快一点儿！我们得赶快去斯廷法司森林帮助梅林。太阳快要沉……"

"等一等。"莱索夫人说道。

她停在发出蓝光的监狱边缘，瞪着她儿子，艾瑞克被固定在地牢里的雪地上。"克拉丽莎，你确定没人能打开地牢，除了邪恶学院的院长之外？"她问。

"邪恶学院的院长和更高层级的人，只有他们能从外面打开。我或是善良学院的教授都打不开，"达维伤心地看着艾瑞克说道，"你一旦封上，即使我们想要打开，也办不到了。"

艾瑞克吐出嘴里的布。"求求你！我不会伤害你，妈妈！"他哭了起来，双手不停挣扎，"不要再丢下我一个人了！从现在开始我会变好……我会当一个好儿子……"

莱索夫人的眼神有些动摇，盯着他充满恐惧的脸。

"你确定吗，莱索夫人？"达维教授再问一次，"他一定能改变，一个母亲的爱一定……"

"那是善与恶的差别，克拉丽莎，"邪恶院长轻轻地说，"我们都知道只有爱不见得就能带我们到达幸福结局。"

她看着她儿子，下颌收紧。

艾瑞克读出她表情的改变："妈妈，不要！"

莱索夫人伸出手指，监狱的天花板开始合上，艾瑞克恐惧地尖叫，孩子般的绝望哭喊萦绕在剧场里。有一刻，莱索夫人开始发抖，泪光在她眼中闪闪发亮，但她感觉到克拉丽莎握住她的手，坚定又温暖。院长稳定自己，擦擦脸颊。

"女孩们，我们走吧，"她坚定地说，从艾瑞克的哭叫中别开头，"梅林需要我们……"

一道粉红色的光掠过她，射入监狱，正在移动的墙面停了下来。力道太强，让之前阿涅蒙妮教授墓穴上的冰被削下一块，落到艾瑞克的头上，令他昏了过去。

惊讶的莱索夫人、达维教授和阿涅蒙妮教授慢慢回过头，才看见苏菲站在东侧大门口，手指发着粉红色的光。

在西侧的阿加莎差点儿哽住。

她可以看见好友手上的戒指闪着光芒……她必须摧毁以拯救王子生命的戒指……想到泰德罗斯，阿加莎蹒跚地站起来，想够到门把，进入剧场里……

但是如果她惊吓到老师们怎么办？如果苏菲利用这个机会攻击她们呢？

若情况变得恶劣，她也没有力气作战或帮助她们，绝望的她打消了这个念头。

"带爱玛去斯廷法司森林，克拉丽莎。"莱索夫人说道。

"莱索夫人……"达维教授正要反驳。

"现在。"莱索夫人命令道。

克拉丽莎没有争辩,抓着阿涅蒙妮的手从东侧的门冲出剧场。

苏菲和莱索夫人站在童话剧场里,在绿色火炬的光芒下对峙。

"你说你希望我变成传奇的皇后,"苏菲怒火中烧,全身因为愤怒而颤抖,"你说你希望我让恶再次伟大,你说你希望我能快乐。"

"我的确希望如此。"莱索夫人说道。

"那么你怎么能背叛我和那个让我快乐的男孩?"苏菲咆哮,朝她逼近。

"苏菲,因为你在我学院的那几年,我看见你只有跟一个人在一起的时候才快乐,"莱索夫人冷静地说,"而那个人不是拉斐尔。"

"如果你还没注意到,泰德罗斯跟我并没有处得……"

"也不是泰德罗斯。"

苏菲停止前进。

"有阿加莎在身边,你的灵魂才完整,"莱索夫人说道,"没有她,你永远不会找到平静。"

在另外一边的阿加莎瞪大双眼,跟苏菲的表情如出一辙。

"但是你说她是我的宿敌,"苏菲蔑视地说,"你说如果可以,要我杀掉她。"

"因为我知道你没办法这么做,"莱索夫人说道,"阿加莎是你的宿敌没错,但那是因为你认为她拥有了你值得获得的幸福结局。到目前为止,你在自己的故事里做的只是夺走那个幸福结局,不管是把泰德罗斯抢过来,还是用拉斐尔取代泰德罗斯。但是,你有没有想过,会不会那样的故事是错的,苏菲?会不会你的幸福结局根本不是男孩?会不会你的幸福结局一直以来都在你的身体里面?"

院长盯着她看:"那么,或许阿加莎根本不是你的宿敌?因为宿敌是你变弱的时候她变强,但是你和阿加莎却让彼此更强大。你们教彼此真爱是什么,如果没有你,阿加莎不会愿意对泰德罗斯敞开心扉。没有阿加莎,你永远不会找到自己故事的真实结局,那就是让她和泰德罗斯去卡米洛特,而你知道她的快乐就是你的快乐。你懂吗,苏菲?你故事里的宿敌就是你自己。"

因为要跟另外一个灵魂一起找到真爱，像阿加莎那样的话，首先你必须在自身寻找；要跟另外一个人找到幸福结局，首先你得独自找到自己的幸福，就像阿加莎遇见你之前那样。"

苏菲摇摇头，怒气高涨："独自？你认为我的幸福结局是孤独一人？我以为你跟我很相像，我以为你是恶。"

"我是恶，肯定比你还邪恶，"莱索夫人说道，"只是我跟你的区别是我知道邪恶的意义。"

苏菲尖刻地微笑："当善的间谍？"

"接受善与我们是平等的。"莱索夫人说道。

苏菲的微笑消失了。

"那就是邪恶的爱的真谛，苏菲，"院长说道，"知道善有权茁壮成长并努力得到快乐，就像我们一样。因为归根结底，善与恶是同一个故事的两边：善从恶衍生而来，而恶也从善衍生而来。就像你母亲抑郁而终，激发你想找到真实的快乐，而阿加莎和王子的永生者之地会帮助你找到自己的。那就是让我们的世界得以存续的平衡，那样的平衡让校长一直保持年轻，爱着他站在善那边的兄弟，尊重他们彼此平等的地位，即使他们也是彼此的敌人……然而后来他忘记了那种爱的强大力量，而你也忘记了。"

"你懂什么是爱？看看你对你儿子做的！"苏菲取笑她，"都是因为你怕他杀了你……"

"不是我，"莱索夫人说道，悲伤地微笑，"我从来不害怕他会杀掉我，我是害怕他会杀掉我在这世界上唯一的真爱。"

苏菲瞪着她，卸下武装。

"你认为我当梅林的间谍是什么缘故？"院长说道，"因为那表示当时候到了，我能让克拉丽莎·达维重获自由。我最好的朋友，我的阿加莎。"

苏菲脸色惨白："你……你为了最好的朋友背叛恶？"

"你也会做一样的事，当那个时刻来临时，"莱索夫人说道，"因为朋友的幸福结局也会是你的，如果你能安于孤独。你的故事将会以此作为结局，这才是你真实的结局，苏菲。这才是值得你奋斗的永灭者之地。"

苏菲的脸僵住了，睫毛快速地眨着。

阿加莎从西侧门看着她们，感觉到头的重量变轻，肌肉放松，仿佛莱索夫人的话语带走了她的一些痛苦。她能看见苏菲大大的绿眼睛瞪着院长，有一瞬间，她在她眼里看见了那个旧日的好朋友。

然而苏菲的眼神变得严厉，黄色的火焰再度回来，她睨视莱索夫人。"我不再有朋友，"她咬着牙说道，"我痛恨爱。我已经得到永恒的真爱，我永远不会孤单。"

"假如你能看到你现在的样子就好了，苏菲。"莱索夫人说道，她的声音温柔，带着母性，"你从未像此刻这般孤单。"

苏菲露出牙齿，射出一道粉红色的光攻击院长的额头，但莱索夫人轻易地挡住，把攻击弹回苏菲身上，她跌跌撞撞倒向裂缝，失去平衡的她眼看就要往后跌下去，她向莱索夫人伸出双手——

莱索夫人并没有接住。

苏菲迅速坠入地牢的雾里，肋骨向下跌在布满雪的地板上。

她侧躺着缩成一团，只能听见自己的喘气声和莱索夫人的脚步从东侧大门离开的声音。

她谨慎地站起来，感觉到背后传来的痛楚，抬头看着冰冻墓穴的墙面，剧场渗进来的温暖空气将墙面罩上一层雾。她还没从与院长的冲突中恢复过来，眯着眼看着发亮的蓝色坟墓，在舞台下往左右两边延伸，一直到看不见的黑暗里。她的手抓着阿涅蒙妮教授旧墓穴的碎片，踮起脚尖找寻脱离监狱的方法，但是墙壁至少有八英尺高。

"救救我……"一个微弱的声音传过来，"救救我……"

苏菲转过头，看到艾瑞克双手双脚都被绑起来，在监狱的阴暗角落里蠕动着，刚刚被冰块砸到的额头上有血渗出来。

"求求你……"他的声音沙哑，"我会让我们两个离开这里……只要你松开我的绳索……"

苏菲对这男孩没有好感，但是她没有别的选择。

她没有犹豫，弯下腰用发亮的手指把艾瑞克的绳索烧掉。艾瑞克伸直双脚，痛苦地呻吟。

"你把我抬到那个破掉的墓穴上，让我够到舞台，"他说道，"我上去之后再把你拉上来。"

"不，你抬我起来，我先上去。"苏菲反驳。

"你不可能有办法把我拉上舞台。"艾瑞克反击。

"艾瑞克——"

"我们没有时间了，苏菲。"

苏菲生气地呼出一口气，她把鞋跟钉在阿涅蒙妮教授旧的墓穴上说："用我的腿，快点儿。"

艾瑞克把脚跟放在她的大腿上，用力抓住冰块断裂的地方，奋力把自己提到冰墙上。苏菲痛苦地咬着牙，苦苦撑住他的重量半秒钟，接着他用尽力气爬到冰墙边缘，再爬到舞台上。

"把我拉上去，"苏菲大叫，"快点儿！"

艾瑞克弯下腰，对着地牢的天花板伸出发亮的手指，天花板立刻开始合上，速度比之前更快。

"你在做什么！"苏菲喊道。

艾瑞克的紫色眼睛隔着霜气闪耀着："要不是你的话，带领训练课程的人会是我，此刻战争已经打赢了。"

他很快离开苏菲的视线，用力关上东侧的大门。

监狱的天花板渐渐合上，苏菲感觉到手指因为恐惧而发热。她对着天花板射出一道光，试图让它保持开启状态，但是两边合上的速度太快了。她又试了一次，但是情感没办法像上一次那样集中。莱索夫人的话让她动摇，恐慌和怀疑让手指发出的光不稳定地闪烁。

你从未像此刻这般孤单。

她没办法把这句话赶出她的脑海。

"救救我！谁来帮帮我！"

但是舞台只差几秒就要完全合上了，她就要永远被关在这里了，没有人会知道她的去向，即使是拉斐尔，即使是……

"救救我！谁来帮帮我——"

一个影子忽然闪过来。

苏菲抬头看见一个蓝色的侧影,手臂伸进缝隙里。

"抓住我!"熟悉的声音叫道。

苏菲瞪大眼睛看着阿加莎,呆若木鸡。

"快点儿,苏菲!快要合起来了!"

苏菲连忙抓住她的手,她最好的朋友正用力拉她脱离险境……

然而苏菲的手滑落了,她又跌了下去。她赶紧起身,再一次抓着阿加莎的手……

太迟了,缝隙几乎要合上了,阿加莎已经来不及把她拉上来。不是阿加莎放手就是苏菲将被舞台的两侧压扁。

"不要丢下我!"苏菲扯着喉咙大喊,抓紧她的手,"求求你!"

绝望的阿加莎看着抓住的苏菲的手……校长的戒指在她手指上闪着光芒,就像太阳的最后一道光线,而她的王子正在那道光线下奋战……

不要让我失望,我不会让你失望,兰斯洛特的话在她耳边响起。

阿加莎不会让他失望。

她深吸一口气,用力捏紧苏菲的手,跳进发亮的蓝雾中,把苏菲往下拉到冰冻地牢里,上方传来响亮的声响,监狱的天花板完全合上了。

第三十三章
真相大白

天花板合上之后,没有暖空气从剧场渗进来,地牢马上转为致命的寒冷。两个女孩各自靠着两边的墙,蹒跚地站起来,四周只有霜气弥漫下的蓝色灯光。她们都亮起指尖的光芒,瞪着对方的眼睛,试着让喘息平静下来。

"你想要做什么?杀了我?"阿加莎喘气道,在黑色斗篷里颤抖,"就算那样,你还是没办法活着从这里出去。"

"那你就出得去吗?"苏菲咆哮,手指在寒冷的空气里冒烟,"你为了要摧毁我的戒指还真是无所不用其极,追赶我、欺负我、伤害我……我猜你口袋里一定有根魔杖,准备要对准我的头,对吧?来吧,威胁我呀,阿吉,用死亡威胁我。"

阿加莎没说话,她还没从昏迷咒造成的虚弱中恢复过来,寒冷更是让她失去力气。她看着苏菲背后一路延伸到黑暗里的冰冻监狱,忽然觉得一切充满讽刺,忍不住用鼻

子哼了一声。

苏菲就要爆发："你觉得这很好笑？"

"只是……泰德罗斯和我要回森林救你的时候，就是这样开始的，"阿加莎说道，"被困在坟墓里面。"

"而现在变成你跟我在一起，试着找到救他的方法，"苏菲咆哮，"永远在解救谁，阿吉。永远这么善良，我怎么比得上？"

"友谊不是竞争。"

"这话来自一个把友谊变成竞争的人，真有说服力，"苏菲反驳，把发亮的手指指向阿加莎的心脏，"你跟你那些老态龙钟的爪牙想要我毁掉我的真爱，好让你保留你的真爱。换我试试看毁掉你怎么样？"

"他不是你的真爱，"阿加莎说道，努力保持冷静，"他在利用你以得到他想要的结局。"

"就像你利用我得到你想要的幸福结局一样，"苏菲说道，手指更热了，"即使我最后会孤单一人。"

阿加莎迎着她的眼神："我的结局有你在里面，苏菲。就算我跟泰德罗斯在一起，也永远不会把你丢下，不管你有多邪恶，不管有多少男孩挡在我们中间，不管我们变得多老。我们的友谊超过善恶，超过男孩女孩或年轻年老之间的鸿沟。我们是最好的朋友。"

怒火从苏菲的脸上退去。"然而，不管我们多努力尝试，我们就是没办法一起找到幸福结局，"她说道，软化下来，"每条路都走不通。"

阿加莎提醒自己辛德瑞拉说的话——"还不要放弃'我们'，苏菲。"

"你知道你在要求我什么吗，阿吉？"苏菲手指的光芒暗下来，她的眼睛像切割下来的绿宝石一样闪闪发亮，"你在要求我为了你的永生者之地而丢弃我的，然后还为此感到幸福。你在要求我跟我母亲有着相同的结局，甚至更惨，因为你要我跟你们两个一起住。那就像辛德瑞拉的姐姐们跟她还有王子同住在宫殿里，组成一个和乐的大家庭，从此以后幸福快乐。你知道为什么我们从未在书里看到这样的结局吗？因为它根本不可能发生。"

阿加莎瞪着她，她自己手指的光芒也消退了。

苏菲的脸又再次变得严厉。"不过现在杀掉你也很愚蠢，"她冷漠地说，"帮我找到从这里出去的方法，那么或许你还有机会见到你心爱的王子。"

她调整手上的戒指让它更牢固，然后走入冰冻监狱的深处。

阿加莎的心枯萎了，她看着苏菲黑色连体裤的侧影消失在霜气里。

泰德罗斯现在在哪儿呢？他还活着吗？

太阳一定剩下最后一点儿光芒，剩下不到一个小时……

不，我不能这样想。

英雄总是能找到方法离开。

泰德罗斯一定会找到方法。

阿加莎喘着粗气，强迫自己跟着苏菲。

"一定有个暗门藏在某处。"苏菲的声音响起。

阿加莎跟不上她，她的腿仍在抽痛，牙齿开始咯咯作响。她瘸着腿走在苏菲后面，看着冰棺嵌进两侧的墙壁，里面装着背叛邪恶的人。教剑术的埃斯帕达教授……教男孩骑士风度的卢卡斯教授……管理末日审判室的啄木鸟阿尔伯马尔……他们拒绝听从年轻校长的提议，反对去新学院任教，结果就是被关在墓穴里。莱索夫人和达维教授来不及救他们出来，但是他们三个仍健康地活着，在冰块后面眨着大眼睛，像被关起来的玩偶一样。阿加莎感到一股罪恶感，因为她也没办法营救他们。她只能继续走入监狱深处，希望自己有一天能回来救出他们。至少他们还活着，她想，因为现在她看到更旧的冰棺，阴暗又布满蜘蛛网，里面的尸体已经开始腐坏。每具冰棺的外面都挂着小小的空白金属牌，等着放上说明。

然而，当阿加莎经过一具正在腐坏、有着黑色鬈发的少年的尸体时，她突然注意到牌子并不是空白的，上面刻着什么。

一连串凸起的点，像针尖一样小，一排一排整整齐齐地刻着。

她心跳加速，眼盲的奥古斯特·萨德教授无法像一般的历史学家用笔写下历史，但他用自己独特的方式看到历史，也设法让学生看到，他的方法就是透过现在阿加莎眼前的这些神奇小点。阿加莎屏息，无法克制把指尖扫过那些小点的欲望。

一阵银色的空气从说明牌上喷出来，变成一个飘浮在空中的立体人形，大小跟小精灵差不多。浮在空中的萨德教授回过头对阿加莎微笑,他穿着一贯的天蓝色衣服,银色的波浪鬈发整齐干净,淡褐色的眼睛生动地眨着。有一瞬间,阿加莎惊喜不已,以为他在看着她,然而萨德教授的眼神很快扫过她,对着一群观众说话。

"下一个我们会看到的背叛者是沙札巴王国的法瓦兹,他是心腹,邪恶王国的苏丹命令他把神灯藏在没人能找到的地方,但是法瓦兹偷偷把它藏起来,想要占为己有,最后被苏丹识破,继而被处决,后来尸体被移来这个监狱里做永久展览。第二年考试的时候,你不用记得他背叛的是哪一个苏丹,但是要记得法瓦兹,因为他就是之后阿拉丁找到神灯的关键人物……"

他当然不会看到我,阿加莎叹口气,很快往前走。第一,萨德看不见;第二,他已经死了;第三,眼前只是被预先录制、反复播放的幻影。他留下这些说明牌一定是因为预见自己的死亡,为了让以后的学生还能上历史课才制作的,就像他曾经把自己的讣闻放进教科书里一样。霜气弥漫,阿加莎已经看不见苏菲的踪影。

萨德会要我怎么做呢?

太阳将永远沉下……防护罩在瓦解……泰德罗斯在挣扎……而她最好朋友手上的戒指是唯一的出路……

幸福结局就在你的鼻子底下。

萨德一定会这样说。

泪水涌上她的眼,他一直扮演着像父亲一般的角色。有时候她会梦到他,他的银色头发和浅色眼睛那么清晰,低头看着她,脸上带着最和蔼的微笑。但是当她醒过来时,她知道那不是真实的,就像他现在也不是真实的,就像她鼻子底下只有积雪和黑暗。

她快速经过更多冰棺,把手指放在说明牌上,所以能看见他的脸一次次跳出来,萨德解释的声音彼此重叠,直到整个地牢都是萨德教授声音的大合唱。就算他不是真实的也无所谓,阿加莎想,只要听到他的声音就能得到慰藉,仿佛她被好好地保护着……

但她现在看到苏菲的影子了,在前方某具冰棺前面徘徊。阿加莎感觉五脏六腑搅在一起。

"找到出去的方法了吗？"她问道，"有没有隐藏的门……"

苏菲没有回答。她盯着一个漂亮的女人，穿着丝质白色洋装，眼睛闭起来，表情宁静，像是等着被亲吻的公主，不像其他腐坏的尸体。她有着无瑕的甜美肌肤、丰满的嘴唇，还有像是手工纺出的最美丽的金色长发。从她苍白的嘴唇和僵硬的表情来看，很明显她已经死了，看得出在被移到这个冰冻墓穴之前，是用香油来防腐的。

"这是谁？"阿加莎问道。

苏菲没有回答。萨德预先录好的声音此时都静了下来。阿加莎皱眉："苏菲，我们没有时间坐在这里，盯着一个死掉的女人，虽然她刚好跟你长得很像……"

她的心一沉。不会吧。

"是……她？"阿加莎脱口说出，"那是……"

"我母亲，"苏菲说道，她的声音平淡又麻木，"她的尸体一直都在森林里，所以尼克洛山脊的坟墓不是错误，一定有人把她搬来这里。"

"但那不可能！"阿加莎说道，她抬头再看一次凡妮莎，注意到她跟苏菲惊人的相像，"对吧？"

"要知道答案只有一个方法。"苏菲声音沙哑。

阿加莎看见苏菲盯着凡妮莎冰棺上的说明牌，上面刻着银色的小点。

"她的故事在那些小点里面，"苏菲的声音颤抖，"能解释为什么她在尼克洛山脊上有座坟墓，还有为什么她会在邪恶学院的地牢里。"

苏菲看着她的朋友："或许还有为什么我们会一起在这个故事里。"

阿加莎屏住呼吸，看着苏菲伸出颤抖的手，手指滑过一排排小点。

一团银色的云从说明牌上喷出来，再次变成萨德的小型缩影，只不过这一次他脸上的笑容不见了。他肩膀僵硬，下颌收紧，淡褐色的双眼紧盯着她们。

"我们的时间不多了，女孩们。假如你们看到这个，表示我的预想是对的，而你们已接近故事的尾声。"

阿加莎的脸涨红："但是萨德教授，那里发生了……"

"已死去的先知没办法回答问题，阿加莎，虽然我知道你一定会问，因为我是先知，所以预想到这一点。但是从现在开始，直到影像结束之前，你们俩都不准再打扰我,我们没有时间了。"

阿加莎和苏菲看着彼此。

这表示最后的结局是好的,阿加莎想着,满怀希望。萨德看到未来……他知道我们会活着出去。

"我不知道你们的故事会怎么结尾。"萨德毫不掩饰地说。

阿加莎猛地转向他。"画面停在你和苏菲出现在我面前,听着这段信息。这里之后,我不知道你们是死是活,最后是朋友还是敌人,或你们是否找到幸福结局。"

阿加莎感到希望又破灭了。

"不过,我能确定的是,你们必须先知道一切是怎么开始的,否则无法找到故事的结局,"萨德说道,"故事的开端发生在很久以前,远早于你们来到善恶魔法学院之前。每个旧的故事会开启一连串事件,催生新的故事;而每个新的故事都能在旧故事里找到它的根。你们的故事就是如此。"

他用魔法变出一本故事书,是自己缩影的两倍大,然后让它飘到两个女孩面前。故事书有着樱桃红的封面,就像校长的塔楼里撰写者正在写的《苏菲与阿加莎的童话故事》一样。但是当阿加莎仔细看时,她发现这并不是她跟苏菲的故事。封面上写着:

卡莉斯与凡妮莎的童话故事

阿加莎看见苏菲的身体僵住了。

"所以她真的出现在故事书里。"苏菲倒吸一口气。

萨德打开故事书的第一页,一阵烟从书里冒出来,书页上是一个平凡的小镇,但充满阴森的气息。"现在是你们进去的时候了。"他说道。

阿加莎和苏菲盯着小小的画面,露出困惑的表情。

"我一直都不喜欢我妹妹伊芙琳的咒语,不过有一个我很喜欢,"萨德教授解释道,脸上的笑容越来越大,"当伊芙琳·萨德对你说一个故事时……她会让你觉得身临其境,仿佛你就在那里。"

他举起打开的故事书,对着阴森的场景吹气。随着一阵窸窣作响的声音，那个场景碎裂成百万片发亮的碎片，像玻璃沙尘暴一般，向两个女孩飞过去。阿加莎挡住眼睛，感觉身体飘了起来，然后慢慢降落在地面上，身边是苏菲。她们俩慢慢抬起头。

此刻她们站在书页上的小镇里，四周围绕着浓重的雾气，让眼前的房间景象模模糊糊，仿佛告诉她们这不是真的。阿加莎马上就理解了，这跟伊芙琳·萨德一年前带她们进入她造假的故事里一样。而现在奥古斯特·萨德教授正在带她们进入这个她们从来不知道的曾经存在的故事。

阿加莎看到熟悉的厨房和白色圆形餐桌……

"哎，这不是……"她惊讶地说。

"是我家。"苏菲同时发现。

阿加莎皱着眉头："假如这是你家，那么那个人是谁？"

苏菲顺着她的眼神看到一个瘦弱的黑发女孩坐在角落，满脸愁容地看着窗外的景色。她有个尖尖的鼻子，大大的咖啡色眼睛，薄薄的粉红色嘴唇。她看起来不超过十六岁。

"那是……你……"苏菲说道，仔细研究她，"好像不是你。"

铁定不是我，阿加莎心想，因为这个女孩有着刻薄的嘴唇，眼睛里闪着邪恶的光芒。她带着一股阴暗和恶意的气息，让阿加莎感到害怕，即便她只是个幻影。她从来没见过这个女孩，她不知道她是谁，也不知道为什么她在苏菲家里。不过有件事是肯定的，不管女孩盯着窗外的什么，她一定恨透了那样东西。

"很久很久以前，森林彼岸的小镇，有一个女孩叫凡妮莎。"萨德教授说道。

苏菲和阿加莎两人都僵住了，眼睛睁得大大的，呼吸急促。

两个人都没有看对方，也没有说话。

她们目瞪口呆地看着这个深色头发的女孩，跟刚刚那个在冰棺里看到的女孩天差地远。

假如刚刚的人是凡妮莎，那么这个故事一定弄错了。

"凡妮莎有着一个肮脏、悲惨的灵魂，她认为自己居住的小镇完全配不上自己，"萨德说道，"或许她很有潜力成为邪恶学院里的好学生。然而有一天,一阵光亮照进她黑暗的心灵……"

这个场景神奇地拉近,现在苏菲和阿加莎可以看见女孩一心盯着窗外的是什么……

一个年轻健壮的青少年趾高气扬地走过,一头浓厚、波浪状的金色头发,高大魁梧,蓝绿色的眼睛,脸上挂着无所顾忌的微笑。

斯特凡,阿加莎心想,惊讶于他跟奥古斯特·萨德的相像,即使他只是个年轻的男孩。

但是凡妮莎怒视的不是路过家门前的斯特凡,而是走在他身边的那个丰满、有着一头乱发、长相甜美的女孩,他们手牵着手。

"霍诺拉。"苏菲轻声说道。

萨德继续说:"自从凡妮莎看到斯特凡的那天起,就爱上了他。他们不认识彼此,但凡妮莎常常从远处凝望他,幻想他把自己从单调的生活中拯救出去。一天一天过去,他成了她快乐的来源,虽然他们的灵魂南辕北辙。凡妮莎爱算计,控制欲强,看不起小镇里的居民;然而斯特凡生性开朗,善于交际,是长老最喜欢的孩子。他并不是没有缺点,斯特凡放荡不羁又漫不经心,小镇里的母亲们都让自己的女儿远离他。假如凡妮莎认为这么一来斯特凡就能选择自己,那她就错了。因为斯特凡已经爱上了名为霍诺拉的女孩,虽然她长相平凡,但个性和他一样欢乐又无忧无虑,斯特凡对她一心一意。"

凡妮莎狠狠地瞪着霍诺拉,她正在把玩斯特凡的头发,直到霍诺拉注意到窗户后面的凡妮莎,她只好赶快假装在洗碗。

"不用说,凡妮莎一点儿都看不出霍诺拉的善良,认为她是个邪恶的女巫。大部分的时候,凡妮莎都在计划着要怎么拆散女巫和斯特凡,直到她想出一个完美的计划:还有什么比跟女巫做好朋友更好的方法呢?这么一来她就能接近她的真爱。"

小镇在她们周围消失,很快被广场取代,凡妮莎和霍诺拉手牵手,而斯特凡疲惫地走在她们身边。

"霍诺拉和斯特凡一样友善,容易亲近,她很快就接受了这个新朋友,并和她变成最好的朋友。同时,凡妮莎终于有了接近梦中男孩的机会……"

小镇的小路上，凡妮莎靠近斯特凡，对他微笑……他别过头，忽视她。

"然而，凡妮莎的计划有一个缺点：虽然她能接近斯特凡，但斯特凡不喜欢她。不论凡妮莎做什么，都无法改变这样的状况。"萨德教授说道。

广场的景融化了，现在是晚上，凡妮莎跪在接近森林边缘的坟墓前，双手紧握，在黑暗中祈祷。

"所以年轻的凡妮莎做了故事书教她做的事，当你爱上某个人却得不到那个人的时候，该怎么做。她对着森林祈祷，希望得到一个神奇咒语，能帮她获得自己的真爱。"

两个女孩身边的场景开始消散。

"然而，凡妮莎的爱情并非这故事里唯一的……"萨德的声音搭配场景的变化。

鬼魅般阴森的颜色包围过来，现在她们在校长的塔楼里，这个戴面具的巫师正从窗户飞进来，怀里抱着一个年轻漂亮的女人，短短的咖啡色头发，大而美丽的眼睛，细长的小麦色手臂。

"因为当凡妮莎祈求得到斯特凡的同时，校长想要赢得卡莉斯的芳心。"

阿加莎被自己的舌头哽到。"卡莉斯？"她盯着那女人优雅的姿态、掺带橄榄绿的咖啡色头发和明亮的、缀着雀斑的肌肤。

"那不可能是卡莉斯，一点儿都不像……"

有什么从那女人的黑色洋装里跳到地板上。

一只瘦小的、秃头又带有皱纹的猫。

镰刀。

阿加莎脸色惨白。

梅林已经跟她说过一部分的故事——校长试图得到她母亲的爱。但是在他手臂里的女人，看起来一点儿也不像她母亲……

像吗？

当阿加莎更仔细地注视她大而清澈的眼睛和长长的鼻子时，她开始看出些许母亲的痕迹，好像一个被刻意扭曲的雕刻。

某件梅林曾提到的事飘进她的思绪里，是她第一次去神境的时候……讲到卡莉斯很漂亮，泰德罗斯不可置信地哼一声之前……

阿加莎看着校长带着那女人走进房间，镰刀跟在她旁边。

那是她母亲。

但是为什么看起来一点儿也不像？

她从自己的思绪里回来，因为萨德继续往下说。

"校长对新来的老师——低地林的卡莉斯——很好奇，她来到学院教丑化课之后，很快，撰写者就选她作为新故事的主角。根据撰写者的叙述，卡莉斯一直梦想着找到真爱，即使她任教的是邪恶学院。事实上，卡莉斯常常怀疑自己的灵魂不是恶，所以当校长——当时每个人都以为是善的一方的校长——喜欢她时，卡莉斯以为她找到出口了，或许自己能转变到善的一方，获得找到真爱的机会。"

戴面具的校长从口袋里拿出金色戒指，单膝跪在她面前，卡莉斯慢慢伸出手去拿戒指……却忽然静止下来。

她更仔细地看着戒指，可以看到墨水般的黑色线条在戒指下面旋转，像是某种毒物准备缠住戴上戒指的人。

"此刻她终于意识到校长真实的身份。"

场景切换成卡莉斯在雨中冲进黑暗的森林里，怀里抱着秃头又长满皱纹的猫。

"她告诉他，她需要一个晚上来考虑，但是隔天傍晚她教完课之后，就开始了逃离的计划。她需要警告梅林，因为他的猜测是对的：校长是恶的，打算利用她，要把她变成对付善的武器。卡莉斯唯一想要的是真爱，然而却找到一个恶人，试图利用她的愿望开启战争。她咒骂自己当初在梅林来学院找她谈话时，居然没有接受他的帮助，然而现在已经没有时间去找魔法师了。一旦校长发现她逃走，一定会想尽办法找到她并杀了她，因为她已经发现他面具后的秘密。然而要躲在哪里呢？他的权力遍及森林里的每个地方，除了……"

卡莉斯忽然停下来，听见急迫的低语，在风中飘浮着。

我希望。

我希望。

我希望。

"像所有的女巫一样，卡莉斯能够听见那些绝望灵魂的请求，他们愿意付出代价换取愿望成真。然而这个愿望不是从森林里传来的，而是从森林外面，校长的权力未及之处。卡莉斯允诺这个愿望并不想要回报，只想要一个翻转的机会，能够远离邪恶、自由地生活，允诺这个愿望会是她第一个善行，于是一个想要得到真爱的女巫答应了这个愿望……"

卡莉斯跟着低语到了尼克洛山脊，山顶上一个没有标示的坟墓前，她挖开空空的坟墓，一直到底端，镰刀帮助她挖，越来越深，越来越深……

"直到她找到了读者世界的女孩，那个梦想着得到真爱的女孩。"

当卡莉斯从坟墓的另外一边出来时，她发现自己到了加瓦顿的墓园，站在一个跪在草堆里的有着深色头发的女子前面。慢慢地，凡妮莎抬头并露出微笑，知道她的愿望终于要实现了。

忽然间苏菲和阿加莎又回到校长的塔楼里，戴面具的校长仔细研究石桌上摊开的故事书，然而撰写者一动也不动。

"这段时间以来，撰写者一直在写卡莉斯的故事，但是当她消失之后，魔法笔就静止了，仿佛跟她失去了联系。校长怀疑她背叛了自己，于是命令斯廷法司寻找卡莉斯，并把她活着带回来。但是斯廷法司也没办法找到她，更没有证据显示她到了梅林那边，于是校长假定卡莉斯死了，而这个假设又进一步得到证实，因为撰写者干脆放弃写她的故事，换了另一个故事。"

这个场景又消失了，两个女孩处在黑暗中，萨德的缩影飘浮在她们上方。

"我跟校长不同，我有预知未来的能力，也就是说，我能看到撰写者停止之后的发展。校长不知道卡莉斯根本没死，她的故事并没有完结。"

苏菲和阿加莎看着彼此，心烦意乱。

"离开学院之后，卡莉斯断开所有与恶或魔法的联系，但仍然没放弃找到真爱的梦想。看着加瓦顿如此安全又奇特，她开始幻想以读者的身份在这里重新开始，"萨德继续说道，"然而，她仍然欠凡妮莎一个愿望，因为凡妮莎的愿望让她得以远离校长，到达一个安全的避风港。卡莉斯对自己保证这会是她最后一次使用魔法，所以她为凡妮莎调制了她一直乞求的爱情药水。但是卡莉斯警告她：效力只有一晚，因为爱情太微妙，无法用魔法控制，如果为了长期目标而使用爱情咒语，只会带来不幸的结局。魔法永远有其代价。"

新的场景又开始形成,这一次苏菲和阿加莎在一间拥挤的酒吧里,斯特凡在跟朋友饮酒作乐。

"但是凡妮莎没把这个警告放在心上。"萨德说道。

斯特凡把酒杯放下来,一个穿着连帽长袍的影子闪过,把一剂冒烟的红色药水加进他的酒杯里,斯特凡不疑有他,举起酒杯喝下。

"她用诡计让斯特凡喝下药水,让他马上就爱上她。虽然咒语很快失灵了,就像卡莉斯警告的,但药水的效力延伸了更久的时间。因为不久后凡妮莎就来敲斯特凡的门,说她怀了他的孩子,照议会的法律,他必须跟她结婚。"

场景换到霍诺拉和斯特凡在霍诺拉的阳台上激烈地吵架。

"霍诺拉气坏了,要求跟斯特凡断绝关系。他怎能背叛她的信任?何况是跟她最要好的朋友?斯特凡发誓说这一定是黑魔法,他对凡妮莎一点儿爱意都没有,而且当他去她家和她对质的时候,注意到她家有个客人在她房间里。一定是她做的,他告诉霍诺拉,那个陌生人,他看到她眼里的罪恶感。一定是那个女巫对他施了咒语,他很确定!凡妮莎怎么可以做这么冷酷的事?用小孩强迫他跟她结婚?小孩是无辜的!他很担心那个咒语会产生意料之外的结果……但是霍诺拉不愿意听,斯特凡求她不要放弃他,但是没有用。不管他说什么,霍诺拉都不相信,也不想与他再有瓜葛。斯特凡只好带着这个推论去找长老。"

现在女孩们到了夜晚的广场上,一群人看着卡莉斯被绑在火炬照亮的柴堆上,三个蓄有胡子的长老在舞台上指挥。

"长老们相信斯特凡,因为他一直是个被大家疼爱的孩子。再者,长老们多年来一直计划猎巫,想找出每四年绑架孩子的元凶是谁,当斯特凡把矛头指向卡莉斯——一个陌生的未婚女子时,镇上没有人见过她——现在长老们终于找到女巫了。"

行刑者对着卡莉斯举起火炬,苏菲和阿加莎看见斯特凡在舞台的另外一边瞪着卡莉斯。当行刑者将火把举向女巫脚边的柴堆时,卡莉斯的脸上布满恐惧和后悔的泪水;她只是想用最后一次魔法交换能在善与爱里生活的机会，结果却被认为是邪恶的女巫，现在面临着处决。她为犯下的错误哭泣，而火焰在她脚下迅速蔓延。斯特凡看着她，脸上的表情渐渐软化下来。

"因为那一刻的她，跟他一样有人性的灵魂，斯特凡意识到他不想要背负另一个人的死亡，"萨德教授说道，"虽然他仍然相信卡莉斯是女巫，但为了救卡莉斯的性命，他决定撤回他的控诉并承诺与凡妮莎结婚。长老们愿意赦免她，但是要用条件交换：她必须搬到墓园去，永远不参与小镇的人、事、物；她不能与镇上的人结婚，不能在广场上开店，也不能在小镇上拥有房子……但是她仍可以有自己的人生，虽然是没有爱的人生。就像斯特凡一样，在救她的过程里，也让自己与凡妮莎绑在一起，过着没有爱的人生。"

阿加莎没办法呼吸，看着斯特凡解开卡莉斯的绳子，让她从柴堆上下来。"人情，"她轻声说道，"那就是她欠他的人情。"

苏菲摇摇头："但是她看起来跟你母亲一点儿都不像，阿吉。"

"你的母亲也不像。"阿加莎说道。

两个女孩转头回到故事里，此刻场景变为教堂里一场奢华、充满阳光的婚礼。斯特凡与怀孕的凡妮莎站在圣坛前。

他从未像此刻看起来这般悲惨。

"斯特凡与凡妮莎结婚之后，很快，霍诺拉的父母也要求她跟一个可憎的肉铺老板的儿子结婚。现在凡妮莎得到了她一直以来渴望的东西：她的真爱，以及可以让斯特凡在她身边的孩子；而他爱的女孩已经结婚，过着自己的人生。她认为这是完美的童话故事结局，然而凡妮莎没有料到……"

教堂的场景再度消失，现在两个女孩到了半夜的墓园山。斯特凡面色凝重，铲着土倒进两个小小的坟墓里，凡妮莎在一旁哭泣。

"斯特凡的恐惧成真，果然发生了意料之外的事。凡妮莎生了两个儿子，但他们一生下来就死了。"

场景又转变到一开始的地方：苏菲家，红色夕阳从窗外透进来，而凡妮莎隔着厨房的窗户瞪着外面。她紧盯着穿连帽外套的斯特凡，匆匆从门前跑过，而霍诺拉帮助他偷偷潜入自己的房子。

"接下来的几年，凡妮莎尝试了所有的方法让自己能有斯特凡的孩子，但她的努力只带来一次次的失败。霍诺拉也开始相信斯特凡之前说的是真的：凡妮莎用诡计让斯特凡跟她结婚。霍诺拉自己在婚姻里不快乐，斯特凡也是，于是他们俩私下偷偷来往。"

明亮的阳光褪去，现在女孩们来到阿加莎墓园山上的家，看着凡妮莎对卡莉斯大发雷霆。

"凡妮莎拜访了加瓦顿每一个医生，得到了一致的答案：她永远没办法有孩子。怒气冲冲的她来找卡莉斯，要求她给新的魔法药水，让她能怀上斯特凡的孩子。除非她有他的小孩，才能证明他们的爱是真实的，否则斯特凡根本不相信他们的婚姻。卡莉斯拒绝了，坚持自己已经决定再也不碰魔法，也不介入小镇的事，以遵守与长老的约定。但是凡妮莎威胁她，她说她会去找长老，跟他们说是卡莉斯对她下诅咒，害她永不会有小孩；说她也对其他镇上的女人下同样的诅咒；说她必须为绑架小孩负责……卡莉斯知道除了帮她，自己没别的选择。"

场景再度翻动，女孩们看着凡妮莎喝下木碗里冒烟的黑色液体。

"卡莉斯警告她，魔法无法从两个灵魂里诞下孩子，因为那是由爱诞生的，就像魔法无法强迫真爱一样。如果让魔法硬是从两个灵魂的组合里诞下孩子，两个灵魂之间的抵触会越来越深，"萨德说道，"然而，如同之前那一次，凡妮莎不愿意听，决意要有斯特凡的孩子。很快，一个健康的孩子在她身体里日渐长大。"

故事快转。此刻夜幕降临，凡妮莎正在经历分娩的痛苦，而卡莉斯在一旁安慰她。

"'奇迹之子'，医生这样称呼那孩子。凡妮莎向斯特凡保证，一定会是个像他一样英俊的男孩，斯特凡看着凡妮莎这么努力怀他的孩子，决定再给妻子一次机会。他心里明白，溜到霍诺拉家是错的，因为他们已与别人立下婚姻的誓约；而且，无论凡妮莎之前做了什么，他们即将有个更完整的家。她是他的妻子，从现在到永远，如果她有了他的孩子，他会尽全力疼爱孩子跟孩子的母亲。孩子还没生出来，斯特凡已经取好名字——菲利普，为了纪念他父亲。"萨德说道，"由于卡莉斯魔法的神奇力量，凡妮莎终于生出斯特凡的孩子。只是那孩子并非男孩，而是个美丽的女孩，长得跟斯特凡很像。"

凡妮莎满身大汗，虚弱地抚摸怀里这美丽的金发女婴。但没有多久，她又感觉到强烈的痛苦……

"然而，女巫的预测成真，斯特凡和凡妮莎的灵魂从未真正融合，因为没有爱在其中。他们的灵魂各自生出自己的孩子，也就是说，凡妮莎并非只有一个孩子，而是两个。第二个女孩看起来一点儿都不像斯特凡，而是像她母亲。"

卡莉斯抱着婴儿，凡妮莎目瞪口呆：她一头黑发，两只突出的黑眼睛，平淡无奇的脸。凡妮莎厌恶地退却，把她推给女巫。

"她命令卡莉斯把婴儿丢弃到森林里，让她自生自灭，因为她没办法带一个这么丑的孩子回家给斯特凡。她抱着她漂亮的金发女婴匆忙回家，相信她和丈夫之间的关系将会全然改善。"萨德说道，"然而，卡莉斯从这个被凡妮莎遗弃的女婴身上看见奇迹般的美丽，决定把孩子留在身边。她将她取名为阿加莎，意思是'善的灵魂'。终于，在这么多年的孤独之后，低地林的卡莉斯找到她唯一的真爱。"

卡莉斯一边看着镜子里的自己，一边看着孩子又大又凸的双眼。她用魔法让自己的眼睛慢慢变大。

"为了避免他人怀疑自己并非孩子的母亲，卡莉斯花了好几年的时间慢慢改造自己，用她的丑化技巧让自己看起来越来越像阿加莎。很快，居民注意到卡莉斯的孩子在墓园山上出没，完全是她的翻版。长老来质问她，但她什么也没说，居民马上就开始回避这年轻的女孩，就像回避她母亲一样。"

早晨的阳光照进摇晃不稳的窗户，黑发、灰黄皮肤、邋遢的卡莉斯正在念故事书给她那黑发、灰黄皮肤、邋遢的女儿听。

"年复一年，每一本在加瓦顿出现的新故事书里，善仍旧是赢的那方。卡莉斯不禁怀疑自己是不是错了，或许校长并未站在邪恶那边。她甚至想着，当时没接受他的戒指，可能是错误决定。一年年过去，她开始希望她的女儿可以被带到善恶魔法学院里，这么一来，阿加莎能有个充满魔法、冒险和爱的未来，而非因为母亲只能被困在孤单、平凡的生活里。"

场景变化到斯特凡在家里，和凡妮莎、小苏菲坐在餐桌旁。他无精打采地看着三岁的女儿，脸上没有温柔的神情。

"小苏菲日渐长大，不知为何，斯特凡对她有着出于直觉的疏远。他努力尝试去爱她：带她去巴特斯比面包店买饼干，念床边故事给她听，在路人告诉他小苏菲长得跟他一模一样的时候露出微笑……然而，在他内心深处，他在女儿身上看到的只是凡妮莎的灵魂。"

现在，斯特凡正背着木材到磨坊去。他半路上停下来，注意到五岁的阿加莎独自在山丘上的野草堆里玩，她抬头看着斯特凡，对他露齿而笑，斯特凡也回以微笑。

"他看到这古怪的小顽童潜伏在墓园山，不知为何，他对她有说不出的喜爱，甚至其他磨坊工人也注意到这孩子与凡妮莎很相像，"萨德说道，"她生的两个女孩，一个丑，一个美，凡妮莎保留了她以为斯特凡会喜爱的那一个，会让斯特凡和她更靠近的那一个，然而她丢掉的那个却印在了斯特凡的心上。"

斯特凡的场景消失了，现在女孩们和凡妮莎一起在她的房间里，里面摆满了无数的美丽药水、面霜和各种草药。凡妮莎用一种特别的膏状物丰唇，用草药眼药水让眼睛变成绿色，用自制的染发剂将头发染成金色。七岁的苏菲模仿母亲，把蜂蜜面霜涂抹在脸颊上。

"凡妮莎不能理解，为什么斯特凡在苏菲出生之后仍然对她很冷淡，苏菲不够漂亮吗？她想。我不够好吗？焦虑的凡妮莎像着了魔一样，心思都花在让自己变得更漂亮上，她女儿也是。然而，不管她做什么，斯特凡仍然躲避她们。"

场景迅速转向凡妮莎与十岁的苏菲站在厨房的窗户前面，两人顶着同样美丽的金发，光彩照人。她们看着斯特凡在霍诺拉的前院里，跟两个小男孩玩耍。凡妮莎的脸上不再带着愤怒，她看起来挫败而心碎。

"最后，凡妮莎孤独地死去，她的真爱为了一个丑陋的女人遗弃了她。生前她看见霍诺拉有两个孩子，她一直都知道那两个男孩是斯特凡的孩子，即使霍诺拉假装他们不是；从霍诺拉丈夫的葬礼上，斯特凡抱着那两个男孩的样子就可以确认。霍诺拉的丈夫死于一场可疑的磨坊意外。与此相反，斯特凡看着苏菲的样子冷漠且疏远。"

斯特凡和霍诺拉的孩子一起玩，他抬头看见远方的阿加莎，弓着瘦长的身躯在墓园山上闲晃。他的脸上带着关爱的微笑。

"然而，斯特凡从未忘记墓园里的那个女孩，每次他经过的时候都会期待看到她……因为在他内心深处，所有孩子里面，感觉她最像自己的孩子。"

接着故事被刷洗掉，就像被雨淋湿的画，苏菲和阿加莎再一次回到广袤、沉默的黑暗里，听着彼此的呼吸声。

"两个姐妹，"萨德的声音响起，"但只是名义上的姐妹，因为她们的诞生并没有爱。两个灵魂，永不兼容，因为每个灵魂是彼此的镜像：一个善、一个恶。若非命运把她们兜在一起，她们此生会是彼此的敌人，即使她们的心里渴望联结，她们也找不到通往快乐的路，就像她们的父母一样。她们是翻新的老灵魂，注定要一次又一次地伤害和背叛彼此，就像斯特凡和凡妮莎，直到他们被永远拆散。如果任何人认为这两个女孩能够抵抗那样的结局，并一起找到永生者之地……这听起来不就像是个童话故事吗？"

慢慢地，监狱再度围绕她们，两个女孩回到了冰冻地牢里，无精打采，脸色灰白。萨德教授飘浮在凡妮莎的冰棺前，看着她们。

"然而，虽然我看不到你们的结局，我仍抱着希望。你们排除万难，走了这么远。这就是为什么我把你们的母亲搬到这里，好让你们看见故事真实的样貌；这也是为什么我为了你们牺牲自己的生命。如果你们能打破这个世界的规则，在它最需要你们的时候，你们就有机会去拯救它。孩子们，去找到善与恶之间的桥梁；把爱放在前面，不管是男孩的爱还是女孩的爱；去松动父母的旧故事和你们新故事之间的锁链。没人知道你们会不会成功，连我也不知道。但是撰写者选择你们一定有其原因，我们必须诚实面对，不再逃避，不再躲藏，唯一的出口仍必须经由你们的故事。"

他淡褐色的眼睛闪着泪光："现在去吧，打开那扇门。"

萨德教授对着两个女孩最后一次微笑，他的幻影消失在黑暗里，如同太阳最后的几滴眼泪。

第三十四章
保卫防护罩

两个女孩没办法直视彼此,她们只是瞪着冰棺里的凡妮莎,她虽然死亡,但依旧美丽无瑕。

"我们是姐妹。"苏菲说道,声音里带着陌生的断然。

"但又不是,"阿加莎轻轻地说,"是家人但也不是,是血亲但又不是,在一起却又分道扬镳。"她感到一股情感汹涌而至,但被困在心的后面,太庞大,太有力量,不知道要怎么让它进入心里。"原来这就是我常常梦到萨德的原因,在梦里他像是我父亲,"她的声音沙哑,"因为他一直提醒着我你的父亲,或许我心里的某个部分一直知道我是斯特凡的女儿。"

她们两人安静下来,看着彼此反映在冰棺上扭曲的样子。

"苏菲?"阿加莎

终于看着她,"我们该走了,现在必须离开这里。"

苏菲没有回看她,她的肌肉紧绷,整个身体处于紧张状态。

"你听到了吗?"阿加莎催促道,"我们该走……"

"什么也不会改变,阿加莎。"苏菲冷漠地说,仍然看着她母亲。

"你是认真的吗?一切都改变了。"

"不,"她反驳道,"这只是证明了从一开始我就是邪恶的,我母亲从未是善,她对我下诅咒,要我重复她悲惨的人生,一个人慢慢腐烂老朽。而你和泰德罗斯过着幸福快乐的日子,就像我父亲和霍诺拉。善得到善,但是恶什么也得不到。所幸我还有机会改变我的结局,现在拉斐尔是我唯一的希望,好让我不用孤独终老,不会落入跟她一样的结局。"

她推开阿加莎,在墓穴间推来推去:"气死我了!哪里会有门!"

阿加莎看着她,不可置信:"苏菲,你不懂吗?选择拉斐尔只会让你跟她更相像!你母亲为了得到爱,做出邪恶的事,看看结局变得多么混乱!如果你选择拉斐尔,只会让你更孤单。"

"阿吉,你不用再说了,我完全不介意你怎么想,"苏菲不屑地说,继续敲打墓穴,"你也听到萨德的话了,我们之间没有爱,没有联结;你是善,我是恶。现在就等着看谁先到结尾吧,不是你和泰德罗斯抵达卡米洛特,就是我和拉斐尔到达我们的永灭者之地。我们之间只有一个人能从故事里胜出。"

"但萨德说他相信我们,"阿加莎说道,上前与她搭话,"他为我们而死。"

"我母亲一直到死之前,都很清楚她不可能找到爱,"苏菲说道,用手肘把她推开,"邪恶的灵魂不会找到爱,这是邪恶学院的第一课,邪恶的灵魂注定是孤单的。"

"我不会让那样的事发生。"阿加莎反击。

"是吗?因为你、泰德罗斯和我可以开心地在一起?因为我会当你的邪恶小宠物?"苏菲恶毒地说,用力捶打墓穴,"你还不懂吗?我的灵魂是破碎的!我整个人就是一团糟,头脑有病,内心腐烂,从里到外坏成一片!我永远不会找到像你找到的爱,因为我的内心永远不会得到快乐。这些年来,我一直都想要像我的母亲——我以为她是充满光辉的善天使——现在我懂了,我一直都跟她一样,灵魂最核心的地方是无可救药的邪恶,我永远没办法被爱。"

"你不是她,"阿加莎说道,尾随着她,"内心深处,你一点儿都不像她。"

"你聋了不成?你刚刚不也听到她的故事了?"苏菲说道,敲得更急了,"我跟你做朋友,好让我可以找到王子,就像我母亲跟霍诺拉做朋友,为了得到我父亲一样。为了得到爱,我用尽了母亲用过的诡计——爱情咒语、美丽药方、对星星许愿——最后被所有人怨恨,孤单一人,而我最好的朋友什么都得到了。我不会像这些胆小鬼一样死在冰冻的地牢里,他们懦弱到不敢承认自己的邪恶。"

她旋即转向阿加莎,脸因怒气而涨红:"你最好知道,如果我活着走出这里,我可以为我的真爱做任何事,不管那有多邪恶。任何事。"

"砰"的一声响亮地在整个监狱里回响。

所有墓穴前的说明牌开始闪烁,亮蓝色的箭头指着一个发光的墓穴,冰棺的门忽然弹开。

莱索夫人的录音从四面八方传来:"学生出口已经打开,请与同学一起离开地牢,回到学院。学生出口已经打开,请与同学一起离开地牢,回到学院。"

阿加莎目瞪口呆地看着发光的冰棺。

"现在去吧,打开那扇门。"

这是萨德最后的话。他一定预先放了一个解锁的咒语,当一切接近尾声时就会打开。

她的思绪中断,因为苏菲已经往发亮的冰棺冲去。

"苏菲,等一等!"阿加莎说道,追在她背后。她不能让她去找拉斐尔……

但苏菲已经冲进空无一人的冰棺,并撞入冰棺底端一道伪装的雪墙,阿加莎从背后抓住她,但苏菲把她甩开,阿加莎失去平衡倒在地上。她赶紧站起来,追在苏菲后面穿过那道墙,进入一大片寒冷刺骨、白茫茫的世界。

好不容易穿过暴风雪，阿加莎拍拍眼睛和头上的雪花，发现自己身在一个滴着水的阴暗隧道里，前方是陡峭的上坡。苏菲已经走得很靠前，几乎快要到尾端的门了。阿加莎一边向她猛冲，一边听着苏菲急促的喘气声、连体长裤摩擦的声音，还有转门把手的声音。然而门像是卡住了，苏菲用肩膀用力撞门，阿加莎阻止她，结果也撞到门上，把门撞开，两人同时向下滚，伴随着她们的惊叫声。

阿加莎的头用力撞在石头地板上，她好不容易跪坐起来，眼前还朦朦胧胧的，已不见苏菲的踪影。阿加莎踽踽地站起身，发现自己在一个空旷的大房间里，微弱的绿色火炬勉强照亮这个空间。她曾经来过这里。

邪恶展览馆。

她连忙跑向出口，不想让苏菲跑远。

一阵尖锐的叫声打破寂静，阿加莎忽然停下来。

她转过头，瞥见一个小小的黑影蜷在萨德的最后一幅画下面。

"镰刀？"

这只秃头、瘦弱的生物很凶地对她喵喵叫，然后瞪着头上这幅以加瓦顿为主的画像，黄色的眼睛在闪烁。

阿加莎连忙跑向它，把它抱进怀里。

它咬阿加莎的手腕，阿加莎哎哟一声，把它丢到地上。镰刀又转向萨德的画，瞳孔紧盯着画里的景象。

阿加莎心里的疑问——猫咪怎么进入学院、它前几个星期去了哪里、它为什么会在邪恶展览馆里——都暂时被搁在脑后。因为现在镰刀要她看墙上的画，当她凑近画布时，阿加莎马上明白为什么了。

画上的景象和之前不同。

颜色比之前更暗，只剩下画面上方针尖一般的光线。之前当加瓦顿居民恐惧地烧毁故事书时，贴近他们的是恶人笼罩在上方的阴影，然而现在是清楚的恶人轮廓穿过森林而来，他们击退了年轻和年老的英雄。隔开恶人和加瓦顿的那轻薄而漏洞百出的防护罩，已经在瓦解边缘。

阿加莎立刻凑到画前，这幅画曾经是萨德教授对未来的预言，现在却神奇地追踪当下的状况。她看着善与恶的战争在眼前展开，眼看善就要输了。

她急忙在画里搜索泰德罗斯的踪迹，但是萨德的画风都是朦胧的印象式笔触，根本没有脸的细节。

我得赶快找到苏菲，她焦虑地想。

但是要怎么做呢？苏菲已经领先太多。

镰刀又开始喵喵叫，仍然看着画作，仿佛她需要的答案都在画框里。

她漏看了什么？

她把鼻子贴近画布，手指在油画的表面上滑动……

抚摩到多维尔先生书店棚架下的空铁砧，之前她把断钢之剑取出的地方，那里离战场还有一段距离。

镰刀大声号叫，催促着她。

原来如此，阿加莎明白了。

之前校长施了魔法让剑藏在萨德的画里……

也就是说他也必须对铁砧施魔法。假如他对铁砧施了魔法……那么也许……

阿加莎心跳加速，慢慢地把右手滑进油画紧密潮湿的颜料里，直到看到自己的手出现在画里……

她的手掌感觉到冰冷、坚硬的金属，像是摸到真实的铁砧。

她的手不只在画里面，同时也在加瓦顿。

这是一个出入口。

镰刀绕着她的脚，保证它会跟着去。阿加莎低头，对它悲伤地微笑。

"谢谢你的帮忙，镰刀，"她轻声说，劝退它，"等到安全的时候，我一定会来救你，我向你保证。"

猫咪低声抱怨，阿加莎右手紧抓住铁砧，头向前用力把自己拉进去。她的身体被吞进热而潮湿的黑暗中，直到她的脸穿过另外一个紧密、潮湿的屏障，感觉到冷冽的夜晚空气。仍然是水平飘浮着，阿加莎又伸出另一只手，紧抱着铁砧，把身体的其他部分用力拽进那个出入口，不小心撞掉大黑鞋的鞋跟，最后整个人倒在乌黑的鹅卵石路上。

阿加莎抬起头，首先看见的是一群居民，尖叫着找寻掩护。

被困在蜂拥而上的一群人里，阿加莎像一根圆木般在多维尔先生书店的棚架下滚动着，所幸躲过了被踩踏的命运，赶紧起身躲在铁砧后面。从铁砧看出去，她看见加瓦顿的居民挤进教堂，把自己关在店里，或是在房门上拴起铁链。很久很久以前，她也曾目睹过这般景象，那是家长保护自己的小孩不要被校长绑架。而现在，躲藏起来的不只是小孩。

阿加莎在铁砧后面站起来，看着半英里外的森林。

眼前的景色和萨德的画一模一样，火焰从远方的森林里冒出，照亮僵尸坏蛋组成的军队，他们在森林里与年老的英雄及年轻的学生作战，试图阻止他们前进，好让自己更接近防护罩。身在小镇里的阿加莎，不像在森林里，没办法看见防护罩的全貌。但她知道防护罩大概的位置，因为有只食人怪把斯廷法司打下，斯廷法司急掠过天空，撞到防护罩，结果回弹到地上，背上的骑士也被甩出去。

阿加莎眯起眼睛，努力想看出那些人是谁，然而就像萨德的画作，她能看到的仅是模糊的尸体和火焰。害怕的阿加莎抬头寻找太阳，但是烟云四起，根本找不到。

还剩下多久？二十分钟？十五分钟？或更少？

所有这些思绪排山倒海而来，自己一定没办法在这么短的时间内找到苏菲；自己一定没办法让她摧毁戒指；她会死在这里，无用而畏畏缩缩地死在书店前。恐慌的情绪撕裂她每个细胞……

不要放弃。

辛德瑞拉的声音在身体里响起，像是心跳一般。

为了我们。

阿加莎感觉空气慢慢进入肺中，她的导师是对的，如果她不能帮助善朋友赢得这场战争……

她就会跟他们一起死。

但首先她必须穿过那个防护罩。

她下定决心，往森林的方向全速冲去。跑过小镇时，她看到有个父亲让妻子和儿子爬上长长的楼梯进入烟囱里躲起来……母亲和女儿把自己关在大木桶里……一个长老带着一群孩子躲进学院，雷德利也在他们之中，一边飞奔一边小心地不让玻璃鱼缸的水洒出来。阿加莎试着在四处逃窜的群众里寻找斯特凡或霍诺拉的身影，但是没看到他们。

阿加莎跑过磨坊和湖泊，跑进长满草的原野，开始听到从战场上传来的各种声音：金属碰撞的声音、斯廷法司骨头碎裂的声音，还有男孩女孩的尖叫声。很快，在森林燃烧的火光下，她可以分辨出几个人——碧翠丝仍骑在斯廷法司身上，射箭攻击僵尸坏蛋；拉文在跟魔怪作战，近身肉搏；希子被僵尸巫婆追赶……但大部分的战事掩盖在森林里和暗蓝的天色下。她靠近森林的时候，看见空中有几百个洞，大小跟葡萄差不多。没人从加瓦顿的内部看过防护罩，因为当森林里的人靠近它的时候，魔法就会把他们导向不同的方向，但是从这里阿加莎能清楚地看见防护罩的缺口。她迅速往那些洞跑去，并注意到洞外面的颜色比洞里的更明亮生动，很快，她能分辨出故事世界和读者世界的差距有多么细微。

防护罩就在前方，她连忙减速，伸出手指感觉那个泡泡一般透明的防护罩。战争开始之前，每个恶重新改写的故事都在读者世界的防护罩上戳了个洞，就像在读者对善的信念上开了个洞。然而，由于善最有名的英雄还活着，这些洞还未大到能让整个防护罩落下，邪恶军团也还未能入侵这个被保护的领域。唯一的问题是……

我要怎么穿过去？阿加莎心想，焦虑万分。

透过防护罩，她可以看到英雄人物闪过森林的间隙，试图攻击黑暗大军的前线。假如恶人们持续占上风，英雄人物就会在防护罩旁边被包围——

忽然，阿加莎瞥见一个金发、有着宽阔肩膀的影子闪过去。

泰德罗斯？

那个影子已经不见了。

没有时间想她的王子了，假如她真的想要帮助他，就必须穿过防护罩找到苏菲。

阿加莎集中精神，试着把手伸出洞，探查洞的边缘。打破屏障是阿加莎的才华，她每次都能顺利通过中途桥的屏障；她一定也能通过这一个。不过这次没有守门精灵可以愚弄，身体也没办法穿过这么小的洞。

有什么在咬她的手指。阿加莎惊讶地把手缩回来，看到阿纳迪尔的一只大黑鼠站在森林那侧的防护罩上，小小的爪子紧抓着洞的边缘。"老鼠三号。"阿加莎想起来，这是唯一一只仍有精神跑这么远的老鼠，另外两只大概还没从取出达维魔杖和巧克力云霄飞车的任务中完全恢复。现在老鼠三号对阿加莎严厉地吱吱叫着，吸引她的注意，正当它要爬进加瓦顿的洞时……

它把鼻子伸进读者世界的那一瞬间，立刻遭到激烈震荡，将它弹出去降落在地上。

透过防护罩，阿加莎看到老鼠三号仍在地上活蹦乱跳，魔法震荡并未置它于死地。

所以防护罩不让它过来，她想。然而她可以轻易把手伸出那个洞，为什么它让我通过呢？

阿加莎把这个念头甩掉。想这些有什么用？这个洞对我来说还是太小。

阿加莎看着阿纳迪尔的老鼠，它再度爬上防护罩，虽然还没从震荡的痛苦中恢复，它仍然瞪着她。阿加莎盯着它看，这只老鼠到底要做什么……

她倒吸一口气。

小小的体积。

它在告诉我要怎么穿过去。

转化咒。

它要我转化。

只有一种生物阿加莎知道要怎么转化。

她立刻闭上眼睛，在脑子里清晰地想着那个咒语，感觉手指发出炽热的金光。一瞬间，她缩小到地面上，她的衣服从空中掉落到她身上，她从衣服里爬出来，一只瘦弱的黑蟑螂。触须颤动着，蟑螂阿加莎爬上防护罩，舍弃衣服，从一个小洞爬出去，跟在老鼠后面爬下森林那侧的防护罩。

正当阿加莎爬过第一排树时，一团绿色的火球从她身边射过，差点儿把她和老鼠烧成灰烬。她吓坏了，跟着阿纳迪尔的老鼠三号在战场上全速奔驰；但是因为蟑螂的身体实在太小，她只能看见往下踩的脚、跌落的身体、燃烧的箭尖和空中交错的咒语。她需要找到苏菲，但是周围战况激烈，她作为一只虫，是不可能找到她的。

一支箭差点儿射穿她的甲壳，阿加莎惊吓得加速跟在老鼠后面，老鼠领着她冲向松树林。阿加莎跟在它后面穿过树丛，然而一根松针从下到上刺穿她的胸甲，她只好停下来。

此时她看见皮肤黝黑的尼古拉斯脸朝下躺在地上，后脑勺有一道巨大的伤口。树丛外传来战争的怒号声，阿加莎看着这个年轻的永生者男孩，感觉五脏六腑在碎裂，英勇又体贴的尼古拉斯……死了？因为她的故事？伤心和罪恶感涌上来，大大的昆虫眼充满泪水。

阿纳迪尔的老鼠凶恶地叫着。

阿加莎转过头，看见老鼠瞪着她，爪子夹着尼古拉斯的制服。

它要我穿上尼古拉斯的制服。

每一部分的阿加莎都在抗拒她即将要做的事，然而她没有别的选择。

不要思考，不要思考，不要思考。

她恢复成人形，忍住恶心的感觉，蹲在树丛后面换上尼古拉斯的制服。她套上他的靴子，披上他的斗篷，老鼠把尼古拉斯身边的弓箭推过来。阿加莎贴近尼古拉斯，伸出发抖的手抚摩他的黑发。

找到苏菲，她咬牙想着。

现在马上找到她。

她从老鼠那里接过武器，从树丛里站起来，全身黑色，眼神坚定，下颌收紧。深吸一口气，阿加莎冲进战场。

周遭一片黑暗，燃烧的飞箭和僵尸坏蛋着火的尸体让森林烟雾弥漫，一开始她除了影子什么也看不到。她以一棵树做掩护，眯着眼分辨出霍特和彼得·潘大概在二十英尺外，试图用树枝、石块或任何可以在地上找到的东西抵挡虎克船长的攻击。同时，叮当仙子发狂似的把金粉撒在虎克船长身上，试图让他飞走，但是虎克船长一个转身，用刀锋削下仙子的翅膀。叮当仙子在草丛里爬行，想找个地方躲起来，此时虎克船长攻势猛烈，用力把钩子刺向彼得·潘和霍特。霍特站在彼得·潘前面想保护他，但后退的时候不小心绊到彼得·潘的脚，虎克船长一击把霍特轰到旁边去，猛冲向彼得·潘。

躲在树后面的阿加莎知道自己只有一次机会，她让手指发光，让箭尖着火，对准虎克船长的心脏。此时虎克船长冲向彼得·潘，钩子正对着他的脖子，阿加莎的箭发射出去……

箭没射中虎克船长的心脏，但是射进他的脸颊，他的脸燃烧起来。

虎克船长惊讶地退后,试着扑灭火焰但没用,霍特和彼得·潘根本无暇去看究竟是谁救了他们,连忙跑开去找掩护,阿加莎看着虎克船长被火舌吞噬,最后倒在地上。

打倒了一个。不过只是运气好。

阿加莎从树后面站出来,拉着弓找目标。她在树林里寻找苏菲的踪影,但是只看到学生和导师一起努力击退僵尸坏蛋,看来现在邪恶军团把目标放在有名的英雄人物身上:葛雷特和海丝特对抗巫婆、小红帽和多特与大野狼对峙、杰克和阿纳迪尔对付巨人……随着时间一分一秒过去,善的英雄节节败退,被迫离开森林,越来越靠近加瓦顿的防护罩。四周的战场散落着解体的斯廷法司、死掉的僵尸坏蛋和呻吟的学生,他们不是受伤就是骨折。

忽然,阿加莎瞥见一段距离之外,艾瑞克举着锯齿状的匕首朝达维冲过去,旧院长正要朝他射出咒语,但年轻的院长速度太快,把她撞倒在地,达维教授昏了过去。他抓着达维教授的银色头发,跪在她没知觉的身体旁边。

阿加莎脸色惨白,假如她从这里对艾瑞克射出咒语,她会把自己变成标靶,如果射歪了,达维教授可能会有生命危险。刚刚射到虎克船长其实是运气好,而且距离比较近。出于直觉她开始冲向艾瑞克并拉弓准备,想着如果她靠近一些,成功概率会大一点儿。但是太慢了,艾瑞克已经举起刀子对着达维教授的喉咙,准备结束她的生命。阿加莎尖叫——

在艾瑞克的后面,莱索夫人全速扑向他,把他推离受伤的达维教授。阿加莎松了一口气,但是现在艾瑞克压在母亲身上,两个人推挤争夺匕首,阿加莎速度加快,试着缩短射程。

莱索夫人抓到匕首,艾瑞克从她脖子后面给她一拳,并用力撞她,他母亲扑倒在地,但是仍东倒西歪地向前抓住艾瑞克。两个人满脸通红,为争夺匕首扭打起来,金属的亮光在两人之间旋转,但艾瑞克一脚把匕首踢远。阿加莎在远方举起箭,试着瞄准艾瑞克的头,但是他们两人现在疯狂朝匕首爬去,推来推去,无法瞄准。莱索夫人的手先碰到匕首,但艾瑞克跳到母亲身上,他母亲极力挣脱,抓着儿子的喉咙,他们的脸碰在一起,匕首卡在两人中间。

忽然间艾瑞克的眼睛圆睁,一边哀号一边倒下。

达维教授站在他身边,一根断掉的斯廷法司骨深深刺进他背后。

艾瑞克的肌肉松垮下来,倒在母亲身上,血从嘴里流出来。

莱索夫人把儿子推开,急促地喘气,她平躺在地上,抓着达维教授的手腕,虚弱地对她最好的朋友微笑。

阿加莎把弓箭放下,全速跑向莱索夫人和达维教授,很高兴看到她们还活着——有个东西撞到她,把她拽到树后面。

"她在哪里?"海丝特大叫,背景是一片混乱的叫声,"苏菲在哪里?"

阿加莎摇摇头:"我不知道!"

海丝特抓着阿加莎的肩膀:"你看。"

阿加莎的眼神跟着她穿越森林,看到一小点光亮,已经有一半埋进地平线了。

"十分钟,我们只剩十分钟。你必须找到苏菲……"海丝特命令道。

"泰德罗斯呢?"阿加莎深吸一口气。

"梅林竭尽全力,拖长学生们活着的时间。"海丝特说道,指着魔法师,他从一个受伤的学生跑到下一个,用帽子里的粉尘治疗他们的伤口。

"泰德罗斯在哪儿?"阿加莎再问一次。

她们听到一声高音频的尖叫,转头看见匹诺曹被二十个食人怪与魔怪追在后头,正当僵尸坏蛋抓住他时,一群动物从森林里窜出,冲进僵尸坏蛋群里,逼得他们不得不松开匹诺曹。乌玛公主从树上跳下来,把匹诺曹拉上树枝,和尤巴、白兔一起躲在高处,而乌玛的动物大军在树下跟僵尸坏蛋作战。

阿加莎又听到另一声叫喊,她转头看见兰斯洛特和拉斐尔在第一排树林附近陷入苦战。武士的肩膀被血湿透,虽然痛得不停大叫,但是仍灵巧地闪躲年轻校长射出的咒语。

阿加莎的脸色发白。泰德罗斯没有跟他在一起。

"阿加莎,听我说,"海丝特严肃地说,"虎克船长死了,阿纳迪尔杀了布莱尔·萝丝的坏仙子,我杀了我的僵尸母亲,我假装很高兴看到她。剩下来的只有杰克的巨人、小红帽的大野狼和辛德瑞拉的继母。我们会竭尽所能保卫防护罩,但你必须找到苏菲……"

"泰德罗斯在哪里?"阿加莎强烈要求。

"他没事，失败者王子没事！"海丝特讽刺地说，"兰斯让他远离校长，好吗？"她指着森林里另外一侧的泰德罗斯，他挥舞着断钢之剑朝食人怪狂奔，就像之前在荒原上朝兰斯洛特狂奔一样，而查迪克骑着斯廷法司飞在王子上方，用火焰箭射向已经受伤的食人怪。"但是你没时间帮助他、确认他或靠近他，所以不用想也不用试了，"海丝特严厉斥责她，"我们需要你去找苏菲，只有十分钟。"

阿加莎看着她的眼睛："十分钟。"

"快一点儿。"海丝特请求她之后，马上跑去支援多特和小红帽。

阿加莎吐了一口气，立刻奔向另一个方向，一边四处搜寻苏菲，一边跳过受伤的学生和僵尸坏蛋。一声巨响从后面传来，她转头看见杰克的巨人倒在地上，希子、碧翠丝和莉娜站在树上用火球攻击他，而阿纳迪尔、杰克和布莱尔·萝丝在下面分散他的注意力。在他们后面，大野狼朝小红帽逼近，多特似乎受伤坐在地上，然而当大野狼的牙齿靠近小红帽的头时，多特立刻伸出手指，把大野狼的牙齿变成巧克力。它的巧克力牙齿碰到小红帽的头，全部掉落下来，只剩牙龈。当它因为震惊而退缩时，海丝特的火焰箭已经在一旁等着它了。

阿加莎松了一口气，继续扫视周围寻找苏菲。旧日的英雄看来暂且安全了，防护罩不会倒下。

忽然间她的眼睛暴凸。

辛德瑞拉在靠近防护罩的地方僵住了，因为这是她第一次看到姐姐们。阿加莎看着辛德瑞拉露出快乐的表情，细细看着她深爱着、比什么都重要的姐姐们，就算她们是举着兵器的僵尸坏蛋也无所谓。就像飞蛾扑火一般，辛德瑞拉走向她们，举起双手要求停战。她走得越来越近，两个姐姐脸上凶恶的表情也跟着软化下来，握着兵器的手变得无力，仿佛她们也被旧日的姐妹情谊所打动，自动过滤掉杀她的命令。辛德瑞拉慢慢地把手臂打开走向她们，脸上散发出美丽的光辉……

她没发现继母在后面举着斧头。

"不要！"阿加莎大叫，往前冲。

辛德瑞拉回过头，但一切都太晚了。

斧头向下劈。

老公主倒下，阿加莎的视线模糊，心沉了下来。

变成火焰炼狱的森林里，战争忽然静止了。

连兰斯洛特和拉斐尔都停下来，看着辛德瑞拉倒地，离加瓦顿的防护罩只有几英尺远。

梅林从受伤的拉文旁边转过头，魔法师的身体变得僵硬，眼睛飘到阿加莎身上。

阿加莎和梅林惊慌失措，连忙冲向守护加瓦顿的防护罩。

一个男孩站在防护罩的泡泡里，盯着他们。

大概七八岁的年纪，手里拿着一本打开的故事书。

阿加莎马上就认出他来。

雅各布。

霍诺拉的小儿子。

他看着辛德瑞拉在防护罩的另一侧死去，她倒下的姿势正好符合他手里那本故事书正在重新画过的最后一页。

被重写的书从他手中滑落，掉到草丛里。

阿加莎瞥见男孩的后面，一大群人影跑过来，领头的是一个高大壮硕的男子，从加瓦顿广场火速冲向这个男孩。她甚至听到斯特凡叫雅各布的名字，要他快跑……

但是现在已经无所谓了。加瓦顿上方防护罩的洞神奇地扩张，彼此合在一起，洞越来越大，越来越大，越来越大——

整个防护罩爆裂开来，一道炫目的白光射入森林，伴随着震耳欲聋的声音和地震一般的摇动。英雄人物不分年纪都摔落在地上，斯廷法司头朝下撞到树上，震波越传越远。

阿加莎因为炫目的强光跌倒在地上，她挡住自己的眼睛。光线似乎渐渐散去。阿加莎从指缝中偷看，看见闪烁的白色碎片从读者世界的天空中落下，像无数的流星。

隔开森林和加瓦顿的防护罩消失了。

森林里的英雄刚要慢慢站起来……僵尸坏蛋已经准备好进攻了……阿

加莎在哪里都看不到泰德罗斯、梅林和兰斯洛特。

她回头看着防护罩之前的位置，雅各布已经加入蜂拥而上的小镇居民，霍诺拉一手紧抱着他，一手扶着哥哥亚当，走进人群里。

最年老的长老站在人群最前面，瞪着被火光照亮的森林，禁不住发抖，害怕到无法分辨谁是敌人谁是盟友。他伸出双手表示投降，面向森林慢慢后退。

"每隔四年你们就来破坏我们的家庭，把我们的孩子抓走！这样还不够吗？"长老请求道，"你要什么我们都照做，请不要杀人……"

"我们并没有杀人的打算。"一个冷酷、严厉的声音说道。

阿加莎的背脊一冷。

她跟着居民慢慢转过头，看到拉斐尔，独自站在读者世界的边缘处。

"只不过……除了这个人。"他冷笑道。

年轻的校长站到旁边，背后是斯特凡跪在草丛里，被一根树枝堵住了嘴。

苏菲站在父亲旁边，眼神冷酷，静止不动。

"不过，不是我要杀人，我的真爱会结束这个故事，"拉斐尔轻吻苏菲的手，唇边闪烁着苏菲手上戒指的光芒，"她将为了爱而牺牲父亲。"

阿加莎冷汗直流。

"故事里最危险的人是愿意为爱做任何事的人。"拉斐尔这样对她说过。

原来拉斐尔的目标从来都不是加瓦顿的读者，他的目标只有一个读者，而这个读者的死能够抵消校长谋杀手足的暴行。

梅林的话语又回荡在她脑海里……战争前一天他在神境里说过的话……那些压根儿没道理的话……

"会不会整个故事都是错的，阿加莎？"

拉斐尔谋杀血亲的那天，他证明了恶无法爱人，并让恶那一边永远被善打败。

然而现在他有一个皇后，愿意杀害自己的血亲，去证明恶能够爱人。

这么一来，原罪能够被抹去。加诸邪恶上的诅咒就能够被反转。

获得永生的校长，直到最后一个永生者死亡，都不会面临任何障碍，善终将变成过去的记忆。

完全按照他之前预告过的剧本走。

阿加莎惊恐不已，看着苏菲和拉斐尔站在一起，拉斐尔尖耸的发型像夜空中的一根冰柱，苏菲看着她俊美的真爱，眼里只有深深的绿色空洞，没有其他情绪。

跪在草丛里的斯特凡一点儿挣扎也没有，他知道自己已经无路可逃。

阿加莎感觉到自己的手指在发烫，知道泰德罗斯一定在附近，兰斯洛特和梅林也是。他们一定能及时救出斯特凡，他们一定有办法把苏菲从校长身边带走，魔法师的心中永远有计划。

但是她看见拉斐尔对她露出诡秘的笑容，眼睛看着她发亮的指尖，仿佛在跟她说她慢了好几步。阿加莎心中的恐惧升高，回头看见拉斐尔的僵尸大军挟持住梅林的军队，武器架在他们的脖子上，年老的跟年轻的都未能幸免。僵尸坏蛋和食人怪把英雄的弓箭折坏，用拳头打下最后几只斯廷法司，让它们的骨头裂成碎片。在箭头和剑尖的胁迫下，年轻的和年老的英雄跪在地上投降，像斯特凡一样。第一排是霍特和彼得……然后是杰克和布莱尔·萝丝……乌玛公主、尤巴和匹诺曹……即使是海丝特也知道自己脖子上的恶魔不敌挥刀的僵尸巫婆，她跪在阿纳迪尔和多特的旁边。

阿加莎僵了片刻，连忙在森林各处搜寻泰德罗斯的身影，却徒劳无功，直到她看见最后两只魔怪正把俘虏绑在树上。

她的心跳几乎要停止。

俘虏是梅林和兰斯洛特。

武士的脸颊上有条深长的伤口，大腿有烧焦的痕迹，肩膀的伤口看起来比之前严重许多，因为他不时失去意识，头都快要抬不起来了。梅林的帽子和长袍都被扒掉，某个食人怪甚至挥刀把他的胡子砍断。魔法师跌坐在地上，里面的内衣污秽不堪，他瞪着隐在树枝间隙里的太阳，再过几分钟就要完全熄灭了，阿加莎看出他蓝色眼珠里的绝望。他们共同的努力失败了，他们未能让苏菲摧毁戒指……未能保护防护罩……未能阻止校长，反而给他足够的时间毁灭善，让善永远不得翻身。

阿加莎等着梅林看着她……告诉她接下来怎么做……告诉她让善死里逃生的方法……

但梅林完全没看她。

拉斐尔不怀好意地看着不幸的魔法师和其他跪下的人质。

"为什么有些灵魂无法爱人？"他问道，年轻、感情丰富的声音在夜空里回荡，"很长一段时间，我想不通这个问题，眼睁睁地看着善赢得每个故事的胜利，而像我这样的灵魂苦于没有反击的武器。这么多永灭者曾想要用善的方式去爱，希望我们有一天也能找到幸福结局。我也是一样，我试着爱我在善的一方的兄弟，像邪恶皇后曾爱着善的一方的王子那样热烈。然而，恶无法用善的方式爱人，不管我们多么努力。因为我们的灵魂并不是由爱产生的，我们是被遗弃、忽视和击败的群体；我们是被怨恨、被放逐的怪胎。绝望是我们的动力，痛苦是我们的力量。赢得永生者之地的爱对我们来说绝对不够，因为没有任何事能填满我们心里的黑洞，除非我们去改变爱的含义……"

他的脸上闪过一丝挖苦的微笑，眼睛看着阿加莎："……让恶找到自己的幸福结局。"

一只食人怪从背后抓住阿加莎，把她的手腕绑起来。

与此同时，闷声的叫喊打破寂静，阿加莎转头看见两只魔怪推着泰德罗斯来到她身边，他的手被捆绑着，上身赤裸，嘴里塞的布就是卷成一团的上衣，他父亲的剑已不见踪迹。

拉斐尔靠在两人中间，将嘴唇凑到他们耳边。

"我跟你们保证过结局会让你们永生难忘，"他轻声道，冰冷的气息吹在阿加莎的皮肤上，"你们故事最后的永生者之地。"

一只魔怪把断钢之剑交给苏菲，她立即把剑放在斯特凡的喉咙上。

另一只魔怪把辛德瑞拉尸体上的斧头拿起来，交给拉斐尔。

拉斐尔推了阿加莎和泰德罗斯一把，让他们并肩跪在地上，然后用黑靴踩着他们的肩头，先是阿加莎，然后是泰德罗斯，他们的脸贴着地面，两只食人怪压制他们蠕动的身体。

年轻的校长小心地把斧头横跨在阿加莎和泰德罗斯的脖子上，尖锐的那端刚好够长，能同时解决他俩。阿加莎感觉到从金属滴到她脖子上的血，还有粗糙的锈斑。

"善借由真爱之吻找到永生者之地，恶则借由杀人到达永灭者之地。"拉斐尔看着苏菲，他像雪一般白皙的脸颊上泛起红色的斑点，"你被所有曾相信过的人伤害，我的皇后。但是我一挥手，他们就会永久消失。只要一挥手，我们的爱就能永恒。"

此刻他的脸上充满疯狂、嗜血的神情："因为今晚之后，苏菲，你就是我的永灭者之地。从今以后，我们会在黑暗与绝望之中，不只邪恶，还要更邪恶，共同去爱也去恨，直到死亡将我们分开。我将死亡交付于你，我唯一的真爱。"

他把斧头压在阿加莎和泰德罗斯颈上，准备瞄准。

苏菲的脸仍旧冷漠，仿佛戴着幽灵面具，手里的断钢之剑稳稳地抵在斯特凡的气管上。

"我将死亡交付于你，拉斐尔，我唯一的真爱。"她跟着立誓。

"苏菲，不要！"阿加莎大喊，努力转头看着她的眼睛，"他是你的父……"

拉斐尔的靴子用力向下踩，让她闭嘴。

"等一等。"苏菲说道，声音尖锐如鞭，校长惊讶地停下。她说："我跟这人的账还没算完。"

拉斐尔脚下的力道减轻，看着皇后，露出不自然的微笑："这当然，亲爱的……放开她。"

苏菲转向阿加莎，她脸上的神情从严厉变成某种更深层、更可怕的情感："你觉得这个人有资格被称为'父亲'？这个从头到尾鄙视我的人？"

斯特凡想要说话，苏菲把刀锋贴得更近了。

"我想得到他的爱，我想对他展现真实的自己，但是他只有更恨我。就像泰德罗斯，就像每个善的人，"苏菲对阿加莎啐道，"我跟我母亲一样，恶到深入骨髓，那就是每个人在我身上看到的东西。"

阿加莎抬起头："除了我。"

她的声音令她惊讶地冷静，仿佛从一个她无从控制的地方传出来。

她看见太阳最后的银光闪烁在断钢之剑的刀锋上。

梅林警告过她：要让苏菲回心转意，她只有一次机会。

要有智慧地运用。

她试着听魔法师的话，试着拟个计划……

仍然没有计划。

她跟苏菲之间永远没办法有计划。

只有真实。

她可以感觉到泰德罗斯在捆绑中挣扎，就像很久很久以前在加瓦顿，他被绑在柴堆上，想要帮助她。不过这一次是她轻碰他的脚，试着安慰他。

没人能帮助她。

这是她和苏菲的故事。

这里就是结局。

阿加莎看着朋友的眼睛。

"我知道你内心是什么样子，苏菲，"她说道，"超越你母亲，超越邪恶，我知道真实的你。"

"这就是真实的我，这一直都是真实的我，"苏菲反驳，手掌把剑握得更紧了，"不需要再假装我是善的，不需要总觉得自己哪里做得不够好，不需要再感觉到任何情感。我终于得到快乐了，阿加莎。"

"不，你没有，"阿加莎安静地说，"你不快乐。"

苏菲气得毛发倒竖："眼看就要跟你心爱的王子一起赴死，你竟然还在想我的事。没有你，我的故事仍会继续下去，我再也不需要你或是你的同情，像你养的一只可怜兮兮的猫。我再也不是你的善行。"

"但我会是你的，"阿加莎说道，"因为若不是你的爱，我不会变成今天的我。即使我死了，我也永远都是你的善行，苏菲。任何恶都不能抹灭这个事实。"

苏菲的脸颊上泛起一些粉红斑点，她的喉咙上下颤动。"你不该回来找我，"她哑着声音说，"你应该过自己的人生，让我过我的人生，所有这些事就不会发生了。"

"重来一次，我还是会这样做。"阿加莎说道。

"因为我们是姐妹？"苏菲藐视地说，抵抗着情绪。

斯特凡发出声音，一脸困惑。苏菲把剑抵得更深。

"因为我们不只是姐妹，"阿加莎说道，直视她，"我们选择彼此，我们是最好的朋友。"

苏菲别过头去："公主和女巫永远不会是朋友，我们的故事永远会证明这一点。"

"不，我们的故事会证明公主和女巫必须当朋友，因为我们两个同时扮演这两个角色，"阿加莎说道，"之后我们也会同时扮演这两个角色，那就是我们的样子，我们之所以是我们的原因。"

苏菲仍然没办法看她。"我想要的只是爱，阿吉，"她深吸一口气，声音断断续续，"我想要的只是和你一样的幸福结局。"

"你已经有幸福结局了，苏菲，你一直都有，"阿加莎微笑，流下眼泪，"跟我。"

苏菲终于敢看她的眼睛。

在那个极短的瞬间，所有的声音和空间都消失了，只剩她们用力地凝视对方，那凝视强烈到她们变成彼此的影子。光与暗，善与恶，英雄与坏蛋。她们彼此看得更深，逐渐变得不知道谁是谁，因为在彼此眼中，她们找到了自己灵魂探求的答案，仿佛她们不再是影子，而是相同东西的另一半。

一滴眼泪滑下苏菲的脸颊，她的嘴巴张开，叹了一口最轻最轻的气，仿佛身体里的火被释放出来了。

年轻的校长看起来失去了平静，他的手在斧头上转来转去，眼睛不停地游移在俘虏和皇后之间。

苏菲眨眨眼，刚刚那个时刻已经过了。她现在看着阿加莎的样子，仿佛她是个陌生人，表情又恢复成之前的冷漠，退回麻木的壳里。苏菲慢慢地转头看着拉斐尔。

"数到三。"她说道。

拉斐尔对苏菲冷酷地微笑，把阿加莎的头按回地上。

"数到三。"拉斐尔说道，调整阿加莎和泰德罗斯脖子上斧头的位置。

阿加莎全身失去力气，心也碎了。

"一。"苏菲说道。

泰德罗斯不再扭动，仿佛知道这就是结局了，他将赤裸的肩膀贴近阿加莎，阿加莎也贴近他，想要在死前的每一刻跟他靠得更近。

"二。"拉斐尔说道，两手紧握着斧头。

阿加莎感觉到泰德罗斯呼出的气息。

"永远。"他轻声说。

"永远。"她轻声说。

拉斐尔把斧头高高举起，对准两人。

苏菲把剑放在父亲的脖子上——

"三。"苏菲说道。

阿加莎感觉到背后有一阵斧头落下时产生的风，她瞥见苏菲也挥下泰德罗斯的剑，刀锋上反射的太阳光已完全变暗。但当断钢之剑擦到斯特凡的皮肤，就要把他的喉咙划开时，苏菲忽然掉转挥舞的方向，把剑往上转。她的右手离开剑柄，从左手迅速掠过，取下校长的戒指扫到空中，金色的圆圈映出天空中最后一道光线，如同全新的太阳。

刺眼的强光让拉斐尔暂时看不见，他惊讶地停下动作，转头看他的皇后。当戒指朝苏菲落下时，他的眼睛因为恐惧而大睁，他伸出手掌，朝苏菲射出一道黑色光线。

苏菲两只手紧抓着剑，直视校长的眼睛，用尽全身力气将断钢之剑向下猛刺，戒指散成数万个碎片，飞散在空中。

当校长的死亡咒语射向苏菲时，金色的微光如同屏障包覆着苏菲的身体，咒语一碰到她，一团黑云从她的身体中飞散出来，然后像暴风雨到了尽头，散得无影无踪。

惊愕的拉斐尔看着他戒指最后的余烬熄灭，年轻俊美的脸上满是被背叛的痛苦……

然后他开始转变。他的脸像腐坏的水果般干枯；丰厚的白发一绺绺从斑驳的脑袋上落下；脊椎弯曲，同时发出恶心的爆裂声；肝斑在他衰老的皮肤上扩散；他的蓝眼睛蒙上灰色的阴霾；充满肌肉的四肢缩成树枝般枯瘦。每一秒钟都让他变得更老，愤怒的呐喊从身体内部撕裂他；而他的肉体沸腾，衣服烧毁，像木乃伊一般的皮肤冒着烟，终于校长脱下所有面具，变成一具焦黑、可憎的肉体。

他鲜红的眼睛瞪着苏菲，发出复仇的呐喊，他蹒跚着走向她，越来越快，越来越快，朝她的脸伸出干枯的手。

但他一碰到她，他的手就化成灰。

拉斐尔发出怪兽般的吼声，随即整个人化成灰倾泻到地上，如同沙漏里的沙。

森林里，他的黑暗大军也跟着瓦解，他们的武器"当"的一声落在地上，身体随即变成灰。

一阵风卷起缕缕尘烟，像被风扬起的窗帘，吹到森林的另一边。

这个夜晚比墓穴深处还要安静。

呆若木鸡的泰德罗斯好不容易恢复过来，把嘴里的布拿开，跪坐在地上，张大嘴看着黑色的夜空。"我们还在这里，"他说道，转过头，"我们还在这里，阿加莎……我们还活着！故事书合上了！"

他的公主一动也不动，脸朝下趴在地上。

"阿加莎？"

阿加莎缓慢地抬头看着他："泰德罗斯，我想我快要晕倒了。"

王子微笑："你接住我，我接住你。"

阿加莎脸上失去血色，气力全无，倒在泰德罗斯的手臂里。

另外一边，惊魂未定的居民们赶紧解开斯特凡，他哭泣着拥抱霍诺拉和她的两个小男孩。森林里，年轻和年老的英雄坐起来，环视这场大屠杀的痕迹。海丝特解开兰斯洛特和梅林的绳索，霍特为魔法师取来帽子和缀有星星的长袍。同时，阿纳迪尔和多特扶着年老的导师们站起来。

"我们会帮你做一个新的翅膀，小叮。"彼得·潘说道，安慰哭泣的小精灵。

"也给我做一辆新的轮椅。"韩赛尔说道，对着轮椅坏掉的轮子皱眉。由于白兔的镜片碎裂，它只能仰赖尤巴的指引，乌玛公主则为那些在战争中牺牲的动物做沉默的祷告。

"有人看到杰克吗？"匹诺曹问道。

小红帽指给他看，杰克和布莱尔·萝丝在一棵树后面亲吻。

梅林去照顾那些受伤的学生，碧翠丝用她在邪恶医务室习得的技能帮兰斯洛特缝合他血淋淋的肩膀。

"桂妮维亚永远不会再让我离开家了。"他埋怨道。

阿加莎微微动起来，她感觉泰德罗斯的手指抚摩着她的头发。

首先映入她视线的是梅林蹲在辛德瑞拉旁边，将斗篷盖在她的尸体上。老公主看起来如此平静又安详，那是因为她能够再一次见到姐姐们。

魔法师注意到阿加莎的视线，给了她最温暖的微笑，仿佛要她放心，虽然辛德瑞拉死了，但是她终于找到了自己的幸福结局。

阿加莎看着霍特和查迪克帮助魔法师移走辛德瑞拉的尸体。明天会有个葬礼，她要好好跟她说再见……

明天。

"太阳呢？"她差点儿噎到，盯着黑暗的天空，"太阳去哪里了？"

"等着明天早上升起，"身边裸着胸膛的王子回答她，帮助她站起来，"多亏了你。"

阿加莎呼了口气。"需要两个人才能找到幸福结局。"她一边说，一边寻找她最好的朋友，但是哪儿都没看到苏菲。

"你知道斧头劈下来的时候，我在想什么吗？"泰德罗斯问道，"是我们都没有像其他情侣一样，给对方取昵称。"

"我们跟其他情侣不一样。"阿加莎盯着他说道。

"对，我们不一样，"泰德罗斯承认，"不是每个国王都可以找到一个各方面都比他聪明、勇敢、优秀的皇后。"

阿加莎伸出手抚摩他的脸颊："至少你是漂亮的那个。"

泰德罗斯微笑着靠过来："嗯，我无言以对。"

忽然，她的笑容消失了。

泰德罗斯注意到什么不对劲，也转过头来。

透过树的间隙，阿加莎看到苏菲跪在莱索夫人旁边，莱索夫人躺在地上打战，达维教授紧握着朋友的手。

邪恶学院院长的衣服上沾满了血。

"我的天！"阿加莎低呼。

苏菲轻抚着莱索夫人的脸，看进她紫色的眼睛。院长的呼吸变得又短又急，想要说什么，却没办法说出口。

"嘘，"达维教授对她说，坚忍又平静，"休息就好。"

善良学院院长一看到艾瑞克划下的刀伤，就知道魔法也派不上用场。

苏菲抬起头，看见阿加莎、泰德罗斯、年轻的与年老的英雄们聚在一起，隔着一段距离肃穆地看着她们。

"你……为什么……那样做？"莱索夫人问。

苏菲慢慢低下头。

"告诉……我。"莱索夫人说道。

"和你背叛恶一样的原因，"苏菲说，"因为一个朋友。"

莱索夫人握着苏菲的手，另外一只手仍在克拉丽莎的手里。"旧的和新的一起，"她轻声说，"都受到妥善照顾。"

泪水滑下苏菲的脸："这都是我的错……"

"不，"莱索夫人执意地说，"从不是这样，你是我的孩子，跟我儿子差不多，你是被爱着的，苏菲。"她的声音颤抖："永远要记住，你是被爱着的……"

克拉丽莎抚摩她："莱索夫人，求求你……"

"丽昂诺拉，"莱索夫人看着她最好的朋友，"我的名字是……丽昂诺拉。"

院长的眼睛慢慢合上，呼吸停止。

达维教授终于哭了出来，趴在最好的朋友身上。

苏菲静静离开，留下她们两个人。

阿加莎在加瓦顿的边缘等着她。

她们沉默地站在一起，看着达维抱着莱索夫人的样子，如同阿加莎曾抱着苏菲的尸体。

苏菲的手指抓住阿加莎的。

阿加莎轻捏一下苏菲的手。

"泰德罗斯呢？"苏菲终于开口。

"把大家集中在一起，准备动身回学院。"阿加莎答道，看着泰德罗斯和兰斯洛特在森林里扶起拉文、阿涅蒙妮教授以及其他受伤的人，加上几只存活的动物,"太多人受伤了,我们需要其他老师的协助。"

"走吧,我们加入吧。"苏菲说道,往树林的方向走去。

"不急,"阿加莎说道,"有个人在等你,他先来的。"

苏菲看着好友的后面,斯特凡站在草丛里,其他的居民隔着一段距离聚拢在一起。

苏菲的心塌落。

斯特凡一语不发,他只是紧紧抱着女儿,两人同时低泣着。

"我很抱歉,"她喘着气,"我很抱歉,爸爸。"

"我从来没有恨过你,从来没有,"斯特凡说道,"我试着当个好爸爸……你不知道我有多努力……"

"你是,"苏菲吸着鼻子,"你是个好爸爸。"

"我爱你胜过世上的任何东西,"斯特凡轻声说,"你是我的孩子,苏菲。"

斯特凡注意到一旁看着他们的阿加莎也哭了起来。

"不过你也让阿加莎感觉到她是我的另一个女儿。"他说道,对她温柔地微笑。

苏菲擦擦自己的脸:"来吧,阿吉。"

阿加莎也拥抱斯特凡,靠在他身上,直到泪水沾湿了他的上衣。她有好多话想跟他说,想跟他说所有的事。但是当她看到苏菲的眼睛时,她知道好友也有同样的想法,结果她们什么也没说。因为在这一刻,她们已经得到所有需要的东西,因而别无所求。在那里,两个世界的交界处,两个女孩抱着她们的父亲,他们的身体静止而安详,仿佛三块拼图终于完整地拼在一起了。

阿加莎抬头看着斯特凡,脸上带着微笑。她惊呼一声,发现自己离开了他的怀抱。

因为斯特凡闪烁着微光,他后面的居民也一样。几秒钟的时间,他们的身体变得透明,加瓦顿也开始消失成一阵白色强光。

斯特凡惊讶地抬头,看见一个防护罩从天而降。

阿加莎感觉到苏菲拉着她的手往后退。

"不,回来我们身边,苏菲……"斯特凡乞求,但他们消失的速度更快了,"跟你的家人待在一起!"

"我爱你,爸爸,但是你现在有了新的家,"苏菲说道,眼睛泛着泪光,"你值得拥有的家,能让你幸福快乐的家。"她紧靠着阿加莎:"我也有新的家,终于能让我快乐的家。所以请不用担心我,爸爸。不要往回看,永远不要往回看。"

"不……苏菲,不要……"斯特凡用力向女儿伸出手,防护罩在他们中间陡然落下。

"等一下!"

强光穿透他的手指。

他消失了。

第三十五章
最后的永生者之地

苏菲起得特别早,为了看日出。

她把自己裹在毛毯里,走到梅林展览园,靠在屋顶阳台上,被树叶组成的雕刻围绕。她盯着紫色天空中明亮的火球,原来自己早已忘记太阳的原貌,它是如此完整又充满力量,她迎着阳光,就像被温暖的吻包围。

黎明的光线下,她看到下方荣誉和英勇两座蓝色玻璃塔楼闪烁着,一座彩色的廊道将它们与圣洁、英勇两座粉红色塔楼连在一起。海湾的另一侧,黑色锯齿状的恶意、恶作剧、恶习塔楼清晰可见。校长的死让学院又恢复成彼此平衡的善恶两所学院,然而中途湾的湖和护城河仍然弥漫着有毒的绿雾,梅林坚持只要永生者和永灭者恢复上课,这种情况就会自行改善,魔法波浪也会恢复之前将学生区分到善恶两边的功能。

魔法师和叮当仙子花了一整个晚上把校长的塔楼从蓝色森林移回到原本的地方,也就是分开海湾两侧的正中间。一个原因是小叮的小精灵金粉实在太老,要移动整个建筑物简直比蜗牛还慢；另一个原因是，小叮还在适应梅林给她装上的新翅膀，那是用他从院长办公室里找出的蓝蝴蝶改造而成的。

魔法师还没把永灭者遣回邪恶城堡，他希望大家一起待在善的宿舍里，这里比较舒服。善恶魔法学院的老师被放出来之后，整个傍晚几乎都花在治疗受伤的学生和英雄上，其他的永生者和永灭者则得以享用全套晚餐：火鸡肉球、红萝卜姜汤、绿色芳草沙拉、红莓派，多亏了梅林的帽子提供饮食。或许有邪恶学院的教师为校长的死或被锁在房间里感到愤慨，但完全看不出来，可能因为他们看到战争中人们受的伤有多严重，又或是莱索夫人的死表示需要从他们之中选出新的邪恶学院院长。校长不在了，莱索夫人也没有机会选出新的继承人了，大家很快地假定曼利教授会是新的院长。他已经花整个晚上重新装饰院长办公室。

太阳溜到云后面的时候，冬天的寒冷又回来了，苏菲坐下来，挨着以她的好友为主题的树叶造型雕像，取自泰德罗斯在天才马戏团时邀请阿加莎当舞伴的那一幕。她把头放在他们之间休息，眼睛闭起来，欣慰地发现自己不用去某个地方，不用找到某个人，心里并未渴求任何事物。

她并没有真的爱上拉斐尔，不管她曾告诉自己多少次他是真爱。她利用了他，为了填补灵魂里的洞……跟他想要利用她一样。但是他不在了，曾戴着他戒指的手指如今空无一物。

她开始做梦，梦见自己站在美丽的蓝白尖塔前面，尖塔高耸入云，上面挂着朱红色旗帜……

卡米洛特。

她仿佛能看见通往王国的白色大理石铺路……高耸的银色大门敞开……阿加莎和泰德罗斯手牵手，脸上挂着又大又明亮的笑容，等着自己……

"苏菲？"

她的眼睛睁开，早晨的光线刺眼。

"快要开始了。"霍特说道。

他站在屋顶花园冻结的门前，黑色的垂坠长衣掩着他强壮的体格，那是之前邪恶学院的制服。

他的手上拿着一件一样的黑色长衣。

"不会吧，"苏菲瞪大眼睛，"要穿这个？"

霍特脸上露出微笑："没错。"

辛德瑞拉和莱索夫人的葬礼在蓝色森林里举行，森林已经开始恢复生机，仙女们在郁金香花园里摆放椅子。

所有的永灭者穿着宽松的黑色制服，坐在草地的左边，而永生者坐在右边，女孩穿着粉红色背心洋装，男孩穿着天蓝色上衣、深蓝色外套，戴着领结。很多学生身上有着瘀青、绷带或石膏，他们带着骄傲的神情，向同学们展示伤口。隔着走道的善恶两边没有之前常见的怨恨表情或叫嚣……而是沉默的感恩之情，因为另外一所学院仍安然在这里。

旧日的英雄人物也在那里，穿着从教师衣柜里翻出的套装和长洋装。唯有兰斯洛特不在，他无法再忍受与桂妮维亚分开，于是趁学生熟睡的时候连夜潜逃。

当梅林走上两具棺木前面的讲台时，每个人都以为他会主持葬礼，但他邀请达维教授上来说话。

克拉丽莎·达维穿着淡黄绿色的长洋装，走到讲台上，她的咖啡色眼睛闪闪发亮，鼻尖红红的。"有那么多书都以辛德瑞拉为主题，她的故事会永远流传下去，"她说道，"但是莱索夫人却没有故事留下来，没有读者会把她的故事传下去，或提到她的名字，然而她会为此感到欣慰。因为丽昂诺拉·莱索这一辈子只有一个心愿，那就是找到邪恶真正的意义。由于她对这个意义的追求，为我们展示了这所学院必须存续的理由。因为到了最后，邪恶学院院长证明了有时候善并非恶最大的敌人……而是朋友，意料之外的朋友。"

她又说了不少，但这些话让大家印象最深刻。结束之后，每个人轮流看着棺材里的两人，安静地道别。

仙女们把棺材从蓝色森林抬到森林里，新的守墓人会把她们好好地埋葬起来，其他人则移动到蓝色南瓜田喝下午茶。莉娜和米莉森特吹长笛，碧翠丝唱了一段咏叹调，虽然没人在听，而梅林的帽子准备了色彩缤纷的果酱饼干、椰子蛋糕、焦糖马卡龙、薄荷糖司康饼。学生一群群分开来晒太阳，严肃的表情慢慢地转变成微笑。

海丝特、阿纳迪尔和多特盯着数颗南瓜之外的苏菲，她穿着宽大的黑长袍，跟穿粉红色的阿加莎、穿蓝色的泰德罗斯一起闲逛。

"奇怪的是我会想念他们，"阿纳迪尔说道，老鼠从她的长袍里向外偷看，"包括那个蠢王子。"

"至少苏菲走了之后，海丝特终于能成为班长了。"多特说道，在司康饼上加巧克力碎片。

"没有她也就没有意义了，不是吗？"海丝特伤感地说，"她是我们之中最伟大的女巫。"

苏菲注意到南瓜田的另外一边，海丝特、阿纳迪尔和多特分着司康饼吃，一个极短的瞬间，她希望自己能带着她们一起到卡米洛特。

"你比苏菲还糟糕。"阿加莎的声音传来。

苏菲转过头看见她在跟泰德罗斯争执，阿加莎嘴里塞满蛋糕。

"你一直说你有多饿，但是你什么都不吃。"阿加莎不满地说，蛋糕碎屑掉在她的洋装上。

"明天就是加冕典礼了，也就是他们要绘制皇家肖像的时间，画像将会流传几千年。不好意思，我希望能以最佳状态入画。"泰德罗斯抱怨道。

"他们也会画我，你有看到我跟镰刀和你一样傻傻地节食吗？"阿加莎说道，开心地看着她那只丑陋的猫，在柳树林追着尖叫的希子跑。

"镰刀？"泰德罗斯脱口而出，"你不要告诉我，你想把那只信奉撒旦的猫带进我的城堡……"

"你的城堡？我以为那是我们的城堡。"

"意思是，如果要养宠物，得要我们俩都喜欢。"

"没有镰刀，就没有我。"

"那就没有你。"

"你这个骄傲、胆小又愚蠢的——"

阿加莎暂停下来，因为看到苏菲瞪大眼睛看着他们。

"我不得不说，我的境况真的比较好。"苏菲说道。

三个人爆出大笑。

"泰德罗斯！快看！"查迪克大喊。

王子转过头，看到一群永生者集结在蓝色森林的大门，盯着一辆蓝白色的四轮马车正在转弯朝这里走来，两匹白马拉着它，四个角落系着朱红色的旗帜。

"他们来了吗？"阿加莎紧张地问。

泰德罗斯微笑。"来吧，亲爱的，卡米洛特在等我们，"他说道，把她拉过来，然后回过头说，"快点儿，苏菲！马车里坐得下三个人！"

"也就是说，你母亲和我得在后头了？"一个低沉的声音喊道。

泰德罗斯回头看见兰斯洛特和桂妮维亚一起，坐在班乃迪克这匹马上，跟在马车的旁边。

桂妮维亚一下马，泰德罗斯的拥抱就让她差点儿跌到地上。

"你要跟我们一起来吗？"他问道，眼泪涌上来。

"我跟食人怪。"桂妮维亚说道，亲吻他的脸颊，"国王需要母亲在身边。"她抬头看着阿加莎。

"皇后也是。"

阿加莎拥抱她。"你无法想象我有多需要。"她呼出一口气。

"谢谢你，母亲，"泰德罗斯吸着鼻子，抱着她们两人，"谢谢你……"

"你是应该感谢她，因为她愿意把死亡通缉这件事赶出她的脑海。"兰斯洛特吹毛求疵地说。

"噢，你一定要这样破坏气氛吗？"桂妮维亚叹气。

兰斯洛特软化下来，加入拥抱的行列，苏菲隔着一段距离看着阿加莎紧抱着深爱的王子，还有她新的、美丽的家人。看到好友脸上的幸福光彩，苏菲自己的心像白云一样轻盈。莱索夫人是对的，阿加莎的幸福就是她的幸福，光是那样就是她的永生者之地了。

"苏菲，来吧！"她抬起头，看见泰德罗斯和阿加莎把马车的门打开等着她。

苏菲脸上带着笑容，朝他们走去。

"亲爱的女孩，你介意帮我去达维教授的办公室拿我的斗篷吗？"梅林说道，晃着长袍的袖子走过来，"那些老骨头没办法爬那么多楼梯。"

苏菲皱眉，指着她在前面的朋友："但是他们……"

"不用担心，"梅林说道，微风似的飘过她面前，"我们会让马车暂停。"

达维教授的门是打开的，苏菲冲进去，不想让好友等太久。

另外一张桌子已经不见了，院长办公室恢复成以前的样貌，空气中飘着肉桂和丁香的味道。但苏菲在哪里都找不到梅林的斗篷，没有在挂衣服的钩子上，也没有在椅子或书桌上……

但是书桌上有样东西让苏菲停下脚步。

南瓜镇纸和一篮新鲜的梅子中间，放了个长长的白盒子，上面系着一条紫色缎带，盒子上面附有一张卡片，上面写着：

苏　菲

"我们回来的时候就放在我桌上了。"

苏菲转头看见达维教授站在门口。

"莱索夫人一定是从冰冻监狱救出我之前，就已经放在这里了。"克拉丽莎说道，走到她身边，"没有遗嘱，没有信件……只有这个。"

苏菲抚摸盒子的边缘以及卡片上的墨水字迹，盒子的上下什么也没有，她又抬起头看着达维。

"我们不会知道里面是什么，如果你不打开的话，亲爱的。"达维说道。

苏菲慢慢地拉下紫色缎带，她靠在书桌上，将手放在白色盖子的边缘，把盒子打开。

苏菲惊讶得差点儿噎着。

"不……怎么……怎么能……"

她转头看达维教授，但是善良学院院长流着高兴的眼泪。

"她说过的，不是吗？"克拉丽莎满怀希望地低声说道，"旧的和新的一起……"

她抚摩苏菲的脸颊："都受到妥善照顾。"

马车外，泰德罗斯为母亲和兰斯洛特拿来两杯茶。阿加莎靠着轮子，抚摩镰刀长疤的皮肤，梅林对着车厢的玻璃窗户研究他没了胡子的脸。

"每趟史诗般的旅程之后，总是会失去某样东西。"他说道，看着自己新露出的下巴。

"梅林，我一直在想，"阿加莎说道，"为什么我能穿过隔在加瓦顿和森林之间的防护罩，而其他人不行？"

"防护罩是用来防止邪恶闯入读者世界的，亲爱的，"梅林说道，"但有时候为了防止恶进来，必须让善出去。"

阿加莎看着他，她的喉咙收紧："噢，梅林……我不知道会多么想念你。"

"想念我？"梅林说道，旋即转过来，"你该不会以为我会让那男孩在没有我的帮助下，自己统治王国吧？"

"我以为我年纪大到不用再请家庭教师了。"泰德罗斯微笑，走到阿加莎身边。

"你明天才满十六岁，孩子，"魔法师抽着烟斗，仔细看着眼前年轻的这一对，"而且用不了多久，就会冒出一个小家伙需要家庭教师。"

阿加莎和泰德罗斯目瞪口呆地看着他，双颊绯红。

梅林清清喉咙："或许我们应该专注在这段到卡米洛特的路途。"

"假如车厢里还有空位就好了，你可以整个路途讲述让我和阿加莎觉得不舒服的话，"泰德罗斯讽刺道，"但是真糟糕，加上苏菲，我们的马车已经满了。"

梅林看着远方，嘴巴弯成微笑的模样："是吗？"

泰德罗斯和阿加莎转过来。

苏菲来到他们眼前，穿着莱索夫人那件威严十足、锥形垫肩的紫色长袍。

阿加莎手里的猫掉了下来。

苏菲脸上没有化妆，眼睛下方还有眼袋，头发有点儿纷乱。即便如此，当她们沉默地看着彼此时，阿加莎从没看过自己的好友如此冷静、自信……

又美丽。

就在那时，阿加莎意识到苏菲的决定。

"这是她要的，阿吉。"苏菲声音沙哑。

阿加莎的嘴唇颤抖："你……你不跟我们一起来吗？"

"我会当邪恶学院的院长，达维教授仍是善良学院的院长，我们俩会像以前的莱索夫人和达维教授一样，一起合作，"苏菲说道，"我们会一起守护撰写者，直到选出新的校长。"

消息很快传开，她看见一群永生者、永灭者、老师和英雄人物脸上瞠目结舌的表情。曼利教授还不小心打破了他的茶杯。

阿加莎说不出话来："但是……但是……"

"你希望我得到快乐，对吧？"苏菲说道，"这就是我的归属。这就是我想要的，教给那些像我一样的学生邪恶的真正意义。"

阿加莎摇摇头，涌出眼泪。"噢，苏菲，你会是个很棒的院长，"她哑声说，伸出双臂拥抱她，"我只是……我只是会很想你。"

"你会是个很棒的皇后，阿吉，"苏菲保证，"你会改变他们的人生，就像你改变我的一样。"

即使是泰德罗斯，此刻眼里也噙着泪水："到卡米洛特只有一天的路程，苏菲。你会来拜访我们的，对吧？"

"只要你们邀请我，我一定会去。"苏菲说道。

阿加莎紧紧地拥抱她，她被眼泪沾湿的脸颊贴着好友的脸："我爱你，苏菲，比你以为的还要多。"

"我知道，阿吉，"苏菲轻声说，"因为我也是那样爱你。"

两个女孩就这样一直抱着彼此，直到梅林引导阿加莎和王子进到车厢里。马车开始行进，桂妮维亚和兰斯洛特骑着马跟在后面，苏菲最后一次挥手向好友道别。马车向着尖塔的影子进入森林里，在地平线上越来越小，直到后轮完全消失在树林里。

阿加莎和泰德罗斯离开了。

苏菲一个人站在大门前，让自己放声大哭，流出温暖、净化的眼泪。

不是永远的告别，只是短暂的再见。

假如真实的距离太远，无法承受，她就看自己的心，因为阿加莎会一直在那里。

"嗯……或许你的王子就在灯火阑珊处。"一个声音说。

苏菲抬头看着身边的霍特。

仔细看着他爱开玩笑的脸、健壮的身躯和爱慕的微笑……

"很抱歉，我已经找到我的永生者之地了，霍特。"苏菲说道。

"什么？跟谁？"霍特问道，露出不可置信的表情。

"我自己，"她说道，声音清晰又肯定，"我一个人很快乐。"

这是第一次，她知道这是真的。

霍特还在努力找话回她，两所学院的钟声响了，召唤学生回去。永灭者一群群地走向北侧的门，窃窃私语，惊讶地看着他们的新院长。"你刚刚还说什么会想念她？"多特嘲笑海丝特和阿纳迪尔，两个人脸色苍白。

苏菲深吸一口气，匆匆跟在学生们的后面。"第一要务，恶需要新的门面，就算只有黑色又前景暗淡，我们还是需要庆祝我们的边缘性和独特性，"她深思地说，"当然，我们需要淘汰那些表现不佳的教授，鼓励永灭者在内心里发现自己的宿敌。这么一来，就可以在天才马戏团里找到最杰出的才华……还有舞会！应该让故事考验里获胜的学院举办冰雪舞会……噢，这样会不会破坏善良学院的计划……"

"苏菲！"霍特说道，追着她。

"嗯？"

"你不嫉妒阿加莎有男孩、王冠和王国那些所有东西吗？"霍特难以置信地追问，"你不嫉妒阿加莎是皇后吗？"

他看见她在门口停下来，脸转向另一侧，学生们鱼贯经过她身边。

"当然有那么一点点，"她轻轻地说，"然而我又想起……"

苏菲回过头，笑容有如钻石般灿烂。

"我就是我。"